H U A J I N

U1018471

画锦堂

【上】

云外天都 著

江苏凤凰文艺出版社
JIANGSU PHOENIX LITERATURE AND ART PUBLISHING, LTD

图书在版编目（CIP）数据

画锦堂 ：全3册 /云外天都著. —南京：江苏凤凰文艺出版社，2017.11

ISBN 978-7-5594-1252-2

Ⅰ.①画…　Ⅱ.①云…　Ⅲ. ①长篇小说－中国－当代　Ⅳ.①I247.5

中国版本图书馆CIP数据核字（2017）第253470号

书　　名　**画锦堂**
作　　者　云外天都
出 品 人　柯久明　吴　铭
选题策划　郑心心
责任编辑　姚　丽
特约监制　郑心心
特约编辑　王抗抗　马　虹
出版发行　江苏凤凰文艺出版社
出版社地址　南京市中央路165号，邮编：210009
出版社网址　http://www.jswenyi.com
印　　刷　三河市龙林印务有限公司
开　　本　670×980毫米　1/16
字　　数　660千字
印　　张　53
版　　次　2017年11月第1版　2017年11月第1次印刷
标准书号　ISBN 978-7-5594-1252-2
定　　价　79.80元（全3册）

江苏凤凰文艺版图书凡印刷、装订错误可随时向承印厂调换

画锦堂

目录

(上)

画锦堂

目录

㊤

第一章　辫匪之祸

外边传来了一声声惨叫。

辫匪依次跪在地上，人头一个个被砍下。

屋子里的人也息了谈兴，个个缩起头来，不敢再多说半句。

听到了军靴的踏踏声，看到那几名走进来的军人，安雅瑜把身子缩到了火塘后面，尽量让火塘挡住自己。

她注意到几名军人簇拥着其中一位军人，漆黑的鬓发，冰碎般的眼睛，个子极高，一身军装合贴地穿在他身上，玉树临风，很是年轻，想不到林泽夫长成这样……

他身边那位面容粗犷、副官模样的人上前一步，说道："辫匪之内，走脱了军师，说吧，你们当中，谁是辫匪军师？"

营内众人惶然四顾，齐齐下跪，"草民不是辫匪，草民和辫匪没有半点儿关系啊！"

林泽夫眼底闪过一丝冷酷，很不耐烦，没有看他们，只对身边兵士说："打，给老子打，打得说出实话为止！"

林副官怔了怔，问："督军？"

林泽夫看了营帐里的人一眼，挥了挥手，兵士上前，拖出来一名中年人。

那中年人被拖了出去，外边就响起了鞭子破空之声，夹杂着惨叫。

屋内人顿时惶惶不安，又不敢求饶，俱都缩头缩脑，两股战战。

林泽夫的眼眸扫向屋内之人，军帽之下，眼眸寒如冰石，屋内人皆垂下了头，他追捕了这股辫匪好几个月，辫匪隐藏得深，四处逃窜，十分难捕，损失了差不多成连的兄弟才将其全部捕拿，他心底里窝着股火，因此，捉拿的余匪一个不留，全部砍头，有几个还是他亲手砍的，但还是走脱了几个重要人物，其中就包括军师。

非常时期，行非常之事，与几个无辜之人相比，辫匪军师如果走脱，其损失可就大了！

兵士走了进来，又拖了两个人出去。

刚刚还在对林督军赞不绝口的人顿时哭天抢地，匍匐上前，想要求饶，几个当兵的端枪过去，把刺刀对准了他们。

林泽夫转身，往营房门口走。

安雅瑜咬了咬牙，从后面上来，扬声道："督军，我能替你找出那军师，只求您能放过无辜之人。"

林泽夫回头，眼眸幽冷，看向林副官，林副官压低声音禀报："是刚刚捉到的，说是误闯……"他声音更低，"女扮男装的。"

林泽夫冷笑，"辫匪军师不知男女，不知年龄，胆大心细，这人倒是符合，正好，先打她二十鞭子！"

林副官怔了，看着安雅瑜只能愿她自求多福了。

二十军鞭打下去，凭着安雅瑜的小身板，不死也要去掉半条命！

安雅瑜拖着颤抖的腿上前，"只怕督军打死了这里所有人，也弄不明白辫匪军师有没有服法，我听说那军师极有才华，辫匪由他一手组织创办，只要他没有被捉住，以其蛊惑人心的本领，只怕不久将来，又有一股新匪成立了，再者，以这军师的手腕，逃走定会私藏大量钱财，以备东山再起，督军杀人容易，钱财可就难寻了。"

林泽夫冷笑，"第一，本督军不缺钱，第二，本督军已经确信，这辫匪军师就在你们当中！"

安雅瑜心中一沉，这个人油盐不进，她是失心疯了才想着向他求助，当务之急，还是想办法脱身才是。

她垂下眼睑，"这军师能将辫匪扩充至此，一定会有余党残留世上，督军便这般肯定，辫匪已然全歼？"

林泽夫此时才仔细地看她，军帽下的眼眸幽冷，"好，我给你一次机会，说出这军师是谁，如果错认，鞭刑加倍！"

辫匪凶残多变，又擅长伪装，产生的危害与这几个人将要受的刑罚相比，算不了什么，他已经没有时间去一一求证这军师是谁了。

安雅瑜抬起头来，往屋内人一一望去，屋子里的人已经知道她是一个妹子了，可她仰脸朝他们望，一双眼眸灿若明星，眉毛轻扬，看得屋内众人皆垂下头去。

她半晌没有说话，林泽夫只是负手站着，手放在腰间马鞭子上，军帽檐压得低低的，嘴角噙着冷笑，瞧着她。

有人受不了这屋内压抑的气氛，轻轻咳了一声。

安雅瑜抬头，轻声说："督军，辫匪之所以称之为辫匪，皆因辫匪中人大多是前朝余党，不愿意剪去头上发辫，近一年以来，因着他们四处作恶，被人追捕捉拿，发辫目标太大，这才慢慢改了习惯，剪去头上发辫，前额脑门不再留白，可与正常人相比，他们蓄发时间不长，脑门直接受阳光照射，颜色定不相同，督军只要命人将屋内人等头发全都剃去，便能知道谁是军师了。”

听了这话，屋内众人皆面面相觑。

一老者大声说：“荒唐，荒唐，怎么能用如此荒唐办法？督军可千万别听这妇人之言！老朽的辫子，也，也，也是一年前才剪的！”

安雅瑜却是不理他呼冤，双目莹然有光，伸手一指，直指那教书先生，“督军，军师就是他！”

林泽夫却似颇为意外，瞧了她一眼，再望向屋内，冷冷弯眉，手一抽，把腰间鞭子抽了出来，一挥鞭，就往屋角站着的那教书先生抽了去，教书先生一侧身，躲过了，拔脚往窗子边冲，早有兵士子弹上膛，枪管对准了他，“不准动，再动开枪了！”

兵士把那教书先生反扭着胳膊压跪在了林泽夫的跟前。

林泽夫冷笑，道：“先生藏得真严！”

教书先生一下子抬起头来，朝他望，冷笑一声，“栽在督军手里，我心服口服！”他又抬头看了一眼安雅瑜，“这位姑娘好厉害。”

安雅瑜脸上却无喜色，淡淡地说：“我说的本就是一件荒唐之计，屋里的人听了我这计策，又有督军威名，人人惊慌，都不由自主望向对方头顶，只有先生，微微冷笑，岿然不动，只因先生是个女人！试问女人又怎么会蓄长辫留出前额空白呢？督军说出军师有可能是女人之事时，每人眼底都有吃惊之意，唯独你，半点惊色都没有，先生有没有听过这样一句话：凡人皆无法保守秘密，就算口风严实，但会在举手投足之间流露，每个毛孔都散发着背叛的信息。”

林泽夫看了她一眼，面容清冷。

教书先生此时才眼眸凶狠，朝她望来，声音尖细拔高，“不可能，屋里这么多人，你怎么知道的？”

安雅瑜看了她一眼，“先生多年以来扮成男子模样，常年居于匪窝，举止神态都如男人一般，没有人能从外表分辨出您来，可先生说得一嘴好书，刚才我在屋子里良久，先生对林督军婚姻之事言论却偏执激烈，只有女人才会用这样的腔调来评论这些。”

她趁机向林泽夫讨好，脸上微微泛红，适当地现出些倾慕来，“林督军既是派人听着屋内动静，怕是早就明白了安置营里混进了辫匪，督军先前如此安排，只是为了打草惊蛇？”

林泽夫再看了她一眼，脸上却依旧没什么表情，只挥手，“带走。”

教书先生在两名兵士手掌下挣扎，朝安雅瑜尖叫，“你也活不久了！”

安雅瑜眼睫毛轻轻颤动，双手握着裤缝，手心全都是汗，却只垂头静静站立。

林泽夫向身边副官点了点头。

两名士兵来到她跟前，“走吧！”

安雅瑜被直接带到了林泽夫的跟前，他坐在樟木硬椅之上，手指敲着桌子，一下一下的，军帽取下了，漆黑的头发露了出来，更显得他容貌漂亮，鼻梁高挺，屋里很暗，可他的脸却像莹玉般的白，神情却依旧冷淡。

看着她，像看着一块砖，一片瓦。

“说，你姓什么？女人！”他问。

身份早已被拆穿了，安雅瑜并不觉得羞愧，她回国之后，常以男装打扮，跟着父亲东奔西走，也已习惯于混迹三教九流之中，但面对着他，却打起了十二分精神。

她思索着应该怎么说，不自觉之间，上前走了一步。

他眉头微皱，从袋里拿出一块洁白的手帕，掩在了鼻尖上，不出声，赶苍蝇一般地挥手。

副官走了过来，一把拉住她的胳膊往后带，“不准靠近督军！”

安雅瑜既尴尬又愤怒，她在外奔波了许多日子，衣服已经好久没换了，身上的确有股难闻的味儿，脸上肯定也是苍白憔悴的，可你刚刚才亲自拿刀砍了几个人头回来，身上衣衫浸满了血腥之味，气味又比她好闻得了多少！

她咬了咬嘴唇，垂头，低声道：“我姓白。”

“白？”林泽夫丝帕掩鼻，拉长了声音，另一只手依旧在桌子上轻轻敲，笑，“正巧，除了军师，辫匪还有两个头目没捉到，其中一个，也是姓白。”

旁边站着的亲卫兵也笑，“督军，说不定这一位是那匪首的女儿呢，督军，一块儿砍了？”

安雅瑜额头冒出了层冷汗，脸上的红润褪得干干净净，哪里想到这督军行事这样简单粗暴，她明白了，他已然洞悉了她的谎言，如果她再继续往下编，他还真会让人把她砍了。

“督军果然目光如炬，我化姓为白，为了在外走动方便，因为此方城内，白姓多富豪，无人敢欺，我身为女子，如此作为，不过为了保命而已……”她神态凄婉，垂下头去。

林泽夫手指一松，手帕跌落地上，他拿起了桌面上放着的一把小刀来，又拿了个苹果过来，慢慢削皮，外边大雪纷飞，桌上却摆了一碟子新鲜饱满的苹果，此时此地，这样的果品，真可谓是千金难买。

而那装果品的盘子，有青翠明丽的颜色，一看就知价值不菲，是件古董，就这样随随便便摆在桌子上。

外边依稀传来了几声惨叫，他就着这惨叫咬了一口手里的苹果。

他嚼着苹果，侧过头看她，把剩下的苹果丢到了果盘里，冷笑，“你虽然长途奔波，脸上满是风尘，身上污秽不堪，但脖子却依旧细腻洁白，普通人家的女儿养不出你这样的脖子，中山装是临时借来的，衣袖长了，自己随便剪了袖子，却不擅长缝补，针口粗得很，想必以往很少做这些粗活，就像那匪首军师一样，再怎么伪装，总是带了过去生活的痕迹，你性情坚韧，做事果决，能看得出那军师性格偏执妒忌，因为你是个女人！”

安雅瑜只觉得仿佛自己身上的伪装被一层层地剥下。

男人像是看着那绑在柱子上的辫匪，眼底全是志在必得的冷酷，说：“你的姓名，安雅瑜，安县长的长女，前些时候更和西南都督长子订婚，说，你为什么来这里？”

安雅瑜垂头看着自己的靴尖，把中山装的衣袖冒出的线头悄悄捏住塞了回去，抬起头来，看着他，目光平静道：“督军，我只是路过，看不过眼，这才出手指出辫匪。”

他哈哈笑了两声，打住了她的话，把桌上小刀拿在指尖旋转，“到西南都督府，虽然路途遥远，但现在有电报，什么不能知道？前段日子才发来一段奇闻，说有女子竟敢拒绝都督府长子婚约，甚至在婚期将近时逃走！你说，我不是该给他们一个面子，把这逃婚新娘送回去？”

安雅瑜垂头，手指紧紧地捏紧了衣角，再抬头，眼底有一丝恳求，说道：“督军，我不能和他成婚的，他喜欢的另有他人，既然如此，我何不成全？”

“婚姻之事，父母之命，媒妁之言，你这么做，不仅是丢了两家人的面子，也让女子蒙羞！”男人冷淡地看她。

安雅瑜淡淡地说：“我有我的道理，督军有督军的考量，我未犯法，请督军放我离开！”

男人目光冰冷地说：“来人啊，先关了起来，给西南都督府发封电报！”

安雅瑜愕然抬头：“你……”

男人早垂下头拿茶喝了。

“不，你不能如此！”安雅瑜手抚门框。

一名士兵拿了枪托，一击，就把她的手指击得从门框处松了，拖着她继续往门外走。

她痛得要死，却回过头来，看着他。

忽地，她看到了博古架上的报纸，虽然只留了一角，却看清了那标着红圈的标记，她记得那报纸上的内容，眼看要被拖出房门了，安雅瑜手掌一翻，拉住了门框，急忙说道：“远洋轮船上那两名妇人之死，督军想不想查明白？”

他冷冷一笑，“你怎么知道那件案子还没查清？”

安雅瑜轻声说：“如果查清了，督军就不会收集这么多张报纸了，那两名妇人之死已隔多年，但督军依旧在留心船上动静，所收集的报纸全是有关这艘船的。那死去的两名妇人，对督军来说，意义重大，所以督军才特意把那报纸摆在显眼之处，经常翻阅，督军如果愿意帮我，我愿为督军所用，查清那两名妇人之死。”

林泽夫抬起眼皮，看了她一眼，“那两名妇人之死，倾尽帅府之力也未能查清，因为她们的身份成谜，死后有神秘东洋武人为掩盖此事，杀人无数，其中的诡异波澜，从没有人能弄得清楚，就凭你也能破得此案？”

安雅瑜是从报纸的一角看到这篇新闻的，只占了小小的一幅版面，她博闻强记，见过一次的东西都能记在脑里，尤其对命案很是敏感，因此，看到红圈圈出的地方，自然而然想起，这才把此案提了出来作为交易，却没有想到，该案却是复杂至此。

眼看他又要挥手，安雅瑜急急地说：“督军府宅门死人之案呢？这才到了初一，就死了两人，如今流言四起，督军虽然不在乎虚名，但长此下去，一定会动摇民心，使得督军在此地举步艰难。”

“让你在这儿待了一个时辰，你倒是什么都打听清楚了？”林泽夫冷笑。

安雅瑜垂下头去，“我相信，一切案件都可以寻根求源，只要督军给我一个机会，我一定能将此案查个清楚。”

林泽夫嘴角微微上扬，讥讽地笑了，“你？会破案？”

安雅瑜抬起头来，脸色平静，“督军，我话已至此，督军如果想将我送往西南都督府，那么，悉听尊便。”

她半仰着头，头发凌乱地披在额头，面色苍白，一双眼睛平静而绝望。

他沉下眼眸，“安雅瑜，我若帮你，西南都督府会怎么想？你那未婚夫岂不更加误会，以为老子和他争抢女人！为了一个女人，引起西南和我方剧变，使得国内动荡，不值得。而且，我从来不养闲人，你没有拿得出手的东西，你的事，我不会管，你走吧，自寻去路。”

安雅瑜脸色愈加地白，手捏紧了衣袖，指关节发青。

她明白这个男人是什么样的人了，他手握重权，却心硬如铁，而她，就像他挥刀砍下的人头，如有必要，他决不留情。

安雅瑜松开了握住门框的左手，不等士兵招呼，垂着头往门外走。

汽车之声由远而近，脚步纷纷，马靴踩在雪地上吱吱作响，有人朝此处急跑了过来，一下子停在了帐门之外，大声禀报：“报告督军，夫人病危不起，请您马上回宅。”

林泽夫站起身来，往前就走。

安雅瑜避开到了门边。

林泽夫一回头，看了看她脚下，指尖点她，“你，跟着。”

安雅瑜茫然抬头，不明白这个男人一会儿一个主意是什么意思。

他不耐烦皱眉，“听说你留过学，学过两年西医？”

安雅瑜想告诉他自己主修的是化学，可回到国内，因着她用化学方法制了几样药剂，治了几桩病症，传进旁人耳里，不知道怎么传来传去，传成了西医了，传成西医还挺吃香的，她也就懒得纠正。

此时此刻，明摆着林泽夫家夫人有病，需要医生，如此良机，她硬着头皮，也只得上了。

她点了点头，“是，督军。”

林泽夫指着她说：“你，就姓白！”

安雅瑜怔了怔，点头：“是，督军。”

几个人哗啦啦往汽车旁走，林泽夫来到车门边，林副官拉开了车门请他进去，他回头，看了一眼安雅瑜，皱眉，掩鼻，“让她坐另一辆车。”

安雅瑜呆呆地站着，牙肉咬得生痛，只得随了兵士坐上了另一辆车。

两辆汽车驶了两三个时辰，终于回到了督军府。安雅瑜弯腰下了车，一抬头，就看见这座由古砖、石雕围成的古宅院，状元及第石雕门楼，双面镂空木雕大屏门，可院子的西边，却是两座西洋式的小楼，欧式的建筑，与古宅遥相辉映，却又奇异地和谐。

门口有两列兵士守着，见林泽夫回来，身形笔挺地行军礼，

林泽夫顺手把马鞭丢给了林副官，与几名侍卫往院门口走。

这个宅子，此时在阳光照耀之下，雕梁画栋，宁静富贵，哪有半点诡异血腥之气?

有人在她身后推了一把，“看什么，快走。”

安雅瑜垂头往门口走，眼睛却不敢明目张胆地四处打量。

皮靴马刺之声在前边响着，一行人穿过长长的回廊，林泽夫像是想起了什么，忽然间停下了，往后望去，指着她，“让她收拾一下，带过来见太太！”

扎着两条长辫子的丫环看了安雅瑜一眼，见她一身中山装，以为是个男子，有些吃惊，低声回答:“是，督军。”

她过来，向安雅瑜行礼，“先生，请随我来。”

林泽夫早已大踏步地被几名兵士簇拥着，往前去了。

丫环让人打来了热水，又替安雅瑜拿了套干净的中山装来，放在椅子上，就关门出去了。

安雅瑜把身上的衣服除下，加快动作洗了澡，等到穿衣服之时，才发现裹胸的长布跌到了地上，浸湿了，她暗暗叫苦，她把那长布使劲儿拧干，依旧一圈一圈地裹在了胸口，外边寒风凛冽，她胸口冷得似冰一般，她看到床上的被子，把被子拉了过来捂住，她上半身煨暖了，才感觉好些。

她站在镜子面前，镜子里的人，一身合体的中山装，头发短短立起，却正是一

个身材削瘦的学生模样，她左右转了转，直至全身上下看不出破绽，这才深吸了一口气，又缓缓地吐了出去。

她脑海里闪出了林泽夫挥刀砍人头的景象，慢慢伸手，抚住了胸口，她不能回去的，不能再见那个人，和一个心不在她身上的人生活一辈子!

外边丫环轻轻地敲门，“先生，先生，好了吗？”

她再看了一眼镜中的自己，“行了。”

她拉开门走了出去。

长廊之外，雪花飘落，石雕青砖，远处西洋小楼屋顶全被白雪覆盖，连呵出的气，仿佛都会转瞬成冰。

丫环含笑看了她一眼，在前边带路，“督军在中堂与太太议事，先生且跟我来。”

安雅瑜升起了层不安，“太太没事了么？”

太太如果没有病，那她这个医生在林泽夫眼里还有什么用？对于没用的人，林泽夫怎么会让她留下？

“咱们夫人身体时不时地出现些小毛病，府里大夫虽然有两个，但怎么也除不了根，先生来了就好了。”丫环往前走着。

安雅瑜心一沉，丫环言语轻松，全不像主母有病的样子。

沿廊而行，她跟着那丫环往前院走，前院是一个二进的四合院，灰塑装饰，深棕色的柱窗，有点缀描金，天井之上，装饰着西洋彩色玻璃，让这古旧的宅院处处透着鲜亮与活泛，美不胜收。

还没走近，就有几声轻笑从影壁内传了出来，安雅瑜迟疑了起来。

丫环轻声说：“先生自己进去吧。”

说完，转身离去，把安雅瑜留在了影壁处。

安雅瑜看着丫环背影消失，手不由自主地捏紧了袖口，正在踌躇，却听里面有人说：“三哥，任你请了谁来，你不衬了娘的心愿，娘的病怎么会好？”

林副官从门外跨进，看见安雅瑜站在壁前不动，皱眉，“你还不快进去？”

安雅瑜只得随了他进去了。

中堂之上，坐着一名中年美妇，按着胸口皱眉，另一边，则是坐着林泽夫，两位长得很漂亮的年青姑娘坐在堂下，各有一个小丫环在身后奉茶。

中年美妇的身边，半弯着腰笑着将茶递到她手里的，却是一个年轻男子。

林泽夫还是那张冰块脸，脚跟却不耐烦地在地上直磕，一副想拔腿就走的样子。

这位，就是林泽夫的亲娘了？看这阵势，林太太不像有病，倒像是在押着他相亲?

安雅瑜暗暗思索，跟着林副官往前走。

年轻男子直了腰，看了一眼安雅瑜，又收回了目光，笑着向林泽夫说：“三哥，这位是你请的医生？西洋回来的？看起来不像啊，真能治得了娘的病？”

说话之间，林太太捧着胸口皱眉，叹气，“但凡你听话一点，我怎么会病了？我这病，就是你气的！你们兄妹俩，一个两个，全是这样！”

她十指纤纤，指向了林泽夫。

林泽夫依旧板着脸，眼底的郁闷更深了，也不避开她的手指，只闷闷地：，“娘，我很听话，娘，您还是管管幽兰吧，您来到了这里，幽兰在家里边，只怕又会惹祸了。”

林太太吸着气，像快要昏过去的样子，“我才来，你就要赶我走了？天啊，生儿育女干什么？还不如养几条狗！”

林泽夫一脸无奈，“娘，您愿意住多久就住多久，我没赶您，我只是提醒您，幽兰那性子，您不盯着，指不定会闹出什么事来！”

“三哥，六妹好得很，在家里读书呢，你不用操心她，操心你自己的婚事就好了。”年轻男子满脸的幸灾乐祸。

“没错，你四弟说得没错，这几日之内给我一个准信儿，定下来！”

两名坐在下首的姑娘同时红了脸，半垂着头。

安雅瑜看这阵势，虽然满腹愁思，也嘴角上扬，差点笑了出来，还真是恶人自有恶人磨，这位林督军，对着他娘，却是一点办法也没有。

像是感觉到了她的动静，林泽夫抬起眼来，冷冷扫了安雅瑜一眼，说：“娘，这位医生从西洋回来，医术极好，对胸痛之病更是拿手，您让她给您瞧瞧！”

林太太一只手捂着胸口，另一只手拍桌子，“我这是心病，心病，你知不知道？你好好儿的娶房媳妇，给我生个孙子，我什么病都好了！顾夕，劝劝你哥，哎哟，气死我了！看什么看？我迟早都会被你气死！”

这一位是林家四公子林顾夕？林太太嘴里的幽兰，就是林家六女林幽兰了，是林家唯一的女儿，她今日没来？

安雅瑜看了林顾夕一眼，又瞬间垂下头去。

林顾夕好不容易得了个能狐假虎威教训林泽夫的机会，兴奋得脸都红了，“是啊，三哥，娘说得不对么？你瞧你都多大了，你要当和尚去么？你今年就要二十五岁了！二十五岁还不成婚，你要急死娘啊，我儿子都有两个了，可你呢！”

“闭嘴！”林泽夫淡淡看了他一眼。

林顾夕扁嘴，拉扯林太太的袖子，“娘，您瞧，三哥就只会欺负我！”

安雅瑜垂眸站着，不由想起自己家里，嘴角弯了弯。

林太太拍了拍他的手背，“只会吓你弟弟，你弟弟难道说得不对么？早些年你要外出留学，娘也只得由着你，可你留学回来，又说男儿志在四方，帮你爹四处征战，如今，你为一方大员了，总算安定下来了，这婚事，可不能再任由你拖下去！”

林泽夫垂眸坐着，脸上一丝儿表情都没有。

两名女子手里拿着手帕掩着嘴笑，却悄悄抬眸，视线往林泽夫身上落。

林顾夕眼尖得很，看得清楚，就问，“王兰芝，李榕玉，三哥脸上有花？”

两个女子顿时面红过耳，齐齐呸了一声。

说话间，又拿眼角余光打量林泽夫，见他视线落都没落到自己身上，难掩眼底失望。

安雅瑜见此，心底也失望起来，林太太本就没病，只怕是为了逼婚而装病，如此一来，这里就没有她什么事了，她成了无用之人，又有什么资本向林泽夫谈条件？难道真被他送回西南？

她神游天外，想着自己的事，暗暗伤神。

李榕玉掩嘴咳了两声，站起身来，面向林顾夕，眼角却扫着林泽夫，“林四哥，听说督军府是由原来的梅公馆改建，里面有好大一个园子，名叫逍遥宫，种了许多西洋来的花草，还有些稀罕的奇石，不如您带我们俩去瞧瞧？”

王兰芝虽未出声，脸上也露出了些好奇向往。

林顾夕没口子的答应。

林泽夫却坐在椅子上动都没动，林太太拍了一下桌子，瞪他，“你是主人，当然是你领客人四处游玩观赏！”

林泽夫表情不动，“娘，冰天雪地，有什么好看的？”

林顾夕刚想开口，林泽夫一个眼神过去，他喉头上下滚动了一下，到底没有出声。

李榕玉合着手掌笑，“听说这督军府是以往的梅公馆改建的，后边的逍遥宫有个新式的暖房，用西洋那边传来的地暖技艺建成的，里边还有一个新式的壁炉，我们还从未见过呢，不如督军带我们去瞧瞧？”

林泽夫垂眸，“那里改建成了花房了。”

李榕玉就朝王兰芝笑，“兰芝姐姐最喜欢花了，这寒冬之中，如果还能看到几处鲜花盛开，那再好不过了。”

林太太瞪着林泽夫，“你很忙么？她们是客人，你就不能抽点时间出来？有什么事比你自己的事还重要？”

说完，手又抚上了胸口，眉头轻轻地皱着，“什么时候我这心病才会好啊！”

林顾夕忙扶住了林太太，与林太太一样的神态回头瞪林泽夫，“三哥，你瞧瞧你，把咱们娘又气出病来了。”

林泽夫无可奈何站起身来，“娘，我陪她们去逍遥宫走走？”

林太太捂着胸口的手放下了，板着脸说：“这才像话。”

林泽夫沉着脸站起身来。

安雅瑜看得明白，他后颈之上，有根青筋一下一下地跳着。

她垂眸，身子向后缩了缩，使劲掐着自己的掌心，用疼痛来保持表情平静。

林泽夫摆手，微微弯腰向两个女人做了个请的手势，两个女人微笑垂头，往前走。

临出门前，林泽夫却一回头，手一指，“你，跟着！”

安雅瑜一怔，抬起头来，还没说话，林太太就说了，“自家后院，带亲卫干什么？还怕有人行凶不成？”

林泽夫看了林太太一眼，“娘，她是个医生！”

林太太怔了怔，“瞧我这记性，你刚刚说过，我转眼就忘了……带医生更没有必要了！”

林泽夫看了王宝芝一眼，“兰芝面色苍白，怕是长途跋涉，有昏车之象，有个医生跟着，也好有所准备。”

王兰芝脸色微红，垂下头去。

李榕玉就笑了，“督军真是体贴细心，我倒没有注意，只知道王妹妹以往昏车，在车上要吃一罐子酸梅，才把头昏呕吐症状压了下去的，正巧，到逍遥宫散散心，王妹妹头昏之症说不定就好了。”

王兰芝的脸渐渐发红，伸手拉了李榕玉一下。

李榕玉笑着望向林泽夫，“督军，我这个人就是话多，也管不住自己的嘴，望督军不要见怪。”

林泽夫轻轻淡淡看了两人一眼，没答她的话，只说：“走吧。”

李榕玉这样活泼的性子，也被他噎得气息一滞，好半天脸上才缓过神来。

三人往前走，李榕玉和王兰芝手挽着挽手在旁边跟着。

雪已经停了，大雪把园子里树木假山全裹上了一层雪白，青石小路被打扫得干干净净。

林泽夫落后一步，任她们往前走，看了安雅瑜一眼，压低声音，“你知道怎么做了？”

安雅瑜一怔，他已上前，跟上了李榕玉和王宝芝的步子。

什么叫“我知道怎么做？”他让我做什么？

大老板吩咐，即使猜不出他想要她干什么，安雅瑜也打起了十二分精神。

这一边，林泽夫脸上带着温柔笑意，垂头不知道说了句什么，两个女人粉面微红，拿块手绢掩嘴垂头而笑。

他身量高高的，两位姑娘却是身姿柔美，三人走在冰雪当中，美得像一幅画。

慢慢地，他们来到了暖房之前，林泽夫指着那暖房笑，“这个地方，倒是冬天里整个后院尚还能看的一处景致，里面种了不少南方移植过来的兰花，老肖手艺精湛，把洛阳的牡丹移植成活，挖了地道用地火烘着，这紫重楼便盛开了……”

王兰芝高兴地说：“紫重楼？这里真有牡丹名种紫重楼？”

李榕玉笑了，“宝芝妹妹最喜欢花了，寒冬之中能见到名品牡丹盛开，妹妹可真是不虚此行。”

王兰芝期待地往花房门口望，等着林泽夫领她们进去。

林泽夫笑了笑，“是啊，老肖死的时候，紫重楼开得正好，老肖的血溅在花瓣之上，紫色更紫，花倒像开得更艳了。”

两个女人掩嘴，脸上血色一下子褪得干干净净，结结巴巴，“死，死人？”

林泽夫回头看安雅瑜，“你见过那具尸体，你跟她们说说。”

他眼眸幽深，如最黑珠玉。

终于明白他让她干什么了。

安雅瑜只好上前，板着脸平铺直叙，“没错，老肖死得惨，头被砸破了，红的白的脑浆溅得四处都是，因着暖房供热，地方偏远，平时没什么人来，因此，死了两三天才被人发现，身体胀大，腹腔之中生了蛆虫，法医验尸之时，拿刀一划，那蛆虫从里边全涌了出来，里边绿的青的水直往外流……”

话未说完，两个女人已掩着嘴干呕了起来。

林泽夫脸色也不好了，朝她看了一眼。

安雅瑜眉毛都没动一下，眼眸明亮，看着林泽夫，“督军，还要我说下去么？”

林泽夫冷冷地说：“不用了。”

安雅瑜眼神无辜，遗憾地说：“还有很多细节没来得及说呢。”

王兰芝被李榕玉扶着呕了几口清水，两人脸色惨白。

林泽夫体贴地说：“两位不必害怕，花房里边都清理干净了，那盆紫重楼半点没受影响，开得正艳，你们去看，正当花季。”

安雅瑜适时插嘴，“就是尸臭难除，花香也掩盖不了。”

林泽夫看了她一眼，眼底隐隐含着笑意。

安雅瑜舒了口气，她这是做对了？

王兰芝说不出话来，又想呕，李榕玉忙摇手，“督军，咱们今儿才到，疲惫得很，这花房就不看了，等明日休息好了……”

林泽夫笑了笑，“也行，你们是夫人贵客，有什么需要，我自然随叫随到。”

说完，看了安雅瑜一眼。

这个恶人，只能由她来做了。

安雅瑜咬了咬牙，上前，仿佛才记起一般，提醒，“督军，今儿个初几啊？是不是初十了？老肖是初一死的吧？外边可都传疯了，十五，这里又会死一个人，督军，您看需不需要多派人手保护两位姑娘？”

李榕玉脸上的笑容消失了，嗓音哆嗦，“督军，她说的是真的？”

林泽夫点了点头，脸色沉重，“你们别怕，虽说一搬进梅公馆，就出现了这种命案，但我正多方派人调查，更派了重兵严加防守，决不会再有此等命案发生。”

安雅瑜垂头，自言自语，“那可难说得很，人心难测，凶手还没找到，防不胜防，听那谣传，如若初一死的是个男人，那么十五就会死女人。”

两个女人相互扶着，站都站不稳了，匆匆向林泽夫告辞，“督军，今日实在疲累了，请容许我们先梳洗休息一番，隔日再向督军赔罪。”

林泽夫点了点头，两人相扶着就往来路上急走，脚底打滑，还差点儿摔了。

等两人背影消失不见，林泽夫看了安雅瑜一眼，“进去吧！”

安雅瑜吃惊地问：“老肖真死在了这花房里边？”

林泽夫点了点头，“还真如你所说，死了两天才被发现，法医依照尸身上的蛆虫大小推断，他正是死于上个月初一，府里就传出了初一十五死人之流言。”

安雅瑜垂头思索，“请问督军，这流言是尸体发现之后传出，还是发现之前就已传了出来？”

林泽夫语调冰冷，“本督哪有那闲工夫查这等小事？”

安雅瑜抬起头来，直视于他，“那么，请容许我大胆猜测，这种流言，想必在督军入住梅公馆之前，就在坊间流传了，而老肖之死，却正应了这流言，老肖尸身查出来之时，一定同时发生了另一件事，使得督军府有下人逃走，让府里兵士鸣枪追击，却让别有用心之人再编流言，蛊惑民心，把这枪声与初一死人之事联系了起来！”

“没错，当时有人在府内行窃，惊动了警卫，警卫鸣枪，打死了那贼人，梅公馆死人流言就流传了出来。”林泽夫直视于她，四周冰雪映射，使得他眼眸泛着白光，如寒刃冰箭，看得她气息一滞，不由自主垂头，“你不是想要洗脱你的罪名吗？只要你查清老肖之死，找出这初一十五死人之流言出处，本督就给你一个洗清自身清白的机会！”

安雅瑜抬头，双眼灼然生光，“好，我一定不会辜负督军期望。”

林泽夫已经来到了花房门边，安雅瑜忙推开那两扇木门，身子侧过一边，请他进去。

他走进花房，指着不远处木架子上盛开了那盆紫色牡丹，“那盆就是紫重楼，老肖死在花盆之下，身上一点受伤的痕迹都没有，指甲泛黑，嘴唇发乌，很明显中毒身亡，只可惜查遍了他的饮食及身上，也没能查出他到底怎么中毒，因何而中毒。”

安雅瑜轻声答：“无迹可寻？这是中了什么毒？”

林泽夫回头看她，她的一双眼在巴掌大的脸上显得极大，却黑得惊人，她面孔雪白，身材瘦小，整个人像一个堆好的雪人一般随时融化在这雪地里，可她眉眼之间，却有少有的英气坚定。

他打量着她，她也在悄悄看他，却不敢直视过去，只半垂着眼，看清了他放在裤缝边戴着雪白手套的手，他手指修长，充满力量，这是一个满是掌控力的男人，习惯于把一切操控于手心。

她要怎么样才能赢得他的信任，顺利离开？

她悄悄抬头，却正好对上了他的眼眸，他没有避开，她却迅速垂眸。

第二章　花匠疑案

他嘴角现出丝讥嘲，“我说过了，我这里，不收留没用之人！连中了什么毒都弄不清楚，怎么查案？”

安雅瑜脸涨得通红，她抬起头，直视于他，“好，督军，三日之内，我定能给督军一个答复，查清这老肖死亡真相！”

“三日？”他冷冷地笑，“三日如果不能查清……”

安雅瑜淡淡一笑，“三日如果不能查清，不用督军来请，我会自绑，任凭督军发落。”

林泽夫深深地看了她一眼，指着那株紫重楼，“老肖死亡之处，你已经看过了，这花房总共也就这么大，只有一处开门，没有地方可以进来。”

安雅瑜走上前去，仔细查看那株紫重楼，只见那花开得正当时，紫瓣重重，有绣球大小，离得近了，浓香扑鼻，她离那花再近一些，看到花枝之处折断的白痕，再仔细看了看花盆处的湿土，直起腰来，自言自语：“老肖的手艺很好，对花爱护非常，花盆也打理得好，照理来说，不应当会有这样疏忽之处。”

林泽夫皱眉，“你看出了哪里不妥？”

她却没有回答，只怔怔地看着那株花。

这个女人真查起案来，却全然忘乎所以。

林泽夫咳了一声。

安雅瑜这才清醒了，向林泽夫拱手说：“督军，对不住，我想事情想得入了神，督军刚才说什么？”

这种经验倒很难得，林泽夫从来没有被人这么忽视过。

“我问你，发现了什么？”

安雅瑜仿佛一瞬间活了过来，指着那株花说：“督军请看，这株牡丹老肖一定精心养护着的，连花盆都擦得干干净净，更别说这花枝了，每一处的剪枝都仔细地计算过了，一定要它盛开之时盛花朵错落有致，极有风韵，一盆这样精心养成的花，绝不可能出现这样的一个断痕，像是有什么人粗手粗脚一撞，就把花给撞断了。真是奇怪。督军，府上有女人喜欢折花簪在头上吗？”

林泽夫背着手，站得离那花近了一些，弯下腰看了那花一眼，直起腰来，摇了摇头，“这盆花是老肖准备在娘四十寿辰之时呈上送给她的，当然得精心养护。”

安雅瑜拍手说：“没错，那么这花枝上折断之处，就不会是老肖自己弄的了。督军府上以往并没有年轻女人，是吧？”

她目光闪闪看着他，整个人仿佛焕发光彩，哪还有半点先前的卑躬算计。

林泽夫淡淡扫了她一眼，“自今日开始，倒是有了好几位了。”

安雅瑜扑哧一笑，又瞬间收了笑意，沉了脸说：“到了明日，恐怕又是一个不剩了。”

林泽夫怔了怔，脑子出现了瞬间空白，原来她笑起来这样美，像是雨后初晴，又像拂晓第一缕阳光破空而出。

他微微皱眉，把视线望向了那株紫重楼处，“一株花树被折而已，你看了这半天，就只找到这点线索？三日破案，岂不是空谈？”

安雅瑜轻声说：“不管是萝卜还是青菜，总能体现出自己的所爱，花是离老肖最近的东西，兴趣爱好能体现一个人的性格特点，与之不符的细节，兴许就是破案的关键，找到这一截断枝的原因，说不定就能帮我们找到凶手。”

她指向了花株断裂之处。

林泽夫朝她手指之处看去，不置可否，“我不管从这株花里你看出了什么，总之，三天之内，你能查出真相，咱们下边就可以谈了。”

安雅瑜却又似没有听到他说什么，在花房里巡查了起来，抬头看了玻璃屋顶，再看了屋门，轻声说：“花房只有一个小小的通风口，而且建在屋顶，只有一个房门出入，房门锁头没有被损坏的痕迹，加上花房地处公馆后门之处，十来步就可以打开后门出去，老肖如果是被人谋杀，谋杀他的人，对他一定熟知。”

林泽夫淡淡看了她一眼，“这些，本督都找人查过，老肖的妻子儿女多年之前就已经去世，他既无亲朋，也无好友，一年之中倒有大半时间待在花房里，守在梅公馆里，除了府里来往的杂役，他不认识什么人。”

安雅瑜怔了怔，一双眼睛看在花房某处，乌黑乌黑的，没有了焦点，“这可就奇怪了！”

林泽夫没空和她耗下去，转身想往屋外走，他有的是事儿要做呢。

才一转身，袖子就被拉住了，拉住他袖子的人是安雅瑜，白玉般的小手搁在他军装衣袖铜扣之上，出奇的和谐，他看了看，忽然之间有种哭笑不得的情绪蔓延。

哪个借她这么大的胆子？

他一抖手臂，扯住他袖子的手没有被抖下来，依旧拉得牢实。

她说："不对，这其中一定有什么地方疏忽了。"她抬起头看他，"督军，我需要梅公馆历来的资料，还需要亲自查看老肖的尸体。"

林泽夫没有出声，只用冰寒的眼眸看了她一眼，再看了一眼她扯住自己衣袖的手。

安雅瑜猛地松了手，脸上陡然现出丝红润，讪讪地，"督军，对不住，我一想事情就忘了周围了。"

她粉颈低垂，眼睛快速地眨动，脸上的红润如清晨彩霞一般迅速蔓延到了全脸。

林泽夫点了点头，"行，我让林副官配合你，但我身边从不收女人，所以，最好还是以男装打扮为好，别让他们看出你的身份。"

安雅瑜有些担心，"可初来之时，已有人知道我是女人了。"

林泽夫往门边走，"这个你别担心。"

安雅瑜见他的身影消失在门外，忙跟了出去。

他在门口一停，安雅瑜差点撞到了他的背上，忙后退一步，他转过身来，"花房，你随时都可以来。"

安雅瑜说："那好，我需要有地方做一些实验，督军放心，不会损坏督军的花的。"

林泽夫一怔，"实验？"

安雅瑜点头，"这株花，我也许能用得到，督军，如果有损毁……"

她的脸恢复了玉般的白，眼神认真，刚才那小儿女的羞怯好像是个错觉。

"这株花摊上了凶案，哪还能用，你随便处置就行了，这花房现在是小王打理，有什么需要，你问他就行了。"林泽夫再迈步往前走。

安雅瑜怕他又忽然停下，不敢离得太近了，只远远地缀着。

梅公馆极大，林泽夫住在前院，林副官听了他吩咐的事，吃惊地张大了嘴，好半天才合拢了，朝安雅瑜伸出手来，"副官，以后咱们不分彼此，共同为督军效力。"

安雅瑜也伸手出来，和他握了握。

林泽夫吩咐他，"知道内情的那几个人怎么处理，你明白了？"

林副官点头，"督军放心，安置营里的那几人都是从外地来的，远远地送了回去了，至于营里的兄弟，他们不会乱说的。"

林泽夫"嗯"了一声，"还有，她需要什么实验器材，你去给她弄来。"

林副官难忍眼底那泼天的好奇，啪地行了一个军礼，与安雅瑜一起走了出来。

一路之上，林副官倒是没有问什么，可一双眼睛闪啊闪的，在她身上像探照灯一般扫来扫去，将她领到了后罩院处，告诉她："这里，是我们侍卫营住处，以前是梅公馆的雇工住房，离厨房也不远，你住到我的隔壁就行了。"

他上下打量了她一眼，"还好你的身材没有矮得离谱，但可真够瘦的，军装可难找得很，行了，我让王嫂给你改改军装吧。”

安雅瑜点头，“先别忙军装，你先让人给我弄来些玻璃器具、酒精灯来，还有试管，还有，我要看看那尸体，让人带我去。”

林副官摇头，“那可不成，咱们督军最重军风军纪了，咱们又是他身边的人，你这样邋邋遢遢出现在他面前，他的心情会不好的！他心情一不好，咱们这些办差之人可就遭殃了。”

安雅瑜想了想林泽夫的表现，点头同意，“督军性格的确龟毛，既是如此，军装也拜托你了。”

林副官哈的一声，差点笑出声来，左右望了望，见没人注意，这才笑了，“也只有你这个新人才敢这么说他，在他面前可千万别胡说。”

心想这位姑娘性格可真让人捉摸不定，时而精明时而却糊涂得很，人情世故不知道懂也不懂，看来是富户的家庭教出的女子，却落难了，人情世故是落难之时学的吧？

他有些期待她惹了督军时的样子了。

想及此，他走近了些，一伸手，差点顺势搭在了她的肩上，想起她是个女人，这才收回了手，“白副官，咱们督军平日里好说话得很，对兄弟们也好，但你别惹了他一件事……”

安雅瑜打住了他的话，“你家督军不喜欢办事拖拉之人！他交代下来之事，自当手脚麻利办好。”

林副官望着她，眼底充满了新奇，“你猜得八九不离十，咱们督军性子急，最恨拖拖拉拉推卸责任，总之，无论差事办好办坏，就像你说的，手脚麻利最好了。”

两人一边说着，一边往前走，林副官把他们这些近身亲卫吃饭的食堂指给了她看，又吩咐下人给她改好军装，再给她安排住处。

安雅瑜心底着急，她急着去瞧那具尸体，好早一点证明她心底的猜测，可林副官好像忘记了，啰啰唆唆吩咐了许多，看见屋子里的被子薄，又让人搬了床厚的被子来，安雅瑜忍无可忍，“林副官，不用了，这被子够厚的了，不如咱们去……”

林副官转过头来摇头，“那怎么行？你是个女人，最重要的是保暖，我妹妹就是月子里受了冻，落得一身毛病。”

他这是兄妹移情？

安雅瑜无语地看着他，“林副官，我正常得很，没生孩子，也不是在月子里。”

林副官挠头，腼腆地笑，“女人总要保暖，是没错的。”

安雅瑜不得不提醒他，“林副官，你刚才还说督军不喜欢拖拉的，咱们还是赶快去瞧瞧那具尸体吧。”

林副官脸上的笑一下子收了，眼神飘忽，“真要去？看法医验尸报告不就行了？”

安雅瑜算是明白了，他不想去，心底奇怪，说：“你有事就不用去了，我自己去也行，验尸房在哪儿？”

林副官舒了一口气，脸上表情轻松，殷勤起来，“我让人开车送你过去，不远，是个老义庄临时改建的。”

他叫了个司机来，让他送她去，临出门时，又支支吾吾，“小白，到义庄你如果见到了什么人，回来可千万别跟督军说。”

安雅瑜惊奇地望着他，“什么人？”

林副官欲言又止，“到了那里你就明白了。”

说完，扭身就往回走了，仿佛后边有人追着。

安雅瑜沉吟着上了小车，司机显然受过严诫，惜字如金，一问三不知，安雅瑜只得罢了，总算来到了验尸房，安雅瑜让司机在外等候，自己往里边走。

门口有两个兵士守着，看见是她来，怔了怔，“你是谁？验尸重地，不可乱闯。”

那司机忙走了过来，“这位是督军新任命的白副官，来查看尸首的。”

两名士兵忙笑了，“白副官，您请，里边味道不好闻。”

一名士兵递过来口罩手套，将她往里边领。

安雅瑜看了看放在玻璃柜里的剩余口罩，问他，“这一大清早的，就有人过来？”

士兵互望了一眼，赔笑，“白副官，林副官没和您说？您自己进去就明白了，您一直走，走廊尽头就是停尸之处。”

安雅瑜看他们半点也不想陪自己进去，只得自己往前走，来到了最后那间房，就听见里边有动静。

她心一沉，推开门就走了进去，一位穿白大褂，戴着护卫帽和口罩的人正趴在案台上，听见响声，抬起头来看了她一眼，又趴了下去，不耐烦地说：“叫你们别打扰我，为什么不听？”

安雅瑜急走了几步，一把把他推开，看了一眼尸首，舒了一口气，回头望那人，厉声说：“你是谁？是法医吗？既是法医，怎么基本验尸常理都不懂？你如此验尸，能检验出什么？”

安雅瑜连珠炮地一串说下来，那人被她推到墙角站着，呆怔怔的，好像还没从“竟然有人敢推他”这种情况之中清醒。

隔了好半天才说：“我做什么了？”

安雅瑜这才反应过来，这验尸的是个女人？

安雅瑜哪里管她是男是女，指着她就教训：“你下刀切开尸身腹腔，是为着什么？既是切开腹腔，却为何不检查胃部，反而把肝胆划破，让胆汁流出？却不收集起来，任由其流走？难道你不知道，胆汁负责消化乳化脂质、蛋白质和糖类，有些检验不出的毒素也可能滞留于胆汁之中？”

那人半张着嘴，“还真是我的错了？”又问：“你怎么懂得这么多？”

安雅瑜说：“我是督军派来查清花匠之死的，如果什么都不懂，怎么破案？”

那女人哈哈笑了两声，“他身边能有什么能人？如果能行的话，早就破案了，哪轮得到我亲自出马？”

她这么大口气从何而来？又想起她无端端把具尸体搞成了这样，差点儿毁了证据，气不打一处来，冲口而出，“我说你是谁啊，验尸重地，闲杂人等还不避开！”

这女人怒了，一把扯下了脸上蒙着的口罩，指着自己的脸说：“我是谁，你认不出来？”

安雅瑜也怒了，心想这女人长得不差，脑子怎么就不好使呢？哼哼了两声，“什么阿猫阿狗我都认识，我还有空闲时间么？你无端端潜入验尸房，破坏尸身证据，给破案之人徒添麻烦，你以为验尸是好玩儿，切猪肉？”

这女人气得胸膛起伏，眼睛瞪得溜圆，却半句话也说不出来。

正僵着，外边又急匆匆跑进来一个白大褂，看见安雅瑜在，一怔，“您是白副官？”

安雅瑜点了点头，指着她问：“你是法医？她又是谁？”

“是，鄙人姓黄，您叫我黄法医就行了，这一位，这一位……”黄法医摸了摸鼻子，看了那女人一眼。

安雅瑜怒过之后，理智回来了，心想这女子年纪不大，只怕不是简单人物，验尸房门口有士兵守着，她却进出自如，这法医对她也顾忌得很，很明显的，家里有人保着呢！再想想林副官那生怕引火上身的态度，林副官都这样了，在这种时期，还能自由出入这种地方的，除了背景雄厚的林家人，还会有谁？

安雅瑜想明白了，也不怎么害怕得罪了她……这个女人，只怕是瞒着家里人来这里的，她问：“你是林六小姐？”

林幽兰哈了一声，“算你识相，终于认出我是谁了，还不给我道歉？”

安雅瑜慢悠悠地说：“督军和太太正四处寻找你的下落呢，六小姐还不回去，太太只怕要杀到义庄来了。”

这种感觉倒很稀奇，林幽兰还从没见过看见了她还能不卑不亢的，还能反唇相讥的，三哥手里下那些人，对她不是敬而远之，就是弯腰巴结。

想及这副官刚刚的话，她心虚地看了门口一眼，恨恨地说：“不要他们管！”

“哎哟，我的大小姐，依我看，你听这白副官的，赶快回去，不然我不好向太太交代。”

“不行，不弄清楚老肖是怎么死的，我决不回去！好不容易来一趟，我怎么也要弄个明白才行！”

黄法医转头向安雅瑜，“白副官，你是督军派来查老肖这个案子的，不知道有何高见？”

林幽兰瞪着一双大眼睛看她，眼底尽是讥讽，“她能有什么高见？”

安雅瑜皱了皱眉，神情严肃，“林六小姐还是尽快离开此地，别扰了我们查案才行。”

林幽兰呸了一声，“有什么了不起的，派了这么多人来，也没有查出个究竟来，我倒反而看出不妥来了，老肖确实是中毒而死，而使他致死的毒药，却不是通过饮食进入体内，是经过外伤！”

黄法医摇头说：“六小姐，你就别添乱了，我检查了多遍，都没有查出他身上有外伤，你如何查出？”

林幽兰得意地说：“他体内腹腔与喉舌之间没有变颜色，毒药不是从喉咙里进去的，可你看他眼睑下垂，颌部强直，极像破伤风的症状，可他的表情却平静，依此看，他死之前没有意识到自己中毒，可我检查过他的肾脏和心脏，损毁严重，由此可见，他中的是蛇毒，可是哪一种蛇毒，我却查不出来了，更为奇怪的是，现在是冬天，蛇都已经冬眠了，哪里会出来咬人的？”

安雅瑜意外地看了她一眼，点了点头，“你猜得不错，他的确中了蛇毒。”

林幽兰被这瘦小的年轻副官认同，无来由地高兴，看她一下子顺眼了许多，“我是什么人，用得着猜么？”

黄法医捧场，“林六小姐在美国学的法医，师出正统，一出手就非同凡响。”

林幽兰听了这话，脸上却露出了些羞惭来。

这位大小姐，只怕在吹牛！

安雅瑜也不揭穿，只说：“虽然中的是蛇毒，却不一定是蛇咬的。”

林幽兰吃惊地说：“你是说，有人提炼蛇毒，杀死了这花匠？这么高级？一个花匠，值得么？能提炼蛇毒，可不是一般的人！提炼蛇毒杀人，真可谓防不胜防！难怪伤口怎么找也找不到。”

她满脸兴奋，好不容易遇到这么个大案子，可有她大展身手的时候了，要让那些看轻她，看轻女人的人刮目相看！

安雅瑜不理她了，来到尸体前，戴了手套仔细查看，看清这尸首已开膛破肚，不由皱了皱眉。

黄法医上前，告诉她，“白副官，这花匠胸前纹有一朵黑色牡丹，那牡丹的形状我已拓画了下来，其余的，倒没发现什么。”

安雅瑜接过了他递过来的纸，仔细看那牡丹，却没有说什么，又重把那牡丹递给了他。

林幽兰不甘被忽视，挤了上来插话，“咦，挺专业的啊，我哥哪里找来你这么个宝贝？”

她凑了过去。

安雅瑜扫了她一眼，“站远点儿，别碍事！”

林大小姐从来没被人这么对付过，站在她身边发怔，黄法医觉得六小姐的表情极好看，对她看了又看。

他又看了一眼安雅瑜，在心底摇头，心想这白副官到底还是年轻了一些，不懂人情世故，得罪了这位被大帅宠上了天的大小姐，本事再大，只怕也待不长。

安雅瑜直起了腰，看着尸体不动，黄法医凑了过去，“白副官，查出了什么？”

安雅瑜挥手，“别说话，让我想想。”

黄法医脸色顿时也不好看了。

林幽兰差点笑出声来，原来这愣头青对谁都是这样，不单单针对她，她心底忽然间平衡了。

这位新来的白副官，长得还挺清秀的，板着脸认真工作的时候，有种说不出的魅力，她的心不由扑通跳了一下。

……

林泽夫坐在桌子前用抹布慢慢地擦着枪，把擦好的枪放在桌上。

林副官走了进来，向他行礼，“三爷，您找我有事？”

林泽夫看了他一眼，“说吧，老六现在住在哪里？”

林副官咽了一口唾沫，嬉皮笑脸，“三爷，您都知道了？六小姐住在万国宾馆，您是知道她那脾气的，她想做什么事，有谁能拦得住？三爷，您自己对她不也无可奈何吗？”

林泽夫直腰站了起来，踱了两步，扯着嘴角笑了笑，“太太知道了吗？”

林副官马上明白了他的想法，“三爷，你想要我怎么做？把这事告诉太太？”

林泽夫含笑看了他一眼。

林副官心领神会，竖起了大拇指，“三爷，高，实在是高，太太如果知道咱们大小姐躲在这里干什么，还不早早地押了她回去？太太走了，那两名京都名媛也没有借口留在这里了，可三爷，她们不错啊，长得漂亮，出身名门，一个是财务总长之女，一位是外务部长的孙女，我还打听过，她们学识渊博，都读过女校，琴棋书画无所不能，是京都出名的名媛……”

林泽夫看了他一眼，“没兴趣，一个个呆头呆脑的，你如果喜欢，让娘给你做媒？”

林副官忙笑，“三爷，您就别开我的玩笑了，我么，最适宜找个宜室宜家的女人，冬天有人暖被，夏天回家能喝碗冰镇绿豆沙就行了。”

林泽夫看他一脸向往，拿起桌上的手套啪的一下打在他脸上，“大白天的，做什么梦？赶快把事办好。”

林副官嘿嘿笑了两声，眨着眼睛说：“三爷，这事咱们出面怕是不好办，在太太的心目中，我是您的人，代表您的心思，我跑去告诉太太这事，太太心底肯定会起疑，说您想赶她走，说不定反而弄巧成拙，咱们得找个太太相信的新人去办。”

林泽夫皱眉，摸下巴，看他，“你指的是白副官？”

林副官击了一下掌，“就是她，您是不知道，验尸房遇到之后，六小姐对她崇拜得很，如果是她在太太跟前提起此事，一则顺理成章，二则么，也不会损害您和太太之间的感情。”

林副官麻溜儿地把这烫手山芋推到了安雅瑜身上，顿时在心底舒了一口气，他哪里是怕得罪太太，他是怕得罪那位大小姐，如果让她知道是自己告密，可以想象得到，他以后的日子会苦不堪言。

想及此，他对安雅瑜半点内疚感都没有。

林泽夫笑了笑，正想同意，门边传来轻轻的敲门声，“督军，属下有事向您禀报。”

林泽夫应了一声，“进来吧。”

安雅瑜几步走进正堂，就看到林泽夫与林副官互相望了一下，她心底提高了警觉，身上陡然起了层汗毛，小心翼翼上前行礼，“督军，属下已经查验了那老肖的尸体，发现了一些不同寻常之处，这老肖确实是中毒而死，死时全身确无伤痕。”

林泽夫沉思了起来，“若是中毒，无论哪种毒液，破口处一定会红肿，一开始法医没有查出伤处，就因为如此？”

安雅瑜点头，“我怀疑有人在用提炼混合的蛇毒杀人，因为只有蛇毒才会出现老肖这种混合的死亡症状，蛇毒毒性众多，难以寻查，这才使得老肖命案成谜。”

林泽夫戴着手套的手在桌上轻磕，“听起来很有道理，但到底是谁在作案？你可有大概方向？”

安雅瑜视线落到了他的手上，即使戴着薄薄的手套，也可以看得出那双手充满了力道，她转过了视线，“至于杀人真凶，一定隐藏在老肖的周围，甚至隐藏在宅子里面，如果不然，流言不会这么快传出，请督军准许，让我向老肖周围之人查问。”

林泽夫冷笑起来，目光凉得似水，看着她，像看着脚底之泥，“花了一日工夫，仅仅查出老肖是被毒死的，三日破案，只怕是痴人说梦！”

安雅瑜脸一白，咬了咬牙，抬起头来，微微一笑，“督军，还有两日时间，只要证实了我的猜测，破案指日可待。”

他垂头看她，她脸色苍白，穿着的军装有些大，更显得她身如弱柳，像随时会倒下，他垂目，转过视线，“本督可以多给你一日时间，另外有件事要你即刻去做。”

安雅瑜一怔，脑子里却出现了刚才他们两人的对视，提高了警觉，“督军请吩咐。”

“太太身体不好，今儿早上又犯的心痛之病，记起六小姐来了，你走一趟，告诉太太，六小姐很好。”林泽夫慢慢说。

安雅瑜抬头，咬了咬嘴唇，“督军还是派别人去吧。”

林副官一怔，这小白，还真是白，白得大胆，他在心底给她竖了个大拇指，敬服，她到底知不知道，面前这个人是督军，而督军的命令，是不能拒绝的？

林泽夫也是一怔，忽然间又有了种哭笑不得之感，他看着她，问：“为什么？”

安雅瑜直愣愣地说：“属下正在查老肖之死，实在走不开，属下有一个毛病，不能一心二用，属下现在脑子里尽想着老肖之死，太太是个精明的人，属下怕说错了话。”她抬头看他，再把视线移到了林副官身上，瞬间移回，“再者，林副官都不能办到的事，我怎么能办到？”

林副官小惊了一下，有点贼偷东西被捉住了的感觉。

林泽夫含笑看了林副官一眼，转头望她，“办错了也不打紧，只要你告诉夫人，六小姐来了。”

林副官再小惊一下，咱们督军什么时候这么和颜悦色解释过什么东西了？如果是以往的一般新人小兵，他早一脚踹过去了！他忽然间有些后悔，他这祸水东移之计，是不是用错了？

瞧这安雅瑜，豆芽菜一样，除了一双眼睛长得好看，脸上有股说不出的英气，其他地方比那两位名媛差得远了。

这么一想，又定下心来。

安雅瑜倒还没清高到底，到底意识到了林泽夫是她的顶头上司，点头答应了，“督军既然委以重任，我哪能不应承……”她停了停说，“此事的确比属下那案件重要得多，既是这样，督军能否宽限至六日？”

敢同督军讲条件？

林副官幸灾乐祸，踹过去了踹过去了，早该踹了。

他目光炯炯地看着林泽夫穿了长皮靴的腿，再看了眼安雅瑜的小身板。

这一腿下去，至少得翻两个翻滚。

林泽夫腿没动，沉眸思考了一会儿，还答应了，“好。”

安雅瑜舒了一口气，向林泽夫告辞：“督军，属下这就去禀告太太，告诉她六小姐住在万国宾馆，让她不用着急。”

林泽夫点了点头。

林副官拿眼角余光扫了一下林泽夫的表情，忽然间感觉到了风向，后悔这般算计了安雅瑜，得加紧补救才行，他也向林泽夫告辞：“督军，白副官怕是不知道太太住在哪儿，我带她过去？”

林泽夫了嗯一声。

……

林副官一会儿走到安雅瑜左边，一会儿又走到安雅瑜右边，笑得眼角鱼尾纹深得像海沟，“白副官，太太那个人么，说起来挺好相处的，等会儿你去了，只要据实说出实情，太太不会怪罪于你的。”

安雅瑜瞧了他一眼，“好好儿走路，别忽左忽右的，瞧得人头晕，这原先不是你的差事么？”

她看着他，眼眸深得如一汪幽水，却让他无所遁形，只好摸着鼻子说：“是啊，可我想着，只有白副官这么八面玲珑才华出众的人才能担当如此重任，因此，我向督军举荐了您，您放心，在太太面前露了脸，您日后一定可以飞黄腾达，前途无量。”

安雅瑜漫不经心地看了他一眼，“林副官说的是实话？”

她眼眸灿若明星，林副官被她这么一望，只觉五脏六腑都被看透了，他忙点头，“当然是实话。”

安雅瑜粲然一笑，拍了拍他的肩，“我这次算是帮了你的忙了，以后若有相求之处，林副官可千万别推辞就行了。”

搞了半天，他这才明白她所想所求，苦笑，“行，咱们兄弟，谁跟谁啊。”

伸手想搭上她的肩，想起她的身份，又把手放下。

两人一路走到了林太太的住处。

林太太住在后罩房舒竹阁内。

安雅瑜去的时候，王兰芝和李榕玉都在，两人一左一右地坐着，围着林太太说话。

显见两人的话题很得林太太欢心，林太太脸上全是笑，安雅瑜进去之时，她脸上笑意未消，看见安雅瑜，还记得她是个大夫，沉着脸说：“又是我那儿子派你来的，不用给我瞧病，我身体好着呢，你回去告诉老三，要他记着他答应的事，我就什么都好了，别忘了！”

安雅瑜上前行礼，笑道：“太太，我现在在督军手下任副官一职，也协助督军查案，前几日死的那花匠，就在我查询之列，说起来，六小姐还帮了我不少忙呢，如果不是她，我哪能知道，这花匠是中蛇毒死的？”

听到前边，林太太掩了鼻子，脸上露出厌恶之色，“跟我说这些干什么……什么？你说谁，谁帮了你的大忙？”

安雅瑜怔怔地说：“林六小姐啊？她说她是法医，帮我解剖了那老肖的尸体，还要助我查案，查清老肖之死，太太，我真是感激不尽。”

林太太翻了一个白眼，身子往后倒，王兰芝和李榕玉一左一右扶住，抚胸口的抚胸口，掐人中的掐人中，林太太喘了一口气醒来，尖声叫道：“林幽兰在哪里，快把她给我叫来！”

她看了安雅瑜一眼，迁怒到了她的身上，指着她哆嗦，“你，你，你为何不阻止六小姐，任由她这么胡来？”

安雅瑜脸上神色很无辜，“太太，我劝了她啊，她还听了我的话，没有亲手拿刀切出老肖的脏器了，就只切开了腹部……”

林太太吸气再吸气，眼看又要昏过去了。

李榕玉心直口快，“哎哟，六姑娘怎么能这样？这些刀器是能随便动的吗？往死人身上开刀，如果传了出去，她一个姑娘家以后怎么嫁人啊……”

王兰芝拉了拉她的衣袖，她这才不说了。

王兰芝轻咳了两声，“太太，您别着急，六姑娘只是一时贪玩而已，等她回来了，好好儿劝劝，一定能劝得她回心转意。”

林太太哪里不知道自己这个女儿，来到了督军府，如果不闹个兴尽而归，她哪会罢休，一般人顾忌她的身份，又管不住她，唯一能管得了她的，只有林泽夫，可这老三，正巴不得她闹起来呢！

不行，绝不能让她这么闹下去。

林太太想了想，坐直了身子，看着安雅瑜，“你，你……”

林副官上前，“太太，她是白副官。”

“小白，你告诉我，六小姐住在哪儿？赶快带人去，让她回来！”

安雅瑜瞪了双眼，半张着嘴，“太太，她不是住在万国宾馆么？督军早……”

说完用手掩嘴，很后悔失言的样子。

林副官往后趔趄了一下，这家伙还真不客气，这就把督军出卖了？

林太太咬牙切齿，一巴掌拍到了椅子扶手上，看见王兰芝和李榕玉两人惊异的样子，想及女儿在她们面前露了怯去，以后还不知道会怎么传言，揉着胸口直说：“我就知道，我就知道，他在这儿等着我呢！这两兄妹，是不是想气死我啊！”她尖声叫着，“林副官，快去，快去，用捆也好，绑也好，把老六给我带回来！”

林副官见火最终还是烧到了自己身上，叫苦不迭，这安雅瑜，是故意的吧？

他只好上前，“太太别慌，督军早派人过去请六小姐了，您请放心，只要六小姐尽快回去，大帅绝不会知晓。”

林太太看了一眼身边两位姑娘，叹气，“老六太不知好歹了，这要是传了出去，有谁还敢上门提亲？难道非要咱们以势压人，压着人硬娶不成？”

王兰芝心领神会，上前笑了，“夫人，这儿都是咱们自家几个人，怎么会有人传了出去，您请放心，谁也不会乱传的。”

李榕玉这才醒悟了过来，跟着点头，“没错，夫人。”

林太太看王兰芝就满意了，拉住她的手，“我替老六多谢你们了。”

李榕玉挤上来娇俏地笑，“夫人就不多谢我么？”

林太太也笑，“你也是好孩子。”她看着面前两位知书达理的姑娘，想及自家老六，对比简直太明显了，不成，一定得给老六找个好嫂子，管着她才行，想及老六的性子，惹出来的事如果传到大帅那里，又是一场风波。

林太太用手指掐着眉心，愁得连茶都喝不下了。

……

花园小道上，林副官一边走，一边向林泽夫汇报了刚刚发生的事，看林泽夫脸色不好看，跟着发愁，“三爷，您说怎么办？让她办这么个小差事，她就办成这样，太太现在气还没有消，还在怪着您瞒她。”

林泽夫大步上前，没有出声。

林副官紧跟了几步，“三爷，要不要我警告她几句？这人，太没有上下尊卑之分了。”

林泽夫忽然间站住，向他摆手。

他住了嘴。

林泽夫猫着腰往前走，林副官一见这架势，马上紧张起来，手摸到了腰间的枪上，跟着弯腰往前，绕过了一个小假山，就看见一个人影屁股撅得高高的，趴在雪地之上，脸对着假山洞口。

这销魂的姿势！

林副官再仔细一瞧，这人可不正是刚刚他还在口诛笔伐的安雅瑜么。

林泽夫回头看了他一眼，摆手。

林副官只好脚步悄悄后退，直退到小路之上，回头，就看见督军大人也撅着屁股趴在了地上。

林副官看着那一对屁股，左右望了望，为了督军的颜面尊严计，决定还是在小路上守着不让人误闯的好。

安雅瑜回头看了走近的林泽夫一眼，在雪地上轻轻写，“别出声，里边有东西。”

写完，手里的长棍子晃了两晃，长棍子尽头，传来吱吱的叫声。

林泽夫明白了，在她身边先是蹲下，见她直盯着某处，明白只有她这姿势，才能把洞口瞧得清楚，督军大人上过战场，砍过人头，喝过马尿，何况只是小小的趴雪地？

他从善如流，撅着屁股趴在了安雅瑜的身边。

安雅瑜紧盯着那狭小的洞口，没空理他，面色紧张之极，隔了一会儿，棍子一动，有物大力拉扯，她忙拉着那棍子往外抽，棍子前端带了一个蛇头出来，那只老鼠已经被它吞了一半了。

蛇身极长，那蛇左右扭动着，却不想松口。

安雅瑜手脚麻利，用钢叉一叉，叉在它七寸之处，把它丢到了身边的袋子里。

此时，她才回头看了林泽夫一眼，“督军，您找我？”

林泽夫心想这还是个姑娘么？比他那六妹更加狂野！他原本要训斥她一顿的，但经过这么一打岔，哪里还训得下去，咳了一声说：“你抓条蛇干什么？”

安雅瑜提起麻袋，抖了两抖，得意地说：“这可是凶手之一，这杀人疑犯，就落在它身上了。”

麻袋里面那物在蠕动，林泽夫视线偏到一边去，“老肖之死，虽是中了蛇毒才死的，可不一定是这种蛇。”

安雅瑜笑了笑，“我告诉督军，老肖死于提炼好的蛇毒，在黄法医面前也是这么说的，相信这消息已经传出去了。”

林泽夫却不惊讶，看了她一眼，“连我，你都要瞒着？”

安雅瑜垂头，“并非不信督军，而是这世上所谓的‘相信’大多数只能是在特定的时间，特定的场所，场所和时间变了，‘信任’便一钱不值。”

她面颊半垂，短发在额前飘拂，一张巴掌大的脸浮过一丝黯然，就像平静的湖水忽然被一颗石子激起，那丝黯然水波般地漾开，却又慢慢隐藏。

林泽夫有一时的恍惚，却偏过视线，“你如此做，是为了引出那幕后杀人凶手？”

安雅瑜点头，“幕后之人听说了我们这种推论，想必会放松警惕，如果那杀人者要把流言证实，初一十五之说一定不会是空谈，督军，今天是十三了，还有两天，就是十五了。”

林泽夫表情严肃了起来，“你是说，这件案子，是内部的人作案？”

“很有可能！”安雅瑜说。

安雅瑜点了点头，“督军，原本是冬天，蛇都要进入冬眠期的，可因为老肖挖地道烧地火养牡丹，才使得这地道旁边蛇洞里的蛇醒了过来，冬季被惊醒的蛇饥饿凶猛，这个局，一定是个熟悉老肖栽花技艺的人布下的，这个洞口，直通向花房，离暖房不远，蛇惊醒之后，会向温暖地方爬去，如果有诱因，一定会攻击惊扰它的人，只可惜，我还没想到，这诱因是什么？老肖尸身之上，的确有一处咬痕，极浅，在胸口之处，老肖胸口纹有一朵黑色牡丹，那咬痕极细，如不仔细看，根本看不清楚，对不起，一开始没跟督军说明……”

林泽夫看了她一眼，打断了她的话，冷笑，“你的意思，有人操纵活蛇杀人？天下间哪会有这等奇事？”

外边寒冷，那蛇在布袋里渐渐不动了，安雅瑜提着吃力，一边肩膀斜到了一边去，顺嘴说：“督军，帮我拿一下。”

第三章　线索成谜

林泽夫冷不防被她塞了个袋子到手里，身子僵直，安雅瑜拍了拍身上的泥土，重把袋子接过，看了他一眼，“原来督军真的怕蛇？”

林泽夫沉着脸望她，声音如碎冰一般，“安雅瑜，不要妄测本督的行为举止，本督只怕你不能承担由此而带来的后果。”

他看着她，外边残雪未化，她的脸在残雪映射之下，更显苍白，胸前一大块的湿迹，狼狈不堪，可她的眼眸，却亮得惊人，仿佛所有污秽，都不能夺其光华。

她嘴角牵出一丝笑纹，“督军，每个人都有害怕之事，您何必这般在意？”

林泽夫哼了一声，看着她光洁的脸，声音压低，沉着脸说：“今日之事到此为止，你能查清此案，本督自会说话算数！”

两人往小路上走，林副官瞧见了，忙跑了过来，低声说：“督军，刚才两位姑娘过来赏雪，被我打发了，没有其他闲人过来，您请放心。”

林泽夫奇怪地看了他一眼，“放心？有什么好放心的？你瞎操什么心？”

林副官一片忠心付了明月，见安雅瑜提着东西吃力，伸手接过，低声问：“你在那儿猫着干什么呢？待了这么久？”

安雅瑜就笑，“别问，等会儿请你吃好东西。”

“什么好东西？”

“到时你就知道了。”她指了指袋子里的东西。

林副官打开袋口看了一眼，手一哆嗦，差点把袋子扔了，咽了口口水说：“这是你刚才捉到的？”

安雅瑜点头。

林副官勉强地笑，“还真是个好东西。”

林泽夫在前边听到，腿又僵了一下，加快了脚步往前走。

几人走到岔口处，就被人堵住了，堵住他们的，正是林副官说的被他赶走了的王兰芝和李榕玉。

两人横了林副官一眼，上前笑，“三爷，你要出去吗？”

林泽夫皱了皱眉，点头。

林副官很懂得他的心思，看了安雅瑜一眼，见她眼望着某处树梢一动不动，只得自己上前，晃了晃手里的麻布袋，“是啊，督军有军务，要出去一趟。”

可林泽夫的冷淡并没有吓退两位姑娘。

李榕玉笑，自来熟地亲热上前：“三爷，咱们晚上想出去走走，太太说了，可以借你的车子。”

这哪里是她们想借车子，明明是邀请他游车河。

林泽夫垂着眼眸，语气比地上的积雪还凉，“好，林副官，你来安排。”

两位姑娘眼底露出失望之色。

林副官叫苦不迭，把麻袋塞进安雅瑜的手里，“是，督军。”

林泽夫走了两步，回头看了安雅瑜一眼，“还不快走？”

安雅瑜愣头愣脑的，抬头，“督军，您没有空，要不我和林副官陪两位姑娘晚上四处走走？”

两位姑娘怔了，互相望了望，意兴阑珊。

林副官也怔了，怀疑地看了安雅瑜一眼，还好他知道这是个女人，要不，还真以为这小子想趁机攀高枝。

林泽夫意外地看了她一眼，眼眸闪了两闪，“也好，晚上我还有点时间，就陪你们走走。”

两位姑娘眼底喜悦流动，感激地看了安雅瑜一眼。

林副官却看清了风向了，这安雅瑜能影响督军的决定啊，少见，真是少见，他果断地把她列入了自己人之列。

既是定了下来了，两位姑娘笑容多了许多，一左一右跟在林泽夫身边往前走，三人说笑的声音传到后边，林副官心甚欣慰，却感觉身边没脚步声了，回头一望，安雅瑜站在小径上，眼珠子动也不动，望于一点。

林副官回头，紧走几步，压低声音问：“你干什么？”

一连问了两声，安雅瑜才回魂，“林哥，她们是今天才到的？”

林副官点了点头，“你不都知道了么，她们是太太给咱们督军定的……”说完暧昧地笑，“也不知道咱们督军会看上谁？”

安雅瑜说：“她们家境一定很好，手上身上戴的东西价值不菲。”

“那是当然！”林副官把两人的家境又说了一通，末了叹息，“她们是咱们太太万里挑一挑出来的，家世好，容貌也好，是京都名媛，你我就别想了。”

猛然记起身边这位的性别，纠正：“是我就别想了。”

安雅瑜没理他，往前走了两步，回头，“六小姐回来了吗？”

林副官吃惊极了，左右看了看，生怕林幽兰窜了出来，低声说：“干什么？”

安雅瑜看了他一眼，“回来了？我去找她，有事。”

打横里走了两步，仿佛才醒悟起自己的职责，把手里的麻袋塞进林副官的掌心，说：“替我向督军说一声。”

说完，果断走了。

林副官呆呆地看着她的背影，喃喃说了一句：“白副官，你到底明不明白副官之职是干什么的？”

安雅瑜没有回头，他只得认命地提了麻袋跟在林泽夫身后，远远地吊着。

……

晚上游车河的时候，林副官吃惊地发现，林幽兰穿了一身洋装，早等在车子旁了。

林副官很明白他家六小姐的脾气，凡是淑女喜欢做的事，她都不喜欢，凡是淑女不喜欢做的，她都喜欢。

林副官有点无法形容他现在的心情，既紧张又有点小期待，今儿个肯定有事要发生！

在淑女办事的现场有六小姐的身影出现，这太不寻常了。

他回头一望，看见了安雅瑜，她还是穿着那件不合身的军装，松松垮垮的，整个人只看见衣服，竹竿一样，风一吹，就要把她吹走。

她像是在想什么，慢条斯理往这边走。

林幽兰看见了她，笑着向她点了点头。

林副官心底警钟敲响了，这俩人有问题。

他忙一把把她拉到一边，“小白，你可别胡来！”

安雅瑜瞪了他一眼，“什么胡来？”

“你和六小姐商量了什么？她怎么来了？”林副官压低了声音问。

“我怎么知道？”安雅瑜眼神奇特，望了他一眼。

这一眼让林副官汗毛都竖起来了，她眼睛极黑，黑得有点吓人，望他之时，仿佛在说，这小子还不错啊，这都猜到了？

等林副官想把她的表情看清楚些，她长长的眼睫毛遮挡住了眼眸。

正说话间，林泽夫和两位姑娘也到了，林副官揣着颗七上八下的心和安雅瑜上了另一辆车。

汽车先停在了旗袍店，三位姑娘一走进旗袍店，店里的小二们顿时打起了十二分的精神，连在店里逗留的其他客人都好奇地回头朝几人望着。

照理来说，林副官和安雅瑜要在外边等着的，可林副官偶一回头，忽然发现，安雅瑜不知道什么时候消失不见了。

他吃了一惊，忙走进了店里，左右望了望，也没发现安雅瑜，倒是林泽夫看了他一眼，“有事？”

三位姑娘已经挑好了旗袍，到里间去试衣了。

林副官忙退了出去，“没事。”

这死小子，去了哪里？

他一眼就扫到了拐弯处衣角一晃而过，忙上前一把揪住了她，问：“干什么去？”

安雅瑜像是吓了一跳，回头看了他一眼，“我有事，别捣乱！去前门守着。”

说完拍开他的手，弯着腰往这家店的后窗处绕。

林副官哪里会让她偷走，跟着她走，来到后窗处，就听到了里面清脆的笑声，“李姐姐，你穿这颜色好看。”

“王妹妹，粉红色衬你。”

安雅瑜扒开窗子缝往里看。

林副官忽然间明白了，她这是在偷看女人换衣服？而且偷看的还有可能是督军未来的夫人！

这事儿他可不能跟着干。

得，他还是去前面守着吧，一转身，就看见林泽夫站在他身后，吓得他一身冷汗就出来了，还没想清楚怎么解释，林泽夫绕过了他，站到了安雅瑜的身边，拍了拍她的肩膀。

安雅瑜一耸肩，拿手一拨，没理他。

林泽夫再拍。

林副官幸灾乐祸，偷看女人换衣服，被捉了个当场，小子，你惨了。

忽一想，她是个女人啊！兴奋的心情这才减了少许。

安雅瑜回头，到底看清了是林泽夫，她的上司，于是，她向他招了招手，指了指里面。

林副官半张了嘴合不拢，她这什么意思？

要他们督军也趴窗户上偷看女人换衣服？

还没等他吃惊完，林泽夫从善如流，一只眼睛眯起，凑了上去。

林副官紧张地四周围看着，幸好，这地方偏僻，没有人往来，他回头望了一眼趴在窗户上的俩脑袋，认命地守在了前边，免得有人走错了路。

安雅瑜往室内看了一会儿，把眼睛移开，压低声音问：“看清楚了吗？”

林泽夫沉着脸移开视线，“看清了，身材都不错。”

安雅瑜呆呆地看了他半晌，后知后觉地，“哦，你是个男人，这么做，确实不妥……你不是坐在堂内吗？”

林泽夫冷冷地瞧她，“我坐在堂内？不是看不到这出好戏了吗？说，你在干什么？”

安雅瑜看他，“我在干什么，督军也干了啊！这还用问？”

林泽夫眼睛连眨了两下，看着她，隔了半晌才说：“我也干了？”

安雅瑜兴致勃勃，“对啊，督军，您看到了吗？这店里的旗袍花纹最是繁复复杂的，身上不能有一点儿多余的首饰，所以，为了在督军面前显得漂亮，她们一定会以最完美的姿态来到您面前，首饰一定会除了下来，督军，您瞧清楚了，从里到外，一件都没留下……”

说到这里，她怔怔地抬头，像是在想着什么。

林副官咳了一声，她这才惊醒，“只可惜，看得不太清楚。”

林副官看了林泽夫一眼，都不敢看他的脸色了，他有点同情督军，他估计连督军也没明白咱们这位白副官想干什么。

安雅瑜就又凑在窗户边往里看。

隔不了一会儿，传来了轻轻两声敲窗声，窗子开了一条缝隙，伸出了两根手指，手指上挂了根项链，林幽兰压低声说：“快点儿啊！”

林泽夫和林副官对望了一眼，两人同时明白了，白副官伙同林幽兰偷人家姑娘的项链。

林泽夫沉着脸站着，一声不出。

安雅瑜接过那项链，对着光看了看项链上的坠子，从袖口掏出一个小锉子来，锉开了，又从左边衣袋里拿出了块形状大小差不多的坠子，给装了上去。

林幽兰在窗子那边等着，还急，“弄好了没有，我可拖不了她们多久了，她们内衣裤不能藏得太严实了，要不然她们会起疑心的。”

林泽夫抚额，他这六妹藏了人家姑娘内衣裤来拖延时间？让人家姑娘到处找内衣？

这俩人凑在一处，还有什么干不出来的？

安雅瑜左弄右弄的，把那假坠子装了上去，又从窗户缝里塞了进去递给林幽兰，她刚想把那真坠子放进袋子里，林泽夫一伸手，把那坠子拿了。

安雅瑜没法，只好笑，“督军，先放你那儿啊，督军，快点，她们差不多穿好了，您可得去堂上坐着。”

林泽夫看了她一眼，这才往堂内走了去。

林副官凑过来问，“小白，你这到底是什么意思？”

安雅瑜压低了声音，“到了晚上，咱们做个实验，你就明白了。”

“小白，你做这么多事，和抓住那杀人凶手有什么关系？咱们督军可是说一不二的，你破不了案，到时赶你走，你就得走！”

安雅瑜点头，“只要弄明白了这坠子是怎么回事，杀人凶手就慢慢浮出了水面。”

林副官替她担心，这种故弄玄虚的伎俩，我都看了不少，何况咱们督军？这小白，怕就只有这几日待了。

他好奇地问：“这么短的时间，你用什么东西弄了个一模一样的来？”

安雅瑜答得很干脆，“玻璃，昨晚上做好的。”

林副官沉默了半天，原来她那些实验器材是如此用途，说：“那项链看起来极为贵重，你不怕她发现？”

安雅瑜笑了，“等她发现时，这案子已经破了。”

林副官看了她半晌，实在忍不住，“你是说凶手和她们有关？”

安雅瑜迎着他的目光，“有关，也无关!”

这故弄玄虚的劲儿！林副官急得抓耳挠腮，“你说个明白不成吗？”

“到时候你就知道了，哦，对了，我有事，麻烦你跟督军请个假，还有，告诉督军一声，那坠子我拿走了。”

她手一摊，掌心亮晶晶地放着一个坠子。

林副官张口结舌，“刚刚那个……”

“督军拿走那个？也是假的，以防万一，我做了好几个。”安雅瑜手一收，转身走了。

林副官站在台阶上，看着她越走越远，喃喃：“无组织，无纪律！她到底知不知道她现在是副官！说走就走！”

……

送了两位姑娘回去之后，林副官觉得还是要向督军汇报一下小白的最新动向，他在书房门口徘徊再三，敲门走了进去，看见林泽夫拿着那坠子看着，笑道：“三爷，那是个假的。”

林泽夫看了他一眼，把坠子往桌面上一丢，“她手倒是挺快的，怎么？真坠子她拿去干什么了？”

林副官说：“听说是去做实验了，还从厨房拿了那条蛇。”

林泽夫顿时兴趣来了，站起身来，“走，去看看！”

两人一路走，来到后罩房，才走近安雅瑜的住处，就听见里边一声尖叫，林副官推门，门纹丝不动。

“三爷，从里面上了锁。”林副官四周围看了看，指着窗子说，“连窗户都用黑布蒙上了，里面在干什么？”

林泽夫上前敲门，里面传来不耐烦的声音，是林幽兰的，“谁啊，别捣乱。”

他沉声说：“是我！”

林幽兰停了一会儿才答，“三哥啊，先等会儿啊，等我们忙完了再说！”

林泽夫看了林副官一眼。

林副官赶紧拍门，提高声音说：“白副官，快开门！”

又隔了半晌，安雅瑜才过来把门打开了，林泽夫目不斜视走进房间，房间里亮堂堂的，点了好几根蜡烛，几个角放了镜子，屋子里摆了两个大火盆。

林幽兰背对着他们，紧张地望着地面某处，头都没回，大声说：“别过来！”

林泽夫哪会理他这六妹的话，踏着皮靴走到了她身后，等看清地上蜷着的那几堆东西之后，这才停了。

额头青筋开始乱跳。

林副官探头一看，吓得倒退三步，“我的妈啊，你准备把这里建成蛇窝？这么多？”

地板上懒洋洋地盘着好几条蛇圈。

安雅瑜笑嘻嘻地上前，“不多，我们后来又捉了三条，这样才能统计出它们的共同习性，督军您看，我模拟了当时的案发现场，当时的花房里边，因着老肖想要尽快地催开那些牡丹，挖地道烧了地暖，还用蜡烛和镜子在晚上增加光合作用，因此，花房外面虽然大雪纷飞，里边的环境却是温暖如春的……”

她一边说着，一边拿起椅凳上长棍子，长棍子前端系了个长绳，绳子末端，串着那个坠子，她把坠子往前一伸，又对林幽兰说：“把角度摆摆好。”

林幽兰积极得很，跑到屋子角落里调整镜子，兴致勃勃地问：“行了吗？”

镜子反射烛光，长棍子末端吊着的坠子晃来晃去，忽然之间，反射出璀璨的白光来。

那道白光一出，盘着的蛇类开始蠕动，嘴里发出咝咝的声音，有一条更是弹起身来，头颈伸缩，恶狠狠地追着那坠子。

林副官腿都开始打哆嗦了，颤着声音说：“小白，小白，你小心点儿，别给咬了，这蛇我认识，毒得很，我们那儿俗称饭铲头的！”

心底又奇怪，这安雅瑜从哪里捉了这么条毒蛇来？

这梅公馆成了蛇窟不成？

又看了林泽夫一眼，见他站得笔直，脸色平静，一动不动，心底佩服得很，督军就是督军，什么都不怕，这才是军人作风。

再看安雅瑜，她眼底除了兴奋与得意，就没有别的了……这一位更厉害啊！

他咽了口唾沫，往门口站去。

林幽兰拿了两个箩筐过来，把那几条缩伸吞吐个不停的蛇罩在了下面，回头看了林副官一眼，“瞧你那点儿出息！”又看了林泽夫一眼，扯出块手帕来，递了过去，“三哥，别怕，来，擦擦汗！”

林泽夫一挥手，把她举着手帕的手拨开了，林幽兰哪会生气，挥着手帕笑得嘎嘎的。

林泽夫冷冷望向安雅瑜，“到底怎么回事？”

安雅瑜把那棍子收了，伸手拿过那坠子，递给林泽夫，“督军请看，这块坠子，不是普通的坠子，是由金刚石制成，光线透过金刚石，能反射出七彩的光芒，而蛇有一双热眼，特别敏感闪光的东西，这些折光引起了蛇的恐惧，尤其是这种凶猛而具有攻击力的蛇类，老肖的花房，是一个封闭的空间，暖房环境能使毒蛇在冬眠中惊醒，此时的蛇饥饿凶猛非常，如果再加上使它们恐惧的光线，它们一定会攻击最近的敌人，我想，当时老肖身上也有一条项链，坠子正垂在了他的胸口，而那条蛇，想必就藏在那盆牡丹之中，因此，那花才会有被折断的痕迹。”

林泽夫哼了一声，“依你来看，这人对府内环境非常熟悉？是老肖认识的熟人？金刚石坠子也不是什么稀罕之物，单凭这个，就能查出凶手是谁？”

安雅瑜点头，“督军说得没错，但我还要补充一句，这人不是对府内环境非常熟悉，而是非常熟悉老肖，知道他这手侍弄花草的本事，总的来说，此人对老肖行为举止极为熟知，知道他一举一动，甚至算好了他的身高，他这盆牡丹花会放在什么地方，所以，那条藏在花盆里的毒蛇才能一击即中，蛇毒含有神经毒成分，引起了神经肌肉传导阻滞，再加上他胸口纹了一朵黑色牡丹，因此，伤口更容易被忽视了，事后，更有人从他身上取走了那条项链，顺手拿走了折断的花，至于毒蛇，花房地暖熄灭，只要有人沿着地道生火，再用叫着的老鼠吸引，自会把它引走。”

林泽夫走得离那两个箩筐远了些，这才慢吞吞地说：“老肖是府里旧人，听说在这梅公馆干了十多年了，除了种花，没有其他爱好，却有人想杀他，倒也奇怪。”

安雅瑜正想开口，林幽兰老实不客气地说：“三哥，你这体质，就是到了哪里，就把灾祸带到哪里，怎么不会有人等着你住进梅公馆给你好看的？”

安雅瑜目瞪口呆，生怕两兄妹动起手来。

还好，显然林泽夫对他这个妹妹已经习以为常了，没理她，只看着安雅瑜。

安雅瑜咽了口唾沫，“依我推论，老肖之死，与督军有些关联，也似乎没有关联，老肖在梅公馆住了十多年了，如果有人要他死，早就应该下手了，可却一直没有下手，由此说来，督军住进公馆，触发了某些人的利益，这才使得有人动手了，只要找到这作案动机，就一定能查出真相。”

她微微皱眉，手指无意识地合拢分开：“督军住进梅公馆，所用的下人，有一部分是原来留下来的，督军也新添了许多人，其中的利益关系就复杂了起来了，往往一个去留，就是一家人的生死。”

林泽夫看了一眼她洁白修长的手指，她认真的时候，眼眸微微眯起，脸孔似乎能发出光芒来，他心底一动，把头微微偏向一边，视线却落到了那两个箩筐之上，只好又把头转了过来，“你这坠子，偷的李小姐的？”

安雅瑜点头，“李榕玉身上戴着这个金刚石项链，这么大颗的坠子，价值不菲。”

林幽兰挤过来摇头，“如果说李榕玉和这件案子有关，我是不相信的，她那么心直口快的人，怎么可能周密布局？她能有那脑子？上女子中学的时候，她的考试成绩从来没考过我的！”

安雅瑜笑了，“没错，如果这东西真的和凶案有关，李榕玉也不会把它就这么挂在脖子上了。”

“对，她不怕有蛇再攻击她？”林幽兰说。

“特定的环境才能形成特定的凶案，如果不是花房那样的环境，又有有心人精细操作，颈上戴个金刚石是不会有什么危险的。”安雅瑜温和地笑着说。

林幽兰垂下头去，脸色微微发红。

林泽夫看得清楚，眨了眨眼，这个傻妹子！

“要怎么才能找到这犯罪动机？”林泽夫咳了一声说。

“所有的犯罪，背后都有利益的驱使，只要找出老肖妨碍了什么人就行了。”安雅瑜走到桌前，扑地一下吹熄了桌上的烛光，她的面孔隐在暗处，似有一层光芒浮现，眼眸却比那金刚石更为璀璨。

林泽夫一时恍惚，隔了好半天才说：“只剩下两日，你可得抓紧一些。”

安雅瑜微微一笑，“不用，明日晚上，我就能给你答案了。”

林幽兰脸上红晕未褪，双目闪闪看着她，“你知道凶手是谁了？”

“只要再找几个人问问，基本上就可以确定了。”安雅瑜垂头说。

林幽兰几个箭步上前，“我和你一起！”

安雅瑜望了林泽夫一眼，“督军，可以吗？”

林幽兰恶狠狠地瞪着他，“三哥……”

林泽夫点头，“可以。”

林幽兰上前就挎住了林泽夫的胳膊，“三哥，你放心，娘那里我帮你说话，你不喜欢娶的，绝对不会让你乱娶。”

林泽夫一抽胳膊，拍了拍她的手接触之处，转身往门外走，走了两步回头，厌恶地说：“把那两筐东西好好处理了！”

安雅瑜点头，“好，今晚上就炖了，督军，你吃么？给你留点儿？”

林泽夫一言不发往外走。

林副官跟在他屁股后面，也往外走。

安雅瑜还问，“林副官，你呢？你吃么？”

林副官颤抖着手指她，“你，你呀！你真是不开窍！”末了看了一眼走到远处的林泽夫一眼，“给我留点儿！”

安雅瑜响亮地答：“好咧！”

……

林幽兰跟在安雅瑜的屁股后边，从左边走到右边，又从右边走到左边，“白副官，咱们现在找谁去问话？不用您走，我让人都给您叫过来！”

安雅瑜看了她一眼，“六小姐还真是闲得没事做！对不起，不用了！”

林幽兰一腔热血贴在了冷屁股上，有些恼了，“白副官，你这是过了河拆桥啊，支使了我就想把我甩开了？你信不信，如果没有我的帮助，你在这公馆寸步难行。”

安雅瑜瞧着她，脸上温和笑意没改，“六小姐，太太让您在府里反省，您也不能出去玩耍了，这一天到头在府内抬头不见低头见的，您权大势大，我还真不敢得罪您。”

林幽兰气哼哼地瞪着她，从她微笑的脸上看出了一丝讽刺，脸上忽地一红，垂下头去，“最多你说什么就是什么，我什么都听你的，还不成么？”

安雅瑜等的就是这句话，这位大小姐可不是个好伺候的主儿，用好了，是个好帮手，用得不好，只能添乱。

她笑着点头，“这可是你说的！”

林幽兰咬着牙说：“是我说的，是我说的，如有违背，天打五雷轰。”

安雅瑜向后跳了一步，“这雷可别殃及无辜，轰到我身上来了！”

林幽兰哈哈笑了两声，跟着她往前走，问她：“说真的，咱们先找谁问话？”

“现在的花匠是谁？”安雅瑜问。

“听说是个姓王的，是帮老肖打下手的，可案发之时，三哥早派人问过这姓王的了。”

“问的方向不同，得到的答案也就不同，梅公馆花房虽然是个小地方，但如今乱世，工作难寻，督军大方，给的工钱比外边高许多，小王从一个打下手的变成花房主事，收入高了许多，他们是同行竞争者，反之来说，是最关心注意老肖行动的人。”安雅瑜笑道。

林幽兰点头，“对，这小王就是第一个发现老肖尸体的人，当时哭得可厉害了，像死了老子娘一样。”

安雅瑜点头，两人一路走到花房，小王正在花房里忙着，地暖又烧了起来，花房依旧温暖。

看见林幽兰来到，小王满脸诚惶诚恐，搓着手问：“六小姐，您找我？”

他看都没看安雅瑜一眼，只以为她是林幽兰的护卫。

林幽兰倒是识趣，“不是我找你，白副官找你，问你老肖死之时发生的事，好好儿说！”

他这才朝安雅瑜哈腰说："白副官有什么想问的，尽管问。"

安雅瑜问他："当日老肖死的时候，是你第一个发现的？你有没有动过他身上的东西？"

小王眨巴着眼睛，脸上现出丝恼怒，"白副官这问的是什么话？老肖和我像亲人一样，他死得那么惨，我伤心还来不及，怎么会贪图他的东西？"

安雅瑜直直地看着他，一言不发。

小王声音越说越低，头渐渐垂了下去，似乎在思索什么。

林幽兰明白过来了，指着他，"老实说，老肖什么东西不见了？"

小王抬头，"六小姐真是眼神如柱，老肖么，以前老戴着一条项链，可奇怪的是，他死之后，那项链就不见了。"

安雅瑜这时才开口，"一条项链？"

小王点了点头，"老肖那条项链也没戴几日，没有几个人知道，但我俩总在一起，我见了，当然要问，他向我炫耀了几次，说那东西贵得很，只说别人送的，又不说是谁送的。他死后我特意看了一下，可是没看到！"

林幽兰哼了一声说："你是想偷偷拿走吧！"

小王叫屈，"六小姐，我是那样的人么！"

林幽兰转过身望着安雅瑜，眼珠子都不转动一下，声音低了八度，眼眉儿飞起，"白副官，我问得对吧？"

安雅瑜身上陡然汗毛竖起，拿左手使劲地抚着右手手背，把手背上的汗毛往下压，笑道："好说好说，咱们还是继续往下问。"

林幽兰讨了个没趣，见小王闪动眼眸打斜里看她，气不打一处来，"看什么看，好好儿答话！"

小王点头，"是，是，是，再也不敢有半点儿隐瞒。"

安雅瑜摸着下巴沉吟，"老肖那项链没戴几日？也就是说，这项链是别人送给他的？"

小王点头，"是啊，老肖得了这项链，高兴得很，都不舍得取下来。"

"老肖一个男人，像女人一样喜欢戴项链？倒是奇怪得很。"安雅瑜问。

"老肖那项链是串佛珠，是男款的，依我看，是他老相好送给他的，我还记得老肖得了这条项链，还想要成家了呢，说要辞工，享受好日子去！"小王抹起了眼泪，"可没想到，还没有辞工，老肖无端端就被人害死了。"

安雅瑜摸着下巴想要再问，侧眼一看，林幽兰目光炯炯地盯着她摸下巴的手。

她瞧懂了那眼神中的意思，分明就是：白副官，你摸下巴摸得可真有男子气概啊。

安雅瑜忙把手放下，规规矩矩地放好，沉着脸问："老肖那个老相好，你看到过没有？”

小王吞吞吐吐地说：“有一天傍晚，老肖出了后门，和一个戴斗笠的女人说了半晌话，回来的时候满脸喜气，我都看见了。”

安雅瑜点了点头，一回头，正对上了林幽兰痴痴的视线，忍无可忍，“六小姐，你看我干什么？”

林幽兰深深地吸了口气，用手摸了摸自己的耳垂，回过头去，“没什么，咱们还是问他的话吧。”

安雅瑜被她这缠绵的语气搞得浑身鸡皮疙瘩，心说还是尽快问完，把这祖宗打发走了为好。

小王眼珠子骨碌碌地转，好心提醒：“白副官，六小姐对您另眼相看呢，您有什么话，尽管问！”

安雅瑜噎得……敢情他看在林幽兰的分上才能言无不尽？

“你有没有看清楚，那女人穿什么衣服？”安雅瑜问。

“当时天黑，那女人穿一身暗色衣服，长袍直襟，如果不看她的手，我还真以为那是个男人呢。”小王说。

安雅瑜见再也问不出什么来了，就说：“你如果想起什么来，记得随时向我报告。”

小王点了点头。

安雅瑜一边想，一边往前走，林幽兰在她身边忽左忽右地走，问她：“白副官，你说，那女人是不是害死老肖的凶手？可小王说得不清不楚的，那女人的长相年龄一概不知，这可不好找啊！白副官，咱们去哪儿找？”

安雅瑜看了她一眼，这帖狗皮膏药……哎！

“不用去找，老肖之死，为的就是给她腾出空间，让她获得既得利益，到了一定时候，她自会出现。”安雅瑜说。

“那咱们接下来干什么？”林幽兰问。

“不干什么，我累了，要休息了，六小姐也回去休息吧。”安雅瑜伸手，做了个请的姿势。

林幽兰定住了，还不死心，迟疑不走，安雅瑜皱眉说：“六小姐难道要陪我一起休息？”

她这才满脸通红，一跺脚，走了。

安雅瑜吁了一口气，慢腾腾往回走，走到半路，躲到一棵树后往后看，见后边没跟着谁，这才拍了拍胸口，继续往前走了去。

安雅瑜当然不会是回去休息了，她加快脚步往梅公馆前院走了去，李榕玉和王兰芝就住在前院客房。

她埋着头往前走，正走得急，前面忽然打横里走出来一个小丫环，把她拦住了，向她笑着行礼，“白副官，您这是要去哪里？如果不忙的话，我们姑娘想请您过去一叙？”

安雅瑜站直了，仔细看她，认出了她来，“你是王姑娘身边的小玲？”

小玲点头笑，“白副官真是好记性，咱们只在前堂见了一面，您就记得了。”

安雅瑜笑了笑：“姑娘容貌一见而使人印象深刻，我怎么会不记得？”

小玲垂了头笑得眉眼弯弯，又抬起头来，“白副官可真会说话，难怪督军一时半刻都离不了您。”

两人说着，一路来到了荣景阁。

王兰芝、李榕玉两人东西厢房地住在那里，小玲看了西厢房一眼，把安雅瑜往东厢房领，低声说：“李姑娘昨晚上没睡好，落枕了，咱们姑娘替她按摩了一会儿，这才睡了，可别吵醒了她。”

安雅瑜看了一眼静悄悄的西厢房，点了点头。

走进东厢房，王兰芝在里边捧着本书看，见安雅瑜来了，放下手里的书，让小玲搬了椅子来，招手让安雅瑜坐。

安雅瑜坐下了，看了眼坐在她对面的王兰芝，她穿了一件极为合身的西式改良旗袍，西式翻领，荷叶边袖，她优雅地侧身坐着，双手交叠放在膝盖上，更显得她粉颈修长，腰肢纤细，粉臂露出衣袖，连一点儿毛孔都看不见。

真是个美人，安雅瑜心想，她少年之时就被送出国去，到了国外，也多做学生打扮，整天和试管书籍相伴，这样柔美的女性旗袍装扮，却一次也没有。

她正胡思乱想，王兰芝掩嘴而笑，“白副官这两日都陪在督军身边？”

安雅瑜摇头，“林副官陪得多，我到底是新来的，许多事还不熟悉，督军只有极少的事会找我。”

王兰芝看了她一眼，“白副官可别妄自菲薄，您虽然只来了几天，这几天督军却都让您在身边，可见他对您信任得很，督军这几日在忙些什么？”

“这几日？只怕要问林副官才能知道了，督军大部分时间都在外边跑。”安雅瑜老老实实回答。

小玲在一边端了杯茶递到她的手里，眉眼弯弯地笑，“白副官还真是谦虚，我们可都看见了，督军这两日一回来就招白副官前去听差，这些副官里边，可没有一位像您这么受重用的。”

安雅瑜忙摇手，“只是跟督军办了几件差事，谈不上受不受重用。”

小玲看了安雅瑜一眼，“白副官可别多心，咱们姑娘没有别的意思，咱们姑娘见督军每日里回来得晚，这几日累得嘴角都起了泡了，想给督军做几样药羹润润，又不知道督军的口味，有什么顾忌没有，所以，想找白副官来问问。”

安雅瑜为难地说："督军私事都是自己一个人做的，我也没有照顾他饮食，如果王姑娘想知道，只能问林副官了。"

王兰芝脸上现了丝失望，笑了笑，"那就算了，对了，白副官，你们上次说的那花匠之死，可查清楚了吗？"

安雅瑜思索该怎么回答。

小玲走到王兰芝身边，握了她的手，"咱们姑娘来的这两日，可听了不少风言风语，您瞧，连李姑娘都吓得睡不着觉了，白副官，有什么动静，您可得早对我们说才好。"

安雅瑜这才想清楚了，回答："王姑娘别担心，梅公馆这么大的院子，又那么多人，总有些人有个三灾六祸的，加上督军新任，处于旋涡之中，更有不少人想暗中作祟，王姑娘以往想必也见了不少。"

王兰芝点了点头，眼眸里现出丝坚定来，唇角扯出丝僵硬的笑意，"没错，如果这点小事都不能承受，我也就不用来这里了。"她看着安雅瑜，"上次在督军面前出丑，让他见笑了吧？我原也不想这样的，可一想及您说的那人死的样子，就什么都忘了，事后想起，真是越想越后悔，在督军眼里，我一定成了个一无是处的妇人。"

她手指紧张地抓住了衣角，脸上既羞愧又惊慌。

安雅瑜只得劝道："王姑娘别担心，督军不会介意的。"

王兰芝松了手指，苦笑，"白副官别安慰我了，像他那样的人，一般的女子怎么能相配，我那样的失了风度，在他的眼底，一定不堪得很。"

第四章　疑案当解

小玲也劝了起来，“姑娘，你怕什么？李姑娘跑得比您还快呢，这几日还吓得落了枕去。”又对安雅瑜说：“白副官，您都看见了，咱们姑娘对督军这般的紧张，有谁能比得上？”

安雅瑜心知她们在通过她来向林泽夫传话，只可惜这番话传到她这里，怕是白搭！

王兰芝垂头，“她怎么会一样呢？”

安雅瑜便点头，“王姑娘放心，督军定会明白姑娘的心的。”

王兰芝笑着抬起头来，“白副官，要真是这样就好了。”

安雅瑜现在是一名男子，也不好在她房间里待得太久，就告辞出来，由小玲送出房门，经过西厢房时，不由往里望了望，见里面还是静悄悄的，收回了目光，离开了。

走了没几步，就遇上了林副官，让她去见督军，她只好跟着他往前走，却不是往书房的方向，来到小花园处，就站定了，林副官指着亭子间，“督军在那儿等你。”

安雅瑜走了过去，林泽夫在亭子里站得笔直，军装贴合在他的身上，身长玉立，俊美挺拔，与周围残雪相映，却似雕得精美之极的雕像，没有一处不合。

他看着远处树梢一点，似在想着什么，又像什么都没想。

“去见了王兰芝了？有什么发现？”林泽夫问。

“挺好的一个女孩子，出身名门，知书达理，是最合适的夫人人选。”安雅瑜想了想答道。

林泽夫这时才回过头来，微微皱了皱眉，“没问你这个！”

安雅瑜茫然抬头，“督军不是问这个？”

林泽夫看了她一眼，嘴角牵起一个淡淡的弧度，“她们是太太挑过来的，只要她喜欢就好了，这些话，你应当对她说。”

安雅瑜暗暗吃惊于他的冷淡，不由问：“婚姻大事，督军自己就没有意见？”

林泽夫神情更冷淡，那如雕刻神祇一般的面容仿佛凝上了一层冰，“只不过挑个女人放在后院，和太太相处得好就行了，我要有什么意见？”

安雅瑜都不知道怎么回答下去了，只好垂头端详手指。

林泽夫不耐烦地看了她一眼，“只剩下两天了，你要知道后果。”

安雅瑜斟酌了半晌：“两位姑娘都是名门闺秀，又是督军待选的夫人，是知根知底的，理当没什么问题。”

林泽夫转过身子，背对着她，望着屋顶积雪，似乎连看都懒得看她一眼了。

想要瞒过这人，恐怕是很难。

她只得说：“要说有问题，似乎两个人都有问题，我听林副官说，她们出身名门，还在外留过学，可前日表现未免有些小家子气，仿佛带着些表演的迹象，那根项链坠子，是李榕玉的，那么大的金刚石坠子，很难找到第二块，也只要这么大的坠子，才能布下那样的杀局，再看王兰芝，表现循规蹈矩，可越是表现完美的人，越有掩饰的痕迹。”

她说着说着，眼珠子凝于一点，不动了。

林泽夫冷冷地说：“如此说来，你找出来的疑点甚多，却没有一条有价值的。两日之后破案之期将到，你可别跟我说又要另外加时！”

安雅瑜却是笑了笑，“督军放心，虽然我还没弄清其中细节，但我已经知道了凶手杀人的动机，督军别忘了，明日就是十五，如果要坐实流言，凶手会再次动手。”

林泽夫一怔，她自信之时，整张脸仿佛都焕发出光彩来，“你有把握会捉住那人？”

安雅瑜点了点头，“对，我甚至还知道，那人要向谁下手了！”

她站在亭中，背景是晓风残雪，宽大的军装套在她的身上，更衬得她身子纤细柔弱，可短发之下，一双眼眸却灼灼有光。

林泽夫心中一动，避开她的视线，半晌才冷冷地说：“好，我等着。”

……

梅公馆逍遥宫后花园里。

安雅瑜很不自在地蹲在假山后边，不动声色地把脚往侧边移了移。

她的身边，好整以暇地蹲着林泽夫。

他身形高大，长手长脚，蹲在那里比她高出了半个头，他把身子弯了下来，才能和她平视。

窄小的地方，因为他的加入，更显得拥挤了。

“督军，您不是军务繁忙吗？这等小事，有我和林副官带几个人做就行了，何必您亲自来？”安雅瑜低声说。

大概感觉蹲着实在不舒服，林泽夫干脆盘腿坐了下来，背靠在假山石上，惬意得很。

“我怕你们捉人不成，反倒被人捉了，自己的地方，还是我自己盯着好一些。”林泽夫扫了她一眼。

“督军可别忘了，那凶手擅长控制毒蛇布局杀人。”安雅瑜慢吞吞抬头，看了他一眼，又望向他身后，“蛇类之物，防不胜防，狭小的洞口也能冷不防钻了出来攻击。”

他背靠假山，假山有洞，可他却一动不动，哼了一声，“与其想着怎么吓你的长官，还不如想想，今晚若是没有抓到那凶手，你该怎么办？”

安雅瑜讪讪地答：“你放心，流言都已放了出去，幕后之人若不坐实这流言，只怕他自己也难以逃脱罪责。”

两人紧盯着花房门口。

因发生了惨案，花房只有小王白天打理，地道暖火早已熄了，只剩下些能抗严寒的植物生长，到了晚上，更是无人来这里，四处漆黑一片。

等了半晌，十五的明月又圆又大，升到了花房的上边，把花房前边空地照得亮了一些。

“看来没有人会来了，这里已经死了一人，有谁还会在这里再度行凶？”林泽夫把腿摊开，脚伸到了安雅瑜的身旁。

安雅瑜嫌弃地看了一眼他的皮靴，轻声说：“你既已肯定没有人前来，还跟着蹲守在这里干什么？”

林泽夫晃着他那皮靴，“晚上吃得太饱，反正也没地方可去。”

安雅瑜顿时火大，回过头来横了他一眼，忍着气解释：“我查过了，这花房原址原来并非种花草之处，而是一处库房，是梅家历代放置金银珠宝之处，梅家祖上曾经当过海盗，百年之前更有一批珠宝失了踪影，其中就有从南洋商人手里抢过来的金刚石。”

林泽夫把手枕在脑后，悠闲地看着她，“几日工夫，倒把这梅公馆的历史查得清楚了？”

安雅瑜咧开嘴假笑，“这都是督军的功劳，督军搬进梅公馆之前，把梅公馆的历史也让人一一整理了出来。”

林泽夫扯着嘴角，仿佛被她的假笑恶心着了，垂着眼眸说：“只怕要让你失望了，我也派人往这方面查过，却没查出什么来。”

安雅瑜一挑眉毛，“他们查的方向不对。”

林泽夫终于坐直了身子，“哪里不对？”

安雅瑜笑了笑，“到时你就知道了。”

林泽夫淡漠地瞧了她一眼，“故作神秘！”

说话间，花房前边静悄悄地出现了一人，那人头上戴了一条围巾，身穿长袍，左右看了看，缩着身子藏在了花房门口的石堆后边。

安雅瑜动也不动地紧盯着，林泽夫把伸长的腿缩了回来，“他在等人。”

安雅瑜点了点头，伸出手指放在嘴唇上，让他别出声。

林泽夫冷冷地说：“怎么，你怕凶手故技重演？”

安雅瑜摇头，眼睛却一动不动看着那个人影，人影隐在树后，缩成一团。

林泽夫拉了拉她，指着墙角方向，又一个人影慢慢地走了过来，月光把他的影子投在院墙之上，使他身影拉长，状如鬼魅，他走了几步，双手拢着嘴巴，发出了几声“嘎嘎”的老妇笑声，中间夹杂着几句听不懂的话语。

黑夜之中，这凄凉之极的老妇笑声袭耳而来，听了让人汗毛倒竖。

“姥姥火的笑声。”安雅瑜低声说，“我在东洋看过这出傀儡戏，是传说之中的妖怪，由被遗弃的老人所化，常在夜晚出现，发出凄厉的笑声，他说的是日语。”

林泽夫皱眉，“如此装神弄鬼，到底为何？”

“凡是不可思议之事，总有它不可思议的缘由，看下去。”

缩在花房门口的人走了出来，四周围望着，颤着嗓门压低声音冷笑，“谁，是谁在那儿装神弄鬼？我已经来了，有什么话，当面说！”

听了这熟悉的声音，安雅瑜回头，同情地看了林泽夫一眼。

林泽夫哼了一声，脸色在月光之下冷硬无比。

花房下那人惊慌失措，墙角那人却慢慢绕到了花房那人背后，手从袖中取出一尖利之物，那物在月光之下闪着寒光，他手举那尖利物器，直向花房那人刺了过去。

两个人影投在院墙之上，透着死亡气息。

安雅瑜跳了起来，刚想喝止，林泽夫却比她更快，直跳出了假山，飞奔至那手持凶器的人影之后，一脚踹了过去，直中那人后心。

林泽夫脚穿皮靴，力量极大，使得他在半空中翻滚了两下，这才落地，他抬起头来，看清了林泽夫，再也不顾掩饰声音，痛呼失声，“督军，是您？”

她头巾跌落，露出了一头长发，却是王兰芝身边的丫环小玲。

另外那人见事败露，身子一转，就想逃跑，安雅瑜直冲到她身边，一把抓住了她的胳膊，把她身上的长披风扯了下来，她一手掩面，另一只手却极为灵活地一伸一缩，从安雅瑜的掌控之中挣脱，双指并起，往安雅瑜双眼戳了过去，安雅瑜急忙后退，却还是被她尖利的指尖刺中了，眼睛一片刺痛。

那人转身就跑。

安雅瑜眼泪花儿直流，闭着眼追了两步，林泽夫一拉她的胳膊，冷声说：“真没用！”

黑暗之中，几个人影往前直追了过去。

安雅瑜站住了脚。

她不停地流着眼泪，眼睛也睁不开，勉强睁开一条缝，就看见林副官和两位兵士押着逃走的那人走了过来，她这才放下心来，把眼睛闭上，任眼泪流下。

旁边有人把一块手帕塞进她的手里，她说了声谢谢，用那手帕擦干了泪水，这才勉强能看清了。

被两名兵士押着的人笔直地站着，脸倔强地半仰，脸色在月光之下更加地白，却正是李榕玉。

“督军花这么大阵仗，想要干什么？”她嘴唇微微地哆嗦。

林泽夫看都不看她一眼，只对安雅瑜说：“问她！”

林副官上前，把凶器呈了上来，是一根极长的尖刺。

小玲和李榕玉并排押在了她面前。

安雅瑜眼睛隐隐作痛，用手一摸，又热又肿，很明显成了两个大桃子，她知道现在自己这样子极为可笑，审问罪犯，半点儿威慑力都没有，可林泽夫背着手站到一边去了，摆明了不想管这事，她只好上前。

“小玲，说吧，你什么时候就来到了梅公馆，为什么要杀了老肖？你幕后指使者是谁？”

小玲一言不发，只微微冷笑，斜睨着李榕玉，仿佛在后悔，没有及时动手杀了她。

安雅瑜一瞧，这是个硬点子，只好转向李榕玉，“李姑娘，你为何会来花房这里？又所为何事？”

李榕玉却把安雅瑜当成了空气，双目垂泪，望着林泽夫，“三哥，你别信她的话，我没有做什么对不起你的事，三哥，我也是受人胁迫蒙骗才来到这里。”

说完，几步上前，想扑到林泽夫那里去。

安雅瑜只得从中拦住，正色地说：“李姑娘，这里前几日才发生了一个命案，旁人避之唯恐不及，你却半夜至此，如果不说清楚，你让督军如何替你做主？”

李榕玉这才停住了脚，拿正眼瞧了安雅瑜一下，哼了一声，“凶案与我何干？我明明是受害人，却被你这么询问，简直是莫名其妙！”

夜晚吹来一阵凉风，安雅瑜那双眼被那风一吹，眼泪又直流，她擦眼泪边问：“你说受人胁迫，到底是受何人胁迫，所为何事？”

李榕玉眼角都不扫她一下，“我为什么要告诉你？你有什么资格问本姑娘之事？”

安雅瑜一点儿办法都没有，只得回头，向林泽夫求救。

回头一看，无力得很，只见林泽夫坐在一张临时搬来的宝椅之上，以肘支额，嘴角含笑，看着她们，闲适得如在欣赏朗月清风。

安雅瑜无语地走到他跟前，“督军，您瞧该怎么办才好？”

林泽夫这才站起身来，踏着马靴走到两人跟前，端详着自己戴着白手套的手指，慢吞吞地说：“李榕玉，说吧，受何人胁迫，为何半夜至此？”

李榕玉的声音顿时软了几个八拍，脸色委屈之中带了些羞红，还用手理了理衣襟，拨了拨散发，这才纤手一指，“不就是这个贱婢胁迫我来到这里。”

安雅瑜心底感叹这女人脸色变换之快堪比天上的风云，又悄悄望向林泽夫，见他一副红颜枯骨不为所动的冰冷模样，不由感慨万千。

她身子后退，拿手帕按着眼角，把审讯现场让给林泽夫。

林副官凑了过来，不知道从哪里摸出来一面小镜子，塞到她的手里，“小白，记住你现在的模样。”

安雅瑜就着天上月光一照镜子，恨不得把那镜子砸了，她忽然间明白林泽夫坐在宝椅上似笑非笑地看戏，看的是什么了。

戏中主角是她自己啊!

有了林泽夫问话，很快得出了结果，原来，李榕玉和人早就已经定了亲，就是老肖，老肖是她的表哥，大她十多岁，多年之前家败之后落魄了，最近找上门来，要求履行前面的婚约，知道她要和林太太一起来梅公馆，于是打电话扬言要成亲，还威胁她，她哪里肯干？正在烦恼之时，却有人告诉她，只要把一万大洋汇到美国国际银行一个账号，老肖会无声无息的死去，要她安静等候，她照办了，果然，她还没动身来到梅公馆，老肖就死了，她心底害怕之极，怕得一连几日都没睡好，有人今日邀她来花房之前相见，她就来了。

林泽夫听了这些陈述，只是冷笑，“不尽不实，说，那火婆婆的笑声又是怎么回事？”

李榕玉抬起满是泪水的莹白小脸看他，“三哥，我说的都是实话，表哥原来的娘原本是东洋人，他的父亲抛弃了他们，他娘每天在家里咒骂，表哥每天听着，也动不动就说化身火婆婆，我小时候还被他吓过，也许这人知道了，就拿这个来吓人！”她抽抽噎噎，“想不到他真的死了，听到那火婆婆的笑声，我真怕啊，害怕极了，三哥，我都是为了你啊！”

安雅瑜顿时无语得很，林泽夫要过她么？这个女人，怕是问不出什么来了，安雅瑜难掩心中的失望，视线转到了小玲身上。

李榕玉叙述之时，小玲却微闭了眼睛，双手叠在胸前，像是直立着睡着了。

李榕玉问不出什么来了，林泽夫挥手，让人把李榕玉带下去。

李榕玉边走边回头，“三哥，你放心，我以后不敢了，什么都听你的。”

林泽夫皱着眉头，直挥手。

安雅瑜既好笑又失望，心知从李榕玉那里问不出什么来了，回头一看，小玲微闭着眼点着，嘴角噙了微微冷笑，心底一突，这只怕是个不怕死的。

小玲被林副官带了下去审讯。

到了晚间，安雅瑜吃了晚饭，才看见林副官急匆匆地走了来，忙问他："怎么样了？"

林副官叫了饭来吃，直摇头，"嘴硬得很，用刑也不行，动不动昏过去，什么都没问出来。"

安雅瑜心底着急，把筷子一放，就去找林泽夫，走到他的住处，从守卫那里得知他在里边办公，迟疑了半晌，就去敲门。

"进来。"林泽夫在屋里说。

安雅瑜推门走进，却看见林泽夫站在书桌前，拿着毛笔练字，神态悠闲得很，安雅瑜眼一扫，看清桌上那俩鬼画符一样的大字，嘴角抽了抽，问："督军，您练字啊？"

林泽夫兴致勃勃，向她招手，"过来看看，我这字怎么样？"

安雅瑜斟酌了半晌说："应该，可以，看起来像两个字？"看了一眼他的脸色，"督军，其实我也不懂写字，早年出国留学，毛笔字没学好，只认得出字，看不出好坏来。"

林泽夫冷眼扫了她一下，抽出那张写字的纸，团成一团丢了。

地上的字纸篓里，有好多团成那样的纸。

安雅瑜就问："督军写这字是？"

林泽夫好像不愿意提，"给人题字，想先练练。"

安雅瑜明白了，外边城墙正修工事，想必这字是题在牌楼上的。

林泽夫坐直了身子，把桌上的毛笔摆在笔架上，板着脸问："你说我这字，还拿得出手么？"

他还真是锲而不舍，安雅瑜陷入了两难的境地了，只好咳了一声回答："督军，您多练练，一定写得更好，俗话说得好，世上无难事，只怕有心人。"

林泽夫嘴角扯起丝笑纹来，身子向后靠，手支在下巴上，问："以你的眼光，我练多久能写出像样的字来？"

安雅瑜看清他脸上的笑意，浑身一松，也跟着笑了，"写个三五年的，肯定能写好这俩字。"

她的实话效果很明显，林泽夫脸一沉，嘴角笑意一收，坐直了，沉眸看她，"说，你来干什么的？"

安雅瑜简直想抽自己一嘴巴，心想说好了要顺着毛摸的，一得意忘形就把实话说出来了，忙正了正神色，说："督军，我来是想问问，小玲有没有招出什么来？"

林泽夫看了她一眼，"小玲？她会说出实话的。"

他漫不经心地翻了翻桌上的书，又把宣纸推到一边去，重新坐直了，光线从窗外照进，让他俊美的脸添了一份冷峻。

安雅瑜迟疑地说："督军，我一直在想，这个案子的关键是什么？谋杀案百分之九十以上牵涉到了钱财利益，老肖死亡之时，正巧是督军剿匪之际，整个案件布局周密，严丝合缝，再加上高明的谋杀，瞬间便遍布全境的流言，可以想象得到，这个案件，是场有组织的谋杀，针对的既是督军，也是钱财，凶手敲诈李姑娘那一万大洋，更是证实了我的猜想。"安雅瑜边说边思索，"因此，我怀疑这整件事和辫匪有关，如果真是如此，小玲只怕也是辫匪成员之一，辫匪悍不畏死，督军捉的那位军师，在逃亡的情况之下，依旧到处散播流言，可见他们将生死置之度外，从小玲嘴里，怕是问不出什么来。"

她抬起头来，看着林泽夫。

林泽夫却指了指桌上茶杯，示意安雅瑜给他倒茶，安雅瑜从屋角拿了热水瓶来，给杯里续上了水，他不慌不忙喝了一口，身子后靠，舒舒服服地坐好，"这些，我都知道了。"

安雅瑜惊了一下，抬眸，却正好对上了他的视线，那微微上挑的眼眸，有些漠然地看着她。

她忙把眼眸垂下，"督军，你早已明白小玲的身份？"

林泽夫沉着眼眸看着她，"说吧，你是从什么时候开始怀疑整件事和辫匪有关的？"

安雅瑜垂头沉思，"记得我误闯督军处死人犯的现场，那位军师口若悬河地说着梅公馆之案，那时我便感觉不对，她和一般闲人述说此案的口吻不同，像是经过精心背诵，许多次的演练，情绪与语气都控制得恰到好处！她虽然是把梅公馆惨案夹杂在几个案子中说的，但说起那案子时，那煽动人心的语调，却与别案明显不同！"

她说完这些，停了下来，抬头看着林泽夫，神色不由自主的紧张，到底露出年轻人的青涩来，希望得到他的肯定。

林泽夫眼底闪过一丝亮光，背靠着椅子，坐得更舒服了一些，却只点了点头。

安雅瑜信心大增，提起了建议，"督军，那小玲只怕不是个普通人物，依我看，她并不怕你用刑。"

林泽夫看了她一眼，"这个你就别管了，我自有办法让她开口。"

他手指在椅栏上轻轻地磕着，神态放松，却是悠闲之极。

安雅瑜想起他以往的粗劣手段，更担心了，劝说："她的眼神是随时准备去死的，这种人，并不怕死！我只怕，督军还没有用刑，这小玲就自己了断了。"

"你是怕到了期限，还不能肯定这老肖之死凶手是谁吧！"林泽夫拿起桌上茶杯，又喝了一口，仿佛那刻薄话语不是由他嘴里发出的。

安雅瑜面无表情，“督军放心，我决不会随便拿什么人当凶手交差的，一定会把这件案查得清清楚楚，给督军一个交代！只求督军别把人审死了。”

林泽夫抬头看她，看清她眼底的怒火，侧过脸，嘴角向上翘，“我怎么审，是我的事，怎么，我的行动，还要向你汇报不成？你配吗？”

灯光之下，他目光幽暗，衬着他玉雕般的面容，神态更是悠闲得很。

她抬起头来，风吹过窗户，使得窗户移动，玻璃将外边的白雪反射在她身上，使她身上蒙了一层雪色，让她身形更添几分单薄，她仰起脸来，直视着他，语气毫不犹豫，“督军审问那军师，有什么结果没有？”

林泽夫眼底恼怒，毫不留情地说：“安雅瑜，你是什么人？配问么？”

窗子一动，窗外的残雪映在了她的脸上，使她面容苍白如纸，她语气急促，“督军，我很明白自己的身份！”

林泽夫沉着一张脸，目光冷如外边残雪，她直视着他，眼睛动也不动，她面颊如雪一般，眼眸里却有说不出的坚持，他垂下眼眸，“不必多说了，出去吧。”

安雅瑜难掩心中的失望，走到门前，回头，“督军，您审问她之时，我可以在一边听审么？”

林泽夫却没有看她，拿了张宣纸过来，用笔蘸饱了墨汁，在纸上写了起来。

安雅瑜只得垮着肩膀往门外走，刚走到门边，就听见身后林泽夫说：“行。”

安雅瑜脚步一顿，“多谢督军。”

她走出屋外，转过身替他轻轻合上房门，门缝里，他悬臂沉肩，手握毛笔缓缓在纸上划过，军装衬得他身如修竹，蜂腰宽肩，年轻俊美的面容有说不出的沉静。

这是个什么人啊？安雅瑜合上了门，在门外舒了一口气，心烦意乱地走了。

……

安雅瑜得了通知，早就候在牢房门外了，见林副官到了，看向他身后，见林泽夫没来，低声问：“督军呢？不是说今晚他亲自审犯人的吗？”

林副官扫了她一眼，“督军日理万机，有的是事，哪能一直守在这儿？你放心，他说了来，一定会来的。”

安雅瑜心底着急，看见两名兵士抬了个铁箱子进去，走过去问：“抬的什么东西？”

“报告，白副官，是刑具，里面剪子、银针、钳子、什么都有。”

看着士兵把那箱子抬了进去，安雅瑜手扶墙，有气无力地转身问林副官：“林副官，咱们督军就准备这么审犯人？”

林副官不以为意，“你放心，白副官，咱们督军心底有数。”

忽地，牢房里传来一声尖厉的哭嚎，吓得安雅瑜后退了一步，林副官就撇着嘴笑，“小白，你胆儿可真小，哈哈。”

安雅瑜伸手扯直了衣服，冷着脸没理他。

正说着，林泽夫被两名侍卫簇拥着，往这边走了过来，来到门前，扫了安雅瑜一眼，“来了？”

两人忙行礼，跟着林泽夫走了进去。

刚才两个兵士抬过来的大铁箱子摊开了，摆在刑讯室里，里边明晃晃的正是各种刑具，小玲手脚戴着镣铐，被铐在椅子上。

所有的牢房都是一样，狭窄阴冷，只有一个小小的飘窗，从那里飘进一束惨白的光线，照在小玲脸上，却使得她整个人如木偶一般，皮肤成了木制的颜色。

她半闭着眼睛，看着走进来的这几人，又合上了，嘴角噙出一丝冷笑。

安雅瑜看清她的神情，心更是直往谷底沉去。

林泽夫却是不慌不忙得很，兵士搬了椅子来，又摆了张茶几，茶几上放了杯茶，又拿了个纸盒子过来，摆在茶几上。

等到林泽夫把那盒子打开，拿着筷子挑了块糕点放进嘴里之时，安雅瑜眼珠子都快凸出来了。

他这是在用刑之前先补充能量?

林泽夫慢条斯理把筷子放下，把盒子盖上，饮了口茶，极为享受地眯着眼把那口茶缓缓吞进嘴里，这才抬眼看向小玲。

“听说，你什么都不愿意说？只愿意死？”

他这番作为，小玲半眯着眼已经看得清楚，闻言，只冷冷哼了一声，把脸偏向一边，“林督军别枉费心思了，你杀了我吧！”

林泽夫笑了起来，拿起杯子又喝了一口，“不说就不说罢，应该知道的，我们都知道了，你运气好，王姑娘舍不得你，说你们情同姐妹，向我求情，赎你回去，王姑娘的情面，我总是要卖的。”

小玲做了充足的准备，想象着要忍受怎样的酷刑，怎么个死法，才能坚持不背叛自己的兄弟姐妹，可林泽夫这几句话，把她酝酿了半天的情绪，一下子全弄没了，她眼睛倏地睁得老大，复又缓缓闭上了，嘴角噙了一丝冷笑，“督军，别开玩笑了。”

林泽夫把手里的茶杯放下，手指轻磕茶几，声音清冷，“谁和你开玩笑？不过死了个花匠而已！”

小玲缓缓抬头，看着他，“你真让我回去？”

“那是当然的，王姑娘是客人，你是她的宠婢，我说了，她的面子，我总是要卖的，再说了，你自己不是什么都没承认吗？”林泽夫似笑非笑地和她对视。

小玲脸上现过一丝慌乱，偏过身子，“不，不会的，你不会这么简单就放了我的，对，一定有什么阴谋，一定是的。”

林泽夫身子后靠，接过副官递过来的手帕，擦了擦手上的糕点屑，再拭了拭嘴，一笑，“小玲姑娘可真聪明，这都让你猜着了？如果说没有阴谋，你也不会相信，没错，让你出去，就是为了以你为饵，引出那藏在暗中指使你的人。”

小玲脸色发白，却从鼻子里发出一声冷笑来，“别痴心妄想了，没有什么幕后之人，是我一个人做的，是我杀了那花匠，想杀李榕玉的人也是我，不是被你们当场抓住了吗？”

林泽夫啧啧两声，伸出两根手指来摆了两摆，“小玲姑娘，你没有那么大的本事，辫匪当中，你不过是个小角色而已。”

小玲身子一直，手脚上的镣铐哗啦啦作响，“你，你们都知道了？”

林泽夫笑了，说：“你不说，自然有会说的人，所以，你说与不说，都没有什么关系，你么，还是出去吧，出去之后，会落得什么下场？这我可就不知道了。”

小玲面颊肌肉微微哆嗦，“不，我不出去，你们杀了我吧！”

林泽夫像是听到了什么好笑的笑话，轻笑一声，“小玲，我知道，你不怕死，但你不想知道，谁当了你们当中的叛徒？是谁向我告密？这样的蛀虫存在一天，对你们来说，就是巨大的损失，你连死都不怕了，何不试着出去找找，找出这个人来，或者，向你们的人报个信儿也好，不是吗？如此一来，你就成了你们之中的英雄！即使死了，也会荣耀无尽。”

他抬起头来，压低了声音，“我可以悄悄告诉你，那叛徒，在本督军最后捉拿的那几个人当中，最后捉拿的那几人，听说有一人在辫匪当中还身居高位呢。”

安雅瑜听到这里，暗暗佩服，这个人原来何止是个武夫。

她略一思索，就明白了林泽夫的想法，脸上露出些微笑。

林泽夫似乎感觉到了她的动静，微微侧脸，看了她一眼，却转了面颊，垂眸，脸上的笑意满是蛊惑，“你瞧，你知道了这么多东西，还想死么？”

小玲眼底发出一道奇光，沉默地看着他，隔了半晌才说：“人人都说林督军是个莽夫，只知道杀人，却没有人想到，您是这样的人。”

林泽夫微微倾过身子，直视她的眼睛，用没有起伏的声音继续说：“小玲，那么，你出不出去呢？出去了，有两种可能，第一种，你做了本督军的鱼饵，引出那幕后之人，有可能被那人当叛徒处死，第二种，你有机会找到那叛徒，通知你们的人，如此立下大功，当然，最后依然会死路一条，却可以死得光荣无限，如果不出去么，你就只能待在这牢房等死了，当然，我是不会让你这么清清白白的死，会在报纸上通告，说你在本督军感化之下，终于幡然醒悟，将辫匪余党全数告密，这下子，你可就真成了叛徒了，为了你们的人尽心尽忠，到了最后，连死都满身污名，请问小玲，你参加辫匪，是为了什么？是为了这样而死吗？”

他仿佛说到了有趣之处，以手磕扶手，笑了起来。

安雅瑜听到这里，垂头看着坐在椅子上的那年轻男子，他脸上笑意盎然，眉目舒展，可眼神却冰冷之极，如腊月盛开的雪梅，一身冷凉，那股冷意也透过空气传至她的身上，让她皮肤微凉。

小玲也笑了，眼神转瞬变得坚韧冰凉，带着些讥讽，哪还有往日里那畏畏缩缩的婢女模样，“好，我出去，希望督军真能得偿所愿，找出所谓的幕后之人！”

林泽夫站起身来，“好，果然不愧为辫匪当中的女中豪杰，这场赌博，我倒希望你能赢！”

他一挥手，林副官拿了钥匙，亲自替小玲打开了脚铐手铐。

林泽夫微微弯腰，极为绅士地做了个请的姿势。

小玲站起身来，目不斜视，往牢房外走，果然，王兰芝在外边等着，见她出来，拉着她的手，“小玲，你没什么事吧？无端端怎么跑到花房去了？幸亏督军英明，查明了真相。”

说完，回头朝走出牢房门的林泽夫一笑，“三哥，谢谢你。”

林泽夫摆手，笑得温文尔雅，“王姑娘是母亲请的贵客，我岂能怠慢？这等小事，我能办得到的，自然替王姑娘办到。”

王兰芝眼底闪过一丝奇光，垂下脸去，耳朵微微发红，语调婉转悠长，“三哥……”

林泽夫体贴地说：“王姑娘受惊了，如今没事，先回去休息吧。”

安雅瑜看得在心底翻了个白眼。

两个女人坐了车子回去。

林泽夫看了一眼安雅瑜，她很识趣地来到他身边恭维，“督军真是好计谋好口才，这么懂得辫匪心理，属下倒是白白担心了，督军这招放曹之计一定会成功的。”

林泽夫脸上一丝儿表情都没有，背负双手，自上而下地看着她：“说吧，你在心底骂了我多少句？”

安雅瑜一滞，忙摇头，“没有，没有，哪里会，督军英明神武，我哪敢行这大不韪之事？”

林泽夫懒得理她，往前走去，林副官跟在他身边，回头，向她挤了挤眼。

安雅瑜讪讪跟上，走到了左边，自说自话，“督军神武，辫匪被您四处剿杀，已经到了穷途末路之时，有的时候，即使飞蛾扑火，也会垂死挣扎。”她拿眼角扫了他侧脸一下，见他似乎听了进去，信心大增，“依我推测，他们不知道通过什么途径知道了老肖的身份，知道他是李榕玉的表哥，于是，就以此来要挟李榕玉，可他们万万没有想到，这老肖还有另外一个身份，其中牵涉到了一大笔的钱财珠宝，辫匪被督军重击，正是需要用钱之际，他们哪里会放过这样的机会？想必那笔钱财，他们已经从老肖嘴里得到线索了，所以，他们这才杀人灭口，更利用初一十五梅公馆诅咒，给督军添上些麻烦，使督军名声受损，更是一石二鸟。”

林泽夫放缓了脚步，让她跟上，眼角余光之处，见她条理分明地解释着这场谋杀，眼眸清冷，短发柔软地贴着面颊，整个人却像发着光，他有一时的目眩神移，等微风拂过，才让他惊醒，从她脸上移开，垂眸，冷笑了起来，“世人嘴里边神秘诡异的死亡，一旦揭穿，却毫无神秘之感。”

安雅瑜见他搭话，舒了一口气，谄媚地笑，“督军说得没错，越是神秘莫测之事，越有一个简单的解释，所有精密布局的谋杀，逃不过功名利禄四个字，不怕死的辫匪也是其一，所以，督军让她们两人自相猜忌残杀，倒是最好的办法，督军，不知道我猜得对不对？”

林泽夫站定了，侧过身子又看她，“你的推测，有极高的准确度，是真是假，就要看事情怎么发展了。”停了停又说，“你懂得倒挺多的。”

安雅瑜垂头，只露出半截黑白相间的脖颈，“我早年被送出国去，举目无亲，只有研究这些来让时间过得快些。”

她明媚的脸上滑过一丝阴影，待到仔细看去，脸上却依旧朗如明月，那丝阴影如树荫滑过水面，待阳光照射，转瞬不见。

旁人眼底的风光，在当事人的心底，却冷暖自知。

“你的研究，也很有成效。”林泽夫负手，缓缓再往前走。

安雅瑜受到鼓舞，心跳有些加速，不紧不慢跟上他的步子，“确实有些成效。”

他微微侧脸，声音淡淡，“是吗？如此，我建议，你脖子上的粉涂得均匀一些，别黑白分明，让人一眼看穿！”

安雅瑜手抚脖子，脸孔紫胀，刚刚的好心情消失无踪，忍气吞声应了声：“是。”

两人默默走了几步，安雅瑜收拾心情，说：“督军，您是不是准备利用军师？辫匪还不知道您捉拿了军师吧？”

林泽夫嗯了一声，“那是当然。”

安雅瑜暗暗惊悚，不由自主抬头扫了一眼这位年轻的督军，她明白了，初一开始，他就制定了计划，步步为营，精心布置，走一步而算到了后面的好几步，莽夫只是他给别人麻痹对手的表象。

忽然之间，她只觉他的心思，如一潭幽井，深不可测。

安雅瑜后退一步，向他行礼，“督军，属下与林副官去准备了。”

林泽夫点了点头。

她转过身去，脚步轻快往前走去，宽大的衣服像蝴蝶一般在她身边飞舞，仿佛一阵风吹来，她就会乘风而去。

他眼眸幽暗，看着她的背影半晌，这才转身去了。

……

傍晚过后，小玲给王兰芝盛了一碗饭，又装了一碗汤，就站在她身后伺候。

王兰芝回头看了她一眼，见她手里拿了个勺子，呆呆地站着，不知道在想什么，语气顿时不好起来，“小玲，你干什么？要你给我拿点酱油，怎么像没听见一样？”

小玲像是忽然惊醒，手忙脚乱地递过酱油。

王兰芝喝了两口汤，看了她一眼，又用筷子夹了个饺子蘸酱，说：“小玲，你怎么回事，自回来之后就魂不守舍的，整天也不知想些什么？”

小玲勉强地笑，“姑娘，我没事。”

王兰芝横了她一眼，“没事就好……”

她眼神一阵发直，手里的汤匙跌下，身子摇晃了起来，“怎么回事，我头好晕。”

她身子滑下椅子，跌倒在地上。

小玲一惊，急走上前，摇晃着她的身体，“姑娘，姑娘，您怎么了？”

忽然之间，她的头也晕了起来，眼前的事物开始模糊，此时此际，她忽然间想起了那林泽夫的话，她或许真的会被当成叛徒处死了。

他们，这么快就来了？

她醒来之时，屋子里昏昏暗暗的，她摸了自己的手背一下，感觉到了手背的温暖，她原是不怕死的，却也忍不住欣喜若狂，她还活着。

只要活着，就有希望。

她往四周看去，朦胧的光线之下，她看清了红木椅子上的雕花，八仙桌上的纹饰，她可以肯定，她还在梅公馆，却不知道这是梅公馆哪里？

忽地，嗤地一声，有人划燃了火柴，微弱的火光之下，有张面孔直盯着她，她看清了那人的容颜，嘴唇哆嗦，“军师，是您？”

军师，虽是女人，但有不输如男人的残忍与凶狠。

她怎么会在这里？

小玲屁股一寸寸地往后挪。

火柴熄了，屋子里又陷入黑暗，对面椅子上的声音雌雄莫辨，“我倒要问你，你任务失败，为何不自行了结，反倒被放了？”

小玲警惕地看着发声之处，手四处摸索，摸到了一件类似棍棒之物，拿在手中，横在胸前，“没错，我原想着要自行了结的，可是军师，我们的消息被泄露了，林泽夫什么都知道了，我们当中一定有叛徒，我苟延残喘，留此残躯就是为了将此事告诉我们的兄弟姐妹，让他们提防，找到此人，军师，此人不除，咱们的化墟计划如何能够成功？”

“叛变者？不可能，我瞧着，这里面最大的叛徒只怕是你！”椅子上的人声音陡然拔高，语气中透着森然杀意。

小玲额头冒出了冷汗，握着那棍棒的掌心都湿了，她尖声说：“军师，你是知道的，我不怕死，只怕不能死得其所，军师给我布置的任务，我哪一次没有成功？”

“成功？”椅子上的人语气和缓了下来，有些轻声细语了，“你还有胆子说你成功了？让你杀了老肖，你露出那么多破绽，却无知无觉，掉入了陷阱也不自知！竟然被人当场捉住！你还跟我说你成功了？”

她的声音，像毒蛇吐信，夹着丝丝寒意。

小玲浑身都在哆嗦，牙关咔咔作响，“军师，我也没有想到，林泽夫手下居然有这样的人才，一眼看穿了那杀局，但是军师，我们不是得到了老肖藏钱之处么？只要找到那笔钱，这个计划，也不算失败啊？”

黑暗之中，军师嘿嘿冷笑，“藏钱之处？你以为他说的都是真的？这老匹夫，到底留了一手！”

小玲摇头，手指颤抖，要使劲全力才能拿住那棍子，“不可能的，祥裕当铺的那张当票难道不是真的？我白白杀了老肖？”

椅子上的军师半晌没有说话，黑暗之中，只听见小玲喘气之声。

“小玲，你既然是失败于此，那么，就该受到同样的惩罚。”军师平静的声音传进她的耳里。

第五章　案尽未尽

忽地，黑暗之中，传来了咝咝之声，仿佛有物缓缓贴着地面，向她爬了过来。

小玲知道那声音代表什么，她并不怕死，但如此屈辱的死法，却比死更让她难受，她挥舞着手里的棍棒挥向虚空，撕心裂肺地叫：“军师，求您给我一个机会，至少，我们得到了那条金刚石项链，项链价值千金，可以将功补过！”

一道亮光划过，军师手里拿了一条链子，火柴发出的亮光映在那坠子上，发出耀眼的白光，“你指的是这条？”

火光熄灭，军师身影又隐在了黑暗之中。

小玲隐隐感觉不对，“项链为何会在您的手里？我明明交给了大姐的！不……”她声音尖厉了起来，“你，你到底是谁？”

屋子里的灯光一下子亮了起来，军师依然坐在椅子上，眼睛却瞪得老大，脸上满是怒容。

她的双手扣在椅子之上捆绑着，双腿也被捆在了椅腿上，嘴里塞了好大一团布。

安雅瑜和林泽夫从小门走了出来，躲在椅背后的瘦小中年男人抹着额头冷汗向林泽夫点头哈腰，“督军，小人没办错事吧？”

中年男人声音嘶哑尖细，嗓门竟与军师有几分相似。

他向小玲咧开嘴笑道，“承让了，我是百乐门的话剧演员。”

小玲手里的棍子一下子掉到了地上，脸上表情惨淡，“不，不可能，不会是这样的！”

林泽夫挥了挥手，那中年男人缩着身子退了出去。

安雅瑜走到她的身前，拾起了地上那根棍棒，像是在欣赏她脸上的表情，又像什么都没看，“小玲，你已经是叛徒了，怎么办呢？叛与不叛，只不过是人们嘴里的评价，如今，你还有一条出路，就是将所有的事一五一十全告诉我们，督军会把弃暗投明的消息，放在你的军师身上，如此一来，你无论生死，还是你家兄弟姐妹心目中的英雄，或许，你就不用死了呢！”

灯光之下，安雅瑜优雅地笑。

有的时候，名也是一种另类的负累。

小玲步步后退，必死的决心与信仰在她心目之中已经轰然倒塌，死亡，有的时候只能一鼓作气，再而衰，三而竭。

她颤抖着嘴唇问："我不必死了？"

安雅瑜看了林泽夫一眼。

林泽夫点头，"对，只要你将实情说了出来，本督军答应你，留你一命！"

小玲眼神茫然，一下子瘫倒地上。

……

小玲被押了下去，由林副官带人连夜审问，忙了一夜，终于问清楚老肖那批财物的去向，清晨之时，林泽夫让人查封了那家祥裕当铺，在里面搜出了老肖活当的十个酒坛子，酒坛子里面装的倒全是好酒，可其中一个坛子的酒水下面，用油布包裹，装的全是珠宝玉器。

审讯出来的谋杀结果和安雅瑜推论的一模一样，辫匪知道了李榕玉表哥的消息之后，就冒充李榕玉身边人和老肖取得联系，老肖有两条金刚石坠子所做项链，为了讨好李榕玉，把其中一条寄给了李榕玉。

李榕玉不知所以，把这条项链戴到了脖子上去了。

别一边，辫匪又拿此消息来威胁李榕玉，让李榕玉生了杀心，骗得一万大洋。

老肖为了和李榕玉重拾婚约，把他得了大批珠宝的消息透露了出去，辫匪大喜，冒充李榕玉身边人从老肖嘴里骗出了珠宝下落，知道了老肖冬天养花的手法，小玲是辫匪之中的谋杀高手，极擅长用周围环境杀人，马上制订出计划来，在那花房之中布下了精密杀局，用毒蛇将老肖杀死，为消除痕迹，事后拿走了那项链和折断的花枝。

辫匪见林泽夫对老肖之死没有查出半点蛛丝马迹，干脆一不做二不休，为了把梅公馆初一十五死人的流言坐实，让小玲彻底斩草除根，除掉李榕玉这个知情人，以免到时有人追查那批珠宝的下落，这才有了第二次杀人。

至此，梅公馆谋杀案才宣告破了。

小玲供出了不少混入了梅公馆的辫匪余党，原来，在林泽夫进驻梅公馆之前，辫匪就通过各种关系混进了梅公馆内。

林泽夫雷厉风行，一夜之间把梅公馆的辫匪余党清理得干干净净。

可惜的是，那位收了项链的大姐闻风而逃了。

与此同时，林泽夫在报纸上登了一则通告，称已捉拿辫匪军师，其深感愧对父老乡亲，弃暗投明，投靠督军府为参谋。

通告发出去的第二日，军师就在牢中自残而死。

梅公馆命案终于传到了林太太的耳里，而李榕玉的事被揭穿了，林太太打电话到李家，把李总长痛骂了一顿，将李榕玉赶出了梅公馆，对给林泽夫说亲当然意兴阑珊了。

相反的，因为林幽兰几次三番提起了“白副官”，她对安雅瑜好奇了起来。

林太太忽然间醒悟了过来，她的女儿，也到了应该出嫁的年龄了。

对儿子林泽夫她一点办法都没有，难道女儿还不能控制?

她顿时兴致大涨。

……

安雅瑜定定地站在堂前，看了看堂上似笑非笑坐着的林泽夫，又看了看林太太，再瞧了一眼林幽兰，林太太刚才说的话，单个字分开她都明白是什么意思，可加在一起，她怎么就完全不明白了呢?

“白副官，你是单身吧?有没有定亲?身子好像太弱了一点，以后让厨房多炖点补品来给你补补身子。”林太太瞧着安雅瑜，又瞧了瞧站在身边的林幽兰，虽然不太满意这白副官的身份，但自己的女儿是这么个性子，以前还想要实行不婚主义，一辈子破什么案当什么鬼探长，现在，她好不容易有瞧得起的人了，还不赶快推波助澜把她嫁了出去!

再者，林家是什么人家，想要哪个后生有出息，那还不是一句话的事?

心里面想着，眼睛在安雅瑜身上扫来扫去，越扫越觉满意，这小子长得不错，以后生的孩子一定会漂亮。

安雅瑜不知道这位太太想干什么，老老实实回答：“太太，我单身一人，也无家人，没人给我定亲。”

林太太满意地点头，“没定亲就好，你瞧……”

林泽夫咳了一声，林太太瞪了他一眼，到底没往下说。

安雅瑜莫名其妙地被林太太留下东拉西扯问了好半天话，只差没问她底裤穿什么了，这才将她放了出来。

安雅瑜在门外挠头，见林副官也出来了，拉了他问：“林副官，太太也问你了?”

林副官摇头，同情地望着她，见她一脸懵懂，再摇头，上下打量了她一眼，“小白，现在看来，你长得可真像个小白脸。”

安雅瑜压低声音问：“你什么意思?不知道我的情况吗?”

林副官一拍额头，“哦，光顾着看你的热闹了，把这么重要的事给忘了。”

安雅瑜气极，“说，太太这到底是想干什么?”

林副官兴摸着下巴，眯起了眼，说：“小白，我只点醒你两句啊，第一，咱们督军府有人到了结婚的年龄了。第二，没事你穿个军装都这么漂亮干什么?”

安雅瑜愣头愣脑地，“那到底是什么意思?”

林副官一指她身后，“答案来了，我就不多说了。”说完，加快脚步往前飞走。

安雅瑜正在发怔，后边传来叫声，“白副官，白副官，等等我。”

她头皮发麻，缓缓转过身，林幽兰小跑步地奔至她跟前，笑容灿烂，“白副官，那案子怎么破的，你怎么也不告诉我一声？”

“督军不让人在外说三道四，还请幽兰小姐原谅。”安雅瑜头都大了，看见林泽夫在不远处不紧不慢地走，几步走到他跟前，仰起头笑，“督军，不知您吩咐什么事让属下去办？”

林泽夫眼角抬起，“我吩咐你办事？”

他似笑非笑看她，安雅瑜头皮发麻，“是啊，此案告破之后，您说有更为重要的任务交给属下。”

林幽兰看了看她，又看了看林泽夫，“三哥，您真有事吩咐白副官？”

安雅瑜眼巴巴地看着林泽夫。

林泽夫转过身朝林幽兰说：“没错，你没什么事，别老缠着我的手下，你以为他们像你一样整天游手好闲？”

林幽兰气急，冲到了安雅瑜跟前，“我缠着你了么？你告诉他，我缠你了没有！”

安雅瑜直摇头，“没有，没有，督军跟你开玩笑呢，只不过六小姐，属下真有要事要办。”

林泽夫冷冷哼了一声。

林幽兰无法，一跺脚，转身离开了。

安雅瑜长舒了一口气，一抬头，便看见林泽夫眼眸幽深，若有所思地看着她。

那视线让她身上汗毛竖起，在她的印象当中，林泽夫从来不拿正眼瞧她的。

她摸了摸脸，“督军，我脸上有东西吗？”

林泽夫收回了视线，负手往前走，“你长得还真不赖，穿了军装，的确挺不赖的。”

安雅瑜呆了，仿佛今天有两个人说这话了。

可她还是意识到，来了这么久，这是他第一次很明确地称赞了她，虽然这种称赞，让她有种毛骨悚然之感，但她还是隐隐有些高兴。

“是吗？”她用手拉了拉衣服。

“难怪能勾三搭四！”他脚步不停，军装裁剪合体，使他身形挺拔，稳如岳松，神态更是端正严肃，加上长相俊美，使人一见而心生孺慕。

可此时此刻，在安雅瑜眼底，有一时的恍惚，这种话也能从他嘴里蹦出来？

她不知道怎么接下去，只能回答：“督军，您误会了，我哪有机会勾三搭四？”

林泽夫脚步一停，脸依旧向前，“你要记住，你现在是白副官，身份虽是个男人，但是……”

他侧过脸来，打量着她，视线特地在她胸前停留少许，“你可别搞混了！”他冷笑，“为达目的，不择手段，但有些手段，你是不能用的！”

安雅瑜脸唰地一下白了，牙齿咬到了嘴里的肉，直到嘴里有了腥咸之味，才说：“督军，我不知道你又怀疑什么，我也不想知道，督军给我立下限期，让我在限期破案，如今案子已破，督军是不是想要食言？”

林泽夫脸上冷笑不变，眼眸冰冷，“还真把自己当成个人物了，若是食言，你又当如何？”

安雅瑜胸膛起伏，心底忽升起股无力之感，全身的力气忽然间像被抽空了，她垂下头去，缓缓转过身去，“如此，这些日子，打扰督军了。”

她有气无力往门口走。

林泽夫眼眸冷凝，看着她的背影，他说话做事，在适当的范围之内从来都是随心所欲，可此时此刻，心底却有些懊悔，他看了林副官一眼。

林副官站在十几步之外，早看出这里不对头了，闻到风向，马上几步跑了过去，拦住了安雅瑜，“小白，生这么大的气干什么？来来来，咱们好好儿说说。”

安雅瑜抬起头来，直视着他，“怎么，林副官得了指令，要把我送到西南都督手里？”

林副官小心翼翼回头扫了林泽夫一眼，咳了一声说：“你这是什么话，你把咱们督军看成什么人了？好好儿说话！”

安雅瑜瞧了一眼他张开的双臂，“既然不是，请你让开。”

林副官正在为难，林泽夫冷冷地道：“别拦她，她如果真想被人认出，送回西南都督府，那就让她走出去！”

安雅瑜停住了脚步，双手握拳，垂头站着。

林副官好声好气地劝，“小白，耍耍小脾气就行了啊，别太过分了，噢，忙了这么久，是不是还没吃午饭，走，我特意叫食堂留了饭给你，咱们边走边说。”

他朝后向林泽夫使了个眼色。

林泽夫哼了一声，转身就走。

安雅瑜听到他脚步声渐行渐远，心底一松，肚子咕地叫了一声，只好随林副官走了。

……

“还想着要走？”林泽夫放下笔，抬眼看了林副官一下。

林副官摇头，“小白的性格算好的了，三爷，不是属下说您，她都没意识到怎么回事，你就这么一通批，对她是不是太不公平了些？”

林泽夫拿起桌上的湿手巾擦手，“连这样小小的委屈都受不了，以后怎么跟我做事？”

林副官低声说：“三爷，人家也是大家闺秀落难，哪里能和咱们这些糙老爷们儿相比？您对咱们说骂就骂，说打就打，咱们肯定不会怨你什么，可她到底是个女人，也曾当娇花一样养的。”他忽然醒悟，“督军，您想留下她？”

林泽夫不耐烦地哼了一声：“女人，就是麻烦。”

林副官看了林泽夫一眼，再看他一眼，心底暗暗嘀咕，督军这语气神色不对啊。

“督军，大帅发来贺电，祝贺您初一上任，就破了这匪夷所思之案，更将辫匪余孽消灭干净，大帅命您三日后回去帅府接受嘉奖。”林副官把心中的嘀咕放下，说起正经事来。

林泽夫嗯了一声，拿起桌上的毛笔来，似忽然间想起，“去，告诉白副官，她也一起去。”

“可您不是答应了，破案之后，就让她离开？”林副官决定问清楚。

“我想她会愿意的，这里又没人向她逼婚，躲在哪儿不是躲？我这儿么，西南都督府哪敢乱来？”

林副官想了想正是这道理，笔直地行了个军礼，转身离去。

来到安雅瑜这儿，把林泽夫的意思婉转地说了，告诉她只要她愿意，她随时可以走，也可以留下来当副官，安雅瑜还真答应了，林副官暗暗称奇，心想督军可真是个明白人。

……

大帅府是仿王府式建筑，有十三栋八十多间，呈目字形，青砖墙体，白色水泥边线，黑白分明，显得格外的颜色分明。

帅府和林泽夫的督军府自不可同日而语，安雅瑜一路走来，只觉满眼富贵，目不暇接。

几人一直前行，有着装统一的丫环在前边领路，一直来到了大青阁，这是帅府的主楼，平日里接待要员商议国事，以及制定重大决策。

安雅瑜在厅里等了没多长时间，身穿中山装的林大帅就在几个人的簇拥之下走了进来。

林大帅身材微胖，却不臃肿，双眼细长，与林泽夫面容倒没有相似之处，容貌也没有他那么出色，却也是个和蔼可亲的中年人。

和他一起走出来一左一右扶着他的两个女人，就是他的六姨太和五姨太了。

而另外那位站在他身边不远处的，就是大帅长子、人称太子爷的林泽录。

他一脸和善地看着林泽夫，向他轻轻点头，首先招呼：“三弟。”

和他的和善不同，林泽夫则是爱理不理地挑着眉毛答了一句：“大哥好。”

林泽录不以为意，视线移到了安雅瑜身上，笑了：“三弟，听电文里说，就是这位小哥助你破了那梅公馆奇案？”

林泽夫点头，“没错。”

众人皆望向林泽夫身边，只见这白副官身穿一身合体军服，齐耳的短发黑如泌墨，面容清秀绝伦，态度却是不卑不亢，站在以容貌俊美著称的三爷旁边，却是毫不逊色。

六姨太更忍不住称赞出口，“这位小哥，长得真是好相貌。”

自己的姨太当面称赞别的男人，林大帅却毫不在意，点头哈哈笑了两声，“的确不错。”

在众人如聚光灯一般的目光之下，安雅瑜顿时有手足无措之感。

林大帅和蔼地笑道：“白副官，你也别太拘谨，这堂上站的，都是自家人，这位是我的六夫人，这是五夫人，老六你都见过的，老六出来见客。”

安雅瑜哑然失笑，她一瞬间有身在青楼之感。

林幽兰从他身后探出头来，向她一笑。

林泽录就笑了，“老六，你还躲着？躲到什么时候去？”

林幽兰这才从其身后走了出来，唤了一声，“三哥。”

她急不可耐地问安雅瑜，“现在你可以说了吧，这案子是怎么破的？怎么会与辫匪余党有关？还有还有，杀人的真是小玲？三哥消息封锁得严实，什么都不告诉我，你呢，又过河拆桥，不带着我玩，白副官，下次可不能这样了！”

她噼噼啪啪说完，语调既娇且俏，堂上众人皆互相递着好笑眼神。

安雅瑜迟疑地抬头看大帅，见他微微点头，这才说：“此案因着传出来的流言而变得诡秘莫测，但这些只不过是世人看见的表象，说起来也简单，花匠老肖冬天用挖地道烧暖房养牡丹，就有人利用了这一点，布下杀局，事后传出流言，使得整件事情更是莫测。”

林幽兰嘟嘴，“说了等于没说，我不管，既是回来这里了，你可得跟我好好儿说说。”

林大帅瞪了她一眼，“胡闹，人家是办正经事，哪容你插手？想不到一个小小的辫匪，也能盘踞那地方多年，更闹出如此大的动静来，老三，看来，这件事不简单啊。”

林泽夫点头，“辫匪安插在梅公馆的余孽已经全部扫清，其他余党也已清理得七七八八了。”

林大帅满意地点头，“看来派你去那里驻守，倒是派对了，对了，那小玲为何不一同处死？”

“父亲，那小玲有立功表现，梅公馆的辫匪能被一网打尽，也有她的功劳，而且，我总感觉此案怕是还有余党，到时候，小玲说不定能派上大用处。”林泽夫慢慢说道。

林泽录笑着插言："三弟，你可别放虎归山啊。"

林大帅一挥手，皱眉看了他一眼，"那地方既然给你三弟管着了，就由你三弟做主，你别横插一杠子，说三道四的！"

林泽录赶紧叫屈："爹，我哪里敢？我还是好好地管我的钱就算了。"

林大帅就不理他了，笑对林泽夫说："你的住处，你娘一点儿也没动，还是原来的样子，就在家里多住几晚陪陪你娘再回去吧，你的亲事，终究要定下来的。"

林泽录露出惊喜的神情，拍手笑了，"爹，你终于下决心了？定了王家姑娘了？"

林泽夫站着，一声不出。

林大帅说："我瞧那王姑娘就不错，知书达理，容貌又好，配老三刚刚好，老三，你总得替你娘想想，一个两个，都不想成婚，你想急死你娘么？"

五姨太掩着嘴笑，"是啊，大帅，二姐眼馋人家抱孙子，馋得口水都快流下来了。"

六姨太紧跟着插嘴，如葱般的手指指向了林幽兰，"六姐儿，你可也得抓紧些，二姐抱不了孙子，抱个外孙也是可以的。"

林幽兰呸了一声，眼睛却悄悄扫着安雅瑜，跺脚，"胡说什么，我才不嫁。"

五姨太和六姨太相扶着笑得花枝乱颤。

安雅瑜暗暗惊奇这大帅府上妻妾之和谐，倒不像外边传言那般不堪。

扯了好大一通之后，就是家宴，直至傍晚华灯初上，一群人这才散了。

安雅瑜与几名侍卫一起随着林泽夫往西院的独幢青瓦楼走。

林泽夫与林副官在前边边走边谈，安雅瑜缩在后面，自是离得越远越好，哪知没走两步，林泽夫回头，目光精准地瞄准了她，"你，过来。"

几名侍卫分开两排，齐齐向她行注目礼。

安雅瑜没法，只得上前，走到他的身边，林副官却一挥手，带着几名侍卫后退了十步。

林泽夫扫了她一眼，迈步上前，沿着石子铺成的小路慢慢往前走，很是嫌弃地上下打量了她一眼，"今天衣服倒还整齐。"

安雅瑜用手扯了扯衣角，"来见大帅，军容自当整齐。"

他看了她一眼，"你的婚事，你真准备这么搁着？"

安雅瑜一怔，想不到他问这事，沉默良久才说："我们俩不合适。"

林泽夫一言不发听完，隔了许久才说："如此说来，这桩婚事，你并不放在心上？"

安雅瑜一怔，他的关注点还真是奇特，也只有老老实实摇头，"这桩婚事，是娘之前和齐夫人指腹为婚的，娘去世之后，我外出留学，总共也没见齐沛鼎几面，老实说，开始心底是有些不舒服，但后来他喜欢妹妹，妹妹又求上门来，我觉得应该成全他们，这才逃婚，原本打算再次出国，哪知偶遇督军。”

林泽夫手指磕在石桌之上，“这可难说得很，女人么，口是心非居多，嘴里边说得比什么都好听。”

安雅瑜皱紧了眉头，“督军，我不是这样的人。”

林泽夫背往后靠，浑身放松，“算了，我也懒得问你这些闲事了，最近我可能要去宜丰，见你爹一面，你有什么话带给他？”

安雅瑜垂头，思索良久，“爹肯定恨死我了，算了，等他气消了我自己回去向他请罪！”

林泽夫点头，“这段日子，好好儿替我做事，还有，齐沛鼎这两日会和他父亲一起来府上，你小心些，别撞上了。”

安雅瑜摇头，笑了，“即使撞上了，他只怕也认不出我来了，我只见过他两次，去西南都督府那几日，我一般躲在他们家书房看书，二妹接待的他。”

林泽夫嘴一撇，又露出那种嫌弃神色，“难怪人家要娶你的二妹。”

安雅瑜解决了心中大石，也不在意他偶尔的毒舌，只是笑，“是啊，他不喜欢我。”

他的视线停在她的脸上，她一笑起来，面颊两边有两个小小的酒窝，像盛满了美酒，美酒漾起，不停在她嘴角盘旋，衬着黑黑的面颊，依旧漂亮得让人悸动。

林泽夫站起身来，惯常地把军服下摆拉了拉，“走吧，去书房再说。”

林副官看清这边动静，一路小跑过来，低声说：“督军，小楼里都已清理干净了，您请过去。”

林泽夫点了点头。

这是一幢哥特式的独幢小楼，不远处，还有好几幢一模一样的小楼掩映在树丛之中。

尖拱形的屋顶迎着落日余晖，让人感觉仿佛身处异域。

林泽夫见她看得痴迷，介绍说：“这几幢房子，是父亲请了荷兰建筑师修建的，是英国都铎哥特式的风格，父亲给我们几兄弟一人一幢，可我总共也没回来住上几日。”

越走越近了，红砖墙体更为清晰地映入眼帘，白色的壁柱檐角，三角形的山花，整幢楼红白相间，色泽明快。

进到屋里，林泽夫把军帽递给了她，又把腰间皮带解下，随手扔在衣架之上，这才在沙发上坐了，又指了指对面。

这次不等他开口，安雅瑜在那小沙发上缓缓坐下。

林副官关上了门，在门外守着。

安雅瑜见这么大的阵仗，不由微微有些紧张。

林泽夫背靠向了沙发，眼光扫向楼里四处，轻声说："许多年前，在我身上发生了一件诡异莫名之事，我反复求证，四处查访，却一直没能搞得懂当年之事是如何发生，怎么发生的，事后却为何会这样？我一直在找寻真相，也在找一个能帮助我解答疑惑的人，却始终没能找到。"

他平时锐利如鹰的眼眸现出少许迷茫，阳光从彩色玻璃窗射进，照在他的脸上，使他的脸上如有光华流过。

安雅瑜顺着他的视线望了过去，轻声问："那件事，是不是就发生在这幢楼房里？"

林泽夫点了点头，"当年，这里还没有那么多幢楼，只有这一幢，我才八岁，从小到大，因为性格内向胆小，我没有多少朋友，唯一的朋友，就是母亲女友的小孩，是一对姐妹，那年我过生日，请的就是他们一家人，还有几名母亲相熟的闺密，父亲当年还只是一个商人，刚刚继承了祖父的家产，家里边还没有这么多人，只有母亲和大娘两位。"

安雅瑜明白他说的是什么，点了点头，相比之下，她的家庭却简单许多。

"父亲特意让西洋来的糕点师做了蛋糕，吃完蛋糕之后，父亲有事，被人叫走了，我和那两位小姐妹在楼里玩捉迷藏，我躲在壁橱里，躲了差不多十多分钟，一直没有人来找我，实在忍不住就出去了，客厅仿佛换了个天地，那一对夫妇，两个孩子，以及其他几个人，全都消失不见了，连挂着的画的墙上都成了空白一片。"

安雅瑜悚然一惊，忽然想起多年前看过的那份报纸，是《南洋日日官报》上披露的一桩案件，十多人聚会之后莫名失踪，生不见人，死不见尸。

她小的时候就聪慧异常，过目不忘，那时家里书籍不多，父亲没有什么好教的了，被她缠着要书看，父亲没奈何，随手提了一堆旧报纸给她，她就看过这段新闻，等到父亲意识到小孩子不应该看这些乱七八糟的东西之时，她已经能把报纸上的东西口述能详。

她尤记得五岁的自己在饭桌上讲述报纸上某个青楼名妓从良之事时，父亲脸上那震惊的神色。

她垂下眼眸，收回神思，"原来十多年前报纸上登的那则消息却是发生在这里？"

"没错，就是那件事，事后我多次询问母亲，向她要求请那两个朋友来家里玩，可她却说，从来没有过那两个朋友，是我太过寂寞，幻想出来的。"他脸上神色恍惚，仿佛又回到了当年的现场。

安雅瑜轻声地问："孩子的记忆是会随着时间而渐渐淡化的，以后一定又发生了什么，让你重新回忆起了这段往事。”

“没错，大概三年之前，我搭轮船回埠，在那条船上，却又看见了那两位姐妹中的姐姐，许多年过去了，她已然长大成人，可容貌却依旧与往日有七八分相似，她也认出了我，惊喜上前相认，就在那天晚上，她却也死了，就死在我的面前。自此之后，我身边事故频发，几次处于生死边缘，却查不出缘故。”

林泽夫语气虽是淡漠，眼底却有说不出的温和，“我想了办法四处寻找线索，当年失踪的人却再也没有出现过，我不敢去问母亲，因为每次问及他们，母亲总是惊慌不安，更引发心疾，父亲更不用说了，总是将我训斥一顿。

我记得第一次事故，我被人推进湖水之中之时，却被人莫名救起，以后的几次，我或遭人伏击，又或在闹市被人枪击，每次都能化险为夷，可我查遍所有，都查不出是什么人所为！而那些保护我的人，也毫无踪影。”

“但无论怎样，督军自是从不相信这等命运的！”

“没错，父帅委我任务以来，在我的任上，也曾破获不少诡异莫名之案，那些案件，有一半是借着鬼神的名义，可细细解剥，无一不是人为。”林泽夫说，“我只期望你能解开这个谜团，查出幕后是何人所为！”

他面容依旧冷俊，可清冷的语调却有丝掩盖不住的低落。

安雅瑜瞧了他一眼，又垂下眼眸，“我同意督军的说法，所谓的鬼神，无非是人为。”

她抬头看他，目光明亮，“还有，保护您的人，不止一个，而是有一个组织，只有这样，他们才能收集情报，事先知道危险，里应外合，互相照应，他们可能是您的亲人，您的护卫，可以接触您身边的一切。”

林泽夫笑了，“你说的，我也曾怀疑过，所以，成年之后，我曾将身边的侍卫全都调换，为摆脱父亲的关照，甚至远渡重洋，在国外生活了几年，可还是一样，无论我在哪里遇险，都能逢凶化吉。”

安雅瑜微皱眉头，仔细思索。

林泽夫无奈地说：“甚至有几次在国外，我特意往黑帮区行走，挑衅那些贩卖鸦片之人，几次被枪指着，依旧能够脱身，一个小小的花匠，居然牵涉到了大批财物，肯定有幕后之人暗中插手，翻云覆雨，花匠之案，只是一个导火索，或许会牵连得更大。”

“除了剿灭辫匪之事，督军最近可有什么相关之事要做？”安雅瑜低头沉思，“我倒有所怀疑，不知道督军想不想听？”

林泽夫抬眼看了她一眼，“说吧，都已经到这个地步了，还有什么不能说的？”

安雅瑜抬起头来，看着室内楼梯之处，“能影响督军一生的大事，除了出生，就是婚姻，林太太替督军积极寻亲，求亲的两位对象一是李榕玉，另外一个就是王兰芝，可如此凑巧，还没能成功，李榕玉就被发现已有婚约，王兰芝身边的丫环出了问题，这使得林太太再也提不起劲儿替督军筹谋了，督军婚事，未尝不是影响您一生之大事，如今，大帅替您定下了王兰芝……”

林泽夫坐直了身子，“你是说，如果有人弄鬼，一定会从我的婚姻之事下手？”

安雅瑜点了点头，“督军婚姻，与普通人不同，是两个家族的联姻，更牵涉到方方面面的利益，操作得当，能让督军更上一层楼，如果操作失误，督军便会受婚姻所累。”

林泽夫视线停在她的身上，锁紧眉头，“你对婚姻，研究得倒挺透彻，是不是因为你逃婚，才总结经验，以免重蹈覆辙？”

安雅瑜气往上冲，“督军如果想要帮我，就不要再说这样的话了！”

“外边人传出来的流言你都受不了，你还逃什么婚？”林泽夫慢慢把手上白色手套摘下，端起茶几上的盖碗茶来饮。

安雅瑜气呼呼地看了他一眼，“现在说的是督军身边将要发生之事，您又何必扯到我的身上？”

林泽夫饮了两口茶，把茶杯放好了，摊开双腿双手坐了，才说：“女人间的事，当然是由你去查。”

安雅瑜瞪圆了双眼，举高军衣制服袖子，“督军，我现在是个男人，你明白的吧？”

林泽夫微微一笑，“有小六帮你，你会方便得很，我的婚姻既是一个突破口，想必，那些幕后之人将有大动作了。”

安雅瑜不依不饶起来，“督军，我还是觉得不妥，要查你的婚姻，当由王兰芝入手，依我看，王兰芝对您已经情根深种，您自己出马，岂不是事半功倍？”

林泽夫一抬手，把她剩下的话堵在了喉咙里，“行了，查清此事，你也可以随心所欲了，我会送你银钱船票，给你新的身份，无论你去哪里，都会让人安排妥当！这可比你一个女人在外瞎闯好些，别又闯到别人的行刑场去！”

安雅瑜说：“没必要！”

他看了一眼她气呼呼的脸，“我给你一个机会，隔几日，这里要办派对，许多名媛都会到场，也包括了你那前未婚夫齐沛鼎，我让你和老六当这筹备之人，她不是喜欢跟搅和么，这一次，就让她好好儿搅搅，说不定能搅动一池死水。”

安雅瑜嘴唇嚅动半晌，到底没有再说什么了。

……

安雅瑜小副官认命地领了两个士兵，端了两盒子礼物往王兰芝住处走去。

林泽夫回府的消息传开之后，这幢小楼客人就络绎不绝，王兰芝被林太太邀请，住进了小楼旁边的宛花楼，林泽夫自己不出面，可东西却假托安雅瑜等副官之手源源不绝送往王兰芝处。

为举办派对，林泽夫更是托人请西洋来的设计师制出两套精美绝伦的西洋礼服送给王兰芝。

今儿个，安雅瑜就是去给王兰芝送礼服的。

才来到小楼，远远的，门口候着的小丫环就迎了上来，“白副官，您来了？”

这两天安雅瑜天天往王兰芝这里跑，小丫环对她熟悉得很，将她迎进了屋子，笑着说：“我们姑娘来客人了，白副官先在小客厅等等。”

“你家姑娘忙着，我也不打扰了，这是督军送给姑娘的两件礼服，派对上用的，你收好了，拿给姑娘。”

小丫环忙摇手，“白副官还是自己交到姑娘手上的好，尺寸款式有什么不妥，姑娘也好直接对白副官说明，让西洋裁缝改了送过来。”

见安雅瑜满脸为难，小丫环拍手说：“白副官，你事忙的话，不如我让奶娘跟您说，她对姑娘最为了解了，礼服有什么不妥，也能马上指了出来。”

安雅瑜点了点头，“麻烦姐姐了。”

小丫环脸一红，看了一眼这俊俏的副官，转身往楼上内室跑了去。

隔了一会儿，楼上传来一个女声，“白副官来了？”

只见从楼梯口缓缓往下，施施然走下来一个穿了琵琶襟旗袍的女人，她身形苗条，容颜俏丽，眼角虽有些许细小皱纹，但也丝毫不减弱她满身的气质。

安雅瑜来了许多次，都没见过这名叫曹桂湘的奶娘，原以为这奶娘是个身材肥胖的中年女人，可没有想到，却是这么一个气质风韵俱佳之人。

她走到放置礼服盒子的地方，揭开了那盒子，拿出了礼服在身上比了比，点了点头，回头望安雅瑜，微微一笑，“白副官，礼服的腰身窄了两公分，但姑娘这几日瘦了不少，应当能穿进去。”

正说着，有人从回廊那边的小客厅走了过来，声音娇脆，“咦，这是督军送来的礼服吗？”

王兰芝从奶娘手里拿过那礼服，在身上比画，转了个圈儿，朝另外两个女子问：“你们替我瞧瞧，这礼服好不好看？”

安雅瑜这才看得清楚，除了林幽兰之外，她身后还站着一名身穿红色旗袍的女子，只见那女子二八年华，穿了一件绣满粉色牡丹的大红旗袍，她肌肤雪白，眉眼却是说不出的美艳浓丽，身材更是纤合有度。

林幽兰是美的，王兰芝也是美的，但她们的那种美，带着少女的青涩，两个身份高贵的少女站在这女人的旁边，却丝毫不能夺了这女子的颜色。

她就像那盛开到极致的牡丹，无论何时何地都在绽放着她的美丽。

安雅瑜从没见过这么美的女人，一时之间不由也看得呆了。

她带来的两名侍卫，更是目不转睛地望着，连礼仪都忘了。

“兰芝，这礼服是三哥特意请人替你做的，你穿了当然好看。”林幽兰眼睛扫着安雅瑜，笑着说。

“谷兰，你最懂得这些的了，你说说，穿这件衣服，我该配些什么首饰为好？”王兰芝不理林幽兰，转头问那名红衣旗袍女子。

谷兰？原来她就是名优谷兰。她由魔术马戏班子出身，转型做了电影演员，拍了两部极为叫座的电影，转瞬之间，就名满天下了。

第六章　名优之伤

至于她的绯闻，却也让人津津乐道的，在林泽夫回国之后，两人在某派对见到了，她对林泽夫便念念不忘，那些得不到她青睐的影迷们不知道有多伤心。

听闻还有影迷为了她而质问林泽夫，问他为何不回应女神的青睐。

林泽夫刚刚回国，此人脾气肯定是不好的，听说当场拔枪，一枪把那影迷的帽子给打飞了。

女星的绯闻总是让小报记者们趋之若鹜的，近些日子的报纸，又开始报道她与林大爷林泽录的绯闻，说林泽录为她痴迷不已，连几房妻妾都抛在了脑后，更为了捧红她，投了不少钱在她主演的电影上，她是大帅府的常客，这也就不足为奇了。

王兰芝把那礼服凑到了谷兰跟前，谷兰脸色平静，拿着团扇的左手手指发白，她右手在那件礼服上滑过，在腰身之处略停了停，视线落到了王兰芝的腰上，“兰芝，你怕是要饿两天才能穿得上这礼服呢，这样吧，我把那件大爷送我的法兰西腰封借给你，收一收腰，也许就能穿上了。”

王兰芝满脸通红，娇俏地笑道：“好，为了这件礼服，我这两天晚上都不吃饭了，奶娘，你去通知厨房，今晚不用给我备饭了。”

曹桂湘目光柔和投在她身上，像看着自己任性的孩子，“姑娘，吃些少油的素菜也是一样的，你这么一下子不吃饭，那可不成。”

王兰芝拉了曹桂湘的手，“奶娘，就这两日而已，您就依了我吧。”

曹桂湘无可奈何地应了。

谷兰在一边掩着嘴笑，羡慕地说：“兰芝，你和奶娘的关系可真好，我可没有这么个对我好的人。”

王兰芝垂头笑了。

曹桂湘也微微地笑。

阳光从外照进，照在她的脸上，却是使她的脸半明半暗，从安雅瑜这里看去，她眼眸却似闪过一丝冷芒，面颊肌肉瞬间僵硬，等安雅瑜想看得仔细一些，她却又是那副温婉柔和的模样。

“白副官，这礼服我收下了，您告诉督军，派对那日我一定会穿上他送的礼服。”王兰芝半垂面颊，含羞而笑。

安雅瑜看了一眼她羞红的面颊，想起林泽夫的淡漠与漫不经心，在心底里叹了一口气，应了一声：“好的，王姑娘，我一定会把这话转告给督军的。”

王兰芝眼底现出丝喜色来，小心翼翼地问：“白副官，督军这些日子在忙些什么？”

安雅瑜还没答话，谷兰姿态优雅地摇着扇子，插话道：“这个人么，一向是冷漠的，总有忙不完的事要做，他也真是的，兰芝妹妹来到帅府好几日了，他也不来看看，连礼服尺寸都给做错了，哎。”

王兰芝脸一白，目光自然而然扫向曹桂湘。

曹桂湘上前扶了她的手，不冷不热地扫了谷兰一眼，“我们家小姐出身名门，督军也是谨守礼仪之人，两人不见面才像话，哪能像谷兰小姐这么交际广泛，什么人都能聊上两句。”

谷兰微微一笑，浓丽之极的面容现过丝冷意，却没有再说什么。

这位王兰芝，对曹桂湘倒是挺依赖的。

到底是大家闺秀，连争风吃醋都带着些孩子般的天真，安雅瑜暗暗感慨。

王兰芝和谷兰是女人的两个极端，一个清纯可人，一个却风情万种，如果是男人，娶妻的话，自然得娶王兰芝那样的，而做情妇，却是谷兰那样的了。

男人一辈子如果能拥有这两种类型的女人，只怕在梦中都会笑醒。

还偏偏有那半点不解风情的林泽夫，居然两个都不要。

安雅瑜感概万千。

她看着王兰芝，她没把刚才的争执放在心上，只和曹桂湘讨论礼服怎么穿，一颦一笑皆带着些稚气，眼眸之中全是对未来的向往，这是一个陷入了爱情当中的女子，美好而单纯，真有人会利用她来实行那不可思议的阴谋，操控林泽夫?

谷兰一插嘴，安雅瑜也不用回答这让她都无法回答的问题了，向王兰芝告辞，和两名侍卫一起走了出来，走没几步，就听见后面有人呼唤：“白副官，等等我。”

安雅瑜无奈站定，林幽兰小跑步来到她跟前，仰脸看她，“白副官，派对你穿什么？你瞧，我做了一款白纱裙，你穿黑色燕尾服行吗？到时候，你能请我跳第一支舞吗？”

安雅瑜摇头，“不行，六小姐，派对当场，我要在外边维持秩序，连舞场都不会进的。”

“这怕什么，到时候让三哥让你进去就行了。”林幽兰嘟着嘴，“三哥让你和我一起筹办派对，你什么都不理，是什么意思？”

“六小姐筹办得挺好的，有谷兰小姐捧场，又有魔术师表演，派对当日，一定会精彩万分，哪用得上我插手。”安雅瑜说。

林幽兰笑了，“你知道就好，我给你担了多少的责任，让你在三哥面前露脸！”

安雅瑜苦笑着说：“多谢六小姐。”

正说着，林幽兰看着她身后，脸上忽然间露出厌恶之色来，“什么人都往这里凑，什么意思！”

安雅瑜回头一看，却见是个眼眉清秀的年轻人拦在了往台阶下走的谷兰身前，嬉皮笑脸，“谷兰，搭上我大哥就不理人了？来了帅府也不通知我一声，我好请你吃饭啊！”

那年轻人脸虽然长得好，脸色却不好，有青白之色，双目无神，一看就知道是抽鸦片过量所致。

安雅瑜看了看他，再看了看林幽兰，却明白了，这人就是林家最没出息的二爷林顾凡了。

谷兰虽是个手腕高超的交际花，脸上也不由露出了丝厌烦，只得站定，拿着扇子扇风，“二爷，您来了？”

她往左边走，林顾凡张开手臂也跟着往左，“谷兰，这么傲气干什么？忘了你以前是做什么的了？有大哥捧你，就连老朋友都忘了？”

他挤眉弄眼，满脸的你知我知的猥琐表情。

谷兰站定，好声好气地说：“二爷说什么，我半点不懂，正巧，大爷来了，不如你问问他？”

林泽录从一旁小径走了过来，那林顾凡收回了手，垂手站立，掩嘴打了个呵欠，“大哥，您来了？”

林泽录厌恶地看了他一眼，“你又想干什么？”

“不干什么？我能干什么？我哪能像几位兄弟这样有忙不完的事？得，我还是去我自己那楼待着，免得碍了大哥的眼。”林顾凡边说边走。

林泽录转过身来，伸出手去，接过谷兰的手，“那种浑不吝的人你就别理他了，走，你不是想买些新衣服么，我正巧有空，陪你去？”

两人边说边笑，携手走了。

林幽兰呸了一声，“只有大哥对他这么客气。”

安雅瑜好奇地问：“你不喜欢你二哥么？”

“什么二哥，我才不认他呢，爹强迫我也没用，不知道哪里来的野……”仿佛意识到在安雅瑜面前口出粗言很失身份，她吐了吐舌头，没把“野种”两个字说完。

安雅瑜想起小报上的传言，心中了然，看来那些小报之言，倒有几分是真的了。

这林顾凡是林大帅带兵打仗之时，和一个村姑留下的风流种，年长之后，才寻上了门来的。

只见他侧着身子往小路上走，边走边吸着鼻子，手脚不由自主地哆嗦，显然地，他的毒瘾发了。

这样繁花似锦的大家族，想不到也有这样的子孙。

安雅瑜正要收回目光，却看见那曹桂湘站在台阶上盯着林顾凡，眼神莫测，似乎感觉到了她的视线，她侧过脸来，朝这边一笑，缓缓转身，走了进去。

“想什么呢？白副官，一个闲杂人等你也能想这么久，还不如想想我……们怎么办好这派对。”林幽兰笑嘻嘻地说。

安雅瑜敷衍地说：“六小姐说该怎么办，就怎么办，我从旁协助就行了，您有什么跑腿儿的事，都交给我办，我保证能帮你办得妥妥帖帖的。”

林幽兰嗓门柔了一个八拍，“白副官，你这说的是什么话？你这是把三哥的交代不当一回事啰？”

安雅瑜揉着手臂上一个个冒起来的鸡皮疙瘩，垂目答：“六小姐准备怎么办呢？我们商量一下？”

林幽兰兴致勃勃，“走，咱们去那儿坐着说！”

安雅瑜被她缠了半天，这才得以脱身，回到卫队营房，拿了饭碗准备去食堂打饭，林副官穿了身便装走了过来，一把抢过她的饭碗，“走走走，督军请咱们吃饭，换身便装，一起走。”

安雅瑜摇头，“我没有便装。”

林副官把另一只手里拿着的包袱递了过去，“就知道你会这么说，给，这是督军给你的。”

安雅瑜接过，摸了摸，包袱里边是两件衣服，她皱眉，“我合穿么？”

林副官说：“合不合穿我不知道，你自己试试……我在外边等你啊，麻溜点儿。”

安雅瑜穿好了那套便装出来，林副官上下打量一番，“咦，合身得很啊，督军找人替你量过身材？”

安雅瑜拉了拉那中山装的衣角，“没有。”

林副官看了她一眼，“说起来咱们督军可真奇怪，自己内定未婚妻的衣服都订错了，你的衣服反倒合身，小白，咱们督军对自己人就是好。”

安雅瑜回望了一眼，“的确不错，他对你就挺好的，又信任你，什么都交给你去办，哎，林副官，说说，你也姓林，和林家什么关系？”

林副官咧开嘴笑，“那是当然，我么，我这名字宝福都是大帅起的，你说林家和我是什么关系？我是个孤儿，帅府才是我的家。”

安雅瑜点头，“难怪你什么都替督军想着，简直比他的内人更贴心。”

林副官浑身打了个寒战，“什么内人？我又不是个女的？我要是个女的就好了，打破头都要当他的小老婆。”

安雅瑜鄙视地望着他，“想不到你的志向这么远大，我告诉你一个途径，知道西洋医术么，听闻英格兰有人会做这种手术了，把下面割了，再在上边添点东西，由男变女不是梦！”

林副官咳了一声，瞧了她一眼，闪动眼眸问：“小白，什么话到了你嘴里就让人毛骨悚然，你是个正牌女人，你难道对咱们督军就没有半点想法？咱们督军，有财，有貌，有权，只要是个母的，无一不前仆后继往上扑，你如果有想法，我可以帮你在他身边占一席之地，还别说，你长得还真行，就是黑了点！”

安雅瑜摸了一把脸，心想不黑我能瞒过帅府里这许多人么？她每天用黑面霜擦脸可不是为了保养皮肤的，她嘿嘿两声冷笑，“还好督军不喜欢黑的，我看还是算了吧，以后和许多小老婆争风吃醋。”视线又扫向他下边，“指不定还要和个男变女的小老婆争！”

林副官跳开几步，见她懒得搭理，又凑上前去，“小白，你是知道咱们督军身份的，以后帅府一大家子指望着他呢，几个老婆肯定少不了，小白，你要求也别这么高行不？”

安雅瑜烦了，“你有完没完？你想要做媒，为你自己以后找新靠山，找王兰芝去，多花点时间巴结她，她会买你的账的！”

林副官看清她板得如冰一样的脸，举着双手说：“好了，好了，我不说了还不成吗？以后都不提了。”

安雅瑜冷冷地说：“林副官，你是他的管家，而我，留在这里，是为了那件案子，咱们以后各行其职，别弄那些多余有的没的。”

她黑黑的眼眸直盯着他，脸上只有冰冷平静，看得林副官生生打了个寒战，他忙点头，“小白，别生气，我保证绝对不会有下次了。”

两人往前走，来到小楼边，汽车已经在门口等着了，林泽夫正半闭着眼坐在车里后座，也穿了身便装。

林副官拉开了副驾的门想坐到前边去，林泽夫说：“你坐到后边来，让她坐前面！”

安雅瑜默默地和他调换了座位。

林副官却有些发怔，心想督军怎么了，以前都是让小白坐在身边的？

他满怀着纳闷坐到了林泽夫身边。

车子开到了东方乐府，这是城里贵族区的大型舞厅，平常日子也请些戏班子，杂耍班子来这里表演。

安雅瑜正要下车，旁边司机提醒：“白副官，小心点儿。”说完向她挤了挤眼。

安雅瑜马上听出了不妥来，问："你知道什么，说说？"

司机双目直视前方，"白副官，您以后大发了，可要提携兄弟一把……别的我也不能多说，我只知道，临出门之前，督军前脚上了车，你们后脚跟着上车，那个时候，督军脸色就不好了。"

安雅瑜一惊，心底嘀咕，他莫非听到了自己和林副官的玩笑话？不可能，他会在意这个？

这也太小气了！

林副官在前面大声叫："小白，你干什么？还不快点儿？"

安雅瑜一看，林泽夫脸色不善地回头看着她，她忙跟上，三人一同往乐府门口走，就从侧边悄悄打量他，没错，今儿个他的脸色比以前更冷了几分，她咽了一口唾沫，腹诽：小肚鸡肠。

三人走上台阶，门口侍者双眼发光迎了上来，"林三爷，您来了，今儿个有成家班的魔术表演，谷兰小姐亲自上场，小的也给您安排个包厢？"

林泽夫摆了摆手，"不用了，在下面大堂看得清楚呢，安排在前排就行了。"

侍者点头应了，弯着腰把三人领到了第一排坐着。

林泽夫走了两步，回头，指着安雅瑜，"你，过来。"

这位大爷今儿不知道受了什么刺激，脾气不大好，安雅瑜看了一眼林副官，你惹他了？

林副官挑眉，没惹，是你惹的吧？

还没等两人打完眼眉官司，林泽夫哼了一声，安雅瑜紧走几步，来到他的身边。

三人坐下了，林泽夫指着台上开始布景的成家班说："这个魔术班子，是谷兰以前待过之处，这一次开派对，也请了他们到场。"

安雅瑜一惊，马上明白了他的想法，"督军在成家班查出了些什么？"

林泽夫点了点头，"今天成家班从西洋新请了一个魔术师，设计了一套魔术，叫闭月羞花，等会儿你仔细看看。"

安雅瑜不明所以，点了点头，"是，督军。"

坐了不一会儿，魔术还没开始，旁边传来一声娇俏的笑，"三爷，您也喜欢魔术？"

谷兰身姿婀娜地站在过道之上，视线直接越过安雅瑜，直投到了林泽夫的脸上，林泽夫坐在椅子上没动，只欠着身子向她点了点头。

大堂的灯光自上而下地射落，使得谷兰美艳妩媚的脸现了一丝阴影，可她本就是个美人，微微恼怒时也是美的，在前排娉婷站着，顿时引起了后面不少人的注目，有些人更跃跃欲试，想上前来结识。

她却不以为意，视线只落在了林泽夫的身上，脸上温婉微笑，"督军这么赏脸，看来我今日一定要好好表演，以酬谢督军赏识之恩了。”

林泽夫目视前方，嘴里的话却是凉薄得很，“我只是个普通客人，谷小姐以平常心演好就行了。”

谷兰脸上的笑意渐渐地收了，微微皱起眉头，眼眸之中仿佛泛出了水花，美人忧愁，却也像西子捧心般的美，看得安雅瑜心生怜悯，坐在两人视线交汇之处，更是如坐针毡，恨不得缩矮半个头去。

她只能催眠自己，她是透明的，透明的，透明的。

后排那些影迷看见谷兰，纷纷低语：“谷兰亲自上场表演，咱们能瞧见真人，真是三生有幸，今日是来对了。”

“瞧，林督军也来捧场，看来两人关系是郎有情，妾有意啊。”

还有人大声鼓噪：“谷兰，我们支持你。”

谷兰回头，脸上戚容尽褪，优雅地转过身来，向堂上众人做了个飞吻，更是引得大堂之内人人惊叫连连。

说话之间，大堂里的灯光暗了下来，谷兰从舞台侧边台阶一步步地走了上去，与此同时，笛声响起，如泣如诉，她娉娉婷婷走到了台上，台上的聚光打到她的身上脸上，左手一转，手里平白变出一把扇子，用扇子半遮着脸。

舞台缓缓升起一幅巨大的水彩画，画上鱼游水底，明月照空，花园里却留了大片大片的空白。

与此同时，婉转悠长的歌声响起：“西方有佳人，皎若白月光……”

谷兰手里扇子凭空消失，袖子忽地飞出两条彩带，身子一旋，在那幅巨画之前舞了起来，她衣袂飘动，彩带如蛇般在她周身盘旋，忽然之间，彩带之上飞出了大朵大朵的牡丹，她舞动更急，音乐节奏急而明快，那牡丹一朵朵地飞了起来，在她头顶盘旋，忽地，她手里彩带一卷，卷上了一朵升在半空的牡丹，彩带飞得笔直，牡丹直往那幅巨画撞了去，空白之处，巨画上增添了一朵红艳的牡丹，彩带端头却是空空如也。

彩带把牡丹一朵朵地卷着撞向那巨画，巨画之上，渐渐出现了一个繁花盛开的牡丹园。

就仿佛那些牡丹原就是巨画之中摘出来的，又重新回到了画中。

歌词唱到了“闭月羞花夕，美人如玉”。

谷兰垂手而立，巨画之上，一朵朵艳红的牡丹又逐一褪去了颜色，花苞卷了起来，连叶子都垂落了，天边的明月被乌云掩盖。

堂上众人皆目光痴迷，轻声赞叹。

谷兰手一收，两条彩带自动钻进了她的衣袖，消失不见，她嫣然一笑，转过身来，视线从堂上众人脸上滑过，大厅里响起了惊天动地的掌声。

闭月羞花之貌，沉鱼落雁之姿，此时的谷兰，还真当得起这两句赞词。

正在此时，有人大声吆喝起来：“好，好，好，谷兰小姐舞姿天下之冠，魔术技艺也当天下之冠，谷兰小姐，这是我赏你的！”

说完，手一扬，几个银元朝台上飞了过去，叮叮当当的，有的砸在台上，有的砸在谷兰的身上。

堂下之人大哗，有的站起身来想骂，看清来人，却又默默坐下了，“那是帅府二公子，最浑不吝的人物。”

“三爷不是来了么，有他的好果子吃！”

“嘘，别说了，他们都是一家人！”

安雅瑜微微皱眉，看了林副官一眼，却见他也端坐着，没有半点起身管闲事的动静，林泽夫更是端坐如山，后背靠向椅子，竟好像看得疲累，像要睡着了。

安雅瑜暗暗称奇。

谷兰在台上做了个手势，聚光灯一摇，忽地打到了站在观众席内的林顾凡身上，林顾凡叉腰而立，指着谷兰冷笑，“怎么，二爷赏给你的，瞧不上是不是？”

谷兰在台上抱拳，微微一笑，“多谢二爷的赏，可来而不往非礼也，二爷，接住了……”

她手指一翻，亮出一块银元来，直掷了过去，只见那银元在半空之中成了一条银线，竟是无数的银元连接而成，银元直飞了过去，砸在林顾凡的身上，有些叮叮当当落在地上，四散开来，其他观众见了，从地上拾起，惊笑，“是真的，是真银元。”

银元急雨一般地打在林顾凡身上，林顾凡跳到了椅子上，指着台上骂：“不就是个戏子么，给脸不要脸，你，你给我等着瞧！”

谷兰在台上冷冷一笑，那浓丽美艳的容色仿佛忽然间成了刺骨寒霜，她手一翻，往林顾凡一指，银元忽地变成了石雨，啪啪往他身上砸落。

林顾凡抱着头上下直跳，嗷嗷叫出声来。

谷兰手一收，砸到他头上的石雨这才停了，她冷笑，“二爷，原想着回赠你重礼，谁想到你不要，看来，这是老天爷的旨意，二爷，今日若砸伤了你，医药费我们成家班给了！”

林顾凡哪里肯罢休，对身边的侍从怒喝：“把这个女人给我拉下来！”

侍卫看了一眼前排闭目而坐的林泽夫，迟疑了一下。

林泽夫此时才从前排站起，冷冷扫了林顾凡一眼，“够了。”

林顾凡叫嚣着：“老三，你别理，今儿个我非要教训教训这个女人不可！”

林泽夫看都不看他，垂头理着自己的衣袖，“二哥，你要在大庭广众之下闹事，欺负一个戏子，我只好回去如实告诉父亲，看他怎么处置了。”

林顾凡气息一弱，捂着嘴直吸气，瞪着眼看了林泽夫半晌，手一挥，骂身边那两个侍卫，“你们都死了啊，还不快来扶我！”

那两个侍卫忙上前一左一右扶着他往门口走去。

观众们看见他狼狈而出，哄然大笑。

“我都说了，林督军和这位林二爷可不一样，龙生九子各有不同！”

“林督军，无论您调到哪里，我们都支持你！”

“林督军，有您护着一方百姓，我们就放心了！”

林泽夫却是表情淡漠，眼眸扫过场内，“都坐下继续看表演吧。”

林副官向安雅瑜挤眼。

安雅瑜想起了他那巴结上司的教导，向林泽夫拍马屁，“督军，您真是得人心，到哪里都有人拥护，林二爷这样闹，实在太不像话了。”

林泽夫垂眸，“有的时候，你可真是脑子进水了！”

安雅瑜顿感马屁拍到马腿上，讪讪坐下。

观众们也纷纷坐下。

谷兰站在台上，视线落在林泽夫的脸上，向他深深地施礼，“多谢督军解围。”

林泽夫微微向她点头。

她回过身去，大幕垂下。

等大幕再开之时，就是另外的魔术节目了，节目依旧精彩，却也比不上谷兰头一场那般养眼。

安雅瑜看着看着，就想到了别处，林泽夫此人，给谷兰捧场，他下辈子投胎投错了也不会做这种事，那么他今日特意来看这场魔术，到底是为了什么？

她心中一动，忽然间想起一事，不由转过头去，悄悄拿眼角扫了他一眼。

他就感觉到了她的动静，回过头来问她，“有事？”

安雅瑜正了视线，低声说：“那出‘闭月羞花’的魔术演得挺好的，外边真花嵌入巨画，花儿自动染色，又能自动褪去，上面的更能线条随音乐改变，称得上一个设计精巧而又颇有艺术性的魔术，这个魔术，也不知道是由谁设计的？”

林泽夫手指在椅子扶手上轻磕，“这就要由你去查实了，去后台看看，瞧瞧这魔术是怎么回事。”

安雅瑜怔了怔，低声应道：“是。”又拿眼角扫了他一下，“督军想要知道这魔术的秘密，您直接问谷兰小姐就行了，我想她一定非常愿意对您说的。”

林泽夫转过头来，冷冷看了她一眼，“什么都要我亲自去做，要你们这些人干什么？”

安雅瑜无语得很，她的任务，怎么全和这种破事有关？

他的好奇心还真重！

不，这应该和多年前消失的画有关？安雅瑜忽然想起了他说过的话。

“还不快去？”林泽夫说。

安雅瑜无法，站起身来，弯着腰走出了观众席，往后台而去。

后面都是些杂工来来往往的，没有人理安雅瑜，化妆间的外边倒是有个丫环守着，看见了她，喜上眉梢，“白副官，是督军让您来的？”

安雅瑜还在迟疑着怎么回答，那小丫环已经花蝴蝶般地飞进了内室，欢天喜地禀报，“姑娘，林督军派了白副官来看您来了。”

谷兰娇呼一声，“哎呀，我的妆还没化好呢，你让他在外边等等，不行，怎么能让他等呢。”

“姑娘，不是林督军，是白副官来了……”小丫环压着笑意说。

“快，快请他进来。”

小丫环嗒嗒地走到门边，向她笑着说：“白副官，让您久等了，姑娘让您进去。”

安雅瑜跟着她一路走进去，就看见椅子上放的全是礼物盒子，知道这些都是她的影迷送给她的，对自己的双手空空不由有些腆然，也只有林泽夫能做这种事，有求于人，还能理所当然。

谷兰手里拿着粉扑，朝她嫣然一笑，“白副官，您不介意我一边卸妆一边和您说话吧？”

安雅瑜摇头，“那哪能呢？谷兰姑娘，我冒昧来后台打扰，其实是有事想问姑娘。”

谷兰手停了停，叹了口气，“我就知道林督军是无事不登三宝殿的，哎，算了，我对他还有些用处也好，白副官，你问吧。”

安雅瑜更加愧疚，硬着头皮说：“谷姑娘，我们督军是想知道，您这魔术上巨画变了颜色，由空白变成红色，又由红变白，到底是怎么回事？”

谷兰停了手里的动作，对着镜子呆呆地看着，“他就想问这个？”

小丫环也褪了脸上高兴，嘟起嘴来，“白副官，你们督军什么意思？这可是我们吃饭的秘密，怎么能随随便便对人说？”

安雅瑜脸上发热，“谷姑娘，我也知道我们不应当问的，可其中牵涉到了一桩有关于督军的秘事，此许您这魔术变换颜色之术，正是其中关键。”

谷兰瞧了那小丫环一眼，“春花，你到外边守着，别让人进来。”

春花一跺脚，“姑娘……”

谷兰一皱眉头，那春花只得扭了身子，守到了门外。

安雅瑜说：“谷姑娘，我们督军也不需要知道其他的……”

谷兰把脸上的妆容用温布仔仔细细地擦干净了，这才转过头去，叹了一口气对她说：“白副官，您和林督军都是聪明人，想来早已看了出来，那鲜花嵌入水彩画变成图画，只不过是魔术的手法而已，其关键之处，就是那花朵由白色变成红色。”

安雅瑜点了点头，“没错，谷姑娘，您请放心，督军想知道这事，并非为了谋利，也不会透露出去，对姑娘不会有什么影响。”

谷兰站起身来，走到墙边，手一扯，把蒙在上边的布扯了下来，指着它说：“白副官，你看。”

这正是那幅刚刚在舞台上展示的巨画了。

她从旁边的桌子上拿了一个小小的瓶子，用毛笔蘸了瓶子里的液体一笔一笔在画上画着，看她画画的轮廓，却是一朵牡丹花盛开的样子，可那无色的液体涂上去，却是无色的。

她放下了笔，从架子上拿下了彩带，又拿出另外一个瓶子来，把彩带一头放进瓶子里蘸上瓶子里的液体，紧接着，她彩带一挥，往那朵无色的花飞了去，巨画之上，牡丹一下子变成了红色。

安雅瑜心底一动，走上前去，拿起那两个小瓶子放在鼻尖闻了闻，点头说：“原来如此，所谓的魔术，不过是两种化学物品相合，产生的反应而变了颜色。”

谷兰也笑了，“白副官，这魔术说出来是不是一文不值？这瓶子里边，一瓶是酚酞溶液，一瓶是氨水，用酚酞溶液画出牡丹的轮廓，在其还没干透之前，用蘸了氨水的布接近，酚酞溶液就变成了红色，等隔了一会儿，氨气挥发之后，红色尽褪，牡丹又变成白色了。白副官，所谓的魔术，就是这么简单，您还要我说出这幅画其他蹊跷之处吗？”

安雅瑜忙摇头，“不用了，不用了，谷小姐，我们督军可不是好奇之人，问这幅画的秘密，也是为了求证一件事而已。”

谷兰拿起跌落在地的那匹长布，重新盖在那幅画上，安雅瑜也上前帮手。

两人盖好之后，谷兰向她道了声谢，才在妆台上坐下，笑问：“白副官如果方便的话，可不可以对我说说，到底是什么事让督军困扰不已？我虽然只是个艺人，没有督军那般见多识广，再俗话说得好，术有专攻，我到底在魔术界经营多年，说不定你们督军不知道的，我能知晓？”

安雅瑜闻言只微微笑着说：“这个我也不知道，督军只让我来问这个，打扰谷小姐了，谷小姐放心，你这魔术的秘密，我一定会守口如瓶的。”

谷兰画好了眉毛，神色迟疑起来，“白副官，不怕你笑话，我有事想要问你。”

安雅瑜笑着说：“谷小姐请问。”

谷兰垂眸，咬了咬嘴唇，好像下了很大的决心，才抬起头来问：“白副官，你们督军真要娶王兰芝为妻了么？”

安雅瑜顿时陷入了两难的境地，思索了好半晌才说：“这个……这个……这是督军的私事，他从来不跟我们这些随从说的。”

谷兰叹了一口气，艳美的面容仿佛忽然间褪了颜色，“白副官，我就是这样的人，喜欢就喜欢了，不怕你笑话，只要你们督军愿意，无论什么名分，我都愿意跟他。”

这一次，不是屁股如坐针毡了，她脚底如扎了根刺，恨不得跳起来就跑，她艰难地说：“谷小姐，这种事儿，我们下边人不好妄评，也不好插嘴。”

谷兰一笑，看了她一眼，“瞧把你吓得，好了，你去给你们督军回话吧。”

安雅瑜如蒙大赦，向她道谢之后告辞出来，一路垂头走到了前边观众席里摸黑坐下。

趁着黑暗，摸了一把额头，才发现额头上全是汗水。

台上的表演还在继续。

林泽夫直盯着台上，像是看得极为认真，在她抹额头上的汗时却突兀插嘴，“出息，这么件小事都办不好！”

安雅瑜怔了半晌才明白他在说自己，气得在黑暗中翻了个白眼，“督军，都打听清楚了，那魔术与您那件事毫无关联。”

林泽夫嗯了一声，没有出声了。

安雅瑜陪他在黑暗中坐着，想及谷兰刚才的模样，心生怜悯，趁着黑暗，鼓起勇气说：“督军，谷兰小姐让我给您带句话，说无论名分，她都愿意跟您。”

说完，掌心里的汗腾腾地往外冒。

等了半晌，林泽夫却半点动静也没有，她悄悄拿眼角扫他，却见他面颊如削，眼眸在黑暗中似乎发着寒光，她忙把视线收回，缩手缩脚地坐得离他远了些。

掌声响起，大堂内灯光亮了起来，原来表演已经结束了。

几人走到外边，车子早已经开了过来等着了，林泽夫走了几步，来到车前，忽然指着安雅瑜说：“你，走着回去！”

说完，弯腰钻进了车子。

林副官同情地看了安雅瑜一眼，也跟着上了车。

车子绝尘而去，安雅瑜呆呆地望着那车越走越远，良久才反应过来，说：“为什么？我做错了什么？”

她腿都走断了，才遇到了一辆黄包车，拿仅剩的两个钱坐在车上回到了帅府。

回来之后，自然是侍卫营的饭堂也没饭了，连热水都没一口，可怜她只好饿着肚子上床，晚上差点把被子撕着吃了。

侍卫营的早饭，是两个馒头一碗稀饭，她饿得实在不行，食堂开门，她第一个冲了进去，下人们还在摆着饭桌，看见她饿虎扑狼般地抓了两个馒头，皆吓了一跳。

饭堂里的粥是任喝的，她一口气灌了两大碗入肚，这才缓了过来，拿起馒头慢慢往嘴里塞。

正蹇着，林副官直窜到她的面前，“小白，你昨晚上怎么回来的？”

安雅瑜不想理他，拿着馒头，端着粥碗往旁边桌子走。

他跟上，直坐到了她的对面，“小白啊，不是我不想回来接你，咱们督军说了，谁也不许私底下接你，谁接谁倒霉！”

说着，他手往脖子上一抹。

安雅瑜看着他那幸灾乐祸的模样，真想一脚把他从椅子上踹下去，冷冷地横了他一眼，“知道我身上没两个钱，不接也就算了，怎么连饭也不给我留点？”

林副官委屈地说：“这可不怪我，我回来时，饭堂早关门了，幸好咱们督军后来请了王小姐出去吃消夜，我这才混了餐饭吃。”

安雅瑜脖子一伸，把那口馒头咽下，肚子饱了，心情也好了，看他还皱着眉，说：“行了，我不怪你了，说吧，今儿有什么事？”

林副官震惊地望着她，“小白，你这就没事了？”

“能有什么事？饿个一餐两餐的算什么？想我逃亡的那些日子，饿个一两天也不算难事！”安雅瑜安慰他。

林副官一拍额头，“我的天啊，小白，你的官场敏感度也太低了一点，你的上司扔下你一个人离开了，你不应当感到害怕，颓废，后悔，心慌，睡不着觉，前无来路？”

“还后无古人呢！你到底想说什么？”安雅瑜问。

“你得罪了你的顶头上司，你明白吗？”林副官恨铁不成钢地望着她。

“不就说错了一句话，他心底不高兴吗？放心吧，督军不是那么小气的人，我估计他一转身就忘了，再说，我不是让他出气了吗？我都饿了一晚上了，他还想怎么样？”安雅瑜看着他。

林副官无语了，“小白啊，我现在才明白一件事，你的脑回路和正常人不同啊！”

安雅瑜奇怪地问：“怎么不同？”

“正常人起码也要担心一两天，想着法儿去重新赢得上司的欢心，把这次做错的事翻篇儿过去，这才是正常的官场晋升途径，你倒好，等着上司自己原谅？”

安雅瑜默默地看着他，“林副官，这样不更好，从此以后，你就少了个竞争对手了，我祝你高升！再说，我用得着高升么？”

说完，拱了拱手，拿了饭碗准备回去。

林副官一把夺过她的饭碗，递给了食堂里的下人，吩咐：“你，把白副官的碗洗好了送回她的屋子。”

安雅瑜惊讶地问：“什么事，这么急？”

林副官低声说：“督军自回来后心情就不好，和王小姐吃完夜宵之后心情更不好了，他每天早上睡醒后都要出来练武的，今儿个早了半个小时！”

安雅瑜总算明白了，“你的意思，他的心情不好从昨儿晚上延续到了今天早上？多谢提醒，我会小心点的。”

林副官急得直跳脚，“小白，我怎么跟你就说不明白呢？督军之所以不高兴，是因为你昨晚上得罪他了，你得想办法哄得他高兴！”

安雅瑜顿时震惊了，“不会吧？昨晚上我没说什么啊，就只陈述了件事实，那件事实很多人都知道的，再说，昨晚上他不是惩罚我了么？”

林副官左右看了看，低声问:“昨晚上我离你太远，里面又太吵，没听清楚，说说，你到底说了什么？”

安雅瑜把昨晚上对林泽夫说的话一字不漏地告诉了他。

林副官摸着下巴点头，“你确实没说什么啊？对了，咱们督军最不喜欢乱嚼舌根的人了，何况你还管起他的私事来了？难怪他不高兴了，不对啊，咱们督军对私事从没不高兴过这么长时间的，一般不高兴就是拿鞭子甩两下的时间。”

安雅瑜小心翼翼地问：“这拿鞭子甩两下的时间是个什么时间？”

林副官鄙视地看了她一眼，“就是你办错了事了，就像你昨天那样的，他拿鞭子抽你两鞭出了气也就完事了。”

安雅瑜咽了口口水。

“走吧，别想东想西了，督军还等着你的汇报呢！”林副官说。

你说得他这么凶残，我能不想东想西么？

安雅瑜暗暗腹诽，却不得不随着林副官去了。

林泽夫正在练枪，倒没看出来有什么不高兴的，林副官使了个眼色，安雅瑜上前，低声说：“督军，昨晚上我回来晚了，没来得及向您报告，它那魔术，说简单也简单，它是这么一回事……”

才开了个头，林泽夫一抬手，啪地开了一枪，安雅瑜只觉得耳朵嗡嗡直响。

她呆怔了半天才找回了自己的声音，“督军，要不您先练着，我等会儿再来汇报？”

第七章　魔术之杀

“不用，说吧。”林泽夫把长枪递给侍卫，往椅子边走，坐到了椅子上，身子往后靠去，坐得舒舒服服的。

安雅瑜忙跟着站在他的身前，开始说了：“那牡丹花颜色的改变……”

林泽夫从裤袋里摸出一把手枪来，指住了她。

她吓出了一身冷汗，腿一软，差点跪下，还没开口，枪声响了，她只觉脸颊一阵发热，回过神来，就看见林泽夫吹了吹冒烟的枪口，把枪交给身边人，“这枪不错，让美国佬照样来十把。”又抬头对安雅瑜说，“说吧。”

安雅瑜嘴唇发白，直视着他，“督军不想听的话，趁早说个清楚，何必用这种办法耍弄于我？”

林泽夫一双漂亮的眼睛瞬间凝成了两条细缝，“出息了啊，胆敢这么跟我说话？”

安雅瑜心中升起股无力之感，对这个喜怒无常之人，她真不知道怎么做了，她咬了咬嘴唇，低声下气地说：“督军，我知道是我不对，昨天不应当把谷兰小姐的话随便传到你的耳里，这到底是你们的私事，该由你们自己解决的。”

林泽夫手指磕椅栏，眼神说不出的淡漠，“你在我手下办事，就要知道规矩，分清主次，知道什么该说，什么不该说，以后无关案情之事，再也不要传进我的耳里。”

安雅瑜垂头说：“是，督军，我再也不会了。”

林泽夫把身子后靠，舒舒服服坐好了，“说吧。”

安雅瑜迟疑地看着他，“督军，你衣袋里还有枪吗？”

林副官扑哧一声笑了出来，林泽夫回头，冷冷扫了他一眼，他忙收了笑，一本正经地说：“我作证，咱们督军没有枪了。”

他边说边扫向林泽夫，见他嘴角微微一翘，似有丝笑意在嘴角滑过，瞬间消失无踪，放下心来，这一篇终于揭过去了。

安雅瑜却还是不太放心，一边向林泽夫汇报，一边死盯着他的双手，总算把昨天向谷兰打听到的牡丹变色之谜说了个清楚。

林泽夫伸手接过了林副官递过来的茶，喝了一口，“这么说来，和那件事没有什么关系了？”

安雅瑜点了点头，“是的，督军。”

林泽夫脸上倒也没什么失望神色，站起身说：“此事当然不会这么简单，让我困扰了这么多年，哪会这么快就让人弄清楚？”

“我也这么想，督军说的小楼人员失踪那一天，墙上的画全都消失了，只留下一片空白，这不是一个简单的魔术可以做得到的。”安雅瑜说。

林泽夫看了她一眼，“两天之后的派对，老六也请了成家班魔术班子，到时候你们盯紧些。”

安雅瑜应了，林副官陪着林泽夫去军务处，她就没什么事了，于是回到住处休息。

……

林府要开派对替林家三爷接风洗尘庆祝他剿灭辫匪的请柬发遍全城，到了派对这日，林府客人川流不息，到处衣香鬓影，一拨一拨的名媛宾客源源不断而来，安雅瑜作为派对的主办人，在门外指挥接待客人，确是威风了一把。

临出门前，她早已照着镜子把那自己调配的黑面霜仔细抹了两层，想来今日要来的西南都督府长子、她的前未婚夫齐沛鼎绝不会认出自己。

齐沛鼎总共也没见自己两次，那个时候，她还是长发齐肩，留着少女刘海，常穿着学生妹衣裙，而现在……她扶正了自己的军帽，一个统共也只见了两面，心思在自己妹妹身上的人怎么还能认得出她来？

她放松心情，站在台阶上迎着过往客人。

到了傍晚，齐家的汽车队才终于来了，一共来了三辆车，齐沛鼎从头一辆车里走了出来，后边跟着捧着礼物的侍卫。

安雅瑜忙带着人迎了上去，行了军礼，“来的可是西南都督府的齐大爷？咱们都督等候多时了。”

齐沛鼎点了点头，视线却停留在安雅瑜的脸上，似乎在想些什么。

安雅瑜心底打鼓，却迎上他的视线，笑着说：“齐大爷，咱们督军特意给您留了一个小客厅，让你们能稍作休整，请随我来。”

齐沛鼎却没有动，低头想着些什么，重新抬起头来，“小哥看起来眼熟，仿佛哪里见过？”

安雅瑜心中一跳，却笑了，“齐大爷说笑了，也许卑职长了一张大众脸，许多人都会错认呢。”

齐沛鼎微微一笑，“小哥才是说笑，这林家到底不同，随便走出来一个侍卫，都卓尔不凡。”

安雅瑜不知如何接话，只指挥侍卫接过了他送来的礼品盒子，把他们往小客厅领，可她偶一回头，却瞧见齐沛鼎眼眸深深朝她望来，她只得向他点头微笑，他便也微微点头。

“派对开始之前，督军为免您舟车劳顿，替您备了此处洗漱休息，齐大爷可在这里用些点心，等一会儿派对就开始了。”安雅瑜笑着说。

齐沛鼎眼底闪过一丝迷惑，却依旧点了点头，“替我多谢督军。”

安雅瑜正想带着几名林府侍卫出去，却被他叫住了，“白副官等等，我有话想要问你。”

安雅瑜背后一僵，缓缓转过身来，脸上已满是笑意，“齐大爷请说。”

齐沛鼎一挥手，在屋子整理礼品单子的侍卫行了个礼，走到外边。

安雅瑜见此，也只好吩咐侍卫退了出去。

齐沛鼎在沙发上坐下，又指着对面说：“白副官也请坐下说话。”

安雅瑜摇手，“这可不成，齐大爷有什么事尽管吩咐，卑职身份低微，哪敢在齐大爷面前放肆？”

齐沛鼎看了她一眼，淡淡地说：“林三爷哪来的那么多规矩？白副官又没有不可对人言之事，何必这么急着要走？”

安雅瑜只得在沙发上坐下，“齐大爷，您请问。”

齐沛鼎背靠向沙发，微微含笑，“倒不是我唐突，看到了白副官，使我想起一位故人，由于我的疏忽，与那位故人发生了天大的误会，使得她颠沛流离，我却不能向她当面道歉，把话说个清楚，今日见了白副官，见你长得像她，却不知道怎么的，想把以往误会和盘托出了。”

安雅瑜吞吞吐吐地说：“齐大爷，你有机会见到那位故人，当面向她解释清楚，不就成了？”

灯光下，齐沛鼎脸上添了一丝黯然之色，如玉器染了杂色，可若是光线充够，那丝杂色却消失无踪，玉依旧是璀璨如昔。

“没有机会了，她不会再听我半句解释，在她的眼中，我是一个弃妻另寻新欢之人，所以，也许今日，我只能说给白副官听听。”

“齐大爷，您的私事，我不好听吧？”安雅瑜恨不得拔脚而起，直冲出门去。

“白副官，看您年纪不小了，你可有娶亲？”齐沛鼎视线像是望着她，又像隔着她望向了远处。

“没有。”安雅瑜松了一口气，看来他真只是找个人来说说话？

“也没有定亲吗？”

“也没有。”

“我却定过亲了，未婚妻却逃走了，只因为我又喜欢上了她妹妹，白副官你瞧，我是不是很混蛋？”齐沛鼎视线这才落到了她的脸上。

“这个，我不好评判，每个人自有每个人不得已的苦衷，齐大爷说的是安家两姐妹吧？这件事，我在报纸上也看过，也说你喜欢的是妹妹，但不得不和姐姐订婚，因此，姐姐受不了屈辱逃婚了？”安雅瑜干脆把话挑明。

这是她许多件迷惑不解的事情之一。

她当真就像小报上写得那么差？

齐沛鼎脸上现了丝怅惘，“我不该去考验她的，我早该知道，我们这种婚姻，经不起半点儿考验，可我只想验证一下，即使是两家家长的约定，她可否对我有半点儿喜欢？于是，我让她妹妹试探，可没有想到，她一口就答应了，说妹妹如果喜欢，这桩婚姻给她就是。”

安雅瑜脑中如遭巨震，忽然间想起了去齐府几日后的一个晚上，她和妹妹去花园散步，妹妹开玩笑般地问她：“姐姐，你怎么对齐公子一点也不上心？他人长得俊，学问又好，家世也不错，正配得上姐姐，姐姐却只知道整日看书，也不理人，莫非姐姐不满这桩婚事？”

安雅瑜脑子还沉浸在刚刚看的书中，想回去马上实践，不想在花园浪费时间了，随口说：“只要爹和娘高兴就好，我嫁谁不是嫁？”

妹妹就笑了，“那好，你既不在意，干脆把这桩婚姻给了我行不行？”

安雅瑜一笑，“好啊，如果妹妹喜欢，你嫁给他也不错。”

随后，她就找了个借口离开花园回到住处，又沉浸在书籍中了。

他怎么会知道她们姐妹的对话？

“齐大爷误会了吧？女孩子总是内向害羞一些的。”安雅瑜说，“这些随口开的玩笑，齐大爷怎么会相信？”

“原来是玩笑？”齐沛鼎定定看着她，“白副官，你真认为这只是玩笑？”

“当然了，女孩儿口是心非的多！”安雅瑜只好这么安慰。

“当初我怎么就当真了呢？一心想知道她的心意，我知道她喜欢在花园里一条小径上散步，于是好几次等在了那里，想和她多聊聊，可她却视而不见，我是她的未婚夫，她却看不见我，眼里没有我，我还想试一次，看看对妹妹好一些，她会不会紧张沮丧，会不会来找我，来指责我，可还是没有，什么都没有，她平静地接受了。”齐沛鼎神色渐渐激动，急速地喘气，从袋子里摸出一个扁形的小酒瓶出来，对准嘴灌了一口。

安雅瑜坐在他的对面，闻到了好大一股酒味，这才明白过来，“齐大爷，您喝酒了？”

她从没弄懂过齐沛鼎此人，却也知道他是滴酒不沾的，今日来林府祝贺，却喝成这样？

也不知道他是怎么一路走来，到了小客厅才酒劲发作。

难怪他对一个陌生人，也能说出这番话来？

齐沛鼎轻叹，眼睛眨也不眨地盯着她，“如果你是她，你会不会听我这番解释？不，不会听的，她只会远远逃开。”

他眼眸现了丝红意，“白副官，你长得可真像她，呵呵，就是黑了点，瘦了点。”

他头一歪，往沙发上倒了去。

安雅瑜走到他身边，把手放上他的鼻下探了探，见他气息正常，这才走了出去，对门外齐沛鼎的侍卫说：“你们公子像是喝醉了？”

那侍卫点了点头，“是啊，我们公子从上车开始，就拿了瓶伏特加来喝，这一路喝过来，不醉才怪！白副官，我给他拿点醒酒药，他睡一会儿就好了，您让督军别担心。”

“你们公子怎么会这样？”

侍卫压低声音说：“报纸上的事，白副官可能都听说了，公子的未婚妻逃婚了，让他成了整个西南都督府的笑话，他的心情怎么会好？自那件事之后，公子每天喝酒度日，这次是林督军相请，才能把他请出门的！”

安雅瑜默然，这齐府卫队，还真够八卦的。

“那你去守着你家公子，别让他出什么事，有什么需要，告诉他们就行了。”安雅瑜吩咐完了，转身离开。

屋内，齐沛鼎从沙发上坐起，哪还有半点饮醉的模样，他站起身来，看着窗外安雅瑜的身影，轻声说：“终于把话都告诉你了，这一次，我决不会再那么愚蠢。”

隔得远远的，他看着她的背影，他怎么会认不出她来呢，只一见面，他就认出了她。

在她的心底，他们只见了两面而已。

可她不知道，他偷偷见了她多少次。

订婚那日，太太过来告诉他：“这安家的长女，是个不错的，留洋回来，知书达理，文文静静的，长得也不赖，沛儿，这位可是娘挑了许久才给你挑好的，你可不许再挑三拣四了。”

他心底当然千肯万肯了。

他早就知道她了，这桩姻缘，也是他想尽了办法才求了来的。

她留洋回来，就帮安县长破了一个大案，他听闻有这样的女子，就跑去瞧她，正巧遇见那家受害人跪地向她道谢，她穿着学生装，脸孔微微发红，斜阳西下，照在她身上，润出一身清辉，那时他就想，这才是他想要娶的女子，娶了她，此生要她一人足矣。

可太想要的东西，拽在手里太紧了，却不是会捏碎就是会滑落，他自己作，终于作得失去了她。

……

安雅瑜又接待了几拨来参加派对的客人，使人领着他们进场，这才稍微清闲了一些，林幽兰却已经穿好了法兰西礼服，满场地和人说着话。

安雅瑜见她没注意自己，乐得清闲，也不进场，就在长廊外站着。

夜色慢慢暗了下来了，里面隔出的几个小单间里摆了麻将桌开始打麻将，哗哗声传出门外，而另外的单间，却是一群贵妇聚在一起讨论穿戴。

隔了一会儿，林大帅领了几个姨太太进去，侍卫大声说："林大帅到。"

屋子里传来了起立声，叫好声，喧哗吵闹不已，有人大声向林大帅道喜，说他后继有人。

等到大爷林泽录进去之时，侍卫依惯例说："林大爷到。"可屋子里闲聊的闲聊，搓麻将声也没停，只听得有几个相熟之人招呼着他，大声叫他过去打牌。

至于林顾凡，侍卫连惯例的通报都选择性遗忘了，他是悄悄走进去的，屋子里没有传出半点声浪。

林四爷是和太太一起来的，里面欢迎的程度也只是和林大爷差不了多少。

安雅瑜听着屋子里的动静，一边思索着几位林家公子在这些大帅老臣子之中的地位来给自己找点乐子，看来，这几位林家公子在他们心底地位低得吓人。

也不知道林泽夫会怎么样？

安雅瑜忽然间有几分期待。

正想着，林泽夫被几名侍卫拥着，往这边而来，他没穿军装，换了身黑色燕尾服，整个人肃穆挺拔，长身玉立。

安雅瑜忙啪地站得笔直，向他行了个军礼。

他视若无睹，直走了进去。

"林三爷到！"向门里通报的侍卫声音都大了许多。

门内先是一片肃静，搓麻将声停止了，闲唠嗑的人也停止了，紧接着，传来阵阵巴掌声，惊天动地，"三爷，好，不愧是英雄出少年。"

有老者大声赞扬。

有女子笑嘻嘻地问："听说三爷要定亲了，可否透露定的是谁家闺秀？"

里面顿时八卦了起来，王兰芝的名字掺杂其中。

这比林大帅进场还要威风许多啊？

安雅瑜暗暗嘀咕，这么个喜怒无常的人反倒得了这些老家伙的真心喜欢爱戴，真是奇怪。

音乐声响了起来，成家班的魔术班子开始表演了。

安雅瑜正百无聊赖地站着东想西想，屋里边走出了林幽兰，安雅瑜一看见她就头痛，忙往墙角避，可她一眼就看见了，跑过来笑着说："白副官，魔术班子表演后就是舞会，你可答应了我跳第一支舞的，怎么还不去换衣服？我送你的衣服不合身吗？"

她噼里啪啦一通说，安雅瑜头都大了，她好声好气地说："六小姐，我不能进去的，我还有差事要办，要不然督军办我一个渎职之罪，那可麻烦大了。"

林幽兰得意非凡，一转身，把林副官从门里扯了出来，"你说，三哥怎么吩咐的？"

林副官同情地看了安雅瑜一眼，"小白，督军让你换了衣服进去，听六小姐吩咐。"

安雅瑜呆住了，"督军真这么说？"

林幽兰嘟起嘴，"怎么，让你陪我跳一支舞这么难吗？我告诉三哥去，看他怎么处罚你。"

安雅瑜头皮发麻，"六小姐，我去还不成么？"

林幽兰伸出纤细的胳膊，点了点她，"记住了，换好衣服来找我，可不许躲着。"

说完，手捂唇，向她飞了个吻，这才走进了屋里。

安雅瑜看了一眼在一边挤眉弄眼强忍着憋笑的林副官，"督军知道我是什么情况，他来这么一出，到底什么意思？"

林副官捂着胃部倚墙而站无声地耸着肩部，"哎，让我笑一会儿，飞吻啊，从来没有妹子向我飞过……"

隔了好半天，他的肩头才不耸了，"小白，谁叫你生得这么人见人爱呢？快换衣服进去吧，督军的意思，让你也进去瞧瞧，熟悉一下客厅里的人。"

安雅瑜无奈，到小客厅换了身礼服出来，走进了大厅。

林副官把她领到了林泽夫身后，他正和几个人应酬着，却似有所感，回过头来指着她说："这位白铭珏，就是替我查清那件梅公馆之案的，从英国留学回国，暂且替我效力，屈居副官一职。"

围着他说话的几人马上把视线投在了安雅瑜身上，连连点头，"林督军手下，聚集的全是青年俊才，强将手下无弱兵啊。"

安雅瑜被几人像探照灯般的打量，浑身不自在，勉强地笑着应酬。

林泽夫是场上的焦点，每走到一处，都有人上前打招呼，他总是先介绍安雅瑜，把梅公馆之案提上一提，成功地让安雅瑜也成了场上焦点。

安雅瑜原就不是一个喜欢受人注目的，这下子，更是肌肉都笑僵了。

林泽夫被人缠上说事，安雅瑜正想找个角落待着，才走到水酒架边，就被一位太太拦住，“白副官，白副官，别走，来，我来给你介绍个人。”

她从身后拉出位半垂着头穿旗袍的姑娘，朝安雅瑜笑，“白副官，这是我的二女儿，今年十八岁，是女子大学的学生，我看你们年纪差不多，她在这儿也没个熟人，不如你带她周围转转？”

那女子抬头看了她一眼，满脸通红，又迅速垂下。

安雅瑜头皮发紧，勉强地笑道：“钱太太，等会儿督军还要找我有事，怕是没有时间，这样吧，我找个人来带令爱四处走走？”

钱太太一撇嘴，“白副官，咱们总长还请不动你一个小小副官？你这么装清高是要吃家生的，林三爷见了咱家老头子还要卖三分颜面呢！”

女子轻拉她娘的衣摆，“娘，别说了。”

钱太太一巴掌拍在她手臂上，“真是个寿头，有什么鬼用，什么事都要你娘出马。”

安雅瑜正在尴尬，忽然间旁里传来一个声音，“白副官，找了你这么久，原来你躲在这儿。”

安雅瑜从来没有感觉这声音这么的悦耳动听过，如蒙大赦，仰起脸笑道：“六小姐。”

林幽兰几步来到三位跟前，笑着说：“钱太太，月荣，你们也在啊？咦，这么快就和白副官熟了？”

说完，上前就挽住了安雅瑜的胳膊。

在钱太太目光炯炯的视线底下，安雅瑜哪敢把她的手甩开。

钱太太视线停留在林幽兰的手上，迟疑地问：“你们这是？”

林幽兰嫣然一笑，“白副官等一会儿要请我跳第一支舞的，钱太太，他恐怕没时间陪您了，您且先坐着，魔术要开始了。”

两人走开，安雅瑜眼角看着钱月荣小姑娘双手搅着衣服，像是要哭出声来了，心有不忍，叹了口气说：“你何必做这些来刺激她？”

林幽兰松了挽安雅瑜的胳膊，“白副官，我这是在救你呢，这位钱太太为了把她女儿嫁出去，都急红眼了，她那老头子，为了巴结上我爹，居然要把钱月荣嫁给林顾凡那种人，钱太太没有办法，这才四处拉郎配！”

安雅瑜说：“你这么不喜欢你二哥？”

“都说了他不是我二哥了，别在我面前提他！提起就让人恶心！”林幽兰厌恶地说，“一天到晚的捧戏子抽鸦片，尽丢我们林家的脸。”

安雅瑜看了一眼这位只想当女探长喜欢验尸的女孩子，默默地垂头饮了一口果酒。

林家人不丢脸的还真是少，真应了那句：龙生九子，各有不同。

说话间，场上暗了下来，魔术开始了。

临时搭的大幕缓缓向上升起，几个小魔术之后，场上气氛达到了最高潮，谷兰身穿法兰西纱裙缓缓地走了出来，向场上众人行了一个优雅的提裙礼。

“佛云：当思美人，身藏脓血，百年之后，化为白骨。接下来的节目，取自这段佛经故事，红颜枯骨，红颜转瞬成空。”

台下发出惊呼声，五姨太倚在林大帅的身边轻声说：“大帅，这么喜庆的场合，演这种魔术好吗？”

林大帅冷冷瞧了她一眼，“妈了个巴子的，给老二的儿子庆功，老二都没说什么，你们叽叽歪歪干什么？”

五姨太撇了撇嘴，“二姐，您可别误会，我可都是为您好。”

林太太拿了杯茶慢慢饮，“我家泽夫是行伍之人，百无禁忌，这名目单是由他定的，你们不喜欢，自己离开不看就是了。”

林大帅哈哈大笑，“太太就是太太，大气，我林某人的儿子、老婆就应当这样！”

五姨太笑道：“太太说什么就是什么，是我们多嘴了。”

林大帅大太太早已不问世事，公众场所压根不出现，帅府之中是林二太太做主，众人早就把那个“二”字去掉，直接称呼她为太太了。

因着林幽兰坚持，安雅瑜不得不坐在离主席台近的地方，倒听了这出好戏，不由望向那边。

只见林大帅几个老婆齐聚一堂，林太太年纪虽然比其他几位姨太太大，可坐在其中，却如芝兰玉树，卓然独立，自有一股清绝智慧之气，满堂的女子，或穿旗袍，或穿西洋礼服，可无论她们怎么打扮，也不能掩盖其身上的光芒，那股内敛而悠然的大气，却是谁也比不上的。

观众席上灯光渐渐暗了，台上布景变幻，布景之上，却是佛光万道，一个一人高的箱子竖立在舞台中央。

谷兰改了装束，不是惯常穿着的旗袍，一身的法兰西洋装礼服，头发高高的束起，露出了雪白的脖颈，妆容也按照西方女子的化妆方法，浓墨重彩，更显得她眼睛极大，红唇如火，像一朵盛开到极致的异域玫瑰。

场上乐声忽变，急促的鼓声响起，谷兰身形一旋，大大的裙摆散开，她脚蹬地板，就着鼓点跳起了西洋舞，四名身穿红裙的女子从幕后奔出，围绕着她盘旋，跳跃。

她们脸上洋溢着欢乐、快活。

此时，身穿黑衣的魔术师出现了，他手里拿着魔术棒一点，那四名女子脸色顿时变得僵硬，一步步向谷兰逼近，谷兰则是脸色惊慌，手指着她们，像是在问：“姐妹们，你们干什么？”

明知是戏，可台下之人也看得屏息静气。

那四个女人步步紧逼，把谷兰围在中间，拉住她的胳膊往竖着的箱子走。

在乐声当中，谷兰惊慌地挣扎，盘好的头发随着挣扎而散乱，瀑布一般地垂下，她视线落到了观众席上，向席上的人伸出了双手，哀恳企求，无声地求救，“救救我，救救我！”

可没有人能帮她，她眼底全是绝望，被四名女子塞入柜子。

柜子落锁。

台下众人这才醒悟过来，脸上也露出紧张忧急之色。

“真可怜。”林幽兰擦着眼角说。

“六小姐，这只是演戏。”安雅瑜低声提醒。

“白副官，你的心怎么这么硬？”林幽兰不满地隔了桌子伸出手，打了她一下。

安雅瑜苦笑。

“谷兰，我来救你！”忽然之间，林顾凡从侧边走了出来，摇摇晃晃地往舞台中央走，“谷兰，他们不救，我来救你！谷兰，你是知道的，我什么都愿意替你做。”

他脚步趔趄，往舞台上冲去。

林大帅大怒，沉着脸紧盯着，像是想把他撕碎了。

早有两名侍卫上前，一左一右拉住了他的胳膊，“二爷，别这样，别打扰了其他客人，大帅正看着呢。”

林顾凡喝了不少酒，一脚向临近拉着他的那人踹了过去，“你是什么东西，也敢管我，我是林家二爷，我爹是大帅，你敢对我不敬。”

那侍卫跌在了地上，赶紧又爬起身来，拉紧了他的胳膊，“二爷，您喝酒了，来，属下扶您去小客厅坐坐，醒醒酒。”

两人把他的胳膊扭到背后，一点也不客气，两人连拉带扯地把他扯到后面的小客厅里去了。

别说客厅的人了，林家自己人见了，也人人脸上露出鄙夷之色。

林幽兰更是冷笑，“林顾凡这个人就是这样，什么场合都敢出丑，爹也不知怎么回事，任由他胡来！”

这个小插曲就这么过去了，众人视线又被舞台上精彩表演吸引，四名舞女在魔术师的指挥下拿来了巨大的锁，锁在了柜子之上，柜子里传来了乒乒乓乓的敲打声，“放我出去，放我出去。”

音乐声起，那柜子被两条绳索拉起，缓缓升至半空，又缓缓地落下。

四名舞女僵直着身子跳起了舞蹈，却与先前欢快的舞步完全不同，胳膊与腿伸直收缩，却仿佛木偶人一般，硬邦邦的。

客厅里的人屏息静气地看着，嘴里发出了惊叹。

紧接着，那木柜子又缓缓下降。

魔术师走到柜门前，脸上露出神秘的微笑，“柜子里的美人啊，已经过了百年了，快快变成枯骨吧！”

他手中魔术棒一指，柜上巨锁跌落，柜门一下子打开。

场上一片寂静，紧接着，传来一阵阵尖叫，五姨太更是眼一翻，昏在了林大帅的怀里。

只见柜门里边，一个血肉模糊的人躺在其中，脑袋套着一个套子，套子缝隙里漏出鲜红的液体，染得他浑身都是鲜血。

从衣服上看，那一身青色长衫，皮坎肩，不是林家二爷又会是谁？

林副官上前，抽出靴中匕首，一刀砍断了大幕的绳子，大幕降了下来。

紧接着，林泽夫的卫队赶到，封锁了现场。

林府庆功宴，林家二爷却死在了魔术柜子里，屋内众人惊慌过后，个个脸上神色都紧张了起来，但想及林大帅就在现场，如要调查凶手，也轮不上他们，于是，每个人都把视线投向了林大帅那桌。

二公子死了，林府的人除了惊吓之外却没有人有悲伤之色。

林大帅脸色阴沉，把林泽夫招了来，“老三，老二死得蹊跷，在这样的场合死，不同寻常，他虽不成器，名分上也是你的二哥，好好儿查查！一定得给我查个清楚！”

林泽夫点了点头，“是，父亲，您放心。”

林大帅看了一眼还在昏迷的五姨太，冷哼一声，“没出息的东西！”又转过头对林泽夫说，“老三，你手下那个白副官，不是查清了梅公馆案吗？让他来。”

林泽夫嗯了一声。

林大帅冷冷看了一眼垂下的大幕，“老三，你要记住，找到凶手，比什么都重要，这些人是在向大帅府示威，向我示威！”

他竟是没再看大幕一眼，领着几房姨太太往外走了。

安雅瑜与林泽夫从大幕里进去，那姓孟的魔术师已经惊惶不安地等着了，见林泽夫进来，脚一软，就跪下了，“督军，不关小人的事啊，这只是一个魔术。”

林副官说：“站起来说话，你这像什么样子？”

魔术师汗如雨下，拱手站立一边。

林泽夫只吩咐安雅瑜，“你去瞧瞧。”

安雅瑜往那柜子走了几步，忽感不对，回头望了那魔术师一眼，“柜子里的尸首，并不是在柜子里？”

魔术师抹着汗点头，“没错，所谓的美人变枯骨，说出来只是光线的巧妙利用，玻璃的反射，真正的尸首，却不在这里。”

他走到舞台中央，指着地面凹陷之处，“白副官请看，真正的尸首，是在这里。”

安雅瑜走过去一看，果然，地面之上，有一个一模一样的柜子，柜子里，林顾凡就躺在里边，与竖立柜子里的情形一模一样，可柜子里的边缘之处，却已经浸满了血液。

难怪那舞台上立着的柜子里没有血液滴下来，只因为立着的柜子里的影像，只不过是玻璃的折射。

安雅瑜略略一想，就想明白了，“舞台中间斜放的这块大玻璃，就做反射用途的，柜子里的美人在四个舞女掩护之下，在关入柜子后就已从后面离开，当舞台上柜子照着柜子的光线减弱，照在地上的柜子光线却亮了起来，枯骨经过那斜放的玻璃投射到了立着的柜子里，柜子里就出现枯骨。”

魔术师由衷称赞，“幸好白副官不是做我们这一行的，如果不然，我们哪还有饭可吃，有时魔术也只不过是光与影的科学而已。”

成家班班主领了谷兰过来，向林泽夫拱手，“督军，我们成家班的人全在这儿了，请督军明察，我们绝不敢杀人的。”

谷兰脸色苍白，却还是美丽惊人，平添了一分娇弱惊惶之美，让人止不住想要怜惜。

“我是成家班班主老何，也不瞒着督军了，这个魔术，说起来就这么简单，因是在大帅府进行，我们也只能做出简单的道具了，这个舞台，仅仅做高了一米，为的就是在其下安装轨道，能在光线减弱之时，把箱子里的枯骨用轨道运送到了舞台中央。”老何说。

“这箱子里原来装着的是一具教学用的人造骨头而已。”孟魔术师额头上汗水不停。

“我看过这魔术，他说的是真的！”林幽兰从后边窜上前来，摩拳擦掌，“三哥，让我来验尸。”

林泽夫冷冷扫了她一眼，她一缩头，转头望向安雅瑜，笑道：“白副官，让我做你的助手，行吗？”

安雅瑜想了想，“六小姐的确有些西医知识可以帮到我，督军，让她瞧瞧也不妨。”

林泽夫挑眉，看向她，“你可别后悔！”又对林幽兰说，“好。”

林幽兰赶紧趴在了地上，从兜里掏出个放大镜，看了起来，“死者死得可真惨，从他双眼瞪大的程度来看，死者是活着被人套上这套子的，套上时还有知觉，但已经说不出话了，肯定被麻醉了，然后用一种不明液体泼到套子里面，那液体腐蚀了他，让他痛苦万分地死去！”

林幽兰不知嘟哝了一句什么，又转过头去看，“死后头被摆在柜子前边，身躯却蜷缩在后面，这是死之前呈现的状态，死者生前是坐着的，对，他是在椅子上坐着，被人用这种方法杀死，真是奇怪，杀个人而已，为什么搞得这么麻烦？”

她望向了安雅瑜，“白副官，我说得对不对？”

安雅瑜点了点头说：“六小姐说得没错。”

她自然而然地吩咐林幽兰，“六小姐，你拉起他的左手，把他的袖子拉高些。”

围观众人都互相望了望，皆想看这大小姐怎么发飙。

她林六小姐，什么时候听过别人的吩咐办过事？

可出乎意料，林幽兰从衣服袋子摸出一双薄胶手套戴上了，见安雅瑜望着那手套，解释：“这是我专门从国外让人带回来的，国外的法医都用这个。”

安雅瑜点头，“你准备得挺充分。”

林幽兰嘴角像是要翘到天上去，“那是，装备不好，怎么做女探长？”

安雅瑜扯了扯嘴角，没出声。

林幽兰真弯下了腰，拿起尸体左手，还拉下了衣袖，眼睛发光，“白副官，是这样吗？”

“你们瞧，他手臂上有烫伤的痕迹，是反反复复的烫伤，好了又烫，烫了又好，如果他用右手拿着鸦片烟枪，在烟枪燃烧的时候烫在自己的胳膊之上，就会造成这样的烫伤痕迹，依着这伤口复原的程度来看，新伤应该是一个月之前的，如此说来，这一个月之内，一定发生了什么事，让他不用烫伤自己来虐待自己了。”安雅瑜说。

“林顾凡用烟枪烫自己？”林幽兰撇嘴，“也只有他才能做出这种事来。”

安雅瑜再粗略看了一下尸体，见没有其他了，就让人进来处理尸体。

在她检验尸体之时，林泽夫已经让人把谷兰等成家班的人集中看管在偏厅里了。

安雅瑜再仔细地检查了这个临时搭建的舞台，确实像老何说的，这个舞台只搭了一米来高，底下安了滑轮等，直通后台，为的就是把这装有骨骸的箱子送到舞台中央，后台与小客厅隔了一个房间，而林顾凡喝醉了酒就是在小客厅休息的。

安雅瑜再在小客厅走了一遭，却没有发现什么，甚至连血迹都没有。

倒是林副官，领着人在花园里查找，找到了丢弃的那副骨骸。

那骨骸被任意地丢弃在花丛之中，果真只是大学医科的教学仪器而已。

安雅瑜走了出去，就看见林泽夫悠闲得很，喝着茶，吃着点心，漫不经心地应付着上前来打听消息的几位高官。

其中就包括了那位钱总长。

林泽夫指着她说："此案是白副官负责的，你们有疑问，就去问她吧。"

钱总长第一个走上前问："白副官，依你所见，二公子是什么人杀的？"

安雅瑜说："经我核查，这舞台是临时搭建的悬空舞台，要知道它搭建方式的人才有可能在这么短的时间内完成转换，顺利杀人，而杀人方式带有明显的行刑与展示作用，如若不然，行凶者简单杀人就行了，不用这么麻烦，行凶者不但想要杀了二公子，还想用他的死来向场上某人警告，所以，行凶者的范围说大不大，说小不小，但不可能是外边的人作案。"

钱总长问："我们可以回去了吗？三爷请放心，这厅内诸人，都是熟人，您如果有什么要问的，尽管派白副官来，我们知无不言。"

林泽夫问："白副官，他们能走吗？"

他这么一问，场上众人都闻到了风向，看安雅瑜的目光顿时火热了起来：这白副官，炙手可热啊！林三爷什么时候这么看重过一个人？

发生了命案，要他们全等在这里也不大可能，安雅瑜也没觉林泽夫这么问有什么特殊意义，泰然地答："暂时不行，请诸位再稍稍等等，很快就好了。"

林泽夫就说："帅府发生命案，请诸位叔伯们再等两个小时，诸位如果饿了，渴了，尽管向下人说，我们帅府一定会好好招待大家。"

钱总长无法，和几位官员走到大厅安抚家人。

"你刚才说老二的死，带着明显的展示示警作用，这是你的猜测还是真有证据？老二是什么时候死的？"

"督军，您看，二爷的尸首用这样奇特的方式出现，是不是引得全场的人印象深刻？相信过了明天，二爷之死就会传遍报纸了，而相反的，从杀人到藏尸，行凶者却是个无比冷静的人，时间控制得刚刚好，行事极为果断，依我所见，行凶者先是弄晕了二爷，把他移到这魔术柜子里，然后给他套上那套子，然后在他脸上泼了硫酸，让他死亡。"安雅瑜说。

林泽夫点了点头，"行凶者是个男人？老二重量不轻，想要移动，也得有几分力气。"

安雅瑜点了点头，"这是其中一种可能……"

林泽夫一扫，见林幽兰嘴巴蠕动，眼睛眨个不停，于是皱眉："你想说什么就说。"

林幽兰几步就插到了两人中间，"三哥，还有，林顾凡脖子上的套子，我好像看到过。"

安雅瑜却皱起了眉头，习惯性地在地上走来走去，然后定住，望住了虚空某一点，不动了。

第八章　疑云重重

过了半晌，安雅瑜才回魂，“快，把老何叫了来，我要问他一些事。”

林幽兰默默地看了一眼林泽夫，让你叫人呢！三哥！你倒是动动口啊！

林泽夫捧茶的手停下了，目光幽然，看了安雅瑜一眼，没动，也没开口。

安雅瑜跺脚，“怎么还不快去？”等看清林泽夫那面无表情的脸，忙低声解释，“对不起，督军，我一着急，就什么都顾不上了，我想起了节目单上的下一个魔术节目，这个魔术名叫变身。”

林幽兰点头，“我以前也看过那个魔术，对了，就是那套子，我怎么没看出来？魔术师从观众席上找出一个人，用一个套子套在他的头，送进柜子里，出来之后，他衣服鞋子都没变，就是一张脸变了！”

安雅瑜点头，“大家都只关心那变了身的人，哪会注意这个套子？”

林泽夫倏地抬头，吩咐：“去，把老何请来。”

侍卫赶紧去了。

隔了一会儿，老何来了，点头哈腰地说：“督军，您找我？”

林泽夫指了安雅瑜，“白副官问你话。”

老何转过身来，暗暗惊奇，看来传言不差，这白副官在林督军面前确实红得很。他把腰再弯下两寸，“白副官，有什么事，您尽管吩咐。”

安雅瑜也不多话，直接问：“下一个魔术变身，套在头上的那套子还在吗？”

老何一怔，额头上冒出冷汗来，眼神闪烁起来。

林副官指着他就骂：“老何，真不见了，你怎么管事的？”

老何扑通一声跪下了，“督军，您饶了我吧，我真不知道会弄出这么大件事儿来，二爷头上那套子，我一看就是……可我实在不知道这套子什么时候丢了。”

老何让林副官押了下去。

“套子找到了，”安雅瑜惯常地在屋子里走来走去地踱步，“套子是塑料所制，酸液腐蚀不了，而这种头套为了达到表演效果，柜中没有换人，上面有许多条形孔洞，杀手用套子套在了林顾凡头上，再泼酸液，套子没事，套子里面的人的皮肉却被化了，死得痛苦无比！还有，林顾凡也有可能不是被人移到柜子里，而是自动走进！”

林泽夫视线落在她的身上，又转瞬移开，“这么说，女人也可以用这样的刀来杀人了？”

安雅瑜点头，“督军说得没错。”

“哎，我们这里什么都不多，多的就是女人，这下子可有得查了。”林幽兰双眼炯炯，谄媚地走到林泽夫跟前，“三哥，这案子可得算上我一个，您瞧，白副官都说我有点用处了。”

林泽夫垂眸，伸手……林幽兰提着裙子小跑步把茶几上的茶杯往他手里递，“三哥，小心烫，要不我给您吹吹？”

林泽夫一把夺过茶杯，瞪了她一眼，“吹了也没用，一边儿去！”

林幽兰皱着脸退到一边。

安雅瑜继续说：“杀人的人，是能够接触到这些魔术道具，而且能自由出入大厅的人，根据老何所说，道具是昨天晚上运来帅府的，面套什么时候失踪的他也不知道，而帅府这两天客人极多，有些客人提前一两天就来了，包括他们的下人侍卫，范围极广。”

林泽夫皱了皱眉，视线越过了她，透过窗户，望到了一脸苍白坐在偏厅椅子上的谷兰身上。

安雅瑜明白他的想法，低声说：“谷兰的确嫌疑很大，二爷几次三番纠缠于她，而她，也极为熟悉这里，而案发时间，依我推断，应当是那四名舞女跳傀儡舞的时候，也恰恰是她从柜子里的暗门离开的那段时间，二爷见了她，一定不会防备，依二爷平日里对她的痴迷，只要她招一招手，他就会乖乖跟着她走，甚至于让他坐进了那平放的柜子里，这么一来，就不用人手亲自搬动躯体了，如此说来，谷兰是此案的第一嫌疑人。”

林泽夫把目光收回，冷淡地说：“一个艳名传遍天下的名伶，在魔术当中杀了林府二爷，她是为了什么？”

安雅瑜摇头，“您说得没错，她没有杀人动机，她影迷众多，纠缠于她的人绝不止林二爷一个，如果因为这样简单的理由就去杀人，那死在她手里的人可就不止林二爷一个了，找出此案的动机，也许就会查出此案的真正杀人凶手，但我想，惊蛇必须打草，该查的还是要查！此等杀人方法虽然匪夷所思，但或许有液体溅到了凶手身上？”

林泽夫点了点头，吩咐了下去。

有他做主，倒也顺利，所有的车子都被仔细搜查，每个人的身上都有侍卫查看是否留有痕迹。

齐沛鼎被带到了过来，脸色倒还平静，但脸上全是隐忍，强压着心底的不快。

安雅瑜记性很好，一看见他，就知道他换了衣服，他原来穿的是一件浅灰色的西装，而现在，穿在身上的却是一件深灰色的。

她心底一跳，却不便走过去，只低声附耳对林副官说了几句话。

林副官就走了过去，来到齐沛鼎跟前，问："齐大爷，这么快就换了身衣服，是下人招待不周惹了祸吗？"

齐沛鼎却没有回答，只把视线落到了安雅瑜的身上，她负手站在林泽夫的身边，西装笔挺，长身玉立，英姿飒爽，还哪里是原来那位总是只知道垂头看书的少女？

有侍卫过来，举手向她行礼，不知道汇报了什么，她吩咐几句，那侍卫又跑步离开。

齐沛鼎抬眸，那西装少女如周身笼罩了烟雾，离他越来越远，他心口忽然间一阵冰凉，回眸，"是的，屋里气闷，我想出去走走，撞上了端汤进来的下人，不得已换了身衣服，那件湿衣服还在衣帽间放着呢。"

兵士按照他的指示把衣服拿了来，递给了林副官，林副官仔细查看，确实是汤迹，就向他道歉："对不住，打扰齐大爷了。"

齐沛鼎说："不要紧。"他指着安雅瑜问林副官，"林副官，你们督军对白副官很是赏识的样子，不知道白副官是哪位名门子弟？我半年前来拜访之时，却没有见过？"

"齐大爷记性可真好，咱们督军身边有什么人记得那么清楚，白副官么，确实是新近才跟了我们督军的，咱们督军用人不问出身，只问能力，白副官在梅公馆案中脱颖而出，督军这才提拔了她当上副官，原来么，只是一个小兵而已，难怪齐大爷不认识了。"林副官说。

齐沛鼎见他回答得滴水不漏，只垂头说："是吗？"

林副官说："齐大爷，正巧，白副官过来了，您有什么话要问，就当面问她吧。"

齐沛鼎回头，果然，安雅瑜负手向这边走了来，他微微向她点头，"白副官。"

安雅瑜微微抬头，一双眼睛明净无比，直视着他，"齐大爷，卑职想问你几个问题，不知您是否愿意回答？"

齐沛鼎心中刺痛，"白副官请问。"

安雅瑜心中微感异样，却没有想到其他，指着桌上放着的那件衣服问，"齐大爷换衣服的时候，是不是正巧魔术演到高潮之时？"

齐沛鼎苦笑回答："白副官猜得没错，林二爷被人扶到小客厅之后，我才去的，从时间上来看，我的确有时间杀人。"

安雅瑜暗暗佩服他的敏感聪明，她只说了个开头，他便知道自己要问些什么了。

“对不起，齐大爷，案件没查清之前，这厅里每一个人都有作案的嫌疑，并不是单单针对您的。”

“没关系，白副官还有什么想问的，我一定会知无不言。”

“齐大爷换完衣服出来，会路过小客厅，透过玻璃，能看见小客厅里的人，请问你有没有看到林二爷？”

“没有，那个时候，小客厅一个人都没有。”齐沛鼎回答。

“哦？”安雅瑜微微皱眉，思索着走了两步。

她还是老样子，想起问题来会不由自主地踱步，无论外表改变多大，这些小习惯却一直如影随形。

只有最熟悉的人才知道她这些习惯，可她却不知，他才是最熟悉她的人。

他垂下了眼眸。

林幽兰站在林泽夫身边，视线却盯在了走来走去的安雅瑜身上，终于忍不住了，也跟着她身后转，看了一眼隔壁脸色苍白的谷兰，“你说，真是她杀的人吗？”

“只要能进出小客厅，接触到那魔术柜子的人都有嫌疑，谷兰只是其中一个。”

林幽兰一拍手说：“当时客厅里进进出出的人可太多了，客人却没有几个进出的，这下子嫌疑人可就多了，把人迷昏，套上个套子，再用酸液腐蚀，这到底是什么意思？为了他死时脸不被人认出？依我看，林顾凡之死是怎么也查不清楚了。”

安雅瑜无语地望着她，“六姑娘，那是你二哥，还是别表现得这么高兴的好。”

林幽兰呸了一声，“什么二哥？”

安雅瑜咳了一声，她这才把脸上的兴奋收了收，赔笑说：“白副官，咱们不能确定凶手是谁，总能确定大厅里最不可能杀人的人是谁吧？”

安雅瑜问，“是谁？”

林幽兰得意扬扬，“舞台上的四个舞女和魔术师是最不可能杀人的，众目睽睽之下，他们没有机会动手，还有父帅和我那几位姨娘，他们也不可能，那么多人看着，他们走一步都会有人过问，还有，还有，三哥、四哥、大哥、王兰芝也不可能动手！”

“怎么连王姑娘也算进去了？”安雅瑜问。

“兰芝一直背坐着我坐在对面，肯定不是她，她一晚上都没出去过！”林幽兰说。

“你没看魔术表演，光看四周围有什么人了？”安雅瑜扫了她一眼。

林幽兰哈哈了两声，“那是当然，我以后像安雅瑜一样当女神探的，当神探么，最重要的是观察人，我当然不能放过这机会。”

“王姑娘是和她的奶娘一起来的吗？”安雅瑜问。

林幽兰语塞，吞吞吐吐地，“这个，这个，我倒没注意。”

安雅瑜瞧了她一眼。

林幽兰大受侮辱地说：“我现在就把她叫来，仔细问问她！”

安雅瑜说：“不用叫了，她来了。”

果然，王兰芝来到了客厅，当然不是往她们这边走的，直接走到了客厅另一边坐着喝茶的林泽夫身前，不知道说了几句什么，林泽夫面无表情地指了指安雅瑜。

安雅瑜一见这情形，就皱眉对林幽兰说：“六姑娘，你去应付她一下，我去问问钱总长夫人。”

林幽兰奇道：“白副官，你也懂得我三哥的行事方法了？他这肯定是自己不想应付王兰芝了，叫你去应付她，三哥怎么能这样？”

她看了安雅瑜一眼压低声音嘟哝，“他不知道咱俩什么关系？”

安雅瑜只当没听见，转身往厅堂走。

王兰芝在背后叫了起来，“白副官，你先别走，我有事想要问你。”

安雅瑜只好转过身来，“王姑娘，您有什么事？”

王兰芝哼了一声，“白副官，你们到底什么时候问完？还有完没有？我的奶娘身体不好，可否让我们先回去？”

安雅瑜赔笑，“一会儿就查完了，您先等等，这厅里的人都要查，要问话的。”

王兰芝不耐烦地说：“白副官，这可不行，奶娘现在病情重了，要马上看医生，你得先让我们回去。”

“王姑娘，您看，大厅里的人都没有走，你们如果先走了，其他人也有样学样，岂不乱了套了？这样吧，我让人请医生来，给你奶娘看看。”安雅瑜说。

王兰芝含怨地看了林泽夫一眼，不理安雅瑜了，转头对林幽兰说：“幽兰，你们林府就是这样待客的吗？”

三哥也不知道好好儿哄哄人，这肯定是在三哥那里受了委屈，找他们发泄来了。

林幽兰说：“兰芝，今日发生这么大的事，情非得已，要不，我替你奶娘瞧瞧？我也是学医出生的，一般小病不在话下。”

王兰芝还不乐意，林幽兰挽了她的手，不由分说地去了。

夜晚三更之时，终于搜查问询完了厅内之人，汽车里也没发现凶器，林泽夫就让人把客人一一送了出去。

安雅瑜一眼看见林幽兰状似悠闲地过来，上前问她：“王姑娘奶娘的病好了吗？”

林幽兰说：“什么病啊，几声咳嗽而已，我要替她瞧瞧，她却说王兰芝紧张了，她压根没什么病，只是气促了而已，我见她没什么事，就回来了。”

安雅瑜微微皱眉，正巧看见王兰芝与曹桂湘缓缓走下台阶，正准备离开，就走了过去，问：“王姑娘，你们走了啊？”

王兰芝冷冷地答：“不回去，难道在这里过夜不成？”

安雅瑜好脾气地笑了笑，问曹桂湘：“曹阿姨，听说您病了，病好些了吗？”

曹桂湘咳了一声，声音嘶哑，“多谢白副官记挂着，我没什么事，都是姑娘太紧张了。”

王兰芝急着说：“哪里是我紧张，刚才您还喘不过气来，脸都紫了。”

林幽兰在一旁插嘴：“是吗？这可是大病状，还是让我给您把把脉吧？”

曹桂湘忙摆手，“我一个下人，哪敢劳烦林大小姐替我看病，您瞧，我现在不是都好了吗？”

“什么大小姐，行医问药，还分什么贵贱？”林幽兰摩拳擦掌。

安雅瑜一伸手，拦住了林幽兰，“你的医术回国之后就没怎么用过，还是别耽误曹阿姨了，我瞧曹阿姨脸色正常，也没什么大病，可能回去歇一觉就好了。”

曹桂湘点头，“是啊，咱们这些人，可皮实得很，小病喝杯开水发发汗就行了，根本用不着看病吃药。”

林幽兰大受打击，“姓白的，你就这么小看我？”

安雅瑜摸了摸鼻子不说话。

林幽兰就气呼呼地说：“我偏要让你瞧瞧我的手段！”

说着，上前就拦了曹桂湘，扶着她的胳膊往沙发上推着她坐下，又大声招来人拿了听诊器来，她要听诊。

曹桂湘满脸尴尬，“大小姐，不用了，不用了。”

这边的动静，早惊动了林泽夫，他正和几位政要说话，听见这边的响动，朝这边望了过来，正巧见到安雅瑜脸上带了丝微笑静静站着，柔和的灯光润在她的脸上，带着些狡黠，又带着些温和，整个人如一尊上好的温玉雕成。

他心底不由一跳，收回目光，垂眸。

钱总长问：“督军，查得差不多了，我们能回去了吧？”

林泽夫收回目光，瞧了钱总长一眼，“钱伯伯，您是有什么要事不成，这么急着回去？”

钱总长赔着笑说：“我不比你们年轻人啊，熬不起夜了，回去总要抽两口才能睡得着，贱内和小女也等得累了。”

林泽夫手指磕在茶几上，冷笑，“钱总长前两天还上赶着想把令爱嫁给我二哥，怎么，他才死了不到几个时辰，你就想要撇清一切？这也太让人心冷了吧？”

钱总长拿出一块方手帕擦汗，“只是随口说说的，现在人都已经死了，还提这些干什么？”

林泽夫闭上了眼不理他，其他几位陪坐的就劝：“钱总长，您也别急在这一时半刻的，问完了话，自会放咱们离开，林府安全得很，还怕你女儿被人吃了不成？”

钱总长的面颊微微抖动了一下。

林泽夫半睁眼帘见了，只略略皱眉。

这一边，林幽兰的听诊器到底没送了来，兀自气呼呼地站着，不准曹桂湘离开。

安雅瑜见差不多了，温和地说：“六小姐，你瞧，王姑娘困得眼睛都睁不开了，你就放她们离开吧，曹阿姨没什么大病，你这么让她耗着，曹阿姨岂不会病得更重？要不让她们回去休息，明儿一早你找到了听筒，我陪你一起给她看病？”

林幽兰这才罢了，放了两人离去。

安雅瑜看着她们的背影，微微一笑，一回头，就见林泽夫站在身后，忙行礼。

林泽夫背着手往偏厅走，安雅瑜知道他有话问，也紧跟着进去。

钱总长与其他的人已经离开了。

“我这边发现了些线索，已经派人去跟进了。”林泽夫也不说废话，直接告诉她。

“是谁？”安雅瑜问。

“老钱并不是一个心急的人，今天却三番四次想走，举止慌张，神情紧张，为免打草惊蛇，我已经先放他们回去了。”

安雅瑜一拍双手，“我也发现了一个可疑之人，就是王姑娘身边的奶娘。”

她脸上忽地一下迸出了光彩，明媚的容光似有些让他不能睁眼，他手指动了动，微微偏头，感兴趣地问：“哦？你有什么证据？”

“初一开始，我倒是没有注意到她，王姑娘就坐在我们这一桌的前边，六小姐说她一个晚上都没有离开，六小姐说得自然是不错的，可我问起了其奶娘，六小姐却没有什么印象了，王姑娘一举一动引人注目，可曹桂湘不同，她只是个下人，她离开，却没有什么人能注意得到，更奇怪的是，曹桂湘忽然病了，可我让六小姐替她瞧病，她却神色很不自然，百般推托，于是，我让六小姐和她纠缠，事后问六小姐，她可闻到了什么没有，六小姐说，她身上有怪味儿。”

正说着，门外林幽兰敲门：“三哥，白副官，你们又把我撇开躲在屋子里密谈？快放我进去！”

安雅瑜默默瞧了林泽夫一眼。

林泽夫用手指掐着眉心，直接说：“滚！”

林幽兰没有停，砰砰地敲着，林副官过去劝：“六小姐，督军在里边和白副官谈事，一会儿就出来了，您在那边等等。”

林幽兰奉送给他一个字，“滚！你再啰嗦我叫我爹抽你！”又叫：“三哥，三哥，你开不开门？你和小白在里边干什么见不得人的事？”

安雅瑜目瞪口呆，指了指门口，又指了指自己。

林泽夫沉着脸拉开门，林幽兰直跌了进来，林泽夫一脚踩住她的裙摆，“老六，你想找死是不是？”

林幽兰刚想站起，裙摆拉扯，又跌了，把她半边肩膀都露了出来，安雅瑜脸一红，侧开脸咳了一声。

林泽夫一松脚，她这才提着裙摆站了起来，拉好肩膀上的衣服，哼哼说：“三哥，你有没有良心，我帮了你多少？每到关键时刻你们就把我甩开了！不行，今儿我非听不可！快说，你们到底发现了什么？”

林泽夫转过身在椅子上坐下。

安雅瑜说：“六小姐，并不是我们不想告诉你，事关重大，一切都只是猜测而已……”

林幽兰兴奋得直拍手，“猜测好啊，我最喜欢猜测了，白副官，你老实告诉我，你是不是怀疑那个奶娘？”

安雅瑜眨了眨眼。

林幽兰哼了一声说：“白副官，别以为我不知道，你刚刚故意激我给曹桂湘看病，又问我有没有闻到她身上的味道，这明明就是有古怪！你不告诉我，我就自己去查！”

林幽兰说完，提了裙子就往外走，没走两步，林泽夫一脚踩了上去，又把她的裙摆踩住了。

她往后一仰，身子摇晃了两下，好不容易站住了，回头，“三哥，你就会欺负我，我告诉爹去！”

林泽夫哼了一声，冷眸，“爹会帮着你？嫁人都没人愿娶的家伙，爹会帮你？”

安雅瑜垂目，看着地毯上的花纹。

林幽兰看了安雅瑜一眼，恼羞成怒，“三哥，我还是你亲妹子吗？”

她边说边扯裙摆，林泽夫一松脚，她往后一仰，直跌在了地上，眼泪花儿都出来了，“哥，我恨你！”

林泽夫指着门：“关门。”

脸上还有泪呢，她却破涕而笑，“三哥，你让我听了？”

林泽夫哼了一声，到椅子上坐下。

林幽兰急速地冲到门口关门，又跑回来坐在了林泽夫旁边，“白副官，你说，从开头说起。”

林泽夫脸一沉，扫了她一眼，她马上改口，怯生生地扫了林泽夫一眼：“不用不用，接着说，接着说。”又讨好地对林泽夫说，“怎么能让三哥再听一次呢？三哥这么忙！时间这么宝贵！”

安雅瑜对这一对兄妹简直无语之极，却也暗暗羡慕，他们怎么的打闹，骨子里却都透着一家人的亲密。

她收拾心情，继续说："六小姐告诉我，曹桂湘身上有股怪味，我就问她，是什么味儿……"

"对对对，的确有股怪味，那味奇怪极了，像是吃了什么酸东西撒在身上，却又与平常的酸味不同。"林幽兰插嘴。

林泽夫伸过手去，一巴掌拍在她的后脑勺，"不听就滚出去！"

林幽兰忙闭嘴，还做了个拉拉链的动作。

安雅瑜说："酸液能腐蚀皮肉，可在这过程当中，却产生了一种气体，这种气体，人如果不小心闻了之后，就会咳嗽气喘，透不过气来，就像曹桂湘刚才的症状。"

林幽兰张大了嘴，"小白，你懂得可真多，就看了她几眼，让我闻了闻气味，这你就推测出来了？小白，你比那安雅瑜更厉害啊！"

林泽夫听了这句，嘴角也不由地扯了扯，"听她说，别打岔！"

林幽兰马上站直了，闭紧了双唇。

"你是说，是她？"

安雅瑜点头说："酸液腐蚀了林顾凡的皮肉，但行凶之人站在附近，很可能被那气体所伤……但此案蹊跷得很，我想，偷头套的人和动手之人不一定是同一个人！"

林泽夫马上明白了，"你是说，那曹桂湘不可能是主凶？"

安雅瑜点了点头，"曹桂湘是王兰芝的奶娘，来帅府居住，并没有多少日子，要准备这么多来行凶杀人，一则没有时间，二则没有机会，如果我推测的方向没有错的话，主凶是这两者兼备之人。"

林幽兰举手，"三哥，我可以说话了吗？"

"说！"林泽夫冷冷瞧了她一眼。

"白副官这么一分析，那杀人者范围岂不是缩小了许多了？除了我们自己家里的人之外，就只剩下几个管事，侍卫营营长，还有父亲信任的几个采办而已。"林幽兰扳着手指头数。

安雅瑜嗯了一声说："没错，但范围也不小，也有二十多个人。"

林幽兰双眼闪闪发光地望着她，手捧在胸口，"白副官，您可真厉害，一桩毫无头绪的谋杀案在您抽丝剥茧的分析之下，这就明朗了许多，白副官，您怎么会懂得这么多的？简直比我三哥懂得还多啊……"

你不加这么一句会死么？

安雅瑜勉强地说："术业有专攻，督军懂的我不一定会懂，我懂的，只是些雕虫小技而已，哪比得上督军？"

林幽兰从鼻孔哼出一声来，没有出声。

林泽夫却是抬头，看着面前站着的女子，只有在这种时候，她才褪去了平日里隐藏的谦逊低调，焕发出夺目的光彩来，双目像隐蔽的火山，从中随时可以喷出炽热火焰。

他咳了一声，低声说："你，的确不错。"

安雅瑜脸孔有点发红，心底陡然涌起股暖流，"多谢督军夸奖。"

林幽兰比自己被夸还高兴，"白副官，我三哥从来不夸人的，对我更是除了打就是骂，你可是头一个被夸的。"

安雅瑜更加尴尬，手足无措。

一会儿工夫，她就展现出了两面，刚才冷静自持说得头头是道的女子一下子变成了青涩之极的小丫头。

他忽然间心底涌起股暖流，想伸出手去，摸摸她的头。

可到底只是想想而已。

他说："看来只要找到杀人动机，这行凶者的范围还可以缩小。"

安雅瑜脸上瞬间变得严肃，"没错，林二爷的改变，是从近一个月开始，如果谋杀和这有关，那么，他身边的人或多或少会察觉些什么，我听说，林二爷娶了个妾室？"

林幽兰撇嘴，"什么妾室，是他乡下的老婆，还给他生了两个女儿，一回到林家，就不认人了，还是父亲派人把她接了来的，死也不肯给人家名分，对外只说是妾，我呸，就他那样，还想娶个名门闺秀？"

安雅瑜汗，"六小姐，你二哥到底死了。"

林幽兰哼了哼，"他那种人，死了更好。"

"如果要问话，先从他这个妾室开始。"安雅瑜只得说。

"好。"林泽夫点头，他看了她一眼，"那位曹桂湘，我已经派人盯着了。"

林幽兰眼睛骨碌碌地转，在两人身上来来去去，终于忍不住，"三哥，你什么时候下的命令？"

林泽夫说："白副官哄你替那女人看病之时。"

安雅瑜默默垂头。

林幽兰就叹气，"你这么早就知道她在激我了？我为什么不知道？"

林泽夫冷冰冰地答："因为你蠢！"

林幽兰一耷脑袋，肩头下塌，"对，你们都是聪明人！"又抬头向天伸手，"天啊，和聪明人在一起可真累啊！"

安雅瑜摸了摸鼻子，视线往林泽夫飘了去，却正对上了林泽夫飘来的双眼，不由一惊，各自转开。

回到住处，天却差不多亮了，安雅瑜草草梳洗，倒在床上，就睡着了，可一沾枕头，她就又回到了那个小院。

继母站在屋檐下愧疚地看着她，两个大妹妹一左一右地扶着她，朝她招手，“姐姐，快过来。”

小妹妹还是稚龄之年，只懂得往来奔走地玩耍。

她还是那位长发披肩的少女，怀里抱着书，踩着庭院间的草地，向她们走去。

父亲从屋子里走了出来，“你回来了？”

二楼的窗户吱呀一声打开，齐沛鼎站在窗子边，目光幽远朝下望。

她知道他看的人不是自己，心底却没有感觉，只朝父母走，她怎么能恨继母呢，是她成就了自己，养育了自己，她在国外时还偷偷寄给她钱。

她走过去，拉了妹妹的手，把手里的盒子递到她的手上，“这是给你的，放心。”

继母松了一口气，脸上露出微笑来，全家人都在笑。

大妹妹推了继母一下，“您瞧，姐姐压根没放在心上。”

可她分明感觉到两道寒意刺骨的目光从二楼投下，她抬起头来，窗后的青年却已经消失了，独余那扇不断摇晃的窗子。

吱呀吱呀。

她一下子醒来，却发现真是窗子没关，被风吹着，一下下地撞在窗棂之上。

为什么她会做这样的梦?

是不是因为昨晚上见到了齐沛鼎?

她爬起身来，关了窗子，却怎么也睡不着了，起床梳洗，又把自制的黑面霜仔细涂上一层，把胸前裹上，穿好衣服，推门走了出去。

她走出了后院侍卫营住处，信步往前，林府只有清晨打扫的下人们在清理着一晚上吹落的落叶。

整座林府尚在睡梦当中，下人们都知道，经过了昨天一晚上的喧闹，主子们都在熟睡，所以，清理的动作都轻了许多。

安雅瑜走过了二进院的垂花仪门，来到这幢破败许多的西洋小楼前，主人死了，阳光仿佛也不能穿透这所小院，院子里的落叶没有人打扫，青石板小路全是青苔。

她在院门外站了一会儿，这才推开半掩的门往里走，原以为里边的人还在睡，却见院子里，一个妇人正在梳洗着长发。

见有人进来，妇人只是一怔，又继续梳洗，“您先等等，我梳好头再招待您。”

她把头发一缕缕地绾起，梳了一个髻子，把石桌上的碧玉钗插上，转过身来，向安雅瑜招呼：“白副官，您请坐。”

安雅瑜奇道：“你也认识我？”

“帅府之中，有谁不认识白副官呢？三爷身边的大红人？”妇人掩嘴微微一笑，眼角眉梢之间带出些娇媚来。

安雅瑜这才看清，这妇人长得并不差，甚至比钱总长的女儿还要美，可眼角却有压不住的郁色。

“您就是二爷的妾室孙氏？”安雅瑜问。

孙氏一边点头，一边请她在石桌旁坐下，“白副官，他既然死了，我也不怕跟您说实话，他死了好，死了，我们娘儿几个的日子倒还好过一些！”

孙氏长相柔美，可性子却一点儿也不柔。

安雅瑜问：“可二爷到底是两个孩子的父亲，他死了，可管不了你们了。”

孙氏呸了一声，“什么父亲，原来在乡下的时候还好，还能帮我做点农活，回到帅府，以为自己的龙子龙孙，整天想着攀高枝，以妻为妾我就不说他了，反正我也没指望他，一不顺心就打我打孩子，被公公拿鞭子抽了一顿说要把他赶出去，只要我们娘儿几个，他才消停下来！”

她撸起了胳膊，“白副官你看，这都是他打的，被公公说了，他现在不敢打孩子了，也不敢打我的脸，专朝我身上暗处下手！我跟你说实话，我真恨不得亲手杀了他，可我没那个本事！”

说话间，两个孩子揉着眼睛从屋里出来，叫着：“娘，我们饿了。”

孙氏脸色瞬间变得温柔，“叶儿枝儿，等一会儿啊，我和叔叔说完话就去给你们做吃的。”

两个小姑娘歪着头看安雅瑜，“叔叔，我爹真的死了？不会再回来了？”

“是啊！”

枝儿叶儿互相看了看，大一点的枝儿上前，怯生生地问:“他真的不会再回来打娘，打我们了？”

安雅瑜心底发酸，点了点头。

小姑娘拍着手，“太好了，娘，太好了，没有人来打你了。”

孙氏抹起了眼泪，抚着枝儿的头，“你们先进去，乖乖地自己去洗脸漱口，等会儿娘给你们做粥吃。”

孩子进去之后，孙氏擦干了眼泪，对安雅瑜说：“白副官，你也瞧见了，我们这里就是这种情况，你有什么，尽管问吧。”

安雅瑜就问:“孙氏，我看你身上的伤口，都差不多是一个月之前的，这一个月之内，二爷还打过你吗？”

孙氏点头，“这一个月这死鬼也不知道怎么了，大发善心起来，动手少了，最多就因为茶沏得不好，泼了我几碗茶，倒没有打过我，晚上回来，还哼着小调，记得有一回，他得意扬扬地告诉我，他以后要大发了，比现在还要好！我也没问他，反正这死鬼发达了只会更坏！”

她说着，就拿起靠在树下的扫把扫起落叶来。

安雅瑜思索起来，“他说这话，是几天之前？”

孙氏说：“五六天之前吧，这一个月，他天天往外边跑，深更半夜才回来，也不抽鸦片了，有时几天都不回家，他不回家才好！”

“有什么人来找过他吗？”

“咱们住在林府，大门有守卫，有谁能进得来？再说了，他能有什么朋友？乡下以前那些泥腿子朋友他又看不上，全没了来往了。”孙氏手脚麻利，一会儿就把整座院子里的树叶全扫干净了。

“我可以去看看二爷的房间吗？”安雅瑜问。

“去吧，去吧，他的房间就在楼上，除非让我打扫，从来不让我进去。”

孙氏领了安雅瑜走到二楼，却见房门关着，孙氏为难地说：“白副官，我没有他房间的钥匙，死鬼死了，他们也没有把遗物给我。”

安雅瑜知道自己来得唐突，没有计划好就来了，她看了看房门上那把制造精良的锁，放弃了砸开的打算，说：“算了，等我找人拿了钥匙再来。”

两人又走下了楼去，才到楼下，就听见院子外边有人问：“嫂子，嫂子在家吗？”

两个小孩子叫出声来，“六姑姑，六姑姑来了？”

“乖，给你们吃糖。”

走到门外，就看见林泽夫、林幽兰两兄妹站在门外，枝儿叶儿两姐妹满手捧了糖，高兴地围着林幽兰转。

见了她，林幽兰意外地说：“白副官，你比我们还来得早啊？难怪林副官去找你，没找到人的？”

林泽夫却手一摊，掌心里是把钥匙，手一扔，丢了过来，“去开门。”

安雅瑜忽视他眼底的嫌弃，接过钥匙，“是。”

三人重又走到二楼，拿钥匙开了门，屋子里却是干净整洁得很，家具摆设与林府其他地方没什么不同，并没有添置多余的东西。

一进屋子，林幽兰就拿鼻子嗅了又嗅，又跑到内室查看，过了好一会儿才失望地走了出来。

安雅瑜正翻看书桌，见她这样子就说：“二爷不会在林府吸鸦片的，他对大帅极为畏惧，知道大帅不喜欢吸食鸦片之人，在林府，即使他怎么小心，也会被人发现，他一定是在外边吸够了才回来。”

林幽兰不服气地问：“真的吗？”

安雅瑜看了她一眼，继续翻找着书桌抽屉，抽屉里干净得很，什么都没有。

第九章　线索之指

她正感失望，却见林泽夫站在博古架边，于是走了过去，见他望着一个木漆盒子，问："督军，这个盒子有什么特别之处吗？"

"这个盒子，想必是父帅给他母亲的吧，父帅有个习惯，每生下一个儿女就会送一样贵重玉器给人。"

安雅瑜从架子上取下了那盒子，盒子上雕着盛开的牡丹，栩栩如生，"又是牡丹，也许是我多疑了，怎么最近的凶杀案都有牡丹的影子？"

"牡丹是富贵之花，大到富豪，小到百姓，哪家哪户家里没有这个图案？"林泽夫说。

安雅瑜把手指放在盒子开关处，问："可以吗？"

林泽夫点了点头，脸上却露出几分狡猾。

安雅瑜看了他一眼，一揭，那盒子却纹丝不动，无法，只好把盒子递给了林泽夫，"督军明知打不开，却忍住不说，很好玩吗？"

林泽夫意外挑眉，"哦？"

安雅瑜意识到自己与他说话的语气太过随便，尴尬地退开一步，假装看博古架上其他东西。

林幽兰从两人中间插进个头来，望了望林泽夫，又望了望安雅瑜，"说什么呢？说得这么高兴？"

林泽夫哪会理她，按动盒盖之上牡丹的花瓣，再把盒子上的开关往下按，啪的一声，那盒子就打开了，里边是一个玉制的娃娃，胖胖的，头发却梳得古怪，不像中国的孩子。

林幽兰拿起那娃娃，奇怪地问："三哥，这是爹送的？他送一个东洋玩偶给林顾凡的娘？"

"也许爹随手买了，也就随便送了，他什么东西没送过？"林泽夫说。

安雅瑜也觉奇怪，从林幽兰手里拿过那娃娃，果然，娃娃穿着和服，头上梳了一个日本人的发髻。

“六小姐出生之时，大帅送给林太太什么？”安雅瑜问。

林幽兰脸色忽然间有些扭捏，“也没什么，也就随便送了个玉器。”

林泽夫哼了一声，“送了个玉雕钟馗，所以她才养成了现在这个四不像样子。”

林幽兰恼了，“老三，你别让我说出爹送你的东西！”

林泽夫冷冷瞧了她一眼，慢悠悠地说：“你敢？”

林幽兰气得直跺脚，“你只知道欺负我！”

安雅瑜想到某物，扑哧一笑，见两兄妹齐齐向她望来，若无其事，“没事，没事，你们说。”

林幽兰双眼发光，“白副官，你猜出来了？不妨说说？”又对林泽夫说，“三哥，你有胆让她猜吗？”

林泽夫沉脸站着，“随便。”

安雅瑜忽升起了调皮的心思，对他说：“督军，我猜出来，你可不许迁怒。”

林泽夫哼了一声，“本督是这样的人吗？随便猜！”

安雅瑜看清了他眼底一闪而逝的尴尬，心中更加肯定，笑了笑说：“大帅行事不按常理，生的女儿送了一个捉鬼钟馗，那么，生的儿子，送的却一定是个美女，同是古代神话人物，钟馗是最丑的男子，最美的女神就是嫦娥了。”

林幽兰目瞪口呆，佩服到了极点，“白副官，连这个你都能推算出来，你简直太厉害了。”

安雅瑜微微一笑，“只是常理推断而已，算不上什么。”

林幽兰说：“白副官，你一定要告诉我，你怎么推出来的？别当着他的面说，我们两人私底下说！”

说完，得意地朝林泽夫做了个鬼脸，他把脸扭到一边，不理她。

林幽兰笑了，“我爹么，这个人就是古怪，生了儿子，盼着他别长得像他那么丑，所以送了个美女给娘，生女儿，却怕女儿被人欺负，要厉害一些才好，这才送了个钟馗给娘，这不，他终于都心想事成了！哈哈哈。”

安雅瑜看了一眼林泽夫俊美非凡的侧脸，忍不住微笑，“确实心想事成，各得所愿。”

林幽兰就叹气，“三哥，你得谢谢爹，要不是爹送了嫦娥给娘，你能长得比我还好看吗？”又摸着自己的脸感叹：“送什么钟馗？钟馗，把我的美貌还给我！”

林泽夫瞪了她一眼，“你闭嘴！不想在这儿待着就滚！”

林幽兰缩在了安雅瑜身后，“就你厉害，我不说了还不行么？”

三人沉默地在屋子里搜查，林幽兰哪里是个能住嘴的，隔了一会儿自言自语起来，“说也奇怪，爹送的出生礼，我们都收得好好儿的，林顾凡却堂而皇之摆在博古架上？”

见林泽夫没有出声阻止，安雅瑜答话：“出生礼是要好好儿收藏起来的，这么摆在明处，这说明某件事引发了主人想把它拿出来瞧瞧的愿望，你想啊，我们把某件旧物拿出来看，或许是勾起了某种回忆，又或许这件东西牵涉到了某件事，是什么事让二爷反复地看这件东西？更奇怪的是大帅送的这个日本娃娃，到底意味着什么呢？”

林幽兰点头，“没错没错，就是这样，又不是小孩子，还拿出来玩吗？”

林泽夫说：“爹是以贩卖东洋布匹起家的，或许那时到了岛国，就随手买了这样东西。”

“不，大帅是个心思缜密之人，每个送出去的娃娃都有深意，这个娃娃的意思，难道要二爷东渡日本？”安雅瑜想了想，摇头否认，“一定不是这个意思。”

林幽兰说：“这有什么可猜的，去问问爹不就行了？”

“也只好如此了。”

三人把林顾凡屋里翻了个底朝天，却没发现什么新线索，林顾凡不喜欢读书，字也不识两个，屋子里自然没有书籍纸张。

安雅瑜正感失望，一眼看到了茶几上放的洋火，拿起来查看，林幽兰凑了过来，“我知道，这是万国大酒店客房的洋火，林顾凡真丢我们林家的脸，把酒店里的东西都拿回家了。”

两人对望一眼，同时说：“他去过酒店！”

林泽夫接过了那盒洋火，把盒子打开，说：“里面的火柴还没用几根，盒子也不陈旧，看来，他是最近去的。”

“没错，以二爷的脾气，去了那里，一定有人还记得。”

林幽兰仰慕地望着安雅瑜，“白副官，你没见林顾凡几面，连他的脾气都知道了？确实，在林府还好，到了外边，他啊，唯恐没在额头上写上几个大字：‘我爹是大帅’！他可比三哥出名多了！只不过，他出的都是恶名！”

“这就好查了，倒没有白来一趟。”林泽夫说。

林泽夫正巧站在了房间里的古代仕女图旁边，林幽兰看了看他，又看了看那张仕女图，恍然大悟，“白副官，我明白了，你为什么猜出爹送给三哥的是嫦娥了。”

安雅瑜垂眸，“你说说看！”

林幽兰挠了挠头：“我也说不清楚，你瞧，爹送给三哥的娃娃是嫦娥，正巧这里有一张嫦娥奔月图？这里面一定有什么联系？”

安雅瑜咳了一声，她不想说出来得罪这尊菩萨，眨着眼睛想着怎么推脱。

林泽夫沉眸，“说吧，还藏着掖着干什么？”

安雅瑜只得应了，“是，督军，在您打开这盒子，知道里边装的是出生礼时，眉头皱了一下，视线不自觉扫向了墙上的图画，身子却不由自主微微侧着，显得很嫌弃，在六小姐威胁说要说出您的出生礼时，您更是背对着了这幅图，表示了对这幅画彻底的厌弃，再加上之前我对大帅的推断，就不难猜出他的思维模式，送您的东西一定与六小姐一样相反，是个女娃娃，综合所见，不难猜出，大帅送您的是个玉嫦娥了。”

林幽兰拍手，“白副官，您对我哥还真用心，观察也仔细。”

安雅瑜见林泽夫脸上并无恼色，松了一口气，“我是督军手下，当然得对督军用心。”

林泽夫面无表情，“走吧。”

林幽兰以手挡脸，压低声音告诉安雅瑜，“我哥高兴着呢。”

呵呵呵。

这个马屁拍得好。

安雅瑜心底乐开了花，总算摸到了少许这个人喜怒无常的规律了。

来到楼下，孙嫂子正在让两个孩子吃早饭，见他们下楼，站起身来拘束地说：“三爷，六小姐，你们回去了？”

林泽夫照常只嗯了一声。

林幽兰说：“嫂子，您有什么需要，尽管来找我，如今林顾凡不在了，你和两个孩子还是我们林家人，爹不会放着不管的。”

孙氏擦泪，“六小姐，三爷，多谢你们了，这死鬼死了，我们的日子才好过，我也不求其他，只要能养大两个孩子就行了。”

三人走出院子，林幽兰说：“三哥，孙嫂子只在家里待着，管着两个孩子，对林顾凡真是一无所知，看来，还得找其他人问问了，白副官，咱们现在去哪里？”

安雅瑜拿眼角扫了林泽夫一下，说：“其实还有一个人，昨天一直没有机会问，她知道的东西也不少，一个男人如果迷恋一个女人，一定会在她面前显摆，头一个把自己最得意的事向她透露，如果真像孙嫂子说的，二爷有机会发达，这么得意的事，他怎么会不向她说？”

林幽兰一拍手，也抬头看了林泽夫一眼，“三哥，知道白副官说的是谁了吗？”

林泽夫冷冷回望两人，“走吧，成家班还关在后院。”

林幽兰大喜，“三哥，你真准备亲自会谷兰？你不是最怕麻烦了吗？”

安雅瑜也微笑了起来。

“你不用去，娘今儿要你陪她，昨晚上闹了这么一场，娘的头痛病又犯了。”林泽夫干巴巴地说。

林幽兰的肩一下子垮了，“我能不去么？娘每次就拿头痛说事，她精神好得很，一定又是想拘着我不让我跟你们查案。”

林泽夫一瞪眼，“你去不去？”

林幽兰有气无力，“去，去还不成吗？”她向安雅瑜挥手，“白副官，你们查到什么可一定要向我说啊，让我给你们分析分析！”

林泽夫哈哈了两声。

安雅瑜好声好气地说：“行，行行，一定，一定。”

她这才去了。

……

谷兰走进房门，安雅瑜就感觉眼前一亮，一个晚上的软禁，她的头发还是纹丝不乱，衣服干净整洁，甚至于脸上一点儿颓废都没有，皮肤依旧紧绷光洁，只除了眼睛略有一点儿红丝。

无论哪里，都仿佛是她的舞台，周围的人都是她的观众，她依旧美得惊人。

她在椅子上款款坐下，抬头看林泽夫，“督军，这可是您第一次相请，却想不到是在这种情况之下。”

看着她胶着在林泽夫身上的视线，安雅瑜知道，自己又处于透明的状态。

林泽夫背靠沙发，手指惯常地在沙发布面上敲，示意安雅瑜。

对着美人，架子也这么大，还要她来开口问话，什么做派！

安雅瑜只得上前，挡住了她的视线，微笑说：“谷小姐，今天叫你来，是想问一下林二爷和您之间的关系，二爷死前曾经三番两次纠缠于您，想必对您很是迷恋，他可否向您提及了什么？”

谷兰垂头伸手理了理自己的衣服，神情淡淡的，“像我们这样的人，哪儿没能有一两个狂蜂浪蝶，这种人，躲还来不及呢，他能向我说什么？”

她表情恹恹地，也不望安雅瑜，拨弄着自己手上的镯子。

安雅瑜深感自己站错了地方，成了隔断牛郎织女两两相望的那条天河，忙走开了两步，站到一边些，“林二爷真没有向您提起什么？比如说他要发达了之类的？”

谷兰抬起眼来，扫向对面，“三爷想知道这些，我自是知无不言，言无不尽。”

安雅瑜心道，真是费了半天口舌，也不及对方露出半边脸。

林泽夫嗯了一声。

谷兰叹了口气，蹙起了眉头，“三爷，您是知道的，我是一个演员，抛头露面的地方多，难免就遇上了一两个死缠着不放的，为了讨口饭吃，就不得不虚与委蛇地应付着，但我从来都是洁身自好的，二爷为了讨好我，几次三番又是送礼又是包场的，我都拒了，就是怕人误会，传出什么不堪的话来，可小报记者总是乱写，我有什么办法？”

这离题千里，摆明了是向林泽夫表露心迹啊！

安雅瑜悄悄站在一边，准备让自己当布景板。

可林泽夫倒好，非但没点儿反应，反而沉默不语，闭上眼了，安雅瑜只好上前再问:“谷小姐，林二爷可否向您提及了他要怎么发达之类的事？”

谷兰看见林泽夫反应冷淡，也有些心冷，脸色黯然，有气无力，“发达？谁都知道他是个什么人，说发达，简直是笑话，一个乡下人成了林大帅的儿子还不好好儿上进，整天流连于鸦片馆，连我这个戏子都瞧不上他，还有谁能瞧得上他？”

安雅瑜抓住了其中关键，“你说有人瞧上了他，是谁？”

“吹牛的吧！向我吹牛的人多了去了，可还没有像他这么离谱的，说自己是什么王什么的，手里有无数手下，大批珠宝，比他爹林大帅更厉害，又说要在以前，林大帅只是他手里一个小头目，什么胡话！”谷兰总算把视线从林泽夫脸上转开了。

对着这么个冰块脸，长得再好看也会被冻死！

安雅瑜暗暗舒了口气，再问：“谷小姐，您可听清楚了，他说的是什么王？”

“他那天喝醉了，闯进后台，嘴里边胡话连天，我也没听多大清楚，就让人把他架了出去，说是花王还是方王？咱们前朝老祖宗也没有封这么一个王出来，他发梦吧！”

谷兰到底性格强韧，短暂的失落之后，又重鼓勇气，视线重落到了林泽夫身上，“督军您怕是误会了，二爷和我没什么的，统共也没见几面，都是他上前来缠着我的，我是这么个身份，为了养班子里一大帮人，没有办法，只能虚应着，您瞧，二爷想我嫁给他，说是明媒正娶，我一过去，就是他的正房太太，我理都没理他。”

林泽夫那张冰块脸变都没变，“和案情无关之事，不必多说。”

谷兰的脸一下子僵住。

安雅瑜默默垂头，都有点不忍心了，看了两人一眼，悄悄往后退，尽管缩小自己的存在感。

林泽夫一抬眼，视线精准落在她脸上，“问！”

安雅瑜苦命上前，“谷小姐，当晚那个美女变枯骨的魔术开始之后，您由柜子后面的机关离开，柜子升至空中，那段时间之内，您去了哪儿？”

谷兰眼神幽怨，扫了林泽夫一眼，“能去哪儿，回到临时搭建的化妆间补妆罢了，这有几分钟时间？扑个粉也就过去了，白副官聪明，一眼就看出了这魔术的关键，那支舞跳完之后，我又要回到柜子里，变回美人。”

她的心理素质可真好，在林泽夫这里受挫折多了，也就习以为常了？

安雅瑜心说这个她可得学着点。

“可二爷就是那段时间死的，谷小姐可有听到什么动静？”安雅瑜问。

谷兰眨了眨眼，此时才拿正眼瞧向安雅瑜，满脸震惊，“白副官说这话是什么意思？难道您怀疑是我杀了二爷不成？”

安雅瑜说：“只是正常问话而已，所有有可能行凶的人，我们都要加以详查。”

谷兰不耐烦地说：“没有，我什么动静都没听到，后来就听到前边传来尖叫，说二爷死了。”

安雅瑜见问无可问了，只得说：“暂且就是这些，谷小姐……”

沉默了半天的林泽夫忽然一挥手，止住了安雅瑜，口气平淡：“谷小姐，我这里有个问题想问清楚，不知可否？”

谷兰身子都坐直了，脸上焕出光来，“督军请问。”

安雅瑜心底一跳，心生同情……这人问出来的只怕不是什么好话，可怜落花有意，流水冰冷。

林泽夫淡淡地说：“谷小姐一直强调自己和林顾凡没有私交，私底下也没有来往，可据本督军查实，谷小姐曾经托林顾凡当魔术托儿，那闭月羞花的魔术谷小姐还记得吧？林顾凡当众被你用银元羞辱，为了只是演场戏给观众看，吸引观众注意，林顾凡连这种事都肯替你做，还有什么事不可以的？”

安雅瑜吃了一惊，想想当时情景，逼真之极，林顾凡就是那无理取闹的纨绔子弟，谷兰是受尽委屈的弱女子，却不畏强权，用魔术教训了林顾凡，这都是事先安排好的？这场戏还把林泽夫也套了进去？

谷兰一怔，脸上终于维持不了那淡定自若的神色，“督军早就知道了？”

“想在本督面前玩这样的花样，谷小姐还太嫩了些。”林泽夫抬眸，眼神冰冷。

谷兰眼底的温婉情意一寸寸地褪了，“督军，我这么做，也不过是为了引起您的注意，却哪知督军才是个真正铁石心肠的人，督军到底想要我怎么样？”

她拿出块帕子来，捂在了脸上，泪水一会儿把那帕子就浸得湿了。

此等情形，安雅瑜觉得自己理当离开，把这密封的空间留给这两人，可她哪里敢？

只能僵直地站着，走也不是，不走也不是。

林泽夫语气都没变一下，“谷小姐的演技好，本督早就知道了，不必在我面前再演，本督可不是什么怜香惜玉之人，谷小姐最好老实说清楚，与林顾凡私底下还有什么来往，是否一同去过万国酒店开房？”

这话问得这么直通通的，安雅瑜都不忍直视了。

谷兰缓缓地把手帕从脸上拿下，一双大眼睛不停地涌出泪水，“原来在督军心底，谷兰就是这么污秽不堪之人，罢了，无论你信也好，不信也好，我都告诉你吧，没错，二爷的确给我当了几回魔术托儿，但那是他自愿的，为了逼真，我让他在外面不能宣称我与他相熟，可他在林府纠缠于我可不是什么假的，真不明白，他为何说那样的话，后来两天也是，说知道了我的底细！我就是个戏子，这世上最无奈之人！”

林泽夫视线都没落到她的脸上，“你们去过万国酒店没有？谷小姐，别让我说出证据来！”

谷兰眼泪终于收住，轻声答：“去过一次，但那次只是为了商量魔术托儿之事，并无其他。”

安雅瑜目瞪口呆，说好的深情厚谊，原来真相不过如此，又暗暗佩服林泽夫的审问技巧，美人绝色，眼泪柔情，也丝毫不能撼动他的情绪半分，此人一旦定下目标，半点也不会受人左右。

而她自己，反倒几次三番地被谷兰影响，被她柔弱深情的外表欺骗了。

安雅瑜暗暗提高了警觉。

林泽夫背往后靠，语气平淡，“早说出来不就好了？谷小姐，在我面前，何必装什么情根深种？你擅长利用自己的优点利用你周围的男人，让他们替你办事，我么，高兴的时候，也会让你利用一下，但是，我可不能白让你利用，你也得有相应的回报，银行存钱也要有利息的，谷小姐，你说是不是？”

谷兰震惊地看着他，眼底的那份愕然真真切切，“三爷想让我干什么？”

这下子老实了。

安雅瑜叹为观止。

“林顾凡在万国酒店不只见了你一个人，我要你帮我们找出那个人！以我推断，林顾凡邀你去万国饭店见面，却不光是被你利用，相反的，他带你过去，一定是让某人认你。”

“不可能，我的海报周围都是，有谁不能认出我来？”谷兰显然不能接受她反倒被人利用的事实，尖声叫了出来。

林泽夫冷酷地看了她一眼，“你身上的某些特征也在海报之上么？”

谷兰身子瑟瑟发抖，绝美的脸露出羞惭之色来，用双手怀抱住了自己，“不可能的，不可能的。”

安雅瑜虽说告诉自己不要被她影响，却还是忍不住怜悯，遇上了林泽夫这样的男人，她可是什么面子里子都被撕了下来了。

“至于你身上什么特征，我也不多说了，但我要你回到现场，把当时的情景还原，替我们找出那个人来，据我估计，那个人，一定就在我们周围。”林泽夫淡淡地说，“而这个人，也许和林顾凡之死有关。”

谷兰瘫倒在了椅子上，双手掩面，却再也哭不出来了。

她被押了下去。

安雅瑜对林泽夫看了又看，终于忍不住，“督军，我们既然是在办同一个案子，能不能将资源共享？”

林泽夫站起身来，拉了拉军服，面无表情，“现在不是告诉你了吗？”

安雅瑜忍气说：“督军人缘广，手下众多，得到的消息自然比我多得多，可您如果不把确实消息告诉我，我怎么能帮您破案？如果中间出了差错，岂不是误了督军的事？”

林泽夫拿眼角居高临下地扫了她一下，“我相信你不会误事。”

说完，迈开大长腿就走了出去，安雅瑜怔了，在追出去与不追出去之间犹豫了半晌，就听林泽夫在外边唤，“还不走，你怎么做副官的？”

安雅瑜走了出去，到底忍不住了，反驳：“我的专职又不是副官。”

林副官在一边听着，视线唰的一下扫了过来，向她悄悄竖了一个大拇指。

林泽夫眼眸一冷，正想开口训斥，安雅瑜马上道歉：“对不起，督军，我说错话了。”

林泽夫一言不发，往车子边走，上了车，安雅瑜自觉往副驾驶座上走，林泽夫指林副官，“你，坐前边。”

林副官挠了挠头，来到副驾，指了指后边，“小白，坐后边去。”

安雅瑜只好下来，钻进了后座坐好。

车子往前行进，林泽夫身子笔直，盯着前边一点，“今天，我要做个实验。”

“什么实验？”安雅瑜忍不住好奇。

“很有趣的实验。”林泽夫说。

安雅瑜一怔，“这合适吗？二爷的案子还没破，这千头万绪的……”

林泽夫这才微微侧头，看了她一眼，“白副官，做好你的本分之事就好。”

她又忍不住嘴提意见了，垂头，“好，督军让我跟来，有何吩咐？”

林泽夫慢悠悠地说：“炮灰这个东西，你知道吗？”

安雅瑜半张了嘴合不拢，“您让我做炮灰？”

林泽夫优雅地点了点头。

林副官在前排哈地笑了一声，“对不起，督军，您真不向小白说个清楚？小白，其实咱们督军查出……”

林泽夫一竖手掌，阻止了林副官往下说，拿眼斜她，“白副官，你不是擅长推理么，你就猜猜，我们知道了谷兰什么秘密，谷兰身上与正常人不同之处，是什么？”

小气鬼见多了，但这么小气的，安雅瑜还从来没有见过，她终于明白了，她肯定是在某些事上得罪了这小气鬼，他一直在给她穿小鞋。

想起了林副官的官场升职论，她后悔莫及。

但安雅瑜的性子，是遇强则强的，收拾心情，细细想了起来，脑子灵光一闪，“谷兰身上某处有特征，而督军今天却要去做这个试验，这么说来，和谷兰有一定的关联？”

她拿求证的目光望向了林泽夫，林泽夫微微点头，她信心大增，“谷兰此人，机灵多变，擅长魅惑人心，她的性子，是不可能给林顾凡太多的好处的，更别提让林顾凡占太多的便宜了，她和林顾凡在万国酒店见面，即使两人同处一室，以她的身手，林顾凡也得不了手去，想必林顾凡也明白这一点，但他依旧有胆子约她出来，这表明，她身上的特征，并不是在身体特别隐蔽之处，只需动一点手脚，就能看出来，能露在衣衫外边的，除了手，就是脚和腿了。”

说到这里，她脑子忽然灵光一闪，当年报纸上轮船上的凶杀案，虽然照片模糊，但依稀还是可以看见那女子的面容。

原来如此?

“督军，当年在林府失踪的那一对姐妹，是否是双胞胎姐妹？”她问。

林泽夫意外地看了她一眼，再点头。

林副官惊讶地说：“小白，不错啊，这你都能猜得到？”

“不，不是猜的，我看过当年的报纸，报纸上面有照片，虽然模糊，与谷兰却有几分相似！”

“这么久远的报纸你都记得？小白，你记性不错啊！”林副官惊讶地说。

林泽夫拿起手套，啪的一声打在他的后脑勺：“好好儿听着！”

林副官缩头，“是，督军。”

“想起双胞胎姐妹，我却又想起了前朝的一份官报，报纸上说了一则医学消息，说有双胞胎姐妹一出生，一条小腿的皮肉却是连着的，大脚趾相连，而这对姐妹的姓氏和后来在林府失踪的几家人中的一家一样，这对姐妹后送到了国外动手术才将她们分开，却因为脚趾相连，姐姐脚趾正常，妹妹却少了一趾，我想如果真是这样，那么，谷兰身份容貌如何改变，身体上的缺陷却始终存在。”

林副官虽被打了后脑勺，此时却忍不住再次开口：“小白，你还是不是人啊，看了多少的报纸啊？这都能联想起来？前朝，清朝时的官报你都能想起？”

安雅瑜说：“只要我看过的书籍纸张，就能过目不忘。”

林副官长叹：“奇才啊，奇才，小白，如果你去考科举，妥妥儿是状元之才啊！”

他此时才记起了林泽夫刚才不要他多嘴的命令，缩着头等着挨打。

可林泽夫这次却没有打他，只说：“这世上奇人异事多如过江之鲫，她这个，算得上什么？”

林副官立刻拍马，“那是，三爷，像您，就是武学奇才，您学什么都是一触即通，记得您第一次拿枪，就打了个八环，那时您才十岁啊！如果在前朝，那妥妥儿的大将军，我呸……”他打了自己的嘴巴一下，“您现在不就是大将军吗？”

安雅瑜在心底呵呵呵，这马屁拍得那才叫高明，这个，她也得学着点。

“你的猜测，八九不离十。”林泽夫扫了她一眼说，“谷兰的小腿之上，的确有一道手术后留下的伤疤，而她的左脚脚趾，少了一根。”

他停了停说：“你，不错。”

他每次称赞，安雅瑜都有血压上升之感，此时也一样，她脸孔微微发红，想学着林副官反拍一下他的马屁，可到底脸嫩，憋了半晌也没憋出一句好词。

林泽夫却像知道她在想什么，在她开口之前说："别学林福宝，他这种没本事的，就只能靠溜须拍马生存。"

林副官在前排："呵呵呵，督军夸奖了。"

安雅瑜在心底：呵呵呵。

这一位可真不留情面啊。

想想刚才他对大美人谷兰，她忽然间心底释然了，原来他对谁都一样。

对她还算宽厚。

以后被压榨排挤了，就想想谷兰，想想林副官。

车子一路往郊外开去，安雅瑜看着外边急速向后闪过的树木，又忍不住了，"督军，咱们往哪里走？只有一辆车子，就我们连带司机四人？"

林泽夫点了点头，"嗯。"

"那我们去干什么？总要有个名目吧？"安雅瑜问。

"会美人。"林泽夫答得直接。

安雅瑜无语了，等车开了好一会儿，才闷闷地问："还有比谷兰更美的美人吗？"

谷兰都被你连脸皮都剥得一干二净了，又有哪位美人遭你毒手？想想刚才他提及让自己当炮灰之言，安雅瑜双手抱臂，"督军，您说的美人到底是谁？"

林副官在前排扑哧笑了一声。

林泽夫侧过脸，上下打量了她一眼，"黑了点，瘦了点，不失为一个美人。"

车子一抖，往旁边歪了一下。

林泽夫继续说："可本督对男人不感兴趣。"

安雅瑜知道他在帮自己掩饰身份，尴尬地放下环抱的手臂，说："是我问错了。"

带着满腹的疑问，车子一直往前开着，一路上颠簸，她的头有些昏沉，但坐在这尊阎王的身边，却不敢有丝毫的松懈，正在难受，他却微微回头，扫了她一眼，皱了皱眉，从衣袋里拿出一个纸包，递给她。

她接过了，打开一看，却是一包腌制的话梅。

他眼眸幽深，眉毛微微耸着，一如既往的俊秀清冷，看着她，视线却有些许异样，那丝异样被她捕捉到了，不知道为何，她脸孔微微发烧，忙垂头，拿了颗话梅含在嘴里。

酸味直冲喉咙，把她的恶心之感压了下去，脑子顿时清醒。

他却伸出了手，从她掌心拿着的纸包里也取出一颗话梅放进了嘴里，慢慢地嚼。

两人无声的动作，没有惊动前边的人，以八卦为生的林副官头一点一点地在前排打着瞌睡，司机只盯着前方，目不斜视。

安雅瑜忽然觉得，后座的这小小的空间，只属于他们两人，与旁人无关，不由自主地，就觉心底仿佛有了秘密。

车来到了邻县一座小镇，小镇并不大，镇上只有一个好一点的饭店，车子是个稀罕物，更何况走下车的人物不凡？

店老板亲自出来迎接，将他们安排在饭店最好的房间。

到了晚饭时间，三人下到饭堂吃饭喝茶，正在吃喝着，就见小二领了两名女眷进来，可不正是王兰芝和曹桂湘。

安雅瑜和林副官赶忙站起。

林泽夫只背往后靠，神态放松，笑微微地看着王兰芝。

“三哥，你怎么也在这里？”王兰芝诧异万分。

林泽夫温声说：“知道你要回老家一趟，特意来送你一程，你爷爷病了，我总不能不来一趟。”

王兰芝脸孔微微发红，欢喜之情从眼睛里溢了出来了，“你特地在这里等我？”

林副官说：“三爷想给王小姐一个惊喜。”

林泽夫面孔温和，“兰芝一路上可还顺利？先吃些东西填填肚子，等会儿我们一起去见你爷爷。”

一双碧人如玉，仅仅站在厅堂就引得人人注目，安雅瑜偷偷看了一眼林泽夫，他脸上添了些少有的温和，示意王兰芝坐下，曹桂湘脸上也带了些喜意，自觉地说：“姑娘，我先回房间了。”

王兰芝点了点头。

她都走了，安雅瑜觉得自己和林副官再杵在这里就太不识相了，一回头，刚刚还站在这里的林副官不见了踪影，这人溜走也不打声招呼！

安雅瑜也急忙告退，“督军，我去让小二给您备点热水，等您回房时梳洗。”

林泽夫脸一沉，“这些饭店自有人备着，你以为这是哪里？”

安雅瑜就明白过来了，他要她守在这里，这么煞风景的事为什么要她来做？她暗暗痛骂溜得极快的林副官。

王兰芝笑意盈盈，“白副官，您也坐下吧，在外边，何必这么拘谨。”

安雅瑜心说，我不想坐，我想溜。

林泽夫扫了她一眼，她只好坐下，伸手拿过茶壶，替王兰芝斟满了茶。

小二上来，添了副新的碗筷。

林泽夫夹了块青瓜放进了她的碟子里，“你喜欢清淡口味，我让他们少放油，菜没炒得太老，你试试？”

安雅瑜瞧了他一眼，心说你这是什么时候吩咐的？我们怎么没听到过？

王兰芝试了一口，笑了，“清脆爽口，咸淡适宜，的确极好。”

“兰芝，你爷爷的病怎么样了？我让人请了个西洋医生来，正在路上，马上就到了，到时让他给你爷爷瞧瞧。”林泽夫极体贴。

“多谢三爷，爷爷的病每年这个时候都要发的，家里常年请着老中医调理看病，爷爷不大喜欢西洋医生的。”王兰芝为难地说。

“那就算了，只能让他回去了，哎……”林泽夫皱起了眉头。

王兰芝赶紧说：“三哥，既然叫都叫了，不妨让他给爷爷瞧瞧，爷爷总不能驳了三哥的面子。”

第十章　蓝屋之变

安雅瑜弄不懂林泽夫的想法，兜了这么大一个圈子，就为了请个医生给王老看病?

吃饭过后，那西洋医生果然坐车赶到，是个戴着眼镜的普通中年人，姓孙的，从外表上倒看不出什么来。

更气人的是，临上车了，林副官不知道从哪里钻了出来，若无其事随行，安雅瑜朝他瞪了又瞪，他也不解释。

一行人三辆车驶过了小镇，往乡下开，又开了半个时辰，就来到了王家旧宅。

下了车，安雅瑜就吓了一跳，想不到这种乡下地方，有这么一幢气派的房子，房子外墙涂成蓝色，屋脊、房檐之上镶嵌着精美的瓷砖图案。

早有下人迎了上来，把他们往屋子里领，王兰芝与林泽夫并肩走在前边，介绍说："爷爷住在七奶奶这边，这幢房子，名叫蓝屋，七奶奶喜欢蓝色，所以爷爷专门叫人用木蓝花染了外墙，把房子涂成蓝颜色的。"

听她的口气，这还只是一个别院而已？想不到王家这么富贵，安雅瑜不由想起王家的传闻来了，王家老爷子名叫王启山，他早年间远渡东洋，从卖鱼档的学徒工做起，艰苦打拼，几十年之内聚集了大量的财富，林大帅起兵之时，他既出钱财又出人力，所以他的大儿子才能身居高位，王家可以说得上是林家最坚定的支持者了。

林王两家联姻，对林泽夫来说，是最适宜的选择。

王启山一共娶了七个老婆，王兰芝说的这位七奶奶，就是他六十岁的时候娶的那当红名伶胡蓝。

一路前行，来到了素雅阁内，就有一名妇人与几名下人迎了上来，笑着说："兰芝，你来了，这几位，是你的朋友？"

只见那妇人三十不到，二十几岁的模样，却是皮肤白皙，头发如墨，她穿着一件凤仙领金丝绒旗袍，略有些老气的绿色把她的身材衬得更加纤秾合度，脸上神情却是清纯的，与王兰芝站在一起，倒显得像她的姐妹。

她瞪着圆溜溜的眼睛望向林泽夫，带着少女般的好奇。

一位管家模样的人从后堂匆匆走了出来，弯腰向林泽夫行礼，“三爷，您来了，请您见谅，老爷才得到消息，有失远迎。”

又向那妇人行礼，“七奶奶，这位是林府三爷。”

胡蓝惊喜地掩嘴，“哎呀，您就是那位大破辫匪的林三爷？咱们可真是如雷贯耳，老爷每天都要提上几次的。”又转头对王兰芝笑，“兰芝，怎么不使人早早通知一声，也好交代他们迎接。”

王兰芝垂头笑，“我也是刚刚才在镇子里遇上他的。”

林泽夫垂眸看了王兰芝一眼，语气温和，“不能怪兰芝，知道她要回老宅探老爷子的病，我怎么也要抽时间陪陪兰芝。”

他似有若无地看了安雅瑜一眼。

安雅瑜马上明白了过来，尽责地说：“是啊，督军刚才出门，手上还有十来份文件未签，但听说了王姑娘回家的消息，放下手里的军务，马上抽空追赶了过来。”

老管家领着几人往王启山住处走，边走边解释：“承蒙三爷关心了，老爷子的病每年这个时候都要发的，早备好了医生候着，今年倒是严重一些，毕竟到了这个年纪了，但经过这段时间的调养，好得七七八八了，三爷来的时候，老爷子在院子里打拳呢，看见枝丫上喜鹊叫，就吩咐老奴，说有贵客盈门，让我来迎接，果然，一来到大厅，就见到了三爷。”

一边说着，就来到了后院，一位身穿白麻功夫服的老者从门内迎了出来，手里捏着两颗核桃不停地盘着，哈哈地笑：“三爷，果然是您。”

林泽夫执了子侄辈礼向他抱拳，“老爷子好。”

胡蓝小跑几步挽了他的胳膊，伸手拿手帕擦着他额头的汗，娇柔地笑道：“老爷，只叫我去迎兰芝，让我丢脸，差点闹出笑话……”

王启山慈爱地拍了拍她的手背，“年轻人么，丢一下脸怕什么？”

红颜白发老夫少妻站在一处，却毫不突兀，有说不出的和谐，下人抱来了一个摇着拨浪鼓的小孩，胡蓝接到手里逗着，这位小公子就是王启山老来得子，才五岁的王家八公子，他长得胖乎乎的，瞪圆了眼睛左望望，右望望，指着安雅瑜叫：“姨姨，姨姨。”

安雅瑜吓出一身冷汗来。

胡蓝笑着说：“这孩子，叫什么人都是姨姨，偏偏不叫叔叔伯伯，真是急死人了。”

安雅瑜松了一口气。

林泽夫偏过头，看了她一眼，“我这副官的确长得好。”

哪知话音未落，八公子手指一偏，指着林泽夫叫：“大姨，大姨。”

堂上众人顿时面色各异，安雅瑜嘴角抽了抽。

胡蓝尴尬地捂住了小孩子嘴，“三爷见谅，他就是这样，不光对您。”

王启山哈哈笑了两声，慈爱地伸出手去，摸了摸八公子的头。

王启山与林泽夫相对坐下说话，胡蓝就抱着小公子，一边哄着，在一旁相陪，偶尔插言几句，王启山也含笑鼓励，并不阻止。

王启山对他这位少夫人和小公子简直是宠到骨子里去，和林泽夫说话，也伸手拍拍小公子肉乎乎的手臂，甚至拿了汤羹亲手喂了两羹给他。

主客说话，自然没他们这两位副官什么事。

安雅瑜与林副官在屋外相候，她朝林副官看一眼，见他若无其事，全没有解释的打算，实在忍不住了，讥讽说：“林副官，你当兵的时候，是不是专练过腿功？”

林副官哈哈笑了两声，“跟随三爷，没有三两下功夫怎么行？我们侍卫营的人，个个都是飞毛腿。”

“原来如此，关键时刻总不见你的人影，偷溜起来比谁都快，说的就是你们这种飞毛腿了！”安雅瑜说。

林副官一本正经，“非也，非也，我是替三爷四周围探路去了，只有我们两个随行，我自然得把四周围的危险一一清除，小白，你脑子虽然好使，但这方面，你是不如我的！”

他还有理了？安雅瑜从鼻子里哼出一声来，竟然无言以对。

林副官走近几步，压低声音说：“小白，其实三爷此次的行程，早就安排好了的。”

安排好了，却装作偶遇？忽然行动？安雅瑜心底一惊，抬起头来。

林副官一摆手说：“小白，你心底明白就好，这一次，咱们都得警醒一些，三爷出行，从来没有只带两个人就出来的，你报纸看得多，当然知道他自回国之后，有多少次的暗杀了。”

安雅瑜想起了林泽夫提的炮灰一词，默默垂头，这次还真是当炮灰来了？

她抬起头来，落日余晖之下，蓝屋四周似被一层蓝光笼罩着，美得如画，远处有青烟袅袅，那是乡里人正在生火做饭。

这样美好的田园之中，真酝酿着一场阴谋？

晚饭过后，林泽夫随王启山打了一趟拳，又去库房观赏字画藏品，两人聊了大半个时辰，王启山到了吃药针灸的时间，由胡蓝扶着进去看病了，林泽夫这才得以脱身。

安雅瑜陪着他往客房走，她原就有点晕车，一直都没有休息过，一路下来，虽然只是陪陪走走，却已经累得不行了，可她偷偷打量林泽夫，却发现他依旧神采奕奕，毫无疲色，只好一边掐自己的掌心，一边勉励提足精神跟着。

来到拐弯之处，忽地，安雅瑜觉得眼前白光一闪，她一惊，却见林泽夫一伸手，把什么东西接到了掌心。

前边的管家却什么都没有发现，如常前行。

来到客房之前，管家弯腰，“林三爷，您今儿晚上暂且在这里屈就，如有什么需要，随时吩咐下人来找我。”

林泽夫点了点头，管家离去。

进到房内，林副官关上房门，又推开窗子四处探查一番，这才说：“没什么问题。”

林泽夫缓缓地摊开掌心，掌心处却卧着一个鸡蛋，他把鸡蛋随手丢在桌上，坐在椅子上，舒舒服服靠好，这才看了一眼安雅瑜，“这一路走来，你想必在肚子里骂了我无数次了吧？”

安雅瑜正想掩嘴偷偷打个哈欠，这么一问，哈欠早回到肚子里了，脑子一下子清醒，“没有，哪能呢？三爷……”

林副官摸着鼻子笑。

“没错，所谓路上巧遇兰芝，都是早已安排好的，我今天要来拜访王家老爷子的消息，十天之前就已经透露出去。”林泽夫抬眸，眉眼在昏暗的光线之下如泼墨画出来的黑白山水画，冷峭平静。

安雅瑜恍然大悟，“王家老爷子也是知道的？蓝屋是个陷阱？”

“没错，此次出行，表面上安排周密，行踪如谜，可如果像以往许多次一样，我身边的两拨人，又开始行动了。”

安雅瑜思索，“一拨要杀您，另外一拨，却是要救您的？”她视线落到了桌上的鸡蛋上，“这只鸡蛋，内有乾坤？”

他指着那鸡蛋，“你看看。”

林副官好奇上前，拿起那鸡蛋，“煮熟了的，上好的走地鸡鸡蛋，个子虽小，但吃起来鲜美无比，三爷，什么人会无缘无故送只鸡蛋给您？”

他对着光线左看右看，也没看出什么端倪来，一抛，丢给了安雅瑜，“小白，你看看！”

安雅瑜拿着那鸡蛋，在掌心里抛了两抛，林泽夫却是面无表情，嘴角含了丝揶揄，她心底好胜心起，拿着鸡蛋仔细打量起来，忽想起留学期间国外间谍的奇闻，心底一跳，把那鸡蛋放在桌子上一磕，蛋壳随之而破。

“小白，你怎么把它弄破了，来历不明的东西，你还真吃啊？”

安雅瑜没理他，慢慢把壳剥开，就见鸡蛋雪白的蛋清之上，极为清晰地写了两个字：小心。

蓝色的字体衬着雪白的蛋皮，竟与外边院墙上的蓝色一模一样。

林副官瞪大了双眼，“蛋皮上有字，外边却一点看不出来，这是怎么做到的？”

他从安雅瑜手里接过那鸡蛋，掰了一小块下来，放在鼻子边闻了闻，“不错，是鸡蛋啊，还很香呢。”

安雅瑜说：“这鸡蛋蛋清上写字，说难也不难，用毛笔蘸了醋酸写在蛋壳之上，煮熟了，自然就会出现字，但这个鸡蛋上字体的颜色却不一样，是用掺了硫酸铜的水煮过的……所以，是不能吃的。”

林副官正把蛋黄放进嘴里，听了这话，呸呸连声，吐了一地，“小白，以后说话，拣重要的放在前边行吗？”

安雅瑜呵呵呵笑了几声，“三爷也知道啊，所以他一言不发看着你吃呢。”

林副官默默垂头。

林泽夫听到此处，也不由嘴角一扯，笑纹漾开，立刻收住了，“这只鸡蛋像以往许多次一样，是在告诉我，他们来了。”

“什么人来了？暗中保护三爷的人已经就位了吗？”安雅瑜问。

林泽夫点了点头，“没错，鸡蛋上的字迹，已经跟了我十多年了，每次有危险，总有人提醒，写的总是这两个字，字迹字体都是一模一样。”

“在我们民间，鸡蛋如果染了红色，是一个吉庆之物，孩子出生，结婚，生日，红色鸡蛋总会出现，是一种喜见，带来的是喜庆，而这个鸡蛋，却是蛋内藏字，提醒三爷即将到来的危险，但何尝不是一种喜告，他在告诉三爷，无论什么，他都能护得三爷周全。”安雅瑜说。

林泽夫慢慢抬头，“这一层我倒没想到。”

林副官找茶漱口回来，竖大拇指，“小白，你可真能扯，这都能让你胡乱掰扯到一起。”

安雅瑜说：“保护三爷的人护了三爷这么多年，我相信，一切事情背后一定会有缘由，鸡蛋既然出现了，那么，刺杀三爷的人也会出现，只是不知道他们会以什么方式进行？”

两人眼巴巴地看向林泽夫。

林泽夫闭目，“我也不知道，只有等。”

两人回头，互相对望，同时叹了口气。

安雅瑜明白了，林泽夫所谓的实验，就是带着他们两人外带一名司机引诱这两批人出来，其中一批，便是神秘莫测的杀手。

她拿不可思议的目光望了过去，“三爷，您真是什么都没准备？王家老爷子也没准备人？针对您的刺杀，报纸上常有评论，我记得最近一次，你出行，带着一营人马，结果死了十几个，只回来三人，这一次，可只有我们两个带一个司机！”

林泽夫没睁眼，“是啊，所以，你是炮灰之一。”他挥手，“出去，我要休息了。”

安雅瑜无法，只得和林副官出来，各自回房整理。

她匆匆洗了个脸，想在床上躺一会儿，但得了这么个惊人的消息，还哪里能睡得着，走出房门，不敢去打扰林泽夫，于是来到隔壁，敲林副官的门，“林副官，睡了吗？出来聊聊？”

敲了两敲，没人支应。

一转身，林泽夫站在她身后，“睡不着？”

“三爷不是睡了吗？”安雅瑜拍了拍胸口说。

林泽夫视线停在她手上转瞬移开，往院子里的石凳边走，安雅瑜说：“三爷，空地啊，不太好吧，这种地方，最适宜于枪手从高处射杀。”

他冷冷扫了她一眼，她小跑步紧跟着，坐在了他对面。

“如果连这都想不到，我已经死了不下数次了。”林泽夫说。

安雅瑜心说，这暗中救他的人可真倒霉，遇上这么个专往危险之处钻的主。

估计救他也救得挺累的。

她紧张地往四处院墙打量，蓝屋屋顶也由蓝色的釉瓦铺成，却只见屋脊重重，没有半丝动静。

安雅瑜咽了一口唾沫，“三爷，你说他们会不会在这时动手？”

林泽夫取了石桌上摆放的橙子慢慢剥皮，“不知道。”

安雅瑜默然，不接他递过来的橙子，想了想说：“您十日之前就把要来这里的消息透露了出去，暗杀者如果知道了的话，有足够的时间调查王家，设下谋杀之局，所以，也许他们用的不是简单方法，就像梅公馆，辫匪余孽有了足够的时间，所以，他们才能充分调查，布下杀局，我想，再团结的家族都有自己破绽，王老爷子答应您，也许就是想利用此次机会，找出家里的不忠之人！如此说来，那些暗杀者的势力和保护您的那些人，旗鼓相当！”

林泽夫赞赏地点了点头，把剥好的橙子再递到她的手里，说：“吃！”

安雅瑜只得接了，掰了一瓣放进嘴里，慢慢嚼。

林泽夫垂头剥了一块入嘴，说：“橙子能宽胸防结，缓解胸闷，你长时间坐了车，吃点这个好。”

安雅瑜默默咽下嘴里有些酸味的橙子，却觉有丝丝甜意从舌尖溢出，直延至心底。

四周围是屋脊林立，蓝墙围绕，明明应当是危机重重的，她和他坐在其中，却如家人庭里闲看落花，慵懒聊天。

微酸的味道在空气中慢慢地弥散，他垂头，她也垂头，只把橙子一瓣瓣放入嘴里，寂静无声。

“三爷，三爷……”林副官急步走来，“我查到了……”

见两人同时抬头望他，止住了脚，后退，“我等会儿再来？”

林泽夫拿起桌上的洁布擦手，“说吧，查到什么了？”

林副官说：“曹桂湘果然一回到蓝屋，就找借口外出了，可惜的是，那女人太狡猾了，在小巷里窜来窜去，一眨眼不见了踪影。”

“曹桂湘？”安雅瑜说，“她是否与二爷之死有关，还未曾得知，三爷怀疑她是哪边的？”

林泽夫瞧了她一眼。

她马上明白了，“王家出现的这些人，从一开始在王兰芝身边的小玲，再到这位奶娘，有人已经暗自行动，盯上了王家了，王老爷子有所察觉，因此干脆趁这个机会打草惊蛇，将他们全查出来，所以，只要查清了二爷之案的真相，也就明白了这些人的动机，更能弄清多年来笼罩在三爷身上的谜团，看来，所有的线索，还是指向了当年那件多人失踪之案。”

林泽夫垂眸，没有说话。

林副官适时地赞扬，“小白，你可真不错，这么多的线索相互纠葛，模糊不清，你几句话下来，却能分析得条理分明，三爷，小白的分析，和您想的一模一样呢。”

安雅瑜心底涌起了股喜悦，苍白的脸也隐现了丝红润，心底隐隐有丝期盼。

他依旧垂眸，拿起桌上的杯子饮了一口，沉声说：“的确不错。”

简短的四个字，就让她嘴角上扬，眼眸发光，她低声应答：“多谢三爷夸奖。”

“多年之前的已经失踪的人再次出现，我身边又发生了凶杀案件，王家更是危机四伏，我相信，这一切不是偶然，所以这次，我们要在王家多住几日，我想，对方也知道，此次机会，千载难逢，蓝屋里边，只有老弱妇孺，我的身边，只有你们两个。”林泽夫说。

安雅瑜默默垂下头去。

林副官哈哈笑了两声，“小白，你别怕啊，有我们保护你呢，三爷本事大着呢，我呢，身手也不错的，到时你就知道了。”

安雅瑜简直不想看林副官那张笑容满脸乐观的脸，心说双拳还难敌四手呢，就你们两个，能抵挡得了穷凶极恶而且隐藏在暗处的凶徒？

落日余晖从院墙处投射而来，一截光影射在蓝墙之上，让那段蓝墙如夏日最蓝的碧空一样，澄净明艳，远处传来一两声狗叫，隐隐有饭菜的香味飘来。

静默之中，忽然有小孩子嘻嘻的笑声传来，只见八公子迈着两条肥短的小脚从廊坊那边跑了过来，看了看几人，又迈开小腿继续跑，后边，王兰芝与一名丫环在后边追，“八小叔，八小叔，您别跑了，别打扰了客人。”

八公子圆乎乎的脸带着天真与稚气，口齿不清地叫，“来啊，来啊，来追我啊！”

他往院门前立着的那扇大屏风处跑。

王兰芝冲了过来，尴尬地对林泽夫说，“三爷，请见谅。”

林泽夫微微点头，丫环已冲向了屏风，“八公子……”忽然间，她发出撕心裂肺般的惨叫。

丫环转过屏风，惊慌失措，向王兰芝说：“不好了，九姑娘，八公子不见了。”

林泽夫站起身来，往屏风处走，丫环脸上一副见了鬼的神情，手足都在颤抖，“小公子失踪了，怎么可能，怎么可能？他是被鬼带着了？八公子丢了，老爷会打死我的，我也不活了……”

说完，头一冲，就往屏风处撞了过去。

王兰芝急走几步，拉住了她，可丫环身子往前冲，力量极大，将王兰芝带着往前冲了两步，两人身子一倒，往那雕着石花的屏风撞了去。

安雅瑜鼻子一抽，忽然闻到了股轻微的火药味，她急道：“别过去。”

林副官却已经腾空而起，一个飞跃，手掌一翻，拉住了王兰芝的手臂。

那丫环冲势未歇，林副官一翻掌，打在两人手臂交接之处，丫环直撞上了墙。

林泽夫反应极快，早在安雅瑜发出示警之时，就一把揽过了她，抱着她急步后退，几个翻滚，将她压在了身下。

忽然之间，几声如闷罐子丢到地上的爆炸声响起，呲呲声中，无数的飞钉四射而至，夺夺连声，钉满了这三丈范围内每一处地方。

安雅瑜被压在林泽夫的身下，毫发无损，她感觉到了身上的重量，挣扎着想要站起身来，林泽夫撑着身子坐起，让她出来。

安雅瑜赶紧检查林泽夫身上，“三爷，您受伤了没有？”

林泽夫说：“幸亏你示警得早，我没事。”他缓缓地拔下了手臂上一颗铁钉。

安雅瑜愧疚不已，用手按住他的伤口，从衣袋里拿出块手帕来替他包扎，“三爷，您自己避开就是了，我能自保的。”

林泽夫哼了一声，“你蠢头蠢脑的，能避得开？”

林副官和王兰芝缩在石桌后不远处，闻言站起身来，“我们没事。”

两人捂住手臂，手臂之上鲜血淋淋，钉了好几颗铁钉。

那丫环离得近，身上如刺猬一般钉满了钉子，早已经气绝多时了。

王兰芝忍着痛，惊慌地问：“八小叔呢，他真的不见了？”

正说着，一个稚嫩之极的声音响起，“我在这儿啊，你来捉我啊！你瞧，我找到了宝藏了。”

小小的身影出现在了石桌边，手里拿了一个红色木漆盒子，他抱着那盒子跌撞着走向了几人，伸出手，举高了，递到林泽夫的面前，“大姨，我找到宝藏了。”

安雅瑜虽心神未定，可不知道怎么的，脑中灵光一闪，叫道："别揭那盖子。"

八公子却已经把那盖子揭开了，箱子里有物一弹，飞快地向林泽夫的面门飞了去，林泽夫急退，身子像轻烟一般往后飘去，那物如影随至，直逼他的面门，忽地，屋脊之上，出现了一个人影，那人一挥手，一柄短刃闪着白光往那物击了去。

安雅瑜心中不安预感更甚，一声尖叫，"别！"

可白光已经击中了那物，那物夺的一声，在半空之中忽然炸开，又是无数细碎之物破空四射，直飞向了林泽夫。

惊呼声中，林泽夫顺手拿起墙边扫帚，双手一旋，那些碎铁状物被撞得四散而落，他再退两步，这才站定了身子。

举起手腕，赫然有两颗碎铁钉在其上。

转眼之间，手腕就青肿了起来。

安雅瑜惊呼失声，"有毒！"她上前按住了他的手腕。

"炸弹之中有铁屑，是特制的！"林泽夫说。

王兰芝和林副官也围拢过来，八公子却呆呆地站着，忽然之间，哇哇大哭了起来。

蓝屋的人早被惊动，从四面八方而来。

屋脊上站着的人却目光莫名，忽地一跳，跳了下来，林副官拔出了手枪，对准了他，"你是谁？"

他脸上蒙了布巾，头上戴着帽子，从怀里拿出一个盒子，说："对不起，我没能保护好他，这是解毒剂，无论什么毒，都能保三爷七日性命，请放心，我会找到真正的解药的。"

说完，一抛，把那药抛向了林副官，林副官接住了，他身子后退，几步飞跃，攀上了院墙，不见踪影。

林副官收了枪，拿了那瓷瓶，目光迟疑："三爷，这药？"

林泽夫的脸一转眼就蒙上了青色，他点头，"能吃。"

林副官忙倒了一颗出来，林泽夫接过，送进了嘴里，就着安雅瑜递过来的水，一口咽下。

王兰芝插不上手，急得眼泪直冒，"三爷，三爷，这可怎么办才好？"

安雅瑜说："王姑娘，请您马上派人请医生过来。"

她这才一边抹着眼泪，一边踉跄着去了。

八公子见无人理他，依旧张大了嘴号哭。

王启山与胡蓝从长廊边急跑而至，胡蓝把八公子搂在了怀里，上下打量他，"儿子，你怎么了，还好吧？"

八公子哭哭泣泣地："娘，娘，我找到宝盒了，宝盒会飞……"

王启山则几步走到了林泽夫跟前，“怎么样？”

“三爷中了毒。”林副官脸色沉重。

王启山眼眸阴冷，视线从躺在屏风下边的丫环尸首之上一扫而过，又在抱头流泪的母子身上停留片刻，这才转头，叹息：“千防万防，始终没能防得住。”

林泽夫说：“王老，不怪你。”

安雅瑜见他刚刚泛青的脸色又恢复了正常，微微松了一口气，从林副官手里拿过那药盒，微微一惊，手一松，那药盒从她手里跌落，林副官顺手一抄，把那药盒接住，责怪地说：“小白，你怎么了，这可是三爷救命的东西！”

安雅瑜说：“对不起，我失手了。”

林泽夫与王启山对望一眼，“这药盒有什么问题？”

安雅瑜说：“我只是想不到一个普普通通的药盒，是用失传已久的工艺制成，单单这个药盒，就已经价值不菲了。”

她似乎有什么东西想不通，停了下来。

王启山却扶着林泽夫坐下。

林副官听得抓耳挠腮，说：“小白，你就别卖关子了，这东西到底有什么出奇的？”

安雅瑜说：“这种漆盒，是用罗纹柏木所胎，使用的是透明的浅黄色油漆，因此，无论涂上多少层漆，总能看得出罗纹，相传这种手艺，极忌灰尘，所以，只能在出海的船上进行刷漆工作，漆要涂上十几遍才行，这种技艺，在面临日本海的一个乡镇里盛行，只有性情温柔的女子才能制作，所做的是自己嫁妆家具，制成品一般也只送给自己心仪的男子。”

林副官哈地笑了一声，“不可能吧？刚刚那人明明是个男人！”

安雅瑜说：“改变嗓声，并不难，能够在三爷身边潜伏多年而不被发现的人，想必都有一身极好的化装本领，听说有一种化装术，使人有千副面孔。”

林副官轻声说：“你说的是忍术？保护三爷的人，从东洋而来？”

林泽夫脸色沉了下来。

王启山却叹了口气，欲言又止。

胡蓝牵了八公子的手走过来，“老爷，幸亏老八机灵，还好没事。”

八公子挣脱了胡蓝的手，上前抱住王启山的腿，“爹，爹，我好害怕。”

王启山却抽开了腿，坐到下人搬来的椅子上。

八公子从没被自己的爹这么冷淡对待，左看右看，想哭，却又不敢，只奔过去，把头埋在了自己娘的怀里，无声抽噎。

胡蓝惊讶地说：“老爷，您怎么了，老八这么小，懂得什么？”

王启山脸色阴沉，“还装什么？如果不是为了找出那想算计我们王家的人，一年前你们就被处置了，想不到老夫一再姑息，反倒让三爷受累。”

胡蓝脸一下子白了，揽住八公子微微颤抖，勉强地说：“老爷，您说什么，我怎么一点也听不懂？”

王启山说：“我病了几天，你使人在这蓝屋进进出出的，夜晚都不得消停，还真以为我死了吗？我以为你总有些良知，可谁知道，你连儿子都利用上了！”

胡蓝站直了身子，抬起头来，直视王启山，“原来你早就怀疑了？”

王启山闭目，“说吧，说出来，少受些苦，你为何要这么做，你身后之人，到底是谁？”

胡蓝把八公子推离了自己一些，凄然笑道：“老爷，你应当知道的，我这样的女人，如果身后没人，怎么能名满天下，能被老爷您看中，娶了回来？”

王启山睁开眼，像第一次才看清她，“你一步步地接近，看似无意，其实却是有意，王某何德何能，能让你处心积虑如此？”

胡蓝说：“为什么？王启山，你还不明白么，就因为你是林家的支持者，是帅府的常客，你有多重要，你不明白，我们可明白得很。”

“说，到底是谁？谁指使你的？”王启山冷冷地看着她。

胡蓝却走到屏风之前，“你们是不是想知道，他是怎么消失的？”她向八公子招手，八公子仿佛感觉到了场内气氛的异样，向王启山看了看，嘴巴扁了扁，慢慢地走向胡蓝。

胡蓝抱住了他，嘴角含笑，朝场上众人望来，特意停留在了林泽夫身上，“三爷，只可惜，今儿这份重礼，却还是没能要了你的命去，那人给了你解毒剂是吗？那解毒剂可没有什么用！这一次，你可逃不了了。”

她哈哈一笑，把八公子揽紧，八公子吃痛，唤了一声，“娘，我痛。”

她却仿佛没有听见，手指发白，把八公子揽得更紧，“儿子，不痛，一会儿就不痛了。”

安雅瑜暗叫不好，这个女人已存了死志，想揽着儿子一起死。

与此同时，林泽夫向她望来，两人对了个心照不宣的眼色。

安雅瑜上前一步，“你设的这个局，的确是精巧周密，可若是看懂了，倒没有什么出奇的。”

胡蓝看着她，手里放松了一些，“早闻白副官是三爷手下一员大将，一出手，就破了梅公馆之案，今儿我倒要听听，你到底看出了什么？”

这个布局，恐怕是她最为得意之作，她心存死意，却也抵挡不了所有人都有的虚荣之心。

安雅瑜慢慢思索，指着屏风边缘说：“八公子消失之谜，其实就在这屏风之下，夫人在屏风之下让人挖了一个小小的坑洞，刚好够八公子钻进，坑洞之上盖了一块和周围一模一样的草皮，像八公子这个年纪的孩子，最喜欢玩的就是捉迷藏与寻宝，想必夫人和令公子私底下已经玩了许多次了，因此，他才能这么快速地钻进那坑洞之中，当丫环开始大叫，吸引了旁边人的目光，屏风另一侧埋着的炸药爆炸之时，八公子爬出那坑洞，就着假山石的掩护走到三爷身边，把手里的盒子递给他。”

胡蓝冷笑连连，“白副官，就算你猜得不错，他一个五岁的孩子，难到不会被爆炸惊吓到？”

安雅瑜说：“夫人现在该把令公子耳朵里的棉花取出来了。”

胡蓝微微一笑，摸着八公子的头，手指一挑，还真从耳朵里挑出了棉花。

安雅瑜转脸向王启山，“想必老爷子前几日是真的病了，病了之后，八夫人就以风水不好为由，让人搬了不少假山石布置到了院子里？”

王启山点了点头，叹息：“原以为她不过让人搬了几座假山石，也就没有理她，却想不到……”

安雅瑜指着那些假山石，“你们瞧，这些假山石的排列，错落有致，能遮挡着人的视线，让一个身材矮小的人从屏风这边趴着弯腰走到那边，当我们以为这场暗杀已经结束了的时候，真正的暗杀才刚刚开始，试问谁会怀疑一个五岁的孩子？夫人，您太过了，将自己儿子的性命都置之度外。”

胡蓝轻声说：“我的命，我的一切，都不是我自己的，我没有办法，你们这种人怎么会明白？我不想被人卖到妓院，不想再过在田里操劳的日子，我就只能听他们的，只有他们才能救我。”

她天真纯美的脸变得狰狞扭曲，目光像是淬着毒。

安雅瑜说：“夫人，这都不是你伤害别人的借口，王老爷子对你如何，你心里应该明白。”

胡蓝脸色平静，望向了王启山，“我二八年华嫁给了他，给他生下了老八，我已经什么都还给他了，这个世界，讲求的是礼尚往来，他替我做点事，又算得上什么？”

王启山目光阴冷，“胡蓝，好个胡蓝，老夫一辈子打雁，反而被雁啄瞎了眼去！”

胡蓝微微一笑，“老爷，我都是跟您学的，您是生意人，讲究利益往来，您支持林大帅，不也是想替子孙后代求个好的前程？老爷，谁会比谁高尚多少？老爷，我是知道的，你儿女众多，老八出了这种事，你以后也不会疼他了，要不然，我带他走？”

她一把拉住了八公子，手放到了他的脖子上。

王启山脸露急迫之色，说：“别，别，老八也是我的儿子，我怎么会对他不好？”

胡蓝轻轻叹息，“今儿我是走不了了，何必留他一个在这世上受苦？”

她手收紧，掐在了八公子的脖子上，八公子却是无知无觉，瞪大了眼望着他娘，“娘，我喘不过气来了。”

王启山手都在颤抖，却不敢上前。

林泽夫朝安雅瑜使了个眼色。

安雅瑜双掌一合，拍着手说：“夫人好计谋，好手段，堪比女中诸葛，夫人就这么死了，岂不可惜？”

胡蓝脸上现出奇异的光彩来，“白副官，看来这里只有你能明白我了，你说，我这个局布得好不好？比起你上次破的那梅公馆案怎么样？”

安雅瑜看了林泽夫一眼，他向她微微点头，他已经准备好了。

安雅瑜放下心来，回过头来，真心称赞：“比那案件精密多了，你连自己的儿子都能利用，什么样的谋杀不能实行？”

胡蓝笑了，美丽的脸焕发出光芒，她双手举起，看着远处，“你们瞧，你们杀了他多少次都不能成功，而我，一次就行了！”

忽地，黑影突起，有人从侧面直冲向了她，她闻风而动，侧身避过，用力咬了下去，可对面却忽地飞来一个核桃，打在她的门牙之上，她满嘴鲜血，碎牙落地。

身后攻击的林副官一步上前，砍在了她的脖子上。

安雅瑜这才望见，王启山手里不停盘着的两颗核桃少了一颗。

林副官说：“王老爷子，周围那些人人数不多，全已伏诛了。”

王启山点了点头，让人把八公子带了下去，担心地望向林泽夫，“三爷，你中的这毒，如果像她说的那般厉害，可就麻烦了，都怪我，不该用这引蛇出洞之计的。”

第十一章　刺客急来

场上沉默了下去，安雅瑜知道，他们担心的不只是林泽夫中的伤毒，还有一直以来保护林泽夫的那批人的身份，如果那批人真像安雅瑜猜想的那样，那么，这件事中的诡异莫名绝非常人所能揣测了。

她手里依旧拿着那个盒子，盒子光滑如玉，是被人用经常抚摸摩出来的手感，这种东西，一定是那人随身带着，从不离身的。

连这样的贴身救命之物，他们都毫不犹豫地送了出来，林泽夫对他们有多重要?

仿佛感觉到了她的担忧，林泽夫抬眸，似有若无地看向了她，又瞬即收回视线，“老爷子，事已至此，我们也不便多待了，八夫人这边的口供，就劳烦您多费心了。”

王启山冷冷地答：“三爷放心，我虽然老了，但还从没有人在我面前能嘴硬三天以上！乡下地方，确实不利于诊断三爷的伤毒，三爷要尽快回去看医生的好。”

林泽夫点了点头，转身往院门外走，迎面正遇上了带了医生过来的王兰芝，她吃惊地问：“三爷，您回去了？总得让他给你瞧瞧伤才行？”

林泽夫说：“不用了，还是回去诊治的好。”

王兰芝还想再劝，王启山招呼:“芝儿，过来。”

王兰芝只好走了过去。

林泽夫回过身来，拱了拱手，转身离去，安雅瑜忙跟着。

王启山远远地看着一行人越走越远，默默回身，转头往屋里走，王兰芝扶着他，见他脸色不对，问:“爷爷，您怎么了？”

王启山定定站住，看着王兰芝，“兰芝，你的婚姻，还是暂缓吧，看来三爷对你并不是很上心，而林家也太过复杂，你若是嫁过去，怎么能应付得了？”

王兰芝也站住了，松开了挽着王启山胳膊的手，“爷爷，您怎么了？你明知道我是非三爷不嫁的！”

王启山叹了一口气，没再说什么，沉默地往屋里走。

……

回去的路上，安雅瑜看清林泽夫身子虽然坐得笔直，脸上却有了掩饰不住的疲惫，她实在忍不住，低声劝说："三爷，您要是累了，就靠着休息休息。"

话音未落，林泽夫的头已向安雅瑜倒了过来，靠在了她的肩头，他鼻息之声沉重，呼出来的气息滚烫，明显感觉不对，她忙把手放在了他的额头，只觉烫得吓人。

"三爷？三爷？"她连呼两声。

他微微睁开眼睛，声音缥缈，"让我靠一会儿，一会儿就好。"

安雅瑜忙扶住了他的头，司机把车开得慢了一些。

林副官从前排转过身子，"三爷怎么了？"

安雅瑜担忧地说："那药好像不管用了。"

"要不再吃上几颗？"林副官说。

安雅瑜点了点头，拿出水壶，把那木盒子打开，取了两颗药出来，想了想，又取出一颗，扶住林泽夫的头，把药给他喂下，把水壶递进他手里，"三爷，您喝点水。"

他半睁开眼，迷迷糊糊地接过了水壶，仰着脖子一饮，那水却沿着脖子流得到处都是，安雅瑜拿出手帕替他擦拭干净，手刚拂过他的脖子，却被他一把捉住，他似醒非醒，"别动。"

他掌心滚烫，她冰凉的手渐渐热了起来，她看着他，月光升起，从车窗外投射进来，把他的脸照得愈加苍白，深绿的军装如一泼浓墨，而他，仿佛他就要被这泼浓墨浸没了。

想起了胡蓝的话，她的心忽然有些颤抖，掌心如握住一块燃尽的火炭，他真的会死吗？

她好像从来没想过他死了怎么办。

在她的心底，他只有嚣张与强势，连偶尔的温柔也带着些强硬，可他死了，再也没有人会想着她晕车时塞给她一袋话梅了，也不会在生气时让她走路回去了。

尽管她现在还没弄明白，他为何生气。

他如果就此消失……她只要想一想，就浑身发抖，她反握住他的手，感觉他身上的温度又在渐渐退去，手放上他的额头，额头的滚烫也退去了。

林副官回头，"三爷好些了吗？"

她悄悄把互握的手藏在身侧，"烧退了。"

"这药可真有效，但三爷像一次比一次发作得厉害了，我们要赶快回去看医生。"林副官吩咐司机，"开快点。"

司机把车子开足了马力。

车子顿时颠簸了起来，为了让他舒服些，安雅瑜在他的头下垫上了毛巾，可他依旧浑身不停地冒着虚汗，她悄悄伸出另一只手，揽住了他的腰，让他靠着她，他紧闭眼睛，一直没有醒来，她支撑着他，挺直了腰杆，坐得腰酸背痛，却又不敢松懈。

可这样坐着，往日里坐车时常有的头昏胸闷却又仿佛消失了，他温热的躯体挨着她，呼吸虚弱，让她一阵恍惚，只觉他似一只温顺的大狗，只是睡着了。

车子忽地一震，司机一个急刹，停了下来，车内人车子一冲，就往前冲了去，安雅瑜机警，一伸手，护住了林泽夫的额头，可却顾不上自己，咚的一声，撞到了车椅背上。

“前面有根大树横着在马路上。”司机惊慌地说。

话音未落，枪声忽起，玻璃碎裂，安雅瑜忙把林泽夫往下一按，趴到了他的身上。

林副官已经拔出了枪开始还击，司机却胸中两枪，倒在了椅子之上。

他回头，“小白，你和三爷先走，我断后。”

安雅瑜急忙把林泽夫往车外拖，枪声如急雨一般地击打在了车厢之上，眼看有人边扫射边向他们接近，她急出了眼泪，“三爷，三爷，你醒醒。”

他们就要死在这儿了吗?

不，她偏不信命。

她抹了把眼泪，咬了咬牙，架起他的胳膊往外拖。

“就你这样，能背得动我？”醇和的男声忽然响起。

林副官在开枪还击的百忙之中惊喜回头，“三爷，您醒了。”

林泽夫回答：“死不了，枪给我。”

林副官忙递了把枪给他，他倚在安雅瑜肩头，抬手，一枪一个，周围冲上来的几人瞬间便被击中，剩下的人惊慌四顾，步步后退，往林子里退。

枪声稀少下来。

林泽夫沉重的呼吸喷在了安雅瑜的颈后，“往左边突围，事起仓促，他们的人并不多，没有什么高手，一定才刚刚收到了我们的消息，正等着援军，所以，攻击并不猛烈，左边路况复杂，他们来不及布置人手。”

果然，只有零星的枪声狙击，见他们没有动静，那零星的枪声也停止了。

林副官与安雅瑜忙一左一右，扶着林泽夫往左边林子退去。

刚退进林子，那些人就察觉了，紧跟追击上来，却又害怕林泽夫的神枪，只敢远远地缀着。

身后忽然响起枪声，安雅瑜陡然感觉到了危险，冲口而出，“小心。”

猛地，有物直投了过来。

“是手榴弹！”林副官大叫。话音未落，林泽夫已一低头，抱着她滚落地面，惊天动地的声音就在他们的临近响起，尘土纷纷坠落，盖在了他们的头上身上。

林泽夫拂去身上的泥土落叶，朝后还了两枪，惨叫声起。

“走！”他站起身来，拉着安雅瑜往林子里奔。

远远地，有人大声说：“杀了林泽夫，重赏黄金百两。”

那声音，仿佛是南边口音？

子弹嗖嗖自他们耳边飞过，却没有人再敢接近扔手榴弹了，山林昏暗，月亮升起，他们唯有借着夜色往前。

安雅瑜从来没有这么急促地奔逃过，跑到后面，两腿如灌铅一般的沉重，胸口更如像要裂开。

她却一声不哼，咬着牙死命撑住。

她看着侧边拉着她急走的林泽夫，月光之下，他脸孔雪一般的白，却目光坚定，手掌有力，他一定能带他们逃出去的，不知为何，她就是有这样的信心。

后边的追击声渐渐没了，山林寂静，月光洒满了整座林子。

林副官四周围打量了一番，视线从他们交互握着的双手上一扫而过，“三爷，甩掉他们了。”

林泽夫缓缓松开了安雅瑜的手，身子摇晃，却手一撑身边树干，又站得笔直，“找个地方休息，天亮之后，咱们的人应该到了。”

林副官紧张地上前，“三爷，您还好吗？”

“死不了！”他冷冷地答。

安雅瑜站在他的身边，却听到了他沉重的喘息，垂头说：“三爷，我实在跑不动了，咱们休息一会儿再走吧。”

他垂头，居高临下地望她，眼眸在黑暗中幽幽发光，“好。”

安雅瑜松了一口气，就着月光寻来一块大石头，摆在他的跟前，扶他坐下。

林副官循着水声打水去了。

四周寂静无声，林泽夫背靠在了树干之上，轻声说：“安雅瑜，以后的路，可能要看你们的了。”

安雅瑜惊慌失措，把手探向了他的额头，却发现他额头温度又开始升高了，他一伸手，握住了她的手腕，“安雅瑜，别担心，我不会死。”

月光之下，他的脸苍白得一点血色都没有，可皮肤却偏偏烫得吓人，那药，已经压不住他体内的毒了，她从怀里拿出那盒子，颤抖着手倒出几颗药来，他摇头，“没有用的，想必你知道了，这药只能暂且压住毒性，却不能散毒，只会让人毒发之时，一次比一次厉害。”

安雅瑜嘴唇哆嗦，“不会的，三爷不会有事！”

林泽夫笑了，咳了两声，声音仿佛从天际传来，“安雅瑜，你信么？”

安雅瑜捏紧了手里的药盒。

“你瞧，连你都不信。”他嘿嘿冷笑，眼神之中却藏着落寞悲哀，“安雅瑜，如果你真的成了炮灰了，你会怪我吗？”

滚烫过后，他的皮肤又微微发凉，声音渐渐低了下去，安雅瑜握紧了他的手，“不，三爷，事情还未到绝望的地步，您不会有事的。”

他抬头，看着她，笑了一下，伸出手指，抚去了她眼角的泪，“对，我不会有事。”

林中风声忽起，树叶婆娑，她忽然感觉不对，林副官去打水时间也太长了一些，她压低声音说：“三爷，您先坐坐。”

林泽夫背靠树上，头微微下垂，低低应了一声。

她猫着身子，踩着落叶，悄悄往响动之处走了去，猛地，她拨开了树叶，却空无一人，只见远处小溪潺潺流动，偶尔，一两片树叶飘下，落到河面。

却不见林副官的身影。

忽有风声自身后而来，她猛地转身，就看见一道黑色的人影站在林泽夫跟前。

那人回过头来，手持银针，朝她遥遥而望，复又转过身去，一针刺到了林泽夫的身上。

那一瞬间，安雅瑜心脏停止了跳动，只能呆呆地站着，看着那人，一步都不能移动。

他回过头来，声音沙哑，“你说得对，三爷不会死的。”

他竟是一路跟踪着，听到了他们的对话。

林泽夫背靠大树，无声无息地坐着。

“你是谁？”安雅瑜压抑着心底的恐惧，不敢去看林泽夫。

“我是谁重要吗？”他静静地说，一双眼眸在月光照射之下无比明亮。

“小白，小白，这里有人，我被人打昏……”林副官从林子里走了出来，看清情形，停住了脚。

“你对三爷做了什么？”安雅瑜问。

“中毒之后，不能剧烈运动，可他却只能带你跑，你们这些废物，只能拖累他，放心吧，以后的事，由我们来做，你们得死。”他抽出了腰间长刀，一步步地向两人走近。

林副官拔枪，还没来得及瞄准，刀光一闪，枪便击得落了地。

林副官被那刀的力量震得连连后退。

安雅瑜急了，压低声音问：“林副官，你不是挺行的吗？”

林副官面色沉重，很直接地承认：“我打不过他。”

他越走越近，弯刀在月光之下散着寒意，逆光走来，却似将月亮都遮住了。

“小白，我拖住他，你带三爷走。”林副官说。

安雅瑜扫了他一眼，没有回答。

那人视线滑过了林副官，直落到安雅瑜身上，举起刀来，正要劈下，安雅瑜忽然出声："你是我们的熟人，是吗？所以，要杀了我们，才能隐瞒这个秘密，才能继续给三爷疗伤？"

刀尖缓缓垂下，他冷冷朝安雅瑜望来，一言不发。

"你们一直保护着三爷，一向只在暗处，从不露面，但这一次，三爷中的毒极重，即使有了那药，也不能护住他，只有由你出面替三爷针灸，护住他的性命！"

"既是知道了，你们就得死！"他刀尖再次扬起。

"你拿的是东洋刀，给三爷治病的药，来自东洋，而你，故意用沙哑的男音说话，掩饰原本的声音，我们身边，从大帅府到王家蓝屋……"她声音渐渐低了下去，似不敢肯定。

那人注意听着，脚步缓停，安雅瑜朝林副官看了一眼。

林副官慢慢挪动。

"可无论怎么掩饰，都无法遮挡平日里的习惯，你转过身来，下意识地拉了一下衣角，这是女人的习惯，而我认识的人中，只有一个人有这种习惯……"安雅瑜停了下来，定定看他。

"是谁？"他冷冷地问，心神已经全被她的话吸引，下意识地看向自己的衣角。

"曹桂湘！"她轻轻地答。

忽地，有人影一动，林副官拾起了落于地面的手枪，举枪向瞄准，枪声响起，他往侧边一躲，躲过了要害，手臂却涌出血来。

她把刀从右手换到左手，急挥。

林副官举枪逼近，想要再次开枪。

"别杀她！"安雅瑜急道。

林副官走了过去，一脚踢飞她手里的东洋刀，扯下她脸上的蒙面布，果然，曹桂湘的面孔出现在眼前。

她痛得脸上冒出了冷汗，可嘴角却噙了丝冷笑，"你们会害死三爷的。"

安雅瑜冷冷地说："三爷要活着，我们也要活！"

"你们伤了我的右手，我没办法施针了。"她幸灾乐祸，"三爷若是死了，是你们的错。"

安雅瑜说："你能用左手使刀，左手和右手一样的灵活，你应该担心，如果救不了三爷，你还能回去么？你只是个小喽啰，给我这个药盒的人，是你的上司吧？他将你派来，只是为了延缓三爷的病情。"

曹桂湘停滞了一下，抬起头来看她，"好个白副官，猜得不错，他就快来了，他来了，你们也得死，死在我手里，和死在他手里可大不相同！"

安雅瑜只冷笑，“这么多废话，三爷的毒，如果解不了，你的上司会原谅你么？”

林副官撕了一幅衣襟，上前替她草草包扎了伤口，冷声说：“还不快去。”

“你那上司去寻解药去了？”安雅瑜喜出望外。

曹桂湘不情愿地点头，“如果不然，那批追杀你们的人怎么会这么迟才打发掉？”

林副官与安雅瑜互望一眼，眼底都有惊吓之色，难怪后面的追杀者越来越少，却全都让他们给杀了？

“他们是谁，你们有查出来吗？”林副官问。

曹桂湘漠然回答：“不相关的事，我是不会回答的，你们杀了我也没用。”

林副官说：“你们是保护三爷的人，我们也是三爷身边的人，分享一下信息有什么要紧的？”

曹桂湘干脆走到一边，闭上了双眼。

安雅瑜拉了林副官一下，走上前来，声音轻轻的，“你们所做的一切，都是为了保护三爷，如此，杀了二爷，又为了什么？”

她一下子睁开了眼，神情略有些恍惚，隔了良久才说：“二爷之死，与我们无关！”

安雅瑜却恍若没听见她的回答，在她身前走了个来回，“二爷一定做了什么损害三爷之事，会是什么事呢？你们这样地保护着三爷，多年以来，只能暗中行事，这么说来，这种保护是见不得光的，林大帅的儿子，被人保护，有什么见不得光的？你们来自东洋，是有身份地位极高的武人，除非……”

她倏地凝眸，看向了坐在树底下的林泽夫。

他紧闭着双眼，刀雕般的面容在月光下俊朗非常，夜色在他身上润成黑白两种颜色，容颜如玉，军装墨黑。

曹桂湘声音略急，“除非什么？”

“除非……除非……”安雅瑜却不敢把猜出的答案说了出来，她怕她一说了出来，就成了事实。

如果那是事实，那么，林泽夫为之奋斗的一切，他的信仰，他的追求，都成了泡影。

对他来说，将是何其的痛苦？

曹桂湘哈哈笑了两声，“你不敢说出来是吗？何不把这秘密埋葬？你们是他的忠心部下，难道不能为了他死吗？我们却可以为了他死！”

安雅瑜心底的恐惧越来越浓，她朝林副官望去，却发现他也脸色阴沉，她不敢再想下去，定了定神，“你错了，我们不会死，也不会让你死。”

曹桂湘冷笑，“这可由不得你们了。”

“还是说回二爷之死吧，既是有了动机，那么，你们这样杀了他，要警告的人会是谁？谷兰在其中又充当了什么角色？二爷到底从何途径知道了某些他不能知道的秘密？还有，他……”安雅瑜想起那出生礼，那个日本玉偶，忽然间停住了嘴。

曹桂湘微微闭眼，“我说了，二爷的死，和我们无关。”

“我先说说，你是怎么杀了二爷的吧。”安雅瑜走到了林泽夫跟前，伸出手去，探了探他的额头，见他额头温度平稳，直起腰来，把手收回。

林副官则紧盯着曹桂湘。

曹桂湘见此，只微微冷笑，并不说话。

“二爷早已被谷兰收服，做了她的魔术托儿，为了吸引众人目光，用让人厌恶的言行来引人注目，因此博得众人对谷兰魔术的话题性，在帅府庆功那一晚，他的言行举止，却不是做戏，全是真实情感的反映，有时候戏就是人生，人生如戏，我想，当时他已经分不清真假了，他喜欢吸食鸦片，有大帅在场，他依旧上场闹事，一定是当时吸食了过量鸦片使神经中枢兴奋的结果，可他说的话，做的事，却让你们下了杀心，因为你们知道，这样下去，他知道的秘密迟早会大白于天下，而且，他不光只在嘴上说说，还在暗地里做了不少事，甚至影响到了三爷的威望，比如说，钱总长为何会想把女儿嫁给他？一定是他在里面说过什么。”

曹桂湘鼻翼微微扩张，眼睛却还是闭着，“说过什么？我怎么知道？二爷吃鸦片吃多了经常做白日梦的，你不清楚吗？”

“二爷许诺了他不少的东西，也许是大笔的钱财，也许是权力的提升，因为你们一开始还不想杀了二爷，为了堵住二爷的嘴，使他误会了，并承诺了他许多东西，让他尝到了甜头，对他来说，你们就是阿拉丁神灯，只要他张嘴要求，就能如愿以偿。”

曹桂湘半睁开眼，笑道：“你且说说，我们使二爷误会什么？”

安雅瑜垂了眼眸，心一下一下地跳，“也许是身份，也许是地位，人么，总是贪婪的，得到的越多，想要的东西越多，不过为了转移视线，你们给了他一个新的身份，他还当真了。”

她的视线落到了靠着树坐着的三爷身上，目光虔诚，却转瞬收回。

安雅瑜心往下一沉，强忍了心慌，一合掌，“没错，二爷是聪明的，但却又是贪婪的，使你们终于忍无可忍，更为了给那些想从二爷身上得到好处的人一个警示，在庆功会之前，就已经准备好了一切，因此，反而能把调查范围扩大，扰乱视线。”

曹桂湘干脆背靠在了树上，“真是精彩，极为精彩的猜测。”

安雅瑜说：“你们事先藏好的强酸液，用那魔术面套套在二爷脸上，可没有想到，忙中出错，你还是吸入了杀人时产生的有毒气体，所以，你出府之时才会小病。”

“原来那个时候你们就知道了？”曹桂湘睁开了眼，看向林泽夫，“三爷也知道？”

“事起突然，你来不及更换衣服，那气体停留在你的身上，不凑巧，我的鼻子很灵。”安雅瑜缓缓地说，“你瞧，任何精密的谋杀，都有破绽，都有迹可寻，即使你准备得再充分都没有用。”

“我倒想听听，你还能推测出些什么来？”曹桂湘微微站直了身子。

林副官吃惊地瞪圆了双眼，看了看安雅瑜，又瞧了瞧曹桂湘，心底暗暗佩服，这不知不觉之间，曹桂湘就已经承认了杀人事实。

“谷兰在其中又充当了什么角色？我想，谷兰此人，惯常利用男人来达到目的，二爷既是她的魔术托儿，对她信任，她让他做什么，他就会做什么，也许他以为走入魔术柜子，只是谷兰想要他做的又一种魔术托儿，至于谷兰，你们既然知道她是当年失踪的一家人之中的妹妹，一定是许了她什么好处，或是帮她寻亲，或是帮她找寻父母，让她答应引诱二爷进入那魔术柜子里。”

曹桂湘听到这里，神情意外，一口承认，“没错，认出她的身份之后，我们答应了她，帮她查找父母失踪真相，更告诉了她，她的姐姐死在轮船之上，她深信不疑，连问都没问，将二爷引入了后台，让他坐在柜子里，林顾凡以为这又是个魔术，笑着等，我弄昏了他，再拿套子套在他头上，再泼上浓酸，中间他醒了，可却发不出声音来，我看得清他的眼神，他很痛苦，可那又怎么样？他以为拥有这张脸就能获得一切，可我告诉他，他这张脸一文不值！”

她侃侃而谈，再无顾忌。

“他到底是三爷的兄弟，你们这么做，就不怕三爷生气？”安雅瑜说。

“兄弟，哈哈，兄弟？”曹桂湘笑声一收，“白副官，你还认为那个废物配做三爷的兄弟吗？”

安雅瑜一滞，竟然无话可说。

“你们又是什么人，也配和我并肩齐列！”

众人望过去，林泽夫扶着树干缓缓站起身来，安雅瑜忙走了过去，喜极而泣，扶住他：“三爷，您醒了？”

他垂头望她，目光明亮如洗，“嗯，醒了。”

他伸手，拭去她眼角的泪光，“没出息！”却是虚弱地笑了。

林副官想要上前递水，见此情形，停住了脚。

曹桂湘脸上也现了丝喜意，站直了身子，不再靠在树上。

安雅瑜此时才觉自己失态了，向林副官伸手，“水。”

林副官把水壶递了过来，林泽夫接过，喝了一口水，抬起头来，“说，你们到底是什么人？”

曹桂湘视线落在林泽夫的脸上停留片刻，抬起头来，越过树叶望向远处，似看着什么，又像什么都没看。

此时，晨曦照进，一两缕阳光自树林间投入，林子渐渐明亮清晰了起来。

“我总算不负所托。”她对着树梢，轻声说。

安雅瑜忽感不对，急叫：“拦住她！”

林副官几步上前，向她冲了过去。

可已经来不及了，曹桂湘手一翻，翻出一把匕首，往自己小腹划了去，她下手极狠，匕首削铁如泥，自左而右，鲜血喷涌而出，紧跟着，划了第二刀，自上而下。

肠脏流出，满地狼藉，她脸上痛苦之极，眼睛看向树梢某处，伸出手却像祈求什么。

树梢之处忽飞纵下一个黑色人影，他一举长刀，寒光闪过，曹桂湘的头便自颈间折断，却依旧连着颈皮，并不跌落。

至此，她才轰然倒地。

黑衣人把长刀缓缓地插入了刀鞘，深深地看了林泽夫一眼，视线又落到安雅瑜身上，还是那略有些沙哑的男声，“白副官，有些事情，探究太深，对三爷不好，对你自己也不好。”

林泽夫从林副官手里夺过手枪，对准了他，“你们到底是什么人？”

黑衣人眼眸晶亮地望定了他，“三爷就这样对待救命恩人的吗？”

林泽夫把手枪上膛，“我不需要你们救！”

黑衣人蒙面巾后面气息微吐，蒙面巾微微起伏，却像是在笑，“白副官，这解药，用水送服，每日三次，每次半勺，服用期间，不可荤腥。”

他手一扬，一个纸包朝安雅瑜扔了去，安雅瑜接到手里。

他身子急速后退，手里甩出一根长绳来，搭在了树梢，身形扬起，直往树梢飘了去。

林泽夫脸色冷凝，指扣扳机，枪声响起，却没能打中他，几个起落，一转眼间，他就消失在密林之中。

林泽夫缓缓地收回了枪，扔给林副官，看了一眼倒在地上的曹桂湘，捂着鼻子说：“离开这儿。”

林副官点了点头，安雅瑜却说：“三爷，先吃了第一餐的解药再走。”

林泽夫皱眉，安雅瑜却把解药小心地分出了一份出来，用纸盛着，双手捧着走到了林泽夫跟前，仰头看他，“三爷，您坐到那边去。”

林泽夫眉头皱得更紧，却依言坐到了那块大石之上。

林副官把水壶递了过去，林泽夫瞪了他一眼，他只得摸了摸鼻子把水壶收回。

“三爷，张嘴。”安雅瑜说。

林泽夫没动。

“张嘴……啊……”安雅瑜半张了嘴示意。

林副官偏头忍笑，双肩不断的抽动，水壶里的水哗啦哗啦的。

林泽夫垂眸，表情隐忍，张大了嘴，安雅瑜把药粉倒进了他的嘴里，转头对林副官说：“林副官，水壶。”

林副官把水壶递了过来，林泽夫就着水咽下了那药粉，冷冷扫了他一眼，他马上把脸上的笑收了，一本正经地请示：“三爷，咱们现在可以走了吗？”

林泽夫没动，视线却移到了倒在地上的曹桂湘处，说：“找些树叶石块，先把她盖住吧。”

安雅瑜回头，轻声说：“没错，她到底是为了三爷而死的。”

林副官去拢树叶石块。

林泽夫来到安雅瑜跟前，负手站着，陪她一起看着躺在地上的曹桂湘，“你看出来了，是吗？”

安雅瑜抬头看他，清晨阳光升起，光线透过树叶投在他的脸上，使他军衣如翠，脸上流光溢彩，她缓缓垂头，“没错，她切腹而死，沿用了武士的死法，自左而右划腹，再往上提，是十字文切，后面那位替她砍头，头颈皮肉相接，是介错人，等同向她的自杀致以最崇高的敬意，承认了她的功勋，于武士来说，如此死亡才是最大的荣耀，他们渐渐地撕去了神秘的面纱，等同于在向三爷承认身份，也代表未来，他们将从幕后走向前台了。”

林泽夫垂头，“安雅瑜，你怕吗？”

安雅瑜抬起头来，朝他笑，“兵来将挡，水来土掩，我不怕。”

“即使所托非人，你也不怕？”林泽夫目光深幽，看定了她。

晨风吹过树林，树叶哗哗作响，更让无数金色斑点在他们周身流转不休，青草的香味混合着血腥味在空气中弥漫。

她与他对视，眼睛一眨不眨，“三爷，许多东西我们都没有办法选择，但我们以后自己要走的路，却能由自己挑选。”

她粲然一笑，“更何况，我相信老天爷看得到三爷的努力，绝不会那般的无情。”

林泽夫眨动眼眸，看着她的笑脸，很想将她揽进怀里，手指动了又动，到底没有进行，只把手在背后握紧，垂头沉声，“是吗？”

安雅瑜重重点头，“三爷，我信你。”

他就笑了，“真不知道你哪有这么多的自信。”

林副官把石块树叶盖在了曹桂湘身上，走过来请示，“三爷，可以走了吗？”

林泽夫点头，三人往林子外走，一路走了出去，却没遇到什么人，那批刺杀他们的人都不见了踪影，只偶尔有一两具尸首趴伏于草丛之中。

林副官上前查看他们的尸身，直起身子说："这两人一人是枪击而亡，一人却是有人从后偷袭而死。"

安雅瑜轻声说："前一个前额中弹，只有三爷有这样的枪法，看来是三爷枪杀的，而另一人，身子前俯，手臂僵直，趴于地面，定是他在追着我们，却没有提防身后有人，被人一刀刺进心脏杀死，看来，奔逃之时，我们没有留意的时候，刺客跟了上来，而那人一直跟踪着，替三爷除去了潜藏的刺客。"

林副官在前带路，走过了一条林中小径，回头说："这批刺客身手虽然不高，但却配合得当，衣着普通，可从行动动作来看，却像是军中之人。"

林泽夫点头，"看来我们的行踪，到底有人提前透露了出去。"

安雅瑜与林副官互望了一眼，都没有开口询问。

三人沉默着走出树林，看见了停在一边的汽车，林副官上前看了看，踢了轮胎一下，"轮胎被打爆了，没办法开了。"

正在这时，汽车声响起，从大路那头驶过来几辆军车，直驶到他们面前停下，坐在驾驶座的人下来，却是齐沛鼎，他自军车之上走下，军服笔挺，容颜清俊，直走到了三人跟前，见他们满身狼狈，脸上满是诧异，"三爷，你们怎么在这儿？"

林泽夫上下打量了他一眼，"你们这是要回去了？"

齐沛鼎视线从那辆废弃的汽车上扫过，"看来三爷是遇到麻烦事了，要不要我送你们一程？"

安雅瑜正想答应，林泽夫回头看了她一眼，她沉默垂头。

"不用，借辆车给我们就行了。"林泽夫说。

齐沛鼎笑了笑，一挥手，后面车子里的军官下车上了后面的卡车，腾出了一辆小车出来。

林泽夫说了一句，"多谢了。"

齐沛鼎说："能为三爷效劳，我求之不得，我要回西南了，能和白副官说两句吗？"

林泽夫回眼看了安雅瑜一眼，微微点头。

安雅瑜有些纳闷，和他走到了另外一边去。

齐沛鼎目视于她，她满身儿狼狈，身上沾了杂草，微黑的面颊有一点污秽沾于其上，可她的眼睛却明亮得如天上最亮的星星，他看着她，她曾经是他的梦，可惜的是，他自己亲手把那梦给弄丢了，而现在，即使她触手可及，可周身却如罩了一身盔甲，他永远不能触及。

"齐爷，您找卑职有事？"安雅瑜问。

她生疏的口吻让齐沛鼎一阵郁闷，他知道，无论现在和以前，对她来说，他只是个陌生人而已。

他停了停说："上次在白副官面前失礼，是我的不是，特地向白副官赔不是。"

安雅瑜笑着说："没什么，任谁没有一个喝醉酒不痛快的时候。"

她随随便便地站着，对他笑，像对着许多其他闲人一样，客套而疏远，齐沛鼎垂下头来，"白副官，三爷事情多，又受人瞩目，跟在他身边，小心些。"

安雅瑜怔了怔，拱手，"多谢齐爷关心。出门在外，凡事当然得小心些。"又礼尚往来地说，"齐爷这次回去，自己也得多加小心。"

除了一声声的客套，他竟然无话可说，可他却舍不得走，视线落到了林子里，看见树干上枪击的痕迹，又回过头来，"白副官，你们这次出去，遇上的麻烦事看来不小，白副官，你我一见如故，您如真遇到了什么困难，倒可以来西南找我。"

安雅瑜笑了，"三爷都不能应付的事，我想，天下间没有谁能应付得了了。"

齐沛鼎沉默了下来，良久才艰难地答："那倒是。"

相对而站，他们之间却已经无话可说了，安雅瑜等了一会儿，见他依旧无言，拱手说："齐爷，我替三爷多谢您的车子，今日就不多打扰了。"

齐沛鼎点头，两人重走回车旁，林泽夫靠在车门之上，见他们走近，转身钻进了车厢里。

第十二章　风云暗涌

安雅瑜也跟着坐进车里。

车子开动，安雅瑜却如有针刺背脊，缓缓回头，却见齐沛鼎远远站在车旁，朝他们望着，车子渐行渐远，可他的视线却如影随形，幽暗深远。

“都走远了，还看什么？”林泽夫目视前方。

安雅瑜回过头来，扫了他一眼，“三爷，齐爷原来是打算今日回西南的吗？”

林泽夫回头，凝视了她，又回过头去，“父帅给了齐沛鼎一个参政院参政职位，他先回去西南一趟，不日就要来上任。”

安雅瑜轻声说：“还真是凑巧，他身边的那几位军官，我以往从未见过。”

林泽夫说：“齐家护卫营就有上千人之多，你能个个都见？”

安雅瑜点头，“也许吧。”

她没有再说下去。

林泽夫却目视前方，眉目冷峻，“其中一人，脖颈太过雪白，与脸上皮肤不合，军靴干净得很，边沿一点尘土都没有，是临时换上去的，这个人，如果我猜得没错，就是最后从林子里逃走的那位。”

安雅瑜意外地看他，“三爷原来早就注意到了？”

林副官边开车边说：“小白，别以为只有你会断案，咱们三爷厉害着呢。”

安雅瑜点头轻声答：“我知道，三爷一直以来都是在扮猪吃老虎。”

林副官哈哈笑了两声，“这你都看出来了？”从后望镜里看了林泽夫一眼，收住了笑。

安雅瑜沉思地说：“这么说来，三爷那两枪依旧伤了他了，那人混进了齐沛鼎的队伍之中，也不知道他是否知晓？”

林副官说：“那是，我们三爷什么枪法？还没有他击不中的人！”

林泽夫冷冷地说：“好好开车，别说废话！”

“是！”林副官应着，倒真不敢多嘴了。

林泽夫拿眼角扫了安雅瑜一眼，“齐沛鼎并不蠢。”

安雅瑜低下头，不敢再深想下去，只说：“期望如此。”

……

齐沛鼎上了小车，另一侧车门打开，有人坐了上来，把军帽取下，轻声笑道：“多谢齐爷援手，我不会忘了齐爷的好处的。”

头上长发垂下，遮挡住了她半边脸。

“你的伤怎么样？”齐沛鼎回头，看了她一眼。

“还好，擦伤了胳膊而已，有劳齐爷费心了。”她笑道。

“殷小姐，你做了什么，跟林泽夫有什么样的纠葛，我都不想知道，但你不能伤害白副官！”齐沛鼎回头，眼眸冰凉。

殷佩迎上他的视线，“你的前未婚妻？放心，没人能伤得了她。”

齐沛鼎收回目光，“是吗？”

殷佩手抚上了胳膊上的伤口，闭上双眼，“齐爷，咱们已经是同一路人了，你不会连这个都忘了吧？”

齐沛鼎默然。

司机沉默地开着车子，只听得见车轮在路上滚过之声。

过了许久，急刹车声响起。

“齐爷的帮忙，我们会记住的，答应齐爷的事，我们不会忘记的，齐爷，多谢您了。”殷佩开车门下车。

车门合上，车子继续往前开，齐沛鼎将手指放上了眉心，轻轻叹了口气。

司机在后望镜里看他，“齐爷，您别担心，他们不敢乱来的。”

齐沛鼎闭目靠在车椅之上，“父亲这么做，到底值不值得？”

“齐爷……”司机嗫嚅，“老爷也是为了齐家。”

“好了，走吧。”齐沛鼎掐着眉心。

“是，齐爷！”

……

林府遥遥在望，林泽夫中的毒没有再发作了，回到林府小楼，林太太闻声而来，林大帅也惊动了，小楼来来往往探望的人不计其数，到了大半夜，这才消停了下来，安雅瑜一直陪着，林泽夫早已和家人用了晚饭，而她却滴水未沾，终于等到曲终人散，这才去护卫营食堂找吃的，可翻遍了食堂，却只翻到两个硬邦邦的烙饼，苦命地伸着脖子往下咽，那饼实在太硬了，卡在了她的喉咙里，她忙反伸手到背后案台上拿水，却没有摸到。

刚要转身，水杯却塞进了她的手里，她回头，惊讶之极，背靠柱子冷冰冰站着的人，不正是还应当在外迎送宾客的林泽夫？

他一脸嫌弃，“你就吃这个？”

安雅瑜想答话，硬邦邦的饼子卡在喉咙里，嘴一开，饼子碎末儿溅了出来，她忙捂嘴，喝了一口水，咽下去了才说：“哪比得了三爷，能吃饱就行。”

林泽夫就沉脸从她手里掰过一块饼子，塞进了嘴里，安雅瑜心潮略澎湃，想看他吐出来，可还好，他竟然咽了下去，却再也不碰那烙饼子了。

安雅瑜三下五除二把饼子塞进嘴里吃完，饮了水，擦嘴，转头对林泽夫说：“三爷，您有事请说。”

他看了她一眼，说：“饿了，走，陪我去吃宵夜。”

说完，背着手往门口走。

安雅瑜呆呆在他身后站着，实在没忍住，“三爷，有宵夜吃您早说啊，您就看着我吃了一肚子的冷饼？”

林泽夫回头，皱眉，“你吃不下，就在一边看着。”

“吃，吃得下！”安雅瑜说。

她撇了撇嘴，估计这人也就在捉弄下属上找点恶趣味？

两人从帅府后门出来，东弯西拐的，走到一个极深的小巷子里边。

安雅瑜一看这破败的门面，心底凉了半截，两扇油漆剥落的门半掩着，三五个人坐在外边的摊子上吃面，冷冷清清。

林泽夫直接走到那门面前停下了，直接在桌前坐下，扬声叫：“老黄，老黄……”

“来了，来了……”一个头发花白的老头弯着腰从门里走出，一看见林泽夫，笑了，“三爷，您来了，还是照老样？提黄加青重辣？这一位……”

安雅瑜半张了嘴，他还经常来吃的？

林泽夫看了安雅瑜一眼，“她么，素面即可。”

安雅瑜说：“不，少辣，加牛肉，多加二两面。”

林泽夫意外挑眉。

安雅瑜恶狠狠地说：“三爷请客，吃一顿赚一顿。”

林泽夫垂眸弯了弯嘴角。

老黄头笑了，“三爷，您这手下比您还能吃！”

两碗面端了上来，香气扑鼻而来，引得安雅瑜先闭目吸了一口，顿时口水横流，也顾不上其他，把头埋进碗里大吃起来。

林泽夫也不出声，仿佛在和她比谁吃得快，两人呼噜呼噜地吸着。

安雅瑜吃得满头大汗，把汤都给喝了，抬起头来，就见对面那位已经底儿光了，正优雅地拿了块手帕擦嘴。

林泽夫看了她一眼，“还没吃饱？”

安雅瑜不好意思，“饱了，饱了。”

他说：“我没饱。”

老黄在一旁听见了，笑问：“三爷，还来半斤驴肉？”

林泽夫上下打量了安雅瑜一眼，“今儿个要一斤才行。”

安雅瑜脸发烧，“不用，我尝尝就行了。”

老黄头说：“不能吃的人，怎么能跟三爷做事，小兄弟，你可劲儿吃，吃得越多，升得越快。”他笑呵呵地去切驴肉。

安雅瑜默默垂头。

驴肉分了椒盐和卤煮两种端了上来，用料十足，作料美味，安雅瑜原打算消停点儿吃的，可夹了一片入嘴，却是鲜得连舌头都停不下来了，一会儿工夫，两大盘子吃完了。

安雅瑜捧着肚子坐着，抬头看对面，却见林泽夫脸孔隐在黑暗里，身材依旧笔挺，又在用手帕擦嘴。

无论在金马玉堂，还是简陋小巷，这个人仿佛都自带贵气，与别人不同。

与他相比，安雅瑜感觉到了自己的粗俗，赶紧坐好，可腰上皮带勒得太紧，她这一动不要紧，胃里的东西仿佛要涌了出来，她只好照原样后仰，挺着肚子尽量坐直。

正在后悔吃得太多，失礼于人，就听见有少年声音，“爹，我回来了。”

一个穿青布所制中山装的少年男子骑在自行车上，一手拿了食盒，一脚跨在单车之上，侧过头望见了林泽夫二人，赶紧下车，收敛了眼眉低声问候，“三爷，您来了？”

他只有十二三岁，身材纤弱，脸色苍白，眉眼之间似乎有些病气。

他拘谨而羞涩地笑。

灯光虽然黑暗，可他的眼睛却如猫般发亮，使他清秀的面容顿时鲜亮了起来。

林泽夫点了点头，“嗯，小蔡你好。”

站起身来，看了安雅瑜一眼，“走吧，还要我扶你？”

安雅瑜一直腿，想站起来，可实在吃得太饱，竟往后仰了去，林泽夫一伸手，拉住了她的手，她这才站住了。

却是怔住了，他的手如温暖的火炉一般，热度自掌心传至她的面颊，两掌相接之处，如有电流滑过，她扫过他的面颊，他依旧眼眸幽深，没有什么表情。

手却一触即松。

林泽夫丢了两块银元在桌上，转头就走。

小蔡怯生生地说：“三爷……”

“怎么？”林泽夫问。

“请问林副官最近有空么？”

“想去学就去！”

小蔡神情激动起来，脸上现起了兴奋的红晕，“多谢三爷。”欢天喜地地往屋里冲。

老黄头从屋里出来，皱眉，“学什么学？把家里的面卖好攒钱娶个媳妇是正经的，卖面的钱呢？”

小蔡把手里的银元递了过去，欲言又止，到底说了：“爹，能给我点钱吗？”

老黄头哼了一声，“这些钱是给你和你大哥攒着娶媳妇的，你在家就行了，要什么钱？”

小蔡脸现失望之色，嘟哝：“大哥还会回来么？”

老黄头抬头瞪他，“你个臭小子说什么？他一定会回来的！”

吃面的大婶看不下去了，“老黄头，小蔡虽然身体不好，但也是你儿子，每天没日没夜的劳作，请个小工也应该给工钱，你儿子都这么大了，多少要有些嚼用，给他些零花钱又怎么了？”

老黄头说：“去去去，吃你的面去，我家的事，你管闲事干什么？”

等老黄头走进屋子，那大婶摇头叹息：“活该这老黄头孤寡，要是我，我也跟人走了，这个人，小气孤寒得很，早些年娶了个老婆，婆娘带着大儿子跟人跑了，过好日子去了，像挖了他的心头肉一样。”

邻座的人附和：“是啊，小蔡虽然病快快的，但是有一手好手艺，做面的功夫那是数一数二的，没有谁能比得上，这店如果不是有他，我才不来呢。”

“小蔡乖得很，他那娘跑了之后，老黄头大病两三年，都是他伺候照顾，站在椅子上煮饭煮面，撑起了一家面店！”

“如果我有这么个手艺好又乖的儿子，我整天烧高香还来不及呢！”

“小蔡制的面可真香啊，香得舌头都能吞下去，可帮老黄头赚了不少钱！”

说话间，老黄头端面出来，吃面的闲客这才闭了嘴。

他把碗放到了那些客人跟前，走到林泽夫面前说：“三爷，这臭小子真不像话，在您面前失礼了。”

林泽夫说：“不碍事，叫他去找小林，让小林有空教他，现逢乱世，学多点本领防身是应该的。”

老黄头脸都皱起来了，“他身子骨这样，能给我养老就差不多了，还学什么学？哪像他大哥，身体那么强壮！”

林泽夫少见地微笑不说话。

两人告辞走了出来，安雅瑜虽不是个八卦之人，但女人哪会不八卦，哪还忍得住，问：“三爷，小林是谁？”

“林福宝！”林泽夫言简意赅。

林泽夫点头，侧过头看她，“你以为是谁？”

安雅瑜哈哈笑了两声，“没，我没以为是谁。”

林泽夫把头转了过去，冷淡地说：“是吗？”

安雅瑜醒悟旁边这位是她的上司，说话不可太随便，立刻敛眉垂首，“三爷，卑职只是随便说说。”

月光从头顶洒下，长夜寂寂，两人沿着街道往前，人影拉得极长，她垂下头，他笔直的腿就在她的身旁，皮靴声一声声敲进了她的耳里。

不知不觉地，她跟上了他的脚步，和着他脚步，跟着他往前。

他们都没有开口说话，只一步步向前走。

这是一条古老的食街，街道古旧，两边有不少超过百年的老店，有些认识他，就上前打声招呼，“三爷，您来了？”

林泽夫依旧冷淡点头，那些人习以为常，并不见怪，只把店里的新货拿出来，不敢惹他，全都塞进了安雅瑜的手里。

走过了一条长街，安雅瑜手里就提满了点心水果。

林泽夫看她提得气喘吁吁，也不帮忙，只在前不紧不慢地走。

到了最后，她实在双手无法提物，看见有人过来塞东西就赔笑，“不用，不用，三爷吃不了这么多。”

那些人这才遗憾离开。

林泽夫回头看她的样子，左手几大包，右手几大包，背上还背了一大包，嘴角也不由抽了抽，“你不会说不要吗？”

安雅瑜嘟哝：“你以为人人都像你，自带冰气，可把人冻得自动远离三丈？”

林泽夫沉眸看了她半晌，伸出手去，“自找苦吃！”

安雅瑜忙把手里的东西分了一半给他，活动着肩膀说：“带回去试试味道也好，这里边有不少好东西，桂祥居的麻花，全福德的烤鸡，松仕阁的豆饼果子，好吃得很。”

“女人啊！”林泽夫懒得理她，转身往前走。

安雅瑜悄悄打量了他一眼，“三爷，从蓝屋回来之后，您心底若有什么想法，不妨跟我说说，别的我不会，也没有三爷那般高瞻远瞩，但分析力尚可。”

林泽夫把手里的吃食顺手递给了几个围上来的小孩，说：“走吧，去游船。”

他开了头，其余没分到吃食的小孩全眼巴巴地看着安雅瑜，安雅瑜无法，只得照分，却留了一盒全福德的烤鸡在怀里，哼哼唧唧地说：“三爷也要吃的！”

那群小孩一声哄笑，这才散走了。

林泽夫嘴角抽了抽，“出息。”

两人走到河岸之旁，直上了渡轮，船上船客只有他们两人，渡轮往河中央驶了去。

林泽夫早坐在了渡轮窗边，安雅瑜跟着坐在他对面，把烤鸡摆在他跟前，喜笑颜开，“三爷，等会儿饿了吃。”

林泽夫抬头，“你也清楚，蓝屋之行是一切阴谋的开端，更不知道此事会往何处发展。”

安雅瑜停了下来，“对，三爷。”

林泽夫点了点头。

林泽夫轻声说：“我们只能兵来将挡了。”

安雅瑜看着面前这个年轻的男子，他的面容如朗风清月，眼底却有说不出的坚定，心生敬意，“三爷，无论守护者是什么人，三爷永远是我们心目中的三爷，任何事都不能改变。”

林泽夫沉眸，“安雅瑜，我不会让任何人把握我的人生的。”

安雅瑜轻声说：“这下子调查范围可就大了。”

林泽夫不经意地说：“他们既然渐渐显出了身影了，这个谜团，迟早会揭开，防是防不住的。”

安雅瑜说：“三爷说得对，与其防着，不如静观其变。”

两人静默地坐着，渡轮往前滑行，只听得见船桨拍打着水面，哗啦哗啦。

明月升高，整个河面铺上了一层银白，波光粼粼，偶有鱼儿惊起，跳出水面，溅起了一两点浪花。

难得的宁静，在两人身边弥漫开来，安雅瑜默默饮了一口茶，桌上的烤鸡已经凉了，可她哪还记得，只想把这宁静和谐延得更长。

“蓝屋之行，你还有什么看法？”林泽夫叮的一声放下手里茶杯，打破了宁静，看着她。

“曹桂湘既然已经死了，可幕后之人始终没能出来，那介错人身手极高，可见围拢在三爷身边的那些人不同凡响，但我想，无论怎么严密的布局，总有疏漏之处，曹桂湘不可能知道太多核心机密，还有二爷，他所知道的一切，对于我们来说，都只是揣测，真假莫辨，真相到底是怎么样的，我们并不知道，因此，突破口……”

“在谷兰身上。”林泽夫沉眸，手指滑过茶杯边缘。

安雅瑜立刻机警地说：“三爷，谷兰对您千依百顺，您若出面，她一定会全力配合，找出隐藏之人。”

林泽夫垂眸，“这点小事还要我出马，要你们这些人干什么？此事交给你了。”

安雅瑜头皮发麻，呆呆看着桌上冷了的烤鸡，“三爷，我能拒绝吗？”

林泽夫一边眉毛挑到了额头上，说：“你说呢？”

“不能。”安雅瑜有气无力。

想想谷兰对着她时那爱答不理的神色，她顿时感觉头不止大了一分两分。

……

“白副官，我都跟你说了，我并没有见到真人，每次来酒店，都是他们来找我，那些纸条莫名就出现在我的手袋里了，只要我照着他们说的办，事后总有好处。”谷兰拿出一面小镜子，照了照，又拿出粉盒来，用粉扑蘸了细粉，细细擦在脸上，十分怜惜地看着镜中的自己。

安雅瑜只得说：“谷小姐，咱们三爷对这件案十分关心，让您来酒店协助查案，也是情非得已。”

谷兰把镜子、粉扑放进了随身携带的手袋里边，回眸，扑哧一笑，“白副官紧张什么？三爷交代的事，再怎么着，我也会替他办好的，白副官，咱们走吧。”

说罢，身姿摇曳地走上了酒店台阶，早有门童满脸笑容迎了上来，“谷小姐，您来了？还是老地方？”

谷兰一步不停往门内走，“你们这里的法兰西咖啡好喝，让人想念得紧，隔三岔五的，如果不喝上一杯，嗓子里的馋虫就勾起来了。”

门童将她往大厅领，赔笑着，“谷小姐，咖啡早给您备好了，您就放心吧。”

他眼角都不扫便装的安雅瑜一下，只把安雅瑜当成了谷兰身边的又一个狂蜂浪蝶。

走进咖啡厅，谷兰脚步一停，讥讽说：“白副官从没来过这地方吧，仔细学着点儿，别失礼于人。”

安雅瑜垂下了眼眸，“谷小姐，三爷身边的人，不会这么没见识的。”

谷兰哼了一声，迈步而入。

两人在二楼靠窗的位子坐下。

谷兰用小勺子一下一下地搅着杯里的咖啡，杯子敲得叮叮当当地响。

安雅瑜夹了两块方糖到自己的杯子里，试了一口，皱了皱眉。

谷兰嘴角现了丝讥讽，“白副官，一般人是喝不惯这种口味的，咖啡么，本来就苦。”

安雅瑜扬手，侍者过来，她问：“请问是否有奶精，这种维也纳咖啡加上一两勺奶精味道才会与众不同。”

侍者笑了，“客人真是懂得咖啡之人，我这就帮客人取些奶精来。”

谷兰悻悻头偏向了一边去，可不知道为什么，却又瞬即转脸过来，脸色发白。

安雅瑜顺着她的视线望去，就看见了那个男子，只见他一身浅蓝西装，手里端着一杯咖啡饮着，杯里的水汽上升，他那张普通温和的脸也飘忽不定，像是感觉到了她的注视，他举起杯来，微微向她点头示意。

“是他吗？”安雅瑜问。

谷兰急说："不是。"眼眸之中带了恳求之色，"白副官，我们改日再来吧。"

说话间，那男子已然离座，向她们走了来，手里却依旧端着那杯咖啡。

他拉开了她们旁边的椅子，缓缓坐下，"适才听到这位仁兄讨论咖啡，看来您也是精通喜欢咖啡之人了？"

谷兰却似已稳定了情绪，皱起眉头，"你这人怎么这样？半点不懂礼貌，招呼也不打就来我们这桌？"

他温和地笑，"谷小姐优名传播，我既是有幸见到，就忍不住要过来打声招呼了。"

谷兰手指捏着咖啡杯，厌烦地说："什么人都敢往我这里凑，原以为万国酒店是个高档的地方……"

那人垂头，轻啜了一口咖啡，"谷小姐说错了，万国酒店是个有钱人的地方，无论是谁，只要有钱，就能来的。"

谷兰腾地一下站起身来，"白副官，今日遇到的都是些什么人？我们改日再来吧。"

她往门边走，安雅瑜不想引人注目，只得跟着她。

却听见声音悠悠自身后传来，"人啊，就好像这咖啡，清水里加了咖啡粉，成了咖啡之色，日后无论怎样的过滤洗白，都不能还原成清水的颜色了，可这杯子却不同，咖啡没了，还可以装其他的东西。"

谷兰身子一顿，缓缓转过身来，一双杏眼露出恐惧之色。

那人抬起头来，瞧她一笑，手往咖啡杯上拂，再揭开之时，那满满的一杯咖啡却不见了踪影。

"你瞧，杯子依旧是杯子，干净整洁，咖啡却不知道去了哪里，或许在哪个下水道里待着，又或许在垃圾堆里，被人舍弃了的东西，即使以往再金贵，也成了垃圾。"他注视着谷兰，微微地笑，"谷小姐，我说的是咖啡。"

他手又一拂，杯子里忽然冒起了白烟，冉冉而上。

安雅瑜冷冷目视于他，"班门弄斧，故弄玄虚，你到底想干什么？"

他手盖住了杯子，一揭，杯子里又成了咖啡，他端起杯子饮了一口，笑容平淡，"久闻谷小姐是魔术高手，忍不住想和她切磋一番，让谷小姐见笑了。"

谷兰脸色发青，看着他一言不发。

安雅瑜打量了她一眼，又把视线落到那男人身上，皱了皱眉，"有你这样和人切磋的吗？"

他微微一笑，"如果惊扰了两位，那我要向两位赔个不是了，谷小姐最近烦心事多，原想博谷小姐一笑的，可哪承想，却好像坏了谷小姐的心情？可这世间之事，哪能说得清楚，说不定啊，以后的烦心事比现在还多呢！"

谷兰僵直了背，就往门口走去，安雅瑜只好跟着，直来到门外，招手叫了车来，上了汽车，谷兰双目紧闭，流下泪来，脸色却惨白至极。

林副官自司机位回头，“出了什么事，找到那人了吗？”

谷兰尖声说：“你别问了，你们这些人，都只顾着自己，有没有替我想过？我一个弱女子，在这吃人的世界讨生活，容易吗？”

她状似疯狂，情绪却好像失控了。

林副官怔了，以眼色向安雅瑜示意，“怎么回事？”

安雅瑜平静地说：“遇到个疯子，端了杯咖啡过来，把咖啡变没了，杯子还能冒烟，说了些莫名其妙的话。”

谷兰紧闭了双眼，以手掩面，无声地抽泣。

“什么大不了的，谷小姐在表演之时，不经常遇到这样的人吗？”林副官不以为意。

谷兰从喉咙里逼出些声音来，“不同的，不同的。”

安雅瑜拿了方手帕递给她，“谷小姐，您以往的生活怎么样，只是代表以往，我相信那回忆深深刻在了谷小姐的脑子里，不能消失，也不能避免，但谷小姐答应三爷的事……”

谷兰把身子缩成一团，只无声地哭泣，不发一言。

安雅瑜把刚刚发生的事简短向林副官说了，林副官马上让人重回咖啡店找寻那人，可那人却早已离开，消失得无影无踪，甚至店里的侍者也毫无印象曾经有这样一个人光顾过。

安雅瑜等毫无收获地回到了林府，可谷兰却像遭受了极大的打击，回到监禁之处，只呆呆地坐着，什么话也问不出来。

安雅瑜等到林泽夫回府，已是夜半时分，他将身上的披风取下，随手递给了她，她将那披风挂在衣架上，他解开了身上的皮带，舒舒服服地坐在了沙发上，指了对面椅子，说：“事情进展不顺利？”

安雅瑜点头，在椅子上坐下，把白天里发生的事一五一十说了，“看来对方握住了谷兰的把柄，使她惊恐莫名，让她再也不愿帮助我们。”

林泽夫除了手上的白手套，拿起桌上的橙子，慢慢剥皮，微微一哂，“把柄？这个女人清楚得很，强有力的倚靠能消弭任何把柄。”

他把手里剥好的橙子递了过来，安雅瑜接了，在他目光注视之下，认命地送进嘴里。

他嘴角上扬，拿起布巾擦手。

安雅瑜把那橙子吞进肚子，思索着说：“三爷认为，谷兰在等着您给她一个保障？”

在林府越久，安雅瑜就越发感觉到了林泽夫的深不可测，谷兰以为他能控制这个男人，但极有可能的是，反而是被这个男人牢牢掌握在了掌心。

"不知道三爷是否查出那所谓的把柄，到底是什么？"安雅瑜看清他嘴角的微笑，终于敢肯定。

林泽夫微微一笑，"走！"

安雅瑜一怔，"去哪儿？"

"想知道她有什么把柄落到了人手，当然得问当事人才行。"林泽夫说。

安雅瑜轻声说："她嘴紧得很，我和林副官问了她半天，她什么也没说。"

林泽夫回头看了她一眼，鄙视之，"你们和我怎么相同？"

安雅瑜闭嘴，默默和他往前。

成家班的人全看守在偏西的小院里，谷兰独住了一间。

安雅瑜走进去的时候，谷兰坐在椅子上望着妆镜发呆，看清是她，在凳子上有气无力地说："白副官，你又来干什么，我是不会说的。"

安雅瑜默默移开，让出了后边的林泽夫。

谷兰从妆凳上站起，双眼明显亮了许多，站起身行礼，"三爷，您终于来看我了？我，我，我真是命苦啊……"从袖子里抽出块帕子来拭泪。

安雅瑜默默叹服。

林泽夫先没理她，吩咐守卫搬张椅子来，舒舒服服坐了，把背往后靠，这才望了谷兰一眼，说："谷小姐，别的不多说了，出入我林府之人，每个人的身份来处，我都会让人调查清楚，谷小姐钵兰街出生，十五岁的冬天来到成家班，那一日，大雪纷飞，谷小姐身上却穿了秋季的薄袍……谷小姐，还要让我说下去吗？比如说，谷小姐十五岁之前，在钵兰街是干什么的？"

谷兰捏着手帕按住胸口，收了抽泣，"三爷，您，您，您说什么？"

林泽夫说："钵兰街有一处地方，名叫宝灯阁，专做男人生意，那里的女子全是二八年华的少女，从全国各地骗来，困于一处，终生不得出去，也有那聪明手狠的，参与行骗，变成了那专行骗的鸡头，以纯真面孔拐骗无知少女入行，有一个，却伺机逃了出来。"

谷兰后退一步，跌坐在椅子上，手帕也从胸口拿下了，看着林泽夫苦笑，"三爷，您这样刀光剑影里走出来的英雄，天生高高在上，怎么能知道我们这些弱女子的苦处？我在那里挣扎求存，好不容易才保了一条性命，可每天晚上，我都噩梦连连，总梦见自己还在那里。"

她身子微微颤抖，像想起了不堪往事，神态哀婉可怜。

林泽夫不为所动，冷冷看她，"你所谓的挣扎求存，不过是欺骗拐卖其他少女，说吧，那个人是谁？怎么会找到你的？"

谷兰咬了咬牙，双眼蓄满了泪水，“那个人，就是当年宝灯阁的老板宫池鸫，我也不明白他怎么找上了我，三爷，我以往之事如果揭了出来，我就完了，这么多年我努力拼搏得来的一切全都会成为泡影，那个人，就是个魔鬼！三爷，您要帮我！”

林泽夫看了安雅瑜一眼。

安雅瑜上前，“你要三爷帮你，你也得先帮三爷才行，帮我们找到平日和你联络的人，我们才能帮你。”

谷兰直接忽略了她，视线只落在林泽夫身上，“三爷，我真的不知道是谁，我从来没有见过那人的面，自从二爷带我去了万国酒店，就有人用纸条联络我，让我给他们办事，办完事总有好处，这一次，他们告诉我，可以找到我的爹娘，我这才答应了他们让二爷坐进了那柜子里，可哪里想到，最后却发生了这样的事？”

安雅瑜问：“你让二爷坐进那柜子，自己去了哪里？”

谷兰终于瞟了她一眼，不耐烦地说：“我当然走开了，二爷只以为这又是个魔术托儿，连问都没问还朝我笑，我到后头补了些粉，准备上台，哪知道二爷就死了呢？”

安雅瑜和林泽夫对视了一眼，林泽夫站起身往外走，谷兰在后哀婉地叫：“三爷，三爷，您一定得帮帮我，我不会忘了三爷的好处的。”

林泽夫停了停，“自作孽不可活。”

谷兰急了，走了几步，来拉林泽夫的衣袖，林泽夫哪能让她沾身，衣袖一甩，劲风一起，她后退了几步，这才站稳。

“三爷，这次出去，我又收到纸条了。”谷兰急着说。

安雅瑜目瞪口呆，自己怎么问都没有结果，林泽夫来转了一圈，三言两语，她就什么底都交了？

她感觉到了这世界留给她的深深恶意。

谷兰巴巴地手举着那张纸伸到了林泽夫跟前，林泽夫手负在后，没有动手接的打算，安雅瑜只得上前接了，递给了他。

林泽夫还是没接，只说：“念。”

安雅瑜顿时觉得自己成了皇帝跟前的伺候笔墨的宫女。

“恶犬裂喉时，鲤鱼化龙处，流火千张至，地狱搜魂人。”

安雅瑜念完，皱起眉头，“这是什么意思？”

谷兰摇头，“我也不知道这写的是什么，照以往来说，我照了他们的意思做了，他们理当告诉我父母的下落。”

林泽夫慢悠悠地说：“这个纸条，是给我们的。”

他大步往门外走，谷兰忧急恐慌，在其后声声切切，“三爷，我什么都告诉您了，您可一定要护着我啊！”

林泽夫充耳不闻。

安雅瑜随后，砰的一声合上门，把她的呼叫关在了门里。

来到屋檐下，林泽夫走了几步停了停等她。

安雅瑜赶紧跟上，“三爷，看来谷兰所说非虚了。”

林泽夫等她走到了自己身边才往前走，“当然。”

安雅瑜从侧面偷眼瞧了他一下，收回了目光，“曹桂湘死了，死之前把所有的罪都认了，可人到底是不是她杀的，我们却依旧无从查证，联络谷兰的人，更是神龙见首不见尾，三爷，此案依旧成谜，又有事会发生？这宝灯阁老板又是什么人？和曹桂湘等是不是一路的？”

林泽夫冷冷一哂，“到时候不就知道了！”

安雅瑜沉思道：“这四句话，看起来毫无道理，但三爷您看，从这张纸条上看，龙行千里？指的是龙舟赛？地门，是不是隐指地狱之门？流火又指什么？这鲤鱼化龙却不知是什么意思了，最后一句，明白地指出了地狱搜魂人，代表那日，有人被取了魂魄？就是有人会死？”

第十三章　恶犬裂喉

林泽夫说："幕后之人惯常用这种装神弄鬼的手段蛊惑人心，不用理他。"

安雅瑜点了点头，把纸条收好，藏进怀里，"确实如此，没有人能预知一切，除非有人事先精密安排。"

"没错。"

林泽夫继续往前走，安雅瑜跟了几步，朝他看了一眼，欲言又止。

林泽夫何等的精明，脚步一顿，回望于她，"想问就问！"

安雅瑜低声说："我问了啊，三爷您别生气。"

林泽夫侧过头拿眼瞟她，"三爷该生气时还是会生气的！"

"那我还是别问了。"

两个沉默着往前走了几步，安雅瑜到底忍不住，"三爷，您想怎么安置谷兰？谷兰名气大，这么放在林府，对您的名声恐怕不好，没几日，街上就起了流言，说您金屋藏娇，这要传到王姑娘的耳里，您的婚姻只怕要起波折。"

林泽夫脚一顿，冷冷瞧她，"你耳目倒挺灵敏，什么八卦都知道，但你不觉得你管得太多了吗？"

安雅瑜后退一步，嬉皮笑脸，"三爷，这不是您该生气的时候啊！"

林泽夫继续往前走，"成家班明天就放了。"

安雅瑜一怔，忙跟了上去，"三爷，这不成啊，曹桂湘已经死了，谷兰若再出了什么事，我们的线索全断了。"

林泽夫迈开长腿往前走，"要不，我送你一宅子，你在外边养着她？"

安雅瑜打了一个冷战，摇手，"三爷，您别开玩笑了。"脑子一转，福至灵开，"三爷，我明白了，您想李代桃僵？名义上我养着，实际您养？三爷，这个我倒愿意，三爷，替你养美人，薪水福利能否多加一点？"

林泽夫脚又一顿，转过头木着脸看她，"你想得美！"

安雅瑜呆呆站了半晌，不是这意思，那是怎么个意思？一抬头，林泽夫已经走得远了，忙跟了上去，“三爷，我可养不起她，我那三两个薪水，还不够我自己仨瓜俩枣买吃的呢！”

“养不起，就别这么多事！”林泽夫说，“她是死是活，于我们来说，没多大关系。”

谷兰虽不是什么好鸟，但到底对你情深一片，你这话说得可就太薄情了些。

安雅瑜暗暗为日后嫁给他的女人掬了把同情之泪。

“我知道，谷兰没涉及他们的权力中心，可您也知道，到底有人想要威胁她的生命，就这么放她离开，恐怕不好吧？”安雅瑜说。

林泽夫冷冷地说：“得到了多大的好处，就要承担多大的义务，你以为她自己不知道后果？”

安雅瑜沉默下来。

……

成家班的人放了出去，案件也没多大的进展，死去的林二爷却仿佛被帅府每一个人忘记了，帅府又恢复到了往日的平静，林泽夫依旧早出晚归，进进出出都有林副官陪着，没有安雅瑜什么事，于是她就尽量找与二爷接触过的人谈话，从中寻找蛛丝马迹。

这一日，她来到了林顾凡住处，两层小楼还像以往一样破败，但她看去，总感觉那栋楼鲜亮了许多，走得近了，才看见二楼之上挂了许多晒干的辣椒玉米，使一座哥特式的楼平添许多乡土气息。

安雅瑜视线被那几串辣椒玉米吸引，一路走近，才发现楼上当阳处不止挂了这些，还挂了腊肉大蒜等。

她正觉好笑，就听见小楼处传来几声狗叫，小孩的尖叫，以及哈哈大笑声。

她赶紧走了几步，转过一处假山石，就看见几个下人打扮的人围在小楼前指指点点，不知道在干什么。

看见她走近，一名下人拉了拉正笑着的同伴，垂头说：“白副官，您来了？”

院子里尖叫声没有停止，安雅瑜看了那几人一眼，直走进院子，其中一位想拦，“白副官，这不关您的事，咱们少爷在里边。”

安雅瑜冷冷扫了他一眼，“滚开！”

那下人讪讪把手收回。

安雅瑜走进院子，就看见两条细犬虎视眈眈地紧盯着贴着墙根站着的孙氏母女三人，指挥那两头细犬的，是一个十三四岁的男孩。

孙氏模样极为狼狈，衣服撕裂露出里面穿的小衫，鞋子也掉了，头发更是一缕缕搭在了额头上，身上倒看不出什么伤痕来。

安雅瑜眉头皱了皱，已经猜出事情的来由了，一定是新回林府的林五姑娘这一家子又在大帅府摆威风了。

这男孩子，名叫林龙，是刚从东洋回来的林家五姑娘林莫兰所生的儿子，与林幽兰相比，这林五小姐比她大了十几岁，活得更有特色，其母为了向林大帅争宠，假称她是一个儿子，因此从小就被当小子养的，人称五公子，十五岁才被人揭穿真相，穿回女装，因此，林家极少有人提及这个老五，后嫁了一个东洋商人，跟着去了东瀛，最近才回国。

安雅瑜一直没能有机会见到，却没想到，第一个看到的家庭成员，却是他们的儿子。

林龙手指着三母女，咬牙切齿地叫："两个下贱坯，居然不认识小爷？叼你两块腊肉怎么了？它们要吃你们身上的肉，你们也得割了下来给它！"

细犬喉咙发出咆哮，龇牙咧嘴，随时准备扑了上去。

这两条狗，安雅瑜也听说过，是林莫兰为了保护她这儿子，专门找人重金买的，还雇了几名狗奴分别加以训练，只听林龙的吩咐，有谁得罪了他，只需他一努嘴，这两条细犬就一扑而上，裂衣撕履，却并不伤人，但即使这样，也把人吓个半死。

孙氏一眼看见了安雅瑜，颤声叫："白副官救我们。"

林龙回头就骂："什么鸟人，敢管我的闲事……"看清安雅瑜身上的军装，把后半截话咽了下去。

孙氏拢着衣服尖声叫："白副官是三爷身边的人，龙少爷，你可得看清楚了！三爷可不是你娘老子！"

林莫兰十五岁之前备受宠爱，可十五岁被揭穿身份之后却被林大帅打入冷宫，在林府地位急骤降低，其后嫁给东洋商人，几乎等同于发配边疆，这次回来，听闻大帅至今为止还没接见过，林龙跟随林家姓，被林莫兰溺爱，在外边是不可一世，但回到林府，很受了些白眼，但也很有些眼力见，不该惹的人绝不敢惹，所以，回到林府，除了欺负些小丫环之外，倒没听说什么恶行。

这次铆上了孙氏，也是从下人嘴里知道了林二爷死了，孙氏在林府孤立无援，于是想来找找乐子。

可没有想到，孙氏却不是个被欺负就一声不吭的。

林三爷在他眼底和外祖父一样，是一座山，高不可攀，听见孙氏说安雅瑜是三爷身边人，马上换了另一副面孔，讪讪地说："原来是三舅舅身边的人？三舅舅最近可好，我来了这么久，也没见他，想去他那里玩，白副官，你带我去吧？"

安雅瑜扫了他一眼，"这是怎么回事，连你二舅妈都咬？"

林龙缩着头，示意狗奴把狗牵了回来，见安雅瑜语气不善，倒不敢再要求什么，"白副官，跟两个表妹玩玩，谁知道她们胆子这么小？我妈说了，这狗不咬人，只撕衣服吓唬人，这有什么好怕的。"

见安雅瑜一点也不买他的账，也知道自己在林府是个什么地位，边退边走，“今儿就算了，我也不跟你们计较了，白副官，下次再去找三舅舅玩啊。”

他们退走了，孙氏这才舒了一口气，把两个吓得瑟瑟发抖的女儿从身后拉了出来，指给安雅瑜看，“白副官，您瞧瞧，成了什么样子！”

两个小女孩衣服撕得稀烂，裤子也被狗撕得一条条的，屁股都露了出来，吓得浑身颤抖不已，此时才知道放声大哭。

“还好她们还小，这如果是大姑娘被人光天化日之下弄成这样，叫她们还怎么活？”孙氏一边咒骂，一边找衣服给她们进屋里换。

安雅瑜等了好一会儿，三母女这才穿戴整齐重新出来。

孙氏给安雅瑜端了茶来，陪她坐下，叹道：“还好白副官赶趟儿来了，要不然，今天的事不知道怎么收场，你是不知道，前儿晚上，这林龙就让那两条狗咬了外边一个卖面小子的喉咙，说那小子撞了他，听说那小子被送进医院，现在还没醒，我那五姑子使人赔了一大笔钱才把这事压了下去，要是咱公公知道了，啧啧……”

安雅瑜深感奇怪，“就没有人传进林大帅的耳里吗？”

孙氏撇嘴说：“白副官，这你就不懂了，林府的人，除了三爷，有谁把普通人放在眼里？他们私底下做的事，比这还离谱的都有，再说我那五姑子，当年可不是什么好货色！谁敢惹她！再者，人家说了，那狗不伤人，就撕衣！只当小孩子好玩的把戏！”

小叶小枝到底年纪小，孙氏给她们换了衣服，拿出糖来哄她们吃，转眼间，两个小姑娘玩起了翻花绳，把刚刚的经历抛到脑后。

确实，在旁人看来，这真只是小孩子的恶作剧而已。

安雅瑜说：“孙嫂子，还是小心点的好，就怕林龙来了一次，还来第二次。”

孙氏说：“他敢！这次也是我这两个丫头太大意了，我做了点腊肉干，让她们当零食吃，哪知她们玩啊吃的，跑出了院子，被那狗闻到气味，直追了进来，再说了，白副官，您这么一出现，他还敢再来？”

安雅瑜想想也是这个道理，想及今天来的目的，问她：“孙嫂子，最近些日子，可有人找上门来？”

孙氏想了想说：“找倒是没人来找，可有几天半夜里，我听到楼上有响动，上楼察看，又没发现什么人，死鬼那屋里的东西也不见有人动过，我就没理了。”

安雅瑜于是跟着孙氏再上二楼林顾凡房间察看，也没发现什么，只好随她下楼来。

她告辞了孙氏，走出那小院，边想边漫无目的地在花园里走，正出神，面前拦了一人，“白副官，小白，想什么呢，想得出了神，叫了几声都没听见！”

安雅瑜张眼一瞧，林幽兰穿了身猎装站在她跟前，张开手拦在了路上。

一看见她，安雅瑜脑仁开始痛了，笑问：“六小姐，好久不见，有事？”

林幽兰哼了一声，“没事咱俩就不能见面？小白，我好不容易摆脱了娘来找你，你怎么这态度？”

安雅瑜揉着脸说：“六小姐，如果没事，三爷找我还有事呢。”

说完，绕过她准备走。

她把手张得老开，“不准走，你老实告诉我，这几天干什么去了？是不是有什么秘密行动，三哥为何会受袭击？不说完不准走！”

安雅瑜脸冷了下来，“六小姐，我是督军的副官，并不是您的，这些话，您应当直接问三爷。”

她直接转身，往回路走。

林幽兰张开手臂僵站在那里，隔了好半晌才追了上去，尴尬笑了两声，“小白，白副官，你别生气嘛，你瞧，上次我还帮了你不少忙呢，林顾凡的案子不是没破吗？你带着我，我保证能帮你不少忙。”

安雅瑜负手看了她一眼，“六小姐，您就别添乱了，我只是个副官，你要做什么，我说了不算，要三爷和林太太说了才算，你求我没用。”

林幽兰跟在其后边说边走，“三哥听你的，我娘听三哥的，我求你准没错。”

安雅瑜没办法摆脱她，一眼瞧见林副官迎面而来，忙迎了上去，“林副官，出去啊？”

等走得近了，她吓了一跳，把剩下的话吞进了肚子里，只见林福宝双眼通红，一只手紧紧捏着一张报纸，另一只手却抚在腰间枪套之上，面色凝重肃然，他草草地应了她一声，越过她往前奔了去。

“出事了！”安雅瑜忙跟了上去。

“一定出事了！”林幽兰一跺脚，也跟着往前走。

林副官走得飞快，几个拐弯之后，安雅瑜就听见了两声枪响，她赶紧往枪声处跑。

林副官已经被几名下人团团围住了，他手里的枪冒着青烟，不远处，两条细犬头部中枪，躺在地上。

枪口却依旧指着林龙，面色冷冷。

林龙被一个三十多岁的女人抱在怀里，瑟瑟发抖。

“林福宝，你想干什么？想杀了大帅的外孙？你别忘了，是谁救了你，是谁给你前程！你这个白眼狼，爹，爹，您快来看啊，一个下人都敢朝您的外孙下手了，我这是过的什么日子？”那女人痛哭失声。

“娘，娘，他杀了大武小武，娘……”林龙把头埋在那女人怀里哭泣。

林副官手臂慢慢垂了下来，脸上满是狠戾，“小蔡如果出事，你的儿子绝逃不了！”

他就这么直直地拿着手枪，慢慢走出了包围圈。

那女人哆嗦着手狂叫，“还不快拦住他！”

下人互相望了望，却没人敢上前。

那女人搂着林龙痛哭，“我过的是什么日子，大辅，大辅，他去了哪里？”

林龙也跟着喊爹。

安雅瑜迎上前去，拦住林副官，“林副官，怎么了？”

林副官脸上全是沉痛，摇了摇头，把手里的报纸塞进她的掌心。

安雅瑜打开报纸，报纸头条赫然写了几个大字：大帅外孙纵狗行凶，撕裂卖面少年喉咙，少年至今昏迷不醒。

安雅瑜一行行看下去，震惊得说不出话来，“是小蔡？”

林副官点了点头，抹了把眼泪，“当年我受伤，如果不是小蔡救我，我早就没命了，他是个善良的孩子，哪像他！”

他手指林龙之处，目光恨恨。

林幽兰抢过报纸，一目十行看完，怒声说：“怎么是小蔡惹了林龙？这些小报记者真是见风使舵！”又愤愤地指着那一对母子，“活该！”

林莫兰先还搂着林龙哭，听了这话像炸了毛一般，跳起来就骂：“你说谁活该呢，胳膊肘只知道往外拐，吃里爬外的东西！”

林幽兰马上还嘴，“说谁吃里爬外呢，你是什么东西，也配骂我？咱爹都不待见你，还死赖着不走，有本事，就回你的东洋去！”

林莫兰脸红一阵白一阵，只得搂了林龙哭，“阿龙阿龙，你瞧瞧，他们都欺负咱们，你可得记住了……”

林龙在他娘怀里抬起头来，死死盯着周围人，“娘，你还给我买狗，咬他们！”

对这对母子，安雅瑜只觉无话可说，把林幽兰敷衍走后，她周围寻找到林副官，问清楚事情的来龙去脉。

她一推门，却发现林副官呆呆坐在自己的床上，见她进来，木然地说：“小白，你回来了。”

安雅瑜走到他面前，“这到底是怎么回事？”

林副官偏过头去，喃喃地说：“他们说是小蔡惹了林龙，单车撞到了他身上，林龙才放狗咬人的，那怎么可能？小蔡是那么精细的一个人，又懂事得很，什么都替人想得周全，当年我受重伤，如果不是他偷偷送药送吃的，我早就死了，他对我来说，像家人，像弟弟一样，我弟弟当年病重死了，我把他当成了弟弟。”

“要不咱们去面店瞧瞧，看看到底是怎么回事？”

林副官眼睛这才有了丝生气，“对了，有你呢，咱们一定会弄清楚的！”

……

面店的门呀的一声开了，老黄头站在阴影里向两人行礼，“老朽多谢看顾。”

说完，身子摇摇晃晃，向后倒去。

林副官忙上前扶住他，“黄老伯，黄老伯，您怎么了？”

老黄头睁开了眼睛，呆呆看着两人，摇摇晃晃站起身来往屋里走，“你们来了？我给你们倒茶水。”

“不用了，黄伯。”安雅瑜忙拦住了他，“黄伯，您请放心，小蔡一定会醒的。”

“对，黄伯，督军请了最好的大夫来医他，他一定会醒。”

老黄头只抹眼泪。

林副官忍了心中悲愤，“黄伯，你把当晚的事原原本本告诉我们，小蔡他到底因为什么惹了林龙”

老黄头拿了块抹布过来，慢慢地擦着椅凳，说了起来，“前儿晚上，有客人来店里订了五斤酱驴肉，说晚上要用，还留下了地址让送过去，店里酱驴肉只剩两斤了，小蔡帮着花了一个下午酱好，他就骑了单车去送货，哪里知道半路回来的时候遇上了那个小畜生，他牵的那两条狗一直跟着小蔡追赶，小蔡把酱牛肉丢到它们头上，林龙大怒，说小蔡砸他的狗，指使两条狗一路追赶，小蔡骑得飞快，来到店里时那狗就挂在他身上，他喉咙一直流着血，满身都染红了，那两条狗还追进了店里，我拿了一把菜刀出来砍，才把它们吓退。”

“那小畜生还在外边哈哈大笑，说活该，说我们贱民……”老黄头满脸愤怒，“如果大郎还在，他那么强壮，我们怎么会受这个委屈？”

安雅瑜沉吟着说：“这其中一定还有其他的原因，按道理来说，小蔡投食喂狗，正常情况下那狗一定会停了下来，不会紧咬不放，至于什么原因，要查过才知道了。”

林副官点头，“林龙这人虽然不成器，但有一样好，从不说假话，他那两条狗也从来没有咬伤过人的，真的只是撕乱别人的衣服。”

两人回到帅府，先向林泽夫汇报。

林泽夫正坐书桌前描字，也不理两人，只说：“说吧，发现了什么？”

安雅瑜赶紧上前，“三爷，这次之事，我总感觉有些蹊跷。”

林泽夫举起手来，让她噤声，向林副官看了一眼。

林副官放轻脚步往门口走去，一拉房门，林幽兰直跌了进来。

“三哥，你回来了啊？太好了……”林幽兰爬起来摇摇晃晃地站定，林泽夫也不出声，只冷冷盯着。

她咽着口水缩着脖子，“三哥，我不是想偷听，真的！”

“滚出去！”林泽夫言简意赅。

林幽兰像没听到，直走到了安雅瑜身边，“白副官，我告诉你，这一会儿工夫，我可查出不少东西来了，三哥没空，整天东跑西走的，我这个林家六小姐的身份可能办不少事！三哥能去的地方，我也能去，白副官，比如说大公报那胡一岳的住处，我查了出来了，他们的消息这么灵通，小蔡一出事，他们马上知道了，白副官，你不想知道是怎么回事吗？”

见林泽夫目光不善盯着她，她双手合十，满脸讨好。

安雅瑜只得困难开口：“三爷，六小姐说的，也有几分道理，三爷军务繁忙，六小姐对京都熟悉，确实能省不少事。”

林泽夫垂眸，脸上表情不变，“老六，你想掺和进来，得依我们这儿的规矩。”

林幽兰这时才转头望向林泽夫，哈巴狗似的，“三哥，你放心，我都听小白的，她让我干什么我就干什么！再者，三哥，咱们都合作这么多次了，你还不放心我？”

林泽夫眼眉抽了抽，很有些被恶心着了的样子，“行了，仔细听着，注意保密。”

林幽兰闭嘴，惯常地做了个拉拉链的动作。

林副官默默过去，吩咐门外守卫，“谁也不准再放进来！”

守卫委屈行礼，“是！”

他这才把门关了。

“有些蹊跷？是不是和那张纸条有关？”林泽夫问。

安雅瑜小心地拿出信封装好的那纸条，摊开在桌上，见林幽兰好奇盯着，解释说：“这张纸条，我们是从谷兰那儿拿到的，以后和你慢慢说。”

林幽兰恍然大悟，“原来如此，三哥，外面的流言你听说了吗？是您终于对谷兰小姐另眼相看了，借着林顾凡之死把她留在帅府做客好几日，我就说嘛，三哥连我这个妹子都是说骂就骂，何况谷兰？原来三哥你是为了查案需要啊？”

林泽夫瞧了她一眼。

她忙闭嘴。

林泽夫端坐于椅子上，说：“有消息传来，小蔡今天早上因失血过多，治疗无效而亡。”

砰的一声，林副官双手击打在了桌子上。

安雅瑜脸上现了丝沉痛，“依我猜测，纸上一共有四句话，如果一一应验，那么，还有案子即将发生。”

“不可能，没有人能预测未来即将发生之事！”林幽兰瞪大了眼睛。

安雅瑜说：“确实如此，但如果这些案件都是由人精心策划的呢？”

林副官呼吸急促，“小白，你是说小蔡之死，是有人精心设计，故意为之？”

安雅瑜点了点头，“这件事疑点众多，最大的疑点就是不应该发疯的狗发了疯。”

林副官眼底也冒出了丝亮光，嘴里喃喃：“这一切真有人精密策划？可这到底是为了什么？”

安雅瑜说：“我也不知道，但我们只要继续往下查，总有水落石出一天的。”

林泽夫点了点头，站起身来，“走吧，去见见我那五姐。”

安雅瑜唇齿欲动。

他没有看她，却问，“有什么话就问！”

安雅瑜说：“三爷，您的年龄看起来比林五小姐小许多，为何您排名三，而她却排名五？”

林泽夫还没答话，林幽兰在一旁举手，眉飞色舞地说：“小白，这我知道，你不用问他，问我就行了，咱们这位五姐啊，可不得了，原是排第一的，是我爹的长子呢，受宠得不得了，爹是当接班人来培养的，后来么，你知道啦，被人发现是个女的，再者，那时候，她喜欢在外胡混，给自己起名五公子，吃喝嫖赌样样都玩，老爹一气之下，让她直接排行第五，长子身份让给了大哥，可怜啊，大娘羞得躲在府里吃斋念佛不敢出来见人了。”

安雅瑜仰起头问林泽夫，“是吗？”

林泽夫简单答：“确实如此。”

果然，还是问林幽兰好些，问他，估计像从石头缝里蹦出几个字来，几句就说完了。

一行人往林莫兰所住小楼走，林幽兰走到了安雅瑜身边，不用她问，把林莫兰早年做的事兜了个底朝天。

安雅瑜实在忍不住了，“你不是比她年纪小许多么，怎么知道这么多？”

林幽兰压低声音说：“小白，你不知道，小时候我还崇拜过她呢，只有她敢骗我爹，我从小就四处积累经验，对付我爹，省得他像安排我几个哥哥一样，想安排我！后来我三哥比她还厉害，老头子还听他的，我就跟三哥了！”

安雅瑜默默望着前边林泽夫的背影，“你这是良禽择木而栖？”

林幽兰得意地说：“那当然。”

说话间，来到林莫兰住处，早有管家迎了上来，哈腰说：“三爷来了，小的去通知五姑娘。”

话音未落，林龙从屋子里跑了出来，喜笑颜开，“三舅舅，三舅舅是你吗？我新得了一把枪，你教我打枪吧？”

果真从腰上拔出把驳壳小手枪来，一举，对准了众人。

安雅瑜吓了一跳，正想开口呵斥，林泽夫几步上前，一伸手，拿住了那枪管，手一抖，便夺过了那枪，一巴掌打到了林龙脸上，冷冷地说："放肆！"

林龙雪白的脸陡然红肿了起来，一个老大的巴掌印浮现在脸上，他扁了扁嘴想哭，林泽夫眼一瞪，他不敢哭了，缩手缩脚捂脸往后躲，"我，我，我去找娘。"

嗒嗒的脚步声响起，林莫兰从二楼急走下来，一眼瞧见林龙脸上的巴掌印，惊怒，"龙儿，你怎么了，是谁打你？"

林泽夫把手里手枪转了个圈，慢吞吞地答："我！"

林莫兰停了一下，勉强地说："三弟，我们这才没回来几天，他是你外甥，你怎么能狠下手去！"

林泽夫理都理没她，左右看了看，示意。

林副官急走几步，把沙发掸了掸，他这才坐下，跷起了二郎腿，"叫三哥，五妹！"

林莫兰脸红一阵白一阵，搂住了林龙，又想哭，"我怎么这么命苦啊！"

林龙被打了一巴掌，却是前所未有的服气，看着林泽夫，只觉得他威风得不得了，不耐烦地说："娘，哭什么哭，别在三舅舅面前丢我的脸！"

林莫兰气息一滞，抽噎憋在了喉咙里，表情扭曲。

安雅瑜差点笑出声来，在心底念叨，这可真是恶人自有恶人磨啊，这一家子奇葩，也就林泽夫才能对付得了。

"说吧，那天晚上，你到底对小蔡说了些什么？"林泽夫说。

"小蔡是谁？"林龙莫名其妙。

林泽夫看了一眼安雅瑜，惯常闭目。

安雅瑜只得上前，"小蔡就是你那晚纵狗撕断喉咙的卖面少年。"

"他啊，嘻嘻……"林龙笑了两声，"三舅舅，我也没说什么啊，小报记者来了，我一看，这不得了了，我的大武二武要出名了啊，于是，我让它们再撕，它们也争气，直冲了上去，追他追了大半条街。"他看了林泽夫一眼，咽口唾沫说："三舅舅，可那狗咬上他喉咙时，我叫它们停手了，真叫了，可两条只东西像发了疯一样，怎么叫都叫不住！"

林副官目眦欲裂，呼呼直喘气，安雅瑜忙回头看他，示意他少安毋躁。

林莫兰抹着眼泪说："一个卖面小子，是他先惹了阿龙，你可不能把这事算在我家龙儿身上，再说了，我可赔了不少银两给他们家，都能买十个小子了！"

林泽夫拿起手边茶杯，一泼，泼到了林莫兰的脸上，"五妹回国，连父帅都没见着，就给我们林府惹下了这么大的麻烦，林龙这种行为，在军中属于欺压百姓，爹不在府里，五妹即使不会教儿子，让我替你教，来人啊！"

两名卫兵进来，行了个军礼。

"把这畜生捆起来，打三十鞭。"

林龙一开始还觉得好玩，笑嘻嘻地看着，直等到两名卫兵抓住了他的胳膊，这才慌张了起来，尖声求饶：“娘，娘，救我，救我，我不想挨鞭子。”

林莫兰满头满脸都是茶水，惊慌失措，“老三，老三，你想干什么？你真想打死你外甥？”

她一眼看清走进门的那人，急走过去，“大辅，大辅，你终于回来了，他，他们，要打死你儿子啊！”

逆光站着一个颀长身影，他慢慢走进了屋子，光线一寸寸地照在他身上，却是温文如玉，整个人像被莹光包裹。

他年纪已经不轻了，鬓角已有了白发，可岁月却没在他脸上留下多少的痕迹，反而像木器的包浆，呈现出玉质般的光彩。

这位就是小野大辅，后改了中国名字林大辅娶了林莫兰的那位东洋商人。

安雅瑜没想到他居然是如此出色一个人物，一时间怔住了。

林莫兰向他走了两步，停住了脚，低声抽泣。

他上前把她揽在怀里，“莫兰，阿龙这一次真的错了。”

林莫兰震惊地瞪大了眼睛，“连你也这么说？”

他点了点头，手温柔地抚在她的肩膀，林莫兰把头埋在他的肩头，双泪长流。

他回过身来，向林泽夫说：“督军，阿龙做错了事，一定要承担后果，任凭督军处置。”

林泽夫点了点头，一挥手，两名卫兵架了林龙出去，不一会儿，外边响起了鞭打、惨叫声。

林泽夫在场监刑，没有人敢搞鬼，三十鞭足足把林龙打得鲜血淋淋。

林龙抬进来的时候，已经是出气多，进气少，林莫兰两眼一翻，昏了过去。

林泽夫这才站起身来，吩咐：“找人给他瞧瞧。”

林大辅半弯着腰，恭敬地说：“是，督军。”

林泽夫等走后，林莫兰悠悠醒来，看到儿子身上的惨况，号啕大哭，林大辅握住了她的手，“莫兰，莫兰，别着急，儿子不会有事的。”

林莫兰伏在他的怀里，“大辅，我们干什么要回来？在那边生活得好好儿的，我们为什么要回来？你看看他们，他们怎么对我的！”

大辅温柔地摸着她的肩头，吻了吻她的额头，“莫兰，别担心，很快就好了的，他们是你的亲人，不会对我们怎么样的，你放心，有我呢，我不会让阿龙再出事了。”

林莫兰温顺地伏在他的怀里，“大辅，我都听你的，只要咱们一家人在一起，比什么都重要。”

大辅抬起眼眸，看着远处窗棂，“当然。”

林莫兰睡着之后，大辅来到了林龙的房间，他在房门口停了一会儿，这才慢慢走了进去。

林龙的后背已经上了药了，止痛药让他昏昏欲睡，他睁开一条缝，看见了站在门口的人，迷迷糊糊地叫了一声："爹。"

大辅走了进去，来到他的床前，用手背试了试他的额头，"痛不痛？"

林龙想要哭，却摇头，"爹，不痛了，爹，他们杀了大武小武！"

"不痛就好，阿龙，爹以后再给你买两条好狗，比大武小武还好。"大辅温和地说。

林龙笑了，"爹，你可要叫狗奴训得更好些，要它们咬人，专咬喉咙，光撕衣服有什么意思？"

大辅点了点头，慈爱地看着他，"都依你。"

止痛药的劲儿上来，林龙想睡，却竭力地睁开眼，看着林大辅，"爹，你别走，陪我，我怕。"

"好，我不走。"林大辅微微地笑。

林龙缓缓合上了眼睛。

月光从窗外照进，把屋子里撒上了一层银灰，林大辅脸上的笑慢慢消失，他坐在床沿之上，看着床上的儿子，眼眸似也被月光染成了冰色，不知坐了多久，他嘴角有了丝讥笑，笑纹渐渐扩大，染至全脸。

林龙恍惚之间睁开了眼，迷迷糊糊地问："爹，您笑什么？"

"没什么，睡吧。"林大辅说。

林龙迷惑地看了他一眼，昏昏睡去，他合上了房门，走出屋子，直上了小车，司机问："还去老房子吗？"

他点了点头。

车子从后门开出林府，来到了隔着几条街的小巷，青华巷和隔壁那条食街相邻，却清静许多，可隔着院墙也能听到那条百年老街传来的吆喝之声，林大辅厌恶地看了看发音之处，下了车，来到巷尾那间小院，推门进去。

屋子里一名老妪迎了上来，把腰弯下了九十度，"您回来了？"

"嗯，事情办得不错。"

老妪微微直了腰，却依旧低头，语调古怪，"还好，依您的吩咐。"

林大辅说："接下来咱们就等着吧。"

老妪知道他每次来，都要待上一两个钟头，于是行礼，慢慢地退下。

……

端午佳节，城里面每家每户都飘着粽子的香味。

安雅瑜与林泽夫一行换了便装，走在这如织的行人之中。

他带着她在人群中穿行，人多且杂，可她却没有受到任何碰撞，偷偷瞧向他，他把伸出去虚护着她的胳膊收回。

“还记得那纸条上的字吗？”他说。

安雅瑜轻声说：“怎么不记得，龙行千里，流火千张，三爷是说，龙舟会时，也许有事发生？”

林泽夫抬头望向远处，“明天龙舟赛事，会有霍家五娘所制的鲤鱼化龙灯，我唯一知道的是，如果有人在这等情形下下手，将会防不胜防。”

安雅瑜沉默地点头。

几人来到龙舟赛现场，果然，那鲤鱼化龙灯已装备在了一艘小舟之上，河道上并排了十几条龙舟，正等化龙之后开始赛事。

安雅瑜兴致勃勃地看着，忽然间，一叶小舟忽然驶来，直冲到龙舟之前，停在那鲤鱼化龙灯前。

舟前一个短小少年手舞足蹈，“快快快，快开始！”

第十四章　鲤鱼化龙

安雅瑜一看，却是林龙，震惊之极，不由回头看林泽夫，他皱紧了眉头。

林幽兰呸了一声说："狗改不了吃屎！"

舟上那身披大红袍的燃灯女子似乎也怔了，但林龙只在相隔十米远处看着，她也无法，只按照程序而来，开始表演化龙。

安雅瑜看得兴致勃勃，一边思索其中的原理。

身边有人兴奋谈论："今天这灯终于做出来了，可真是龙舟赛这么多年头一次！"

"是霍家五娘做的？那可真是失传多年的手艺，她老公死了之后，她寡居家中，没日没夜地研究这灯，竹篾用了两大车不止，到底让她给做出来了。"

"你说她一个寡妇，这么拼干什么？还不如嫁个好男人，舒舒服服过日子。"

"我呸，你就想了，人家有手艺，有家财，娶这么个老婆回去，那可发达了，只在床上躺着等吃就行了！"

"只可惜年纪大了点。"

一条巨型的金鲤灯由十个人托着，稳稳地摆放在了场地中央。

只见那条金鲤由嵌了金箔的薄绢制成，鳞片片片分明，仿佛能够张合，两根长须卷翘在半空之中，眼睛是两个玻璃制成的小灯，有烛光从里透射出来，更使得这条金鲤活灵活现，仿佛随时准备腾空而起，溯流而上。

金鲤的不远处，摆着两个正在水边玩耍的小童花灯，神态逼真。

"这鲤鱼化龙灯可不得了啊，十年以上的细竹就用了百丈，上边的金箔是用真金熔化拉丝嵌成，光黄金就用了半斤，还有那糊灯笼的薄绢，听说用的是云锦金纱，那也是一门失传的手艺，听说云锦里掺了金线的。"林幽兰挤到安雅瑜身边，把从人群之中打听到的小道消息一一说来。

"霍五娘可真有钱啊，等会儿烧了起来，那些金子可真的就烧了。"林副官手里提了三两个奇形怪状的灯笼，也凑了过来。

“可不是，二三十年前也搞了这么个鲤鱼化龙灯出来，听说鱼身化龙之后，金箔熔成了小金珠子，晚上不少人打着灯笼彻夜不睡在地上寻找！还真有人找到了。”林幽兰指着周围那些人说，“他们都等着那一刻呢。”

安雅瑜笑了笑，“那这些人可能要失望了，高温之下，即使金箔，也会消失无踪。”

心底却往下沉了去，鲤鱼化龙已经出现了，那地狱搜魂人什么时候现身？

人越来越多，里三层外三层的，堤坝上的人拥挤不堪，甚至有人差点滑下堤坝，维持场子的士兵只好隔不久就大声吆喝：“退回去点，退回去点，别挤了，别挤了。”

不知谁一推，站在前面的人滚下了堤坝，差点跌进水里，在水边站了起来，指着上边就骂，骂了半晌，才拾起照相机站起身来，士兵维持秩序，让他重往堤坝上爬。

“我是记者，我就站在这里拍照。”那人并不想出去。

“先生，无论是谁，都只能站在堤坝上，以免发生危险，这是督军下的命令，请您出去！”维持场子的士兵坚持说。

周围的人早就鼓噪了起来，“记者了不起吗？快出来。”

那人只好拿着相机爬了上去。

安雅瑜想了想，忽然一怔，她记起来了，她在林泽夫桌上看过他的相片，这人正是胡一岳，小蔡之事，就是他拍的照片，登在了报纸上。

他手里拿了个相机，满脸不高兴，举着相机拍了两张相片。

忽地，安雅瑜发现水面上似乎有五彩光芒一闪，不由一怔，把胡一岳的事忘了，紧盯水面，可此时，水面却什么也没有。

此时，霍五娘的徒弟小霍香身披大红披风站在船上团团行礼，四周岸上响起雷鸣般的掌声，她团团向周围人行礼，“各位父老乡亲，为师花了一年时间每天彻夜研究，制成了这个鲤鱼化龙灯，让诸位一饱眼福，现在就由小女燃灯化龙。”

她手指一翻，指尖上燃起了火焰，脚底下旋转着，大红披风随风而动，眨眼之间，披风扬起之时，她周身忽地烟火四射，披风跌落，银色的火花在她四周一层层地绽放，面孔隐在烟火之中，脚下却转动不停，她向那金鲤缓缓接近，来到金鲤的旁边，烟火蔓延，指尖点向金鲤之嘴，金鲤忽然间全身透亮起来，缓缓升至空中，它身上的鱼鳞一片片地剥落，落地之后，就化成了燃烧的火焰，浓烟当中，鲤鱼忽然变成了长龙，在空中盘旋翻滚。

“鲤鱼化龙了！”场上响起了雷鸣的掌声。

安雅瑜看得透不过气来，直至龙身收收，才叹息着回神，喃喃地说：“这等技艺真是从没见过。”

“是啊，这是我们这里的特色。”周围有人一脸荣幸地说，“鲤鱼化龙之后，就是龙舟之赛，极为应景。”

“看，那是什么？”忽然有人尖叫。

“天啊，是阎罗，是地狱阎罗！”更有人大声说着。

浓烟当中，一张人脸腾空出现，他面颊蓝绿，双目圆瞪，扫眉倒竖，头戴高帽，望着场上之人，仿佛在寻找世之恶人。

“一定是阎罗王也看不惯这世间强权当道，来主持公道了。”胡一岳大声叫着，满脸兴奋，拿起相机直拍。

众人面面相觑，惊慌失措，不知有谁发了一声喊：“快走啊，阎罗王来勾魂了。”

场上一片混乱，众人四散而逃，忽地，那阎罗人脸咧开大嘴，无声冷笑，半空之中，飞龙忽然间炸开，火焰雨点般地落到了水面上。

火遇水面，原本应该熄的，可不知道为何，那河面就如点燃了一般，忽地腾起阵火光，火光如飞龙一般向龙舟卷了过去。

龙舟上的人纷纷跳水，那火卷至龙舟处，却不罢休，直烧上了舟体，一会儿工夫，好几条龙舟都中招了，还好舟上之人跳下河里，这才幸免。

岸上的人眼睁睁地看着，有人失声惊呼，有人大声呼叫自己亲人的名字，有人更冲下岸去，准备施救。

安雅瑜震惊之极，忽想起一事，“林龙呢？”

远远看去，林龙那叶小舟已然着火，舟上却空无一人。

维持秩序的士兵们赶了过来，开始疏通人群。

一个时辰后，林龙的尸体被送到了林泽夫面前，却是气绝多时，早已溺毙。

忽然，有一个人拿了相机冲了过来，他头发散乱，跑到那林龙面前，像发现新大陆一般叫了起来，“是林龙，是放狗咬死人的林龙，是大帅外孙林龙，哈哈哈，真是报应！”

旁边群众愕然，有人问：“什么林龙，林龙是谁？”

胡一岳打了鸡血般的说：“前几天的头版头条，你没看吗？纵狗行凶的那小子，纵狗行凶的！”

他手舞足蹈，口沫横飞地解说，人群渐渐围拢。

“真是报应，这是阎罗王引来地狱业火要惩罚作恶之人！”一位老者抚着烧焦的胡须颤声说。

“我呸，大帅外孙就不同吗，害得我们无辜受到波及！”一个壮汉气呼呼地说。

几名士兵走了过去，驱散了人群。

胡一岳合了相机赶紧拍了两张，匆匆离去。

领兵的小队长发现了林泽夫，赶过来行礼，“督军。”

林泽夫问：“你们怎么发现林龙的？”

小队长心底忐忑，摇了摇头，“在下游，可能是事发之时，惊慌过度，掉进了水里，没多久就死了，倒没有受苦。”

林幽兰已经走了过去，蹲在林龙面前，仔细察看了起来，嘴里边唠唠叨叨:“哎，真倒霉，咱们林家怎么了，死了一个，又死一个，死的虽然都是人渣，可别全死姓林的人渣啊，弄得人家以为我们家专出人渣！”

安雅瑜默默无语。

林泽夫不假思索踢了她一脚，“说什么呢，让开些。”他侧过身子，看了安雅瑜一眼，安雅瑜慢慢走了过去。

林幽兰往侧边移动脚步，盯着那尸首，“死的时候，穿得不错，丝棉袄子，颈上还挂了根玉链，吃得也不错，目测肚子还鼓着。”

安雅瑜却皱眉看着那尸首，说：“死者死前仿佛经过激烈挣扎，你看他表情扭曲的模样。”

林幽兰看了一眼那具尸体，惊奇地说：“白副官，你就望了一眼，就看出了这点？你太了不起了！”

安雅瑜心说她只说了一句话而已好吧。

林泽夫走了过来，“林龙身上的鞭伤没好，照理来说，不应该出现在这里的。”

林幽兰说：“这我知道，三哥打了他之后，我一直派小丫头盯着他，就怕他报复，听说一大早，他就吵着出去玩，五姐不让，估计他偷偷溜出来了。”

林泽夫看着那具尸体，“老二之死才告一段落，林龙又在大庭广众之下出事，就好像有人化身成了正义使者，一个接一个地清除林府孽障。”

安雅瑜直起了腰，仰视着他，“不，三爷，世人的目光是明亮的，不会被这些流言左右，三爷做的事，每个人都看在眼底，他们的所作所为，并不能代表林府。”

明暗未定的火光在她脸上闪动，她的眼眸里仿佛长出了两簇小小的火苗，微黑的脸上全是坚定，他看着她，无来由的烦躁渐渐地平静，侧过脸，“你说得没错，不要让任何外来的因素影响我们的判断，谋杀就是谋杀，无论是什么原因，都只会是谋杀。”

巡捕房的人匆匆赶到，为首的是探长顾波，长得圆圆胖胖的，他一眼看到了林泽夫，急忙小跑赶了过来，勉强地笑着说：“督军。”

林泽夫嗯了一声，“顾探长来得倒挺快的。”

“哎，说来也巧，我这边完成了公事，正想回去，就来了个电话，说龙舟会死了人，我急忙赶了过来，听说死的是您的外甥？”顾波胆战心惊地打探。

林泽夫瞧了他一眼，淡淡地说：“我那五妹的儿子，刚从东洋回来，顾探长，无论什么人，您秉公办事查清楚案子就行了。”

顾波闻到了风向，想起帅府传闻，脸上绷紧的肌肉松了下来，连连点头，“一定，一定，只是如果五姑奶奶闹了过来，我们巡捕房可不好打发……”

林泽夫冷冷地说：“不必担心！”

顾波得了保证，抹了把额头冷汗，脸上顿时堆出些笑意来，但想及此等场合不应该笑的，马上把笑容收了，转头看向安雅瑜，夸张地咦了一声，热情走了过去，“这位不是白爷吗？白爷，你几天就破了梅公馆奇案，我们这里可都传遍了。”

安雅瑜心底默默嘀咕，曾几何时，她也混成了一个爷了？

“不敢当，误打误撞碰巧了而已。”

顾波哈腰，“白爷，您可真谦虚，白爷，这案子您有什么想法，可不能藏私，咱们都是替三爷做事的，来来，说说。”

巴结了林三爷身边的这位红人，等同巴结住了三爷，顾波小眼睛眨巴眨巴，盘算得很清楚，这个案子不好办，死的是大帅的外孙，虽说是当年闹出笑话的女儿所生，但到底是一家人，这里边的水深，说怎么着也得拉上三爷站一堆。

面前这位白副官是三爷身边红人，把她拉上，准没错。

安雅瑜说：“半个时辰之前，空中出现了阎罗人脸，紧接着那巨龙爆炸。巨龙之中藏着火药，加之有灯烛煤油，燃烧起来极难扑灭，照理来说龙舟在水上，火遇水而灭，可这火不但不灭，反而越烧越旺，而且……”

她慢慢地说：“在鲤鱼化龙之前，我看见了水面有五彩光华闪过，我看资料，汽油密度小于水，被阳光照射会有光华，我估计，水里可能有油。”

顾波点头，“我们查过，确实如此，水里有一层汽油，幸好不多，只波及了十来丈远的水面。”

安雅瑜慢慢地说：“刚好到达林龙的小舟之处。”

顾波惊问：“白爷是说有人故意为之？这位林小公子前几天上了报纸头条了，白爷，您说，是不是真有阎罗出来主持公道，替那被咬断喉咙的少年讨个说法？”

知道了五姑奶奶在林府并不受重视，顾波也肆无忌惮起来，他说虽是说，但却还是悄悄打量了林泽夫一眼，见他并没不以为意，心底更加笃定。

林幽兰从安雅瑜身后探出头来，“我看就是，林龙死不悔改，被三哥打了鞭子之后还要他娘再给他买两条狗，不咬衣服，专咬人脖子，一定是这些话让阎罗王听了去，在大庭广众之下勾了他的魂！”

顾波好奇地听着，满脸都是你再说多点帅府绯闻我不介意的神态。

安雅瑜咳了一声说：“六小姐，这些猜测流言就不必再说了，最重要的是，先让法医验尸，检查清楚尸体内情。”

林幽兰马上双眼冒光，“好，这尸体我来验。”

顾波马上转了一副苦瓜脸，“六小姐，不劳烦您了，您瞧，这死的到底是您的亲戚，让您下手，您心底也不舒服不是？我们巡捕房有法医……”

林幽兰挥了一下手，“顾探长请放心，我心底一点儿也没不舒服，家里人，知根知底的，检查起来方便，撞车死，上吊死，我什么人都验过了，就没验过淹死的，这我可得好好儿验验。”

顾波把求助的目光扫向安雅瑜。

安雅瑜只得说：“六小姐，这恐怕不大好，验尸也讲求客观公正，他是您的外甥，您对他有偏见，理当避嫌！”

林幽兰一挥手，“不行，那……说什么我都要在现场看着！”

顾波一见她松口，赶紧答应：“没问题，没问题，只要您不动手，您拿放大镜整天看都没问题。”

林幽兰就转脸朝安雅瑜说：“小白，我这可都瞧着你的面子。”

安雅瑜一脸领情，拱手，“多谢六小姐。”

林幽兰就随着顾波去瞧那尸体，和两名急匆匆赶过来的法医聊了起来。

安雅瑜回头，见林泽夫站在不远处，林副官低声向他说着什么，她慢腾腾地走了过去。

林副官扬起手来叫：“小白，小白，快过来！”

灭火浇水的人全向安雅瑜望来，安雅瑜只得加快了脚步，小跑步来到林泽夫面前，“三爷，您找我？”

“这件案子，你盯紧些。”林泽夫说。

顾波听了法医初步验尸报告，念及这死者身份，皱着眉往林泽夫这边走了来，恰巧听到这句话，几步上前，一张肉脸瞬间堆满了笑，搓手，“三爷，有白爷参与，这我可就放心了，三爷您尽管放一百二十个心，我等一定配合白爷，把这单案子查个水落石出。”

安雅瑜心说我还一句话没应呢，怎么这案子成了我的了？

“顾探长，您谦虚了，这件案子，您还是主导，三爷有令，我从旁协助行了。”安雅瑜说。

顾波哈哈笑了两声，“白爷，这是什么话？您是三爷的人，我们怎敢怠慢？您放心，您来领导我们，指哪儿我们就打哪儿，绝不会坏了您的事。”

安雅瑜浑身起了层鸡皮疙瘩，不自觉地望向了林泽夫。

顾波闻到了风向，马上向林泽夫哈腰，“三爷，您可得可怜可怜我，就把白副官借给我们几日，我们一定能查清此案。”

林泽夫看着安雅瑜，她脸色微微发红，表情尴尬，显然很不适应那样的恭维，他把视线从她额角移开，手指搓了搓，却仿佛已替她拿下了脸上的灰烬，沉声说：“你就帮他两日吧。”

安雅瑜只得应了声是。

顾波高兴得直搓手，“白爷，您来，我们法医也发现了不少可疑之处，我来跟你说说。”

安雅瑜点了点头。

顾波边走边说：“小公子的尸身是溺毙的，但真的挣扎过，白爷，您来瞧瞧？”

林幽兰把猎装下摆一拉，兴致勃勃，“这案子也奇怪，我这侄儿死得更奇怪，除非解剖化验，现场查不出什么来。”

顾探长一脸晦气，“这案子可得早点查出来才好，拖得越久，可越麻烦。”

林幽兰白了他一眼，“你怕些什么？怕我那五姐找你晦气，放心，今时不同往日，你以为她还是以前那位五公子？”

顾探长耷拉着眉毛，半点也没被说服，“六小姐，你哪里知道我们这些当差的苦，什么人都比我们大，一句话的工夫，一不小心，糊家养口的差事就没了。”

林幽兰不耐烦挥手，“有我……”她见顾波不以为然，有些心虚，拉上了安雅瑜，“有小白帮你，你怕些什么……”

话未说完，那边传来尖厉的妇人哭叫，“阿龙，阿龙，你怎么了？”

林莫兰由两名丫环扶着，踉跄而来，往蒙了白布的尸首而去，两名法医措手不及，呆呆地站起。

她一下子扑到了那白布上，揭开了布看，顿时号啕大哭起来，“阿龙，阿龙，怎么会这样？是谁杀了你？”

她双眼一翻，往后仰了去，被两名丫环扶住了，却没有昏倒，一眼看到了直往后缩的顾波，站起身就向他扑来，“顾探长，你告诉我，是谁杀了他？”

顾波一脸倒霉，求救地望向了林幽兰等，林幽兰早拉着安雅瑜避开了三丈有余，他无法，“姑奶奶请放心，我们巡捕房一定会查明凶手，还小少爷一个公道。”

林莫兰呸了一声，一伸手，揪住顾波的头发，“你们巡捕房怎么做事的，阿龙死了这么久了，凶手还没找到！我要为阿龙报仇！”

她松弛苍老的脸露出了少见的狠厉之色，手抓着顾波的头发不松，顾波龇牙咧嘴，连声求饶，“五姑奶奶，您松松手，松松手，我们正查，正查呢！”

旁边几位巡捕互相望了望，不敢上前拦阻。

“说，到底是谁杀了阿龙，是谁？”林莫兰声嘶力竭地叫着。

顾波不敢推她，头发又被她揪得死紧，叫苦连连，“姑奶奶，我们也不知道啊，这不正查着吗？”他一眼望见安雅瑜，眼前一亮，指着她，“白爷负责这单案子，是三爷亲自指定的，您去问他，他什么都知道！”

林莫兰松开了顾波的头发，顾波抚着头发后退，退到了几位巡捕中央，瞪眼就骂：“你们这些废物，连个妇人都拦不住！”

一位巡捕小声嘀咕："顾爷，谁敢拦五姑奶奶啊？"

顾波摸了一把头皮，手指上有血，气得双眼直翻。

这边，林莫兰直冲到了安雅瑜身前，林幽兰早一步上前把她拦住了，警惕地看她，"五姐，你想干什么？"

林莫兰指着她就骂："死的就是你外甥啊，你这么帮着外人？老六，为了个野男人，你连侄儿都不顾了？"

紧接着一连串的污言秽语滔滔不绝从她嘴里倾泻，安雅瑜听得目瞪口呆，也不得不佩服她联想之丰富，语言之犀利。

顾波和几名巡捕早躲得远远的。

林幽兰是个混世魔王，也禁不住她这么骂，气得俏脸通红，大声叫："三哥，三哥，你也不管管？"

林泽夫这才在骂声当中慢吞吞地走来，"五妹，你不想替你儿子报仇了？"

骂声戛然而止。

"三哥，您一定得替我做主，找到杀死阿龙的真凶！"

这是她第一次在外人面前唤林泽夫三哥。

以前都是叫老三的。

安雅瑜看了看她已有白发的双鬓，再看了看林泽夫那一头漆黑秀发，默默垂下头去，再次默念，恶人自有恶人磨，自古皆是啊。

林泽夫看了她一眼，回头，"如果骂有用，五妹就在这儿骂着，把那凶手骂了出来，我也不用让人去查案惩凶了，省事！"

林莫兰滞了滞，抹着眼泪垂头，"三哥，我可都靠你了，阿龙死得冤枉，无缘无故地被人杀了，有人在报复我，报复林家！如今您执掌一方，可不能让林家坠了名头去！"

安雅瑜对她颠倒是非黑白，语无伦次有些无语，想及林泽夫在这儿，能将她脾气暂且压着，机会难得，上前一步说："五姑奶奶，为查明凶手，请您想想，林小公子是什么时候离开帅府，怎么到了龙舟会的？"

林莫兰朝她翻了个白眼，林泽夫看了她一眼，她这才说："我怎么知道？阿龙一直吵着要来龙舟会，他身上伤没好，我当然不准，吃完晚饭，就不见他的人影了，我让人到处找，可不想就传来了噩耗，说阿龙溺毙了！"

"是谁告诉你这个消息的？"安雅瑜问。

"是阿彪！"林莫兰大叫呼唤，"阿彪，阿彪，你个赤佬，躲到哪里去了？"

一个中年男仆从人群后走了出来，弯着腰说："姑奶奶，我在这儿。"

"你告诉白副官，从哪里知道的消息？"林莫兰瞪着他。

阿彪长着一副老实面孔，这么多人注视，有点手足无措，"姑奶奶叫我去挑几担水来，说要泡花澡，我刚要走，客厅里的电话就响了，平日里接电话的阿兰不在，我看没人接，怕碍了姑奶奶的事，就去接电话，结果，有人告诉我，说小公子死了，我忙跑过去告诉了姑奶奶。”

安雅瑜问：“你记得当时是什么时辰么？”

阿彪摇了摇头，“我不会看西洋钟，不知道的，只看见月亮升到了门口那棵大樟树的树梢。”

林莫兰就骂开了，“没用的东西，连时间都搞不清楚，养你们什么用？我的儿啊，你死得好惨啊！”

回头一看，顾波让两个巡捕把林龙的尸首抬走了，于是又骂：“你们干什么，想要毁尸灭迹不成，儿啊，你的命可真苦。”

两个巡捕停下了脚。

顾波苦着脸眼巴巴朝林泽夫望。

林泽夫一挥手，“抬走。”

两个巡捕这才敢走。

林莫兰骂了一会儿，见没人理她，骂声渐渐歇了，又见林泽夫和安雅瑜等聚在一起说着话，让俩丫环扶她过去，问：“老三，阿龙怎么死的，你可得给我个说法。”

林泽夫揭起眼皮子朝她扫了一眼，“你是谁啊？这么大口气？被咱爹赶去了东洋当日本人老婆那位？你猜，爹会不会在乎这个有东洋血统的洋外孙之死？”他停了停，说：“更何况，这洋外孙前几日还上了小报头条，丢尽了林家的脸！你可记住，爹的外孙多着呢，有些，他老人家自己都不记得名字！”

安雅瑜垂下头去，这林泽夫别看平日里少言寡语，多说几句话，就能稳居世界毒舌之冠。

能把人气得不光嘴吐血，眼眶都能喷血！

林莫兰血倒没吐，双眼直翻，身子后仰，眼看就要昏倒了，可她神经强悍，摇摇晃晃站直没昏，还能勉强地说：“三哥，他再怎么不成器，也是你的外甥。”

林泽夫表情冰冷，“想我们替你查清此案，就老实点，别动不动就闹，这里，没有人是你娘！不欠你什么！”

安雅瑜绝倒，简直有点崇拜他了。

这一极品，也只有林泽夫能对付。

林莫兰终于忍不住了，掩脸呜咽，由俩丫环扶着，踉跄离开。

林幽兰这时才舒了一口气，从角落里溜达出来，走到安雅瑜跟前，低声说：“小白，你看吧，只有三哥才对付得了她，我们这一大家子，每个人都不是善茬，三哥才是遇神杀神、遇鬼杀鬼之人。”

安雅瑜扫着她说：“也包括你？”

林幽兰很实诚地点头，“也包括我。”

安雅瑜默默垂头，心底写了个服字。

顾波抹着额头冷汗过来，“三爷，还好您在场，没让五姑奶奶破坏现场，要不然，这查案难度又大了。”

林泽夫说：“别理她，你们好好查案就成。”

安雅瑜此时才充分理解了顾波的顾虑与巴结。

阿彪还在那里站着，安雅瑜就问：“那打电话的人是男是女，你还记得吗？”

阿彪说：“那人压低了嗓门说话，声音尖细……”

安雅瑜思索起来，“这可奇怪了，既是压低嗓门说话，怎么会声音尖细？”

阿彪惶恐地答：“我没有说谎，那声音就像舞乐门演的傀儡戏的傀儡，古里古怪的，我一开始还以为有人恶作剧，可他让我去看看小公子还在不在房里，我问阿香，阿香去找小公子，他果然不在房里了，我这才把这消息告诉了姑奶奶。”

没有林莫兰在场，他说话都利落了一些。

见没什么问的了，安雅瑜挥手让他退下，走到林泽夫的身边，“三爷，今日这件案，正应了那两句话。”

林泽夫脸色严峻，“没错，鲤鱼化龙处，地狱搜魂人，终于都齐全了，两句话，应一个案子。”

安雅瑜摇了摇头，抬起头看向远处，怔怔的，“这世间还真有人事先能预测罪案发生？”

林泽夫瞧了她一眼，“凡事都是人为，这不过是又一单精心策划的案件而已。”

“可这单案，却完全无迹可寻，如果有人精心策划，这就太过匪夷所思了一些。”安雅瑜说。

林幽兰晃着脑袋插进了两人中间，双眼冒光，“匪夷所思才好啊，这单案子，既有阎罗从地狱爬上来搜魂，又有溺毙的死尸，案子在龙舟会之时发生，占尽了天时地利人和，如果破了，那才会闻名天下呢，我不管，三哥，这案子你可一定得让我参与，以后各种报纸报道，也得添上我的名字，这案子一破，我就成了和安雅瑜一样的女神探了。”

对她提及自己的名字，安雅瑜已经能听若不闻，“这案子不好破，你这署名权可不好赚。”

林泽夫看了她一眼，嘴里微微上扬，“没错，至今为止，我们除了那张纸条之外，就什么都不知道了。”

林幽兰说：“纸条不是在谷兰那里拿来的吗？肯定还得找她，三哥，想她配合，还是得你出马，我可听说了，大哥给她在外边买了一个小公馆，她一出了帅府，就住进那小公馆去了，三哥，人家还买不买你的账可难说得很。”

她哈哈哈笑了几声，幸灾乐祸。

林泽夫冷冷扫了她一眼，“不一定用得着她。”

“如果她和这两件案有关，纸条就不会传至她的手上，当务之急，还是要找制灯笼之人问清楚。”安雅瑜点头说。

林幽兰说：“也有道理……但是小白，你明明可以早点跟我说的，以后有关这案子的事，你一定得提前跟我透个底，好让我也来几次先知先觉！”

安雅瑜懒得理她，见有人向林泽夫请示，向他告了声罪，独一个人慢慢往前走，就见小霍香一身水浸坐在一块大石头上，手里拿了样东西，却是一个铁架子。

她两条辫子被火烧得只剩下一半，脸上脸上青白青白的，一身狼狈。

“师傅制的灯笼就这样没了，师傅会伤心死的，师傅花了一年才制成的灯笼啊！”小霍香哭泣着。

安雅瑜走了过去，“小霍香，只要手艺还在，你师傅还能做得出来的。”

小霍香摇头，“没有材料了，师傅为了做这个鲤鱼化龙灯，亲手一笔笔地描，一根篾一根篾地打磨挑选，师傅说她要做出一个独一无二的灯来，让它成为咱们霍家的传承，师傅因此眼睛熬坏了，也累坏了身体，为何他作的孽，老天爷却要毁了师傅的心血？可现在只剩下了这铁架子。”

安雅瑜这才知道，她下河摸那铁架子去了，心说想不到小霍香还有一身水技。

她举着袖子在脸上抹了一把，却使她的脸更加惨不忍睹。

安雅瑜安慰说：“阎罗取命，非人力能阻止，这也是无可奈何之事。”

小霍香边哭边摇头，“可师傅从来都没做错什么，幸好她累得睡了，还没有醒来，如果听到了这个消息，心底不知道会怎么难过。”

她越过安雅瑜，走到一边，拾起了一个弹簧样的铁架子。

安雅瑜问：“这还能用吗？”

小霍香抹了把泪说：“这样东西，是化龙的关键之处，是师傅请了最好的铁匠打的，幸好没被火化了，我要替师傅收着。”

安雅瑜轻声问：“这个是飞龙从鲤鱼腹中弹出来时的支架吧？支架支撑着飞龙在空中盘旋，因烟雾掩护着，就好像飞龙凭空飞腾一样，这个花灯，的确是别出心裁，前所未闻。”

小霍香意外地看了她一眼，“白副官对花灯也有研究？您如果去见我师傅，你们一定会相谈甚欢的。”

“花灯送过来广场，在这里摆了不少时日吧？”安雅瑜问。

“先摆了三天，三天之内，都有人日夜看守，可谁知道怎么防也防不住阎罗王要用它来勾魂？飞龙无故就炸了，火焰到河面，引发大火，惩罚了他，却毁了师傅的灯笼！”

“是啊，人人都说，这是阎罗发出的业火，要炽烧这世间所有不平。”林幽兰也凑了过来。

“报纸上的事我也看过了，那孩子的确不对，可有必要拿我师傅的灯笼作为惩罚工具吗？”小霍香愤愤不平地说。

“小声些，都说了是阎罗勾魂了，你不怕他在背后听着，也来勾你的魂？”林幽兰挤眉弄眼。

安雅瑜听她说得有趣，只在一边听着。

小霍香闻言，真往背后望了一眼，回头脸色坚定，“我一个做灯笼的，怕什么？师傅说了，人行得正，不怕鬼敲门，我相信阎王不会胡乱取人性命的，那个林龙胡作非为，才会遭了这样的恶果！”

林幽兰问：“那阎罗可真有趣，既是现身露出脸来，那随便挥挥手指就拿了林龙性命，偏偏还要把你家的灯笼炸了，搞得人人自危。”

小霍香红肿着眼看她，“我怎么知道，阎罗王是神仙，他的想法怎样，我们这些凡人怎么能猜测得出？”

林幽兰说：“那倒是。”

安雅瑜朝她使了个眼色，两人走到一边去，林幽兰压低声音问：“怎样，怎样，小白，我问的东西有没有用？”

安雅瑜冷冷瞪了她一眼，“一堆废话，问了等于没问。”

林幽兰不好意思地摸着鼻头，“我也这么感觉……但是白副官，你明明可以委婉地批评指正的，为何学得和三哥一模一样的口气？你太伤我的心了。”

安雅瑜无语。

林幽兰大开脑洞，“鲤鱼化龙灯是霍五娘做的，这条龙是条火龙，火龙能在烟雾中腾空而起，阎罗王手一指，飞龙变成了真龙了，炸了它自己，它本来就是由火形成的啊，这一炸，不就引得处处失火？又引得河面流光处处，让林龙落水溺毙？”

安雅瑜对她一会儿一个说法很是无语，说：“好啊，这案子不用查了，就是阎罗前来勾魂，你那当第一神探的愿望也别想成真。”

林幽兰忙赔笑，“我也就是说说而已，小白，你别拿这般讥嘲的目光望我，我的心灵会受伤的，小白，你是说，我刚刚问的东西全不在点子上？要问这灯里面用了些什么易燃材料，容不容易爆炸？我再去问！”

安雅瑜说：“不必了，鲤鱼化龙灯的手艺，霍五娘千辛万苦研究出来，定不会轻易示人，再者，你刚刚问小霍香之时，她已提高了警觉，问不出什么来了。”

她抬头看着半空，已经到了后半夜了，月亮西斜，人群已渐渐散了。

林幽兰也陪着她仰望半空，感叹：“好一轮明月，真像个大烧饼，小白，你饿了吗？”

安雅瑜额头青筋跳了两跳，忽视她的话，“飞龙腾飞在空中，骨架极轻，是什么样的炸药能放置其中，而不影响它的行动？”

林幽兰回头望她，“起码不得比烧饼重。”

安雅瑜彻底无语。

林泽夫不知道什么时候走了过来，一手套拍在了林幽兰的头顶，“说什么呢？”

林幽兰缩头，“三哥，别捣乱，我和白副官在讨论飞龙里藏炸药的事呢！”

林泽夫说：“是吗？”

安雅瑜双目闪闪，仰着脖子望他，“三爷，你了解军械，依你所见，什么炸药能造成这样的效果？炸裂开来，却没波及旁人，只引起火焰燃烧？”

林泽夫摇头，“这条飞龙，几乎是全身均匀炸开，这种炸药，虽然比鞭炮的威力大不了多少，但炸开之后，火焰溅得四处都是，因此杀伤力极大。”

林幽兰双眼发光，“你瞧吧，我说了，它是条火龙，所以，全身都是火！把自己炸了就是为了放火烧人！真是地狱业火！”

安雅瑜轻声说：“不一定的……”

正说着，远处忽然传来嘈杂吵闹，“小赤佬，老娘出来混的时候，你还不知在哪里吃奶呢！居然敢偷拍我！”

几人互望一眼，忙向吵闹之处跑了去，远远的，就看见几个闲汉聚在不远处看热闹，却不走近。

几个佣人揪住了一个瘦小人影，将他压趴在地上，林莫兰亲自动手，几巴掌甩在他的脸上。

那人伸长了脖子，在那几个佣人手底下挣扎，声嘶力竭地喊：“五姑奶奶打人了，帅府五姑奶奶打人了！”

林莫兰插着腰叫：“打，给我把他满嘴的牙打掉！”

此时的她，还真恢复了几分以往五公子的“风采”。

第十五章　连环杀机

一个孔武有力的佣人上前，抡圆了胳膊挥了上去，一巴掌下去，那人吐出几颗牙来，漏着风喊：“你，你，你恃强凌弱！欺压良善，我一定要把这些登上头版头条，让民众评判是非黑白！我不怕你！”

林莫兰满脸横肉乱抖，左右望了望，拾起了跌落地面的照相机就往下砸了去，安雅瑜急忙紧跑几步，“住手。”

林泽夫已经一伸手，抢过了她手里的相机。

林莫兰一屁股坐在了地上，拍着地面痛哭，“我怎么这么命苦啊，儿子无缘无故死了，家里人胳膊肘往外拐，连个小报记者都来欺负我，爹，爹，您倒是来看看啊，您就不管女儿了吗？”

哭闹声中，林泽夫已让人揪起了胡一岳，他满嘴鲜血，两撇小胡子抖动不停，双腿颤抖，却依旧伸着脖子喊：“我不怕你们，不怕你们！”

林泽夫示意，林副官上前，一伸手，卸了他的下巴。

安雅瑜已经拿起了那台相机仔细看，那是台德国相机，完好无损，她对着镜头看了看，垂头想了想，对林泽夫说：“胡一岳事发前后，都在拿着这相机四处拍照，也许，这些照片记录了我们没有注意的细节。”

林泽夫点头吩咐林副官，“找人把相片洗了出来。”

胡一岳口水长流，说不出话，眼睛直眨，只在喉咙里发出模糊不清的抗议之声。

林莫兰被两名丫环扶着站起来，林泽夫自是不理她的，任由她号，她只有自己凑过来恶狠狠地说：“没错，说不定这些相片里就藏得有凶手！这记者和凶手合谋，就是为了出林家的丑，要不然，他怎就那么凑巧，半路上跟上了我！”

胡一岳眼睛定了一下，复又发出含糊不清之声。

安雅瑜问他：“你有话说？”

胡一岳连连点头。

林泽夫向林副官点了点头，林副官后一托，把他下巴装好，他急叫：“我冤枉啊，督军，我真是冤枉，我只是一名记者，哪会和凶手扯上什么关系？”

“那你说说，你为何跟上了五姑奶奶？”安雅瑜问。

胡一岳眼睛闪动不停，“林龙死得那么蹊跷，我做记者的，自当为查明真相出一份力。”

“林龙去世，你却去骚扰家属，全无半点道德良心，胡一岳，记者是你这么当的吗？你这种行为，可构成扰乱公务之罪，看来，你这记者是不想当了，想住牢房了。”林副官冷冷地说。

林莫兰在一边恨声说：“没错，老三，把这人投入牢房，多关几日，看他还敢不敢乱写！”

胡一岳嘴唇颤抖，“不，不，督军，我照相之时，真发现了一个异常之处，绝不敢欺瞒督军，您不信，我还照下来了。”

林泽夫语气冰冷，“什么异常？”

胡一岳眼睛扫向了林莫兰，吞吞吐吐。

林泽夫说：“扶五姑奶奶先下去歇着！”

林莫兰哪里肯走：“老三，我为什么不能听？有什么不能告人的？死的可是我的儿子！”

林泽夫望向那几名丫环，哼了一声，“还站着干什么？”

那几名丫环上前就来拉林莫兰的胳膊，“五姑奶奶，咱们先去那边坐坐，喝口水。”

林莫兰气得跳脚，“你们到底是谁的下人……”

说话间，林莫兰被拉得远了。

林泽夫这才慢慢抬头，看着胡一岳，“说吧。”

胡一岳这才漏着风说：“督军，在看灯之时，其实我还看见了一个人，那个人像是五姑奶奶的丈夫，那东洋商人，可我没看得清楚，就匆匆照了两张相，都在相机里呢，那人啊……”

他缩着头往林莫兰方向望了一眼。

林幽兰撇嘴说：“你放心说吧，有三哥在，她不会过来甩你耳光了。”

他声音低低地说：“我还照到了老黄头了，奇怪得很，他儿子死了，头七没过，他跑到河边来干什么？”

安雅瑜说：“五姑奶奶的相公，是改了名姓林的小野大辅吧？”

林泽夫轻声说：“他也来了？”

林幽兰说：“谁知道？我那五姐夫听说有钱得很，外边公馆就有两座，小汽车也有两三辆。”

安雅瑜心底奇怪，暗底思索他们怎么不搬出去住，偏要在林府受气？

可涉及林家隐私，她却不好发问。

林泽夫看了她一眼，说："是老五不想搬，说想要趁此机会孝敬大娘。"

安雅瑜默默垂头，他怎么知道她想问什么？

查案查了半宿，回到林府，天已经快亮了，安雅瑜与林泽夫等分手之后，匆匆回到住处，洗了个脸，松开皮带在床上躺了一会儿，原本极累的，却怎么也睡不着，小蔡的脸和林龙的脸在她面前来回闪现，时而流泪时而哀告恳求，她脑子嗡嗡作响。

抬头看窗外，却正是破晓时分，一道明亮的光线自云层射出，破开了黑暗，将阳光一寸寸地铺向地面。

她着迷地望着那丝光线，直至眼睛发酸，面前有人影遮挡，她一抬头，林泽夫居高临下地隔窗望着她，洁白如刀雕的脸，被晨曦一缕阳光照亮，浑身仿佛发着圣光。

他一言不发地看着她，鬓角被露水打得微湿，衣袖半卷，露出手臂强劲的肌肉。

"三爷……"她轻声说。

他的头自窗户之中伸了过来，手指挑起了她的下巴，"安雅瑜，跟在我身边，你会怕么？"

"不，我不怕。"她怔了怔回答，他温暖的指尖有香皂的味道。

"好。"晨曦当中，他扯开嘴角微微地笑，眼神依旧淡漠，可脸却渐渐向她凑近。

他温热的鼻息吐在她的脸上，让她的脸痒痒的，她不由自主想避开，他的眼神却有吸力一般，幽深黑暗，让她脖子僵硬，动弹不得。

那棱角分明的嘴角向她逼近。

不，不应该是这样，她大叫一声，从床上坐起，窗外阳光照进，一道晨曦正射在了她的眼帘之上。

为何会做这样的梦？

她拥着被子呆呆地想。

那么的真实，真实得可怕。

可怕的不是这个，可怕的是在她心底，竟隐隐有了丝期盼，盼望那梦是真的。

她把脸一下子沉到盆中，让水浸没了自己的面颊，直至不能呼吸，这才抬起头来，大口大口地喘气。

忽然间，门外传来急促的敲门声，"白副官，小白，起床了没有？快点起床！"

安雅瑜忙走过去拉开房门，林副官站在门外，隔他几步之远，林泽夫皱眉朝她望了一眼，又移开眼眸。

两人都穿了便装。

林副官吃惊看她，"小白，你这是在干什么，一大早洗头啊？"

安雅瑜忙回去，拿了毛巾擦干净了脸，又换了身便装出来。

林副官在外边等着，见她重新出来已换上了便装，惊奇地问：“小白，你猜到咱们要出去啊？”

安雅瑜无语地看他，“你们都换上了便装，一大清早来找我，当然是要出去了。”

她不敢望林泽夫，怕眨眼之间，就暴露了自己心底的秘密。

林副官说：“那你再猜猜，我们要去哪儿？”

她此时才看了林泽夫一眼，却正对上他幽黑的眼眸，目光未明地看着她，和梦中一模一样，她心中一跳，将视线移到一边，继续说：“从三爷穿着来看，咱们应该去的是租界里唯一一家中国酒楼，福会楼，那座酒楼来来往往东洋人居多，而且规矩奇特，只有会员准入，每一位会员，都会发一身西服，西装没什么特别的，特别的却是它上边袋口上的纽扣，是一种名叫根付的东洋手工微雕制品，体积虽小，却价值不菲，只有顶级会员才能拥有。”

林副官目瞪口呆，“小白，我和三爷去了这么多次，都没发现他穿的衣服纽扣有何不同，你的眼睛可真毒，一眼就看了出来。”

他真把头微微伸着，望向林泽夫的胸口衣袋，当然不敢靠得太近，隔了半晌才说：“我看出来了，这扣子是一个小小的傀儡面具，好像是象牙做的？”

林泽夫一伸手，两根手指头撑在他额头，把他的脑袋撑开，表情冷淡，“还走不走了？”

林副官忙点头，“走，走。”迅速回头，低声紧张地说：“三爷，跟屁……不，六小姐来了，咱们要不要躲躲？”

纵使林泽夫这般的泰山崩于前而不动声色，眉头也迅速皱成一团。

果然，林幽兰穿了身洋装，从小路之上连跑带跳而来，扬着手叫：“等等我！”

安雅瑜一看她打扮，默默垂头看着地上，“三爷，六小姐的丫环们在林府无孔不入啊。”

林幽兰穿的虽是女式洋装，可同样的，袋口之上也有个月白色小小纽扣。

林副官低声问：“什么意思？”

安雅瑜说：“六小姐培养了一批丫环密探。”

林副官恍然大悟，“原来如此，难怪咱们三爷走到哪儿，她都能堵得住。”

说话间，林幽兰已来到了几人跟前，听见了他们的一问一答，得意地说：“那是当然了，三哥这人冰山一座，为了能靠近融化他，你们可不知道，我花了多大力气。”

林泽夫千年冰山般的脸此时也终于露出一丝裂缝，嘴角抽了抽，冷冰冰地说：“走不走。”

林幽兰扯着洋装的扣子递给安雅瑜瞧，“白副官，我这纽扣，也是顶级会员才能拥有的，你瞧瞧。”

她躲在一边也不知听了多久了，看到他们要走，这才绕了出来！

安雅瑜默默垂头。

她那身小洋装极为合身，裁剪得尤其合体，她凑到安雅瑜跟前，胸前尤其突兀，安雅瑜虽也是女人，也不由尴尬，偏过头去，“确实不错。”

林幽兰说：“我这个和三哥的不同，他那是个男子面具，我这是女子的，你再瞧瞧，是按我的相貌定制的，你瞧雕得像不像？”

她身上香气阵阵袭来，安雅瑜闪躲不开，正感无奈，林泽夫一把扯过了林幽兰，“看什么看？你还想不想去？”

安雅瑜感激地看了他一眼，忙避到了林副官的身边。

林副官对她挤眉弄眼，“小白，六小姐今儿穿的那衣服，特地请裁缝改过，你怎么能视若不见呢？”

安雅瑜这才明白其中蹊跷，尴尬哈哈了两声，跟着他坐进了小汽车。

租界之内，西装革履和长袍马褂摩肩接踵，土话与古怪外语相交相汇。

林泽夫一行走进福会楼，就被迎进了贵宾室的二楼包厢，这是个极好的位置，能俯视福会楼整座场，福会楼一楼，是一个极大的舞台，挑子上挂出了今天要演的文明戏：《贪色报》。

四人分两排坐下，安雅瑜正对了林泽夫坐着，茶点端了上来，她垂头看着面前的茶杯，却只觉对面那人两道视线如影相随，仿佛要穿透她的脑子，看进她的心里去，她把头垂下，拿了勺子加奶，专心研究桌上摆着的调味品盒子。

修长的手指伸过来，递来一袋小小的砂糖，她心中一跳，想接过那砂糖。

砂糖倏地缩了回去，她愕然抬头，正对上他皱紧双眉，不耐烦的眼神。

她不由问：“怎么了？三爷？”

林幽兰在一旁插话：“白副官，你怎么了，魂不守舍的？从林府出来之后就是这样！”

林副官低声说：“小白，三爷看了你好几次了，小心些。”

安雅瑜说：“没什么，昨晚上没睡好……”

林幽兰截住了她的话：“小白，你也做梦了？”

安雅瑜心底一跳，视线落到了林泽夫那边，正对上他微凝的眼眸，忙收回视线，“没，哪，哪，哪做什么梦？”

林幽兰失望地说：“没有啊，我可一晚上都在做梦，还梦见你了，咱们俩联手，破了这案子，然后啊，我成了第一女神探，把安雅瑜都比了下去，报纸上到处是咱们俩的英雄事迹，还受到了英领事的接见，让我去英格兰场破案，啊哈哈……”

安雅瑜无语地把头偏向一边，正对上了林副官那探究的眼神，她问：“干吗？”

林副官小声说："小白，你说话结巴了。"

安雅瑜瞪了他一眼，"那又怎么了？"

林副官凑在她耳边说："小白，我也会看人的，你说话结巴，说明你在说谎！你梦见谁了？"

安雅瑜正了正面孔，木然说："没梦见谁。"

她眼角却不由自主扫向林泽夫，就见他半垂着头，有丝笑纹，慢慢在嘴角漾开。

她耳根发烧，把头偏向一边。

不会的，这人不会连这都猜了出来！

下边锣鼓声响，文明戏开锣了，这两人总算不再八卦，注意力到了场上。

两个丑角上场，在场边逗笑解说："五公子出生之时，天降一道祥光落在那富户之家，有算命先生当即登门拜访，说家主日后拥有奇命，能一改天下，果然，家主一天天发达，投资什么，什么就涨，赚得盆满钵满，他投身军界，养私兵，跟着总统打天下，不到几年工夫，终成一方大员，可那五公子，可就不成器了，整天在外边流连花街柳巷，包戏子，逗小生，欺男霸女，无恶不作，弄得民怨沸腾，可那富户权大势大，没有人敢说什么，可笑的是，五公子没人敢惹，他那娘却给他惹了麻烦来了，说起他那娘，也是风流女人一名，按理说相公这么有出息，她理应知足，可谁知道她常居后院，富户虽然尊她为大夫人，可也娶了不少小妾，因此冷落了她，她原就是风流种子，哪忍得了这种寂寞，因此，在富户外出之时，与家里来的家庭教师勾搭成奸，十月怀胎，居然偷偷在家生下一个孽种，富户却茫然不知，她这孽种自己当然不能养的，她居然想出一法，李代桃僵，想让五公子背了这段孽障！五公子怎肯罢休，却不想由此引出一个天大的秘密，各位看官请看……"

这种家庭文明戏，是由东洋传来，用白话演出，所说故事专吸人眼球，肆意扩大事实，荒诞不经，安雅瑜兴趣不大，转过头去，端详着二楼坐着的观众，却见对面珠帘垂落之处，有人端了杯茶，遥遥向她致意。

她眼眉一挑，认出了那人，正是谷兰以前的老板宫池鸫，他居然藏身于租界？难怪林泽夫找不到他。

她站起身来，向在座之人告了个罪，出了包厢，往对面而去，来到对面厢房，宫池鸫却不见了踪影，她心中失望，看了一眼空空如也的包厢，正想离去，却听背后有人轻声问："白副官是在找在下吗？"

安雅瑜一回头，就见宫池鸫手持杯子，微微而笑，举杯向她致敬。

她心底一惊，明明她进门之时，仔细察看过门外帘内能藏身之处，这人却还是能神出鬼没出现？

"与先生在万国酒店一别，多日未见，今日遥见先生出现，想替谷兰小姐向先生问好。"安雅瑜文绉绉地说。

宫池鸫扑哧一笑，面颊两边竟现了两个小小酒窝，竟像一个初出茅庐的大学生，清纯敦厚，哪有半点从事黄业的黑帮枭雄样子，“你们女人啊，总是这样，口是心非。”

他视线落到她的胸口，又迅速移开，“白副官，胸口束得太紧，对女人发育可不好，以后更影响生育，我建议啊，晚上还是松开，且多做按摩。”

他慢吞吞说完这话，却像闲来无事赏花闲聊。

安雅瑜脸皮一紧，迅速板正面孔，“我如此打扮，虽得督军准许，却也是无可奈何之举，今日被宫先生一眼识破，还望宫先生看在督军分上，严守秘密。”

宫池鸫哈哈笑了两声，“这世上秘密何其多？你这小秘密，我还不放在心上，白副官是三爷身边红人，我哪敢到处宣扬你这小小秘密？”

他视线从她胸前滑过。

这语带双关的话让安雅瑜牙根发痒，忍着气说：“宫先生今日来福会楼，莫非又发现了什么秘密不成？”

宫池鸫笑了笑，把视线移向了一楼舞台，指着下边正演着的文明戏，“白副官，你看这荒诞戏，听起来荒唐不堪，可有的时候，假亦真时真亦假，就像白副官正在查的龙舟失火案，真真假假，阎罗小鬼，魑魅魍魉，谁人能分辨得清？”

他手指一弹，指尖忽然出现了一把黑色纸扇，纸扇张开，扇上一个黑白脸的傀儡面具弯着血红的嘴笑着。

安雅瑜皱眉看了那纸扇一眼，纸扇上面具人笑容奇特，表情古怪，让人心生不舒服之感，她迅速移开视线，说：“若是宫先生知道不少内情，还望告之一二，三爷会买您的账的。”

宫池鸫用扇子半掩其面，眨巴眼睛看她，“白副官，我只在谷小姐面前露了一面而已，三爷就派人满城的搜寻，我若再说什么，只怕没命回到香港了。”

安雅瑜淡淡地说：“三爷对那些能助他一臂之力的人，总会网开一面的，怕只怕宫先生只会故弄玄虚，到处煽风点火。”

宫池鸫一合扇子，哈哈笑了两声，“原来白副官早把我给看透了？我可得小心些了，白副官，我的消息，都是有价的，不过咱们初次做生意，先白送你一次，白副官，好好儿看这出文明戏，说不定有意想不到的收获！”

他手里扇子忽然打开，盘旋飞起，直飞向安雅瑜的面门，她偏头避开，那扇子飞了回去，等她再看向其站立之处，却发现宫池鸫身影消失不见。

安雅瑜在包厢四处打量一番，找不到他的人影，只得闷闷不乐回到自己的包厢。

林幽兰见她回来，打着招呼：“白副官，怎么去了那么久？戏都演了一半了。”

“上了趟洗手间。”

林幽兰这才不问了。

安雅瑜偷偷打量林泽夫，见他侧头看着下边舞台，并没注意自己，绕过林副官坐进了椅子里。

林副官只看了她一眼，低声说："你可错过了精彩剧情了，下面演到五公子被揭穿是女人身份，被她爹厌弃，把她关在后院，不能再出去胡混，得不到她爹的宠爱，而她娘为了逼她认下那孩子，串通家庭教师，让家庭教师勾引自己女儿，使得失意中的五公子神魂颠倒，对家庭教师言听计从。"

安雅瑜心底一跳，回头望林副官，"这故事？"

林副官点了点头，看了对面的兄妹一眼，压低声音说："和五姑奶奶相似得很，但这内情也太惊人了些。"

下边两个丑角一唱一和，搞笑逗乐，"我是五公子，我爸是大官，我妈穿绫罗，出门坐软轿，回来丫环来捶背，吃饭玉石碗，尿盆景泰蓝，我要钱又吸烟，上学打了老夫子，下课揍了几个同学，天王老子就是我！"

"我是五公子她娘，为了谋家产，让女儿变成男，我穿的是花花缎子，花的是花花银子，为了花花肠子，要让女儿认了这个花花弟弟，女儿由我生，自该听我言！"

故事越编越荒诞，安雅瑜越听越惊讶，低声问："怎么可能有这样的事？"

这种故事也只能在租界传播，如果到了外边，就凭五公子这个名字，林家都不会善罢甘休。

林幽兰是个最喜欢八卦是非的，听了这话，也只是抬头看了安雅瑜一眼，懒洋洋地说："谁知道呢？就像咱爹，妻妾好多个，一年也见不到他几次，后院发生了什么，有谁会知晓？"

安雅瑜暗暗心惊。

林泽夫垂眸，轻磕桌面，没有说话。

自己家里的事，这两人可真淡定得可怕。

舞台之上，五公子和家庭教师跪在她爹面前，抱着那初出生的孩子，谎称那孩子是自己的，向其父恳求让她嫁给家庭教师，其父大怒，一脚踢中她的胸口，指着她说："伤风败俗，伤风败俗啊，滚，我不想再看见你们！"

布景改变，五公子和家庭教师抱着孩子站在轮船之上，轮船移动，渐渐向远处航行。

一幕终了，安雅瑜却胸口发闷，喘不过气来，心情差得不行。

还好这只是一出荒诞戏，要是这世上真有这种虎狼一般的母亲，那么，女儿由她所生，何其不幸？

她想起自己的继母，忽然感觉自己何其幸运，继母虽然有些小心思，但对她总算做到了长辈应该做的一切事情。

可这故事，和五姑奶奶林莫兰到底有何关联？

她抬起头来，却发现散场的人群当中，宫池鸫仰着脸，向她微微一笑。

灯光照在他脸上，使他脸孔白得吓人，竟有些像扇子上那白色面具人。

她忽地出一身冷汗，手也微微发抖。

身边站着的林泽夫就感觉到了，顺着她视线向下看，却只见闲人如潮，背影如梭，哪有半点异状。

林泽夫负手向前走了去，车被小厮开了过来，他让林副官带了林幽兰先走，林幽兰想要抗议，早被林副官拉进了车里。

他说：“陪我走走。”

安雅瑜垂眸应了声是。

她知道他已经感觉到了，可他却什么都没问，她却也不方便去说，只跟从他的脚步走在这条长长的街道上。

夜幕降了下来，巡警持枪列队而过，踢翻了两边小贩的摊子，把他们往外边赶。

这里和别处不同，为维持这里的治安秩序，小贩只准许白天在租界摆摊经营，晚上一律清除出场。

西装革履的绅士与洋装长裙的女人取代了挑担小贩，街道上热闹了起来。

与洋人相比，林泽夫的身量并不输多少，依旧鹤立鸡群。

安雅瑜跟在他身后一步之远，揉着被人撞痛的胳膊，看着他高高的身影以及投在自己身上的阴影叹了口气。

他回过头来，皱眉看她。

她忙紧走几步，来到他的身侧。

“三爷，您要我陪您去哪儿？”

“不去哪儿就不能让你陪着？”林泽夫居高临下望了她一眼，眼眸黝黑。

安雅瑜心脏漏了一拍，“当然能。”

他把头转了过去，目视前方，状似无意一般地问：“昨儿晚上，你做了什么梦？”

“啊？”安雅瑜半张着嘴，脑子一下没反应过来。

他转头，扫了她一眼，不耐烦地说：“不能说吗？”

“没，没，没做什么梦？也，也，也就是梦见吃烧饼了，吃，吃，吃了好多个。”安雅瑜看着脚下的青砖街道，埋头往前走。

可没走几步，一下子撞进了一个暖烘烘的怀里，额头更是撞到一个犹如包了厚绒布的铁块，发出咚的一声响。

他的声音在她头顶，“你又结巴了。”

安雅瑜赶紧后退一步，却被他揽住了肩膀，“小心，撞我可以，可别撞到其他人。”

她的脸埋在他的怀里，掺着皂味的味道直钻进了她的鼻孔，她僵直了身子不敢动，“三爷，请您放手。”

四旁走过的行人拿奇怪的眼神朝两人打量了。

“我不喜欢别人对我说谎，说实话，昨晚上，你到底梦见了谁？”林泽夫淡淡的嗓门在她耳边。

她耳边有微微吐息声，她这才发现，他的嘴唇居然停留在了她的面颊。

她的脸腾地一下红了，倏地想起梦中的情形，伸直了手臂去推他，“没，没，没有，都说没有了。”

他手臂肌肉坚硬结实，她如撼石柱，哪里能推得动，她正羞恼，他却一下子松开了她，在她耳边低声说：“是不是梦见了我？”

他哈哈大笑向前，留她呆呆站在原地，隔了半晌才咬着唇哼了一声：“自作多情。”

看见他高高的身影，却忍不住咬着嘴唇笑了。

两人一路前行，拐了一个弯，来到一条僻静小路，他放缓了脚步，脸色沉寂，“前边那家店，就是霍五娘的灯笼铺。”

她心中一凛，刚刚的旖旎消失不见，轻声说：“霍五娘的店铺居然开在租界里？”

林泽夫微点了一下头，“霍家灯笼是祖传手艺，老店已经开了百年之久，原先不在租界里边的，霍五娘接手霍家手艺之后，把生意做到了出口洋行之中，因此，才把店铺移到了租界。”

“难怪霍家能这么大的手笔，一个鲤鱼化龙灯就能用上半斤黄金？”她看了他一眼，“鲤鱼化龙灯爆炸，霍五娘躲在租界不出，我们也不能公然来租界拿人询问，因此三爷才想着亲自前来？”

林泽夫点了点头。

灯笼铺前，一个巨大的灯笼挂在檐下，那灯笼是由檀香木制的骨架，骨架上雕着成对的龙凤，雕刻精致，古意盎然。

安雅瑜正仔细端详那灯笼，灯笼铺的玻璃门一下子打开了，两个佣人推着一个身形瘦小之人往外攘，“出去，出去，这里不准拍照！”

“我要见霍五娘，有照片给她看，你们懂什么，快让我见她！”胡一岳挥舞着手叫嚣。

真是人生何处不逢君，又遇上这货了。

这货的腿脚可真快，像臭虫一般，到哪儿都能遇到。

“什么照片？我们老板娘不稀罕，赶紧走，再不走打断你的腿！”

“你们那灯爆炸时的照片！我都拍了下来了，霍五娘不想要？不要我卖给别人了，有的是人想要，哼，你们可别后悔！那鞭子啊就那么挥啊挥！”胡一岳骂骂咧咧地向前走。

安雅瑜和林泽夫站在阴影里，等他走了过去，这才往灯笼铺走去。

见两人进门，招呼生意的侍者迎了上来，看了一眼林泽夫的衣服，脸上的笑意更深了些，“客官，您想买什么灯笼？我们这里平日里手提的琉璃灯、牛皮灯，节日用的云锦纱灯都有，不知客官喜欢哪种？”

这种场合，林泽夫自是高冷不说话的，只拿眼角扫了扫示意，安雅瑜只好上前说：“小二，我们自己看看，您领路就成。”

侍者腰更弯下了两寸，眼角都不扫安雅瑜一下，只盯着林泽夫，“客官这边请。”

这备受冷落的情形安雅瑜已经习以为常了，站在两人中间，只当自己透明，问他，“我家主人想拜访一下霍五娘子，不知小二可否引见？”

侍者此时才扫了安雅瑜一眼，“我家老板娘可不是什么人都见的，再者她有病在身，怕是要让客官失望了。”

林泽夫此时才开口说了一句，“一个灯笼铺老板，也这么大排场？”

侍者就吃他这一套，马上绕过安雅瑜上前赔笑，“客官，不是我们老板娘排场大，而是要见她的人太多了，她既要研究新款的灯笼，又要照顾生意，实在忙不过来。”

林泽夫又不说话了，只走到架子边，端详起那灯笼来。

侍者左右望望，无所适从。

安雅瑜只得再次上赶着绕到他的面前说：“小二，我家主人特意抽空专程而来，就是为了一睹霍五娘真容，看一看她的手艺，还请您代为通传。”

侍者看了看林泽夫，下定了决心，咬着牙说：“好吧，我就冒着被老板娘骂的风险给您通传一声。”

说完，匆匆往后堂而去。

安雅瑜看了一眼在灯架前站着的林泽夫，想想被赶出去的胡一岳，再想想自己几次上赶着和小二说话，他也没拿正眼瞧过的自己，心底感慨，这人啊，凭的全是一张脸……

过了一会儿，侍者匆匆走了出来，满脸喜色，神态更恭敬几分，“咱们老板娘已经知道您来了，正在后堂等着您呢，三爷，您请。”

两人步入后堂，后堂比前堂大了许多，挂了很多各种材制形状的灯笼，地上散落了些支架，堂上坐了一位三四十左右的中年妇人，手里拿了个织了一半的灯笼骨架，抬头看了两人一眼，“三爷，您来这里，是为了那场爆炸吧？”

她眼角已经有了鱼尾纹，面容却依旧清秀，专注地看着手里的灯笼架，手里飞快地织着。

那灯笼架子，是个龙头的形状。

她的脚边，放着那熏黑了的弹簧形状的铁架子。

安雅瑜问："这就是那鲤鱼化龙的骨架？"

霍五娘抬头看了她一眼，把头垂了下去，"没错，三爷随便坐吧，我就不招呼了，你们有什么想问的，我知无不言。"

她织了一会儿，拿起袖子拭了拭眼角。

"您的眼睛不好？"安雅瑜继续问。

她眼睛是浅浅的棕色，在昏暗的屋里，隐隐发着暗光，眼眶周围却似有些红肿。

她看着林泽夫，"三爷，你们不是为了这灯爆炸之事来的吗？"

安雅瑜迟疑了一下，"想必您也知道了，鲤鱼化龙之时，这灯忽然爆炸，现场更现诡异之事，依五娘所见，在人力之下，这灯可以爆炸吗？"

霍五娘把身边那熏黑的铁架子拿了起来，"白副官，你不就是想问，这灯里边能否装上炸药吗？"

安雅瑜点头，"霍五娘能告知一二吗？"

霍五娘说："你和小霍香想必已然谈过了，这鲤鱼化龙灯的关键，是鲤鱼腹中弹出的支架，长龙原是压缩在鱼腹之中，等到点灯，鱼开两边，弹出这飞龙灯，在烟雾掩盖之下，在空中盘旋。"

她比画了一下，"龙身压得只有这么长，里边怎么可能装上炸药？再者，要飞龙在空中盘旋，龙身一定要轻，所以才用云锦金丝，云锦轻，金丝韧，这样才能有飞龙腾空之姿，白副官您想想，再轻的炸药，又岂能装在里边？"

安雅瑜说："难道就没有别的办法了吗？"

霍五娘冷冷扫了她一眼，"没有！"

安雅瑜只得说："霍五娘请放心，咱们三爷一定会将此事查个清楚的。"

霍五娘又拿起放在地上的龙头织了起来，织着织着，拿着那铁弹簧比了比。

内堂静了下来，林泽夫站在灯笼面前打量灯笼，一只一只地望过去，霍五娘只顾着织那龙头，为打破沉静，安雅瑜只得没话找话，"霍五娘，这铁架子还能用吗？"

霍五娘手里不停，"当然能用了，这铁弹簧是整个鲤鱼化龙灯的中心，是用精钢打成，唯一没被烧化的也只有它了。"

"五娘知道在河里溺毙的那孩子林龙吗？"安雅瑜问。

"报纸上都登了，有谁不知？他小小年纪心狠如此，放狗伤了一个少年的性命，那孩子和他一样大，他怎么就下得去手！难怪阎罗会来勾魂，取了他的性命，可为何要炸了我的飞龙？"霍五娘摇着头，神色颓唐。

安雅瑜见没什么好问的了，回头看了林泽夫一眼，想问他有什么指示，却看见他专心看着面前一个一人高的宫灯，兴趣盎然，仿佛都舍不得走了。

她走过去问："三爷，时候不早了，咱们……"

林泽夫越过她的头顶说："霍五娘，我瞧这宫灯不错，正好，帅府大堂那水晶灯我瞧不惯，这样吧，你给我改成装灯泡的，送到帅府去。"

霍五娘一怔，"这种宫灯，用在古宅子里倒也合适，但三爷府上是西洋式的建筑，怕是不合适吧？"

林泽夫说："中西结合才好，霍五娘手艺这么好，帅府来来往往的洋人也多，他们都喜欢中国文化，立这么个灯笼总比千篇一律的水晶灯好。"

霍五娘脸上现出喜色，站起身来，把手里的龙头放下，向林泽夫施礼，"三爷，那我准时送了过来。"

林泽夫和安雅瑜告辞出来，两人走到街上，安雅瑜看着沉默负手往前走的林泽夫，实忍不住，出声问："三爷，您觉得这霍五娘有嫌疑？"

林泽夫偏头看她："你从哪里看出来我觉得？"

"要不然，你为何让她送一个灯笼到帅府，还指定她亲自送来？"安雅瑜说。

林泽夫垂头看了她一眼，"我就不能买个灯笼？"

安雅瑜怔了怔，见他走得远了，紧跟几步跟上，"不对，三爷，平日里您最烦这些买东买西的事了，您会忽然注意到帅府的水晶灯不好看？"

第十六章 家族奇闻

林泽夫脚步一停，忽把她拉到一边，嘘了一声，“别出声。”

她顺着他的目光往前望，却看见不远处，胡一岳扯着一个人的衣袖，说着什么。

“黄老头，你就是这么当人父母的？连这点小钱都不愿意出？我可告诉你，你不买，有的是人愿意买！长长的鞭子挥啊挥啊！老黄头，你没事来租界干什么？只要我把这些捅出去，我看你怎么办！”胡一岳拉着他的衣袖。

昏暗的灯光下，露出老黄头一张苍老的脸来，他从怀里拿出一个钱袋子，丢到胡一岳的脸上，“相片呢，把相片给我！”

胡一岳一手接过，塞了个信封给他，“这才对嘛，老黄头，你运气好，正巧遇见了，这相片可是奇货可居的。”

老黄头气得捂着胸口直喘，手里紧紧拽着那信封。

胡一岳捏了捏那钱袋，“老黄头，这点钱可不够，你买的只是相片，要想拿回底片，再拿百个大洋来，要不然，人家想要多少，我能洗多少出来！”

老黄头左右看了看，弯腰从地上拾起一块砖，咬牙切齿地朝胡一岳砸了去。

胡一岳闪身退开，“老黄头，话我可说到这里了，我等你两天，两天之内，你拿不出钱来，我可卖给别人了。”

说完，他边骂边走。

安雅瑜看着，皱眉：“长长的鞭子挥啊挥？他为什么说这个？”

林泽夫说：“看来要问问才行了。”

黑暗当中，他眼眸冰冷，面容如削。

无来由的，安雅瑜的心就慢慢定了下来。

灯光昏暗，老黄头打开那信封看了一眼，咬牙切齿面容曲扭，过了许久才颤颤拿出火柴，蹲在墙脚，点燃了那信封，看着信封烧成灰烬，这才弯着腰走了。

安雅瑜和林泽夫从墙脚走了出来，看着他的背影，安雅瑜轻声说：“他怎么会来租界？”

林泽夫摇头，“不清楚。”

……

林莫兰听到客厅有动静，披衣走到了客厅，看清是林大辅，舒了一口气，“你回来了？”

林大辅温柔地看了她一眼，走过去扶她的肩头坐下，“吵醒你了？”

林莫兰揉着额头说：“这几天都睡不好，老梦见阿龙，阿龙怪我，怪我没用，没帮他报仇……”

林大辅轻声叹了口气，“莫兰，阿龙死了，我心底也不好受，你养了他这么多年，把他当成亲生儿子，我都看在眼里，你对他好，对我好，我都看在眼里，记在心底的，莫兰，以后，咱们俩好好过日子好吗？”

林莫兰下垂的脸闪过一丝惊喜，她把头靠在他的肩膀上，“大辅，我很怕啊，怕你怪我，怪我没照顾好阿龙。”

林大辅手抚着她的肩膀，在她额头轻轻吻了一下，“我怎么会怪你呢？当年如果不是你，我早就没命了。”

林莫兰说：“不如咱们把这里的生意了结了吧，回去东洋，回到咱们自己的家，再也不回来了。”

林大辅侧过头望她，灯光照在他脸上，使他的脸俊美而温和，“你知道那边的钱不好赚，咱们总不能老问你娘要钱，等生意做大了，赚上一笔，咱们就回去。”

她身子坐直，表情僵硬，脸色惨白，“这是她欠我的！”

林大辅扶正她的肩膀，“莫兰，你还是挂怀多年之前的事，是吗？你还在怪我？”

林莫兰脸上闪过一丝慌乱，直摇手，“不，大辅，我不怪你，我怎么会怪你？只是，只是……”她吞吞吐吐，“你为什么去看她？你还记着她是吗？”

林大辅无奈地看着她，“莫兰，她是你娘啊，如今阿龙也死了，如果她得了这消息闹了出来，对你对咱们好吗？”

林莫兰嘟起嘴，下垂的面颊显出些少女的娇嗔，“以后不准你单独去看她！”

林大辅轻柔地哄她，“好，好，要看也是我们两人一起去，我们什么时候都在一起。”

林莫兰笑了，“大辅，今晚你别出去了吧，抱我到楼上。”

“今天不行，码头有货要卸呢，我得去盯着，好不容易抽空回来看你，见你睡着了，原想在客厅里坐坐就走的，想不到还是把你吵醒了。”林大辅眼神温柔地说。

林莫兰枯黄的脸现出丝红润，体贴地说：“可别累着了，明儿早点回来。”

林大辅点了点头，视线不离她的脸，临出门时，在她脸上轻轻一吻，这才去了。

林莫兰倚门而立，看着他的背影渐渐消失，伸手抚过他刚才吻过的地方，身子一旋，跳舞般飞进了厅内，一连声地叫："来人啊，给我换衣，我要去看大娘。"

小丫头揉着眼从内室出来，拿来了衣服替她换上，又给她梳好头，见她打扮，就问："五姑奶奶，姑爷刚刚回来了？"

"是啊！姑爷忙着生意，码头还有货等着卸，好不容易抽空回来瞧瞧。"

小丫头恭喜说："五姑奶奶，姑爷对您可真好。"

林莫兰对着镜子慢慢把香膏抹匀，镜子里，她脸上的细小皱纹被抚平了，她又拿出红纸来，嘴唇在红纸上抿了抿，使得嘴唇口艳似火，换上了件明黄色的旗袍，披上暗红披风，让小丫环提了灯笼，慢慢朝后院走了去。

木鱼声一声声自佛堂传了出来，佛堂前佣人正倚在门框外头一点一点地打着瞌睡，见有灯过来，倏地惊醒，看清来人，慌得抬头站直了，"五姑奶奶来了。"

林莫兰脚步不停，直走了进去。

趺坐在蒲团上的中年女人依旧一下一下地敲打着，连眼睛都没有睁开。

林莫兰走到她对面站着，轻声说："娘，我回来了，你高兴吗？"

木鱼声声，她的手依旧匀速敲击，没有一丝颤动。

林莫兰慢慢蹲下了身子，一把抓住她的手，"娘，我来看你了，你高兴吗？"

妇人忽然睁开了眼，手挣扎着，眼神狂乱，"给我，给我！"

林莫兰忽觉不对，松开了她的胳膊，手指在她眼前晃动，"娘，是我，是我，你不认识我了？我是五公子！你的儿子也是你的女儿啊！"

妇人手能活动，嘴里嗷嗷地叫，旁边的佣人忙拾起地上的木鱼棒递给她，她接过，目光呆滞，又一下一下地敲打着。

"她怎么了？"林莫兰急问。

佣人说："姑奶奶才刚回来，不知道也是应该的，太太自你结婚走后，就发病了，整个人痴了，只知道拿了木鱼来敲，连吃饭都是我们喂的，白天黑夜的敲，每天只睡两三个时辰，五小姐来得不巧，太太要睡了。"

果然，妇人敲了两下木鱼，头一歪，趴在了蒲团之上，缩成一团，睡了过去。

林莫兰吃惊地看着，"她就这样睡？她怎么成了这模样？她，她真的什么都不记得了吗？"

"是啊，五小姐，您回来也没来瞧瞧她，她真的什么都不记得了，每天就知道吃和睡，再就是敲木鱼。"

林莫兰脸现古怪之色，一下子蹲在她的跟前，摇着她，"喂，你醒醒，你告诉我，你还记不记得林龙？大辅？"

无论她怎么摇，妇人依旧呼呼大睡，被她摇得狠了，她嘴角一张，竟流出了些许哈喇子。

林莫兰摇晃着站起来，手抚额头，她回头看着那佣人，忽地上前几步，抓住她的胳膊，“你告诉我，姑爷是不是来看过她？是不是？”

佣人看清她脸上的凶恶狰狞，害怕地点头，“是啊，前些日子来过几次，送了些吃的，还和太太独自待了一会儿，可您瞧，太太现在这模样，只能吃稀饭，哪能吃别的东西？”

林莫兰眼无焦距，望着前边佛堂里的灯花，忽地苦笑，“原来是这样啊？”

佣人看她这样，更加害怕，缩着头说：“姑奶奶，您常来看看太太，说不定她能记起些事，慢慢会好了。”

林莫兰表情渐渐恢复正常，居高临下地看着缩在蒲团上的女人，嘴角隐隐扯出丝冷笑，“你好好儿照顾太太，我走了。”

她迈开步子往佛堂外走，外边等着的小丫环拿了披风过来给她披上。

两人正往外走，后边却飞快地跑出来一人，把一个小盒子塞到了林莫兰的手里，她抬眼一看，却正是大娘。

她眼神呆怔怔地，“莫兰，我留给你的，好好存着。”

那佣人跟着跑出来，尖叫说：“太太，你干什么？”她向林莫兰道歉，“姑奶奶，对不住，我没看好她。”她眼神闪烁，扫着林莫兰的手，“太太没伤着您吧？”

林莫兰早把那盒子用披风盖住了，厌恶地说：“你怎么办事的，还不快扶太太进去！”

佣人忙扶了女人缓缓走进佛堂。

林莫兰拢着披风，慢慢走回了自己的住处，她回到卧室，关上了房门，拿出那个盒子，呆呆看着那盒子半晌，终于把那盒子慢慢打开，看了一眼之后冷笑，“果然没什么好东西！”

盒子里边，放着一个只有一半的破瓷器，因只剩下了一半底部，分辨不出那是个花瓶还是其他什么。

她想了想，把那半个瓷器拿起，却见内壁之上有一个奇怪的圆形图案，似一双蟹足拥着一朵牡丹，她有些吃惊，“这是族徽，她怎么会有这东西？”

瓶的内壁有细小的文字，她轻轻念出声来，“伊达氏……烈火炽身，无边苦境，渴饮铁汁……人头怒斩……掏肠剖肚……”

一失手，那瓶底跌落盒中，她惊慌抬头，“不可能的，不可能的。”

她站起身来，在屋子里踱了两步，看着盒子里的残瓷，“这里边怎么会写……她怎么会知道？”

她身子微微颤抖，猛地回头，看着盒子里的残瓷，忽地紧走几步，把盒子盖啪的一声合上。

灯光照在其上，暗红的盒盖却似鲜血染成，她咬了咬牙，把那盒子抱起，揭开床幔，把盒子往床底丢了去，再重新铺好床幔，这才松了一口气，喃喃地说：“只是凑巧而已，凑巧而已。”

她看着窗外，想起了佛堂里那妇人的样子，心情又好了起来，对着镜子照着，见镜里的人依旧皮肤白皙，除了眼角细小的皱纹之外容貌依然娇艳，轻轻地笑了，“到底还是我赢了。”

……

安雅瑜一拉开房门，就见林幽兰斜倚廊柱站着，不由一怔，“六小姐，一大早的，您这是干什么？”

林幽兰提出个油纸包来，“别去食堂吃饭了，那护卫营的早饭有什么好吃的？我给你带了只熏鸡来。”

安雅瑜面无表情，“多谢了，早餐我吃不惯太油腻的东西。”

林幽兰嘻嘻笑了两声，又从身后拿了纸袋出来，“就知道你会这么说，我还给你带了包子馒头豆浆，不油腻吧？”

安雅瑜无可奈何，“六小姐，你到底想干什么？”

“不干什么啊？我能干什么？”她跟着安雅瑜，亦步亦趋。

安雅瑜脚步一顿，回头看她。

她呵呵笑着：“白副官，我知道你今儿要出去查那案子，你放心，有我给你当保镖，保证你畅通无阻，哪儿都能去。”又拍着胸膛说：“我这林六小姐的名气可不是盖的。”

安雅瑜叹气说：“六小姐，我去公干，不是去玩，你……”

林幽兰一本正经，“我也不是跟着你去玩！”

两人走到中庭，迎面走来了林副官，他却仿佛看不见任何人，只望着脚下，脸色冰冷而奇特，安雅瑜看了他一眼，不由怔了怔，拦住了他，“林副官，你……”

林副官脚一顿，站定了，这才见到她的样子，拱手，“白副官，你去找督军？”

安雅瑜奇怪地说：“督军一大早就出去了，你不知道？”

“白副官，我，我先去换身衣服。”林副官说。

安雅瑜闻到了他身上浓烈的汗味，再看他的脚下，轻声问：“林副官昨晚上一晚没回来？”

“我向督军请假了，有些私事。”他勉强说完，向林幽兰打了个招呼，脚步急促，匆匆离去。

“这林副官，干什么去了？满头大汗的？”林幽兰说。

安雅瑜见甩不开她了，无可奈何，只得让人找了司机开了小车过来，坐了上去。

林幽兰问：“白副官，咱们今儿先去哪儿？”

安雅瑜理着袖子说：“你跟着就是了，问什么？”

林幽兰从副驾驶上回过头来，双目发光直盯着她，“白副官，你说话口气越来越专业了，言简意赅带着冰冷，像三哥一样，听你说话，就让人放心。”

安雅瑜干脆懒得理她，直接吩咐司机：“往古安道开。”

林幽兰一拍手，“原来要去记者那儿啊。”她趴在车椅背上笑，“白副官，你是不是奇怪我怎么知道的呢？这胡一岳，我让人调查过他，我知道他住在那儿。”

车子拐了一个弯，铁匠铺前面围着一大群人，司机停了车，回过头说：“白副官，前面仿佛出事了，巡捕房的人在那儿。”

安雅瑜探出头去看，果然，几个巡捕房的人在维持秩序。

两人忙下了车，走到人群之中。

“太惨了，听说是个记者，也不知夜里跑到铁匠铺干什么，被人从喉咙里灌了铁丸进去，肚肠都烧烂了。”

“是胡一岳，我的邻居，前段时间出名得很，整天得意扬扬的，出了个头版头条的新闻报道，是关于那卖面少年喉咙被撕裂的。”

“这可不是个好东西，咦，你们听说了没有，他报道的那位林府小公子早些天被烧死了。”

“哪会没听说，那一晚，飞龙爆炸，龙舟着火，那小公子溺毙！都说是阎罗出来勾魂了。”

群众的想象力是丰富的，马上有人接嘴，“依我看啊，这也是无间地狱门大开，专收这作恶之人，这以烧红铁丸灌进喉咙肠腹之间，岂不正是那无间地狱小鬼所受酷刑之一？胡一岳在报纸上散播谣言，挑拨是非，犯的是口舌之罪，所以才会死于铁丸灌喉。”

城里正有一座地藏菩萨庙，庙里绘着无间地狱图，这些故事城里的人都耳熟能详，听他这么一说，人人脸上皆露害怕之色，有些胆小的四周围看了看，悄悄地散了。

安雅瑜两人越过众人走近那民居，顾波正愁眉苦脸地让法医进去查验现场，一眼看见了她，搓着手过来，一脸的笑，“白副官，怎么这么巧，您这就来了？这案子您瞧瞧……”

安雅瑜说：“先看看现场吧。”

林幽兰双眼冒光，“尸体在哪儿，我去验尸！”

顾波脸皱了，“六小姐，尸体可不好看。”

林幽兰瞪他，“哪具尸体好看过？”

顾波忙让守门的巡捕散开，亲自领了安雅瑜两人往门边走，铁匠铺中堂，摆了一个极大的火炉，炉火已经熄了，鼓风机旁边，受害人仰头倚着桌子坐着，嘴巴张得老大，嘴边缘的皮肤烧得焦黑翻起，整座屋子，弥漫着皮肤烤焦的味道。

“有人用烧红的铁瓦塞进他的嘴里，很可能铁瓦进入了肠腹之间，将他烫穿内脏致死，经法医初步鉴定，受害人是在昏迷的情况下吞下铁丸的。”顾波说。

“他身上有没有携带什么东西？”安雅瑜问。

“没有，身上衣袋，我全都让人搜过了，什么都没有，这胡一岳是个记者，平白无故的，为何会来到铁匠铺？也真是奇怪，难道说铁匠铺也有新闻让他写不成？”顾波摇了摇头。

“你说得没错，这铁匠铺一定有让他非来不可的理由。”安雅瑜说，“他往日里相机不离身的，看来身上的东西让人搜走了？”

她想了想，走到火炉边，拿起火钳子拨了拨，几拨之下，一个烧成一团黑乎乎的东西出现在眼前，顾波忙凑过来看，恍然大悟，“这就是那相机？”

“相机里到底记载了什么，让凶手宁愿彻底毁了相机？这种莱卡相机，价值可不菲。”安雅瑜思索着说。

顾波点头，“是啊，相机里照下了什么不该照的，把胶卷拿出来就行了，凶手却把整个相机丢到火炉里烧毁，真是弄不懂。”又叹着气说：“龙舟上起火，这里又来了一个，被火从里边烫死，最近是怎么了，什么都和火有关。”

安雅瑜却没有听见他的抱怨，只抬起头来思索，“也许是凶手恼怒之下的无心之举？”她将相机之事放到一边。

林幽兰却和法医满脸红光地讨论起烧红的铁丸从喉咙之中滚落肠腹，会造成什么样的后果来，她跃跃欲试，从法医那里借了把手术刀在胡一岳腹腔间比画，吓得顾波跑了过去求神作揖的阻止。

林幽兰丢了手术刀，来到安雅瑜这边，兴奋地问：“白副官，发现了什么没有？这案子比那飞龙爆炸案更不可思议吧？烧红的铁丸灌进内脏，什么人能想出这种杀人办法？”

顾波紧盯着林幽兰，忙附和，“是啊，六小姐，您猜得没错，这案子的确奇怪得很，您看六小姐，这里污秽不堪，您一名女子在这儿实在不方便。”

“女子怎么就不方便了？”

“六小姐，女人么，就应当被男人呵护，还是少出来抛头露面的好。”顾波说。

“你说什么？说什么？”林幽兰双手叉腰，这下子可找到了吵架的方向了。

顾波连连后退，“没，六小姐，我没说什么！”

安雅瑜听而不闻地在两人身边走过，走到铁匠铺的窗台边，让人搬了张椅子来，站在窗台边打量。

顾波被林幽兰追着灌输了一大通的女权主义，抹着额头虚汗急走到安雅瑜这边，说：“对的，白副官，也不知怎么这么凑巧，铁匠铺没人了，就发生了命案。”

林幽兰紧跟而至，“顾探长，我话还没说完呢，你走这么快干什么？”

顾波勉强地说：“查案要紧，查案要紧。”

安雅瑜手抚过窗台之上。

顾波赶紧说："这铺面的窗口和其他铺一样的，极小，又高，成年人不可能爬得进来，而且，这里仅仅一个出口，就是那扇大门。"

安雅瑜问："铁匠铺的门锁是否是好的？"

"完好无损，没有被人撬过的痕迹。"

"如此说来，能进出铁匠铺的人，是熟人？"

"这里的老板呢？"

"这两日铁匠铺歇业，老板带着媳妇儿子回娘家了，到现在还没回来，正去请呢。"

"是谁报的案？"

"隔壁邻居报的案，我们是接到了报案电话才过来的，来到之时，屋里发生命案的消息已经传开了，屋前围了一大帮闲人，还好没人敢进来。"顾波说。

"倒是奇怪，又是报案电话？"安雅瑜说。

林幽兰凑了过来，"这案子外边传得可邪了，胡一岳不是个东西，专讲人是非，依我看，像那单爆炸案一样，也是阎罗王要惩罚他，烧穿他的舌头！"

"倒有几分像。"安雅瑜说。

顾波一脸懊恼倒霉样，"一连出了两单案，全是无头公案，哎，一单未平，一单又起。"

林幽兰插嘴："不怕，有我和白副官呢，一定会破了这两单案的。"

顾波一脸忠厚，嘴角也不由往下撇了去。

他见安雅瑜站在窗边不语，于是问，"白副官，窗台上发现了什么？"

安雅瑜指着窗边给他看，"窗子有一道白色痕迹，还很新鲜，像是刃口极细的刀砍的。"

她在窗口比画了一下，模拟刀砍下去的样子，却摇了摇头，"不像，不像。"

顾波说："是不是关窗子时不小心划的？"

安雅瑜推了推那扇窗，又摸了一下窗子底端，摇头，"不像，窗子下边光滑如镜，不可能划出这么长一道缝来。"

她合上了窗子，从椅子上下来，又走到胡一岳尸体前看了看，"他死得倒还平静。"

顾波点头，"看来死之前昏过去了，所以，周围邻居没有听见什么声音，直到第二天才发现铁匠铺大门开着，隔壁卖豆腐的是头一个走进来的，再到外边一嚷嚷，附近的人都知道了，我们到时，铁匠铺已聚集了一大批的人。"

"现场已被破坏了？"

"差不多，总之足迹什么的，也不可取了。"

安雅瑜说："才发生一个灯笼爆炸案，紧接着又是铁丸灌喉之案，也难怪他们联想力丰富。"

顾波一脸倒霉相，"是啊，这一件接着一接，再这么下去，咱们这里都成了地狱了。"

他吩咐人把现场封锁，尸身抬到了巡捕房验尸，林幽兰死都要跟着，他甩不脱她，想向安雅瑜求救，一回头，却发现安雅瑜早走了。

林幽兰说："你别望了，这具尸体，我验定了，白副官也同意了的。"

顾波才不相信呢，却没有办法，只得和她商量，"六小姐，咱们验尸有专门的法医来做呢，您就在一边看着行不？"

林幽兰说："怎么，你瞧不起我？"

顾波说："女人么……"

林幽兰哼了一声，"女人怎么了？"

顾波哈哈了两声，"女人能顶半边天，我当然相信你了，可这具尸体被铁丸烧烂胸腹而死，死相恐怖，我实在怕六小姐参与验尸，晚上会做那无间地狱噩梦。"

林幽兰说："废什么话？带路！"

顾波无可奈何坐上了巡捕房小车，林幽兰也跟上。

安雅瑜不让司机送，慢慢往回走，铁匠铺周围依旧围了些闲人，直至巡捕房的人散走了，他们才各自散了。

她走过几个街口，来到了古安道，拿出了地址看了看，问街边坐着的一名打着毛衣的老婆子，"请问这楼上是否住了一名记者？"

老婆子边织毛衣边说："又是来向胡记者爆料领钱的吧？这一天到晚的人啊，也没见几个能拿到钱的，他这个月的房租还没交呢，有什么钱？"

安雅瑜一怔，"婆婆也住在这里？"

"我老婆子住一楼，他住在二楼，早知道他这么麻烦，老招些人来屋里，就不租给他了。"老婆子说。

"昨天晚上，他外出了，老人家可知道他什么时候出去的？"安雅瑜问。

"怎么不知道？这两天要交租了，他老躲着，敲门又不出来，昨晚上我一看见他从楼梯口下来，就问他拿租金，他又推三阻四，说晚上出去会拿一大笔钱回来，谁知道他一晚上也没回，这下我老婆子可不能再忍着了，他再没钱交租，我赶他睡大街！"

安雅瑜心知老婆婆还不知道胡一岳出事了，于是亮出身份，说："我是巡捕房的，找胡记者有事，您有没有他房间钥匙？"

老婆婆慌得站了起来，"他犯事了？犯了什么事？哎哟，我怎么招了这么个灾星来？"

她哆哆嗦嗦地拿出钥匙，领着安雅瑜往楼上走，打开房门进去，就见里面满地狼藉，桌子上地上扔的全是东西，抽屉被拉了出来，翻得乱七八糟。

老婆婆惊讶地说："怎么成了这样子？这是遭贼了吗？"

安雅瑜慢慢走进，四处打量，又推开窗子看了看，看清窗沿有两只半个脚掌的鞋印，拿了张棉纸出来，在上边细细地喷了水，把那鞋印拓了下来收好。

她回头问老婆婆，"您就没听到什么响动？"

老婆婆摇头，"我耳朵不太好，离得远了什么都听不清。"

难怪她说话声这么大。

屋子里已被翻得乱七八糟，连被子都被拆了开来，枕头套丢在地板上，棉絮扔得到处都是。

她看不出什么，让老婆婆关了房门，别再打开，到楼下给巡捕房的人打了电话，慢慢往回走。

安雅瑜走着走着，忽地想起了什么，拿出身边那张纸，仔细地看着那鞋印，忽然之间，身上就出了一身冷汗，她赶紧叫了一辆黄包车往林府赶，等到了林府，却看见外边停了两辆巡捕房的车，顾波领了几个人押着林副官从铁门处出来。

看见安雅瑜，顾波上前拱手，"白爷，凶手落网了，有人线报林老弟杀了这胡一岳，我要带他回去调查，已经向大帅、督军请示过了，白爷，你可来迟了。"

林副官抬起头来，朝安雅瑜望了一眼，又垂下头去，静默无声地跟着两名巡捕往车子里走。

安雅瑜拦了顾波问："顾探长，怎么回事？是什么人线报？"

顾波叹着气说："林老弟也是的，为这么个人坏了自己的前程，值得么？再说了，这不是有白副官么，小蔡之死早已查清，你还跟着掺和！"他见安雅瑜正等着他，便回答："白爷你走了之后没多久，咱们也回到了巡捕房，六小姐和法医验尸去了，我这才松一口气，就有人打电话过来，说得有鼻子有眼的，说看见林老弟去了胡一岳的家，跟踪他到了铁匠铺，杀人之后天快亮才回到林府。"

安雅瑜心往下沉。

顾波低声说："白爷，我知道你和林老弟关系好，我原也想盖着些，看能不能先让林老弟躲躲的，谁知道那电话告诉我，说这事大帅那儿已经知道了，如果我们不秉公办事，大公报就要如实报道。"

他说着说着摇起头来，"林老弟这次可失策了，为了这么个小人杀人，值得么？"

安雅瑜想了想说："能否让我先和林副官说几句话？"

顾波说："您可得快点！"

安雅瑜走到林副官面前问："这到底怎么回事？"

林副官现出些茫然来，“胡一岳手里有证据证明林龙之死和小蔡之死都不是偶然，我约好了他在铁匠铺见面，可他要价太高，我没那么多钱，就想偷偷把底片拿了回来，可在他这里找了半天也没找到，只好去铁匠铺，谁知道他就死了？”

顾波插嘴：“林副官，可铁匠铺除了你之外就没有其他人进出过，这可是左邻右舍都证实过的！”

安雅瑜问了几个问题，都不得要领，只好向顾波告辞。

回到林府，却有仆人告诉她林泽夫在后院练枪，心情仿佛不好。

后院枪响得火热，管家见她过来，舒了一口气，低声说：“白副官，你好好儿劝劝三爷，再这么下去，林家可就空了。”

安雅瑜低声问：“怎么了？”

管家声音压得更低，指着几个下人，“您瞧。”

只见几个下人源源不绝地把客厅里的瓷器捧向了后院。

安雅瑜瞪大了眼，“这是？”

“这是三爷的靶子。”

安雅瑜惊呼一声，“这是在烧钱啊！”

“可不是，大帅没回，这大帅要是一回来，三爷少不了挨一顿鞭子啊。”这位是林府的老管家，知根知底的，“想当年三爷挨鞭子，那时林副官也陪着，还是十年之前的事呢。”

安雅瑜心说这趟浑水她可不能蹚，脚往后退，“那我等会儿再过来。”

管家低声嘀咕：“这白副官，还是没有林副官忠心啊，想当年……哎！”

安雅瑜只当没听见，心说我傻吗？他们俩都是男人，皮糙肉厚的，甩两鞭子几天就好了，如果甩我身上，这医生一看，满世界一嚷，我这身份还能保得住么？

她掉转身，加快脚步往回走。

走没几步，后院枪声停了，她只觉后颈之处发麻，默默转身，果然，林泽夫冷冷盯着她。

“你就是这样当副官的？”

安雅瑜知道他消息比自己灵通许多，早就知道林副官的事了，赶紧转身走了过去，满脸讨好：“三爷，我想回去好好儿想想林副官的话，研究一下案情，我总感觉这其中定有蹊跷。”

林泽夫脸色缓和了下来，往后院走，来到遮阳棚里坐下，“你也不相信是他杀了人？”

安雅瑜实话实说：“说实在的，说林副官杀人，一没动机，二没理由，不可信。”

林泽夫把手上的枪啪的一声放下，“确实如此。”又瞧她，“怎么，副官不应该挨鞭子么？”

安雅瑜知道这是怪她了，垂头说：“属下要保住身份，才能和三爷共事下去，您这几枪下去，把价值不菲的瓷器打了个稀烂，是要挨鞭子的，我如果陪着，可就暴露于形了。”

林泽夫似笑非笑地看她，“有时候想想，你的身份暴露了也好，今时可不同往日了。”

他清朗柔和的嗓音传至她的耳内，她抬起头来，却见他嘴角微微上扬，阳光从侧边照射，洒在他的面颊，让他的脸有一种艳绝的清俊，使她心底一跳，他这是什么意思？

她垂下眼眸，“我可不敢。”

“你有什么不敢的？”他声音转冷，“行了，说说林福宝的案子吧，你我都知道，如今，只有找到真正的凶手，才能洗刷他的罪名。”

“没错。”安雅瑜双眼发光，“依我看，胡一岳死之后，他才在现场，他说的是实话，可现场只有一个正门，留着一个小小窗口，一般人根本进不去，如果不是他，又会是谁？是怎么进去的？”

“的确如此。”林泽夫说。

“胡一岳上次缴上来的相片已经洗出来了，三爷，您看……”安雅瑜让人取了那些洗好的相片来，摆在桌上，果然，龙舟节之时照的相片，有林大辅，有老黄头，其中有一张却极为奇怪，一团烟雾之中，似乎有鞭影闪过。

安雅瑜慢慢敲着桌子，“这是什么？”

林泽夫凑过去看，“好像是鞭子卷着什么东西？”

又有几张相片，照的却是林龙那个小舟，火起之时，小舟上人还在，下面一张，小舟上空无一人。

“似乎没有什么，可胡一岳为什么拿这些相片要挟人呢？又或许，相片之中有什么东西我们忽视了？”

“有一个人一定知道些东西！”林泽夫轻磕桌面，“正巧，他今儿在林府，走。”

安雅瑜一怔，“这就去？”

“还等什么？把那照片带上。”林泽夫说。

安雅瑜拿了桌上的照片跟着他往外走，走了几步忍不住了，“三爷，您这么急着走，是不是怕大帅回来，找你麻烦？早知如此，您又何必……”

他侧过头望她，“何必什么？”

“何必没事找事？”安雅瑜低声嘀咕，“无来由的，找那些瓷器发什么火？”

林泽夫言简意赅：“我高兴。”

安雅瑜无语地跟着他走了两步，“瓷器也是钱啊，三爷。”

林泽夫冷笑，“林府最不缺的，就是钱了。”

安雅瑜实在不知道他抽什么风，只好闭嘴跟着他往前走，来到了林莫兰住的听凤楼，还真巧了，林大辅正准备出门，林莫兰在门口相送，看见两人过来，林莫兰冷笑一声，“老三，什么风把你给吹来了？”

林大辅轻轻揽了林莫兰的肩膀一下，示意她别焦躁，温和地说：“三爷过来，是有事找我？”

光线投在他的脸上，使他面颊清俊温和。

这可真是个漂亮的男人，如果年轻一些，和林泽夫不遑多让。

安雅瑜想起那出文明戏里讲的故事，看着林莫兰把头微微靠在他的肩上，不由心想，如果那出戏的故事是真的，这样的男人，也难怪母女俩都为之倾倒。

第十七章　拨开谜团

林泽夫点了点头，“确实有事。”

林莫兰脸现焦灼之色，“是不是知道是谁杀死龙儿了？”

林大辅默默搂住了她，“别着急，莫兰，别着急。”又对两人说：“来，先进屋里谈吧。”

他把手里的文明棍递给佣人，携着林莫兰的手进门。

分主客坐下之后，林泽夫就说：“老五，我也不拐弯抹角了，今儿我有事来找大辅的，还请您回避一下。”

林莫兰吃惊地抬头，“你有什么事不能对我说的？我是阿龙的娘！”

安雅瑜站在林泽夫身后，听了她的话，不由皱了皱眉，心底升起一股怪异之感，还没等她弄明白这股怪异之感从何而来，林大辅却是抬起头，两道视线宛若惊鸿对上了她的视线，瞬间收回，“莫兰，你别着急，三爷有其他的事找我，这样吧，你先吩咐下人端些点心和茶来。”

林莫兰站起身来，擦了擦眼角，温顺地走出门去。

林大辅这才回头，叹了口气说：“三爷，自阿龙出事之后，莫兰没有一日能睡好觉的，您别怪她失礼。”

林泽夫语气平淡，“一家人，有什么失礼不失礼的？”

林大辅问：“三爷，您今儿找我来是……”

“林龙出事之时，你在哪里？”林泽夫单刀直入。

林大辅手里一停，苦笑了起来，“三爷一定知道了，是吗？没错，我就在现场，林龙出来了，我也跟着追了出来，想不到他租了个小舟到河里去了，我见他没什么事，正巧商铺有事，让阿勇看着他，我就回来了，哪想到后来发生了爆炸，阿龙溺毙，我后悔莫及，又怕阿五怪我，所以没说。”他缓缓垂头，“我真后悔啊！”

他坦然说出了一切，反倒让安雅瑜无从判断。

这真是一对奇特的夫妻。

安雅瑜心底又升起那种难以言说的怪异之感。

林莫兰闯了进来，激动地嚷了起来，“你们查出阿龙怎么死的了？是不是找到杀他的凶手，阿龙一定不是溺毙的！有人要害他！”

林泽夫只说：“还没有，为了另外一个案子。”

林莫兰一怔，“什么案了？”

“那记者胡一岳，他找过你们吗？”林泽夫紧紧盯着她。

林莫兰哼了一声，“这个赤佬，想骗钱，打电话来说有证据告诉我们真相，要我们拿大洋去换，等我去了，又不见人影！怎么他死了吗？活该！”

两人问了几个问题，这才告诉走了出来，安雅瑜越发迷惑，忍不住问：“三爷，五姑奶奶他们真这么好？”

林泽夫说：“不知道。”

“可他们两夫妇看起来真的很好啊。”安雅瑜跟上他的脚步。

林泽夫垂下头看她，“你很羡慕？”

他目光幽然，俊朗的面容在长廊暗影下仿佛发着光，安雅瑜心扑通一跳，偏了头去，低声说：“三爷胡猜什么？我才不会羡慕！我这辈子都不可能嫁人了。”

林泽夫哼了一声，大步往前走。

安雅瑜怔了怔，忙加紧脚步跟上，他沉默无言，让她莫名紧张，又不知道自己哪里得罪了他，只得找话题来打破沉默，“五姑奶奶也接到了胡一岳打来的电话，我想，他手里一定有什么证据证明林龙之死不是意外，而这个，才是真相。”

林泽夫侧颜如冰，脚步急促，没有搭理她。

安雅瑜只得住了嘴，跟着他往前走。

走到拐弯之处，他倏地一下停住，她没提防，竟几步冲到了他前头，忙站定了，回身望他。

却见暗影之下，他眼眸幽幽暗暗，薄薄的双唇紧抿。

“怎么了，三爷？”安雅瑜问。

他侧过头去，似看着她，又像什么都没看着，“你当真不嫁人了？”

“啊……”安雅瑜半张着嘴，脑子没反应过来。

“算了！”他移开视线，又大踏步往前走。

他什么意思？安雅瑜悄悄打量他俊逸非凡的侧脸，他嘴角绷得极紧，隐隐的怒气隐藏其中，仿佛随时会爆发，可此时，她却莫名感觉心中微酸，有一股温热暖流涌向喉间，莫名有些紧张。

她想解释，却不知道从何说起。

甚至不知道自己要解释什么。

走到车前，他上了车，不耐烦地唤她，“站在那里干什么？”

她也上车，这才敢问：“三爷，咱们又去哪儿？”

“黄家面馆。”林泽夫望着前边，语气轻淡。

她恍然大悟，恬然，“对，当时的照片，还有老黄头！”

来到面馆，小店大门依旧紧闭，外边摊位摆放的椅凳都沾满了灰尘，见有车来到，街上闲人指指点点。

安雅瑜上前敲门，敲了好半天，门内传来咳嗽之声，“来了，来了，是谁啊？”

老黄头拉开了门，愁苦着一张脸望向门外，看清是林泽夫，脸上才微略出些喜色，“是三爷啊，请进。”

他弯着腰往门内走，走两步就咳嗽两声，来到屋内，又想给两人沏茶，安雅瑜忙阻止了，对他说：“黄伯，三爷今儿来，问几句话就走，您别忙了。”

她给林泽夫擦干净了椅子，林泽夫这才坐下。

“黄老伯，最近可好？”

老黄头摇头，“三爷，好什么？来面馆的，有几个是真正吃面的，面馆做不下去了，我也没心思做……”他说着说着，咳了两声。

安雅瑜想了想问：“黄老伯，那位记者找过你么？”

老黄头摇头，“没有，他来找我干什么？他报道了那件事，也没能替我儿申冤，相反的，还是老天爷帮了我，让阎罗王替我申冤！”

“您也相信老天爷有眼？”

“那还不是！”老黄头不耐烦地说。

安雅瑜没法问下去了，林泽夫指了指门外，两人一起走出来。

回到林府，林幽兰焦急等着，见两人过来，迎上前来，“三哥，白副官，你们去了哪里？我跟你们说啊，验尸结果出来了，那……”

林泽夫一举手，禁止她再发声，等到了书房，才说：“什么结果？”

林幽兰说：“三哥，你这么小心干什么？左右都是自家人！”

“别废话，快说！”

“经过我反复查验，胡一岳死时瞳孔放大，面部青紫，而且皮肤皮层出现了弥漫性红肿，由此可见，他死之前吸入了一种可致昏迷的气体……”

“你说的是乙醚？”安雅瑜打断了她的话。

“哎，白副官，你会不会聊天啊？我这里正说得跌宕起伏，精彩万分，你一下子就直插到底，搞得人一点说下去的兴趣都没有了！白副官，这一点，和女神探安雅瑜相比，你可差远了！”林幽兰跺着脚说。

林泽夫看了一眼安雅瑜，见她对这话只惯常地嘴角抽了抽，不由嘴角也向上一弯，“这倒是更证明了林副官不可能杀人，与他后半部分口供不符。”

安雅瑜说：“现在看来，唯一的线索还在店里，一定有什么我们忽视之处。”

林泽夫点了点头。

“走，去铁匠铺看看！”

两人走出屋子，林幽兰肯定跟着，三人一起开车往铁匠铺赶。

车在铁匠铺停了下来，三人下车，顾波正好和两名巡警来，凑上来问：“三爷，有新发现？”

林泽夫说：“进去看看。”

顾波摸出钥匙来，把封条撕了，把门打开，从门边摸了个马灯出来，点亮了，问：“白副官，咱们去哪儿？”

安雅瑜径直走到了窗子边，朝外望去，看了一眼对面那幢两层小楼，从顾波手里接过马灯，踮高脚尖，在窗边仔细察看了起来。

林幽兰与顾波也跟着看，却丈二和尚摸不着头脑，两人不敢打扰，只沉默无言。

顾波见安雅瑜踮高脚尖辛苦，搬了张椅子过来，“白爷，您上去再瞧？”

安雅瑜道了声谢，站在了椅子上，举起马灯察看，忽然之间，她停了下来，把马灯凑在窗边，指着那处问：“你们瞧，这里是不是有三个孔洞？”

林幽兰也去搬了张椅子来，站上去看那处，点头，“没错，像是虫洞。”

顾波说：“我瞧着不像，这房子由青砖制成，哪来什么虫洞？倒像是钉子扎的。”

“不是钉子扎的，联想窗台上那道白痕，我想，我明白了。”她情不自禁一笑。

马灯照射之下，她笑容在黑暗之中明净灿烂，看得两人竟皆一怔，林幽兰更是像被那笑容晃得耀眼，不由自主呆住了，一股红晕自耳边升起。

嘴里边喃喃：“明白了什么？”

安雅瑜看了她一眼，“下去再说。”说完，跳下了椅子，又看着林幽兰，“六小姐，你还站在上面干什么？”

说完，伸出了手。

林幽兰却自己往下跳，脚一歪，差点跌倒，安雅瑜忙扶住，皱眉，“六小姐，你怎么了？”

她捧着脸，转过头去，心慌意乱，“没，没什么，你说吧，发现了什么，我听着呢。”

安雅瑜就不理她了，指着窗边说：“顾探长，凶手是从这道窗口进来的，您瞧，对面那幢楼。”

顾波顺着她手指方向看向对面，又看了看窗台痕迹，“你是说，凶手用飞爪甩进这窗台上，拉了一条绳索，再由窗子对面攀缘而进？杀了胡一岳？”

安雅瑜点了点头。

顾波说：“那这凶手身量可小得很，你瞧这窗口，只有未成年的男孩才能进得来，这就矛盾了，胡一岳是个成年男人，他常年在外跑新闻，机警得很，陌生人接近，他怎么不生警觉，怎么可能一下子就被迷倒，再者，如果未成年男子，能控制住他么？”

林幽兰转过身来，依旧捧着脸，视线不敢和安雅瑜相对，嘴里边连珠炮般地说：“顾探长，你这么说可就不对了，只有男人才能进吗？依我看，女人也能进来，有些女人的肩膀窄小得很，头也没男人大，完全可以进这个窗子。”

顾波一笑，“女人么哪有……”见林幽兰瞪着他，忙说：“当然，女人也有成王成寇的，三爷抓住的辫匪军师，不就是女的？”

林幽兰这才不理他了，回头拿眼角扫安雅瑜，却见安雅瑜并没注意她，只把视线盯在窗口，一动不动。

她放下了捧着脸的手，心底升起一阵怅然。

顾波安慰：“六小姐，男人专心事业的时候，是这样的啦。”

林幽兰啐了他一口，末了低声问：“是真的？”

“当然是真的了，白爷把你当自己人，这才又喝又骂说话不客气，您瞧我，我想白爷骂我两句，喝我两声，他都不愿意呢，只客客气气的！”顾波肥脑袋直摇。

林幽兰又高兴起来，目不转睛地盯着安雅瑜的侧脸，“小白，又发现了什么？”

“哎，这案子难啊，无迹可寻，胡一岳常年报道些揭人隐私的案子，得罪的人又多！”顾波摊手。

林幽兰了他一眼，“就是话比放屁还多！”

顾波讪笑，说：“能找出真凶，我情愿多放点屁。”见安雅瑜转身过来，忙凑过去问：“白爷，有什么发现？”

安雅瑜负手踱了两步，“加上从窗口进来的人，凶手应当有两位，一位从门里进来，另一位，从门外走进，门外走进来的，吸引胡一岳的注意，背后从窗口来的那位，用乙醚把胡一岳迷倒，然后才用烧红的铁丸灌进他的喉中，只是奇怪得很，这飞爪从爪痕来看，设计精巧之极，一般的铁匠可打不出这种东西。”

林幽兰问：“白副官，光从爪痕之上，你就能看出来？”

“你瞧这爪痕，痕印极浅，却深入墙壁，说明飞爪分成两部分，一部分是外爪，先抓住墙壁，使其固定不动，内爪随着震动受力，再从中空处探出，直钉入墙内，所以爪印象钉子一般牢牢固定墙中，也只有这样，才能支持着一个人从五十米之外的二层楼中斜斜滑入窗内，我只在一本书里看过这飞爪的介绍，制作极为复杂，实物却从未见过。”她忽然定住，“龙舟上那影子……”

林泽夫皱眉点头，“确有相似之处。”

顾波和林幽兰一脸莫名其妙，互望看了看，“他们在说什么？”

当然没人回答，顾波摸头安慰自己，“我迟早会知道的，只要破案就好了！”

三人走出铁匠铺，顾波先驾车回去了，林幽兰默默地跟着安雅瑜坐进了车里。

回到林府，安雅瑜要回住处，林幽兰自也回到了她的闺楼，两人分道扬镳。

安雅瑜回屋除了军装，换了身便服，洗了把脸，正想休息，就听见门外有人轻轻叩门，“白副官，白副官，您在吗？”

安雅瑜拉开门，见是个丫环，面孔有些熟悉，想了想说：“你是五姑奶奶身边的？”

“白副官，您的记性真好，只见了我一面就认出来了，五姑奶奶想请您过去一叙，您瞧有时间么？”那丫环客气地说。

安雅瑜想了想，回房把衣服穿上，随着那丫环往倚凤楼而去。

客厅里，林莫兰和林大辅两夫妇坐在沙发上，林莫兰将头倚在林大辅的肩头，脸上全是疲惫憔悴，连皮肤都松弛了许多，衬着林大辅年轻俊美的脸，乍一看去，还以为两人是母子。

见安雅瑜来到，里面伺候的那两名丫环明显松了一口气。

林大辅手温柔地抚着林莫兰肩膀，“莫兰，别怕了，白副官来了，一定能弄清楚的。”

安雅瑜讶异地问：“五姑奶奶，出了什么事？”

林莫兰伸手接过小丫环递来的手帕，按了按眼角，“白副官，我只问你，阿龙的案子查得怎么样了？”

安雅瑜说：“还在查。”

林莫兰一挥手，把面前茶几上的杯子挥落，“还在查，还在查，怎么总是这句话？阿龙，阿龙昨晚上来找我了，浑身是水，他在我耳边低声说：‘娘，娘，我喘不过气来，阎王说的，我这是枉死，要进枉死城的，如果找不到凶手，就不能投胎转世。’他哭着求我，要我替他找到凶手！”

她脸上肌肉抖动，脸上有说不出的绝望，直盯盯地看着安雅瑜，“白副官，你们是干什么吃的？查了这么多日子，也查不出凶手来？”

林大辅默默揽住她，脸上有丝抱歉，“白副官，你别在意，自儿子死后，莫兰就没有一日能睡得着了，昨晚又做噩梦了……”

林莫兰抬头，一把抓住了林大辅的手背，“不，那不是噩梦，是真的，是真的，我看见阿龙了，他身上全是水，摸上去冰凉冰凉的。”

她伸出手去，对着虚空之处，就像前面真站了一个人，做了个抚摸的动作。

安雅瑜只觉一股寒意自脚底升起，瞬间遍布五脏六腑。

林大辅无奈垂头安慰：“莫兰，好的，好的，阿龙回来了确实回来了，是我弄错了，你已经好几晚没睡觉了，好好上去睡睡可好？我来和白副官说。”

林莫兰心神不定地抬头，怔怔直视林大辅，“大辅，阿龙在底下受一天的苦，我就一天不能睡着，大辅，你一定得让他们快点查到凶手。”

林大辅轻声保证：“一定会的，阿龙也是我的儿子。”

安雅瑜默默看着两人，轻声叹了一口气。

林莫兰心神仿佛定了些，抬起头来，神色恢复正常，“让白副官看笑话了……”

安雅瑜说：“不打紧，林龙是您的儿子，母子连心，您这么牵挂，也是应当的，我既然来了，能否让我去瞧瞧林龙的住处？”

林莫兰两夫妇对望了一眼，林莫兰皱了皱眉，“有什么好瞧的，阿龙又不是死在这里？”

林大辅说：“莫兰，白副官也是为了早日查清真相。”

林莫兰这才不说话了。

两人领着安雅瑜上了二楼，走到最尽头的那间屋子，推门让她进去，“白副官，阿龙就住在这里，你进去看看吧，莫兰怕触景生情，就不带你进去了。”

安雅瑜点头说好，她走进了房间，见屋子还维持着原来的样子，书桌上堆满各式玩具，屋角处有一个极大的狗窝，她拉开书桌瞧了瞧，林龙不喜欢读书，里面连一张纸片都没有。

她合上书桌，再打量了屋子一翻，随之走了出来。

林大辅和林莫兰在门外等着，见她出来，充满希望地问：“白副官，看出什么来没有？”

安雅瑜摇了摇头，走到二楼楼道里的通气窗，朝窗外看了一眼，收回目光，问林莫兰：“五姑奶奶，您昨晚上做梦梦见林龙，请问是在哪间屋子？”

林大辅怔了怔，“只是做梦，这有关系吗？”

安雅瑜说：“只是随便看看，也许能找到些什么。”

林莫兰指着斜对面那间房，“就是那间，你想看就看吧。”

安雅瑜就对林大辅说：“麻烦你了。”

三人走进那房间，这间房大了许多，里面用屏风隔开一个小小屏风，安雅瑜进去之后，却不忙四处察看，只问林莫兰：“五姑奶奶，您是坐在沙发上睡着了才梦见林龙的吗？”

林莫兰点了点头，“你怎么知道？”

“我是从您刚刚的姿势中推测出来的，您说林龙浑身是水，就站在您的面前，您还摸了他，他浑身冰凉？”安雅瑜也做了一个一模一样的抚摸动作，“只有斜靠在沙发上，才能做这个动作。”

“是的，昨晚大辅回来晚了，我坐在沙发上等他，等着等着，就靠在了沙发上，不知道怎么的，看见林龙了，他从墙壁里走了出来，那墙，那墙好像变了，变得像豆腐一样，在蠕动，地板也在抖动，像豆腐，不，像水波，他站在那里，浑身是水，就这么看着我，在我耳边低语，要我替他报仇。”林莫兰语无伦次地说着。

林大辅揽住她的腰，“莫兰，是梦，是梦！梦醒了就没事了。”

“五姑爷，您是什么时候回来的？”安雅瑜问。

“大约是三更吧，回来之后，就看见莫兰躺在沙发上，浑身是汗，嘴里叫个不停，我忙推醒了她。”林大辅对她的质问毫不在意，尽量说得详细。

安雅瑜却不再询问，绕过屏风，进了内室，拿起放在妆台上的膏粉，打开来闻了闻，在两夫妇跟进来之前，却又放下了，向两人说：“五姑奶奶，五姑爷，两位请放心，我一定会查清令郎之死，还死者一个公道的。”

林大辅跟了进来，视线从妆台上再落到安雅瑜的手上，对她刚才的行为不置可否，只说：“白副官，那我们只有拜托了。”

两夫妇告辞之后，安雅瑜走出这幢小楼，迎面正巧遇见匆匆赶来的林幽兰，不由抽了抽嘴角，说：“你还真是消息灵通。”

林幽兰衣服都没换，听了这话，得意得很，“那当然，在外边我没办法跟上你，在林府，你可甩不开我，我那丫环间谍队伍可不是吹出来的，和三哥的秘密部队有得一拼！”

安雅瑜随便地点了点头，手插在裤袋里往前走，准备回去睡一觉。

林幽兰跟着，“说说，无缘无故的，五姐两夫妇找你来干什么？我那侄子的案子有了新进展？”

安雅瑜轻声说：“可以说差不多了。”

林幽兰尖叫出声：“真的？可我什么都没有发现啊？”

安雅瑜抬头，望着那掩映在高大乔木之中的小楼，眼眸幽幽暗暗，树影投在她的脸上，使得她的脸平添几分神秘悲悯，“只差了一点，就差了那么一点，只要弄清这一点就行了。”

她回过头，又继续往前走。

“小白，你别卖关子行不行？到底是谁杀了林龙？和杀胡一岳的人有没有关系？你倒是跟我说说啊？”林幽兰跟在她的身后，从左走到右，又从右走到左。

“不行！”安雅瑜简单干脆。

“不行？不行今天我就跟着你了，你去哪儿，我就去哪儿！”

安雅瑜脚步一顿，回眸，优雅地笑道：“六小姐，对不住，我要去趟茅厕。”

林幽兰怔住了，等她走得远了，这才一跺脚，跟了上去，“你就算去澡堂子，我也跟着！”

安雅瑜无可奈何，停下脚步用手指掐着眉心，“六小姐，忙了一天了，我实在是累了，真想回去休息，睡上一觉。”

她双眸微显疲色，眉形极好的双眉微皱着，微黑的面颊带着几分俊冷，林幽兰心底一跳，止住了脚，眼神慌张地避开她的视线，“你，你要休息，早点说嘛……那，那我就不打扰你了。”

她转过身去，左手放在脸上，只觉脸颊发烧，她不敢回头，小跑步走了。

安雅瑜莫名其妙地看着她的背影，见她被地上小石子绊了一下，差点跌倒，忙说：“小心些。”

林幽兰跑得更快了，一溜烟不见了踪影。

“她怎么了？”安雅瑜摇了摇头，转过身往住处走，走到居所，实在是累了，推门而进，也不开灯，就往床上扑了去。

可忽地，她感觉到了屋子里有呼吸之声，而且，那呼吸声就在她的耳边，她腾地一下坐起，“是谁？”

灯一下子被拉开了，林泽夫坐在床边椅子上，他漆黑的头发一丝不乱，表情却是冷淡清凉。

对着这么张面孔，她哪会产生“屋里进了流氓”这种想法？

只手忙脚乱拨弄头发，拉好衣服，从床边坐起，勉强地说：“三爷，您来了？”

她在床边放了一张能摇动的椅子，平时没事，她喜欢在椅子上看书，此时，他就坐在那椅子上，手里拿了个卷宗。

他没有出声，一双凤形的眼睛朝她上下打量，撇嘴，嫌弃。

安雅瑜再好的脾气，也忍不住了，“三爷，这，这是女子闺房，俗称睡觉之处，您，您不好随便进吧？”

林泽夫自椅子上站起，说：“女子闺房？”他轻笑了一声，冷淡的脸添了丝讥嘲。

安雅瑜看着那摇动不止的椅子，暗暗咬牙，火往上冲，“三爷来我这里，到底是想干什么？”

林泽夫拿着卷宗，往外间走，“你，出来，我有事想问。”

安雅瑜赶紧跑到梳妆台前照了照镜子，见仪容尚算整齐，这才跟了出去。

外间，林泽夫已经坐到了书桌前了，那卷宗就放在他的手边。

安雅瑜看清他脸上的凝重，把刚刚那点不自在放在脑后，“三爷，发生了什么事吗？”

“胡蓝招供了。”林泽夫说。

“胡蓝？她说了些什么？”安雅瑜问。

“你看看这个。”林泽夫把那卷宗递到安雅瑜的手里。

安雅瑜打开，卷宗里只有一张纸，纸上血迹斑斑，却是字体清秀，力透纸背。

安雅瑜一目十行看完，心头剧震，手一松，那卷宗却跌落于地，卷宗里的纸也飘落地面，她抬头看着林泽夫，“这不可能。”

他面容依旧清俊，眼底却有说不出的迷茫，“我也不知道，她说的是真还是假，真有那么一群人，东渡而来，护着那个家族的血脉，寻找着能振兴那家族的神瓶？而她，就是被派来阻止这一切的，因为，那个家族是魔鬼之家！她是在替天行道！”

安雅瑜手足都在颤抖，抬眼看着他，“三爷，这供词看起来更像神怪传说，民间传闻，不足为据。”

林泽夫冷淡的眼眸带着一丝凉意，“安雅瑜，你心底也有了猜测怀疑，不是吗？围绕在我身边发生的一切，每次遇险都能转危为安的幸运，无端出现的介错人。”

安雅瑜垂下头去，没错，他说得没错，所有围绕在他身边的莫测之事，如果这一切是真的，却足以颠覆整个格局。

她只觉浑身发冷。

“安雅瑜，我不知道能去哪里，还能问谁？”林泽夫脸上露出了少有的疲惫，声音极轻，“也不知道自己将要面对什么？”

安雅瑜抬头，看着年轻男人，他眉如远山，容颜如雕，黑玉般的眼眸透出少有的迷茫，屋里的灯光用透明的橘色将他包裹，却也暖不了他眼底的冰冷。

她几步上前，手覆盖在他的手背，“三爷，无论供词如何，以后如何，三爷只要凭着自己的本心就行了。”

“谈何容易？”林泽夫微微垂头，看着她与他交叠的手，她的手背和脸颊一样的黝黑，可手腕衣袖盖住之处，却是洁白如玉，她心思缜密，可对于自身之事，却又糊涂得很。

他想反转手背，将她柔软的小手握于掌心，可末了，却只是抽回了自己的手，站起身来，“可你也说得没错，无论情况怎么复杂，只凭本心而已。”

安雅瑜收回自己的手，却不知道如何安慰他，“仅仅一份供词，也许事实并不像我们想象的那么糟糕？”

林泽夫走到窗边，看着窗外，“王老爷子早年曾跟随父帅，就职审讯刑供，处理叛徒，在他的手底下，没有人能不说真话，他亲自动手审问胡蓝，一连审了七天七夜，胡蓝最后亲手写下这份供词，口吐鲜血而死，这份供词，你说重不重要？”

安雅瑜说：“对于胡蓝来说，她知道的真相就是真相，但真相往往分许多的角度，三爷，她听到的也许就只是个传闻而已，其中真相如何，您若想知道，我定能查清。”

她精致的面容在灯光下绽放出夺目的光彩，双唇自信上扬，无来由的，他的心便定了，“你说得没错，这只是份供词而已，出了这份供词也好，王家不会那么急着嫁女了，他们总得看清事实才好。”

他轻轻一笑，凝重的表情瞬间舒缓，眼眸如宝石被阳光照射，发出夺目光芒。

安雅瑜心中一乱，垂下头去，也笑了，“三爷难道不失望？”

他的呼吸声在她头顶，隔了半晌才说："我紧张什么？我想娶的人却不愿意嫁。"

安雅瑜心底陡然像长了杂草，慌乱而无措，转过身去，装作拾起地上的卷宗，低声说："三爷，胡一岳被杀之案，出现了新的转机，想必您已经知道了？"

林泽夫轻轻叹了一口气，却没有继续刚才的话题，只重在桌边坐下，"知道了。"

安雅瑜轻轻吐了一口气，拿眼角悄悄扫他，见他表情又恢复了平日里的清冷淡漠，莫名有些失落，"如果我的推论正确，林龙之案和胡一岳之案可以同案并查了。"

林泽夫却不意外，手指惯常地轻磕桌面，说："看来你已有了头绪了？"

安雅瑜点头，"只不过还有些细节之处还需查证，若要调查清楚，还请三爷帮忙。"

"你且说说。"

安雅瑜低低地陈述起来。

窗外，林幽兰从小径处匆匆走来，看清窗上两个人的剪影，又发觉了门前站着的卫兵，怔了怔，"三哥回来了？一回来就找白副官干什么？还亲自到人家房里去？不行，又在商量什么秘密不给我听！"

她几步冲到门前，卫兵忙拦住，"六小姐，督军和白副官商量事，不让任何人进入。"

林幽兰横了他一眼，插着腰大声嚷，"三哥，白副官，你们躲在屋子里干什么？快出来！"

声音清脆，惊起了不远树上几丛飞鸟。

门一开，安雅瑜与林泽夫出现在门口，林幽兰看了一眼他们两人一模一样冰冷的面容，觍着脸笑，"三哥，白副官，让我听听吧？"

说着，从两人身子中间挤了进去。

"哎……"

林泽夫与安雅瑜互相望了望，两人脸上同时出现无可奈何的表情。

林幽兰冲到桌前，把桌上的白纸拿起来看，"咦，白副官，这上边写了三个嫌疑人，小蔡已经划掉了，另外两个，一个是老黄头，还有一个打了问号？老黄头怎么可能是凶手？那老胳膊老腿的，哦，也已经划掉了？"

她啪的一声把纸放下，双手合十，"白副官，你就告诉我算了，你瞧，我原打算回去睡觉的，可左想右想怎么也睡不着，只好又来找你，你今天不告诉我真相，我今儿晚上可别想睡觉了。"

她百爪挠心般地看着安雅瑜。

安雅瑜说：“正好，有件事让六小姐去办，办好了，真正的凶手就会显形了。”

林幽兰双眼冒光，“什么事，什么事？”

安雅瑜低声说了起来。

林幽兰一声尖叫：“什么？你让我去偷……”她向林泽夫求救，转头看了一眼，哪敢打扰，又把头拧了回去。

林泽夫自己把安雅瑜卧室里的摇摇椅搬了出来，放在堂屋里，坐上去摇啊摇的，似乎睡着了。

安雅瑜沉着脸说：“六小姐不想去也可以，请……六小姐还是回去睡觉吧！”

“可我睡不着！”

“睡不着吃点安眠药就能睡了。”安雅瑜语气冷淡。

林幽兰一跺脚，看了看安雅瑜，又看了看林泽夫，“一丘之貉，就知道欺负我，好，我去！”

她往屋外冲了去，走了两步，回头，“我可告诉你们，可不许再瞒着我做其他事了！”

安雅瑜点头，“一定。”

她这才去了。

安雅瑜看着在屋子中央摇着摇着快要睡着的林泽夫，抚额轻叹，“三爷，您若是累了，回去自己床上休息岂不更舒服？”

吱呀，吱呀，摇椅一声声地摇，林泽夫没有睁开眼睛，“这里就很好。”

安雅瑜心说你当然好了，可我要怎么睡啊，内室和外室只隔了一道门帘。

他合上了双眼，脸上肌肉放松，绷着的双腿也缓缓松开，看来还真是睡着了。

无可奈何地，安雅瑜走回了内室，拿床薄毯出来，轻轻替他盖在身上，转身回到内室。

外边有了这尊佛，安雅瑜哪里还睡得着，干脆坐了起来，从床头柜里拿出纸笔，趴在床上，把两件案子翻来覆去地整理清楚。

她在纸上写上了小蔡、林莫兰、林大辅、霍五娘、老黄头的名字，正想得出神，就听身后有人，安雅瑜回过头去，却见林泽夫站在身后，不由问：“三爷，您不是睡了吗？”

“你在屋里老鼠一样窸窣不停，我怎么睡得着？”林泽夫表情清凉。

安雅瑜不好意思，“三爷，要不，您在床上睡，我去屋外？”

“不用了，我醒了就难以入眠。”林泽夫说，“这件案子，我大约也猜了一下凶手。”

安雅瑜脸上焕发光彩，“三爷，不如我们各自写在纸上，看看相不相同？”

林泽夫眼眸微凝，看了一下她那张零乱的床，又收回目光，“也好。”

安雅瑜兴致勃勃地拿了纸笔过来，递了给他，他左右看了看，嫌弃地望了床头柜一眼，皱眉，吩咐，“转过身去。”

安雅瑜不明所以，闻言转身，就感觉到背上放上了某件东西，笔尖在背上画了起来，像蚂蚁爬过般的触感瞬间遍布全身，让她紧张得连呼吸都屏住了。

还好，这种折磨马上结束了。

她回头，看见他把纸满意地吹干，没忍住，说：“三爷，外间有桌子。”

他理所当然，“我懒得走。”

安雅瑜默默转身，蹲了下来，趴在床头柜上，又抬头看了他一眼，不由用一只手遮住纸，另一只手在纸上写。

林泽夫见她孩子般的做派，只笑了笑，负手走去了窗子边，静静地等。

“三爷，我写好了。”安雅瑜说。

他转过身来，把对折的纸摊开，两人看着纸上一模一样的几个名字，都微笑了起来。

第十八章　一团迷雾

“三爷整天在外边跑，并非十分关心这两单案子，却是从哪里认定凶手的？”安雅瑜问。

“我没有盯着，不代表我是瞎的。”林泽夫淡淡地说。

安雅瑜衷心地说：“三爷真是个透彻明白的人，单看呈上去的案情报告就抵得上我四处奔波查访。”

“你查访细致，所以这上面才多了一个嫌疑人，此人与本案真有关联？”林泽夫拿过安雅瑜写的那张纸，手指点在最后那个名字之上。

“我原本也没怀疑过，但近两日发生的事，却让我不得不生了疑心，特别是看到了林龙的住处，还有五姑奶奶的异样。”安雅瑜说。

林泽夫笑了笑，“最后这个人，要看老六办事办得怎么样了。”

“六小姐在林府有很多的丫环手下，想必这小小的事情，一定能马到功成的。”安雅瑜也笑。

“你确定你当时没有打草惊蛇？”林泽夫左右看了看，扫了一眼空空如也的床头柜摆放摇椅之处。

安雅瑜马上明白了他的念头，揭了帘子说：“三爷，咱们去外屋谈。”

林泽夫头一低，来到外屋，重坐到那摇椅之上，安雅瑜也搬了张椅子坐到他的对面，“三爷，其实让六小姐去，就是为了打草惊蛇，五姑奶奶的梳妆台，我匆匆扫过一眼，还把其中的香膏打开过，如果有人从中搞鬼，妆台上的东西都有可能，五姑奶奶为在姑爷面前保持容貌，即使在半夜，也会盛装打扮，涂脂抹粉，因此，妆台上的东西是唯一能动手脚的地方，我去之时，五姑奶奶神情焦郁紧张，瞳孔缩小，双眼充血，那东西还在影响她的神经，所以我敢确信，我到之前，她用过那东西，而我已记下了妆台上所用脂粉胭脂的特征，六小姐把那些东西偷了出来，只要看哪一种被人换了新的，就能搞清楚是不是有人在搞鬼。”

“你让老六去偷，并不是为了偷出真正掺了毒粉的那东西？”林泽夫说。

“因为我已经知道五姑奶奶产生的幻觉是由何而来。”安雅瑜说。

“你懂的东西还挺多的。”

安雅瑜说：“我差不多翻遍了所有记录毒性之物的书籍，五姑奶奶看见墙壁变成了豆腐，林龙浑身是水，地板也成了水波，这是一种致幻效果，迷幻蘑菇磨成粉，如吸入鼻孔，就能让人看到幻象，如果此时，有人稍加引导，甚至能让人说出她平时不想说的秘密，可为什么，在这紧要当口，有人要这么做？”

她抬头沉思，百思不得其解。

“也许只有那幕后之人能告诉我们了。”林泽夫说。

安雅瑜点了点头。

正在这时，不远处的小楼灯亮了起来，有人远远地吆喝着什么，又隐约有人大声呼喊有贼。

安雅瑜喜出望外，“想不到她这么快得手了。”

她的笑容明媚得如早晨的阳光，丝丝缕缕渗入他的眼帘，让他几乎睁不开眼去，更是一瞬间心脏都停止了跳动，他垂下眼眸，“在这方面，她倒还能帮得上忙。”

隔了一会儿，门外传来脚步声，安雅瑜忙拉开门，就见林幽兰提了一个大包袱气鼓鼓地走了进来，她把包袱往沙发上一扔，“全都在这儿了，损失了我两个丫环，打发她们离了林府安家的钱都够买这些东西各十件了。”

安雅瑜忙走过去翻那包袱里的东西，随口称赞：“也只有你能有这么大本事，动作这么快。”

林幽兰顿时咧开嘴笑了一下，瞬间绷住，“好好看看，有没有让我白干。”

林泽夫见她那样，无来由心底不舒服，刺她，“老六，你也就只能做做这偷鸡摸狗的事！”

对他的讽刺，林幽兰早已免疫，哼着说：“你管我做什么，只要我能帮得到白副官就好了。”

安雅瑜却是专心查着那堆东西，忽地，拿出一个粉盒，脸上倏地绽放出笑容，“就是它了。”

她的笑容如盛开的鲜花，极速绽放，一层一层，直至露出花蕊。

两兄妹同时静默无声，视线落在她的脸上，竟有一瞬间的屏息。

安雅瑜看向他们，“怎么了？我脸上有东西？”

林泽夫垂眸，“找到就好。”

林幽兰则是慌乱地垂下头去，跑到沙发上东寻西找，“就是这个？其他的呢？”

安雅瑜不理这神情古怪的两兄妹，说：“只有这个粉盒被调换了，那调换之人极为小心，把一盒新粉挖得和原来差不多才换，可我记得原来的粉盒之上，有一处粘了唇红，这盒盒沿却是干干净净的。”

林幽兰吃惊地说："白副官，你可别告诉我，你去了五姐那里一趟，随便看了看那妆台，就把妆台上所有东西的特征给记住了？"

安雅瑜习以为常地说："只要用心，什么都能记得住。"

林幽兰一声惨叫，双手举高："天啊，天底下还真有这种不是人的人？这让我们这些人怎么活啊，想当初，我上女子学校背书，读十遍一句话都记不住啊！如果我有这能力，我早就当上第一女神探了！"

林泽夫走上前，手指头往她额头一弹，"闭嘴，你想告诉所有人你偷你姐的东西？"

林幽兰抚着额头呼痛，又想叫，见林泽夫冷冷瞧她，缩着头躲到一边去。

"从我看这梳妆台到六小姐使人偷梳妆台上的东西，不到三个时辰的时间，这粉盒，就是这三个时辰之内被人调换的，而当时我察看梳妆台时，只有几个人在场，两个丫环，再有，就是五姑奶奶和五姑爷了。"安雅瑜说。

"范围缩小了许多，再者，今晚再这么一闹，那作祟之人很快就会浮出水面。"林泽夫轻声说。

林幽兰却恨恨地说："又打哑谜，只知道打哑谜，还让不让人活了？"

安雅瑜说："六小姐别担心，你很快就能知道真相了。"

林泽夫却是走到窗边，轻轻推开窗户，看着远处那一道晨曦，阳光从云层之中透射，照在他的额角，使得他额头如蒙上一层金玉，似真似幻，眼眸却成了透明之色，他回头，看着安雅瑜："没错，真相很快就会浮出水面。"

他回头，"但除了找到凶手，这单事件，暂缓揭穿。"

"三爷是担心没有充足证据？"

林泽夫点了点头，"没错，单凭一个粉盒，一段推断，算得上查无实证，暂且让那人先逍遥几天。"

安雅瑜点了点头，"三爷说得没错，此人隐藏极深，弄清楚他到底意欲何为比什么都重要。"

晨曦破开云雾，斜斜地照在两人身上，使得他们的身影如披了一层光纱，明亮透净。

林幽兰眼神骨碌碌地在两人身上转，"你们在说什么？不是说这两单案子么？"

安雅瑜说："说的当然就是这两单案子。"

林幽兰怀疑地看着两人，忽然把身子挤到两人中间，"走，忙了一晚上了，走，咱们去外边吃早点，我请客。"

林泽夫微皱眉头，退开一步。

林幽兰拉开房门，和安雅瑜并排走出房间，安雅瑜见林泽夫落在身后，感觉不妥，便站定等他，待他走近了，这才落后一步，跟在其后。

林幽兰就嘟哝："白副官，你，你等他干什么？"

安雅瑜无可奈何地说："六小姐，你忘了，我是三爷的副官。"

"副官了不起么？"她眼睛直眨，得想个法儿把小白调离三哥的身边，找爹要份差事给她做，想着想着，高兴了，"平时日子，这么多规矩干什么？三哥，你说是吧？"

林泽夫回头冷冷扫了她一眼，"老六，规矩不规矩的倒还其次，就怕有人起歪心思。"

林幽兰一愣，定住了，东张西望，"谁，谁会起歪心思？"

"我的手下，可不比你那些丫环，撬不走的。"林泽夫说。

林幽兰脸都僵住了。

安雅瑜默默无言，林幽兰什么都摆在脸上，在林泽夫跟前，又能藏得住什么秘密？

她同情地看了林幽兰一眼，跟着他往前走。

司机迎了上来，"三爷，要用车吗？"

"不用，随便走走。"林泽夫说。

忽地，两声车鸣之声传来，铁门大开，一辆小车驶进大院车道，车子在几人跟前停下，有人从车里出来，笑着说："三爷，六小姐，这么早就出去？"

那人身穿一身白色西服，手里拿了根文明棍，和以往一样，他脸上带着笑意，他视线落到了安雅瑜身上，嘴角上扬，笑意更深了，一张普通的脸，显出几分俊雅动人来。

"宫先生，这么一大早的，来到林府，有何贵干？"林幽兰不高兴地问。

安雅瑜想起他每次出现都神秘莫测，不由生起几分不安与畏惧，微微皱眉。

林泽夫则只是冷冷瞧着他。

"六小姐，可不是我要来，大帅紧急召见，我不得不来。"宫池鸫说，又向林泽夫抱拳，"三爷，改天专程拜访，三爷也别再闭门谢客啊。"

林泽夫只答了一句："好说。"

宫池鸫全不在乎他的冷淡，转头向安雅瑜笑问："白副官，那案子查清楚了吗？上次看的那文明戏对你是否有帮助？上次一别，咱们可有好些日子没见了，白副官，几时出来喝茶？"

安雅瑜悄悄看了林泽夫一眼，见他眉头微皱，莫名心慌，"不用了。"

宫池鸫把文明棍的棍头放在胸口，"白副官，我这里可有不少好消息，你有空吧？咱们好好聊聊。"

林幽兰低声问："小白，你什么时候和他这么熟了？"

安雅瑜无法回答。

宫池鶬哈哈笑了两声，“白副官青年才俊，声名远扬，我们这些人当然要上赶着前来巴结，一来二去的，就熟了，六小姐，这有什么出奇的？难道你还想把她藏在衣兜里，让她不见人？”

林幽兰呸了一声，“你才想藏衣兜里。”

林泽夫说：“宫先生，父帅既然找你，我们就不打扰了。”

宫池鶬说：“别，三爷，大帅此时还没起床呢，正巧，我有事想请教白副官，能否借白副官一用？”

安雅瑜没想到他这么直通通提出要求，不由拿眼角看了林泽夫一眼。

他却没什么表情，只微微点头，似笑非笑，“原来宫先生为了我这副官而来？”

宫池鶬拿文明棍直摇，“非也非也，白副官这样的人可不好找，遇到了，就不容错过。”

场上顿时沉默下来。

太阳已经完全升起，阳光倾过屋檐照射，如薄金般把光线倾泻到了两人身上，一个军装笔挺，表情清冷，一个却是白衣如雪，满脸笑意，可无端端的，却让人感觉光影如刀，在两人之间拉出丝丝杀气。

安雅瑜忙上前插进两人中间，“宫先生，您有想问的就直说吧，这时间也不早了。”

宫池鶬微微一笑，纯真敦和，“既是如此，我就要问了，白副官，您胸口痛的病，现在还好吗？”

他视线落在她的胸口。

安雅瑜一捂胸，牙根暗咬。

林幽兰就看向她，“白副官，你有胸口痛的病？我怎么不知道？”

她眼眸在安雅瑜胸前扫来扫去。

安雅瑜无法，忍气来到林泽夫跟前，低声请示：“三爷，我和他说两句话。”

林泽夫脸色阴冷，隔了良久才微一点头。

安雅瑜这才走到宫池鶬身边，冷冷地说：“走吧，宫先生要去哪里谈？”

林幽兰还在纠结安雅瑜身上的病，“白副官，你胸口还痛吗？”

宫池鶬笑吟吟地答：“不痛了，小白这病，偶尔发作，问题不大，多谢六小姐关心。”

林幽兰撇嘴，“我问你了么？问你了么？你是他什么人，胡乱插什么嘴？”

宫池鶬哈哈笑了，“我这是关心则乱啊。”

安雅瑜冷冰冰地说：“宫先生还谈不谈？不谈我还有事。”

他这才拿着文明棍一指，“走，那边亭子就不错。”

两人走到亭间，离两兄妹远了，宫池鶬脸上笑意未改，却上上下下打量了她一通，“白副官，你这易钗而弁的本事真是一等一的高，比你破案的本领还要强上几分呢，这林六小姐眼睛是不是瞎了？”

安雅瑜不为所动，皱眉，“宫先生今天就是来说这些的？”

宫池鸫收了脸上笑容，在石桌子边坐下，拿文明棍轻磕石桌，“白副官请坐。”

安雅瑜却远远地在另一头坐了，“宫先生请说。”

宫池鸫略略皱眉，忽而一笑，“白副官，我是洪水猛兽吗？你就这么怕我？”

安雅瑜冷淡地说：“不是怕，只是道不同不相为谋，我与宫先生没那么熟。”

宫池鸫垂眸，嘴角微收，把文明棍放在石桌之上，“林龙溺毙之案，白副官心底已有定论了？那出戏，对白副官是否有帮助？”

他收了脸上笑意，青色石板桌台反射光线映在他脸上，使他的脸也成了青色，转而变得有些阴冷。

安雅瑜提高警觉，“确实有助，如果不是宫先生，我倒想不到这案件的这条线索。”

宫池鸫抬头，脸上又是温和如春，“能帮到白副官，那就好了。”

他把桌上的文明棍拿起，手掌在棍头摩擦，忽地，那棍头就冒出火焰。

安雅瑜知道他每次出现必出古怪，端坐不动，只凝眸而视，嘴角微微含着冷笑，“宫先生，这次又要给我什么惊喜？”

他左手拿着棍子，右手在火焰上一抚，掌心出现了一朵紫色牡丹，他将那紫色牡丹递给安雅瑜，“白副官，鲜花赠佳人，这一次，我别无所图，只是送花。”

安雅瑜瞳孔收缩，她看得清楚，这正是紫重楼，她首次在梅公馆的凶杀现场看到的牡丹花。

她没有接花，微微而笑，“原来宫先生消息这么灵通？”

宫池鸫把花收回，放在鼻端轻嗅，“非也，非也，不是我消息灵通，而是白副官名声太响，与我合作之人，我会调查清楚。”

“与你合作？”安雅瑜轻声说，“先生想得太多了吧？”

宫池鸫把花捧在胸口，说：“白副官，你真让人伤心，咱们都已经合作过一次了，你何必依旧拒人于千里之外？”

安雅瑜只静静看着他，“宫先生交友广阔，连帅府都能随便出入，何须和我这么个小小副官合作？”

宫池鸫把手放下，轻笑了声，“白副官太小看自己了，您屡破奇案，近日发生的案件想必也有了眉目了，龙腾飞爪在普通人的眼里是奇迹一般的存在，却被白副官一眼看破……”

安雅瑜倏地凝眸，死死盯住了他，“你派人跟踪我？”

宫池鸫却是闲适一笑，垂眸说：“白副官这么紧张干什么？这飞爪么，每年我也请人做上一件两件的，这种武器少人买，不好出手。”

他垂头微微而笑。

安雅瑜忍不住问：“你把飞爪卖给了谁？”

宫池鸫一笑，“白副官，这话题终于引起了你的兴趣，可真不容易，这飞爪么，自是卖给与你的犯罪嫌疑人有关联的人之一了。”

安雅瑜明知他不会说了，只哦了一声，“先生生意倒做得挺大的。”

心底暗暗思索，这飞爪之事，只有顾波等少数人知晓，难道巡捕房内部竟有他的人？

从查清飞爪到现在为止，也不过一天工夫，这人就知道了消息？

宫池鸫拿起文明棍在石桌上轻轻敲了敲，“白副官，咱们做生意么，讲究诚信，这买家当然不会告诉你，但是，我却可给你提供一个线索……”

安雅瑜权且当小道消息听着，“什么线索？”

宫池鸫把放在桌上的牡丹拿起，“牡丹花，可真是一种特别之极的花，它风流潇洒，富丽堂皇，如这座帅府，又像林三爷，有国色天香之称……”

安雅瑜听他将林泽夫形容成国色天香，也不由微扯了一下嘴角：“宫先生何必故作神秘？”

宫池鸫叹气，“白副官，我劝你啊，但凡牵涉到林府的案子，还是早早收手的好，其中内幕，恐怕不是你这么个小副官能担当得起的，千万别陷了进去丢了性命，我会伤心的。”

安雅瑜嗤笑，“原来宫先生所谓的线索，就是这个？”

宫池鸫轻柔地说：“白副官可真是个固执的人，好吧，我且告诉你，买那迷幻蘑菇粉的人和这龙腾飞爪的，是同一个人呢。”

安雅瑜猛地抬头，看着眼前那张温和的面孔，却有一刹那的恍惚，“你说什么？”

宫池鸫说：“那迷幻蘑菇虽然不是出自我之手，但这东西难找，总有些小道消息传至我的耳里，我便忍不住查了一下，听说白副官竟是拜访了林氏老五夫妇，我就想，依白副官在外留学学过的东西来看，只要一问林莫兰的症状，一定心中有所怀疑，忍不住想诈你一诈，想不到你真是认了出来。”

他的消息，竟是灵通至此？

不过几个时辰之间，她只对林泽夫兄妹谈及此事，便传到了他的耳里？

就这一瞬间，她心中忽然升起了一个不可能的想法，背后沁出一层冷汗，把那想法默默打消。

宫池鸫笑容温和，“白副官，你也别把我看得那么可怕，我这只不过学你，推断而已。”

安雅瑜把掌心渗出的冷汗在裤子上悄悄擦干，“宫先生如果去破案，也是一把好手。”

宫池鸫轻笑一声，“我可没那闲工夫，也没白副官这么思想崇高，对我来说，没有钱赚的事，我是不会做的。”

安雅瑜说：“我可没钱给你。”

“不不，我和白副官是朋友，朋友之间，谈什么钱？”

“既然如此，先生何不告诉我，是谁买了这两样东西？”安雅瑜问。

“这我可不能告诉你，朋友诚可贵，银元更可靠，但我相信，以白副官的才学，一定已经知道凶手是谁了，我这个消息，不过锦上添花，确定你心中怀疑而已。”宫池鸫一双狭长的眼睛微微眯起，像是在笑，又像是在冷冷凝眸，“白副官，你瞧，朋友之间么，多喝茶聊天还是好的，我想，今天我可给了你不少联想和灵感了。其实有的时候，破案就像作画和写诗，要不断从其他人处得到灵感才行，白副官，你说是不是？”

安雅瑜抬眸，直视他的眼睛，“先生在这几桩案件之中，又充当了什么角色？”

宫池鸫笑了，笑容温和，“白副官，怀疑一切是好的，但不要把所有能帮你的人推得远远的，我么，不会那么愚蠢，亲自动手杀人，最多么，就是卖卖凶器毒药什么的，白副官，不犯法吧？”

他这么直白，安雅瑜倒是无言以对，只好说：“确实不犯法。”

宫池鸫看起来很高兴安雅瑜的受窘，微笑着，“白副官如果做了我的朋友，以后么，再有什么凶案，我倒能提供些线索。”

安雅瑜说：“那我要先多谢先生了。”

宫池鸫视线越过她扫向远处，“我们再说下去，那两兄妹该急了，以后有空，咱们单独再聊聊，别被他人打扰。”

他身子微倾，向她这边靠拢，她闻到了他身上淡淡的雪茄气味，轻皱眉头避开，心头却涌起股难言的畏惧。

这个人，简直是太可怕了。

她不由想起谷兰，那么一个把男人握在手掌心的女人，一看见他，却惊慌成那个模样。

几次接触，她慢慢明白了谷兰的害怕从何而来。

就连她自己，每一次和他接触，就越觉他深不可测。

他站起身来，左手拿起文明棍，右手却拈起那朵牡丹，送至她的跟前，安雅瑜不由自主接过，他哈哈一笑，迈步走出亭子，朝走过来的两兄妹说：“三爷，六小姐，你们可得看好你们的白副官，要不然，我可把她偷走了。”

安雅瑜心底恶寒了一下，哭笑不得。

林幽兰直跺脚，“宫池鸫，你什么意思？”

宫池鸫却不答话，只笑着走远了。

林泽夫凝眸扫向安雅瑜，视线落到她手中之花上，安雅瑜手一松，把那花丢到了草皮上。

他这才微微一哂，笑了，“走，去吃早餐。”

似无意一般，他踏步走过，一脚踩烂了那朵牡丹。

林幽兰简单干脆得多，走上前去，双脚连踏，把那朵牡丹踩得稀烂。

安雅瑜看了一眼地上牡丹，再看一眼前头走着的两兄妹，抚额无语。

林幽兰回头望她，“白副官，你还不快来？”

安雅瑜走上前去，林泽夫侧过脸看她，又收回目光。

林幽兰便问：“白副官，那只老鸟对你说了什么？两人谈了这么久？”

“老鸟？”安雅瑜奇怪地问。

“你还不知道吧，他给自己起了个奇怪的名字，叫鸫，是个鸟名，是一种拥有不死之身的怪鸟，晚上乘黑云四处游荡，光是叫声就能把人吓死，哼，还真以为自己是地狱之王么？我三哥还被人叫血衣阎罗呢，是吧，三哥？”

林泽夫只嗯了一声。

安雅瑜无来由紧张，悄悄看了他一眼，“其实也没说什么，他倒告诉我一个线索……”

她把刚才宫池鸫向她说的话一五一十道出，当然省去了他送花时的话。

林泽夫脸色略霁。

三人边走边从帅府小门出去，来到那条小吃街，与往常一样，小吃街早上的人是最多的，三人在黄家面馆不远处的一家烙饼店坐了。

烙饼店的人认识林泽夫，赶紧想上来打招呼，林泽夫一摆手，他又停住了，默默回去烙饼，只是饼上多加了两个鸡蛋。

黄家面馆依旧关着门，冷冷清清的。

不一会儿，烙饼呈了上来。

三人就着白粥吃饼，听着周围人的闲话。

隔了一会儿，黄家面馆的门呀的一声打开，老黄头出现在门口，往门外挂了个幌子，又退回到门内。

有好事人跑过去观看，回来说：“老黄头那铺子真的要卖了，连草标和转铺启事都贴出来了。”

“儿子出了这种事，哪有心思卖面，老黄头是白发人送黑发人，真惨。”

“还好老天爷帮忙，收了那纵狗行凶之人！”

“这是阎罗王在帮他！”

周围听的人皆默默沉思，看向黄家面馆的目光虔诚了起来。

安雅瑜与林泽夫对望一眼，两人同时低声说："梅公馆。"

又是和梅公馆之案时一模一样传播流言的手法。

安雅瑜缓缓抬头，往这几人身上扫过，却见他们神态如常，并无异样，闲聊几句之后，吃完烙饼的就站起身来，有的去开工，有的背起背包往前走。

这种流言，也不知道传播了多久了，而幕后之人，散播这样的流言，到底目的何在？

安雅瑜却怎么也想不通。

她不由把视线落到了林泽夫身上，却见他小块小块地吃着烙饼，神态悠闲，无来由的，她的心便定了下来，俗话说得好，皇帝不急，太监急什么？

她只要查清那两件案子的来龙去脉就行了，其他的事，让林泽夫去操心吧。

回到林府，林泽夫让安雅瑜打电话，冷淡下令："通知巡捕房，将相关人等一并捉拿，押到林府来。"

电话那边，顾波一迭声的连声称是。

到了晚间的时候，巡捕房的人便押了人过来，林大帅和几位夫人早在厅堂等着了。

五姨娘和六姨娘依旧打扮得花枝招展，一左一右站在林大帅身后，林大帅旁边唯一能坐着的就是林太太。

安雅瑜与林幽兰进去的时候，林太太视线落在两人身上，微微一笑。

五姨太就瞧见了，捂着嘴笑，"二姐，这一对璧人走进来，您这是越看越满意啊？"

林太太脸上笑意未歇，"胡说什么？今儿老三这么大阵仗把我们都叫来，可不是为了说笑的。"

林大帅皱眉，"老三搞什么鬼？"

六姨太说："怕是为了林龙溺死那件事吧？怎么，查出凶手来了？"

"查出来就查出来吧，还把所有人都叫来，难道凶手就在我们中间不成？"五姨太自己也觉这笑话好笑，笑得咯咯有声。

可旁边的人却都没有笑，林太太皱眉横了她一眼。

林大帅冷冷地说："老五，你不想听就滚！"

五姨太撇了撇嘴，不再说话了。

隔了一会儿，林莫兰与林大辅也被请了过来，两人向林大帅等行礼，林大帅只微微点头，语气冷淡，"老三有事要说，你们在一边听着吧。"

林莫兰垂头应了声是，由老公扶着，坐到一边去。

紧跟着，两名丫环扶了个妇人缓缓走进堂内，她一出现，堂上顿时静了下来。

众人皆面面相觑，不明所以，五姨太更是说出了声："大姐，你来干什么？"

那妇人却半垂头站着，只呆呆看着地面，手里拿了一个小小木鱼。

林太太也皱眉欠了欠身子，见她这般模样，又坐定了，吩咐："还不给大太太搬张椅子来，让她坐下。"

结发妻子到来，林大帅脸上依旧没什么表情，只瞧了她一眼，把视线转开。

林莫兰脸色憔悴，更是不敢望向那妇人，避开她的眼神。

顾波把奉命请来的人全都押上堂前，却是老黄头、霍五娘、小霍香等人。

几人站于堂上，显然没明白到底怎么回事，满脸惶惑。

林大帅身后站着的几名姨太太更是不明所以，互相打听，窃窃私语。

还是五姨太打破了沉静，挥着帕子说："这是怎么回事？什么人都请到帅府来，还让大帅亲自等着，我们帅府成什么了？"

几名姨太太随声附和，场上一片嗡嗡之声。

正在此时，林泽夫与林副官迈步走进，那片嗡嗡声这才停了。

安雅瑜悄悄望向林副官，他半垂头跟在林泽夫身上，神色颓唐，不由在心底暗暗叹息。

顾波上前，"三爷，人都带来了。"

林泽夫看了堂上四人一眼，微微点头。

林大帅脸色稍霁，"老三，一件普通杀人案，搞这么大阵仗干什么？"

听了这话，林莫兰一下子抬起头来，嘴唇颤抖，"爹，林龙是您的外孙，怎么会是普通杀人案？"

林大帅瞧都没瞧她，只看着林泽夫，"老三，到底查出了什么？"

林莫兰受到这般忽视，不敢再出声，捂着嘴流泪，林大辅默默将她揽在怀里。

林泽夫说："父帅稍等片刻，还有一个人证未到。"

堂上众人又互相打听："还有一个？还会是谁？"

安雅瑜也意外抬头。

隔了一会儿，有丫环来报："宫先生到。"

宫池鸫一身银灰西服，手握文明棍，满脸笑容地走进了大堂，向大帅微微弯腰行礼，又向林泽夫打招呼："三爷，我何其有幸，得您亲自召见，我不想来都得来啊！能帮到三爷，我定当尽心尽力！"

"好说，宫先生要真的言无不尽才好。"林泽夫冷冰冰地说。

林大帅把手里的权杖顿了顿，"老三，人都到齐了，现在可以说了吧？"

林泽夫点头称是，转过身去，视线落到安雅瑜身上，说："近半个月来，本市一共发生两起震惊世人的大案，一件就是龙舟节上，林龙溺毙之案，另一桩，却是胡一岳被铁丸灌喉案。"

“是啊，这两件案传得可邪乎了，总长太太找我们打牌，这几天老说这个，说的就是这两件案子，又说是阎罗王勾魂，地狱恶鬼索命什么的。”五姨太是个管不住嘴的，马上接口，噼里啪啦说个不停。

林二太太回头，冷冷看了她一眼，她这才住嘴。

“老三，听说这两件案子，你让白副官查的？看来已有眉目了？”林大帅说。

林泽夫说：“没错，父帅，这两件案子，已经基本查清了。”

啪的一声，有东西跌落地面，众人看去，却是大太太手里的木鱼，旁边伺候的佣人弯腰拾起木鱼，连声道歉：“大太太手滑，小的一个没看住。”

众人不以为意，把视线重落到了林泽夫身上。

林大帅顿时有了兴趣，身子前倾，“好，老三，强将手下无弱兵，你这副官不错，让他说说看。”

安雅瑜上前，拱手为礼，视线在堂下站着的几人身上一一扫过，说：“这两件案子，一件发生在端午龙舟赛上，另一件发生在铁匠铺，看似毫无关联，可实际上两件案子因同一个人有了联系，那就是小蔡之死。”

林莫兰说：“我的阿龙死得冤枉啊，小蔡是狗咬的，关阿龙什么事？是谁杀了他？”

林大帅一声厉喝：“闭嘴！”

她缩了缩脖子，只顾流泪，不敢说话了。

安雅瑜说：“小蔡被林龙的狗在送外卖的时候咬断喉咙，失血过多而死，是这两件案子的起因。”她双眼灼然有光，扫向堂前并排站着的三个人，从衣袋里摸出一张纸来，把纸反过来让堂上众人看清楚，“这张纸条，是案发之前，有人塞在谷兰姑娘包里的，你们请看，上面四句话：恶犬裂喉时，鲤鱼化龙处，流火千张至，地狱搜魂人。”

众人面面相觑，“这四句话到底什么意思？”

林大帅接过了那纸条，眉头一皱，却把那张纸条递给了林二太太，说：“清婉，你读的书多，你看这四句话什么意思？”

林二太太看了那纸条许久，神色复杂，“这我可不知道了，没头没尾的，倒像是从哪里摘录下来的四句话吧？”

林大帅就说：“白副官，还请你来解答谜底吧。”

“这四句话，对应了两件事，两件案子，就是小蔡之案，林龙之案，恶犬裂喉是小蔡之案，鲤鱼化龙，说的是赛龙舟时有人死亡，而当时出现了阎罗鬼脸，却正应了地狱搜魂这一句。”安雅瑜说。

“这可就奇怪了，白副官，你说这纸条是事前获得的，难道有人能事先预知罪案不成？”林大帅问。

安雅瑜轻轻摇头，“不，大帅，不是有人事先预知罪案，而是有人事先策划了这两单案件，自这张纸条出现之日开始，案件就开始策划进行了。”

“这怎么可能？你说林龙纵狗行凶，也是有人有意为之？”五姨太说。

第十九章　真相如棋

林二太太扫了她一眼，没有出声。

安雅瑜转身望向宫池鸪，“宫先生，这张纸条，既是由你放进谷兰小姐的包里，那你来解释解释，这纸条从何而来。”

众人皆往宫池鸪望去。

宫池鸪哈哈笑了两声，“白副官，你这过河拆桥的本事见长啊？这纸条，可不关我什么事，那一日谷兰小姐身边的人可多得很，我呢，和她开了个玩笑，说了两句话而已。”

安雅瑜说：“宫先生的生意遍布三教九流，神通广大，有时偶尔还参与买卖武器工具，消息灵通得很，这种小生意，您不记得不承认也不打紧，今日所有人都到齐了，这纸条到底是怎么回事，自能弄得清楚。”她停了停说：“用纸条事先提醒，无非是为了两件事，一是警告，二是寻找，纸条上面的四句话，有其特定的意思，当案件发生，我们只看到了其中的预警作用，这四句话或许是从某篇文章里摘录下来，它包含的另外信息就不同了，也许它告诉某些见过这些字句的人，它在寻找一个人，也在告诉它寻找的那个人，如果他不现身，那么，将有让他后悔之事发生，就像那篇文一样，是一个咒语，一条警告。”

“一张纸条，四句话，包含了这么多的消息，不可能吧？”林大帅表情复杂起来，看向林泽夫，“老三，你这副官是不是在故弄玄虚？”

“是啊，哪里这么复杂？一个卖面小子被狗咬死了，一个简单普通的案子嘛！二姐，您见多识广，您说是不是？”五姨太忍不住了。

林二太太点了点头，“五妹这次说得没错，我也只是随口那么一说，谁知道这四句话从何而来？”

林幽兰说：“娘，您别插嘴，让白副官说下去嘛。”

六姨太就笑了，“二姐，你可得小心些，你这女儿啊，白养了。”

几人脸上皆露出笑意，倒缓解了场上紧张气氛。

林泽夫只说："父帅，请您仔细听下去。"又对安雅瑜说："你且往下说。"

安雅瑜微微弯腰点头，"这纸条出现，在我们这边，只有极少数几人知道，并没有广泛流传，我想，托宫先生送这纸条给谷兰的人，乍一开始，是想从谷兰身上下手，从她身上找寻那人的下落，因为谷兰一定与那人有某种联系，可却并未见到效果，因此，幕后之人就开始策划，而这一切，就从小蔡开始。"

宫池鸫听她再次提及自己，这一次却没有出声反驳，只垂头看着手里的文明棍。

众人心神渐渐被安雅瑜的说辞吸引，皆注视于她。

安雅瑜却恍若不觉，看着堂上跪立的三个人，轻声说："这一切的源头，只为了一场家人的相聚，为了把一家三口汇聚一起。"

众人视线随之移到了那三个人身上，皆倒吸一口冷气，林幽兰大声叫了起来:"你说什么？你是说他们三个是一家人？"

站在地上的老黄头、霍五娘和小霍香此时同时抬起头来，面色各异。

老黄头脸上肌肉都在颤抖，"你胡说！"

"怎么可能？老黄头和霍五娘是夫妻？"林幽兰几步走到两人跟前，仔细打量，一个老迈驼背，另一个却风韵犹存。

"而杀人的人，就是小霍香和霍五娘！"

满座皆惊。

五姨太上下打量了小霍香一眼，"不可能吧，这么一个年纪轻轻的女子，长得娇弱矮小，还没有一米五，怎么能杀了一个大男人？"

霍五娘说："白副官，我们虽是普通百姓，也不容你信口雌黄，胡乱编造罪名在我徒儿身上。"

安雅瑜说："小蔡受侮，是有人故意为之，依据巡捕房事后调查得知，小蔡送外卖的那户人家，是不在崇德路上的，在水荫路之上，但水荫路当时有十几个人吵闹打群架，把路堵了，小蔡这才绕道崇德路，而这时，林龙和狗奴牵着狗出现了，林龙原也没打算放狗咬人，是有人在旁说了一句，'少爷，那小子拿眼横你，怪您的狗挡了他的路。'这名下人，已录下口供，承认当晚有人拿了十块银元让他这么说。"

霍五娘口齿伶俐，"那又怎么样？和我们有什么关系？"

安雅瑜说："林龙说了，说那两条狗平时听话得很，可那一日，它们却追着小蔡狂咬，直至撕裂他的喉咙，只因为它们中了毒，是一种能致幻的毒药，这也是当时那仆人的口供，说有人给了他一包粉，让他把那粉撒在狗鼻子上。"

老黄头却呆呆看着地面青砖，牙帮咬得极紧。

"可这是为什么？为什么有人要小蔡死？"

"不，那幕后之人不是要小蔡死，而是要逼人出来替他报仇！如是，这场复仇就来了，幕后之人和霍五娘达成了协议，要让林龙死得和纸条上写的一模一样，他是在告诉她，他依旧可以控制她的生死，让她无条件地服从！胡一岳死亡，却是因为他不该到处拍照，龙舟赛之时，林龙溺毙复仇进行完毕，原本就应该结束，可胡一岳却偶尔拍下了那些照片，照片上有了线索，就是那鞭子卷着的东西，正是因为那样东西，致使林龙跌下河里，脚被绊住，虽会游泳却爬不上来，因为那东西缠住了他的脚！”

“白副官，这么说，林龙不是死于阎罗勾魂？”林幽兰急问。

安雅瑜说：“所谓阎罗勾魂，只不过是他们为了逃脱惩罚，而用耸人听闻的手段来掩人耳目，在舆论的影响下，想使这件案子成为一个无头公案罢了。”

一位侍卫端了盘子进来，揭开盖着的红布，一团卷着的铁丝呈现在众人面前。

安雅瑜指着那团铁丝，“这个铁丝，就可以做阎罗王脸，诸位请看。”

她向士兵示意，士兵小心拿起镊子展开那一团黑色铁丝，慢慢地，那团铁丝伸展开来，却是一个圆形模样。

“用极细的铁丝编成椭圆形的人脸，在其糊上了一层白纸，再用硝酸钾溶液调好适当的浓度，在上画上人脸，点火燃烧，硝酸钾燃烧时是紫色火焰，在浓烟当中，就像一张人脸腾空飞起，而实际上，却是一个站在浓烟中的人用铁丝举起了这张人脸，用手指操纵人脸移动，我已经让人做了一个模型出来，大家请看。”

又一个侍卫进来，揭开长盒子，拿出一个纸扎人脸，下面有铁线连接，她让人点燃白纸，却见红焰燃烧，白纸之上紫色火焰构成的人脸渐渐显现。

堂上众人皆发出惊呼之声，林幽兰叫着说：“就是这张脸，和那天一模一样。”

林大帅身子前倾，“这什么钾的溶液，真这么厉害？”

“不过是化学溶液，不足为奇。”安雅瑜回答，“当时众人的目光被鲤鱼化龙灯吸引，浓烟滚滚，有人把这东西举了去，用障眼法在浓烟之中呈现，使得人人惊慌，这时，飞龙灯爆炸，人人都被火焰吸引，有人甩一样东西过去，缠住林龙小公子的脚，将他撞入水中，他再也爬不起来，一切尽皆顺理成章了。”

林大帅啪的一声拍在椅栏之上，“用这种匪夷所思的手段杀人，可真是胆大包天！”

林莫兰轻声哭泣，“爹，阿龙死得惨啊，您可一定要为他做主。”

这一次，林大辅却没有抚着她的肩头安慰，只凝眸看着虚空之处，不知在想些什么。

林大帅一指小霍香，“白副官，当时只有她站在飞龙之下，是她操纵这阎罗人头？”

安雅瑜点头，“没错，就是小霍香，只不过，她也是听命而为，真正想要林龙死的人，是她师傅霍五娘！”

霍五娘挺直了背站着，身材娇小，似乎一阵风吹过，就能把她刮走，她两鬓已有了白发，看起来和普通的妇人没什么两样，她似乎不太明白，“白副官，你说什么？”

安雅瑜说：“到了这种地步，你还想怎么隐瞒？我不知道你们在躲避什么？要隐姓埋名这么多年，明明老公儿子只隔了几条街，却形同陌路，为了隐藏身份，甚至男扮女装，以儿为徒。”

众人惊呼起来，人人皆望向小霍香，却见她桃眼杏腮，身形娇小玲珑，哪有半点男子模样？

五姨太首先叫了起来，“不可能吧，她是个男人？白副官，我们的眼睛可没瞎！”

安雅瑜说：“没错，她就是小蔡的哥哥，黄怀逸！有照片为证！”

士兵从盘子里拿出一个信封，递给了大帅，大帅打开看了，满脸惊奇，“还真是个男人？”

五姨太说：“给我看看。”

大帅一收，“娘们看什么看，别污了你们的眼睛。”

林幽兰却不管这些，几步蹦到大帅跟前，一伸手，抢了那照片去，哈哈大笑，“小霍香，你没穿衣服还真好看。”

林大帅指着她说：“胡闹，胡闹，你看看你，还像个女孩子家吗？”

林幽兰撇嘴说：“这有什么，我验尸的时候什么没见过，不但看过，还剥过煮过！”

林二太太快昏过去了，指挥丫环，“把她给我拉回来。”

林幽兰把照片还给士兵，撇嘴走回到林二太太身边，“娘，好了，我不看不就行了？”

林泽夫咳了一声，“父帅，这些照片是我让人趁其洗澡时拍的，真实可靠。”

林大帅说：“这当然真实了，汗毛都拍了出来，小霍香，你还有什么话可说？”

小霍香冷笑一声：“没错，我是个男人，并不能依此而污蔑我杀人。”

他的声音依旧尖细，带着些女子的柔媚，听在众人耳里，想想他平时所作所为，人人皆无端端地打了个寒战。

安雅瑜说：“小霍香跟随霍五娘学做灯笼，每个人只以为他有一手制作灯笼的好技艺，却没有想到，他暗地里跟着霍五娘学了一身功夫，尤其擅使一条长索，将灯笼挂至高处之时，不用搭梯，就能用长索把灯笼甩向高处，分毫不差，这些，灯笼铺的老伙计们都是知道的。”

小霍香垂头说：“白副官说笑了，什么功夫不功夫的？只不过是跟着师傅学了两手混饭吃的手艺，在你眼里，就成了功夫了？”

林幽兰盯着他看，“看不出啊，这么小巧的一个人，还这么大能耐？”

她想走出去，被林二太太一把抓住了手腕，她回头，“娘，干什么，你抓痛我了。”

林莫兰尖声说：“白副官，你快说，我儿林龙是怎么被他杀死的？爹，您一定要为我做主！”

林大帅厌烦地说：“不是你平日纵容，他怎么会自食其果？让白副官说下去！”

安雅瑜微微点头，继续说：“五姑奶奶说得没错，林龙是个大活人，当时飞龙爆炸，波及龙舟，水面更浮有汽油，可死在现场的，却只有林龙一个，如果有可能，林龙会游泳，怎么不会逃跑？原因无他，林龙当时已动弹不得，双腿被那铁架上的链条缠住，逃不了了，所以他脸上才有那么惊慌恐惧的神色。”

顾波等已经听得目瞪口呆。

顾波举手，“白副官，我记得你说过，那飞龙灯灯身极轻，里面无法装置炸药，那飞龙爆炸又是怎么回事？”

安雅瑜转过头去，看着宫池鸫，“这就要问宫先生了，宫先生，案发之前，是不是有人向你购买铯金属？”

宫池鸫微微一笑，“三爷既然已经查清楚了，还何必问我？我都说了，我是个生意人，只做买卖，不问其他，只要价钱合适，买卖合法，至于他们拿这东西干什么，我可管不了。”

林泽夫淡淡地说：“希望宫先生的生意永远都这么合法。”

宫池鸫一本正经，“三爷放心，我从来不做非法买卖。”

林大帅瞪圆了眼，“铯又是什么东西？”

安雅瑜说：“是一种在德国发现不久的金属，此种金属极为活跃……”

堂上几人窃窃私语：“越来越听不懂了。”

林二太太却是微微点头，“这东西我听说过，以前在国外的报纸上有报道，说是铁一类的东西，却比铁软很多，铁遇水会生锈，这东西么，一遇水就会爆炸。”

五姨太说：“二姐，你懂得真多，比大帅还要多呢。”

林大帅瞪了她一眼，“自己不学无术，只会挑拨离间！”

林二太太回头看了他一眼，温柔地说：“大帅，你的确没我懂得多！”

林大帅只哈哈笑了两声，掩饰尴尬，“娘子懂得的，就是我懂的，我懂那么多干什么？”

他把手伸到林二太太的手背之上，抚了抚。

五姨太哼了一声，面色嗔恼，不再说话。

“二太太说得没错，就是这种东西，这东西贵重，难以买到，可宫先生神通广大得很，他什么生意都做的，有人想买，他就能弄得到，案发之前，有人向他买了铯金属，将其粉末在制作飞龙灯的云锦内层涂上一层，在鲤鱼化龙之时，在其弹簧底座上设置一个水枪，里面装上助燃剂之类的液体，飞龙弹出，小霍香用飞索打开水枪机关，水枪喷出液体，整个飞龙开始燃烧爆炸。”

宫池鸫优雅地弯腰，“过奖了，但这买飞索的人和买这稀有金属的人我可不知道是什么人……哎，算了，还是透露一点给你们知道，我啊，只知道是同一批人，你们知道的啦，我们做的是黑市生意，买卖双方都不见面的……这重要线索，还是我花了不少力气查出来的。”

林大帅瞪了他半晌，无话可说。

林幽兰眼睛在宫池鸫与小霍香等身上打了一个转，倒吸一口冷气，“这真是一个完美无缺的杀人计划。”

“再完美的计划，都有疏漏之处，比如说飞龙使用的云锦，原本应当使用金丝云锦，但要在云锦内层涂铯粉，这种云锦太薄，就不能用了，只能用粘附性好的细麻，我们在灯架上发现了没有被烧完的细麻！可见，霍五娘在这上面就撒了谎。”

霍五娘面色平静，缓缓抬头看她，“原来在那时，白副官就已经有所怀疑了？”

林大帅说：“虽有疏忽，但也算完美了，想想当时的情形，阎罗王面孔显现，引得人人自危，紧跟着飞龙爆炸，好像地狱之王前来索魂一般，慌乱之中，小霍香缠住林龙的双腿，使他溺毙？”

五姨太拍手，“大帅，您分析得真对。”

林二太太冷冷瞧了她一眼，她把手垂下，互握胸前。

林莫兰已经哭得泣不成声。

林大帅说：“白副官，你继续往下说。”

安雅瑜拱手点头，说：“因为第一次的谋杀，太过天衣无缝，我虽然对你们有所怀疑，却没有充足的证据，三爷也没有让人多加防范，因此，才让你们再次有机会行动，实施了第二次谋杀。”

霍五娘微闭双目，轻轻叹息了一声，不再说话。

老黄头却偏过头去，看着她，面目愁苦。

堂上众人此时才喘过气来，轻声低语：“还真是他们杀的？这也太可怕了！”

“是啊，看起来一个个老老实实的，怎么会像杀人凶手？”

“别说了，听白副官怎么说。”

林莫兰尖叫起来：“是你们，你们杀了我的阿龙！你们不得好死！”

她挣扎着要冲出去和他们厮打，被林大辅拉住了，“莫兰，他们都现形了，爹一定会为阿龙报仇的，莫兰，你别着急。”

“这个问题，我也一直想不通，直到第二个谋杀案发生，看见铁匠铺窗台上那飞爪的爪印，再来林龙所住之处察看，这才弄明白了，这两件案，用的是同一种手法，同一个人所为。”安雅瑜说。

“同一个人所为？是谁？谁这么狠心？”林莫兰说，“我的林龙一时孩子心性而已，我都已经赔了钱给她了，为什么她还不放过我的儿子！”

她手指着跪立堂上的一家三口。

“胡一岳在龙舟赛时，是不是拍到了什么照片？”安雅瑜问。

黄老伯抬起混浊的眼睛瞧向安雅瑜，“胡一岳不是个东西，我们帮小蔡报仇怎么不对？他想拿那照片勒索，说他拍下了我儿甩鞭子卷那铁架子的相片，他不应该死吗？”

堂上众人惊讶莫名，互相相顾而望。

安雅瑜轻轻说：“胡一岳向黄老伯勒索，尝到甜头之后，又想把相片卖给五姑奶奶，霍五娘知道了，觉得此人不得不除，于是两人再行合谋，除掉胡一岳！”

她脸转向霍五娘。

霍五娘默默垂头，用袖子擦了擦眼睛。

林幽兰听得着急，“你快说说，他们最后怎么杀了胡一岳？”

“胡一岳只要听到有人给钱，又见是个手无缚鸡之力的女人，一点也没有提防，他反而对老黄和我之间的关系大感兴趣，以他喜欢揭人隐私的性格，以及对新闻的敏感，肯定猜出了什么，”霍五娘呆呆望于一处，此时缓缓抬头，轻声说，“胡一岳以为又能掌握住我们一个把柄，反复试探，当时，你们可没看见，他那个贪婪的模样，就好像我们霍家灯笼铺已经属于他了一样，还向我狮子大开口，把买相片的钱又提高了一倍，却不知，自己已经命不久矣！”

“没错，窗户之外，小霍香已经用飞爪抓住了窗子边缘，他沿长长的绳索爬入，拿着乙醚手帕盖住了胡一岳的口鼻，将他弄昏，然后，你们用烧红的铁丸灌进他的喉咙，是吗？”安雅瑜问。

霍五娘垂下头去，慢吞吞地答：“没错，他该死！”

林莫兰嘶声叫着：“我们家阿龙呢，他无心的啊，为何你们要杀了他？”

霍五娘冷冷望她，“有这样一个娘，他迟早也会变成一大祸害，只怕比胡一岳还可恨可恶，我提前让他死，有什么不对？”

林莫兰大怒，站起来就往堂上冲，林泽夫一挥手，两名丫环上前，拉住了她。

那一家三口沉默地跪立于堂上，霍五娘缓缓抬头朝老黄头望定，低声说：“这么多年，到底还是瞒不住了。”

“只是苦了你。”老黄头膝行于前，手颤颤地放在她的鬓发之上。

一滴滴的水自两人相拥这处滴下，青砖被染得湿了，也不知道是泪还是汗水。

“天啊，我就不明白了，怎么会比女人更像女人？”五姨娘说。

林大帅就望着安雅瑜，“白副官，他们为何要分开，霍五娘为何带着儿子隐姓埋名？”

安雅瑜拱手，“这就要问霍五娘自己了。”

顾波说：“霍五娘，老黄头，还不从实招来？”

几人沉默不语。

林泽夫抬头，“父帅，看来要用刑了。”

林大帅点了点头。

五姨太一声惊呼：“哎哟，我可不敢看。”说着，就往林大帅身上依偎。

林大帅不耐烦地说：“不敢看就回去歇着。”

她站直了身子，撇了撇嘴，不再说话。

林二太太横了她一眼。

霍五娘缓缓推开老黄头，抬起头来，脸色煞白，嘴角却噙了丝冷笑，“不用了，我都告诉你们，没错，林龙、胡一岳都是我和儿子杀的，小蔡身体不好，从小离开了我，我没有尽一天当娘的责任，几条街相隔，却让我们如同隔着万水千山，他出事的那条街，就在我们灯笼铺隔壁，这让我怎么不心痛？他是我的儿子啊，那样上进聪明的一个孩子，却只能劳苦操作，连书都不能读，你们林府的儿子就是儿子，我们的孩子就不是人吗！”她忽然指着林莫兰厉声说：“我离开他的时候，他还在襁褓之中，却知道望着我笑，知道我要看，咿咿呀呀地挽留，却被林龙这畜生纵狗撕咬喉咙而死，林龙该死，胡一岳更该死，和白副官推断的一样，我们就是这样杀了他们！”

众人面面相觑，林莫兰恨恨地盯着她，到底没有冲出来。

安雅瑜问：“霍五娘，你知道那张出现在案发之前的纸条吗？”

霍五娘煞白的脸添了些铁青之色，眼眸沉郁，“魔鬼，那是魔鬼的预言，我不知道，我什么都不知道。”

安雅瑜说：“这就对了，那幕后之人把纸条放进了谷兰的包里，只以为有谷兰在场，一定会把这信息传了出去，我想，霍五娘以往可能是个极厉害的人，却没有想到，霍五娘是彻彻底底的隐身了，非但与谷兰再无联系，也与外界隔绝了消息，她不知道这纸条的内容，但纸条既已发出，幕后之人只好按纸条内容开始！纸条在告诉一批人，只要他愿意，他依旧可以操纵他们的生死。”

霍五娘浑身都在颤抖，视线扫向堂上诸人，咬着牙垂头，眼底却有说不出的畏惧恐慌。

老黄头走了过去，握住了她的双手，嘴唇嚅动。

安雅瑜侧耳听去，却听不清他在说什么，仿佛在说：别怕？

此案已经尘埃落定，他们还怕些什么？

真的是在怕那张纸条上的预言？

安雅瑜把脑子里的疑问甩到了边，“那条街上，每个人都知道，他的老婆儿子跟人跑了，只留下了一个病秧子，这只是为了掩人耳目，让人以为他的老婆孩子远在千里，让人没办法猜到他的儿子老婆就在和黄家面馆隔了几条街的租界之上，他所做的一切，都只是为了保护家人，保守住这个秘密。”

老黄头和霍五娘相拥而立。

安雅瑜视线落到一脸茫然的林副官身上，“林副官，请问你当年被人追杀，受了枪伤，是怎么被人所救？”

林福宝愕然抬头，不明白安雅瑜为何问及此事，不由自主将视线扫向了林泽夫。

林泽夫向他微一点头。

“那一年，三爷又被人刺杀，我替他挡了一枪，为引开追兵，我和三爷走散了，来到一条小巷当中，昏迷了过去，醒来的时候，就看到了小蔡和黄老伯，是他们救了我。”

安雅瑜说：“林副官还记不记得，当时三爷被人追杀，又一次险中求生，是在哪条街上？”

林福宝想了想，吃惊抬头，“在荣华街，就是租界旁边的那条街，那是三爷最危险的一次遇袭了，对方动用了炸弹等强火力，引发火灾，烧了好几处房子。”

“霍家灯笼铺就是那一次烧毁的吧，霍家老少五口人全死于那场大火，而霍五娘被送出国治病，这才躲过了这场火灾，回来之后，霍五娘就接手了霍家灯笼铺，成为霍家当家人。”

林幽兰忍不住了，“白副官，你说这些陈年往事干什么？和现在这案子有关吗？”

安雅瑜视线扫向了那一家四口，“一个百病缠身的体弱女人，回国之后，却像变了一个人一样，不但能执掌起整个霍家，还能将霍家灯笼铺发扬光大，这么凑巧的，霍家所有的人都在那场大火里死了，霍五娘，你就没什么解释？”

堂上众人有些听出其中蹊跷的，皆倒吸一口冷气，看着那身姿纤弱的中年女人，眼底露出不敢置信之色来。

霍五娘却像是想起往事，怔怔望向堂上一角，“霍家的人不死，我怎么能在那条街安居下来？我只是想就近看着小蔡长大，她哥哥也需要有个地方躲藏养病。”

安雅瑜说：“没错，巧的是，三爷在那时遇袭，林副官被人救了，就在霍家灯笼铺旁边，我想，救他的人不是黄老伯，而是您。”

霍五娘微微抬头，苍白的脸闪过一丝欣赏，“白副官，真像你自己亲眼所见一样。趁着混乱，我杀了霍家人，顺手救了林副官，把他送到隔壁街上，通知老黄救了他。”

安雅瑜微微一笑，“这我就不明白了，以您的心狠手辣，隐藏身份都来不及，为何会无缘无故出手，救一个陌生人？”

众人被她引导，皆连连点头，“没错，这女人哪会那么好心？”

安雅瑜目光灼然，紧盯着霍五娘，说出了最后的结论，“又或许，他对你来说，并非一个陌生人，而是潜意识里不得不救的同伴，是拥有同一个主子的伙伴！”

堂上众人都往林泽夫望去，林大帅说：“老三，这是怎么回事？”

“父帅，您听下去就明白了。”

霍五娘脸色发青，却是垂头而望，“白副官，你说什么，我一点都不明白。”

安雅瑜说：“在霍家大火发生的那一条街上，每家每户都有死人，霍家隔壁的饼店，就死了两个人，还有一个是孩子，我想，你是眼睁睁地看着他们烧死的，都没有出手相助，是吗？”

霍五娘抬起衣袖，擦了擦眼眶，“当时我自身难保，哪能救得了那么多人？”

“不，不是这个原因，唯一的原因，是因为你一向只杀人，不会救人，为了隐藏身份，更不会节外生枝，对你来说，隔壁左右的邻居死得越多越好，越没有人能认出你其实不是真正的霍五娘。霍五娘从小百病缠身，藏在深闺不能出，到了三十多岁还没有成婚，被送至国外治疗，是你极好的代替对象，你等这个机会已经等了很久了，同时，你通过秘密渠道知道三爷在那一日会遇袭，这就是你千载难逢的机会，你要摆脱原来的身份，结束颠沛流离的生活，带着儿子回到这里，和老公另一个儿子团聚，但你依旧忍不住出手，救了林副官，正因这件小事，就让那幕后之人起了疑心，终于查出黄老伯和小蔡真正的身份，紧接着，这一系列的案件就开始了。”

众人听得喘不过气来，林幽兰看了看林泽夫，又看了看林大帅，吃惊地说：“爹，这到底是怎么回事？难道说霍五娘和三哥有关系？霍五娘是您派去保护三哥的秘密部队？她原来的身份是什么？哎呀，我真是头都大了！”

林大帅目光深邃，视线似有若无地扫向堂上诸人，却又把视线收回，“老三足以自保，何需我派人去保护他？这个女人是什么人，查，一定得好好儿地查！查出她背后之人！”

顾波上前一步，满脸自信，“大帅，您放心，只要入了我们巡捕房，我保管她竹筒子倒豆子，什么都说了出来！”

霍五娘只微微冷笑，垂头不语。

林幽兰左望右望，“爹，真不是您派的？这可奇怪了，白副官，你这推论可就不准了，单凭霍五娘救了林福宝，怎么肯定她和林福宝有故？”

安雅瑜说：“我也不敢肯定，所以，这只是一个猜测，一个推论而已，至于真假，就要顾探长去甄别了。”

霍五娘倒是说话了：“白副官，你别猜了，我救了林福宝，不过看他的样子长得像我的儿子，一时心软而已，哪有你想的那般复杂？至于我的秘密身份，更是无稽之谈，我不想回去再和他们一起受穷受苦，这才想办法顶了霍五娘的身份！白副官，你这些猜测，可是查无实证的！”

堂上众人皆点头，五姨太说：“她说得倒也有道理，白副官，你还有其他证据么？”

安雅瑜轻声说：“那张纸条，就是最大的证据，那想尽了办法要让霍五娘现形的人，也是最大的人证。”

众人视线又转向了宫池鸫，顾波说：“宫池先生，那张纸条你真的不清楚从何而来？”

宫池鸫一直坐在堂上笑吟吟地观望，此时终于出声：“白副官，你的一翻推论，前面两件杀人之案，说得条理清楚，有迹可寻，怎么到了最后，却越发的荒诞起来？简直是说了一个天方夜谭的故事，那纸条我从没见过，至于这两件案子的幕后之人，如果有的话，我倒真想看看，白副官可要查出来才行。”

顾波是相信安雅瑜的，哼了一声，扫向了堂上一家四口，“只要人在这里，想要知道这事的真假，那还不容易？”

霍五娘只微微冷笑。

五姨太看着身材娇小的小霍香，一拍双手，发出一声轻叹：“霍五娘说林副官长得像她儿子，哪里像了？这小霍香是小蔡的哥哥，男人么，身材这么娇小，像个女人一般，倒也奇怪得很，比如说我们家老三，长相也像女人，但也仅仅只是那张脸像，身材可男子气概得很，谁敢把他看成女人？”

被她一提醒，众人皆往林泽夫看了过去，见他一脸阴沉，目光冷凝，俱都收回目光，看向了小霍香。

林幽兰更是夸张地吐了吐舌头，“就是么，三哥长得可不像女人？最多脸像！”

六姨太随声附和：“五姐姐不说，我还没注意，果然是的，小霍香脸像，身材也像，连声音都像！”

小霍香脸色铁青，牙齿咬得咯咯作响，他尖声说：“你们懂什么？”

安雅瑜心中一动，心想霍五娘不松口，也许小霍香这里倒是一个突破口。

她上前一步，来到小霍香跟前，“小霍香，请问你还记得是从几岁开始跟着霍五娘离开你爹和弟弟的？”

小霍香清秀的脸现出丝阴冷，“我不记得了，白副官，我劝你还是别费心机了，没错，这两个人都是我杀的，要杀要剐随便你们！”

安雅瑜再问：“霍五娘，你刚刚说，为了小霍香的病这才想找个地方居留下来，请问，小霍香得了什么病？”

霍五娘说：“什么病，你们不都看见了么，他跟着我吃了太多苦，营养没跟上，他不能长高了。”

她伸出手去，握住了小霍香的手。

安雅瑜再走近一些，看了一眼两人双手交握之处，从怀里拿了一个小小的盒子出来，忽地打开盒子，在小霍香鼻端一扫，又瞬间收回。

小霍香顿时双目赤红，挣开了霍五娘的手，朝安雅瑜扑了过来，面目狰狞，“给我，给我！快给我！”

安雅瑜吓了一跳，后退几步，眼看就要被他扑到了，面前人影一闪，林泽夫拦在两人跟前，一掌向他打去，他胸部中拳，跌倒在地，却依旧以手撑地，匍匐向前，注视着安雅瑜手里的粉盒，眼露贪婪之色。

两名士兵将他架起。

安雅瑜轻声说：“果然如此。”

林幽兰就叫：“什么如此？白副官，您快说说，到底出了什么事？”

她拿起那粉盒，“这盒东西，是宫先生送给我的，是一种类似鸦片的毒品，用魔幻蘑菇制成，吸入这种东西，能让人产生幻觉，神经兴奋，视觉发生改变，更有成瘾性，宫先生，我说得对不对？”

宫池鸩笑了笑，“这可是好东西，能让人进入极乐世界，一般人我还不卖呢。”

林幽兰哼了一声，“你除了卖些害人的东西，还会卖什么？”

宫池鸩说：“六小姐这么说就错了，我是生意人，当然得卖些奇货可居之物才能赚得到钱！普通的东西，我宫池鸩可不卖的！”

“这东西价值不菲，还有一个作用，就是吸食多了，不光有成瘾性，性格也会发生改变，变得冷漠无情，没有感情，我记得一本野史上记载，有人用这种蘑菇给士兵服用，服用之后，士兵不知痛苦，成为杀人机器，如添上别的药物，更能影响身体生长，破坏脑力，使其行为如孩童一般，却力大无穷，霍五娘，你且说说，是谁给小霍香服用此物？”

仿佛戳中了她的心窝，霍五娘脸色大变，嘴唇哆嗦地看着小霍香，上前两步，似想去抚慰于他，却停下了，闭紧双眼，两行清泪自眼角流下，“白副官，你别问了，都是我的错，我不应该嫁人，不应该生孩子，不应该把他们带到这世上！”

小霍香鼻翼急速抽动，眼神阴冷看着安雅瑜手里的粉盒，“娘，我不怪你，娘，这不是你的错，都是他们，他们！”他手臂抬起，指向了场上的人。

老黄头双泪长流，“儿子，别说了，别说了。”

小霍香却仿佛不能控制自己的情绪，手指老黄头，“还因为你！如果你不是这么没出息，怎么会让他们带走我？娘带着我好不容易逃了出来，你依旧没出息，连弟弟都保护不了！”

场上众人皆惊呆了。

老黄头啪的一声打在自己脸上，满脸痛苦，“儿子，是，都是我的错，是我没出息！我真该死！”

“你怎么不去死！”小霍香疯狂叫了起来，“当年你眼睁睁地看着他们带我走，只顾缩在屋里不出声！”

他双眼瞳孔放大，表情疯狂，手足止不住地剧烈颤抖。

“不准你这么说你爹！”霍五娘说，她把恳求的目光朝安雅瑜望定。

安雅瑜上前，示意两名士兵压住他的肩膀，拿手帕沾了些粉，挥在他的脸上，他用鼻子一吸，脸上露出迷醉之色，慢慢平静下来。

一边的林莫兰神色却似有些恍惚，竟想站了起来，朝安雅瑜那边走，林大辅一把拉住了她，“莫兰，你干什么？”

她似忽然惊醒，嘴里喃喃：“我也不知道，一闻到那味，就想起了阿龙了。”

安雅瑜只看了两人一眼，不再理他们，目光投在霍五娘身上，“霍五娘，你放心，令郎暂时不会有事的。”

霍五娘垂下头去，轻轻抽泣，脸上露出些恍惚来，望定了小霍香，“你不知道你爹失去了什么？你爹原来也是江浙大户白家的长子，要承继家业的，可为了我，他什么都抛下了，和我隐姓埋名生活在这里。”

安雅瑜想了想，一皱眉，“白家长子？难道是丝绸大户白凤琪的独生儿子白少艾？白少艾二十岁之时被绑票，到了最后渺无音讯，却原来是跟人私奔了？”

宫池鸫手抚文明棍，“白少艾我见过，当年是江浙一带有名的美男子，怎么现在成了这模样？”

林幽兰鄙视之，“你见过？你贵庚啊？”

老黄头却抬头朝他看了一眼，似想起了什么，脸上露出一丝惊色，“原来，你就是当年那个孩子。”

林幽兰说：“什么孩子？快说？这只鸟来头挺大么？”

宫池鸫微微一笑，没有说话。

第二十章　家散人亡

老黄头淡淡地说："当年我遭人绑架，宫先生拿我交换了一批枪支。"

林幽兰满脸惊悚，说："原来这只鸟从小坏到大的啊？"

宫池鸫却不以为意，笑笑说："我这是少年出英雄，你小女孩不懂的。"

毒品缓解了小霍香的情绪，他对霍五娘的指责却不以为意，呼着气说："那又怎么样，娘，他根本没尽到做父亲的责任！是他，是他把我拉出来，交到那些人手里的！他只顾护着弟弟，说弟弟有病，他被捉走会死的！他和娘会来救我，可他们一直没来，一直没来，等我变成了这样才来！"

众人大哗，顾波望着老黄头说："原来实情是这样？那些人是什么人？"

老黄头神色凄然，"儿啊，我只以为你身体好，他们不会对你怎么样的，你们哪一个出事，我心底都会撕肝裂肺般的痛。"

此时他说话倒带出些书卷气来。

"我不怪你护着弟弟，可你为什么这么没用？牺牲我来保住弟弟，到头来还是让他落得这样的下场！我的牺牲又有什么用？你连这点小事都办不好，你有什么用？"小霍香眼眸阴冷，脸上一点表情也没有，看着老黄头，像看着仇人一般，让人心惊，"危险来临的时候，他头一个想的是把我推出去，保住他自己，他这么做，只是因为内疚，他就是这么一个没有担当的男人，扶不上墙的烂泥！什么白少艾，我呸！"

老黄头闭紧双目，老泪纵横，"对不起，对不起。"

霍五娘说："你怎么能这么说你爹？"

顾波打断了他们的对话："黄老伯，当年绑架令公子的人，看来和写纸条、设计这案件的人相关，与想找出你们下落的人也是同一批人，你还记得他们是什么人吗？"

老黄头漠然地说："我也不知道，他们可能查出了我的身份，想绑架我的儿子，敲诈一笔钱，却哪里知道，我早已不是当年的白少艾了，手里哪还有钱？"

小霍香情绪又激动起来，"不是的，不是的，你撒谎，你知道他们是什么人！他们给我吃药，让我没日没夜的习武！和其他人厮杀，我差点就死了，如果不是娘……”

霍五娘尖声打断了他，“你胡说什么？别说了！”

小霍香似忽然醒悟，紧张地向四周围看了看。

安雅瑜知道到了关键时刻，手捧那粉盒走到离他几步远的地方，“小霍香，你不想要这东西了？你说了，这整盒的粉都是你的，告诉我们，是什么人将你绑架的？那批人是什么人？”

小霍香眼睛死死盯着那粉盒，却抿紧双唇，直摇头，“我不能说，不能说的。”

正僵持中，忽然之间，有物砰的一声落下，众人回头，却见大太太自椅子上跌落，手里的木鱼滚到一边，身子却往前爬了两步，紧跟着，口眼歪斜，嘴角流出白涎来。

“不好了，大太太好像中风了。”佣人惊慌失措，忙去扶大太太。

林二太太自座椅上站起，径直走了过去，急着说：“怎么回事，还不快请大夫？”

她一动，几位姨太太都动了，皆来到了大太太跟前，“是啊，这种场合，原来就不该让她来的。”

忽然，尖叫声起，丫环哆嗦着指向了场中跪立的霍五娘，“你们瞧她，她怎么这样了？怎么回事？”

只见霍五娘挣开了拉住她胳膊的两名丫环，浑身抽搐着，头与手足相触，蜷成了一团，脸痛苦地曲扭，她眼睛睁得老大，看着堂上站立的人，缓缓地举起了手臂，似指向某一人，可眨眼之间，手臂又抽搐蜷缩起来，最后，身子蜷成一团，脸色僵硬，眼睛一动不动。

顾波上前，颤着手指凑向她的鼻孔，倏地缩回，“她死了。”

众人皆面面相觑，五姨太尖叫出声：“她怎么会死了？旧病复发？”

“怎么可能，什么旧病会这样子的发作？这明明是中了毒！”六姨太颤声说。

场上响起了哭声，小霍香挣扎着想从士兵手里挣脱，往霍五娘那边扑了去，走到中途，却眼神狂乱，捧着脑袋惨叫出声。

两名士兵制住了他，他跪立于地，依旧一声声地惨叫。

“不好！”安雅瑜说。

她几步上前，林幽兰却比她早一步来到了他的跟前，站在离他几步远的地方，不敢过去了，等安雅瑜到了，才轻声说：“他好像真的疯了？”

士兵拿了布条过来，堵住了他的嘴，他身子不停挣扎，力大无比，好几次都差点挣脱士兵的钳制。

见此惨景，老黄头崩溃流泪，往两人所在之处奔了过去，林泽夫一挥手，几名兵士上前拦住，他跪地大哭。

林莫兰一直没有出声，此时却哈哈大笑，“死得好，疯得好！这下子阿龙可以安心了。”

林大帅一脸阴沉，“都坐好！不是你们窜来窜去，怎么会出这种事？”

林二太太走回座位，手抚上他的手背，“大帅，对不起，我一看见大姐病发，就忍不住要去瞧瞧，扰乱了公堂了。”

林大帅脸色缓和，“不怪你，老大，你怎么回事，忽然发什么病？”

大太太早已神志不清，哪能回答他的话。

林大帅烦躁挥手，“抬下去，抬下去，老三，你让她来干什么？有什么证要她来做的？”

安雅瑜明白了，原来他嘴里的老三指林泽夫，老大却是指大太太。

她看向场上蜷成一团的霍五娘，心渐渐沉了下去，在众目睽睽之下，霍五娘居然就这么死了？而小霍香，是真的疯了，还是有人动了手脚？

林幽兰急走几步，来到了尸体前，先扒开她的眼睛看了看，“没错，的确是死了，好像是中毒死的？”

林大帅一拍椅栏，怒火冲天，“查，给我查清楚，这么多人看着，她怎么会就这么死了？”

林二太太温婉地劝：“别动怒，大帅。”

顾波上前，“大帅，她是不是自己服毒而死？您瞧，这堂上也没几个人，全都是自己人，根本没人接近她。”

林幽兰首先反对，“不对，那只怪鸟就不是自己人！说不定是他杀的！”

众人皆向宫池鸫看去，他举高双手，满脸委屈，“六小姐，你可不能这样冤枉好人，我一直好好儿在这儿坐着，动都没动，怎么就成了杀人凶手了？三爷，你离我近，你看我动过手脚没有？”

林泽夫微微凝眸，“倒还真没有动过。”

安雅瑜已走到尸体前沉思了起来，她抬起头来，看了一眼满脸泪水的一家三口，再望向堂上众人，悚然一惊，一股寒意忽从脚底涌起，直流向五脏六腑。

她拼命压抑住心底那不可思议的想法，却忍不住手足颤抖。

林泽夫感觉到了，缓步走到她身边，“怎么了？”

安雅瑜摇头：“没什么，霍五娘怎么死的，要验尸之后才能知道了。”

林泽夫点了点头，吩咐人把尸体抬了下去，将那一家人也押了下去看管，更让人严加防范。

出现这样的变故，堂上众人都不想待下去，五姨太说：“大帅，可真是晦气得很，隔几日还想请几个太太在这里举办个大的派对呢，想不到出了这种事，光天化日之下就死了人！哎。”

六姨太拿着手帕掩嘴说：“是啊，早知道就不来了，老三，以后这种案子，你们这些男人查就行了，何必把我们大家都叫来？”

林二太太瞧了她一眼，转头对林泽夫说：“阿泽，你六姨说得也对，这种案子，大帅做主不就行了？”

“娘，这案子牵涉到了林龙之死，死的到底是我们林家人，所以儿子才让爹叫了大家来听听，谁想到会发生这种事？”林泽夫回答。

“算了，我也累了，你们一个个儿也别抱怨了，以后这种事不来就罢了。”林二太太说。

五姨太不服气，“二姐，你是想给老三长脸，才叫我们都来的吧？”

其他几个姨太太纷纷附和。

林大帅一声厉喝：“够了，鸡叫鸭吵的，还有完没完？都给我回去！”

一直在旁抽泣的林莫兰摇摇晃晃站起身来，向林大帅说：“爹，阿龙死得冤枉，每天晚上都会来问我，求我帮他做主，想不到却是这么几个下三烂的东西杀了阿龙，爹，这霍五娘虽然死了，但动手杀人的是小霍香，你要将他千刀万剐，让他不得好死！”

林大帅说：“行了，国有国法，他们杀了人，自会受惩处，你担心些什么？”

五姨太说：“是啊，五姑娘，我瞧你脸色可不大好，是晚上睡不着觉吗？让西洋医生给你开点安眠药，那东西好得很。”

其他几位姨太太皆漠不关心地窃窃私语起刚才的情形来。

林莫兰望了望她们，再看了看自己的爹，眼底闪过一丝黯然，嘴里嗫嚅：“爹，他到底是您的外孙，如今连尸首都没能安葬……”

林大帅转头问顾波，“顾探长，案子既已经破了，阿龙的尸体可以领回来安葬了吧？”

顾波说：“当然，当然。”

林二太太说：“五姑娘，这下行了吧？”

林莫兰望望这个，又望望那个，脸上肌肉微微抖动，仓皇无措，林大辅伸出手去，扶住了她的胳膊，“莫兰，咱们回去吧，一切交给大帅和督军，他们一定会还你一个公道的！”

林莫兰点了点头。

两人相扶着走过安雅瑜的身边，似无意一般，安雅瑜拿出了那粉盒，在手里下意识地把玩，林莫兰一下子停住了脚，眼睛盯在那粉盒之上，一下子顿住了脚，林大辅忙扶住她，“怎么了？”

林莫兰缓缓伸出了手，“白副官，这东西你能给我瞧瞧吗？”

安雅瑜说："五姑奶奶，这是一种毒品，是宫先生卖给我的，刚刚您都听见了，小霍香因为它变成了那副模样，这可不是什么好东西，五姑奶奶，您还是别瞧的好。"

林大辅说了声抱歉，扶着林莫兰缓缓离开。

宫池鸫走了过来，站在她身边，"白副官，你可别这么说，对有些人说，这不是个好东西，可有些人，却把它当成了仙丹名药，是好是坏，因人而异。"

"是吗？宫池鸫，我瞧你就从来没卖什么好东西！"林幽兰过来抬杠。

宫池鸫说："如果白副官想在我手里买什么好东西，我也是有的，我不光是卖东西，也卖秘密，更会收集秘密，白副官，不如改天出来喝茶，谈谈生意？"

安雅瑜抬眸看了他一眼，见他一脸欠揍的笑，再瞧向这大堂内众人，人人皆愁云惨淡，和他脸上的笑意形成鲜明对比，她缓缓说："宫先生，和你做生意还是算了吧，我怕到最后成为众矢之的。"

宫池鸫走近几步，几乎贴在她的身边，"白副官，不做生意，做做朋友也好啊。"

他身上有股好闻的味道，似雪茄之味，又似浆洗衣服上熏香的味道，安雅瑜一皱眉，正想避开，就听后边有人大声唤她："白副官，过来。"

她回头，林泽夫皱紧眉头紧盯着她。

她没来由心中一慌，转身往林泽夫那边走，宫池鸫并不拦阻，只是哈哈一笑，"三爷，你最好把白副官拴在你裤腰带上，她一个大活人，该跑的时候还是会跑的。"

安雅瑜简直无语，走到林泽夫跟前，叫了声："三爷。"

"走吧。"林泽夫往侧门而去。

随着他离开，其他诸人也各自散了。

林二太太回头，看了林泽夫一眼，只轻叹了一口气，扶了小丫环的手随着林大帅出去。

安雅瑜跟着林泽夫往前走，周围屋宇皆染上了墨黑之色，只听得见晚风缓缓吹过树梢，瑟瑟有声。

安雅瑜拿眼角偷偷打量他，却只见他的面颊在长廊灯光投射之下或明或暗，脸如刀雕，却看不清有什么表情。

她不敢多嘴，默默随他往前走，转过几道葱茏花树，来到那幢独立小楼，他走了进去，直走到沙发上坐下，让下人们都出去了，这才回头看她，指了指对面。

安雅瑜轻轻坐下。

"今日之事，你怎么看？"他手指在沙发扶手轻磕。

"今天之事，大出意料之外，幕后之人，手脚极快地斩断了所有的线索，霍五娘死了，小霍香疯了，连大太太都中风了，看来，他们已经察觉到了我们在查之事。”安雅瑜谨慎地说。

林泽夫点头，“林龙的案子和胡一岳的案子看起来像是已经结案了，凶手已然找到，可实际上，真正的凶手却依旧隐藏幕后，每当谜题看似要解开之时，一切线索就全然断开，从梅公馆之案开始，到胡一岳之死，每一单案似乎无关，细想之下，却有千丝万缕的联系，就仿佛有一只巨手，慢慢推动这一切。”

安雅瑜轻声说：“三爷，可幕后黑手还是渐渐显现了，比如说今天，霍五娘中毒而死，小霍香发疯，看似线索已被掐断，可实际上，凶手已然渐渐显形。”

林泽夫的脸隐在阴影当中，眼眸微冷，却没有说什么，只站起身，来到窗前，推开窗户，往外望去，远处，几幢一模一样的小楼隐在树丛当中，橘黄色的灯光自小楼中探出，将小楼衬得如金雕玉缕，美不胜收。

安雅瑜随之走到他的身边，抬眼望向远处，却见楼宇之上，半空之中，云腾风涌，几块暗云涌至小楼之上，将小楼笼罩其中，似像要将其吞噬而尽。

林泽夫看着前边，“这两件案看似与我无关。”

“一切仿佛明朗了起来，实际却始终藏于迷雾之中，我始终没有弄明白，大太太在这其中又处于什么位置？为何幕后之人连她都不放过？”安雅瑜偏过头望他，“三爷，您把大太太请来，似乎有用意？”

“大娘在后边佛堂幽居多年，近些日子，老五和她那夫婿却频频拜访，老五被人暗下迷幻之药，我想这其中或许有一定联系，却没想到，大娘也遭了毒手。”林泽夫说。

“这说明三爷的猜测是对的，大太太身上，有什么需要注意之处，让幕后之人防着？又或是，她手里也掌握了什么把柄？”安雅瑜轻声问。

“我也不知道，请她来，只为了打草惊蛇，看看那幕后这人还会有何行动，想不到他们手脚极快，一下子掐断了所有线索。”林泽夫说。

“可三爷的方向是对的，对方铺陈过大，每件案看似独立，实则相互之间有千丝万缕的联系，咱们总会找到他们的疏漏之处的。”安雅瑜说。

林泽夫点了点头，沉默下来，只抬头看向远处，安雅瑜也沉默无言，只陪他站着。

……

龙舟赛后，林府举行了盛大的派对，把城里边所有豪门大户的太太小姐公子们全都请了来，饮雄黄蜜酒，吃粽子，观看歌舞表演。

这原本没安雅瑜什么事的，可不知怎么的，她却受到了林二太太特别邀请，让她当日留出时间来，陪林幽兰一起参加派对。

安雅瑜想清楚其中深意，头皮发麻，去找林泽夫搬救兵，却被告知林泽夫一大早就出去公干了。

从书房出来，正遇上了林副官。

“小白，干什么？六小姐又找你参加派对？”林副官幸灾乐祸。

安雅瑜有气无力地说：“你是知道我什么情况的，快帮我想个主意，躲过这一次。”

林副官压低声音说：“小白，我瞧你这是没事找事自找的，你恢复女装不就成了？”

安雅瑜沉默不语。

“对了，三爷临走时让我提醒你，今晚上的派对，齐大公子要来，他新官上任，不回西南，以后就在这里任职了。”林副官哈哈笑了两声。

安雅瑜头皮一紧，“真的？”

林副官往她身后看了一眼，拱手说：“小白，这里就由你撑着了，我还有事，先走了。”

说完，扭转身往来路上急走。

安雅瑜苦笑，慢吞吞转过身去，果然，林幽兰提着裙子翩翩向她走了来，离几步远之处，站定，打了个旋儿，裙摆缓缓张开，如一朵雪白的花，“小白，你瞧，我这裙子好不好看？”

安雅瑜面无表情点头，“好看。”

“咦，你怎么还不换衣服，派对就要开始了。”林幽兰对她的冷淡早已习惯，一定也没影响她兴高采烈的心情，“这次可是娘叫你去的，可不关我的事，今晚的派对精彩之极，谷兰学了一门新的技艺，听说要当堂表演，你不想去看看？”

“没什么兴趣。”安雅瑜说得直接。

“别啊，怎么会没兴趣？我跟你说啊，谷兰现在住进我大哥的小公馆了，迟早成为我的小嫂子之一，以后低头不见抬头见的，以后，以后……咱们都是一家人。”她自说自话，含羞带俏，拿眼角扫着安雅瑜。

安雅瑜额头冒汗，无言以对，只得说：“我去换身衣服再回来。”

等她换好衣服，被林幽兰挽着手走进大堂，派对已经开始了，大堂里衣香鬓影，人影幢幢。

派对分成了两个部分，喜欢打牌的人用屏风隔断，聚在一起打牌听曲，另一边，则是不喜欢打牌的小姐太太公子们谈天说地之处。

等舞会开始，两边的人都可以下场跳舞。

林幽兰直接把她拉到沙发上坐下，正对着一帮闲坐聊天的太太们。

林幽兰对她热情的态度，让诸位太太互使眼色，神色各异，有些更是打趣起来，“六小姐，你身边这位就是白副官？三爷手下的一员大将，几个月没到，破了好几起大案的那位？难怪六小姐另眼相看了。”

“三爷器重的人，能差到哪里去？白副官长相俊美，才学出众，可称得上三爷手下的青年才俊，林太太，你可有福了。”另一位太太略有妒意。

林二太太坐在一众夫人中间，含笑向林幽兰瞧来，叹口气说：“小六儿只要不给我惹祸，我就谢天谢地了，至于其他，随便她怎么挑吧。”

“林太太可真客气。”众太太附和。

这丈母娘看女婿的目光让安雅瑜尴尬非常，恨不能地上裂开一条缝钻了进去。

林幽兰却是含羞带俏，得意非凡，恨不得拉了安雅瑜的手捧麦克风宣告天下。

好不容易应酬完了，两人在沙发上坐定，安雅瑜将视线移开，却看见齐沛鼎和一名女子自前门而进，那女子容颜俏丽，身穿露肩粉绿洋裙，挽着他的胳膊，顾盼飞扬。

安雅瑜瞧了一眼就收回了目光。

林幽兰显然沉浸在好心情中，也顺着她的视线望了一眼，脸沉了下来，哼了一声：“她怎么来了？”

“谁？”安雅瑜随口问。

“殷佩啊！”林幽兰难掩语气之中的厌恶，“什么都要掐尖儿的女人，上学时老缠着我带她回家玩，我还以为她真把我当好姐妹，却没想到，人家看中的是我三哥！把我当成冤大头！咦……小白，你眼睛往哪里看？她有我好看吗？”

安雅瑜收回目光，默然无语，这又是林泽夫一笔风流账？

说话间，殷佩一眼瞧见了她，提着裙摆和齐沛鼎一起向两人走了来，未走近便笑，“幽兰，这么早就到了？你今天穿的裙子可真好看。”

林幽兰翻了个白眼，转脸对安雅瑜说：“也不知哪里来的乡下妹，见面就称姐道妹的，以为这是她乡下集市？小白，咱们去那边，免得看见这些莫名其妙的人。”

殷佩的脸一下子僵住了，看林幽兰真走，委屈地说：“幽兰，事情都过去那么久了，你怎么还记着？那天真是学校事多，我才忘了你的生日。”

林幽兰懒得理她，站起身就走，“多谢，我没有这样用好姐妹的名义钓好姐妹哥哥的好姐妹！”

安雅瑜听她饶舌一般说完，殷佩的脸都白了，略觉有些同情，她想和殷佩赔笑上两句，可又不想和齐沛鼎站在一起，只向他们微微点头，跟上了林幽兰的脚步。

乐声忽起，场上灯光暗了下来，耳边传来众人的吸气惊呼声：“是谷兰，谷兰出场了。”

灯光暗了下来，悠扬的乐声响起，十几名女子簇拥着一人缓缓向舞池中央边舞边进。

她们每人手里都拿了一把长柄的三味线琴，穿着和服，露出雪白的脖子和脚踝，却莹光粉致，美不胜收。

可等当中那人转过身来，那十几名女子全成了背景，只见那女子穿着一身上面绣了大红牡丹的白色和服，雪白的脖颈之上却也文了一朵小小的牡丹，手上的三味线叮咚响起，音乐声却如行云流水，春日花开。

一层薄纱自空中飘落，将她笼罩其中，紧跟着场中飘起了薄雾，她的身影如梦似幻，广袖款摆，身姿柔媚，灯光照在她的脸上，更使她如月里嫦娥，雾中精灵。

“谷兰，是谷兰，有些日子没见，她倒仿佛更美了。”林幽兰说。

却有人低声而语：“听说这谷兰被林家大公子收入小公馆，看来这大帅府，过不了多久又要办喜事了。”

“一个戏子，歌舞伎而已，大帅会让她进门？别妄想了，在外边玩玩还可以，真要嫁进来，那可难喽！”一位太太撇着嘴说。

“这谷兰可不是普通女人，手段高得很，以前和死了的那位私生子林二爷不清不楚的，那一位才死，这不，又搭上了林大爷，你可别小看了她。”

“人家长得漂亮罢了，可再漂亮有什么用，林府当家做主的，可不是那两位公子。”有人比了三个指头出来，“当家做主的这一位，理都不愿理她，她这才退而求其次，搭上另外两位的。”

其他几位太太兴趣大增，满脸放光，聚拢过去，“说说，说说，到底怎么回事？”

嗡嗡声中，安雅瑜望向谷兰，她翩若惊鸿地舞着，在场上盘旋，仿佛那就是她的世界，她的舞台。

台下各家的公子哥儿却入迷地望着她，眼睛眨也不眨。

安雅瑜回头，见林幽兰一众年轻姑娘也看得入迷，脸上更现了羡慕好奇之色，轻叹一声，慢慢踱出了大堂。

她缓缓走过长廊，来到亭子间，看着远处月光入神，却听身边有人说：“白副官，如此良辰美景，身边又有美人环绕，为何闷闷不乐？”

安雅瑜回头，见是齐沛鼎，不由在心底悲叹一声，真是怎么躲都躲不过。

她站直了身子，“齐公子，你想得太多了，只是出来透口气而已。”

齐沛鼎看着她，“说得也是，白副官如今炙手可热，是三爷身边的红人，若有疑难之事，自有无数人巴结着办了，哪会有什么愁事？”

安雅瑜垂下头去，不知道怎么回答，只勉强笑了笑：“齐公子见笑了。”

有风吹过，一片落叶飘落在安雅瑜的衣襟，她随手取下，在手里把玩，齐沛鼎视线落在她的手上，又缓缓移开，说：“以前我有个熟人，也喜欢把叶子拿在手里转来转去，仿佛极好玩一样。”

安雅瑜心底一惊，手一松，那片叶子就跌落了，“这不出奇，很多人都有这些无意识的小动作，是种不安全感的表现。”

齐沛鼎就笑了，“白副官也会有不安全感么？”

安雅瑜静静地答：“白某只是普通人，当然有不安全感。”

“不愧为白副官，什么都能说上一番道理，倒是我见识浅薄了，听说白副官最近又破了两单大案子？”

安雅瑜被他灼灼目光打量，浑身如被火烤，只想快点离开，敷衍说：“倒不是我一个人的功劳，巡捕房也出了大力。”

“白副官可真谦虚，难怪三爷这么眼高于顶的人也把您看成了左膀右臂……”

安雅瑜越发感觉不安，不想和他闲扯，只是笑了笑，“好说，好说，如果齐大公子没什么事……”

齐沛鼎默然抬头看她，一双眼眸隐隐夹了层忧郁，说：“白副官，我还真有事找你。”

安雅瑜只好说：“齐大公子请说。”

“白副官，你知道吗？宜丰发生了大案，安县长的妻室和几位女儿全都自杀死了，那案至今未破，不知道白副官能否有空回宜丰一趟，查清此案？”齐沛鼎说。

安雅瑜浑身一震，“你说什么？”

“此案已经发生了一个多月了，怎么，白副官不知道？说得也是，宜丰地处偏僻，白副官又怎么会注意到那些？”

“他们是怎么死的？”安雅瑜忍了心惊，问。

“听说上吊自杀，可尸体内却有毒，那毒极为少见，查不出来，幸好安县长当晚外出公干，幸免于难，听说安县长惊闻家人之死，颓废得很。”齐沛鼎说，“对了，我刚好带来了这个案子的宗卷，不如白副官帮忙看看？”

安雅瑜一怔。

他却真从身边箱子里拿出个文件袋来，递了过去。

安雅瑜手指微微发抖，接过，打开，一页页地打开看完，齐沛鼎却没有看她，只垂头站着，耐心地等她看完。

安雅瑜轻声说：“怎么会这样？”

“所以想请您回去一趟，查清此事！”齐沛鼎直视于她，“可看出什么来没有？”

安雅瑜合上宗卷，重递回给他，“只看案卷，倒看不出什么来。”

“自从这件案子发生，我一直让人注意，却也调查不出什么来。”齐济鼎说。

“好，有空我会去的！”安雅瑜心底已经焦灼不堪，语气依旧平静。

齐沛鼎向她拱了拱手，转身离去。

暮色暗沉，安雅瑜默默看着他的背影，耳边却传来大厅里悠扬的音乐，内心却似处于冰火两重天，一边冰冷，一边却烈焰滚滚。

她缓缓转过身子，长廊暗处，缓缓踱出一个人，他一寸寸地从阴影之中走了出来，厅内灯光如金粉一般撒在他的身上，使他面容淡漠清冷之中蒙上了层暖色调，看见他，安雅瑜的心忽然间便定了。

如冰水相融，成了温泉。

“三爷。”她拱了拱手，叫了声，“您回来了？”

“唔。”他答了一声。

看着他清冷的表情，安雅瑜轻声问：“您什么时候回来的？”

“早回来了。”他简单地说。

“您都听见了？三爷知道此案么？”安雅瑜轻声说。

“最近调查了一下，才知。”他淡淡地说，“听说死的是你二娘和几位妹妹。”

“我想回去！”安雅瑜说。

林泽夫冷笑，“如今她们都死了，你这婚可逃不掉了！”

听出他语气异样，安雅瑜不由呆了呆，“三爷，我们的婚事，早已算不得数了。”

他抬起眼眸，神情淡漠，语调却讥讽，“安雅瑜，有的时候，你可真是蠢，蠢得透顶。”

他抬脚往前，走了两步，见她没有跟上，回头看了她一眼，“还不过来？”

安雅瑜走到他身边，心底忽如明镜，“三爷是说，他认出了我的身份了？”

“齐沛鼎可不是个糊涂人，他是你以前的未婚夫婿，你以为，他们齐家若想娶亲，会不调查清楚？”

“不可能吧，咱们总共也没见几次面，再说，他一心只在妹妹身上，我剪短了头发，容貌肌肤也改了些。”安雅瑜强辩。

“安雅瑜，你太小看自己了，在某些人的心里，某些特殊的人，即使再怎么改变，他还是能一眼就认出来的，他认出了你，却不上前相认，这样也好。”林泽夫轻轻舒了一口气，淡漠的表情有一丝松动。

安雅瑜喃喃地说：“我怎么会是他心底特别的那人？”

虽然齐沛鼎上次借酒说出了那番话，但在安雅瑜的心底，却始终半信半疑，他退婚是为了试探，他的心一直在自己身上？这不过是个笑话。

她默然地跟着他往前走，大厅里的歌舞声渐渐变大，喧笑吵闹从门内传了出来，与外面仿佛两个世界。

他一步步走上台阶，在后拖出长长的暗影，他忽地回头，停了下来，转过身来看她，“白副官，你说，如果今日，你的身份大白于天下，会有什么效果？”

他居高临下望着她，吓得她心脏都停止了跳动，哆嗦着嘴唇说：“三爷，这怎么成？我会连累三爷的！”

他凝眸朝她望了半晌，转过身去，朝门里走去，“胆小鬼！”

安雅瑜舒了一口气，一抹前额，额头全是冷汗，走到他身边谄媚地笑，“那是，有谁能有三爷的胆量和勇气。”

门内早有人迎了上来，不顾里边歌舞正热，上前围着他打招呼，安雅瑜尽职尽责跟在他身边，也渐渐被挤到一边去了。

林幽兰早看见了两人，提着裙摆来到她身旁，抱怨说：“白副官，你又去了哪里？怎么三哥也来了？他一来准没好事，又把你给抢了去了。”

安雅瑜默默地看着她，“六小姐，我是三爷的副官，你又忘了？”

林幽兰哈哈了两声，“迟早我让我爹……”

安雅瑜打断她的话，语气转冷，“行了，六小姐，你别操那份闲心，我在三爷身边干得挺好，还有，咱们之间并没有其他关系，白某暂时也没有成婚打算！”

今天的形势她算是看明白了，如果还不狠一些，以后越发不可收拾。

可她哪里知道，林幽兰却是个自说自话，不把旁人的意思放在心底的大小姐，安雅瑜的拒绝，她哪里放在心底，只颓唐了一秒钟的时间，马上兴高采烈起来，“你现在没打算，不代表将来没打算啊？别着急，我等得起，好了，小白，我不管你在哪儿做事了，这是男人的事，我插手不好，对了，小白，你说这些话可真有男儿气概，我就喜欢你实话实说！说明你把我当自己人！”

安雅瑜用手指掐着眉心，默然无语，只得加快了脚步重又挤到林泽夫身边去了。

林幽兰跟了几步没跟上，一跺脚，嘴里边不知道咒骂了句什么，这才径自去了。

总算应酬完了拥上来的那批人，厅中的舞曲却换了另一曲，谷兰换上了西式大摆裙，在场中急舞，伴舞的却还是那批舞者，安雅瑜略感奇怪，却听身边的太太们又议论了起来。

“怎么回事，跳来跳去总是这女人，跳得再好也看腻了啊？”

“换了好几套衣服，却还是第一场最好看，谷兰狠下了份功夫，听说专门请了三味线琴的东洋老师教的，倒别有一番风味，二太太，您说是不是？”

林二太太端坐于众夫人中间，仿佛对这舞蹈全无兴趣，只点了点头，“确实不错。”

“还有她脖子上文的那朵牡丹花，若隐若现，和那身白底红花的和服相衬，可真好看，等会儿让她再穿上那衣服，给我们弹上一曲。”有位太太兴致勃勃地说。

“对对对，听说谷兰请了个了不得的老师来，弹得更好，虽没有上场，但在后台压阵呢，等会让她也过来。”有位总长太太说道。

“是啊，我们家和东洋做生意得多，提前知晓一下他们东洋的文化也是好的，到时候和他们谈生意不至于露了怯去。”

H U A　J I N　T A N G

画锦堂

【中】

云外天都 著

江苏凤凰文艺出版社
JIANGSU PHOENIX LITERATURE AND ART PUBLISHING, LTD

画锦堂

目录

中

画锦堂

目录

中

第二十一章　隐情密藏

几位太太纷纷赞同，林二太太就招手叫了丫环过来，吩咐了她几句，让她去请人。

安雅瑜陪着林泽夫坐于隔壁，心底倒暗暗称奇，心说这谷兰在这群贵妇中名声不好，但她的歌舞倒还真得人心。

又想及谷兰那莫测的身份，以及和林泽夫过往千丝万缕的联系，不由偷偷拿眼角扫着林泽夫。

灯光虽然昏暗，可他却马上发觉了，抬头便问："怎么了？"

安雅瑜收回视线，"没什么，只是想起谷兰的身份，不知道自那件事之后，她是否求助于三爷？"

"求助？"他哼了一声，"堵了我几次，我让人轰走了。"

安雅瑜嘴角抽搐了一下，心说这还真是他的做事风范。

"这女人灵活得很，我这里走不通，自有其他路可走！"林泽夫说，"哪会像你……"

"我怎么了？"安雅瑜吃惊地问。

"我倒问问你，那宫池鸫明打明的几次招揽，你怎么不和他去？"林泽夫说。

安雅瑜认真思索起来，"我可不知道为什么，只感觉他不太可靠，和他来往，对我想查之事全无帮助。"

"这么说来，我在你心目当中，还是个可靠之人？"林泽夫嘴角微微上弯。

安雅瑜点了点头，"当然。"

林泽夫身子后仰，极放松地坐着，嘴角向上弯的幅度更大。

安雅瑜见他高兴，心底也放松了，"三爷，你当然是。"

林泽夫笑容扩大，往她背后看了一眼，却瞬间收了笑意，“你来干什么？”

林幽兰的声音自身后响起，“我为什么不能来？娘叫白副官有事，要我陪他一起过去。”

安雅瑜只得站起身来，向林泽夫微微弯腰，“三爷，我过去一趟。”

林泽夫唔了一声，阴沉着脸坐着。

林幽兰领了安雅瑜往林二太太的座位走，边走边说：“白副官，你不用躲着我，躲了也没用，除非你不在三哥手下做了！”

安雅瑜说：“六小姐，我没躲着你啊！”

正说着，两人已来到了林二太太隔壁的座位，林幽兰坐了下来，指着身边的椅子让安雅瑜坐。

安雅瑜瞧她，“太太找我？”

林幽兰半仰头，眨巴眼睛，“让我娘找你还不容易？”

安雅瑜在心底苦笑，只得拉开椅子坐下来。

林二太太被一群贵妇簇拥，谈兴正浓，并没有注意到这边。

隔了一会儿，谷兰果真换了那身白地红花的和服，手里拿了三味线与一名中年旗袍女子走了过来。

安雅瑜并没有注意那边，眼角扫着林幽兰愁得不行，心说到时候她的身份如果被揭穿了，这小姑奶奶会不会拿刀把她给捅了？

想想就觉心惊。

在这里停留了这么久，还是得尽快回去，恢复原来的身份才行，又想及听到的家里的消息，暗暗焦灼。

林幽兰却似被隔邻的谷兰等吸引，敲着桌子对安雅瑜说：“你瞧，她手上拿的那乐器形状可真古怪，像琴又不像琴，似二胡又不像二胡，弹起来可没有咱们的琵琶好听。”

隔邻，那中年女人正向几位太太道谢：“多谢夫人赏赐，夫人如果真想知道这艺伎是怎么回事，改天我来拜访夫人，去您府上打扰。”

她半垂着头站着，弯着腰，样子谦卑而恭敬。

大厅内灯光昏暗，安雅瑜看不清她的模样，可当她视线下移，却发现她宽大和服之下，脚在微微发抖。

她忽起了一阵不安，不由站了起来，移动身子，换了个角度，林幽兰便察觉了，问：“怎么了？”

安雅瑜把手放在唇间，做了个噤声的动作。

这下看得清楚了，那女子涂了一层白粉的脸上，一颗汗珠自耳边滑落，把她的脸至耳道冲刷出一道痕迹。

她这种表情，是害怕？

她在害怕什么？

安雅瑜抬起头来，往场上一一打量，却见富贵满堂，繁花似锦，微熏的酒香混着淡淡食物的香味，使得整座大堂连空气都是和谐富足的。

她再将视线扫向了几位正和她说话的太太，她们每个人都珠光宝气，好吃好喝供养出来的娇嫩容颜让人分辨不出她们的年龄。

“听说这三味线是东洋最流行的乐器，下边那个音箱是用猫皮蒙成的，你这个，是不是？”林二太太温声问。

那妇人弯着腰说：“太太说得没错，我这个更不同凡响，是用最长命的老猫的猫皮制成，弹出来的声音才会有金玉之声，如同仙乐。”

其他几位太太兴趣大增，“真只能用猫皮吗？那可真是残忍。”

妇人说：“也不尽然，用狗皮和蛇皮也可以，那名字就叫蛇味线了。”

她半垂着头，神情卑怯，仿佛不敢抬头看满场的贵妇们。

“真是个奇怪的东西，可以拿来给我看看吗？”林二太太说。

那妇人有些迟疑。

谷兰就笑着说：“师傅，这位是林大帅的二太。”

那妇人这才把三味线递给了上前的丫环，林二太太接过了那乐器，上下打量了一眼，把手帕蒙在手指上，拨了拨那琴弦，似拿不住，手一滑，往地上跌去，她一声惊呼，忙把那琴头拿住，向妇人抱歉地笑，“对不住，差点摔了。”

她把它递给丫环，让丫环还到那妇人的手里，笑着说：“我知道的，你们对使用得惯了的乐器极为爱护，从不离身的，我拿来瞧瞧，倒是为难你了。”

妇人垂头说：“它能得到太太的青睐，是它的荣幸。”

一众太太们都笑，有太太就问：“谷兰，你这师傅是从哪里请来的，怎么这么多礼？”

“谷兰，你这衣服也好看，是哪个裁缝师傅做的？”

谷兰伸手提起广袖，让她们看得更清楚些，“这件衣服，是师傅亲手做的，光这牡丹，就绣了大半年呢。”

一位太太招手，让她走近些，抚摸着她衣服上那大红的牡丹，点头称赞，“确实不错，二太太，您瞧瞧这针脚，这绣功。”

林二太太扫了一眼，可有可无地说：“我是不懂这些东西的，你们瞧着好便好了。”

那妇人微微抬头，看了她一眼，又垂下眼眸。

安雅瑜一直注视着这边，看清那妇人的神情，心底越发不安，却不明白这种不安从何而来，只觉仿佛有股阴云从室外飘来，这满室的灯光都驱不走那即将到来的黑暗。

太太们又拉着谷兰说了一会儿话，谷兰和她师傅就回到了后面换衣服。

林幽兰原还想安雅瑜陪她跳一支舞的，安雅瑜坚决彻底地拒绝了，她想尽了办法也不能甩开林幽兰，正无计可施，却听有人唤：“幽兰，怎么不下场跳舞，没有舞伴么？”

殷佩提着裙摆刚从舞场上下来，脸上红润未消，她含笑看了两人一眼，“幽兰，这位就是你的舞伴，看来人家不喜欢跳舞啊，你强拉着，也没意思，这样吧，我给你介绍个舞伴。”

林幽兰浑身炸毛般地瞪着她，“殷佩，你什么意思？”

“没什么意思，你瞧，白副官是三爷的副官，三爷正找她呢，你老缠着人不放算是什么意思？”殷佩像换了一个人般，和她针锋相对。

安雅瑜见如此情形，哪有不赶快溜走的，她果断转身，朝僻静暗处走了去，她刚来到阳台边，就见谷兰已经换了身旗袍，拉开了阳台的门，走了进去，她只好停住了脚步。

正想寻其他的地方坐下，就听见阳台隐隐有人声传了来，“三爷，您怎么一个人在这儿？”

没人回答。

林泽夫躲在阳台上？

安雅瑜站定了脚。

“三爷，我找了您好几次，他们都说您出去了……”谷兰娇嗔着说。

光听她的声音，就可想象出她现在的情形，一定是媚意横生，春色满园的。

可林泽夫的声音却如满园春色忽遭了冰雹大雪，“我让他们这么说的。”

安雅瑜默默无言，嘴角抽了抽。

长时间的沉默，想来手腕灵活如谷兰也不知道怎么把话接下去。

安雅瑜倒觉得和林泽夫聊天这种技术活儿比她查案更有挑战性。

“三爷，您是不是对我有偏见？为何总对我这么冷淡？三爷，我姐姐……”谷兰说。

“你姐姐是你姐姐，你是你，她已经死了，你不是活得还好好的吗？”

安雅瑜在外听着，都不觉打了个寒战。

“三爷，难道你不能看在姐姐的分上……”谷兰的声音如泣似诉。

“谷小姐，你别忘了，你现在是我大哥的情人，住进了他的小公馆，怎么，你想我们兄弟相争？你瞧，你也没这么大本事，我也没那么多闲心不是？”

安雅瑜再次肯定，千万别让林泽夫话多，他话一多，嘴就毒！

谷兰差点哭了出来，声音哪还有刚刚的风情万种，娇媚无边，“三爷，我哪敢有那样的非分之想，我今日来找您，实在是有求于您，我查知姐姐在渡轮上被人杀了，当时您就在现场，不知道您是否还记得当时情景，姐姐是否提过我的爹娘在哪里？”

她好像怕林泽夫拂袖而去，加快了语调说。

林泽夫声音淡漠，“谷小姐，她什么都未提及，如果我有你父母的消息，一定会尽早通知于你。”

这么敷衍的话，谷兰听了，却添了些喜意，她慌忙答应：“既如此，我多谢三爷了。”

原来为了她的父母？安雅瑜暗暗感慨，心说不管谷兰自己是什么人，但对她的父母，总还有份孝心。

她正想悄悄走开，阳台的帘子一响，谷兰从里边走了出来，她忙背转身去，听着脚步声越走越远，这才敢转过身来。

昏暗的灯光之下，林泽夫居高临下地看着她，眼眸幽深，不置可否。

安雅瑜扯开嘴角笑了笑，“三爷，您也在啊？”

“别的本事没有，偷听的本事倒不小，不如把你调到我的秘密监听所？”林泽夫冷冷地说。

安雅瑜忙摇手，“我没偷听，就、就是走到了这里，随、随便听到了两句。”

林泽夫抬眼看了她一眼，“是吗？”

安雅瑜点头，“是，是的，三、三爷说话那么大声，我又不是聋子。”

林泽夫淡漠的脸上现出一丝笑意，“你又结巴了。”

安雅瑜条件反射般捂住了嘴。

光线虽然昏暗，可安雅瑜面颊在黑暗之中却似岫玉般发着光，一双眼睛更像惊慌小鹿的眼，让人只觉面前站着个小动物，想把手放上去抚摸一下。

林泽夫手指发痒，搓了搓，放进裤袋里，莫名解释了起来，“我去阳台想透透气，她就过来了，也没说上几句话。”

安雅瑜放下了手，对刚才的失态似乎也有些不好意思，“三爷，谷兰求您帮她寻找父母，瞧不出，她倒是个至孝之人。”

室内嘈杂，林泽夫又往阳台走去，安雅瑜冲到前头替他揭开帘子，两人重走到阳台之上。

阳台一角，放了一个椅子，还在一摇一摇的，安雅瑜看了看那椅子，又看了看他，到底忍不住了，“这个，是不是我房间里那个？”

林泽夫坐了上去，脚尖点地，一摇一摇的，眼睛似闭非闭，“谷兰是至孝之人，怕不见得吧？你别忘了，是她带来了那张充满预言的纸条。”

安雅瑜只好把视线从那椅子上移开，思索起来，“三爷是说，有人也在寻找她的父母？”

林泽夫说：“你忘了霍五娘了？”

安雅瑜脸上现了丝喜色，“我知道了，她的父母会不会也像霍五娘一样，也在隐姓埋名？”

林泽夫身子摊开，仿佛坐得极为舒服，“多年之前，她的父母就在这所房子里失踪了，可多年之后，她姐姐先出现，马上死于非命，紧跟着，她也出现了，你说，这能不有古怪？还有一点最大的可疑之处：她能从宫池鸫的手里逃脱？”

安雅瑜点了点头，“确实不同寻常，有人在找霍五娘，想让她现身，想必跟她达成了协议，可协议还未完成，霍五娘就中毒而死，而谷兰这么急着找她的父母，也许为了孝心，但也许另有其他原因，宫池鸫找到了她，却又不动她，其中意义，也深得很。”

安雅瑜抬眼看他，阳台光线不足，他整个人陷在了黑暗之中，他身上如笼罩着一层薄雾，让她看不清楚。

而他身上周边发生的事，何尝不是重重的迷雾围绕？

两人沉默了下来，只听得见那摇椅一下一下地摇动着。

“三爷，三爷……”阳台外传来尖厉的叫声，打破了阳台里的平静。

林泽夫一皱眉头，没有出声，眼底现过丝厌恶之色，看了她一眼。

安雅瑜忙走了过去，揭开帘子，只见谷兰扶着她师傅蹒跚走来，妇人整个身体都压在谷兰身上，走路姿势极为奇特，半垂的脸，暗暗的灯光下，显出僵硬之极的颜色来。

“怎么回事？她怎么了？”安雅瑜走近几步。

谷兰美丽的脸满是慌乱：“我也不知道，师傅忽然就这样了，只要我扶她来找三爷。”

安雅瑜并不相信，只以为这又是她接近林泽夫的一种伎俩，只淡淡地说：“三爷在阳台休息，不许任何人打扰。”

妇人却一下子挣脱了谷兰的手，嘴里喃喃有声，拖着腿向前，“让我去见他，快，快让我去见他。”

她舌头仿佛被人拉直了，又像是在逐步僵化，脸上呈现出一种死灰之色来，安雅瑜见势不妙，顾不得许多，和谷兰一起把她扶进了阳台。

她一走进阳台，看见了林泽夫，就向他伸出了手，甩开了两人，向他这边走了两步，轰然倒下，嘴里咝咝地发出声音，“你，你，是她，是她……”

忽然之间，她头脚缩成一团，仿佛有无形的手将她身子向中间挤，揉成了一个球。

安雅瑜似乎还听见了骨骼碎裂之声。

她赶紧上前几步，把手指伸到妇人的鼻端，轻声说：“她死了。”

谷兰尖叫了起来，早惊动了门内的人，无数人影跑向这里，士兵将这里封了起来。

林幽兰闻风而至，来到尸体旁，满脸紧张，“这不是那位谷小姐的师傅么，刚才还好好儿的，怎么就死了？”

谷兰一双眼睛呆呆的，美丽的脸也现了呆滞之色，像没有听见她的话，嘴里边喃喃：“师傅，师傅，为何会这样？怎么会这样？”

林泽夫调了士兵过来维持秩序，更吩咐现场之人严守秘密，又去安抚受到惊吓的林二太太等，让参加派对的人都散了。

巡捕房的人没到，林幽兰自作主张上前验尸，拉起那妇人的手脚仔细察看，手脚却僵硬得很，像绑在一起，怎么拉也拉不开。

她再大力一些，那尸体却一下子散开了，整个人像卷起的皮具一般摊开在了地上。

谷兰再次尖叫出声。

林幽兰用手捏了捏尸体胳膊，惊讶地说：“可真奇怪，她的骨头断成了一截一截的了。”

安雅瑜说：“看来她是中了一种毒，一种极为少见的毒。”

林幽兰猛然想起，“从她死后一段时间的情况来看，她的死，和霍五娘极为相像，霍五娘一开始也是全身缩成一团，只是后面并没像她这样全身骨头寸断。”

“我们也没看见霍五娘放置了一段时间后的尸体，等顾探长来了，问问他。”安雅瑜看着这具尸体慢慢地说，“有时候用毒分量不同，也会造成不同的效果。”

“没错，她发作得仿佛快了许多，霍五娘如果是当时中毒，却没有她这么猛烈。”林幽兰扼腕后悔，“霍五娘的尸体我应该去验的，都怪这顾胖子，死活不让我去！”

隔了一会儿，顾波一脸倒霉相地跟在林泽夫的身后匆匆而来，见了安雅瑜先苦笑一声，“白副官，又见面了。”

两人走到尸体旁边，还没等安雅瑜问，顾波先咦了一声，“又是位妇人？”

法医上前查看，隔了一会儿过来禀报，“顾探长，看来和霍五娘死法一样，中的同样的毒，不过这一位发作得可快得多了。”

林幽兰说：“还用你查验，我们的白副官早看出来了，说说，中的什么毒？”

那法医为难起来，吞吞吐吐，“这种毒极为少见，说实在的，我验尸无数，从来没见过这样奇特的毒性，两具尸体，用毒分量略有不同，其中毒情况就轻重各不相同，霍五娘的尸体在验尸房放了一天，她的骨头才一截一截的断了，这说明，这种毒在人死之后依旧起作用，简直是厉害之极。”

林幽兰一挥手，耶了一声，“原来你还是不知道啊？”

法医认真地说：“六小姐，我们用尸体上提取的毒液做过实验，这提取出来的毒液毒性又小了许多，用在老鼠身上，老鼠隔了一天才死，四天之后，骨头才一截截地断了，这种毒液，可真是杀人于无形。”

安雅瑜忽然打断了他的话，“那老鼠死状是怎么样的？”

“倒没有像她们这样蜷缩成一团而死，就像睡着了一般，只是全身僵硬得极快，白副官，你还有什么要问的吗？白副官，白副官？”那法医一连叫了两声，却没有听见安雅瑜的回应。

众人望去，却只见那穿中山装的俊俏青年静静地站着，灯光斜照，使她脸似冰凝，眼眸似望向了窗外某处，又像什么都没看。

法医正想再叫，林泽夫挥了挥手，他退下了。

林泽夫走到安雅瑜的身边，垂头看着她，轻声问：“想到什么了？”

安雅瑜忽然惊醒，脸上现过丝奇怪之极的神色，“三爷，我想回一趟家。”

林泽夫什么都没有问：“好，明天我陪你回去！”

安雅瑜愕然抬头，双目闪闪发光，“您陪我回去？”

林泽夫却转过身去，吩咐顾波，“处理完这里！”

顾波响亮地答了一声，让人把尸体抬走，又让人封了这阳台。

相关人等离开，林泽夫和安雅瑜来到书房之中，才问：“你家里的案子，跟这个有类似之处？”

安雅瑜说：“我不敢肯定，齐沛鼎带来的宗卷上说，虽说她们死时全吊在梁上，但法医验明，她们死时，双唇半开，舌头并没突出，而那毒还有一种功能，就是死时全身瞬间僵硬，我想，因为这样，她们的死状才不像是平常上吊，我想回去开棺看看，看她们的尸体骨头是否断了，因为她们是急死，爹让人将她们第二天就下葬了。”

林泽夫说：“原来如此。”

安雅瑜点了点头，脸上神情舒展，眼中有丝希冀之色，“如果能查清此案，我希望爹不像以前那么恨我。”

林泽夫慢吞吞地问：“如果他依旧不原谅你，嫌你丢了他的脸呢？”

安雅瑜抬起眼眸，呆呆望向一处，神态茫然起来，“我也不知道，难道我一辈子不回家吗？”

林泽夫说：“安雅瑜，你可真蠢，这个家没了，你还可以有自己的家啊！”

他状似无意般地说出这话，伸手去拿桌上的杯子喝茶，可盖子都没揭开就把杯子往嘴边凑，杯盖与嘴唇相碰，哐当响了一声，他瞧了一眼，才把盖子揭开了饮了一口。

安雅瑜默默地看着那杯子，轻声提醒：“三爷，那是昨晚的茶，我去给你重沏一杯。”

林泽夫左眼眉毛往上挑了一下，放下杯子，冷峻非常：“隔夜茶去火。”

安雅瑜便不多管闲事了，想起他刚才的话，回答：“爹如果都不原谅我，我还哪能有家？”

林泽夫恼火地看着那杯茶，干脆重拿起杯子，一仰脖子，全倒进了嘴里。

安雅瑜还是情不自禁地提醒：“三爷，隔夜茶虽然去火，但喝多了是要拉肚子的。”

林泽夫回答得平静无波，“晚上吃多了，正好清清肠胃。”

安雅瑜嘴角抽了抽，心说这位爷的生活习惯可真让吾等凡人无法理解明白。

“三爷，林府派对又发生命案，想必街坊之间又会新出一波流言了。”安雅瑜有些担心。

林泽夫淡淡地说："林府出的流言还少吗？这幢楼，自十多年前开始，就不断有事发生。"

安雅瑜说："可最近的事，仿佛事发也频繁了一些，前不久刚出了一个二爷被杀之案，紧跟着谷兰的师傅又死了。"

"谷兰有没有动手的可能？"林泽夫问。

"是她扶着她师傅来找您的，从当时的情形来看，她师傅对她毫不防范，信任得很，而谷兰的惊慌无措也不像是假装，再加上后来那妇人说的话，我想，她一定知道是谁杀了她，她想告诉三爷这凶手是谁，可那毒实在太过猛烈，让她来不及说出话来。"安雅瑜仔细想着当时的情形，"依我猜测，那毒还有另一项作用，就是使人全身麻痹，肌肉僵硬，当时那妇人定是舌头都僵了！"

"为了让她说不出话来，所以这一次，下的毒才会这么猛，发作那么快，那凶手已经惊慌失措了，来不及掩饰这种毒的毒性了。"林泽夫说。

"对，中毒之人毒性如此奇特，很可能更容易引起人的好奇探究之心，凶手用这毒不止杀了一人，可每次都小心控制分量，使其死得和正常能查验出来的其他毒物症状一样，可这两次，凶手却一次比一次慌乱。"安雅瑜沉吟着说，"就好像有人惊动了什么，让凶手感觉即将到来的危险，从而失了方寸，迫不及待。"

林泽夫点了点头，抬眼看了她一眼，手指抚在茶杯之上，轻声说："你这次回去，若真能证实你的继母、妹妹死于这种毒，便离凶手又近了一步了。"

安雅瑜低低应了声是，眼底冒出希冀的光来，轻声说："没错，我也能放心离开了。"

砰的一声，茶杯重重地在桌上在顿，林泽夫表情冷漠，"安雅瑜，这还没过河呢，你就想着拆桥了？"

安雅瑜忙摇手，"不，不是的，我在这里也麻烦三爷这么久了，如果被人揭穿身份，又不知传出些什么来，总归对三爷不好，但三爷若有所吩咐，我定当效力。"

林泽夫唰的一声站了起来，背对着她，"你真要说到做到才好！"

"当然，我回家之后，如果还有案子让我查，我一定召之即来！"安雅瑜看着他的后背，信誓旦旦。

林泽夫没回头，从嘴里哧出声冷笑来，"除了破案呢？"

安雅瑜呆了，怔怔地说："除了破案，三爷哪还有用得着我的地方？其他的事，都有林副官呢。"

林泽夫再转过身来，眼眸微凝，“如果真有其他事，就召不动你了？”

安雅瑜心说这人又在无理找岔了，谨慎地答：“三爷的合理要求，我当然会应之若趋。”

林泽夫显然不满意，哼了一声，倒没有再说什么。

安雅瑜没话找话地调节一下气氛，却不知从何下手，心中无比想念林副官。

只有他这种老油条才能对付得了这喜怒无常之人。

屋里静默下来，却比刚才更加难熬，安雅瑜正想找个借口离开，外边传来了林副官的声音：“三爷，谷兰小姐求见，说有要事向您禀报。”又仿佛怕林泽夫拒绝，赶紧加了一句，“三爷，是有关这次案件之事。”

林泽夫在屋里哼了一声，“你去和她谈谈。”

说完，往最里边的书房走了去。

安雅瑜走过去把门拉开，谷兰脸色苍白，眼角有泪痕，身上却披了一件极大的外套，身躯犹在微微发抖。

安雅瑜看了一眼那外套，又看了看林副官，他一摊手，无可奈何的样子，“谷兰小姐说冷，我拿了三爷一件旧外套给她披上了。”

安雅瑜往书房内扫了一眼，心说林泽夫如果看见，估计他事后要把这外套毁尸灭迹，以免为了一件外套再生枝节，忙说：“谷兰小姐，您请坐，您有什么话就说吧。”

谷兰雪白的手拉着外套的两边，缓缓坐到椅子上，娇小的身子微微发抖，眼底恐慌之色未减，一双美丽的眼睛却似有若无地扫向书房，“师傅发生这种事，我想来想去，怎么也想不明白，师傅与世无争，退休之后，就隐居山林，不和外人来往，这次游历中国，我求了许久，才求得她教我三味线，我却不知，她为何会遭此大难？”

安雅瑜说：“谷兰小姐，你师傅以前是歌舞伎？”

谷兰点头：“是的，她曾在东洋最有名的鱼品茶屋表演，是花柳界最出名的艺人，舞蹈弹唱可称得上一绝，我为了在艺术上再上一层楼，这才托人请了她过来教我。”

“今天晚上，除你之外，你师傅可接触过其他人没有？”安雅瑜问。

“师傅并不上场，只在后台化妆间替我打理衣服首饰，接触的也就是两位做辅助的丫环而已，我真不知道她为何会中毒。”谷兰哭得梨花带雨。

书房之内却什么动静都没有。

安雅瑜咳了一声，“中间二太太让人请了你师傅相见，这一路之上，是否有人冲撞或者遇上了其他可疑之人？”

谷兰抽噎着说：“没有，师傅很低调的，在这里，她也没什么朋友，除了我之外，就没人跟她说过话了。”

安雅瑜垂头沉思，“谷小姐，刚才你说你师傅隐居山林，你可知道，她在哪里隐居？”

“她十多年前来到中国，一直在本城南边的小苍山下隐居，平时不过做些针线活维持生计，但因她手工极好，许多大户人家私底下请她，生活倒过得不错。”

“那谷兰小姐又如何得知她原本的身份呢？”安雅瑜说。

谷兰擦了擦眼泪，“这有什么难知道的？她以前那么出名，传来传去，自然就传进我的耳里了。”

安雅瑜看出她有些意兴阑珊，如果林泽夫还不出来，从她嘴里可问不出什么来，她想了想，朝林副官使了个眼色，又向书房挑了挑眉。

林副官把眼神一收，假装没看见，走到门外守门去了。

安雅瑜没法，只好再问：“谷小姐身上穿的那件白底红花的牡丹和服，也是你师傅裁剪缝纫的吗？”她咽着唾沫加上句，“我们三爷说很好看呢。”

说完最后一句，小心看了一眼书房，见没动静，吁了口气。

谷兰双眼明显放出光来，“真的，三爷真的喜欢？这件衣服是师傅的珍藏品，此次出场，特意拿了出来让我穿的。”

见林泽夫没反应，安雅瑜胆子大了些，“我们三爷还提起了你脖子后那朵牡丹，是新文上去的吗？”

谷兰脸上现了丝羞红，眼眸带俏，偷偷扫着书房，“连这他都注意到了？这牡丹却不是文上去的，是师傅用特殊材料画的，随时可以洗掉，师傅说了，最了不起的歌舞伎，一出场就能抓住别人的眼球，让人多年之后还能津津乐道，成为所有人心目中的传说，达到艺术的最高境界。”

安雅瑜说：“谷兰小姐对艺术的追求真让人佩服，我们三爷对所有能追求自己理想的人都是欣赏赞同的……”

话未说完，门口传来一声闷笑。

安雅瑜看了捂着嘴忍笑的林副官一眼，脸上一丝不好意思都没有，继续说：“像谷兰小姐，您原来是杂耍魔术出身，却不断地向至高的艺术殿堂前进，这也是我们三爷欣赏的人之一，谷兰小姐可还记得，你师傅说过，您穿的这件和服，以前有什么人穿过的吗？”

谷兰说：“师傅从来不说以前的事，但拿出那件和服时神情却有些不同，我记得，当时她还流下了眼泪，手抚那和服，轻声叫了声师姐，你怎么这么狠心？想必想起了她以前当歌舞伎时的往事吧？”

安雅瑜想了想，“谷兰小姐，你师傅本名叫什么？你总该知道吧？”

谷兰摇头，“师傅不提她的本名，别人也只叫她喜春大娘。”

安雅瑜想了想，到底不死心，把话题又绕了回去，“谷兰小姐，您对艺术的追求简直让人叹为观止，喜春大娘这么难找，也让你找到了，还能说服她教你技艺，请问你当初是从谁的嘴里知道她的呢？”

谷兰拉了拉衣襟，有气无力地说：“白副官，我也忘了，你是知道的，在我身边来来去去的人可多了，或许是一个聚会，或许是在打麻将的时候，总之，有人这么一说，我听进了耳里去，就到小苍山脚一找，还真让我找到了。”

安雅瑜知道再也问不出什么了，她防得滴水不漏，关键信息一点也不透露，如果有林泽夫在，也许她能说出些东西来。

安雅瑜对着书房长叹了一口气，上司躲在书房里不出来，她也无计可施。

谷兰脸上现了丝疲惫，站起身来，“白副官，我知道的都告诉你了，今儿也晚了，我就先回去了，三爷这件衣服，我先借着，等洗干净了还给他。”

安雅瑜点了点头，只好让林副官送她回去。

安雅瑜来到书房，见房门半敞，推开门进去，就看见林泽夫手里拿了本宗卷在看，很悠闲的样子。

安雅瑜赌气说：“三爷，她什么都没说！”

林泽夫把手里宗卷啪的一声放下，“安雅瑜，我耳朵不聋，我倒想问问你，三爷欣赏什么了？”

安雅瑜气息一弱，咽了口唾沫，“三爷，您欣赏所有美好的事，牡丹花美，文身也美，歌舞更美。”她讨好地，“三爷，我都当了您这么久的副官了，我不可能猜错啊？”

林泽夫神情淡漠，“这么说来，你倒成了三爷肚子里的蛔虫？”

门外传来脚步声，林副官走至门边，看见情形不对，转身就走，安雅瑜一指他，诚恳地说：“林副官也同意我的说法，您瞧，当时他还用笑声表示了赞同。”

林副官只好停住了脚，转过身来，“小白，要说对三爷的了解，我哪比得上你，三爷欣赏艺术，欣赏歌舞，我可从没听他说过。”

安雅瑜说：“哪能让三爷说得明白，我们才能明白呢？他没说出口，我们都能明白，那才叫真正的明白。”

看她一脸纠结地自圆其说，林副官想笑，看了看林泽夫淡漠的脸，忍住了，“小白，你可真是，真是……达到了副官最高级别的境界，看来以后我要多向您学学了。”

安雅瑜拿眼角扫着林泽夫，见他没有发火的迹象，随口答：“好说，好说。”

林泽夫一指门外：“你们都给我滚。”

安雅瑜赶紧跑了出来，还体贴地替他合上了房门。

林副官在一边赞叹：“小白，你这嘴巴上的功夫，我可比不上您，你瞧你都把三爷都弄这样了，咱们三爷还没发火，只叫滚，以后啊，我可得靠你了。”

安雅瑜故作谦虚，“哪里，哪里，林副官这脚底抹油的功夫更高深，我也要向您多学学。”

林副官哈哈笑了两声，“小白，天还早呢，要不，去福居里炒两个小菜，咱们边吃边聊？”

安雅瑜摇头说：“算了，你去吧。”

林副官向她拱手，“那好，小白，我去了啊！”

和他告辞之后，安雅瑜一个人慢慢往住处走，闹了这么一场，可林府却依旧如常沉入寂静当中。

她回到住处，洗了一把脸，接二连三发生的事，到底让她极为疲累，一倒在床上，就合上了双眼，陷入昏睡。

第二十二章　前尘往事

睡梦之中，却仿佛又来到了她少女时住的那个小院，继母手里拿了一本书，边翻书边摇着手边的摇篮，最幼的妹妹在里边睡得正香。

继母微微偏过了脸，神情温婉，“雅瑜，你回来了，你爹正到处找你呢，快去书房。”

她半垂着头，身边的花树探出浅粉的花朵映在她的面颊，使她年轻而温和。

安雅瑜吐了吐舌头，“二娘，我不想去，我一去，爹又要骂我了，你替我说说。”

继母放下手里的书，把摇篮轻轻停住，拿手指点她的额头，“你呀，又在外面闯什么祸了？”

大妹妹说：“我知道，我知道，姐姐又去巡捕房和探长讨论案子了，林探长刚刚才来过。”

继母伸手把安雅瑜额头的乱发拨到脑后，“雅瑜，你爹是老古董，现在可是新社会了，西方的女性都已经思想解放了，你有这样的才能，就不应该磨灭，成为一个庸庸碌碌的人，雅瑜，我去跟你爹说说。”

安雅瑜高兴地抱住了她，“二娘，您真的赞同我？”

“当然。”

继母的身体温暖而娇小，绸制的布料滑过掌心，抱在怀里，说不出的舒服。

可场景一换，继母、妹妹一个个的挂在了屋梁上。

安雅瑜大口大口喘气，一下子从床上坐起，却已是满额头都是冷汗，她从床头拿了毛巾，把汗擦尽，却再也睡不着了，望着帐顶发怔。

最近两日，她不停地做这个梦，是不是继母、妹妹在托梦给她，要她尽快替她们查清那单案？

一个深居后院的妇人，往来的人极为简单，平时大门不出二门不迈的，为何有人要杀她？

这个梦，又在提醒她什么？

听到外边三更梆子敲响，安雅瑜辗转反侧，却再也睡不着了。

她觉腹中饥饿，随手披了件衣服，摸到厨房找东西吃，才走到厨房边上，看见厨房有灯亮着，不由一怔，走进去，却见几个厨子正热火朝天地忙着。

有厨子看见了她，“白副官，别急，还有两个小菜就好了，这就送过去。”

“这是督军要的？”安雅瑜问。

“是啊，你不知道，叫送到亭子间去，督军睡不着，半夜想吃点东西，用得着我们，也是我们的荣幸。”另一厨子与有荣焉。

这大半夜的。

再想想自己找东西吃这些厨子们爱理不理的臭脸，安雅瑜默默无言。

看见有厨子把饭菜放进了盘子里，她果断地准备蹭吃，忙说：“我去吧。”

厨子笑着应了。

安雅瑜端着盘子往亭子间走，远远地，就看见林泽夫独自一个人坐在石椅之上，月亮斜斜照进，把半缕清晖洒在他的身上，让他半张脸洁白如玉，另半张脸却隐在黑暗之中，可即使这样，却也让人移不动视线。

佳人灼灼，却没有人盖过他的光华。

安雅瑜停住了脚，正在迟疑，他声音清冷：“还不送过来？”

她忙走了过去，把盘子放下，将那几样小菜摆在了石桌之上，坐在了他的对面，把筷子递给他，“三爷也睡不着？”

林泽夫唔了一声，抬眸看她，“怎么，又来蹭吃？”

安雅瑜半张嘴啊了一声，手里拿的筷子跌落到桌面，她忙拾起，一本正经地说：“看见三爷一个人吃寂寞，才来陪三爷的。”

林泽夫嘴角上扬，稍纵即逝，“吃吧，这道酱烧排骨不错，江南新请的厨师做的。”

得了命令，安雅瑜当然不会客气，夹了块排骨入嘴，抬眼看他，却见他没动，身子斜斜侧坐，眼睛却越过亭子扫向了远处。

安雅瑜顺着他的视线往远处看，却见树影重重之中，几幢小楼灯光已灭，只剩几个暗色的轮廓衬印在夜幕之中。

他不吃，她也不好夹得太过勤快，放下筷子，只把嘴里那块排骨慢慢咀嚼咽下。

仅仅吃了一块，安雅瑜更感觉到饿了，喉咙里像有个钩子般勾着她去夹那些食物，可他半天没有动静，她在吃与不吃之间纠结了半晌，到底悄悄拿起筷子，伸向了桌子上摆着的排骨。

这一吃就没法停了下来。

林泽夫终于转过身来，视线先扫到桌子上，再落到了她的脸上，“你吃得倒还快。”

桌上的菜肴已经被吃去了七七八八，特别是装排骨的那盘子，两根排骨可怜兮兮地躺在空盘子里。

安雅瑜把筷子放下，觍颜说：“三爷，要不我让他们再做点过来？”

林泽夫说：“不用了，你，随我走走。”

安雅瑜抹了把嘴，有点可惜地看着桌上的剩菜，“三爷不吃吗？”

林泽夫似笑非笑，扫了桌上一眼，“我还有得吃吗？”

安雅瑜脸上一红，跟着他往前走，嘴里喃喃：“让人做了菜又不吃，我，我只好帮你吃了，免得浪费……”

林泽夫说：“那些菜是我用来引晚上游走的野猫的。”

安雅瑜心底一跳，抬起头来，就见月光如碎玉般从树缝之间洒下，使他身上如披了一件月光做的披风，缥缈虚幻，她不敢深想，只埋头跟他往前。

走了没多久，她认了出来，吃惊地说：“三爷要去这里？”

林泽夫回头看了她一眼，她忙放轻了脚步，连呼吸声都轻缓了许多。

她算是看出来了，他并不准备知会主人。

这里，是大太太潜心修行的佛堂，而他们，就站在一墙之隔的侧边小径之上。

他准备翻了过去？

安雅瑜咽了口唾沫，看了看那到他肩膀的高墙，再比了比自己的身高，压低声音说：“三爷，自己家里，从前门进不是更好？”

林泽夫向她招手，让她站在墙边，没等她反应过来，他双手便扶住了她的腰部。

她浑身一僵，腰间只觉奇热无比。

不过是瞬间，他双手一用力，她就坐上了墙头。

他松开了她，走开两步，手一撑，快若闪电，她只觉眼睛一眨，他就已经到了墙内了。

她忙把双腿从墙头翻过，移到墙内去，看他似笑非笑地看她，咬着牙从墙头滑落。

却身子一倾，眼看鼻子要和地面来一次亲密碰撞，腰上一紧，再睁开，却已经到了他的怀里，他眼眸自上而下地看着她，神色却极为嫌弃。

她忙一挣，从他怀里跳落，感观却还停在他的怀里，肌肤仿佛依旧倚着他包着绒布的铁块一般的坚硬胸膛。

黑暗之中，她脸孔发烧，垂着头往前走，跟他走进了小佛堂里。

大太太因中风送到了医院住院治疗，她的随身佣人也跟去了，小佛堂静悄悄的，一片黑暗。

“三爷要找什么？”安雅瑜问。

“大太太住院时我去看过她，当时没有其他人在，她已不能说话，但我要离开之时，她拉住我的手，在我掌心中画了一个字。”

“是什么字？”

林泽夫忽地拉起她的手里，手指在她掌心轻轻地画。

安雅瑜只觉那阵麻痒仿佛一直伸入到了心底，他写完，她马上缩回了手。

林泽夫眼眸微凝，没说什么。

“‘并’字旁？”安雅瑜想了想说，“是个瓶字？大太太让你找个瓶子？”

“我也是这么想的，所以，今儿晚上，趁左右无人，就来找一找。”林泽夫点头说。

安雅瑜想起了胡蓝那口供，忽然一惊，“难道是那个瓶子？”

胡蓝的口供之中提及了一个神瓶，说一群人正在找那神瓶，莫非大太太知道那瓶子的下落？

难道真有所谓的神瓶，真有一群人在寻找神瓶，复兴一个家族？

而那所谓的神瓶，居然有那种效能？

“大太太虽然口不能言，但眼眸倒仿佛清明了许多，也许是回光返照吧，到了晚上，医院就传来了她去世的消息。”林泽夫说，“我不知道是个什么瓶子，那瓶子或许藏着什么秘密，只有找到它，才能知道了。”

他从怀里拿出火柴来，划亮了，找了个油灯点上。

小佛堂里没有什么东西，几个柜子，一个蒲团而已，两人很快查完了，却一无所获。

佛堂里别说是瓷瓶，连瓷片都没有。

林泽夫忽然停下，安雅瑜马上感觉到了，回过头以目相询，他摆了摆手，把手里的油灯吹熄。

佛堂顿时陷入黑暗当中，安雅瑜有一时间的不知所措，想开口相问，却被他揽在了怀里，顺手一带，两人就钻进了竖在墙边的大衣柜当中。

两人肢体相接，靠得极近，她身体僵硬，想要悄悄移动得远些，就听见了外边有人声缓缓靠近。

“我明明看见这边有灯光的，怎么没有了？”林莫兰说。

“莫兰，你又做梦了，哪里有灯光？”林大辅声音温柔传至安雅瑜的耳里。

她不禁身子一动，有股想推开柜门出去一看的冲动。

林泽夫就察觉了，准确地握住了她的手腕，低声说：“看看他们想干什么。”

安雅瑜耳朵一痒，掌心传来的温度更是瞬间传遍全身。

正不自在，他松开了她的手腕，身子也向后靠了一些。

她这才醒悟，这一位也是不喜欢与人接触的。

“不，大辅，这不是梦，这两天我老梦见娘，梦见她恶狠狠地指责我，说是我害了她，这怎么能怪我？是医生检查出来她心脏有病的，那药她吃多了，关我什么事？”林莫兰低声呢喃。

“当然不能怪你，谁叫她那么糊涂？”林大辅说。

吱呀一声，两人推门走进，灯光从柜门缝隙处传了进来。

“大辅，这两天你老往这里跑，是不是还想着她？”林莫兰责怪地问。

“怎么可能？莫兰，你别老疑神疑鬼的。”林大辅说。

“那你就是在找什么！你告诉我嘛，我和你一起找。”

安雅瑜在门内听了那故作娇嗔的声音，浑身起了层鸡皮疙瘩。

如果有女人在林泽夫面前这么说话，他的表情会怎么样？安雅瑜想着这荒谬的问题，不由悄悄抬眸看他。

柜内有了隐隐约约的光线，他的侧脸，像一张画报上的剪影，浑身散发着生人勿近的气息，如果真有女人在林泽夫面前这么说话，林泽夫很可能一脚飞起……安雅瑜打了个寒战，赶紧收回视线。

“她这里有什么好找的？你瞧，一眼就能望得到头，除了几个破柜子，什么都没有。”林大辅说。

“那你来干什么？还想着她？她有什么好的？”林莫兰捏着嗓门撒娇。

“好了，好了，我的乖莫兰，我心底一直都只有你一个，别吃醋，好吗？”林大辅温柔地哄着她。

从门缝望过去，林大辅把她揽在了怀里嘴唇在她额头轻吻，她靠在他怀里，虽然面颊下垂，面容苍老，但满脸都是小儿女的娇羞。

而林大辅，英俊的侧脸布满了温柔，仿佛怀里的是他此生无可替代的珠玉，有风吹过，油灯一闪，安雅瑜视线落到他的眼眸，却见灯光摇曳之中，他的眼眸黑冷冰凉，像吸尽了屋内所有的黑暗。

嘴角温柔的微笑却像凝固的冰雕，冷漠到极致。

安雅瑜只觉一股凉气自心底升起，忙收回视线。

"大辅，好了，你别生气，我不吃醋，我知道的，你所做一切，都是为了我好，你瞧，阿龙的事，我没向任何人说过。"林莫兰抬起眼眸，温情款款地看他。

"你说什么？"林大辅眉头一皱，脸上的温和表情有了丝裂缝，像面具裂开，终露出了些本来面目。

林莫兰却未察觉，"阿龙啊，我知道，是你把佣人们都调开，让他能走出家门去看那龙舟赛的，他死了也好，我都帮她养了他这么多年了，什么都够了，如果不是为了她手里那些钱，他早就该死！还有他的狗，为什么会忽然间不听话了？"

林大辅一怔，脸上的温柔褪得干干净净，"你知道？"

林莫兰得意地说："我当然知道，大辅，你什么事都瞒不过我的，咱们是夫妻啊，你想的，也就是我想的。"

"你为什么不说？"林大辅见她这样，也有些怔了。

"我为什么要说？他又不是我的儿子！我原以为你喜欢他比喜欢我更多一些，可谁想到，原来你也恨他！"林莫兰说。

林大辅表情放松，冷漠褪尽，脸上又戴上了那副温柔面具，"我当然恨他，他老插在我们夫妻之间，可我却没办法拒绝你娘，她给了我那么多钱，他到底也是我的儿子，可他同样是我的耻辱，是我们两人的耻辱！"

林莫兰点头，"当然了，大辅，当年的事，租界里都传开了，还有人写了出文明戏来讥讽我们，大辅，你现在到底也成了气候，老让人这么戳脊梁骨怎么行？"

林大辅表情淡漠，"莫兰，他死了，人们渐渐会忘了那件事的。"

林莫兰得意地说："大辅，其实我早就在替我们报仇，这孽种迟早会闯祸的，她以前怎么对我的，我就怎么对他的儿子，纵着他，宠着他，让他无法无天，不知道天高地厚，这样的人，怎么会不闯下祸来？"她语气怔怔的，"如果不是她，我怎么会落得这样的下场，被爹厌弃，被哥哥姐妹们嘲笑，她如能从小好好地教我，让我好好做人，我怎么会如此，所以，我让林龙长成我以前的模样，终于，他闯祸了，还丢了性命！”

她边笑边落泪。

安雅瑜听得浑身发冷，灯光之下，林莫兰的表情畅快而肆意，更使得她脸上皱纹横生，苍老了不止十岁。

原来，三十出头的她，这么多年，步步为营，报复在一个孩子身上，同样的，那刻骨的仇恨腐蚀着她的心，使她年华加快逝去。

而她恨的，却是她的亲生之母。

这是怎样的一种母女关系？

林大辅叹了一口气，“莫兰，我一直都懂的，所以，阿龙不能再活着了，他再活着，你的心情不会好。”

这样残酷的事实，却用这么温柔的语调说出。

安雅瑜生生打了个寒战，打斜里伸出一只手，握住了她的手，掌心的温度使她顿时回暖，她侧过脸看他，他只居高临下望下，扯了扯嘴角，似在嘲笑，又把手松了。

安雅瑜讪讪收回手。

林莫兰全是感激，把头靠在林大辅胸前，“大辅，我都知道的，我全都明白。”她低声说，“大辅，无论你做什么，我都站在你这边，娘的心脏病药引发了中风更好，你说，是不是？”

林大辅手一紧，“你还知道什么？”

林莫兰轻呼一声，半仰头，眼眸一挑，向他飞了个媚眼，责怪地说：“大辅，你捏痛我了，我什么都知道，那天老三让人来请娘去听审，你给了她一杯茶喝，亲手喂她吃下了那药，有好几粒呢，那茶杯事后我闻过，里面有糖味，我事后问过医生了，那种糖吃了能提升那药的药效的，她吃多了，又提升了药效，当然会中风。”

林大辅脸上温柔全都褪却，把她从怀里推开，冷冷地看着她，“莫兰，你可真聪明。”

林莫兰伸手抚他的脸，轻声笑，“大辅，你瞧，咱们可是天生一对呢，我恨的人，你替我除掉了，你说，老三到底想要干什么？为什么要娘去听审？老三这人精明得很，你心慌了不是么？所以，让娘死了。”

林大辅轻笑了两声，握住了她在他脸上抚摸的手，“我怎么忘了，你以前可是五公子，也曾经叱咤风云，我做的事，怎么能瞒过你？”

林莫兰款款一笑，从他手里抽出手来，腰肢一摆，倚在垂帷之前，“大辅，现在没有其他人来烦我们了，只剩下咱们两人了，咱们夫妻，可要长长久久地幸福下去，你说是吗？”

林大辅点了点头，“当然，我做这一切，都是为了你。”

林莫兰嫣然望着他，黑暗掩映，将她脸上皱纹抚平，竟现出了几分妩媚来，“既是如此，大辅，怎么我换了香粉胭脂了，晚上还是会做梦呢？”

林大辅身子僵直，脸上温柔褪尽，竟现出了几分狰狞：“原来连这你都知道了？”

安雅瑜暗暗称奇，心说自己倒小看了这林莫兰了，一直以来，她都在装疯卖傻，原来她早已察觉自己的化妆品有问题。

她侧过脸去，再瞧向林泽夫，忽地释然了，林泽夫这人心有七窍，也惯会用鲁莽掩饰精明，林莫兰和他同一血脉，会傻到哪里去？

再者，她女扮男装之时，连林大帅都有意将她栽培成继承人，显然，这个女人是极为聪明的。

只是到了后面，她韬光养晦，这才把所有人都骗了。

林莫兰温柔地看着他，“大辅，我喜欢你，只喜欢你，为了你，我什么都愿意做，当然，也会原谅你的，你对我手下留情不是吗？你只是想问出那东西的下落！有一天晚上，我没用那香粉，却装成受了迷惑，神志不清，果然，你回来了，一直问我，有没有看到过那瓷瓶，问我娘有没有告诉过我，那瓷瓶的下落，大辅，那瓶子重要吗？大辅，我娘还是不信任你啊，你千般侍奉百般讨好她，也没有从她嘴里捞出什么来。”

林大辅面颊透出青瓷般的颜色，眼眸似冰，“这么说，你知道那瓶子？”

林莫兰笑了，“也许知道，也许不知道，谁知道呢？我说过了，只要你对我好，我的一切就是你的，娘为了她那儿子，把她在银行的嫁妆一笔笔转给了你，可她的儿子却还是死了，由你亲手送给人杀的，想来我娘心底到底还是明白了，你瞧，你现在事业有成，家财万贯，正是我们享福之时，以后，我们再生一个儿子，把那古董瓶子啊，娘的钱啊，都传给他，你说，好不好？”

安雅瑜总算听出来了，林莫兰说了这么多到底想干什么，她在逼林大辅行使丈夫的义务？

她默默无语，又不由自主偷看林泽夫，心想到底是两兄妹，行事起来同样不择手段。

林泽夫极为敏锐，马上回眸，皱眉扫了她一眼。

安雅瑜马上收回目光。

林大辅眼底闪过一丝凶光，复又笑了，“莫兰，就我们两人不好吗？何必要一个孩子挡在中间？”

林莫兰慢吞吞地说：“咱们成婚这么多年了，在外人面前，你对我百般体贴，温情万种，可这么多年，我们从来没有同房过，你叫我怎么信你？大辅，咱们林家的人，从来都不是傻子，我因为爱你，才一直充当那个傻子，你说，事已至此，我当这个傻子还有意思么？”

林大辅脸上忽然露出丝笑来，语调又转温柔，“莫兰，我以为你和别的女人不同，原来，你和她们没什么两样。”

他长相俊美，那温柔笑意更给他添了几分魅力，但不知为何，安雅瑜在柜里看到，却寒意遍布全身。

林莫兰轻声说：“女人，都是期望爱的，我知道你不爱我，你当年娶我，只是为了我娘的钱，为了不让我爹知道真相，为了那个孽种，可这有什么，我爱你就行了，可我不愿意一年年地等下去了，大辅，你瞧，我都老了，再过几年，连孩子都生不了了，你想要什么，我都会帮你，我只想要你爱我。”

林大辅缓缓走近了她，揽住她的腰，忽地，布帛撕裂的声音响起，林莫兰一声尖叫，叫声中却带了丝惊喜。

安雅瑜从门缝中看见一片雪白，忙转过身去，可外边的声音却依旧不依不饶地传了进来。

她的心扑通扑通直跳，站在柜子里，脚底下如扎了根刺，恨不得这柜子就此裂开，让她逃了出去。

外边的声音却越发清晰，她感官越发敏锐起来，只觉柜子里温度升高，身边这人更似一块火炭要把她烤熟了。

她不敢抬头，只转过脸慢慢往柜子角落移。

不期然的，却碰到了他的肌肤，倏地，她如碰到火般收回，忍不住抬眼看他，却见他黑暗之中，他的眼眸似冒着光芒，似笑非笑，她头一下子垂低，心跳如鼓。

外边声音持续了许久，终于停了下来，林莫兰懒绵绵地说：“大辅，你真好，我们浪费了这么多时间，以后，趁着这大好时光，可不许再浪费了，争取明年生个咱们自己的孩子。”

林大辅把地板上的衣服一件件往身上套，声音温厚，“孩子？你还能生么？”

林莫兰嘻嘻笑了两声，懒洋洋地站起身来，从地板上拿起了披风，披在身上，“你努力些，我好好调养身体，当然能生了，比如说那瓶子上写的字，什么伊达氏什么烈火炽身，无边苦境等等，我虽然不明白，但总知道那肯定是紧要的，大辅，你说，前边发生的几个案子，怎么和瓶子内写的内容那么相似？又或是，有人在按照这瓶子上写的字来策划什么？大辅你瞧，老三精明，我也不差吧？我身为女儿身，才被爹厌弃至此，如果我是个男人……”她怔怔看向某处，眼底闪过丝冷芒。

林大辅手背捏得起了青筋，声音终于加了几分冷酷，“男人？你这辈子也别想当男人了，当女人不是挺好的吗？”

林莫兰收回了目光，温柔地看着他，“只要能和你在一起，的确不错。”

“废话少说，你真的知道那瓶子的下落？”林大辅淡淡地问。

“大辅，你以为我骗你吗？”林莫兰说，“我从来都不会骗你的。”她懒懒地说：“大辅，把旗袍拿过来，替我穿上。”

林大辅走过去，拾起了地上的旗袍，走了过去。

终于，两人穿戴完毕，相拥走出了佛堂。

屋子重新暗了下来。

等到脚步声渐行渐远，安雅瑜赶紧推开门出去，不敢抬头，匆匆就往外走，黑暗之中，头一下子撞到门框之上，脑袋嗡嗡作响。

身后跟着的男人一声轻笑，嗓门清冷，“就这都受不了，真不知你以前怎么当探长的？”

安雅瑜揉着额头，反唇相讥，“那是，三爷身经百战，自是什么都看过了。”

林泽夫咳了一声，越过她往前走。

安雅瑜默默跟随，被外边的晚风一吹，脑子清明起来，看了前面走着的人一眼，“三爷，为何这么凑巧，五姑奶奶和五姑爷就来了佛堂？”

林泽夫回过头望她，月光洒在他脸上，如镀上一层银白，他说：“猜猜看！”

安雅瑜忽然明白了，悚然一惊，“三爷和五姑奶奶事先约定好了？”

林泽夫沉眸，微微笑了笑，不再说话，往前走了去。

小径之前，娉婷站着一个林莫兰，容光焕发，眼角还带着丝春潮，乍一看，年轻了不少。

她含笑向林泽夫说：“老三，他走了，想必是去守着他那些产业去了，怎么样，你都听明白了吧？”

林泽夫点了点头。

安雅瑜浑身不自在，心说这林莫兰还真当过一段时间的男人，什么都敢做，这柜子里还藏着人呢，她就能引着林大辅鸳鸯戏水。

林莫兰见安雅瑜头都不敢抬，倒笑了，“老三，你这副官真有趣，还没娶媳妇吧？娶了媳妇，什么都不怕看了。”

安雅瑜更无语，只把眼睛盯在地上。

林泽夫瞧了她一眼，眼底隐隐有丝笑意，侧过脸，眼眸转冷，“今日之事，多谢你了。”

林莫兰说：“老三，你别这么说，我也姓林，林家如果出了事，我的下场好不到哪里去，爹虽然不喜欢我，但林家还在，我也能活得快活，林家不在了，我什么都不是！”

“你明白就好。”林泽夫说。

“我当然明白，所以你放心，林大辅么，他逃不了的！”林莫兰冷笑着说，“我依着他，护着他，让他随心所欲这么多年，他是怎么对我的？可笑咱们把脸皮撕破了，说明白了，反而肆意畅快，这样也好。”

林泽夫说：“老五，你早该如此。”

“还好你提醒得早，让我知道他居然在我的香粉中动了手脚！”林莫兰咬着牙说。

“那也要你狠得下心啊，眼睁睁看着你娘和林龙赴死！”林泽夫语气淡漠。

“老三，我和你不同，娘不像娘，从小把我当成了争名夺利的棋子，你天生是个男人，不用去拼去抢，只要你略争气一些，爹就会把所有一切好的东西给你，我是个女人，爹不在乎我，爹宠着我的几年，就是我当男人的那几年，娘如果不给我希望，我这一辈子也就这么过去了，可她为什么要给我希望，然后又夺走我的一切，连我的婚事，都是她拣剩下的，老三，你知道吗，她只在意她那个野种儿子，为了她那儿子，她设计让我给她擦屁股，嫁给她的男人，替她养儿子，还把所有的钱都给了林大辅，这样的娘，你说，我能不恨吗？”林莫兰越说越激动。

林泽夫淡然地说：“你想要她的钱，又想要她的爱，这世上哪有这么便宜的事？”

林莫兰垂下头去，“老三，饱汉不知饿汉饥，你永远不会懂的，二娘对你好，什么都替你想，有时我真的希望，我不是她的女儿，老三，你用鞭子抽林龙的时候，我就知道，这家里啊，只有你一个是明白人，是替家人着想的，如果我小时候，也有人能抽我这么一顿鞭子，我怎么会变成这样？”

“说吧，那个瓶子，在哪儿？”林泽夫打断她的话。

林莫兰看了他一眼，“老三，你要说话算话才好，以后，你得护着我！”

“你说呢？”林泽夫只答。

林莫兰笑得凄然，“老三，咱们虽不是同一个娘生的，你平日里对我也不好，但不知为何，除了你，这家里我竟然没有一个可信之人。”

她缓缓走到花树底下，拿出一个包袱来，把那包袱递给了林泽夫，“老三，这东西，是娘那一晚给我的，我随手把它丢在了床底下，林大辅为了这东西，费尽了心思，可他怎么可想不到，它就在他每天睡的床下。”

林泽夫用手托了托那包袱，递给了安雅瑜，她解开了包袱皮，拿出一个木盒子，把盒子打开，却是一个瓷瓶断裂的底部，她有些惊讶。

“就这么个东西？”林泽夫皱眉。

“除了这个，我可想不出他在找什么？刚才你也听见了，我一念瓷瓶上的字，他的脸色就变了，想必这上面藏着什么秘密吧？”林莫兰紧了紧披风，“老三，你慢慢儿研究去，该说的我已经都说了，我估计林大辅出去不了多长时间就会回来了，我得回去等着。”

她双眼冒出奇异的光芒来，像是看到心爱的宠物。

安雅瑜忍不住说：“五姑奶奶，那林大辅看来也不是个善茬，您手里没有了这瓷瓶，若被他发现……”

林莫兰就笑了，“老三，你这副官可真贴心，难怪你这么宠他，你放心，大辅么，他是不见兔子不撒鹰的，他都忍了这么多年了，再忍多些时日，总能忍的，等老三布置好，这个人，我还要他干什么？”

安雅瑜深感自己多嘴。

林莫兰到底和林泽夫是两兄妹，心狠起来她这等凡人怎么能预测得到？

她以为她还舍不得林大辅之时，她已经果断玩完就丢了。

果然有林泽夫的风格，安雅瑜拿眼角扫了他一眼。

“好，你先走吧。”林泽夫说。

她娉娉婷婷离去。

那残破的瓷瓶摆在了林泽夫的书桌之上，虽只剩下一个瓶底，却依稀可看得出剩余的部分是一丛盛开的花，无数复杂纹饰围绕其间，精美无比。

安雅瑜手指在瓶边光滑的表面滑过，看清了瓶内壁写的那一段字，惊讶地说：“这是一种瓶内画，可瓶身却不是用透明的玛瑙制成，用的是普通的瓷器，等同于让写字之人单凭手感摸黑来写，黑暗之中，写字之人无论如何都有偏差，可这字却写得如此的端正，与在光线之下书写没什么不同，可见功力不凡，我想，这个瓷瓶之所以打破，却正是因为这瓶中字画，只有打破了瓶子，字画才能被人看见，可见这字画之重要，要凑齐其他丢失的瓷片，也许就能知道这幅字画到底写的是什么。”

瓶内的字已被抄写了下来，林泽夫拿起那张纸看了看，“真和近几日发生的案件相符。”

安雅瑜点头，“想必我们收到了那张纸条，是经过了加工之后的瓶内字。”

她再拿起那瓷瓶查看，咦了一声，“三爷您看，这里有个奇怪的符号，好像……一对蟹爪捧着一个牡丹？这是什么意思？”

她想了想没等林泽夫回答，一拍手，“我明白了，这是个家族纹徽，唐朝之时就盛行这种家族纹徽，到了现在，反而没人做这种东西了，瓷瓶内壁出现了这个，难道胡蓝的口供是真的？真有一个家族？”

她说了半晌，没有得到林泽夫的回应，朝他看去，却见他微皱眉头看着窗外，面目冷凝，不知道在想什么。

她不敢打扰，把那瓷瓶残片重收进了盒子里，又把桌上的纸拿起，低声说：“三爷，我回去研究研究。”

他依旧没有反应。

她踮起脚尖往门外走，没走两步，却听他在身后说：“别走。”

她回头，“三爷？”

他凝眸看着她，瞳仁黑得惊人，“安雅瑜，我问你，这件事如果查到最后，证实了你心目中的猜测，你会怎么办？”

安雅瑜垂头，盯着地面，然后缓缓抬头，“三爷，我只记得初遇您时，您剿灭了辫匪，除去了为患多年的匪患，只记得您每日里处理公文到深夜，也记得一个月前西北饥荒，您号召全民募捐，以解西北之急，还记得林大少强占人店铺，你带人亲押着他向人道歉赔钱……我想，不光我记得，民众也会记得的。”

她脸上露出灿烂微笑，“人不可以选择自己的出身，却可以选择自己以后要走的路，三爷，到了最后，如果没有人支持你了，你放心，有我呢，永远当您的副官。”

林泽夫嗤笑一声，“安雅瑜，你还真把自己当盘菜？”

“那当然，只要三爷需要，我就是那盘咸淡宜口的好菜！”安雅瑜见他眉目舒展，也松了一口气，笑着说。

“依你看，这瓶内之字，再加上先前出现的那字条，结合最近发生的凶杀案，代表了什么？”林泽夫问。

"三爷高明，联合五姑奶奶把林大辅暂时安抚住了，我想，这纸条的出现，并非偶然，与这瓷瓶之内的字相似而又不相同，与其说像是预言，更像一种提醒，一种召唤，为了加大召唤的力度，这几个凶杀案便出现了，我想流言传播的速度有时比报纸更加快，更何况其中还掺杂着那般匪夷所思的凶案。尤其是那阎罗鬼脸的出现……"她猛然想起了什么，重打开盒子，把那瓷瓶拿出来察看，"三爷，您看，这牡丹纹饰如果略微扭曲，是不是很像一个人脸？"

林泽夫也感意外，拿起那瓷瓶仔细端详，"没错，的确像，像极了那日烟火当中出现的阎罗鬼脸！"

安雅瑜说："当日的龙舟节，人山人海，人脸腾飞于空，烈焰之下，有人哀号惨死，此等情形，由成千上万人口口相传流传开来，其效用不比报纸更加厉害？"

事情严重了，两人同时沉默了下来。

隔了良久，安雅瑜才轻声问："三爷，看来前边的案件，还有一个效果，为了让流言流传更广，也为了让这纹饰让知道的人看见，幕后之人费尽心思，可到底为了什么，我们却无从得知。"

林泽夫嗯了一声，没有说话。

"只是不知道，这一次又会发生什么？"安雅瑜眉眼蒙上了层深深的忧郁，"三爷，林大辅他一定知道些什么！如若不然，他不会费尽心思地查找这瓷瓶下落。"

她停了停，抬头相望，"可到底是为了什么呢？"

林泽夫迎上她的视线，"是鬼是神，终会露出真面目，当务之急，我们要查清这两单中毒之案。"

"对，没错。"安雅瑜颓废尽褪，眼底冒出奇异的光彩，"三爷，您说得没错，查出谷兰师傅在害怕什么，被何人毒杀，也许是这一切事件的最终突破口。"

"走吧。"林泽夫站起身来。

安雅瑜看了看外边微亮的天空，吃惊地问："去哪儿？"

"去你家。"他站起身来，走到衣架旁拿大衣。

安雅瑜结结巴巴地问："现在就去？还没天亮呢！这大半夜的，三爷不困？"

第二十三章　故居之变

“你如果困，就在车上睡一觉。”他头都没回，直接拉开门往外走，见她没跟上，回头，“怎么，你还要去拿行李包袱？”

安雅瑜被他鄙视的双眼激得豪情万丈，“不拿，男儿志在四方，说走就走，还要什么行李？”

林泽夫扯了扯嘴角，视线似有若无停在她胸前。

安雅瑜环抱胸前，心虚地补充，“女人也一样。”

林泽夫没再说什么，迈开步子走到门外，早有站岗卫兵迎了上来听吩咐。

他一迭声吩咐，车很快就备好了，小车驶向了郊外。

安雅瑜一开始还睁大了眼睛保持军姿坐得笔直，可隔了一会儿，眼皮子开始打架了，车轮子滚动的声音变成了嗡嗡之声，像唱着催眠曲。

林泽夫闭目坐着，隔了一会儿，就觉肩膀被某物压了下来，回头一看，安雅瑜黝黑光滑的脸就靠在他的肩头，她眉头微微地皱着，长而卷翘的眼睫毛在颤动，像是梦到了什么。

林泽夫嘴角上扬，放软了身子，让她靠得舒服一些。

司机在后望镜看到，手一滑，车子也跟着偏了少许，他忙定了定神，告诉自己非礼勿视，看到了也跟没看到一样，绝不能把三爷往那方面想。

车身一震，安雅瑜一下子坐直了身子，“到了？”

“到了。”林泽夫答。

安雅瑜摸了摸脖子，感觉左边脖子酸痛，自己是靠在哪里睡了一觉？

她视线扫过椅背，落到了林泽夫的肩头，看清他肩头可疑的水渍，一抬头，正对上他幽黑的眼眸，不由心扑通一跳，心说她不会靠在他肩头睡了一觉吧？

以林泽夫的脾气，他没直接拉开车门，一脚把她踹了出去？

她现在好端端地坐着，没在马路上翻滚，说明他肩头那口水不是她流的。

安雅瑜用缜密的逻辑分析了半晌，越想心越定，跟着下了车，晨光微现，他肩头的口水印仿佛更明显了。

他忽然停脚，转过身来，皱眉望她，“看什么？”

他有心灵感应还是怎么的？

安雅瑜心底一跳，眼睛游离，“没，没看什么。”

晨曦照射在他脸上，他一脸严整，“没错，这就是你流的口水。”

“咦……”安雅瑜忍住想要捂脸的冲动，怔怔看着他往前。

……

安雅瑜站在墓碑之前，看着上边石雕的几行字，怔怔地，眼泪就流了下来。

司机把临时买来的供品摆好，点燃了香烛，走到不远处的树下望风。

安雅瑜在坟前鞠了几个躬，默然看着墓，林泽夫却早就绕了此坟一个圈，点头说：“这墓刚刚修砌过了，想必是清明刚过，你爹来过墓前扫坟，既是来过，一时半会就不会再来了。”

他伸手过去，摸了摸坟头，仔细看着青砖水泥堆砌之处。

安雅瑜见他一副盗墓老手的模样，吃惊地问：“三爷准备亲自动手？”

林泽夫沉眸看了她一眼，“你还想另外请人来？闹得人尽皆知？让你爹追杀至此？”

安雅瑜有点蒙，“三爷以前盗过墓？”

“没有，来之前审了几个盗墓贼。”

安雅瑜默然，看他在墓上敲敲打打，似乎在寻找最容易下手之处，称赞说：“三爷还真做什么都认真。”

林泽夫停了下来，抬头看她，“你的事，我怎么能不认真？”

安雅瑜心底涌起股暖流，却不知怎么接下去，只好垂头，看着青砖石缝里的小草。

他在墓上摸了半晌，停下了手，来到安雅瑜身边，“这墓结实得很，用糯米浇筑青砖缝隙，只怕不好挖。”

“看来二娘去世之后，父亲悲痛之极，用了最好的工匠来修建这墓，自是坚固，三爷，早知道这样，多带些人来就好了。”安雅瑜说。

“这地方是你爹的地界，人带多了，他恐怕马上会察觉了，不要紧，县里有电话，打个电话叫人来。”林泽夫说。

安雅瑜摇头，“三爷，县城小得很，就县衙一部电话，在我爹的办公室里，依我看，发电报可能会好一些！”

“发电报太麻烦了，走，我们去拜访你爹。”

安雅瑜咽了一口唾沫，往后退了一步，“三爷，咱们真要找我爹借电话找人来挖我二娘的墓？”

“有什么不可以的？”林泽夫十分之坦然，“安雅瑜，你婆婆妈妈到什么时候。”

安雅瑜心说我是正常人好不好，哪像你等神人，挖人坟墓还找那被挖人借工具，同时一脸恩赐：挖了你家坟墓是给你家面子？一般人我还不挖！

见林泽夫往车边走，安雅瑜只好跟着。

小车拐了个弯，直驶进了县衙，看门人早把消息通传了进去，安之祥领了几个下属从门内出来，向林泽夫拱手，“督军，您来怎么也不通知一声，我也好替您接风洗尘。”

安雅瑜见他丝毫没有注意到自己，只顾着和林泽夫寒暄，不由暗暗舒了一口气。

几人簇拥着林泽夫往县府大厅走，安之祥弯着腰，清瘦的脸有丝激动，“督军你光临鄙县，不知有何吩咐？您若用得上小弟，只要说上一声，小弟定效犬马之劳。”

林泽夫脸色平静，不像对着其他人时那么冷淡，笑了笑说：“安县长，你不用多礼，我也只是偶尔路过，因通信不便，就进来向您借个电话。”

安之祥见他和悦，脸上更喜，腰更弯了几分，“督军，说什么借不借的，这电话您随便打，督军可一定给我一个面子，晚上让我替您接风洗尘。”

他还是老样子，一心只想着在官场上再进一步，安雅瑜不想再看他巴结的模样，把头微微垂下。

几人走进了办公室，分主次坐下，安之祥此时才扫了安雅瑜一眼，“这位小兄弟是？”

林泽夫介绍，“这是我新收的副官，姓白。”

安之祥马上满脸堆笑，向安雅瑜点头，“原来是白副官啊，早听说过了，白副官才能高绝，一跟随督军就破了不少大案，果然，强将手下无弱兵啊，督军这次来，是有要案要查？”

林泽夫淡淡扫了她一眼，“安县长过奖了，这次来，倒不是为了破案，有些军务要办。”

安之祥理解地点头，“涉及军务机密，我倒是多问了。”又叹气拉起了家常，“林大帅可真有福气，督军年少有为，儿女双全，哪像我，临到老了，却白发人送黑发人，家破人亡。”

林泽夫说：“安县长，话不能这么说。”

安之祥淡淡地说：“我也已经习惯了，以后就是孤独终老算了，走的走，不该死的死了，也许我的命就是如此吧！我那个外逃的女儿，就当她不在了！”

安雅瑜面孔木然，只把视线盯在脚下，心中酸楚莫名，忽然有些怕见到他，“三爷，事况紧急，那边还等着您回话呢。”

安之祥站起身来，哈着腰说：“督军，电话就在内室，你尽管打，县府还有公务，我先去办事了。”

林泽夫点了点头。

安之祥告辞出去，安雅瑜合上了房间的门，轻轻叹了一口气，神色黯然。

“想方设法找出真相答案就是了，唉声叹气干什么？”林泽夫说。

安雅瑜茫然抬起头来，“三爷，可他是我爹啊，我记得小时候，他曾经手把手地教我写字，曾经骄傲地告诉别人，女儿聪明像他，可为何，有了妹妹们之后，一切都变了？我真的让他失望了？”

林泽夫拿起了电话，示意她别出声，拨打号码，等那边通了，只说了四个字：“带人过来。”

他把话筒放下，才看向她，“你没有让任何人失望，是你爹看走了眼。”他停了停说：“我不会。”

安雅瑜迎着他的视线，缓缓平静下来，垂头说：“三爷，咱们走吧。”

林泽夫深深地看了她一眼，拉开门出去，门外有个小厮守着，见他们要走，忙赔笑，“三爷，您略等两分钟，我去叫安县长。”

林泽夫说：“不必了，我们就住在城里酒店，安县长知道去哪里找我们的。”

小厮哪敢拦着，眼睁睁看着他们走远，忙飞跑过去叫安之祥。

可等他来到，林泽夫两人已坐上小车绝尘而去。

回到酒店，林泽夫和安雅瑜正在餐厅吃饭，没等多久，林副官穿着便装，在酒店小厮带领之下，和几个人一脸晦气地走了过来，向林泽夫点头行礼，“三爷，我们来了。”

林泽夫指着面前椅子，“坐吧。”

林副官一脸迟疑，欲言又止。

“怎么了？”安雅瑜问。

林副官朝她挤了挤眼，扫了一下后面那几人。

安雅瑜顺着他的视线望去，就见一位身材瘦小之人帽檐压得低低的，闪躲在众人身后。

安雅瑜不由苦笑，林泽夫已怒喝出声，“老六，你找打是不是？”

林幽兰从众人身后打横里闪出，走到两人跟前，撇嘴，“三哥，怎么了？我怎么就不能来了？三哥，你太不地道了，来这里也不通知我一声！”

林泽夫颈上青筋乱跳，冷冷瞧着她。

他的冷脸一点也影响不到林幽兰，她兴高采烈地向安雅瑜打了声招呼，“哎，小白，咱们又见面了，你也是的，有这等好事儿也不通知我一声，让我给你打个下手。”又压低声音，“白副官，验尸我在行，盗墓，我从没玩过，也挺在行的。”

安雅瑜默默地看了她一眼，“六小姐，吃点东西再说吧。”

“别，叫我六爷，出门在外，小心点好。”她一除帽子，露了一脑门子板寸头。

安雅瑜垂头看桌上的菜，不敢瞧林泽夫那铁青的脸。

林副官咽着唾沫解释：“三爷，不是我不保密，我保密来着，可六小姐就是知道了，还剪了头发在大门口堵住了我们，非跟来不可，她要真吵嚷起来，惊动了林家其他人，更不得了，我只好带她来了。”

林泽夫语气很不耐烦，“行了，先吃东西！”

林副官抹着冷汗坐到了另外那桌去。

林幽兰摸着自己的头顶，很满意自己的头发，也很满意安雅瑜，“白副官，你真好，无论我变成什么样子，你对我的态度都没有改变，依旧视若无睹，可见你真把我放在心上了，小白，你放心，我的头发很快长出来的……”

安雅瑜呛了一下，差点把满口的汤喷了出来，心说她自己就是剪了个板寸头穿了男装，每天镜子里望着，还怎么会新奇惊讶？

她勉强地笑，“六小……六爷，您骇俗惊世的行为举止不是这一件两件，我早已经习以为常了。”

林幽兰笑嘻嘻地说：“习以为常好，小白，你不知道，要找一个志同道合的人多么难。”她摸着板寸头，脸上闪过一丝羞涩，“你习以为常，咱们以后就不会吵架了。”

安雅瑜赶紧夹了一筷子菜入嘴，装着忙于吃饭，不敢再答。

林泽夫啪一声放下筷子，“老六，你有完没完？林副官，给我送她回去！”

林幽兰摇头晃脑，“三哥，你可得想好了，送我回去？你这次秘密行动就会变得不秘密了。”

林泽夫沉眸死盯着她。

她伸手过去，夹了一筷子菜到他的碗里，“三哥，别生气，我保证不误你的事，只要让我参与，我保证给你带来惊喜。”

安雅瑜看了一眼她那板寸头，心说你不带来惊吓就差不多了，还惊喜?

林幽兰感觉到她的目光，摸着板寸头说：“三哥，你瞧，小白也十分之赞同我留在这里和你们一起呢，她一直看我头顶，露出十分欣赏的目光。”

安雅瑜筷子掉了下去，见林泽夫沉眸朝她看，她忙拾起筷子，扒了一口饭，含糊不清地说：“三爷，我既不欣赏，也不观赏，小六爷，你继续说，别扯上我。”

林泽夫看着她埋进饭碗里的头发旋儿，嘴角微微上扬，瞬间拉平，“好了，小六，你可别耽误事！”

林幽兰响亮地答了一声，把手放在额头行了个礼，“保证不误事，你瞧，为了跟上您的步伐，头发我都剪了，还不算有诚意?”

林泽夫哼了一声，“回去再查，你这头发是为什么剪的！”

林幽兰呵呵笑了两声。

安雅瑜听出了她笑声中的心虚，不由惊讶，她可不敢问，只埋头拿了个碗喝汤。

……

夜半三更，万籁俱静。

林副官领着那几个人从坟墓侧边开始打洞，到下半夜的时候，已经挖到了棺材之处。

林泽夫舒舒服服坐在椅子上，林幽兰给他按着肩头，旁边茶几上放了几个月饼。

天上一轮明月正圆。

安雅瑜很无语地站在两人身边，满腹愁思被此等情形消解得一干二净，忍不住开口：“三爷，六爷，我们所做之事，到底见不得光的，二位这样，好吗?”

林幽兰殷勤地把水壶递到林泽夫的手里，“小白，你这就不懂了，咱们林家人做事，讲究的就是气派，不管做什么事，派头都得做足了。”

林泽夫接过水饮了一口，悠悠地答：“今日正好十五，虽不是中秋，月亮也圆。”

安雅瑜心说十五不光有月亮，听说还容易诈尸，想到这里，不觉身上一阵凉飕飕的。

林副官跑了过来汇报，“三爷，探到棺材了，怕是只能打个洞进去，把尸体拖出来。”

林泽夫征求安雅瑜的意见，“你说怎么办？”

安雅瑜想了想，“惊扰地下之人到底不好，这样吧，你们打个洞，我先伸手进去探探。”

林副官点了点头，自去吩咐。

林幽兰大感兴趣，“小白，你要探什么？验尸我最在行了，我先来。”

她挽起了袖子。

安雅瑜慢吞吞地说：“现在这时节，已经过了三月三了，万物复苏，蛇虫出没，六爷，您当真想摸？”

林幽兰脸一白，放下了袖子，转头对林泽夫说：“三哥，来来来，我再给你按按这儿。”

安雅瑜悄悄打量林泽夫，果看见他嘴角微抽，脸色也不好看，不由心情稍霁。

不一会儿，林副官来报，棺材已经打好洞了，她走了过去，拿出准备好的蘸了硫黄的树枝点燃，先熏了一会儿，戴上备用的口罩，来到棺材边，伸手进去摸了摸。

林泽夫两人站在坑洞之上，脸有紧张之色。

林幽兰更着急地问：“摸到什么没有？”

安雅瑜摸了半晌，脸色却越来越沉重，又隔了半晌，才把手收回来，向站在坑道上的林泽夫点了点头。

林幽兰眼睛在两人身上转来转去，“你们又在打暗号，快说，打什么暗号？发现什么了？”

安雅瑜爬上坑道：“三爷，我想……”她艰难出声，“还是得取一截尸体回去查验才行。”

林泽夫点了点头，吩咐林副官，“你去吧。”

林副官爬下坑道。

安雅瑜却背转了身子，不敢再看。

林幽兰绕到她的身前，双眼睁得溜圆，直视着她，“小白，你，你干什么？你好像在流泪？”

安雅瑜语气平静，抬起眼眸，“刚才下墓，尘土进了眼睛。”

“是吗？我以为你哭了呢，这是女探长安雅瑜继母妹妹的墓，咱们来这里，就是为了查清这件案子？三哥，我还没问你，你怎么忽然想起查这单案？”林幽兰偏过头问林泽夫。

安雅瑜略有些紧张地看着他。

天上明月更圆更大，将草地铺满清晖，他抬眸看着青砖石碑，嘴唇轻扯，答：“看不惯安之祥，想找个碴治他一治，查查他的底细。”

这回答可真是清新脱俗，让人无语。

林幽兰拍手说：“三哥，您这底细查得可真彻底，和我想到一块儿去了，哪有当爹的这么对女儿的？说不定他这二老婆和几个女儿是他自己杀的！”

安雅瑜一惊，抬头看了她一眼，“你的想象力真是丰富。”

林幽兰老气横秋地说：“小白，你单纯，不懂的，我从小生活在林家那么复杂的地方，这种事听得耳朵起了茧子了。”

说话间，林副官已经提了个麻袋上来了，安雅瑜接过去看了看，重新合上，点了点头。

林副官就指挥人重把盗洞堵上，又让人把先前挖开的草皮填上，将尘土清理干净，力求不露出一点儿动过的痕迹。

干完了，几人这才回到了酒店去。

麻袋摆放在桌子上，安雅瑜定定地看着它，半晌也没动手。

林幽兰急了，“小白，你今天怎么婆婆妈妈的？”

她解开麻袋，戴上手套，从里面拿出了那截胳膊，放到了桌上的大盘子里。

胳膊已经开始腐烂，只有表皮一层带绿色的肉连接，她用手一捏，胳膊就绵软塌了下去。

她惊讶说：“这胳膊骨头果然是一截截断了的。”

安雅瑜点了点头，“看来她们中的毒，和那单凶杀案是一样的。”

“这种毒可真是奇特，用量不同，就有不同的死状，据案宗上写的，安雅瑜的继母、妹妹死得看起来比较安详，而那位谷兰的歌舞师傅，却死得那样痛苦，全身扭成一团，全身骨头一下子就寸寸而断。”林幽兰双眼发光，看着桌上残臂，“白副官，你说，如果我们把这条胳膊里的毒再提取出来，不知道会怎么样？”

安雅瑜摇了摇头，“她体内之毒原本就轻，经过了这么些日子，怕已经散得差不多了，再说，我们不知道是什么毒，不好提炼。”

林幽兰失望地说：“是啊，确实不太好提炼，这毒也不知由什么制成，简直是闻所未闻。”她想了想，又高兴起来，“从没见过才好呢！”

林泽夫站得远远的，捂着鼻子嗯了一声，又挥手，直指桌上。

林副官赶紧走了过来，把盘子端了出去。

林幽兰拿出瓶香水，洒了几滴在手帕上，在屋子里挥来挥去，特意在林泽夫脸前挥舞几下，“也不知道安雅瑜长得什么样？肯定没我漂亮……”

林泽夫淡淡地说：“丑得很！”

“三哥，你怎么知道？你看过她的画像？画像都不准的！”林幽兰坚持说。

林泽夫一指屋外，“老六，出去洗手，洗完手再进来，咱们谈正事！”

林幽兰不肯走，“凭什么啊？我的手干净得很，戴着手套呢！”

林泽夫淡淡的目光扫过安雅瑜。

安雅瑜只得说：“六爷，也不知道这是种什么毒，如果渗透性强，可透过手套渗入皮肤，我看，你还是洗一洗保险些。”

林幽兰闻了闻手背，一边嘟哝一边去了。

林泽夫朝林副官使了个眼色，他马上弄懂了其中意思，走到门边，关上房门，守着去了。

林泽夫舒舒服服地坐下，后背靠在沙发上，指了指面前的沙发，示意安雅瑜也坐下，这才问：“说吧，想起了什么？”

安雅瑜点了点头，“棺材最边上，埋的是我二妹妹，从手形上看，这是她的胳膊。”

林泽夫却问：“你很喜欢看书吗？听你提起，你家书房收集了各类古怪的书？”

安雅瑜明白他只怕是想到了什么，点头，“对，我还记得有本古籍，用东洋文写的，是个孤本，写的是一些瓷器极为古怪的烧制方法，比如说，匠人为了烧制出好的瓷器，把高岭土掺上各种矿石材料，使其达到洁白如玉的效果，这种倒不出奇，还有一种，是一种烧制骨瓷之法，把高岭土放在一种有毒液体当中，浸上十年之久，使得土中也含了毒气，进行烧制后，成品放在屋里，能让所居之人，慢性中毒，我正看到此处，爹就来了，收走了那本书。”

林泽夫说：“还有这么奇怪的烧制方法？”

“总之那本书所写烧制瓷器之法千奇百怪，闻所未闻，还画了几个以往匠人成功烧制的瓷器图片。”

“你还记得那图片上所载瓷器的样子吗？”林泽夫问。

安雅瑜马上明白了，“三爷是想起了那带着字画的残瓶？”

林泽夫点了点头，“没错，一截残瓷，瓶中写有字画，本身就带了几分诡异，瓶中字与发生的案件暗合，颇含深意，再者，又出现了那怪异之极的毒杀，我总感觉，仿佛有一条无形的线，把这一切连在一起。”

安雅瑜脸色渐渐转白，“三爷认为，那本书或许另藏玄机？”

林泽夫说：“我也不知道，只是直觉而已，也许把那本书再找来看看，会发现什么？”

安雅瑜想了想，“那本书应该还在我爹的书房里。”

林泽夫凝眸一笑，“这样吧，不如今晚，我陪你回一趟家？”

安雅瑜一惊，“不行，我爹如果知道了……”

林泽夫只是微笑，沉默不语。

安雅瑜忽然明白了，差点跳起来，“三爷，你不是打算偷偷潜进我家去吧？”

林泽夫说：“此县虽然不大，但农林水利杂事诸多，我要求明天查看本县详尽治县方案，用于来年市长升迁参考，你说，你爹今晚会不会很忙？”

安雅瑜无语地看着他，“三爷想得可真周到。”

林泽夫沉眸，“好说，好说。”

……

月华初上，万籁俱静，安府后花园当中。

安雅瑜猫着腰在前边走，回头一看，哭笑不得，只见林泽夫背负双手，腰杆笔直，优哉游哉地跟着，倒状似被主人请来闲庭看花。

她听到长廊之处传来人声，忙压低声音说：“有人来了。”

她急速退到树后，见林泽夫兀立不动，忙拉了他一把，他这才跟着走到树后去。

来人是管家韩勇，他在院子里东张西望半晌，低声唤：“小姐，小姐，你回来了吗？”

安雅瑜吃了一惊，朝林泽夫看了过去，只见月光底下，他脸颊蒙上一层银月，眼底似含了丝笑意。

“原来三爷连这都准备好了？”安雅瑜说，“三爷怎么不告诉我？”

林泽夫垂头看她，她眼眸似嗔含怨，仿佛蒙上了层雾气，让他心魂忽然失了方寸，侧过眼眸，“我让人打听了一下，韩勇在安家资格最老，在你娘还在时就在安家了，是你娘一手提拔的，应该还念点旧情，所以，派人找到了他。”

他声音和缓，慢慢说完，安雅瑜心底感激，也惊叹于他的心思缜密，处事谨慎，如此小事都打点得妥妥当当，难怪能镇守一方，权倾天下。

安雅瑜轻声说：“没错，他是极照顾我的。”

见韩勇似听到声音，往这边走来，安雅瑜走了出去，唤了声：“韩叔。”

韩勇闻声而至，上下打量了她一眼，半天不敢相认，迟疑着问：“你是？”

安雅瑜回答：“韩叔，我是雅瑜啊！”

韩勇呆怔了半晌才跌足流泪说：“小姐，你，你怎么成了这副假小子样子？我可怎么向死去夫人交代啊！”

安雅瑜眼睛发酸，劝慰说：“韩叔，在外方便行走，情非得已，你不用伤心。”

韩勇拭着眼泪，“小姐，老爷也太狠心了，为了桩婚事这么对你，害得小姐一个大家闺秀，却颠沛流离，四处游荡。”

林泽夫等两人叙旧得差不多了，才从树后走了出来。

韩勇倒是认得林泽夫，忙收了眼泪，向他行礼，“三爷，您交代我的事都办好了，老爷不在家，书房没人，其他的佣人我都打发走了。”

林泽夫点了点头。

韩勇眼睛在林泽夫和安雅瑜身上扫了个来回，安雅瑜一见他神情，就知道他在想些什么，生怕他惹得林泽夫不满，忙低声说：“韩叔，你别乱想，三爷只是我的上司而已。”

韩勇收回了视线，叹了口气，摇了摇头，又看了安雅瑜一眼，见她又黑又瘦，哪还有半点当年少女风采，心底酸楚得不行。

安雅瑜怕他又提起伤心事没完，问他：“韩叔，我爹的书房还是老样子吧？”

韩勇点了点头，“你走后，老爷就没再动过，老样子，没错的。”

果然一路上无人拦阻，推开书房门进去，果然，书房虽然干净整洁，但书桌之上依旧摆放着她离开之前用过的水杯，椅子背上，挂着她拿过的团扇。

“小姐，你离开之后，这书房虽然每天都有人打扫，可老爷再也没进来过，连二小姐她们住的后院，老爷都让人给封了，老爷现在只住在前院，更遣散了一大部分的佣人，只有我跟阿香、阿兰几个老人服侍。”韩勇唠唠叨叨地说完，让安雅瑜两人自己进去查看，他退到门口守着去了。

安雅瑜默默走进了书房里，书房虽然一尘不染，可依旧有了丝孤清冷寂，她翻在书桌上放着的《百草集》，抽出了书签，书签是用桦树皮做的，上面写着一行诗：百年障眼书千卷，四海资身笔一支。

林泽夫拿过那书签，眼眸在她脸上扫过，“你爹对你期望甚高。”

安雅瑜点了点头，却又摇头，“我也不知道，仿佛娘去世之后，一切都变了。”

她脸上闪过少有的迷茫，平日里的精明与聪慧消失殆尽，只有在这个时候，她才显现出少女应有的青涩，像钻进了窝里的小动物，让人想呵护守卫。

林泽夫手指动了动，视线从她脸上移开，走到书架边，“你平时就看这些？”

他翻过了那一沓沓的报纸，灯光之下，小报头条几行大字：妓女从良，却被老公虐杀，小桃红裙下之人无数，最后却凄凉收场。

他眼底有丝揶揄。

安雅瑜脸上一热，走过去把报纸拍平，“三爷，这是我小时候看的。”

“噢……”他拉长了声音，“你长得成熟得可真快。”

说完，他走到了后排书架。

安雅瑜对着他的背影舒了口气，怕他又翻出什么不该看的，忙紧跟了上前。

林泽夫视线在那些英文版书籍上一扫而过，回头询问，“你说的那本书以前放在哪儿？”

安雅瑜神情凝重起来，越过他走到了最后那排书架，在那排书架翻了翻，失望地说：“果然，爹没有把那本书放进去。”

“你爹会放在哪里？”林泽夫问。

两人把整个书房翻了个遍，也没找到那本书。

“会不会在他的房间？”安雅瑜说。

“先别忙着这个，我们先去当年案发现场看看。”林泽夫说。

安雅瑜忙叫了韩勇进来，说清情况。

韩勇为难地说：“小姐，那个院子已经被老爷封了，谁都不许进去，我没有那院子的钥匙。”

这可不是问题，安雅瑜看了林泽夫一眼，有他在，最多再爬一次墙罢了。

林泽夫马上察觉到她的视线，嘴角上扬，“老韩，你守住院门口，不让人进来就行了。”

韩勇应了声是，领两人到了院门口，到院门守着。

果然，院门用铁链拴着，铁链之上有一个巨大的铜锁锁住，铜锁上还封了封条。

安雅瑜正等着林泽夫攀上墙头，好接她进去，可他却仿佛没那个打算，相反的，走到铜锁旁边，小心地揭下那封条，从身上摸出个极长的铁丝来，东弯西拐的，把那铁丝扭成一个奇怪的形状，往那铜锁探了去。

安雅瑜被他娴熟的手法吓了一跳，心说这人以前到底是干什么的，连这种活儿都会？

正想着，铜锁啪的一声打开了。

他将那铁链子小心地抽开，提着门缓缓打开，这才向安雅瑜点头示意。

这一系列手法，干净利落，无声无息，这还是个惯犯？

安雅瑜顿时有种上了贼船之感。

她跟着林泽夫走进院子，院子长久没人收拾，青砖小径长满了杂草，院子里的秋千架也长满了青苔，整座院子仿佛被阴影笼罩，铺上一层惨绿之色。

安雅瑜走进正堂，月光斜斜照进，桌椅上蒙了层灰，墙角小小的摇床还在，却落上了蜘蛛网。

晚风卷进了中堂，她仿佛看到摇床慢慢摇了起来，二娘拿了个小碗，端了过去，一勺一勺喂在她吃东西。

“雅瑜啊，雅文这次的事做得实在太过分了，难得你大度，原谅了她，以后，我会让人替你找个好的，比齐沛鼎还好。”二娘说。

雅文满脸羞愧，垂头不语。

而自己，只是笑了笑，“二娘，齐沛鼎跟我原本就不合适，二妹妹更合适一些，她嫁过去是桩好姻缘，我如果嫁过去，可就不见得好了。”

二娘把碗放下，感激地瞧着她，握紧了她的手，仿佛不知道说什么好，“雅瑜……”

她却说：“二娘，您对我这么好，娘去世之后，您是最关心我的人，我去跟爹说！谁也不能强迫我嫁给不喜欢的人。”

第二十四章　棺内疑尸

屋子里灰尘遍布，安雅瑜慢慢走到椅子边，手拭上了椅背，椅子上留下了长长的指印，说：“我看到过她们死之时的现场照片，案卷上说她们死时全都吊在了房梁之上，但脸上表情并没有吊死时舌头伸出的惨状，相反，平静得很。”

“是什么使你想起了要查验她们尸体？”林泽夫说。

“巡捕房的法医说起那提炼出来的毒药喂给小老鼠吃，小老鼠吃后，像睡着了一样，死后四天，骨头才寸寸而断，继母的验尸报告，也是毫无中毒痕迹，平静得很，法医用词严谨，但‘平静’二字却如此的相似，我这才想回来查看一番。”安雅瑜说。

林泽夫看了她一眼，“当晚你父亲走后，是什么时候回来的？”

“具体时间我不清楚，他回来，自是回二娘处歇息，但听韩勇说，那晚父亲回来极晚，差不多天快亮了才回来，他一回来，就发现二娘和妹妹们都吊在梁上自杀了，即使县警察局李探长带人来查探现场，把佣人一个个叫去询问，却什么都没问出来。”她垂头。

林泽夫看着安静的小院，低声说：“安雅瑜，你想过没有，往往眼睛看到的，不一定是事实。”

安雅瑜只把目光四处打量，月光照进，她似乎看到墙角有东西在发光，走了过去，拾起那东西，却是一片洁白瓷片。

“这是什么？难道是个碗的碎瓷片？”安雅瑜说。

林泽夫接过了那瓷片，皱眉说：“这块碎片太小，看不出来是不是碗上的。”

安雅瑜点头，“是啊！”

他翻转了瓷片，却凝视于一处，看了良久，递给安雅瑜，“你看看，这瓷片背面的黑点……”

有风吹过，窗子哐当一响，安雅瑜忽地出了一身冷汗，手指微有些颤抖，拿过那瓷片，怕看不清楚，对着月光仔细看去，却一失手，差点把瓷片跌落地上，“三爷，这是某个字的一撇，这，这……难道这是那瓶内字画的一部分？”

“说不清楚，也许要找个老瓷工或者考古学家，才能弄明白这瓷片是不是属于那花瓶。”林泽夫想了想说。

安雅瑜拿出一方手帕，把那瓷片小心包好，蹲在地上四处查看起来，“一定还有。”

可她找了许久，把整个院子都查遍了，却再也没找到任何瓷片。

林泽夫说：“这东西如此重要，即使摔碎了，碎片也不会留在这里，想必早就被人拿走了，而这块碎瓷太小，又藏在角落里，这才没被人发现。”

安雅瑜失望地直起腰，“三爷说得没错，是我太想查清此事了，反而失了判断。”

林泽夫说：“既已查明你二娘与妹妹所中之毒再出现，加上碎瓷出现，我想，这单案也许和近两次发生的案件属同类凶手所为。”

“没错，能掌握这种毒物的，相互之间必定有联系。”安雅瑜说。

走出院子，老韩正倚在墙头打瞌睡，两人的脚步声惊醒了他，他不好意思地抹着口水说：“小姐，你这就走了？”

安雅瑜点了点头，说：“韩叔，我走了。”

韩勇说：“小姐，您找到证据了吗？”

安雅瑜摇了摇头，“时日已久，现场已经打扫干净了，并没有什么证据。”

韩勇失望地说：“二夫人和小姐们真是自杀的？可我不相信！”

安雅瑜沉默下来，良久才低声说：“谢谢你，韩叔。”

韩勇弓着腰往前走，安雅瑜看着他的背影半晌，这才转过身来。

两人自安府后门走出，来到街上租了辆黄包车回到酒店，还没上楼，就看见林幽兰站在过道上啪啪啪地敲着安雅瑜的房门。

安雅瑜头嗡的一声变大了一圈，转身想逃，后领子就被林泽夫揪住了，他嘴角有丝笑意，脸却严肃得很，“你惹来的麻烦，难道要你的上司解决？”

安雅瑜心说这怎么就成了我惹下的麻烦了？

却哪里敢驳嘴，低声说：“三爷，你放手，我去还不成么？”

林泽夫松了手，她理了理领子，定了定神，施施然负手往二楼而去。

林幽兰拍门拍得正欢，一回头，看见安雅瑜从身后走来，吃惊地问："你没在屋里？"

安雅瑜掸着衣服上并不存在的灰尘，没有看她，"六爷找我有事？"

"快告诉我，你昨晚去哪儿了？"林幽兰目光灼灼。

安雅瑜说："没去哪儿，四处随便走了走。"

林幽兰狐疑地望着她，忽上前一步，拉起她的袖子就闻，安雅瑜一抽，把袖子夺过，冷冷地问："六爷，你管得太宽了吧？"

林幽兰喜笑颜开，"白副官，我就知道你不是这样的人，不会去花街柳巷寻乐子的，你都有了……"声音放低，含糊地说了个"我"字。

安雅瑜只当没听见，掏出钥匙打开房门，见林幽兰准备跟进，皱眉，"六爷，我想洗澡，成么？"

林幽兰一滞，停住了脚，嘟哝："洗什么澡啊？一大清早的……"

安雅瑜冷冰冰地说："昨晚上在别人屋里过了一夜，脏了。"

说完，在林幽兰还怔着的时候，砰的一声合上了房门。

听到门外脚步跺了一下，终于渐行渐远，安雅瑜舒了一口气，赶紧洗了把脸，换了身衣服，拿出那瓷片发起呆来。

清晨阳光照进，瓷片内壁那黑色的一撇更加明显了，她呆呆看着那瓷片，脑子却像岩浆般翻滚。

继母、妹妹之死，居然和近两单凶案的发生有关？

她瞪大眼望着屋顶，县城的酒店并没那么讲究，屋顶有水浸的痕迹，更有只蜘蛛在上结网，可它不停地织，窗子吹过来的风却不断地将那蛛丝吹断。

她只觉自己就是那只蜘蛛，无论怎样努力，一切仿佛都是枉然。

忽地，她感觉自己站在了蛛网之中，四周都是迷雾，一根粗粗的蛛网把她网住，蛛丝上有黏稠的汁液，将她粘得牢牢的。

有人在迷雾中唤她："安雅瑜，安雅瑜……"

她循声望去，迷雾当中，继母、妹妹的脸显露了出来，她们望着她，却不言不语。

紧跟着，齐沛鼎却又出现了，他脸上带着丝让人不明的忧伤，"安雅瑜，你为何要逃婚？我哪里做错了？"

她莫名其妙，回答："咱们不合适，这不也是你心中所想？"

"我想的？哈哈，我想的……"他哈哈笑了两声，身影在迷雾里隐没。

父亲的脸跟在他的身后，冷冷地瞧着她，"你这个孽女，丢尽了安家的脸，伤风败俗，真恨不得当年生下来时掐死了你！省得祸害！"

他一挥手，蛛丝紧紧地捆了上来，却变成了绳索，将她层层缠绕，勒上了她的脖子，使她喘不过气来。

他冷笑着往黑雾中隐去。

紧跟着，林泽夫的身影出现了，他身穿黄色呢制戎装，军帽帽檐压得低低的，只露出那双幽黑眼眸，一挥手，指挥刀光影般划下，将她身上绳索划断，他把手伸向了她，“安雅瑜，你这样的人，没有人愿意抛弃的。”他轻声说，“别怕！”

她把手放上他的掌心，周身的寒冷渐渐离去，眼前的黑雾一层层散尽，而他身上仿佛散发万道金光，驱散着那浓如泼墨的黑雾。

“我不怕！”她紧紧抓住他的手掌，轻声说。

“小白，白副官，快醒醒！”有人含着笑意叫着。

她一下子从床上坐起，床前站着两人，林副官一脸的忍俊不禁。

林泽夫也站在床头，脸上全是不耐烦。

怎么了？他们怎么在这里？

林副官朝她直递眼色，“小白，安县长请咱们过去，有要事相商，我们拍你的房门没听见你应门，叫了小二把房门打开了……”

安雅瑜苦笑，“好吧，我没当自己是女人……林副官，你眼睛有毛病？进沙了？”

林副官眼睛挤着下移，“没进沙。”

安雅瑜才感觉手上好像抓了一个柱状之物，顺着他视线下移，自己的手把林泽夫的手腕抠得极紧。

她心一慌，忙松开，松开之处，几道手指印清晰地浮现。

林泽夫收回手腕，只哼了一声，转头往门外走。

她腾地从床上跳下，垂头看着地板，“咱，咱们也走吧！”

林副官紧跟其后，压低嗓门问：“小白，做什么梦？梦见咱们三爷了？听你闭着眼睛直喊三爷的名字！”

安雅瑜脸腾地一下红了，只后悔没把脸擦得更黑些，含糊地说：“你、你听错了吧？我怎么会喊他的名字？我就是梦见一头熊追了过来，一慌，就爬树，把三爷的手当树干了。”

林副官一脸不相信，“不对，肯定不是这梦，小白，你瞧，你把三爷的手腕都抠出血印子了，他也没发火，说说吧，别怕。”

安雅瑜看了一眼林泽夫高高的背影，心虚得很，“做什么鬼梦！你问个不停，小林子，你提前进入老年了？”

林副官闭了嘴，两人跟着他往门外走，眼见他坐进了车里了，林副官到底没忍住，“小白，我非但没看见咱们三爷发火，还看见他笑了，抓得那么痛，他还笑，小白，我看，咱们三爷脾气好了很多啊！”

安雅瑜垂头跟着走，说：“抽个空儿，你也抓一回试试！”

林副官一把捂住了手腕，“这我可不敢！我的手腕会被反过来折断的，也就是你行……”

安雅瑜声音像蚊子，“也许因为我是个女人……”

林副官摇头，“不尽然，我记得吧，有一回派对，谷兰小姐穿了双高跟鞋，刚好在我们三爷身边歪倒，三爷也没扶一把，很利落的一侧身，避开了，谷兰小姐直接趴到了地上，鼻子都摔得流血了……”

“那、那他为什么不避开？”安雅瑜问。

林副官哈哈笑了两声，见林泽夫摇了窗子向两人望，赶紧一拉安雅瑜走过去，还不忘回答她的话，“不同的人有不同的待遇啊，小白。”

他坐上了副驾驶座，安雅瑜慢腾腾地坐到林泽夫身边，小心地挨着车窗，不敢望他，等车子开了起来，视线却不由自主落到他的手腕上，见他军袖下那几道印子映入眼帘，红得耀眼，她的心不由扑通扑通直跳。

一路煎熬来到县府，车子进了办公楼，等车子停稳，林泽夫从车上走下。

安之祥与几名办公人员满脸笑容迎上前来，“督军，您来了。”

他视线只落在林泽夫身上，如前次一样，眼角扫都没扫安雅瑜一下。

安雅瑜垂头立在林泽夫身边，静默无声。

林泽夫嗯了一声，笔直往办公楼而去，他哈着腰说：“督军吩咐下来的事，我都已经办妥了，能得督军提携，实在是小的无上的荣幸……”

安雅瑜看他那巴结的样子，眼睛发酸，简直想掉头而去，却不得不跟着，脚步不由自主慢了起来。

几人走进办公室中，安之祥就拿来一大沓的文档让林泽夫察看，安雅瑜和林副官守在门外，她向林副官说了声：“林副官，我去档案室瞧瞧，你且守着。”

林副官应了声。

她便离开，往一楼档案室而去。

林泽夫督察县府的事已经传开了，档案室的办公人员见她来到，无不恭敬相迎，安雅瑜就让他们把当年案发一年内时间段的档案全都调了过来，他们只以为她是奉林泽夫命令而来，无不相从。

为免众人起疑，安雅瑜当然不会独看那单罪案的档案，只一单单地看了过去，却也看得极快，终于，她翻到了自己要找的罪案，她极快速地把现场图片记在脑子里，一张张照片翻过去，一张张地映在她脑海，正看得入神，却听有人迟疑地问："您怎么看起来这么眼熟，您是？"

安雅瑜一抬头，一位英挺的年轻男子隔着桌子站在自己前边，却正是以前共事过的县里警察局李其琛探长。

安雅瑜压低了声音说："小可姓白，是林督军手下副官，敢问您是？"

李其琛挠了挠头，笑了，"原来是白副官啊？我是县里警察局的探长，李其琛。"

李其琛亲热地说："听说白副官助林督军破了好几单奇案，在我们这里可都传开了。"

安雅瑜合上了卷宗，故意问他："李探长，听说安县长家里发生过人伦惨案，他的妻子儿女们莫名自杀？"

李其琛脸色沉下来，叹了口气，左右看了看，见无人注意，这才说："白副官，说实在的，这案子蹊跷，安县长似乎顾忌着什么……"

安雅瑜无语得很，心说两人才见面，他就把这种事告诉了自己？她以前怎么不知道这人的嘴怎么这么碎？

李其琛极为敏感，仿佛知道她在想什么，忙解释："白副官，不知道怎么的，我一见你就觉亲切，所以才将此事说了出来，你可不能到处乱传！"

安雅瑜连连点头，"不会的，不会的，李探长，这只是我们之间的一个小秘密而已。"

李其琛犹豫再三，下定了决心一般地说："白副官，如果有可能，能否麻烦你查一查安家这单案子？"

安雅瑜看了他一眼说："你自己为什么不查？"

李其琛叹了口气，"白副官，我只是个县里小小探长，此案被安县长压着，顾忌颇多，不愿意再查下去，只做自杀论处！连家属都不同意立案重查，我还能怎么办？"

安雅瑜就拱手，"对不起，李探长，我是林督军手下副官，只协助他的日常事务，林督军如果没有吩咐，我是不能越权办事的。"

李其琛也知道理如此，只叹了口气说："难道这案子就这样不了了之？"

安雅瑜无言以对，向他拱手告辞。

来到办公室，林副官站在门外，向她招手，"刚才有一场精彩好戏，幸亏你走开了。"

安雅瑜见他语气讽刺，心说不知自己这爹又做了什么好事。

林副官低声说："安县长向三爷引见了一个学矿务的留学生，那留学生说本县煤矿油质丰富，炼出来的油可以和美孚油媲美，又说本县财单力薄，还说他已把全副身家交给那人去采办机械了，但投资依旧有缺口，让三爷投钱在县里，开办矿业，炼制煤油，与三爷五五分成。"

安雅瑜吃惊地说："煤里边能炼出煤油来，我可闻所未闻，三爷就这么答应了？"

林副官压低声音，"三爷是什么人，懂的东西多着呢，我瞧着，他在和你爹虚应着，想找出出这主意的主使人。"

"学矿务的留学生？那是个什么人？"

林副官朝她使了个眼色，示意她看向远处小客厅，"瞧，那人就坐在那里，油头粉面，一看就不是好人！"

果然，小客厅坐着一个穿西装的年轻人，似感觉到有人朝他望，他回过头来，微微向安雅瑜等点头。

那是一个面容温和的年轻人，并非像林副官所说的那么不堪，相反的，还有几分俊秀。

"听说是本县王老太爷的孙子，刚从国外留学回来，学的是矿务，名叫王世祖。"林副官说。

"王家在本县也算得上大户人家，以前王家和我家一向交好，难怪爹会相信他。"安雅瑜低声说，"我爹走了吗？"

"早走了，三爷没有马上拒绝，留了个活口，他可能觉得事情有可能成功，喜滋滋地离开了。"

正说着，林泽夫在内室说："进来！"

两人忙走了进去。

林泽夫坐在沙发上，手里翻着宗卷，望了安雅瑜一眼，"都知道了？"

安雅瑜怔了怔，扫了林副官一点，明白过来，点了点头，"知道了，只是不明白三爷为何任由这骗局进行下去？"

林泽夫慢慢翻过一页纸，冷冷地说："他想发一笔横财，日后买官打点，一步登天，那他要有这个命才行，等这骗局进行到一定程度，再一网打尽。"

安雅瑜一呆，眼睛发胀，坐在沙发上的人如蒙上了一层毛玻璃，朦胧起来，她眨了眨眼，垂目望于地上，"三爷，谢谢您。"

林泽夫没有看她，再翻过一页纸，"你放心，你爹的钱，到不了王世祖的碗里。"

安雅瑜轻轻地答："我相信三爷。"

林副官望望这个，又望了望那个，知趣地说："三爷，我去门外守着。"

林泽夫没有抬头，林副官知道他这是在怪自己不识趣，赶紧地往门外走了去。

屋子静默了下来，只听得见林泽夫一声声翻动书页之声，有风从窗子吹进，拂动他额前短发，使得他冰冷的面颊添了丝人气。

他抬眸望她，正对上了她来不及收回的眼眸，"据我所知，你父亲之所以开采煤矿，还有另一个原因，他所谓要开采的煤矿，就在安家祖坟旁边，你家出事之后，他请了个术士替安家相看祖坟，那术士说安家祖坟风水不好，没葬在活龙口上，开采煤矿，正好能把那矿山挖出一道口子，形成龙口之相，把祖坟移到龙口之上，再在龙口上铺上草皮，种上绿树，就形成了活龙口，能使安家重新兴旺发达，代代公侯，还有，你父亲准备再娶妻室，估计在移居祖坟之后。"

安雅瑜暗暗吃惊，林泽夫的消息果然灵通，父亲怕是怎么也没想到，他来到县里不过一日工夫，已把父亲什么底都查得一清二楚了。

她轻声说："父亲对官职看得紧要，三爷，父亲想用您的钱为自家祖坟开路……这……"

林泽夫点头，"真可谓是无所不用其极了。"

他的话，还给父亲留了几分颜面，父亲这种行为，已经是急病投乱医了，有点丧心病狂了。

安雅瑜心底黯然，"也许因为继母、妹妹的去世，夺走了他所有的希望，他才会这么急躁，因而被人利用。"

当年他不顾一切要她嫁进齐家，不也冲着齐家的权势?

林泽夫不置可否，只说："我们既然来了这里，多待上几天再走。"

安雅瑜知道他会管这件事，感激地说："多谢三爷。"

林泽夫瞧了她一眼，站起身来，合上宗卷，"走吧，回酒店。"

两人一前一后走出房门，就听外边林副官的声音惊讶之极，"六爷，您消息可真灵通，这您都能找得到？"

林幽兰得意扬扬的声音响起："这县城能有多大？你城头撒泡尿，我城尾都能闻得到。"

林副官很无言地答："小六爷，这、这一日不见，您这男子气概又浓厚了不少啊！"

安雅瑜看清林泽夫后颈跳动的青筋，默默跟着他走出房门。

果然，林幽兰被一名办事员领着，来到两人跟前，那办事员一脸倒霉相，见到了地儿，向林泽夫拱手，“三爷，这位小兄弟说是您的属下？”

林泽夫挥了挥手，办事员如释重负地走了。

林幽兰一双大眼睛在两人身上忽闪忽闪地，看林泽夫脸色不好，到底没敢问，只跟着走，凑到安雅瑜身边问：“什么意思嘛，小白，我去找你，你说要洗澡，三哥找你，你跟着就出来了？明显区别对待！”

安雅瑜冷淡地答：“我是三爷的副官，跟他出来有公事要办。”

林幽兰嘟哝：“什么公事要一大早来县府？”

安雅瑜说：“什么公事，你要去问三爷！”

林幽兰有点儿伤心了，站住了脚。

安雅瑜哪会理她，跟上林泽夫的脚步往前走，上了小车。

林幽兰没法，一跺脚，也上了自己的那部车。

林副官坐在副驾驶座上，从后视镜往后望，汇报：“三爷，六小姐还跟着，要不要把她甩开？”

林泽夫淡淡地答：“不用了，留着她还有用，今日上午，安之祥会摆案上香，祭祖烧钱，行起坟仪式，我不方便出面，让她去凑这个热闹！”

安雅瑜无语地看了他一眼，心说这人可真会坑妹。

车子拐了一个弯，直向郊外而去，后面林幽兰的车果然跟着。

安雅瑜等远远地下了车，果然见到安氏祖坟之前，聚集了一大批的人，其中一位正焚香祷告的，正是安之祥。

林幽兰的车也停下来了，她几步走到几人跟前，踮高了脚往众人观望之处望过去，奇怪地说：“三哥，你们怎么不过去？那边有热闹可瞧呢！”

林泽夫淡定地答：“闻不得那烧香味道，懒得过去，再说了，移个坟几副骨头有什么好看的？”

林副官和安雅瑜互望一眼，又各自移开视线，俱在心底想，三爷云淡风轻的骗人功夫，他们两人只怕一辈子都学不来。

林幽兰撇着嘴说：“三哥，你就是毛病多，你忘了，前两日你们还盗过墓，这要是他们一移坟，看出破绽来了怎么办？不行，我得去瞧瞧！”

林泽夫不置可否，眼神冷淡。

林幽兰走了两步，回头看安雅瑜，“小白，你陪我去。”

安雅瑜望了林泽夫一眼，他向她暗暗点头，她便答应：“好的，六爷。”

两人沿林间小道走向了安家祖坟之处，老韩正陪安之祥上香，看见两人到来，吓了一跳，正不知如何是好，安之祥上完香，却已经看到了，吩咐老韩：“老韩，是林督军的属下，你去接一下。”

老韩这才迎着安雅瑜而来，向她哈腰，“白副官，您来了，这位是？”

安雅瑜说：“这位是六爷，三爷的朋友，听说安县长要移坟，从没见过，过来瞧瞧热闹。”

老韩哈着腰领着她们来到坟前，十几口棺材一溜儿排开，全都起了出来了。

安之祥向两人告了声罪，“白副官，我就不招呼两位了，迁坟不能过午，以免伤午时阳气伤了先人，因此要尽快动手，以免误了时辰。”

安雅瑜拱手，“安县长去忙吧。”

他便去吩咐工人开工。

林幽兰一脸好奇地跟在工人身后，看他们起出骸骨，依次排开，安放整齐，还过去指导，说这个是腕骨，不能放在下面，要放在手腕处，又说这骨头摆放位置不对，左腿的摆在了右腿了。如此等等，指使工人团团转。

安雅瑜看得着实无语，也不理她，低声问韩勇：“韩叔，爹怎么忽然间要移坟了，我怎么没听你说过？”

韩勇说：“自你二娘、妹妹去世之后，你爹一直郁郁寡欢，整天唉声叹气，说安家绝后了，正巧，有位术士上门，说安家祖坟风水不好，要他移坟，你爹就信了，前段日子还在商讨，我还以为这要过段日子的，此事也不一定成，就没告诉你，可谁知道，你爹昨晚就作了决定，说今日是吉日，适合移坟，连夜通知工人开工。”

安雅瑜想了想，无话可说。

两人正说着，忽地，抬棺之处传来一阵嘈杂，有工人似乎出了状况，跪倒在地。

安雅瑜走过去，几个工人抬起了棺材，却听见一阵嘈杂吵闹，有人骂：“阿水，你昨晚喝花酒喝得腿软了？摔了棺材，仔细我揭了你的皮！”

一名身材瘦小的长脸工人肩头放了棺材，跪在地上，两个工人赶忙相帮，这才把那棺材抬起。

“不是，工头，这棺材重得很。”那工人喃喃反驳。

工头大怒，想着今日是大日子，不好闹了起来，冷笑说：“阿水，你不干自有人干，这里面装的是安家二姑娘，哪里就重了？”

安雅瑜听到这里，心底咯噔了一下。

阿水却是脚一颤抖，重又跪了下去，身子也往前冲，棺材便一歪，翻落到地，盖子揭开，有人大声叫了起来，“天啊，里面有两个人，不，三个！”

安雅瑜还没跑到，林幽兰已经到了，尖声说：“多了两个人，这是怎么回事？”

安之祥已站在了翻盖的棺材旁，呆怔怔地望着，忽而流下泪来，“雅文，雅文，你这是遭的什么罪啊。”

三具尸体并列排开，一具瞧得出来衣服腐败，已然死了很久了，正是少了一条胳膊的安雅文，而另外两具，一具趴在土地之上，另外一具仰天躺着，两人一样的打扮，都身穿藏青呢制中山装，仰面躺着，一头长发，铺在黄土之上，胸口有血迹，很明显是个女人。

安雅瑜总觉她的脸似曾相识，还没想出她是谁，林幽兰却一声惊呼，捂住了嘴。

安雅瑜忽然想起，这个女人，却正是林府派对上见过的那位林幽兰的同学殷佩。

安之祥满脸沮丧，手脚直哆嗦，“是谁，这是谁干的？我们安家得罪谁了？这是要我们安家断子绝孙啊！生生要破坏我们安家的风水！”

他一眼望见安雅瑜，像得了救星一般，“白副官，你可一定得帮我，找出那弄鬼之人！可怜我已经家破人亡了，却还有人想落井下石！”

安雅瑜说：“安县长还是快点叫李探长封锁现场，别让人破坏现场的好！”

安之祥说：“这不行，白副官，您也瞧见了，午时快到了，我得尽快让他们把先人骸骨迁走，绝不能让先人受屈，影响安家以后运势！”

这个爹，她已经无话可说了，只好商量，“如此，这具棺材和这几具尸体可不能动。”

安之祥说：“那是当然，可二女雅文可与命案无关，也得尽快入殓才行。”

安雅瑜点了点头。

几名工友小心把雅文尸骨整理放好，有人就前来汇报，“安县长，二姑娘少了一条胳膊了。”

安雅瑜有些心虚。

安之祥已经焦头烂额，不以为意，“一定是适才慌乱不知弄到哪里去了，先安葬了再说，眼看午时了，过午可不利家宅！”

工人听从吩咐，把安家其他棺材移走，抬到了新选的坟址。

安之祥向安雅瑜两人拱手，“白副官，这里麻烦你看着了，我去盯着安家祖坟。”

说完，匆匆离去。

安雅瑜看着他的背影叹了口气，现在他一门心思只想重振安家，让安家东山再起，还哪里顾得上其他？

她悄悄往林泽夫等停车处看去，却见车子早已开走了。

隔了一会儿，李其琛带着几个探员赶到，见安雅瑜两人在，上来打招呼，“白副官，咱们这又见着了。”

安雅瑜拱手，“好说，好说，我也是适逢其会，听说安县长要移祖坟，过来瞧瞧，却没想到遇到这种事。”

县法医已经蹲在地上验起了尸体，这个热闹林幽兰当然得凑，和法医交头接耳地讨论起来。

另一具尸体也翻转了过来，却是一个面孔陌生的男子。

李其琛陪着安雅瑜聊天，“白副官，你说这奇不奇怪，安县长移个坟，也会移多出两具尸体来，是不是老天爷在惩罚安家？”

安雅瑜说：“也许吧。”

安雅瑜的冷淡，李其琛不以为意，继续说：“依我说，这两具尸体来得蹊跷，无端端怎么就刚好到了安二姑娘的墓里去了？莫非她的墓好放尸体？”

安雅瑜心说确实好放，前儿晚上，他们才把墓挖开，切了条胳膊去。

嘴上说：“安二姑娘刚好葬在墓群最边上，也许藏尸之人只是图个方便。”

李其琛说：“白副官分析得也有道理，可我认为，这或许是老天爷对安家杀人案有所不满，所以在移坟之日再弄出这么件事来，提醒我们，重新彻查安家之案。”

安雅瑜还没说话，安之祥匆匆过来，正巧听见了这话，怒气冲冲指着李其琛，“你胡说什么？一方探长，却说出这样的话来！你不关心今日发生的事，却翻出旧案，有没有把我这个一县之长放在眼里？”

李其琛只好拱手，“安县长，我只是随便说说而已，请安县长请出相关人等，我好仔细问审。”

安之祥满脸怒气吩咐人去叫那几名搬运工人。

李其琛挨个问去，先问那阿水，“阿水，是你和阿刚搬运这棺材的？”

阿水怯生生地抬头看了一眼周围的人，垂下头去，“是的，工头说了，这个棺材不重，让我和阿刚两个人一人抬一头就行，可谁知道，它那么重，我一抬，压得我腿一软，就跪了下去，他们还不信，以为我偷懒，我是那样的人么？”

他的同伴阿刚也证实，“确实重得很，从没抬过这么重的棺材。”

李其琛问："你们抬棺之时，棺材可有打开的痕迹？"

阿水茫然抬头，"我没注意，阿刚，你注意了没有？"

阿刚摇头，"我也没注意。"

李其琛问了半晌，不得要领，只得回头向安之祥汇报："安县长，这些雇工不知道什么。"

安之祥很烦躁地说："不知道就让他们先回去，别杵在这里碍事了。"

工头领着雇工走了。

李其琛走到安雅瑜身边，低声说："白副官，您瞧，这次移坟又出事故，咱们安县长可够受的了。"

安雅瑜点了点头，不好说什么，只等法医初步验尸报告。

隔了一会儿，林幽兰和县法医两人边争吵着边走了过来。

安雅瑜不由愕然，正想问她在争什么，县法医已经气呼呼地说了："李探长，这两具尸首从尸斑和蛆虫生长的长度来看，已经死了五天之久了，可这位仁兄，却偏偏说他们死了三天，问他有什么证据，他却说不出来！只说直觉！哪有靠直觉验尸的？"

林幽兰直着脖子说："肯定是你验错了，怎么会死了五天？"

县法医气得眼睛翻白。

安雅瑜忙打圆场："六爷，这是县上的案子，咱们就别掺和了，先听听法医怎么说。"

林幽兰哼了一声，把头转向一边。

法医说："两位死者胸口中了一刀，依据伤口大小的情形来看，两人伤口相差不大，是同一刀具刺中心脏而死，而从血迹上看……"

林幽兰插嘴："女死者背后血迹极多，刀口却是从正胸而入，依我看，她背后的血迹，是男死者身上的，他们两人当时站成一条直线，那柄凶刀一穿而过，将两人穿成了一串，才能造成这种效果！"

李其琛迷惑地问法医："真是这样？"

法医点了点头，"这一点这位仁兄倒分析得不错，女死者背后血迹过多，男死者前身血迹过多，只有两人死前尸身相叠，才有可能出现这种情形。"

安雅瑜说："一刀致命，更能用一柄刀贯穿两人，看来这凶手臂力极强又或者凶手拥有一柄极为锋利的刀。"

李其琛点了点头，"看来只有从这方面下手去查了。"

安之祥眉头锁得死紧，心思只在今日移坟之事上，说："李探长，这案子就拜托你了，我去瞧瞧封坟，看他们弄好没有。"

李其琛忙说："安县长，您请。"

等他走了，李其琛才向安雅瑜说："白副官，你瞧，咱们安县长就是这样，自从家里发生惨案，没有一日展开过眉头的，今日择了个吉日移坟，却出现了这种事，也难怪他心情烦躁。"

安雅瑜有些拿不定主意是否告诉李其琛女死者的身份，想了想还是没说。

林幽兰这当口知趣得很，也没说什么，和安雅瑜向李其琛告辞后，坐了小车回到酒店。

……

第二十五章　密室刀痕

林泽夫放下手里的筷子，左眼眉毛挑了挑，“殷佩？你的同学？我怎么不记得你有这么个同学？”

“三哥，你忘了？你居然忘了？”林幽兰用筷子敲着桌子，“天啊！你居然忘了？她是我女校的同学，来我家住过两天，有天晚上说误走了房间，去了你的屋里，你那几天刚从国外回来，受了风寒，在家养病，等我找到她时，她正趴在你身上亲你呢，你都忘了？”

林泽夫平静的脸色终于出现了丝裂痕，“该死，你怎么没告诉我？”

他手指捏紧，啪的一声，筷子断了。

安雅瑜看他嘴角微微抽搐，心说他别是想赶紧拿肥皂洗洗嘴吧，她忽然心情愉快起来。

林幽兰吓了一跳，后退一步，说：“三哥，我以为你知道，当时看你那样儿，还挺享受的！我就懒得提了，反正从小到大，你被女人骚扰还少么？那晚之后，我把她赶了出去，再也没当她是朋友了。”

林泽夫眼底厌恶之色未减，“是她死了？”

林幽兰点头，“是的，和一个男人串在一起，被人一刀刺死，藏尸于安家祖坟之中，安县长都快气疯了，选了个吉日迁坟，又让术士挑到了好的墓地，这头一天，就出现这种事，他那振兴安家的愿望只怕又落空了。”

安雅瑜暗暗叹息一声，却什么都没有说，只重拿了双筷子递到林泽夫的手边。

林泽夫皱眉说：“你是说，这两个尸身，是在安家二姑娘的墓里发现的？”

林幽兰点头，“是的，就是你们割了人家尸体一条胳膊那个墓。”

林泽夫手指在桌上轻磕，微微皱了眉头，看了安雅瑜一眼，却见她视线落到窗外，窗外树随风摆，浓绿的树影投在她的眼眸，使她瞳仁似乎也添了层浓翠。

他收回视线，“法医验尸，说这两具尸体至少死了五天了，为何你确认只有三天？”

林幽兰笑了：“当然了，你们比我提前一天到县里，而我，却是三天前到的，来的那天，经过街上旗袍店，我还看到了她在店里试旗袍，这个女人，我绝对不会看错的！所以，她绝不可能五天前就死了！”

林泽夫说：“要使死亡时间提前，只要尸体腐烂加速就行，找个温暖的地方，把尸体摆上两日，腐烂就快一些，可以让法医查不出正确的死亡时间来……”

林幽兰说：“就是嘛，白副官，白副官，你也同意三哥的说法，对吧？”

安雅瑜像忽然惊醒，视线从窗外收回，点头，“确实如此，只要有个比平日温度高得多的地方，就能加快尸体腐败。”

林泽夫慢吞吞地说：“我记得这县里盛产陶罐，郊外不少烧制陶罐的窑炉，离安家祖墓不远，就有一处大型烧窑场。”

林幽兰一拍手，兴奋地说：“对，我们去那里找找，说不定能找到案发现场。”她停了停，奇怪起来，“三哥，今天怎么是你分析得头头是道？白副官，你怎么了？今天表现还不如我三哥？”

安雅瑜说：“昨晚没睡好，有些头痛，六爷，要不你和林副官先去吧，我想睡一觉。”

灯光之下，安雅瑜脸上现出一层铁灰之色，原本目光灼灼的一双眼睛似乎也蒙上暗色，林幽兰担心地瞧了她一眼，“白副官，你是不是病了？要不请医生来看看？”

安雅瑜勉强笑道：“不用了，只是没睡好而已，睡一觉就好了。”

林幽兰还想再说，林泽夫瞧了她一眼，她合上了嘴，眼睁睁看着安雅瑜走了出去。

……

安雅瑜回到房间，哪里会睡，只打了热水来洗漱一番，就睁大了眼躺在床上，一动不动。

隔不了一会儿，就传来敲门之声，她苦笑着去开门，果然林泽夫站在门边。

她侧过身子，默默地让他进入房内，合上房门，林泽夫已经坐到桌边了。

她拿了水壶，给他倒了一杯水，轻声说："三爷，天色已晚，您怎么不休息？"

林泽夫慢慢转动着茶杯，只看着杯子里的水，"说吧，你到底在怀疑什么？"

安雅瑜提起茶壶，放到了门边，却没有转过身来，"三爷，您误会了，我并没有怀疑谁。"

"安家祖坟发生命案，能把尸体藏在坟墓里最有可能的人，就是安家人，我们来到本县，到安家祖坟查探真相，极有可能我们前日盗尸，就已经被人盯上了，是什么人最关心安家祖坟？也只有安家人……"他吹了一口茶上腾起的雾气，终于说出了最后的答案，"安雅瑜，你在怀疑你爹！"

安雅瑜缓缓转过身来，扶着椅子背坐下，目光注于桌上一点，"爹不会的，他手无缚鸡之力，只是一介文人而已，他也没有那么大的胆子……"

林泽夫把手里的茶杯放下，手指在桌上轻磕，"这就是你心中的怀疑，安县长一介文人，手无缚鸡之力，他为何能一刀贯胸，杀了两个人？安雅瑜，你在想，也许你从来没有了解过你爹！"

安雅瑜抬起头，直视他的眼睛，"不，我了解他，他像所有的男人一样，有点懦弱，有点自私，想着飞黄腾达，光宗耀祖，重男轻女，一心只想要个儿子，所以，二娘生了好几个妹妹，当年，娘之所以要二娘进门，就是因为她不能再生了……"

她声音越来越低，语气越来越不敢肯定。

林泽夫看着她半垂的头，短发有些长了，她却没有剪，乌黑的短发自她额头垂下，盖住了她的眼帘，从他这个角度望去，她的下巴更加尖了，薄薄的肩膀似撑不起军服。

他收回目光，"安雅瑜，人有千万种，这世上并不是所有的男人都是这样，你惯于分析人性，了解事情真相，可到了你自己身上，却被蒙蔽了双眼，请你就用你惯常的常识来分析，如果这个人不是你爹，只是一个普通人的父亲，你觉得，他会认不出自己的女儿吗？朝夕相处那么多年的亲人，他都认不出来，这有可能吗？这其中的缘故，你就不想知道？"

安雅瑜头垂得更低，"不关心的人，就会视而不见，难道不是吗？"

林泽夫淡淡地瞧她，"再不关心的人，也会因为熟悉而熟知，你虽然剪短了头发，脸上擦黑了，身材也……"他停了一下，"但一些小习惯，却是怎么也改不了的，比如说你说话一紧张，就会左手去摸右手的手腕，我想，你右手以前一定戴了个镯子，你爹是一县之长，并不是个傻子。"

安雅瑜一缩手，赶紧把左手从右手手腕上撤下，双手规规矩矩放好，“爹不会注意到这些，我十多岁时就出国留学，回来之后，二娘生了妹妹们，他对我冷淡了许多。三爷，爹虽对我不好，但我相信，他一定不会杀人！这里面一定另有真相！”

她越说语气越坚定，一改刚才那颓废模样，双目灼然。

林泽夫语气冷淡，“既然有真相，就去查清真相，你怕些什么？”

安雅瑜点头，“三爷说得没错，是我自己想得太多了。”

林泽夫站起身来，“好好睡一觉，今儿晚上，又有得忙了。”

安雅瑜一怔，“三爷是想？”

“凶手为了把杀人时间延长，用了特殊的方法，让人误以为他们死了五天了，如果他们死亡时间不超过三天，那么这时间对凶手来说，一定很重要，也很忌讳，使他一定要避开这段时间，掩盖杀人真相，所以，我们要从时间上着手，看看本县这三天之内，发生过什么事？”

安雅瑜垂下头去，微微皱眉，抬起头来时，眉头已经舒展开了，“三爷，我们也是三日之内到的，本县大事，莫非与开矿有关？”

林泽夫说：“也未必，我想，这其中一定有个关键，这两个人的死亡时间如果是三日之内，就会有人知道凶手是谁又或许知道杀人原因，总之，对凶手极为不利，所以，他一定要把时间延长至五天。”

安雅瑜眼眸清明，合掌说：“没错，三爷，但这一切只是猜测而已，六小姐虽然在旗袍店看到了殷佩，但很难证实，我们最先该做的，是查证死亡时间，我们开棺是在两天之前，开棺取胳膊时，棺材里还是没有尸体的，凶手藏尸，一定是近两天之事，可杀人时间，就不能确定了。”

“所以，现在你好好儿休息，晚上咱们出去。”林泽夫说。

安雅瑜明白了，“三爷想去那烧窑场看看？找到那处理尸体的现场？”她停了停说：“我爹在让人监视三爷，三爷恐怕也早派了人在县城内四处打探消息了？”

他这么快就锁定了郊外窑场，怕也是通过特有的渠道得到了消息。

林泽夫点了点头，干净利落站了起来，拉开了门，林幽兰半弯腰贴耳站在门边，看见他，直起腰打了声招呼，“嗨，三哥，嗨，白副官？”

林泽夫说：“都听见了？还不快回去睡觉？”

林幽兰一听有她的份，喜笑颜开，“好咧！”

安雅瑜合上房门，两天以来，一直没有睡过，此时感觉极为疲倦，头一沾上枕头，就睡着了，却什么梦也没做。

……

郊外烧窑场。

月冷星稀，万籁俱静。

“这里原来是个土长城，后来土长城失去了防御作用，渐渐荒废了，可因长城之下挖出了陶土，而有些长城泥砖更是用陶土砌成，经过多年阳光晾晒，土性变得柔和，极利于烧制瓷器，所以，王家在这里建起了窑场，曾经辉煌过一段时间，后来陶土挖完了，窑场也就停办。”安雅瑜说。

“王家？就是那个办煤油厂的王世祖家？”林幽兰问。

安雅瑜点了点头，“他们家以烧窑起家，将烧好的瓷器源源不断销往海外，赚了不少钱。”

窑场不远，依稀就可看见矿山，她抬头扫了远处山岭一眼，收回视线，“三爷，窑场这么大，恐怕不好寻找。”

林泽夫迈动脚步往前走，眼眸滑过她的脸，“你肯定有办法的。”

安雅瑜苦笑，“三爷对我可真有信心。”

她垂头思索起来，“如果这里就是凶杀现场，那么，没有人会无缘无故来到这种荒郊野外，凶手一定是约了人在这里见面，然后猝不及防痛下杀手，那么，他们所约见面之处，不能离马路太近，理当避开来往行人，而且具有标志性，让人好识辨，最好找一个较高建筑物的背面，这里唯一较高之处，就是那座废弃的高堡，既远离马路，又极好辨认，更能遮挡视线。”

林幽兰听得目不转睛，“如果这里不是凶杀现场呢？”

“不是凶手现场，只是处理尸体之地，凶手要生火焐热尸体，使尸体腐烂程度加深，点柴难免会有烟火冒出，即使不用柴，用煤炭，晚上也会有火光，同样需要一个背对县城之地，那座高堡旁边就有个小窑，是专门用来烧制精品瓷器的。”安雅瑜说。

林幽兰眨巴着眼，“小白，你能说清楚点吗？我们最好从哪儿搜起？”

林副官已经跟着林泽夫往高堡走去，回来头来说：“六爷，您跟着就行了，问那么多，你会更加不懂的！”

林幽兰跺着脚追了上去。

等两人来到高堡，林副官已经在高堡前后左右绕了一圈，等安雅瑜到了，拿手比画着挥刀姿势，对准土墙上那一道深痕问：“小白，你瞧，这像不像一道刀痕？”

安雅瑜走了过去，仔细看了看，却皱起眉头，“这的确是道刀痕，却不是近几天才留下来的，这痕迹，经过风晒雨露不少时间，刀痕极为陈旧。”

林幽兰跑到了远处去，指着石头上的刀痕说：“这里，这里，这里还有好多！”

安雅瑜走了过去，果然，那块大石头上刀痕纵横。

林副官蹲了下来，抚摸着石头上的痕迹，“这些刀痕，深浅不一，颜色也不相同，劈上去的时间相隔极久，倒像经常有人在这里练刀。”

“这的确是个好地方，高堡挡住了大路，人迹罕至，夜晚在这里练刀，有些响动的话，也不会惊动其他人。”安雅瑜说。

“晚上？我看白天也不会有人来！”林副官说。

“练刀而已，还要躲人，这个人一定是杀人凶手！你想啊，他不杀人，练刀有什么好躲人的？就像咱们三哥在咱家后院就差点没练大炮了，也没有人会觉奇怪。”林幽兰笑嘻嘻地看了林泽夫一眼说。

林副官捧场，“六爷说得很有道理，白副官，你说呢？”

没有听到安雅瑜的应答，两人同时转头，却见安雅瑜和林泽夫两人已经走到了小窑里去，他们忙跟上。

窑里荒废已久，墙脚之处堆着几个废弃的瓷碗，里面布满灰尘，地上满是鸟屎。

林幽兰扫了一眼，挠着身上，失望地说：“这里多长时间没人来过了，你们瞧瞧，这灰尘密布的！不行，咱们快点出去，有蚊子咬我！”

见没人理她，她指着林副官，“你，陪我出去！”

林泽夫冷冷扫了她一眼，“别理她！”

林副官耸了耸肩，“六爷，您还是忍忍吧，荒郊野外的，难免有些蚊虫。”

“啪”一声，林幽兰拍到手臂之上，把那拍死的东西捏起给他们看，“你们瞧，好大一只蚊子！”

就着月光，安雅瑜看清了她手上之物，皱眉说：“那不是蚊子，是只甲虫。”

“甲虫？”林幽兰把那东西举起，凑到眼睛前边，果然，一只小小的黑色米粒般大小的甲虫粘在她手指上，红色的汁水流出，已经被她拍扁了。

林泽夫冷声说：“就你娇气！以后不准跟出来！”

林幽兰赶紧拍去手上虫尸，挠着手背说：“三哥，我这怎么叫娇气？女人都怕虫子的。”

林泽夫懒得理她，走到安雅瑜身边说：“这窑洞里灰尘遍布，没有人来过的痕迹，看来我们猜错了？”

安雅瑜蹲下身子，手指在地面扫了一层，摇头，“三爷，您看这灰尘，全都是草木灰，我记得这窑洞以往烧的就是一种梅子青釉，瓷土里面加上草木灰，能烧出晴空碧天浮光之色，因此，这种草木灰带了些青色，窑洞关闭之后，草木灰也剩余下来。”

林副官问：“小白，你是说，洞里的灰尘，是有人用草木灰撒下去的？为了掩盖其他痕迹？”

安雅瑜点了点头，“如果是长年累月积累下来的灰尘，不会有这种颜色的。”

林副官竖起大拇指，“小白，连这你都知道，你这得读多少书啊？”

林幽兰撇嘴，“林副官，以为每个人都像你，不学无术，只会弄枪？”

安雅瑜瞧了她一眼，见她还在挠手背，手背都挠出了长长的红印子，问她：“六小姐，又有蚊子咬你？”

林幽兰说：“没有，没有，不知道怎么的，就是想挠挠，我明明把那虫子拍死了的!”

她忽地使劲拧了手背一下。

安雅瑜只觉她举止奇怪，倒也没其他想法，见林副官不知哪里寻来一束杂草，扫着地上灰尘，就走了过去察看。

窑洞里顿时灰尘满天，林泽夫一言不发走了出去，林幽兰也跟着。

“小白，小白，这里的地皮被铲了一层去了，还新鲜得很。”林副官招手让她过去。

安雅瑜走近，蹲下去仔细察看，点头说：“血迹浸入了泥中，凶手极为小心地打扫了杀人现场，非但铲去了表层血液，还撒上草木灰掩盖痕迹。”

林副官再扫开其他地方，失望地说：“只能看到铲开的泥层，其他却什么都没有了。”

安雅瑜说：“不会，这不正说明了这里就是凶案现场！”

林副官说：“小白，你说尸体也是不是在这里处理的？”

“很难说，凶手如果想把死亡时间提前，这里倒是最好处理尸体的地方，这个窑洞，只烧制精品瓷器的，因此，当初建造之时，极注意火力的均匀，只要在窑内烧上小火，窑内均匀受热，相当于冬天变成夏天，尸体加快腐化，法医就验不出死亡时间了。”

“只可惜，现场已被破坏，什么也看不出来了。”林副官说。

安雅瑜点头，“凶手极为谨慎，连地皮都铲去了一层，当然不会留下什么痕迹。”

林副官叹了口气，“一个小小县城，还真是卧虎藏龙，那一刀杀两人的手臂力量，连我们三爷都未必做得到。”

安雅瑜说：“也需要一把极锋利的刀。”

窑内灰尘慢慢散尽，光线斜映，使她的脸逐步隐现，她瞳仁却黑得惊人，看向窑洞一角，似将窑内所有光线都吸了进去。

林副官无来由地打了个寒战，勉强说：“小白，三爷还在外边等着，咱们先出去吧。”

林幽兰捂着鼻子从窑洞口探头进来，“喂，你们好了没有？时间不早了！”

她看见洞里已无灰尘，几步走了进来，“小白，发现了什么没有？”

安雅瑜走向洞口，“现场已被人仔细清理打扫过了，没有一点痕迹。”

“是吗？但这也证明了这里就是凶案现场？是不是？”林幽兰凑到她的眼前，“小白，我说得对不对？”

安雅瑜点了点头。

“什么人会约在窑里相会，还动起手来？这窑场到底有什么不同？”林幽兰喃喃地说。

“这些，要查过才知道了。”安雅瑜说。

“也是。”

坐上小车，林泽夫嫌弃地看了她一眼，把一方手帕丢到她的膝盖上，“擦干净些！”

安雅瑜对着镜子一照，脸上全是黑色灰尘，忙小心地移动身子坐开了一些，她把脸上灰尘仔细擦干净，再在身上查看，把衣襟上灰尘都擦了去，以免粘到了身边这人身上。

这么一擦，手帕就变成了一块黑布了，她不好再还给他，只把手帕团成一团放进衣袋。

前排的林幽兰却不满了，“三哥，你嫌弃人家，要不你坐前边来，让我坐后边？”

林泽夫一手套打在她后脑勺上，“坐好，动来动去干什么？”

“不是，三哥，小白，你们有没有看到有虫子？我总觉得后背有虫子咬！”林幽兰扭过头说。

安雅瑜一怔，就着晨曦看她的脸色，却见她脸上有丝不正常的红润，一伸手，抚上她额头，只觉烫得吓人，赶紧说：“三爷，六小姐好像病了。”

林幽兰却一把抓住了安雅瑜的手腕，目光迷离，“小白，你别跟着三哥了，好不好？我跟爹说，让你也当个官职，镇守一方，以后，就能娶我了，凭什么啊，他齐沛鼎是什么东西，凭什么要我嫁给他！我就不嫁，再逼我，我这头发永远都不蓄长了，看他敢不敢娶！”

安雅瑜看了她的板寸头一眼，终于明白她这头发的来历了，默然无语，想把手抽出来，却被她抓得死紧，纹丝不动。

她悄悄拿眼角扫了林泽夫一眼，阴影之下，林泽夫的脸更沉了。

她只好说：“六小姐，我无德无能，又无半点军功，这督军之职岂是那么好任的？”

“我不管！反正我不嫁给齐沛鼎，为什么娘忽然改变了主意？三哥，是不是你又搞鬼？”林幽兰松开了她的手，身子扭着，指尖指到了林泽夫的鼻尖上。

林泽夫拿手套一打，打得她哇哇大叫，吹着手指嘶嘶有声。

他吩咐：“靠边停车。”

林副官忙把车开到路边去停了下来。

车子停了下来，林幽兰却安静了下来，头一垂，靠在了车窗之上，似是睡了过去。

早晨的阳光照进，她的面颊现出微微的红润，嘴角却有丝笑意，仿佛梦到了什么好事。

安雅瑜站在门边，却是忽然间定住。

林副官看了看她，又看了看林幽兰，低声问：“怎么了，小白？”

安雅瑜似猛然惊醒，手指颤抖，缓缓地放在她的鼻端，等感觉到了鼻息，吁了一口气说：“她的现在样子，让我想起了一事。”

林副官吃了一惊，赶紧用手指放在林幽兰鼻下，“六小姐没事吧？”

“没事。”安雅瑜说。

林泽夫却说：“林副官，你去附近打点水来。”

林副官挠了挠头，拿了水壶去打水。

林泽夫拿起林幽兰的手腕，手指放上去号脉，沉默半晌说：“她没什么大碍，可她这病，来得倒是奇怪之极。”

安雅瑜见他动作熟练，难免好奇，“三爷，您还会诊病？”

林泽夫说：“你那是什么眼神？你家三爷就是个不学无术的？”

“没，我没这么想。”安雅瑜很老实，“我认为三爷对弄伤人很在行。”

“靠人不如靠己，一点小病小伤，我还是懂一点。”林泽夫语气淡然。

原来他这么命大，倒也不全靠那些背地里保护的人。

正巧这时，林副官取了水过来，安雅瑜取出刚才那方弄脏的手帕，倒出水壶里的水略微洗了洗，敷在林幽兰额头上。

林副官有些担心："三爷，六小姐忽然之间这样，这是怎么了？要不要尽快去医院瞧瞧？"

林泽夫说："她脉象平稳，体温虽然有所升高，但依旧在正常范围之内，想来没什么大碍。"

安雅瑜用手背抚了抚她的额头，发现她体温正常起来，说："三爷说得没错，六小姐好像已经没事了。"

"可她为何依旧昏迷不醒？"林副官问。

安雅瑜看清她眼睫毛微微颤动，心里有几分明白了，正想收回手，却被她一把抓住，贴在面颊之上，双眼依旧紧闭，"小白，刚才我说的话都是真的。"

安雅瑜一抽，收回了手，"别装了，六小姐。"

林幽兰睁开眼睛坐起身来，脸上带着些羞惭，拿眼角扫着安雅瑜，说："刚刚我说的话……"

林泽夫打断了她的话，冷冰冰地问："老六，你刚才极为失控，是吃错了东西吗？"

林幽兰一愣，垂头思索起来，"真是奇怪得很，像喝醉了酒一样，什么都想说了出来，可俗话说得好，酒后吐真言，小白……"

安雅瑜垂头看着马路，只当没听见。

林泽夫哼了一声，"喝醉了酒？我瞧你，倒像是发了疯！"

林幽兰怔了怔，"没有吧，三哥，我说了什么我记得清楚着呢。"说完，又用手在手背上挠了挠。

安雅瑜一步上前，对她说："六小姐，你伸手出来，给我看看。"

在林泽夫的逼视之下，林幽兰倒不敢再提刚才的话，老老实实地伸出了手。

安雅瑜想拿起她的手背仔细看看，但瞧清她眼底的殷切，醒悟了过来，把伸出去的手又缩了回来，只看了看她的手背，"这一路之上，六小姐并没有吃过喝过什么东西，只是被那甲虫咬了，而咬过之后体温开始升高，仿佛陷入了醉酒状态，其实是神经中枢被什么东西影响了，六小姐，刚开始，你说仿佛背上有虫子钻了进去？"

林幽兰说："是啊，我好像又看到了虫子，可一拍下去，根本就没有虫子！是我眼花了。"

安雅瑜忽地抬起头来，直直望向林泽夫，“三爷，您还记得五姑奶奶吗？”

林泽夫脸色凝重，点了点头。

林幽兰吃惊地说：“不会吧？怎么可能？她是有人给她下毒。”

“六小姐症状轻了许多，来得快，去得也快，但同样的，都出现了幻觉，林莫兰中了魔幻蘑菇之毒，毒性分量极重，因此表现出来的症状极严重，而六小姐只是被虫咬了，可如果真是虫体含有毒性，一只小小的虫子居然对人脑影响如此巨大，如果数量众多的话……”

安雅瑜停顿了下来。

林泽夫轻声接住话头，“重则要人性命，轻则使人发疯，神志不清。”

林幽兰头皮发麻，看着手背上的红点，勉强地说：“三哥，小白，你们可别吓我，不一定是这虫子咬了的原因？或许我受了风寒，迟不发作，早不发作，刚好现在发作了呢？”

没人理她的推论。

林泽夫说：“可惜那虫子被你打死了！”

林副官就问：“三爷，要不我们回去，再找找看，还有没有其他残留下来的？”

安雅瑜摇头，“不会有了，凶手心思缜密，凶案现场撒上了一层草木灰，现在想来，不单是为了掩盖凶杀现场，也有驱虫作用，想来咬了六小姐的那只小虫，只是漏网之鱼罢了。”

“小白，你是说，那一男一女的死，还另有蹊跷？”林副官问。

安雅瑜说：“要验过尸体才知道，如果真有这样的虫子，能使人神志不清，那么杀两个人一刀串胸就容易许多了。”她抬起头看了一眼林幽兰的手背，“可这虫子所咬伤口极细小。”

林幽兰望了一眼手背，果然，她手上被咬伤的地方红肿已经褪了，又恢复至白璧无瑕，只剩下了几道指甲挠痕。

林泽夫只淡淡地说：“无论罪案布局多么严密，总有其疏漏之处。”

林幽兰点头，“是啊，有小白在，管它是虫是人，总能查了出来的。”

林副官跟着附和，“我瞧啊，凶手心思缜密，咱们小白也不差啊，小白，哦，如果没有你，咱们几个可联想不到虫子上边去。”

林幽兰垂下头，拿眼角扫安雅瑜，吞吞吐吐地说：“是，是白副官对我特别关怀，连我被虫子咬了都注意到了吧？”

安雅瑜没接她的话茬，只对林泽夫说：“三爷，我们还是快回去，找个医生给六小姐看看，瞧瞧她有没有后遗症。”

林泽夫点了点头，几人重上了小车。

……

“三爷，查实了，六小姐身体没什么大碍，看来这种毒性停留时间不长，还真像喝醉了酒一样，一经人体排泄出去，只有一时的功效。”安雅瑜说。

说话间，菜端了上来，是本县著名的杂菌汤，林泽夫指了指对面的座位，示意她坐下。

他把汤碗放至她的面前，她忙用汤勺舀了汤盛好。

他取回了那碗汤，舀了勺汤来饮，轻轻咽下，“这汤果然好喝。”

一边站着布菜的小二闻言高兴地介绍：“这位客官算是点对了，这种菌汤，只有本县才有，别的地方可是没有的，只有我们这里的山谷里的枞树上才能长出如此味道鲜美的菌来。”

安雅瑜喝了一口，味道如以往一样清香鲜甜，她把桌上的馒头掰成小块丢入汤中，用汤勺舀起来吃。

“噢，客官以前吃过？您这种吃法，也是本县独有的，我们这种小馒头，用炭火慢烤，果木的香味浸入馒头当中，再把烧好的馒头掰碎了，放入菌汤里，那滋味，鲜香中带着焦脆，吃过的人绝对会再次回头！客官，您说是不是？”

安雅瑜定了定，放下了汤勺。

林泽夫挥手让小二退走，瞧了她一眼，“你以往常吃这种菜？”

安雅瑜轻声说：“以前娘未过世之时，常给我做这道菜。”

远处人声嘈杂，饭桌上的欢笑隔空传来，安雅瑜有些恍惚地望着桌上的菌汤。

“你想吃，常来吃就是了。”林泽夫语气轻淡。

安雅瑜瞧了他一眼，“三爷今日特意点了这道菜，是有什么讲究不成？”

林泽夫拿筷子在里边搅了两搅，把菌子搅得起伏不定，“没什么，只是想到老五上次中毒，是什么魔幻蘑菇搞的鬼，想想这蘑菇，有的鲜美无比，有的却含有剧毒，品性各不相同，像人一样，还真有趣……”

安雅瑜心说这有什么趣。

她无语地看着这无聊得把蘑菇当有趣的人，“三爷，你可有好久没遇到刺杀了，您就不怕？”她指了指那蘑菇，“听说吃野生毒菇而死的人不少啊！”

“你放心，想杀我的人用刀用枪的多，用毒的嘛，至今未见。”林泽夫瞧了她一眼。

安雅瑜今天存心和他抬杠，“您身边现在只有我们三人，又在偏远之处，如果是刺客，这可是最好的刺杀时机！”

林泽夫啪的一声放下筷子，正想开口，目光却越过她落到了窗户外边，皱眉，“真奇怪，他怎么来了？”

安雅瑜转头，只见一楼门口，齐沛鼎提了个小箱子静静而立。

他似乎在等什么人，站在台阶上往街道那边望，隔不了一会儿，一辆小车从街道那头驶来，直停在了齐沛鼎跟前，车门打开，下车的却是安之祥。

安雅瑜忙以手遮脸，不敢往下望。

“别担心，我们能看得到他们，他们却看不到我们的。”林泽夫指了指桌子前那根大柱子。

大柱子刚好把窗外来的视线挡住了。

安雅瑜讪讪地放下手，向下望去，两人却已上了小车，绝尘而去，她轻声说：“他们怎么会走到一起去？”

林泽夫饮了一口菌汤，“想知道，跟上去瞧瞧不就行了？”

安雅瑜一怔，想了想说：“还是别打草惊蛇了吧？再说，人家都坐车走了，怎么跟啊？”

林泽夫站起身来，“走吧。”

安雅瑜只好跟着，来到门口，林副官已经把车开来，直坐上了小车，安雅瑜正在猜测要怎么才能跟上，却见路口有人向这边打了个手势，她忽然间明白了，林泽夫怕早就派人跟着安之祥了。

车子往左边道路行驶，跟着前边那辆车却渐渐远离了县城，直驶向了墓地。

天色尚早，车子远远地停了下来，却不好再往前去了，他们下了车，躲在一棵大树底下，往前望去，却见安之祥和齐沛鼎站在墓前不知道在说什么。

安之祥指着那墓碑，神色激动，齐沛鼎却是表情冷淡，连连摇头。

安雅瑜说：“可惜听不到他们在吵什么？”

林泽夫已经转动脚步，一棵一棵树往那边移，身形快如闪电，还没等安雅瑜反应过来，他已经移到了离两人谈话处最近的那棵树后。

安雅瑜左右看了看，心知自己没那本事，能有林泽夫那么快的身手，可以在不被他们发现的情况底下移到两人近旁去，她没办法，只好趴了下去，像乌龟一般一寸寸往林泽夫那边挪。

还好两人吵得厉害，没有注意这边，等她挪到了，谈话已进行了大半。

“你信也好，不信也好，此事就是如此，他们来了，这墓就被人挖开了，我事后查得，小女居然被人偷了条胳膊！”安之祥说。

“安县长，你的意思，这墓中多出来的两个人，是他们杀的？你骗谁呢？你可得明白，不是我要问你，而是上边的人问你，此事不弄个明白，谁也落不得好去！”齐沛鼎腔调不硬不软。

“我怎会知道这是怎么回事？我根本没见过他们！”安之祥说。

齐沛鼎似没有听见他的话，慢吞吞地说：“又是一桩死无对证的案子，安县长，你们家发生的案件可真有共性，上个案子你家死了那么多人，这一次，倒越发不得了了，我倒想看看，上边会不会信你！”

安之祥冷冷瞧着他，“齐大公子有什么疑问，尽管查个清楚明白，我问心无愧！”

齐沛鼎一声嗤笑，“安县长运气是好，可能不能维持这好运气，就要看造化了，我劝安县长还是想想，怎么向上边交代吧！”

安之祥语气冰冷，“齐沛鼎，你放心，我会给上边一个交代的！”他拂袖想走。

齐沛鼎一绕，却又拦住了他，“安之祥，我劝你消停一些，别妄想糊弄过去，这一次，死的可不是一般人！你若不明明白白查个清楚，你们安家可真的要灭门绝后了。”他冷笑了两声，“你我心底都明白，当年的事因着你女儿的关系，不了了之，上边也不曾再追查下去，这次可不同！”

安之祥脸色阴沉，“你不信我，自己去查，何必多说？”

他拨开他的手，沿小路直走。

“安之祥，你不会不知道，这一次死的，是主流之一吧？”齐沛鼎看着他的背影，忽然说。

安之祥身形一顿，却继续往前走去，“不做亏心事，不怕鬼敲门，齐大公子，你尽管去查！”

齐沛鼎看他越走越远，脸色阴沉，却没有再说什么，却走到安家空了的坟墓之前，连声冷笑，隔了一会儿，也离开了。

等他们离开，安雅瑜才撑着地慢慢站了起来，她扶着身边树干站直，却只觉脚底有股寒意从草皮处直浸了进来，让她的心冰凉成一片。

她抬起头来，林泽夫脸色平静，说：“走吧。”

安雅瑜默默地跟着他往前走，来到了那几个空墓之前，墓碑已经被移走，剩下几个大坑，坑边堆满了黄土。

不远处，窑场的楼台露出一点屋顶，衬着远处青山，澄澈碧蓝的天空，静得时光都似乎被冻住了。

“前面他们的对话，你可能没有听见。”林泽夫背负双手，声音极轻。

“他们还说了什么？”安雅瑜嘴唇发白，定定地看着他的后背。

她的手紧紧地抓住了裤缝，想捂住耳朵，不想听他说下去，可他的声音还是传至她的耳朵。

第二十六章　自焚而亡

“他们说起了你逃婚之事，齐沛鼎质问安之祥，当年之事是不是他设计？还问安之祥，你二娘、妹妹之案是怎么回事？”他一字一字说了出来，如千钧重石，一块块压在安雅瑜的胸口。

“不可能！”安雅瑜耳朵嗡嗡作响，他的声音如从遥远的天际传来，飘飘忽忽，却清晰无比。

“安之祥说，如果不如此，他们怎么会有活路？又叫齐沛鼎别再提当年往事！”林泽夫没有回头。

安雅瑜怔怔地看着他的后背，他的背影渐渐模糊了，她一抹面颊，脸上却已经濡湿一片，她只觉自己虽站在这无尽旷野，却仿佛置身狭小棺木，四周黑寂一片，让她喘不过气来。

“不会的，不会的，逃婚怎么会和爹有关！”安雅瑜喃喃地说，“他们也许说的是另外一件事。”

“其实你心底早已经有了判断，不是吗？无论我听见与否，这就是你心底的怀疑，安雅瑜，你别自欺欺人了。”林泽夫淡淡地说，转过身来，往小径处走，来到车边，坐了上去。

她看着坐在驾驶座上的林泽夫，拉开副驾座的门，坐了上去，“我想去拜访一下我爹。”

林泽夫回头看她，又回过头去，“再等两天，两天之后，会有消息传来。”

安雅瑜愕然地望着他，他却不再答话，只把车子发动，绝尘而去。

……

“难得有机会出来，小白，你别老那么严肃行不？”林幽兰在前边小径蹦蹦跳跳地走，回过头来等她。

她不知道哪里寻了一顶假发戴上，换回了女子衣裙。

有风吹过，她按住了头上假发，安雅瑜实在忍不住，问她："你这么折腾干什么？原来就不应该剪的。"

林幽兰把头顶假发按实了，仔细理好鬓边乱发，"小白，当时一冲动，就把头发剪了，都怪齐沛鼎他爹，居然派人来求亲，我娘一口就答应了，我能怎么办？小白，我这可都是为了你……"

安雅瑜咳了一声，一脸便秘，掩着嘴角说："六小姐，您小心点，看着点儿脚下的坑，别崴着了。"

林幽兰脚一歪，还真差点崴了脚去，安雅瑜忙扶了她一把，林幽兰就势往她身上靠，安雅瑜赶紧松手，避开几步，追上了林泽夫。

林幽兰在两人身后摇来晃去半天，终于站定了，嘟起嘴按住头发跟了上去。

林泽夫似笑非笑地看了看她，低声问："安雅瑜，是不是还是在三爷身边保险些？"

安雅瑜脸色沉静，"三爷，咱们不是去拜访王世祖么？来这里干什么？"

这里是小青山煤矿厂，前边不远处，几十名长衫富户打扮的人围在一处，脸上皆有兴奋之色，好像在讨论什么。

一些矿工却三三两两地蹲在矿洞口，表情木然。

林泽夫几人走了过去，极低调地朝前走，站在了人群之后。

"王世侄真的把机器运过来了，现场就能从煤中提取出煤油来，这都是我亲眼所见的。"一个老者说。

"这还有假？本煤矿安县长都已经入了股了，仅剩下几十股，这煤矿一开，一本万利，稳赚不赔的生意，你们干不干？你们不干，我还可多拿几股。"一个胖胖的中年人表情兴奋。

"当然要入了，只当是玩玩，王世侄说了，赔了算他的，赚了算我们的！"一干瘦青年人说。

说话间，王世祖从矿洞里匆匆走了出来，身后两名雇工抬了一大筐煤，另几位长衫富户跟在其后。

矿洞口，放置了一个奇形怪状的机器。

一见他出来，众人皆围了上去。

他向众人团团行了个半礼，说："今日在众位的见证之下，开采煤矿，并用机器从煤中炼出煤油来，我王世祖所做之事，向来光明正大，为免日后诸位乡亲心存怀疑，今日由朱老伯、陈老伯亲下矿洞见证，采出原煤，但由他们亲手将采出来的煤放入这机器之中，开动机器，制出煤油来，以证王家煤矿采油事业不虚。”

众人尽皆鼓掌。

干瘦青年说：“就当如此，一切光明正大的好！”

胖胖老者说：“王世侄办事，我们放心。”

王世祖脸色谦逊，一脸忠厚，“话不是这么说的，虽然这煤矿安县长占了大半股份，但我们王家在本县受诸位恩惠极多，有钱大家一起赚，是我们王家一向的宗旨，诸位叔伯兄弟如果信得过我王世祖，信得过安县长，我保证让大家赚得盆满钵满，几世无忧。”

众人互相望了望，都暗暗点头，跃跃欲试。

王世祖向两位老者说：“就劳烦朱老伯、陈老伯亲自动手，把煤加入这机器当中。”

两位老者撩起了长衫一角，塞进腰中，还真拿起铁锹，把藤筐里的煤一铲一铲地铲进了机器。

王世祖走上前去，按下了那机器的开关，机器轰隆隆地响了起来，震得地皮也随之颤动不已。

过了十分钟的样子，王世祖上前，再按机器开关，机器停了下来。

他指挥工人拿来了个木桶，接在机器出口之处，向众人解释：“原本把煤变成煤油，大约要半个钟头，但为了让诸位叔伯看得仔细些，先让你们看一下煤油的半成品。”

他一扳把手，出口处涌出的黑色物质全流进了木桶里，两名工人把木桶提到光亮之处，众人皆围了上去，有人伸手进木桶，用手指头蘸了些液体放到鼻端闻了闻，满脸惊讶，“是煤油，真是煤油！”

更有人双手捧起桶中之物，在光亮处仔细察看，连连点头，“一半煤，一半油，这不到十分钟时间，就把煤变成了油，这种技术，可真是一本万利。”

王世祖脸上却无得色，一脸谦逊站着，拱手说：“各位叔伯，晚辈在西洋学习矿务多年，总算不负父亲期望，学有所成归国，既是赚钱方法，理当与大家同享。”

“世侄，不用多说了，我入两股！”胖胖老者从怀里拿出钱袋子，“这里是千块大洋，世侄数数！”

“曹老件，您这可就不对了，王世侄都说了，每户准买一股，以示人人有钱赚，永不落空！”干瘦青年边说边从怀里拿出张银票来，“你若买两股！我就入三股！”

众人一拥而上，齐齐围住了王世祖。

林泽夫向安雅瑜使了个眼色，两人慢慢朝那机器靠近，林幽兰此时却老练得很，自动自觉挡住了想靠近的人。

众人皆围住王世祖入股，倒没有人注意到这边。

安雅瑜拿手指磕了磕那机器，听清楚沉闷的声响，再一瞧它的结构，看清包边明显的新铸痕迹，站起身来，和林泽夫对望了一眼，说："果然如此。"

"用轻坦发动机改装而成，里面装了满满一桶煤油，把煤浸入煤油内，流出来的时候当然是煤油与煤的混合物了。"林泽夫语气淡然。

正看着，那边却有了响动，有人唤了声："安县长，您也来了？"

两人转身，果然，安之祥匆匆走来，一眼看见林泽夫，忙分开众人过来，"林督军，您也来了？"

林泽夫点了点头，"来瞧瞧你说的这煤矿工业是怎么回事，看有没有投资价值。"

安之祥指着那机器喜悠悠地说："林督军，您看，我所言不虚吧，用这个机器，把煤放进去，只需要用少量的电，就能制出煤油来，打个比方，一公斤煤，原本只值五角钱，可这一加工成煤油，就值一块银元了，升值十倍不止！"

林泽夫笑了笑，"安县长，贵县煤矿丰富，一定能带领众人发财致富，使贵县上一个新的台阶。"

安之祥哈着腰说："那是当然，这也要督军支持提携才行。"

林泽夫缓缓抬头望他，慢吞吞地说："安县长，塞翁失马，焉知非福，安县长祖坟才出事故，却找到了这么好一个发财捷径，安县长可终于否极泰来。"

安之祥满脸笑容，"如此说来，林督军也想参上几股？如果有您带头，这单矿业，我们就能大干了。"

林泽夫笑容一收，语气淡漠，"安县长，这机器我看你还是多加考察的好，是否能真正制出煤油来，可不是嘴巴上说说就能成的。"

安之祥连连点头，语气肯定，"督军，我亲自试过许多次了，能制出来，没错的，督军是怕这机器容易坏，没人维修？您请放心，王世侄自国外请了机械师来，随坏随修，绝误不了事！"

安雅瑜不想见他这副贪婪模样，走到一边去，看着王世祖指挥账房先生记账收钱。

不一会儿工夫，王世祖带来的两个大钱匣子装满了银票银元，还有人不停拥上来交钱，要买别人手里的股份。

她轻轻叹气，把目光收回。

安之祥陪着林泽夫走了出来，“督军，您请放心，我让王世侄再多实验几次，做出纯净的煤油来，让您亲自过目。”

三人告辞出来，沿小路往车上走，安雅瑜回头，却见矿洞处依旧人声鼎沸，众人满脸兴奋，仿佛手上已握满了无数银子。

“王世祖给他们编了一个发财的梦，让他们沉浸在这梦中。”林幽兰忽然满脸深思地说出这句话来，一副哲人的样子。

林泽夫看了她一眼，“你的脑袋忽然之间没装水了？确实意外。”

林幽兰一脸得意，转过身来望着安雅瑜，“小白，你看我平时不着调，那都是三哥诬蔑的，其实我向来深藏不露，一鸣就惊人，小白，我跟你分析分析安之祥和王世祖搞的这个煤油煤矿，看对不对！”

安雅瑜看了一眼她头顶快掉的假发，垂目说：“六小姐请说。”

林幽兰顺着她的视线按了按头顶，把假发按实了，“这原本就是一个极大的骗局，安之祥身为一县之长，居然被王世祖这么个东西欺骗，投资煤矿，我估计，王世祖收完这些钱后，就会失踪了，不但他的钱要不回来，这些人的钱也打了水漂，这些人找不到王世祖，只好找安之祥，我估计啊，安之祥危险了，非但县长职位不保，还会钱财受损。”

林泽夫表情平静，不置可否。

安雅瑜点了点头，“确实如此，六小姐分析得没错。”

林幽兰受她鼓励，兴致更高，“王世祖这个骗局也就只能骗骗这些乡下没见识的了，哪能骗得了我们三哥，三哥今日提醒了他，我估计，他或许会仔细考虑这机器的性能，从而清醒也说不定。”她有些迷惑地看着林泽夫，“三哥，你为何不干脆跟他说个明白？”

林泽夫说：“有些人不经过教训，是不会清醒的。”他看了安雅瑜一眼，“安县长性格固执，也该让他受些教训了。”

林幽兰说：“这个教训可不得了，会让他倾家荡产的！”她叹了口气，点头，“不过三哥说得对，这安县长糊涂得很，为了桩婚事害得女儿如今下落不明，是该给他一些教训！”

林泽夫瞧了一眼对这些话已经免疫了的安雅瑜，“安县长祖坟出现了两名受害人，想依靠风水改变安家运势的期望破灭，把唯一的期望押在了这开矿之上，想他清醒，只怕难得很。”

安雅瑜转头看着车窗之外，只沉默不语。

林幽兰说："小白，你说那两个人到底是谁杀的？这么小一个县城，居然藏了个武林高手，想想就觉兴奋，还有那咬了人会让人性格大变的虫子……"她突发奇想，"三哥，你这人是去到哪里，哪里就有凶案发生，你说，这一切会不会又和你有关？"

林泽夫瞪了她一眼，"不知所谓！"

林幽兰缩着脖子说："我只替安雅瑜可惜，那么个聪明绝顶的女子，却有这么一个爹，糊涂得被王世祖那种人骗，你说这父女两个，脑子为何相差这么远？"

车厢里静了下来，没有人答她的话，安雅瑜呆望车外，似看得痴了。

林泽夫则半闭双目，似在闭目养神。

林幽兰见没人理，也不在意，继续说："三哥，这县里发生的案件可真是奇怪得很，你说，那咬人的虫子到底是从哪儿来的？是不是真有人饲养？可惜了，我一巴掌拍死它的时候，没看清它长成什么样，但我可以肯定，就是个普通虫子的模样……"她脑洞大开，一拍手，"对，就像那些米虫，黑黑小小的！哎，有人居然饲养虫子害人，这喂给它吃的是什么啊？被咬觉得有虫子钻进肉里，一定是幻觉，不会是那所谓的魔幻蘑菇吧？这蘑菇那只鸟那里有卖的，你说，这虫子会不会也是他搞的鬼？"

林泽夫与安雅瑜同时转过头来，互望了一眼，安雅瑜轻声说："这倒是一条线索，只是这个人难找得很。"

林幽兰见自己的意见终于引起重视，高兴地说："小白，有三哥呢，找那只鸟容易得很，三哥，你说对不对？"

林泽夫没有答话。

车子停到了酒店门口，还没停稳，林幽兰忽然间拉开车门跳下了车，张嘴就叫："宫池鸫，宫池鸫！"

酒店台阶上，宫池鸫一身白色西装，手持文明棍，缓缓转过身来，表情温和，"咦，六小姐，真是人生何处不逢君，怎么这么巧？"

他抬眼看到安雅瑜与林泽夫，眼睛一亮，越过林幽兰向两人打招呼，"三爷，白副官，你们也在？"

林泽夫点了点头，"宫先生生意遍天下，这小小县城，先生也有生意？"

宫池鸫哈哈笑了两声，看着安雅瑜，"这个县城，藏龙卧虎得很，白副官还不知道吧，这县城也有一位全国出名的探长，不过，是个女人，只可惜，现在下落不明，再者，这县城有矿有山的，可做的生意多着呢，不知道你们又是为何而来？"

林幽兰被他忽视，很不甘心，身子一斜，插到两人中间，挡住了宫池鸫的视线，哼了哼说：“我们干什么关你何事？宫池鸫，你老实说，你是不是跟踪我们来的？”

宫池鸫摊开双手，夸张地说：“六小姐，你说什么呢？三爷我也能跟踪得到？我还要不要脑袋了？”他斜着身子探头看向安雅瑜，“白副官，我要跟踪么，也是跟踪你来的！”

林幽兰气得跺脚，“小白，小白关你何事！你跟踪她干什么？”

林泽夫却是面无表情。

安雅瑜无语地看着三人，叹口气说：“宫池先生还没吃晚饭吧，要不咱们先进去，边吃边聊？”

宫池鸫左右看了看，“咦，你们不是还有个林副官吗？他去了哪儿？”

他还真不忌讳，明打明地告诉两兄妹，他对他们的行踪、人员了如指掌。

两兄妹沉着脸不出声，安雅瑜只好再说：“林副官去办点小事，没在。”

宫池鸫哈哈笑了两声，“确实是小事，哎，这县城说大不大，说小不小，林副官人生地不熟的，可别迷路了。”

走进了餐厅，分主次坐下，旁桌有人谈起了煤矿之事，“这是我们亲眼看到的，用那机器，把煤压制出煤油来，就像压榨花生油一般，煤油质量也好，以后就不用从洋鬼子手里买煤油了。”

“况老板，你怎么不入股？”

“我哪有那闲钱，一千块大洋一股，哎……”

“老王和老李借了高利贷入了两股，那一本万利的，我估计年底就能拿回本来。”

宫池鸫转过头来，悲天悯人的语气，“这乡下地方生意简直太好做了，早知道这样，我还在省城混什么？编几个发财大计，钱财滚滚而来，三爷，您说是不是？”

林泽夫抬头看了他一眼，“编个谎言骗钱的确容易，总比买卖军火容易得多，那四十六营才装备了五辆轻坦，你就能让人偷了一个发动机出来，宫先生神通广大，确实让人叹为观止。”

宫池鸫脸色顿时不好看了，“三爷，您说笑了吧？军营戒备森严，怎么会有人做这种事？”

“每辆轻坦都有编码，一个月前，宫先生和王世祖就来往密切，银财往来不少，先生要不要看看你的账目往来明细？”林泽夫饮了一口茶，语气轻淡，“先生这单生意，弄得不好，也是要掉脑袋的。”

安雅瑜暗暗吃惊，都说林泽夫手下秘密养着一群收集情报、刺探军情的特工，她以往倒不觉得什么，今日可真正见识到了。

“三爷真是消息灵通，三爷没有动手，对我留了几分余地，定是有所要求，三爷想让我做什么？”宫池鸫说。

“也没有什么，本县前几日发生命案，宫池先生又凑巧来到本县，定是知道了不少秘闻，不妨说说，你到底知道了些什么？”林泽夫问。

宫池鸫脸色缓和，垂眸，“三爷说的是死在安家祖坟里的那两个人？这单案，我确实听说了。”

林泽夫揭起茶盖吹了吹茶水上浮着的茶叶，不置可否。

宫池鸫只好继续说：“那男的不算什么，女人的身份却有些奇怪……”

林幽兰说：“当然奇怪了，你别吞吞吐吐的，老实说，这殷佩怎么会死在棺材里的？”

安雅瑜也抬起头来，注目于他。

宫池鸫似感觉到了她的目光，迎上她的视线，“为什么？白副官早就猜出来了吧，那当然是殷佩有另一重身份，据我所知，殷佩只属小康之家，却能和六小姐上同一所名校，以她的家庭，哪能负担得起，自然有人在背后出钱了。”

“别含含糊糊的，她另一重身份到底是什么？”林幽兰紧追着问，“不是被人包养了吧？”

宫池鸫笑了两声，“哪是包养那么简单？我查了许久，也仅仅查出来像殷佩这样的人一共有十二个之多，并称十二将军，殷佩么，只是其中之一，她擅使一柄极锋利的长刀，最拿手的，就是一刀割喉。”

“不可能，她从哪里学的武功？她以前和我一起上学，被流氓骚扰，还是我替她赶跑的呢！”林幽兰大声说。

宫池鸫哈哈笑了两声，“六小姐天真可爱，想瞒过您那可容易得很，总之，这些人极善于伪装，但他们这么做的目的，以及幕后主使之人，我就查不出来了。”

安雅瑜倒是相信，心说宫池鸫无利而不往，如果让他查出些什么来，他还不利用此事敲诈一番？

“宫先生，你当真只查出了殷佩一人？”安雅瑜问。

宫池鸫摊开双手，“白副官，我也想多查出几个活的，可惜的是，我查出的人，最后都死了，哎……比如说那霍五娘，就是十二将军中的老五，还有白副官破的梅公馆案中的那花匠，是老七，还有还有，那位辫匪军师，老八，哎，你说我怎么这么倒霉？查一个死一个，死一个查出一个，如果早查出来，可不就有好几桩大生意能做？这些人，一个两个可都手里有不少好东西！”

把敲诈勒索说得如此理所当然？

安雅瑜不由看了林泽夫一眼，见他仿佛没听见，她默默垂头。

林幽兰瞪大了眼睛，“真的假的？他们还有这身份？这么说，他们以前互相之间都是认识的？”

宫池鸫说：“难说得很，依我看，他们相互应该不认识，倒像有人在寻找他们，又或是剿灭他们，搞得时局动荡，京都屡发奇案，仿佛有什么东西被触动了，搅得人心惶惶的，这里面么，水太深了，我么，还是老老实实做些小生意算了。”

林幽兰呸了一声，“你会老实？”

宫池鸫说：“我当然老实了，你瞧，三爷一抓住我的命脉，我马上老老实实什么都说了，三爷，这些消息，可抵得了我这次犯的错？”

林泽夫再喝一口茶。

宫池鸫无可奈何，摊了手说：“三爷，我可真没有什么说的了，查出来的东西全告诉了你，再者……”他看了安雅瑜一眼，慢吞吞地说：“这次王世祖布下这骗局，我没有阻止，还略微点拨了一下，也是想为一位故人出口气而已。”

林幽兰想了想，拿不可思议的目光望他，“老鸟，你别告诉我，你为了安雅瑜出气？设计她爹？”

宫池鸫视线自安雅瑜脸上一扫而过，垂眸，“六小姐，你别老鸟老鸟的叫，我也有名有姓的好吗？想当年，我也曾热血沸腾过，安雅瑜以一介女子身份，不顾礼教，挺身而出，破了不少奇案，为人申冤，我也曾无限向往，当然，因为家庭出身关系，我只能制造冤案，不能为民申冤，但这并不是我想要的……”

听他这一通胡说八道，安雅瑜都想笑了，也暗暗佩服他心理素质之好，很少有人在林泽夫面前也丝毫不会输了气势的。

“好了，三爷，我知道的可都说了，其余我不知道的，我也不能胡说不是？”宫池鸫看着林泽夫。

林泽夫沉眸喝茶，没有说话。

林幽兰说：“还有，你那奇幻蘑菇卖给谁了？老实说！在这县城里有没有你的主顾。”

宫池鸫意外挑眉，“这可是个新鲜事儿，这小小县城也出现了那高级东西？看来我的生意已经遍布全国了啊！”

林幽兰说：“你真不知道？”

宫池鸪委屈地说：“六小姐，我又不是这一单生意，只是总经销，我只负责把货卖给分销，至于他们卖到什么地方去，我怎么会一一清楚？对了，六小姐，你在哪儿发现了蘑菇？我倒可以跟你查查。”

他脸色诚恳，看着林幽兰。

林幽兰说：“是……”她猛然醒悟，“想套我的消息？别妄想了，你不知道就算了，我们自己会查！”

宫池鸪很遗憾的样子，“三爷，你如果想我帮忙，说一声就行。”

林泽夫说：“这矿产生意，你还真准备掺上一脚？”

宫池鸪忙摆手，“有三爷在这儿，这生意稳赔不赚，我当然不会做了。”

他站起身来，拱手告辞：“三爷，我还有事，就不打扰您休息了，我就住在酒店顶楼最左边的房间，你如果有事，吩咐一声就行了。”

林泽夫嗯了一声。

宫池鸪走到门口，停了下来，转身，视线落到了安雅瑜身上，“对了白副官，你上次托我查的事我查得七七八八了，你若有空，咱们改天好好聊聊！”

安雅瑜愕然抬头，他表情温和，眼眸之中笑意盎然，她脑子有一瞬间的空白，待想问清楚些，他却转过身去，走出了门外。

安雅瑜回头，就见林幽兰瞪圆了双眼注视着自己，忙解释：“我没叫他查什么！”

她悄悄打量林泽夫，却只见他表情平静喝茶。

林幽兰哪会相信，“白副官，你好啊，作为三哥的副官，你可真是相识满天下！居然和这只鸟也有联系？”还没等安雅瑜回答，她自说自话，“我明白了，白副官，你这也是为了查案是不是？我就说嘛，你怎么可能跟那只鸟有什么交情？真是辛苦你了，还要捏着鼻子和这只鸟套交情，哎，这只鸟嘴紧得很，他告诉我们的，只是想让我们知道的！也不知道他到底想干什么？”

林泽夫把茶杯放下，“确实如此，他来到本县，绝不是仅仅为了那发动机的买卖。”又看了安雅瑜一眼，“宫池鸪说话是真是假，我还是能分辨的。”

安雅瑜松了一口气，笑得谄媚，“那是，三爷是什么人，什么人能在三爷面前玩花样？”

林泽夫冷冷看了她一眼，“既然知道，以后少跟宫池鸪私下接触。”

安雅瑜心说你这还是小气啊，装什么大方？

“当然，当然。”她连声答。

林幽兰却沉浸在刚才的思绪里，“三哥，白副官，你们倒是说说，这只鸟到底来干什么的？好像每次发生案子，总有他的身影，不是他卖的毒品，就是他卖的作案凶器，这一次，他还主持了骗局！他到底想干什么？可咱们却偏偏还抓不到一点他的把柄！”

林泽夫说：“这个人是友是敌，我们暂且先别管他，当务之急，这个骗局，要阻止了才行。”

安雅瑜默默点头。

……

“林副官，终于看到你了，三哥派你干什么去了？”林幽兰说。

安雅瑜回头看了两人一眼，见两人窃窃私语，也不在意，跟在林泽夫身后走进了县政府大楼。

正走着，忽看见几个人狂奔而过，有人大声喊：“不好了，安县长在楼顶引火自焚了！”

她大吃一惊，心扑通扑通狂跳了起来，与林泽夫对视一眼，拔脚往前奔去，等几人来到，不少人已聚在了楼前，仰头望着上边，指指点点。

“听说办矿的王家一夜之间失踪，收了不少人的入股银子，安县长把大半身家都投了进去，那些人找不到王家的，就来找他！”一名中山装青年低声说。

“安县长也真倒霉，女儿、老婆上吊自杀，前几日修祖坟，里面又滚出两个死人来，再发生了这样的事，这可真是倒霉事一件接着一件啊！”一个中年办事员说。

“前两天我就看他情形不对，还劝他回去休息，可他不愿意，说一定要办好这矿，把本县财政提升。”有人叹息着说。

“他压力太大了吧？”

安雅瑜抬头看着上面，五层楼上，安之祥瘦弱的身影在楼顶来回地走，他离她那么远，仿佛只剩下了一道剪影，一阵风吹过，就能把他自楼顶吹落。

这是她在这世上唯一的亲人了，她恨过他，怪过他，但此时，他站在楼顶摇摇欲坠，她才知道，她心底还是牵挂着他。

可她却只能眼睁睁看着，甚至于不能张口唤一声爹。

她张大了双眼，一股酸涩自胸腔涌出，忽觉悲伤到了极致，踉跄一步，身子摇了摇，却有人自身后扶住了她，她回头，林泽夫眼眸幽黑，却流露出少有的关切。

“快，快上楼去拦住他！”有人急切地说。

“天啊，他点燃了火折子了！”有人说。

“安县长，万万不可啊，安县长，您是一县之长，想想您的百姓！”有人高声叫。

安之祥对这话充耳不闻，只看着手里的火折子，忽然间惨笑出声，“我错了，我错了，我对不起父老乡亲！对不起大家！”

他手有些颤抖，举起了火折子。

安雅瑜胸口一片冰凉，脑门子却热得似火烫一般，尖叫声终于冲破了喉咙，“不，住手，你不能这样！”

林泽夫紧紧握住了她的手腕。

安之祥似乎听见了，停了下来，自上而下看着他们，“三爷，您也来了，您是来捉我的吧？”

林泽夫高声说：“不，安县长，你也是受骗上当，你先下来，总有解决办法，一定能找到王世祖，取回乡亲们被骗的钱的！”

安之祥沉默不语，只看着下边混乱的人群。

其他几位县级主簿全聚在了林泽夫面前，惊慌无措。

“你们既已发觉他不对，为何不拦着他，让他走上楼顶？”林泽夫问。

其中一位主簿说：“安县长昨儿晚上最迟走，一直和几个乡绅讨论办矿之事，第二天清晨，还没有人来办公，他就上了楼顶了，谁也没看见。”

安雅瑜身子微微发抖，林泽夫安慰地看了她一眼，说：“还不赶紧找人上去。”

“不行啊，林督军，通往楼顶只有一道门，那道门被安县长锁死了。”

“派人砸开那门！”林泽夫说。

众人忙向楼梯口跑了去。

“你们不准靠近，再靠近，我就点火了！”安之祥忽然提起了放在地上的一个铁桶，把铁桶里的油往身上倾倒过去。

众人只好停住。

“三爷，你为何不早点提醒？你早就知道了是不是？你们都想看我的笑话！可真是个天大的笑话，你们瞧，这就是那煤油，不是从煤里边提取的，是那机器里早装好的！我被王世祖这小儿欺骗，你们都很高兴是不是？”

有风吹过，把煤油的味道吹至下边，他站在楼顶，手忽然指着下面的林泽夫，声音尖厉，却清晰无比，“林三爷，我今天之所以落得这样的下场，全都因为你袖手旁观！是你，都是你，你派人挖了安家祖坟，放了两个死人在里边，想栽赃嫁祸，破坏安家风水！林泽夫，我有什么对不起你！”他再指向其他人，“还有你们，看我安家不好，你们就能好了吗？”

安雅瑜实在忍不住，高声说：“不对，所有的事，都是你自己的选择，不关他人的事！”

安之祥却没有看她，只喃喃地说：“我今日落得这般下场，都是你们，你们逼的！是你们逼得我走投无路！我家破人亡，都是你们逼的！”

林泽夫沉着脸看着前方，一言不发。

安雅瑜却是眼泪纵横，“为什么你从不想想自己的错，从来不替别人想一想？”

尖叫惊呼声忽起，安之祥垂头，手一晃，火折子点燃了，照亮他扭曲冰冷的面颊。

他看着下边，厉声笑着，“都是你们，是你们逼死我的，林泽夫，是你！都是你！你为何要挖我们安家祖坟？为何任由王世祖欺骗乡亲的钱？林泽夫，你不配做一方行政长官！”

厉叫声中，他一晃，火折子点燃了衣角，腾地一下，他整个人开始燃烧，他倒在了地上，同时，地上煤油腾地着火，火势蔓延，把楼顶堆积的杂物也点燃了，不过片刻工夫，楼顶燃成一片，再也分不清哪里是人，哪里是物，只剩一片火海。

安雅瑜呆呆地看着楼顶，眼眸里只剩下一片火光，可身子却如临冰窖，她忽然间明白，安之祥临终的指责意味着什么。

临死之前，依旧是别人的错，他从没有后悔过。

林幽兰大声怒骂：“安之祥怎么回事，临死还要乱咬一通，他做的那些事，和三哥有什么关系？”

安雅瑜抬头看着楼顶，消防水车来了，楼道口的门被砸开，一波一波的人拥了上去，水汽升腾，火光渐渐熄灭，可她却脚不能移，身不能动，只呆呆站立。

“走，上去看看！”林泽夫说。

她脚步机械移动，只追随着他的身影，一步步跟着他往楼上走。

楼顶燃烧的大火已经扑灭，李其琛正指挥人查看现场，见两人来到，忙上前招呼，指着盖着白布的身体，面色沉痛，“这就是安县长的尸体，皮肉都烧得差不多了，哎，楼顶杂物堆积过多，一着火就没办法熄下来，安县长又往身上倒了煤油，一发不可收拾。”

林幽兰早走过去，一把揭开了白色被单，转头捂着嘴干呕了几声，“还真是的，什么都烧得没了，这尸体也不用验了，很明显是被烧死的！”

李其琛点头说：“没错，从身形初步来看，确实是安县长无疑，再者，楼下这么多人看着，安县长自杀身亡，无可置疑。”

他一抬头，见安雅瑜呆呆地站在尸体之前，眼底神色莫名，略感奇怪，走过去说：“白副官，你有何看法？”

安雅瑜似忽然清醒，蹲下了身子，揭开白布看了看，复又站起身来，“暂且没有。”

李其琛只是感觉她神情奇怪，不由又看了她一眼，摇头，“这案子清晰明朗得很，依我看，当场就可结案了，只是没想到安县长这么想不开，这烧死可得多疼啊，还差点引发火灾。”

看见林泽夫走到楼顶燃烧杂物之处，忙跟着走了过去，向他介绍：“这顶楼，原来堆放的全都是些旧家具，这办公楼是新修的，县政府买了不少新办公桌，原来的老办公桌过时了，就堆放在屋顶，原打算过几日处理了，想不到一场火全烧了。”

地面上只剩下了少许没被烧尽的残余桌腿，黑色的水四处横流，一片残败。

林泽夫问：“旧家具堆积极高，所以，安之祥点火燃烧之时，倒在家具旁边，引起家具着火，所以，火势才会这么大？”

李探长点头，“三爷分析得没错。”

林泽夫却望向安雅瑜，“白副官，你看呢？”

安雅瑜睫毛微抖，忽地转身，朝楼层另一头奔了过去，探出身子朝下望。

却见这幢楼是一个独幢小楼，既没大树紧挨着，和其他楼房也相隔极远。

她失望转身，对上林泽夫的眼眸，却见他眼眸之中似含有深意，不由深思了起来。

那被白色被单包裹的尸体已经放在了担架之上，来来往往的人开始清理现场，她却没有再走到近旁察看。

李探长指挥县警搬走尸体，转头看见林泽夫与安雅瑜两人静默而立，只挠了挠头，自去吩咐人做事。

林幽兰对烧死的人不感兴趣，跟在林副官身后四处巡查了一番，无所事事，就过来找两人。

却听安雅瑜说：“这单燃烧着火之案，确实天衣无缝，身陷困境的县长无路可走，只要引火自焚，烧死了自己，人死灯灭，前债全无，坟地凶案变成悬案，一切顺理成章！”

林泽夫淡淡地说："太过顺理成章了，反而全是破绽。"

"没错，有时候眼睛见到的，不一定是真的，堆满的家具，遮挡住了人们的视线，楼上的人却能够想让楼下的人见到什么便是什么了。"

第二十七章　疑云再起

林幽兰吃惊地问："白副官，三哥，你们是说安之祥之死有诈？这么多人看着，不可能吧？下面的人清清楚楚地看着安之祥往自己身上倒煤油，又清楚看见他往自己身上点火，据我所知，那么大的火，不到几分钟工夫就能造成身上大面积烧伤，人的皮肤可经不起那样的大火，再说了，楼顶起了大火，楼梯口的门被锁着，人如果想逃出去，插翅难飞，跳下去更不可能，那里可是五楼啊！"

安雅瑜与林泽夫对望一眼，同时想到了什么，两人往楼梯口奔了去，砸坏的门锁还挂在铁门之上，铁门歪歪斜斜倒在楼梯口，两人仔细察看一番，失望地直起身来。

林副官帮助李探长维持秩序，匆匆赶来，向林泽夫汇报："督军，都安置好了，除了楼顶大火之外，其余楼层并没受到波及，也无人员伤亡。"

林泽夫点了点头，和安雅瑜沿着楼梯走了下去，楼下的空旷之处，三三两两的办事员聚在一起并未散去，有人惊慌地说："厕所就在起火的地方，我今天拉肚子，蹲大号，蹲着蹲着，窗外烟啊火的全拥了进来，吓得我裤子没提就跑了出来，隔壁厕所那人还蹲着，我还好心提醒他快走！也不知道是谁，哎！"

安雅瑜脚步一顿，林泽夫已经明白了过来，指着那人说："你，过来说话！"

那是个头顶发白的中年人，见林泽夫指着他，颇有几分意外，忙哈着腰走了过去，"督军，您叫我？"

"起火之时，你在四楼？"林泽夫问。

中年人点头，"是的，督军，我昨晚上吃坏了肚子，来到单位就拉了好几趟，光往厕所里跑了，外面发生什么事也没多注意。"

“你出来之时，厕所还有一个人？”

“没错，我听见响动了，隔壁的门整得哐当一声响，我还招呼了一声，没人应，或我听得见呼吸声，那人一直在！”

“这时火烧起来了？”

“应该烧起来了吧？正因为看见窗口的火光烟雾，我才顾不上其他，提了裤子跑了出来，才知道原来安县长出了这么大的事！”中年人说。

林幽兰凑过来上下打量了他一眼，“你还真是两耳不闻窗外事，一心只顾拉稀屎！四楼五楼楼层隔得这么近，你就真没听见什么？”

中年人见一位漂亮妹子说这种话，脸色暗红，尴尬地说：“这位小姐，我还真没听见什么，就听见外面嘈杂吵闹，我肚子疼得不得了，这一发作，小半个时辰不能从厕所出来，我肠胃不好，这毛病大家都知道的。”

围观的人便有人点头，“没错，曲师傅是这样，吃了不少药，也没见好，一吃荤腥就拉个不停。”

林泽夫见问不出什么来，挥手让他走了。

安雅瑜却仰头望了楼层许久，这才回过头来，默默跟着林泽夫往外走。

林幽兰总觉今日安雅瑜不对劲，向她看了又看，“小白，你怎么了，你是不是……哭了？”

林泽夫回头，冷冷看着她，“白副官刚才到顶楼查看，眼睛里迷了黑灰，也值得你这么大惊小怪？”

林幽兰吐了吐舌头，“不是，白副官今日话少，我还以为她替安县长可惜呢，别说不知道安县长是真死还是假死了，就算他真死，冲他死之前污蔑三哥的话，就不值得人同情，什么东西嘛，把什么都往三哥身上推，没错，咱们是把他家祖坟挖开瞧了瞧，可凭什么把后头翻出来死的那两人也怪在三哥头上，好像只有三哥会做这种伤天害理之事似的，没错，的确也只有三哥有能力做这种事……”

安雅瑜垂头看地，林泽夫脸色顿时不好。

林幽兰小心看了林泽夫一眼，避走几步，离他远些，嘴里边却依旧说个没完，“还有还有，他自己不带眼识人，办矿被人骗了，也怪三哥不提醒他，真奇怪，他怎么知道三哥知道真相的？”她回头看安雅瑜，“白副官，你说，是不是有人告诉了他什么？我知道了，那只鸟知道真相，一定是他挑拨的！”

安雅瑜慢慢地说：“他把所有之事全推在三爷身上，倒使我有一种感觉，就仿佛他觉得这些事，只有三爷才能将之化于无形，才能让坟墓凶案不再有人追究。”

林幽兰撇嘴，“三哥是观音菩萨？有千手千脚，什么都能搞得定？他把凶案什么的也往三哥身上推，明打明的在栽赃嫁祸嘛！真是怪得很！”

“他身体已经烧成这样，以国内的验尸手段，连是否是他都不能分辨，除非送到英国检验，但一来一回，又怎么能耗得起那个时间？既不能验尸查明身份，就只能从其他方向入手了。”林泽夫说。

“如果说他在起火之时，依靠高大的家具遮掩离开，可到底是怎么离开的，怎么能让下面的人全都以为烧死的人是他？真正烧死的那个人又是谁？煤油烧在身上的，又会是谁？他是什么时候走的？”安雅瑜自问自答。

林幽兰说：“哎，我还是别想了，想得头都大了！这些伤脑筋之事还是让小白和三哥来烦吧。”

林副官奇怪地问：“六小姐，你不是说想当女探长吗？”

林幽兰一滞，“这个，这个，我还是当探长的助手算了。”

林泽夫瞪了她一眼，“一边待着去，别碍事！”

林幽兰老实走到侧边。

林泽夫见安雅瑜依旧锁紧眉头，轻声提醒：“你忘了，还有一个人能告诉我们这场事故引发的原因，最少，可以告诉我们，安之祥如此做的动机！”

林幽兰听见了又忍不住插嘴，“三哥，你说的是谁？”见林泽夫不理她，又问安雅瑜，“小白，三哥说的是谁？”

安雅瑜却垂下眼眸，“没错，确实还有一人。”

林泽夫说：“他来到本县，并没有大张旗鼓，住的不过是个小旅馆。”

“他行踪鬼祟，这原就是个极大的疑点。”安雅瑜说，“我去找他。”

林幽兰跺脚，“你们说的到底是谁啊？”

林副官劝她，“六小姐，你跟着三爷就是了，何必要知道那么清楚？三爷不说，自有三爷的道理，说了，你也搞不清楚！”

林幽兰一脚踩在了林副官的鞋面，“小林子，别跟着三哥就喘大气儿，不分主次了是不是？”

林副官像脚不是他自己的，脸色平静，“是，六小姐。”

林幽兰深感无趣，收回了脚，看见安雅瑜两人走得远了，忙跟了上去。

林副官这才吸气捧着脚跳了起来。

……

齐沛鼎拉开房门，看清门外站着的人，脸上现了丝紧张，“白副官，你怎么找到我的？”又苦笑，“有林三爷在，你如何不能找到我？”

安雅瑜说：“齐公子，可否方便说两句话？”

看清他身上穿的中衣短裤，再扫到屋子门帘微微抖动，似有粉色衣绸一晃而过，她心底明白了，垂下了眼眸。

“请白副官等等，我收拾收拾就来。”齐沛鼎略觉尴尬。

安雅瑜点了点头，他合上了房门。

她在门外踱步，却听见门内隐隐有人娇声责怪，她站得离门口远了些。

隔不了一会儿，齐沛鼎穿戴整齐出来，向安雅瑜说：“白副官，走吧，我请你吃饭。”

他往前走，安雅瑜跟着下楼，走了没几步，偷偷回头，果然扫见房门打开了一条缝，粉红绸子衣裙在门口闪了闪，又合上了。

原以为齐大公子吃东西的地方，一定是富丽堂皇的，可她却实在没有想到，拐过几条小巷，他将她带到了酱肘子铺。

这里还是十几年前的样子，古旧的门面，挑出的旗子上绣着一个大大的“酱”字。

齐沛鼎已走进了门内，回头看安雅瑜端立不动，笑着说：“白副官，你别看这里门面小，不十分起眼，这里卖的酱肘子可是一绝，每回我来本县，总是要吃上一回。”

小二迎了上来，哈腰笑着说：“这位客官可真会吃，我们这里的酱肘子确实远近闻名。”

说话间，几位背着书包的学童叽叽喳喳走了过来，站在外边的柜台上，纷纷掏出银角子，递给卖童，“给我一份酱肘子。”“我来一份熏雁翅！”

安雅瑜有一时间的恍惚，那偏过脸的女童，梳着双辫，侧着脸笑，嘴上满是油，脸却明明是自己镜中的模样，犹带稚气，婴儿肥的样子。

再一眨眼，学童却已经各自拿着纸包走了。

原来时光如白驹过隙，已经这么久了？

女童已长大成人，脸上再没了稚气，安雅瑜摸了摸自己的脸。

走进低矮的大堂，屋子中央摆了几张桌子，齐沛鼎却早在靠窗的桌前坐下了，她犹豫了一会儿，跟着坐下，手却摸上了桌子腿处那道划痕。

那样凑巧，她又坐到了这里，和十多前年被送往国外时一样。

“白副官，你别嫌油腻，这里的酱肘子好吃得很，看起来油，实则一点都不油，入口即化，听说这里的老板，是从北平过来的，在此经营了十几年了。”齐沛鼎说。

“齐公子倒也能找到这些地方。”安雅瑜说。

“白副官别笑话，我原是不喜欢的，可没有想到，偶然发现有位故人喜欢，一时好奇，进来尝了尝，从此再也放不下了！”齐沛鼎说。

安雅瑜略略皱眉，不敢深想其中意思，只是问：“齐公子这次来此，不会只是为了吃这酱肘子吧？近两日，县政府大楼上发生引火自焚惨案，齐公子难道没听说过？”

店小二把酱肘子端了上来，齐沛鼎放下筷子，看着红透油浸的酱肘子苦笑，“白副官，你不能等我吃上两筷子再说吗？”

安雅瑜淡淡地说：“抱歉，齐公子请吃。”

齐沛鼎哪里还能吃得下，叹了口气说：“白副官，我当然听说了，安县长在办公大楼顶层引火自焚，其状甚惨，整座县城皆已传开，可说实在的，他虽然和我有故，但如果不是他，我怎么会错失良缘？我实在不想关心他的事。”

“齐公子也太冷心冷肺了吧？他到底是你未婚妻的父亲，称得上是你的老丈人。”

齐沛鼎抬起头来，失笑，“老丈人？白副官这话从何说起？如果不是他，安雅瑜怎么会远走他方，不知所踪？白副官，无论你信与不信，今生今世我唯一的期望，就是安雅瑜能平安无恙，站在我的面前。”

室内灯光昏暗，灶膛里的火光透过帘子照进堂内，让他半垂的脸颊暗光浮动，眼眸之中却似有两簇火焰，灼灼燃烧。

安雅瑜垂头，只望桌上油透晶莹的酱肘子，“如此，齐公子放下公务不做，来这小小县城，又所为何事？”

齐沛鼎笑了，“白副官，这话，是三爷让你问的，还是你自己的意思？”

安雅瑜淡淡地说：“县城发生县长自焚之事，白某不才，受督军之令，接下了这个案子，相关人等，自然要查问明白，据我所知，齐公子来到县城，第一个拜访的人，就是安县长。你们之间还曾经发生过争执。”

齐沛鼎收了脸上笑意，沉眸，“白副官调查得真清楚！”

安雅瑜也不和他拐弯抹角了，“非但如此，我还知道，你们在安家祖坟之前曾经争吵过，齐公子，还要我说两位争吵的具体内容么？”

她忽感觉自己语气急促，醒觉已然失态，缓缓吸气平静下来，只冷冷盯着齐沛鼎。

酱香肘子的香味自帘后飘了进来，风吹起帘子，把帘后的冷风与酱香齐齐刮进，使得屋内旋起一股冷气。

齐沛鼎脸沉如水，却定定望她，眼眸不动，“原来在白副官的眼里，我一直都是这样的人？白副官妄断真相，还来问我做什么？”

他垂眸坐着，身如山岳，却似有些不堪重压。

安雅瑜缓了缓神情，拱手说："抱歉，倒是我着急了些，不该擅下结论。"

齐沛鼎却意兴阑珊，"我这次回来，确实有事想找安县长问个清楚，当年安家婚事，是不是安县长从中作梗，故意为之，谁知他却矢口否认，还指责我，我一时着急，就和他吵了起来，想找个时间把证据一一列给他看，让他再无话说，谁知道还没来得及，安县长就发生了这种事。"

安雅瑜一怔，"真的吗？"

齐沛鼎说："除此之外，我还发现安家二夫人身份存疑，她由大夫人收留，最后成了安之祥的妾室，是个孤女，可我查实，却并非如此。"

安雅瑜一怔，"是吗？"

"白副官，你见闻广博，也曾求学东洋，可曾听说过东洋的艺伎行业？"

"偶有所闻，她们穿着华丽的和服，每个人都有一项绝技，或歌舞，或乐器，她们从小经过严格的训练，听说为了姿态优雅动人，用热豆腐来训练自己吃东西不发出声音，她们过着深入简出的生活，气质超凡脱俗，在茶社之间来往，只和达官贵人们来往，一般人很难窥见她们的生活，而出色的艺伎往往成为达官贵人追逐的对象，为了保持纯洁，她们不能成婚，成婚之后，就要退出艺伎行业。"安雅瑜瞧了齐沛鼎一眼，"这只是我偶然读了东洋小报得来的资料。"

齐沛鼎说："白副官博闻强记，说得八九不离十了，确实，对于我们来说，东洋艺伎是一个极为神秘的行业，只有当权者，才有可能追逐艺伎，享受顶级的艺术和歌舞。"

安雅瑜略略皱眉，"齐公子的意思，安家二夫人和此行业有关联？"

他轻声说："岂止有关？"

他看了安雅瑜一眼，想了想，从身侧的皮包里拿出个纸袋来，抽出了里边的相片，"白副官，你看。"

黑白相片之上，穿着和服女子手里拿着柄小扇，脸涂得雪样的白，整个人像雕饰华美的人偶，站在一名男子的身边，却端庄高洁之极。

安雅瑜手一颤，相片飘落，光线转换，上面的女人却似在冷笑。

即使脸被涂了一层白色颜料，但那微弯的眼眸，上翘的嘴唇，她怎么看不清楚，那个女人，就是她的二娘。

"据我调查所知，她出身东洋，是个著名的歌舞伎，与当时东洋许多达官贵人都关系密切，还有自己的旦那，旦那的意思……"齐沛鼎瞧了她眼。

"艺伎不能嫁人，但可以有资助者，也就是包养者，能拥有旦那的艺伎，却是极为有名了。”安雅瑜说。

齐沛鼎点了点头，“我越查越心惊，安家二夫人来头居然这么大，却甘心在中国当个妾室？我就想，也许这其中的缘故，才是二夫人真正的死因，于是想去仔细询问安之祥，谁知道一句话没说完，他就提起了祖坟被盗，又指责我是否与三爷合谋，我来不及把话说完，就和他闹翻了，哎，应该死的，不该死的，全都死了，看来这案子，真成了悬案了。”齐沛鼎说。

安雅瑜抬眸看了他一眼，“安家二夫人定不是艺伎这么简单了？”

“没错，东洋幕府内乱，像中国一样，各位藩王争权夺利，艳名远播的艺伎能在诸位要人之中游走，那些人，怎么会放过这么方便的行业？”

“你是说，有些艺伎有着双重身份？”

“嗯，艺伎应当是极为纯洁的，只卖艺不卖身，即使有资助人，对外也只称旦那，可据我所知，有批艺伎却不相同，有人暗自训练，专门游走于达官贵人之间贩卖情报，收集信息，甚至于杀人！”齐沛鼎说。

“安家二夫人，这怎么可能？”安雅瑜脑子里浮现出了那温婉和善的脸，嘴角总是挂着丝微笑。

齐沛鼎眼带怜悯，垂眸，“白副官，我找了许久，只找到这一张相片，想拿给安县长瞧瞧，可还没来得及说，他就出事了。”

安雅瑜指着相片上的那个英气勃勃的男人说：“齐公子，这个男子，莫非就是当年资助安家二夫人的旦那？”

齐沛鼎点了点头，“没错，他出身豪门，在东洋拥有不少矿产店铺，多年之前，却和安家二夫人乘船一起来到中国，从此不知所踪，而二夫人却以孤女的身份嫁给了你父亲。”

安雅瑜把照片拿得近些，只见照片上的男人也穿一件深色和服，脸如刀雕，英俊不凡。

她总觉那双眼睛有些熟悉，可仔细看去，脑子里却没有半丝印象，也许看错了吧？她放下了照片。

“齐公子是说，这个男人才是安家二夫人被毒杀的最大原因？”安雅瑜问。

“没错，艺伎对于旦那来说，只是一个玩物，旦那可以同时资助好几位艺伎，但如果艺伎背叛了旦那，却会引来杀身之祸，我想，如果找到了这个人，一定能查出当年真相。”齐沛鼎说。

“单凭一张十多年前的旧照片，可难找得很。”安雅瑜说。

齐沛鼎摇了摇头，“也不尽然。”他脸上出现了丝迟疑，似忽然下了决心般说道："白副官，你我一见如故，我知道你有破案奇才，安家之案很可能要你帮忙才能彻底查个清楚，我这次来，并非只为了拿这证据向安之祥查证，还找到了一个能认出当年之人的旧人，出名的艺伎都有使女，是她的贴身保姆，我想，如果那个男人没死的话，能认出他的人，就是这位使女了！"

"就是刚才躲在你房间的那位？"安雅瑜看了他一眼说。

齐沛鼎点了点头，"为免引人注目，我让她假扮成我的女伴。"

他仔细观察她的脸色，却发现她脸上一丝动容都没有，心底涌起略略的失望，垂眸饮了一口茶。

安雅瑜说："县城屡发奇案，你小心一些是对的。"

齐沛鼎迟疑了一下，"我没有把安二夫人或许就是相片上那女人的事告诉她，等会儿您小心些，别说漏了嘴。"

安雅瑜点了点头。

两人结账起身，回到了那小旅馆。

齐沛鼎敲了敲房门，门内传来语调古怪的娇柔声音："请进。"

门被推开，安雅瑜看见床沿边上坐着一个女人，手里拿了个琴轻轻地拨，见齐沛鼎领了外人进来，惊慌站起身来，转头就想往内室冲。

齐沛鼎忙说："你别怕，她是我的朋友，是来帮你的。"

女人这才站定了，脸上慌乱不改，"齐君，我说过了，我不能见外人的，你为何要带她来？"

她年纪已经很大了，眼角有了皱纹，却声音柔媚，身姿绰约。

她身上穿了件粉色的旗袍，有些旧了，可依旧浆洗得干干净净，甚至于领口破旧之上，细细地绣上了浅绿色的花朵。

眼前的生活，代表了过去的痕迹，在这种情况下，她依旧这么讲究，可她却只是个保姆身份的使女而已，可见她的主人以前活得多么的精致了。

安雅瑜有些不敢想象那位绾着头发追打妹妹们的二娘是这样的人。

"明娘，你别着急，现如今也许只有白副官能帮你找到你师傅了，你把当年的情形细细对她说说，也许会有线索。"齐沛鼎说。

"师傅？"安雅瑜有些意外。

明娘弯腰行了个九十度的大礼说："是我的师傅，也是我进入艺伎这一行的领路人，只可惜，师傅失踪之后，我这一辈子只能是个舞子了。"

见安雅瑜不解，齐沛鼎说："她初进这行业，做的是使女之职。"

明娘说："也可以这么说。"

她脸上没有半点不高兴，相反的，却一脸幸福与骄傲，微卷舌头说：

“十九年前，我不过是十几岁的孩童，有幸被选为师傅的使女，能跟着师傅学习技艺，是我一生最大的荣耀。”

她一边说着，一边轻轻拨弄琴弦，“这把三味线，还是师傅送给我的，用了许多年了，它音色还是这么好。”

她纤长的手指拿着玉拨拨在弦上，弦声如水珠般溅落，光线微转，音箱上蒙皮的图案却似猫的眼眸般眨动着。

安雅瑜一怔，脑中灵光一闪，轻声问：“听说这音箱要用老猫的猫皮蒙上才能发出金玉之声？”

明娘意外地说：“白副官也知道这个？那种乐器只有顶级的艺伎才能拥有的，像我师傅她们，每人就有一个，我哪会有那么好的东西，我这个，是用的狗皮，在上边画了猫眼充数而已。”

安雅瑜说：“原来如此。”

“当年我师傅还算是不太有名的，艺伎的大姐却是其中的顶尖人物，她非但技艺出众，而且极为善谈，见识广博，小至国民小事，大至政界要事，她都能侃侃而谈，曾经陪同当权人物接待外国政要，周旋其中，风头一时无两，无论是哪个男人，被她看上两眼，就再也不能将她忘怀了。”明娘脸上满是向往之色。

“是吗？这是口口相传，夸大美化了吗？”安雅瑜说。

明娘摇头，“白副官，你没看到过她，看到了，绝不会这么说的，顶级的艺伎，只要朝你一笑，会让你连魂都没了。”

安雅瑜不置可否，只问：“她们最后都去了哪里了？你为何和她们失去了联系？”

明娘说：“我也不知道，那时我才十二岁，只记得一天晚上，茶社来了许多人，他们全拿着武士刀，见人就砍，而我的师傅们，却早已经消失不见了，我躲在壁橱里才逃此大难，后来，我辗转来到中国，隐姓埋名，却没想到被齐公子找到，他说有师傅的消息，我就跟了过来了。”

齐沛鼎说：“你放心，你一定会找到你师傅的下落的，对了，你师傅身边那位旦那，你还能认得出来吗？”

明娘惊喜地说：“齐公子找到他了？他在，我师傅肯定就在，他说过要娶师傅的，等师傅不做艺伎了，就娶师傅进门，他一定不会弃师傅于不顾的。”

齐沛鼎说：“只初步有了些线索，还不能肯定，他现在面貌改变过大，也许见了面，你也不一定能认出来。”

明娘神情固执地说：“不会的，我一定能认得出来！”

“这就好。”齐沛鼎说，“有了具体方位，我再带你过去。”

明娘脸上喜意未减，连连点头，“好的，好的，谢谢齐公子了。”

齐沛鼎送安雅瑜到旅馆外边，看了一眼街角戴鸭舌帽的男人一眼，“三爷对白副官还真不放心，这样都派人跟着。”

安雅瑜不好就此评论什么，只说：“齐公子说已经有了相片上那位男子的下落，是真的吗？”

齐沛鼎摇了摇头，却又点头，“有，也没有，既已确定安家二太太就是一名东洋艺伎，我想，这男人也许离她不远，灯笼铺老板娘杀人之案，白副官破案破得十分精彩，听说灯笼铺的老板娘原来是卖面人的老婆？”

“你怀疑他们之间的情形也与此相似？”安雅瑜皱眉说。

“这就要白副官和三爷去查了，我就没这个本事了，只能把知道的东西提供给你，好了，白副官，就此告辞吧，你若有什么线索，尽管来这里找我，我会待上几天的。”齐沛鼎说。

安雅瑜点了点头，告辞而去。

齐沛鼎看着她的背影消失在街头，慢慢走回了旅馆，推门而进，明娘从椅子上站起，体贴地接过他的外套挂在衣架上。

“齐公子，这位姓白的可靠吗？我瞧她年纪挺轻的，真能帮得到您？”明娘说。

齐沛鼎轻轻叹了口气，拿手指掐着眉心说：“明娘，父亲再这么下去，会把齐家拖入深渊的，我们只有靠她搅动一池浑水，依靠林三爷的力量，使当年那批人无所遁形，使一切大白于天下，父亲才会彻底死心，不再做什么一统天下的美梦！”

明娘垂下头，柔美的脖子被室内灯光照得雪白，“齐公子既已下定决心，我当然会助您一臂之力。”

齐沛鼎坐在了椅子上，接过她递上来的茶，“安之祥当真把自己烧死了？”他冷笑了一声，“不可能的！”

明娘说：“您怀疑他没死？”

“尸体烧成了那样，国内的验尸技术根本不能检验出尸体身份来。”

“听说很多人看着他被烧死的，这两天这个小旅馆都有人谈着这件事。”

“不，他不会死的，他女儿还在，他怎么会死？”

“那可难说得很，火一烧起来，人能往哪里跑？听他们说，他还往自己身上浇了煤油。”

“他死了也好，我也能跟父亲有个交代了，死的那两个人，没办法追究，只能当成悬案处理了。”

明娘说：“是啊，人死了，一了百了，那些人对一个死人还有什么可追究的？”

“安之祥早就安排好了，什么办矿，什么受骗？他那么精明的人，一个黄口小儿怎么能骗得了他？我只是不明白，他拼命把这些事往林泽夫身上引是什么意思？”

“也许这位林三爷来头大，那批人不敢动他？”明娘温柔地说。

“也许吧。”齐沛鼎轻轻地说。

“齐公子，我现在只期望能找到师傅，以酬谢她当年的知遇之恩，能再拜她学艺，此生我就没有所求了。”明娘说。

齐沛鼎眼眉皱了皱，随即舒展开来说：“明娘，你一定会找到的。”

明娘脸上现了明媚的笑意。

……

安雅瑜走过几个街口，不知不觉地，就来到了安家老宅，宅门前冷冷清清，门上挂上了白幡，大门紧闭，她站在树下良久，也没看见有人出来，正想离开，却有人自身后说：“小姐……”

安雅瑜回头一看，却见韩勇提了个菜篮子正站在她身后，“韩叔，你还在这儿？”

“小姐……”他叹了一口气，左右看了看说，“安家被警察局的人封了，住不了人了，我住在隔壁，是老爷以前买的房子，用来放粮食的。”

他领着她来到一间民居，开了门进去，到处找茶壶给安雅瑜冲茶，安雅瑜忙拦住了他，让他坐下说话。

他没有坐下，却举着袖子抹开了眼泪，“小姐，老爷怎么这么想不开？钱没了，还可以再赚，可这命没了，就什么都没有了，他倒好，一把火将自己烧了个精光，留下你一个人在世上，这可怎么办才好？”

安雅瑜黯然地说：“他恐怕早就当这世上没有我了。”

“小姐，幸好你现在跟着三爷，总算有个安身立命之处，小姐，安家完了，老爷死了，那些投资办矿的人还天天吵闹着要卖了安家祖宅，赔钱给他们，你能不能跟三爷说说，让他想想办法，保住安家祖宅？”韩勇说。

安雅瑜垂下头，“韩叔，随他们去吧，爹对不起他们，赔钱给他们也是应该的。”

韩勇无可奈何地叹气，“也是，小姐现在这样，不回安家还好，要不然，那些人又找上您了。”

安雅瑜垂着头说，“是啊。”

她向周围看了看，走到堂屋里放着的火炉子边，“韩叔，这个火炉子您还留着，我记得娘以前经常用的，是您亲手制的。”

火炉子旁边放了一块极厚的木板子，干净光滑。

“是啊。”韩勇走了过来，把水壶提上了火炉，“自小姐的娘去世之后，这火炉就没人用了，我见浪费，就向老爷请示，用一个月的月钱买了下来，平时在这里守粮仓时煮些茶水。”

“只有您还记得它。”

“这是我当年应了夫人要求亲自请铁匠用铜打制的，与外边买的不同，这么多年了，一直没坏，好用得很。”韩勇说，“以后小姐若是回来了，这铜炉子我还让人打一对，给小姐做嫁妆。”

安雅瑜苦笑，“韩叔想得真周到。”

她眼眸落在那块厚木板上，复又收回，想了想，“韩叔，有件事，我想问问您，您还记得二娘的亲戚吗？她嫁给我爹之后，是否还有亲戚往来？”

韩勇站起身来，走到火炉子旁边，揭开盖子看了看，“小姐问这个干什么？”

安雅瑜只轻声说：“没什么，二娘与妹妹们横遭惨死，我怎么查都查不出什么来，于是想着，也许从二娘娘家入手，能找出些线索。”

叮的一声，韩勇把水壶盖子盖上，回过头来说：“小姐，这恐怕你要失望了，我一直在安家伺候老爷夫人，可从没见过二夫人娘家来过人，您也知道，二夫人是个孤女，被夫人收留，最后才嫁给了老爷的。”

安雅瑜满脸失望，站起身来，“韩叔，安家既已成了这样，你再守在这里也不是个办法，您不如回乡去，我这里还有些钱，您置办几亩地，在乡下安度晚年也好。”

说着，她拿出个钱袋来，想递给韩勇。

韩勇忙摆手，“不用了，小姐，我乡下也没什么人了，老爷早把这间宅子给了我，我在城里打些小工也能混下去，小姐，您顾着自己就好。”

安雅瑜只好收回了钱袋，“韩叔，我在这里还能待几天，你有什么需要，尽管去酒店找我。”

韩勇点了点头，送安雅瑜走出院门。

她走了几步，听到身后关门声响起，这才回过头来，脸上神色却复杂之极，看着紧闭的院门半晌，这才离开。

……

“你是说，她是东洋人？”林幽兰不可思议地叫出声来。

安雅瑜点了点头，指着照片，“你们瞧，这就是他给我的照片，有理有据，看来不像说谎。”

林幽兰拿起照片，仔细查看，“这相片都发黄了，有些年头了，照片上的女人脸上涂成这样，怎么证明她就是安家二夫人？”

安雅瑜不好说自己一眼看了出来，只含糊地回答：“齐沛鼎找了些老人证实了的。”

林泽夫皱眉，“安家二夫人嫁给安之祥多年，旁人对她的身份毫不怀疑，这说明她说话习惯等等，和中国人已经无异，她能在这么短的时间适应过来，想来花了不少工夫，可她为何选择嫁给安之祥？”

“这可是我不明白之处，安县长当年只是个小小的中药商，开药店替人看病为生，在县城的名声还没有王家大，到底是什么原因让一个名满天下的艺伎隐姓埋名嫁给了他？也许我们找到了其中原因，就能找出事情真相了。”安雅瑜说。

林泽夫瞧了她一眼，“想要知道真相，恐怕只有找到安之祥了。”

安雅瑜黯然地说：“他若不想出面，想必没有人能找得到他了，他自焚而死，许多人都看见的，此案已成了铁案，于情于理，他都不会再出现了。”

林幽兰福至心灵，“我说这安之祥可真够老奸巨猾的，咱们每个人都知道他没死，可他偏偏就将自己被火烧死之事弄成了铁案，我们想说出真相，都没人相信。果然是个聪明人。”

林副官默默插言：“六小姐，我前几日还听你说安县长和安雅瑜脑子相差甚远呢！”

林幽兰瞪他，“小林子，你不说话，没人当你是哑巴，老找我的碴儿是吧？”

林副官后退一步，很是委屈，“六小姐，你不是自诩坚持真理吗，怎么到了你自己身上，就出尔反尔，一天一个样？”

林幽兰跳了起来……

安雅瑜适时插嘴，“六小姐，你头套要掉了。”

林幽兰赶紧捂住了头发，跑到一边拿出小镜子照了起来，照了一会儿忽想起什么，又跑了过来，“白副官，你说齐沛鼎带了个艺伎躲在镇上的小旅馆里？”

安雅瑜点了点头。

林幽兰哈哈笑了两声，拍着手掌说：“这下好了，走，三哥，跟我去捉奸！他爹不是向娘提亲吗？亲事还没定下来呢，他就在外边勾三搭四！我看这亲还怎么结得成！”

三人面面相觑，林泽夫颈上青筋又开始乱跳了。

她还意犹未尽，按着脑袋上的头发说：“早知道这样，我还剪什么头发！捉个奸，找几个小报记者一报道，看他还有脸上门提亲！”

安雅瑜咽着唾沫劝说：“六小姐，六爷，依我看，齐沛鼎还不知道他爹给他提亲的事，您还是小心行事的好，再说了，明娘不像和他有什么不正当的关系。”

林幽兰双眼发光，根本听不进去，“白副官，你懂什么？管他知不知道，我要把这事消灭在萌芽阶段，让他和他爹所有想要提亲的人以后想起我就头皮发麻，再也不敢提求亲之事！不管他和那女人有没有关系，我也要坐实这关系！”

她噔噔噔地在屋里走了个来回，兴致勃勃地计划，“先去打几个电话，让小报记者都赶过来！”

安雅瑜淡淡提醒：“本县只有一部电话，还在安县长的办公室里，安县长死之后，听说那办公室已经被封了！”

“什么，没有小报记者？那，那，找部照相机，给他们拍几张相，最好是同榻而眠，盖一床被子的！”林幽兰眼珠子直转，马上换了个方法。

第二十八章　父爱如山

林泽夫脸色铁青。

安雅瑜无奈地说："他们分房而睡，各不相干！"

林幽兰一怔，想了想，"这就难办了点，要不，找那只鸟弄点药过来？"

林泽夫走上前几步，一把提住她的后领子，另一只手拍在了她的后脑勺上，"你想都别想！"

"三哥，三哥，你怎么这样？你不想娶的人，还不是想尽千方百计推托，轮到你妹子身上，你就不管了！"林幽兰在他手掌下挣扎，头上假发戴不住，啪的一声掉在地上。

安雅瑜忍笑拾起假发，拍干净上面的灰尘，放到桌子上。

林幽兰见她漠不关心，很是伤心，"小白，你怎么能这样，我这都是为了我们的未来……"

林泽夫忍无可忍，提着她的领子往内室送，将她推了进去，反锁上房门。

林幽兰拍了几声没了动静。

"齐沛鼎说的这条线索倒可以试试。"林泽夫看了她一眼，"你心中是不是有了怀疑人选？"

安雅瑜点了点头。

林副官听得莫名其妙，挠头说："三爷，您说的是谁？"

"照片上的那男人，也许就在我们周围。"安雅瑜垂目说。

林副官惊异地说："白副官看出了什么来了？"

安雅瑜抬起头，眼眸黑得惊人，"谁知道呢，有的时候世事就是那样奇怪，不应该出现的人忽然间出现了，而消失了的人，也许并没有消失。"

林副官看了看安雅瑜，又看了看林泽夫，见两人一副成竹在胸的模样，叹了口气，干脆懒得想，只问："三爷，这么说，咱们要和齐沛鼎合作了？"

林泽夫点了点头。

……

“明娘，真是多谢你了，三爷近两日不知道怎么了，想吃烤鱼和饭团，这小小县城哪会有人懂得做？只好麻烦您亲手来买食材。”安雅瑜说。

明娘温柔地说：“白副官，这几日多亏您和三爷四处奔走，寻找师傅的下落，我闲着也是闲着，给三爷做餐饭算得了什么？”

“是啊，我们三爷嘴刁，说要什么一定马上要，前几天想吃苹果，我跑遍了整个县城买了回去，他还嫌那苹果又小又酸，近两日却想吃这个了，说实在的，这小县城又不比省城，哪来东洋饭馆？哎……”安雅瑜一脸的难言之隐。

明娘深感同情，“白副官这差事也难做，三爷出身富贵，有些公子哥儿毛病也是情有可原的，想当年，师傅招待的那些客人，比这离谱得多了。”说起当年，她双眼冒光，“我记得有个客人，吃饭也是极为挑剔的，吃的东西一定要新鲜的食材，金枪鱼只吃蓝鳍金枪鱼，厨师刀法不好，下刀时有一点儿偏斜，破坏了鱼的肉质，他就不吃了。”

安雅瑜感慨，“还好咱们三爷没他那么挑剔。”

明娘笑了起来，“他们这些人是这样的，见惯了好东西，到了这种乡下地方，当然吃不惯了。”

两人往市集走，见有人用木桶装着卖鱼，就停了下来。

明娘说：“白副官，三爷不是说要吃烤鱼吗？这鱼不错。”

安雅瑜就上前一步，问那卖鱼的，“这鱼多少钱一斤？”

鱼桶前正蹲着一个人，背对着她们挑着鱼，闻言回过头来，神情惊讶，“白副官，是您？”

“韩叔？您也来买鱼？”安雅瑜微微讶异，解释说，“三爷有些吃不惯县城里的东西，忽然想吃烤鱼和饭团了，我就请了明娘来。”

韩叔视线此时才落在了明娘身上，眼含鄙视，“原来这一位是从东洋来的。”

明娘向他躬身行礼，“您好。”

卖鱼的老板称好了鱼，“老韩，要不要拿稻草给你串起来？”

韩勇说：“不用了，老汉我独一个人，这鱼我可得养几天再吃，清清水！”

卖鱼的就把鱼倒进了小木桶里，韩叔提起，向安雅瑜告辞，低声劝她，“小……白副官，您可别什么人都交往，这东洋婆子可没几个好东西！”

安雅瑜只好点头答应：“韩叔，你想到哪里去了，让她做餐饭而已。”

明娘已经卷着袖子向小贩问起鱼价来了，挑了两条品相极好的鱼，付了钱，让老板用稻草串好。

安雅瑜与韩叔寒暄几句，看着他离开，转头看那两条鱼，摇头说："这鱼可不行，这是鲫鱼，小刺极多，咱们三爷最不喜欢挑刺了，老板，另外那桶里是什么鱼？"

"这是新鲜鲈鱼，只有一条主骨有刺，可这个就不便宜了。"小贩笑着说。

"给我称这个，挑条好的，这两条就不要了。"安雅瑜说。

明娘忙把手里的鱼递回给了小贩，小贩常遇到这种事，脾气极好，把稻草解开，将草从鱼嘴抽出，唠叨着说："还好这串起来时间不长，鱼还生猛着呢，要不然，鱼隔会儿死了，就只能贱卖了。"

他把鱼放进桶里，嘴里忽然间呲了一声，看了一眼手指，把手指放进嘴里吮了吮，重拿了条鲈鱼称好了，"客官，这条鲈鱼两斤半重，你再给我一个银元就行了。"

安雅瑜递了一个银元给他，让他把稻草重新串好，提了鱼和明娘一起往回走。

晚餐吃的就是明娘亲手做的饭团和烤鱼，林幽兰赞不绝口，"明娘，你的手艺真不错，省城里的东洋饭馆都没有你这手艺呢！"她却左右看齐沛鼎不顺眼，"齐大公子，你可真是会享受生活，来这小地方，也随身带着厨师。"

安雅瑜垂目，心说到底林泽夫在，她不敢胡说，只说厨师。

齐沛鼎替林泽夫斟了杯酒，脸色平静，"六小姐，明娘是我的朋友而已，我和她是平等相待，说不上什么带不带的。"

林幽兰撇了撇嘴，她自感无趣，左右看了看，"林副官呢，他又去哪儿了？"

林泽夫说："我让他办点事，怎么，你有意见？"

林幽兰马上转了个笑脸，"没，没有，三哥您叫他办的事，当然是顶顶重要的。"

安雅瑜默默夹了块烤鱼，放进嘴里嚼起来。

林副官急步走了进来，左右看了看，来到几人跟前，脸上略有紧张，"三爷，那卖鱼人半个时辰前死了，就是白副官和明娘买鱼的那鱼档。"

众人面面相觑，安雅瑜更是站起身来，"这怎么会？"

林副官压低声音说："李探长已经把尸体运往验尸房了，但依我初步查看，他死于中毒，毒性和前两单案似有相似，死之时，他全身蜷缩着。"

明娘捂住了嘴，“是，是那个鱼老板？”

桌子上的汤锅咕噜噜地冒着水泡，香气四溢，四周人声鼎沸，安雅瑜却觉那声音仿佛慢慢在消失，对面的人面孔渐渐隐去。

林幽兰声音刺进她耳内，“白副官，白副官，你怎么了？”

安雅瑜忽然惊醒，灯光打在她脸上，使她面孔煞白，她喃喃地说：“原来真是他。”

林泽夫扶住她的肩膀，“这不是你的错。”

齐沛鼎看了一眼他扶她肩膀的手，只觉这幅画面，如此的刺眼，他偏过头去，“这鱼看来吃不成了。”

林幽兰说：“这还怎么吃啊，谁知道这鱼有没有问题？鱼老板不是中毒死的吗？”

……

几人来到县警察局，李探长早已等着，把他们领到验尸房解释道：“这卖鱼人死相奇特，据目击者说，当时他正给人称鱼，称着称着，全身缩成了一团，那买鱼的人还以为他肚子痛，笑称让他上茅房，可他却再也没有直起身过，直接倒在地上，全身僵硬，把自己的鱼档都给打翻了，我们让人运送尸体时还僵成一团，可这会儿，好像他自己摊直了。”

林泽夫与安雅瑜互望一眼，两人同时点了点头。

安雅瑜站在尸体前，她闭上了双目。

李其琛奇怪地问：“她在干什么？”

林幽兰轻声解释：“白副官在回想当时情形，你们别打扰她。”

安雅瑜睁开了眼，走了过去，不瞧其他，却直接拿起了他左手，看了看他的食指之处，轻声说：“果然如此。”

左手食指之上，有一道小小的划伤，略带了些青色，如果不仔细查看，很容易被忽略了。

她抬起头，看着站在齐沛鼎身后的明娘，苦苦一笑，“我想，死的人不应该是卖鱼小贩，他想杀的人，是明娘才对。”

明娘惊慌地说：“怎么会？谁要杀我？我没有得罪什么人啊？”

安雅瑜说：“你没有认出他来，他却认出了你。”

“谁？到底是谁？”明娘惊惶不能自已，不由自主地抓住身边人的胳膊。

林幽兰嫌事不够大，“齐公子，扶住明娘些，她要昏过去了。”

明娘松开了手，垂头道歉：“对不起，齐公子。”

她抬起头问：“白副官，是谁想杀我？”

“你那失踪师傅的旦那，和她一起逃往中国的男人！”安雅瑜说。

“你是说黑泽小也？”明娘连连摇头，“不可能的，他怎么会在这里？我根本没见过他，他为什么要杀我？”

“因为他以为你认出了他！”安雅瑜语气平淡。

“可我实在不知道是谁啊？”明娘说。

齐沛鼎轻声说：“明娘，你别着急，听白副官怎么说。”

安雅瑜脸上现了丝后悔，“我原也只是略有些怀疑，知道他经常去买鱼，因此借口三爷想吃烤鱼，让明娘帮着挑鱼回去制作，特意选了他常去的那个时间到那鱼档挑鱼。”

明娘吃惊地问：“白副官，原来你是计划好了的？”

“对不起，明娘，我没有想到，他那么心狠手辣，我原本只是怀疑，见明娘并没有什么反应，也松了一口气，打消了心底的怀疑。”她轻声说，“却没有想到，眼睛看到的，往往不是真的，而时间，早已改变了一个人。”

李探长问：“白副官，你且说说，那凶手到底是怎么杀了贩鱼者？”

安雅瑜说：“当日我和明娘去那鱼档买鱼，当时那里还有一个人正在买鱼，见我们来，和我们说了几句话，提着鱼桶走了。”

明娘恍然大悟，“白副官说的是那位韩叔？”

安雅瑜点了点头，“他买的鱼没有用稻草串起，用自己带的木桶装走，而我们买鱼，并没有准备木桶之类的盛具，是一定要用鱼贩准备的草绳子串起提走的，他一定也明白这一点，而他也从我们的交谈之中弄明白了，杀鱼剖鱼的厨师是明娘，而我，是不会碰那些鱼的，这个时候，他只要在那根草绳动手脚，与草绳接触的人，就会中毒。”

“不会的，那卖鱼的不也先要用草绳串起鱼嘴？”明娘说。

“我想，用草绳串起鱼嘴应当是没事的，因为他那毒针，深埋在草绳中段，鱼贩串起鱼嘴时，只拉着草绳一头，顺着鱼鳃塞进，再在两边打结，可如果是取出草绳就不同了，为免鱼嘴滑动，草绳中部打了一个结，厨师为免破坏整条鱼的卖相，一定会用手小心地解开那结，将绳子推出鳃，当时鱼贩也是这么做的，因为我们不要那条鲫鱼，换了条鲈鱼，为了让草绳不伤到鱼鳃，它不至于提前死亡，他极小心地用手一截截地推出了那草绳，我想，他的手指当时就被毒针扎伤了。”

她想了想，回头问李其琛：“李探长，你是否查过现场，鱼贩子剩下的鱼是否中毒死亡？”

李其琛一怔，“他死亡之时，身子剧烈蜷缩，把自己的鱼档打翻了，那些鱼是中毒死的，还是缺水而死，倒没人注意那么多。”

安雅瑜说：“李探长最好还是派人去鱼档附近布个通告，告诉那些捡了死鱼的人，让他们把鱼上交，别自己煮了吃！”

李其琛悚然一惊，马上跑了出去，走到屋外，一声声地唤人。

齐沛鼎说：“此人明目张胆杀人，却布局严密之极，当真让人思之极恐。”

林泽夫却是招了林副官来，只说了一句：“去吧。”

林副官行了个军礼，匆匆离去。

明娘却站立一旁瑟瑟发抖，“他是黑泽小也？不，他怎么会是小也先生？相貌完全不同，我没有认出他来，他为什么要杀我？”

“这其中的原因，只有审问过他才知道了。”安雅瑜说。

齐沛鼎看了安雅瑜一眼，“如果那位韩叔是凶手，说不定之前安家二夫人之死也和他有关。”

安雅瑜没有说话，只点了点头。

明娘神情却有些恍惚了，“齐公子，你说，师傅和这个杀人凶手在一起，她会活得了吗？怎么会这样？”

安雅瑜见她还不明白真相，知道齐沛鼎依旧没把安二夫人就是她师傅的消息告诉她，只叹气说：“明娘，你别担心，时间到了，一定会真相大白的。”

林幽兰却是走到呈尸台前捏起了那尸体的胳膊，惊讶地说：“又断了，他的骨头又断了，这一次，比第一次死的人快些，比第二次死的人又慢些！”

验尸房惨白的灯光照在尸身之上，只见刚刚还微微有些蜷缩的尸体已然全部舒展开来，林幽兰提起了他一条胳膊，那条胳膊像面条一样垂落，全没有骨头支撑。

她再提起另外一条胳膊。

明娘被这情形吓得双眼一翻，就往后倒了去，幸好齐沛鼎接着，把她安放在了椅子上。

齐沛鼎忍无可忍，“六小姐，行了吧，人都死了，你还拿来玩？”

林幽兰见惹得齐沛鼎厌烦，当然要把这厌烦提升至顶峰，她把那条胳膊放下，走到一边去提起脚，手一松，那脚也软塌塌跌落，“齐公子，这可不是玩，我这是在验尸，查验这鱼贩中毒分量和上两次有什么不同！齐公子，你还是个男人呢，这你都受不了？要不要太娘们儿了点？”

齐沛鼎怒说：“你！”

安雅瑜默默垂头，不忍直视。

林泽夫根本管都懒得管，朝安雅瑜使了个眼色，两人走出门外。

来到避人之处，林泽夫说：“你父亲的下落，有眉目了。”

安雅瑜并不意外，只垂头说：“林副官这几日秘密行动，做的就是此事吧？”

“既是确定他没有死，找到他的下落，倒是容易得很。”林泽夫悠然抬头，望向远方。

“三爷是怎么找到他的？”安雅瑜顺着他的视线望过去，却见对面马路之上，有辆黄包车掉转车身走了，她不以为意，问道。

林泽夫收回目光说，“要找到他，同样得知道他心底在想些什么，也许我和他有同样想要关心的人，所以，他想些什么，我倒是知道些。”

他眼眸深幽，若有似无地落到她的脸上，却又一触既开。

安雅瑜不敢深想，只说：“那三爷查出没有，烧死的那人到底是谁？”

林泽夫说：“等一会儿他就被请来了，你到时候直接问他就行。”

安雅瑜心底一惊，这人的行动可真快，才说了已找到下落，这人就已经被请来了。

……

韩勇被两名警察押着，弯着腰一脸惶然地走进屋子，看到安雅瑜、林泽夫，舒了一口气，急走几步，来到两人跟前，向林泽夫拱手行礼，“三爷，原来是您找我。吓我一大跳，你找人通知我一声就成了，弄这么大阵仗，我还以为出了什么事呢。”

林泽夫冷冷地说：“没错，是有事要问你！”

韩勇神情畏缩，似乎不明白为何林泽夫忽然变脸，见屋里众人严阵以待，更把腰弯下几分，头都差点埋到胸前去了。

隔了一会儿，宫池鸫也被请了来，他依旧一身白色西装，一尘不染，手持文明棍，温和地笑着和林泽夫、安雅瑜打招呼，“三爷，白副官，这么一大早，有什么好事想着我？”

林泽夫冷淡以应，“先生在一边听着就好。”

宫池鸫就自动挤到林幽兰身边站定，压低声音套交情说：“六小姐，给你带了个礼物，正适合你，要不要？”

林幽兰斜了他一眼，“什么礼物？”

他从衣袋里一掏，掏出顶假发来，“六小姐，你那顶粗制滥造让人一看就会猜测你是个秃子，我这顶制作精良，戴上去保管没有人看出你是个秃子！”

林幽兰咬牙切齿：“死鸟，你等着瞧！”

林泽夫冷冷瞧了两人一眼，“不想听就出去！”

宫池鸩温厚笑笑，站得笔直，林幽兰却一口气吞也吞不下去，吐也吐不出来，脸孔紫胀!

李其琛却是惊讶地望了望韩勇，又望了望安雅瑜，满脸不可置信。

又等了一会儿，李其琛难耐屋里寂静，悄悄问安雅瑜：“今儿个是怎么回事，请这么多人过来？是县里最近发生的两单案子有了眉目了吗？”

安雅瑜点头，“差不多到了真相大白之时了。”

李其琛瞧了堂上缩着脖子站着的韩勇一眼，“这人是安家的管家，他和这案子有关？”

安雅瑜只说：“李探长等会儿就明白了。”

李其琛还想询问，又有两名警察进来，押着一个头上戴了头套的人，那人穿了一身黄包车夫衣服，双手扭在其后，不停挣扎，林副官紧随其后，左眼发青，鼻子也破了，一脸晦气地走进。

那黄包车夫被捆绑着坐在了椅子上。

这种情形，林幽兰是怎么也忍不住不询问的，她就问：“林副官，我听说你格斗术练得不错，捉个车夫也弄成这样，还是我三哥的副官吗？”

林副官只尴尬笑了笑，垂手站在了林泽夫身后。

安雅瑜却看了那拉车夫一眼，神色复杂，收回视线，不再望他。

“韩勇，今日叫你来，想必你心底已经早有定论，所为何事了！”林泽夫目光如炬，投于韩勇身上。

韩勇却惊疑不定地盯了那车夫一眼，收回视线，神情又变畏缩，“三爷，小人实在不知道啊，小人规规矩矩坐在家里，这两位官爷就上门相请，我这才跟了过来。”

林泽夫冷冷地说：“昨天下午，卖鱼档的老肖忽然中毒而死，也和你没有关系了？”

韩勇愕然抬头，“什么？老肖死了吗？我不知道啊，三爷，我只在老肖那里买过鱼，买鱼之后，从昨天下午到今日三爷唤我前来问话，我都没有再见过老肖。”

林泽夫脸色平静，瞧了林副官一眼，林副官点了点头，自门边出去，隔了一会儿，领了个女人进门，却正是明娘。

一个晚上的时间，明娘忧急恐慌，脸色憔悴了不少，一走进门，眼眸落到了韩勇身上，身子微微发抖，却鼓起勇气颤抖着嘴唇说：“黑泽君，是你吗？”

韩勇似没有听见，一脸茫然。

明娘似胆子大了些，走近了几步，仔细打量他的脸颊，“没错，是你，你鼻子没有原来那么高了，眉毛也掉了，眼睛没有原来那么明亮，似乎小了些，可我认得出你的眼神，你告诉我，师傅在哪里？你把师傅怎么样了？”

韩勇怔了一会儿，迟钝抬头，迎上她的视线，“这位大婶，你叫的是谁？我叫韩勇，可不叫什么黑泽，你认错人了吧？”

明娘回过头望了林泽夫一眼，又回过头去，坚持说：“不会的，我不会认错，你就是黑泽小也！原来，你和师傅一起来了中国？我找了你们许多年了！”

韩勇惊惶地四周围打量屋里的人，扑通一声跪下，向林泽夫磕头，“三爷，我真不是她要找的人啊，我出生于韩家庄，十多岁时逃荒来到本县，在街上当了三年乞丐，十多年前被安老爷收留，这才有安身立命之处，但我姓韩，韩姓是我的祖姓，我绝不会做那数典忘祖之事……”

他一脸的张皇，混浊的眼睛含着泪花，拿沾满油污的衣袖抹了一把脸。

见此情形，明娘似乎也不能肯定了起来，犹豫不定地望向门外。

李其琛却调查过他，说：“韩勇是安家的管家，已在安家许多年了，他来了之后，安家二太太才被大太太收留，三爷，他的身份似乎没有问题！”

安雅瑜说：“李探长，您别着急，总能证实的。”

林泽夫只敲了敲桌子。

林副官忙又走到屋外，吩咐了几句什么，门外守着的警察就往楼下奔去。

屋子又静了下来，只听得见韩勇抽泣之声，而头蒙布袋的那位车夫，也变老实了，捆坐在椅子上，不再挣扎。

隔了一会儿，齐沛鼎自门外匆匆走了进来，风尘仆仆的模样，向林泽夫行礼：“三爷，幸不辱命，找到了，韩老实还有个出嫁在外的女儿，灾荒之年，他们一家四口出外逃荒，把女儿卖给了一位富户做童养媳，连姓都跟夫家姓，所以，官府档案上只有儿子姓名，并没有女儿的。”

一位乡下中年妇女怯生生地走了进来，向林泽夫等行礼，嘴里说：“官爷，听说您找到我那兄弟了？”

林泽夫问：“你的兄弟，是不是名叫韩勇？”

中年妇女拘谨地搓着手，“是的，俺爹俺娘去世之后，兄弟也不见了，我改名换姓嫁到了朱家，咱们老韩家绝了后啊！”

林泽夫指着韩勇说：“你不认识了吗？这位就是韩勇，你的兄弟！”

中年妇女拿袖子擦了擦眼泪，卑怯地向林泽夫哈腰，“对不住啊，官爷，这都隔了十几年了，我兄弟恐怕面容都已经改变了，我有些不敢认了。”

她慢慢走到韩勇身前，韩勇却神情激动，双目似含了热泪，想要认却不敢置信的样子。

她脸上也有几分动容，试探着唤了一声：“兄弟，是你吗？你是韩勇？”

韩勇哽咽出声：“家姐，你真是我的姐姐？你在朱家还好吗？”

他上前一步。

中年妇女神情却有些迟疑，后退了一步，惊疑不定，“兄弟，小时候你生了白喉，咱爹娘没钱治，好不容易好了，但你却落了个说话含糊不清的毛病，兄弟，你的病治好了？”

韩勇一怔，停下了脚步，眼底闪过丝凶狠，却垂头说：“家姐，安老爷收留了我，后面慢慢儿调养，我知道安老爷喜欢口齿清晰的人，私底下不停自己练着，总算能说清话了。”

中年妇女忠厚的面孔忽然间出现了丝笑意，向林泽夫行礼，“三爷，我退下了。”

林泽夫点了点头。

中年妇女不再看韩勇，向门口走了。

韩勇惊慌四顾，却似乎明白了什么，脸色倏地变得铁青。

屋里边的人有明白的，却有不明白的。

林幽兰就是这不明白的人之一，瞪圆了眼睛说：“三哥，这是干什么？她怎么走了？”见林泽夫不理她，又问安雅瑜：“白副官，这女人怎么回事？”

安雅瑜看了一眼齐沛鼎，“这其中的缘故，齐公子最清楚不过了，还是你来解释吧。”

齐沛鼎点了点头，“三爷的确派我连夜查询韩家村居民档案，想必这些档案，李探长之前查安家之案时，也曾经查过？”

李其琛嗯了一声，“之前安家发生惨案，我为查清真相，的确把安家佣仆等的底细翻查了一番，却没查出什么有用的来。”

“韩勇的父母逃荒时去世，留下韩勇一人流落街头，这是十几年前的事了，韩勇的确有一个姐姐，也的确是逃荒时送给了一位路过富户为童养媳，想必这位韩勇对韩家这些底细都清楚。”齐沛鼎看着那个人说。

林幽兰也跟着望过去，却觉得这韩勇有了些变化，却不明白是什么变化，只好问：“这位韩勇？难道还有两位韩勇不成？”

“依我猜测，十多年前，真正的韩勇怕是与堂上这一位相识了，把家里的消息透露给了他，而这一位，正缺一个身份，以进入安家安顿，于是，取而代之，想必那位真正的韩勇，早已去世多年了吧？”齐沛鼎说。

韩勇依旧哈腰垂着头，佝偻着身子站着，对他的话听若不闻。

“我们来不及找到他的姐姐，因此，只好找人扮成他姐姐，编了个他小时候得白喉的故事试探，他果然上当。”齐沛鼎说。

林幽兰恍然大悟，“原来这得白喉之事是假的？他根本没得过白喉，如果他是真正的韩勇，理当知道这些话的真假，可他却顺着那女人的话头应下，正巧说明他是假的韩勇了！”

齐沛鼎点了点头，“没错！”

“可这也要事先看出这韩勇身份存疑才行，白副官，我就知道，这一定是你看出来，说说，你是怎么看出来的？”林幽兰说。

当事人韩勇此时也微微抬头，往安雅瑜处望了望，眼底闪过丝后悔。

安雅瑜说：“这多亏了齐公子，查出线索，说安家二夫人身份有疑，因此，我才开始注意起安家的老人来了……”

捆坐在椅子上的那位蒙头车夫此时嘴里发出呜呜声，又挣扎起来。

她却恍若未见，轻声说：“那一日我去拜访韩勇，他住进了安府旁边的一个充作仓库的民居，因他独自一个人生活，起居十分之简单，每日里只用炉子煮些吃食，可即便这样，堂屋里有一块厚厚的木板光滑透亮，显然是有人经常在上摩挲，相反的，屋子里仅有的两把椅子上面依旧有新木的毛刺，韩勇平日里与其他人来往不多，极少有人来拜访，因此，屋子里只有他一个人起居，从那上面，就可以看得出一个人平时的习惯，他并不喜欢坐在椅子上，而喜欢的却是跪坐于那块木板之上，这种习惯，却恰巧是东洋人的习惯。”

林幽兰嘴里发出吸气声。

明娘却点头，“是的，白副官，在家乡，我们很少坐椅子的。”

韩勇却只垂头，目注青砖地板。

“韩勇为了能在安家安顿下来，想必花大力气学过我们的说话与生活习惯，因此才能毫不费力地适应下来，可过去生活的痕迹，却像长在身上的掌纹一样，怎么也去除不了，一不经意，就表露出来。”安雅瑜说，“特别是在他一个人待着的时候，他会思念起家乡，怀念远方的家人，不自主地流露出原来的生活习惯。”

宫池鹓拍了两下手掌，把众人的注意力引了过去，说：“白副官，单凭这个，好像不能说他是东洋那边来的吧，咱们北方，有些地方也习惯盘腿而坐的。”

安雅瑜点头，“没错，所以当时我只是心底怀疑，为证实心中猜测，我问了韩勇当年安家二太太家里可有亲戚来往之事，在他最放松的时候，我问及了此事，那一瞬间，他眼神一下子变了，变得极为警惕，拿左手摸了一下腰间中部，对于武士来说，那里是放置武士刀的地方，可能想起自己失态，他马上醒悟了过来，手伸上来，假装揭开盖子去瞧茶开了没有，可茶壶里的滚水溅在了手背之上，他却仿佛没有知觉，这是精神极为戒备紧张的表现！”

宫池鸫说：“白副官可真是心思细密，连这小小细节都注意得清楚。”

“可这一些还不能肯定他就是那位与安家二夫人有关的人，因此，我知道韩勇经常去市场买鱼，借口三爷想吃烤鱼，把明娘带了过去，哪知明娘却没认出他来。”安雅瑜说，“谁知道他却认出了明娘，害了无辜的鱼贩！”

韩勇缓缓抬头，目光复杂地看了一眼明娘，又望向安雅瑜，“小姐，我再次看到你，就知道这一次，我的身份怕是瞒不住了，每日惶惶，终于失手，哎，这也是天意。”

林幽兰首先失声叫了出来，“你，你，你叫谁小姐？”

李其琛却惊疑不定望着安雅瑜，最后一脸原来如此的样子。

宫池鸫却了然一笑，指着林幽兰说：“傻妹子！”

齐沛鼎只垂下头去。

林幽兰视线在屋子里的每个人脸上巡视了一番，嘴里边喃喃：“不可能，这怎么可能？”

韩勇只看着安雅瑜，向她弯腰鞠了一个九十度的躬，“小姐，败在你的手上，是我的命，我知道，我最终赢不了你的。”

林幽兰终不敢相信，指着他，“你说清楚点，谁是小姐？”

韩勇说：“安家大小姐，也就是白副官，怎么，你不知道吗？”

林幽兰呆呆地站着，脸上似喜还忧，头缓缓转向了安雅瑜，“小白，你就是安雅瑜？”转头看向林泽夫等，终于明白了，“三哥，林副官，你们早就知道了？你们，你们把我当成傻子？我居然向一个女的表白？还表白了许多次？想要嫁给她？天啊，我不要活了！”她捂住了脸，默默避走到林泽夫身后去。

林泽夫瞧了她一眼，却没说什么，只把视线重投在堂上之人身上，说：“黑泽小也，你隐姓埋名，先杀真正的韩勇，再杀害鱼贩，连犯命案，认也不认？”

韩勇冷笑着看向了安雅瑜，说：“没错，这两个人是我杀的，三爷，事已至此，还有什么好问的，杀人偿命，我赔上我这条命罢了！”

他摊开双手，神态疏狂，语气却放肆之极，哪还有半点以往那老实管家的畏缩？

宫池鸫说："赔什么命？你的命才不值钱呢，不如你说说，潜伏在安家到底为了什么？安二夫人是不是你杀的？三爷并不是嗜杀之人，你说清楚了，戴罪立功，留着一条命，好死也不如赖活着，是吧？"

韩勇身板挺得笔直，冷笑连连，"你们别把什么都往我身上推，我只借着进安家有个落脚之处，不得已才杀人，对了，齐大公子今日也在，说不定是您偷偷回来为了抢夺这个男人杀了继母。小姐为人子女，却凶残成这样，真可谓登峰造极了！"

他的挑衅让堂上众人神色各异。

齐沛鼎刚想上前呵斥，林泽夫却缓缓出声："黑泽小也，连自己的女人都可以送给别人为妾，你这贪生怕死的秉性倒也登峰造极，无人能及了。"

韩勇双目一下子赤红，"你胡说！"

林泽夫说："你和酒井良子一同来到中国，她改名换姓成为姜婉如，以孤女的身份嫁到安家，而你，也在一年之后想尽办法混入了安家，成为安家的管家，每天看着自己的女人替别的男人操持家务，教养孩子，啧啧啧，黑泽小也，你真称得上武士史上头一名的被女人用裙裾救下来的人了。"

韩勇一声怒吼，往林泽夫方向冲了去，林副官几步上前，一脚踢去，正中他的胸口，他仰面后倒，早被旁边两名警察压住肩膀，动弹不得。

他嗷嗷怒吼："林泽夫，你懂什么！为了我们伟大的事业，牺牲小我算得了什么？别说是女人，就连我这条命，都能给了出去！"

林泽夫一声冷笑，"命？你的命值几个钱？说，你们如此处心积虑潜伏安家，到底所为何事，酒井良子是不是你杀的？"

韩勇忽地停止了挣扎，脸色平静下来，"林三爷不是手眼通天吗，你想知道，何不自己去查个清楚？"

林泽夫脸色阴沉。

安雅瑜却一步上前，嘴角含笑，双眼了然，"黑泽先生，宅子东厢房里藏着的东西，我们已经取出来了，你通知来取货的人，也已经被三爷全部擒拿，王世祖的煤矿以及周围方圆三里之地，已被三爷全都买了下来，是煤矿也好，其他什么矿也好，已经不是你能控制得了的了。"

韩勇脸色忽地变了，眼眸凶狠，"你敢！"

安雅瑜说："有什么不敢的？这里是林督军的地界，王世祖欺骗乡邻，骗取钱财后潜逃不知所踪，王家只好贱卖矿产以及祖地以抵其债，这不都是你计划好了的吗？只不过可惜啊，最后却让我们三爷捡了个大便宜。"

林泽夫和安雅瑜相互对望了一眼，两人同时笑了起来。

齐沛鼎见两人一个眼神就能明白双方心底所想，不由偏过头去，心情黯然。

他亲手将她推离身边，到头来，却只能眼睁睁看着她和别的男人莫逆于心。

宫池鸫却上前一步，拍着手掌笑了起来，“三爷，白副官，不……安大小姐，你们的意思，这王家用煤变煤油来诓骗乡亲们的钱财，自始至终，都是这个人在暗中搞鬼？安县长也是受骗人之一？”

安雅瑜说：“没错，三爷自从看了那煤矿回来之后，便使人仔细调查整个煤矿，发现了煤矿相邻的另一个废矿，深夜有人暗自行动，搬运矿石，这才发现，那却是一个银矿，这原本就是一个极大的局，煤矿以及相临之处，都是王家地盘，韩勇为了用极少的钱财夺得这矿产，利用王世祖的贪婪，设下了煤矿之中煤变煤油的骗局，让他去出面去欺骗乡绅，又怂恿他骗取钱财后逃走，至于我爹，却是他整个计划之中理所当然的安排，他恨我爹，想我爹深陷其中，永不翻身，而我爹，也如你所愿，终于引火自焚，自杀而死，不是吗？”

韩勇缓缓抬头，目光复杂，“安大小姐，当年杀不死你，可真是我的遗憾，我就知道，你一定会是我整个计划的意外！”

安雅瑜一怔，“你想杀死我？”

韩勇说：“当然，当年你差一点就解开了那张图里的意思了，我怎么能让一个中国人解开这秘密，你只有两个选择，一是死，一是加入我们，我现在才明白，你爹也是个聪明人，是他救了你，让你不用死，也不用加入我们！”

“什么图？我当年解开了什么图？”安雅瑜惊讶地问。

“你不知道？”他哈哈笑了两声，眼底闪过一丝懊悔，视线落到了旁边椅子上捆绑着的车夫身上，“我以为一切尽掌握其中，却没有想到，我们最终是找错了人，找了一对太过聪明而心狠手辣的父女！让我们的事业功亏一篑！而良子，良子，我现在明白了，是他在挑拨离间，让我杀死了她们！”

他眼底冒出奇光来。

林泽夫忽从椅上站起，身形一晃，来到他身前，一拳打在了他的腮帮子上，他嘴里喷出鲜血，混合着几颗牙齿。

他从怀里掏出块雪白的手帕，擦了擦刚刚与韩勇接触的左手，淡淡地说：“急着死干什么？听完了再死，别到了地下都不安稳。”

众人皆愕然。

韩勇捂住嘴巴，目光凶狠地望着他。

林副官拾起了其中一颗牙齿，仔细看了看，“里面的确有药。”

安雅瑜说："良子是你自己的夫人，她们是你的女儿，你为什么要杀她们？"

韩勇冷冷地说："因为她们想背叛我，背叛我们整个事业，好几大笔的银钱往来，都不见了踪影，她们偷偷买了去国外的机票，她们想和你爹一起走，不想再受我管制！而且，我们的人一个个地死去，如果不是良子从中搞鬼，还会有谁？"

安雅瑜皱眉，"于是你杀了她们？"

"没错，一个歌舞伎而已，居然胆敢生歪心思！"他恶狠狠地说，"中国真好啊，什么古怪的东西都有，居然让我发现一种虫子不怕这毒蛙之毒，而且咬了人会产生强烈的自杀心理，那个老神棍拿这虫子骗人，又说这虫子是毒不死的，什么灭虫剂都杀不死，我一时好奇，买了这虫子，它果然不怕毒蛙之毒，于是，那天晚上，我从窗外听到她们的谈话，说船票已经买好了，她们就走，一个个兴高采烈的，全忘了她真正的丈夫！我在它们身上撒了这种毒蛙之毒液，我事先在隔壁屋子挂上一条条绳套，放出了那些虫子，虫子被饿了好多天，进去之后，见人就咬，于是她们出现了幻觉，产生强烈的自杀心理，我弄出些声音，她们走出来，一个个走到隔壁屋子，自己吊在了屋梁之上……姜婉如是最后一个，她似乎清醒了一些，看见我，彻底醒了过来，她用这毒药杀人无数，熟知它的毒性，她踉跄地去拿解药，我当然不能让她得逞，她得不到解药，大声痛哭，问我为什么，我冷冷看着她，然后告诉她，这就是背叛我的下场！"

众人听得毛骨悚然，宫池鸫说："恶人见得多了，但这种人还真少见。"

韩勇冷冷地说："背叛我的人只有死！"他视线扫向了那套着麻布袋的人身上，瞬间转回，"现在我猜出来了，那老神棍是谁了，也猜出来了，良子应该没有背叛我，可那又怎么样？那又怎么样？什么事没有牺牲？"

他眼底露出丝茫然。

安雅瑜不由自主望向了林泽夫。

林泽夫迎上了安雅瑜的视线，"白副官，我想，你一定想知道，这椅子上坐的是谁吧？不，你已经猜到了!"

他挥了挥手，林副官走至那椅子前，一把揭开了他头上的布袋。

李其琛今日接二连三地被惊吓到了，半张着嘴反应不过来，可此时此刻，他照样被惊了一次，看着椅子上那人，"安县长，是你，你，你没有死？"

安之祥胡子拉碴，目光复杂，神色尴尬，"李探长，你好。"

李其琛咽了口唾沫，"安县长，不敢，您，您这是怎么回事？"

安之祥却只把视线落到安雅瑜身上，双目含了水光，“雅瑜，对不起，让你受苦了。”

安雅瑜垂眸而立，静默无声。

林幽兰短暂的羞愧被场上巨大的变化冲得无影无踪，从林泽夫身后探头出来，“安县长，你说说，这到底怎么回事，看你的样子，你早就认出自己女儿来了？我都急死了，你就没个解释？”

林泽夫拱手说：“安县长，委屈您了。”

林副官拿出匕首，替他割断了绳子。

安之祥站起身来，“三爷手下的人好厉害，一个副官而已，就能使我束手就擒，三爷，我衷心佩服。”

林副官摸了摸脸上青肿，默默退到一边去。

“安县长，情非得已，为解开此处谜团，彻底解决此事，我只能这么做。”林泽夫语气恭敬。

安之祥扫了安雅瑜一眼，看了一眼这年少而身居高位的年轻人，知道这眼高于顶的人现在如此作小伏低，唯一的原因，怕是因为他这个女儿。

他思及此，身上绳索捆绑的伤痛都消失无踪了，浑身舒畅，无所谓地说：“因为三爷，我才知道原来王世祖骗局后面另有其人，我知道是谁，但我不敢动他，因为我不知道他背后还有多少人，谢谢三爷揭穿了他，怎么会怪罪三爷？”

林泽夫轻轻吁气，“安县长请坐。”

安之祥却没有坐下，走至韩勇身边，“我知道姜婉如身边有人替她谋划一切，查遍了安家大大小小的下人，却没想到是你！”

韩勇冷冷地说：“我也没想到，一向秉承孔孟之道的中国人，会如此心狠手辣，枕边之人，自己的儿女，却被你借刀杀人！”

安之祥说：“自己的儿女，黑泽小也，你当我是傻子？她们怎么会是我的种！”

全场震惊，林幽兰更是发出吸气之声，连声说：“安之祥，怎么回事，你说清楚点，你这意思，姜婉如和她几个女儿是你设计让他杀的，女儿还不是你的种？”

在这种紧张情况之下，安雅瑜也不由自主手伸上额头，抹了把冷汗。

安之祥说：“自浅曼去世之后，我便察觉不妥，我哪会再和别的女人生孩子，找了中医吃下绝育之药，早已不能生育了，雅瑜是我唯一的孩子，后面那几个，怎么会是我的种？”

韩勇满脸震惊，“原来你早就知道了？”

“当然知道了，都怪我当年贪婪，被你们利诱，答应了那贱人，让她入门，没错，她的确带来了不少钱财，帮助了我，让我从一个小小的中医成了家财万贯的军火商人，还得到了县长一职，可她不该将手伸向浅曼！”

安雅瑜惊呼出声：“什么？娘是他们害死的？娘，娘不是冬天地滑，下台阶时跌了一跤，跌断了尾骨，后又受了风寒，邪风入体，这才一病不起的吗？”

安之祥叹气，“他们的确布置得天衣无缝，让整个谋杀毫无破绽，但我事后检查过你娘跌倒之处，发现那阶石阶被人撬得松动了，表面看起来完好无损，脚一踩下去，石阶会翻转，人便会站立不稳，而在你娘吃药之时，更有人暗中在药里掺了防风、五味子两味药，这两味药没有毒性，可加在你娘当时吃的中药之中，却能使伤口久治不愈，病情恶化，你娘对姜婉如信任有加，只有她一直在病前伺候。”

安雅瑜咬着牙说：“娘，娘为什么会对她信任？”

她嫁进安家为妾，娘不应当心存芥蒂吗？爹如果不把她迎进门，娘就不会发生这样的事。

安之祥知道她心底的想法，苦笑起来，“你娘总以为我会介意她不能再生产之事，一心替我张罗纳妾，以延续安家香火，而我，为免和她争吵，却也听之任之，再加上姜婉如以一名落魄孤女的身份投靠过来，当时，她自称全家被盗匪杀了，只剩下她一个人守着一车的财物，她企求我们收留她，自愿为妾，我一时糊涂，居然就答应了，却忘了一句至理名言，‘这天底下哪有掉馅饼的好事？’”

安雅瑜抬头，视线落到了韩勇身上，“是你们，你们杀死了我娘？我真是认错了你！”

韩勇冷笑，“她不死，良子怎么掌握整个安家？一个后宅妇人，死了就死了，算得了什么？安之祥，我们真是选错了人，怎么选了你这么个犹豫反复的？你忘了对她的承诺，如果没有她，你怎么有这么好的日子？怎么能成为一县之长，你这个忘恩负义的东西。”

他越说越生气，嘴里鲜血直流，咒骂连连。

安之祥淡淡地看着他，“黑泽小也，我今生最后悔的事，就是把那女人迎进了家门，害死了浅曼，让雅瑜流离失所，在查知浅曼死亡真相之后，我一直派人暗地里跟踪姜婉如，她处事小心，表面上看去贤良淑德，对雅瑜好得胜过亲生，可一条毒蛇，再怎么伪装，也改变不了她的本性，我见她每次外出，临近的乡里总要发生一件凶杀案，死的全是家财丰厚的富户，我这才明白，原来她拿出钱财让我当上县长，无非就是想从中套取富户资料，夺取其钱财而已，而且，她身后不止一人，而是有一个帮会或者组织支持，而此时，雅瑜渐渐长大，显现出了惊人的破案天赋，破了好几单案子，其中有些就是姜婉如及同伙犯下的，雅瑜让她感觉害怕，甚至让她动了杀心，我看出来了，就找到她的同学，让她们明里暗里暗示雅瑜，让她自己提出外出留学。”

安雅瑜仔细想了想，“没错，我想出去留学，确实是因为当时一位相好的女同学也出去了，她不断约我，而那段时间，爹爹对我不好，整天叱骂，只对妹妹们好，我这才想着出去的，原来，这都是爹在演戏？”

安之祥说：“我如果不这样做，她怎么会让你出去？我假意阻拦，更下定了她让你出去的决心，而那时，想必她更意识到了，如果把你收罗至他们这边，更有益处！”

韩勇冷笑点了点头，“安之祥，你得感谢我，如果不是我瞧上了安家大小姐的才能，怎么会让她活这么长时间？”

第二十九章　惊人组织

安之祥垂眸，“我越调查越心惊，你们组织严密，所犯案件尽皆天衣无缝，查无可查，我知道，如果我不合你们意思，你们也会痛下杀手，让我死得无声无息，所以，雅瑜走后，我越发地小心，不求有功，只求无过，终于，让你们慢慢放下心防，做什么也不太瞒着我，甚至于把那本古籍交到了我的手上，让我找人破解这书中最后一页的图案，而我，因为你们疏忽，查到了不少东西，知道你们每次杀人，用的都是同一种毒，这种毒是从一种毒蛙中提取，分量不同，毒性就不同，我趁姜婉如不注意，从她手里偷了一瓶这毒药。”

他弯下腰去，脱下了鞋子，把鞋子后根敲了敲，一个小小的瓶子从里边掉了出来，他拾起瓶子，瓶子上画了艳红的牡丹。

他缓缓向韩勇走了去，作势拔那瓶子，韩勇脸上现出少有的惊慌，他这才把手指移开，离那瓶口远些。

韩勇狠狠地望着那瓶子，“安之祥，你可真是处心积虑！”

“过奖了，你知道那虫子为什么不怕这种毒，因为我用这毒来喂养虫子，一开始极少量，慢慢增多，它们对它产生了抵抗性！”

“于是，你扮成神棍将它们卖给了我？”韩勇声嘶力竭！

“不卖给你，你怎么杀了她们？”安之祥淡淡地说。

宫池鸫感慨，“安县长卧薪尝胆，实在令人佩服。”

安雅瑜对他惯常的拍马话语充耳不闻。

安之祥说：“不敢当，这时雅瑜留学回来，和齐家的婚姻提上了日程，可姜婉如为了更近一步将手伸进齐家，竟动了换亲的念头，想把她的女儿嫁进齐家，这引起了我的警觉，暗中调查齐家，这才知道，原来齐家之中，也有他们的人！”

屋内众人皆往齐沛鼎望了去，他默默点了点头。

安之祥轻声说：“我当然不期望雅瑜嫁入这么个泥潭，幸好齐公子和雅文闹出那么一出来，我便顺水推舟，默认了此事，却没有想到，我千防万防，还是让雅瑜被他们盯上了，雅瑜到我的书房找书看，不知怎么翻出那本古籍来，用日冕算法解出了那瓷瓶上图案代表的意思，这让他们欣喜若狂之余，更是起了招揽之心。”

安雅瑜后退一步，脸色白了，“爹，你说的古籍，就是那本写瓷器的书？最后一页有一个图案，我随手解了出来，那是个方位而已，这才是一切祸事的根源？”

安之祥说：“没错，就是那图案，是一个瓷器内瓶中字画的一部分，牵涉到了一个极大的秘密，他们百思不得其解，把书给了我，让我招揽民间高人解出来，却哪里想到，你随手解答，这个图案就此解出。”

安雅瑜喃喃地说：“那种解法，我也是偶然看了本佛法古籍知道的，见图案相似，随手解答写在那本书上，想不到，这一切的根源，就在这小小的几笔之上？”

“我收走了那本书，就知道此事不可能就此罢了，果然，姜婉如消息灵通之极，当晚就将我请了去，告诉我，要不让雅瑜加入他们，要不，就只有让雅瑜死！我的雅瑜，浅曼十月怀胎生下来的孩子，我捧在掌心里的孩子，五岁就能把报纸背诵如流的孩子，聪明得像天上彗星一样的孩子，却因为我，被这群恶魔盯上了，要她加入到那群恶狼之中，做那种肮脏之事，我怎么能不恨？我答应了她，说找机会劝说，姜婉如没有起疑心，也许在她心底，她早已确定我就是个懦弱无能的男人，依靠他们才能生活，此时，雅文和齐沛鼎之事传进雅瑜耳里，她再也不想嫁给齐沛鼎，我严词拒绝，因为我知道，雅瑜性格倔强，没有人能逼她做不喜欢的事，她逃婚而走，正合我意，于是，我展开了筹备已久的计划，在案发之前的几个月内，我已经杀死了他们好几个属下了，并偷偷派人抢了他们好几单钱款，而我把这些钱款打入了以那贱人的名义开的一个万国银行的户头上，又买船票说带她们去国外游览，却故作神秘让她别对几个女儿说，要给她们一个惊喜，正在那当口，我又表现出对韩勇的怀疑，她只好当着我的面对韩勇恶声恶气，如此种种，增添了韩勇对她的疑虑之心，我再假扮老神棍把那虫子卖给了他，到那天晚上，韩勇心中的怀疑终于达到了顶点，放出那些虫子，杀死了自己的老婆孩子！”

他语气平静，像说着一个无关紧要的故事。但其中的波澜诡异，计谋周全，却让人听得喘不过气来。

安雅瑜颤抖着说：“原来是这样？”

韩勇牙齿咬得咯咯作响，脸色狰狞。

安之祥看他，冷冷地说："他原本就是个顺我者昌，逆我者亡的人，当事情略微有点不受他控制，他必起杀心，我调查他那么多年，怎么不知道？此事到底风险极大，雅瑜极为聪明，我怕她察觉真相，只能将她远远支走。"

屋里的人听得喘不过气来，宫池鸫说："安老爷子，为了你的女儿，也算是竭尽所能，费尽心思了，我想，安小姐能顺利逃到林三爷那儿，也有你背后派人保护了？"

安之祥说："我想不出她到哪儿才能安全，仿佛处处都有他们的影子，唯一能想到的就是林家三爷，他也是从国外回来不久，执掌一方大权，却风评极好。"他望向林泽夫，"也只有您能与那些人周旋抗衡，我想，只要雅瑜去了，您一定会欣赏她的才华，果然，我这一步算是走对了。"

"难怪我老觉得一路上仿佛冥冥之中有人指引着走向林府……每次银钱不够，总有人上前要求帮忙，如此，我才能打着小工一路到了那里，而且，我买了去英国的船票，却恰巧船票被偷，我追那小偷，却正好闯进了三爷处置辮匪的现场！"安雅瑜说。

林泽夫说："幸亏安县长赏识，我才能得到安大小姐这一奇才。"

安雅瑜眼圈泛红，"爹，您一直都知道我在哪儿？"

安之祥轻声说："我怎么会不知道？这次回来，你站在我的面前，我却不认你，只怕又把灾祸引向了你，王世祖用这个骗局骗取乡亲钱财，我知道韩勇又开始行动了，姜婉如当初还让我借下大批欠款，姜婉如死了，再没有人跟他们周旋，他们会找我拿回那批钱。"

"那两个死在棺材里的人，就是来要债的人？"安雅瑜问。

安之祥点了点头，"没错，当初姜婉如进门之时，不光带来大批财物，还向我引荐了一个地下钱庄老板，说能无息贷款给我，让我能用这笔钱捐了县长来做，要我在十五年之后还给他们，后面想来，他们都是同一伙人，姜婉如为了控制我，借口地下钱庄老板而已，那女人那晚到来，要我还钱，我哪里还得出？"

韩勇厉声说："是你杀了他们？我就知道，这事怎么会这般简单？他们武功这么好，怎么会死在你这么个东西手里！我们可真是阴沟里翻船，看错了你！"

安之祥此时脸上才微微露出了丝丝笑意，"黑泽小也，是你错了，你自诩聪明，狂妄自大，以为能把所有人掌握手中，可你却忘了，这里不是你的地方，没有人能被你控制！"

他身子站得笔直，双眼放光，哪还是那位脸上总带了几分愁苦的窝囊县长。

韩通不敢相信，尖声叫道："你怎么可能杀得了他们？"

安之祥说："这么多年了，我一直在想怎么把你们这群恶魔从我身边赶走，让我的女儿从此能平安嫁人生子，我一直想着这事，这世上就再无难事了，你们惯用毒物杀人，我就要以毒攻毒，用你们想都想不到的办法，我原来就是名中医，知道中医之中有以虫养药之法，饲养吃药之虫，虫体就有了药性，而且，从他们犯下的凶案之中，我知道他们除了喜欢用这种毒蛙之毒杀人之外，还喜欢用一种魔幻蘑菇使人陷入昏迷，我就托人从西方带来了这种蘑菇，用来喂养药虫，又用毒蛙之毒慢慢使它们产生抵抗性！"

林幽兰插嘴："药虫，就是咬了我的那种虫子！也是让她们自动走上绳套上吊的虫子，那是什么东西？"

安之祥说："六小姐出身富贵，十指不沾洋春水，自然不知道这种米中生长的虫子了，在中药里，这种虫子被称为九龙虫，用茯苓屑、红花、交桂末等饲养，虫子就有了药性，能够入药，用花生仁、红枣来养，这些虫子就有补气功能，而我，用那魔幻蘑菇饲养，虫子却有了攻击性，咬了人，可使那人神志不清！产生幻觉，生出极为严重的抑郁心理，如果此时那人前边有使其自杀之物，他们就会不由自主想要自杀。"

林幽兰说："你是说，如果前边是悬崖，他们会想跳下去？前边有绳索，他们就想套进去，前边有个水塘，他们会往里走？"

"没错，县城里验尸设备并不先进，韩勇一定会这么想，他还想在县城潜伏下去，她们是自杀才能让案件不了了之！"

韩勇却咬着牙关，双目凶狠，"安之祥，你对我真是了解！想不到你这个中国人才是最了解我的人！"

安之祥说："想杀了一匹恶狼，只有足够了解恶狼的秉性才行，你这都不知道？"

堂上几人皆露佩服之色，安雅瑜说："爹，您还会武吗？"

"我原只会一些基础的健身武术，但为了对付他们，自雅瑜出国留学，我便每天深夜去废弃的窑场练刀，在那里挖了一个地下窑洞饲养虫子，十多年来，风雨不改，因我知道，总有一天，这一切一定会结束。"

李其琛轻声感慨："安县长真是意志坚定。"

韩勇大声说："说我是恶狼，我看你才是一匹凶狠狡猾的狼！"

安之祥说："为什么不？我这是以其人之道还治其人之身！你们无端杀人

越货，残害人命，把人当成蝼蚁，怎么，你们是人，我们就不是人吗？”

韩勇嘴里嗞嗞吸气，“不，你们这些人，怎么配得上称人！只有我们，我们才是这世间的主宰！我们居然被你这种人摆弄于手掌之中！为什么？为什么？我们身经百战的战士，用无数的人命才训练出来的杀手，也是你杀了他们？”

他双目赤红，额上青筋暴出，在两名警察手底下挣扎，神情极为可怖。

他已被安之祥一番话刺激得癫狂了起来。

安之祥双眉上扬，“没错，那女人的确功夫极好，不用她动手，她带来的两名手下随便一位就能处置了我，可我没等她动手，就放出了九龙虫，他们陷入癫狂之中，只一刀，一刀而已，我就把他们串成了一串！不枉我练了这么多年的刀！”

安雅瑜说：“爹，废窑后面的那些刀痕，是您弄的？你以前老说武力解决不了任何问题，可您为什么？”

安之祥说：“对付这种人，无论用什么方法，我都会尝试！”

宫池鸫双手轻拍，“安老先生隐忍坚毅真是让人敬佩。”

“爹，您把尸体放入窑洞使其提前腐烂，将死亡时间提前，然后把尸体藏在了棺材里？”

“是的，我知道你和三爷挖开了雅文的坟，就顺势把两具尸体藏在了里面。”

“可您为何忽然要迁坟，如果不迁坟的话，他们的死，不就永远不会让人知道了吗？”李其琛问。

韩勇冷笑了起来，“不会知道？他们是我们最好的武士，如果失踪，我们的人挖地三尺也会把人找出来！安之祥这么做，不过为了混淆视线，浑水摸鱼，想拖延时间罢了！”

“没错，我知道他们的行踪肯定瞒不住，如果他们失踪了，马上就会查到我的头上，我只有将他们的死亡弄得复杂些，才能争取时间。”

韩勇呼呼喘气，眼神当中露出悲伤至极的神色来，喃喃地说：“我们的武士，身经百战的武士，最后却被这么个人杀了？难道说，这都是天意？”

“你的三个人，还有一个，是那位烧死在县政府大楼的人？”李其琛问。

“没错，那人身材肥瘦和我差不多，正好能当我的替身！”安之祥说，“我知道，即使我将他们的死亡时间提前了，但他们的人迟早会找到我的头上，正巧王世祖诈骗案发，我就在楼顶点火自焚，原想就此隐藏下来，每日里只要能偷偷看一眼女儿就行了，却还是没能瞒过我这聪明的女儿。”

安雅瑜走过去，眼眶湿润，默默地握住了他的手。

他伸出手去，拭去她眼角泪水，“雅瑜，好了，以后我不用再躲躲藏藏的了。”

齐沛鼎说：“安县长，有一点我却不明白，您为何把一切都推在三爷身上？”

安之祥向林泽夫拱手，“对不起，三爷，把所有事推在您身上，这也是逼不得已，对他们调查多年，我却总感觉他们对您颇为顾忌，我只是在想，推在您身上，也许他们就会束手束脚，同时，我也希望能得到您的帮助，查清楚他们这批人，这是我一点小人之心吧。”

林泽夫说：“没关系，这么多年，我也习惯了。”

“你胡说，胡说，师傅怎么会是那样的人？她是出名的艺伎，只会为纯洁的歌舞艺术献身，她跳的舞那么美，弹奏的三味线如仙乐，她拥有这么高洁的灵魂，怎么可能参与到这么可怕的杀人之中？”

明娘一直呆呆站在角落之处，此时忽然冲了出来，手指尖，直指安之祥。

她早被一名警察拦住，捂着脸痛哭起来。

齐沛鼎走了过去，扶住她，“明娘，你和你师傅分开之时，只有十多岁，她给你看的，全都是光彩照人的一面，她背后有些什么，你怎么能知道？”

明娘的眼泪从手掌中涌出，“我宁愿，宁愿不知道师傅的下落，这样，师傅在我心目中永远是美好的。”

韩勇嗤笑起来，“蠢女人，艺术算得了什么？我们伟大的事业才是一切！林泽夫，齐沛鼎，宫池鸫，你们一个也跑不了的，有人会替我报仇！”

林泽夫挥了挥手，两位警察押了他们出去。

李其琛走到安雅瑜身边，上下打量了她半晌，摇了摇头，“不像，一点都不像，也难怪我认不出来。”

林幽兰瞪着他说：“你胡说什么，什么不像，像得很，雅瑜姐，以前我对您说的那些话，您可千万别记着！如果实在忘不了，要不，等咱们下辈子……”

林副官淡淡地问：“什么话，是不是想嫁给我们白副官的那些话？”

林幽兰伸脚过去，铆足劲在他鞋面上踩了下去，脸上笑意可人，“雅瑜姐，你是女人更好，今儿晚上，咱们就睡同一屋，咱们好好聊聊！”

安雅瑜咳了一声，“这，怕是不好吧？”

林副官捧脚吸气，“六小姐，你别添乱了，人家爹还等着呢，哪轮得到你！”

林幽兰看了一眼正和林泽夫寒暄，视线却一直扫向这边的安之祥，“那，明天，明天好吗？”

安雅瑜只好笑道：“明天再说吧。”

宫池鸫走上前来，直插到了林幽兰身前，挡住了她，向安雅瑜拱手，“安大小姐，恭喜您，您终于能恢复身份，与家人团聚了，安大小姐以后如有什么吩咐，我会竭尽所能助你一臂之力。”

安雅瑜微微点头，“谢谢宫先生。”

林幽兰被他死死挡住，自左边绕了过来，警惕地瞪着他，“老鸟，你想干什么！她可是我师傅！她要你帮什么忙？有三哥呢！”

宫池鸫说：“三爷本领虽大，也有顾不到之处，有些事，我做起来更方便，是不是啊，安大小姐？”

安雅瑜只好笑笑，“确实如此！”

林幽兰上前就想挎住安雅瑜的胳膊，可见她一身军装，到底没伸得出手去，只紧张地又挤进了两人中间，挥手说：“宫池鸫，你可别打什么坏主意！”

安雅瑜看着她越凑越近的身子，默默后退一步。

宫池鸫也后退一步，哈哈笑着，“安大小姐既已恢复了身份，就不能再担当副官之职，是个自由人了，这样也好，休息休息，改天我请你喝茶。”

安雅瑜还没答话，林泽夫自侧边走来，淡淡地说：“多谢了，只怕雅瑜以后会不方便和外人喝茶。”

宫池鸫一怔，脸上笑意一收，“三爷，你这话什么意思？”

“没什么意思，刚才我已向安县长提亲，她日后就是我林泽夫的未婚妻了。”

满场顿时静了下来，安雅瑜只觉有股热气自脚底腾地上冲，冲向了脸部，她回头，看向了安之祥，他无可奈何摊开手，向她摇了摇头。

她顿时明白了，尴尬不已。

宫池鸫何等精明，顿时也明白了，轻声冷笑，“你提亲，可人家并没有答应，怎么能算得上你的未婚妻？”

林泽夫嘴角微微含笑，看向安雅瑜，“雅瑜，此事我没和你商量，如果你不同意，我也不会勉强。”

安雅瑜垂首站着，只觉手脚都没地方放了。

齐沛鼎站于角落之处，看着这一幕，却手足冰凉，几乎站立不住。

明娘低声劝他：“齐公子，你既是喜欢她，就应当争取。”

宫池鸫却是气得脸色铁青，“林泽夫，你这是强人所难！当众逼婚。”

林泽夫淡淡扫了他一眼，“宫先生，你认为安雅瑜是一个能逼得了的女子吗？”

宫池鸫一滞，看了垂首站立不语的安雅瑜一眼，低声说：“林泽夫，她只是一时心底烦乱，等她想明白了，不会答应你！”

林泽夫脸色平静，“等着瞧！”

林幽兰唯恐天下不乱，拍着巴掌说：“哈哈，这下好了，我师傅还是我家的人，这也不错。”

安雅瑜咬着牙抬头，扫了林泽夫一眼，转头便往门外走，走至门边，唤了一声，“爹，咱们出去说话。”

安之祥应了一声，歉然望了屋里人一眼，跟着走了出去。

安雅瑜的那一眼，分明带着丝喜悦，齐沛鼎看得清楚之极，忽然感觉胸口一阵绞痛，明娘担心地扶住了他，“齐公子，咱们也走吧。”

齐沛鼎点了点头，走了出去。

宫池鸫只冷冷朝林泽夫一笑，“三爷，告辞。”

林泽夫说：“宫先生慢走。”

宫池鸫哼了一声，随便拱了拱手，拿起摆放在椅子边的文明棍，匆匆离去。

林副官看着门口，对林泽夫八卦，“三爷，您真在这种情况下就向安县长求亲了？”

林泽夫说：“当然！”

林副官举起大拇指称赞，“三爷，您可真是快准狠！”

林幽兰就感慨万千，“三哥，看不出啊，有我的一半儿风范，一看见雅瑜姐周围群狼环伺，马上先下手为强！”她看见林泽夫嘴角上翘，到底有些气不过，“三哥，你先别得意，雅瑜姐还没答应呢！那只老鸟说得也有些对，你这是当众逼婚，无耻下流！”

林副官当然替自己上司辩解，“六小姐，你是吃不着葡萄，葡萄就是酸的心理吧？安大小姐也没有说不答应啊！”

林幽兰伸脚想踩，林副官这次警觉得很，早避开到一边去了。

林泽夫抬头看着门外，脸色平静，“不答应，我慢慢儿追得她答应就是了。”

林幽兰仰头看了一下天花板，愕然，“天下黑雨了？三哥，你追女人？我没听错吧？一向不是女人追你的吗？”

林泽夫挑眉，“怎么，你有意见？”

“不，一点意见没有，不过，我得和雅瑜姐制订些拒绝计划，让你追的过程难于上青天！”林幽兰躲过他拍过来的手掌，嘻嘻笑了两声，往门口跑了去。

林泽夫在屋子里站了良久，平静的脸忽然间裂开了一丝笑意，直待走到门口，那丝笑意才慢慢儿收了，又恢复成了往日里的一张木脸，走出房门吩咐道：“把韩勇好好看住，别让任何人接近。”

李其琛连声答应，自去安排。

……

“雅瑜，我的女儿……”安之祥看着她，忽然间就板起了脸，“你瞧瞧你，成了什么样子，脸怎么黑成这样，瘦得不成人样，哪有半点女孩子的样子？没人给你饭吃吗？”

安雅瑜眼中含泪，这就是她的父亲，她以为对自己不好的父亲，以为只心痛后娘妹妹的父亲。

娘去世之后，她以为，一切都变了，他的视线不再落到她身上，他的眼睛只跟着二娘转，他对她越笑越少，她不擅长穿戴，总是随便一件旧衣服就出门了，他不满意，总是拿妹妹和自己对比：“瞧瞧你妹妹！”

他最常说的，就是这句话。

她越来越怕和他们在一起，知道父亲去了二娘的院子，总是避到书房去，就又换得他一句句训斥，说她不懂事，不知礼仪，以后嫁人都没人要！

有人说，有了后娘，就有了后爹！

那段日子，她以为自己已经明白了这个道理，因此，能出国，她松了好大一口气。

出国那日，轮船岸边其他的人亲人相送依依不舍，但没有人来送她。

但回国之后，父女两人偶然对话，他却问：“那天船上那么大的风，你怎么穿件单衣就跑出来了？”

她不明白他怎么知道那天她穿了什么衣服。

她其实不想回国的，怕遇到他们是一家人只有自己是外人的情形，可她不得不回来，因为他一封义正词严的通篇训斥，把她说成了不忠不孝之人。

回来之后，果然如她所料，他还是忽视她，只对妹妹们有笑脸，她只好整日躲在书房看书。

书房里的书越来越多了，隔几天就有一批书从邮局运来。

有一日，她路过他的寝室，听见他吩咐下人，“浙江那边的书局去过没有？怎么会没有这本书的？快去找！”

“老爷，这是本汉代绝版书，难找得很。”

她怔了怔，却没有往心里去。

前两天她看了一本花卉书，其中少了汉代花卉介绍，不由感慨，于是批注在了那本书上。

妹妹雅文最得他的欢心了，有她在，父亲脸上的笑总是多些，不像对着她，总板着脸。

雅文喜欢齐沛鼎，齐沛鼎也喜欢她，自己何必做那种丑人？

她总觉得，两情相悦的婚姻才最好，她不想落得娘那样的下场！

她向父亲提出退婚，父亲勃然大怒，指责她不忠不孝，说她要毁了自己的前程，那一瞬间，她才明白，父亲的前程比什么都重要，她只有逃婚而走。

但转眼想，有了后娘，就有后爹，这句话是不错的，娘已经死了，这世上还怎么会有人心疼自己？

她越来越不想待在家里，于是，李其琛偶然到家里来向父亲请示案情，她就指点了几句。

顺理成章的，她可以经常外出了。

她为县里破了案，父亲脸上也没笑容，只是说：“一个女孩子，做这些有什么用？”又说，“算了，随便你吧，你不比雅文，看来嫁不到什么好人家了。”

她那时想，他需要她帮他破案，提升政绩，却又遗憾自己不能嫁个好人家，提升家里的地位。

等她被齐家求娶，他脸上终于露出了些笑意，却全不听她的心意，只告诉她，一定要嫁给齐沛鼎。

那一瞬间，她的心很痛很痛，但痛过之后，却是麻木，就想，他就是这样的人，有什么办法？

可直至今天，她才明白，原来一切都是错的，她能破解身边许多的奇案，却唯独破解不了她的父亲，读不懂自己的亲人。

他默默在她背后做了这么多，独自面对家里的豺狼，为的不过是让她远离危险，好好生活。

她抹了把眼泪，“爹，你也瘦了，头发都白了。”

“爹老了。”安之祥仔仔细细地打量着她，脸依旧板得严，“你就不应该掺和进这些事，趁着那机会隐姓埋名多好，你娘留给你的钱不够用吗？”

安雅瑜不由哽咽，“爹，我长大了，能和您一同承担了，我虽不是个男儿，但你瞧，我现在不是好好的？”

安之祥短须颤抖，眼里泛了泪光，嘴里却说：“说什么胡话，女孩子，就应当在家里煮煮饭什么的，其他的，只能当成副业，家里现在没有危险了。”

他把她赶离那个家，因为他知道，家里盘踞着一条毒蛇。

她垂下眼眸，“爹，无论以后如何，咱们总算能在一起了。”

安之祥伸手，抚向她的头顶，省悟到她是大人了，把手收回，“傻女，把头发好好地蓄起来，以后可不能说剪就剪了！”

安雅瑜摸了摸头发，笑了。

“那张图，你还记得吗？”安之祥说。

安雅瑜明白他说的是那本书后面的图，点了点头，“记得。”

“那女人的身边携带的盒子里，有一块残瓷，是这图案的一部分。”他拿出了一个木盒，递给了她。

安雅瑜接了过去，一抚上去，心中便顿时生了异样，轻声说：“又是那种螺纹木盒。”

第三十章　再失亲人

“你以前见过这盒子？”安之祥问。

“不止一次见过。”安雅瑜说。

她轻轻揭开那盒子，就见盒子里放着一大块残瓷，残瓷内壁之上，果然画了一个类似图形。

“这应该是那个瓶子的一部分。”安雅瑜轻声说，她从怀里拿出一个小小的纸包，打开了，拿出纸包里包着的小瓷片，“这一块，是我从案发现场墙角发现的，这个瓷片和这块的一小部分，怎么会出现在墙角？”

安之祥冷笑，“韩勇开始怀疑那女人了，案发前一日要那女人把这盒子给他，她却不给，两人起了争执，盒子跌了落地，想必那时就摔了一块下来，将这瓷片摔断了一角，我假装路过，两人才停了争执，那女人迅速把盒子藏进衣服里，案发之后，韩勇迅速逃离，想必他以为没有人知道这盒子，想事情平静之后再回来寻找。”

安雅瑜把那小块瓷片拼在那块大的之上，果然严丝合缝，她指着上面的图案说：“这幅图案和书上的略有不同，爹，你瞧，太阳和月亮的位置变了，它们的位置改变，那么，算出来的方位就不同了。”

安之祥说：“我明白了，那张图，只是他们画在古籍上寻找解图人的样板，而真正的图，应当是这瓷瓶之内的图案。”

“这张图在瓷片上还剩小部分没能聚齐，我想，这有可能也是故意为之，将瓷片分开几处，只有聚齐了，才能解开其中的秘密。”安雅瑜说。

安之祥看着她双眼发光的样子，担忧起来，“雅瑜，看来此事还没有完，这里面不知道藏着多少不为人知的惊天秘密，又不知牵涉到什么了不得的人物，雅瑜，你可千万要小心些。”

安雅瑜说：“爹，你瞧，那幕后之人虽然厉害，但咱们也不差，是不是？

韩勇他们在咱们县暗自潜伏多年，不也被您一举成擒，损失惨重。”

安之祥知道劝不了她，想了想说：“幕后之人身份神秘莫测，非但擅长武功，而且善于用毒，我仅仅知道他们常用的这种毒蛙之毒，但出处和解药至今为止我都没弄清楚，这样吧，我将九龙虫交给你，危险关头，也可以挡上一挡。”

安雅瑜略有些迟疑，往后望了一眼。

安之祥便明白了，笑着说：“好了，雅瑜，是你的，怎么也跑不了，不是你的，怎么求也求不到，你答应我，这样东西，只有你能知道怎么用，不能告诉别人！”

“爹……”安雅瑜略有些尴尬，见安之祥直盯着她，只得点头，“好的，爹。”

两人自后门出来，坐了一辆黄包车往旧废窑走，到了离旧废窑不远之处，安之祥就让黄包车夫走了。

来到那高高的碉堡下，安之祥却没有停，穿过了那小窑往前走，东弯西拐走过好几个砖窑，这才停下。

安雅瑜暗暗记着方位，却也糊里糊涂起来，实在忍不住了，“爹，你选的这地方可真够怪的，转来转去，我怎么不记得方向了？”

安之祥有些得意，说：“这废窑我从王家的手里买了下来，按照八卦的样子，改了几个窑洞位置，建了些一模一样的小路，如果不是我领着，一般人可找不到这里。”

安雅瑜慢吞吞地说：“想不到爹还有诸葛之才。”

安之祥嘴角的胡须翘了起来，“女儿不差，当爹的会差到哪里去？”

安雅瑜心底好笑，跟着他往前走，由一座废窑的洞口进入，来到窑洞中央，揭开了中间一块与泥土一模一样的木板，沿着土制的台阶下去，里面却有另外一番天地。

只见下面布置得极为干净整洁，却是一个地下居室的模样，泥土砌成桌子椅子，桌子上放置了些瓶瓶罐罐，后面一整面泥墙上放置的是一个许多小格组成的中药柜子。

“爹，您在这里组了一个中药铺？”安雅瑜惊奇地说。

“其实我一点也不擅长做生意，如果当初和你娘老老实实把中医铺开下去，也许我们一家人现在还齐齐整整的。”他手指抚在了桌面上的瓶罐上，“你瞧，这些瓶瓶罐罐，柜子箱子，都是我出师之时，你娘陪着我一起买的，你娘去世了，可它们却依旧还在。”

他揭开一个黑布，方形的玻璃瓶子里，放了几块干燥的木料，上面爬满了黑色的虫子，而玻璃瓶底，却放着一只颜色艳丽的风干了的蘑菇。

“这就是迷幻蘑菇？”安雅瑜问。

“没错。”安之祥脸上带了些自豪与得意，“我已经找出了让它们在窑洞里生长的办法。”

他走到一面土墙之后，向安雅瑜招了招手。

她走了过去，就见里面有一个小小的水池，不停地从高处流往低处，几块糟烂腐败的木根之下，长满了橙色蘑菇。

“我从国外带回了蘑菇孢子，用几种药材根部试着培养，药效比平常的蘑菇还要厉害许多。”

“爹，你真厉害。”安雅瑜由衷称赞。

她弯下腰，仔细看那蘑菇，却见橙色的菌伞之上，布满了黑色的小点，再看得仔细些，那黑色小点却像一双双眼睛，悠然地望着她。

“原来这就是迷幻蘑菇？”

她手指伸前，想要摸上去，却被他拦住，“千万不可，没有风干的蘑菇表面上的汁水都有毒效。”

忽地，外面传来一声脆响。

安之祥一怔，惊疑不定，“有人？”

“爹，还有人知道这地方吗？”安雅瑜问。

“没有，我每次来都极为小心，甩开后面跟着的人才会进到这里。”安之祥说。

才说着，便听门口一声尖叫，绕了土墙出去，林幽兰站在那玻璃瓶边，指着瓶子哆嗦着嘴唇说：“是它，上次咬我的虫子就是它！”

安雅瑜惊讶地说：“六小姐，你怎么来了？”

安之祥赶紧上了楼梯，打开木板往外望，见外边并无他人，这才把木板放下。

“雅瑜姐，怎么你还叫我六小姐？叫我幽兰好了，我当然是跟着你们来的啦，你们可真难跟，到了这里，我又迷路了，走了好多趟，才走对了，原来这里别有洞天啊！安伯父，您可真有本事，在这地底下挖了个洞！”林幽兰说。

“六小姐过奖了，是您一个人来的？”安之祥问。

“当然了，可别想甩开我！”她停了停，再说一句，“可别想甩开我。”

安雅瑜见她一脸焦急，含笑答了一句，“好了，不会甩开你。”

她偏过头去，挠了挠头，似乎想记起些什么，却又忘记了，看着安雅瑜说："雅瑜姐，你瞧，都是你，原来你是白副官，我还想嫁给你的，一下子，你又变成雅瑜姐了，照道理来说，我是要恨你的，你让我空欢喜了一场，可我怎么能恨你？我这一急，脑子就乱了。"

安雅瑜见她语无伦次，有些担心："幽兰，你……"

她打断了她的话，从怀里掏出一个纸包来，轻声说："我记起来了，这是给你的。"

安雅瑜略感异样，接给那纸包，随口问："那是什么？"

林幽兰说："来的路上，给你带的红烧肘子，你饿了吧？"

安雅瑜舒了一口气，笑了，"一包吃的，也值得你花那么大功夫。"

她缓缓揭开纸包，鼻端传来一股异样香气，她一怔，便听有人大声说："快扔了。"

一道人影向她扑来，夺过了她手里的纸包，向墙角扔去，轰的一声，火光闪现，那纸包炸成碎片，室里顿时烟雾弥漫，紧跟着，洞口之处传来了密集的枪声。

安之祥拉着她往柜子后面躲，她回头一看，林幽兰却依旧傻怔怔地站着，忙一拉，把她拉了过来。

"来，这是给你的！"她嘴里头喃喃。

"幽兰，幽兰，你怎么了？"安雅瑜急问。

"来，这是给你的！"她手往前伸，又缩回来，仿佛前面站了人。

"她脑子糊涂了！"安之祥冷冷地说，"黑泽小也以前谋夺别人家产的时候，也用过这种方法，用迷幻蘑菇给人服用，服用之后再用催眠之术控制别人的思想，让人短暂地听从指挥，不用担心，隔段时间，她就会清醒了。"

"对，和林莫兰的情况一样！"安雅瑜想了起来。

外边又传来几声爆炸，她着急起来，"爹，怎么办，洞口被人堵住了。"

安之祥听了听外边的响动，说："看来，还是我大意了，这里可能早就被人盯上了，你听这些炸弹，响声不大，弹药之中混有药物，来人不想破坏这屋里的东西，不好，他们想夺走这屋子里的东西！"

"爹，您说的是这九龙虫？"安雅瑜问。

安之祥点了点头，伸出手去，推开那药柜，露出一个小小洞口，"雅瑜，你带着林六小姐先走，我收拾了那些东西再来。"

安雅瑜见他镇定，看了看神情依旧迷茫的林幽兰，一咬牙，"爹，你快点过来！"

她拉着林幽兰往洞口里走，这条地道并不很长，两人手脚并用，不到十分钟，就到了一出口处，她将林幽兰拉出洞口，仔细吩咐她：“六小姐，你坐在这里等我回来，别到处乱走，好吗？”

林幽兰脸上满是灰尘，眼眸却黑得惊人，乖乖地点头，“好，好，我听你的。”

安雅瑜知道她意识未清，却别无他法，找了一个高点的草丛，让她蹲下，这才重回出口，重新往那条地道爬了回去。

一路之上，她仔细听着前边的声音，不时拍掌，期望有人回应，可十分钟过去了，地道里始终只有她一人。

直至手摸上了壁板，她才知道，到了入口之处，可那入口已经重新用中药柜堵上了。

她心急如焚，耳朵贴在壁板之上，那边，只有隐隐的声音传来，有人在厉声逼问：“安之祥，你把东西藏在哪儿了？”

“不都在你手里吗？”安之祥断断续续地答。

那人一声轻笑，“安之祥，你这又是何必呢，我们不想伤人的。”

忽地，骨头折断之声响起。

一声惨叫透过壁板传至她的耳里，安雅瑜咬紧了嘴唇，直至感觉到了嘴角咸味，这才轻轻松了牙齿，她手足颤抖，摸着壁板之上，期望能找到开关，可壁板上什么也没有。

“你，我认得你，认得你的声音……”安之祥忽然说，“你是林……”

“啪”的一声，巴掌声起，“安之祥，你明白就好，我劝你说实话，把东西交给我们，你杀死了我们不少人了，你是活不成了，但你也要替你女儿想想，她日后要嫁到林家的，哈哈……”

“不，你别妄想了……”沉重的喘息声透过壁板传至安雅瑜的耳里，使她目眦欲裂，手脚冰凉。

“她，她不会嫁到林家！”他说完，忽然间，传来嘈杂奔走声。

“你，你干了什么？该死！”那声音变成阴沉冷漠。

安雅瑜听到这里，却如脑子中扎了一根钢针，那冰凉触感直刺进了灵魂深处。

她跌坐于地上，背靠着墙壁，手脚冰冷。

不会的，不会的。

她一定是听错了。

不知道坐了多久，她才缓缓站起身来，用力往药柜之上撞了去，她一下又一下撞向洞口，抽屉滑落声接二连三响起，紧跟着，轰隆一声，柜子倒地，洞口露了出来。

忽然的光线让她有些睁不开眼，她闭了闭双眼，看清屋内一片狼藉，几个青衣布衫之人躺卧于地上，而她的父亲安之祥，却歪坐于泥桌边上，胸口插着一柄尖刀。

那玻璃瓶已经破了，里面的虫子一只不剩，其余的瓶瓶罐罐碎的碎，倒的倒，没有一样完好。

她缓缓跪坐于地上，呆呆地看着他，他满脸都是鲜血，脸上布满了掌印，嘴角却像是在笑。

洞口大开，光线从上至下投射，使他脸上的血迹都仿佛没那么鲜红，变成了暗色，他的表情安详，仿佛随时都可能站起身来，板着脸训她。

可她等了许久，他却一动不动。

她咬着牙站起来，就着微弱的光线四处查看，首先翻看了那些青衣人的尸体，却发现他们手腕脸部皆有细小红肿，显然是先被九龙虫咬过，再被杀死。

一道血迹蔓延至洞口，渐渐滴向远处，她忽然明白了，那领头人一定受了伤。

带来的人马，只剩下了他一个，他只能避走，所以才没能再仔细查看这屋子。

她视线渐渐模糊，看着跌坐于地的安之祥，她爹真是好样的，在这样劣势的情况之下，也让那些人损失惨重。

她蹲下身去，想把他的尸身放平，却怎么也不能，看得仔细一些，却发现他左脚弯向后边，右脚向前伸，心里不由一动，急把他手臂拿起，果然，他的手指食指指前，其余四指却屈向掌心。

这是娘还在的时候，他们一家三口常用的暗号，她喜欢和娘玩捉迷藏，每次都被娘轻易地找到，于是，他就和她作弊，设计了一套暗号，告诉她，娘出现在了哪里，食指伸出，右脚向前伸，是时针指到十点钟的方向。

东南角落里，有一个泥做的凳子。

她缓缓走向那里，轻轻敲了敲，听清了中空的声音，拿了把小锤子，把泥壁敲破，果然，一个罐子和一张纸出现在了中空之处。

就着暗淡的光线，她看清了纸上的字，“雅瑜吾儿，也许你找到这些东西的时候，我已经不在了，每天，我都往这里面放上新的东西，把我从他们之中发现的秘密写下，包括了他们的杀人方法，他们的行动方式，我知道，我迟早会死，死在他们手上，但是，雅瑜吾儿，你还那么年轻，不应当蹚入这个浑水之中，在接受那个女人之日开始，我已经使我们家陷入危险之中，可是，我后悔已经晚了……”

安雅瑜伸手进去，又拿出了十多张纸，果然，每张纸上都写下了一个案子，他们怎么用药物杀人，怎么布局周密，怎么谋夺别人家产，一一列举，详细之极。

最后一页，却是九龙虫的饲养使用方法和迷幻蘑菇的种植之法。

她打开那陶罐，却是剩余的九龙虫。

合上盖子，她不由泪如雨下。

她抱着罐子来到安之祥的跟前，缓缓蹲下身去，放下罐子，轻轻将他的手拉平，腿放直，复又抱起罐子，站起身来，就觉一阵头昏目眩，忙撑着旁边桌子站定，隐隐约约，就听见了外边人声。

她听见有人唤她，声音由远而近，转过身，看见一个模糊的人影，急切地向她冲了过来。

他面容渐渐清晰，脸上全是焦灼。

可待看清他的面容，她扭过头去，勉力站直：“我没事，你，你别过来。”

林泽夫停住了脚，目光惊疑，“安雅瑜，你怎么了？”

她眨巴着眼睛，竭力想看清楚他，“我没事，去找六小姐，她在……”

“别担心。”他往前走了一步。

她看着他，脑子嗡嗡作响，像有无数的蜜蜂在她脑中鸣叫，那种冰刺入脑子，渐渐冻住全身的感觉又来了，她眨着双眼，看着面前的男人，似乎想看清楚他，可他的面孔却渐渐模糊。

他向她冲了过去，抱住了她，她双目紧闭，脸却苍白得像张纸，手却依旧无力地推拒，“别管我！”

他看着她推着他的手，嘴唇紧抿，却伸出手去，把她在他身上推拒的手掌握紧。

那边，几位侍卫正在收拾检查现场，林副官走了过来，低声说：“安县长头骨破裂，早已去世多时，屋子里其他人全都中刀身亡，另外，窑洞外发现一行血迹，在快到小道时消失了。”

林泽夫看着怀里昏迷的安雅瑜，只低声说：“去查。”

林副官担心地看了一眼安雅瑜，“三爷，都怪我不好，没看住她，让他们自己走了。”

林泽夫脸阴沉得可怕，没有出声。

林副官咽了一口唾沫，硬着头皮继续汇报，“六小姐在离这里不远的窑洞发现了，身上并无伤痕，发现之时昏睡着，醒来时却什么也不记得了，甚至连怎么到的这里都不记得。”

林泽夫沉默地看着怀里紧闭双目的安雅瑜，视线落到了她身边那瓦罐之上，说：“把这些东西收拾清理好。”

他抱着她拾级而上。

林副官点头答了声是，吩咐侍卫清理现场。

……

“雅瑜，你躲在哪儿？爹爹来找你了！”他的脚步一声声，在地板上缓缓往前行走。

她躲在床底下，捂住嘴，压抑住了想冲出喉咙的笑。

脚越走越远，似乎要离门而去，她却有些慌了，松开了手，从床底下慢慢往外爬。

可脚步声却停了，那双大脚急走到床边，笑脸在床沿出现，“找到你了。”

她从床底下爬出来，跳到他的身上，“爹爹，你怎么知道我在哪儿？”

他的笑容焕发着年轻的光彩，“雅瑜，你在哪儿，我都知道，因为，我是你的爹爹啊！”

娘在门外站着，逆光打在她身上，使她全身都散发着光芒，她看不清娘的表情，只听得见她的笑声，像风铃，又像春风拂过青草。

忽然，周围黑了下来，所有的光都没有了，她站在空旷的地板之上，整个屋子空荡荡的，重重的黑影从窗外划过，使得屋里如浓墨般窒息。

她回过头，长长的镜子映出了她的身影，小小的，只有她一人，四周空旷漆黑，她喊着，“爹，娘，你们在哪里？”

可回答她的只有屋子的回音。

她在地上缩成一团，抱紧了自己，身上却汗如雨下。

“雅瑜，雅瑜……醒醒！”有人在摇着她的身子，激烈地呼喊。

她忽然睁开了眼，一下子坐起了身，看着床前围着她站着的几人，林泽夫就站在床边，摇醒她的，却是林幽兰。

灯光从头顶自上照下，让他站立的角度有些逆光，让她看不清他的表情。

她迅速收回视线，轻声说：“我没事。”

“雅瑜姐，我们都在呢，你当然不会有事。”林幽兰说，“可我什么都不记得了，当时到底发生了什么？我怎么会在窑洞里，还有安县长，他怎么会死在了那里？”

她连珠炮般地发问。

安雅瑜却不知从何答起。

林泽夫看着她半垂的头，嘴唇抿得更紧，眼眸转得严厉，只说：“你们先出去。”

安雅瑜心头一震，手却不由自主握住了床沿。

林幽兰被林副官请了出去。

他的视线停留在她的身上半晌，却转过身，走到桌前坐下，替自己倒了一杯水，轻饮一口，“杀害你父亲的人，和林家有关？”

安雅瑜一下子抬起头来，正对上了他那双严厉得有些吓人的眼眸，她不由自主地答：“我躲在那条地道之中，听到了那人的声音。”

她答着这话，双手却不由自主地颤抖。

“把你猜测的人告诉我，包括我自己！”林泽夫直接说。

“我不知道，我总感觉那人的声音极熟，但我知道，他用了假声，直至最后，最后那句话，他想杀人时的嗓门，露出了些他原本的嗓音，可我不敢肯定是谁。”安雅瑜说。

林泽夫站起身来，走到窗前，似问着无关紧要之事，“那个声音，是不是像我？”

安雅瑜抬头，却又瞬间垂下头去，咬了咬嘴唇，终于答：“是有些像。”

她看着他的背影，“不，不是三爷，如果是您，我说出这话，应该会害怕，会惊慌，会怕您杀人灭口，但现在我说了出来，反而一身轻松，那个人，绝不会是三爷。”

林泽夫转过身来，眼眸黑得惊人，“安雅瑜，查案破案，最紧要的不是讲求证据，用事实来评判真假？你现在，用的可不是理智！”

安雅瑜迎上了他的视线，“三爷身上没有伤，我虽没有看见，但从现场的情况来看，他伤得极重，很可能被父亲放出的九龙虫咬了，再中了一刀，这才急匆匆地离去，连他想要的东西都没有仔细搜寻。”

林泽夫点了点头，重回桌前坐下，把桌子上的包袱打开，指着它们说：“这是你昏迷之后，放在你脚边的东西。”

安雅瑜摸了摸怀里，那些纸张还在，她松了一口气。

林泽夫却似有若无地看了一眼她怀里，垂了眼眸，“因为他没有仔细搜寻，才使安县长有了机会，给了你暗示，让你找到了他留下的东西？”

安雅瑜点了点头，背过身去，从暗袋拿出了那十几页纸，“三爷，这些是父亲留给我的。”

林泽夫嘴角终于向上弯了弯，却沉着脸说："你自己收着，这些东西，我没什么兴趣。"

安雅瑜急了，"这里边说了韩勇等人十几年间犯下的不少案件，有作案手法、行凶手段等等，三爷拿去参详，能破了这些悬案，还受害人一个公道。"

林泽夫这才接过了那些纸，翻了翻，说："这些东西，我会好好处置的。"

安雅瑜松了一口气，想了想又说："三爷，六小姐现在好了吗？"

"老六回来之后，没多久就清醒了，精神也还好，但把自己怎么去的废窑，又怎么跟上的你们，全给忘了。"林泽夫说。

安雅瑜瞧了他一眼，"我躲在药柜后面，并没有看到那杀人的领头之人，可他的嗓门，和您真的很像。"

林泽夫皱了皱眉，神情迟疑，叫了林副官进来，问他，"你还记得小时候，有一天咱们上学，你认错了人之事？"

林副官不明所以，"三爷说的是哪桩？"

"我大约十二岁左右的时候，有一天你跑来告诉我，你认错了人，你在前面走，后面有人说话，你以为是我，想吓我一跳，转身一声大吼，那人吓得脸都白了，后来大怒，和你打了一架，你打不过人家，鼻梁都被人打断了。"林泽夫说道。

安雅瑜默默看了两人一眼，少年之时，他们还有这种笑闹之时？

"三爷记性真好，确实有这么回事，是隔壁班的一个小子，后来家里好像出了事，就再也没来上学了，说真的，那小子的声音和您真的很像，如果不看他那张脸，单听声音，还真以为是您。"林副官说。

"去查查，看他去了哪里？"林泽夫吩咐。

林副官应了声是，走了出去。

林泽夫看了她一眼，解释："林福宝被我爹收留，那时正好林家创办宗学，收罗宗族内的小孩统一上学，林福宝认识几个字，就和我一起上学了。"

安雅瑜说："想不到林副官小时候这么活泼。"

林泽夫一哂，"他小时候确实有趣一些，长大之后，反而越来越没意思了。"

安雅瑜不好接下这个话题，心说当然了，当年可以笑闹的孩子，变成权倾天下的一方督军，再迟钝的人也会明白身份地位的差别，知道自己永远无法跟面前这个人平起平坐，自会明白事理，懂得分寸。

安雅瑜说："六小姐行踪也颇为古怪，竟然能跟得上我和爹爹的行动，跟到了那废窑之中。”

她把林幽兰当日的行事一一告诉林泽夫。

“确实古怪，她跟上了你，说话言行正常，我想，这也是你当时并未引起警觉的原因之一，她拿出那东西，是一颗小型炸药，目地并非为了炸死炸伤人，只是为了弄昏你们，我想，他们找到你爹，很可能知道你爹在暗中调查他们，加上那三个人之死，他们认为你爹对他们造成了威胁，极有可能，他们让你爹交出调查到的东西，然后才杀人灭口，可奇怪的是……”

“奇怪的是，他们知道窑洞里不止他一人，为何没有继续寻找追查？难道说，控制六小姐神志，让六小姐跟踪我们是另外一批人？”安雅瑜说。

“也只能这么解释了，很可能他们两批人各自为政，却听从同一个主子。”林泽夫说。

安雅瑜低声说：“这样却更为可怕。”

“没错，很有可能即使我们追查到了其中一部分人，却仍然对幕后主使一无所知。”

两人同时沉默下来。

不知隔了多久，林泽夫才说：“安雅瑜，如果有一天，你怀疑了我，我只有一个期望，在你心底判我死刑之前，让我有一个解释的机会。”他停了停说，“别平白无故的消失。”

安雅瑜心底一惊，她听到那个人声音的时候，脑子里的确有了那一瞬间的念头，她不由咬了咬下唇，强辩说：“我没想过消失。”

外边的灯火一盏盏地亮起，远处传来梆子之声，他微微一哂，说：“安雅瑜，你说假话的时候，只要对你知之甚深之人其实很容易分辨的。”

她愕然抬头，正对上了他那双淡漠的双眼，她复又垂下头去，“爹爹去世，我心里有些慌乱，让三爷笑话了。”

林泽夫说：“想必你也意识到了，这一切事件的源头，是在林家，也许我们回去，才能查清一切。”

安雅瑜点了点头，“没错，那种使人骨头寸寸而断的蛙毒，首先出现在霍三娘身上，而那场审讯，是在林家帅府主持，紧接着，派对上谷兰姑娘师傅之死，也在林家派对，殷佩和那些人追杀我的父亲，其中多多少少有林家的影子……”

这些事件，又牵涉到了林泽夫多少？

一切都围绕着他发生，却又似是而非，诡异莫名。

她无端想起了父亲去世时对那领头杀手说过的话，他似在告诉躲在中药柜后的自己，别嫁去林家，一定不要嫁进林家！

父亲到底意识到了什么？

一时之间，她心乱如麻，不由后退一步，站得离他远了一些。

林泽夫眼眸越发淡漠，接近于黑色的冰凝，他忽地转身，冷冷地说：“你既已恢复女儿之身，也不好再在我身边为副官了，而你继母、妹妹之案，已经查得清楚，你大可恢复原本面貌，重过你自己的生活。”

安雅瑜愕然抬起头来，看他面容无端端冷峻至此，莫名心慌，“三爷，可我父亲死得冤枉，我总要查个清楚，再者，最近几件案子只有我知道最清楚，我可以帮三爷……”

林泽夫打断了她，“不用了，这几件案子，我想，以你的本事，也没办法查得清楚。”

安雅瑜咬紧下唇，心乱如麻，向前走了一步，“三爷，就因为我是个女人，就不能待在您身边了吗？”

林泽夫视线落在她的脚上，冷冰冰地说：“我不需要一个心思反复的人。”

安雅瑜忽然明白，自己的所思所想，全都被他看在眼底，在她怀疑他，推开他之时，他就明白了。

她忙说：“不会的，三爷……”

她却不知道如何解释了，她的确在心底有过动摇，有过怀疑。

他淡淡抬起眼眸，一声嗤笑，“不会？安雅瑜，如果要你以我未婚妻的身份住进林府，你愿意吗？”

安雅瑜猛地抬头，心扑通扑通狂跳不止，浑身血液冲往脸部，她嘴里嗫嚅：“为什么要以这种身份？”

“安雅瑜，不光你能读懂人心，我也能的，我知道你在想什么，你在想我身边发生的事，想你父亲之死，是不是因为我，是不是因为那些发生在我身上的诡异莫名之事，你不愿意辜负他临终遗言，卷进这个是非旋涡！”林泽夫冷淡而平静地说，“就像王家、李家一样，若有利益，蜂拥而至，看见危险，避之不及！”

他凝视着她，淡淡地说：“从小到大，我身边的人来来去去，我已经习惯了！”

安雅瑜摇头，“不，不是的，我不会这样！爹爹死在他们手上，我一定要查清此事！”

林泽夫垂下眼眸，“可我身边，已经没有你的位置了。”

他站起身来，往门口走了去，后背冰冷。

安雅瑜心中慌乱，上前追了几步，握紧双拳，咬着牙说："我愿意。"

林泽夫身形一顿，回过头来，深深地望着她，"你愿意？安雅瑜，你知不知道自己在说什么？你若以我未婚妻身份住进林家，将遇到什么？"

"我知道。"安雅瑜语气平静，"三爷前日在大庭广众之下说笑，说向我父亲求亲，恐怕已经想到了这一步了，您想让我住进林府，身处于争斗之中，想用我来搅动一池浑水，让林家隐藏着的势力暴露于人前，三爷婚姻之事多有波折，先有王李两家姑娘先后出事，而我，只是一介孤女，想必在那些人的眼底，算不上什么了，如此，我住进林府，说不定能出奇制胜，找出这一切的真正幕后主使！"

屋里灯光渐暗，他眼眸幽深至极，瞳仁里印得出她的影子，他却只看着她不说话。

屋内静了下来，她只听得见自己微微的喘息。

过了良久，他终于干巴巴地说："没错，我的意思，就是如此。"

安雅瑜心底莫名有些失落，却振作精神，扫却了心中那丝怅惘，"三爷，您放心，父亲死在那些人的手里，我一定能助您查清真相，找出杀害父亲的凶手。"

"所以……"他慢吞吞地说，"你别以为这是真的，咱们都只是在做戏。"

"当然了，三爷，您放心，我从没有那样的妄想。"安雅瑜心情彻底平复，"他们的说笑，我岂会放在心上！"

"这就好！"林泽夫说，"此事完结之后，我会补偿你名声的损失的，无论出国留学也好，想要宅子金钱也罢，只要你提出来。"

安雅瑜听着他生疏的语调，轻声说："三爷，你忘了，我这么做，也是为了查清父亲之死而已，如此算来，咱们之间是互不相欠的。"

林泽夫脸上被屋子渐暗的灯光反射，几近冰样的灰冷，他转过身去，看都不看她，"你说得没错，能两不相欠更好，以往如此，以后更是如此。"

说完，他大踏步往外走。

安雅瑜看着他的背影，只觉心中有样东西仿佛丢失了，空落落的有些难受，她转过身去，走回到桌子前，坐了下来，看清桌子上放置的那陶罐，那种空落落的难受却被悲伤填满。

她轻声告诉自己，这样是最好的，住进林府，才能查清父亲死亡真相，用那个身份，才能真正成为众矢之的，她是他的诱饵，也只能做他的诱饵，并无其他。

林幽兰探头探脑地自门外走进，来到她的跟前，抬头看着她，“雅瑜姐，你哭了？”

她抹了抹脸，果然，脸上已经濡湿一片，她只是看着桌子那陶罐，“是啊，想起了爹爹。”

“雅瑜姐，你别伤心，我们一定会查清安伯父被杀的真相。”林幽兰说。

安雅瑜拭干净脸上的泪，望着她，“你仔细想想，今儿个，你还记得什么？”

林幽兰一怔，眼底闪过丝迷茫，“我来找你，也想问你，我今天干了什么了？我问他们，他们都不说，但从他们的眼神中可以看出，我肯定做了什么不好的事！”她抓住了安雅瑜的手，眼底全是惶恐，“雅瑜姐，我是不是和安伯父的死有关？为什么我无端端会在那窑洞里？”

安雅瑜轻声说：“没有，没有关系的，你还记得今天去了些什么地方吗？”

“也没去什么地方，我去找你，守卫说你和安伯父出去了，我无聊，就一个人在街上随便走了走，还别说，这县城虽小，但街上的好玩意儿可不少，有些在省城都看不到呢，有一个玩杂耍的表演空中悬椅，可好看了，有个人坐在椅子上，被那人念啊念啊，就睡着了，那椅子翘了起来，只一只腿落地，坐在椅子上的人也不从上面跌下，跟着椅子转动，可神奇了，和这比起来，谷兰表演的那些，只能算小儿科。”

第三十一章　直指林府

安雅瑜一怔，直接说：“六小姐，这种场合，你没捣乱？”

林幽兰吞吞吐吐地说：“雅瑜姐，您猜得可真准，我不相信，跑上去亲自坐上椅子试了，还真坐到一条椅子腿的椅子上，也没掉下来。”

“那是西洋一种催眠术，我以前在国外看过，加上道具的运用，能让人没有任何支撑地平躺于空中，他这种街头技艺还算一般了。”安雅瑜说。

“这样吧，雅瑜姐，听说那杂耍师在这儿还要逗留好几天呢，我们明天再去看看？你瞧，这几天为了伯父的事，你心力交瘁的，黑眼圈都出来了，不如出去散散心？”

安雅瑜盯了她一眼，只说：“你和那街头玩杂耍的怎么闹起来的？”

林幽兰恨恨地说：“那人太气人了，我这头上，头发不是没长出来吗，他居然不知用什么方法让我的头发当众自己飞起，在空中那个飘啊飘的，让满街的男女老少指着我嘲笑，雅瑜姐，你一定得给我报这个仇，看穿他那把戏，让他在这里再也无法混下去！”

安雅瑜无语地看了她头顶一眼，“你可真是走到哪里，就能把热闹带到哪里。”

林幽兰摇着她说：“去吧，去吧，雅瑜姐，咱们去散散心。”

安雅瑜想了想，“去也行，只不过，到了那里，一切要听我的，还有，我们要换身装束。”

林幽兰委屈地说：“雅瑜姐，不管你是白副官也好，雅瑜姐也好，我什么时候没听过你的话？”

两人各自去房间换装。

……

“走，走，快走，戏法班子开始了，我说得没错吧，每天这个时候，这班子准时开始！”林幽兰左手举了个巨大的烧饼，右手拨开人群往前走。

安雅瑜看着那巨大的烧饼一眼，跟着她走，低声说：“六小姐，你没吃饭啊？”

林幽兰回头，“雅瑜姐，你怎么又叫我六小姐？叫我的名字！这烧饼你就不知道了，最近县城里新来了个烤烧饼的人卖的，用梨木烧火烤的烧饼，香酥脆软，好吃得很，省城可没有这东西。”

安雅瑜抬头望了一眼热闹的街头，“县城比原来是热闹了许多。”

正值戏法班子开始表演的时间，街头聚集的人多了起来，林幽兰来到县城不过几天，就成了老手，熟练地霸了一个视线好的位置，把安雅瑜拉了过去，站定了，开始嘎嘣嘎嘣咬那烧饼。

烧饼的香气传到安雅瑜的鼻端，让她也饥肠辘辘起来，又不好像她这样在大庭广众下吃得满嘴流油，只得强忍了不看她。

正在这时，锣鼓开响，人群拥挤着往场子中央围拢，人人脸上都有期待之色。

一位中年大婶扫了林幽兰一眼，“姑娘，你又来了？嘻嘻，就不怕咱们黄班主又让你出一次丑？”

安雅瑜意外地看了林幽兰一眼，看来她还轻描淡写了，昨天那件事到今天为止还让人记忆深刻，看来她出的幺蛾子还挺大的。

林幽兰嘎嘎地咬着烧饼，含糊不清地说：“大娘，今儿我带了帮手来，怕什么怕？你等着瞧，今儿可有好戏瞧了！”

那大婶看向安雅瑜，见是一个瘦瘦的小伙儿，也不在意，“原来是带了你的相好来找场子来了，姑娘，你可小心些，这些人人多势众，到时闹了起来，你这相好可打不过人家！”

林幽兰抹了把嘴巴说：“咱是文明人，不打架的，咱和他们讲理，就想揭穿他们这骗人的把戏，怎么，他们还不讲理不成？”

大婶摇头叹气，“年轻娃子啊……”她左右看了看，凑到熟人面前，嘀嘀咕咕地说了起来，边说边往这边指。

林幽兰是个越能引人注意，就越能欢乐闹腾的人来疯，见有人看她，举着烧饼笑嘻嘻地打招呼示意。

安雅瑜站在她身边，顿时受了些注目。

正在难受，幸好那黄班主领着两个徒弟走了出来，锣鼓震天，把众人的视线全都引了过去。

黄班主却是个面目尚算和气的中年人，看了林幽兰一眼，皱了皱眉头，却没有说什么，只吩咐两名徒弟抬了把椅子放在场子中央。

林幽兰说："这就是那把椅子，我上次坐了上去，那位班主在我耳边念叨念叨，不知道怎么的，我就有些恍惚，坐在那椅子上，也没倾倒。"

安雅瑜看了几眼那椅子，心底有了数，说："好好吃你的烧饼，别多话。"

林幽兰应了声是，埋头啃起了烧饼。

黄班主对周围围着的观众作了个揖，一长篇的开场白之后，就欲请人坐上那椅子。

他的视线好几次落到了林幽兰身上，见她并无动静，表情放松，请了另一个观众上去，那位观众坐上了椅子，果然，黄班主站在了他的面前，凝视着他的眼睛，对他说了几句睡吧睡吧，那观众缓缓闭上了双眼，黄班主双手往前面虚空推出，那椅子缓缓往后倒了去，却在将倒未倒的位置，停了下来，而椅子上的人却毫无知觉，依旧身子僵直地坐着，他双手回拉，做了几个动作，椅子另一条腿也离地而起，只剩下了一条腿支撑，却把整个椅子支撑得稳稳的，椅子上的人更是稳稳坐定，不受影响。

直至整个杂耍完毕，那个人才如梦初醒般地从椅子上下来。

看得出来，那人就是一个普通路过的百姓，左邻右舍都认识的，所以，他一下来，周围人纷纷围了上去打听，这倒是造成了一种神奇的效果，使得人更容易相信。

杂耍表演完了，林幽兰也吃完了手里的烧饼，拍着掌心碎末子说："怎么样？看出来了没有？"

安雅瑜没有回答她的话，只说："去问问。"

黄班主正在收摊子，一看见林幽兰走近，眉头先是皱紧，紧跟着舒展，满脸笑意走过来，"小姑娘，又来看玩杂耍啊？今儿怎么没敢试试？"

林幽兰说："昨天砸了你一个椅子，今天怎么好意思再弄坏你一张椅子？让你每天都换椅子多不好意思？"

安雅瑜算是彻底明白了，难怪她名声远扬，让人记忆深刻了。

黄班主说："没关系，没关系，你砸一次，看戏的人就越发多了，只会给我多带些生意来，再说了，小姑娘讲道理，也赔了钱了不是？"

周围原本走了的闲人，见有热闹可看，又渐渐围拢起来。

黄班主见人聚了起来，更有几分得意，"小姑娘，昨儿个对不住啊，把你头发弄丢了。"

有知道真相的，就哈哈笑了起来，“昨天那头发在空中飞舞，可真有几分吓人，我还以为这半夜见鬼了呢！”

“是啊，黄班主有几分真本事的，那头套好端端地在小姑娘的头上戴着，他手一挥，头套就飞了起来，小姑娘跟着追啊跳啊，怎么都够不着！”

“这位也不知是哪个富贵人家的女儿，就这么任由她四处胡闹，把人家吃饭的家伙什都给砸了，受点教训也应该！”

“现在新社会，男女平等，女孩子出来看个变戏法怎么了？”

林幽兰气呼呼地说：“黄班主，你别得意，这里面一定有什么古怪！我看不出来，不代表别人也看不出来！小白，你去瞧瞧！”

黄班主看了一眼安雅瑜，拱手，“这位小兄弟，也是想来砸场子的？”

安雅瑜忙说：“不敢，我有几句话想问班主，不知班主是否有空，咱们私下里说说。”

黄班主说：“您瞧，我们这也要收摊了，还有其他事要做呢，实在没什么空。”

安雅瑜看了一眼周围围聚的人，再看一看他身后站着那几位正搬道具的徒弟，走近几步，压低声音说：“黄班主，您那小徒弟在坑里蹲着，举铁杆举得累吧，臂力想必不错。”

黄班主手里一停，脸色凝重起来，朝身后的几位徒弟使了个眼色，“小兄弟是别的班子派来的？想干什么？”

那几个徒弟向两人围拢过来。

安雅瑜拿出一袋银元塞进他的手里，认真地说：“黄班主，你先别慌，我来，并非为了揭穿你这把戏，真有要紧事要请教班主。”

黄班主掂了掂那钱袋，托到手里沉甸甸的，脸上露出笑意来，向身后挥手，那几名徒弟这才各自散了。

围拢过来的闲人见没热闹可看，也各自散去。

黄班主说：“小兄弟，你想问什么？你瞧，我这戏法，也就是这三板斧，小兄弟一眼就看出来了。”

安雅瑜说：“黄班主这戏法可不止三板斧，椅子上的机关算不了什么，最主要的，却是黄班主自己擅长的那催眠之术，看着陌生人的眼睛，就能将他催眠，这可不是一般街头杂耍艺人能办得到的，不知道黄班主师承何处？”

黄班主笑着说：“小兄弟也想拜师学艺？”

安雅瑜说：“可不是吗？现在混口饭吃难得很，如果有了黄班主这种技术，在哪儿可都能混得开。”

她又拿出了一个钱袋子，在手里一上一下地抛着。

黄班主脸上现了郁闷之色，压低声音说："我这门手艺，算不上什么，一个月前才学会的，你刚刚没有看见，我拿袖子往那人脸上挥了挥吗？我这袖子里有东西的，你闻闻。"

他把袖子举到安雅瑜面前，安雅瑜闻到一股异香，马上屏住呼吸，掩住了口鼻。

"要使别人睡过去，一定要时机掌握得刚刚好，还要选意志力薄弱的人，凝视他的眼睛，掌握说话的语调，就这方法，我学了一个多星期才学会……"

林幽兰事先得了警告，不许乱插嘴，所以一直在一边站着，此时终于忍无可忍了，"你的意思，我的意志力薄弱，昨天才中了你的道儿去？"

黄班主说："当然不是了，我原本不想选你的，是你硬凑了上来，我这才硬着头皮上了，小姑娘的意志力真顽强，差点我们这戏法就玩不成了。"

林幽兰这才放过了他。

黄班主继续说："以前我们玩这种戏法，都在围观群众之中藏了我们自己的人，在一个地方演上一场两场，就要换一个地方，以免被人看了出来，自从那个人教了我们这方法之后，这地方，我们已经演了十天了，观众还是那么多。"

安雅瑜说："黄班主能带我引见那位戏法师傅吗？"

黄班主脸色为难，"这可难办了，每次都是他来找我，咦，对了，昨天小姑娘来的时候，他不就在吗？还跟小姑娘开了个玩笑，把她的头发揭起来了。"

安雅瑜大吃一惊："昨天捉弄她的人不是你？"

黄班主搓了搓手说："我哪有那么大本事？但周围的人每个人都认定是我，我也就默认了。"

安雅瑜再问了几个问题，却不得要领，只好和林幽兰回去。

她向林泽夫说了所查情况，林泽夫点了点头，抬起头来，凝眸于她，"老六当时的失魂情况，到底真相如何。只怕要回到林府，才能真正查个清楚，有人在把一切线索往林府引，那么，林府一定有我们不曾查知的秘密，我们只能顺势而为。"

安雅瑜点了点头。

他静静看着她，忽然问："你准备好了吗？"

安雅瑜不再闪避，迎上了他的视线，点了点头，"好了。"

林幽兰睁大双眼望望这个，又望望那个，"准备好什么了？"

林泽夫垂眸："你多了一个未婚嫂子了。"

林幽兰愕然地看着安雅瑜，忽然间就吸起了鼻子，"这是真的？原本应该是我带未婚夫回去的……这也是无可奈何之事，谁叫世事弄人呢？好吧，雅瑜姐，走，我带了不少女装过来，有些你能穿，稍微改改就行了。"

安雅瑜垂头跟着她往门外走去，来到门边，回头便看清他站在窗前，逆光打在他的背后，他的面孔隐在黑暗之中，看不清他的表情。

她忽然间心中一酸，加快脚步离去。

……

林顾夕望着前面各有风韵的两个少女背影，使劲儿扭了自己的面颊一下，问临近站着的林副官："林副官，那位真是小白，白副官？"

林副官说："你现在要叫她安小姐了。"

"不敢相信，不敢相信，到现在我还不敢相信，你说，白副官虽然姓白，但实在没那么白啊。怎么换了女装，像变了一个人？脸白了那么多？简直是瓷白如玉，你说她就是安雅瑜，那位逃婚逃得全国知名的人？"

林副官点了点头。

林泽夫从侧边冷冷瞧了他一眼。

他忙举手，"知道了，知道了，你的未婚妻，三哥，这事你还没跟二娘说吧？也没跟咱爹说？"

林泽夫语气平淡地说，"不是有你吗？昨晚的加急电报，你没说清楚？"

林顾夕咽了口唾沫，"三哥，我不像你，可不敢担当这责任，如果不事先向二娘和爹汇报一声，我怕我以后这家门都进不了了。"

前面的两位丽人齐齐站定，回过头来，等着他。

微风拂在左边那女子身上，把她面颊边的秀发拂得飘起，漆黑的头发衬着她洁白如玉般的面颊，清丽绝伦。

林泽夫走了过去，伸出一只胳膊，她迟疑半晌，将手臂挽在了他的胳膊里。

走进正堂，只有林二太太在客厅里等着，她视线只落在林泽夫的脸上，站起来迎接，"老三，老六，你们可终于记得回来了。"

安雅瑜想把胳膊抽回来，他右手抚上，按住了，说："也不过去了十多天而已，以往我外出，哪次不是大半个月，也没见娘这么着急。"

林幽兰跟着附和，"是啊，是啊，娘，我们这不回来了吗？您瞧，三哥还给您带来了位儿媳妇。"

林二太太这才看向了安雅瑜，"这位就是电报中说过的你的未婚妻？"

林泽夫点了点头，“娘不是担心我不成婚吗？这不，不用您操心了。”

林二太太有些厌恶地看了安雅瑜一眼，“她就是那位逃婚的安雅瑜？西南都督长子的未婚妻？还是你身边的白副官？这可真够传奇的，都够写一出大戏了！”

安雅瑜垂下头去，掌心开始冒汗。

林泽夫握紧了她的左手，声音平淡，“娘，她以后就住在二楼，我的隔壁，娘只要挑个黄道吉日，安排成婚事宜，我们准备年底成婚。”

林二太太脸色有些不好，勉强地说：“这么急干什么？总得你爹同意才行。”

林幽兰不敢插话，眼睛骨碌碌直转。

林泽夫慢吞吞地说：“娘，我的事，一向由我自己做主，爹和您如果不满意，我们就搬出林府，在外面住也是一样的。”

林二太太眼角微微抽搐，脸上挤出些笑意来，“瞧你说的，只要你高兴，我们怎么会不满意？只是这小白的身份，外边都传开了，你总得让这事消停些，平静下去，这才对外宣布你们的婚事，咱们不是普通人家，牵一发而动全身，许多人都眼巴巴地看着，想找咱们的错儿呢！”

林泽夫一哂，“无论我做什么，挑选何人为妻，他们总会说三道四，我又何必听他人之言？总之，娘你同意与否，安雅瑜就是我挑选的妻子。”

安雅瑜不由一震，悄悄打量着他，他身上的热力透过衣衫传至她的身上，脸上有着不容置疑的平淡，她收回了视线，重盯着脚下一点，怎么会呢，他们之间的婚姻，不就是一场交易吗？

林二太太气了，甩手说：“行了，这事我懒得管了，只要你爹同意了就成。”

林顾夕忙打岔，“二娘，他们才回来，旅途劳累，你总得让他们休息休息才行。”

林二太太并不住在这边，站了起身，“我也累了，先回去歇着了，你爹晚上回来，你自己跟他解释吧。”

林幽兰说：“娘，你先走，雅瑜姐安置的事不用您操心，我代办就行了。”

林二太太哼了一声，站起身离去。

林幽兰与林顾夕见情形不对，两个人跟着溜之大吉。

等她走了，安雅瑜忙把手从林泽夫的胳膊里抽了出来，垂头站定。

一边的小丫环们知道她原来是白副官，好奇地打量，不敢上前打招呼。

林泽夫坐回到了沙发上，吩咐人把下人们召集起来，指着安雅瑜介绍：“你们想必都听说了，她是安小姐，是我的未婚妻，往后，她就是这幢楼的女主人，所有的日常事务，都由她打理，外人不得插手。”

下人面面相觑，齐声应了声是。

安雅瑜心说他们不过是假扮的未婚夫妻，用得着这么大阵仗吗，她想上前阻拦，林泽夫眼神冷冷扫了过来，她只好垂头听着。

王管家一怔，踌躇半晌，上前说：“三爷，这楼里每月的开销，都由二太太掌管着的，这一项……”

安雅瑜忙说：“不用了，我只管这楼里其他事务就行了。”

王管家只眼巴巴朝林泽夫望着。

林泽夫说：“找二太太拿回开销，交给安小姐。”

王管家一怔，重新审视了安雅瑜一眼，垂头走了出去。

下人们每个都在林府生活多年，此时看出了风向，鱼贯而出的时候脚步都轻了许多。

安雅瑜到底忍不住，“三爷，咱们不过假扮的未婚夫妻，弄得这么隆重，有必要吗？”

林泽夫眼神极平淡，“安雅瑜，你已经不是我的副官了，做我的副官之时，你可以狐假虎威，来去自由，人人都会卖你几分面子，但若做我的未婚妻，在下人面前没有地位，他们就会看人下菜碟，让你寸步难行，我林泽夫的女人，在我自己的地方丢我的脸，你自己说说，这就是你的办事方法？”

“可恐怕林二太太会更加不满了。”安雅瑜说。

“你又不是真嫁进林家，她满意与否，有这么重要？”林泽夫语气轻淡。

安雅瑜想了想说：“话虽如此，但为了减少不必要的麻烦，还是少些矛盾的好。”

灯光自头顶照下，让他的眼睛变成琉璃般极淡的颜色，和身上那身浓墨一般的军装成为鲜明对比。

“别忘了你进来是为了什么？光一味躲避，能办成什么事？”林泽夫说。

安雅瑜感觉到他在无来由地生气，不欲和他正面冲突，只好说：“三爷怎么说就怎么是吧。”

林泽夫却一声冷笑，“当然，我们都想尽快了结此事，查清真相。”

安雅瑜垂头应了一声，“没错。”

“你的房间在楼上，屋里的下人你都认识，不用我介绍了吧？”林泽夫说。

"不用了。"安雅瑜见他怒火未息，哪敢多言。

"阿英，带安小姐上楼。"林泽夫说。

阿英缩头塌肩过来，低声说："安小姐，我带您上楼。"

安雅瑜跟着她上楼，走到楼梯口拐了一个弯儿，才舒了一口气，侧过头看，却见阿英也在拍着胸口吐气，"白……哦，安小姐，您这边走，二楼一共十个房间，只有三爷一个人住，从来没有女人被带回来过，您可是头一位了。"

原来安雅瑜是白副官的时候，阿英就活泼得很，她现在恢复了身份，也没有任何拘谨，这倒让安雅瑜松了一口气。

"这些，我都知道的。"安雅瑜简短地答。

"当然，您就是白副官啊，这屋子哪里您没来过？呵呵，不过啊，我还是喜欢看您现在的样子，多美啊，当然，白副官那时也俊俏，那个时候，可让我们好几位姐妹夜里睡不着觉，偷偷谈论呢。"阿英掩着嘴笑。

安雅瑜略有些尴尬，只说："是吗？"

阿英连连点头，"是啊！现在，您成了我们女子中的传奇了，说您以女子身份连破奇案，还勇敢逃婚，不被世俗左右，我从没想过女人会有这么大本事的。"

安雅瑜走进屋子，不由一怔，这里虽是个极女性化的房间，却没有什么多的装饰，简单整洁，屋子里所有的摆设，竟和她以前在安家作闺女时的房间一模一样。

阿英见她怔着，有几分得意："安小姐，这是我亲手布置的，三爷几天前就吩咐了，亲自口述让王管家买的家具，您瞧，可还满意？"

安雅瑜吸了口气，平息了涌动的心潮，说："还行。谢谢你，阿英。"

阿英说："您先在这儿歇息，有什么需要，尽管吩咐。"

她退出了房间，轻轻合上房门。

安雅瑜坐到了书桌前，像她以往的闺房一样，她的房间没有梳妆台，只有一个极大的书桌，桌上放了一面妆镜，其他地方摆的就是书和笔墨等了，她拿起笔筒里插的钢笔，却发现那钢笔仍染有余墨，用笔在纸上划，却能划出墨迹，再看得仔细些，笔杆之上有小小的划痕，她怔住了，看着那划痕良久不动。

这是她的笔，在出逃的前一天晚上，她还用它写过字。

她把钢笔放下，这些，算不上什么，她告诉自己，这一些，真算不上什么。

……

安雅瑜来了林府几日，除了身份上的改变，其他倒也没什么，林泽夫所住小楼，像一个自成体系的小庄园，只有他一个主子，外人无法插手。

只是她接过了王管家递过来的开销银钱之时，还是有些尴尬，不由问："王管家，这些由二太太管着就行了……"

王管家得了林泽夫的吩咐，哪敢有丝毫轻慢，恭敬地说："安小姐，这钱虽然不多，但代表了三爷的意思，我们可不敢不听从，这是楼里每月花销账本，您看看。"

他把账簿递给了她，见她认真翻了起来，叹了一口气。

安雅瑜一目十行看完，看王管家眼巴巴地看着她，便问："王管家，您还有什么事吗？"

王管家说："二太太叫您过去一趟，但是……三爷出去了，您要是不方便，我回去回了二太太，等三爷回来了，您再过去？"

他这是在脑补什么？

安雅瑜失笑，说："我这就过去。"

王管家知道这位主子在林泽夫心目中的地位，这要是出了什么岔子，他这脑袋可就不保了，暗暗后悔传话，拦住了她，"安小姐，别，二太太那里也没什么事，你等会儿过去也好。"

安雅瑜看清了他眼神中的紧张，皱了皱眉，"老王，我又不是第一次去，你紧张些什么？"

"您以前是白副官，现在，现在可不同了，二太太如果说话上有什么得罪之处……"王管家说。

安雅瑜淡然地说："听几句难听的话又不会少块肉去。"

正在此时，外边传来女声，"雅瑜姐，雅瑜姐，你在吗？"

王管家松了口气，脸上露出丝微笑，"安小姐，要不您和六小姐一起去？"

安雅瑜对这管家已经无语了，又暗暗有些埋怨林泽夫太过分，这么下去，她只待在屋子里？

说话间，林幽兰已经跑上了二楼，看见安雅瑜，笑嘻嘻地说："雅瑜姐，咱们逛街去，租界新开了好几间法兰西铺子，里面全是进口的胭脂水粉，新式礼服，你正好用得着。"

安雅瑜奇怪地看着她说："我怎么就用得着了？"

林幽兰说："别啊，怎么用不着？三哥把钱袋子都给我了，说任由我买，只要你高兴。"

安雅瑜说："今天可没空，二太太让我过去一趟呢。"

林幽兰看着王管家，"真的？"

王管家一脸想抽自己嘴巴的神情，"没有，没有，二太太说不着急。"

林幽兰垂头想了想，"娘叫你过去？也不知道什么事？这样吧，我陪你一起去。"

安雅瑜无可奈何地说："二太太那里又不是龙潭虎穴，你们两人这是干什么？"

"我娘那里当然不是龙潭虎穴了，只是这次她生气时间长得很，上次三哥还在呢，我娘就没什么好话。"林幽兰直接说，"雅瑜姐，等过了这段时间，她气消了，也就没什么事了，随便你过去，至于这一次，还是我陪你吧！"

安雅瑜无法，只得和她一起往二太太的住处走。

那幢小楼安雅瑜来了许多次了，可这次去，也许是被林幽兰和王管家弄得神经紧张，她再看那幢绿树下掩映着的小楼，却只觉暗影重重，莫名也紧张起来。

林幽兰挽着她的胳膊走了两步，忽停下了脚步，指着草坪上停着的小车问外边守着的佣人，"是谁来了？"

那佣人回答："谷兰小姐来了。"

林幽兰撇嘴，"她来干什么？"

两人走进楼内大堂，欢笑声从门内传了出来，五姨太和六姨太都在，围着二太太坐着，还有几位面孔陌生的太太，安雅瑜只认出了钱学鑫夫人，谷兰坐在二太太的身边，不知说了什么，逗得二太太直笑。

屋里情形和林幽兰想象的不一样，她也怔了。

二太太看见两人，向她们招手，"来，过来坐。"

佣人拿了两把椅子出来，放在二太太身边。

林幽兰早挨着二太太坐下了，挽着她的胳膊撒娇，"娘，你们在干什么呢？屋子里这么热闹，也不叫我过来？"

二太太伸手一拧她的胳膊，"你的耳朵比狗还灵，哪用得着我叫？"

林幽兰抚着胳膊笑："娘，哪有你这么说女儿的？"

二太太就看了一眼她头顶短发，"你们一个两个的，我一个都不敢管，指不定管出事来，你瞧，我这说了一句，她就把头发剪了，大的那个更不省心，唉……"她扫了安雅瑜一眼，"算了，儿女想怎么样就怎么样吧，我只等着抱孙子就成了。”

屋子诸位太太都笑了起来。

人人视线都落到了安雅瑜身上，其中一位圆脸太太说：“这位就是那位破了不少奇案的白副官？却是个女儿身，上次开派对我可没看出来。”

“是啊，巾帼不让须眉，咱家老三眼光可真好。”五姨太凑趣。

“二姐，你可有福了，依我说，这家世算得了什么？咱们老爷以前不也就是个商人，现在这时势，今儿是英雄，明儿是狗熊的人多了去了，现时可不同往日，女人也要能干才行。”六姨太说。

其他众位太太齐声附和。

安雅瑜怔了，林幽兰也有几分发怔，呆了半晌说：“娘，早知道您是这么个态度，我和三哥还紧张什么！”

林二太太气呼呼地说：“别提你三哥，一提我就心口痛，他还是我儿子吗？干什么都不知会一声，好像生怕我吃了他一样！”

安雅瑜只满脸尴尬，如坐针毡。

钱学鑫夫人忙打圆场，“二太太，三爷做什么都有自己的主意，这不就好吗？什么都不用您操心，在大帅面前，军功卓越，政绩斐然，谁也不能越过他的头去，您不用争，什么都有了，哪像我，生了那么个不争气的儿子，什么都要我替他看着，如若不然，迟早叫那个小的越过头去！”

钱学鑫家里小妾成堆，这位正室夫人虽生了一儿一女，但两个都极为平庸，相反的，小妾生的几个儿子都出息得很，几个月前，报纸上就连篇累牍报道了总长几个儿子争产风波。

五姨太和六姨太互相望了望，各自脸上现了羡慕，“是啊，二姐，我们的儿子，有三爷一半，我们就烧高香了。”

林二太太脸色缓和下来，回头朝安雅瑜说：“雅瑜啊，你别往心里去，那天我被他气着了，说了几句重话，不是冲着你的。”

安雅瑜手足无措，忙站了起来，“二太太，您，您别这么说，我怎么敢当？”

林幽兰笑了：“我就说嘛，娘怎么会那么小气。娘，你们今儿这里热闹什么呢？”

林二太太示意安雅瑜坐下，含笑看了谷兰一眼，“这不，谷小姐新学了一个好玩的东西，说要表演给我们瞧瞧，我们这些人闲得发慌，平日里除了打麻将，也没别的事做了，想着安小姐来府上几天了，恐怕也闷得慌，叫她也过来热闹热闹。”见林幽兰唇齿欲动，马上说：“别说我不叫你，不叫你你也跟了过来！要不说你耳朵比狗还灵呢！”

林幽兰闷声笑了两声，其他太太们也跟着笑。

林二太太说：“谷小姐，她们这个后面来的，没看到你前边的表演，你跟她们说说？”

谷兰见安雅瑜视线落在她身上，站起身走过来，笑着说：“安小姐，六小姐，这仅仅是个戏法而已，不值一提。”

钱学鑫夫人说：“谷兰小姐，你就别谦虚了，您这哪里是戏法，简直神奇极了，上一次，我真的找到了娘留给我的东西。”

“是啊，没错。”其他太太纷纷附和。

安雅瑜暗暗惊奇，谷兰在她们眼中只是个戏子，每次相聚，她们总对她明讥暗讽，今儿却调转过来了。

看来谷兰学的这戏法，却让她彻底打入了这群太太们的上层圈子。

她略有几分好奇，这是什么戏法？

谷兰脸上带着明媚笑意，语气谦逊，“这种通灵术，只是小玩意儿而已，信则灵，不信则无，是你们相信了，所以才能与先人相通，我只是个桥梁，全看夫人们的意志，想见到先人的信念有多强。”

安雅瑜顿时吃了一惊，还没说话，林幽兰大惊小怪地说：“谷兰，你说什么？通灵术？你什么时候学了通灵术的？”

谷兰说：“教我三味线的师傅也教了我这个，只可惜我学艺不精，还没来得及学全，师傅就去世了，我也是抱着试试看的想法用通灵术想问清师傅，是谁杀了她，可没想到，师傅没找到，倒是找到了许多其他人的先辈。”

五姨太连连点头，“是啊，是啊，谷兰告诉我说我那去世的爹在万佛寺老方丈那里留了香火钱，我还不相信，去问了，那老方丈拿出捐赠册子一查，果然有，这下我娘有长生牌位了。”

万佛寺的长生牌位极佑后人，因此一位难求，即使捐了款子，也要等上十几年。

钱学鑫夫人说：“我那死去的娘也是的，在福宝楼银庄留了一大笔钱给我，可没来得及说就去世了，也是谷兰通灵，这才告诉了我的。”

其他几位太太脸上皆有兴奋之色，纷纷问：“谷兰，什么时候也帮我瞧瞧吧。”

林二太太说：“你们可别乱来，谷兰每次使用这通灵术，总是元气大伤，病上一场，你们啊，得一个一个来。”

林幽兰说：“真有这么神奇？骗人的吧？”

对她的质疑，谷兰并不生气，笑了笑说："我像六小姐一样，一开始也不相信，但按师傅教的做了，还真能请了故去的先人上来，告诉我们一些未尽的遗愿，我这才相信了。"

"对啊，六小姐，你可别不相信，真有这回事的，先人们都在暗处听着呢，可别让他们误会了什么去。"一位太太左右望了望，低声说。

谷兰就笑了，"不用怕，刘太太，师傅说了，平日里我们说话，他们是听不到的，他们有自己的地方待着，只有请了上来，才能听得见的。"

林幽兰嘴一撇，回头跟安雅瑜说："雅瑜姐，你信不信，反正我是不信的。"

安雅瑜却呆呆坐着，目光注于一处，有些发愣。

林幽兰推了她一下，"雅瑜姐，你怎么了？"

"没事。"她抬头望着谷兰，"谷兰，你真能让去世的人说话吗？"

谷兰抱歉地说："时灵时不灵的，我也不知道能不能成功。"

安雅瑜垂头，"是吗？"

"是啊，得看在场的人有多想见那去世之人，用你们自己的信念将他们请上来，或许还能说上两句话。"

其余的太太们纷纷说："和前几次一样，咱们都去房间等着。"

林幽兰一把挽住了安雅瑜的胳膊，"好，我就跟你们去瞧瞧，看到底是怎么回事！"

林二太太皱眉看她，"你可不许捣乱！对了，雅瑜，今儿叫你来，我还有几句话想跟你说的，她这一打岔，我倒忘了，幽兰，你在外边等着。"

林二太太脸上含笑，又和其他的太太们打了声招呼，领了安雅瑜去了隔壁的小房间里。

第三十二章　身陷险境

林二太太在屋子中央站定，回过头来，目视于她：“雅瑜啊，老三既是认定了你是他的未婚妻了，我也不好再说什么，他说怎么样就怎么样吧，我这儿子，向来都不听我的，你们准备年底成婚，我也会替你们把婚事慢慢操办起来，哎，你这孩子也可怜，父亲又出了这种事，早点操办了也好，如果是以前，要三年后才能成婚的，现在新时代，没这么讲究了。”

她温言软语说着，语调之中满含包容，让安雅瑜彻底放下心防，抬起头来，“多谢太太，其实不用那么着急的，只是三爷……”

林二太太笑了，灯光照射之下，她身上那件深绿色的旗袍仿佛更绿了，似乎使她的眼眸如一泉幽井般深，让安雅瑜难以移动视线。

“你这孩子，就是这么见外，他既定了的事，哪还能改变？你放心，他好不容易想结婚了，我高兴还来不及，哪会计较那些，这也是我带你进来想跟你说清楚的原因，怕你心底怪罪了去。”

安雅瑜有一阵的恍惚，仿佛又回到了过去，娘也是这么唠唠叨叨地说着，她在摇摇椅上坐着，听着她唠叨，心中溢满幸福。

“太太不怪罪就好。”安雅瑜低声回答。

“怎么会怪罪，老三喜欢的，我也会喜欢，对了，你爹是怎么死的？死得那么蹊跷？”

安雅瑜不知不觉地说：“我也不知道，是被人一刀穿胸而死，我去的时候，他已经去世了。”

她不由自主流下泪来。

林二太太伸出手去，温柔地擦着她的脸，“真可怜，以你的性子，一定很想查清那凶手是谁了？就跟我们家老三一个性子，什么都要弄个清楚明白，唉。”

“是的，我一定要查清，来到林府，也是为了……”安雅瑜顿了顿。

“为了什么？”林二太太温柔地问。

正在此时，一声呼唤响起，林幽兰在门边大声说：“雅瑜姐，娘，你们在谈什么？谈了这么久也不出去？”

安雅瑜倏地一惊，手抚上了脸，抬头望向林二太太，她笑容依然温柔，可却不知为何，无端端的，她心底却涌起股寒意。

林幽兰跑进了屋里，拉起安雅瑜的手，向林二太太微笑，“娘，她们都开始了，我们也过去吧。”

林二太太点了点头。

三人走出房间，几位太太垂头丧气地从对面房间里出来，“又不是，肯定是我的信念不够。”

“是啊，谷小姐说了，说是位横遭惨死的人上来了，我最近可没有这样的亲戚去世。”

“是一刀穿胸的！”

安雅瑜一怔，林幽兰早拉了她往对面房子走，“谷兰，谷兰，是雅瑜姐的父亲！你请上来的是雅瑜姐的父亲。”

林二太太忙一把拉住了她，“既确定了下来，让安小姐进去，你就别跟着进去了，这是规矩，别打扰到谷兰小姐了。”

安雅瑜已经走进了那屋子，谷兰坐在屋子中央，桌面上点了白色的蜡烛，香炉里有香烟冉冉升起。

明暗未定的烛光在谷兰脸上闪烁，一见她进来，谷兰脸色变了，露出惊喜交加的神色，站起身来，朝她走近几步，“雅儿，你没事？”

安雅瑜脚步定住了，脑子出现一片空白，她的声音，还是谷兰那娇脆的嗓门，可眼眸却是慈祥柔和之极，她向她伸出了手，在那一瞬间，她似乎看到了爹爹就站在她的面前，他还是以往的模样，是娘未去世时的模样，儒雅俊朗，玉树临风。

她如受蛊惑，走近了她。

谷兰嘴角闪过一丝微笑，握住她的手，“雅儿，那一日……”

她忽地惊醒，“不，你不是我的父亲，十五岁之后，他不会再叫我雅儿了。”她反握住谷兰的手，冷冷地说：“谷小姐，你布下此局，引我入蛊，到底意欲何为？”

谷兰笑意一收，脸色变得诡异之极，“这把刀，就是杀死你爹的那把，你这么聪明，猜不到吗？”

倏地，安雅瑜只觉手里被塞了一物，低头看去，却是一把尖刀，她忙想甩脱，却觉手腕被人拉住往前一刺，谷兰脸上露出痛苦之色，她垂头看向腹部，那把尖刀插在了她的胸腹之中，她踉跄后退，指着安雅瑜，“你，你为何要杀我，就因为我，因为我……”

门口传来尖叫。

安雅瑜缓缓回头，门口太太们脸上露出惊骇莫名之色，有人昏倒，有人忽地掉头尖叫：“杀人了，杀人了！”

她眼眸在她们脸上扫过，脑中一片空白，垂头看去，双手之上染满了鲜血。

“来人啊，快请医生，把这个女人送到隔壁房间，给我看牢了！”林二太太表情冰冷，吩咐道。

林幽兰被两个佣人拉着，疯狂地叫：“雅瑜姐不会杀人的，娘，你们一定弄错了。”

安雅瑜则被扭住了胳膊，她们极为大力，可她却感觉不到痛苦，只觉面前的情形像一出静默的哑剧，她听不见她们的声音，只看着她们的表情，或冷漠，或讥讽，或嘲笑。

桌上的白烛熄灭了，光线照耀，使得她们的脸孔明暗不定，如地狱小鬼，全换上了另外一副嘴脸。

林二太太一挥手，啪的一声，打在了挣扎不休的林幽兰脸上，厉声说：“谷兰死了，你去瞧瞧！她死了！安大小姐的命重要，谷兰的命就不重要了吗？”

林幽兰捂着脸呜呜地哭，“不会的，雅瑜姐不会杀人的。”

“把六小姐送到客房去，让她清醒清醒。”林二太太吩咐。

“哎呀，怎么会这样，这么文质彬彬的一个小姑娘，怎么忽然就行凶杀人了呢？”

“是这个道理，小姑娘可真会算计，以为巴上了三爷，有三爷帮忙，做什么事都可以！要不然怎么嫁进林府？”

“三爷也真是，这次可真看走了眼。”

有人上前劝慰林二太太：“二太太，您别着急，六姑娘一向讲情义，这安雅瑜素会蛊惑人心，先女扮男装蛊惑得三爷什么都向着她，六姑娘年纪轻，哪里能懂得这些？只要您慢慢教，六姑娘最终一定能识清她的真面目的！”

林二太太闻言落下泪来，捶着胸口说：“我这是造的什么孽啊，谷兰想自甘为小嫁给三爷，也只是她自己的意思，我要她们自己商量，一切以三爷的意愿为准!这女人怎么就这么容不得她？”

那些太太们皆恍然大悟，一位身材瘦削的太太说：“我就说呢，这安大小姐怎么会无故杀人，原来容不得人啊！”

“虽然是新女性，思想不同于我们，但凡事还是要讲求个顺应时事吧！现在的男人，哪一个不是追求真爱，又要老妻的。她一言不合就杀人，每个女人都像她这样，岂不是天下大乱！”

其余太太纷纷附和。

有仆人拿了担架把谷兰的尸身移到别的房间里去了。

安雅瑜被拖进了隔壁的小房间，还是那两位笑脸迎她进门的佣人将她一推，推进了门内，冷冰冰地说：“安大小姐，先在这里面等等，可别想不开啊，让我们这些下人没办法交代。”

安雅瑜环抱了双手身子缩成一团缓缓蹲了下来。

两位佣人互望了一眼，脸上露出鄙夷之色，合上房门，走了出去。

等房门合起，安雅瑜才抬起头来，却是左手按在右手虎口，使尽全身力气掐了下去，倏然的痛楚让她脑子慢慢清醒，她缓缓站起身来，紧闭的窗户外一轮明月升起，清冷的月色透过窗棂照在她脸上，她眼眸里那轮明月却似染上了些许阴影，像在悲泣，无尽哀伤浸满整个眼眶。

……

门打开了，安雅瑜一瞬间有些不适应突如其来的光线，她用手遮挡，往前望去，看清门前站着的两个身影，却重将头埋在了膝间。

林泽夫回头向林二太太说：“娘，我自己进去。”

林二太太叹了口气，“老三，你自己掂量着办吧，案发之时，这么多人看着，可不是能遮掩就能掩盖得住的。”

林泽夫垂了眼眸，“娘，我知道。”

林二太太再望了屋里一眼，走了出去，替他们合上房门。

林泽夫慢慢走向屋角缩成一团的小小身影，屋内光线昏暗，那团身影被润成了一团墨汁染成的黑，与屋子成了一体，让人几乎看不清楚。

他走了过去，慢慢蹲下身子，把那小小的一团搂进了怀里。

她挣扎了一下，在他怀里闷声说：“我成了杀人凶手了。”

他清冷的声音响起，“那又如何？”

“怎么办？”她说。

“有我！”他低声说。

两人同时沉默了下来。

屋子里冷清黑暗，她被他揽在了怀里，却没有再挣扎，只缓缓抬起头来，看着他，“三爷，我该怎么办？”

他们都看清了彼此眼底的迟疑，林泽夫知道，她不是在问他，而是在确认，在确认他的意见。

“谷兰死了，那刀上有毒，这场戏，看来预谋已久。”林泽夫说。

“三爷虽然信我，但我想，他们一定连杀人动机都已经编好了！”安雅瑜苦笑了起来，“谷兰是不是想嫁给三爷？”

林泽夫垂下眼眸，“是的，我将她轰了出去，可她说的话却极为奇怪。”

“她说了什么话？”

“她说，我反对也没有用，我一定会娶她的！”林泽夫仿佛想起了当时的情形，眼底露出丝厌烦之色来。

安雅瑜心底一跳，脑子里却出现了刚才的情形，心便扑通扑通跳了起来，只垂头说：“是吗？她这样说了？”

林泽夫点了点头，语气冷淡，“真不知她哪里来那么大的自信。”

安雅瑜说：“三爷和我用假成婚来搅动林府这池静水，却想不到动静闹得这么大，谷兰又白白的死了。”

林泽夫凝眸看着她，“你来到这里，她们到底对你说了些什么？”

安雅瑜说：“也没什么，只是例常的闲聊问好，到了后面，谷兰说可以和死去的人通灵，我原是不相信的，可不知道为什么，被她们一说，居然有几分相信了。”

她垂下头去，脸上现了丝懊悔。

“这也难怪你，安县长刚刚去世，你心底对他挂念，换作任何正常人都会如此。”

“可谷兰却为何这么恨我？恨得要拿自己的性命来陷害于我？难道真的因为要嫁给三爷？可她并没有向我提及此事！”安雅瑜迷茫地抬起头来。

“她想害人，当然得找个借口，她那一刀，刺在胸腹之间，并没有刺中要害，如果刀上没毒，是能救得活的，据我估计，只怕连她自己也没想到，那刀上涂有剧毒。”林泽夫说。

此时此刻，又见识到了林泽夫消息灵通手段，安雅瑜暗暗感激，在这么短的时间，他就让人验尸查清凶器异样，真可称得上雷厉风行。

“六小姐还好吧？”安雅瑜想了想问。

“吵闹不休，被娘……”他停了停说，“关在了书房里，现在只怕是累得睡着了。”

“林二太太只怕对我极为失望。”安雅瑜低声说，“幸亏我们的婚姻之事，原本就是假的。”

“既然是假的，让你杀人并无可能，更何况是那种子虚乌有的为了婚事杀人？”林泽夫说，“你放心，此案最大的破绽就在这里。”

安雅瑜苦笑起来，“可这个真相，只有你我二人知道，其余人并不知晓，此案动机凶器，一应俱全，真可称得上全无破绽，要想翻案，只怕是难上加难了。”

林泽夫目视于她，“安雅瑜，错了……”

安雅瑜垂下头去，“什么错了？”

“你担心的并不是全无破绽，而是，破绽太多，牵涉之人是你不能怀疑的，不能动的，你心底早就有了定论，是吗？”林泽夫说。

他双眸幽暗森冷，可照得见她的影子，安雅瑜心尖一颤，垂下头去，“三爷，我并没有怀疑什么人，这件事情，太过离奇古怪，我怕是无法完成您的托付了。”

林泽夫微微一哂，“是吗？”

忽地，传来敲门之声，林幽兰在门外大声叫：“雅瑜姐，雅瑜姐，你别怕，我来救你。”

佣人着急地劝阻，“六小姐，你不能进去，二太太吩咐过了，你不能这样。”

林泽夫看了她一眼，走过去，拉开了房门，林幽兰愕然地举着敲门的手，“三哥，你在啊，那我就放心了。”

她从他身边挤了进来，直走到安雅瑜面前，拉起她，“雅瑜姐，别怕，我和三哥会替你查清真相的，我这就去找娘，让她先放了你。”

安雅瑜抽回自己的手，抬起头望她，“六小姐，这次只怕不成了。”

林幽兰望着自己空落落的手，看了她一眼，又望向林泽夫，“三哥，你说句话啊，为什么不成？雅瑜姐怎么会杀人？”

林泽夫语气平静，目视于她，“安雅瑜，你不相信我能保你性命？”

安雅瑜垂下头去，“三爷，这次不同了。”

林泽夫紧抿双唇，没有答话。

林幽兰却愕然地问：“为什么不同？雅瑜姐，怎么就不同了？以往许多次，无论多么离奇的案件，你不是都能顺利地破了吗？这一次也是一样的，谷兰一定不是你杀的！”

“六小姐！”安雅瑜难掩心底的烦躁，尖声打断了她的话，“是我亲手将那把刀刺进谷兰的身体，那么多人看见了，其中，包括林二太太……”

“包括娘？”林幽兰怔怔地重复一句，“可我知道，你一定不会杀人的！雅瑜姐，你再仔细想想，为何那把刀会到了你的手里？你怎么会刺中谷兰？”

安雅瑜捧住了头，“我也不知道，六小姐，你别问了。”

林幽兰失望地看着她，见她一脸绝望疲惫，只好说：“雅瑜姐，你先好好儿休息，仔细想想，也许其中有什么线索，雅瑜姐，你别气馁，没有理由你能替别人破案，却破不了自己身上的奇案。”

安雅瑜用手指捏住眉端，又苦笑起来，“你说得没错，也许就是这样，所谓旁观者清，我能解开别人身上的谜团，相反的，自己身上的谜团反而不能破解了。”

林幽兰还待再说，林泽夫却阻止了她，“让她休息一会儿吧，她怕也累了。”

两兄妹出来。

林幽兰转过身去，看着那蜷缩在黑暗中的身影，担心地说：“三哥，我从来没看到过雅瑜姐这副样子，她怕是完全失去希望了，这个案子，当真就没有翻转的希望了吗？”

林泽夫目光清冷，紧抿着双唇没有说话。

林幽兰一眼看到林二太太自长廊那边走了过来，迎上前去，“娘，雅瑜姐怎么会杀人？娘，您把雅瑜姐放出来，让她查清这件事好不好？”

林二太太皱着眉头看了她一眼，冷然地说：“这么多人看着，你叫我放她出来？你爹已经知道此事了，大为震怒，咱们林家接二连三出事，外边流言四起，更有人要求严惩凶手，此事已经由不得咱们做主了。”

林幽兰着急地说：“这怎么办才好？娘，雅瑜姐受了太多打击，先是安县长去世，紧接着自己成了杀人凶手，再这么关着，我怕她抵受不住。”

林二太太瞧向林泽夫，“老三，她是你的未婚妻，我也不想她出事的，但众目睽睽之下，她行凶杀人，还有那么多身份尊贵的太太们看着，泽夫，你说怎么办吧？”

林泽夫语气平淡，“娘和爹说怎么办就怎么办吧。”

林幽兰愕然，“三哥，你怎么能这样？你也不准备理雅瑜姐了吗？”

她伸手拉住了林泽夫的衣袖。

林泽夫手一拂，把她的手指拂下，对林二太太说：“娘，我还有事，要去军部一趟。”

林二太太点头，“泽夫，此事我会查个清楚的，你放心，绝不会冤枉了她。”

林泽夫转身就走。

林幽兰左看看，右看看，终于跟了上去。

林二太太看着两兄妹的背影，眉头渐渐皱起，轻声说：“我这个儿子到底还是对我心怀不满了，走吧，去瞧瞧她。”

佣人应了一声，推了房门走进。

林二太太看着坐在椅子上缩成一团的安雅瑜，缓缓踱了过去，手抚上她的肩膀，温柔出声，“安小姐，你别着急，来，跟我说说，当时你是怎么了？怎么会刺了谷兰小姐一刀？”

安雅瑜头埋在胳膊里，声音含糊，“我不知道，我不知道。”

“是不是谷兰说了什么话，让你生气了？她是这么个人，急功近利了些，对老三倒是一心一意地好，不过我并没有答应她什么，你是老三挑中的，她想要嫁进来，总得老三同意才行。”林二太太手抚上了她的头顶，一下一下地抚着。

安雅瑜抬起头来，眼眸带了丝迷茫，却是极舒服的样子，“多谢太太。”

昏暗的光线之下，林二太太一双眼眸灼然有光，直视着她，仿佛能把她吸了进去。

“你瞧，一说到泽夫，你就沉不住气了不是？说得也是，你还没嫁进来呢，谷兰就想嫁进来为妾，这不是让你们添堵吗。”林二太太语音平缓温和，很有节奏。

“她为什么要这么做？”安雅瑜眼睛发直，定定望着她。

林二太太满意地看着她，“也许想嫁人想得入魔了吧？安大小姐，你怎么就一时糊涂，动手刺伤了她？”

温柔的语调在屋子缓缓响起，安雅瑜满脸放松，跟着说：“是啊，我为什么会刺伤她？”

林二太太轻声引导着，“她是出名的演员，长得美，性子又好，你怕她嫁了进来，把老三俘获住了，老三心底就没有你的位置了，是吗？”

安雅瑜点了点头，仰头靠在她的手上，轻轻蹭了蹭，“是啊，谁不怕呢？”

林二太太说：“巡捕房的人就要来询问了，安大小姐，你要说清楚事实啊！”

安雅瑜说：“当然。”

林二太太站起身来，向佣人使了个眼色，两人走出房门外。

佣人将房门落锁，林二太太脸色有些疲惫，“好长时间不用了，倒生疏了，你好好儿守在这里，别让人打扰，会维持一段时间的。”

佣人点了点头，站在了门边。

林二太太看了门内一眼，往前离去。

屋内，安雅瑜坐直了身子，嘴唇微张，吐出了那根细细的黑色发夹，发夹之上隐隐带着血丝，她走到窗边，把嘴里的血沫吐到窗角，苦苦一笑，又缓缓转身，重坐到了椅子上。

……

林幽兰跟着林泽夫走了几步，见他一语不发往车子边走，急走几步，张臂拦住，“三哥，你当真不管了？”

林泽夫停了脚步，看着她，“老六，此事你也别管了。”

说完，大步往前离去，林幽兰想跟着，却被两名侍卫拦住，眼睁睁看着他坐车离开。

林泽夫从后望镜内扫了一眼茫然站在车外的林幽兰，从衣袖里慢慢取出那块手帕，手帕上只有寥寥几笔的字迹，是用画眉的黛墨写的，字迹也歪歪扭扭，似乎写字的人光线被人挡住了，只好凭感觉随手书写，他脸色凝重地久久地盯着那几行字，过了良久，这才把那张手帕叠好，放进衣袋。

林副官自副驾驶位回头，“三爷，安小姐此事，怕是不好办了，那几个太太回去之后，安小姐杀人之事四处传开，小报第二天就登了出来，如今什么稀奇古怪的谣言都有，更因为谷兰是出名演员，崇拜者众多，有些人便自发组织起来，准备游行示威，要求严惩凶手，替她主持公道。”

正说着，几名拿了照相机的小报记者围住了小车，有人把麦克风举到了林泽夫面前，“林督军，谷兰小姐被杀之案，听闻是您的未婚妻动手，因情杀人，林督军有何看法？”

另一小报记者问：“林督军，安雅瑜是您的未婚妻，还曾经当过您的副官，她言行是否妥当？”

林泽夫一言不发。

林副官忙下车拦了众人，高声说：“此案林督军一定会秉公处理，查个一清二楚，给死去的谷兰小姐申冤，使真正的杀人凶手难逃法网。”

小报记者忙把林副官围了起来，“林副官，这还有什么好查的，众目睽睽之下，安小姐当众杀人，这是许多位太太们亲眼所见，死的又是名伶谷兰，林督军可不能包庇罪犯，不了了之！”

“没错，安小姐以女子身份抛头露面查那些血腥案件，原本就是个心肠冷硬之人，心狠手辣，杀人有什么奇怪的！”

林副官擦着额头冷汗应付，见言语越说越难听，猛地拔出手枪，朝天开了两枪，冷冷地说：“政府崇尚言论自由，但也不准许有人无端生事，散布谣言，此案还未曾查清，小报之上如果有人妄加猜测，胡乱编造，可别怪督军派人封馆！”

小报记者面面相觑，这才各自散了。

……

三日之后。

林府。

安雅瑜被两名巡捕押了进来，她似乎不适应外边明亮的光线，用手挡住了脸，眼睛微微眯着，脸上身上倒还干净，没受什么苦，只是脸色憔悴，眼眶发青，仿佛几日没睡过觉了。

堂上，林大帅与林二太太以及几位姨太太端坐，顾波和林泽夫等坐在下首，众人皆向她望去，林幽兰更是站起身来，走了几步，林二太太咳了一声，她这才坐下。

顾波把安雅瑜写的供词递给了林大帅，“这些是安大小姐写的供词，她已将杀人始末交代得一清二楚，请大帅查看。”

林大帅接过那供词，一目十行看完，皱眉说：“如此说来，谷兰还真是她杀的？”他侧过脸望向了林泽夫，“老三，你怎么看？”

安雅瑜抬起一张惨白的脸看着他，眼眸却黑得惊人，什么反光都没有。

林泽夫说：“既然查证属实，理当依法办理。”

林大帅叹了口气，把供词递回给顾探长，转脸对着安雅瑜，温和地说：“安大小姐，我却有些不信这供词上的话，想听你自己说一遍，你真的亲手杀了谷兰小姐？”

安雅瑜垂下头去，“她们都看见了，她们说是我杀的，那就是我杀的了。”

林大帅皱眉，“难道你自己不能确认自己杀人？”

安雅瑜木然地说：“我不记得了。”

林大帅有些奇怪，“你怎么会不记得了？”

安雅瑜眼神有些迷茫地抬起头来，“我确实不知道啊，我不知道谷兰小姐为何把一把匕首塞进我的手里，不知道她为何拉住我的手腕刺向她自己，更不知道这么漏洞百出的所谓杀人案为何会有那么多人相信？要杀谷兰，有很多机会动手，为何我却偏偏选在那种场合？顾探长，你查过没有？”

顾波一脸莫名其妙，“这，这不是你一口承认了吗？这还有什么好查的？”

堂上众人大哗。

林大帅指着那张供纸怒声说：“这么说来，这供词是假的？”

安雅瑜眼眸清明如水，“大帅见谅，为了查清林府一连串的杀人案，我不得不出此下策，应下罪状，以免横生枝节，以求能在大帅面前一一陈情。”

林二太太手指握紧了椅子扶手。

林大帅扫了林二太太一眼，轻声问：“这是怎么回事？怎么又扯到前边两件案子去了？”

林二太太说：“年轻人总喜欢危言耸听，大帅听着就好，还当真不成？”

林大帅转过头来，朝安雅瑜说：“对了，你原来在老三手下当副官，确实有几分本事的，说说吧，你杀人的案件，怎么又和前边发生的案件有关？”

安雅瑜说：“这几件案看似全无纠葛，互不关联，但经过我这几日细细思量，才发现这几件案甚至于包括我父亲之死，都是互相纠葛相缠，绝非单一的案件，至于谷兰小姐之死，确实是有其前因后果，因前面案件相连所致。”

林二太太皱眉说：“今天这里只有我们几位，你何需危言耸听，扯上了前边几件案子，那几件案不都结了吗？你把那短刀刺进了谷兰的身上，却是许多人看见的。”

安雅瑜垂下头去，抬眼看了一眼林泽夫，她被关在房里几日，虽送出了那手帕，可心底到底忐忑，不知道他会不会照她说的办。

林泽夫微微向她点头，她的心忽然间便定了下来。

还好，他也需要知道真相，现在是站在她这边的。

林大帅却是饶有兴趣，“安小姐换上了女装，依旧不让须眉，好，你就一件件仔细说个清楚明白。”

安雅瑜说：“是，大帅，这几件案件，千丝万缕，复杂莫名，看似毫无关联，但却始终有一个毒物一件花瓶碎片内壁字画的影子，仿佛每件案子之中，都有这两件东西的踪影，首先是霍五娘，在认罪之后，却矢口不言幕后黑手，更在堂上当场死去，至今没有找到凶手，她就是死在了那种使人骨头寸断的毒物之上，我记得当时她死的时候，大太太忽然中风，堂上大乱，有三个人匆匆从霍五娘身边跑过，都离她极近，只需要手中藏一根毒针，顺手一刺，霍五娘就会中毒身亡，而那件案件，第一件花瓶碎片被我们找到，花瓶瓶底有一个图案，是一朵牡丹被一双蟹掌举起，在东洋历史当中，这是一个家族的族徽，而非常凑巧的是，霍五娘用计杀死林龙，用了一个燃烧的阎罗人脸，阎罗人脸的火焰略微扭曲，就是一朵牡丹，这是巧合还是有人故意为之？”

林大帅语带惊讶，“还真有这等离奇内情？安小姐，依你看，这是巧合吗？”

安雅瑜抬起头来，视线在堂上众人脸上一一滑过，复垂下眼眸，“不，这不是巧合，自那张带有预言的纸条出现之日开始，就有一双巨手在冥冥之中操纵这个案件，让它朝希望的方向发展，使其成为震惊天下的新闻，小蔡之死，是有人想找出霍五娘来，可那幕后之人恐怕也没有想到，到了最后，他却再也不能控制，而霍五娘的身份大白于天下，于是，她再也没有利用价值，她只能死！所以，霍五娘被毒死，小霍香发了疯，线索被干净利落掐断！”

顾波点头，“我们事后怎么查也查不出半点线索，就好像有人干净利落地切断了所有线索。”

林大帅沉吟着说：“你说有一个花瓶残片出现，是从哪里得来的？”

林泽夫向他微微侧身，“爹，我从大娘房里找到的。”

林大帅吃了一惊：“她房里怎么会有这东西？”

林二太太脸色平静，“一个破了的花瓶？安小姐何不拿上来让我们瞧瞧，看有什么端倪。”

林泽夫一挥手，有侍卫端了绸缎盖住的木盘上来，递到大帅面前。

林大帅揭开那绸缎，木盘之上，正放着那花瓶残片。

林大帅看了一眼，没什么兴趣，“普通的花瓶而已，又不是秦砖汉瓦之类的古董，有什么珍贵稀奇的？”

安雅瑜说：“大帅，稀奇的不是花瓶本身，而是花瓶内壁的字画，大帅您瞧……”

她走上前去，拿起了那花瓶，把内壁对着灯光呈给林大帅看，林大帅这才点头，“确实有些字画。”他倒有些见识，“什么人能在黑糊糊的瓶内写字作画？这可真是门了不得的手艺。”

林二太太嗔怪起来，“大帅，咱们正说这件案子呢，你怎么扯到手艺上去了？”

林大帅回头温和地笑了笑，“太太说得有理。”他转过头去，对安雅瑜说：“安大小姐，你说，继续说。”

“大帅，我们把瓶内的字画照原样拓写了一份，您瞧……”安雅瑜把托盘旁那张纸递给了林大帅。

林大帅接过，看了几眼，指着纸上那几行字，敲着脑门说：“这几行字，我在哪儿看见过？是在哪儿呢？唉，人年纪大了，记不住事了。”

安雅瑜说：“大帅忘了，霍五娘之案，就出现过一张带着预言的纸条，那纸条无端出现在了谷兰的衣袋里，上面有四句话：恶犬裂喉时，鲤鱼化龙处，流火千张至，地狱搜魂人。您再瞧这瓶内之字，是不是包含着这四句话？”

林大帅一拍脑门，“没错，就是那四句话！”

“事后，三爷查过这纸条的出处，怀疑是宫池鸫将这纸条放进了谷兰的衣袋，宫池鸫也承认了，却说这只是他的生意之一，我们姑且相信。”

林大帅兴致提了起来，“倒有些趣味了，说，你继续往下说。”

安雅瑜说：“四句话，应对了四个事件，是一连串有前因后果的谋杀，这几件案，大帅都是知道的。”

林大帅点头，“没错，没错……”他回头对林二太太说，“这几件案也是安大小姐破的，我觉得吧，她身为女儿身，真是可惜了，不过，重穿回女孩家的衣服，也不错。”

林二太太横了他一眼，嗔怪地说：“大帅，你又跑题了，咱们正审着安小姐杀人之案呢！”

“对对对，安小姐，你说，继续往下说。”林大帅回过神来。

“霍五娘死在了案审之后的大堂之上，而另一个女人，谷兰的师傅却死在派对上，也是中了那种奇特的毒，骨头寸断而死，而验尸法医说的一番话，却让我想起了我的继母、妹妹……”

林大帅欠起了身子，饶有兴致，“什么话？”

“那法医从谷兰师傅身上取了一块皮肤下来，验出了那块皮肤上的毒性，说给小老鼠试吃，老鼠死得非常平静，像熟睡了一样，而我的继母、妹妹，虽然据称上吊而死，死事后查明，并非上吊，事后找不出中了何种毒，而找不出，正因为这是一种还没传至中国，在历来案件没有记录的毒药。”

“对，这件案你们破了，案宗老三拿过来给我看了，当真是峰回路转，看得我荡气回肠啊！”林大帅一拍扶手。

安雅瑜却是奇怪了一下，心说林大帅说话倒是文气了许多。

她收拾心情，继续往下说：“这件案子，我爹还是死了，死在了莫名人物的追杀之中，死在我二娘被揭穿身份之后。”

林大帅反应了过来，“你不说倒不觉得，把他们对比在一起，你那二娘和安府管家的身份，倒和霍五娘与那什么卖面老头的身份有些相似。”

“大帅，确实如此，同样的隐藏身份潜伏在普通人当中，死于同一种毒，他们的情形，何其相近。”安雅瑜说，“而在宜丰案中，我同样找到了一个木盒，盒子里装了一片残瓷。”

林泽夫让人把另一个托盘呈了上来，递到林大帅面前。

林大帅瞧了一眼，揭开那木盒子，把那片残瓷拿出来和另外一片对比，“花纹确实相似，这真是同一个花瓶上的？”

安雅瑜说：“花瓶碎裂成了好几片，一块是瓶底，另一块却是瓶身，因为失去了好几片，并不能拼合在一起，大帅弄不清楚，这是正常的，而这块残瓷之上，却画有一幅图画，都拓画在另一张纸上了，大帅请看……”

林大帅接过她递过来的纸，看了看，摇头，“几条线，几个圆点，看不出画的是什么。”

安雅瑜说：“说出来其实不值一提，这是一个日冕图，代表的是太阳和地球的方位，对应的就是日冕的指向。”

林大帅满脸茫然，问林泽夫：“老三，你听懂了吗？日冕是什么？”

林泽夫说：“爹可还记得，有一年咱们去北京紫禁城，有一个极大的圆盘，圆盘上竖了一根棍子，太阳照射，那根棍子的影子在圆盘上移动。”

林大帅又一拍脑门，“原来那就是日冕。你早说圆盘上一根棍子多么简单明了。”

林二太太只拿起手边杯子喝了口茶。

安雅瑜视线在她杯子上停留了一小会儿，继续往下说：“太阳和地球旋转的方位，能算出日冕投射于地面上的影子，可以转换成时间，也是一个方位，这残瓷内壁描述的文字与图画，虽然残缺，但依我估计，如果残瓷凑齐，想必会指示出一个天大的秘密，而围绕林府的一系列凶杀案，正是围绕着这残瓷发生的，虽然纠葛复杂，但这条主线，却清晰明了。”

林大帅对托盘上放置的两块残瓷顿时兴趣极大，拿在手上看了又看，“真是这样？一个破花瓶而已，真隐藏如此大的秘密？”

林泽夫说：“爹，您听雅瑜继续往下说。”

林大帅这才放下手里花瓶，转头看她，“你说，你继续说。”

安雅瑜说：“据我推断，这个花瓶在许多年前被人分成了好几片，落在不同的人手里，只有齐聚了花瓶，花瓶内壁的文字与图画才能被破解，那秘密才能大白于天下，而霍五娘案件初始，出现的那阎罗人脸，既为了在当时引起场上混乱，也为了召唤提醒那些潜在暗处的人，传递消息，聚齐残瓷，而谷兰师傅之死，却因为她认出了某个人，某个与这件秘密有极大关联的人，那个人，也认出了她，所以，才会杀人灭口！我的父亲查清了继母和管家的身份，从她手里得到了那残瓷，消息传出，那幕后之人便派出杀手，一是为了替他们的人报仇，二是为了从我父亲手里取回这残瓷！可他们却没有想到，父亲临死也杀了他们不少人，还把为首之人重伤，使得那人匆匆离去，顾不上寻找这盒子！”

第三十三章　十年谋划

堂上众人听得喘不过气来，顾波眨着眼说："白爷，不，安大小姐，照你这么说，这小小瓷片牵涉一个极大秘密，这，这还有几块残瓷没找到，不会又有凶杀案发生吧？"

安雅瑜说："难说得很，寻找残瓷的是一个组织，而且组织得极为严密，我估计他们之间也是自有一套联络方法。"

顾波抚了抚胸口，"这下麻烦大了，我得赶快布置起来，让人多加注意才行。"

林大帅却是看了林泽夫一眼，"老三，真如安大小姐说的，这些案子牵涉如此之大？"

林泽夫点了点头，眼底有丝隐忧，"爹，确实如此。"

林二太太却抚上了林大帅的手背，"大帅，这案件都没查清呢，一切都是猜测，谁知道是真是假？安小姐这才说了第一件案，霍五娘之死，这第二件，谷兰师傅之死，我倒想听听，你从哪里推论出谷兰那三味线的东洋师傅认出了什么人来？认出的人又是哪一位？"

她今日穿了一身合体的高领如意襟旗袍，袖口领口绣有极细小的雪绒花盘衮，若隐若现，却衬得她容颜似雪，如一朵盛开到极致的百合，却把时光冻在了最好的时候。

安雅瑜垂了眼眸，低声说："不，我不知道她认出了谁，但是，我们却查出了谷兰师傅到底是谁，大帅看过我二娘的那件案子，想必清楚了我死去二娘的身份。"

林大帅脸色凝重地点头，"是的，那婆娘是东洋艺伎之一！真是可恶，居然早就潜进了中国，无恶不作！"

安雅瑜说："大帅请看。"

林泽夫亲自上前，把一个纸袋子递给了他。

林大帅抽出一张相片来，看了一眼，皱眉说："这几个女人脸上画成了那个鬼样子，怎么看得出来谁是谁？"

相片被随手丢到了茶几之上，林二太太顺手拿了起来，指着照片说："大帅，我知道的，这是东洋艺伎，她们啊，出来见客，脸上都要涂一层粉的，把脖子、脸、手臂等等露出来的地方涂得白白的，听说这样才好看。"

林大帅鄙视，"这有什么好看的？前段时间李行长请我去租界吃饭，也请了这么个东洋艺伎唱小曲儿，我瞅着她脸上那粉，什么都吃不下去，那要是飘进汤里，就成了糊糊汤了，哈哈哈……"

林二太太横了他一眼，"你个大老粗，懂得什么？"

林大帅说："有太太这个精细人就行了，我不用懂这么多。"

林泽夫咳了一声，"爹，娘，正听着案子呢。"

两人这才停了下来，林大帅对安雅瑜说："安小姐，你说，往下说。"

"这就是当年东洋的艺伎，她们刚出道的时候照的，三爷不妨说说，这张照片是从哪里找到的？"安雅瑜转头朝林泽夫问。

林泽夫微微点头，"爹，娘，这张相片，是在谷兰师傅住处找到，藏在一个老镜框里。"

林二太太好奇地问："这张照片和谷兰师傅有什么关系？"

安雅瑜回眸目注视她，"得到这相片之后，三爷再派人四处打听，终于知道，谷兰师傅十三年前来到中国，以姚十翠的名字住在大青山脚下，以教人小曲歌舞为生，也做一些刺绣浆洗劳作贴补家用，可我们查知，她来到中国之前曾有个东洋名字，叫木村千雪，正是这照片里东洋艺伎其中一位。"

林大帅震惊得站起身来，"你是说，她在当晚的派对上认出故人，才惨遭杀害，这么说来，咱们帅府也有东洋人？就像你家里一样？"

安雅瑜点头，"没错，大帅，就像我家一样。"

堂上顿时沉默了下来。

林大帅暴怒，"老三，你既然查出这么重要的消息，为何不早点通知我？安县长家里那个管家和小妾有染，无恶不作，还生下几个孽女，林家……"

他眼底闪过一丝怀疑，视线透过窗棂，往那几栋小楼看去。

那几栋小楼，却是他几位姨太太的住处。

安雅瑜看着他的表情，默默垂下头去。

林二太太便说："大帅，您少安勿燥，安小姐不是说这些只是推论吗。我倒想问问安小姐了，有何证据证明谷兰师傅就是木村千雪？你又是从何而知她是死于认出了人？”

安雅瑜说：“当日在派对之上，谷兰用东洋乐器三味线弹过一首曲子，她身上穿了一件绣满牡丹的和服，当日，我没有觉察到什么，但事后想起来，这其中却另有乾坤，谷兰说，这件和服是木村千雪做的，花了她好长的时间，当初谷兰在台上跳舞，脖颈之上也文上了小小的牡丹。”

安雅瑜再拿起那张艺伎老照片，指着中间那人说：“诸位请看，那身衣服，和那装扮，是不是和照片上的人一样？”

林大帅脸色沉肃起来，“你一提醒，我倒记起来了，那天晚上，谷兰小姐打扮得和她的确相似。”

“再说回那日晚上，谷兰和木村千雪被几位太太召至一边说话，没过多久，她们就搀扶着来找三爷，那个时候，木村千雪已经中毒了，见到三爷，还没来得及开口，就中毒而死。”安雅瑜说。

林二太太皱眉想了想，“对了，我记得有这么个事儿，钱太太想看看弹的三味线到底是个什么乐器，我就叫人把谷兰和她师傅请了来，这么说，我也有嫌疑了？”

林大帅哈哈笑了两声，“太太，你可真会说笑。”

林二太太瞧了安雅瑜一眼，“安小姐，你说呢？”

安雅瑜说：“我只能说出我的推断，至于这凶手到底是谁，就要用事实和证据说话了，我哪敢妄言谁是凶手。”

林大帅失望地说：“这么说，还是弄不清她害怕的人是谁？”

众人朝照片望去，黑白照片之上，几个穿和服的女人端庄而立，脸上却是一模一样精致雪白的面孔。

安雅瑜慢吞吞地说：“那倒也并不见得，至少有一个人一定会明白其中蹊跷！”

林大帅赶紧说：“是谁，到底是谁？”

“那个人，就是那位让谷兰穿上和服在派对表演之人，也是让谷兰用所谓的秘密来获得利益之人，林二太太，你说呢？谷兰为何忽然间要嫁给三爷，为什么被三爷屡次拒绝后仍然敢上门求嫁，林二太太一定知道其中原因吧？”

林大帅的视线落在身边人身上，惊讶地问：“阿婉，你知道？”

林二太太却瞪大了双眼，直视于他，“老爷，这我怎么知道？她倒是跟我隐约提起，对老三情有独钟，但她一名戏子，怎么进得了林府？当然，我不会直接这么说的，只告诉她，这事要老三同意才行。”

“看来太太真不知道原因了。”安雅瑜垂头说。

林泽夫却欠了欠身子，向林大帅说：“爹，娘，还请你们再见一个人。”

林二太太没有说话，林大帅瞪了他一眼，“老三，你搞什么？鬼鬼祟祟的。”

林泽夫垂眸说：“这个人你们也认识，只不过最近他遭了些磨难，受了枪伤，一直躲在僻静处养伤，我前儿个好不容易才找到，怕走漏风声，事先没有提及。”

“好了好了，别卖关子了，到底是谁？”林大帅说。

林二太太只拿了身边茶几上的茶来，喝了一口，一言不发。

林泽夫示意侍卫出去，隔不了一会儿，两名士兵扶了宫池鸫进门。

只见他手臂上绑了绷带，脸色憔悴，走路一拐一拐的，但精神尚好，进门向林大帅行礼。

他被扶坐在了椅凳之上，朝安雅瑜微微点头，“安大小姐，好久不见。”

安雅瑜掩了眼眸里一闪而逝的惊讶，向他点头，“宫先生，你怎么成了这副样子？”

“哎，别提了，前几日被人伏击，好不容易逃出一条命来。”他向林泽夫拱了拱说：“多谢三爷援手。”

林泽夫微微点头。

想不到他做了这么多，即使在这种情况之下。

安雅瑜平息了心中的激荡，问宫池鸫，“宫先生，谷兰原来是你的人，从你手里逃出来之后，你却听之任之，一直没有捉拿她回去，到底为了什么？”

宫池鸫爽快地说：“当然是因为有利可图了，这女人如果捉回去，不过是个高级妓女，替我赚不了几个钱，可如果放在外边，能替我打听到不少秘密回来。”

安雅瑜原以为他会找借口敷衍，倒想不到他这么爽快合作，不由又看了林泽夫一眼，却见他只垂眸坐着，沉默如岩。

她只好再问：“如今谷兰小姐去世，依宫先生看，是不是因为您指派给她的任务？”

宫池鸫说：“那当然了，做这项事，就得有风险，她呢，想嫁入林府，我呢，想从中做成几单大生意，于是，我把我知道的一些东西告诉了她，替她找到了木村千雪做师傅，还让她打扮成那艺伎模样……”

屋内几人大哗，顾波更是失声说：“这一切都是你指使的？”

宫池鸫眼波变冷，淡淡瞧了他一眼，“怎么，你有意见？”

顾波一惊，他可不敢得罪这年纪轻轻的黑帮老大，忙摇头，“怎么会？宫先生这是为民除害，呵呵……”

想起此等严肃场合不应当笑，忙收住了。

宫池鸫眼眸在堂上众人脸上一扫，扶着手臂上的伤，冷冷地说：“这一次，是我栽了，估计出错，没想到那幕后之人还有些手段，差点丢了一条命去，可我宫池鸫今天就把话搁在这儿了，无论是谁，我宫家都会不死不休地找回这个场子！”

叮的一声，林二太太手里的茶盖落下，跌在了茶杯之上，见众人望她，她语带惊惶，“哎哟，吓死我了，宫池鸫，这屋里也就咱们几个人，你这是在向谁宣战呢？”

林大帅大怒，“宫池鸫，你什么意思？你这么说，是我林家对不起你吗？”

林泽夫低咳一声，“爹，宫先生只是一时心直口快而已，并没有针对您。”

宫池鸫转了脸上神色，嘻嘻一笑，向林大帅拱手，“是啊，大帅，我这条命都是林三爷施以援手救的，我哪敢对大帅不敬？”

林大帅挥手，“行了行了，我懒得听你胡说。”他转头对安雅瑜，“安大小姐，你继续。”

安雅瑜只好再问：“宫先生，你让谷兰小姐扮成东洋艺伎，是否事先知道了什么？”

宫池鸫点了点头，移了移身体，坐得舒服一些，“安大小姐是知道的，我吗，三教九流的朋友多，什么生意都做，知道了这么件事，当然得利用起来。”

安雅瑜问：“宫先生到底知道了什么事？”

宫池鸫慢吞吞地说：“当然是东洋艺伎之一，十多年前就来到中国，改变身份，潜进林家了。”

众人心底虽然早有了答案，但听他直接说出，场上却还是一片寂静。

隔了良久，林大帅冷冷地问：“你查出来是谁没有？”

宫池鸫一摊双手，“谷兰这贱人过河拆桥，以为找到了靠山，想独享秘密，这不，我还没找她算账，就被人伏击了。”

林大帅气呼呼地一拍扶手，“说了半天，你还是不知道是谁。”

宫池鸫认真地说：“大帅，左不过你身边的几位姨太太而已，还能有谁？您瞧，木村千雪死的时候，只有您的几位姨太太和几位官太太在，霍五娘死之时，堂上也只有那么几个人，想查，那还不容易！”

林大帅胡子乱抖，“你说得轻巧，我的太太，如果没有真凭实据，怎么能胡乱猜测，这岂不伤了我们多年夫妻感情。”他转头讨好地向林二太太说，“阿婉，你说是不是这个道理？”

林二太太心不在焉地说：“知道你长情，一个都不能少。”

林大帅转身朝安雅瑜说：“安大小姐，你所说之事，虽有宫池鸫做证，但依旧查无实据，现在我只知道有个艺伎藏身于林府，但是真是假，却无从分辨，我倒是听明白了，谷兰之死，并没有那么简单，你倒确实没有杀人动机，好吧，安大小姐，我便暂且特赦你戴罪立功，查清楚谷兰之死，可自由出入林府，揭出那隐藏在林府的东洋婆子！”

安雅瑜脸上现了丝喜色，向林大帅拱手，“大帅，我一定会不负所托，查清事实。”

林大帅点了点头，向林泽夫说：“老三，你满意了吧？”

林泽夫此时才站起身来，向他拱手，“多谢爹，多谢娘。”

林二太太满脸倦怠，抚着额头站起来，“别谢我了，你的要求，你爹怎么会不同意？”

林大帅呵呵一笑，握住她的手腕，“他也是你的儿子啊，我不卖他的面子，总要卖你几分面子的。”

两人携手离去。

……

宫池鸫把手腕上缠着的绷带解开，随手丢在了纸篓里，回头见安雅瑜瞪大双眼看他，哼了一声，“安大小姐，在你眼里，我是个这么容易受伤的人吗？”

他拿起文明棍走了几步，却是行走如常。

“你没有受到什么伏击？”安雅瑜惊讶地问。

“像我和三爷这样的人，隔一两天不受个伏击暗杀，那才让人担忧呢。”

“为什么？”安雅瑜实在搞不清楚这人的脑回路。

“我知道，这说明他不受人重视了，手上没权了，袋里没钱了，人家才懒得杀你了！”林幽兰跳了出来。

宫池鸫点头，呵呵笑了两声，“是这个道理。”

安雅瑜有些无语，隔了半晌才问：“宫先生，你真不知道谷兰为何而死？到底是谁杀了她？”

宫池鸫慢慢抬头，“安雅瑜，你心里早有了答案，不是吗？”

他双目灼然，投于她的脸上，让她心里一惊，缓缓转身，“是吗？”

她抬起眼眸，看着那远远站在栏杆处的人，他身边翠浓环绕，一树梨花正灿烂盛开，几片花瓣缓缓飘落，落在他的肩头，使他肩上冰冷的肩章添了些柔色，他缓缓抬头，迎上了她的视线，却是晦暗莫名。

宫池鸫在她耳边低声说：“安大小姐，幸亏你们的婚约是假的，我劝你啊，即使是假的，也要早点脱身才是，林家这趟浑水，不好蹚啊，说不定一不小心，连命都搭了进去，你瞧，我不就是个活生生的例子。”

安雅瑜无来由烦闷起来，“多谢宫先生提醒。”

“总之，安大小姐如有召唤，我随时候教。”宫池鸫说。

他转身离去，脚步声越走越远，终至渐不可闻。

她看着远处站着的那人，却心生了迟疑，不知道该不该走上前去。

林幽兰瞧了瞧她，又瞧了瞧林泽夫，识趣地说：“雅瑜姐，我先走了啊，等会儿找你。”

她高跟鞋在青石板砖上踩过，也渐行渐远。

四周终于静了下来，只余满园的鲜花自浓翠中伸出头来，盛开得正好。

他看着她，忽然间便笑出声来，慢慢朝她走近，垂眸望着她，“安雅瑜，说说你心中怀疑的是谁？”

到底这个她不能避免的话题还是由他提了出来，她不敢直视他的眼睛，说：“现在还查无实据，所以……”

他的手按上了她的肩膀，另一只手却抬起她的下巴，让她直视于他，“安雅瑜，你还真不会撒谎。”

他手指在她下巴之上，使她闻到了淡淡的烟草味道，那温热的手感也使她的皮肤如被灼烤着，她偏过头，想要避开，他手一紧，下巴便被捏得紧紧，隐隐有些生痛。

“说！”他冷冷地命令，眼眸转为锐利，像两柄出鞘的剑。

安雅瑜一缩肩，只觉一股让人压抑的气氛顿时围绕着两人，她低声说：“我拿刀刺进谷兰腹中之时，头一个走进房间的，是林二太太，而我在见谷兰之前，曾经和林二太太有过短暂的对话，我记得有一种催眠术，眼睛注视于人，通过有节奏的对话，可以将人催眠。”

她似豁出去一般，终于抬起头来看来，嘴角那丝若有若无的苦笑渐渐溢满全脸。

林泽夫松开了手指，后退一步，眼眸里闪过丝痛苦，背对着她，“你终于说出来了。”

“三爷，怎么办？”安雅瑜看着他的背影。

他身影依旧笔直，如青山韧松，可她却还是从他背影之中看出了萧索之气。

在安雅瑜的心中，他从来没有被什么事难倒过，他可以亲手拿刀砍头，也可以决胜于千里之外，可这一次，他会怎么办呢?

他最信任的人面目全非。

他的信仰即将崩塌。

她正想着，他却转过身来，直视于她，“安雅瑜，你有没有想过，我也会杀人灭口的？”

“啊？对谁？”她怔怔地问。

他忽然间便笑了起来，伸出手去，揉了揉她还没长长的头发，“还好，有你。”

安雅瑜从没有被人如小狗般对待过，不舒服地偏过头去，此时才醒悟过来，瞪圆了双眼，“三爷要杀我灭口？”

林泽夫见她这模样，脸上笑意却渐渐扩大，如清风朗月般舒展，“安雅瑜，对于外人，你机敏非常，闻一而知十，可对于自家人，却迟钝得很，甚至于不能洞夕了解你的父亲，你对家人是不设防的，这是不是代表着，你把我也当成了你的家人了？”

安雅瑜怔怔地看着他，此等紧要关头，他在说什么呢？扯到哪儿去了？

可对上他俊美之极的眼眸，却使她心头一跳，垂头下去，手不由自主捏着衣角，轻声说：“三爷，我，我哪有？”

林泽夫一伸手臂，就把她抱进了怀里，按住了她想要挣脱的肩膀，“安雅瑜，别动，让我抱抱。”

她只好僵直了身子，任由他抱着，终于忍不住，闷声说：“三爷，我们是假扮的未婚夫妻，你别忘了。”

他的鼻息喷在她的脖颈，使她脖子轻微的麻痒，他低低地笑了起来，“没忘，一直没忘。”

夕阳西下，阳光从檐角扫进，投射于两人身上，在地上拉出了长长的影子。

安雅瑜偶尔抬头，却看见远远的二层小楼栏杆处，一个女人凭栏而立，一身锦缎的旗袍，新式的法兰西披肩。

她只觉自己身子忽然僵直，从头至脚都不能动了。

那女人却似笑了，团扇轻轻地摇着，身子一扭，往屋内走了去。

林泽夫感觉到了她的异样，松开了她，却只是说：“安雅瑜，别怕，没有人能伤得了你。”

他的眼眸如磐石般坚定，她莫名便安定下来，垂头说：“好！”

“谷兰身边那名叫麦穗的小丫环，正羁押在畅春园，你去问话，看能不能问出些什么！”林泽夫说。

安雅瑜又应了声好。

……

五姨太见林二太太走进屋子，站起身来问她：“二姐，怎么了，看见了什么，气呼呼的？”

林二太太甩着帕子坐下，“还能看到什么？”

五姨太往窗子外望了一眼，正巧瞧见安雅瑜和林泽夫一前一后地走了，轻声说：“二姐，看来我们这一次失策了，这个安雅瑜，的确不一般啊。”

林二太太随意应了一声，却笑了笑，“那倒未必。”

“有二姐坐镇，当然会化险为夷了，安雅瑜这次有大帅保着，脱困而出，可她在大帅面前说了许多，不都是查无实据，猜测而已。”五姨太笑着说。

六姨太自内室走了出来，坐在了椅子之上，“五妹说得没错，二姐，你也别担心，咱们在林家筹划这么久，眼看事可达成，可绝不能让一个小小女子误了事去！”

“六妹，你说得轻巧，她有三爷支持，又有大帅发话，现在谁也不能把她怎么样。”五姨太说。

二太太缓缓坐在当中椅子上，双唇微抿，脸上微微现出丝红润，双眸灼然生光，“这世上之人，忘恩负义者多，一旦飞上枝头，就把发家的根本给忘了，安雅瑜猜到了结局，可猜不透过程。”

五姨太叹息着说：“是啊，大帅这次做得太过了些，居然任由他们两个小辈去查陈年旧事，只是这些陈年旧事如果真查了起来，谁又落得什么好处？”

六姨太说：“二姐，或许因为这些年您太过低调，失了威仪，所以让人恣意妄为起来。”

二太太脸上现过丝阴沉，没有说话。

五姨太说：“他成了一方统帅，统领三省五市，手握重权，便以为可以为所欲为，丢下以前支持他，让他发迹的人了，二姐，咱们可得小心些。”

“可三爷那里，咱们却失策了，原以为为他好，只要护着他长大就行了，他什么都不知道，才造成了现在的结果。”六姨太叹着气说。

五姨太却是咯咯一笑，“六妹，急什么，有二姐在，他总不能不管自己的娘吧？咱们只要让他明白，离开了我们，他什么也不是，他自会明白的，他还年轻，不知天高地厚，得慢慢儿教才行。”

六姨太看了二太太一眼，“二姐，三爷可不是小孩子了，如果再不告诉他真相，我还真怕他掉转枪口……”

林二太太挺直腰背，双手合拢，放在膝盖之上，冷冷地说：“如果真到了如此地步，我们只能再次培养接班人了。”

五姨太和六姨太互望一眼，又各自转开，五姨太到底忍不住，轻声说：“二姐，你舍得？”

林二太太眼眸森冷而坚定，“没什么舍不舍得的。”

六姨太忙劝着说：“二姐，事情还没到那一步，如今当务之急，就是安雅瑜这个祸害，如果她解开了那瓶中之谜，对我们来说，可就损失巨大，早年二姐受了她的启发，既然已明白了这瓶中字画是怎么回事，当年就应该杀了她的，拖来拖去，拖到现在这个情形，是我们失策。”

五姨太附和，“现在却不好除掉她了。”

林二太太眼睛一眨，室内灯光投射，竟让她眼眸流光溢彩，显出如毒菇般的艳丽，她微微一哂，“我们不好动手，有个人，却能助我们一臂之力。”

六姨太想了想，笑着说：“是啊，怎么把他给忘了。”

“这个人前些日子可不太安分，如果不是他，黑泽小也怎么会失手被擒？使我们又失一人。”

林二太太说：“那又怎么样？他能不顾家人，不顾自己的父母姐妹吗，你们放心，不安分只是暂时的。”

五姨太拍手笑着说：“对啊，如果由他动手，确实最好不过了。”

林二太太点了点头，拿起茶几上的团扇轻轻扇了起来，“老五，你安排一下，和他见个面，说清楚些，至于他身边那个明娘吗……”

扇子拂动，吹起她鬓角秀发，漆黑如墨，飘在她雪白的脸边，更添几分秀美，眼眸却森冷异常。

五姨太说：“二姐放心，我知道怎么做了。”

……

林幽兰从侧面看了一眼沉默不语的安雅瑜，“雅瑜姐，咱们现在去哪里？”

安雅瑜一停，轻声说：“你不用跟着我的，我自己去就行了。”

林幽兰把头摇得像拨浪鼓，“那可不行，我答应三哥的，一定要保护好你，再说了，这福来巷我比你熟！”

安雅瑜无语，跺着脚说：“六小姐，你踩到我的脚后跟了。”

林幽兰一瞧，两人居然后背贴前心地站着，她一时间也颇有些不好意思，忙后退一步站好，“总之，雅瑜姐，你去到哪里，我就跟到哪里！”

说话之间，她们已来到小院之前。

院门半掩着，安雅瑜推门进去，院子里寂静无声，绕过照壁进去，安雅瑜还没开口，林幽兰却已高声唤了起来，“有人吗？有活人吗？快点出来接客啊！”

安雅瑜被她那声“接客”雷得内焦外绽，忙阻止她继续叫，“我们再等等，恐怕这屋子的主人有事出去了。”

林幽兰好奇地问：“雅瑜姐，你到底要见谁啊，鬼鬼祟祟的。”

安雅瑜知道如果不告诉她，只怕她问个没完没了，只好说：“是明娘。”

林幽兰一拍额头，“对，明娘也是见过那其中一个艺伎的，这么重要的线索，我怎么就忘了。对了，她不是和齐沛鼎厮混在一起吗？”

“齐沛鼎联络上了三爷，说他带了明娘连夜过来。”安雅瑜说。

林幽兰哼了一声，“齐沛鼎真是的，明娘既是见过她们，早就该带她过来认人了，还需要我们东查西找的吗？”

安雅瑜说：“当年明娘年纪极小，跟在酒井良子身边的时间多一些，东洋艺伎齐聚之时，脸上都化了浓妆，她并不记得那艺伎私底下的样子。”

林幽兰说：“不可能吧？再怎么化浓妆，脸上轮廓是不会变的。”

安雅瑜说：“难说得很，女人如果身材相貌相差不远，脸上涂了一层白粉，的确很难认。”

林幽兰失望地说：“那我们今天来干什么？”

安雅瑜说：“总要再仔细询问一下，或许她记得那人身上脸上某些特征呢？”她见院子似乎没有人声，皱眉说：“齐公子说了带她过来一趟的。”

林幽兰宽心得很，说：“既是和三哥约好的，他敢失约？”

林幽兰再唤了几声，依旧没有人出来应答，她无聊得很，一眼看见堂屋里放置的几个高于人形的屏风，走过去端详，啧啧称赞：“这几个屏风可是好东西，通体的酸枝木。”

安雅瑜抬眼一瞧，果然，那是一扇四扇的素绢屏风，每扇屏风之上都画有身穿旗袍的年轻美女，前面两个屏风画的是两名美女相偎相依，另两个，却是独一个美女，都是半臂空抬，仿佛身边空处有人。

安雅瑜略觉奇怪，心想这仕女图怎么构图这么奇特？

她正想上前看个清楚，林幽兰却转到了屏风之后，叫了起来，“明娘，明娘，你在哪里？”

安雅瑜一怔，屏风下忽冒出一股白气，她忽感不妥，急叫起来，“别进去。”

一道水墨画成的人像却在屏风上慢慢显现，先是衣服鞋子，再到胳膊手臂，直至人脸呈现，却活脱脱是林幽兰高声大叫的模样。

就像照相机把她刚刚的神态照相留住，只不过凝固在了屏风之上。

又如一个鲜活的生命忽然间撞入画中，变成了画中人。

安雅瑜冷汗冒了出来，急忙往屏风后面跑去，却见屏风后已空无一人，她正无措，却听院子里有人在喊：“六小姐，安小姐，你们在哪儿？”

她正想应答，却发现已然出不了声，手脚也动不了了。

面前仿佛蒙了一层白色薄雾，却能清楚地看见林泽夫和林副官急匆匆地走进院子，两人四处寻找着，忽地，林副官停在了她的面前，却指着她说：“三爷，你瞧，这幅画像怎么这么像安小姐？我记得她出来之前，穿的是青色长袍。”

她眼睁睁地看着他转过身去，叫了林泽夫过来，两人看着她。

他们的面孔离她那么近，她甚至看得清他们脸上的毛孔。

可他们谈论的，却是让她遍体生寒的东西，“怎么回事？安小姐呢？六小姐，安小姐在哪儿？”

她就在这里啊，就在他们面前！

可他们却看不见她，侧转身子，往一边望了去，林幽兰自西边房间走了出来，“不知道啊，我才走开一会儿，去了别的屋子吧？”

“我们得到消息，齐沛鼎另有图谋。”

怎么回事，这是怎么回事？难道她变成了一幅画？不可能的，为什么会是她？

林幽兰明明也在画中的，为何又出来了？

安雅瑜疯狂地想着，却怎么也想不明白，她眼睁睁地看着他们走出到了院门边，有士兵过来，向林泽夫行礼禀报：“督军，西大街发现了齐大公子，跟着的还有两个女人。”

林幽兰惊声说：“这一会儿工夫，雅瑜姐难道被他劫走了？”

他们匆匆离去，再没人看她一眼。

她张嘴想叫，却怎么也发不出声音。

她正茫然不知所措，却发现自己被抬了起来，睁眼一瞧，却见齐沛鼎正吩咐人抬起她，“小心些，别跌坏了。”

“齐公子，您请放心，我们知道这屏风价值不菲。”

她腾空而起，却仿佛脚离地不远，紧跟着，她看见了一个极大的红木箱子，箱子里已装了其他几个屏风，她被打横放下，放进了箱子里。

砰的一声，盖子合上，四周陷入黑暗当中。

外边的路并不好走，车轮在起伏不平的路上颠簸，她听得到屏风架子在箱子里互相撞击摩擦。

她真的变成了画中人了，成了屏风的一部分。

等到箱子再度揭开，她又看见了齐沛鼎，他小心翼翼地捧起了她，把她放在屋子正中央。

墙角有一面极长的镜子，镜子清楚地映出了这面屏风，而她成了一幅水粉人像画，画在了屏风之上，旁边是另一位旗袍女子画像，手虚扶着她的胳膊。

屏风上的空位，原来是给她留的。

她只觉胸腹冰凉透顶，脑子一片混乱。

齐沛鼎的手指抚上了画中人的脸，她却同样感觉到手指的温热。

“雅瑜，你终于回到我身边了，真好，从此之后，由我来陪着你，好不好？”齐沛鼎说，“一步错，步步错，雅瑜，我真后悔，当初为何会下那样的决定？我真后悔，让我来弥补原来的错误，好吗？”

他喃喃地说，眼眸之中全是失而复得的喜悦。

可安雅瑜却只感觉惊恐，凉意似乎渗进了骨头里去，让她周身都冰冻住了。

他说：“只有这样，你才能这么安静地站在我面前，再也不会离开了，是吗？雅瑜，你知道吗？看到你看着别的男人眼底焕发的光彩，我的心很痛啊，每天晚上，我都痛得几乎喘不过气来，你原本是属于我的，可我却亲手把你弄丢了，现在好了，你终于重新属于我。”

他脸颊慢慢接近，嘴唇印了上来，她感觉到了微微的鼻息，唇齿的温热。

“雅瑜，以后的事，交给我，你想达成的心愿，也交给我，我来替你完成，好不好？你只要乖乖的，站在这里，当我的画，好不好？”齐沛鼎的声音温和醇厚如酒。

他的手伸了上来，揽住了她。

她能感觉到他手掌的温度。

“安县长去世了，我代替他来照顾你，好吗？”他低声问，“你还记得他给你的那木盒子吗？记得那残瓷壁内画的字画吗？”

她脑子一片茫然，忽发现自己能说话了：“记得，我能画出来。”

“你画出来，我能替你找到那幕后之人的，好不好？你就不用那么累了，整天在外边日晒雨淋的，女孩子就应当美得如一幅画，现在，你就是一幅画，真美。”齐沛鼎说。

安雅瑜心中忽然涌起了一股不甘心，不，不应该是这样的，她不想当一幅画，不想被人养在笼子里。

爹和娘不会喜欢的。

林泽夫……她脑子如遭雷劈，对，他口味独特，也不会喜欢。

她还是想做原来的自己。

她紧紧闭上了双目。

第三十四章　屏画之诡

不会的，这一切都不是真的。

告诉自己，这世上无神无佛，更没有鬼怪奇迹。

左边袋子里，那根发夹还在。

别让人发现了，她一寸寸地伸出手去，不知道过了多久，才摸到了袋子里那硬物，把它捏在掌心，使劲全身力气捏紧拳头。

突如其来的剧痛让她几乎叫出声来，却也猛然清醒。

她一下子睁开眼睛，正对上了齐沛鼎意味不明的双眼。

他双手正放在她腰间，脸上闪过丝愕然。

她一把推开了他，四周打量，一眼瞧见了雕花垂帷的床栏，再看身上，却盖着锦缎被子，两名医生打扮的人震惊地看着她。

“她醒了，不可能，她怎么会醒？”凹眼高鼻的医生用生硬的中国话说道。

安雅瑜没有回答，只把手掌举起，鲜血自指缝中流了出来，她摊开手掌，小小的发夹却正躺在掌心。

齐沛鼎颓然地坐倒，“我早该知道，这个方法行不通的，你是安雅瑜啊！安雅瑜怎么会被人控制？”

“怎么可能？怎么可能？”那西洋医生大声说，“我们从来没有失手过！”

安雅瑜只带着冷冷的神情嘲笑地看着他们。

齐沛鼎站起身来，请他们两人出去，重合上房门，回头之时，却见安雅瑜已经下了床，坐到了书桌旁边。

他心中涌起了股无力感，痛苦而茫然，低声说：“你都明白了？”

安雅瑜直视于他，眼眸锐利如刀，说：“你在和谁合作？想干什么？”

齐沛鼎苦笑着摇头，“雅瑜，你总是把我想得那么不堪，我只是想你远离是非，别在这件案子上纠缠下去，我从西洋请来了两名高级催眠师，原本打算就这么带你走的，带你离开这里，离开这是非旋涡，咱们去英国去美国都好，雅瑜，在这里，你已经没有亲人了，我才是你的未婚夫，是你的亲人。”

他深切而哀痛地望着她，声音都在哆嗦。

她看着他，平静开口：“齐公子，你忘了吗，我们的婚约，早已经解除了。”

他后退一步，却死死地盯住了她，“不，在我心中，婚约始终存在，那只是一个错误，我要纠正这个错误，我们原就是最般配的一对。”

“所以，你就和他们合作，让我画出那残瓷上的字画？”安雅瑜望着他，淡淡地问。

“雅瑜，你还不明白吗？只有这样，他们才会让我们走！”齐沛鼎焦灼地说，“我弄错了，全都弄错了，我们是不可能和他们斗的，你不行，林泽夫也不行，只有躲开他们，躲得越远越好！这个地方，最后一定是他们的世界！”

“齐家，到底发生了什么？”安雅瑜不为所动，直视他的眼眸。

“齐家……齐家……”齐沛鼎后退一步，眼睛发红，“我的母亲，姐妹兄弟，一夜之间，全失踪了，父亲告诉我，他还有儿子，只要我不听话，随时可以取代，我的行踪，他们都知道，全都知道，包括明娘……包括所有一切！我没有选择，雅瑜！”

他眼眸里藏着深切的恐慌，就像病入膏肓的病人，随时准备着死神的降临。

安雅瑜简直不敢相信，原来那个意气风发的齐沛鼎成了现在这副模样。

“所以，最终你的选择还是伤害我？”安雅瑜轻轻地说，“就像以前一样？”

“不，我不会害你的，再也不会了，等你画出那字画，咱们就远走高飞，到了国外，这里的事你什么都不会记得了，只记得咱们之间的美好……”

安雅瑜悲哀地看着他，“齐沛鼎，我们之间，还存在美好吗？”

“怎么没有？”他急切地解释，“如果没有退婚，我们是最美满的一对夫妇，到了国外，远离这些纷争，我们会是最幸福的一对儿。”

安雅瑜轻声问：“让我变成一幅画，一个活死人，在你看来，是幸福的吗？”

“不会的，只是你脑子里暂且认为自己是幅画像而已，你知道吗？你早就被催眠了，只要说出那暗号，你又会陷进深度的催眠，但不要紧，你看见没有，我从巴黎找来了两个高手，等到了国外，你就不会再受其控制了。”齐沛鼎说。

安雅瑜语调冰凉，“是谷兰遇害之时的事是吗？”

齐沛鼎摇起头来，“你别问了，总之，你是斗不过他们的，他们会蛊惑人心，他们身上有魔法！你瞧，你这么聪明，却成了杀人凶手了，只要不听他们的话，你自己都不知道自己会做出什么来！”

齐沛鼎身子微微发抖，脸上又露出那种深切的悲哀和恐惧。

安雅瑜心中一惊，急问：“你娘和你兄弟姐妹，是真的失踪了吗？”

齐沛鼎猛地抬头，却又忽然间垂下头去，再后退两步，摊开双手，看着它们，“我也不知道，不知道。”

安雅瑜遍体生凉，试探着问：“难道是你杀了他们？”

齐沛鼎忽然间静了下来，仿佛定住了一般，隔了良久才缓缓抬头，脖子却在咯咯地轻微作响，“我不记得了，全都不记得了，只是那一晚，是我的生辰，娘和姐妹兄弟们要替我庆生，可我只记得这个，后面的全不记得了，醒来的时候，满手都是鲜血，他们全都死了，都死了！明娘也失踪了，不知道去了哪里，我身边的人全都离开了我！明娘也走了！”

安雅瑜只觉一股凉气自脚底涌入，让她全身血液冻住，“怎么可能？”

他茫然地睁大了双眼，仿佛又回到了当时，“我拿着军刀，手上全是鲜血，找人埋葬了他们之后，找到了这两名西洋医生，他们告诉我，我中了极为高深的催眠之术，做出了连自己都不知道的行径，雅瑜，你也是一样的！”

安雅瑜死死盯住他，“你告诉我，是谁来找你，让你这么做？”

齐沛鼎捧住了头，“雅瑜，你别问了，我不记得了，一点都不记得了。”

他眼眸之中带着丝狂乱，焦灼地上前，拉住了她的手，“雅瑜，我们逃走吧，逃得远远的！”

她被他握得紧紧的，掌心的灼热似乎蔓延至心脏，让她有一瞬间的恍惚，居然有些同意他的话，对，逃走，避开这些纷繁困扰，避开这无法窥知的局面，逃得远远的，父母家人一定也会欣慰。

“安雅瑜！”一个淡漠带了几分无情的声音响起，如冬日里的冰雪浸入，使她一下子惊醒，猛地抽回手，退开几步。

她回过头，却见林泽夫站在门口，一身黄色军装，夕阳斜入，他身上的金属肩章反射出冰冷而刺眼的光芒。

他站在逆光之处，使她看不清他的表情，但却带来了一股透沁般清凉，直浸入她心底。

他走出了逆光，她这才看清，他手里拿着把闪着黑幽幽光芒的手枪，对准了她。

她一怔，枪声忽起，身后传来了重物落地之声，她回头望去，齐沛鼎捂着大腿倒在了地上。

他没有痛苦惨叫，反而只怔怔地捂住了腿："到底来不及了，来不及了！"

林副官带着人自院后包抄过来，把几名想要逃走的人阻在了院子里。

林泽夫吹了吹冒着青烟的枪口，把枪插入枪套，走过来，居高临下望她，"还真糊涂了？"

看着他冰雪般清冷的容颜，安雅瑜心底的犹豫和焦躁消失得无影无踪。

他伸出了手，摊开掌心，她犹豫了一会儿，缓缓伸出手，放进他的手掌。

他握紧她的手，一直牵着她，把她牵上了外边停着的小车。

"说吧，你为什么会跟他走！"林泽夫松开了手说。

她缩回了手，掌心余温尤在，她合拢手掌，像是要把那余温留住，"三爷，你们怎么知道我在这里？"

她始终不知道，刚才的情形，到底是梦境还是真实?

他似乎明白她心中所想，轻声说："你和老六进了那院子，老六去西厢房寻人，出来之时，看见你跟着个陌生人走出了院门，她紧跟出来，发现你上了他们的小车，还好，她记下了车牌号码，我让人紧急搜寻，搜到这里。"

他轻描淡写说完，安雅瑜却知道，这其中的调度之难，信息灵通至此，除了他，再也没有第二个人能办得到。

"那院子里有几扇屏风吗？"安雅瑜问。

"有，几件古旧屏风，上面画的山水。"林泽夫说。

安雅瑜吸了一口气，缓缓把自己当时所听所见详细说了出来，"三爷，您瞧，我的确糊涂了，分不清梦境与现实，当时那身为画像的触感却真实得可怕，其余的，我却全都不记得了。"

林泽夫说："齐沛鼎已经和其父决裂，西南那边消息封锁极严，我今天才得到消息，他杀了自己的兄弟，带了一部分人脱离了西南都督府，而且，他从巴黎请了两名心理医生，至于那东洋人明娘，则不见踪影。"

安雅瑜惊讶地说："从最初他主动联络您开始，他就在满口谎言？"

林泽夫缓缓抬头，看了她一眼，"我想，他已经完全投靠了那边吧！"

"也许是完全被那幕后之人控制了。"安雅瑜喃喃地说。

两人同时沉默下来，压抑的气氛蔓延至整个车厢，让安雅瑜微微有些透不过气来，眼角之处，是他黄色军服的一角，干净不染一丝尘埃。

她收回了目光，“三爷，我们该怎么办？”

衣服一动，他侧过了身子，看着她，“你说呢？”

“明娘不知所踪，齐沛鼎神志不清，我们查找的所谓的证据一一在消失，即使知道那人有问题，又能怎么办？”安雅瑜前所未有地沮丧。

她甚至不知道，身边这个人会不会坚持下去，毕竟，那个人对他意义重大。

这所有一切的丑陋与恶意，到了最后，也许都会倾注在他的身上。

“安雅瑜，我想，你是在问，我愿不愿意继续查下去吧？”林泽夫语调清朗。

“我不知道。”安雅瑜低声说，“我还怕连累了三爷，这是我第二次失去知觉了。”

她握紧左手，发夹刺伤之处依旧隐隐作痛，她用痛苦逃脱了两次，但是，第三次呢？

“不会的了。”林泽夫说，“不会的。”

安雅瑜询问地望着他。

他淡淡地说：“他们以后没有空再找你的麻烦了。”

安雅瑜兴趣大增，“三爷，你安排了些什么？”

“也没什么，那两块残瓷，我放出风声，说瓶内字画藏有一个极大的秘密，准备拍卖出去，让有缘人有偿获取。”林泽夫说。

安雅瑜一惊：“如此一来，只怕又要引起一场风波了。”

车子发动了起来，可没走两步，车身一震，又停了下来，司机回过头说：“三爷，前面有人示威游行，堵住了整个路口。”

两人对望一眼。

已有人发现了这里的小车，举着手中横幅大声说：“是林督军的车子！”

游行的人跑了过来，团团围住了小车，有人大声问：“林督军，谷兰小姐去世多日，凶手却被放走，督军难道真想包庇凶手？”

“林督军，听说凶手是您的未婚妻，也是男扮女装的白副官，这其中到底有何内情？”

安雅瑜垂着头，压低身子，不敢抬头望向窗外。

可有人却一眼瞧见了安雅瑜，大声说：“凶手就在车内！就是她！”

车子顿时被拍得乒乓作响，更有人试图拉开车门，举着照相机对着车内连拍。

林泽夫拔出手枪，自窗门伸了出去，朝天放了一枪，围上来的人群这才略微散了。

司机趁机按响了喇叭，强行把车往前开，驶过几条街道，这才舒了一口气。

“三爷，这些影迷可真疯狂，连您的车都敢拦，听说还有人专门印制了安小姐的画像，到处传发，号召百姓看见安小姐就自动替谷兰报仇，我看安小姐以后可千万别单独上街为好。”司机说。

安雅瑜没有出声。

车子驶进林府，林幽兰站在台阶上东张西望，一见车子过来，提着裙子小跑过来，没等车子停下，就扑了上来，“雅瑜姐，雅瑜姐，你没事吗？没事就好。”

安雅瑜下了车，抬眸看了一眼她明媚的笑容，轻声说：“没事。”

林幽兰亲昵地上前挽住了她的胳膊，“雅瑜姐，你不知道我多担心，咱们一起去的，一眨眼，你就不见了，我到处找，看见你和人走了，雅瑜姐，你真的什么都不知道吗？”

她葱玉般的手指搭在安雅瑜的手腕之上，每个手指都修得整整齐齐，指甲壳却是粉红色的，衬着她身上的青色长袍，更显娇俏可爱。

可不知为何，这样静美亲切的场景，却让安雅瑜无端心生寒意，仿佛那双纤手变成了森森白骨，死死掐住了自己。

她漫不经心地答：“是啊，我什么都不记得了，就记得你往屏风跑了去。”

林幽兰一怔，“没有啊，那几块破屏风有什么好看的？我们走进那院子之后，我去西边那房子寻人，一转头，你就不见了，跑出了院子，就看见你上了车。”

安雅瑜不动声色地从她手掌中抽出了手，捏着自己的眉心，“我实在是不记得了。”

林幽兰满脸关心，“雅瑜姐，他们是不是给你吃了什么？像那魔幻蘑菇，吃了会让人神志不清的，还有，还有，我们上次去破窑那里，我不一样也中了招，给一只小虫子咬了，什么事都说了出来，还要嫁给你呢。”

她脸上红晕一闪而逝。

但愿，她脸上的明媚开朗，真如其人。

安雅瑜压下心底的不适，轻声说：“应该没有。”

林泽夫走了过来，皱眉看着她，“雅瑜累了，你让她休息一下行不行？”

林幽兰吐了吐舌头，站住了，“雅瑜姐，你先休息啊，等会儿我再去找你。”

安雅瑜点了点头。

林泽夫看了她一眼，“走吧，去书房。”

安雅瑜却站定没动，转过身来，如有所感的朝极远处那幢小楼望去，那幢楼和这边构造一模一样，掩映在树荫之中，她却似乎看到二楼窗帘微微一动，后面那双眼睛射出冰刃般的寒光。

她收回了眼眸，却正对上林泽夫冷淡的双眸，无来由的，心底寒意略收，迎着他走了去。

林泽夫垂了双眼，拿起桌上的橘子慢慢剥皮，“老六是否有什么不妥？”

安雅瑜浑身一震，“她？”安雅瑜垂头，“三爷怎么会这么认为？”

林泽夫冷淡地瞧着她，“你回来之后，她亲热如夕，你却拒人于千里之外，安雅瑜，我不是瞎子。”

安雅瑜暗暗心惊他的敏锐，庆幸还好林幽兰没有他这么变态的观察力。

“没错，我是在怀疑她，其实我不敢肯定，但走进那院子之后，那几扇画有仕女的屏风，一定存在过的，因为我记得那些女人身上旗袍的样式，甚至于旗袍上的花纹，手上戴的首饰款式，我看过英国心理医生所写的心理书籍，被催眠的人，处于半睡半醒之间，对于细枝末节的描述，是不可能记得那么清楚的。”

“没错，我事后命人勘探现场，也发现了屏风移动的痕迹。”林泽夫说。

安雅瑜沉默了下来，良久，才有些难受地问：“三爷，您也怀疑她？”

他才是处于惊涛骇浪之中的人，身边的亲人没有一个可以相信，那种背叛会如针刺进心脏般让人痛入骨髓。

不知道他怎么才能熬过这一切?

林泽夫把剥好的橘子递到她手里，只说：“习惯了。”

安雅瑜一怔，这才明白他似乎在回应她心底的疑问。

她从不相信心有灵犀，所以又问了一句，“什么习惯了？”

他抬起眼眸，发如墨黑，轻轻一哂，“失望已成习惯，被人追杀已成习惯，遭人背叛也已成习惯。”

“怎么会？”安雅瑜喃喃地问。

可她心底却明白，他说的是真的。

他出身富贵，在万众瞩目之中长大，可有多大的期望，就要承担多大的责任，所以，他身边灾祸不断，诡异莫名之事接连而出。

“老六不是我的亲妹妹，并非我娘亲生，我原来有个妹妹，但在六岁那年，生了重病去世，刚好老六那一年成了孤儿，与妹妹年纪相近，娘为解相思，把她收养下来，让我有个伴儿，我查过她的身世，她成为孤儿的那年，父母双亡，只留下了她和弟弟，母亲收养了她，还好她把以前的事全都忘记了。”

安雅瑜微微皱眉，轻声说：“又是一个骨肉分离的例子。”

林泽夫看了她一眼，“你想起了小霍香？”

安雅瑜点了点头，“小霍香和父亲、弟弟相隔几条街而不能相认，最后成了那种阴狠毒辣的性格，六小姐倒好一些，依旧是明媚快乐的。”

林泽夫嗯了一声。

“她还有一个弟弟？弟弟又被谁收养了？”安雅瑜问。

“弟弟被一个洋教士收养，带去了国外，已经查不到任何消息了。”林泽夫说。

“六小姐还记得她有个弟弟吗？”安雅瑜说。

“她只记得林府，只记得我的母亲，其他的人，一概不知。”林泽夫说。

安雅瑜听到这里，心底却似乎有什么被触动了，待要仔细想去，却想不明白。

“怎么了？”林泽夫问。

她抬起头来，光线投于她脸上，润出朦胧的光影，说不出的清丽娇美，却是眼神恍惚，“真奇怪，这种情况，我仿佛心中有些印象。”

林泽夫皱眉，“哪种情况？”

“这种失忆的情况。”她紧锁着眉头，一丝不安在心底油然升起。

“记忆超群的安雅瑜也会不记得东西？”林泽夫微微一哂，“你不记得的东西，一来因为时间久远，二来，也许你没有特别注意，一扫而过地看到过，又或许只是当时注意力在其他事情身上，对这单事只是一晃而过。”

安雅瑜忽地抬起头来，脸上却是不正常的雪白，“三爷，你能调动宜丰的命案档案给我看看吗？十多年前的就行了。”

林泽夫直了身子，脸色凝重，“时间久远，也许难查一些，但你如果看见过，说明是在你父亲为县长之时，他办事仔细，应当会保存完整。”

他叫了人进来，吩咐几句，那人自去调动档案。

林副官敲门进来，满脸为难，“三爷，安小姐，六小姐来了。”

话音未落，林幽兰已经从他身后挤进，嘟着嘴说：“三哥，雅瑜姐，你们什么时候才谈得完啊，我等得外面的花儿都谢了，快，快告诉我，这案子到底怎么回事？谷兰是怎么死的？齐沛鼎干了什么好事？”

安雅瑜不由自主望了林泽夫一眼，见他完全不想答话，只好说：“没有什么有用的线索。”

林幽兰便叹气，“雅瑜姐，连你都没有办法，这可怎么办才好？外边的人传得这么难听，你们什么时候才能成婚啊？”

安雅瑜脸上一热，看着她诚挚的笑脸，却有股说不出的悲伤在心中流淌。

如果她真的有问题，该怎么办？

不，她不会有问题的。

安雅瑜第一次有些憎恨自己那绝佳的记忆力，如果不记得，那么岂不是什么都不知道。

这时候，她宁愿自己什么都联想不起来。

林幽兰赖着不走，她还是如以往一样的活泼，说个不停，完全没有意识到自己三哥对她的怀疑，相反，她不停地安慰安雅瑜，告诉她，她的案子一定会顺利结案，她一定会找到谷兰之死的真正原因。

安雅瑜可有可无地应答，三人有一句没一句地说着话。

说到最后，林幽兰反倒奇怪了起来，“三哥，平日里这个时候你早走了，不是去了军部，就是和爹不知商量什么去了，今天怎么这么有空？”

林泽夫眼眸半抬，“今晚家里有场好戏。”

安雅瑜一凛，忽然想起他几个时辰之前说的话，幕后之人再也没有时间了。

他从不说无的放矢的空话，如此说来，他有行动？

林幽兰却没感觉，忙问：“什么好戏，三哥，咱家请了戏班子来唱戏，我怎么不知道？”

林泽夫说：“比戏还好看。”

自此之后，林幽兰屁股之上好像长了钉子，隔一会儿往窗外望，再隔一会又往窗外望，望一次就说一句，“没有啊，哪来什么好戏？”

三人对坐无聊，林泽夫把林副官叫了进来，凑成四人搭子打纸牌。

林幽兰感慨万千，假模假样地哽咽了几声，“雅瑜姐，三哥可从来不和我玩这种小孩子游戏的，当然，在他眼里，除了玩枪，其余都是小孩子的把戏，这幸亏有你啊，才能让三哥有了些人气。”

安雅瑜无语地看着她，“六小姐，你又要输了。”

林幽兰用手指弹了一下脸上的纸条，“输了有什么关系，有三哥陪我玩牌，让我输得连屁股上都贴满纸条都不打紧！”

林泽夫面无表情丢下几张牌，安雅瑜跟着丢下，林幽兰怔怔看着桌面上的牌，再看看自己的，喃喃地说：“两位，你们还真打算让我屁股上都贴满纸条？”

“你说呢？”林泽夫语气清淡。

“和不是人的人打牌真辛苦啊。”林幽兰说。

林副官则叹了口气，“六小姐，和你凑成一对儿我才辛苦呢。”

林幽兰踢了他的椅子腿一脚。

两人认命去拿纸条贴在额角。

正在此时，寂静的夜空忽然传来一声极响的枪声，远处纷攘嘈杂。

林泽夫站起身来，淡淡地说：“开始了，走吧。”

林副官一把把脸上的纸条撸下，跟着他往外走。

安雅瑜也紧跟上。

只有林幽兰手忙脚乱，边撸脸上纸条，边到处找鞋子，又找大衣，“等等我，等等我。”

几人走出小楼，左边一幢小楼灯火通明，一队士兵列队往那边跑了过去，见到林泽夫，小队长过来行礼：“督军，大帅遇袭。”

林泽夫点了点头，小队长领着队伍匆匆而去。

林幽兰此时才跟了上来，惊讶地说：“那是五娘住的地方，出了什么事？”

“去看看不就知道了。”林泽夫说。

几人走到小楼前，一个女佣惊慌失措往外跑，仿佛看到了什么恐怖之极的场景，全身都在哆嗦，“血，全是血，到处都是血。”

林泽夫皱了皱眉，望了安雅瑜一眼，几人直步往楼里冲了去。

林大帅坐在大厅里，着装整齐，脸色铁青，向林泽夫点了点头，“去看看你五娘。”

林颀夕脸色苍白呆呆坐在椅子上，手里拿着把枪。

林泽夫示意，林副官上前轻轻地把枪从他手里取下。

他似忽惊着了，捧着头说：“我打到他了，一定打到他了，娘，娘怎么样了？”

林大帅哼了一声，“老三，去查，一定要查个清楚，到底是哪路小贼偷进来了，居然敢在林府作祟！”

三人互看了一眼，往楼上走，林幽兰跑得最快，推开浴室们走进去，隔不了一会儿，就大声唤了起来，“雅瑜姐，你快进来。”

林泽夫留在了门外，对安雅瑜说：“你进去看看。”

浴室里边，男人确实不好进入，安雅瑜点了点头，走了进去，林幽兰已经把浴室帘子揭开了，只见五姨太斜斜地歪在大浴缸边上，头浸在浴缸里，半边身子在浴缸之外，左手却浸在了浴缸处，腕上流出来的鲜血染红了整个浴缸。

她穿着一件制作精良的藏蓝旗袍，卷发蓬松地浮在水面之上，仿佛水上盛开了一朵极大的黑色玫瑰。

林幽兰哪里会害怕，把她翻了过来，用手指在她鼻端试了试，说：“早就死了。”

她脸上的胭脂没有化开，依稀可见红唇黛眉，显然精心打扮过，鞋子有一只还穿在脚上，另一只却不知在哪里。

林幽兰习惯性地问：“雅瑜姐，你瞧这案子凶手会是什么人？听四哥说，有小贼深夜闯了进来偷盗，会不会是五娘正巧遇见，所以才被那小偷杀了灭口？”

安雅瑜摇了摇头：“还不清楚，这里不是案发现场，五姨太是被人拖到这里按入浴缸之中杀死，按入浴缸里，手腕还被割伤，凶手怕她不死，进行了双重谋杀。”

室内光线不够，安雅瑜一眼看见滚落浴室一角的手电筒，微微皱眉，把那手电筒拾起，看了看，按下开关，照在尸体上仔细察看。

五姨太穿的一件无袖旗袍，胳膊上并无其他伤痕，她抓起她的手腕，掌心之处，却有一道极深的伤口。

她看了看那伤口，想了想，站起身来，对林幽兰说：“六小姐，你去通知大帅一声吧。”

林幽兰这才恋恋不舍地走了。

林府人情冷漠，安雅瑜早就领教过了，但再次遇到这样情形，安雅瑜还是暗暗心惊。

“娘，娘，你死得好惨啊，都怪我，我不应该去追他们！”林顾夕在门口跪了下来，痛哭流涕。

几名仆佣则暗暗擦着眼泪。

林大帅却是远远站在走廊里，脸色阴郁，林泽夫在一旁陪着解释。

林幽兰面色如常走了过来，看了林顾夕一眼，上前劝说：“四哥，现在最要紧的，是找到杀害五娘的凶手，四哥你告诉我，这到底怎么回事？”

林顾夕眼睛红肿，抬起头来，直愣愣地看着前方，“我一进门，就撞见有人从窗户边逃走，我追着他往花园里翻墙跑，我开了一枪，打中了他。”

林幽兰又走到林大帅跟前询问：“爹，你是什么时候来的？”

林大帅哼了一声，“才来不过五分钟，一来就看见老四从外边走进，杀个小偷而已，也值得他吓成这样？没出息！”

林顾夕听了这话，双目赤红，腮帮子鼓出，咬着牙抬起头来，隔了半晌，才慢慢垂下头去。

安雅瑜远远看见，只叹了口气。

林幽兰走到安雅瑜身边：“雅瑜姐，这案子明了得很，一定是那些小贼兵分两路，一个引走四哥，另外的在房子里偷东西，正巧遇上了五娘，五娘也许看清了那些人的脸，他们怕爹报复，所以痛下杀手，怕五娘不死，还割了五娘手腕动脉！”

安雅瑜的视线却落在了林泽夫身上，点头说：“也许。”

林幽兰见她没有反驳，精神大振，“三哥说今夜有好戏看，是不是他知道今晚有人来偷东西？所以准备关键时刻才英勇出现？可三哥也想不到会出人命，是吧？”

她走到林泽夫跟前低声说：“三哥，你很无耻哦。”

林泽夫扯了扯嘴角，冷冷扫了她一眼。

林幽兰兴奋地说：“我就说嘛，三哥，你不喜欢五娘就罢了，怎么知道有人偷东西也不提醒他们一声？”

又鬼鬼祟祟对安雅瑜说：“雅瑜姐，我也不喜欢五娘，她老是在爹面前搬弄是非，小时候我为此可挨了不少打！可四哥倒还好。”

安雅瑜担心她东拉西扯的，不知道扯到哪里去了，打断她的话，“依你看，凶手是怎么杀的人，是先把五姨太的头按在水中，还是先割破了她的手腕？”

林幽兰说：“她手腕上的伤有些奇怪，伤口参差不齐，仿佛不是很锋利的刀割的，一定是那凶手顺手拿起了什么东西割的！”

安雅瑜皱眉说：“她掌心之处也有一道极深的伤痕，和手腕上的伤口极为相似。”

林幽兰说：“难道是她和人抢夺什么东西，那东西边缘锋利，割破了她的掌心？凶手干脆一不做二不休，拿那件东西划破了她的手腕？”

安雅瑜轻声问：“五姨太这里有什么东西不见了？”

林幽兰就跑去问林顾夕，“四哥，四哥，五娘有不见什么东西吗？”

林顾夕双眼含泪，摇着头说：“我还没清点过，应该不会少什么，娘的贵重物品都放在保险柜里。”

安雅瑜看着哀恸的林顾夕，慢慢地说：“还是请林四爷说一说为何要痛下杀手，杀死自己的亲生母亲。？”

此话一出，四周围顿时都静了下来，林大帅倏地瞪大了眼睛，林幽兰看看这个，又看看那个，咽着口水说：“雅瑜姐，你是不是搞错了？四哥怎么会杀了五娘？”

林顾夕却是一下子站了起来，激愤而哀伤，“安大小姐，你这是什么意思？”

林泽夫则自他身后走近，双手一按，他便动弹不得，“四弟，听雅瑜说完。”

安雅瑜走到他的跟前，静静地看着他，“请四爷把右手手掌摊开给大家看看。”

林顾夕冷冷不理。

林泽夫一言不发，手掌一翻，擒住了他的右手，略一使力，他一声呼痛，右手掌便呈现在众人面前。

掌心之处，赫然有一道极深的伤痕。

林幽兰早就叫了起来，“这伤口和五娘手腕上的一样，四哥，你这伤是怎么来的？”

林顾夕脸色僵硬，仓皇地看着堂内众人，“这是我不小心在钉子上划伤的……”

安雅瑜说：“请三爷搜查四爷的左边暗袋。”

林顾夕下意识地捂住了左边衣襟，林大帅怒极，哼了一声，“没出息的东西！”

林顾夕听了这话，两边的腮肉都在颤抖，他眼底闪出丝绝望的冷意来，缓缓松开了手。

林泽夫走到他面前，一揭他左边衣襟，捏了捏，从衣袋里拿出了一块狭长的瓷片。

林幽兰一眼望见，吃惊地说：“这是什么东西？怎么这么像……”

瓷片边缘还隐隐染着血迹，瓷片表面，半朵牡丹花脉络清晰。

安雅瑜拿出块手帕包住手指接过了那瓷片，掉转过来看了一眼瓷片背面，轻声说：“看来，这块就是另一片的花瓶碎片了。”

“难道五娘就是隐藏在我们家的那个东洋艺伎？”林幽兰喃喃地说。

林大帅已经是震怒无比，冷冷地看了林顾夕一眼，朝安雅瑜说：“这到底是怎么回事？”

第三十五章 谣言四起

安雅瑜叹了口气，却是转头望向林副官，“林副官，我们进门之时，你取下了四爷手里的手枪，请问是从哪只手取下的？”

林副官一怔，想了想，摇头，不好意思地说：“不记得了。”

安雅瑜说：“我却记得，你是从他的左手取下的手枪，四爷并不是个惯用左手的人，这一次，却用左手拿枪，想必右手上的划伤极重，让他没办法握紧手枪，我仔细观察，他一直握紧了掌心，伤口一定就在掌心之处，再上楼检查五姨太的尸体，在她的手腕和掌心发现了两道一模一样的伤口，这么一来，凶手是谁，就是昭然若揭了，更何况，四爷时不时按紧左边衣襟，每按一下，眼神就扫向三爷，我想，这下意识的行为，三爷已然发觉了，所以，在请四爷上楼之时，三爷故意虚扶了四爷一下，顺势摸了他左边口袋。”

林幽兰骇然望着林泽夫，又望了望安雅瑜，“你们眉来眼去之间，就知道了对方在干什么了？”

林大帅问林泽夫：“老三，是真的？”

林泽夫点了点头，“确实如此，我见老四神情不对，顺手摸了一下他左边口袋，发现里边有硬物。”

安雅瑜说：“五姨太紧紧地握住这瓷片，四爷从五姨太手里抢夺瓷片，一抽之下，两人的手都划伤了，五姨太见势不妙，躲进了浴室，四爷尾随而进，先将五姨太手腕大动脉划破，将她的手放入浴缸当中，向她逼供，五姨太大量失血，两人发生了争执，五姨太宁死不屈，四爷一怒之下把五姨太的头按在了浴缸里，因为五姨太已经大量失血，处在了半昏迷状态，并不能剧烈挣扎，因此，水缸的水没有漫出来多少。”

众人看向地面，果然，地面水迹极少。

林幽兰说：“不对，水缸里的水再怎么少，也会溅在衣服之上，可四哥的衣服一点水迹都没有。”

安雅瑜看了看窗外，说：“四爷临时仓促回到小楼，连身上长风衣都没换下来，就跑上二楼，中间发生了些他无法面对之事，这才激愤杀人，我想，那件湿衣服，已经被他除下，丢到窗外去了，再者，你们请看，四爷穿了件黑色西服，我想，他衣袖之上依旧有水，只是你们看不清楚罢了。”

林幽兰腾腾腾走上前一摸，点头，“确实是湿的。”

不等林泽夫吩咐，林副官往楼下跑去，不一会儿来到窗外，大声说：“衣服找到了。”

林顾夕已经缓缓滑倒在地，喃喃地说：“我就知道，我就知道，瞒不过的，谁都瞒不过！我以为多少会瞒住些，可谁知道，在三哥和安大小姐的眼里，处处都是破绽。”

安雅瑜说：“四爷用那瓷片割破五姨太的手腕，仓皇之下杀了五姨太，但他知道这瓷片关系重大，他原想着马上逃走的，却没有想到，大帅回来了，他着急之下，只好除下身上的湿衣服，丢出窗外，朝窗外开了一枪，冲下楼去，告诉大帅有盗匪偷入林府，大帅马上派人四处查探，根本没顾得上五姨太。”

她说话委婉，林大帅却也不好意思起来，像是为自己的冷漠辩解，只说：“我平时一个月也不会来这里几次，可谁会想到，我一来就出事了呢。”

他似乎想到了什么，转头看了一眼林泽夫。

林顾夕茫然抬起头来，怔怔地望着林大帅，“爹，我不是故意的，我不想杀了娘的，可她总骂我没出息，谁都比不上，今天，今天她又像小时候一样，只顾着骂我，指责我！说我没出息，没有三哥十分之一！说她白白生了我，说当初就不应该生下我，说当初把我按在水里淹死就好了！”他捧住了头，眼神狂乱，“爹，在您的眼里，是不是三哥什么都是好的？我怎么做都不对？爹，我也想做一个好儿子啊！”

他狼狈不堪地诉说，脸上满是泪水，哆嗦着嘴唇，视线落在林大帅身上，又落到了林泽夫脸上。

林大帅脸色动容，眼底有丝怜悯，“没有……你和你三哥比什么？他有他的好，你有你的长处！”

林顾夕吸了一口气，苦笑起来，“爹，你别安慰我了，骗我的，你明明就在骗我。”

安雅瑜说：“四爷，你就别顾左右而言其他了，你告诉我，你忽然回到家里，到底发现了什么？为何这块瓷片会出现在这里？”

林顾夕一滞，眼神闪烁起来，垂头不语。

林大帅似终于想起了什么，看着林泽夫说："老三，我记起来了，我今儿原没有准备来这里的，是你提醒，说今日是你五娘的生日，我才临时放下手里的事来了这里一趟，你说，你搞什么鬼？"

林泽夫沉眸，看了林顾夕一眼，"老四，还是你来说吧，你到底知道了什么？"

林顾夕勉强支起了身子，脸色灰白，满脸汗泪纵横，"三哥，是你，是你在背后搞鬼？"

林大帅不耐烦地说："如果没鬼，你三哥会挑出错来？从小就是这样，没担当！说，你今天回来，到底看到了什么？"

林顾夕痛苦地望着他，"爹，你瞧，又是三哥什么都是对的，连他设下陷阱陷害兄弟，您都认为他是对的！"

林大帅脸色尴尬，咳了一声说："你三哥也有不对之处，有什么事，兄弟之间，当面说清楚不就行了，反而弄出这么些事来！"

林泽夫只微微欠身，"确实是我不对。"

林大帅就转头朝林顾夕说："好了，你三哥都已经道歉了，快将此事说个清楚，如若不然，我就当没有你这个儿子！"

林顾夕满腔怨气哪能被林大帅这么几句轻描淡写的话解开，他恨恨地看着林泽夫，"我的好三哥托人告诉我，说我娘今晚在家里私会情郎，又说我并非爹亲生，让我回去查看，我一进门，就听见二楼有响动，连大衣都没来得及脱，往楼上跑了去，果然，看见一道黑影自窗口跃下，飞快离去，看背影，是个青壮男人。"

林大帅脸色铁青，林副官忙把佣仆下人全赶出了室内，自己带兵到室外守住。

安雅瑜心底骇然。

林泽夫却是一脸淡然，甚至拿出手帕擦了擦嘴角。

林幽兰这次倒是闭紧了嘴，眼睛骨碌碌直转，看了看这个，又看看那个。

林顾夕幸灾乐祸地望着林大帅，"爹，你瞧，娘给你戴了绿帽子，我是在替您打抱不平呢！"

林大帅沉着脸说："废话少说，继续往下说。"

林顾夕越说越顺溜："以后，和安大小姐推论的不一样，我见她手里拿了个盒子，以为是那奸夫给她的首饰什么的，一把抢了过来，打开一看，却原来是块破瓷片，哪想到她却不顾一切地上来抢夺，还说这东西我拿不得的！我这才记起三哥和安大小姐查的那几件案子，听说是有关什么残瓷上的秘密的，虽然你们什么都不告诉我，但总有些小道消息传到我的耳里，我知道，这东西一定值不少钱！所以这女人才会那么紧张，我当然不能让她抢走，争夺之下，我抢了这瓷片，她的手也划伤了，我干脆一不做二不休，拿起她的手腕划开了她的动脉，逼她告诉我，这男人到底是谁！她死也不说，反而痛骂不休，说我没出息！”

他双目开始发红，牙帮咬得咯咯作响，“从小，她就说我没出息！比不上人家，没办法替她争！她自己又是个什么东西？她在外偷人，让我成了杂种，爹一定会把我赶出林府！我就什么都不是了！她让我不好过，我让她也不好过！这一次好了，我看她怎么骂我！我使劲地把她的头按下，按进水里，她慢慢停止了喝骂，正巧这时，我听到了喇叭声，知道爹来了，大惊之下，只好把衣服除下，丢到窗外去！”

林大帅眼神阴冷，冷冷地看着他，“这么说，你真不是我的儿子？”

林顾夕脸上现了哀切之意，“爹，我不知道，这都是三哥编出来的，我是您的儿子，一定是的！”

林大帅就转头问林泽夫，“老三，你到底托人跟他说了什么？”

林泽夫拱手说：“爹，我这么做，确实是逼不得已，我得知五娘在外边的承德当铺有入股，承德当铺老板受了她的指使，四处搜罗那残瓷的消息，我想林府里隐藏的那艺伎或许和她有关，又得知承德当铺老板还真搜罗了一片残瓷，今晚会和五娘相会，五娘是长辈，我不敢贸然行事，于是让四弟前来，想不到四弟误会了……”

林顾夕愕然睁大了眼，“什么误会，明明是你，就是你，无中生有！”

林泽夫语气淡然，“四弟，也许是我手下人办事不妥，把消息传达错了，才让你生了这么大的误会，竟然害死了五娘，对不住。”

林顾夕呵呵笑了两声：“你让我杀了我娘，一句对不起就完事了？三哥，你还真是轻描淡写！”

林泽夫冷冷地说：“如果不是平日里你和五娘积怨颇深，就凭那几句话，你怎么会痛下杀手？四弟，五娘可是你的亲生之母！”

林大帅阴冷着眼眸看他，越看越觉他不是自己生的，心想他怎么会生出这么个首鼠两端的儿子来。可林泽夫说的话似是而非，他又不好再询问下去，强压了心头厌恶，说：“老四，既是说清楚了，你失手杀了你娘，原也是你娘太过贪心，想从中捞上一笔，家丑不可外扬，此事我不便再追究了，只是你不能待在林家了，先去乡下避避风头，养养你自己的性子，好自为之吧！”

林顾夕瘫软在地上，脸上一点喜色都没有，“爹，我说什么你都不相信，三哥说什么你都相信，为什么你这么偏心？爹，我不服！”

两名士兵进来，把他拖了出去。

林大帅满脸厌烦，对林泽夫说：“老三，这事你好好儿处理，别传出什么不利于林家的话来。”

林泽夫点了点头，“爹，你放心，五娘心疾之症发作，在浴室失足跌倒，医救无效而亡，下人会口径一致的。”

林大帅满意地点了点头，往门口走了两步，停了下来，“对了，那承德当铺掌柜，好好查一查！”

林泽夫点头应了，送林大帅出门。

走至门口，却有小丫环匆匆跑了来，大声禀报，“大帅，二太太六姨太来了。”

果然，林二太太与六姨太相携而来，还没走近门口，六姨太就挥着帕子哭了起来，“五姐，五姐，你怎么了，你死得好惨！”

林大帅满腹被戴绿帽子的怨恨无从发泄，这下子找出突破口了，上前就是一个大巴掌，把六姨太打得头一偏，原地打了两个圈儿。

“闭嘴，你想天下人都知道帅府出的丑事！”林大帅冷声厉喝。

六姨太捂着嘴不敢置信，林二太太忙上前扶住她，“大帅，这到底是怎么回事，五妹怎么死的？我们刚才看到老四被押了出去，这和老四有关吗？”

林大帅一甩袖子，“问你儿子。”

说完，怒气冲冲地被士兵簇拥着离去。

林泽夫走了过来，语气温厚，“娘，六娘，这大半夜的，你们来做什么，五娘犯了点儿小错，四弟太急躁了，竟然失手杀了五娘，这事不能外传，六娘，你别怪爹心急。”

六姨太拿手帕拭着嘴角的血，含糊不清地应了。

林二太太脸现了丝悲凄：“你五娘真的死了？”

林泽夫点头，“被四弟割破手腕，将头按在水里窒息而死，其详细情形，涉及机密，我就不便向娘你细说了，总之，这是一场误会。”

林二太太愕然地问：“那你四弟会怎么样？”

林泽夫说：“爹让他去乡下住一段时间，修身养性，他手头上财务司的事，只怕要交给别人来做了。”

林二太太神色黯然，“家里怎么会出这种事，这段日子，可真是多事之秋。”她一眼瞧见安雅瑜在台阶上站着，低声问：“这件案一定又是安大小姐协助你破的了？老三，倒是娘弄错了，你离不开她。”

林泽夫语调极轻，只让林二太太听得见，“娘，我的确离不开她，所以，娘别再另生枝节，让人找她的麻烦了，这林府出的事够多的了。”

林二太太眼睛一凝，成了一条细线，刀尖般往站在台阶上的安雅瑜看去，转眼收回目光，也轻轻地说：“瞧你这孩子，你说什么呢？有这么跟你亲娘说话的？管你那份闲事，我还不如打几圈麻将，好了，夜深了，我也不打扰你了，先走了。”

她和六姨太匆匆而来，又匆匆而去。

林幽兰走到安雅瑜身边，见她望着林二太太的背影，也跟着看了两眼，说：“我爹那人就是那样，除了对我娘还好之外，其他的几位姨娘，高兴时宠上了天，不高兴顺手就是一巴掌！”

安雅瑜嗯了一声，“你爹对二太太真好。”

“是啊，确实是好，虽然他娶了不少人回来，但最喜欢的，还是我娘。”林幽兰说。

等到林泽夫把后续之事处理完，已经到了下半夜了，他走进客厅，把帽子取下，顺手递给了安雅瑜，瞧了她一眼，“有什么话，你就问吧。”

安雅瑜接过帽子，挂在帽架之上，顺手沏了一杯茶，摆放到他的桌前，这才问：“三爷为何朝五姨太下手？”

林泽夫拿起茶杯，饮了一口，微微一笑，“还是白副官沏的茶好喝。”

他笑容清朗，如雨后洗过的湖面，可映得出她的影子。

安雅瑜一怔，不敢直视他的双眼，假借整理衣服垂下头去，轻声说：“三爷喜欢就好。”

林泽夫说：“齐沛鼎一来省城，那承德当铺老板前去拜访，之后，明娘就失踪了，那两个西洋医生更是承德当铺老板介绍，我顺藤摸瓜查访，才知道原来承德当铺老板听命于五娘，而老四，在财政司做事，近几年私底下有大宗不明银钱往来，却都和承德当铺有关，承德当铺确实四处收集查找着那残瓷下落，也的确收集到了一片残瓷，确实今晚约了五娘会面，我的人窃听到他们会面之处，就在林府。”

安雅瑜暗暗吃惊，再次惊讶于他消息之灵通，早已经不动声色地把齐沛鼎以及林府相关人等监视了起来。

难怪有人传言，林泽夫是一口深不可测的水井，当你认为了解他之时，却还只是浅尝而已。

安雅瑜说：“于是三爷叫人传递消息给四爷，告诉他五姨太和人有奸情？这，这也太……”

林泽夫冷冷地说："五娘身上不干净得很，和承德当铺老板有没有奸情我不知道，但她四处活动，暗自控制了省城十多家黄赌毒行业，再者，如果老四平日里和她并无宿怨，怎么会落得这般收场？"

安雅瑜说："三爷这是为了剪除幕后那人的羽翼吧？"

林泽夫点了点头，"少了这两个人助力，那人行动会困难许多，尤其在这等关键时期，据我调查，还有两块残瓷正在来省城的路上，对方要价极高，幕后那人手上没有了钱，够他们忙一阵了。"

他不提及那幕后之人的名字，安雅瑜也如鸵鸟一般不问。

她只当自己是个过路之人，替他查清一切，弄清楚真相，至于最后结果如何，她没办法理，也理不了那么多。

她甚至没办法去想，查出真相之时，她自己会何去何从？

但家已不成家，亲人反目之时，他会如何，她又能如何？

会像瓦砾一般被压得粉碎，还是会全身而退？

"乌云总会被风吹散，而明月，却会一直当空而照。"他走到她身边，轻声说，"只是对不起你，把你拖入如此境地。"

安雅瑜摇头，一双灿若明星的眼眸望着他，"我不怪三爷，父亲去世，查清此案，是我的责任。"

他伸出手去，似乎想抚上她的面颊，却手指轻触，把她鼻尖沾上的细绒取下，"安雅瑜，你放心，我明白自己吃什么饭长大，由什么人养育成人，外面的大好河山，是生我养我的地方，我不会弃之不理。"

他脸上焕发着微微柔光，与冰冷的军服相映，有一股别样温柔，安雅瑜几乎落下泪来，心中却安定之极，"我相信三爷。"

仿佛她只会说这句话了。

林泽夫却伸出手臂，搂住了她："我也相信你，只要我不变，你一定会在我身边，无论贫穷富贵，无论健康还是富有，无论顺境还是逆境……"

安雅瑜身子一僵，心说这话怎么这么像西洋婚礼上宣誓？

林泽夫仿佛知道了她心中所想，在她头顶点头，"婚礼誓言，我希望有弄假成真一日。"

安雅瑜不敢作答，只好轻声问："三爷下一步准备怎么办？"

"兵来将挡，水来土掩，我想，下一步，幕后之人会策划一场前所未有的反击，而我，将是他们的目标。"林泽夫淡淡地说，"幕后人不会把你当成目标了，我惹怒了他们了。"

听着他表功般的言语，安雅瑜无语，却更为他担心，"三爷小心些，他们在国内筹划多年，党羽众多，况且他们在暗处，我们在明处，我们并不知道他们党羽多少，有多少人马，我想，在林龙案发之时，他们已发了信息，让潜伏在各处的人往省城聚集，一则为了凑齐那残瓷，二则表明，他们有大行动了，而我们更不知道，他们所谓的大行动是什么。”

这林府之中，还有多少人被那幕后之人控制在手里？那些亲切笑颜之后，包含了多少的莫测杀意？

安雅瑜望着窗外，浓荫掩盖下的小楼是那么的精美宁静，可楼里却藏着多少不可预测的人心？

“齐沛鼎疯了。”林泽夫说。

“什么？”安雅瑜愕然，“他怎么会疯？”

“我找了西洋医生替他看过，他受了一种心理暗示，很有可能在自己不知道的情况下杀了人，事后回忆了起来，却不能接受这个事实，所以神志不清了。”林泽夫说。

“我想去看看他。”安雅瑜说。

林泽夫点了点头，看着她强睁的双眼，“你睡一觉，睡好了之后再去。”

安雅瑜睁大了双眼，“我不累。”

林泽夫扫了她一眼，“睡不着不准去。”

安雅瑜只好告辞，回到二楼自己的住处，躺了下来，倒是睡了一个好觉。

……

安雅瑜看着呆怔怔坐在桌前的齐沛鼎，不敢置信，“他怎么成了这副样子？”

他微微地笑着，手里拿着毛笔，在纸上一笔一画，脸上的笑容如稚子般澄澈明净。

他似乎听到有人来了，抬头看了一眼，“你来了？”

可安雅瑜却发现，他的眼睛没有聚焦，其中空无一物。

她试探着喊：“齐沛鼎，齐公子，你还好吗？”

齐沛鼎停下了手里的笔，望着虚空一点，“娘，您真的帮我定了安家的亲事？是安家大小姐吗？”

仿佛有人应答了他。

他脸上展出欣喜笑意，“娘，等我十八岁了，可以娶妻了，我就能娶她了？”

他侧耳听了听，又从桌上拿起那支笔，写了起来，却是一首古诗：关关雎鸠,在河之洲。窈窕淑女，君子好逑。

他看着那首诗微笑，“雅瑜，我现在才知道这首诗的意思何在。”

安雅瑜默然地站在桌边，看着他脸上的微笑，他活在了自己的世界里，那个世界，一定美好和谐，有另外一个安雅瑜，这样也好。

林泽夫走到她身旁，从她手里抽出了那支笔，她这才发现，自己的掌心全都是墨。

她不知道何时拿了支笔在手里，却反握住了笔端之处，让墨汁染黑了双手。

他从旁边架子上取来湿布，一下一下擦干净了她的手，轻声说：“多做几次治疗，他一定能恢复正常，我在请英国一位专家过来，他来了之后，一定能治好他。”

安雅瑜垂头，她的手掌娇小洁白，躺在他麦色宽大的掌心。

“雅瑜，你，你们干什么？”

两人愕然一惊，安雅瑜把手掌从他掌心抽出，抬头看去，却见齐沛鼎依旧望着虚空，“你们干什么？”

安雅瑜试探着把手在他眼前挥了挥，他的眼眸却直愣愣的，眼珠子动也不动。

“长青街五号？你就住在那里？你都拿到了？为何要杀了他们？”他忽然说。

安雅瑜一怔，与林泽夫对望一眼，“他是否记起了什么？”

林泽夫摇头，“这一定是十分重要的东西，即使他已经疯了，也不能忘却，所以，在无意识之间，说了出来。”

“长青街五号？不是在租界之内吗？那里发生了什么？”安雅瑜轻声问。

林泽夫一怔，似乎想起了什么，脸色变得凝重，“那条街上最近发生一起撞车事件，一辆小汽车撞了一辆黄包车，小汽车翻转了过来，被黄包车扶手刺穿前窗，刺中了车内人的心脏，黄包车夫只受了轻伤，反而没事，因是小汽车刹车失灵，违章行驶，所以黄包车夫反无过错，早就释放了。”

安雅瑜惊奇地说：“三爷连这件案细节都记得那么清楚？”

“最近几个月发生的案件，无论大小，我都让他们呈了上来，因此记得。”林泽夫说。

安雅瑜默默敬佩，心想无论大小之事，他事事都要照顾周全，从许多件小事之中查找分析查找真相，他轻描淡写的述说之中，不知道经历了多少周密严谨的分析调查。

“小汽车上的死者是什么人？”安雅瑜说。

林泽夫微皱眉头，“这也是我注意到这案件的原因之一，那个人，是刚刚坐轮船自东洋而来的商人。”

“一来到这里，就死于车祸？这可真奇怪。”安雅瑜说。

“我已经派人暗中盯着那黄包车夫了。”林泽夫。

安雅瑜看了一眼又端正坐在书桌前写字的齐沛鼎，不抱希望地问：“齐公子，我是安雅瑜啊，你的前未婚妻，你还记得吗？”

他手里笔尖一顿，似在侧耳倾听。

安雅瑜见他有反应，信心大增，“齐公子，你还记得租界内的长青街五号发生了什么？”

他手一松，毛笔跌落，忽然之间，他便捧住了头，惊慌缩成一团，“别去，别去那里！他，他不是人！”

他直缩进了桌子底下，身子却在瑟瑟发抖。

安雅瑜无奈地看着他，试着把他从桌子底下哄出来，他却抱紧双臂，充耳不闻。

林泽夫说：“他经常如此，在关进这屋子期间，时而清醒，能听到外面人的对话，可极易受到惊吓，一受到惊吓就躲进书桌下面。”

安雅瑜说：“三爷可曾查到，齐公子去过租界里的那条街道吗？”

林泽夫点了点头，“在长青街十号，有一家英国人开的医院，他那两名西洋医生，就是承德当铺老板通过那院长请了来的，两个地方相隔不远。”

安雅瑜马上站起身来，“我们去瞧瞧。”

林泽夫点了点头。

走到庭院里，安雅瑜老感觉有什么不对，不由四周望了起来，林泽夫抬头看了一眼天色，说：“老六这个时候怕没有起床呢。”

安雅瑜笑了起来，每次他们外出，林幽兰总会在令人意想不到之处出现，嬉皮笑脸唤：“三哥，你们去哪儿？”

原来是没有林幽兰神出鬼没地出现，堵在路口紧跟着，她反倒不适应了。

她不好意思地说：“六小姐最近起床很迟吗？”

“不知道，昨晚闹了半宿，你想她会起得来吗？”

司机开了车过来，两人坐上小车，安雅瑜见林副官都没有跟随，不由担心，“三爷，如今形势紧张，还是多带点人为好。”

林泽夫说：“你放心，我想，他们应该消停些了，我倒有些寂寞。”

安雅瑜无语，听说过各种上瘾，但被人刺杀上瘾的，还只有这一人。

车子来到长青街五号，那是一幢西式二层洋楼，有些老旧了，有一个哥特式的教堂尖顶，被碧蓝的晴空映衬尤显突兀。

门外没有人看守，他们便沿楼梯往上走，楼梯吱吱呀呀地叫着，那楼梯仿佛不堪重负，要塌了下去。

来到二楼，才见一名中年人迎到长廊之上，紧紧盯着两人，“你们是谁，干什么的？”

他手里拿着把刷子，刷子上还沾着不明液体，身上却穿了件连体工装，衣服满是油迹。

安雅瑜望了一眼，知道他从事何种行业，不由暗暗吃惊，这种传闻之中极少见的行当，却在租界之中出现了。

她转头看了林泽夫一眼，却见他似笑非笑，仿佛在考较她一般。

她忽然明白，这长青街五号，他只怕早派人来查过了，却装聋作哑，隐瞒不说。

也不知道这人是什么恶趣味！

安雅瑜便上前一步，向他拱手：“师傅，家里有一件兔毫盏被小孩不小心弄破了，你这里能修吗？”

中年人脸色缓和下来，“多大件？越小越难修补。”

他转身推开了工作室的门走进去，安雅瑜也赶紧跟上，迎面就见到一个极长的木桌子，上面摆满了各种古旧器具，一个修理了一半的花瓶摆在桌子中央，花瓶之上裂缝处处，却不知道用了什么材料黏合在一起，并不倒塌。

桌子的另一头，放了几件布满绿锈的方鼎，几件鎏金的壶类。

而一面靠墙之处，却摆了一个极高的博古架，每格之上，都摆放了无数残破不堪的器皿，有的修好了，有的却没有修好。

中年人管自走到桌前，开始摆弄那花瓶，他换了一支笔尖极细的笔，蘸了颜料，往花瓶破损之处涂抹，笔尖之处，隐隐可见金色灿然，见安雅瑜望他，解释说：“这花瓶是宋朝之时的，价值不菲，客人要求用金粉修补，调好的颜料如果干了就不好补了。”

他把桌上的残片拿起，对准缺口，小心地接了上去，却是严丝合缝，一点也没偏斜。

他满意地看着自己的作品，把手里的笔摆放在笔架之上，拿围裙抹了抹手，抬起头问安雅瑜，“小姐，是个什么样的兔毫盏？”

安雅瑜按照自己在林府看到过的一个杯子比画了一下大小，说：“这套杯盏是一套的，有八个杯子，可被人打破了一个，却找不到相同的去搭配，没办法，这才找到了师傅你这里。”

屋内黑暗，中年人一身深色衣服，仿佛要和这房子融于一体，可他的眼眸，却如针般锐利。

“小姐把那杯子带来了吗？”中年人问。

安雅瑜摇了摇头，“因不知道您这里能不能修，顺路过来问个清楚。”

“我从来不接不熟之人的活儿，小姐是从哪里知道我这里可以修补古物的？”中年人仿佛不经意般地问。

安雅瑜也不经意般地回答，“一位姓齐的公子那里。”

中年人手指一动，笔架上的毛笔往下滑落，染得白纸有了几点污迹，他忙把毛笔重放回架子上，“齐公子啊，是来过，问我能不能修补鎏金笔洗，还拿了张照片过来给我看，那东西结构复杂，他要求又高，那活儿我可接不了。”

博古架传来一声清脆叮当，却是林泽夫拿起个小小的青铜鼎看着。

中年人忙走了过去，从他手下取下，“先生，这东西可不好给你拿来看的，还没黏合好，得放上好几天才行。”

安雅瑜倾过身子，去查看那修补了一半的花瓶，手却不经意间按在了桌上，她举手一看，手指染了墨迹，见桌边有块抹布，把那抹布拿起，准备擦拭。

却是一怔，这块抹布软中带硬，形状椭圆，与众不同。

她正想仔细察看，那中年人却急走了过来，取下她手里抹布，跺脚说：“这不是用来擦手的！”

她一怔，“不是抹布吗？”

他挥手：“不是，不是的……你们快走吧，别妨碍我做事了！”

安雅瑜与林泽夫对望一眼，对他说：“大叔，明天我就把兔毫盏带来，你会在家吧？”

“在，在的，你取来再说吧！”他脸上满是烦躁。

“好的，大叔，还没请教您的大名呢！”安雅瑜问。

“我姓肖，肖盛古，好了，没什么事你们就走吧，我这里十块大洋起修，无论东西贵贱，都是这个价！复杂的东西另算！”肖盛古说。

安雅瑜爽快地说：“没问题，我先付定金！”

还没等她掏自己口袋，林泽夫已经从衣袋里拿了钱包出来，丢了一张银票在桌上。

肖盛古脸上这才出现了些笑意，拿起钱放进衣袋，“你们明天也这个时候准时来吧，到时我在家。”

两人告辞出来，找了间对面的饭店坐下。

林泽夫拿起茶杯来饮，吹着茶上的浮叶说：“你发现了什么？”

安雅瑜卖了个关子，“三爷，你先说，你发现了什么？”

她少有的撒娇语调让林泽夫一笑，放下了手里的杯子，“那间工作间整齐有序，屋子里全是各种材料气味，但博古架那里，却有丝血腥味儿，我借由观看器皿走到那里，果然，墙面之上，有几只苍蝇停着。”

安雅瑜说：“三爷的鼻子可真灵。”

林泽夫淡淡地说：“血腥味儿闻得多了，对这个总是敏感一些。”

安雅瑜说：“我也查看了地上，地面之上虽然光可鉴人，但沿墙角之处，却有一道浅浅划痕，是有人时常拉动某物所致。”

“我们上楼之时，楼梯被踩得吱呀作响，主人却没有出来迎客，想必他当时并不在工作室，而在那间博古架之后的密室，声音隔绝，所以才听不到有人上楼。”

“还有一件事……”安雅瑜沉吟着不知道该不该说。

林泽夫说：“你在那工作木台上发现了什么？”

安雅瑜神情迟疑：“工作台上倒没有什么异样，只是我手指弄脏了，拿起一块布来擦手，肖盛古马上把那块布抢了回去，那布材质极为奇特，我从未见过。”

正说着，小二过来拿菜单，听到了肖盛古几个字，撇嘴说：“你们是来找那个古怪大叔的？”

他才开口，店老板就叫：“阿强，干什么？又和人闲扯，还不干活去！”

林泽夫拿出两块银元抛了过去，正落在他面前柜台上，“老板，店内客人不多，让他陪我们说说话。”

老板拿起银元掂了掂，这才不出声了。

林泽夫指着对面，阿强欠着身子坐下，“客官想问什么？”

林泽夫问：“他怎么古怪了？”

“你是说肖盛古？当然古怪，一个人住那么大一幢楼，既不出租，也不卖，咱们这里地段好，咱们老板一开始看中他那一楼，想租了开饭店，可他死活也不同意。”他回头看了店老板一眼，见他没注意这边，压低声音说：“咱们老板乡下来的，有股死皮赖脸的劲儿，缠了肖盛古好几天，有一天，被肖盛古拿刀追了好几条大街，这才放弃了！”

安雅瑜也压低声音问：“你们老板吃了这么大的亏，会善罢甘休？”

阿强一说到老板的事儿就兴奋，他声音更低，“当然不是了，咱们这里是哪儿，是租界啊，他一个女儿嫁给英国人当小，他去巡捕房报了案，可不知道怎么的，这案愣是没办成，他自己还给巡捕捉进去关了几天才出来，说咱们老板骚扰民居！老板这才彻底怕了。”他心有余悸地看了一眼对面，“人家在租界拥有那么大的房子，哪能没几分材料，只有我们老板从乡下来的，借着女儿攀上了个高枝，才这么不识货！”

安雅瑜在心里呵呵了两声，这阿强在店老板手里受了不少委屈啊，寻着隙儿就诋毁上司。

她不由看了林泽夫一眼，想起自己身为白副官之时。

她咳了一声说：“这也算不上什么古怪啊，住个大房子，也没招谁惹谁。”

阿强听见她反驳，更兴奋了，“怎么不古怪，时不时有年轻妹子去应聘帮佣，可从来没见他留下谁！有一次啊，一位穿红衣服的年轻妹子走进了那屋子，两天之后才出来！出来时半垂着头，头上还戴了头巾，一副怕被人看见的模样！”他脸上露出丝古怪，“你说，他是不是把人家给……”

意识到安雅瑜也是位年轻女子，这才住了嘴。

安雅瑜皱眉，“你观察得倒挺仔细。”

阿强摇头，“你们可别以为我没事干，我是瞧着那姑娘挺漂亮的，才多看了两眼！”

店老板叫了起来，“阿强，有客人来了，还不端茶！”

他站起身来，哈着腰说：“对不住啊两位，我得去招呼一下客人！”

林泽夫挥手让他退下。

安雅瑜望了一眼窗外，那幢房子在傍晚的夕阳之下干净而优雅，哥特式的屋顶直冲云霄，可她却隐隐感觉到一双带着寒意的眼睛从对面二楼射来，她不由凝眸看去，就见二楼碎花窗帘微微一动。

第三十六章　残肢断臂

她几疑自己眼花，收回了视线。

结了账出来，回到车上，林泽夫说：“那块布，你想到了什么？”

安雅瑜摇了摇头，“暂且想不出来，只是感觉肖盛古的态度非常奇怪，他从我手里抢去那块布，应该是极为紧张那块东西的，可却用两根手指头捏住。”

“你是说这才是他真实的心态，他却极为厌恶那块东西？”林泽夫说。

安雅瑜点了点头，“这更引起我的怀疑，我似乎在哪儿看到过这东西，却又记不起来了？哎，最近我的记忆力是不是下降了？”

林泽夫哂然一笑，只是说：“宜丰县近十年的凶杀档案调过来了。”

安雅瑜点了点头，提起兴致，“去看看。”

……

十年的档案，在两个木箱子那么多，林副官亲自跑了一趟宜丰县，用一辆大卡车把档案运了回来。

由于年代久远，档案室防潮做得不好，有些档案更是发霉散乱了。

安雅瑜小心地一页页翻看着那档案，一目十行扫过，不一会儿工夫，就看了十几页之多。

林泽夫去处理了几件事，回来陪她一起看，却也看得不慢，两人不到两个时辰，就将一箱子档案全都看完了。

林副官让厨房做了消夜过来，看见空空如也的木箱，吃惊地说：“三爷，安大小姐，你们这就看了一半了？”

林泽夫当然没理他。

安雅瑜说：“对。”

林副官喃喃地说：“为了达到您的要求，我分门别类，把十年之内的档案装进这木箱子里，光看封面，就花了我整整一天，累得我头昏眼花，这还没看内容呢！”

安雅瑜安慰他，“手指都有长短，林副官不擅长读书写字，却善于舞刀弄剑，这也挺好的。”

林泽夫抬起眼眸看了他一眼，复又垂下头去，翻了一页档案。

林副官便说：“三爷，我懂你眼神里暗藏着的鄙视，这世上之人哪能都像三爷一样，既会读书，又能舞刀弄枪？我会好好努力读书的，能赶上三爷十分之一，我就心满意足了！”

林泽夫扯了扯嘴角。

安雅瑜听着他闲扯，把档案翻了一页，忽然说：“就是这里！”

她手指指在那页档案之上，脸上却有说不出的悲哀，“三爷您瞧，这单灭门惨案，十二岁的女儿半夜起来，去厨房拿了把菜刀，把父亲和祖父全都砍死，事后审讯，这个女子自六岁开始就犯有失忆之症，六岁之前的事全都不记得了，可那一日晚上，她却全记了起来，她记起了一切，她的娘因为生不下儿子，其父与祖父信了一个和尚的胡言乱语，说问题出在她娘身上，她娘克着他们的家族子孙，只有她娘死了，他们家才有男孙出世，于是，某日晚上她娘被其父和祖父浸入池塘之中淹死，她躲在树后，看得清清楚楚，却就此失忆，再也记不起任何事！直至六年后的那天晚上！”

林泽夫说：“老六也是六岁之时失忆，也许是离开了原来的那环境，所以，她一直没有记起什么来。”

“三爷，您还能查到六小姐原来的出生之地吗？”安雅瑜问。

林泽夫却示意林副官。

林副官从箱子底拿出一个牛皮纸袋来，“安小姐，咱们三爷早想到了，去宜丰县是假，到六小姐出生之地查访才是真的，六小姐出生于北临县，离宜丰县不远，可凑巧的是，十多年前，那儿也发生过一件凶杀案，只是档案却被人销毁了，还好时间隔得不久，当年之案太过耸人听闻，一些老人还记得，我查访了几名当年凶案发生时宅院旁边的邻居，这就是他们的答话记录。”

安雅瑜接过了那牛皮纸袋，把里面的纸张拿了出来，一张张地翻看，这一次，她却看得极为仔细，一行一行地看下去，反复推敲，看了大半个时辰才看完。

“有什么看法？”林泽夫问。

“手法极为相似，都是灭门惨案，这件案子之中，失踪了两个人，一个是那古董商人，另一位，却是他的女儿，这件案子，结论却是有盗贼看中了古董商人家中一件宝贝，所以半夜潜进府内杀了古董商人满门，可奇怪的是，周围邻居没有哪户人家听到过他们家发出声响，都是直至第二天早上没见有人出门才知道发生了惨案，还有，他们家所有的值钱的东西都被人偷走了，有位邻居老伯说了一句话……”她指着那页纸说，“这位老伯是当年的巡捕，他说，勘探现场之时，库房空空如也！”

林泽夫扫了一眼手指指着之处，点头，“没错，这是破绽之一，一般盗贼，抢劫之时，都会慌张混乱，再怎么着，也会遗留下几件不值钱的东西来，破损几件，古董商人收集了不少青花瓷器，都是易碎之物，可他的库房，却干净得令人生疑。”

林副官陪着两人日久，终于也有了些推理能力，“我知道了，他们不是被抢，而是自己搬家？”

安雅瑜赞赏地看了他一眼，“是的，只有自己搬家，才会这么搬得这么干干净净，一件物品都没损坏，一件都没留下。”

“如果不是被强盗所杀，那么，满门的死亡，就可疑之极了。”林泽夫说。

“你再看这里，隔壁家的老伯说，他家养了一条狗，那条狗那晚之后，就失踪了，那狗一声都没有叫，无故失踪，我想，狗之所以不叫，是因为它认识那人，两座房子相隔一道院墙，凶宅里的人平日也进进出出，与狗相熟，理所当然。”安雅瑜说。

林副官对推理忽生浓厚兴趣，“这么说，只有找到当年失踪的古董商人和那位小女孩，才会知道真相了？”

“宜丰县的案子，是父亲与祖父杀了亲娘，而北临县的案子，却是父亲失踪，也是亲娘被杀，几个仆佣被杀，其岳母一家被杀，小女孩和其弟失了踪影。”安雅瑜停了停说，“这其中的共通之点，就是母亲都死在家里父辈的手里，小女孩却都是六七岁，如果查证属实，她们都失去了记忆！”

林泽夫轻轻点头。

林副官却问：“安小姐，你说小女孩失忆，你怎么会知道的？”

看来林泽夫没把实情告诉他，只要他寻找当年惨案的档案。

既是如此，他的问话，她只好含糊地说：“这也是我猜测的。”

似乎感觉到了其中的异样气氛，林副官就不再询问了，到外间去瞧夜宵做好没有。

安雅瑜瞧了一眼门外，低声说：“三爷，这两单案还有一个共同之处，第一件案子，被杀死的女人是个寡妇，家资不薄，那父亲却是一名穷小子，什么都没有，虽然是娶了她，但和老父一起住进了女子的家里，而第二件案子，那古董商人干脆就是入赘，女子家里原就家财万贯，古董商人原来只是一个柜上小伙计，因为娶了东家之女，一步登天，成了当家人。”

林泽夫说：“你是说，他们是有计划地谋夺家产？”

“其具体内情怎么样，要查实才行，可这两单案子，却使我想起了韩勇以及党羽在宜丰县犯下的多宗命案，差不多每一宗案子，都为了聚集钱财，谋夺家产，只是手段没有这么激烈。”

林泽夫手指在案卷之上轻磕，“的确如此，那些案件，到底顾忌了一下周围影响，死去的人基本上极难查出死因，大多数被判为自然死亡，有些更没有报案，谋产之人不动声色地接收了财产，而这两单，简直是肆无忌惮了。”

安雅瑜说：“我想，也许他们犯案之时有所倚仗？有人在背后撑腰？您瞧，这单案子之中，还写明了那古董商人擅修补之术，原就是当铺修补工匠出身，三爷，您说不会这么巧吧？”

林泽夫说：“巧不巧，我们要再去一趟长青街五号，才弄得清楚。”

安雅瑜点了点头，“这恐怕要借你们家珍藏的那套兔毫盏一用了。”

林泽夫站起身来，从柜子里取出那套茶杯，说：“早准备好了，你想摔哪一个？”

安雅瑜说：“三爷不心痛？”

林泽夫说了声随便。

安雅瑜便一推，整个碟盘跌落地上，她小心拾起其中一个摔破的，却把其中的一块碎片换上了另外一个杯盏的，轻声说：“这样才像。”

林泽夫点了点头，赞赏地说：“如此一来，那人才会放下心防，单个的杯子摔坏，他会心生怀疑，但如果是整套……”

“这种明朝瓷器，价值上万大洋，我们一开始拜访他时，说出了齐沛鼎的名字，也许使他起了些疑心，但这杯盏一拿出来，或许能拖延他心中疑义。”

“好，走吧。”

安雅瑜一怔，看了一眼外边挂着的明月，“这就去？现在可是晚上。”

“这种人，夜晚拜访，可能反而更能探出真实情况。”林泽夫已经走到了外面去了，安雅瑜忙跟上，林副官让人端着夜宵过来，见两人要走，只好让人退下。

安雅瑜走过两名端盘子的仆佣前，见上面放了散着香味的葱油饼，顺手拿起一个，等拿起了，才醒悟过来自己不是男性的白副官，是女性的安雅瑜了，行事不能这么粗鲁，顿时放也不是，不放也不是。

正举着葱油饼尴尬，林泽夫过来，看了她一眼，“给你两分钟吃完！”

安雅瑜条件反射般说了声是，面对着墙开始吃。

林副官见此，也拿了块饼子陪吃，边吃边感慨，“安小姐，还是当白副官时舒服点，是吧？自从你成了安大小姐，咱们兄弟多长时间没这么开怀大吃了？”

安雅瑜狼吞虎咽吃完，瞪了他一眼，回过头见林泽夫似笑非笑地望她，顿时脸红了一片。

林泽夫看了看手表，皱眉：“两分钟已过，没吃完？”

安雅瑜愕然：“吃完了啊。”

林泽夫指着嘴角说：“嘴边还剩了一点。”

安雅瑜白了他一眼，伸了舌头把那点葱油饼卷进了嘴里。

林泽夫极少见她这副样子，不由轻声笑了起来。

上了汽车，来到长青街五号，夜晚的租界街道，到处灯红酒绿，喧闹非常，可那幢小楼，竖立在闹市当中，却是静得吓人，如同一匹颜色鲜艳的布匹上滴上了一块黑色墨迹，突兀浓暗。

林泽夫吩咐司机先绕行一趟，开到了临街小道之上，才让司机把车停了下来，他和安雅瑜步行走回到那里。

小楼对面，酒楼正是晚饭高峰，摩登女子挽着绅士的胳膊进进出出。

可一条街相隔，小楼这边却连行人都没有几个，路灯也是半明半暗，平添了几分阴森之味。

下面的大门依旧大开着，正堂空无一人，两人依旧踩着吱吱呀呀的楼梯往上走，走到一半，一道消瘦的身影在楼梯口出现，那肖盛古却居高临下地望着两人，“这么晚了，你们来干什么？”

安雅瑜忙笑着说：“肖师傅，隔段日子我们家要举行派对，想请您尽快修补好这兔毫盏，您看行不行？”

肖盛古侧过身子让他们上了楼，推开工作间的门进去，安雅瑜首先朝桌上望了一眼，前日那花瓶已经完全修好了，除了几道细细的合缝，完美无缺。

见安雅瑜往那桌子上望，肖盛古有几分得意，“这花瓶是宋代龙泉窑，青釉色与质地，如巧夺天工的人造美玉，可惜的是，摔成了这样，经过修补，能完美再现其风采，也算是相得益彰了。”

安雅瑜指着桌上小碗说：“这碗里就是修补的材料？”

“是啊，这只是一部分而已，用来修补小处破损，是鸡蛋清和石灰调制成的，如果破损得严重，就要用铜铁制模固定了。”

安雅瑜把包袱里的木盒子拿出来，小心打开那盒子，指着兔毫盏说："就是这件杯盏，您瞧瞧，看能不能修复成原样？"

肖盛古拿起那杯盏碎片一片片地看过去，拿到那块另外那个杯子的碎片时，咦了一声，"这一片不是这杯子的。"

安雅瑜装作惊讶："是吗？不会吧？"

肖盛古把那瓷片拿起，指着其缺口说："这一片和另外那几片的缺口全都对不上，小姐，你不止打碎了一个杯子吧？"

安雅瑜略为不好意思，"肖师傅，不瞒您说，整套的茶具都碎了，这东西贵重，我们先拿一个来给您瞧瞧，看您能否修复。"

肖盛古语气冷淡，"原来小姐还是不相信我？"

"我们和齐公子只是泛泛之交，酒后茶余之间他介绍了您，还望您见谅。"安雅瑜说。

肖盛古说："两位谨慎也是应该的，好，我先把这杯子给您修复了。"

安雅瑜脸现喜色，恭维说："肖师傅的记忆力可真好，只看了一遍，就记得每个瓷片的缺口，一眼就看出这片瓷不是这杯子的。"

肖盛古自得地说："我自小便跟从师傅学这门手艺，师傅十多个徒弟，只有我把师傅的全副本领全都学会，想当年，一个宣德年间的牡丹大花瓶，碎成了上百块，我也不过片刻工夫就拼成了整的，这才知道，瓶中有瓶……"

安雅瑜一怔，"瓶中有瓶？还有这么奇怪的花瓶？"

肖盛古淡淡地说："大千世界，无奇不有，未出世的宝贝不知多少，小姐年轻，不知道理所当然。"

安雅瑜讪讪起来，"那是，那是。"

肖盛古一眼望见站在博古架边打量的林泽夫，扬声说："先生，你对古物也有研究？不瞒你说，你面前的那些东西，都是我四处收集而来的，多少有些残缺，我都尽力修补好了，先生如果喜欢，给个适当的价钱就拿去。"

林泽夫闻言，手抚在一方铜鼎之上，"这是商朝铜鼎不错，可惜两个耳有毁损。"

肖盛古走了过去，介绍说："这是只小克鼎，出土之时，鼎盖和鼎身锈在了一起，乡下人不识货，见打不开盖子，随意丢在院子里日晒雨淋的，把双耳弄断了，先生眼睛真是厉害，我自认为修补得天衣无缝，还是被你看出来了？先生如果喜欢，三百大洋拿去。"

林泽夫极有兴趣，欲捧起那小克鼎来。

肖盛古忙拦住，"先生，这可使不得，双耳才修补好，黏合剂要多放几日牢固。”

林泽夫就罢了手，说：“三百大洋倒不算贵，只是我要请懂行的人来看看才行。”

肖盛古说：“行。”

两人重新回到了桌边。

正在这时，楼下忽传来嘈杂吵闹，有脚步声沿梯而上，楼梯被踩得嘎吱嘎吱作响，肖盛古早跑了出去，林泽夫与安雅瑜互望了一眼，也跟了出去。

只见对面酒楼那多嘴小二阿强领了两名乡下夫妇正沿梯而至，看见了肖盛古，阿强仰脸指着他说：“你们问他，你女儿最后是从这里走出去的。”

那两夫妇忙半弯着腰站在楼梯中央向肖盛古作揖，“这位先生，求您告诉我们，我们的女儿去了哪里？”

明暗不定的灯光之下，肖盛古脸色半明半暗，“你们的女儿是哪位？”

阿强说：“十天前从你屋子里走出去的，你就不记得了，我从对面看着她进去，两天后才出来！”

肖盛古说：“原来是那位叫红花的姑娘？她来应工，我叫她试了两天工，她笨手笨脚的，才做了两天就打碎了我一个明朝笔洗，这种姑娘，只适合在乡下喂猪！怎么能做我这精细活儿，我还给了她十个铜板，打发她走了。”

他冷冷看着阿强，“是不是你们老板派你来捣乱的，怎么，我不把房子租给他，他还有完没完了？”

阿强忙摇头，讪笑着说：“肖老板，不是的，不是的，我看这老两口可怜，他们女儿出来找工之后，就没有再回去，我领他们来找找。”

肖盛古语气淡漠，“她走了没有再回来过，我怎么知道她去了哪里？你们不如去酒楼茶馆瞧瞧，那些端盘子的工作合适她。”

那两夫妇弯着腰就要跪下，“我们都找遍了，哪儿都没有，老板，您行行好，告诉我，我的女儿在哪？”

肖盛古不耐烦起来，“我没有看见，你们快出去！”

那位母亲一急，身子开始摇晃，竟向后倒了去，那位父亲和阿强忙托住了她，向肖盛古哀求说：“肖老板，我们找了女儿好多日子了，已经好几天没有休息，孩儿他娘终于支撑不住了，你能让我们在这儿歇歇吗？”

肖盛古皱起了眉头。

林泽夫说：“肖师傅，我看他们也不像是讹人钱财之人，现在天色已晚，你就让他们歇歇脚再走吧。”

林泽夫开口，肖盛古勉为其难地说：“也行，我这里什么都没有，水倒是可以给你们几口。”

安雅瑜忙说：“快快把她扶上来，她是不是饿昏了？”

阿强古道热肠，“我去看看咱家饭店厨房还有没有剩下的饭菜，打点过来。”

那老父亲感激不已，把女人扶进了室内，坐在椅子之上，安雅瑜给了她一些水喝，她这才缓过神来。

老父亲已经唠唠叨叨说开了，“你们可真是好人，小的姓陈，您叫我陈老儿就好，如今形势不好，到处都在打仗，地没法种了，想来城里讨口饭吃，红花懂事，来了到处找帮佣的事做，这不，就找到了肖老板这儿，可哪里知道，她这一去就不回了呢？”

肖盛古再次说：“陈老伯，你也听那小伙子说了，你女儿只在我这儿干了两天，早就离开了，我还给了她铜板，你可不能赖在我身上。”

陈老儿忙摇手，灯光把他脸上的皱纹照得纵横交错，他神情卑怯，“哪能，哪能，我们一家家地找去，只有您是最通情理的，其他的老板连门都不让我们进。”

那母亲抹着眼角的泪，怯怯地看了肖盛古一眼，从椅子上滑下，向他磕头，“肖老板，您说说，她走之前，可告诉了您要去哪儿？她最乖的，找到了工一定会回来告诉我们，可这么多天，她一直没回来，我们可怎么办啊。”

肖盛古说：“她只给我帮了两天忙，平时也不怎么说话，说实在的，我实在不知道她去了哪儿。”

那母亲哀恸异常，“一定出事了，是不是被人贩子拐到南洋去了？”

她站起身来，双眼发直，满脸哀伤，似乎不能承受失女之痛，踉跄往前走了两步，直往桌子上扑跌下去。

桌上正放着那刚刚修补好的花瓶，肖盛古见势不妙，急扑过去扶住那花瓶，向陈老儿怒吼，“还不把你婆娘扶好！”

陈老儿似忽然醒悟，向女人急奔。

场面一阵混乱。

忽然之间，却有咔咔声响起，众人往发声处看去，却见博古架正一寸寸地移开，露出了一个黑糊糊的门口。

那母亲思女成狂，一把推开陈老儿，猛地往那门口跑了去，“红花，红花，你是不是在里面？”

肖盛古正抱着那花瓶，来不及拦阻，大声厉喝，“快，快拦住她，那里面全是贵重物品，砸毁一件半件，你们几辈子都赔不起！”

陈老儿紧跟了几步，哪拦得住她，她早已跑进了内室。

安雅瑜却悄悄往林泽夫看去，只见他把手缩了回去，嘴角牵出丝笑意来。

她默默收回目光。

原来是他在捣鬼。

她与肖盛古周旋，他则暗自查看密室开关，统共来了不过两个时辰，他就查清了暗道机关？

这人以前到底是干什么的？

几人跟着那女人跑进，肖盛古摸开电灯开关，却见女人呆呆地站在屋子中央，满脸失落，“红花不在这儿，不在这儿，不在这儿？”

肖盛古挥着手说：“还不把你婆娘扶出去！”

陈老儿上前，扶着那女人，“走吧，她不在这里，咱们走吧。”

肖盛古紧张地看着两人，紧盯着他们出去。

内室是个比外间更大的库房，几个博古架摆放整齐，放了不少古董瓷器，最后那列，放的却是些残缺石像，有手臂、胳膊、半截身子等等。

里面通风不好，弥漫着浓烈的石膏味。

屋子中央，有一个极大的水池，池子里有些残余的石膏，已经凝固了。

肖盛古气呼呼地说：“这地方是你们能随便进来的？还不快出去！”

安雅瑜走近林泽夫身边，两人互望了一眼，难掩心中的惊讶，想不到里面还真只是个库房，什么都没有？

可第一天来此，林泽夫就闻到了血腥味儿，他的鼻子不会出错。

安雅瑜想了想，视线在后排的石膏人像上扫过，惊讶地说：“肖师傅，除了咱们中国的一些玩意儿，你还修补西洋人像啊？这下好了，我有个神父朋友，教堂里的石像前些时候台风来，吹倒了一个，您如果能修，价钱不是问题。”

她装作无意踱到后排，伸手就去拿那断臂。

肖盛古正盯着那两夫妇，听见她的话，回过头来，脸上现过丝紧张，“石像太难修了，黏合物需要极多，你叫你朋友找别人吧！”

他急走几步，欲从安雅瑜手里拿回那断臂。

安雅瑜满脸好奇，“肖师傅，这东西不像是石头的吧，这么轻？”

未等他手指碰上那断臂，她手一松，那截断臂就往地面跌了去，脆响之中，断臂层层裂开，却不折断，露出了里面之物，却明明就是人皮肤的颜色。

安雅瑜几疑眼花，不由失声惊呼：“这是什么？看起来像女孩子……”

肖盛古上前挡住，一口截断她的话，“我做的模子，一截木材制的手。”

往门口走的那两夫妇为女儿的失踪脑子绷得极紧，怕是想过了无数可怕的结局，听到后面的响动，那女人推开陈老头往里冲，从肖盛古手里抢过了那截断臂，疯狂地剥开还没有跌落的石膏，失声痛哭，“一定是红花的，可怜的孩子，你怎么成了这模样？”

她一手抱住那手臂，满脸泪水，往博古架冲了去，拿起一截石像断腿想要剥开，见无法打开，把那截断腿丢落地上。

扑的一声，石腿跌落地面，没有摔断，却是真正的石像。

她急了，又去拿其他石像。

肖盛古见纸已包不住火，身子往后退去，悄悄摸上了墙壁上的开关，林泽夫却早已注意到他的动向，几步上前，一把握住了他的手腕，一使劲，他发出杀猪般的嚎叫。

女人遍寻不得，却已状似疯狂，猛地往那博古架推了去。

咣当声中，后排博古架往前撞，前面那排架子倒了下去，紧跟着，一排排的博古架往下倒。

哗啦声中，博古架上的东西一件件往下掉落。

肖盛古被林泽夫擒拿，见此情形，却目眦欲裂，双手一推，浑身发出巨大的力量，从林泽夫手里挣脱，急跑到架子前，抵住了想要倾倒的架子，可后面的架子连二连三压下，巨大的重量往他背上压了去，他脸色曲扭，双目赤红，却舍不得从架子边退开。

林泽夫见势不妙，几步上前一把将他拉了出来。

轰隆隆伴随着哗哗脆响，博古架上的东西倾落下来，跌得到处都是。

那女人却恍若不觉，只在那些石像里翻找，剥开断裂之处，手指头都剥出了鲜血。

她又捧出了一截断腿，“这是红花的？是不是红花的？你这个魔鬼！”

安雅瑜上前接过那手中之物，虽然已经僵硬，但一触及，便明显感觉到了人体皮肤的触感。

女人往肖盛古身上扑了去，厮打着他，“我的红花在哪儿，你把她怎么了？”

肖盛古却呆呆看着满地狼藉，“完了，全完了，我一辈子心血，全都完了！”

他转过头去，死死盯住林泽夫，“你到底是谁？”

林泽夫此时还不忘从怀里拿了手帕出来擦着刚刚摸了他手腕的左手，语调轻淡：“我姓林。”

“姓林？不可能的，不可能的……”

窗外，尖厉的哨子声忽然间响起，皮靴之声沿楼梯而上，林副官与几名兵士端着枪直冲了上来，拉开枪栓，对准了他。

陈老头两夫妇呆呆坐在满地的瓦砾之中，那两截的胳膊腿横放于他们面前。

安雅瑜走上前，仔细看了看，瞧了那两夫妇一眼，让士兵搀了他们下去，这才低声说：“确实是女人的胳膊和腿。”

林副官搬了把椅子来，让林泽夫坐下，肖盛古被拖了上来，跪在他面前。

他看了一眼地上剥出的那两截人体，脸上却无慌色，只双眼冷冷盯着林泽夫。

“说，这东西从何而来，你杀了什么人？”林副官厉声问。

肖盛古咬着牙冷笑起来，“你姓林？你姓林？哈哈，姓林的毁了我的一切！”

却闭上双眼，再也不吐半句话。

林泽夫让人押了他下去，让人仔细收拾现场，兵士们把那些石像全都砸开，却再也没有发现其他的部分。

一手一脚被摆到了桌上，安雅瑜上前仔细察看，又戴上随身备用手套，捏了捏其指关节，翻开手掌看了看，林副官凑了上来，“安小姐，发现什么没有？”

安雅瑜说：“你瞧，这一手一脚，确实是女人身上的，可红花是个做粗使活的乡下女人，我看过她的父母，都是五短粗壮身材的人，而且她手腕因经常担重物理当粗壮一些，这只手的手腕却极细，可奇怪的是，这只手却和干乡下活的姑娘一样，掌中有薄薄的硬茧，尤其食指与中指的外缘，做什么活能用到那两个地方？”

林副官也沉思了起来，可他哪能想得到，于是问林泽夫：“三爷，您说呢？”

林泽夫手指轻磕桌面，“也许不是做活。”

安雅瑜双眸发亮，“对，是我想岔了，也许不是做活，还记得谷兰跳那支东洋舞蹈，场上艺伎弹奏那三味线吗？有些音调并没有用到音拨，用手指直接拨到琴弦之上，如果长期练习，是可以形成这样的老茧的。”

她再走上前仔细察看那胳膊，将其翻过来看了看腋下肌肉，说：“红花年纪不过二十，皮肤肌肉紧致，可这条胳膊，靠近腋下之处，肌肤却松弛了，相反，肱二头肌之处却肌肉紧致胜于少女，这代表其生前一定常做能锻炼到这块肌肉的动作，弹奏三味线，指尖外臂用力，却用不到手臂内侧之力，才能造成这样的情形。”

林副官埋头看了半晌，满脸惊讶，“安小姐，一条胳膊，能研究出这么多东西？我瞧那就是条胳膊而已！那依安小姐所见，这失踪的人，到底是谁？”

安雅瑜没理他，转眼看向林泽夫，“三爷，看来咱们要问问另外一个人了。”

林泽夫点头，“没错。”

林副官挠头：“三爷，到底是谁啊？”

林泽夫没有回答。

安雅瑜却眼底现了丝隐忧，“只可惜，那个人却脑子有了问题。”

林副官恍然大悟，“安小姐说是的齐公子？”

安雅瑜点了点头。

林副官一拍前额说：“我知道安小姐猜测这条胳膊是谁的了，是不是那明娘？”

“只剩下了胳膊和一条腿，虽然从上边看出了不少东西，但缺少身体其他部分，实在难以断定，明娘是齐沛鼎带出来的，也许只有齐沛鼎知道她去了哪里，只可惜齐沛鼎神志不清。”安雅瑜说。

林副官也点了点头，却哼了一声，“这姓肖的不是在咱们手上吗，凭咱们三爷的审讯手段，还撬不开他的嘴？”

“依我看，肖盛古恐怕也知道不了多少内情，依我估计，那红花怕是真的死在了这里了，他分尸之后，将红花的尸体封入石膏之中，可这当中出了什么差错，手脚被人换了，红花的尸体，到底在哪儿？”

林副官吃惊地问：“安大小姐，你怎么知道的？”

“石膏胳膊被摔碎之时，肖盛古上前查看，看清那条胳膊，他眉毛斜挑，眼珠快速转动，这是一种充满怀疑的表情，他是做古董修复的人，这种人最注重细节，很可能那时就看出石膏里的胳膊换了，而他面对红花父母之时，语气虽始终冷漠，回答其父母的问话，却有一丝兴奋掺杂，这是行凶者面对受害者家属时不由自主的炫耀心理，他期望看到受害者父母脸上的哀伤，这会让他感觉兴奋！也说明他的确杀了红花，他在这密室里把红花分尸，用石膏封起，却不知道怎么的被人换了尸首。”

林副官不敢相信，“不可能……吧？”

林泽夫说：“是与不是，审一下他不就知道了？”

林副官说：“那人一看就是个嘴硬的，不用上大刑，他怎么会说？”

林泽夫不置可否。

安雅瑜却是微微一笑，“你问他别的，他可能不说，但问他这石膏人像之事，他一定言无不尽。”

林副官瞪圆了眼，“不会吧？这可是杀人大罪，他能这么快认罪？”

安雅瑜说：“不如我们打个赌？你输了，请我和三爷吃早点。”

林副官摸了一下口袋，也笑了，“别的请不起，早点还是能请得起的。”

三人来到楼下，几名士兵看守，肖盛古被捆绑着缩在墙角，听到他们下楼，也只是微睁了双眼，复又闭上，满脸不屑，目光冷淡。

林副官搬了张椅子让林泽夫坐下，对安雅瑜做了个请的手势。

安雅瑜走至肖盛古面前，默默盯了他半晌，忽然问：“肖师傅，以石膏制作人像，确实绝妙，可以算得上前无古人，后无来者，确实，雕匠即使有再高的手艺，又怎么比得上真实的人制成的石像？”

肖盛古眼眸睁开，看了她一眼，慢吞吞地答：“是吗？”

安雅瑜说：“石膏封尸，把美人最灿烂的年华封在了那一瞬间，比起让她老死，故去，最终成为一具腐朽不堪的尸体要好，不是吗？”

林副官听得目瞪口呆，心想这是个什么惊悚想法，每个字他都能听懂，合起来就全都不懂了。

肖盛古却双目发出光来，直起了身子，“没错，想不到安小姐倒是我的知己，您瞧，这位叫红花的姑娘，现在正是她最好的年华，如花般娇嫩，头发乌黑，皮肤紧致，可这样的姑娘，却出生在那样的家庭，身边只有一对无用的父母，小小年纪，就要承担起养家糊口的责任，安小姐，她来找工，你知道她最常说的是什么吗？是她要赚多点钱，给她爹娘看病，替她爹娘买一副上好的棺材，她的生活，没有欢乐，只有沉重的责任，她理当像花儿一般被人呵护着，她这么下去，再过几年，嫁人，生子，供养那一对废物父母，鲜花辗落成泥，她既来到我这里，我们总算有缘，我帮她留住最好的年华，让她永远都是十八岁，这有什么不好？”

林副官瞠目结舌，转眼望着林泽夫，“三爷，天底下居然有这么变态的人？”

林泽夫淡定地说：“听下去。”

安雅瑜似乎有几分感慨，“肖师傅，你的想法，虽然不被世俗接受，但从某些方面来说，却有几分道理，就像人追求永远年轻，可时光从不留情，无论怎么防范，脸上终会爬满皱纹，人生痛苦如此之多，留在最美好之时供人瞻仰又有何不对？”

林副官咽着唾沫低声说："她真是这么想的？三爷，我瞧，安大小姐，也只有您能理解得了。"

林泽夫冷冷扫了他一眼。

他缩回了头。

肖盛古大声赞同："没错，我把她们最美之处制成石像，永远保存，千年不腐，她们的灵魂将与上帝同在，再也不受生老病死之苦，不被蠢笨的家人拖累，这有什么不好？"

安雅瑜说："肖师傅原来早已经制了不少石像了？每次有年轻女子上门帮佣，肖师傅总要挑那出色的，将她们带到密室？"

肖盛古脸上冒出奇光，"我弄昏了她们，取她们最美丽的部分，把她们放进模子里，倒入石膏，经过几天几夜，她们就是我最得意的作品，你瞧，红花姑娘的腿和胳膊最美，我留下了她的一双腿和胳膊。"他感叹，"上帝造人，不能十全十美，但每个人身上，总有最美之处，那是上帝放在她们身上的精华。"

林副官插嘴，"她们其余的部分呢？"

肖盛古哼了一声，"其余的，当然处理了。"

林副官再问："怎么处理的？"

肖盛古便不再理他，仿佛他这等俗人只会纠结这些俗事，不懂。

第三十七章　教堂古怪

安雅瑜却是仔细看着他的表情，合掌，轻声说："这种事，不用问了，肖师傅的工作间在二楼，一楼，一定是处理这些垃圾之处了？"

肖盛古不置可否。

林副官忙往楼下而去，吩咐士兵，"快，快查查楼下有没有密室！"

安雅瑜说："肖师傅，您看我说得对不对啊？肖师傅取其精华部分，保存于此，如果教堂石像有了破损，需要修补，您便把这些石膏残像重新取出，找出合适的，先制水泥模子，再把它们做成水泥的，替换原来破损石像上的部分，如此一来，她们却能与教堂石像合于一体，永远站在上帝的面前，供人瞻仰，却是比她们平凡的一生更有意义了。"

肖盛古得意地说："主教说我修补过的雕像仿佛有天使的灵气，她们就是天使，当然会有灵气！"

林副官却从楼下上来，满脸恶心模样，低声向林泽夫禀报，"三爷，楼下有个地下室。"

"里面有什么？"林泽夫问。

林副官表情古怪，"三爷自己下去瞧瞧就知道了。"

林泽夫便答："先不用管它。"

林副官见安雅瑜也一脸毫不惊奇的样子，只好厉声问肖盛古，"说，你一共杀了多少人？楼下地下室里的东西，是不是处理之后，倒进下水道冲走了？"

肖盛古鄙视地看了他一眼，"你都查清楚了还问我这些干什么？那些废物，我当然得处理好了！"

安雅瑜说："以肖师傅的高超手艺，您当然会把一切处理得妥妥当当的，不留一点痕迹，楼下地下室，应当有几把极锋利的刀，能敲碎一切东西的大锤，或许还有些能溶化一切皮肉的酸液，肖师傅做的是古董修复，对这些东西，自然熟悉得很，地下室连通着地下水道，您处理完一切之后，将其冲入地下水道，就什么痕迹都没有了。”

肖盛古赞叹说：“你猜得一点没错，如身临其境。”

林副官连连点头，“没错，下面还真像个屠宰场，可里面却干干净净，什么都没有。”

安雅瑜说：“一个女人进来，到了肖师傅手里，留下了最精华部分，最后，就这样消失得无影无踪了。”

肖盛古抬起头来，目视于她，“安小姐，如果我们早点相识就好了，您最美丽的地方，是您这颗美丽的脑袋，我一定能把你安放于石像之上，成为一尊最美的天使。”

这下子连林泽夫都听不下去了，脸色铁青，手放至了腰间，显然想拔枪。

安雅瑜瞧了他一眼，转头说：“肖师傅，看来这一世，你没有这个机会了，肖师傅非但修补制作人像的手艺高超，那易容装扮的水平也高，您将她们制成石像之后，就穿上她们的衣服，戴上头巾，拿上包袱，在外边走上一通，又换回自己的衣服回来，因为您知道，对面饭店的老板与您以前有矛盾，那小二阿强极为八卦，他时常注意这边的动静，却成了你最好的证人。”

肖盛古面泛红光，“这等小伎俩，不值一提！”

安雅瑜便感叹：“那些穷姑娘生活艰苦，失踪了那么些日子，却没有几个的家人来寻找的，只除了红花的爹娘找上门之外，其余的对她们不闻不问，说起来，她们倒真是站立于教堂之外也比在这艰险的人世间生活的好！”

肖盛古对她的话产生共鸣，连连点头，“她们都是最纯洁的灵魂，理当去天堂，怎么能被这浊世污染？”

“肖师傅，你怎么能容忍有人在破坏你的作品呢，用一个沾满污秽的老女人的残像换走了红花？那条胳膊和腿，却是一个四十岁左右的女人的！”安雅瑜叹了口气说，“这女人的石像如果摆在了教堂里，整座教堂都会不洁了。”

肖盛古脸色一变，咬着牙说：“等我查出到底是谁干的，我饶不了他！”

安雅瑜问：“想不到肖师傅对艺术追求极有成就，但生活上却糊涂得很，连有什么人偷走了您的作品都不知道。”

肖盛古哪容得别人说他不好，大声说：“还不是教堂那批人，除了他们，还会有谁，对了，上次他们过来……”

他似乎想起了什么，却停了停，冷笑，“安小姐，你不用套我的话了，你们本事大得很，自己去查啊？”

安雅瑜说："肖师傅就不想知道您的作品被谁拿了？"

肖盛古只连连冷笑，不再出声。

安雅瑜见问不出什么来，只好让林副官带他下去。

她在林泽夫面前踱步："三爷，看来若想证实这具女尸到底是谁，关键还是在来往送石像的那辆卡车之上，不知道那间教堂之内，又有什么古怪？"

"那间天主教堂是英国人出资修的，才修了不到五年，确实立了不少天使石膏像在花园里。"

安雅瑜沉吟着说："齐沛鼎找的那两名西洋医生来自离这里不远的医院，明娘失踪，教堂花园布满了内藏残肢的石像，这其中不知道有什么联系？"

林泽夫说："有没有联系，查过之后才知道，那店小二阿强很可能知道些什么。"

安雅瑜点头："那店小二对这边极为关注，也许能从不同的角度看出我们不知道的东西。"

林副官让人把肖盛古押了回去，此时上楼，听到两人的对话，说："店小二出来之后，直接回了酒楼，我估计被酒楼老板发现他开小差，所以不让他过来了。"

林泽夫说："让他过来。"

林副官忙去传唤那店小二。

林泽夫坐在满屋的残瓦之中，略感不适，走到窗边透气，安雅瑜则继续查看那胳膊和腿，看了半晌，倒没有看出什么来，也跟着走到窗边，问林泽夫："三爷，今日那两位乡下夫妇，是您派人找来的？"

林泽夫点了点头，"上次来此之后，店小二说起了来此见工的姑娘，两天之后才离开，我让人打听了一下，才知道那姑娘走到前直门大街，就不见了踪影。"

安雅瑜暗暗惊讶，心说十多天前的事，他还能让人打听得到，他手下能人之多，简直无人能望其项背。

"三爷怀疑，红花姑娘根本没有离开这房子？"

林泽夫回头望她，"你不也早就怀疑了吗？"

安雅瑜说："我不敢肯定。"

"因为不敢肯定，所以我才派人四处寻找，穿红花衣服的姑娘没找到，反而找到了她的爹娘，原来，十多天前，那位红花姑娘就再也没回过家，我们走进这幢房子，店小二再带着她的爹娘前来寻女，如此，我们才好趁机下手。"

安雅瑜双目闪闪发光，佩服地说："三爷非但布局严丝合缝，而且在这屋里走了一遭，就看出密室机关正是那小方鼎，真让人佩服。”

林泽夫沉眸，“铜鼎别的地方布满锈迹，古旧得很，可盖子之处，却光滑如镜，可见有人经常抚摸，但肖盛古却说，铜鼎和盖子锈在了一起，不能打开，这就是明显的破绽。”

“没错，盖子既不能打开，那么就是有人经常用手压住盖子扭动，铜鼎就一定是机关了，三爷身手也不错，我都没有看清您是怎么隔空扭动铜鼎的。”

林泽夫一摊手，掌心赫然有一根透明丝线，丝线一端连着一个小钢球，“依据那铜鼎在博古架木板上留下的刮痕，铜鼎由左至右滑动，就能打开密室之门，我只要站在左边墙角，早把钢球扔了出去，缠绕在铜鼎之上，一拉这根丝线，铜鼎自会移动，打开博古架。”

“难怪三爷站的地方那么奇怪，我还以为三爷又看上了墙上那幅出浴图呢。”安雅瑜轻松地说。

林泽夫一怔，朝墙面望去，果然，墙上贴着一幅古旧的字画，却是贵妃出浴图，他神色一端，伸手就敲上了她的头顶，“你想些什么？”

安雅瑜白了他一眼，“三爷，我现在是位淑女，你这动作可不能再做了。”

林泽夫哼了一声，上下打量她一眼，“淑女？离淑女还差得远！”

安雅瑜拉长了声音：“三爷……”

林泽夫听她语调之中带了少有的娇嗔，心情大好，弯了弯嘴角。

林副官领了小二进来，看清林泽夫脸上笑意，怔怔地说：“三爷，要不我们过会儿再过来？”

林泽夫脸一沉，笑意已无，林副官一凛，收了玩笑之意，正了正面容说：“阿强，你有什么就对三爷说清楚吧。”

阿强点头哈腰，“这位爷，你问吧，我有什么说什么，一定言无不尽。”

林泽夫看了一眼安雅瑜。

安雅瑜便问：“这十多天以来，有没有卡车或者三轮车拖着大批的东西来到这幢小楼？”

阿强想了想，“有是有，五六天之前吧，我们要打烊了，还真来了辆大卡车，抬了好几个箱子下车，一位年轻人押着几个脚夫抬了箱子进了这幢房子。”

安雅瑜一怔，“年轻人？他长得什么样子？”

“哎，这边路灯被人弄坏了，光线太黑，看不太清楚，只看得清年纪不大，长得挺高的。”他看了林泽夫一眼，“和这位爷相比，只矮了半个头。”

安雅瑜说："身高你倒记得清楚？"

阿强挺着胸膛说："他走过路灯之时，头在路灯下离大约一个胳膊伸直的距离，这位爷头离路灯只有大半个胳膊，他肯定没您高。"

安雅瑜心中一动，和林泽夫对望一眼，两人心底都已判定那个人是谁。

"那人出来之时，你有没有看见他带了什么东西离开？"安雅瑜问。

阿强抱歉地答，"天实在太晚了，我打烊睡觉，倒没有注意那么多，只是到了后半夜，被两声汽车喇叭声惊醒，于是爬起来看了一眼，那辆车正在驶离。"

"卡车半夜才走？"安雅瑜轻声说。

阿强指着对面赌咒发誓，"我绝对不会看错的，你瞧，我就住在咱们饭店的阁楼上，两条街以内的事，我都能看得清清楚楚。"

林副官让阿强退下之后，向林泽夫请示："三爷，这里的东西差不多都摔碎了，我会派人仔细整理一番，看有没有什么遗漏。"

林泽夫点了点头，与安雅瑜一起走出这幢小楼，却是晨曦初上，一道破晓阳光自云层穿透，将余晖倾洒街道，使得街道干净清爽。

做早点的小摊主却是打着哈欠开始摆摊，清风中吹来煎饼果子的香味，安雅瑜不由自主咽了一口唾沫，转头对林副官说："林副官，你说的请客呢？"

林副官极爽快地答："走，去哪儿吃去？"

林泽夫瞪了他一眼，"你还有空吃早点？"

林副官猛然醒悟，不好意思地对安雅瑜说："要不下次吧，今儿事多，我得干完了才能走。"

安雅瑜看了一眼林泽夫板得极平的脸，无可奈何，"那好。"

林副官向林泽夫行了个军礼，转身欲走。

林泽夫慢悠悠地说："慢着，早点钱呢？"

林副官一愣，只好从袋里掏了半天，掏出个钱袋来，正思考给多少，就被林泽夫一伸手抢过，放进了自己兜里，转头对半张着嘴的安雅瑜说："走。"

安雅瑜跟着他走了两步，转回身望林副官，见他用手按着自己的空瘪口袋，神态尤为可怜，实在忍不住，"三爷，您抢下属的钱袋子，有意思吗？"

林泽夫也看了她一眼，说："很有意思，怎么，你不服？"

他鬓角黑发被晨光照耀，似微微发光，脸孔一如既往的淡漠，却有一个光斑由树叶缝隙透进，在他面颊跳跃，使他的脸别样生动起来。

安雅瑜哪敢跟他对上，依旧保持着当他副官时的顺从，点头，"服，服得很，三爷，咱们去哪儿吃去？"

一阵微风吹过，吹来阵阵煎饼香味。

前边有两位早起的一男一女洋装打扮之人手挽手地走过，来到煎饼摊前，吩咐老板打包。

林泽夫站定，伸出了胳膊，侧过头望她。

安雅瑜只好上前一步，也挽住他的胳膊，跟着他往前走。

两位男女可能是在洋行做事，见两名中国人走近，颇有些鄙视，站开少许，嘴里咕咕哝哝。

安雅瑜听出他们说的英文，意思很带歧视，刚想反唇相讥，却听林泽夫流利地用英文说："哪来的两根搅屎棍子，在自己国家待不下去了，到中国来搅屎？"

那洋人大怒，几步冲上前来，拿手指头指着他，用生硬的中国话怒吼，"你，说什么？"

林泽夫一伸手，手指一拗，只听啪一声，骨头折断声响起，洋人发出杀猪般的号叫。

林泽夫向安雅瑜伸出了左手，安雅瑜顿悟，从衣袋里拿出块手帕递给他，他慢条斯理擦手，"你不知道我是谁，我却知道你是干什么的，在承德洋行做事，一个小小的部门经理，管着进出口贸易，一个月月薪不过百来大洋，一个英国的下等公民，来到中国，居然充大尾巴狼？"

挽着那洋人手臂的却是位戴了顶金黄假发的中国女人，闻言大惊，也顾不上说洋文假扮了，大声质问："你只是个部门经理？你不是洋行少东家吗？"

那洋人狼狈不堪，捧着手指，嘴里嗫嚅几句，转身逃走。

女人满脸羞恼，也紧跟着离去。

卖煎饼的老伯笑着说："这位客官，您的眼可真利，这洋鬼子可真不是东西，像您说的，专充大尾巴狼，在中国的地儿仿佛他们是皇帝，吃东西从来不给钱！骗了不少的中国女人，偏还有那么多女人自动送上门去！"

他手脚麻利地煎了两张饼，拿牛皮纸包好，递给安雅瑜，"您给我们中国人出了口气，这饼不要钱了！"

林泽夫从林副官的钱袋拿出几个铜板来，丢到他的案台上，"我可不学那洋鬼子。"

老伯讪笑收下。

安雅瑜边咬煎饼边说："三爷，您的眼可真利，怎么看出那洋鬼子是承德洋行的？"

"还用得着我说吗？"林泽夫一派高冷。

对他的模样，安雅瑜已经免疫了，兴致勃勃地说：“我来说说，三爷看我说得对不对？”

林泽夫不置可否。

“洋鬼子全身都是定制的西装，可脚上却穿了一双半新不旧的皮鞋，鞋子磨损厉害，说明他要经常行走，试问当老板的，怎么会走动这么厉害？三爷，您说是不是？”

林泽夫淡淡地说：“我可没你想得那么多，这个人，我在承德洋行见过。”

安雅瑜泄气地说：“看来再好的推理，也不如三爷的耳目灵通啊！”

林泽夫一笑。

吃完煎饼，胃里舒服了，安雅瑜就有些犯困，正想着怎么开口向林泽夫请辞，回去睡上一觉，也好理理脑子里的思路，却听他说：“走，去喝杯咖啡。”

安雅瑜条件反射答了声是，看着他神采奕奕的双眼，喃喃地问：“三爷，您不困？”

林泽夫说：“以前领兵打仗，五天五夜不休息都没问题。”

安雅瑜心说你乃神人，你以为人人都跟你一样是神人？

只好跟着他往最近的咖啡馆走了去。

相对坐下，林泽夫才给了个解释，“今天星期天，教堂有弥撒，我们去瞧瞧。”

安雅瑜赶紧把杯子里的咖啡一口饮下，感觉还有点不足，再叫侍者，“再来一杯！”

林泽夫默默看她，“你是想把林副官的几个饷银一个早上都花完？”

安雅瑜赔笑，“三爷，如果不多喝两杯，我怕我在牧师读经时睡着了。”

“到时你可别兴奋得过了头！”林泽夫提醒。

两人都没发觉他们互相之间的谈话是那般的随意。

咖啡端了上来，安雅瑜又几口喝下去，这才感觉眼皮子不往下垂了，瞪圆了眼对林泽夫说：“走，三爷，现在您让我去哪儿都成！”

因咖啡热气上冲，把她的脸染成了桃花般的粉，双唇却是盈润有光，眼眸可笑地睁着，却如黑色杏仁，此时的她，总算去除了些精明老练，露出像她这个年龄女孩子的活泼稚气来。

林泽夫心中微暖，却故意说：“你如果撑不住，就别去了，叫林副官来！”

安雅瑜热血上冲，干劲十足，“三爷，不用，一天一夜不睡算得了什么？我现在两天两夜不睡都没问题。”

林泽夫就招手拦了辆黄包车，两人坐了上去，直往天主教堂而去。

晨曦微露，可教堂小径上的人群却三三两两的多了起来，大多是身着洋装的外国人，间或有些西装楚楚的买办，以及奇装异服的女人掺杂其中。

安雅瑜眼间，一眼望见林副官穿了身便服，与另一名便衣扶着一人走进了教堂，惊讶地问：“三爷，林副官动作这么快？”

“你以为他去干什么了？”

安雅瑜这才明白，这一边林泽夫把她带往教堂，另一边，林副官却带着另外那人也去教堂。

那神秘人物半垂着头，头上戴了一顶西洋礼帽。

她皱了皱眉，“三爷，那人是谁？”

“你不是早猜出来了吗？”林泽夫只轻声说，“没错，他就是齐沛鼎，明娘最后出现的地方，就在这教堂之中，随后，他独自一人走出教堂，明娘失去踪影。”

“三爷怀疑他在教堂之中被人动了手脚，大失常性？”安雅瑜问。

“西南传来消息，齐沛鼎的确和他父亲闹翻，带着一部分人马反出西南，但他的母亲、兄弟，都活得好好儿的！”林泽夫说。

安雅瑜皱眉：“有人把他的脑子弄乱了。”

她看见教堂里人越聚越多，有些更是牵着儿女而来，不由惊奇，“一个小小教堂怎么会这么多人？”

“这座天主教堂的神父布雷登，原来是位外科医生，在国外行医多年，后信天主教，被派到这里主持天主教堂。”林泽夫说，“在租界之中，他极为有名，据传在耶和华受难之日，他身上有圣痕出现，伤口带着清香，能与上帝通灵预言未发生之事，他的名声已经传遍四野，一些中国人也闻声而来，非但布雷登神父屡有神迹出现，而且，这座教堂的圣母雕像有一日忽然开始落泪，一连流了三天才止，这也使得教堂声名远播。”

“神像落泪？”安雅瑜微一思索，便明白了，“怕是神像里封着的人首腐化，尸水刚好从眼睛缝隙处流了出来吧？”

林泽夫点头，“肖盛古案发，倒使得这教堂发生的神迹疑点重重，可世人愚昧，如今乱世，战祸四起，他们却宁愿把希望寄托在虚无缥缈的神迹之上。”

正巧这时，一对父母牵着儿子往教堂走去，母亲边走边教着儿子，“等会儿弥撒做完，问神父拿些圣餐吃，吃过之后，你的病就会好了，布雷登神父说了，只要咱们虔诚信教，他一定会向上帝求情，治好你的病。”

安雅瑜见那小孩面黄肌瘦，走几步咳嗽几声，上前说：“这位大婶，布雷登神父很有名吗？能治百病？”

那妇人在胸前画了个十字，“姑娘，你可别不信，上帝都看着呢，布雷登神父在空中飘浮，和上帝通灵，我们可都瞧见了的，姑娘，我不和你说了，去得晚了，圣餐就会被派完了。”

两夫妇拉着小孩匆匆走进了教堂。

安雅瑜与林泽夫对望一眼，跟着走进，却见前边宫池鸫站在教堂外边，正和一名修女说着话。

安雅瑜一怔，他已经看见了他们迎了上来，向两人打了声招呼，“三爷，安小姐，两位也对这教堂神迹感兴趣？”

林泽夫拱了拱手，“真是到哪儿都能看见宫先生啊。”

宫池鸫说：“三爷这是说哪里话，我是闲人一个，哪有有趣之事，就到哪里凑凑热闹，哪有三爷和安小姐这么多正事。”

他向两人介绍，“这位是修女莉丝，正说着教堂发生的神迹，两位可有兴趣听听？”

安雅瑜脸上带了丝好奇，“莉丝修女，听闻教堂的圣母像双目流泪？”

莉丝在胸口画了个十字，点了点头，满脸虔诚，指着教堂屋顶，那一排石像站立之处，“耶和华诞生之日，圣母马利亚先是现身于教堂屋顶，浑身充满圣光，第二天清晨，石像双目流泪，直流了三天三夜才止，上帝降临了这座教堂，指示我们这些修士把教道在中国传扬，以教化国人啊。”

宫池鸫手拿文明棍指着那具石像，“是那石像吗？”

莉丝修女忙画十字，连连说：“先生，不可对圣母像无礼轻慢。”

宫池鸫道了声抱歉，收了文明棍，向她拱手，“对不起，莉丝修女，我以前从不信教，不懂这教堂规矩。”

莉丝脸上露出祥和微笑，“我们这教堂很多人都像先生一样不信教的，但来到教堂，听了布雷登神父的布道，这才衷心皈依，先生，我领您先进去。”

宫池鸫便向安雅瑜两人告了声罪，随着莉丝修女往教堂走了去。

见他走远，安雅这才走近了圣像，仔细看了看那圣像双目，见双目之间有极为明显用石膏封住的痕迹，了然回头望了眼林泽夫。

林泽夫也上前看了看，不由嘴角一扯，轻声说：“流出来之后，有人发觉不妥，后用石膏将其双目裂缝封住？”

安雅瑜点了点头，“您瞧，双目虽然依原样封住，但那石眼颜色与其他地方的颜色略有不同。”

正说着，莉丝修女送了宫池鸫过来，向两位笑道：“你们也是来听弥撒的吧？昨晚上布雷登神父就有神迹入梦，说不定今日更有不同寻常之事发生呢？”

安雅瑜问：“神迹入梦？看来布雷登神父真是上帝派了来拯救这一方民众的，不知道布雷登神父梦见了什么？”

莉丝修女脸上露出丝神秘，“几位去听了布道就知道了，走吧，弥撒开始了，我领你们过去。”

也许被布道之声惊醒，几只野猫懒洋洋地从教堂墙头缓步走过，安雅瑜忽然间停住了脚步，看着那几只野猫。

林泽夫问：“怎么了？”

安雅瑜脸上现过一丝了然，嘴里边喃喃，“原来那块布是那个东西？”

林泽夫略一想，便明白了，“你说的是肖盛古桌上那块不明材质的抹布？”

安雅瑜点了点头，“我也是刚刚才想起的，我记得我们去拜访明娘之时，她正拿了三味线弹奏，三味线的音箱用猫皮蒙上制成，能发出金玉之声，而她那个，却是用狗皮的。”

“他那抹布，是狗皮还是猫皮？”林泽夫问。

安雅瑜摇了摇头，“我分不清楚，一定要用手摸过才知道。”

“有人让肖盛古修复三味线？他还真是个全才，东西洋的东西无一不能补！”林泽夫说，“人却变态得很！”

“天才与变态之间，往往只一线之隔，他脑子里想的东西，常人不能理解。”安雅瑜轻轻说。

隔了不远，就站立了一尊天使石像，目视过往路人，安雅瑜上前一步，对上了石像的脸，却是脸带微笑，目含慈悲，和着教堂一下一下的钟声，宁静祥和。

她把目光垂下，却看见一棵小草自石缝中探头而出，努力求存。

“那倒不至于，有些天才，还是正常得很的，也能理解。”林泽夫走至她的身边，微微一笑。

她抬起头来，晨早阳光投下，使他半边面孔如凝了一层明亮金光，竟与那天使之像重合，别样生动。

她心底一动，却转过身去，跟着走得远了的莉丝修女往前，“三爷，快走吧，神父要布道了。”

教堂之中，弥撒的音乐声响起，长长的木椅上坐满了人，更有没有椅子坐的，站在教堂后边垂首而立。

布雷登神父的布道已经开始了，他是一个戴着眼镜的中年长脸男子，安雅瑜听不懂他说些什么，只见到教堂内无论男女，皆满脸虔诚，只一一望去，就见宫池鸫就在前排长椅上坐着，而齐沛鼎由林副官陪着，坐于离他不远之处。

宫池鸫双手合十，跟着神父低声吟诵，倒是有模有样。

齐沛鼎却呆呆坐着，若有所思，不知道在想些什么。

布雷登神父吟诵声音渐大，忽然之间，他双脚自地面升起，往空中飘去，飘至诵经台不远的高处，自上而下俯视众人，却与他背后的耶和华神像眼神极为相似。

“天啊，布雷登神父又要与上帝通话了。”有人吸气说。

众人纷纷站起，大声吟诵。

安雅瑜左右看了看，问林泽夫：“三爷，你那根丝线，能挥得多远？”

林泽夫说：“到诵经台足够了。”

安雅瑜说：“可以击到左边三米之处吗？”

“你发现了什么？”

“您瞧这屋内光线，早晨阳光照射，视线极为清晰，烛台却依旧点燃，诵经台左边，更有几盏灯泡亮着，直射进众人眼里，使人不能直视，三爷还记得林府魔术杀人事件吗？那个魔术，利用了人们的视线差异，用光影投射，造成红颜枯骨的魔术效果，其实只是光线的折射而已，这里灯泡布置极为巧妙，或在众人视线的死角，又或直射于人的眼睛。”

林泽夫袖子一动，一灰色小珠自袖中挥走，直往诵经台而去，与此同时，宫池鸫却也动了，他却是一挥手，手里的文明棍飞起，盘旋着往布雷登旋空的双脚下飞了过去。

安雅瑜默然，他这种方法，倒是粗暴直接。

只听咣当一声，玻璃碎裂声响起，布雷登身前大块大块的镜片跌落下来，露出了一张升得极高的台子，布雷登站在台子圆盘上，圆盘底下一根铁棍支撑，脸色惊慌，哪还有半点耶和华的慈悲悯然。

安雅瑜一眼望去，了然地说：“原来如此，在我们的眼睛看来，神父脚下悬空，其实却是几面镜子装在凹陷的箱子里，反射出了背景布上的背景，背景布图案和后面的环境一模一样，形成了假的悬空效果，周围的灯泡和蜡烛，装置之处各有角度，一使台下众人眼睛不能直视，二只是为了不反射出其他东西。”

众人仰望于他，全没反应过来，尽皆一脸呆怔。

宫池鸫早叫了起来，“什么神迹！洋人骗到我们中国来了！”

台下众人这才反应了过来，纷纷吵嚷起来，“洋骗子，还我们的布捐！”

另有人大声哭了起来，“神父，你说过的，你能和上帝通话，治好我儿子的病的！你为什么骗我们？”

那对夫妇拉着男孩的手冲了出来，直往布雷登所站之处而去。

几名牧师修女忙拦住了，拼命解释：“不是的，不是的，布雷登神父真有神迹，真有神迹。”

“死洋鬼子，骗人钱财，不得好死，给我打啊！”

不知道谁把手里的《圣经》往台上扔了去。

紧跟着，旁人有样学样，一本本《圣经》往布雷登头脸上扔，他顿时被打得狼狈不堪。

这里是租界，人们倒不敢做得太过分，丢下《圣经》之后，纷纷咒骂着离开了教堂，只剩下那对夫妇带着孩子跪在地上，捂面流泪。

布雷登被两名修女扶着，捂着冒血的额头走下了梯子，见林泽夫等仍在，嘴里叽里咕噜，“你们这些愚蠢的中国人，耶和华如果降临，也不会降临在你们这里，愚蠢的中国人！”

宫池鸫早把他那根文明棍拾了回来了，一伸手，拿文明棍拐弯之处钩住了他的脖子，冷冷地问：“你说什么？”

布雷登大声说：“我是英国人，这里是租界，你想干什么？想杀人吗？”

两个修女惊叫一声奔跑了出去，“来人啊，来人啊，有人要杀人了。”

宫池鸫钩住布雷登的脖子，恶狠狠地说：“现在爷就算杀了你，也没有什么人会替你做主，你信不信！死西洋骗子！”

布雷登眼底终于露出些害怕神情来，结结巴巴地说：“有，有话好好儿说，好好儿说！”

林泽夫与安雅瑜走了过来，他慢悠悠地说：“布雷登，好，咱们就找个地方好好儿说说！”

林副官把齐沛鼎带了过来。

宫池鸫依旧钩着他的脖子，几人来到教堂后边起居室里，宫池鸫这才松开他的脖子，把文明棍用白手帕擦了又擦，嘴里边说：“我这东西，可贵重得很，真金白银打造，钩在一个假神父脖子上，它委屈呢！”

安雅瑜默默看了他一眼，转过视线，却被宫池鸫精准捕捉到了，压低声音说："安大小姐，你放心，这次我和三爷是合作，不是对着干！"

安雅瑜知道他一定从中又闻到什么好买卖了，不由也压低声音问："你卖了什么给他们？"

宫池鸫拿了文明棍晃，"没有，没有，这次我可不是冲着做生意来的！我也想为国出力，治治这些死骗子！"

安雅瑜哪里会信他，只嗯了一声，不再理他了。

布雷登满脸狼狈被压坐在椅子之上，眼神不停地往门边瞅，林副官上前冷笑，"你不用等了，巡捕房的人不会来了，我劝你，咱们三爷问你的话，你还是好好回答的好！"

布雷登一脸震惊，转眼望向林泽夫，"三爷？您，您是林督军？"

林泽夫淡淡地答："没错！"

"我抗议，我有外交豁免权，不归林督军管，林督军为什么把手伸到我们租界？林督军想引起两国交恶吗？"布雷登扶着破了的眼镜框大声说。

林泽夫说："我劝神父还是替自己想想，如今神父的神迹被揭穿了，您怎么才能顺利逃出租界，回到自己的国家。"

"不，除了今天这个，我确实用了点手段，其他的神迹，全是真的，真的！"布雷登直着脖子叫。

"哪一项是真的？圣母像眼中流泪？您身上的圣痕？还是您能与上帝沟通？"林泽夫扯着嘴角嗫嚅。

布雷登一滞，看着屋里几人，咽了口唾沫，忽然望向齐沛鼎，"齐公子，齐公子，您可得替我证明，我没有骗人，我所做一切，都是为了将天主教发扬光大，让中国人有所信仰，我本心是好的！"

齐沛鼎却犹自垂头，呆呆注视于一点。

安雅瑜走至他的面前，轻声问："齐公子，这个人您还认识吗？"

齐沛鼎这才有了些反应，却侧着耳朵，像听着极远之处传来的声音，"雅瑜？雅瑜？是你？"

安雅瑜见他双目并没聚焦，失望之极。

布雷登却哈哈笑了两声，眼眸眨动。

安雅瑜一皱眉，看着他，"齐公子如果不能醒来，布雷登神父，您可真就脱不了身了，今儿您就算死在了这里，英国领事馆怕也避之而唯恐不及，不会为一个神棍出头！英国人也怕丢脸的！"

布雷登哼了一声，"不会的，我所做一切，都是为了把天主教精神传扬出去。"

宫池鸫一拍文明棍，棍子前端忽地露出一截尖刀，他用那尖刀抵在了布雷登的胸口，“我这一刀刺进，布雷登神父，你猜你的上帝会不会救你？说，你见过齐公子没有？教堂这些东西，到底是谁教你的？”

他略一使劲，尖刀刺进其胸口半寸，布雷登脸露惊慌，“我说，我说，这位齐公子，十几日前和一位姑娘来过教堂，他把姑娘安置在教堂暂住，自己就外出了，其他的，要问莉丝修女才知道了，是她安排姑娘住处的，至于这些神迹，是，是我自己想出来的！”

林泽夫示意林副官去找莉丝修女。

宫池鸫说：“我呸，你能想出这些主意？”

布雷登梗着脖子，闭上了双眼，在胸前画了个十字，“上帝啊，请原谅信徒，信徒一时贪心，想把您的教义尽快传播开来，才用了这种手段，信徒来到中国，这里的人们信佛信道，不信天主，信徒这也是没有办法。”

安雅瑜说：“布雷登神父，你所做一切都为了天主，如此，你可知道，圣像流泪，其中牵涉到了一件凶杀命案，你明知道圣像有蹊跷，仍旧由着这些神迹周围传播，天主会不会原谅你？”

第三十八章　神迹真相

林泽夫说：“你再不说实话，我就让你搂着圣像头睡上几天几夜，看看神迹会不会降临你的身上！”

布雷登一哆嗦，“那，那神像三个月前被雷劈断了脖子，我让人运到肖盛古师傅那里，让他修补，谁知道修好之后，前个月前忽然流泪，被园里的花匠传播开了之后，引得教堂信徒大增，我干脆听之任之，可莉丝修女告诉我，那神像有些不对，我去察看，发现它流的泪是臭的，周围渐渐围满了苍蝇，我这才让人把眼眶封了，可圣像流泪的名声已经传了出去，来观摩拜访的人源源不绝，我灵机一动，干脆又创造了几件神迹。”

安雅瑜问：“最后这一件使你悬浮于空中的道具，是谁替你做的？”

布雷登眨着眼睛说：“是，是我随便请城里的工匠按照图纸做的。”

安雅瑜淡淡地说：“满嘴谎言，一般的工匠有这样的手艺？”

正巧林副官押着莉丝修女走进，林泽夫说：“去，把那圣像头取下来，让他搂着！”

林副官应了一声，果真往院子里走，隔不一会儿，用篮子提了个圣像头进来。

布雷登看着那圣像头，脸色煞白，直咽口水，莉丝修女也吓得缩成一团。

林副官向林泽夫禀报，“三爷，取圣像头时用力大了些，把它封着的地方敲破了，它又开始流泪了。”

他不说还好，一说，安雅瑜便闻到了股淡淡臭味，不由掩住了鼻子。

林泽夫就说：“流泪才好，布雷登神父最喜欢这种能与上帝沟通的神迹，去，给他搂着！”

林副官伸长了手臂提着篮子走近布雷凳，和气地和他商量，“布雷登神父，您是自己搂啊，还是要我给您挂着？”

布雷登瞪着双眼瞧着篮子里的圣像头，步步后退，摇手：“不，不，我不想搂，不搂！”

林副官一板脸，“那可由不得你！”

他双指一夹，提出了那颗圣像头，安雅瑜这才看得清楚，原来这么短的工夫，他非但找了个篮子装那颗圣像头，而且，不知从哪里找了个粗麻网兜，把那圣像头装好了。

他把网兜往布雷登头上一套，布雷登脖子一沉，那颗圣像头就挂在了他的胸前。

布雷登想取下来，却又不敢，只顾着大叫：“我说，我都说，快，快把它取下来！”

林泽夫慢悠悠地说：“说了再取！”

“是，是肖盛古告诉我的，他修补的石像有问题，我去找他，他一下子就承认了，说这石像里封了一个灵魂，又告诉我，教堂里的许多石像经过他修补过，都有一个灵魂封在里面，以后我的教堂会吸引信徒无数，他教我顺势而为，多弄几件神迹出来，又给了我一张图纸，说能替我做出这件使双腿悬空的道具，使教堂名声更上一层楼，我照着他说的做了，果然，教堂信众越来越多！布捐也多了不少，我可把其中的六成都给了他了！快，快把这东西取下来！”布雷登头往后仰，浑身直哆嗦。

林副官上前，把网兜自他脖颈间取下，他一下子瘫倒在地。

又回到了肖盛古身上，安雅瑜与林泽夫对望一眼。

宫池鸫斜靠在窗台之上，笑呵呵地说：“三爷，这石像中到底有什么？你可没跟我说过，您找我帮忙，说一半留一半的，可真不地道！这里面封住了灵魂，到底怎么回事？”

林泽夫一脸慈祥，“宫先生自己敲开来看看，不就知道了？”

安雅瑜一唱一和，“不知道宫先生的文明棍够不够力，能不能敲得开石像头？”

林副官捧场，“那肯定是敲不开的，宫池先生的文明棍哪有石头坚硬？”

宫池鸫还真走了过去，捧起放置在地面的石像，凑在眼前看，“双眼还真流出了些水来。”

他把石像重新摆放端正，瞧了屋内三人一眼，忽然哈哈了两声，“你们的激将法对我可没用，我的文明棍，可不是做这种事的。”

三人同时转过头去，表示彻底忽视他。

安雅瑜正准备继续盘问，只听见忽的一声脆响，一回头，宫池鸫把文明棍收了回来，一脸晦气，“原来是个真人头！”

石像裂开，露出了里面封住的人头，却早已面目腐败，绿水四流。

屋内顿时臭味四溢。

宫池鸫头一个转身往屋外跑，边跑边说：“三爷，您可真是物尽其用。”

林泽夫跟着走出，回应：“好说，好说。”

林副官押着布雷登与莉丝修女走出屋子，回头一看，安雅瑜却蹲在地上仔细看那人头，忙劝她，“安小姐，别管了，让法医来验尸吧！”

安雅瑜捂着鼻子，随手拿了根衣架，翻动了一下那颗人头，这才站起身来，和他一起走出了那屋子。

几人站在上风之处，还是能隐隐闻到屋子里散发的臭味。

宫池鸫把满腹的怨气发泄在了莉丝修女身上，替安雅瑜审问：“你，老实说，齐公子带来的那姑娘去了哪里？是不是也被你们杀了，装在了石像之上！”

莉丝修女忙摆手，“不是的，不是的，我们是上帝的信徒，不敢杀人的，那位明姑娘那天晚上告诉我们，找到了她的同乡了，就离开了教堂，那一晚齐公子还来找过她，我告诉了他那姑娘去找她的同乡了，齐公子跟着追了出去！齐公子，你说是不是？”

齐沛鼎却只是呆呆立于一角，静立不动。

安雅瑜心底再次失望，看来把齐沛鼎弄至此处，也不能唤醒他的神智。

林泽夫却走至布雷登跟前，轻声说：“布雷登神父，我能让你平安回国，不至于被外边愤怒的信徒撕成碎片，只不过布雷登神父，你能拿什么换取这样的待遇？”

布雷登急速眨动眼睛，看了一眼齐沛鼎，“三爷，只要你能让我平安回国，我能报答你，能替你治好这位齐公子的病！”

林泽夫皱眉，“你知道他是怎么回事？”

布雷登得意地说：“我以前是外科医生，在投入上帝的怀抱之前，还学过几年心理学，所以我才能做到神父的位置，这位公子一看就中了极高明的催眠术，他却奋力抵抗，才引至头脑不清，只要找到催眠的那个点，就能唤醒他了。”

宫池鸫说：“我明白了，你说什么能和上帝沟通，替人达成愿望，也是胡扯的吧？”

布雷登义正辞严，“那是严谨的科学，根据人心底的愿望治愈他们的心理疾病，给他们希望，怎么能说是胡扯呢？”

安雅瑜看了一眼缩在一边的莉丝修女，忽然问："莉丝修女，你见过那位姑娘的同乡吗？"

莉丝修女一怔，却摇头，"没，没有！"

安雅瑜说："莉丝修女，教堂所谓的神迹已经真相大白，布雷登神父成了骗子，你以为你会好到哪里去？没有三爷保护，你连这座教堂都走不出去！"

莉丝修女垂下了头，良久终于抬起头说："那天明姑娘走出教堂，跟我说找到她同乡了，我一时好奇，就跟了出去，却看见她弯着腰和车上的人说话，车窗之上，映出一个女人的半张面孔，明姑娘对她极为恭敬，和她说了几句话，紧跟着便上车走了。"

"那女人长什么样子？"安雅瑜问。

"当时天都已经黑了，我没看清，就知道她一头卷发，对了，她扬起手在左脸抚了抚，手上戴了只玉镯子，那玉镯子是金镶玉的，用凤嘴衔接。"莉丝说。

安雅瑜想了想，再走至布雷登面前，问他："教堂二十来天之前，是不是送了一批石像到肖盛古那里让他修复？"

布雷登说："哪有一批，只有两具石像而已，胳膊和腿不知道被什么人弄断了，齐公子正好在，说找肖盛古有事，跟车一起去了。"

时间上倒能对得上，可齐沛鼎找肖盛古到底有什么事？

她抬起眼来，看着面前呆怔站着的齐沛鼎，一筹莫展。

林泽夫说："神父，你不是说能治好齐公子的病吗？还不快动手？"

布雷登挺直了腰杆，"林督军，您是一方政府要员，代表了中国政府，我，我虽然是你的俘虏，但你也不可对我无礼！我是英国人，理当受到英国人权保护！要治齐公子的病可以，但督军要答应我一个条件。"

宫池鸩拿着文明棍往前伸，咧开嘴笑，"我不是政府要员，我可以动手了吧！"

林泽夫走到窗边，转身看夕阳。

布雷登见情况不妙，忙举着双手说："我替他治，替他治还不成吗？"

他从衣袋里拿出块怀表来，走到齐沛鼎身前，晃动怀表，注视着他的眼睛，语气平静，"眼睛注视着这块表，跟着它摇动，你会慢慢放松，齐公子，你感觉到了从未有过的放松……"

齐沛鼎神情未变，但视线却盯着那看着怀表，神情渐渐缓和。

"很好，你做得很好，现在慢慢把眼睛闭上，想象你面前有一道门，打开这道门，你回到了十多天前，去肖盛古师傅的路上。"

齐沛鼎双肩松了下来，眼睛合上了。

布雷登大喜，继续问："你坐着那辆教堂大卡车往肖盛古家里走去，齐公子，你还记得，你是去干什么的吗？"

齐沛鼎忽然紧张了起来，脸上肌肉一下一下地抽动，"去干什么？她派我去干一件事，这件事非常重要，非常重要……"

布雷登问："是谁，谁派你干什么事？"

"干什么事？不，我不能告诉你，这件事非常重要……"他脸上现出痛苦的挣扎之色来。

"你告诉我好不好，告诉了我，你就轻松了，什么都不用想，我带你离开这里，离开这黑暗的地方。"布雷登晃着怀表说。

齐沛鼎忽然睁开了眼睛，一伸手，抢过了他提着的历表，利声说："我不会告诉你，谁问，我都不会说！"

众人瞠目结舌。

宫池鸫说："神父，你这算是失败了？"

布雷登满脸沮丧，"这，这个，对方给他施加的催眠术实在是太厉害了，我，我没他们那么厉害，所以，问不出什么来！不过，林督军，我还是有些进展的，起码问出了齐公子随车去办了件极重要的事！林督军，您可不能说话不算话，一定得保我平安离开中国才行！"

"我呸！"宫池鸫一口啐在他脸上，"事没办成，要求提得倒挺多的。"

今天宫池鸫别样活跃，积极得很。安雅瑜不由看了他一眼，再看林泽夫一眼，心说这两人不知道达成了什么协议，把宫池鸫兴奋成这样？

见问不出什么来，林副官让人把齐沛鼎送了回去，又叫了巡捕房的人来处理后事。

几人走出教堂，正值落日余晖，光影洒在雪白的教堂屋顶，给屋顶铺上一层金光，圣洁如天堂，草地之上，两尊天使石像垂头静立，面目慈和，默默俯视众生。

安雅瑜叹息一生，缓缓收回目光。

宫池鸫踱到她的身边："安小姐，最近忙吗？改天出来喝茶？"

安雅瑜瞧了他一眼，又看了一眼前边走着的林泽夫，低声问："宫先生，看来您和三爷又做成了一笔大生意，可否透露一二？"

宫池鸫笑了，"什么都瞒不过安小姐，你们为几件凶杀案忙里忙外，自然会有些消息传到我的耳里，比如说那几片残瓷！"

安雅瑜吃了一惊："宫先生也找到了残瓷？"

“没你们手里的多，但也不少。”宫池鸫忠厚地笑。

安雅瑜心说他说得这么轻描淡写，但其中巧取豪夺之事不知道做了多少，但这些残瓷无一不牵涉到了东洋人，他从东洋人手里抢东西，倒真有点盗亦有道了。

“宫池先生能和三爷达成协议，那自然是皆大欢喜之事！”安雅瑜说。

宫池鸫看来心情真的很好，把文明棍钩在胳膊上往前走，“安小姐，与东洋人相比，和三爷做生意当然保险得多。”他满脸正气，差点没把安雅瑜笑死，“咱们都是中国人，是吧！”

安雅瑜嘴角抽抽着点头：“是啊，不知道宫先生抢到了几块？”

宫池鸫把文明棍重拿回手里直摇，“别说那个‘抢’字，太不文明了，咱们是文明人，怎么能用这个字？抢到了几块，那是秘密，我不告诉你，但我可以告诉你……”他看了前面三爷一眼，“这残瓷一共有十二块，你们三爷拿了三块最大的，占整个东西的一半去，我么，得了几块小的，拼起来恐怕也没你们一块那么大。”

安雅瑜慢吞吞地问：“宫先生神通广大，一定知道外边还剩几块了？”

宫池鸫说：“这个可以告诉你，一共还剩下三块。”

安雅瑜吃了一惊，“余下的全在你手里？”

宫池鸫说：“我忙了这么久，不应该吗？”

安雅瑜默默看了他半晌，“宫先生不是神通广大，而是有通天彻地之能啊！您才是这一切背后最大的受益者！你和三爷怎么分成？”

“当然他占大头，我占小头了，我也不求多，这东西拼出来之后，所得利益只求三成，我就心满意足了。”

安雅瑜嘴一哂，“宫先生，如果这东西拼出来没有利益呢?你也能承担三成的损失？”

宫池鸫一怔，“不会吧？不能得利，你和三爷忙得热火朝天？安小姐，你别说笑了。”

安雅瑜说：“难说得很，每出一片残瓷，总有命案发生，宫池先生手里的残瓷那么多，您可得小心点！”

宫池鸫拱手，“多谢安小姐关心，这你放心，我属猫的，有九条命！”

仿佛附和着他的话，墙头忽传来一声猫叫，安雅瑜抬头，看着缓步而行的猫儿，忽然说：“宫先生，你能送我一把用猫皮制作的三味线吗？”

宫池鸫跟不上她跳跃的思维，顺着她的视线盯那猫，“你要这东西干什么？”

安雅瑜说：“想证实些东西。”

宫池鸫笑了，“我还想着送什么东西给安大小姐，才能讨安大小姐一笑，想不到你的要求这么简单，好，正好我新开了个古董店，里边不少东洋玩意儿，送一把给你又有何难？”

安雅瑜拱手称谢，醒悟起自己已是个女人，把手收了回来，恭维他，“宫先生非但有通天彻地之能，简直是个千手观音，什么东西都能弄得来，有宫先生帮忙，三爷倒省了许多功夫了。”

宫池鸫面颊边笑出了两个酒窝，又是一副刚出校门的大学生模样，“安小姐，我手里没有点筹码，怎么和三爷做生意？你瞧，你们得到的那些残瓷，我就没下手，非但没下手，还帮了你不少忙，安小姐，这些忙值不值得你请我喝杯茶？”

安雅瑜沉吟起来，心说这人真知道不少东西，或许真应该和他喝喝茶。

“安雅瑜，你走不走？”林泽夫转身，冷冷瞧着两人。

宫池鸫就哈哈笑了两声，低声挤眼说：“算了，以后再说，你未婚夫叫你了，说真的，你们俩是真还是假？算了，我也不问了，天底下没有挖不动的墙脚，只有不努力的小三儿，只要你们没有成婚……嘿嘿嘿。”

他抬起头来，迎着林泽夫走了过去。

安雅瑜一怔，心说他这话几个意思？

两人走至林泽夫跟前，安雅瑜莫名有些心虚，来到他左首边，唤了一声，“三爷……”

林泽夫嗯了一声，“三味线么，不用他送，我早准备好了，没来得及给你。”

安雅瑜一愣，只好对宫池鸫说：“宫先生，谢谢你了，那就不必麻烦您了。”

宫池鸫勉强笑了两声，“那行，不必送正好。”

林泽夫说：“答应宫先生的事，我能做得到，但宫先生答应之事，不知您是否能做到？”

宫池鸫一杵文明棍，“当然能做到了！”

两人直怔怔朝他望定，他这才醒悟过来，只好向两人告辞，“三爷，我们改天再聊，安小姐，改天请您喝茶。”

安雅瑜瞧了一眼林泽夫冰冷的侧脸，含混地答：“我，我不太喜欢喝茶……”

林泽夫这才嘴角向上弯了弯。

宫池鸫没奈何，只好摊了摊手，“那我只能研究一下安小姐的喜好再来请您了。”

安雅瑜对这块不分场合、不懂看人脸色的牛皮糖毫无办法，只好说：“以后再说，以后再说。”

宫池鸫这才向两人拱手告辞，朝自己的小车走了去。

林泽夫一言不发往小车处走，安雅瑜跟着，悄悄打量他冰冷的侧脸，想要解释，却无从解释起，想来也无法解释，她又不是他的什么人，他们所谓的未婚夫妻，都是假的，宫池鸫这人神经质起来，有谁能拦得住？

安雅瑜一边替自己找个借口，一边静默无声地跟着他上了车。

正坐在他身边不自在，林泽夫问：“说吧，那颗人头，你想到了什么？”

安雅瑜松了一口气，收拾心情，想了想说：“三爷问的，是被宫池鸫用文明棍敲破跌出来的那颗人头？”

“嗯。”

“肖盛古说过，他只收集美好的东西，把最美丽的部分封存起来，我上前察看过，那颗头骨的确极美，与众不同。”

林泽夫说：“头骨和人的外貌有相关？”

安雅瑜放松心情说：“当然了，人脸越美，人的头型肯定是越好的，那颗人头虽然腐败不堪，但整个形状依旧保持良好，生前定是个美人。”

林泽夫说：“看能不能让法医把头形还原。”

安雅瑜说：“这样最好了，肖盛古把这颗人头封装起来，装在了这么重要的圣像之上，我想，一定有他的理由。”

“肖盛古的嘴可不好撬开。”林泽夫说。

“确实如此，他东窗事发，知道自己必将不得好死，多几条罪少几条罪对他来说，已经没多大关系了，如果没有他感兴趣的东西打动他，他是不会开口的。”安雅瑜轻声说。

“长青街五号一定曾经发生过什么，整幢屋子只有他一人居住，但如果他不说，的确难查得很。”林泽夫皱眉。

“还有一条线索……”安雅瑜沉吟着说，“那块不知道是猫皮还是狗皮的抹布，三爷，我有一种直觉，总觉得那东西和明娘失踪有关，也许弄清了这个，明娘之案也就弄清大半了，三爷，明娘有一把三味线琴，而谷兰的师傅，也有一把三味线琴，不知道她们的琴，现在落在了何人手里？”

林泽夫说：“明娘的琴我不知道，但谷兰师傅被毒死之后，那把琴想必被谷兰拿走了吧？”

“谷兰师傅莫名被毒杀，凶手一直没有找到……”安雅瑜眉心一跳，轻声说，“肖盛古拿起那块抹布时，用双指提着抹布一边。”

她伸手，做了个两指相夹的动作。

林泽夫便说：“好像那东西很不讨喜？”

安雅瑜说：“对于三爷来说，这东西您不喜欢，当然不拿，但肖盛古可没有三爷的喜好，当时，他见我拿起那块，马上抢了回去，却只用两根手指提起，脸上还露了厌恶之色，不，不是厌恶，是恐惧！”

林泽夫坐直了身子，“你是说那块抹布有古怪？”

“不是整块布有古怪，我想，应当是其中一处地方有古怪，肖盛古两指相夹，也许是要避开那地方，但现在，没有找到那块布，这都只是猜测，只可惜，自那日之后，我们再去，就再也找不到那块布了，如果那布真是蒙在三味线音箱之上的……”

“也许就能查清那件毒杀案如何发生。”林泽夫说。

“这也许也是明娘失踪的原因之一！”安雅瑜跟着说。

“还有一个奇怪之处，如果对方想要明娘消失无踪，为何留下她的一只手和一条腿？这其中又有什么关键？”林泽夫低声问，“难道有人以为一定会有人发现她的一条腿和一只手？”

“齐沛鼎也是一个关键，他性情先是大变，紧跟着失去了神志，可有一件事很奇怪……”安雅瑜说，“在三爷带人将我从他手里救出来之时，我记得他曾经反复提及明娘失踪这件事，那个时候，我记得我并没有问他此事。”

她皱紧眉头，窗外是急速闪过的街道风景，霓虹灯明暗不定在她脸上闪烁，使她的眼眸也似乎染上了斑驳光影，预示她脑子正急速地运转。

林泽夫眼眸自她脸上扫过，轻声说：“那么一个大活人说不见就不见，只要查，总能查得出些蛛丝马迹。”

“肖盛古地下室里能够毁尸灭迹，让一个大活人消失无踪，明娘是不是就此没了踪影？”安雅瑜说，“就像多年前消失在那幢小楼的十多个人，三爷长大之后，一定也曾倾尽全力寻找过，是不是找到的线索也不多？”

林泽夫沉默不语，安雅瑜便也沉默了，车子一路前行，直至驶进了林府。

才驶到那独幢小楼，安雅瑜一眼望见林幽兰望穿秋水般站在台阶之上，不由叹了口气。

两人下了车，林幽兰提着裙子跑下台阶，来到安雅瑜跟前，顺手牵起了她的手，满脸紧张，“雅瑜姐，你们去了哪里？都一天一夜了没回来了。”她闪动眼眸看了一眼身后的林泽夫，声音压得极低，“雅瑜姐，你没吃亏吧？”

安雅瑜额角青筋一跳，悄悄扫了林泽夫一眼，使劲掐了她一把，“你胡想些什么呢？我们有公事要办。”

林幽兰嘟着嘴说：“你现在已经不是白副官了，还有什么公事？”

安雅瑜含糊地说：“一点小事。”

“雅瑜姐，你们出去，都不带我了，是不是对我有什么意见？三哥还换了府里的一批丫环下人，现在我连你们去哪儿都查不到了！”林幽兰说。

安雅瑜这才明白，难怪这几日没见林幽兰跟着，想必林泽夫早做了防范，他若是想防范起她来，她便再也不能像以前那样。

想必以前，他也曾经全心信任过自己的妹妹，才由得她任性胡闹。

微风吹拂，前面的男子漆黑的头发扫过鬓角，一如既往的表情冰凉，衬着远处的黑瓦白墙，如一幅淡到极致的水墨山水，要经过多少次的失望背叛，才练就了这样的处变不惊，无论遇到什么事都能瞬间做出反应？

她忽然感到幸运，比起他来，她好了许多，至少，有一个全身心想护住她的父亲。

安雅瑜侧过头去，看了一眼身边娇俏天真的女子，轻轻叹气，但愿这一切，都和她没有任何关系。

“雅瑜姐，这几天可真无聊，来找你们，总说你们出去了，问这屋子里的人，没有一个说得出来你们去了哪里，雅瑜姐，三哥，你们在干什么秘密行动？”她随口问着，拿了桌上的干果吃。

林泽夫说：“你没事，在自己屋里写写字，读读书，养养你的性子，听说娘又在给你寻亲事了。”

林幽兰什么胃口都没有了，拍干净手掌上的碎屑说：“昨儿个娘还把我唤过去训了一通，和三哥你说的话一模一样，要我养养性子，要不然没人敢娶我！没人娶才好呢，没人娶，我就当老姑婆，让三哥养，和三哥嫂子住在一起！”

安雅瑜不敢看林泽夫那铁青的脸，只自己端了茶来喝。

林幽兰哪会把他的脸色放在眼里，越发越觉得这种人生最好，“三哥，我是知道你的，你这人脾气大，别人安排不了你的生活，你想娶的，一定是你自己喜欢的，你喜欢的，我也喜欢……”她侧头看安雅瑜，“我们三人住在一起，肯定好！”

安雅瑜见林泽夫脖子上一根青筋在跳，默默垂头。

林幽兰把头靠在安雅瑜身上，“雅瑜姐，其实这样挺好的，你是白副官的时候，我也不可能嫁给你，你变成雅瑜姐了，我们反而能在一起！”

这下连安雅瑜都浑身起了层鸡皮疙瘩，忙把胳膊从她手里抽了出来，坐得离她远些，问她："六小姐，你这一大早过来，就没有别的事？"

林幽兰似忽然忆起，拍着手掌说："差点忘了，今日娘叫了人来做旗袍，给我们每个人都做两三套秋冬装，雅瑜姐衣服少，我就过来，让你一起过去，别让人把好料子都挑完了。"

安雅瑜还没开口，林泽夫说："不用了，她的衣服我订了十多件，还没送过来呢，你自己多挑几件吧。"

林幽兰一怔，"三哥，你可真偏心，从没见你让人给我做几件衣服。"

林泽夫说："你想要衣服，自己去成衣铺挑好，签我的名就行了。"

林幽兰说："三哥，知道你有钱，可娘说了，这次请的裁缝师傅可不同，是上海桂兰坊旗袍的老师傅，他的旗袍，外人订都要大半年时间呢，再者，雅瑜姐也要开始准备婚服了吧？"

安雅瑜不由看了林泽夫一眼，垂眸说："不用那么着急。"

林幽兰直了身子说："怎么能不急呢，三哥……"

林泽夫说："最近林家事多，谷兰之事还没查清，等过段时间再说。"

林幽兰嘟哝："依我看，三哥就应该逆流而上，不理那些流言，娶了雅瑜姐再说，看谁还敢把雅瑜姐当成杀人凶手？有三哥做靠山，什么流言传来传去，都传得没影了。"

安雅瑜尴尬地坐着，不知道怎么回应她的话，只好拿了茶杯饮了一口。

好不容易把林幽兰打发走了，安雅瑜顿时感觉眼皮子直往下耷，看见对面站着的林泽夫依旧神采奕奕，询问家里管家日常，又吩咐林副官去办事，不由在心底叹了一口气，这个人还真是铁打的。

又安慰自己，男女体质不同，她已经够好的了。

她坐在沙发上看着他，面前的一切朦胧了起来，桌子椅子都在轻轻摇晃，他的声音仿佛从天边传来，她想起最近发生的一切，一件件的凶案连绵不绝，没有结束的时候。

每件事都笼上了一层浓雾，每个人的面孔仿佛都处于浓雾之中。

四周围是茫茫无尽的海水，而她，却如乘着一叶小舟，孤身漂浮在海面之上。

忽然间，小舟摇晃起来，她半睁开眼，却看见了两道深深的眼眸，她猛一激灵，睡意全消，却发现自己正躺在林泽夫的胳膊里，被他打横抱着往卧室走。

两边的佣人掩着嘴笑。

安雅瑜顿时只觉血往头面涌了去，忙挣扎着想要落地，只听得他淡淡地说："安雅瑜，你的手往哪儿放？"

掌心一片温热，她睁眼一瞧，这才发现，他仅穿了一件薄薄的衬衣，而她的手，却就在衬衣敞开之处，手掌之上，摸到了他微凸的锁骨。

眼角视线之处，仆佣表情古怪。

她忙缩手，咬着牙说："放我下来。"

门却已经推开，他抱着她走了进去，后脚一踢，把门合上，这才把她放了下来。

她理了理衣服，瞪了他一眼，重新小跑过去，把房门打开。

林泽夫嘴角一弯，轻轻地说："欲盖弥彰。"

安雅瑜轻声说："现在这种形势，三爷也应当避讳一些。"

"避讳什么？难道你以为这桩婚事，还有转圜的余地吗？"林泽夫说。

安雅瑜心说他这是什么意思，他们这可是假订婚。

"我如果不在家，其他的地方，你少去。"林泽夫说。

"莉丝修女说过，明娘住在教堂之时，曾经说去见同乡，她跟一个坐小车的女人上了车，那个女人戴着一个金镶玉的镯子。"

"林府之内，有人戴那种玉镯？"

"金镶玉的玉镯很多种类，但用凤嘴衔接的，却少有得很，我记得六姨太手腕上就戴了一只那样的镯子，而且，听说她几个月前才卷了头发。"安雅瑜说。

"这件事，不用你查。"林泽夫说。

说完，他转身欲走。

安雅瑜急了，一伸手，拉住了他的衣襟，"三爷，您让我住进林府，不就是为了这个吗？我是女子，在后院行走方便，如今好不容易有了线索，当然得查个明白。"

林泽夫垂头，她雪白的手指紧紧地拽着自己的衣角，他不知道想起了什么，忽然之间便裂了嘴，微微一笑，任由她拽着，"你不怕吗？"

他一笑，如霜冻遇见春风，忽然解开，倒使她怔了，"不怕。"

他的手掌缓缓滑下，握住了她拽着他衣襟的那只手，忽然的温热传至她的手背，她怔怔抬头，却听他说："我后悔了，后悔把你带进了林府，让你处于这么危险的境地。"

安雅瑜觉得这么感性的话从他嘴里发出，让人有点好笑，可她看清他认真的表情，却笑不出来，只垂首，看着他握紧自己的手，低声说："是吗？"

“你如果想查，小心些。”林泽夫说。

安雅瑜没想到他这么干脆答应，心中未免有几分失落，但转头一想，这才是他的性格。

仆佣在门边小心站定，迟疑通报，“林副官来了。”

林泽夫点了点头，对安雅瑜说：“你先睡一觉，什么事醒来再说。”

安雅瑜点头应了，他大步离去。

安雅瑜走过去关门，却见门口站着的丫环一脸羡慕，不由苦笑，慢慢合上房门。

……

林幽兰扯着风筝无精打采的，“雅瑜姐，你就别问了，好不容易从我娘那里逃了出来，来到你这里，才算清静。”

安雅瑜知道林二太太这几天正让她相亲，一天相看两三家公子，差不多把全城门当户对的适龄男青年全请遍了。

见她烦闷，安雅瑜也不多问，只从她手里接过风筝来放。

可她不问了，林幽兰又忍不住说：“雅瑜姐，这些个男的，比那位齐沛鼎还不上道，那一请进林府，双眼冒出的光能把屋子照亮了。”

安雅瑜只好问：“你就没有一个瞧得上的？”

林幽兰托腮说：“如果有，就不用躲到你这儿来了，哎，女人为什么要嫁人呢？我这婚事，也算是一波三折了，我想嫁的人，变成了女人，我可别应了她们说的什么克夫之命！雅瑜姐，你为什么是个女人啊！”

安雅瑜默默瞧了她一眼，“我也没办法啊！”

林幽兰就笑了，“所以，我现在一生的期望，就在三哥身上了，只有他能对付得了我娘，他说一句，比我说十句还管用。”

两人正说着，就见小丫环急匆匆地跑了来，到两人跟前行礼，“安小姐，六小姐，六姨娘来了，说是给你们送旗袍样子的。”

安雅瑜怔了怔，“三爷不是说不用做了吗？”

林幽兰说：“我让她过来的，兰桂坊的师傅可不容易请，他做的旗袍，可精美了，价钱又贵，别怕，娘出钱，我们至少也得做上两三套！”

安雅瑜也跟着站起，笑了，“那我只有托六小姐的福了。”

两人从后院走至前厅，就见六姨太坐在沙发上正嗑着瓜子等人，两个丫环一人手里托了个木盘，上面放了一叠的衣料样子。

见她们进来，六姨太拍着手里的瓜子壳说：“我说两位大小姐，你们可真会玩，倒让我等了大半晌了。”

安雅瑜不经意地扫向她的腕间，见她手腕之上真套了只金镶玉的手镯，不由心中一跳，待要看得仔细些，那手镯却又滑向她的衣袖。

六姨太年纪比林幽兰大不了几岁，正是爱热闹的年龄，看见林幽兰手里提的风筝，跑过去拿起来看，“哎呀，这风筝制得可真好，瞧瞧这鹰画得栩栩如生的，放起来一定特别漂亮。”

林幽兰走过去翻旗袍样子，转过头说：“什么好不好的，六娘娘家原来不是做风筝的吗？连这你都稀罕？”

六姨太拿着风筝说：“所以才稀罕啊，做姑娘那阵子，满屋子都是风筝，倒没觉得什么，等嫁了人，就再也没有时间放了。”

安雅瑜问：“六姨太家里原来是做风筝的？”

“是啊，我们家做的风筝可出名了，有很多还出口到国外去呢。”六姨太不舍地把风筝放下，走到林幽兰跟前，拿出旗袍样子来往她身上比。

安雅瑜对旗袍实在不感兴趣，坐在一边瞧着她们挑选。

林幽兰一连试了好几件旗袍，觉得这件也好，那件也好，拿不定主意，招手对安雅瑜说：“雅瑜姐，你别光坐着，过来参考参考。”

第三十九章　金镯拉痕

安雅瑜随便指了两件，“这件粉红的和那件翠绿的不错。”

六姨太怔了怔，拿起了那两件旗袍，“五姐最喜欢这两种颜色了，只可惜，她再也穿不着了。”

林幽兰马上说：“拿走拿走，你喜欢，你替她做两件烧到坟头去。”

六姨太尴尬地笑，“六小姐，您这话说得，好了，我不提她了。”

安雅瑜就劝，“六姨太和五姨太关系好，经常想念，也是人之常情。”

林幽兰撇嘴说：“什么关系好，她活着的时候，你们两人斗鸡似的斗着，别以为我不清楚！”

六姨太说：“姐妹之间的笑闹，当不得真的，我嫁给你爹时，她儿子都有了，我和她争些什么？”

见安雅瑜好奇地看着自己，抚了抚满头的卷发，说：“安小姐，五姐出事，你不也在场吗？还是你破的那案子呢，她可惨得很，生了儿子又怎么样，最后倒叫儿子杀了，还是像我这样的好，独自一人，只要有好吃的好喝的供着，什么都好了。”

安雅瑜不好评论她的观点，只笑了笑说：“六姨娘自己觉得好就好。”

六姨太一拍双手，“就是这个理儿，自己觉得好的，才叫真正的好，就像这旗袍，你觉得碎花的好看，她又说大红牡丹的洋气，可要我说，这两样别人穿在身上再好看，那也是别人。”

她说着话，腕间的玉镯子滑了下来，衬在白皙的手腕上，金制凤嘴衔接，使得那玉镯灿然有光。

安雅瑜视线在她手腕上扫过，轻声说：“难怪六姨太喜欢穿宝蓝色的旗袍，这旗袍和您手上的玉镯倒是极为相衬。”

六姨太扬起了手镯，“安小姐，你也觉得相衬是吧？我这镯子，原来摔成了两截的，找人修补好了，倒比原来更好看，肖盛古的手艺就是好。”

原来她这镯子是肖盛古修的。

又和肖盛古有关。

安雅瑜看着她明媚的笑脸，她有一张精美之极的脸，仔细修过的眉毛，丰盈的双唇，并不比林幽兰差多少的容貌，她和林幽兰相隔不了几岁，可眼底已有了沉沉暮色，可两人并排站着，却让人一眼看出了年龄。

“还有人把镯子修得比以前还要好，倒是难得。”安雅瑜说。

听了这话，六姨太神色有一瞬间的恍惚，手抚了抚镯子，说：“这镯子修得比原来再好，到底是有了裂缝，怎么抵得上原来的完美无缺？这些日子也不知道怎么了，五姐去世之后，我的运气也不好了，无端端这镯子就摔断了，花了好大一笔钱才修好。”

林幽兰一边挑衣服一边撇嘴，“六娘，又不是你自己出钱，你可惜些什么？”

六姨太又高兴起来，“可不是么。”

安雅瑜说：“能修好总比镯子断了，不能补的好，六姨娘，你这镯子修得实在是好，能给我瞧瞧吗？”

六姨太把手伸到她的面前，晃着金灿灿的镯子，“来，随便瞧。”

安雅瑜也不客气，把镯子在她手腕上转了一圈，说：“能取下来吗？”

六姨太爽快得很，还真把镯子撸了下来，递给她，走过去和林幽兰挑选旗袍样式。

安雅瑜对着光看了看镯子接缝之处，怔怔发起呆来。

林幽兰挑了两件旗袍，转过身看见安雅瑜站立不动，走过去拍了一下她的肩膀，“一个镯子有什么好看的，来，替你自己挑两件旗袍倒是真的。”

安雅瑜一震，似惊醒过来，把镯子还给六姨太，走过去挑了两件旗袍，随手在身上比了比，说：“这两件就好，咦，这旗袍做得可真别致。”

林幽兰说：“你挑得可真快，好吧，就让师傅按你的尺寸做这两种样式的。”

安雅瑜点了点头。

六姨太戴好镯子，向两人笑着说：“两位如果挑好了，我就去其他姨娘姑娘那里问问。”

她向两人告辞，带着两名丫环离去。

林幽兰掩嘴打了个哈欠，“雅瑜姐，我也该回去了，睡个午觉，等下午再来找你玩。”

安雅瑜送她离去。

急步走回到客厅，看见厅里放着的电话，走过去，却不知道拨打哪里，看见林副官从外面进来，忙上前问："林副官，三爷去了哪里？"

林副官一乐，"这才一会儿没见，就想见咱们三爷了？"

安雅瑜瞪了他一眼，"有正事！"

林副官嘻嘻哈哈地说："什么正事？白副官，交给我去办！"

安雅瑜皱眉冷冷扫着他，直至把他脸上的笑意扫没了，这才说："三爷前些日子拿回的那两份档案，你知道放在哪儿了吗？尽快取来，我要查看。"

林副官条件反射地答了声是，临了才醒悟，面前这位再也不是他身边的小兄弟白副官了，未免心升生起了股惆怅，"安小姐，我有点怀念我们以前一起喝白开水吃馒头的日子了。"

安雅瑜一下没绷住，扑哧一笑，伸手就捶了他胳膊一下，"还不快去！"

林副官也一笑，加快脚步往外走，来到大厅，与林泽夫迎面碰上，忙向他行了个军礼。

林泽夫说："干什么去？"

林副官一怔，"三爷，安小姐让我去拿份档案，就是前几日你们看过的那两份。"

"我有事找你。"林泽夫说。

安雅瑜迎了上来，"三爷，您怎么这么快就回来了？"

林泽夫说："你跟我一起去。"

两人互望一眼，坐到了车上，林泽夫把车上的纸袋子递给了她。

安雅瑜打开一看，果然是那两份档案，忙翻开看了起来，过了半晌才说："果然如此。"

"发现了什么？"

"三爷您瞧，这件案子，父亲和祖父联合杀死了那位寡妇，六年之后，十二岁的女儿记起一切，半夜醒来，杀死了自己父亲和祖父，之后女儿因年纪轻被人担保而没被判刑，从此不知所踪，您瞧这份档案，上面有这女孩子的照片，手腕之上，戴了一个完好的翡翠玉镯子，那寡妇家有薄产，原来是做风筝生意的。"安雅瑜说。

"仅仅一份档案而已，你倒发现得快。"林泽夫说。

"三爷也查出来了？"安雅瑜说。

林泽夫点了点头，"她的身份倒难查得很，像是有人故意替她隐藏，她换了好几次名字，嫁给父亲之时，其养父养母却也是从事风筝生意。”

“真是一个完美的身份隐藏。”安雅瑜说，“对了，三爷，你要我们去做什么？”

林泽夫说：“齐沛鼎神志清醒了些，吵着要见你。”

“他真的醒了？这下好了。”安雅瑜说。

林泽夫看了她一眼，微微皱了一下眉头，语气疏淡，“你也别高兴得太早，他这病时好时坏的。”

安雅瑜没注意到他的冷淡，兴奋地说：“他如果能想起些事来，那就太好了，我估计，他若能想得起来，这些谜团也就解开了一大半。”

林泽夫哼了一声，微闭了双眼，不再理她。

林副官从后视镜里看着她，替她着急，又不好提醒，一路如坐针毡，看她满面春风，实忍不住，“咳咳咳，安大小姐，这个齐公子那里，等会儿您可别太过刺激到他。”

安雅瑜莫名其妙，“我怎么会刺激到他？”

林副官挤眉弄眼提醒，安雅瑜坐在后边看不见，只得说：“这只是我猜测，您可不能对他太热情，他脑子不好使，吓到他就不好了。”

安雅瑜呸了一声，“你胡说什么呢！什么热情不热情，他又不是我什么人！”

林泽夫嘴角向上弯了弯。

林副官自前边看见了，暗暗拍着胸口舒了口气。

又想，他真是替两人操碎了心，哎……

三人走进医院，安雅瑜见病房戒备森严，不由看了林泽夫一眼，问他：“三爷，您专门请了人来医治他？”

林泽夫嗯了一声，“彼得医生刚好来了中国，他欠我一个人情，我请他来给他瞧瞧。”

病房门口守着的士兵站直，向他行了个军礼，推开门让三人进去，就见一位凹眼高鼻的白胡子医生迎了出来，卷着舌头向他伸出了手，说：“三爷，您来了。”

林泽夫握住他的双手摇了摇，“谢谢你，彼得医生，他怎么样了？”

彼得医生指了指屏风后边，“现在情绪还稳定，只不过，你们想要问东西得快点，我找不出他被催眠的那个触发点，说不定过一会儿，他又陷入自己的世界了。”

安雅瑜赶紧绕过屏风走了进去，见齐沛鼎背对她而坐，小心轻唤：“齐公子，齐公子？”

齐沛鼎回过头来，眨了一下眼，站起身来，“雅瑜，是你？”

安雅瑜一下子百感交集，几乎流下泪来，“你，你认得我？”

“当然认得，怎么会不认识？”他上前几步，伸出手在她眼角拭了拭，表情迷惑，“你在为我流泪吗？”

“咳咳。”屏风处传来两声咳。

安雅瑜回头一看，林副官用拳头掩嘴咳个不停，边咳边向她挑眉。

林泽夫则站在屏风边上，一言不发。

安雅瑜忙回过头去，轻声问：“齐公子，你还记得发生了什么吗？”

齐沛鼎眼神又转为迷惑，捧住脑袋，使劲思索。

彼得医生忙过来，“安小姐，你只能问他极为具体的事，说得越具体越好。”

安雅瑜想了想，“齐公子，那一天晚上，明娘去找她的同乡了，你也跟了出去，后来，你找到她了吗？”

齐沛鼎松了手，侧过头思考起来，“是啊，明娘去找她同乡，但她不能去的，不能去的，我想提醒她，可她已经走了，她为什么不相信我呢，偏要找什么同乡？在这里，她哪有什么同乡？”

“她是不是找到了和她一起来中国的东洋人？”安雅瑜说。

“她以为他们是她的同乡，可她哪里知道，那些人是夺命恶鬼！”齐沛鼎眼神忽然慌乱，厉声说。

彼得医生忙上前，轻柔而舒缓地说：“齐公子，这些事情都过去了，全都过去了，你只需要说出来，说出来一切都好了，安小姐是你最信任的人，你应当把一切都告诉她，来，随着我吸气，呼气，一下下的……”

齐沛鼎情绪平复了一些，缓缓吸气，看着安雅瑜，“雅瑜，我得到消息，他们找上了她，绝不会为了什么同乡之谊，那把三味线琴，她看到了那把三味线琴！我不该带她去那里的，果然，她死了，死了……”

“是谁，谁杀了她？她是怎么死的？怎么会只剩下了一只手一只脚？”安雅瑜急问。

齐沛鼎脸上现过一丝痛苦，“我不知道，什么都不知道，雅瑜，你别问了。”他忽然伸出手，握住她的手，“雅瑜，你别管了，别再管这些事好不好？你管不了的！”

齐沛鼎身子忽然颤抖起来，捧住头往下蹲了去，彼得医生忙走过来，扶住他，“齐公子，一切都过去了，再也没有什么能伤害到了你了，把这一切都忘了吧，现在好好睡一觉，睡着了就好了。”

齐沛鼎身子慢慢放松，扶着彼得医生的胳膊站起身来，双眼发直，缓缓往床前走了去，坐上床，靠着枕头，合上双眼。

安雅瑜急了，“彼得医生……”

彼得医生向她摇了摇手，招手让三人走出病室，这才说：“不能太刺激他了，他现在的样子，还有治愈的可能，他不愿意想起前边发生的事，想必受了极大的刺激，加上有催眠高手扰乱了他的思绪，更让他脑子混乱之极，只能慢慢儿来，如若不然，他很有可能一辈子发疯的。”

林泽夫说：“多谢彼得医生。”

彼得医生说：“不用谢，三爷，要不是我那两个学生助纣为虐，哪里会发生这样的事？”

安雅瑜惊讶地问：“那两名西洋医生是您的学生？”

彼得医生点了点头，“他们也是受人蒙蔽，为了钱财做出这样的事来，幸好没对安小姐造成什么大伤害，也幸亏安小姐意志坚定。”

安雅瑜看了一眼屏风后边，“他还能记得起以前的事吗？”

彼得医生摇了摇头，“难说得很，有人刻意把他部分记忆消除，只有找到那个催眠触发点，才有可能唤醒他的记忆，解铃还须系铃人，只有催眠他的那个人才可能做得，要不然，即使勉强而为，会使得他脑子更加乱的，刚才的情形，安小姐也看到了。”

安雅瑜点了点头，失望地说：“看来我们想知道发生什么，只有另寻他途了。”

忽然之间，屏风后传来声音，几人忙走进去，却见齐沛鼎已从床上坐起，咬牙切齿地盯着某处，双手却似握住一样重物，一拉一抽，嘴里却说：“你为什么要来这里？什么同乡，你怎么会这么蠢？为什么？为什么？你不能反抗他们的，不能的！”

窗外树影摇动，明暗不定的光线投于他的脸上，使他的脸平添几分阴森。

安雅瑜望着他扭曲的脸，不由生生地打了个冷战。

她小心翼翼上前，“齐沛鼎，齐公子，你想起什么来了？”

齐沛鼎却充耳不闻，松了一只手，往虚空处掏，不知道掏些什么，可能见掏出来的东西不是他想要的，甩手丢下，又双手推拉起来。

彼得医生上前，拿出块怀表来，在他眼前晃动，“齐公子，放松下来，听着这声音，随着它入梦，你所经历的一切都只是一场噩梦而已，来，我从一数到十，你会睡着，睡醒之后，你不会受到所经历一切的影响。”

齐沛鼎手一松，手里仿佛有重物落下，他缓缓平躺，往后倒下。

彼得医生收了怀表，抹了把额头冷汗，对几人说：“不能再问他了，他脑子里最痛苦的记忆如果此时跳出，他一定会发疯的。”

林泽夫点了点头，向彼得医生告辞。

走出医院，安雅瑜说：“我还想去长青街五号看看。”

林泽夫没有问其他，只点头，“好。”

……

长青街五号已经被租界巡捕房封了，林副官撕了封条，拿了根铁丝过来，往锁孔里几搅几插，锁一下子打开，他率先走进，在里边巡查一翻，这才请了林泽夫和安雅瑜进来。

安雅瑜走进去，朝他看了一眼，低声说：“真是有什么样的上司就有什么样的下属，你以前跟人做过偷儿？”

林副官瞧了眼面无表情的林泽夫，嘿嘿了两声，“还真做过。”

林泽夫脚一顿，站住了，回头望两人，冷冰冰地说：“还不快走！”

林副官想一拉安雅瑜往前走，临了醒悟起她是女人，手举在半空良久，收回来挠头，“咱们先去哪间房子查看？”

安雅瑜说：“去看一下那地下室！”

林副官一激灵，“那屠宰房？”

安雅瑜点了点头，林泽夫却早迈步往那边去了。

地下室的灯被打开，一个极长的木桌子出现在灯光之下，桌子造型奇特，是整块木挖得向下凹陷。

安雅瑜看了一眼林副官说：“林副官，麻烦你躺在上桌子上去。”

林副官吓了一跳，咽了口唾沫说：“安小姐，这，这怕是不合适吧？这上面……”

林泽夫冷冷地说：“叫你躺你就躺，这么多废话干什么？”

林副官只好坐上了那木桌子，仰面躺了下去。

安雅瑜在四处墙上摸来摸去，摸了半天不得要领，林副官见她半天没有动静，情绪放松，“安小姐，你干什么啊？”

林泽夫几步走到墙边，周围望了望，拉了一下灯绳，咔咔声中，自屋顶降下来一把巨大的锯子，卡在那桌子两边，拦腰横在了林副官的身上，把他吓得差点魂都没了，在那锯子下扭动，“这是，这是……”

安雅瑜说：“这把锯子，就是肖盛古用来切割分尸的。”

林副官僵直了身子，动都不敢动，眨着眼睛，“安小姐，你小心些，别按错了机关，这锯子再下降两公分，我这腰可就成两截了。”

安雅瑜说：“不用怕，这锯子与这桌子设计得刚好，卡在凹槽之中，如果不拉动它，是不会与身体接触的。”

林泽夫走到桌子旁边，手放到那锯子的手柄之上，吓得林副官眼睛死盯着他的手，见他没动，只摸了摸，这才松了一口气。

林泽夫手虚放在锯子刀柄之上，做了个来回拉的动作，停了停，把左手放在林副官的腰腹之间，虚掏。

却见他表情冷酷，目带凶光。

林副官毛骨悚然，头发丝儿都不敢动一下。

等林泽夫停下，咽着唾沫问：“三爷，您在干什么？”

林泽夫拍了拍手，直了腰，没答他的话。

安雅瑜轻声说：“果真如此。”她抬起头来，向林泽夫说，“三爷，看来他真是被人命令着找寻什么了，所以才会有这样的行动，想必这种情形日后经常出现在他的脑海，所以，他最后才会精神崩溃，像他那样的大家子弟，哪里做过这种事？”

林泽夫点了点头，“确实如此，他虽然被人控制了，但其道德人格仍然起着作用，一直想醒过来，再经历了这种场景，这才引得他发疯。”

林副官总算明白了，“三爷，安小姐，你们在说齐沛鼎？”

林泽夫再拉一下那灯绳，那把长锯再咔咔咔地升了上去。

林副官拍着胸口从木桌上下来，虚心求教，“安小姐，您这是在还原现场？”

安雅瑜点了点头，“还记得齐沛鼎忽然惊醒，做的那个动作吗？”

她斜着身子，双手一拉一抽，和刚才林泽夫的动作一模一样。

林副官喉咙上下滚动了一下，“三爷做这动作，可真是威风凛凛，自带杀气，光一个眼神就能把人的魂给吓没了，属下佩服。”

安雅瑜无奈地瞧着他，“林副官，您就不能过会儿再拍马屁吗？”

林副官说：“小白，不，安小姐，咱们做过同事，您应当知道，拍马屁的机会不比其他，可是会稍纵即逝的啊！”

林泽夫顺腿一脚，踢在他的屁股上，笑骂：“滚，一边儿去。”

安雅瑜继续说：“他一推一拉的角度极为特别，双手却是放在胸前，表明如果他在锯东西，那锯子架得极高，你瞧，锯木工锯木头，是半弯着腰，脚踩在木头之上的，这样才好受力，可他却不同，只是双手放在锯上，角度却正与这把特制的刀锯相吻合，这把刀锯经过特殊设计，自带齿轮助力，人并不需要使多大的劲，就能锯开东西，我想，这也是齐沛鼎把那具尸体带到这地方来的原因，若要切开尸体，寻找东西，这里什么工具都一应俱全，是个毁尸灭迹的好地方。”

林泽夫点头，“他只需把他想要寻找的东西找到，那具尸体在此处理，就会消失无踪。”

“就像那些女孩一样。”安雅瑜声音沉沉。

“对，就像那些女孩。”林泽夫说。

“怎么会有这么穷凶极恶的人，毫无理由就犯下了这样的凶案，害死那么多女孩子！”林副官说，“他的心难道是铁石做的？”

安雅瑜说：“难说得很，自梅公馆之案开始，犯案之人无一不是心狠手辣，毫无人性的，你瞧那小霍香，小小年纪，已经心灵扭曲，再有，档案上的那位小姑娘，毫不犹豫地手刃父亲、祖父，每一位，都仿佛天生就是凶徒。”

林副官只觉得全身凉飕飕的，抚着胳膊说：“安小姐，这到底是怎么了，仿佛全天下凶徒都聚在了一起？”

安雅瑜垂下头去，似想起了什么，眼眸之中流露出一丝悲伤，“如果不是爹爹，我差点儿也成了他们之中的一员。”

林泽夫注视着她，缓缓摇头，“不，你永远不会成为他们之中一员的。”

林副官点头附和，“是啊，安小姐，你这么聪明，怎么会成为他们之中一员？就像我们三爷，永远只是三爷，是不会成为其他的什么人的！”

安雅瑜展颜一笑，“是吗？”

林泽夫眼眸疏淡：“该去提审肖盛古了。”

安雅瑜点了点头，“确实如此。”

林副官又开始挠头了，“肖盛古会说吗？审讯科的人可都说了，对他，他们简直毫无办法，什么刑具用在他身上仿佛都没有用，这个人没有感情，也不在乎痛，什么都不在乎！”

安雅瑜说：“他一定想知道，他的作品去了哪里。”

林泽夫点头，“确实如此。”

两人转身往门口走，林副官在他们背后默默叹气，“和不是人的人共事怎么这么难呢？心事可真难猜。”

……

审讯室里，哗哗的铁链声响起，肖盛古被两名士兵半拖着，直拖到了椅子之上，他满脸胡子拉碴，面目青肿，手脚都有血迹，一双眼睛却阴冷幽凉，嘴角似乎带着丝蔑视，半垂着头自眼帘下看着几人。

“安小姐，林三爷，你们来看我了？”他嘿嘿笑了两声，头微微地偏着，“想问我什么？”

他伸出手指端详着上边累累伤痕，忽地一伸嘴，把手指上翻转过来的手指甲一口撕掉，脸上肌肉痛得直抖动，眼底却有凶狠笑意，咔嚓咔嚓地把那块指甲咬着吞下肚里。

他端详着自己血流如注的手指，轻声说：“三爷，您的手下，水平也不高啊！”

站在一边的审讯员一脸恶心又心虚。

林泽夫看了那几名审讯员一脸，表情冷漠。

安雅瑜上前，温声说：“肖师傅确实是个英雄，痛苦在您这里，只是一种至高无上的享受，就像您制作的那些残缺的石像，取其精华之后，只剩下了美。”

肖盛古抬头看她，抖着嘴唇笑，“和安小姐说话真是痛快，也只有你这样的人，才能理解我，安小姐，看来我们是同一种人啊！”

安雅瑜还没说话，林副官倒先怒了，“别胡说，她怎么和你是同一种人？”

肖盛古连眼斜了他一下，又收回目光，摆明了懒得和他这种蠢人计较。

安雅瑜语气平静：“肖师傅，你看看我说得对不对啊，咱们就从您自林府六姨太手里接过那单三味线换音箱蒙皮的生意说起。”

肖盛古意外地看了她一眼，只垂了眼眸，看着手指上渐渐干涸的鲜血。

“那一日六姨太带了一把三味线来，要你把音箱上猫皮换下，换了一块一模一样的蒙皮上去，要一样的陈旧，一样的款式，甚至连上边磨损的地方都要一样，古物做旧修复工作，是你惯常做的，这种小儿科东西，你当然驾轻就熟了，你知道这音箱之皮有古怪，你们是自己人，六姨太也不瞒你，告诉你，这把三味线，就是林府之上，毒死了谷兰师傅的那把，覆在音箱上的猫皮上的猫眼之处，被人涂上了剧毒的毒药，而猫眼之处，是弹奏者一定会碰到的地方，所以，当时你从我手里抢过那块猫皮，两根手指小心夹着，尽量避免接触那猫眼。你旧的猫皮换下，随手放在桌上，把另一块一模一样的换了上去，你却大意了，不，不是大意，也许是无畏，杀了这么多人，犯下这么多宗案，从来没有人怀疑过你，没有人找上门来，一块小小的猫皮，即使牵涉到一宗命案，对于你这种人来说，又算得了什么？我说得对吗，肖师傅？”

肖盛古举起手指头端详，轻笑，“安小姐，我就说了，你才是我的知己。”

安雅瑜说：“你把那件修好的三味线或许放在了博古架，又或许就放在桌上，这种东洋来的东西，认得的人虽然有，但却不多，你这里也极少东洋人拜访，只以为几天之后，就要还给六姨太了，却想不到，这几日之内，就来了一个不速之客，居然认出了那把故人之琴，你这才感到不妥，毕竟这把故人之琴牵涉一桩命案，把此事告诉了六姨太，是吗？”

肖盛古不耐烦起来，“那女人太烦人了，问个不停，齐沛鼎也是的，拿几架屏风而已，无端端带她过来干什么？”

安雅瑜说：“原来那些檀木屏风是你做的？”

肖盛古看了她一眼，“也没花多大功夫，就在上面画了几幅人像，也不知道他拿来做什么？安小姐，你知道？”

安雅瑜垂头，再抬起头来，“肖师傅，我也不知道。”

肖盛古笑了，“看来安小姐在这屏风上吃了不少亏去？这样吧，咱们等价交换，你把你吃了什么亏告诉我，我就告诉你这屏风的奥秘。”

他表情兴奋，眼冒红光。

安雅瑜瞧了他一眼，叹了口气，似想起前事，面露愤色，“我一走近这屏风，就感觉自己仿佛与屏风成为一体，嵌进了屏风之内……”

肖盛古阴森森地笑了起来，“当然了，屏风画像，我用特制颜料所画，那些颜料，能弄乱别人的脑子，这种屏风，有个名字，就叫佳人魅骨，想当年，这屏风就替我们赚了不少钱。”

他脸上露出思忆之色。

安雅瑜恭维说：“有肖师傅这样的高手制作的道具，你们的人谋夺钱财一定事半功倍了，我只是想不到，连齐公子这样的人，都加入了你们。”

肖盛古嘿嘿一笑，“他有什么办法？他是齐家人！”

他却不愿意再说，只再次端详手指。

“齐沛鼎把明娘带到您那儿，明娘不停询问她那同乡人的下落，她认出了那把三味线是一名艺伎的，你将此事告之六姨太，之后的某一天晚上，齐沛鼎就开着车子来，要借你的地下室一用。”

肖盛古抬头看了她一眼，很感兴趣，“你又猜到了什么？”

“肖师傅不想知道，您放在楼上仓库里的那两件未完成的作品，为何为无缘无故不见了吗？”

肖盛古皱起眉头，手镣哗哗作响，“你说说看。”

“你既已把齐沛鼎当成了自己人，他借地下室，你自然一口答应，那天晚上还提前回去睡了，把小楼里的一切都交给了齐沛鼎，你却不知道，他在里面干了些什么，至于干了些什么，我当然知道……”她嫣然一笑，“我却不愿意告诉你。”

说完，安雅瑜转回头对林泽夫说：“三爷，把他押下去吧，不用用刑了，反正他也不知道什么。”

两名士兵上前，提起他的胳膊，把他往门口带。

肖盛古挣扎起来，“安小姐，你什么意思，话说到一半就不说了，你快告诉我，齐沛鼎那晚上做了什么？”

安雅瑜瞧着手指头说：“做了什么？他做的事，比你做的可有趣多了。”

眼看着肖盛古已经被拖至门口了，他忽然叫：“安小姐，好，你想知道什么？我也可以说一件给你听！”

林泽夫一挥手，两名士兵将他带了回来。

安雅瑜慢悠悠地说：“我要问的，怕你不会知道。”

肖盛古直盯着她，“你说。”

“十多年前，你杀的人，你还记得吗？”安雅瑜问。

他一怔，垂下眼眸，“你问这个干什么？我杀的人可多了。”

“可这一件凶案，你一定记忆深刻，你杀了自己的妻子和岳父岳母满门，你怎么能不记得？”安雅瑜说。

“你都知道了，还问我？”肖盛古表情冷漠，“他们怎么配做我的亲戚？不杀他们，难道我一辈子都要被他们这些蠢货拖累？”

一屋子里面面相觑，林副官更是失声：“你可真是个忘恩负义的东西！”

“忘恩负义？”肖盛古阴冷一笑，“为了我们伟大的事业，我迫不得已才娶了那婆娘，她倒得寸进尺，整天摆着一副高高在上的主人面孔给我看，家里钱财也不让我碰，如果不是为了她家几个钱，我何必娶她？”

心肠歹毒至此，真是前所未见。

安雅瑜以往虽接触过不少凶徒，但这个人，却是打破了她的底线，让她有一瞬间都不知道怎么问下去了。

她吸了一口气，心底不适之极。

林泽夫看了她一眼，手磕椅栏，“你的妻子可以不理，但你的儿女呢，他们身上总有你的血脉，你就不管他们了？”

肖盛古哼了一声，“没有那婆娘碍事，他们的前途更好！”

安雅瑜紧跟着问："你把他们送到了哪里？"

肖盛古脸上一丝表情都没有，"我不知道，我只听从命令办事，他们还能去哪里？无非是替我们伟大的事业出一份力。"

"连你自己的儿女，你都不关心吗？"安雅瑜说。

肖盛古鄙视地看了她一眼，表示失望，"安小姐，我还以为你和他们不同，不是个俗人，想不到你和他们一样，也在乎这些世俗之情！"

这人到底受了什么样的洗脑？

安雅瑜都无语了，隔了好半天才问："我想知道，你如果能告诉我，当晚齐沛鼎做了什么，我也可以告诉你。"

肖盛古倒有几分奇怪，"你不问我其他事？比如说我们有多少人，首领是谁？"

安雅瑜神情淡然，"我问你，你也不会知道，我想，你现在只听从六姨太的命令，她告诉你做什么，你就做什么，这些，我们早已知道了。"

肖盛古点头笑了，"你还真是个聪明人，没错，我们之间只是单线联系，前一个联系人死了之后，后来就是六姨太联络我了，她吩咐我干什么，我只听从命令就是了，她让我借地下室给齐沛鼎，我当然得借，只要我替他们做事，他们才不会理我平日里干了什么，他们给了我最大的自由，还能保护我不受别人干扰，他们才是我的家人，我应该忠诚的对象。"

安雅瑜再也听不下去了，打断他的宣言，"肖盛古，你的儿女呢？"

"对了，我的儿女，我只听说他们都被富贵人家领养了，至于哪家，我还真不知道，没办法告诉你。"肖盛古冷漠之极。

安雅瑜想了想说："你还记得他们身上有什么特征吗？比如说胎记什么的？"

肖盛古不耐烦地说："我哪还记得？这些都是应该女人记的。"

林副官忍无可忍，"肖盛古，你杀了那么多女孩子，你就不怕失手亲手杀了自己的女儿？"

肖盛古瞧了他一眼，眼底又露出了那种不想和你这等俗人说话的表情，"她如果被我选中，那是她的荣幸，说明她身上还有美丽之处，我让她与上帝同在，有何不好？"

林副官张口结舌，指着他，"你，你，你……"

他竟无言以对，颓然收回了手，站至林泽夫的身后。

安雅瑜则叹了一口气，"肖盛古，你这也不知道，那也不清楚，如何和我做交易？算了，你是不想知道齐沛鼎到底干了什么了？"

肖盛古偏执的性格此时显露无遗，忙说：“安小姐，你问我知道的一些东西不就行了？”

安雅瑜想了想说：“那好，我问你，教堂圣像里那颗人头，是谁的？”

第四十章　杀人恶魔

肖盛古兴致陡涨，“安小姐，你也瞧出那颗人头与别的不同，是吧？她头形极为优美，生前长得可美了，她一走进我这家店，我就瞧中了她，这可是一个千载难逢的艺术品，我一定要把她的美丽留下来，所以，我一口答应了她修那东西，把她引到工作间，请她喝了一杯茶，这样才把她的人头割了下来。”

他双手半捧起面前虚空，眼睛闭起，仿佛手里捧着美丽之极的珍宝，“我看着她三天三夜，才把她封进了石膏里，做成模子，用水泥制成圣像，将她装到圣像上，如此一来，进教堂的人每个人都会看到她，欣赏到她的美了。”

安雅瑜只觉身上凉飕飕的，林副官与其他几名士兵也是一脸便秘，只有林泽夫表情不变，拿手指轻磕椅背。

“她来干什么的？”安雅瑜问。

肖盛古说：“修个什么破瓶子，我没仔细问。”

“你杀了她，事后就没有人寻上门来？她可不比那些上门求职的帮佣！”安雅瑜说。

肖盛古得意扬扬，“我都杀了这么多人了，当然也有了些眼力，你不知道有些人出门，是不会告诉别人到哪里去的吗？那个女人，我一看就知她一定闯了什么祸，摔坏了家里重要的东西，又怕被人知晓，所以偷偷来找我，想我给修复了，神不知鬼不觉地放回去的！她来我这里，根本没有人知道！”

安雅瑜失望地说：“如此说来，你也不知道她是谁？”

肖盛古说：“安小姐，你真想知道，我可以画出来给你啊？”

林副官拿了纸笔来，递给他，看了一眼他的手，“你还能画吗？”

肖盛古哼哼两声冷笑，拿起笔就画了起来，手指上鲜血一滴滴流至纸上，他却仿佛不知道痛苦，反而像吸饱了鸦片，脸上神情迷醉，一会儿工夫，就画出了那女子的肖像。

那真是一个极美的女人，虽然只有寥寥几笔，万般风情却跃然纸上，安雅瑜拿过去看了几眼，沉吟不语，把纸放下。

肖盛古说："安小姐，我可什么都告诉你了，齐沛鼎到底对我的作品做了些什么，你可一定要告诉我。"

安雅瑜说："不，你什么也没告诉我，说的全是我们知道的事，所以，我为何要把齐沛鼎之事告诉你？"

"安小姐，你还想知道什么？"肖盛古眼眸阴冷，仿佛随时准备暴起发火。

"你是怎么认识这些人的，他们又是怎么支持你谋财害命的？十多年前，你还只是店里一个小小的伙计？"

肖盛古脸上露出追忆之色，"怎么认识他们的？杀人杀多了，就认识他们了。我在那古董店做事，原来就想杀两个人来玩玩，谁知道还没动手，被他们看出来了，说我们志同道合，要我加入到他们之中，并告诉我，我这么杀人太没有美感了，他们安排我娶了那老板女儿，几年之后，他们把老板的钱掏空了，才叫我杀人，我等得可真辛苦，不过等得可真值得，那一次杀人可真是痛快，比我杀我那两个不成器的父母时更痛快。"

林副官失声说："你还杀了你的父母？"

肖盛古见怪不怪地看了他一眼，"怎么了？"

林副官都简直不知道说什么好了。

肖盛古用教小学生的语气解释，"我是家里老三，家里兄弟姐妹越来越多，我那老娘只知道生，不知道养，眼看她又要生了，我哪还能吃得饱饭？我可记得，六岁的时候我饿得头昏眼花跌落椅子，把头都跌破了，好不容易捡回一条命！自此之后，我就知道，只有自己争取，才能活下命来，所以，老娘生一个，我就弄死一个，后来么，被老娘发现了，不得已，我才杀了他们的。"

屋里众人听得遍体寒意，林副官搓了搓手背。

安雅瑜暗自思索，肖盛古脑部受了重创。她从一本书上看到过，脑部受伤的人，脑叶受到损伤，变得没有人类情感，是不是因为这个，肖盛古才成了杀人恶魔？

前面几个杀人凶手，虽然穷凶极恶，但到底还有人类情感，这肖盛古，却真是丧心病狂之极，他的心底没有道德廉耻，也没伦理之情，就像一个杀人野兽。

她想了想问："那些指使你杀人的人是谁，难道你连这个都不知道？"

肖盛古说："他们干了几票之后，一部分人马听说往西南而去，说要到齐家潜伏，另外的人马隐藏在了其他地方，对了，林督军，前些日子你不是剿灭了一批绑匪吗？上了报纸的那军师，我就认识，我记得当年，是她和另外一个人联络我的，那人可厉害得很，什么东西坏主意都是她出的，就是说话有点不利索，嘴巴里像含了块大热萝卜！”

“你还认得他？”安雅瑜问。

肖盛古鄙视地看了她一眼，“他们每次出现，脸上都会化装，换上不同的装束，怎么会让你认出来？我认出了那军师，那因为我眼够利，认出了她一双眼睛，那个男人么，防人防得更严，连眼睛都不让人看见，老戴一副墨镜！但如果我和他面对面，我一定能认出他来！”

肖盛古得意扬扬。

安雅瑜在他面前踱了两步，沉吟不语，忽站定了，“你能认出他？我可不信，你连自己的儿女都认不出来。”

肖盛古一脸受了侮辱的模样：“安小姐，这你可就不知道了，只要我注意了，什么东西能逃过我的法眼？我这里，可有不少人拿些赝品找我修的！他再改变容貌，我也能一眼看出！”

“是吗？”安雅瑜说。

肖盛古就叹气，“安小姐，还以为你和我是同一种人呢，看来，我看错了，你像他们一样，只是个俗人而已，每具人体，总有他特别美丽之处，无论怎么遮盖，都不能掩饰，比如说有些女人，全身穿戴严实，但我一眼就能看出她们有一双美腿或者美胸，如果不然，我怎么能把她们最美丽的地方留下？”

屋内众人听得面面相觑，连林泽夫都把敲着椅背的手指停了下来。

安雅瑜说：“就当你能认出吧。”

肖盛古说：“安小姐，你现在能把齐沛鼎做了什么告诉我了吗？”

安雅瑜说：“当然可以，我可是个说话算数的，齐沛鼎么，那一天晚上，带了两个大箱子过来，一个大箱子，装着平常教堂让你修复的石像，另一具，装的却是一具尸体……”

肖盛古一拍额头，“哎，当晚我怎么就没有检查一下？”又问：“什么人的尸体？”

“说起那具尸体，年轻的时候也是个美人，如果让肖师傅看到，说不定也能找出一两处她身上美丽之处！”安雅瑜说。

肖盛古脸上不由露出向往之色，“真的吗？”

他等了半晌，没等到安雅瑜继续往下说，就问：“你说啊，那美人是谁？干什么的？”

安雅瑜莫名其妙地看着他，“肖师傅，你不是忘了吧，咱们等价交换，你告诉我多少，我便告诉你多少，刚才我问了你好半天，你东拉西扯，什么具体之事都没说，什么都不知道，我为何要把这女人是谁，干什么的告诉你？”

林副官绝倒，看了林泽夫一眼，见他嘴角有丝笑意，不由释然，这可真是不是一家人，不进一家门啊！

肖盛古垂头想了想，点头，认真地说：“确实如此，是我不对，安小姐，这样吧，如果我能认出那位男人来，你可一定要把那女人的情况说给我听。”

安雅瑜抬头：“一言为定！”

肖盛古还抬起了巴掌，想和她击掌为盟，安雅瑜看了他那双满是鲜血的手一眼，他这才收了回去。

肖盛古被押了下去。

林泽夫却没站起身来，只对林副官说：“把车上那标了绿签的文件袋拿来。”

林副官忙跑了出去，不一会儿拿来一个牛皮袋子，林泽夫对安雅瑜说：“你看看。”

林副官忙把那牛皮袋子递给了安雅瑜。

安雅瑜打开了，翻开几页看了看，愕然：“西南都督府三个月前曾派人秘密来了城里？来的人是财务部长钱学理以及其女儿？三爷还查知，他的女儿来到城里，就失了踪？”

林泽夫说：“钱学理是钱学鑫的堂弟，早些年经过他的推荐，去了西南任职，很受齐悦城的信任，这些年以来，已经成了齐悦城的左膀右臂，其女儿失踪，让他大为惊慌，却不敢广而告之，只秘密派人在城内四处搜寻了许久，这才灰溜溜地回了西南。”

安雅瑜翻了几页文件，“钱学理又回来了？”

林泽夫点头，“这一次，他依旧派人四处查找其女下落，还向父帅求救，说女儿私下离家出去，一直没有回去，让父帅帮忙寻找。”

林泽夫从文件袋抽出一张照片来，指给她看，“你瞧。”

安雅瑜把那张照片和肖盛古所画素描对比，吃惊地说：“真是他的女儿？”

林泽夫点头。

“想不到他的女儿无端端地死在肖盛古的手里。”安雅瑜说。

“钱学理带了好几名随从来，不光为了寻找其女，同时私下四处拜访父帅的部下，送礼贿赂，活动不止。”林泽夫说，“但他们保密甚严，我还没能查出他们在密谋些什么。”

“不知道和齐沛鼎又有什么关系？”安雅瑜说。

“齐沛鼎已经疯疯癫癫的了，对他们来说，没有什么用处。”林泽夫瞧了她一眼，垂眸说。

“六小姐那边，三爷要怎么跟她说？”安雅瑜低声问。

“六妹迟早会知道的。”林泽夫停顿了一下。

“这样对她，是不是太残忍了一些。”安雅瑜说。

“在我们这样的家庭，她的心总要学得变硬一些。”林泽夫说。

安雅瑜默然无语。

林泽夫迟疑了一会儿，斟酌着说：“钱学理的女儿失踪之事，也许会给我们带来转机。”

安雅瑜愕然，“三爷为何这么说？他的女儿难道和这一系列发生的事件有关不成？”

林泽夫说：“我也说不清楚。”

他对事一向敏感，能让他说出这样的话来，一定预感强烈，安雅瑜垂下头去，心里也升起了股不安，却不知这股不安从何而来。

晚上睡得晚，早晨就起得迟，安雅瑜只觉眼皮之上仿佛有亮光划过，睁开眼眸，就见林幽兰站在她床上，手里拿了面小镜子，把窗子外的阳光反射在她的眼皮之上。

见她醒了，她笑嘻嘻地说：“雅瑜姐，太阳都晒到屁股了，你还不起来？”

安雅瑜坐起身来，揉了揉眼睛，无可奈何地说：“六小姐，你这么早？”

她放下小镜子，在屋子里转了一个圈，“当然！”

旁边的小丫环笑着说：“安小姐，六小姐七点钟就来了，在咱们这儿吃了早餐，都等了您好半天了。”

安雅瑜想了一下问：“六小姐，你在哪儿等的？”

林幽兰指着床边，“就在这儿。”

安雅瑜默默无言，站起身来换衣，见林幽兰瞪大了眼不准备出去，只好说：“六小姐，您出去等会儿行吗？”

林幽兰充耳不闻，走到安雅瑜身边眼睛上下的扫，“雅瑜姐，你的身材不错哦，以前瘦不拉唧的，平板一块，现在前凸后翘，很有材料哦，依我看啊，你比谷兰的身材还要好！”

安雅瑜瞪了她一眼。

她拍了自己的嘴一下，“怎么好比不比的，比到她那儿去了？但说真的，雅瑜姐，你如果穿上桂兰坊的旗袍，一定好看，为什么你老穿一身的长袍？除了头发长长之外，其他的地方依旧和当白副官时没什么区别！”

安雅瑜手脚麻利地穿上衣服，拿了把梳子梳了梳头，无语看着她，“你今儿一大早过来，就是为了评论我的衣服吗？”

“哎，你和三哥这几天神出鬼没的，都不知道你们干什么去了，我不一大早在这儿等着，你们又跑了。”林幽兰说。

“三爷呢？”安雅瑜问。

林幽兰嘟嘴，“一大早就走了，见我在这儿，还叮嘱我不得打扰你睡觉，这不，还派了个小丫环盯着我！”

门边站着的丫环微微笑，“六小姐，这是三爷吩咐的，您可不能怪我！”

林幽兰挥手，“你还不出去，替安小姐准备早餐？”又问安雅瑜，“雅瑜姐，咱们今天去哪儿？”

安雅瑜说：“哪儿都不去。”

楼下电话铃响了起来，小丫环急匆匆跑出去接电话，隔不了一会儿一脸古怪上楼，“安小姐，找你的电话。”

安雅瑜皱眉，“找我的？”

“是啊，是个男人，说叫什么宫池鸫的，请您出去喝茶。”

安雅瑜还没开口，林幽兰拍手，“这只老鸟好大的胆子，电话打到咱们林府来了，雅瑜姐，去，咱们看看这只老鸟有什么好茶！”

两人往楼下走接电话，安雅瑜手还没放上话筒，林幽兰一手抢过接起：“老鸟，说，去哪儿喝茶？”

电话那头的宫池鸫明显一怔，“你是？”

“我，林幽兰！怎么？不想请我，不想请我你请得动雅瑜姐吗？”

安雅瑜伸手想拿过话筒，林幽兰拿着话筒左躲右闪，她哪里能够得到。

话筒里隐隐传来声音，“好好，一并请……一并请，别把我想得这么坏才行啊，我对安小姐可没什么坏心！”

林幽兰对准话筒就呸了一声，垫高了脚让安雅瑜够不着，“老鸟，说吧，你请我嫂子，图谋什么不轨！”

安雅瑜只好对准话筒大声说：“不去！”

宫池鸫说：“别啊，别啊，安小姐，我这里有些新消息想告诉你，教堂那个神棍……”

安雅瑜心里一跳，想及林泽夫前一晚的欲言又止，跳起来抢过了电话，拦住林幽兰，“什么消息？”

宫池鸫轻笑了两声，“你过来不就知道了？我又不是洪水猛兽，你还怕我吃了你？”

他的笑声像钩子一样传至安雅瑜的耳里，她肃然说：“好，在哪儿见面？”

他又笑了，“长青街十一号，那儿有间法国人开的咖啡馆，安小姐如果不知道，林小姐一定知道的。”

长青街十一号？肖盛古的那幢小楼，在长青街五号。

安雅瑜有些发怔，电话被林幽兰抢去放至自己耳边听了听，那边却已经挂断了，林幽兰问：“老鸟在哪儿请我们？”

安雅瑜也不瞒她，“长青街十一号。”

林幽兰哈哈了两声，“我知道，那是间西点房，法国人开的，那里的法式牛奶咖啡和蜗牛餐简直是人间极品，好吃得不得了！”

小丫环在门边听见，迟疑地问：“安小姐，六小姐，你们要出去？去哪儿？”

林幽兰就笑了，“是不是三哥让你问的？”

小丫环忙摇手：“不是，不是，我去让他们准备车子。”

她匆匆离去。

林幽兰撇嘴，压低声对安雅瑜说：“肯定是去向三哥打小报告了，雅瑜姐，我跟你打赌，咱们去见那只老鸟，隔不了一会儿工夫，三哥肯定会来！”

安雅瑜侧头看她，说：“不会吧？”

林幽兰嘿嘿笑了两声，“雅瑜姐，你破案是好手，我赶不上你，但三哥那点小心思，我可明白得很，这只老鸟想太岁头上动土，你等着瞧，准吃不了好果子！”

又打量了她一眼，“雅瑜姐，你今儿这身打扮好，让人挑不出错儿来。”

安雅瑜说：“我每天都是这么穿的！”

两人边说边来到了小楼前，车子已经准备好了，两人坐上去，不一会儿来到了长青街十一号，安雅瑜这才发现，长青街十一号离五号没有多远，隔了一条街，两层楼的白色房子，一棵枝繁叶茂的梧桐树伸到了二楼窗子前，窗前坐了一身雪白西装的宫池鸫，见安雅瑜望过来，从西装袋拿出了块小手帕挥舞。

安雅瑜赶紧收回了视线。

林幽兰就呸了一声，“什么玩意儿，一身白，赶着跟人上孝吗？”

门童接了两人进去，直把她们迎上二楼，宫池鸫老远就从座位上迎了起来，“安小姐，六小姐，两位可真是难请得很。”

安雅瑜看他一身雪白，连皮鞋都是白的，只胸前露出的那方手帕是红色，衬得他下巴上那颗红肿的青痘更惨不忍睹，不由转开了视线。

林幽兰就没那么好说话了，上上下下打量着他，“宫池鸫，你干什么？女要俏，一身孝，你是个男人，知道吗？”

宫池鸫一怔，“六小姐的审美真与众不同。”

拉开椅子让安雅瑜坐下，自己坐到了她的对面，直接忽视了林幽兰，含笑问安雅瑜：“安小姐，好几日没见，安小姐精神越发好了。”

林幽兰气哼哼地自己拉开椅子坐下，“老鸟，你什么意思，我的气色就不好吗？”

宫池鸫看都不朝她看，“你印堂发黑，双眼发直，隔不了多久有灾祸发生，我劝你还是早做准备的好，出了租界，街道拐弯处有个棺材铺……”

林幽兰腾地一下站起来，拿起菜牌子朝宫池鸫脑袋上就敲，宫池鸫筷子一举，敲在她的肘关节上，在林幽兰惨叫声中，拾起了跌落桌面的菜牌，朝安雅瑜笑，“安小姐，想吃什么？”

安雅瑜忙拉住了愤愤不平的林幽兰，说：“宫先生叫我们过来，不是有话要说吗？”

林幽兰得了教训，倒不敢再搞什么了，揉着手臂瞪他，“就是，有话快说，有屁快放！”

宫池鸫笑了笑，“急什么？我的消息，可是千金难买的，就不值安小姐陪我吃餐饭？”

他拿起菜单，让侍者过来点菜。

林幽兰只好死盯着他等着。

他视若不见，拿起菜牌一迭声菜名报下来，侍者听了怔住，小心翼翼地说：“先生，你三个人怕是吃不了这么多？”

他很豪爽地说：“吃不了就摆着！”

林幽兰呵呵笑了两声，“老鸟，你现在的样子，就像那只开屏的孔雀，给谁看呢？咱们雅瑜姐最不喜欢这种穷摆阔的人，雅瑜姐，你说是不是？”

宫池鸫脸沉了下来，冷冷望定林幽兰。

安雅瑜只好对那侍者说：“就点两样招牌菜吧，听说你们这里的法式牛奶咖啡很好，给我们三人一人来一杯，其余的……”

她随手指着菜牌开头两处，“法式面包一定要的，牛排每样三份，其余的就不必了。”

林幽兰见她看得懂法语，惊讶地说："雅瑜姐，你连法语都懂？"

安雅瑜说："去过法国餐厅几次，只看得懂菜牌而已。"

林幽兰就感慨，"雅瑜姐，还有你不会的东西吗？"她斜着眼看宫池鸫，"也只有三哥才配得上我们雅瑜姐，其他杂鸟，就别提了。"

宫池鸫没听到一般，只吩咐侍者，"请尽快上菜。"

侍者微弯腰退下，他这才转过脸来，朝安雅瑜微微一笑，"安小姐最近又破了租界教堂神棍骗财一案，这大小报纸上可都报道开了，此案一破，安小姐杀人之案就纯属无稽之谈，我要恭喜安小姐，无招化有招，不动声色解了自身之危。"

安雅瑜恍然大悟，"这些消息，是宫先生发出去的吧？"

宫池鸫说："能帮得了安小姐一二，是我的荣幸。"

林幽兰哼了一声，"宫池鸫，别以为我不知道你怀了什么心思！你会有什么好心？"

宫池鸫脸一寒，笑容一收，淡淡扫向林幽兰，"六小姐，我的心思，昭昭可对日月，就是想追求安小姐，想她成为我宫池鸫名正言顺的妻子，男未婚，女未嫁，有什么不好说的？"

安雅瑜一张脸孔顿时涨紫。

林幽兰被他眼眸一扫，却也无端端生了几分害怕，咽着唾沫说："你，你，你，无耻！"

周围几名听得懂宫池鸫话的外国人却拍起了巴掌，有个小年轻更高声说："这位先生，我支持你！在我们国家，喜欢的女孩子就要勇敢去追求！这么美丽的女性，值得你这么对待！"

安雅瑜哪还能坐得下去，站起身来，冷冷看着宫池鸫，"宫先生，如果你是来扯这些闲话的，请恕我没有工夫听你瞎扯了！"

林幽兰也跟着站起，朝他翻了一个老大的白眼。

宫池鸫垂目看着面前盛着热气的咖啡杯，"安小姐，我说过了，在你面前，我从不说假话，谷兰已死，可她身上的秘密并未解开，那群杀死安县长的神秘人，虽然死伤殆尽，可那逃走重伤的那位，到底去了哪里？安小姐不想知道吗？"

安雅瑜心一下子缩紧，转头望他，"你知道？"

宫池鸫只指了指对面椅子，示意她坐下。

安雅瑜只好返回坐下，皱眉说："请宫先生不要故弄玄虚了。"

宫池鸫往安雅瑜的杯子里放了一块糖，轻声说："安县长那一日被人袭击身亡，逃走的那人，安小姐一直在找吧？”

安雅瑜垂下了头，“宫先生消息倒真的很灵通。”

宫池鸫直视着她，“雅瑜，你告诉我实话，你和林泽夫订婚，住进林府，是不是因为你察觉到那个人跟林府有关？”

安雅瑜抬起头来，不避不让，“宫先生，这是我的私事，和你没有任何关系。”

宫池鸫哈哈笑了两声，“我明白了，的确与此有关，安县长这十多年来为了保护你倾尽所能，他怎么会让你嫁进林府这个虎狼之地？”

林幽兰不满意了，“宫池鸫，你别胡说，我们林家怎么就成了虎狼之地了？”

宫池鸫理都不理她，只对安雅瑜说：“那个行凶的首领，自此消失得无影无踪，我记得那段日子，林三爷广派人手，在医院护理所等地方寻找，可无论怎么找，那个人都找寻不到，我想，这也许是安小姐心底最大的未解之谜吧？”

“宫池先生真是消息灵通，猜得一点也没错，先生又查到了什么？”

“安小姐告诉我，你在怀疑什么？安小姐住进林府没多久，林家四少爷又发命案，将自己的亲娘杀死了，我记得安小姐和林三爷在北临县之时，林顾夕也去过那里吧？只是可惜，林顾夕虽因那件事案发了，到底没查出来与安县长之死有关系吧？”

安雅瑜微微点头，“没错，看来宫先生在林府也安插了不少人手。”

林幽兰怒声说：“宫池鸫，你真是好大的胆子！”

宫池鸫扫了她一眼，还是没理她，“过奖了，我么，别的不多，就是人多，三教九流的朋友多，所以，安小姐想知道的事，只要给我一点时间，我还是能查出来的。”

“那宫先生到底查出了什么？”安雅瑜问。

“到了这种地步，一切虽然依旧隐在迷雾之中，可我想，安小姐心底，那层迷雾已经慢慢揭开，隐隐露出了真面目，可要找出证据，却是难上加难，可凑巧的是，我手里就有这么一个线索……”宫池鸫说。

“宫先生想要我拿什么交换？”安雅瑜问。

宫池鸫说：“我只需要一个名字，谷兰死之时，你心底怀疑杀她的那个人的名字。”

安雅瑜一怔，“这件事对你这么重要？”

宫池鸫叹了口气，“谷兰这个女人么，虽然几次三番想从我手掌逃走，另投其他高枝，可到底帮我做了几件事，说到底也算是我害了她，她算是我的人，凶手未经我准许将她杀了，我这面子上无光啊！要打要杀也得我自己动手才行！”

这种奇特理由让安雅瑜目瞪口呆，停了半晌才点头，“好。”

宫池鸫拿了一张白纸，找侍者要了支笔，递给安雅瑜，“请安小姐将那人的名字写在上面。”

林幽兰气哼哼地说：“你这是在防我呢！”她一推椅子，“我去趟洗手间！”

安雅瑜迟疑半晌，落笔写下，将白纸折好递到了宫池鸫手上，宫池鸫打开看了一眼，轻轻点头，从衣袋摸出个打火机来，点燃了白纸，看着那燃烧的火焰，轻声说：“原来我们想的一样。”他注目于她，“安小姐，这段日子你在林三爷身边，想必危险万分，只要你有所求，我必当尽心尽力帮忙！”

安雅瑜轻声说：“多谢宫先生。”

宫池鸫忽又一笑，“原来你与林三爷订婚，真是假的！”

安雅瑜避而不答，只皱眉，“宫先生不是说有条线索吗？”

宫池鸫心情大好，“的确有，林三爷派的人四处寻找那受重伤的凶徒，医院等地都找遍了，可黑市的医生他可没办法找到，可巧得很，这方面的消息，却迟早都会传进我的耳里的。”

安雅瑜坐直了身子，“他是谁？”

“我有个姓刘的老朋友，是个外科医生，早些年治死了人，不能当医生了，来到中国混口饭吃，专医治那些见不得光的人，前几日，刚刚送走了一位刀伤病人，可惜的是，那病人伤好之后，就痛下杀手，杀死了刘医生，但那人在老李家住了那么久，多少会有些线索留下，安小姐，我今日来，也想请你帮个忙，替我查看一下他的住处，看能不能找到什么有用的，也许被你一看，他的身份就能查出？”

安雅瑜这才明白，原来他也不知道那人到底是谁。

“刘医生怎么死的？”安雅瑜问。

“我那老朋友还真傻，治好那人之后，还用车送那人离开，半路上就出事了，在马路上和一辆黄包车相撞，黄包车扶手刺进了刘医生的心脏，使他当场死亡，事后说是小车的刹车失灵，是一场普通的交通事故，可他载的那个人，却消失了。”

安雅瑜一惊，原来那起马路撞车之案还有这样的内情。看来这单车祸并非偶然事件，每件都有其内在的联系？

“宫先生是否从他的熟人当中找寻过线索？”安雅瑜问。

“你的想法，并非没有可能，我那老朋友平时为人谨慎，照道理来说不可能让陌生人住在他家那么长时间的，可我查遍了他的熟人，也没找到那人半点线索。”

“他居住之处，有没有人收拾过？”安雅瑜问。

“没有，我那老朋友死了之后，我就叫人把他的房子封了。”宫池鸫站起身来。

安雅瑜也跟着站起，林幽兰从洗手间出来，看见两人想走，忙走过来问：“你们这就走了？”

安雅瑜看了她一眼，有些迟疑，想了想说：“六小姐，你先回去吧，我和宫先生有些事要做。”

林幽兰一怔，想要反对，看了一眼安雅瑜脸色，喃喃地说：“雅瑜姐，这个人可不是好人，你跟他一起出去？”

安雅瑜心底涌起一股烦躁，“六小姐，我去哪儿，不用向你备报吧？你自己回去吧。”

林幽兰满脸委屈，只得眼睁睁看着他们往门口走。

宫池鸫侧身让她走出门，来到门外，才轻声说：“安小姐，这位六小姐跟你跟得这么紧，难道其中就没有其他原因？”

安雅瑜想起心中那隐隐的猜测，心底涌起烦闷，她回头，就见林幽兰站在餐厅之中，水晶灯发射的灯光打在她脸上，原本是璀璨夺目的，却让她隐隐感觉到了一股萧瑟之意。

她回过头来，不愿深想，只说：“走吧。”

宫池鸫只轻叹了一口气，招手叫了车过来。

等车的工夫，安雅瑜一眼望见林泽夫一身便装自街道对面走来，不由也叹了口气。

宫池鸫就笑了，“我还想着林三爷什么时候到呢，想不到这么快就来了。”

安雅瑜挑起眉头，“你知道他会来？”

“当然，他怎么能放心咱们俩单独相处？”宫池鸫呵呵了两声，见车子到了，也不上去，只站在车旁等着。

林泽夫沉着脸直走到两人身边，宫池鸫便拱手，“三爷，正要找您，您这便来了，正好，我有事想请你帮忙，走吧。”

安雅瑜向他微微点头。

他一言不发，拉开车门就上了车。

宫池鸫摊开双手，无可奈何地说："安小姐，林三爷可真会喧宾夺主。"

他认命地坐到了驾驶位上。

安雅瑜惯常坐到他的身边，向他解释："宫先生找到了些线索，和袭击我爹的那帮凶徒有关，我和他去看看。"

林泽夫只点了点头，嗯了一声。

车内的气压无端端低了起来，安雅瑜也不知道说什么好，只好沉默以对。

宫池鸫专心开车，半个时辰之后，来到东昌路一个一座二层红砖小楼，把车子停在楼前，告诉他们："我那朋友就住在楼上。"

楼下是一间裁缝铺，安雅瑜看了一眼坐在椅子上昏昏欲睡的老板，跟着宫池鸫往楼上走。

楼梯口有两个身穿短打装束的人守着，见宫池鸫上来，向他拱手，"老板，没人来过。"

宫池鸫点了点头，吩咐他们把门打开，介绍说："自出事之后，我就让人守在这里，屋子里没人动过。"

安雅瑜先没有进门，只看了一眼走廊尽头，问："这里还有其他人住？"

"楼下裁缝铺的老板一家三口住在那边的屋子，右边这间，我的手下租下来了。"

宫池鸫一边介绍，一边领两个人进去。

屋子并不大，屏风后边，是一个铁制的手术台，整齐地放着一些医药盒子，做手术用的镊子，等等。

宫池鸫说："事情已过去了一个多月，我让人守在这里，也想看看有没有人再回来，屋子里怕是没什么好查的了。"

安雅瑜说："一个人走进这房间，就已经留下了他的毛发，呼吸，生活习惯的痕迹，他如果在这里生活了这么长时间，无论怎么小心，一定会留下痕迹的。"

宫池鸫说："那就要倚靠安小姐了，这屋子我已查过一遍，确实没什么好查的，那个人极为小心，办事谨慎，离开之时，就把自己所有的东西带走了，并没有留下什么。"

说话间，林泽夫已经推开了盥洗室的门进去，拿起木台上的漱口杯看。

盥洗室装了最新式的马桶，一道麻布帘子隔开成两半，他个子高，看了一眼帘子杆子，又揭开马桶盖看了看。

安雅瑜跟着走进，跟着他瞧了那几处地方，这才走了出来。

宫池鸫在走廊里等他们，领着他们往卧室走，“这间是书房，这间是我那朋友的住处，而那一间，我想，就是那位凶手的住处了。”

安雅瑜和林泽夫先走进书房的书架看了看，又走进了那医生的卧室瞧了半晌，最后才走进了那凶手的住处。

“你们看，收拾得干干净净。”宫池鸫说。

“看来他早有预谋，决定杀人灭口，所以才什么都没留下。”安雅瑜说。

宫池鸫不抱希望地说：“没错，我找人查过林府，看这段时间有没有人无故消失了一个星期以上，在林府，从管家到主子，这种人有十几个，这人是男是女，身高穿着一概不知，这可难查得很。”

安雅瑜笑了笑，问林泽夫：“三爷，你一定已经知道了，这人身高多少，年龄多少？”

林泽夫淡淡地看了她一眼，“你先说说看。”

HUA JIN TANG

画锦堂

【下】

云外天都 著

江苏凤凰文艺出版社
JIANGSU PHOENIX LITERATURE AND ART PUBLISHING, LTD

画锦堂

目录

下

画锦堂

目录

下

第四十一章　房内疑踪

宫池鸫左望望右望望，满脸求知，“两位，你们就别卖关子了，快说，我就不信，这么短的时间，从一间干干净净的屋子，你们能看出什么来！”

安雅瑜说：“这人中等身材，并不是很高，三十多岁，惯用左手，但平时隐藏很深，我想，应该是左右手都用得十分熟练，还有，他有些长短脚，左腿比右腿长了半公分不止，喜欢听京戏，暂且就只能看出这么多了。”

宫池鸫瞪圆了眼，“这还叫少，有了这些线索，调查犯围可就小很多！你怎么知道他三十多岁？还有他的身高？他惯用左手？”

安雅瑜说：“他身受重伤，有些平时隐藏的习惯就再也隐瞒不住了，你瞧这盥洗室，左边有一个小窗户，为了透气，平时是开着的，只有人上厕所时才合上，这个人想必一开始不熟悉这房子，坐在马桶上时，才发现窗子没有合上，于是，用左手去拉那帘子，他坐在马桶上，手伸长至帘子之处，刚好在帘子中部，帘子上留下了很明显的碘液痕迹，想必是胳膊受伤，你那朋友处理不干净留下的。”

宫池鸫走进盥洗室，仔细察看，果然发现了几个指印，就问：“你怎么知道不是我那朋友留下的？他经常给人做手术，手没洗干净也是有的！”

“你的朋友车祸身亡，他坐的那辆小车与黄包车相撞，黄包车车杆能刺进他的胸口，说明他身量极高，他坐着都那么高了，如果他顺手拉帘子，手指印会留得这么低吗？”

宫池鸫说：“那可难说得很，有的人懒，不愿意抬胳膊。”

安雅瑜说：“你看那帘子，同样的部位留下了好几个指印，这说明那人胳膊受伤，每天都要换药，碘酒处理不当，沿伤口处流到了手指上，你朋友会吗？”

宫池鸫点头，“有点道理。那你怎么看出他三十多岁的？”

安雅瑜说："刚才在书房里查看，你朋友的书架摆得极为整齐，分门别类摆放了各类书籍，有几本书却摆放得不是地方，显然是有人拿出来读了，顺手放置的，我记得那几本书的书名。"她一迭声说出了那几个书名，"这几本书对于二十多岁的年轻人来说，深了一些，老年人又不喜欢看，是三十多岁人的至爱，更重要的一点……"她淡然抬头，"我听过他的声音。"

宫池鸫哦了一声，恍然大悟，"前边都是推测，后边这一点才是最重要的判断。"

"至于身高，这房子里留下了太多表示他身高多少的痕迹了。"安雅瑜说。

宫池鸫兴趣大增，拦住了她，"你先别说，让我也来推断一下。"他左望右望，想了半晌，"他坐在马桶之上，拉那帘子留下的手指印可以推断出一部分？"

安雅瑜点头，"那手指印如你所说，不能排除有一种懒人，就是不喜欢抬胳膊，喜欢垂着胳膊拉帘子，比如书房书架之上，他看完的书，顺手放在他最趁手放置之处，并不是原来放书之处，主人是不会这么做的，从放书的高度可以推断得出，他并不是很高，只是中等身材，一米七至一米七五，不会超出这个范围了。"

宫池鸫虽不尽相信，也不由感慨，"还真如你说，一个人一走进屋子，无论他怎么小心，总会留下痕迹。"他转脸朝林泽夫问："林三爷，咱们说了这么多，您就没什么发现？"

这口气，活脱脱的挑衅啊，安雅瑜默默无言。

林泽夫语气疏淡，"他惯用一把长刀，左右手都能用刀，平时隐藏极深，最喜欢从左自右给人开膛，左右长短腿并不是天生的，而是练了一种唐家螳螂腿所致，最喜欢听的京剧是《霸王别姬》。"

宫池鸫差点跳了起来，愕然瞪着他，"你怎么知道他惯用长刀，连杀人方法都知道？"

安雅瑜也怔了，朝他望了过去。

林泽夫嘴角一撇，说："我是练武之人，当然会知道了，他的卧室虽然收拾得干净，但他心急，想伤尽快好，有好几次试着用胳膊挥刀，桌腿之处有被刀砍过的痕迹。"

"那长刀呢！就不兴他用匕首砍的？"宫池鸫问。

林泽夫语气轻蔑，"用匕首砍桌子会砍到桌子腿上？宫池先生习惯钻桌子？"

宫池鸫不死心，“长短腿怎么解释？”

“卧室有一双软底拖鞋，鞋垫里一边深一边浅。”林泽夫简单地答。

安雅瑜连连点头。

“你怎么知道他练唐家螳螂腿练的？”宫池鸫打破砂锅问到底。

“拖鞋里的脚趾之处，只有三个脚趾印，螳螂腿练到最后最大的特点，脚趾会变形内缩！”林泽夫看了宫池鸫一眼，鄙视得很明显，宫家每况愈下啊，后人一代不如一代，连这基本常识都不知道。

宫池鸫太阳穴青筋直跳，“好，你说，他怎么会喜欢听《霸王别姬》了？”

“书房有一台收音机，调到了一个频道，那个频道这些日子天天放《霸王别姬》，没有其他曲目，如果不喜欢听，你会把收音机调那个频道？”林泽夫语气越发淡然，淡然得简直蔑视。

宫池鸫哼了一声，“我朋友也可能听的。”

“你朋友喝洋墨水好多年了吧？他喜欢听中国京剧？他听得懂吗？”林泽夫挑起眉头。

原来他才是平常里深藏不露的，安雅瑜警然，心说还好自己以前破案推断并没有出什么大错，这要真的出了错，还不被他在心底鄙视死？

她忙上前说：“三爷真是好观察力，连这种细节都注意得清楚，宫先生也不错，你朋友一出事，你就察觉不妥，把现场保护了起来，要不然，咱们怎么会知道这么多？”

宫池鸫脸色缓和，“如此一来，范围倒是缩小了许多了。”

林泽夫今日仿佛专门和他唱反调来的，“最大的问题，这个人是男是女我们不知道，所以，宫先生调查的那些人，怕没什么用处！”

宫池鸫哼了一声，“内院当然得靠三爷您了，您不是最熟悉林府内院吗？但我可得劝您一声，安小姐是弱质女流，别老让她处于危险之中。”

林泽夫脸一寒，“她是我的未婚妻，我自然得保护周全。”

宫池鸫一声冷笑：“未婚妻？哼哼。”

他那两声“哼哼”一出，安雅瑜立觉屋里寒风阵阵，咽着口水打岔，“宫先生，你那医生朋友叫什么名字？以前在哪儿当医生的？”

宫池鸫说：“他叫刘荣生，在东洋学的医术，后去了马来西亚，最后辗转来到中国。”

安雅瑜轻声说：“又是去过东洋？”

宫池鸫点了点头，“他们家早年移民美国，参与了大铁路的修筑，后住在唐人街，所以中国话说得还算流利，到日本学医五年，这才回了国。”

安雅瑜不由好奇，“以他的资历和医术，怎么会做了黑市医生？”

宫池鸫说：“这我也调查过，听说十多年前他医死了一个大人物，那人的后代一直在追杀他，他哪里敢在大医院求职，只好做了黑医。”

林泽夫挑着眉毛说：“他敢收留这凶手，两人以前一定有旧识，你这么神通广大，就没查一查？”

“哪有林三爷神通广大，我也只能查出这么多了，剩下的，只有托林三爷了。”

安雅瑜觉得这两人同处一室，就像屋里放了两只老虎，随时有可能两虎相斗，于是说：“这屋子显然经过收拾清理，因此就这么多线索，还是得从其他方向入手才行。”

宫池鸫点头，向门口走去。

安雅瑜舒了一口气。

两人跟着走了屋子，下了楼，却见宫池鸫在裁缝铺量起了尺寸，林泽夫就不走了，到一边去抽烟。

安雅瑜左看看，右看看，还是走到裁缝铺去，就听那店老板在和他聊家常。

“楼上那医生啊，好多日子没回来了，这也不出奇，他经常一出去有一两个月，回来就在我家搭伙，给点饭菜钱就行了，不过他医术还真好，经常有人半夜来找他看病……”裁缝店老板又恭维，“这位先生的身材真好，练过的吧？天生的衣服架子，在我这儿做身西装出来穿上一准好看。”

宫池鸫看了安雅瑜一眼，“也就是平时随便练练而已，你说有人大半夜的找他来看病？”

“是啊，一个多月前吧，那人半夜来，鬼祟得很，可咱们这楼梯人一踩上去吱呀作响，哪瞒得了我，我悄悄起身一看，哎呀，那人穿一身青衣，手臂上全是血啊！”

“你有没有看清他长得什么样？”

“那倒没看清，他背对着我往楼梯口走，他们这种人刀口上舔血的，咱们也不能为了好奇丧命吧？”裁缝店老板量好了尺寸便问，“先生想做什么料子的？我这里的料子有法兰西进口的，英国贸易公司进口的，中国自造的……”

宫池鸫说：“就做英国哔叽呢的吧。”

裁缝店老板笑容更深，“好咧，先生穿了我这西服，一定更加气宇轩昂，英俊不凡。”

宫池鸫理着袖子谦虚，“是吗？”

安雅瑜感觉他的视线似有若无老往自己身上游走，想起林幽兰所说一只开屏的孔雀之类的话，只做不见，问：“楼上那病人伤得那么重，在刘医生那儿住了不止一天吧？”

裁缝店老板说：“那是当然了，我家婆娘替他们做饭都做了十多天，可那人也奇怪，从不露面，饭菜都是刘医生接的，他来了这么些日子，我们从没看见过他，直到那天刘医生送他走，我才看到他半边脸。”

安雅瑜问：“半边脸怎么说？”

“他戴了一顶帽子，帽檐压得低低的，刘医生开车送他，两人出去之后就没再回来了。”裁缝店老板说。

宫池鸫兴致大涨，“他身高多少？走路有什么不妥，你能看出来吗？”

裁缝店老板笑了，“当然能看出来，他啊，中等身材，一米七以上一点，如果来咱们店做西装，不是很费料子，那要是那大高个，像您这样，就费料子了……”

安雅瑜只好打断他的话，“您说回那病人。”

裁缝店老板说：“他走路有些长短脚，一般人当然看不出来，但落在我的眼里，一眼就看出了，替这种人做西装裤也得留神，左边比右边最好长出半寸……”

宫池鸫转脸朝安雅瑜，拱手，无声地说：“佩服，佩服。”

两人走到车边，林泽夫烟已抽完了，望着二楼窗口皱眉，安雅瑜还是像当副官时一样，把刚才打听到的事一五一十向他汇报，他只点了点头，指着二楼窗口说：“你瞧那里。”

安雅瑜顺着他手指方向望去，却没有瞧出什么，她知道他眼神极利，就问：“三爷看出了什么？”

“路边的梧桐树伸出的枝丫离二楼窗口不远，那人如果想不惊动他人外出，那里才是最好的出入口。”

安雅瑜想了想，“三爷是在怀疑他半夜起来在刘医生的刹车上动了手脚，第二天再要求刘医生送他回去，半路下手杀人？”

林泽夫说：“验尸报告指出，刘医生除了胸口被黄包车长杆刺入之外，还腰椎断裂，我怀疑有人用手掌侧边猛击，使他胸口正对准刺过来的长杆，造成这样的伤害，只有练过武的人才能办得到。”

宫池鸫说：“林府可真是藏龙卧虎啊，安小姐，依我看，你还是住出来的好，正好，我有个小公馆……”

林泽夫冷声说：“不劳宫先生费心，她在林府住得好得很。”

宫池鸫恍若不见他的冷脸，“是吗？早些日子安小姐才被人误会杀死了谷兰，听说还被人关了三天三夜，这才没住进去多久吧？林三爷这个未婚夫身份能保护得了她？”

安雅瑜听出他那未婚夫三字包含的深深讽刺意味，咳了一声说：“宫先生，今儿谢谢你了。”

宫池鸫就拱手，“安小姐，你别过河拆桥玩得这么熟练啊！咱们以后有什么消息，还是老样子，互通有无好吗？”

安雅瑜只好说：“那是当然。”她偷偷拿眼角扫了林泽夫一下，“宫先生先走吧，我和三爷再周围走走。”

宫池鸫就叹气，转身往小车走去，边走边嘟哝着什么。

安雅瑜耳尖，听到他说：天底下没有挖不了的墙脚，愚公都能移山……

不由汗了老大一把。

回头一看，林泽夫已经往街道那边走了去了，忙跟上，呵呵了两声说：“三爷，宫先生就喜欢开玩笑，您别当真。”

林泽夫脚步一停，居高临下望去，眼眸黑得惊人，“你放心，我不会让他有挖墙脚的机会的！”

安雅瑜心扑通扑通狂跳起来，只偏过头去轻声说：“是吗？”

林泽夫却已转身，再往前走，走了几步见她没跟上，只说：“这条街和长青街隔了不远，我们再去长青街看看。”

安雅瑜忙跟上，收拾了那一瞬间的心乱，想了想说：“三爷怀疑刘医生和肖盛古之间有关联？”

“说不上为什么，只是这自霍五娘之案开始，所发疑案又围绕租界展开，还聚集在了租界相隔不远的几条街上，仿佛他们在首尾呼应，预谋着什么。”

安雅瑜点头，“三爷说得没错，刘医生，肖盛古，霍五娘甚至于辫匪那军师，都是身怀一技之长的人，而且不是普通的手艺人，是属于极为精通那种，刘医生我们虽然没有看到过，但从他房间里的医疗器材来看，制作精巧，连大医院都赶不上，有些形状奇特，显然是自己设计让铁匠打造的，他的外科医术定然不差，几个各行业的顶尖人物都牵涉到了命案之中，光这一点就让人生疑。”

“手艺做到他们那种程度，光是辛勤刻苦远远不够，一定要有天赋，就像有人从各地专门收集了有天赋的人，刻意训练，使他们有了杀人之技，再安排至各处潜伏，只等着某一日有信号召唤，就去完成什么事，可我想，那幕后之人怕也想不到，世事变化，人事无常，这些生性凶残之人隐藏于普通人身后，到底隐藏不住，有些暴露了本性，再开杀戒，有人却是不愿再被那幕后之人控制，生了反心。”

安雅瑜仰起脸来，“三爷，宫先生不是说过，这种人有十二个之多吗？如果那韩勇也是其中之一……”她数了数，“我们发现的就有六名，他们擅长的技艺延伸到了各行各业，我想，多年之前如果真有人培养他们做什么，那么，一定与那瓶中画有关，也许，只要凑齐那残瓷，就能知道这所有一切的最终源头了。”

林泽夫目如寒光，“宫池鸫的话你倒信了个十足十！”

安雅瑜说：“我想在这上面，他不会骗我吧？”

林泽夫转过身去，只淡淡地说：“是啊，他不是说过，他骗得过天下，但绝不会在你跟前说谎吗？”

他身体如山岳般挺拔，一如既往面目微冷，可不知为何，安雅瑜心中却涌起股酸酸胀胀之感，从血液之中涌向头面部，慢慢发酵，转变成了丝丝甜意。

她垂头，轻声问：“三爷说这话，是吃醋了？”

她没有听到他的回答，却听脚步声继续往前，忙跟了上去，走了几步，才听到他嗯了一声。

丝丝甜意化成漫天喜悦，布遍全身，让她整个人都轻了许多，如要飘了起来，她只低声说：“是吗？”

冷不防地，他站定了，她的鼻头撞上了他的后背，手便被一双温厚大掌握住。

她悄悄侧头打量他，夕阳西下，余晖自屋脊处射出光芒，使他漆黑的鬓发染上了层金光，异样俊美，眼角那丝温柔笑意就更加明显。

她心中一跳，忙收回目光，只把手轻轻反握，只觉此时此境，时光都仿佛停止流动，街道两边的人群只成了模糊背景，川流不息。

她跟随着他，走在青石板街道之上，只听得见他们的脚步声和谐如一篇乐章。

只眨眼之间，就来到了长青街上，酒楼小二阿强一眼看见两位，扬声招呼：“先生，夫人，你们又来了？来，我们这儿新进了一批野生重山菌，用小鸡炖的菌汤好喝得很，先生夫人试试？”

阿强弯着腰，看了一眼两人相握的双手，又移开。

安雅瑜忙把手从他手里抽出。

两人跟着阿强来到包厢，阿强低声说："先生，对面那人真的是个杀人犯？先生放心，您问我的话，我一个字都没往外透露，我们老板这几天还问起了对面，说巡捕房捉了那姓肖的干什么去了？我什么都没说。"

林泽夫点了点头，漫不经心拿起菜牌，"你能守住口风最好，那人党羽众多，巡捕房并没有全都捉住，如果让他们知道……"

阿强脸色一白，拍着胸口说："还好我口风紧。"

安雅瑜就问："一个月前，离这儿不远之处发生过一桩车祸，你知道吗？"

阿强说："当然知道了，一辆黄包车和一辆小车撞了，当时闹得可大了，哎哟那个惨啊，小车司机胸都被插穿了，血溅得满车厢都是……"

见他说得活灵活现，安雅瑜奇道："你当时在场？"

阿强摇头，说："我不在场，但我那同乡阿紫在场啊，她当时去买菜，买菜回来就遇上了这车祸，我都是听她说的，说那车子撞倒了黄包车还不止，直往人行道上冲，在她前边不远撞上了电线杆这才停下，血都溅到她身上了，吓得她菜篮子都丢了往回跑，还被老板骂了好大一通！"

林泽夫和安雅瑜对望一眼。

安雅瑜拿出两块银元递到他手上，"你能把阿紫叫来吗？这是误工费。"

阿强略有些不好意思，但还是把那两块银元收好，"我给阿紫吧，你是不知道，她虽然是老板的侄女儿，但老板对她可不好了，稍不顺眼又打又骂的，就她丢的那菜篮子，要从她工钱里扣除，到现在还没扣完！"

他喜悠悠地离开，隔不了一会儿，领了个胖胖的姑娘过来，介绍说："这就是阿紫。"

阿紫拘谨地捏着衣角，"先生，夫人，您找我。"

安雅瑜想纠正她的称呼，但林泽夫摆明了一脸自在，她只好听若不闻，问她："阿紫，一个多月前离这儿不远之处发生了一桩车祸，你看见了吗？"

阿紫点了点头，一脸后怕，"是啊，那天，我正在街道上走着，忽然前边传来一声巨响，那车子就在我面前撞到了黄包车上，吓得我心扑通扑通直跳，转身就跑，篮子都忘拿了……"

安雅瑜直视她的眼睛，"阿紫，你为什么害怕？那车子并没有撞上你！"

阿紫咽了口口水说："车里的人当场死了，到处都是鲜血，我，我，我见不得血！"

安雅瑜看了她的指尖一眼，伸手从她衣袖上拿下一根鸡毛，"阿紫，你在后厨房是做什么的？你刚刚才杀了一只鸡过来吧？你瞧，衣袖上还有鸡血呢！"

阿紫紧张地捏紧了衣服，脸色发白，“可，可那是人的血啊，和鸡不同的……不同的……”

阿强也看出不妥来，上前劝她，“阿紫，你有什么话就对先生、夫人说清楚吧，他们是好人，会帮你的。”

阿紫垂下头去，沉默了半晌，这才低声说：“他，他警告过我，要我别乱说话，那一双眼睛太可怕了，是魔鬼的眼睛，我做了一个月的噩梦了，我实在害怕……”

安雅瑜心底一喜，轻轻吸气平息心情，温和地问：“阿紫，你把你看到的告诉我们，你放心，没有人知道的，只要告诉了我们，你看见那人的脸了吗？”

阿紫全身都在发抖，牙关咯咯直响，缓缓点头。

“你能告诉我，他长得什么样吗？”安雅瑜问。

阿紫说：“他，他满脸都是血，从车子里滚了出来，看见了我，拿出一把刀来，可有人围过来了，他用手指着我，告诉我，‘别乱说话’，后来才弯着腰往巷子里跑走了。”

“你当时手里提了一个菜篮子吗？”安雅瑜问。

阿紫点了点头，“姑父叫我去买菜……”

“菜篮子丢了，你姑父没骂你？”

“骂了，骂了好几天，还让我在工钱里赔，还好那天没买多少菜，要不，我一年的工钱都没了。”阿紫虽然不明白她为何问这些闲话，但心情渐渐放松下来。

“那天你买了些什么菜？”安雅瑜紧盯她的神色。

阿紫垂下头去，有些不自在，“也没什么，就是平日里的一些青菜、猪肉什么的。”

安雅瑜看了一眼她握紧衣衫一角的双手，移开了目光。

林泽夫却让阿强拿来纸笔，才示意安雅瑜再问话。

安雅瑜便问：“阿紫姑娘，你还记得从车里走下来的那人吗？他眼睛长得什么样？脸是圆是瘦？”

或许是两人温和的态度鼓励了阿紫，又也许多日的噩梦让她实在想找个人分享，她慢慢平静下来，开始回忆，“他嘴唇下有两撇小胡子，脸瘦得很，眼睛长长的，不是很高……”

林泽夫在纸上作画，不一会儿，画出了那人的容貌，递过去给安雅瑜。

安雅瑜看了一眼，就皱起眉头，看了一眼阿紫，说：“麻烦你了，你不用怕，你不会再遇见那个人的。”

阿紫感激地点头。

两人退下之后，安雅瑜打开了那张纸，摊开在桌面之上，“三爷，您有什么看法？”

林泽夫说：“这是一张典型的大众脸，但化妆得并不彻底，那两撇小胡子一定是粘上去的，眉毛也经过改装，眼睛拉长了，因此，他脸上即使没有鲜血，也不可能让人认得出来。”

安雅瑜思索起来，“可他逃跑之时遇见了阿紫，却依旧想要杀人灭口，他以为阿紫看到了什么，是看到了他杀人吗？”

林泽夫说：“看来要到车祸现场看一看才知道了。”

安雅瑜点了点头，拿过纸笔，在纸的下方画了起来，把刚刚问的阿紫说的案发现场一一画了出来，指着那电线杆说：“车子是在这里撞上电线杆停下来的，阿紫看到之时，车门应该开了，是副驾驶位，凶徒刚杀死人，车子受重创，他想必也受了伤，他知道人群一定会尽快围上来，所以想马上逃走，在这样的情况下，他看见了阿紫，那么，认为阿紫看到了什么，拔出刀来想要杀人灭口，阿紫到底看到了什么呢？”

林泽夫站起身来，“走吧。”

安雅瑜忙把纸收好，跟着他走了出去，店里人不多，阿强站在角落里安慰着阿紫。

两人走到街上，没走几家店铺，就来到了车祸之处，撞倒的电线杆子还来不及修好，只剩下了一半，青石板铺就的街面凹陷去不少，显然也是那场车祸留下来的。

看了几眼现场，两人就走到了主街后的小巷子，巷子极为僻静，是几户人家的后门，堆放了大量的垃圾。

“这里是租界，不比外边，垃圾会三天清理一次，巷子也有人专门一个星期扫一次，那人如果留下什么痕迹，早就清理得干净了。”林泽夫见她扫过垃圾桶看去，提醒她。

安雅瑜点头，“我也明白的，可我就是奇怪，那人为什么会走这条小巷，三爷您瞧，主街之处，一共有三条小巷相连，另外两条连通其他道路，是最好逃跑的，相反来说，这个巷子反倒是条死胡同，他跑了进来，能去哪里？”

“你怀疑他从其中一户人家的后门走了？”

“难说得很，不知道这几户人家是干什么的？”安雅瑜问。

“要查他们倒容易得很。”林泽夫说。

安雅瑜一转身，见林副官走了过来，怔了怔，“三爷，林副官跟着我们吗？”

她不免忐忑，这一路走来，也不知被这昔日的老同事看到了多少。

林泽夫瞧了她一眼，“我让林副官盯着那位阿紫姑娘。”

安雅瑜恍然大悟，“三爷怀疑她说话不尽真实？可不像啊，她都害怕成那个样子了。”

林泽夫说：“每个人都有趋吉避凶之心，她虽只是个小小厨房帮手，但遇到危及自己性命之事，她一定会选择对自己有利的东西告诉我们。”

说话间，林副官已经走了过来，低声禀报几句，林泽夫微微一笑，“果然如此。”

见安雅瑜一脸疑惑看着自己，心情大好，有心逗她，说：“不如你来猜猜，林副官发现了什么？”

林副官站得笔挺，向她点了点头，挤了挤眼。

安雅瑜就问：“我问林副官一个问题，林副官怎么答都可以，行吗？”

林泽夫向他点头。

林副官哈哈笑了两声，“好，你可不许直接问结果，问了我也不会告诉你。”

安雅瑜说：“林副官在茅厕待了多久？”

林副官半张着嘴，好半晌合不拢，举起袖子放在自己鼻端闻了闻，“你闻到了？”

“看来的确是去了那酒楼后边的茅厕待着，才听到了阿紫姑娘和阿强的对话了？”

林副官只点头，“说好了只告诉你一个问题的，好吧，我待了半个时辰。”

安雅瑜看了一眼天色，说：“酒楼后边自己搭了一个茅房，和厨房隔不了多远距离，一般打下手的人在后面切菜洗菜等等都在那儿进行，现在正是吃晚饭的时候，是厨房里的人最忙之时，阿紫姑娘一边洗菜切菜，一边和阿强说话，再联系当时车祸发生之时发生之事，案发之时情形，我想，那凶手某处特点被阿紫姑娘认了出来？”

林副官抿着嘴点头。

“这处特点，是不是和菜有关？”安雅瑜紧盯着他。

他瞪大了双眼，却还是抿着嘴。

安雅瑜走进小巷里，往小巷深处走了去，直走了个来回，这才回来，轻声说："难道说那凶手是个杀猪的？"

林副官嘴一下子张开，再也忍不住了，"你怎么知道的？我没说什么啊？"

安雅瑜说："倒不是你说的，你只给了我一个方向，那就是阿紫一定隐瞒了什么，而你偷听到了她所隐瞒之事。"

"我没说我偷听到了啊!"林副官说。

"你没偷听到在茅厕里待了那么长时间，你会满脸喜色？"安雅瑜说。

"先说说你怎么知道我从茅厕出来的？真闻出来的？"林副官问。

"酒楼茅厕用长芦苇搭成一个简单的小棚，林副官，你袖子上还有芦苇毛呢。"安雅瑜指着他的袖口。

他举起袖口，默默地把粘在身上的芦苇毛取下，解释："那茅厕建得太小了，我蹲在里面，挤啊！"

他眼巴巴地看着安雅瑜，盼着她继续说下去。

"阿紫姑娘撞上车祸，她当时手里提了一个菜篮子，菜篮子并不重，里面没装多少东西，她害怕她的姑父，怕姑父骂她干不好事，可她却还是把菜篮子丢了，就好像里面装了什么让人惊惧之物一样，由此可见，那凶徒和菜篮子里的某样东西有关联，她当时认出了凶手，叫了出来，并意识到手里的东西经过凶手之手才来到了菜篮里，惊惧之下，这才把菜篮子丢了，再有，我刚刚走过小巷，这里有五户人家，四户人家的后门垃圾桶都是些正常的垃圾，只有一户人家垃圾桶有猪毛。"

安雅瑜指着小巷尽头。

林副官说："安小姐，无论你是男是女，我还是得写个服字，没错，阿紫姑娘告诉了阿强，那凶手左手无名指和小指畸形，她一眼认出了是谁的手了，还失声叫了起来，虽没叫出名字，但那凶手仿佛感应到了，想要杀她，还好有人围了过来，才没有杀成。"

安雅瑜说："这么多日子，阿紫姑娘一直好端端的，没有生命危险，难道凶手伤没有好，又或是被其他什么事拖住了手脚？"

林副官问："安小姐，你怎么不问问我布置了人手没有？"

安雅瑜鄙视之，"这还用问吗？您是三爷身边一员大将，还用等到三爷吩咐才办事？只不过么，只怕要让你失望了。"

她这么一说，林泽夫也扯着嘴微笑了一下。

林副官就问："怎么？"

安雅瑜说："我看那猪毛已经干涸，不像是近日倒出来的，而且，凶手让刘医生送到这里就下手了，说明他已然准备放弃这个据点。"

说话间，几名便衣从那户人家的后门走了出来，向林泽夫禀报，"三爷，这户人家两天前已经易手，卖给了一家粮庄当仓库，屋子空无一人。"

林泽夫挥手让他们退下，轻声说："线索又断了。"

林副官问："既然已查出了他在附近市集卖猪肉，一定有人见过他，问问附近的人，肯定能画出他的真实容貌来，到时通缉他！"

林泽夫摇了摇头，没说什么，只往小巷口走了去。

林副官问安雅瑜，"怎么回事，安小姐，咱们三爷这是准我这么做啊，还是不准？"

安雅瑜看了他一眼，诚恳地说："林副官，我认为三爷是在不动声色地说你蠢，那人那么擅长改容换貌，你以为他平里卖猪肉的容貌就是他的真实容颜？阿紫认出了他，是因为他的手，他卖猪肉时，要把手伸出去递肉给人，那手形状奇特，这才让阿紫一眼认了出来，我估计，你再去问附近之人，那些人描述给你的，也只是个普罗大众相貌。"

林副官叹气，摊开双手，"安小姐，你瞧吧，跟咱们三爷做事难吧？有时候，他的心思可真难猜，我多么怀念以前，你是白副官的时候啊！有祸咱们一块儿背啊！"

安雅瑜鄙视之，"林副官，我记得你还教过我官职上升方法，怎么哄上司开心之法，怎么到了你自己这儿，全成了纸上谈兵？"

林副官咽着唾沫说："我算是明白了，这些方法，也得聪明人来用。"

林泽夫在前边停住了脚步，侧过头看两人，两人马上加快脚步跟上，安雅瑜说："三爷，咱们去那户人家看看？"

林泽夫点了点头，三人自后门走进，林副官忽然停了下来，捂着鼻子看门口的垃圾，还伸手进去，拿出一撮猪毛搓了搓："真的干了？"

安雅瑜一脸认真，"林副官，光搓搓不行，还得闻闻，看它的气味有没有异常。"

林副官忠厚地把那搓猪毛放在鼻子底下，使劲儿一吸，几欲作呕，一眼瞧见安雅瑜嘴角含笑走远，忙把猪毛丢了，赶上去，朝安雅瑜看了又看，"安小姐，你不是在捉弄我吧？"

安雅瑜笑笑没说话。

林副官叹气，"还是当白副官的时候好，那时你眼底还有正义之气，尤其穿着军装之时。”

林泽夫自前边回头，看了两人一眼，两人赶紧跟上。

走进门内，一位中年人哈着腰迎了上来，“长官，我真不知道这家人去了哪里，他们和我老板做的生意，把这宅子卖给了我老板做仓库，我只是个守门的。”

林副官忙上前说：“老乡您别慌，并没有什么事，我们周围看看就走。”

那中年人缩着身子避到一边。

林副官四周围打量着，见真的只是座空空如也的旧宅子，清扫得干干净净，客堂里堆了几包粮食，显然是后面买宅子的人堆放的，就走到两人身边说：“这人是不是听到了什么风声？逃得可真够快的。”

安雅瑜摇了摇头，“不像是，屋子收拾整洁，连一些好的家具都搬走了，他是从容不迫的避走的，依着凶徒穷凶极恶的性子，如果怀疑阿紫认出了他，一定会掉转身来灭口，阿紫一直没事，说明他有更重要的任务要办，也不必再在这里潜伏下去了。”

她一下子蹲到了地上，手指摸了摸地上青砖。

林副官也跟着蹲下，瞪圆了眼看那青砖，看了半晌，青砖还是青砖，只得问：“安小姐，青砖有什么不妥？”

安雅瑜站起身来，淡淡地说：“没什么不妥，我就想蹲下来歇息一下。”

林副官倍感无趣，心说这白副官变成安小姐了，故弄玄虚的性格一点没变，让他等普通人疑神疑鬼，压力山大。

两名便衣正轻轻向林泽夫汇报着什么，安雅瑜不便打扰，走至庭院四处查看，看了后院回来，便衣已经离开了，于是走到他面前问：“三爷，发现了什么？”

林泽夫说：“他并不是天天开档卖猪肉，每个星期至少有一半不在档口，他不在的时候，他媳妇就去开档，两夫妇都沉默寡言，不爱跟人说话，和左右邻居也不大往来，再有，他这家独门小院，并不像其他院子一样与隔邻紧密相连，两边都有小巷隔开，倒是特意挑选了这样独立的院房增加隐秘性。”

第四十二章　互变身份

安雅瑜说：“两夫妇居住？凶徒有可能是妻子也有可能是丈夫，如果两人互相掩饰身份，我们又搞不清凶徒是男还是女了。”

林副官说：“怎么会？阿紫不是说卖猪肉的是男人？”

林泽夫皱眉看了他一眼。

安雅瑜无言地转身。

林副官认错得极快，“我明白你们两人那眼神的意思了，还是说我蠢……可为什么啊？”

安雅瑜不忍心，到底回过头解释：“前边不是说过吗？凶徒擅长伪装，稍微改变一下容貌大变，林副官还记得蓝屋发生的那件案子吗？凶手也擅长改装，至今为止，我们连首领是男是女都不知道。”

林副官终于福至心灵，“对的，对的，比如说绑匪之案，谁知道那军师是个女人？还有霍五娘的儿子，却扮成了一个女孩子模样，仿佛这批人尤其擅长性别互相转变……”他上下打量了安雅瑜一眼，“就跟安小姐扮成白副官一样，适应力特别强，扮成男人没人相信你是个女人！”

安雅瑜说：“我和他们相比，可差得远了，他们倒像是经过专门训练。”

林副官说：“忍术，一定是忍术！”

安雅瑜一眼看见林泽夫凝视堂屋门口两边柱子，走过去看清柱子是新漆的，轻声说：“还真是从容不迫退走，卖屋之前，把所有以往痕迹打扫得干干净净，比那刘医生那里还要干净。”

林副官这时倒马上弄懂了林泽夫的意思，从靴子里摸出一把匕首来，小心刮开上边的油漆灰泥，就见上面纵横交错全是刀口。

“三爷，他果然是使用长刀的，这是他练刀的地方，跟我爹在窑洞练刀时的痕迹相似。”安雅瑜说。

林泽夫这才开口，“他的功力比你爹强许多，刀口基本一模一样，连深浅都一致，砍在人身上，也会伤痕一致。”

安雅瑜说：“是不是就像我们在树林里遇到的那位介错人？”

林泽夫点头，“一刀砍下，使人头颅马上折断，瞬间死亡，却能使颈间皮肉相连，是极高明的刀法，和这刀痕有异处同工之处。”

“他们是同一批人。”虽然她早知道了这个结果，但还是有点儿难受，不愿意去深想。

宅子清扫得极为干净，再没有发现什么，走出来之后，三人就直接回了林府，回来之时，林府已然华灯初上，到处飘来饭菜的香味，他们随便吃了一点饭，林泽夫军部有事，外出办事，安雅瑜就上楼休息了。

……

发生这么多事，安雅瑜到底睡不安稳，半夜惊醒，坐起身来，望向窗外，就一眼看见花园里的秋千上坐着的那浑身雪白的人影，顿时全身汗毛直立，等看清面容，吁了一口气，披了衣服下来，走到她面前，“六小姐，你深更半夜这是在干什么呢？”

林幽兰在秋千上摇啊摇，“雅瑜姐，我睡不着，来这里坐坐。”

她的住处离这里可不近，她就穿这身一路走来？

安雅瑜遥想一白色人影在黑夜里飘忽，不由打了个冷战，顺手把身上披着的大衣取下，披在她身上，一摸她的手，只觉冰凉透顶，苦笑说：“六小姐，你不觉得冷吗？”

“不，不冷。”林幽兰停了秋千，仰起脸看她，“雅瑜姐，这两天我老做梦，梦见你也不理我，三哥也不理我，连我娘都不理我，你们看着我，就像看着前边那石凳子。”

她转过头，指着小树下的石凳。

安雅瑜在她身边坐下，“是因为这两天我们外出，没带你吗？”

林幽兰垂下头去，“我知道，都知道的……”她手指互相搅着，脸色发白，“我真的什么都没告诉别人，真的没有。”

安雅瑜说：“没有啊，我们并没有怀疑你。”

林幽兰抬起头来，脸上笑容虚弱苍白，“雅瑜姐，你别骗我了，自咱们去了那个宅子，你被人劫走之后开始，你就在怀疑我了，雅瑜姐，我虽然没有你那么厉害，但我也能推理的。”

她这么直白说出来，倒使安雅瑜不好回答了，“你多心了吧。”

“可雅瑜姐，我真没做什么事，真的没做，我们查案的消息，我一点也没告诉别人，雅瑜姐，你要相信我！如果不信，你可以审问我啊，你们审问那些嫌疑人一样！”林幽兰抓住了她的手腕，冰冷沁凉。

安雅瑜想了想，包拢了她的手，“六小姐，好，我有几个问题想问你，你能仔细回想吗？”

林幽兰连连点头，“雅瑜姐，你问，只要我知道的，我一定言无不尽。”

“你想想，上次你和我去宅子之前，你遇到过什么人，见过什么人？”安雅瑜问。

林幽兰想了想，“遇到过什么人？还不是我周围的那些人，两个丫环，佩香、佩玲两位，娘托人送了盒吃的过来，是娘身边阿香送来的，其余的就没什么了，哦，对了，出来时还见到了司机，问我要不要车？”

“那位阿香经常给你送吃的吗？”安雅瑜问。

“对，经常送，我们吃饭不在一块儿，娘怕那些人做的饭菜不好，几乎每天都送一次，除非我出去了。”林幽兰说，“雅瑜姐，有什么问题吗？”

“当然没有了。”安雅瑜不敢透露太多，只说，“也许是我们外出的消息不知从哪里被人泄露了出去，所以那宅子才被人做了手脚。”

林幽兰垂下头去，“雅瑜姐，你现在什么都不告诉我了，就像三哥，以前他由着我乱来，由着我安插丫环盯着他的行踪，可现在呢，他保密得严实，我什么都打听不到。”

这些她不止抱怨过一次了，安雅瑜只好说：“现在情况复杂，保密一些也是必要的，六小姐，这天寒夜露的，咱们回屋子说话吧。”

林幽兰脸上现过一丝茫然，忽伸出手去，拉住了她的衣袖，“雅瑜姐，如果我看到了死去的人活了，你会不会认为我发疯了？”

安雅瑜一怔，“什么死去的人活了？”

“咱们这座宅子许多年前有人失踪，怕你也通过报纸听说过，连南洋日报都有登是吗？”她抬手指着远处那幢楼，“就是那幢楼，现在已经没有人住了。”

安雅瑜想了想说：“日报上说十来人参加生日宴会，结果两个人死在了客厅里，另外的人不知所踪，当时三爷年少，记忆模糊不清，大帅和太太又刻意隐瞒，因此，他也不记得多少了。”

林幽兰说：“其实我当时已经记得事了，我也在场的，我还记得那天晚上我发高烧，因此娘不让我参加三哥的生日会，还让奶娘带着我去了偏屋住着，可我想去，到了晚间，听到三哥屋子里热闹，悄悄地下了床，走到那幢楼里去了，三哥和那两位姐姐玩得兴高采烈，我很妒忌，觉得娘不喜欢我，我过生日，从来没这么大的排场，于是，我独自一人去了花园哭，哭了好半天，又忍不住往那楼里走，可这时，欢笑声已经没了，三哥也不见了，只有楼梯口两个人躺在那里，我过去看了，是王叔和李叔，我害怕极了，听到有人来了，躲进了橱柜里，后来巡捕房的人来了，把他们抬了出去，说他们死了，我从橱柜里悄悄离开，这件事，我从没告诉过任何人。”

安雅瑜问：“六小姐看见的死人是？”

林幽兰似乎全身发冷一般瑟瑟了一下，“是李叔。”

“李叔是什么人？”

“是我娘娘家的一个亲戚，我也记不大清楚了，但我记得那张脸，一定是他，一定是他！他下巴上长了一颗痣。”林幽兰说。

“你在哪儿看见他的？”安雅瑜抚了抚她的手背说。

“昨儿晚上，我也睡不着，想来你这边的，走过了那幢房子，看见李叔和另外一个人走了进去，我想跟着，可这时候……”

她身子瑟瑟发抖，脸色发白，安雅瑜一警，“你看到了什么？”

“树梢上忽然出现了一个人，一个穿古装戏服的人，就站在那里，拿了一把剑，嘴还张合着，像在断断续续地唱戏，可怕极了。”

安雅瑜心底发寒，想了想问：“他站在树梢多长时间？”

“一会儿，几秒钟就不见了，可这是真的，我真的看见了！忙跑了回去。”林幽兰抬头看着安雅瑜，“雅瑜姐，你不会认为我在做梦吧？我也搞不清楚了，隔几天我就要做一次梦，经常梦见娘，在梦里她好像变了一个人，对我不知道说些什么，可一睁开眼，却什么都没有，可昨晚上那梦太过真实了，月光照射之下，李叔虽然还是那张脸，可脸上神情极为可怕，树梢上真出现了穿戏装的人……雅瑜姐，你说，那幢楼里是不是有鬼？娘以往都不让人往那边去，那楼里以前死过人，家里的佣人也从不往那里走……”

月光洒下，照在她的脸上，使她的脸更添几分苍白，眼睛如小鹿般惊慌不安，安雅瑜伸过手去，轻轻揽住了她，“别怕，要想知道是不是真的，明天白天去那楼里看看就知道了。”

林幽兰搂住了她的腰，仿佛想从她身上吸取温暖，“雅瑜姐，我还是怕，可我不敢打扰你，三哥对我也不同了，我知道，我身上出了什么问题，让你们怀疑到我了，可我真不知道自己出了什么问题，可我只要到了你这里，仅仅坐到楼下，看到你窗口的灯光，就感觉安全了。”

温热的水滴一滴滴滴落在安雅瑜的手背，她的身子在瑟瑟发抖，如寒冬里的小草，似乎转眼就会被大雪覆盖。

安雅瑜心底升起了一股悲凉，却不知道说什么好，只得回搂住了她，“六小姐，这世间之事，只要我们认真追查，无论或多或少，总能查到真相，既然你已经知道自己出了问题了，我们就找出问题根源所在，好不好？”

林幽兰缓缓抬头，泪珠在雪白的面颊滑落，“雅瑜姐，真的能吗？找出了真相，三哥和你会像以前一样对我吗？”

安雅瑜轻声说：“只要一切与你无关，三爷不是不讲道理的人。”

林幽兰说：“不，我不会害你的，也不会害三哥，三哥一定明白的。”

“我知道。”

她无言地靠在安雅瑜肩头，轻声说：“雅瑜姐，你真好，你怎么就变成了一个女人呢？便宜三哥了！我要真能嫁给你，私奔我都干。”

安雅瑜顿时哭笑不得，只好抬头看头顶那轮如银盘般的明月，却只见几朵乌云缓缓滑过月亮表面，心里不由微微发酸。

……

一大沓报纸摆到了桌子上。

“都在这儿了，当年的报纸，无论大小，只要是那一段时间的，我都让人收集了起来。”林泽夫说。

安雅瑜伸手翻了翻那沓报纸，“报纸上报道的东西只可能是极为引人注目的，其他隐藏的信息却很难查到。”

林泽夫手指在桌面轻磕，“的确如此，但当年之事闹得太大，报纸上还是连篇累牍报道，虽然被人掩盖了大部分真相，但确实可以看出一部分事实的。”

“这世上未知之事太多了，查不出来才是正常的……”安雅瑜翻着报纸随口说，忽把一张报纸抽了出来，摊开在桌面上，“这份报纸报道的篇幅极大。”

报纸之上，用粗黑的大字写着，惊天要案：林府少爷生日宴会，参加宴会之人受匪盗袭击，死亡两人，其余人等失踪……

安雅瑜一字一句看了下去，又拿手指一个字一个字地指着看，看了半晌，才皱眉说：“受匪盗袭击，屋里有没有少钱财却没有报道，周围邻居有无看到盗匪更是只字不提，只提及事后这些人的家人聚于林府，要求赔偿，林府花了大笔银钱才把这事掩盖下去？”

林泽夫说：“我唯一记得的，就是仿佛忽然之间，那些人就失踪了，前一秒钟还人声鼎沸，后一秒却已人去楼空，更别提死去的那两人了。”

“当时失踪的人有哪些？”安雅瑜问。

“这个我也查过，倒没有什么特别的。”他拿出了卷宗，递到她的手里，“是我父亲平日生意上有来往的一些人，普普通通的老百姓。”

安雅瑜拿起那卷宗翻了翻，抽出了最后一张，“这个人，你还记得吗？上面只说了是你父亲的老朋友，却查不清身份？”

林泽夫摇了摇头，“他是那晚上最后到的，没有亲戚过来认领，加上时日已久，查不出到底是谁。”

安雅瑜略皱起眉头，“大帅和二太太难道事后就从来不提此事了？”

林泽夫点了点头。

安雅瑜问：“你还记得李叔、王叔吗？”

林泽夫皱眉想了一会儿，“完全不记得了，报纸上只提及有两个人死了，但面容相片和其他内容却什么都没有。”

此话一出，屋里顿时沉寂了下来，一股隐隐的不安似乎从屋子各个角落飘出，笼上了两人心头。

安雅瑜斟酌着说：“听六小姐说，李叔是二太太的娘家亲戚，她还记得他脸上长了个痣。”

林泽夫说：“面容特征这么明显的人，如果我见过，我一定会记得，但我可以肯定，我没见过这个人。”

安雅瑜沉吟了起来，“这就奇怪了，也不知你们俩谁的记忆出了差错？”

“她说晚上看到了死去的人复活？就在那幢楼下面？”林泽夫问。

安雅瑜点了点头，“她神态惊恐，不像在说谎。”她停了停有些迟疑地问：“三爷，有个问题我一直搞不明白，那幢楼既然发生过命案，在民间来说，是个凶宅，一般人会想办法搬离那里，离得越远越好，可为何林家却没有搬走，只在它周围买地，重建了不少房子？”

林泽夫说：“这个我成年之后也问过父亲，他说出事之后，请风水师看过那房子，准备搬走，可风水师说，那幢楼虽是风水极差的楼，俗称火坑，但只要在其周围建几幢小楼，按照他说的方位建好，将火捂住，形成什么悬河注火之势，就能家宅兴旺，贵不可言，后来父亲起兵，屡战屡胜，更信了那风水师说的一套，于是不断买地，在其周围建楼。”

“难怪林府建了好几幢一模一样的小楼。”安雅瑜说，“如此说来，那幢楼一直空着？没有派其他用途？”

林泽夫点头。

窗外一轮红日自屋脊处升起，把雪白的楼墙铺上一层金色，金雕玉镂，美不胜收，那处于中心的独幢小楼却是浓绿叠翠，墙上爬满了壁绿青藤。

安雅瑜视线收回，轻声问："那幢楼封了吗？"

"封倒是没封，里面家具什么的都搬走了，长久没人居住，一般人也不往那里走。"说着，林泽夫站起身来，"走吧？"

安雅瑜一怔，赶紧跟上，"咱们这就去？不叫六小姐？"

林泽夫指着窗外，淡淡地说："她怎么会不来？"

安雅瑜一看，果然，林幽兰早就坐在了昨晚那秋千上，见两人看她，扬手打了声招呼。

窗外视线明亮，安雅瑜一眼看清她眼下浓重的黑眼圈，心说她不是昨天一晚上都没睡吧？

两人走下楼，林幽兰迎了上来，精神倒好得很，脸上还带了些喜色，"雅瑜姐，三哥，咱们走。"

她今天穿了套猎装，脚底下还蹬了双靴子，安雅瑜赫然发现，她腰上居然还别了把小小的别克手枪，不由说："六小姐，我们是去您自己家里，用不着这么隆重吧？"

林幽兰压低声音说："雅瑜姐，那幢楼可好长时间没人去过了，谁知道里面有没鬼之类的，我这身装扮，等会儿跑都可以跑得快些。"

安雅瑜看了一眼她那半跟高的长靴子，抽了抽嘴角，只好说："但愿如此。"

林幽兰还真是个大而化之的性格，昨晚上还愁眉不展，今儿个又把一切抛到了脑后。

"雅瑜姐，你看，我越想越感觉不对头，昨儿晚上想了一整晚了，那幢楼是不是真的有鬼，雅瑜姐，咱们一起破过很多的案子，可这有鬼的案我可从来没有参与过，啊哈哈，以后，雅瑜姐就像包公一样，连鬼神的案子都能审了。"

安雅瑜默默地看她，问："我是包公，那你是谁？"

"我么，我当然就是王朝，林副官马汉！三哥么……"

见林泽夫冷冷扫了过来，咽了一下口水，压低声音："八王爷，还有还有，咱们这里有只老鸟，包公身边也有只锦毛鼠，连畜类都有了……"

安雅瑜一想还真不错，不由笑了，"你指的宫池鸫？"

林幽兰点头。

安雅瑜拿眼角扫了一眼林泽夫颈间跳动的青筋，只好说：“走吧，咱们快去快回。”

林副官走了过来，他也身穿便服，向林泽夫禀报：“小楼周围没什么人了。”

林泽夫点了点头。

四人沿人少的小道穿插往那幢小楼走了去，时间还早，林府只有三三两两清扫的下人，走得离那幢小楼越近，就越少人，到了那幢楼下，就只见浓荫蔽日，两棵极大的榕树把整幢楼差不多包裹住了，只冒出了一小截哥特式的楼顶，面墙是褐色泰山面砖，檐口用同色琉璃做成斗篷，虽然有些地方已经破损，但仍可以看到昔日的精致与荣华。

林幽兰缩在安雅瑜身后，小声说：“雅瑜姐，我就是在那棵树下看到李叔和另外一个人进了这幢房子的，我想跟进去，可就在这时……”

她指着那棵茂密的梧桐树，“就是在那棵树上，我看到了那穿着戏服拿剑的戏子。”

林副官纵身而起，双手一下子攀住了树枝，身子一弹一纵就往树上爬去，来到树梢，站在树干上仔细检查，又纵身而下，“上面并没有什么。”

安雅瑜却是仰头，看着三楼那紧闭的窗户，沉默不语。

林副官跟着她往上看，看了半晌说：“三楼是阁楼，那扇窗外爬满了藤蔓，新藤覆盖着旧藤，想必很久都没有人开窗了。”

安雅瑜点了点头，似乎回过神来一般，轻声说：“这棵树可真大，这里虽偏僻，没有林府下人走动，可小楼的背面隔上几十米是围墙，无人走动，围墙后面，却是一条临街小道，如果那影子出现在树梢……”

林泽夫瞧了她一眼，吩咐林副官，“此事过后，派人去街上仔细查询，看有没有其他人见过。”

林副官应了声是。

林幽兰说：“三哥，不会只有我一个人看到吧？谁会那么无聊，半夜出门在街上晃荡？”

“难说得很。”安雅瑜说。

林副官从腰间摸出把钥匙来，上前开门。

林泽夫走至她的身边，只瞧了瞧她，“走吧。”

安雅瑜就跟着他往小楼里面走。

走进楼内，里面倒还干净，只是什么家具都没有，空荡荡的，这幢小楼的格局和林泽夫住的小楼没什么两样，楼梯自左边大门之处往上。

光影自封住窗户的藤蔓射进，在地面上投射出古怪的图案。

安雅瑜看一眼地面上厚厚的灰尘，走到楼梯边，往上走了去，林幽兰紧紧跟着，边走边低声说：“雅瑜姐，这地方瞧起来怎么那么可怕？阴森森的，你瞧，没有人住吧？地上灰尘都积了那么厚了，我晚上看到的一定是鬼！”

安雅瑜说：“你就没发现什么不妥？”

林幽兰摇了摇头。

林副官在下面几阶台阶举手，“我知道。”

林幽兰撇嘴，安雅瑜只笑了笑，林泽夫则挑了挑眉。

林副官说：“这世上哪会有鬼？所谓的鬼，只是人为……”

林幽兰追问：“还有呢？”

林副官眨着眼，“还有……当然得安小姐来说了。”

林幽兰呸了一声。

安雅瑜说：“大厅内灰尘积了那么厚，楼梯处却薄薄地只撒了一层灰，两处灰尘相差极远，你说有可能吗？”

林副官看了看脚下，又看了看大厅，“灰尘厚薄有不同？没什么不同啊？都是灰。”

他还蹲下身去，拿手指拭了拭。

林幽兰鄙视：“雅瑜姐说厚薄不同，你就不从厚薄上来看？我瞧着客厅里的灰比楼梯口的厚多了。”

林副官只看了她一眼，没说话。

林幽兰大怒，“林副官，你什么意思？我比你还眼瞎吗？”

林副官撇嘴说：“六小姐，你就看出来了？”

“当然，明显得很，客厅的灰尘比楼梯上的厚很多，雅瑜姐说的没错。”

林副官淡淡地说：“六小姐，你是先听人说也事实才能看见事实，比我好不了多少！”

林幽兰哼了一声，“我早就看出来了，只不过懒得说。”

两人斗嘴之余，林泽夫与安雅瑜已上了二楼，两人站在二楼楼梯口，只看了一眼，并不往走廊里走，林幽兰左望望，右望望，往走廊里走了几步，回头看他们三人已往三楼阁楼走，马上转身，愕然地问：“三哥，雅瑜姐，二楼有好几个房间呢，你们也不检查一下？”

林泽夫只居高临下看了她一眼，没有回答。

林副官尽心地解释上司的眼神，“六小姐，三爷这眼神的意思我明白得很，代表着，‘你好蠢’！”

林幽兰一脚踢到他的膝盖上，回头问安雅瑜：“雅瑜姐，为什么你们不看二楼？”

安雅瑜只好解释：“六小姐，还是因为灰尘，二楼走廊和客厅里的灰尘厚薄一样，而楼梯上的灰尘却是一致，所以，二楼走廊没有人曾经走进过，相反的，三楼就不同了。”

林幽兰也说了句和林副官一样的话，“这么暗的光线，我看不出有何不同啊！”

林副官鄙视，“六小姐，你要都能看见的话，就真成了神探了，你离神探差得远，看不见是理所当然的。”

安雅瑜跟着林泽夫走上三楼，三楼比二楼的空间又小了许多，一道木门封住了楼梯口。

林泽夫拿手指敲了敲门，皱眉说：“里面还有一道门。”

林幽兰自后面跟了上来，既紧张又兴奋，“三哥，门后有鬼？”

林副官不知道从哪里拿了根铁丝，走到门前，捅进了锁孔，开始撬锁。

一会儿工夫，只听得咔的一声，那锁打开，拉开那门，果然，门外还有一道门，却是极厚的厚木制成，他看着那锁，愁了起来，“这锁可不同外边那道门的，是四道锁孔，不好开。”

林泽夫拿过他手里的铁丝，上前。

林幽兰崇拜地说：“雅瑜姐，你瞧，有什么样的下属，就有什么样的上司，鸡鸣狗盗一家啊！”

安雅瑜却抽了抽鼻子，皱着眉头说：“有股怪味。”

林幽兰问：“什么怪味？”

说话间，房门已经被打开了，林泽夫一拉安雅瑜的胳膊，示意她先别进去。

安雅瑜停了停。

林幽兰和林副官已往门内直冲了去，忽地，林幽兰发出了惊天动地的惨叫，“啊啊啊，死人，有个死人！”

还没等安雅瑜反应过来，两人直冲出了门外，走到门边干呕起来。

林泽夫慢条斯理从衣袋里拿出两副口罩，递给她一副，自己戴了一副，这才走进。

安雅瑜戴上口罩，实在忍不住，“三爷，您早知道这里有死尸？”

“不知，但来这种地方，总要做好充足准备。”林泽夫说。

林幽兰见两人戴了口罩，向林泽夫伸手，“三哥，还有吗？”

林泽夫淡淡扫了她一眼，简单直接：“没了。”

林幽兰只好拿了块手帕出来打了个结蒙在脸上，嘟哝：“三哥，你怎么能这么偏心？我好歹是你的妹妹。”

说着，从衣袋里拿出两副手套，递给安雅瑜一副，“雅瑜姐，这副给你。”

安雅瑜接过，不由问：“你就带了两副？”

林幽兰奇怪地望她，“当然了，带那么多干什么？”

安雅瑜看了一眼林泽夫不带一丝表情的脸，心说作为现场唯一一个既戴了口罩又有手套全副武装的人，她还真有点受宠若惊。

走进屋里，来到内室，安雅瑜就看到了躺在床上的尸体，她才明白林幽兰和林副官为何会到外面去呕吐了，尸体的嘴自两边嘴角被割开，伤口到了耳朵根部，腹部有一个极大的洞，再看清楚些，她也差点儿呕吐了，腹腔空洞洞的，里面的器官全都已被掏空。

死者是个五十来岁的男人，虽然面容苍老，嘴部被毁，但仍然可见脸部轮廓极为俊美，他年轻的时候一定是个美男子。

“尸体造成了这么大的破坏，现场的血迹却少得很，雅瑜姐，这是不是代表着这里不是第一杀人现场？”

安雅瑜点了点头，“没错。”她拿起尸体的手臂瞧了瞧，“从尸斑形状来看，他死亡已超过十二小时了。”

“怎么会有个人死在了这里？”林幽兰说，“这幢小楼不是没有人居住的吗？”

安雅瑜四周围打量了一下，只见这阁楼里洗漱用品一应俱全，更有一张书桌放在窗边，窗子却用厚厚的木板封住。

林泽夫走到窗边敲了敲，皱眉说：“木板里面嵌了钢板。”

林副官不等他吩咐，来到门边，也学他用手指敲，侧耳听了半晌，“的确，好像……和木板有点不同？”

林幽兰鄙视，“林副官，你到底长没长耳朵？”也跟着走到那木门边，拿手指磕了磕，“的确，好像……和木板确实有点不同？”

林泽夫总算开了尊口，说：“推门进来的时候，那扇门重了许多，林副官，你就没发现？”

林副官终于肯定，“门和窗户一样，夹层都装了钢板，三爷，您怀疑这人一直被关在这里？”

林泽夫点了点头，走至尸体边看了看，“这个人腹腔被掏空，身上却没多少血迹，像是被清洗过。”

安雅瑜说：“没错，如果这里不是第一现场，那么，杀人现场在哪里？”

林幽兰跟着他们站在床前，说：“雅瑜姐，我倒是奇怪了，这阁楼被人做成了一个囚牢，偷偷关了个人在这儿，谁会那么大胆？”

屋子顿时沉默下来。

林幽兰似乎终于明白了这其中的不同寻常，左看看，右看看，垂下头去，检查起了那尸体，“雅瑜姐，这个人肯定死前受了不少苦，被人折磨而死的，他的嘴被人割开之时，也许还活着，手腕脚腕上有勒痕，都是新近留下来的，他是被人捆绑杀死，老伤倒没有什么。”

安雅瑜点头，“确实如此，从他脸上的神色来看，被囚禁期间，他日子过得还好，到底是什么原因，让凶手忽然痛下杀手？”

“雅瑜姐，你说，咱们林家，是不是有人认定了这幢楼一般没有人来，所以才囚禁了他？这人得罪了什么人？没在这儿待多长时间吧？”林幽兰说。

林副官说：“我看时间挺长的，起码也超过两年了，这木门木窗封得死死的，外边的藤蔓把整个房子包裹了起来，所以里面住了人也没人知道。”

“不止如此，这个人被囚禁期间，内外看护的人也极为谨慎，只半夜出入，即使留下痕迹，也会撒上灰尘清除掉足迹。”

林幽兰说：“我上次看到的那个人，就是看守这死人的人？”

“没错。”

安雅瑜走到桌前，拿起把小剪刀看了看，桌子是普通的木桌，和林府其他地方讲求精雕细琢的家具大不相同，两块木料拼成一张极大的桌子，她从桌面缝隙处拿起一张碎纸来，对着光看了看，林幽兰跟着走近，“这是什么？”

她手上拿了一张小小的纸屑，纸屑呈半圆弧形，光滑如镜，她没有回答林幽兰的话，只在桌子缝隙处再找了起来，倒又找到了几片纸屑，各有不同形状，她拿手指抚着其光滑边缘，轻声说：“剪这纸的人手艺极好，几乎是一次成形，可他到底在剪些什么呢？”

林幽兰拿了块手帕来，把那些纸屑一一收集好，“雅瑜姐，这是证据，我们迟早会知道的。”

安雅瑜见林泽夫在窗前不知道看些什么，走了过去问：“三爷，你发现什么？”

林泽夫指着窗前一个小洞，“这木板极厚，夹层嵌了一层钢筋，可还是被他用某物弄了一个小洞出来。”

果然，外面的光线透过那小洞射进，使得桌面形成一道小小的光柱。

“这么小一个洞，塞张纸条出去都难，他做这些徒劳无功之事干什么？”

林幽兰突发奇想，“我知道了，你瞧，这里是三楼，离地面并不远，或许他想把被单撕成一条条的，做成绳索从小洞里塞出去？”

林副官用一种终于有人比我还蠢的眼光看着她，“六小姐，把绳子塞出去，人不能出去有什么用？”

林幽兰强词夺理，“怎么没用，当然有用了，塞条绳子出去，或许被人发现，有人来拉拉绳子，他在上边也拉……”

她左右两手做着拉绳子的动手，“这么一来，不就有人知道他在阁楼上了吗？”

安雅瑜摇了摇头，“这幢楼外面全被藤蔓包裹，形成天然屏障，无论怎么做，消息都很难传出去。”

林副官点头，“他这屋子是西边，很少有人经过，你那绳子即使能通过层层藤蔓穿了出去，就能恰巧有人发现？”

林幽兰被林副官反驳，很不服气，却也无话可说，于是不再理他，问安雅瑜，“雅瑜姐，这人死得这么奇怪，内脏都被人挖空了，好像还被清洗过，你说，这又是一种什么刑罚？嘴也被割成这样，前面那件案子里的胡一岳，犯了口舌之罪，所以被人拿铁丸灌喉而死，这人干脆嘴巴被撕开了，你说，不也是犯了和嘴巴有关的什么罪吧？”

安雅瑜摇头，“不清楚，要看了杀人现场才知道。”

“雅瑜姐，看来前天晚上我不是在做梦了？这楼里真发生了什么事？”林幽兰轻声问。

“很有可能，你误闯了杀人现场。”安雅瑜说。

林幽兰一脸后怕，拍着胸口说：“雅瑜姐，你说我最近是不是特别倒霉？在外边闲走两下也会遇上这事？”

林副官忍不住调侃，“六小姐走到哪里，就将死亡带到哪里啊，六小姐，你不用做神探了，做阴间判官最合适。”

林幽兰呸了一声，再低声问：“雅瑜姐，那我在树梢看到了那穿戏服的人是不是真的？”

“难说得很。”安雅瑜回答，只把视线落到了手帕包着的那包碎纸上。

林副官向林泽夫禀报，“三爷，我叫巡捕房的人来？”

林泽夫点了点头。

林副官去了。

三人走出小楼，外面依旧翠绿浓荫，阳光自树缝透入，把斑斑光点投在草地屋顶，透亮而明净。

安雅瑜回头看了一眼三楼楼阁之处，那里的窗户被藤蔓遮掩得只剩下一个隐约的轮廓，屋顶更像一个包得严实的绿色大粽子，只剩下了浓翠可喜，有谁能猜得到，就是这么一个地方，却又发生了惊人命案？

感觉胳膊被人挽住，她回过头来，林幽兰靠在了她的肩膀上，“雅瑜姐，今晚我和你睡好不好？”

“不行！”林泽夫自前面转过身来，冷冷地说。

“怎么不行？三哥，你管得也太宽了吧？雅瑜姐还没和你成亲呢，又不和你睡一个屋！”林幽兰松了安雅瑜的胳膊，叉腰大声说。

安雅瑜顿时只觉脸孔发热，偷偷望向林泽夫。

第四十三章　夜半梢头

“我说不行就不行！”林泽夫表情不变。

“三哥，我每天晚上都做噩梦，好几天没睡好觉了，你就忍心？”林幽兰上前拉了林泽夫的胳膊开始摇。

安雅瑜心中一动，轻声说：“三爷，要不然让六小姐今晚就和我们一起吧，六小姐，你也别回去了，我那里有换洗衣服，等会儿和我们一起吃饭。”

林泽夫略皱了一下眉，再看她一眼，这才点头，“好。”

林幽兰就嘟哝：“什么玩意儿？有了媳妇忘了妹，我说十句顶不过雅瑜姐说一句！还好，这是雅瑜姐，要是别人，我非撕了她不可！”

安雅瑜默默抹了把额头。

林泽夫放缓了脚步，和两人并排走，“老六，你那日真看见了什么李叔？”

林幽兰点头，“真的看见了，和十多年前一模一样，当时光线太暗，也不知道他老了些没有？”

林泽夫只皱眉默默往前走。

“三哥，你还记得李叔和王叔吗？他们没来我们家几天，说是娘的亲戚，做船舶生意的，对你可好了，我记得他们来的时候，带了许多玩具给你，都是舶来品，当时可眼馋死我了，我问娘要，娘理都不理我，说这些是给你的！”林幽兰感叹，“当时我就想，要我是个男孩子就好了，也难怪咱们五姐从小就被大娘扮成了男子。”

林泽夫没有回答，安雅瑜看了他一眼，只好转移话题，对林幽兰说：“屋子里的人死亡时间不超过两天，看来就是你那日看见异常之时出的事，六小姐，你还记得当时是晚上几点吗？”

“不知道，我出来又没看钟，就觉得到处静悄悄的，一片漆黑，估计超过半夜了。”林幽兰果然不再问林泽夫这个问题，兴致大涨，“雅瑜姐，你说，这尸体就这么放在那屋子里，那些人怎么也不处理一下？”

“是不是他们来不及处理尸体？想不到有人会去那里查看？”安雅瑜说。

林幽兰连连点头，“有可能，有可能，杀人的人恐怕脑子有问题，搞得这么麻烦，把尸体的内脏都给掏出来了，难道想做成干尸木乃伊？”

安雅瑜一怔，“什么木乃伊？”

林幽兰顿时得意得很，“雅瑜姐，还有你不知道的事啊？木乃伊是古代埃及一种处理尸体的办法，传说埃及法老王死后，身体内脏被掏了出来，在腹腔里填上香料，如此一来，尸身就不会腐化。”

“我知道木乃伊是什么，你是怎么想到这里的？”安雅瑜目不转睛地看着她。

林幽兰咽了口唾沫，“雅瑜姐，你别这么看我，看得我寒毛都竖起来了，我没怎么想啊，就是看那洗得干干净净的腹腔，就想到了，你想啊，不是要填什么东西，谁愿意那么麻烦把具尸体掏个大洞，还洗干净？”

“哦？”安雅瑜轻声答，垂下了眼眸。

“你看那神经病肖盛古，不也喜欢把人身体的一部分取下来装在石像上？”林幽兰越推理越觉可能，“这个凶手，更离谱了，喜欢内脏！哎，你说凶手还会不会回去？”

“我想，我们几人走进那幢小楼之时开始，凶手就已经知道了，你说，他还会不会回去？”安雅瑜说。

林幽兰扼腕，“可惜啊，都怪三哥，他走到哪儿，就像自带了一颗大灯泡照得全身闪闪发光，想不引人注目都不成！”

林泽夫却像没有听到她的挑衅，只冷冷站定。

林副官领了一脸晦气的顾波等几位巡捕法医自后门走进，来到他跟前，顾波先苦笑向他拱手，“三爷，这些日子可真是多事之秋啊，案子一件接着一件，而且都是大案。”

“你先上去看看，仔细查查，看这人到底是谁！”林泽夫说。

顾波并了双腿行了个军礼，“是，三爷。”

林副官领了他们上去。

隔不了一会儿，两名巡警抬了蒙了白布的担架下来，往后门静悄悄地抬走尸体。

顾波领了法医走到几人跟前，一脸愁眉不展，又不停拿眼扫着安雅瑜，欲言又止的样子十分滑稽。

林幽兰实在看不下去了，直接说："顾探长，你这是憋着一泡屎还是憋了一泡屎？有话快说！"

顾波一张胖脸略红，对林泽夫说："三爷，听说你们已经查探过现场了？这案子实在古怪，巡捕房这些人什么水平，您都是知道的，白副……不，安小姐能否指点一二？"

林泽夫不置可否。

林幽兰惯常插嘴，"顾胖子，想求人早点说嘛，还想掉转头让人主动上门替你破案？"

顾波一张略红的脸又红上几分，赔笑，"六小姐，这还有我几个属下在呢，您这称呼能不能改回去？"

林幽兰说："顾……探长，好说了，我们也没查出什么来，你先让法医验尸，找出这人的身份是正经！"

顾波迟疑说："三爷，我实在怕了那些小报记者了，什么都敢乱写，您瞧，这单案是不是能先捂捂，先别让上边知道？"

林泽夫点了点头，"让你们从后门进来，就是这个意思。"

顾波吁了一口气，"三爷，我这就派人去查这人的身份，只是这人年纪颇大，又被人私底下囚禁了，如今乱世，人口流动极大，我们档案不全，只怕难查得很。"

林泽夫说："你尽力而为吧。"

顾波就知道此案他只是协助，至于能不能破案，并没他什么事了，心头一松，"好，三爷，您和安小姐如果有什么要求，尽管吩咐。"

林泽夫点头。

正说着，一个小丫环自小径那头跑了过来，边跑边大声尖叫，"不得了了，快来人啊，血池，血池……"

她一头撞到这里，几乎把林幽兰给撞倒了，林幽兰踉跄两步站定，大怒，拉住那丫环一轮胳膊一巴掌打了去，"你干什么？一大清早狼哭鬼叫，想把人吓死？"

那丫环捂着脸孔站定，这才看清众人，忙跪了下来，"三爷，对不住，池塘变成了红色，还有，还有……"

林幽兰柳眉一竖，又想再骂，安雅瑜忙阻止了她，柔声说："到底发生了什么，你慢慢说，别急。"

边说边把她从地上拉了起来。

她这才神色安定了些，脸白着脸说："安小姐，六小姐，三爷，我是后院打扫丫头，叫阿麦，每天早上，都是我起得最早，因着前日三姨太说起小池塘里落叶增多，连鱼儿都看不见了，因此，管家命我今儿个用网兜除干净池里落叶，先前雾大，我看不清楚，可，可，可太阳出来了，我这才看清，池塘的水是红的！那是血水……"

几人对望一眼，俱都脸色凝重，林幽兰就对那丫环说："还不快领我们过去看看！"

阿麦畏缩了一下。

安雅瑜见她吓得不轻，止住林幽兰，温声说："阿麦，走吧，别怕，池子里即使有东西，有三爷在，你怕什么？"

林泽夫还真像门上贴的钟馗，有除魔降妖功能，听安雅瑜这么一说，她定了定神，拿眼偷偷扫了一下林泽夫，咬着嘴唇点头。

几人跟着她来到池塘边，阳光已经出来了，果然，一池子的水都变成了粉红之色，池水却依旧透明清澈，依稀可见池底一群小鱼围拢某件肠形之物，疯狂咬着。

四周翠荫密布，远处小楼如玉雕金镂，衬着此处情景，让在场之人俱都寒意遍布。

"这就是案发现场了。"安雅瑜轻声说。

顾波却早已唤了巡捕过来，命他们派两人下去打捞脏器。

幸好这里极为僻静，即使动静这么大，也没有下人走过来探头探脑，林副官却不放心，叫了几名便衣来，守住各个出口，不让闲杂人等接近。

林幽兰左右无事，拉着安雅瑜介绍起池子来了，"雅瑜姐，这池子是我爹早年叫人弄的，这幢楼不是出了事么，爹听了风水师的话，说在周围建楼，在这里建个池子，把什么火坑堵住，又形成什么悬河注水之势，所以，爹专门请了西洋建筑师设计水池，这池子可花了爹不少钱，池子里铺的鹅卵石都是专门从雨花台弄来的雨花石！说是要积玉堆金，让林家坐拥金山，你瞧，那池子底的石头是不是五颜六色？"

安雅瑜往池底一看，虽然池水已是红色，但依旧可见池子里铺的鹅卵石颜色特异，绚丽多彩。

她一眼看见池底仿佛有物发光，忙招手叫顾探长过来，指着那处说："用网捞捞看，那里是什么？"

顾探长忙应了，派了个巡捕过去，一会儿就捞起一物，安雅瑜一瞧，却是一个椭圆形的透明珠子，她举起，对着阳光一照，那珠子却是瞬间反射光线，灿烂无比。

她举起珠子问林泽夫，“三爷，你见过这种珠子吗？”

林泽夫并不接它，把手背在后面，看了一眼，“没见过。”

林幽兰说：“玻璃珠吧？要不就是水晶球？圆的看到过，这种形状倒少见得很，这东西是原来池子里就有的，还是从那人的肚子里被鱼吃了出来的？”

安雅瑜不由恶心了一下，拿着珠子的手顿时只觉仿佛爬了蚂蚁，忽然明白林泽夫为何不伸手了。

她想把珠子还给顾波，一抬头，顾波不在眼前，却吩咐巡捕去做事了。

林幽兰却是跟着他离开，和法医讨论起池子里捞起来的肠子内脏有没有缺少等问题。

安雅瑜只好静静走到林泽夫面前，脸色平静，“三爷，帮我拿一下……”

林泽夫皱眉盯着她，手背在身后，动也没动。

安雅瑜忽然有几分恶趣味之心上升，来到他身侧，打开他衣服袋子的盖子，就把那珠子塞了进去。

看清林泽夫左边眼眉骨直耸动，她忽然觉得此人以往喜欢捉弄下属是有原因的，原来捉弄人真的让人毛孔大开，舒爽得很。

她绷着脸拍了拍他的衣袋，“这是证据，三爷好好保存。”

顾波忙完走到两人身边，“三爷，安小姐，这里就是案发现场了，池边发现两个人的脚印，看来凶手不止一人，可池子旁边的草地却没有发现血迹，依我估计，凶手是在池子里把人杀死，开膛破肚的，再把其身子洗干净，装在某种密封的材料之中带回那幢楼里，我让人仔细检查沿路，一点血水都没发现，可见凶手极为小心，可为何却让整座池子染成红色？这岂不是自相矛盾？杀人弄得这么复杂，真是闻所未闻。”

三人往那池子望去，晨光照射，池子水汽升腾，衬着下面一池红色，却是莫名诡异。

“凡难产，吐血，便血而死，不敬，不孝，不正之人，死后打入十三层血池地狱，投入血池受苦。”安雅瑜轻声说，“也不知道这受害人犯了哪条？”

顾波生生打了个寒战，“安小姐，您是说凶手故意弄出了个血池来，用来模仿十三层地狱？他真成了勾魂判官？”

安雅瑜有些不确定，“我也弄不清楚，也许是，也许不是，这要看顾探长查出来的这人是谁了。”

顾波很少见安雅瑜这么的不自信，忙说：“安大小姐，这案子可就指望您了，您放心，我一定查，钻天入地地查，怎么也要把这人的身份弄清楚。”

安雅瑜想了想说：“顾探长可以从十多年前这小楼内那单失踪案查起。”

顾波脸一皱，看了林泽夫一眼，压低声音，“安小姐怀疑这人和那失踪案有关？不可能吧？这可不好查，牵涉到十多年前旧案，大帅早让人不得过问了，我这一查起来……”

林泽夫冷声说：“让你查就查，你管这么多干什么？”

顾波马上眉目舒展，“三爷，有您这句话，我就放手去查了。”

林泽夫点了点头，吩咐：“把池子弄干净，别惊动府里其他人。”他眼眸扫向了那扫地丫头，“她么，先送回乡下。”

顾波连连点头。

林泽夫说：“瞒是瞒不住的，但如果外面的小报像以往一样把什么细节都写了出来，这就是你的责任了。”

对林泽夫来说，这就是极重的话，顾波抹着额头的冷汗，拍了胸膛保证，“三爷，你放心，这案子不会像以往一样闹得满城风雨的。”

紧跟着，他让人取了鞋印脚模，抽池放水，把现场打扫干净。

顾波等人退走之后，林副官就让人把这院子封了，任何人不准再走进这里。

林幽兰意犹未尽地送走了法医，告诉安雅瑜：“雅瑜姐，肠子全长五米，人体肠子长度七八米，我估计剩下的让鱼吃了不少，五脏基本完整，就是少了个腰子，池水抽干净后发现了，你猜在哪儿？”

林副官听见了过来凑趣儿，“六小姐，打捞起来的肠子你还用尺子量过？”

林幽兰鄙视他，“哪用得着用尺子？拿手丈量一下，什么都清楚了……雅瑜姐，你猜嘛，那腰子在哪儿？”

林副官马上插嘴，“池子角落里？”

安雅瑜默默看了一眼走得离他们远离几步的林泽夫，静静地答：“还能在哪儿，大鱼肚子里罢！”

林幽兰连连点头，“雅瑜姐，你猜得真准，还真在大鱼肚子里，差点就消化了，还剩下半截，这人死后还真倒霉，连尸体都差点不全了，雅瑜姐，你说谁这么恨他？”

安雅瑜瞧了她一眼，“我记得你刚刚才说有人把他想做成木乃伊？”

林幽兰一怔，“没错，做成木乃伊代表崇拜，凶手既恨他，又崇拜他？所以才杀了他？”

安雅瑜无语地看着她，“你的想法还真奇特。”

林幽兰说：“我就经常有这种情绪，对我爹，既崇拜，但有时候看见他对三哥好，眼中只有他，又有些恨，当然，没到这种想杀人的程度。”

林副官撇嘴，“六小姐，你破案子还真是胡思乱想，天马行空，看到人的肚子被掏了个大洞就认为他会被做成啥干尸，请问证据呢，证据呢？”

林幽兰不服气，“案子没查清之前，什么都有可能，我想一下怎么了？”

林副官说：“破案讲究证据，你这种说法，有事实依据吗？”

林幽兰顿了一下，“死小福子，我说一句你顶一句，你什么意思？”

林副官垂头，“没什么意思，讨论案情，你胡思乱想还不准人质疑了？”

安雅瑜却是停下了脚步，认真想了想，“人的情绪有时真是奇怪之极，确实有时候会几种相反情绪混合，凶手把尸体弄成这样，确实奇怪之极。”

林幽兰高兴地说：“雅瑜姐，还是你懂得我，不像某些人，什么都不懂，只会放屁！”

林副官朝天翻了个白眼。

林幽兰就问：“雅瑜姐，这案子咱们要从何着手？”

“咱们？”安雅瑜上下打量她。

林幽兰说：“你可别想把我甩开了，从现在开始，我和你住在一起，睡在一起，做什么都在一起。”

“这，不大好吧？”安雅瑜见前边走着的林泽夫脚步一顿，忙说。

“有什么不好？”她声音渐渐低了下来，“雅瑜姐，只要我跟着你，就不会做噩梦了。”

安雅瑜心底一软，没有回答，往前看去，见林泽夫继续往前走了去，知道他同意了，点头说：“也好。”

林幽兰一下子揽住了她腰，“雅瑜姐，简直太好了。”

林泽夫在前边站定，等两人走近，嫌弃地看了林幽兰一眼，“站远些，我有话对她说。”

林幽兰老实得很，马上站开了几步，走到林副官身边去了。

林副官倒奇怪得很，对她看了又看。

她忍不住了，“看什么看，没见过听哥哥话的妹子啊？”

林副官这次没反驳，只呵呵了两声。

安雅瑜心底也呵呵，走至林泽夫跟前，才问：“三爷？”

林泽夫迈开脚步往前走，拐了个弯离他们远了，这才站定，“这件案子，你有什么头绪没有？”

安雅瑜说：“请三爷把袋子里的那颗珠子拿出来。”

林泽夫脸色一僵，还是伸手，拿出了那颗珠子。

安雅瑜嘴角上扬，瞬间收了，“三爷觉得这珠子像什么？”

林泽夫两根手指夹起那珠子仔细看了看，“像一个人的眼睛？”

安雅瑜点了点头，“没错，和别的珠宝不同，这珠子却是椭圆形的，像极了人眼形状，窗户上手指般大小的孔洞，还有桌上形状奇特的纸，这里面一定有什么联系，但我却暂时想不出来，这联系到底是什么。”

安雅瑜从林泽夫掌心拿过那珠子，抛了一下，轻声说。

“看来只有查出那死人的身份才会知道其他了？”林泽夫问。

安雅瑜点了点头，“知道了杀人动机，其他一切才好推断。”

两人沉默了下来，同时抬头，望向几幢掩映在树林之间的小楼，阳光璀璨，照得小楼浓翠亮紫，美不胜收，可这片最锦绣荣华之处的杀戮却仿佛愈演愈烈，永不停止。

林幽兰和林副官站在不远之处，两人不知道说了些什么，林幽兰一脚向林副官踢了去，踢在他膝盖之处，往这边走了两步，似乎有些迟疑，又停住了。

安雅瑜收回目光，轻声说：“三爷，六小姐身上发生之事，您怎么看？”

林泽夫眼底闪过一丝心痛与复杂，只说：“先看看吧。”

安雅瑜嗯了一声，“凶手想不到我们会查看这里，来不及处理尸体，巡捕房这么一闹，想必他们早已知道了，可要想知道具体信息，还是得找知情人，可六小姐如果不再回自己住处……”

林泽夫沉眸，“无论是谁，想要从她嘴里打听到消息，就要多花些心机了。”

安雅瑜点头。

……

安雅瑜艰难地搬开压在身上的那条腿，从床上起来，揉了揉发酸的小腿，回头看了一眼睡得正香的林幽兰，拿披了件衣服走了出去，来到阳台上，却看见了花园里一闪一闪的烟头之下，那个落寞的身影。

他倚在秋千架下，一下一下摇着那秋千，烟雾在他指尖萦绕，慢慢飘了上来，让他脸孔似乎有些模糊，却俊美而忧郁。

她从没看到过他这模样，不由怔了。

似乎感觉到她的视线，他抬头望来，掐熄了烟，走进屋里。

她走回屋里，想了想，穿戴好衣服，轻轻掩上了门，走下楼梯，就见他闭目坐在大厅里，身上依旧那身军装，手却一下一下打着拍子，嘴里却在哼唱着什么。

走得近了，她才听清，他哼的却是首儿歌，“泥娃娃，也有那眉毛也有那眼睛，他没有爸爸也没有妈妈……”

似乎听到她过来了，他睁开了眼，指了指对面沙发，示意她坐下，“这首歌，小时候有段时间，六妹最喜欢唱了，每天睡觉也唱，醒来也唱，每天缠着我唱，我嫌她烦，叫她闭嘴，她一个人躲在角落里许久，后来见了我，就再也不唱了。”

“三爷，是不是有什么消息传来了？”安雅瑜说。

林泽夫坐直了身子，眼里忧郁尽散，又成了那清冷精明的男人，“还真是什么都瞒不了你，顾波那里传来消息，那个人的身份确定了，确实是在多年前一同失踪的那批人之一，他是梅落雪。”

安雅瑜一惊，“这个人可出名得很，十多年前就是著名京戏旦角，他的霸王别姬如今还被人津津乐道，可当时的报纸为何没有他失踪的消息？”

“当时他的失踪，并没有引起任何人注意，因为他对外宣称出国休养，而且，他并不在我父亲的请客名单上。”

“京剧名旦，就这么失踪了，剧团从没怀疑过，报纸也没登载？”

“当年他跟剧团团长闹翻，还打起了官司，最终从剧团出来，他既无家人，也无朋友，又宣称出国休养，也难怪没有人注意。”

“出国休养，却被人私下囚禁了起来，也不知道到底发生了什么？最终死得这样惨烈，却为了什么？”安雅瑜问。

“不清楚。”林泽夫拿起杯子喝了一口，手指抚着杯沿，似乎有些迟疑。

安雅瑜就问：“三爷，接下来您是不是想从六小姐身上下手？”

林泽夫略略皱起了眉头，脸色疲累，“这一连串的事件进行到了这种地步，也该有个突破了。”

“三爷担心六小姐会有危险？”安雅瑜问。

林泽夫松开了杯子，身子后仰，望向了屋角摆置的那个大花瓶，“危险一定会有的。”

“只怕还不止如此，如果真如我们所想，我怕六小姐最终落得齐沛鼎一样的下场。”安雅瑜说。

林泽夫沉默了下来，年轻的脸显出少有的茫然，眼睛盯着桌上的茶水，凝眸不动。

安雅瑜也没有说话，只静静地坐着等着他，心底酸涩而无奈，这个时候的他，才显出了与年纪相当的惶惑无助，他年少成名，已经习惯了众人关注与期望，也习惯戴上面具与人周旋，人人只认得那戴上强硬面具的他，认为他不会有解决不了之事，可更无人知晓，那张面具之后，他也不过是个二十多岁的青年而已。

“如果她还是那普通人家的女儿，是不是会好许多？”林泽夫问。

安雅瑜看着茶几上那西番莲绣罩，摇头，“我不知道，三爷，我只知道，每一个卷入这些事件之中的人，如果不坚持到底，都不能全身而退，因为，对方不会给你后退的机会，一退再退，就会万劫不复。”

“她以后会不会怪我？”林泽夫捧起了茶杯，氤氲的水汽上腾，使他的脸孔笼在一片烟雾之中。

“我不知道。”安雅瑜老老实实回答。

他抬起眼眸看了她一眼，“你还真是老实。”

安雅瑜认真地说：“但我知道，如果任由幕后之人继续下去，林府怕是会遭遇灭顶之灾，不光是林家，许多人都会受此影响，死的人不光是这一个两个了。”

“安雅瑜，你总是这么清醒。”林泽夫苦笑。

“爹死前提醒过我，绝不能和林家再扯上任何关系，我没有听他的，还是答应了三爷，和您定亲，就希望最后能得到一个结果，又或许能助三爷一臂之力。”安雅瑜说。

林泽夫展露出一丝笑意，“你终于说实话了？”

“嗯，三爷也早就猜到了。”安雅瑜轻声问。

楼梯口传来脚步声，两人同时抬头，就见林幽兰揉着双眼站在上面，她语气之中带着些睡意，“这么夜了，你们还没睡啊？”

“嗯。”林泽夫点头。

林幽兰自楼梯口一冲而下，跳坐在沙发上，兴致勃勃，“是不是有什么消息了？”

安雅瑜看了林泽夫一眼，他轻轻点头，她知道他已下定决心，不由在心底暗暗叹气，也点头，“没错。”

“什么消息？那死人查到了？”

“是梅落雪……”安雅瑜把林泽夫刚才告诉她的话再说一次。

林幽兰吃惊地说：“梅落雪？出名的旦角？唱戏的？为什么他会被囚禁起来？”

“要查过才知道了。”林泽夫接过话头，“你们早点上去休息，梅落雪的家乡离省城不远，是邻郊的古方镇，明天我们去查查，看他到底有什么出奇之处！”

林幽兰不敢置信，指着自己的鼻头，“三哥，你亲口答应让我去？”

林泽夫点头。

林幽兰一撑脚，屁股离开了沙发，又坐下了，“雅瑜姐，你听到没有，这可不是我死皮赖脸求来的，是三哥自己答应的。”

林泽夫沉眸，端起茶杯来饮。

安雅瑜却知道，他安排的那个局就在古方镇了，心底略略有点儿难过，脸上却展开丝微笑来，对林幽兰说：“六小姐，我能不能提个要求？”

“雅瑜姐，瞧你这话说的，有什么事，你尽管说。”林幽兰拍胸口说。

安雅瑜慢吞吞地说：“六小姐睡觉能不把腿放在别人身上吗？”

林幽兰顿时脸色涨紫，看了一眼林泽夫，再小心翼翼对安雅瑜说：“雅瑜姐，要不，我再把腿搁你身上，你就掐我，使劲儿掐？”

林泽夫说：“这不好。”

林幽兰高兴地说：“三哥，你心痛我的？”

他随手拿起椅子上挂着的刀鞘，拔出把小匕首来，“用手掐多麻烦，直接拿刀子戳更好。”

一松手，那小匕首直直往桌面落去，插进了桌子里。

林幽兰咽了口唾沫，“三哥，雅瑜姐，你们聊，我先去睡了。”

说完，往楼上跑了去。

安雅瑜坐着没动，想了想说：“三爷，这件案，顾探长是怎么对外宣布的？”

“只说林府后池子淹死了一个早上起来打扫的下人。”

安雅瑜看了他一眼，迟疑地问：“府里其他人就没人问起？这个借口可不怎么好，如果是一个下人，何必找巡捕房的人来闹那么大的动静，还让您亲自出马？”

林泽夫说：“他们即使心底怀疑，也只会私下里讨论，有谁会把这怀疑摆到明面上来？林府接连发生命案，那些人躲都躲不及，没人会往上凑的。”

安雅瑜想了想垂头，“对这件案子，三爷是不是已经有了眉目了？”

林泽夫点头，“基本已确定凶手是谁，消息已发布出去，古方镇，他一定会去的。”他看了她一眼，自茶几下的公文包拿出个信封来，“你看看。”

安雅瑜抽出那封信一目十行扫完，“没有什么啊？”

林泽夫抽出一个放大镜，“你再看看。”

安雅瑜把放大镜放在信上，一行行看了下去，到了最后一行，停下了，“原来如此……六小姐居然说中了部分事实。”

“没错。”

“六小姐没有回自己住处，小楼里秘密被揭穿，幕后之人一定坐不住了，因此，古方镇倒真是他们一定会下手的地方。”安雅瑜把放大镜放好，收好了那封信，只说：“三爷，明天既是要去古方镇，我这就去睡了。”

林泽夫点了点头。

走上二楼，安雅瑜不由自主回头去望，却见林泽夫独自坐在沙发上，客厅灯光昏暗，将灯影投在他的脸上，使得他的脸半明半暗，却莫名清冷。

安雅瑜默默回头，走回屋子，合上房门，回过身来，林幽兰却坐在床上朝她笑，“雅瑜姐，我等你一起睡。”

“不用，你自己睡吧。”

她却坐在床边不动，垂了头去，隔了半晌抬起头来，“雅瑜姐，你告诉三哥，明天不管发生什么，我都不会怪他的。”

安雅瑜愕然回头，“你都听见了？”

“嗯。”林幽兰说。

“明天只怕会有危险，你也不在乎？”

她直视着安雅瑜的眼睛，“雅瑜姐，你不明白的，三哥这个人脾气虽然大，对我从没有什么好脸色，但他是这屋里唯一一个真心对我好的人。小时候，很多人送各种玩具给他，我从来没有，他就说这有什么好玩的，把那些东西全丢给了我，我学医，学得不三不四的，林家的人总在背后嘲笑我，只有他说，我瞧老六学得就挺好的。那些人才闭了嘴。我找丫环跟着他，他都知道，如果他不想，随时能调走那些人，可他就是不说，宁愿我每天在小路上堵他，一开始，我真以为自己很能耐，连三哥都能骗，可后来我才知道，是三哥让着我的，他是一个好哥哥，我是个只会给他添乱的妹妹，但我真的不想以后拖累他了。”

安雅瑜无言上前，搂住了她的肩膀。

她眼底有水光滑过，却是笑了，“雅瑜姐，再说了，有你们呢，我会出什么事，咱们一定会抓住那些背后搞鬼之人的。”

安雅瑜点了点头。

……

古方镇。

这是一个几千人的大镇，一条小河绕着整座小镇，河道清浅，水流悠婉，将各家各户连接起来，河水极为清澈，可见水草在里面摇曳。

撑着长篙的年轻船娘已经来回了好几次了，拿眼角扫着林泽夫，终于鼓起勇气对抗住他那张冷脸，红着脸犹豫招呼：“这位客官，您想去镇上哪里？我这船哪里都能去的。”

林泽夫哪会搭理她，倚在石桥栏杆上，不耐烦地看着在店铺购买所谓特产的两人。

安雅瑜见他脸色越来越沉，有发火的迹象，到底当过他的下属，不敢撩其虎须，忙拉了一把正挑得兴高采烈的林幽兰，“六小姐，该走了。”

林幽兰说：“别，我还没挑好呢。”她满手捧了傀儡戏人偶，大声说：“雅瑜姐，你瞧，这些怎么样，多挑几个，就可以演一出西游记了……”

安雅瑜轻声说：“三爷等得不耐烦了。”

林幽兰这才意犹未尽地对店老板说：“把这些包起来，我都要。”

店老板大喜，赶紧拿牛皮纸打包。

林幽兰紧盯着他，“你可别把货给我换了，我要的是兽皮制的，可不要那种纸皮制一撕就坏的！”

店老板赶紧说：“哪能呢姑娘，我都是老实做生意的，要都像你说的那样，那些人还不把我这店给砸了？”

安雅瑜一怔，“这种东西还有两种材料制的？”

店老板说：“当然了，这位姑娘买的全是兽皮的，怎么撕扯都不会烂，价钱也高，至于纸皮制的吧，虽然一模一样，颜色形状没什么不同，可容易撕烂，价钱低许多。”

安雅瑜哦了一声，没说什么，和林幽兰一起回到了林泽夫身边。

桥下那船娘又把船撑了过来，见来了两位姑娘，脸上难掩失望，勉强招呼，语气冷淡了许多，“几位客官，想去哪儿，我这船镇上哪儿都能去的。”

林幽兰问：“你们这里有一家姓梅的吗？”

船娘笑了，“姑娘，我们这里一半的人都姓梅，不知你们要去哪家？”

“三哥，林副官怎么还不来？他打听得怎么样了？”

船娘听她唤哥，脸上带了几分笑意，也转脸向林泽夫，“客官，您要去哪个梅家呢？”

正说着，林副官匆匆跑了过来，低声说：“在古方三街五号。”

船娘耳尖，听清了他的话，却撑起了长篙，“客官还是自己走路去吧，那地方我不去了。”

林副官从袋子里掏出几块银元，一扬手，丢到了她船上，“船娘，到了再加倍。”

船娘这才停住，把船往岸边靠，等他们几人上了船才说：“如果在平时，给多少钱我都不去！我劝你们，也别去他们家，小心被骗！”

第四十四章　梅花之源

林幽兰就笑，“你放心，有三哥在，谁能骗得了他？那家到底做什么生意的？”

“那一家啊，原本不是正经的梅家人，是老梅家的远房亲戚，老梅家绝后之后，他一家子自称梅家的亲侄儿，住进了他家里，占了他们的房子，梅老头真可怜，一个独子早年出去了就没再回来，说是学戏去了，一出去几十年，老两口死时都没人知道，尸体在院子里好几天才被人发现。”船娘说。

“他那亲侄儿不管他们？”林幽兰说。

“呸，什么亲侄儿！来了之后，把老两口赶到一个小院子里住着，自己住大院子，梅老头死后，他那侄儿更离谱，在里面开骗局，专骗那些外乡人，搅得我们这里的风水都坏了。”

“姑娘还真是消息灵通，什么都知道。”安雅瑜说。

船娘看了她一眼，冷了几个语调，“当然了，我在这河面上讨活，来来往往的客人多着呢，每天都要搭几个被骗气呼呼回城的。”

“那姑娘知不知道梅老头的儿子在哪儿学戏呢？”安雅瑜期望林泽夫也帮腔提问，以提高船娘谈兴，可惜林泽夫在船头坐得笔直，眼都不朝这边扫一下。

船娘兴致更低，撑着篙有气无力，“这我哪儿知道？不过啊，他们梅家的事，那些老人都知道的，梅老头的儿子小时候还瞎过一阵子，治好之后画什么像什么，他画的傀儡样子活灵活现，哪像现在这些，只可惜啊，人家偏要学戏去，把梅老头气得赶他出了家门。”

“梅家原来是干什么的？”安雅瑜忽视她的冷脸，努力含笑询问，只差没在自己脸上标示：旁边这男人和我真没什么关系。

“梅家？金漆木雕知道吗？咱们整个镇子的雕花窗子差不多都是他们家做

的，梅哥儿更有一身好手艺，瞎了都能雕东西。”船娘不愿意再说，说了几句之后，撑起了篙子。

安雅瑜心头一跳，似乎抓住了什么，可待仔细想去，却什么也想不出，她急问：“他这门手艺，倒是闻所未闻。”

船娘彻底懒得理她了，只拿着篙子一篙一篙地往前撑，直把他们送到了一所大宅子前边。

安雅瑜跟着林幽兰上了岸，一回头，就见船娘把什么东西塞进了林泽夫的手里，林泽夫干脆得很，一扬手，丢进了河里，嘴里还说了句:“真烦。”

安雅瑜往河面一看，是个果子之类的东西沉沉浮浮地沉进河里去，她转头看船娘悲痛欲绝的脸，很怀疑他们几个如果再坐这船回去，驶到河心，他们会不会被这船娘几篙子打进河里。

怀着此种忧心，她等林泽夫上了岸，忍不住说：“三爷，您就不能略为婉转些？那果子您不吃，留给咱们啊！”

林泽夫说：“不能！”

安雅瑜只好看着他的背影叹气。

林幽兰就说：“雅瑜姐，你别管三哥，他就这脾气。”

还没走近宅子，就听到了吵闹喧哗，“看啊，快来啊，碗中能生钱，您投下去几个银元，就能变几个银元来，只要向菩萨真心请求，没做亏心事，这生出来的银元就是你的，不会被菩萨收了回去。”

林幽兰爱热闹，早凑了上去，挤进了人群中，问：“什么？什么？碗里能生银元，给我瞧瞧？”

桌子上摆了两个巨大的木碗，桌子旁边却有一尊人高的木雕观音，观音前摆了些供品。

一个长脸的中年人站在桌子前，面容苍老，但依稀可见眉目生得极为俊秀，只是眼神有些阴冷，见林幽兰问，上下打量了她一眼，笑着说：“这位姑娘是外乡来的吧，不知道我梅老二这木碗可是经过观音赐福的神器，没做亏心事的人把银元投进碗内，摇上几摇，就会生出同样多的银元的，但是，若做过亏心事，观音会把银元全都收回，福祸终有因，善恶终有报，观音收回了银元，就化解了你所作的恶，如你一生行善，从不作恶，观音把你的善意化成银元赏赐给你，姑娘要不要试试？”

旁边一个小子拿起两块银元抛了抛，笑嘻嘻地说：“这是我今日得的，我只有一个，现在得了两个。”

林幽兰说："小子，你怎么不把这两块银元再抛进去，摇上几摇，得四个？"

梅老二连连摇头，"这可不成，这就犯了佛说的贪欲，观音菩萨会收回银元的。"

周围几个闲人连连点头，"是啊，姑娘，人不可以贪，只能适可而止。"

梅老二看清他们几人衣着不凡，更起劲了，指着一个抱了孩子的妇人，"杨婶，来，你来一局。"

杨婶摇头，"我可没钱。"

梅老二说："今儿左右无事，咱们乡里乡亲的，我借你一块。"

杨婶听到有这种好事，不再拒绝，抱了孩子走近，让那孩子接过银元，丢进碗内，梅老二拿起了那巨大木碗，两只碗合上，上下摇了几摇，只听哐当哐当几声，那声音渐渐多了起来，揭开碗一看，碗里果真出现两块银元。

杨婶喜上眉梢，"真有两块银元，这银元是我的了？"

梅老二说："慢着，天降之财分善恶，观音菩萨辨善恶，请二婶在观音菩萨面前真心祈祷数善恶。"

他把那两块银元装入纸袋子里，放在了观音供台之上。

杨婶真走到了菩萨面前祈祷，眨眼之间，那纸袋子腾地着火，燃烧了起来，众人惊呼声中，两块银元显露了出来。

梅老双手合十，满脸虔诚念了声阿弥陀佛，指着供台上的银元说："杨婶，您是个大善人，身上无恶，这银元是您的了。"

杨婶拿起了那两块银元，放在嘴里咬了咬，"是真的，是真的银元！"

林幽兰看得有趣，转头问安雅瑜，"雅瑜姐，你说他这两木碗怎么回事？真是菩萨神器？"

梅老二接过了话头，"好说，这是我死去的伯父雕的两只木碗，原本留给我那堂哥的，可哪里知道堂哥一去不回头，连伯父去世都不回来，伯父死前还抱着木碗念着堂哥，也许感动了上苍，使木碗能辨善恶忠奸，所以才能化出银元来，姑娘要不要试试？"

安雅瑜见林泽夫和林副官两人互使眼色，知道他准备下黑手了，于是对林幽兰说："你还有钱吗？"

林幽兰从袋子里掏出几个银元来，抛了抛，"多的是。"

梅老二眼睛发亮，笑容加深，"姑娘，把银元丢进碗里就行了。"

林幽兰一伸手，五六块银元哗啦啦进了碗里，梅老二像刚才那样合上了木碗，上下摇动起来，只听见碗里银元撞动声音越来越多，到了最后，却如急雨般在碗里撞动。

他一揭开碗，碗里银元却变成了十多个之多。

“请姑娘向观音菩萨祈祷。”梅老二把银元一个一个拿了出来，装进了纸袋子里，放在那座木雕观音供台上。

安雅瑜见林副官已偷偷走至观音背面，只笑了笑，对林幽兰说：“去吧。”

林幽兰真走至观音面前，学着那杨婶的样子双手合十。

纸袋子哄的一声燃烧起来，众人皆死盯着燃烧之处，可直等到纸袋灯烧尽，也没有任何银元露出。

林幽兰目瞪口呆，指着供桌之上，“银元呢，银元呢？”

她跑了过去，还在钻进台底寻找了一通。

梅老二遗憾地说：“这位姑娘，看来你恶念未消，菩萨收了你的供品，一定会替你化解日后生活中的不幸。”

林幽兰双眼有些发直，“真的吗？”

安雅瑜看她神情不对，知道她或许被这神棍挑动了隐藏的心事，忙望向林泽夫。

林泽夫马上会意，高声说：“大家都散了吧，我们找梅老二有事相谈。”

众闲汉互相望了望，并不离开，一脸恶相，问：“你们是什么人？想干什么？知不知道这是什么地方？”

林副官已从观音后面出来，拿出了一个黑色袋子，摇了摇，就听里面哗啦啦作响，“问他几句话而已，只要好好儿回答，这袋东西还是你的，要不然，可真要被菩萨收走了。”

安雅瑜温和地说：“梅老二，我们只是有话问你，并不管你这些骗局，你瞧，我们是进你院子谈还是把乡亲们都叫来谈谈？”

闲汉们捏紧拳头围了上来，梅老二摆了摆手，示意他们散开，脸色变冷，“好，去院子里。”

几人走进院子，门口闲汉们守住了，梅老二才抱着胳膊问：“你们要问什么？”

安雅瑜四周围打量着这院子，却只见这院子虽然残破不堪，却依旧可见雕梁画栋，建筑极为精美，厅堂、窗户、廊柱之上到处嵌有多层次的镂雕木漆，堂屋正中央却摆着一件木雕制品，安雅瑜走近一看，却是一个木雕的篮子装满了层层叠叠的龙虾蟹，涂着一层金粉，光线投射，却是惟妙惟肖，像真的一样。

她指着那篮子问："这是你伯父雕的？"

梅老二点头，"不是，听说是我那堂兄雕的，我那堂兄啊，在这上面有天赋得很，什么都能雕出来。"

"这可难雕得很，一层层的，里面的那层只能凭着手感来雕了，用眼睛根本看不到。"安雅瑜说。

梅老二见她只问这雕工，脸上神情缓和，"当然了，您还不知道吧，我那堂兄年少时瞎过一阵，好了之后，根本不用眼就能雕，我估计在黑暗中练出来的，你们是想问我堂兄之事？他出事了吗？"

他眼眸闪动，一脸算计。

安雅瑜知道他心底在想什么，只说："你放心，他不会回来和你争田产的，我问你，你见过你堂兄吗？"

"小时候见过，不过那时他才十多岁，我这堂兄啊，可真不是个好东西，丢下父母不管，跑出去学戏，当戏子……"

"以后一直没有消息传回来？连信都没给家里写？"安雅瑜打断他的话。

梅老二眼眸连眨。

林泽夫冷冷地说："老实说！你以为屋子外那几个人能帮得到你？"

梅老二往屋外一瞧，就见那几个闲汉不知何时被林副官捆成一串，背着手坐在了墙脚下。

他咽着口水收回目光，脸上露出几分害怕，忙说："有是有的，刚刚出去那几年，还经常给家里写信，寄钱回来，可伯父生他的气，从不回信，后面他唱戏唱出名堂来了，伯父才慢慢原谅了他，还给他在乡下说了门亲，他回来成亲，住了一个月又回去了，他那婆娘还给他生了个儿子，可哪里想到，他再也不回，他那婆娘带着儿子改嫁，也不知去向。"

安雅瑜再问："那两只木碗，真是你伯父的遗物？"

梅老二垂头拿眼角扫着林泽夫，神态卑怯，"几位既是知道这是个骗局，我也不瞒你们了，堂兄走后，伯父说我有雕刻之资，把我从乡下接了来，要我传承他的手艺，我哪受得了那种苦，所以，只学了个皮毛，也就只能雕个木碗什么的。"他此时倒有几分良心了，居然反省自己，"也许因为我学得不好，伯父心中更加抑郁，老说他这门手艺在他这儿就绝后了，以后再也没有老梅家的木雕金漆了，加上伯母染上风寒去世，郁郁寡欢，没几年就去世了。"

林幽兰怒瞪双眼，"说，你那碗里多出来的银元是怎么回事？"

梅老二缩着脖子说："说出来不值一提，在盖碗的时候，碗里边缘处有块活动的木板，在合上碗盖时之前，早有人挡着众人视线把银元放进了木板之内，摇动两只碗，那木板打开，银元跌进碗内，这不就多出了银元来？”

林幽兰说：“几个银元可以，要是多装几个，你那碗里暗格能装上？”

梅老二得意地说：“那要看你怎么说了，他放多了，就说他心中有贪念，菩萨一定会收回银元，难道他不怕血本无归？”

林幽兰扫着林副官手里提的那黑袋子，哼了一声，“紧跟着你把银元放进纸袋，实则投进了菩萨肚子里去，落到了自己手里？你这骗局就不会被人发现？”

梅老二说：“乡下人懂得什么？只要和菩萨扯上点关系，他们哪里敢怀疑？再说了，哪一个没做过一两件亏心事？”

安雅瑜打断了他自吹自擂，想了想继续问：“我问你，你说你堂兄能不看就能雕出复杂的图案，如果是画呢？”

梅老二笑了，“您瞧这木雕的龙虾蟹篮，里三层外三层的都是龙虾，雕刻之前都要画图样，里面那层，全凭手感雕出，稍不小心，就会雕坏一根虾须或蟹腿，那可就前功尽弃了，雕比画可难多了，只要脑子有图，我堂兄都能画出来。”他眼睛连眨，“我就不行了。”

安雅瑜看清他一脸可别让我画什么东西的神情，心中一动，“是不是有人请你堂兄画过什么东西？”

梅老二悚然一惊，“这位姑娘猜得可真准，那时堂兄唱戏唱出了些名堂，但戏子能挣多少钱，挣钱的都是老板，后来听说堂兄和老板闹翻了，要独自单飞，写信回来说请伯父不用担心，他能解决此事，说有人请他画什么东西，能得一大笔钱，赎回自由身，那还是许多年前的事了，对了，那封信之后，堂兄就再也没信回来了”

安雅瑜急问：“那些信你还保留着吗？”

梅老二摇头，“没有，伯父死的时候，吩咐我在他坟前烧化了。”

安雅瑜失望之极。

见问不出什么，林副官警告他不得再行这骗局，要不然请他吃几年牢饭之后，把那袋银子依旧还给了他，几人走出这院子。

林幽兰很不理解，“林副官，你怎么回事？知道这个人坏透了，为何还把钱还了回去？”

林副官摊手，“三爷吩咐的，你问他去。”

林泽夫淡淡地说：“此人心胸狭窄，睚眦必报，咱们还要在这镇上待上几天，不能赶狗入穷巷，打草惊蛇。”

林幽兰哦了一声，脸上闪过丝明了，却不再问了。

几人往小河边走，远远看见那船娘撑着篙子在百米之外搭乘客人，安雅瑜忙伸手招呼："船娘，船娘，这边。"

船娘抬头看了几人一眼，爱答不理地说："几位客官，船满了，不顺路，你们自己走回去吧。"

说完，撑着小船走了。

林副官走了过来，压低声音抱怨，"安小姐，您瞧，我们这些副官难做吧？三爷就是这样，略微给个笑脸就能解决的事，他偏偏要给个冰碴子冷脸，最后还不得我们收拾这烂摊子。"

安雅瑜面无表情，"林副官，我现在不是你的同事了。"

林副官说："安小姐，但您还是我的知己啊，俗话说得好，朋友易得，知己难求，这种感同身受之感，也只有您能理解了，做人难，做副官更难，做三爷的副官简直是难上加难……"

安雅瑜一下子没绷住，扑哧一声笑了起来，看着林泽夫的后脑勺，低声说："确实如此。"

林幽兰挤了个头进来，"两位，嘀咕些什么呢？说，是不是在说我坏话？不是说我坏话，就是说三哥坏话！"

安雅瑜和林副官互望一眼，异口同声，"没，谁的坏话都没说！"

林幽兰怀疑地看着两人，"答得这么整齐，肯定有事！"

安雅瑜说："船娘不愿意搭我们，我们在想该怎么回去，这镇子从水道走最近，如果走陆路，只怕要兜上不少圈子。"

林幽兰便点头，感慨起来，"是啊，三哥图一时痛快，把人家船娘给他的果子丢了，这也叫善恶终有报啊，他作恶，结果报复在了我们的双腿之上了。"

她声音大了些，传到林泽夫的耳里，他转过身来，脸色不好了，"还不快走？"

几人忙跟了上去。

林副官手里提了林幽兰买的那些傀儡人，就问她，"六小姐，你买这么多这些东西有用吗？会用吗？买回去送人？"

林幽兰说："什么送人，我自己用，学会了之后在我爹六十大寿上表演给他看！"

林副官撇嘴，"六小姐，这东西可不是那么容易学的，这可要从小练的！"

林幽兰说："你放心，难不倒我。"

几人边闲聊边沿河边走。

时近傍晚，夕阳斜照，将光影投在了河面之上，使得小河镀上了层薄金，水流缓流，波光粼粼。

忽地，远处传来了锣鼓声，几位行人匆匆往那边奔了去，脸上俱有兴奋之色，“玄灯社又开锣了，今天演《封神榜》，快走，快走，这可是过年过节才能见的。”

有懂门道的就说：“没错，孙穆杨的技艺怎么那么容易瞧得见，他一个人就能操纵八九个影人，到时舞台可热闹得很，神仙上天，妖怪入地，喷烟吐火，排山倒海都能瞧得见！”

林幽兰早一把拉住了那路人，“什么玄灯社，你们在说什么呢？”

那路人眼利，一眼看见林副官包袱里露出了一角的皮影，指着说：“皮影戏啊，你买都买了，怎么会不知道咱们古方镇的皮影全国闻名，孙穆杨更是其中的大家，他的技艺可难得一见的，平日里，也只是他的弟子上场表演，今日他可亲自上场！哎，我不跟你说了，我去占个位子，去迟了，站都没地儿站！”

路人甩开她的手，急匆匆往前跑了去。

林幽兰双眼放光，“太好了，林副官，你不是说我不会吗？我拜个师学学不就成了！”

林副官说：“这种东西都需要师傅的亲传口授与长期勤学苦练，你一个闲人哪这么容易学会？”

林幽兰不以为意，“我只学一出戏，有那么难吗？”

跟着那些路人来到了一个广场上，锣鼓虽然响着，可实际却还没有开始表演，场上搭了一个简单的台子，几个艺人正准备着，竖起了白色幕布，放置好投射马灯，一些闲人自己搬了椅凳来，占据了中间的好位置。

前面却有两排宝椅空荡荡的，并没有人坐，安雅瑜知道那两排就是留座或标价的了，上前询问：“请问管事的在吗？”

一瘦小老者走了进来，哈着腰说：“姑娘什么事？”

“这座还有余留吗？”安雅瑜问。

老者笑了，“孙穆杨师傅的玄灯会怎么还会有座留着？几天前就被人订完了。”他看了林泽夫一眼，见他气宇不凡，似乎有些迟疑，“我去问问孙师傅，他平日里会给好友留几个座的。”

林幽兰兴致高昂，“我和你一起。”

两人走到台后的帷帐之中，隔不了一会儿，帷帐一揭，她和一位素白衣服的中年人一起走了出来，林幽兰满脸笑意，“三哥，雅瑜姐，这位是孙师傅，他答应收我为徒，教我一出戏了，今儿晚上，还让我亲自上场。”

孙穆杨微微点头，“这位姑娘一派孝心，为父亲祝寿学影子戏，再怎么着，我们也得成全了。”

林副官压低声问：“老实说，花了多少钱？”

林幽兰呸了一声，“懒得和你这俗人说话。”

安雅瑜就问了：“孙师傅，她可什么都不会的，她能控制什么？”

孙穆杨笑呵呵地说：“她戏不多，我们这出戏要十来个人操纵，她只需控制一样东西就成了。”

安雅瑜奇了，“到底是什么啊？”

林幽兰得意扬扬，拉长了声音：“二郎神……”

林副官惊了，“他可要上天入地的！”

林幽兰慢吞吞说完：“……身边的哮天犬。”

几人都笑了，林泽夫也微微扯了扯嘴角。

林副官说：“原来是一条狗，难怪容易。”

孙穆杨说：“说容易也不容易，但姑娘只要学好了这个，慢慢地其他就不在话下了。”

孙穆杨派了个小弟子来，拿了哮天犬的皮影来，几下就教完了，又回去准备上场，让林幽兰自己先练着，林幽兰拿着支架比画了几下，没精打采起来，“就这？摇几下头，摆几下尾。”

小弟子认真地说：“姑娘，你可别小看了这，我可都是学了三年才上场的，师傅让我第一次上场控制一只蝴蝶！”

林幽兰这才有了几分高兴，就盼着开场。

夜幕降下，场上的人渐渐多了，看在林幽兰那银子的面子上，几人被安排在了前排正中。

挑在四角的马灯亮起，白色幕布上打上了一圈光影，急雨般的锣鼓声响，林幽兰兴致勃勃提着哮天犬皮影去了后台。

台上紧锣密鼓，影人枪来剑往，腾跃翻滚，时而钻天入地，时而翻江倒海，唱出来的调子却是婉转悠长，余音缭绕，台上台下之人皆如痴如醉。

而那条哮天犬只时不时跑出来转一圈又跑回去在角落里待着，看得安雅瑜暗自好笑，心说以林幽兰的性子在幕后能待这么长时间还真是出奇。

幕布之上，那哮天犬摆头，摇了一下尾。

不知为何，安雅瑜心底忽升起阵不安，轻声说：“她还真在幕后待这么长时间？”

林泽夫一皱眉，对林副官说：“你去瞧瞧。”

林副官忙向后台而去，隔不了一会儿匆匆走来，“六小姐不在幕后。”

安雅瑜失声说：“怎么会？”

林泽夫却已站起身来，朝后台走去。

林副官早已拉起了那操控哮天犬的小徒弟，“那位姑娘呢？”

小徒弟急得汗都出来了，“别啊，这正演着呢，可不能出错，那姑娘事儿多，一会喝茶，一会儿上茅房，这不，还在上茅房呢！”

他手往后指。

几人忙往后面冲了去，林副官早查了茅厕，发现空无一人，忽地，一声尖叫响起，几人急往发声去冲，就见林幽兰呆呆站在一棵大树之下，看着树根之处，静立不动。

而树下，却躺着那位梅老二，手抚脖子，眼睛瞪得老大，舌头伸了出来。

林副官急步上前摸了摸他的颈间，轻声说：“死了，是被人掐死的。”

林幽兰却眼睛依旧直视前方，动也不动。

安雅瑜轻轻拍了下林幽兰的肩头，“六小姐，怎么了？”

她转动眼珠看着安雅瑜，眼底带着死灰之色，垂头看着自己的双手，“雅瑜姐，是我掐死了他，我记得的，他死死地看着我，我的手放在他脖子上……”

安雅瑜一惊，林泽夫已拿了手电筒出来，照在梅老二的脖子上，查看起了勒痕。

光线照射之下，几人皆看得清楚，梅老二脖子上一双小巧的手痕，却与林幽兰的手一模一样。

“怎么会这样？六小姐，你怎么能掐死这么身强力壮的男人？弄错了吧？”林副官勉强地说。

林泽夫站起身来，脸色冰冷，“百密一疏，还是让他得手了。”

安雅瑜心知肚明，就问：“三爷，您早就安排了人？”

林泽夫点了点头，林副官把手指放在嘴里打了个呼哨。

又有呼哨相应和，隔不了一会儿，脚步声起，几名便衣押了一个男子过来，一名便衣一脚踢在那男人的后膝上，他跪倒在地，却是梗着脖子，阴冷眼眸盯着众人，“林泽夫，你挖好了陷阱等着我？你早就准备好了？我真小看了你！”

便衣四下散开，把路口守住，不让闲杂人等过来。

便衣小头领上前，拱手汇报，“三爷，我们赶到之时，就看见这人正和六小姐说话，而这位梅老二昏迷在树下，六小姐忽然掐他的脖子，我们赶紧阻止，六小姐这才惊醒站直不动，我们追至树林南边，才将这人擒住。”

林幽兰却只端详着自己双手，满脸痛苦，“为什么？为什么我会这样？你告诉我，我为何会这样？我不认识你，为什么会和你说话，为什么会听你的话？”

那人被两名便衣押着，却只冷笑连连。

他长相普通，却胳膊极粗，孔武有力，显然是练过的。

林泽夫负手走到他的跟前，只说：“梅金荣，说吧，你为什么杀死梅老二？你不是深恨你的父亲吗？”

“梅金荣？三哥，他到底是谁？”林幽兰回神，“这个人不是我杀的？”

“他就是梅落雪的儿子梅金荣，那位据说被梅夫人带走改嫁的那位遗腹子。”安雅瑜轻声说。

“不会的，那梅落雪是当世名旦，长得极为俊秀，哪是他这个样子？”林幽兰问。

林副官走了过去，让两位便衣押好了他，一揭他的眉毛，再在他下巴上揉了几下，搓出些不明之物来，他整个人顿时变了一副样子，却是眉如远山，俊秀无比。

林副官把那些东西摊在林幽兰跟前，“六小姐，明白了吧？”

林幽兰连连点头，却问：“梅老二真是你杀的？不是我？”

梅金荣阴声说：“六小姐，是你动的手，你忘了吗？”

林幽兰捧住了脑袋，神色慌张，“我不记得了，一点儿都不记得了，不是我，一定不是我。”

“不记得了？六小姐，你的指印还在他的脖子上，怎么会不记得？我知道，你们林家财势雄大，为了替你脱罪，找我当替死鬼？哈哈哈，林泽夫，你这么做，说得过去吗？”他直着脖子说着，张狂之极。

林幽兰浑身都在哆嗦，双手紧紧地绞着，神态可怜，望向了林泽夫，“三哥，是吗？他说的都是真的？”

林泽夫几步走至，一脚踢中了梅金荣的胸口，让他鲜血直喷，这才冷冷地答：“你三哥从不做违背良心之事，连这你都忘了？”

安雅瑜跟着说：“没错，六小姐，你应该相信三爷，你与梅老二无冤无仇，今天上午才第一次见面，怎么会杀他？与他有仇的，是这个梅金荣，梅落雪的儿子！”

梅金荣吐了一口嘴里鲜血，却是神态桀骜，连声冷笑。

“多年之前，梅落雪抛妻弃子回到省城唱戏，成了著名旦角，与一名富商之女相恋，却再也不肯认他那乡下的老婆孩子了，甚至和父亲闹翻，脱离了父子关系，使得其老婆孩子从此颠沛流离，我想，就在这时，其子就被人收罗，私底下训练，成了一名杀手？梅金荣，我说得对不对？”安雅瑜问。

梅金荣冷冷地答：“是又怎样，不是又怎么样？”

安雅瑜直视着他，却是一声轻叹，“可怜，真是可怜，被人当成了对付自己父亲的棋子，却把那些人当成了救命恩人，死心塌地替他们办事，真是可怜！”

梅金荣双目眯起，又倏地睁开，“安小姐，你别故弄玄虚了，没错，我是杀了不少人，但那又怎么样？如果不是他们，我早就饿死了！我爹才不是什么好东西，一旦得势，就抛妻弃子！”

安雅瑜慢吞吞地说：“抛妻弃子？是你亲眼所见，还是别人的口耳相传？是不是你爹有一日忽然间不回家了，有信写了回来，要和你娘离婚？”

林泽夫示意，林副官从便衣手里拿过一个公文包，从里面拿出个信封来，递到安雅瑜手里。

安雅瑜把那封陈旧之极的信封举高，给他看。

梅金荣瞪大了双眼，“连这封信你们都找到了？”

“正是这封信，才让我们最终确认，你是参与杀死梅落雪的人之一，而你，也是长青街五号那件车祸案的凶手，更是杀死我父亲的杀手首领！”说到最后，安雅瑜声线拔高，表情冷凝。

“你指安之祥？”梅金荣哈哈笑了两声，“这只我的任务之一而已，我不杀他，其他人也会杀他的，不过你父亲还真有本事，把我带去的那几个人全都弄死，还让我受了重伤，老刘么，倒还念点旧情，让我在那儿养伤，可我怎么能让他活着？”

“刘医生不是你们的人吗？”安雅瑜问。

“他啊，以前是，可许多年前，他就背叛了我们了，我们早找到他了，准备动手清除了他，可为了杀你父亲，这事就耽搁了，正巧，我受了伤，得找他治，他还以为我也背叛出来，治得那个尽心啊……哎，杀人的任务多了，也难办啊，这不，我的伤一好，他只好死了。”

又是一个把人命不当一回事的人。

在场诸人听了他的答话，俱都面面相觑。

安雅瑜皱紧眉头看了他一眼，“也许你不知道，当时我也在场，那窑洞后有个暗道，我就在那里躲着，你们之中有一个杀手，声音和三爷极为相像，他也死了吗？”

梅金荣看了一眼林泽夫说：“声音像他？哦，你说的是黄富贵？是我的副手，这个人么，嗓门确实和督军有几分相像，他啊，一刀被你父亲刺中腰腹，和我逃出那里，没走几步就死了。”

安雅瑜莫名松了一口气，想了想再问：“你们的那些人之中，有许多这样的人吗？”

“安小姐指什么人？”梅金荣问。

“有一技之长的人，比如说你，天生就擅长使刀，刘医生医术一绝，还有那善于修补瓷器的……”

梅金荣打断了她的话，哼了一声，颇为骄傲地说：“那是当然了，没有一点天赋本事，怎么能被他们挑中？黄富贵却不同，他没什么本领，咦，被你一提醒，我现在倒有些明白了，他的本领就是和林三爷声音相似！”他不耐烦地说：“安小姐，你是个明白人，你且说说，我爹这个人该不该死？我娘肚子里还怀着弟弟，他写信告诉娘，说要和娘离婚，害得娘当晚早产，你说他该不该死？”

安雅瑜说：“这封信确实是真的，可那时，你父亲梅落雪并没有想娶什么富商之女，更别提抛妻弃子了，而是已被人囚禁，身陷囹圄之中，被人逼迫写下了这封信！造成抛妻弃子假象，而为了控制他，那些人找到了你，你是梅落雪的儿子，也继承了他的天赋，他能在黑暗中雕刻，而你，却能精准地用刀，他们把你训练成了万无一失的杀手！”

梅金荣只是冷冷笑了，“胡说！安大小姐，你别编些话来骗我了，他是什么人我还不知道？他与娘成亲之后，再也没回来过！”

“你父亲的这封信，早已把一切说得清清楚楚，而你，作为梅家金漆木雕的后人，却搞不清雕下有雕的道理吗？就像你们梅家堂屋里的那个虾蟹篓，一层又一层，从外面看去，永远都数不清里面到底藏了多少只虾，又有多少只蟹！”安雅瑜说。

“安小姐，你到底想说什么？”梅金荣神态迟疑起来。

林泽夫一挥手，让两位便衣松开了他。

林副官拿来了一个放大镜，递到安雅瑜的手上，又拿来马灯照着那封信。

安雅瑜把放大镜对准了那封信最后一行字，对他说：“你自己来看吧。”

梅金荣迟疑向前，取过了放大镜，照着最后那行字一一看去，忽然间，手里的放大镜落到了地上，他无声地跪倒在地，浑身都在哆嗦，“真是这样？原来是这样？”

安雅瑜说：“就像你爹的金漆木雕一样，我想你也明白，这封信没有人能仿造，你父亲梅落雪有一手极为高超的木雕手艺，他能在木块上雕出重重叠叠的虾蟹来，所以，当他被囚禁之后，他一直在寻找脱身示警的方法，当幕后之人要他写信回家，让家里人彻底放弃他，让所有人都以为他出国休养之时，他想到了这种方法，把木雕之术用到了写字上，用微雕把真实情况写在最后那个字最后的那一画中，如果不用放大镜一个字一个字地查看，看信的人只会以为那一画是写信的人把握不住，手颤写滑了。”

梅金荣垂着头，双手抓住草皮，从牙缝里逼出些声音来，“难道父亲一直被他们囚在那幢楼里？”

安雅瑜说：“你不知道吗？他们没告诉你？”

他的声音之中有死般的绝望，“他们只告诉我，从国外把父亲捉回来了，让我处理了他，我杀他的时候，他的嘴已被他们用线缝住，就那么看着我，眼睛眨也不眨，我想，他一定认出我来了，我恨他，恨了许多年，他既然不喜欢我娘，为什么要娶她？娘生弟弟时难产而死，他也没有出现，我后来流落街头，他依旧没有出现，听说难产之人要下十三层血池地狱，应该他来受这种苦！因此，我在那池子里让他受刑，割破他的面颊，让他连话都不能说，不能和阎王控告！我，我竟然杀死了我的父亲！”

场上的人听了，皆只觉胆寒莫名。

林幽兰听得呆住，把自己的事儿放到一边，不由问他：“你挖空他的胸腹为什么？”

“娘思念了他一辈子，而对我，他从没做过当父亲的责任，他死了，终于能陪我了，我会让他尸身不腐，下半生永远陪我，我再也不是没爹的孩子了！”他越说越大声，到了最后，声线却仿佛变成了孩子般的尖厉。

“又是一个脑子有毛病的。”林幽兰喃喃地说。

第四十五章　胜利在望

梅金荣看了她一眼，却笑了起来，“脑子有毛病，没错，咱们的脑子都有毛病！六小姐，你可得小心点儿！”

林幽兰脸色一白，急问：“你对我做了什么？快说！”

梅金荣这时却言无不尽了，说：“你不知道吗？我收到传来的消息，只要对你说出那几个字，问你什么，你就会说什么，要你做什么，你都会做！”

林幽兰浑身都在颤抖，“什么字？”

梅金荣直视着她，拉长了声音：“春江花……”

安雅瑜赶紧阻止，“闭嘴！”

梅金荣停了下来，“安大小姐叫我住嘴，我当然得住嘴了，安小姐见多识广，也没见过这种控心术吧？听说从西洋传来的什么心理暗示，说出这几个字之后，六小姐进入了深度催眠之中，还好被你们打断了，要不然，嘿嘿……听说有个人就因为频繁被人使用了这东西，发疯了！”

安雅瑜摇头，“不，梅老二不是六小姐杀死的，他虽然死时舌头伸出，双目圆瞪，像极了被人掐死，但他颈下另有一条细细的红印，他是被你用绳索勒死，你再引得六小姐掐在他脖子上，我不明白，你为何要这么做？”

梅金荣言无不尽，“其实我也知道这多此一举，但有人传信让我这么做，我就这么做了，我可不知道原因，他们让我问六小姐的话，问她这几日到底从你们那里知道了些什么，再要我使六小姐犯上命案，说什么要加深暗示！”

安雅瑜轻声说：“原来如此！”她没有再说下去。

林幽兰张皇地问：“雅瑜姐，这是怎么回事，什么‘原来如此’。”

安雅瑜说：“也许这几日那幕后之人找不到机会接近你，所以就急了吧？”

月光照下，林幽兰脸上是死一样的灰白，“谁，谁会这么对我？”

“这我可不知道，我们之间都是单线联系，我那媳妇，当然是假的，也是我的搭档，所有的任务都是她传给我的！来这古方镇，一来得了任务，为了六小姐而来，上面说了，为阻止林三爷继续查下去，让我便利行事，我当然得顺手解决了梅老二，我们梅家的家业，是他那种人能染指的吗？”

“你那假媳妇在哪儿？”安雅瑜问。

“在林子北边等我，你们快去捉她！”梅金荣咬牙切齿地说。

林泽夫向便衣小头目点了点头，他领了几个人直奔而去。

“训练你的那批人在哪儿？他们的驻点在哪儿？你知道吗？”安雅瑜问。

“我都说，都告诉你们，你们一定要把他们碎尸万段！让他们不得好死！”梅金荣双目赤红，俊美的脸却是扭曲狰狞。

这个人爱也强烈，恨也强烈，已经到了偏执的地步。

林副官让人把他押下，带到一边审问去了。

安雅瑜沉默地跟着林泽夫走至小林深处，来到溪边，才问：“三爷，梅金荣既是肯说出一切，那么，案子就会渐渐明朗了，接下来该怎么办？”

“我想，这接连发生的几单案子，也该了结了，就在父帅六十大寿之时吧。”林泽夫说。

安雅瑜迟疑起来，半垂着头：“三爷，可单凭梅金荣提供的线索，恐怕还不够。”

“已经足够了，你爹留下的那些纸上的线索，我已让人一一拔除，所有一切综合起来，已经足够了。”林泽夫凝视着远处，溪面之上，水雾升腾，水流蜿蜒流向远处，仿佛永远也没有尽头。

安雅瑜双手互握，紧紧捏住，“三爷，这，这，在你父亲寿宴之上，怕是这不太好吧？”

她在心底轻轻地叹息，这是她平生最不想弄清楚的案子，这些日子鸵鸟般地能避则避，想不到，终于到了对决之时。

“没什么不好的，是真是假，是神是鬼，到了那一日，一切都会真相大白。”

“在大帅六十大寿之上出了纰漏，就再也没有转圜的余地了。”安雅瑜喃喃地说。

到时候至亲反目，人伦湮灭，他真能承受得住？

林泽夫却回过头来，看着她，“安雅瑜，如果不尽早揭穿此事，越发会到不可收拾的地步，你心底早就明白了，不是吗？”

安雅瑜抬起头来，看着他，月光自树梢倾泻，他整齐的鬓角如染了一层微光，根根如银，他背光而站，她看不清他的面容，只见双目幽幽发光，如黑色曜石。

她心底微微涌起了股悲伤，看着他，几乎流下泪来，“三爷，您真的已经下定决心了？”

林泽夫只嗯了一声。

四周静默，只有溪水缓流，草虫鸣唱，不知道隔了多久，她才轻轻说：“好，只要三爷说行，我就助您一臂之力。”

……

林大帅六十大寿，才过了午时没多久，宾客们就已从四面八方赶来，林府府前停满了各式小车、黄包车，一队队的佣仆捧着礼物往库房里走。

每一幢哥特式小楼上都挂满了代表喜庆的红色灯笼，窗帘都换上了大红的喜庆颜色。

正厅里各个角落更是摆上了一套古铜色的汉代缠枝灯烛，使得整座大厅既辉煌又典雅富贵。

安雅瑜不用像以前那样穿着军装跟着林副官站在门口维持秩序，便也不忙着外出，只看着床上做好的两身旗袍发怔。

林幽兰推门走进，一眼看见呆呆坐在床前的安雅瑜，跳到她的面前，“雅瑜姐，你怎么还不换衣服啊？宴席马上开始了，今儿个啊，虽然没请什么魔术班子，但三哥特意请了个文明戏班，在宴席上唱文明戏，这文明戏啊，更好看，还好笑呢，我爹听说了，从早上就合不拢嘴，说三哥会办事，还好我没献丑准备那什么皮影戏，也多亏了三哥，要不然，我真不知道怎么办才好，雅瑜姐，你说，咱们林府真有那种厉害人物？我这些日子就跟着你，他们才无机可乘！”

安雅瑜漫不经心地听着，视线落到那两件旗袍上，似决定不了穿哪件。

林幽兰拿起白底蓝花那件，“雅瑜姐，你穿哪件都好看，不如就这件吧，咦，吕师傅的旗袍做工又精致了许多，你瞧这袖口领子，还绣了梅花呢。”

安雅瑜拿起那旗袍，眼眸似不经意般在其上扫过，说：“是啊，桂兰坊的师傅见是给帅府家眷做的旗袍，怎么不做好些？”

林幽兰忙喜悠悠地把旗袍递给了她，在外间等着她换衣服。

安雅瑜换好旗袍出来，站在她的面前，林幽兰吸了一口气，合掌说：“雅瑜姐，这旗袍真是合身之极，走走走，给三哥看看。”

她挽着安雅瑜的手往门口走去，左右望了望，“咦，三哥呢，刚才还在这里的？”

安雅瑜瞧了她一眼，替她把额前短发拨向脑后，看着她笑，“六小姐，你的头发长得够长的了。”

林幽兰无精打采地说：“是啊，还好长出来了，娘一天到晚在我耳边要唠叨上百次，我耳朵都起茧子了，今儿个爹做寿，娘不知道又要拉着我相看几个公子哥儿！早知道这样，还不如不长出来，干脆剃着光头还好，看谁敢上前提亲！一提亲，我就揭了帽子露个光头给他们看！”又叹气，“古时候有不满意婚事就铰了头发当姑子去，我也想当姑子！”

安雅瑜扯了扯嘴角，垂下眼眸，“有二太太做主，一定能给你找个好的。”

林幽兰呸了一声，“好什么好？我不喜欢！娘只看那些人的门楣地位，也不管我喜不喜欢！”

安雅瑜叹息一声，可有可无地说：“是吗？”

两人挽住胳膊下了楼，往主楼走去，一路上见宾客源源不绝而来，正走着，迎面走过来几位姑娘，其中一位正是钱学鑫的女儿钱月荣，她一眼望见林幽兰，上前打招呼，又好奇地盯着安雅瑜，问：“幽兰，这就是安家大小姐？”

几个女孩子全都朝安雅瑜望来，有人就羡慕地说：“白副官的故事，我们可都听说了，你的胆子可真大，和那古时候代父从军的花木兰差不了多少了！”

“是啊，现在政府提倡男女平等，可实际上哪会平等？我们女孩子在外边一样找不到好的工作，白副官替我们女人争了口气，我们女人也能做男人一样的工作！”

一位浅黄旗袍的女子扫了钱月荣一眼，笑着说：“月荣，听说你娘早些时候急红了眼，还想着把你和白副官凑成一对？”

钱月荣挥手打了她一下，“哪有的事？”

安雅瑜见她开朗了许多，不由上下打量了她一眼，只笑笑没有说话。

几名女孩子嘻嘻哈哈地说笑，说着说着，有人忽然压低声音说：“幽兰，王兰芝出国了，你知道吗？”

其余几位马上全静了下来，朝那女孩望，“素婉，是真的？”

李素婉点头，“我听说啊，三爷订婚的消息一传出来，她马上就出国留学去了。”

几个女孩全朝安雅瑜望。

安雅瑜尴尬不已。

林幽兰朝她们挥手，“你们什么意思？怪在雅瑜姐身上？三哥的婚事，当然得由他自己做主！”

李素婉忙笑着说：“我们也就随便说说，安小姐当然比那王兰芝好，配得起三爷了。”

钱月荣也点头，“王姐姐虽然好，但是你三哥不喜欢又有什么办法？现在可不比以前，什么都要父母做主，媒妁之言了。”

安雅瑜只反过手，轻轻握住了林幽兰的手腕。

李素婉是个最爱八卦的，紧跟着又抛出一个消息，“今儿个李榕玉也会来呢！听说她和三淩公司的公子定了亲了。”

钱月荣吃惊地说：“这么快？”

李素婉说：“那还不得快？再不快些，不知道传出些什么流言来了。”

几位姑娘聚拢过去，“什么流言，你倒是说说看。”

李素婉瞧了林幽兰一眼，“你们问她，我可不知道。”

林幽兰说：“怎么又扯到我身上来了？我也不知。”

李素婉说：“你别装了，她前些时候和王兰芝不是去你三哥的驻防地吗？我可听说，后来出了些事，她被你娘禁止上门了，你三哥的驻防地那时正发生了一件案，就是那什么梅公馆杀人案，不是安大小姐破的吗？”

一众女人就围上了安雅瑜，“安小姐，你一定知道内情，你来说说，这到底是怎么回事？”

安雅瑜心底暗暗吃惊，这件旧案已经过去多时，不知道是谁泄露了消息。

她含糊地说：“哪有什么内情，众人以讹传讹而已，和李榕玉哪有什么关联？”

众人又望向李素婉。

李素婉撇了撇嘴，“你们别看我，反正外边的人都是这么传的，传得可神了，前些时候不是还传了安小姐失手杀了谷兰一事么，这是你们都知道的。”

林幽兰怒了，“你胡说什么？雅瑜姐怎么可能杀人？她如果是杀人凶手，三哥怎么可能和她订婚？”

钱月荣忙打圆场，“好了，好了，别说这些了，咱们这样的人家，哪能没有一点儿是非？外边的人啊，急眉赤眼地盯着我们，编也要编些故事出来！”

正说着，有仆佣过来，请几位姑娘去大厅落座。

几人便来到大厅，林大帅却已经落座了，除了五姨太之外，几名姨太太簇拥着他坐着，他正垂头和林二太太说话，林二太太不知说了些什么，他爽朗地大声笑了起来。

林泽夫与林泽录等坐在下首第一桌。

不知由谁领头，满厅的人全都站起身来，向他拱手行礼，纷纷祝贺，“大帅，祝您寿比南山，福如东海。”

“祝您长命百岁，万事如意。”

林幽兰也跟着上前凑趣，“爹，女儿祝您日月昌明，松鹤长青。”

林大帅点头说：“好，好……”

林二太太就笑了，“从哪儿学来这两句文绉绉的话？学识见长啊！”

几位姨太太凑趣，“六姑娘长大了，口齿越发伶俐。”

林二太太没听见六姨太说话，转头一看，见她心神不定的样子，皱眉，“老六，怎么了？”

六姨太捂住胃部，勉强地笑：“二姐，肚子有点痛，我去趟茅厕。”

林大帅听了，回头看了她一眼，皱了皱眉。

林二太太压低声音说：“快去快回！”

六姨太便往侧边走去。

林幽兰拜寿回来，见安雅瑜和钱月荣正说着话，走过去挤到她身边，低声问：“三哥呢？也不见他陪你？”

安雅瑜抬起下巴示意，就见林泽夫正和几名官员寒暄，她便撇嘴，“男人是最没意思的了，在哪里都想着算计权力钱财，瞧瞧那几位，死缠着三哥不放，还不是为了财政处那空缺，想给自己儿子争取!”

安雅瑜漫不经心哦了一声，视线落在了六姨太匆匆而去的身影上。

林幽兰连连点头，“是的，这几天爹都在烦这事呢，干脆一切让三哥做主，这不，这些人又缠上了三哥了！你瞧，那位穿青衫长袍的，就是钱学理。”她看了一眼钱月荣，见她没有注意这边，压低声音说：“也是个不要脸的，想把他儿子塞给我！咦，他还有个女儿，这一次为什么没有带来？”

安雅瑜收回视线，看了一眼钱学理，见他是个戴了金丝边眼镜的中年人，面貌倒没有什么出奇的，于是收回目光，“六小姐，你放心吧，没有人能乱指你的婚姻。”

林幽兰得了保证，高兴起来，“对，雅瑜姐，只要有你在，三哥绝对会帮我！”

安雅瑜扫了一眼林泽夫，垂眸：“是吗？”

正说着，林泽夫甩开那几人走了过来，到两人身边坐下，坐下之后，林副官就走了过来，低声说：“准备好了。”

他点了点头，拿了杯茶来喝。

锣鼓声响。

临时搭建的台子之上，垂下了一道幕帘，竹帘子之后端坐一个人影，两个人跪立于地，隐约可见他们向椅子上的人领命行礼，旁白有唱：“西风竞起，木叶惊飞，雁字横天，今我两人领命，布下天罗地网，迎娶那俏丽寡妇，享那荣华富贵。”

锣鼓急响，两名穿长袍的中年演员踱着方步走了出来，一人画着倒三角眉，一个却是嘴边贴了两撇山羊胡。

两人一脸得意，拱手团团作了个揖，插科打诨，挤眉弄眼，一个说：“那小寡妇，二八年华，长得娇俏可人，身边大把银财，家中几名老妇，一个小女，她的钱，好弄得很。”

一个说：“这样吧，我扮成你的老父，你娶那小寡妇，一同混入寡妇家，分工合作，无往不利！”

两人相视而笑，满脸猥琐。

幕帘后端坐的人阴沉沉地发声：“两人快去快回，如不能完成任务，替帮会弄到钱财，你们俩的人头别想要了！”

堂上众人原先还不以为意，但渐渐被这剧情吸引，每个人皆停下了说话，全转头望向了舞台。

钱月荣等小姑娘到这里，丢了手里瓜子，满脸惊讶：“这是演的哪出戏？以前从没听过！”

李素婉接话，“我知道，我知道，这是那出《恶家庭》，搞笑得很。”

锣鼓又响，剧情发展，那两名恶人果然混入了寡妇家，那倒三角眉恶人娶了小寡妇，两个新婚燕尔，你侬我侬，三角眉恶人擅长搞笑娱乐，不时做些怪动作出来，逗得那小寡妇哈哈大笑。

那倒三角眉恶人不知道做了什么，小寡妇拿了根棍子要打，他哧溜一声钻到了桌子底下，小寡妇拍着桌子喊：“你出不出来？”

倒三角眉恶人也在桌子底下拍，“男子汉大丈夫，说不出来就不出来！”

堂下众人看得哈哈大笑！

幕布之上不停转换着画像，或是那倒三角恶人端了洗脚水替小寡妇洗脚，又或是他在灶膛添火做饭，极尽殷勤。

可那幕帘之后却始终有个人影冷冷坐着，时不时发出几声冷笑，仿佛上帝在半空之中俯视端详，让人在欢笑声之中无来由生出股寒气来。

场景一变，鼓声急促，万籁俱静，小寡妇睡了。

灯光一闪，打到了那两位躲在角落里低声密谋的两个恶人身上，“上峰传来消息，今晚就要动手，谋了钱财再谋家产。”

场上的气氛顿时变得让人喘不过气来。

只见那两个恶人手持绳索，往小寡妇的床头而去，一人拉住一头，死死地勒在了小寡妇的脖颈之上。

小寡妇从梦中惊醒，惊问两人：“公公，相公，你们这是要干什么？”

“你生不出儿子，要绝我们陈家之后，杀了你，另娶他人，陈家才能再有子孙出！”倒三角眉恶人眉毛倒竖，满脸凶相，哪还有半点新婚的温顺小心？

山羊胡的男人恶狠狠地说：“你不孝老人，克夫克子，杀了你，替民除害！”

此时，灯光打在缩在角落处的小女孩身上，她瑟瑟发抖，满脸是泪，却死死盯住这一幕，头往后仰，往下倒去。

两恶人杀了小寡妇，走至幕帘前边，向那椅上坐着之人行礼，“首领，得您命令，杀人取财，自此之后，小寡妇家的钱财全都归我帮所有！”

幕后坐着的人声音雌雄莫辨，哈哈笑了两声点头，“好，好，你们立一大功！”

林幽兰一拍头，想起来了，“我知道，我知道，这说的是南县那件案子，雅瑜姐，你说过的！”

安雅瑜点了点头：“没错，是那件案子。”

两个恶人看着角落里的小女孩：“这个孽种，留她何用？”

三角眼恶人一笑，“首领有办法，首领要培养杀手，正好她有用！”

山羊胡须连连拍手，“对，对，首领会魔法，让她忘记前尘往事，变成我们的人！”

两人抬起小女孩，往幕帘之后送去。

幕后忽升起一双大眼睛般的灯泡，照在那女孩子身上，虽有幕帘阻挡，那小女孩在灯光之中转了一个圈，一脸茫然。

灯光一变，小女孩从幕后走出，乖巧地走到两恶人面前，稚声稚气地称呼：“爹，爷爷……”

两恶人互相挤眼，面露慈祥：“乖。”

众人看得吐不过气来，有人就问：“真有怪法让人不记得事情吗？”

“我知道，我知道，西洋有一种医术，叫催眠术什么的，能让人失去记忆！”

旁白应着锣鼓之声急促解说：“一转眼，六年过去了，女孩慢慢长大，两恶人接手了寡妇的风筝生意，把寡妇家田产卖了，可恶人就是恶人，居然胆敢欺上瞒下，合伙私吞银钱，这让那幕后首领如何能忍！”

那一双嵌在眼睛画样中的灯泡又升起，直射到了长大的小女孩身上，小女孩僵直不动，像在侧耳听着什么，频频点头，忽然间，眼中流出泪来，她死死地盯着坐在堂上的两恶人，脸上露出诡异微笑。

又到了夜晚，两恶人睡着了。

她拿了一把磨得极为锋利的镰刀，走到两恶人的床上，一刀一个，割断了两恶人的喉咙。

场上发出惊呼之声。

紧跟着，幕帘升起，那位戴着斗笠的首领走了出来，握紧她的手，声音尖细，称赞她：“你做得很好，从此以后，你就跟着我，我们就是一家人了。”

锦堂之上，小女孩长成了大人，和五六名女子一起，坐在花园之中，姐姐妹妹地叫着，扑蝶饮茶。

堂上众人看着舞台上的情形，面面相觑半晌，不由自主皆往围拢于林大帅身边的那几位姨太太望了去，有些人更垂了头窃窃私语。

林幽兰欠过身子问林泽夫：“三哥，这说的什么？你为何让人演了这么一出戏？”见林泽夫不理她，又转头问安雅瑜：“雅瑜姐，他这葫芦里卖的什么药啊？”

安雅瑜不好作答，眼角扫处，却见六姨太自侧门走进，僵硬着脚步，一步步地走近了锦绣华堂上簇拥坐着的那几人之处，脸色苍白，秀美的脸带着异样的铁青，不由轻叹一声。

忽而，六姨太发出一声凄厉长笑，冰毒般的眼眸直盯着二太太，指着她，“姐姐，我都明白了，我当你这么好心收留了我，原来这一切都是你指使的！”

这句话如炸雷一般，震得整座大厅的人顿时安静了下来。

安雅瑜往林泽夫望去，却只见他垂了眼眸，轻皱眉头，俊美的脸如岩般冰冷。

她收回目光，心中却不由一痛。

林二太太脸上神色不变，只目视于她，一脸莫名：“六妹妹，你说什么？失心疯了吗？”

六姨太哈哈两声长笑，忽地收住，“二姐，那一年你牵着我的手把我手上的鲜血洗干净，告诉我，让我忘了这一切，跟着你走，从此之后，你就是我的亲大姐了，你不记得，我可记得，你说，那两个人，是不是你安排的？”

她眼眸充血，语气疯狂，哪还有半点平日里的温婉依人。

众人视线惊疑莫定，齐齐扫向林二太太。

林大帅却是眼眸沉沉，阴着脸坐着，一言不发。

其他几位姨太太忙纷纷说道：“六妹，你干什么呢，一出戏而已！”

“二姐和六妹原来是认识的？原来两人以往争吵都在做戏？”

林二太太几步走了过去，来到六姨太的跟前，“六妹，你怎么了？你忘了吗，你的父母是城南做风筝的，前些时候还来看过你呢！这只是一出戏而已……”

六姨太一挥手，挡开她伸过来的手，冷笑，“二姐，你别做无用之功了，我不会再受你欺骗控制的。”

林二太太张皇四顾，往林大帅那边行走两步，一双眼眸莹然有光，“大帅，我不知道这是怎么回事啊，这到底是怎么回事？”

林大帅闭了闭双目，脸上皱纹仿佛一下子增加了许多，“老二，你且听下去。”

林二太太茫然无措，“大帅，我不明白……”

林大帅温和地说：“真的假不了，假的真不了。”

林幽兰站起身来，看了看林二太太，又看了看林泽夫，“三哥，娘，你们这是怎么了？这到底怎么回事？”

她仓皇向前走了两步，停了下来，却不知道去向何处。

安雅瑜轻轻握住她的手，拉住了她，向她摇了摇头。

六姨太满脸都是泪，死死盯住林二太太，手捂住腹部，眼底却似滴出血来。

林副官带着一位白发西洋医生自侧门走进，来到六姨太跟前，伸手递给她一颗药，她一口咽下，脸上激动神色稍缓，吸着气平静下来。

西洋医生来到林泽夫跟前，见安雅瑜在，向她点头，“安小姐，你好。”

“彼得医生，你好。”安雅瑜说。

几人静默下来，连林幽兰都只微微侧头呆呆坐着。

“二姐，我的好二姐，这么多年了，我这样相信你，为了报答你知遇之恩，你让我干什么我就干什么，你让我在青春年华嫁给大帅，我答应了你，可你呢，你是怎么对我的？你让那两个恶魔杀了我娘，又让我替你杀了不听话的他们，这就是你嘴里边所谓的姐妹之情？”

林二太太短暂的慌乱之后，却已镇定下来，冷冷扫着她，“闭嘴，你胡说什么！今天是大帅六十大寿，你想让人看了笑话？来人啊，把她拖下去。”

两名仆妇从角落里走了出来，几步上前，就欲拖住六姨太的胳膊。

林副官却一挥手，两名士兵上前拦住了仆妇。

堂上众人嗡嗡发声，互相询问，钱学理却高声说：“大帅，今儿是您大寿，闹出这么一出戏来干什么？”

林大帅像极为疲惫，“诸位，家里出了些小事，老夫也无从分辨真假，趁着今儿个大家伙都在，你们帮老夫看看，到底谁真谁假？”

林二太太似不敢相信地回头看他，凝视他半晌，缓缓坐下，语气平静，“就依大帅的吧，看看这疯女人还能说出什么疯话来！”

六姨太眼底红意未减，面色潮红，“什么疯话？在二姐眼底，谁都是疯子，只有你一个人是好的！你以为你能控制所有人么，五姐，五姐就是因你而死，死在了你儿子的手里，她死之时，我就应该醒悟的，可我还是听你的，全都听你的，你说什么我就信什么！”

林二太太却是拿起杯子饮了一口，“大帅，您瞧，她说的话可真荒唐，这六妹妹，可是您自己瞧上要娶的，关我什么事？”

林大帅沉吟说了一句，“这倒是，可她说老五之死，和泽夫有关，这又是怎么回事？”

林二太太说：“这怎会知道？大帅想让她胡言乱语，误导众人，便也由得你了。”

六姨太双眼通红，视线从堂上众人脸上一一扫过，停在了安雅瑜身上，尖声笑了两声，忽然说：“安大小姐，你想不想知道，你为何被人冤枉成了杀害谷兰小姐的凶手？”

众人视线全都落在安雅瑜身上，她点了点头，“你知道？”

“我当然知道了，那把匕首上的毒药，是我亲自替她涂上去的，谷兰只以为那是一把无毒的匕首，她听了二姐的话，以为只要帮二姐把安小姐陷害入狱，她就能嫁给三爷了，她哪里知道，二姐真正想杀的人是她，因为她知道了二姐的真实身份！二姐，你敢告诉这堂上人你的真实身份吗？”

宫池鸫从角落里站起来，大声问：“真实身份？什么真实身份？”

六姨太大声说：“她就是当年东洋花柳界的名伎之一，福山惠子！谷兰穿上那身铺满牡丹花的和服，和她当年打扮得一模一样！所以，谷兰的师傅木村千雪死了！是她杀的，都是她。”

林大帅抬起头来，看着林二太太，“她说的，都是真的吗？”

林二太太伸出手去，抚摸着他的手背，“大帅，她的胡言乱语，你也相信？我是怎么样的人，大帅还不清楚吗？我要是能像台上演的那么大本事，想让人做什么就做什么，那我干脆让大帅想干什么就干什么了，大帅权倾天下，我何必做得那么辛苦去控制别人？”

林大帅想了想，“也有道理。”他看向六姨太，“你从哪里听了些挑拨离间的话来？还真把这出戏当真了，连自己的父母是谁都不知道？你就这么不愿意嫁给我？”

六姨太绝望地看着他，脸色苍白，“大帅，台上演的都是真的，我都记起来了，我娘是她派人杀的！是她收留了我，是她让我嫁给您的！”

堂下众人窃窃私语，有太太说：“这怎么可能？林二太太温婉和气，深居后院，也不大出门，怎么可能能控制他们杀人？”

“是啊，依我看，那六姨太倒有些不对，倚仗着自己年轻，得了大帅宠爱，一向轻佻得很。”

“是不是她被人挑拨灌输了些莫名的想头，像二太太说的，失心疯了？”

“哎哟，林府可真是多事之秋，这精神病院啊只怕又要多一个病人了。”

堂上众人的话传进六姨太的耳里，她张皇看向众人，凄厉地叫：“我没有说谎，没有说谎！”她忽然走至林泽夫跟前，看着他，“泽夫，这出戏是你让人排的，你一定什么都知道是吗？你告诉他们，我没有说谎！”

林二太太厉声喝道：“老六，三爷诸事繁忙，以为像你似的一天到晚只胡思乱想就成了？这些具体之事，他都是让手下办的！难免会有疏漏之处，让人钻了空子去！老三，你一定要查清楚，是谁把这么出荒唐戏搬到这里来的？”

她目视着林泽夫，眼底露出恳求之意。

安雅瑜垂下头去，只轻轻叹息。

这一瞬间，她有些想要逃离这里，不忍目睹。

“娘，这出戏，是我让人排的！”林泽夫沉静的声音响起。

堂上的窃窃私语声顿时息了下来，全场静得可怕。

“你，你让人排的？”林二太太重复了一句，“可这是为什么？这么一出荒唐戏，你让人在你爹六十大寿时演了出来？”

林泽夫直视于她，只轻声答：“娘，我也想知道真相。”

林二太太厉喝，“真相？什么真相？我十月怀胎生了你，养你成人，你就这样报答我？林泽夫，你还记不记得我是你亲娘！”

她眼睛眨也不眨地盯着他，他却迎着她的视线，并不避开，“我知道。”

林幽兰站起，“不，娘，不会的，这都是误会而已，雅瑜姐，你是最聪明的，你来告诉他们，这都是误会！谷兰的死，和娘没有关系，六姨太的娘之死，也和我娘没关系，那出戏是编出来的！是不是，雅瑜姐！”

安雅瑜只垂头坐着不动。

林泽夫眼眸直视于她，“安雅瑜，你来说吧，把这几件案件的前因后果说个清楚明白。”

林大帅点头，“对，安大小姐，你来说，你是最清楚这些案件了，前几件案就是你破的，你来说说，六姨太到底是怎么回事？真疯还是假疯？”

安雅瑜站起身来，迎着他的视线点头，“好！”

林二太太抚着胸口坐回到了椅子上，仿佛被气着了，一声不发，只望定林泽夫，眼中蓄水，哀伤莫名。

安雅瑜站起身来，走至林大帅跟前，向他行礼，“林大帅，这几件案子，都有其前因后果，不如我先从霍五娘之死开始说吧，大帅是否还记得，霍五娘服罪之后，在大堂之上，就忽然暴毙，死于非命？”

林大帅点头，“当然知道，妈拉个巴子的，事后查了许久也没查出来到底是谁杀人灭口。”

安雅瑜说：“我就替大帅还原一下现场，当时霍五娘跪在这一处，大太太忽然中风，二太太首当其冲跑过去查看，紧跟着，五姨太和六姨太等几位太太也冲了过去，每个人都经过了霍五娘的身边，但每一个人和她都有一段距离，事后法医的验尸表明，霍五娘手背之处有一个红点，那毒药就是自破口之处进入体内，让她死亡，可大庭广众之下，每个人当时视线都落在了凶手霍五娘身上，若想神不知鬼不觉地杀人，只有转移视线，所以，大太太中风得刚刚好，没有人注意到她，只要有人在她身上做些手脚，使她忽然发病，引得大厅里每个人的视线都落在了她的身上，此时，只要有人经过霍五娘身边，踩上了她扒在地上的手，鞋底的毒针探出，刺入她的手背，她就会中毒而亡，当时堂上姨娘们穿的全是裙褂，巨大的裙摆遮住了脚，而我们每个人的视线停留在上半身居多，凶手利用这一点，在霍五娘要道出事实之时，只瞬间工夫便铤而走险，杀人灭口。”

六姨太怔怔地说：“我记起来了，二姐走得急，还撞了我一下，我差点跌倒，是你，一定是你！”

林二太太只静静地说：“让安大小姐说下去，她猜测了一大堆，是不是找到了那穿了有毒鞋子的人？”

林大帅点头，“对，对，安小姐，你找到那人了吗？”

安雅瑜摇头，“正如二太太说的，这只是推论猜测而已。”

林大帅未免失望，“无凭无据之事就不要在堂上乱说了。”

堂下又起嗡嗡之声。

安雅瑜说：“这一件谋杀案虽是无凭无据，但谷兰师傅木村千雪之死，却让我更肯定了那凶手的杀人方法，同出一人，手法相似，所用的毒药更是相同！”

林大帅皱眉，“说下去。”

安雅瑜转头问六姨太：“六姨娘，您是否拿了一把三味线去长青街五号给肖盛古换那音箱蒙皮？”

第四十六章　急转直下

六姨太点了点头，恨恨地说："这还不是二姐指使的，让我把这三味线让肖盛古换一张音箱皮，务求一模一样！"

林二太太说："我可没让你做这事，肖盛古是什么人？"

六姨太双眼通红，狠狠盯着林二太太。

安雅瑜说："木村千雪死在宴会之上，当时，谷兰穿了那件大红牡丹的和服跳完舞下场，和师傅木村千雪向几位太太请安，几位太太让木村千雪拿了那把三味线给她们看，三味线在几位太太手里传了一遍，再回到木村千雪手里，不到一个钟头，木村千雪就被毒死，死之前强撑着身体来找三爷，可那毒药太过厉害，还没有支撑到她开口，就死了，那毒药药性和毒死霍五娘的一模一样，都是死后全身骨头寸断，钱夫人，我记得，当时您也在场？"

安雅瑜转过身去，看着堂中坐着的钱学鑫夫人。

从人视线皆落在她的身上，她一怔，点了点头，大声说："侬可没杀人，侬要杀人，先把我们家那几个妖孽杀了！"

钱学鑫脸色尴尬，在另一桌缩起头喝茶。

安雅瑜说："三味线从二太太手里传到钱太太手里，在其他几位太太手里传了一遍，再传至二太太手里，当时，我坐在离她们不远之处，看到二太太做了一个动作，我一直不明白她为何做这个动作，直到现在，我才想起那动作是干什么的了。"

"娘，娘她做了什么？"林幽兰拔尖了声音，嗓门却在颤抖。

"二太太接过那三味线，学着木村千雪的样了拨了拨琴弦，仿佛极为生疏一般，手指一划，用力重了，那三味线往脚下跌了去，她急忙用右手一拉琴头，才把那琴接住，那琴没有跌落地上，这是一个极为正常的动作，她却做了一个极别扭的动作。”

安雅瑜坐在椅子之上，一手空着，仿佛拿着那把三味线琴，一失手，三味线琴跌下，她弯腰接琴，右脚往上踢了一下。

“正常人失手，无论怎么做，右脚只会往后移，决不会往上踢，在当时，我就感觉古怪，但并没有想到什么，结合了霍五娘的案子回想，我才知道，当时二太太拿了那把琴，蒙皮上那猫眼之处正对她的脚尖，琴跌落，她脚尖上踢，毒液注入猫眼之处，而木村千雪把那琴当成自己的爱物，手指接触最多的地方，就是那猫眼，猫眼上的毒物渗透进木村千雪的手指，瞬间便起了作用，她死之后，那把琴被谷兰收了起来，我想，谷兰后来被人杀死的原因之一，也许因为她也发现了那把琴的奥秘。而事隔多日之后，巡捕房的顾探长想根据那把三味线查找线索，找谷兰索要那把琴，这个消息由谷兰嘴里传至二太太的耳里，这才有了六姨太拿了那把三味线找肖盛古换蒙皮之事。”

顾波自大厅左侧站起身来，点头，“确有此事。”又抹着光额头上的冷汗问，“那把破琴现在没毒了吧？我这算在鬼门关走了一遭？”

安雅瑜说：“换了蒙皮之后，当然没事了。”

六姨太冷冷朝二太太笑，“二姐，你还有什么话说，现在可是证据确凿了！”

林二太太脸色平静，“请问证据呢，那张据称有毒的猫皮在哪？”

安雅瑜说：“肖盛古换下那张猫皮之后，随手放在木台上，在被我偶然拿起来看了之后，我想，他马上意识到了，在我们走之后，就马上毁掉了。”

林二太太说：“这么说来，又是你的猜测？而所谓我那别扭的动作，也只有你一个人看见啰？”她笑了笑，“我可不记得我有做那样的动作了，安大小姐，你还是把所有一切都查清楚了再说吧。”

林大帅只皱了皱眉，往林泽夫看去。

林泽夫却端坐不动。

安雅瑜垂眸，再抬起眼来，眼睛亮得惊人，“林府发生的第三个谋杀案，却是谷兰的死了，想必大家都知道，谷兰死时，我和她在一起，许多位太太都看到我拿着那把刺进谷兰腹中的凶器，可当时我身上只穿了件简单的旗袍，手里空无一物走进房间，那房间在二太太住的独幢小楼，二太太，请问我从哪里拿了凶器刺进谷兰腹中？”

林二太太淡淡地说：“我哪里知道？或许你有同伙？早把那刀藏在哪里了？你不是破案高手么，这自然得你来查清了。”

安雅瑜说："二太太说得没错，什么都有可能，但在我看来，只有一种可能，谷兰被人蛊惑，拿出了那把刀，刺进了自己的小腹，但那刀尖之上涂了剧毒，却是谷兰想不到的。"

六姨太点头，"那把刀是我给谷兰的，并且在上面涂了毒药，谷兰和安小姐见面之前，和二姐在房里谈了差不多两个钟头！"

林二太太说："那又怎么样？她死皮赖脸想嫁进林家，我百般劝解，时间不知不觉过去了，比如说你安大小姐，不也为嫁进我们家什么手段都用了？前些时候为接近老三，连女扮男装的事都做了！家里老父刚死，就逼着老三订婚，我可从没见过这么不知羞的女人！还没进门，又逼起婆婆来了！"

众人互相望着，又窃窃私语起来。

安雅瑜脸色发白，不由自主看向林泽夫。

林泽夫向她微微点头，扬声说："娘，您这可说错了，订婚之事，是我求她的，她所做一切，不过为了查清案情真相，娘如果没有做过，又何惧有之？"

林二太太脸色阴沉，哼了一声不再说话。

林大帅温和地说："阿婉，你不用着急，林府命案频发，外边的流言这么多，说什么的都有，正巧趁着这个机会，澄清一切，这样大家都安心些！"

安雅瑜咬了咬嘴唇，继续说："谷兰死的时候，我和二太太说过几句话，说话之后，进了谷兰的房间，谷兰借着说起我的父亲，我精神恍惚，忽然之间，拿出一把匕首放到我的手里，拉着我的手腕刺向了她自己，我想，也因为她自己也不知道刀尖上有毒，因此才毫不犹豫……"

林二太太冷笑，"你那么大一个人，还破了好几件奇案，谷兰和你一样是个女子，她怎么会有那么大力气拉住你的手刺进自己腹中？安大小姐，我瞧你可并不体弱！"

"没错，这就是这件案件之中最大的疑问了，为什么我当时会神色恍惚，谷兰将匕首塞进我的手里之后，我却来不及反应？这一切，都是因为林二太太你，因为我闻了你身上的香气，和你说了那几句话，在不知不觉被你控制，精神处于恍惚之中！"

场上有一瞬间的寂静，紧跟着有人低声讨论起来，"真有这样的事？这也太神奇了。"

六姨太冷笑起来："二姐，你的胆子还真大，连安大小姐都敢下手，你还真以为自己成了上帝，能操控一切不成？"

林二太太只平静地看着安雅瑜，"安大小姐，您听听，六妹都说我成了上帝，你还真以为我是上帝吗？能控制一个屡破奇案的聪明人？这可真是个笑话。”

“当时，你身上有股非常奇特的香味，你知道我对迷幻蘑菇熟悉，所以，用一个极少见的香料盖住了迷幻蘑菇的气味，使我不知不觉中招，再施以你擅长的催眠之术，让我的精神陷入短暂的恍惚，这才使谷兰能轻易地把那匕首塞进了我的手里，再握住我的手腕，刺进了谷兰小腹！”

“香气？什么香气？安大小姐，你可得有些真凭实据才好，别一而再，再而三地说一些只有你知道的事好吗？”林二太太说。

顾波附和，“安大小姐，你还有什么证据？”

安雅瑜说：“我说出来的，算不得数，那么齐家大公子齐沛鼎所遭遇的一切，不知道能不能算得上证据？”

顾波一怔，“齐大公子？他又发生了什么事？”

林大帅说：“他也来了？他前些日子不是病了吗？他爹齐都督还派了人四周围寻找！钱学理，你这次来，不也是要找到齐沛鼎吗？”

钱学理只好自座位处站起身来，向大帅拱手，“是的，我领了齐都督之命，一定要找到齐大公子，想不到安大小姐知道下落？”

他这话一出，堂上之人对安雅瑜的目光顿时意味不明起来，钱太太侧过头对身边另外一位太太压低声音说：“难不成她把前未婚夫藏了起来了？林三爷脸上可没光啰！”

钱月荣急了，低声劝说：“娘，您别胡说！”

钱太太不以为意，其他几位太太互相使着眼色笑了起来。

安雅瑜充耳不闻，静静而立，“齐大公子确实病了，可他的病，却是人为的，有人给他施加了极高明的催眠术，控制了他，使他做了许多不应该做的事，三爷从西洋请了彼得医生替他看病，幸而彼得医生医术高超，找到了齐公子的病源，总算不负所望，将齐公子治愈，终于使他想起了以往发生的一切来了。”

侧门出现两名白衣护士，她们扶着身穿病号服的齐沛鼎缓缓走来。

护士扶他在椅子上坐下，他便抬起眼眸，真视林二太太，微微一笑，“二太太，您好。”

林二太太脸色一变，微微点头，“齐公子，来了省城，怎么也不过来林府？”

齐沛鼎垂下头去，端详自己的手指，“我怎么敢？”

林二太太微眯眼睛，看着他，良久才转过了视线。

林大帅见他只招呼二太太，高声说：“齐公子，安大小姐说你记起了发生的事，好，你说，这些日子，你身上到底发生了什么？”

齐沛鼎却一言不发。

林泽夫向彼得医生点头，彼得医生站起身来，走至他的面前，拿出一颗药来，从护士手里拿过了杯子，亲自递给了齐沛鼎，他拿过那药片，和着水一口吞下。

堂上众人皆看着他的所作所为，顾波便问：“彼得医生，你给他吃了什么药？”

彼得医生说：“这种药，是我最佩服的一位医生研制出来的，专治脑子毛病，也许你们之中有人听说过他，他叫德川三郎。”

李素婉举手，“我听说过，我听说过，我弟弟的病就是他治好的，他的医术可高了，我弟弟的脑子生了东西，找了许多大夫都治不好，后来只好送到国外去，德川大夫替他开刀动手术，终于治好了他。”

她一说，几位太太就想起来了，“是的，是的，现在可好了，长得又高大又健康，还是北京大学高才生，原来他生过重病啊？”

李素婉问：“原来彼得医生和他认识？”

彼得医生点头，“他是我英国皇家医学院的同学，我当然认识了。”

林二太太手拿茶杯，却端着不喝，隔了良久这才放下，“说这么多有的没的干什么？彼得医生，你既然能治好齐沛鼎，就快点动手！”

彼得医生学着中国人的礼仪向林二太太拱手，“二太太，您别着急，他这病急不得的，得慢慢来，当年我的同学德川医生，给一对脚连在一起的刚出生女孩做分离手术，做了三天三夜才将她们分开，两个女孩都健康长大，这可是医学上始无前例的。”

林二太太眉心一跳，“难不成你治好齐公子，让他开口，也得三天三夜不成？咱们可没那时间等下去。”

彼得医生摇手，“不用，不用，齐公子中了极高深的催眠术，虽然难以治好，但他自己意志算坚定，又拼命反抗，治倒不难治，时间刚刚好，那药发生了效用了……”

他拿出一块怀表来，走到齐沛鼎的面前，晃动怀表，“齐公子，请你以完全放松的方式看着我手里的怀表，眼睛盯着它，放松，你感觉到了从未有过的放松……”

齐沛鼎直直地盯着那块怀表，眼眸随之左右移动，肩膀下垮，表情明显放松。

彼得医生说：“很好，想象你在漂浮的海面之上，坐在一个小舟上，身子随着海水摇动，你看到了海面上升起一道门，舟滑了过去，那道门打开了，进去之后，你就回到了三个月前你来到省城的那一日，告诉我们，那一天，发生了什么？”

场上众人哪见过这样的情形，一个个瞪大眼睛屏息静气望着，生怕打扰到了彼得医生。

六姨太更是眼睛眨也不眨地望定。

“我和爹闹翻了，带着他们出了西南，我带着明娘和几个部下来省城找三爷，想投靠于他，我把明娘安置在了酒店，来到林府，被一小丫环带到了林二太太跟前，和她说了一会儿话，她让我帮她做一件事，我答应了……”

“是什么事？”

“什么事？我为什么会答应她？对，她告诉我，她能帮我重新得到雅瑜，说能帮我们去国外，逃脱国内一切，只要我帮她做几件事。”

“你为什么会相信她？”彼得医生问。

“我也不知道，她对我说话的时候，我就相信了，我和爹已经反目，只希望能重新和雅瑜在一起，她告诉我，在肖盛古那里替我做了一批屏风，用那屏风，可以让雅瑜言听计从，我高兴极了，把这件事透露给了明娘，明娘替我高兴，和我一起去长青街五号看那批屏风，可回来之后，明娘就有些心神不定，老问我桌上那三味线琴是谁的？我哪懂得什么三味线，也没多注意，第二天，她独自一个人出去了，却没有再回来，直到晚上，六姨太通知我，要我过去一趟。”

众人视线皆朝六姨太望去。

她脸色雪白，嘴角挂了丝苦笑，“到了这个地步，今儿我也不打算出去了，没错，是我杀了明娘，让齐沛鼎去处理她的尸体，这可都是为了二姐，要不然，明娘和我无冤无仇，我杀她干什么？”

顾波首先叫出了声：“你为什么杀了明娘？”

六姨太说：“我想这个原因，安大小姐已经猜到了吧？不如由您来说说。”

安雅瑜上前，点头，“没错，明娘认出了那把三味线琴，这便成了她惹来杀身之祸的根源，我想，她在回去酒店之后，越想越觉得那把琴是故人所有，所以，又重新回到了肖盛古那儿，向他追问那三味线琴的下落，肖盛古将明娘稳住，同时把此事告诉了六姨太，问她的主意，六姨太马上赶到了，借口告诉她三味线的主人，把她带到了附近的永盛茶楼，就在那间茶楼之中，六姨太勒死了明娘，是吗？”

六姨太愕然看着安雅瑜，“连这你都能推测得到？”

“这可不是我推论的，永盛茶楼是六姨太用私钱买下的自己地方，您若要处理私事，一定会在自己熟悉之地，三爷后来找人查过那里，那里是您的据点之一，您从后门带着明娘走进，再从后门出来，压根不会有人知晓。”

六姨太虚心求教，“你是怎么知道我勒死了明娘？明娘可连尸身都没了！”

安雅瑜淡淡地说：“她拼命挣扎，为了扳开你掐在她脖子上的手，却拉住了你腕上那金镶玉的手镯，人处于困境之中力量极大，她竟然把你的手镯拉扯开了，使得手镯修复之处断裂开来，以前断裂成几段的玉镯从金片之中脱了出来，可她却扳不开你掐在她脖子上的手，无望之下，她趁你走神，把那块断了的玉镯一截塞进嘴里咽了下去，她想留下线索，告诉别人，是你杀了她！”

众人发出倒吸气之声。

顾波问：“安大小姐，你是从何而知的？”

“案发之后，我曾问六姨太要过她手上的玉镯查看，她的玉镯完好无损，想必损坏之后，她拿到肖盛古那里，让肖盛古重新修好了那玉镯，可肖盛古手艺再好，也不能在这么短的时间内复原那被拉伸过的凤形花纹，那被拉断之处，花纹明显拉长，与别的不同。”安雅瑜说。

六姨太倒是有几分佩服了，“安大小姐真是目光如炬，这小小疏漏都被你看了出来，想必在你问我要那玉镯查看的那一日，就对我起了疑心？”

安雅瑜垂下头去，“再精密的谋杀都有其疏漏之处，更何况六姨太是冲动杀人。”

“确实如此，我百般劝说，要她不要再问下去了，可那女人纠缠不休，还拉扯着我不让我走，问我她那故人的下落，我一怒之下告诉她，她那故人早死了，她反怀疑是我杀了她那故人！说什么她那故人三味线绝不会离身，我只好将她杀了，二姐，你说，我是不是为了你？是你杀了木村千雪，我可是替你收拾残局！”

林二太太一言不发，只微微冷笑。

安雅瑜说：“六姨太杀死明娘之后，才到处找寻那几截断了的镯子，可却发现，镯子少了一截，想及前边发生的事，您知道那截镯子被明娘吞进了肚子里，这才有了齐沛鼎带了明娘的尸体到肖盛古那儿之事。”

六姨太点头，“当然得他收拾残局了，我那镯子戴了许多年，很多人都认识，如果不找回来，像安大小姐这样的有心人略微一查，就能查出。”

“你们只以为你们已经控制了齐沛鼎，让他言听计从了，可没有想到，齐沛鼎只是一个养尊处优的公子哥儿，从没做过这样的事，他在那地下室把明娘用锯锯开，替你找寻那镯子，却被那场景深深影响，脑子开始混乱，开始拼命反抗，在潜意识里，他要留下证据，期望有朝一日有人能查清明娘去向，于是他把明娘的一只手和腿切了下，放进了肖盛古的石膏池，制成了石膏像，代替了肖盛古所杀姑娘的残像。”

她转身望向齐沛鼎，他却只是静静坐着。

彼得医生便问：“齐公子，她们的话，你都听见了，听得一清二楚是不是？你告诉我，她们说的是不是真的？”

齐沛鼎轻轻点头，“明娘，明娘就躺在那里，躺在了桌子上，我满手都是鲜血，为什么我要这么做？我不明白？”

彼得医生说：“你这么做了，她就答应你劝安小姐回心转意，送你们出国是吗？”

齐沛鼎说：“我没有办法，我什么都没有了，只有雅瑜了，只要能劝回雅瑜，我什么都愿意干，那几道屏风终于做好了，西洋医生也请了来了，雅瑜看见那屏风，果然又听话又乖，只要把她带到国外，我们就能再续前缘，可只差一点儿了，她却醒了过来，我看见她的眼神就知道，我们完了，一切都完了。”

他捧住了脑袋，泪流满面。

彼得医生忙上前，将怀表又在他眼前摇晃，“齐公子，现在你听着怀表的嘀嗒声，开始数数，等数到十，忘记你刚才在梦里面不高兴的事，醒过来，彻底醒过来。”

齐沛鼎清醒过来，茫然四顾，“我在哪儿？我这是在哪儿？”

彼得医生忙让护士把他扶了下去。

堂上静默下来，众人皆望向了林大帅，以及端坐于上的林二太太。

顾波打破了沉寂，咳了一声问：“彼得医生，你说这什么催眠术这么厉害，可为何能轻易地控制了齐公子，却不能控制安大小姐呢？”

彼得医生说：“对催眠敏感的人是最容易被控制的，齐公子原本就心思犹豫，容易被人说动，只要人稍微加以利益诱惑，他就会受人控制了，而安小姐当然不同，她心里有自己的一套是非黑白，很难被人说动，所以，即使有人施以催眠，她也能很快醒转。”

六姨太则望着林二太太冷笑，“二姐，怎么样？你一再否认，可齐公子这个大活人却是被你控制住的人之一，而我，也听了你的话这么长时间了，这一项项证据在此，你还有何话可说？”

林二太太却转头望向了林大帅，“大帅，不如由您来说说，咱们夫妻这么多年，我可曾勉强您做过半点您不愿做之事？我替您生儿育女，平日就居于后院，替您打理家事，连家门都不常出去，怎么可能像他们说的，几句话，几个眼神，就能控制人心？”

林大帅脸色犹疑。

几名太太也轻轻点头，低声私语起来，“确实是的，林二太太连门都不大出的。”

林二太太轻拭眼角，看向了安雅瑜，“安大小姐，我不知道你为何对我有偏见，居然编了这么个故事来污蔑于我，依我看，应该是你有蛊惑人心的本事，三爷没遇到你之前，对我还保留了几分孝顺，遇到了你，一切就变了，他什么都听你的，门当户对的女子不愿意娶，偏偏要娶一个逃婚的，还和别人争女人！连大帅都不告知一声，就和你定了亲事，儿大不由娘，我只有由得他了，我不过言语之间略有微词，你就恨上了我，挑拨着三爷扰乱人心，还让六妹在大帅大寿之时闹出这种事来，又让个半疯的人指责我，六妹杀人，有确确实实的证据，可你说我杀了霍五娘，杀了木村千雪，就只有你看见了，只是你的推测，半点确实证据都没有，又说我会那什么催眠之术，请了个西洋医生弄些稀奇古怪的玩意儿让齐公子胡言乱语，依我看，这就是一幕荒唐剧，简直荒唐之极！”

堂上众人互相望了望，见林大帅只沉着脸坐着，并不出声，每个人心底又犹疑起来。

六姨太大声说：“二姐，你别狡辩了，我就是活生生的人证！我所做一切，五姐所做一切，都是你指使的！”

林二太太叹息着看她，“六妹，我想不到，你的病还是发作了，只以为林家这么多年好吃好喝地供着，会让你的病慢慢儿变好的，可没有想到……”她视线投向门外，众人跟着往外望。

一对老年夫妇被仆佣从外边领了进来，进来就往六姨太处扑了过去，“秀萍，秀萍，你怎么了？你没事吧？”

妇人紧张地拉住了她。

六姨太一挥手，推开她，“你干什么？我不是你们的女儿！”

两位老人满脸张皇，“你的病又发了？这可怎么办才好。”

六姨太大声说：“我有什么病？你们不过是我的养父养母，我的爹娘早就死了！”

两夫妇拭起了眼泪，“又来了，又来了，这可怎么办才好？”

林二太太对顾波说：“顾探长，由你向诸位解释一下，这是怎么回事？”

安雅瑜心底一沉，不由自主看向林泽夫，他却只静静端坐，面无表情。

顾波上前，“这两位，是六姨太的父母，今儿个大帅大寿，林二太太也请了她的父母来参加的，只不过他们不惯人多的场合，一直在后院与林府其他人一起替大帅祝寿，十多天前，林二太太就私底下托我查六姨太的过往，因为近半年以来，六姨太行为异常，经常深更半夜起来，四处游荡，还被府里丫环撞见过几次，林二太太为了家丑不外扬，只让我暗暗打听，这一打听，还真让我打听到不少事来。”

林二太太说：“原想遮着掩着，只盼着她好，可没有想到，她却还是被人利用，居然在寿宴上闹出这种事来，哎，顾探长，你把查到的一切全都说出来吧。”

林大帅亲切对两位老人说：“孙老伯，你们既来了，就来大厅坐坐，怎么也不到大厅来？”

孙老伯颤巍巍拱手，“大帅，我们乡下人，怎么敢出来丢大帅的脸？大帅放心，二太太很照顾我们的。”又对六姨太说，“秀萍，你有病，我们不怨你，可二太太对你这么好，你总该记得一些她的好啊！”

孙夫人抹起眼泪，“孩儿他爹，你别说了，都怪我们，只以为她的病好了，瞒着人把她嫁到林家，都怪我们。”

林二太太轻叹了一口气，“可怜天下父母心，你们也只想着儿女们好，嫁到富贵人家，生病有人照顾，衣食无忧，可儿女哪会想着你们半点好处？我也不落得这样的下场？”

两夫妇默然垂泪。

六姨太尖声叫了起来，“你们别做戏了，什么父母？我都记起来了！”

孙夫人上前一步，“秀萍啊，你别这样，你听我们的劝，好好儿听话，别再发病了。”

林大帅说：“好了，好了，顾探长，你说，这到底是怎么回事，你查到了些什么？”

顾探长一拱手，“大帅，这两位是六姨太的父母，想必您也是认识的，他们原本不住在省城，多年前从别省逃荒而来，生有一儿一女，因有做风筝的手艺，在省城南街安顿下来，开了个风筝店，可大帅恐怕不知道，他们家族有精神病史，特别是孙夫人的母亲，就是精神病发后自己跳河死的，他们的女儿五岁时就有了精神病发迹象，十岁时，出现了暴力倾向，把弟弟按进了水桶，活活淹死了，因此，他们把她送进了西人隔离医院，直到十三岁才出来，以为她的病被治好了，又逃离战乱来到了省城，没有人知道她的病史，因此，大帅来求婚，他们才马上答应了。”

满座皆惊。

林大帅更是从椅上了站起，又慢慢坐下，直盯着六姨太，“你，你真有精神病？”

顾探长伸手拿出一个牛皮纸袋来，递了过去，“这情况我已经向二太太禀报了，二太太说，大帅寿宴，千万别打扰了大帅的兴致，我原来打算寿宴过后，再向大帅仔细告之的，却没有想到，今儿出了这种事。”

林大帅接过那纸袋，抽出来看了看，一脸厌恶，“她有妄想之症？在精神病院里就常常幻想自己出身高门？”

顾探长点头，“是啊，从这个诊断书可以看出，六姨太除了有妄想之症之外，还有严重的暴力倾向，经过电击疗法已经基本治好，但我想，精神病只怕不是那么容易治好的，彼得医生，您说呢？”

彼得医生站起身来，“确实如此，有些症状，只是表现好了，可实际却难治得很，有些反反复复，时好时坏，隔了十几二十年才复发也有可能的。”

顾探长于是转头看着安雅瑜，“安小姐，你屡破奇案，但这次只怕是失手了，被六姨太欺骗了去，我想，也许因为六姨太跟你和三爷说过些什么，因此，你们才联想到了南县那单杀人案中失踪的女孩子，于是才演了这么一出文明戏，六姨太原本就有妄想症，看了这出戏之后，把自己代入到剧情当中，真把剧中人物当成自己亲身经历了？”他问彼得医生，“彼得医生，有没有这种可能？”

彼得医生点头，“人脑是极为复杂的东西，到现在为止，也没有人能查得清它的复杂构造，顾探长说的，也并非没有可能。”

堂上众人也皆轻轻点头。

六姨太神态茫然，看了看二太太，又望向那一对老年夫妇，连连摇头，“不，不会的，绝对不是！我不是你们的女儿！”

孙夫人神态凄苦，“秀萍，你怎么全都忘了，弟弟已经去世了，我们回来，你就坐在水缸边，浑身都湿透了，我们已经只有你一个女儿了，你即使做错了，我们又能怎么办？还好有好心的传教士路过，把你送进了西人隔离院，终于治好了你，你外婆也是得这种病死的。”

孙老伯拿袖子擦眼泪，“听那传教士说，这种病是家族遗传，对，对，是隔代遗传的，你娘没得，你却得了，还以为你在林府好吃好喝的，再也没有犯过病，你的病已经治好了，却哪里想到，还是复发了呢？”

六姨太摇头，“不，不可能，那齐公子呢？齐公子刚刚也证明了，他也曾被二姐控制！”

林二太太说：“依我看啊，这一切恐怕都是你惹下来的事儿，你脑子里一妄想，把这些妄想告诉了安小姐，安小姐再告诉三爷，他们就开始查了，还真让他们查出一个南县相似的案子来，让你代入进去，齐公子么，你们瞧瞧他现在的样子，神志不清，糊里糊涂，还不是别人让他说什么就是什么了？至于安小姐，就不必我再说了吧？她有何动机，每个人心里都清楚，六姨太原来就有暴力史，无理由地杀了那位明娘，说什么我指使的，这可真是笑话。”

顾波就直视安雅瑜，“安小姐，咱们破案，讲求真凭实据，你说的那两件谋杀案，证人只有你一位，只有你看清了二太太的动作，然后再加以推论猜测，既没凶器，至于动机，更只是猜测而已，你说林二太太是当年艺伎之一，可知道真相的人不是身亡，就是不知所踪，请问安小姐，除了这位有精神病史的六姨太，糊里糊涂的安公子之外，您还有何证据？”

他一连串的话问下来，众人皆轻轻点头，安雅瑜脸色微微发白，静静迎上他的视线，“暂时没有。”

顾波说：“这不就结了？依我看，安小姐这次算是马失前蹄了，被一个害有妄想症的病人欺骗，把她的话当成了真的。”

他望向坐在桌前不动的林泽夫，心底盼望，二太太到底是他的亲娘，这位爷可千万别再搞出什么动静了。

“是吗？”林泽夫拉长了声音，抬起头来看他。

顾波不由自主抹了把额头冷汗，恳求地盯着他，“三爷有什么异议？”

林泽夫身子后靠，靠在了椅子之上，“安雅瑜是主观推测，顾探长就是查有实据了？”

顾波咽了口唾沫，“这两夫妇都已经证明，六姨太有精神病史，有妄想之症，她所说的证言，当然就算不得数了，齐公子又是那样的情况，两单案件，什么凶器都找不到……”

林二太太瞪大眼睛看他，“泽夫，你难道真受了这女人蛊惑，连你的亲娘都要赶尽杀绝吗？”

她侧过身子，倚在林大帅身上，“大帅，你说人活着有什么意思？自己生的儿子成了这副模样。”

林大帅伸手过去揽住了她，望向林泽夫，“老三，今儿已经到了这种地步，我以前什么都任由你，可不能再这么下去了，你真想搅得家宅不宁吗？”

林二太太拿手指着安雅瑜，“都是她，都是她挑拨得我们母子不和，来人啊，把这个女人给我拖下去，交巡捕房处置！还有这杀人凶手！顾探长，她既已承认杀了人，你还不把她捉拿！”

两名仆佣战战兢兢上前，一左一右拉住了安雅瑜的胳膊，“安小姐，您先下去歇着。”

安雅瑜毫不反抗，顺前她们走了几步。

而两名便装巡警则走到六姨太跟前。

堂内众人更是鸦雀无声。

林泽夫拉长声音，“慢着。”

两名仆佣一哆嗦，就松了手，而两名巡警也左右看了看，站住了脚。

顾波简直想跳起来怒骂，到底谁是你们上司，是林三爷吗？可表面上却不敢露出丝毫不满，面色和气，转脸朝林泽夫，“三爷，六姨太当堂承认杀人，此事还是让巡捕房仔细查个清楚的好。”

林泽夫说：“我还有话要问姨娘。”

顾波只好摆手，让两位巡捕退下。

林大帅揽着二太太，看着自己最喜欢的儿子，终于斥道：“已经到了这个地步，你还想干什么？”

林泽夫自座位上站起身来，走至两人跟前，轻声说：“爹，已经到了这个地步，已经再无退路了。”

林大帅闭了闭眼，松开了揽住二太太的手，“好。”

林二太太坐直了身子，脸色一下子变得铁青，看着这两父子，从牙缝里挤出些声音来，“好，很好……”

堂上众人只见他们一家三口压低声音说话，却听不见他们在说什么，但都感觉到了气氛凝重，不由面面相觑，互相询问：“出了什么事？”

林泽夫转过身来，向众人拱手，“今日趁着家父寿宴，一为搞清楚最近几件林府发生的疑案，诸位对林府接二连三发生的命案想必已有了诸多猜测，为了使流言止息，更为将林府内部作祟弄鬼之人清除出去，今日只好得罪各位了。”

厅内众人尽皆面面相觑，互相询问：“怎么回事？三爷想干什么？”

厅外皮靴声忽起，一列列的戍卫手持手枪从长廊那头直逼了过来，将大厅团团围住，在窗外沉默站定，鸦雀无声。

林泽录站了起来，高声说：“三弟，你想干什么？今天可是父帅六十大寿！”

有几位叔辈纷纷附和，“就是啊，大帅，好好儿的喜庆日子搞成这样，这又何必呢？”

可大部分人却是互相观望，沉默不语，那几人说了两句，见无人应和，也消停下去。

林大帅一拍椅背，“行了，老子草莽起家，原就百无禁忌，这些日子发生的这些破事，烦都烦死老子了，今日让老三查个明白也好！”

场上顿时静默下来。

林泽录就说：“父帅，我也是为了您好，您瞧，三弟这是有备而来啊，先弄出个什么文明戏，挑起六姨娘不满，又把矛头指向了二娘，仿佛咱们家个个都有罪一样，这俗话说得好，家丑不可外扬，当着这么多人的面，这好吗？”

厅内众人虽没有人出言相和，但有些却暗暗点头，还有人低声说：“三爷这事的确做得太过了。”

“三爷这是舍得一身剐，想把皇帝拉下马？他可是二太太亲生的，这么做，忠孝仁义何在？大帅也听之任之？”

“三爷少年成名，养成了唯我独尊的性子，可今日之事牵涉到了亲娘老子，这么做，确实不妥。”

场上嗡嗡声渐大。

林二太太拿着手帕拭着眼角，无奈而悲伤。

顾波来到林泽夫跟前，低声说：“三爷，您看这事……”

林泽夫手一摆，止住了他，扬声说：“今日之事，我并非不想私下里解决，只可惜，那些将手伸往林家的人不准我们这么做，西南都督府发生的事，想必早已传至大家耳里了，西南都督府发生兵变，齐大公子变成了这样，西南军原来齐家老人十之八九被替换诛杀，林家，不能变成这样！”

林泽录说：“三弟，你危言耸听了吧？西南军杀了几个叛党而已，如今还是由老都督统率，齐大公子如果不是脑子有毛病，老都督想必会让他接手。”

林泽夫视线扫到众人脸上，冷冷地说：“是真是假，在座西南军的人想必心底明白得很。”他视线转至林泽录处，“大哥，大昌洋行里的那一船东西，我已命人缉查留下了，大哥不会有意见吧？”

他无端端说了这么一句，大厅众人皆莫名所以，但有财政司知道内情的几位高官，脸上皆是一白，钱学鑫更拿出手帕擦起额头冷汗来。

林泽录却也脸色马上不好了，讪讪坐下，“三爷，你知道我一向不管你军务上的事的，你既然想查，就查吧。”

林大帅此时发声：“好了，听老三说。”

林二太太微微闭了闭眼，再睁开，只端坐不动。

第四十七章　母子相疑

安雅瑜听了这番话，心中稍定，对上了林泽夫的视线，莫名心安起来。

“诸位知道，前几日林府又发生一桩命案，巡捕房对外宣称，此件命案只是一个打扫的下人跌落水池致死。”林泽夫眼睛落在了顾波身上。

顾波只好点头，“确实如此。”

林泽夫说：“顾探长说说，那个人到底是谁？”

顾波咽着口水说：“我们巡捕房对外宣称只是个下人，但事后查知，那人却是十八年前曾经名满天下的名旦梅落雪。”

林大帅直起身子，“老三，这是怎么回事？不就只是一个下人死了吗？”

林泽夫朝林大帅拱手，“爹，我让人封锁消息，就是为了不让人趁机作祟，借机挑事。”

林大帅皱眉，侧脸望向了二太太，“阿婉，府里的事一向由你打理，一个大活人藏在楼里多年，你就没发现？”

二太太愕然瞪大了眼，委屈地说：“大帅，那幢楼里风水不好，早些年就出事了，我早说要拆，你非不让，那楼就这么空着空了十多年，又没有人住，里面别说是藏一人了，藏支军队都不会有人知道。”

林大帅看着她，沉吟半晌，转头向顾波，“好，你说说，这是怎么回事？”

顾波挠头说：“大帅，这件案子是三爷与安大小姐一手查办的，我只是协助安大小姐查出了那人身份，实在不知这案子有何内情。”

林二太太语气轻淡，“说来说去，又关那女人的事了？我真不明白，你们巡捕房这么多人，老三手下众多，查件案子，非要这个女人才行？刚刚这女人满嘴推测，全无实证，所述所言也只是她一人看见而已，什么时候查案只要她一人看见，就可以破案了？”

厅内嗡嗡声起，“二太太说得没错，刚才那几件案子，安小姐直指二太太是幕后黑手，可既无实证，又无人证，如此不了了之，安小姐别仗着有三爷撑腰，就胡说八道啊！”

“也难怪二太太生气，安小姐如果入了林家之门，二太太就是她婆婆，她如此不敬尊长，哪位婆婆受得了？”

“依我看，安小姐查的那几件案子，倒有点像野史上的鬼魅之说了，说什么催眠术，控制人做事之术，天底下哪有这么神奇的事？”

“总之，破案要讲求实证才行，绝不能任谁说了就算。”

林泽夫目视于她，“娘，这件案，由儿子亲自参与，一切皆有实证，并非只是猜测推论。”

林二太太闭目，像不愿再看他，“既如此，你便当着众人把这案子的来龙去脉说个清楚。”

林大帅侧脸看了她一眼，“阿婉，事情到了这个地步，你也别怪泽夫了，你也知道，现如今多事之秋，外面流言四起，战祸未止，咱们林府接二连三出事，老五被证实与外人勾结，顾夕落得那样的下场，这一桩桩，一件件，即便我们不查，又怎么堵得住外面人悠悠众口？”

林二太太从嘴齿间迸出一声冷笑，“只要大帅别后悔就行。”

林大帅停了停，似乎下定决心，转过脸来，对林泽夫说：“老三，你说下去吧。”

林泽夫轻沉眸，停了一会儿，这才抬起头来，“诸位知道，那幢小楼，就是十多年前有失踪案发生的那幢楼。”

他遥遥一指，隔窗指向了远处那幢被藤蔓包裹的小楼，众人视线皆往那里望去，有不知道的就轻声询问：“失踪案？怎么回事？”

“你还不知道吗？大帅发迹之前，他们家住的那幢小楼发生了一起十多人失踪的奇案，林家赔了不少钱给人才将此事压了下去，听闻是盗匪绑票。”

“一下子绑了那么多人？”有人惊奇地问。

“还不是枪打出头鸟的原因。林家家大业大，听说被当时的雀帮盯上了，全都掳走，一个也没救回来，那些人就此失踪，生不见人，死不见尸。”

“可林三爷刚才说那批人已有了下落，这是怎么回事？”

“听下去，听下去……”

林泽夫视线落在顾波身上，“顾探长，那梅落雪是谁，想来你已经查得清楚了？”

顾波点头，“梅落雪二十年前就已名满天下，著名旦角，他演的《霸王别姬》艺绝天下，却没有想到被人囚禁了这么多年，一直藏在那小楼里。”

林大帅脸色沉肃，“在我的眼皮子底下就有人这么做，真是不把我放在眼里！”

林泽夫说：“这也不能怪您，林家出了那件案子之后，那幢楼就封了，家里人皆忌讳那处地方，更加上有风水师向您证实，那幢楼风水极差，是所谓的火坑，更没人愿意去那里了。”

“对，这话是风大师说的，他早些年倒提了不少好建议，也不知道他去了哪里，林府接二连三发生命案，是不是和风水变了有关？是不是我建的小楼方位不对？”林大帅脸上露出怀念之色。

林泽夫说：“父帅，我也请了那位风水大师来。”

林大帅一怔，“他也来了？在哪儿？”

忽有人扬声说：“大帅，这儿呢。”

宫池鸫自席上站起，将身边一位穿中山装，戴着鸭舌帽的人提起，直走到厅中央，一揭他头上帽子，笑着说：“大帅，您还认得他吗？为找到他，我可花了不少工夫。”

众人看去，却是一位满头花白头发、干瘪瘦小的老头，神情沮丧，眼神闪烁，哪有半点仙风道骨。

林大帅却一眼认出，吃惊地问：“真是风大师，你怎么成了这模样？”

风大师瞧了宫池鸫一眼，尴尬苦笑，嘴里嗫嚅：“大帅，我，我……”

宫池鸫拱手说：“大帅您还不知道，他是干什么的吧？”

林大帅一怔，“他不是替人看风水的吗？”

“这只是他的副业，他还有一项正业，就是走街串巷卖货郎兼职扒手。”宫池鸫一伸手，擒住了他的左手，把他左手现出来给众人看，却见他其中三指光秃秃的，被人齐根斩断。

有识货的人就轻轻点头，“这是窃帮规矩，扒手失手之后，斩断三根手指赔给失主，从此恩怨两清。”

林大帅阴着脸看他，“你这风水之说就是无中生有了？”

风大师弓着身子，缩着头说：“林大帅，小的也会一些风水的……”

林大帅大怒，“是谁告诉你那些话的？”

“这话，这话……当日我扒您府上一位客人的钱包，被他捉住，他听说我会几句风水，于是让我扮成风水先生向您建议，事后我可倒霉了，他原来答应给的钱不给不算，还派人到处找我，还好我跑得快！”

“那人是谁？”林大帅直问。

风大师摇头：“他没告诉我名字，我就记得他长着一张长脸，脸白皙得很，对了，他左边眉头有颗痣……我见了他，一定会认出来的。”

林大帅慢慢往后去，靠在椅子上，轻声说：“我记得这个人，我记得这个人。”他微微转头，“阿婉，你记得吗？”

林二太太只静静坐着，手里的那块手绢捏得极紧，嘴边噙着的冷笑不改，“不，我不记得了。”

林大帅轻轻叹了口气，“是啊，你怎么还记得呢？”他却没有说下去，脸上现了丝疲惫，“老三，这风水之说倒是我受了骗去，但这和小楼里藏人有何关系？”

林泽夫轻声说：“父帅，所谓的风水大师既然是假的，那么这四周建楼，形成悬河注水之势自然也是假的了，为的不过是将此人顺利藏于小楼中，让他原样绘制出这瓷瓶里的图而已。”

他一挥手，有兵士捧了个盘子进来，盘子上盖了层绸布，他揭开绸布，却是一件残缺不全的牡丹花瓶，已经用某种材料补全了，只缺了瓶肚一大块。

林大帅说：“这花瓶已经找全了？”

林泽夫点了点头，“没错，只差了几块。”他又望向宫池鸫，“还多亏了宫先生，将他手上余留的花瓶碎片送来，这才能凑齐了大半个瓶子。”

宫池鸫向他点了点头，“为林三爷和安大小姐效力，是我的荣幸，总不能让这些东西，落在外面那些不知所谓的人手里！”

他把那花瓶重新用布覆盖，又让士兵拿来一个木箱，亲手将它放入装满刨末的箱子里。

此时有人就问：“三爷，这花瓶有何蹊跷？您倒是说说，为何有人为了它而大动干戈？囚了一个人在小楼里专门研究？”

有听到风声的就低声说：“前些日子省城有人私下里出高价到处寻找这残瓷，莫非就是这东西？”

林泽夫说：“花瓶本没有什么出奇的，奇的是它内壁的图画，图画之上，用日冕之法画了一个时间，一个方位，这幅图，才是这些人争夺犯案的源头！”

林大帅微微皱眉，“老三，你是否查出，这瓶子里的画到底是干什么的？”

林泽夫转身向林大帅说：“这瓶中字画，是一段改过的《金刚经》和几幅日冕图画，请恕儿子无能，却未能查出这些字画是干什么用的。”

林大帅微微有些失望。

二太太却只垂了眼眸，将手里捏着的帕子缓缓摊开，在膝盖上铺平。

“但是，我却已查明，这一系列的命案，全都因此而起，十多年前失踪的人，小楼里暗藏的人，以及围绕林家发生的所有一切命案，都是为了它。”林泽夫说，“先有人摘抄出这上面的字句来，按照上面的字句筹划谋杀，在龙舟会上当众淹死一个孩子，更有阎罗鬼脸出现，让天下震动，从那时开始，对那些手持残瓷的人的召唤就开始了，许多年前潜藏于各处的人开始向省城聚集，为的不过是将这花瓶拼凑完整，拼出这内瓶字画，启动多年前就已开始了的计划，而那计划，却是从这小楼开始的，就从那件失踪之案开始。”

堂上又起嗡嗡之声，众人脸色各异。

钱学鑫站起来说：“三爷，您未免危言耸听了吧？大帅，您来说说，几件死人案子而已，我们这样的人家，哪个家里会不出点事故？”

林大帅沉着脸坐着，“当年那些人失踪，我也只简单以为是有人绑票，后因种种原因，并没有仔细追究，现在看来，是我当时太大意了，太过信任身边人。”

林二太太把铺在膝盖上的手帕仔细叠好，轻声应道：“大帅，您这话可就说得不妥了，难道身边人不该信任吗？正因为是您的信任，让林家人各得其所，才使林府枝繁叶茂啊。”

林大帅温声说：“阿婉，今儿个，就让泽夫把话说完吧。”

林二太太把叠好的手帕放进袖子里，“好。”

见林大帅如此说，堂上嗡嗡之声小了些，钱学鑫左右看看，见无人应和，只好讪讪坐下。

林大帅说：“今日来参加老夫寿宴的，不是一起跟着老夫打天下的兄弟，就是老夫的亲朋好友，咱们林家和你们已经连在一起，林家好，你们则好，林家如果倒了，你们一个二个以后哪还有好日子过？”

堂上众人皆暗暗点头。

“林家这些日子接二连三发生命案，外面流言四起，小报上什么猜测都有，今天虽是老夫寿宴，但你们知道，老夫一向是百无禁忌的，该查的案子还是要查，该弄清楚的事还得弄清，今天大家都齐了，就让犬子一一查个清楚。”

堂上静默下来，有人说了声好，其他人等皆纷纷附和，“好，大帅，咱们都听你的。”

林大帅偏过头去，声音轻柔，“阿婉，你也别生气，年轻人办事，总不够圆滑，有不妥之处，安大小姐先前说了些得罪你的话，但她不也是为了查案？最后说明她弄错了，是老六的问题，但年轻人哪有不犯错的？”

林二太太抬起头来，眼底有水光，“大帅，您是知道的，我一向都听您的，可安小姐查的这些案子，却也太过了，如果不是我早有准备，我就被她说成了妖怪一样的人物，非但杀了好几个人，还能随便说说话就能控制别人做事。”

“阿婉，安小姐年轻，做事未免有欠圆滑，但她不都为了破案？事后既已弄清并非如此，不也还了你一个清白？”

安雅瑜却只是脸色发白，垂目盯着脚下。

六姨太被两名仆妇押坐在椅子上，只是冷笑。

林二太太就答：“大帅，这么多年，咱们什么风雨没有经过，老三查得这么辛苦，我也想知道他到底查了些什么。”

林大帅转头说：“老三，你说下去吧。”

林泽夫点了点头，“这个花瓶残片，引得各方人马往省城汇聚，争夺由此开始，而接二连三的谋杀案也因此而起，首先是卖灯笼的霍家三口出事，接着安县长被人追杀致死，再有演员谷兰被害，但到林府废旧小楼里藏着的京剧名旦被人杀死，每个案件，都有一片残瓷出现，再加上宫先生的帮助，我才能让人拼凑出这个瓷瓶。”

顾波问：“梅落雪一个唱戏的，和这瓷瓶又有什么关系？难道他手里也有残瓷？”

林泽夫摇头，“不，他手里并没有残瓷，但是，他不为人知的技艺与身份，却成了幕后之人囚禁他这么多年的原因！”

“他不就是个唱戏的吗？还会其他的不成？”

林泽夫说：“这件案子由我和安小姐亲自查办，下面由她来说明梅落雪之案吧。”

场上又起嗡嗡之声，有人压低声音说：“三爷还真被那女人蛊惑了，到了这种地步，依旧什么都听她的，二太太这个亏是吃定了。”

“嘘，别说了，听下去，大帅都没说什么，你多什么嘴？”

安雅瑜抬起略有些苍白的脸，直对上了他的眼眸，目光却是无来由的坚定，她点了点头，走前几步，轻声而坚定地说：“梅落雪被囚禁，不是因为他戏子的身份，而是因为他学戏之前的身份，他出身于金漆木雕大家的梅家，而他自己，更是有一门独门技艺，不用看图样，光凭手感，就能雕出栩栩如生的图画，诸位刚刚看了这花瓶，花瓶之内画了字画，花瓶却不是透明的，瓶中字画，一般用琉璃瓶写画，以便画师能看清瓶内而作画，而这花瓶却是不同，需要手艺人极高的构图能力，梅落雪少年曾经失明，练就了在黑暗之中雕刻的能力，既能雕刻，又怎么能不会作画？这个瓶中藏有字画的瓶子，就是由他完成，因此，才会被人囚禁那么多年，我想，囚禁他的人原来要杀人灭口的，可后面出现了变故，只将他囚禁，就只为了从他嘴里套出这幅瓶中字画！可直到最后，幕后之人也没能得逞，他终于不耐烦了，也明白从梅落雪嘴里得不出什么来了，终于痛下杀手，派人杀死了他。”

顾波问：“杀死他的人又是谁？安小姐已经查出来了吗？”

“杀死他的，就是他的儿子梅金荣，也是杀死我父亲的杀手，更是一个月前在长青街五号制造了一起车祸的人。”

“有了凶手，如此说来，囚禁梅落雪的幕后之人，安小姐也查出了？”顾波问。

安雅瑜目光闪动，在堂上诸人脸上打了一个转，轻声说：“我相信法网恢恢，疏而不漏，那幕后指使囚禁之人，今日也来到了堂上。”

此言一出，就有人扬声问：“到底是谁，安大小姐，你可别故弄玄虚，说一些无根无据的话。”

安雅瑜只看了那里一眼，发现那人是钱太太，却转过身去，没有答她的话，说：“要想知道幕后之人到底是谁，咱们要从梅落雪被人囚禁开始说起，他被人囚禁，一直在想方设法向外传递消息，直至他的尸体被人发现之前，他依然在做着这方面的努力，而正因为这最后一举，给他惹来了杀身之祸，让幕后黑手不得不痛下杀手，因为，那幕后之人已经明白，小楼囚人的秘密已经泄露。”

顾波就说：“不会吧？尸体发现时，我也查问过一些林府下人，并没有什么消息传出来。”

安雅瑜说：“他传递消息的方法极为特殊，只极少数的人看见，而能猜测出其中含意的，却也是万中无一，他只是在绝望之中撞大运而已，他知道自己身处何处，知道了小楼外边有一棵极大的树，可他没有想到，第一个发现这消息的人，是六小姐林幽兰。”

林幽兰一直心神不定地站在角落里，堂上诸人视线往她那边落去，她愕然抬头，神色慌张，“我，我不知道啊，我不知道那楼里藏着一个人。”

林大帅温和地问：“老六，别着急，你到底看到了什么？”

林幽兰说：“爹，我也不知道是不是真的，这些日子，我老做梦，梦见一些稀奇古怪的事，那天晚上，我又睡不着，就起床去找雅瑜姐，经过那条小路……”她双手抱臂，脸上露出害怕之色，“看到了一个人，一个穿古装京剧装的人影站在树梢上，那人拿着剑，目视前方，一动不动，还，还似乎听见楼里传来几声吟唱，吓，吓死我了……”她咽了口口水，吞吞吐吐地说，“我还看见了李叔和另外一个人。”

林大帅一下子站起身来，又缓缓坐下，“你说的那李叔，是李贵祥？他不是早就死了吗？”

林幽兰捧住了头直摇，“我也不知道，后来，后来我和三哥他们去那楼里查看，就发现了一具尸体，三哥他们后来才查到，那是梅落雪的尸体。”

林二太太脸有同情之色，柔声说：“幽兰，你就喜欢这么些稀奇古怪的事，和他们混在一起，可别像你六姨娘一样，把脑子都给想坏了。”

六姨太身子一挣，想从两名仆妇手里挣脱出来，却被她们压得死死的，她狠狠瞪着，眼眸涨红。

林大帅温声说：“好了，阿婉，让安小姐说下去……”又转头对安雅瑜说，“你往下说。”

“小楼失踪案发生之时，大少爷还小，可能不知道了，当年那幢小楼十多人失踪，只说是受了盗匪绑架，生不见人，死不见尸，不了了之，但其中有两人死亡，却是真的，在巡捕房都有立案，这两位，一位就是李贵祥，另一位姓王，李贵祥复活，当然有他的蹊跷之处了，是有人买通了相关办案人员，刻意为之。”

安雅瑜说：“而六小姐看到了这一切，恐怕也是幕后之人的疏漏之处，那幢小楼荒废多年，更有风水不好的传说，平日里连打扫的下人都不愿接近，看守之人出没，只在晚上，有谁会傍晚跑到那里去？可他忘了，六小姐的住处离这里不远，有一条小径正好经过那楼，离那楼不过五十米之远，我想，梅落雪被囚多年，看守之人也寂寞无聊，两人时有对话，他一定在有意无意地探听着整个林府的情况，他能雕出繁复的梅家金漆木雕，又能中途转而学戏，而且成就极高，是有极高天赋而心思细密之人，而看守之人看守他多年，从未出过差错，渐渐放松警惕，也满足他一些微不足道的要求，比如说，给他一盏灯，一些厚纸，一把小刀具，还有这椭圆形的水晶球，日积月累，这些不起眼的小东西就成了他向外发送消息的道具之一，六小姐那天晚上在树梢上看到的京剧人像虞姬，就是他向外发送的消息，他在告诉外面的人，他是梅落雪，他就在这小楼里！”她转头问顾波，“顾探长，我们查探现场之时，临楼的窗户之上，是不是有一个极小的圆孔？桌面之上发现了纸屑？而在案发现场，那个小池子里，是不是发现了一截肠子，肠子里有一椭圆形的玻璃珠？”

顾波点了点头，“没错，这些都是在案发现场发现的，可你说他能用这些东西向外传递消息，这也太匪夷所思了。”

安雅瑜说：“这所有的东西，最关键的，却是这颗透光度极高的椭圆珠子，正因为有了这珠子，才让他能在树梢上投射出一个京剧人影。”

林幽兰失声惊呼，“我不是见鬼了？是梅落雪弄出来的？怎么会？”

堂上一片寂静之后，又有人质疑，“就是啊，安小姐，有没有你说的那样神乎其神？”

安雅瑜说：“为查出梅落雪被杀之案，我和三爷去了梅落雪的家乡，他们家乡流行一种皮影戏，是全国闻名的皮影之乡，那时我才明白，六小姐在树梢上看到的是什么了。”她向林泽夫点了点头。

林泽夫一挥手，几名士兵拿来了几块厚纸板，一一架在桌子之上，又拿来一盏马灯摆好，最后摆上了锡纸做成了碗状之物，又把一个京剧皮影放置在桌子中央。

堂上众人从未见过如此情形，皆屏息静气看着。

一切摆好之后，安雅瑜拿出了那个椭圆形的水晶球，看了看距离，放在几块纸板之间，向林泽夫点头。

他便下令，“熄灯。”

满场的灯光熄了下来，只余那盏马灯直射向那皮影人偶上，一片黑暗当中，却听到了阵阵吸气之声，只见前面的墙上，出现了一人高的皮影人像，却正是那手持宝剑的虞姬。

“这是怎么回事？这不是像放电影一样了吗？”林幽兰说。

灯光亮起，安雅瑜收回了水晶珠，“六小姐说得没错，这就像放电影一样，梅落雪用纸板浸油，做出了虞姬的人像，通过这个椭圆形水晶珠通过窗台上小孔使光射往外投射，将霸王别姬之中的虞姬投射到了外面大树上，他想通过这个提醒外面经过的人，他被囚禁在此，他期望有人看见，能救出他来，可这也给他带来了杀身之祸，因为不光是六小姐看到了这幅图像，因小楼与外边街道一墙之隔，当晚，更有一个人因故滞留林府，自后门匆匆回去，经过了那条小街，看见了树梢上一晃而过的人偶像，虽然只有一眼，但他已认出了那东西由谁所做，因为，那皮影人像之上，有梅落雪特制的印记，他深感蹊跷，私底下展开调查，询问林府下人，而且，通过梅落雪的戏迷们扩大影响，让电台接连几个播放梅落雪的碟片，更在衣服上绣出与那特殊印记一模一样的图案，想告诉梅落雪，他已经知道了……”

顾波急得抓耳挠腮，问："安小姐，到底是什么印记？你倒是说清楚啊？"

安雅瑜举起了袖子，把袖口上的花纹给众人看，"林家近段时间请桂兰坊老师傅做旗袍，每个旗袍之上，都绣了一圈小小的梅花，或在袖口，又或在领口，这种梅花，与众不同，每朵花瓣红中带白，却正应了梅落雪的名讳，我和三爷回到梅落雪的家乡，他家里有一个金漆木雕的虾蟹篮，篮子一角，正有一朵梅花，我想，这就是梅落雪的特殊印记，那皮影人偶之上也有那印记。"

她这么一说，林府几位姨太太姑娘皆垂下头去，寻找衣袖领子上的梅花，惊讶地说："我这有，我这里也有，原以为只是好看，想不到还有这么一层意思？是为了传递消息？"

"我猜想，这个人也不确定梅落雪就在林府，但他想，只要这么做，梅落雪知道有人注意到了这些，也许会再发些消息出来，因此，一连几日，他都在外面街道等着，可他再也没有等到消息，而是等到了那幕后之人迅速杀人灭口，他也差点没了一条性命，当时我看到那棵树，想及它所处方位，于是让三爷派人周围寻找守候，终于来得及救下了那人，所以，你们瞧，再周密的谋杀，总有疏漏之处。"

林幽兰吃惊地问："雅瑜姐，那个人到底是谁？"

"这个人，就是桂兰坊的吕大通师傅，他是桂兰坊老板，多年之前，更是梅落雪戏班的班主，外边传言梅落雪与班主闹翻，想独立出来唱戏，却无人知道，班主与梅落雪感情深厚，齐班主对梅落雪有知遇之恩，他根本不可能背叛脱离，我想，当这些流言传出之时，齐班主心底就有了疑惑，一直想弄清梅落雪去了哪里！"安雅瑜说。

门口传来嘈杂吵嚷，众人往门口望去，就见一名侍卫扶了一个老人慢慢走进，认识的人皆窃窃私语，"没错，是兰桂坊的吕师傅，他就是十多年前梅落雪的戏班班主？"

吕大通却像极为疲惫，走两步就咳了两声，林泽夫一挥手，让人搬了把椅子来，让侍卫扶着他坐下。

林大帅就问："他怎么回事，一副病怏怏的样子？"

"他被人勒了脖子，差点丢了性命，前天才从医院回来。"林泽夫说。

吕大通向林大帅拱手，"大帅，老朽失礼了。"

林大帅就问："好，你再说说这是怎么回事？"

吕大通坐在椅子上咳了两声，"老朽多年前收留了梅落雪，发现这孩子非但有一副好嗓子，而且天赋极高，于是收留了他，并以他的名讳为名，创办了梅家班，所得利益均五五分成，因此，梅落雪也是半个老板之一，根本没有后面流言之说，说梅落雪不满老朽打压，想独自单飞，梅落雪失踪之后，梅家班更受到莫名势力打压，生意一落千丈，更莫名死了两个自小跟着他的弟子，我见势不妙，马上更名改姓，躲在乡下两年，才重新出来做生意开店，却再也不敢开戏班，只能做旗袍布匹生意，幸好，小老儿还有一手裁缝手艺，以往戏班戏服都出自我和梅落雪之手，将这手艺用在旗袍之上，慢慢做出了名声……"

林大帅听得不耐烦了，"你别罗嗦，说你怎么知道梅落雪被囚禁于小楼里的？"

吕大通转脸看向了安雅瑜，感慨地说："和安小姐猜测的差不多，正是那天晚上，贵府几位姨太太因旗袍之事发生争执，一时间忘了时间，到了半夜，我从贵府后门出去，走到那条后街上，就看到了树梢上投射的人影，正是梅落雪最出名的霸王别姬之中的虞姬装扮，安小姐只说错了一点，那虞姬人偶身上并没有什么特殊标记，但梅落雪成名之时，所穿戏服装扮皆由他自己一手精心制作，连戏服都是他画图样请师傅制成，独一无二，无人能仿，因此，我一看那人偶，就知道是他做的，他和我情同父子，他会什么，我怎么会不知道？"

顾波说："这么说，余下发生之事和安小姐说的一样了？听安小姐说，你差点被人杀死，又是怎么回事？"

吕大通说："正如安小姐所说，我一连几日守在那条街外面的酒楼上，每天到了半夜才回去，并在贵府诸位女士旗袍上绣了特殊符号梅花，只怀着渺茫的希望，希望他能看到这些符号，也许能回应些消息出来，却没有想到，没等到他，反而等来了杀手，那一日，我又白白等了一晚，于是，走下酒楼楼梯准备坐上黄包车回去，下楼之时，却被人当头用麻布蒙住了头，将我带到了一辆小车之上，后有个女人问我知道了什么？为什么在旗袍之上绣梅花，与梅落雪什么关系？我在府内询问些什么？更告诉我，如果不说实话，我的女儿女婿将没有命活，我没有办法，只好如实告知，说我并不知道梅落雪在哪，只是那天晚上在树梢看到了人影，哪里知道到了最后，她依旧叫人杀人灭口，使人将我带到僻静之处，勒住了我的脖子，还好此时林副官带人经过，救下了我。"

顾波说："这幕后之人对吕师傅痛下杀手，却放过了六小姐，这又是怎么回事？"

安雅瑜说："依我猜测，幕后之人只顾着注意吕师傅的动向了，倒忽略了六小姐，因为在他们看来，六小姐动向一目了然，六小姐不可能有什么瞒得住他们的，所以，才百密一疏，让六小姐无意中有了机会，告诉了我和三爷当晚看到之事，使我们能迅速找到梅落雪的尸体，使得这桩小楼藏人案大白于天下。”

林幽兰嘴唇都在颤抖，“雅瑜姐，为什么你这么说？我，我没有，我没有把三哥的事到处乱说，难道你认为梅金荣说的是真的？不，不会的。”

安雅瑜轻声说：“六小姐，不要紧的，只要找出了关键所在，你不会有事，再也不用担心连累你三哥了。”

林幽兰脸色煞白，看了看她，又看了看林泽夫，点头，“雅瑜姐，我信你。”

顾波问：“安小姐，如此说来，六小姐看到的都是真的？”

安雅瑜点头，“没错，都是真的，吕师傅看到了树梢上的古装京剧人物，六小姐也看到了，而且不止，她还看到了多年前死去的人复活，而那位李贵祥，就是多年来看守逼供梅落雪之人。”

堂上之人听得面面相觑，喘不过气来。

顾波问：“你还记得那女人的声音？”

吕大通摇头，“那女人蒙住口鼻说话，又故意变声，即使在我面前，我也不知道是谁了。”

顾波失望地说：“安小姐，他什么都不知道，又如何指出幕后之人？”

安雅瑜说：“顾探长，您少安毋燥，且听吕师傅说完。”

吕大通喘了口气说：“自我被人罩住头之时开始，我就知道此事没那么简单了，我以前从事戏剧行当，其他的东西变了，但多年的老习惯还是没有改变，我随身总带着一盒脸谱油彩，虽然只有一小盒，但我带在身边，就仿佛还在过去的岁月里，在光彩夺目的舞台之上……”

他眼底露出了怀念追忆之色。

林大帅等怎么懂得他这种小心思，不耐烦了，打断了他，“好了，到底怎么回事，你说下去。”

吕大通说：“那种油彩，是我特制的，里面添了鼠尾草等多种在草药，与别的油彩不同，涂在脸上，遇汗而不会脱落，遇水而不化，只有用特制的精油净面，才能洗得掉，我想知道这些绑架我的人是谁，因此当日，我在掌心涂了这种油彩，在有人用绳索勒住我的脖子之时，我的手抓住了那位扭住我胳膊的人的手腕，我想，那人手腕之上，一定还有那红色的印子。”

堂上众人再起议论之声，有人就左右看着，专看身边人的手腕。

林泽夫说：“父帅，我敢肯定，那人今日也在这寿厅之上。”

林大帅就沉着脸说：“好，既然有这证据，堂上的人，全都举高双手，露出手腕来！”

堂上大哗，有妇人便说：“我们都是来祝寿的，林府这是什么待客之道？怎么能这样？”

林莫兰坐在南边席上，和一群太太坐在一处，身边坐着林大辅，两人紧紧相依，却把林大辅的手腕拉高一截，笑了起来，“大辅，这事你没参与吧？”

林大辅眼神阴郁，只哼了一声。

林大帅哼了一声，“要你们露出截腕子，又不是露屁股，新时代了，怕什么丑？”

那妇人脸涨得通红，只好缓缓拉起衣袖，露出了手腕。

林泽夫一挥手，一列兵士入内，一一查看过去，却无所发现。

几位姨太太也纷纷拉高了手腕，还互相打趣，“你的手可真白。”

“哎哟，你的手腕怎么就么瘦啊？”

林二太太只是温婉地说：“叫你们办正事呢，别胡说八道。”她回头朝林大帅问，“大帅，您瞧。”

她欲拉高衣袖，林大帅忙阻止，“你的腕子我今天早上才见过，没有的。”

林二太太却说：“这可不成，只有大帅知道怎么成？传到有心人的眼里，还以为我和大帅同谋呢。”她还是缓缓拉高衣袖，却是皓腕洁白如玉。

正喧哗间，却有一位仆妇神色慌张，护住左手，阴沉着脸缓缓后退，往窗口处退了去。

这边动静早被紧紧观察动向的安雅瑜瞧见，朝林副官暗使眼色。

林副官几步向前，向她飞快逼近，她撞破窗子往外腾跃，一下子就来到长廊之外，林副官紧追而至，和她在长廊外交起手来。

几声枪响，隔不了一会儿，林副官与两名士兵提了位胳膊受伤的仆妇进屋，拉高她的手腕，手腕上却清晰之极地印着红色指印。

六姨太尖声笑了起来，说：“那是柳妈，二姐身边的厨娘，二姐，你可别说，这又不关你什么事！难不成柳妈也像我一样，有什么狂躁症不成？”

林二太太眼眸阴沉，冷冷扫了柳妈一眼，“我那里下人就有几十个之多，都是大帅指定的，他们是什么身份，从何而来，大帅最清楚了。”

六姨太哈哈狂笑，状若疯狂，“二姐，你别装糊涂了，你那楼里的人，如果没有你的认可，不是犯错被赶走，就是被变卖别处，大帅，您仔细查查啊，你当年指定的人还剩下几个？”

林大帅对她却一点不信，只冷冷地说：“她怎么还在这里？”

两位仆妇看向了林泽夫。

林泽夫就拱手说：“爹，儿子还有些东西想问她。”

林大帅皱了皱眉，就不再理她，只转头望向柳妈，脸上现了丝追忆，“没错，这柳妈是我当年让人从街上买来，送给阿婉的下人之一，她不是一直在厨房做事？”

林二太太点头，“是的，大帅，我实在不知她怎么会身手如此之好，平日里也看不出来啊？大帅您瞧，一定有人在栽赃冤枉我。”

六姨太阴阴笑了两声，却不再说什么。

林大帅就说：“把柳妈带上来。”

那仆妇被两名士兵推着，跪在了堂中。

顾波上前问：“柳妈，你说，你手腕上的红印是怎么回事？是不是像吕师傅所说，想将他杀人灭口之时被他抓住手腕弄上去的？是谁指使，你的同伙又是谁？”

柳妈仰起脸来，满脸桀骜，“没错，是我，都是我做的，什么杀人灭口？这老家伙是梅家戏班班主，我有一个姐姐在戏班唱武生，因为唱错了一个调，被下边的观众起哄，就被他打断了双腿，没几年就去世了，吕大通，你还记得佩芝吗！你不记得了吧！”

吕大通后退两步，脸色愕然，“你是佩芝的妹妹？不可能的，不可能……”

柳妈说：“我认出了他，我一直跟着他，看着他下了酒楼，跟着他来到小巷里，想掐死他，可这老家伙命大，死不了！”

吕大通说：“不，不只你一个人，明明好几个人的，他们不停地问我梅落雪的事，大帅，你要相信我，我没有说谎。”

林大帅就转脸问林泽夫：“老三，吕大通被袭击，你们什么时候赶到的，可有看到其他人？”

林泽夫向林副官示意。

林副官上前一步，“大帅，是我将林师傅救回的，我们赶到时，那行凶之人或许听到了脚步声，已经离开了，只有他躺在地上。”

顾波就问：“一个厨房打杂的婆娘，身手这么好，又怎么解释？”

第四十八章　旧案重提

吕大通垂下头去。

柳妈说："我姐姐是演武生的，我们家原来就开武馆为生，后来爹被人寻仇杀死，姐姐才投到吕大通门下，身手好些又有什么出奇？"

林大帅说："这倒也能说得通了，老三，你怎么看？"

林泽夫沉眸说："好好审一审她，她自然能说真话。"

林大帅说："也只能如此了，依我看，不光要审她，这吕大通也要好好儿审审，看看谁真谁假！"

安雅瑜上前一步，"三爷，可否让我问柳妈几句话？"

林二太太就哼了一声，"安大小姐，审问犯人自然有审讯处来办，我可怕你又审出些什么危言耸听的推测来，弄得人心惶惶。"

安雅瑜脸色一白，垂下脸去。

堂下有太太就附和，"就是，依我看，这案子就不应当让安小姐再插手，她判断有误，把六姨太的话当了真去，差点让二太太受冤，这样的人，怎么破得了这案子？"

林泽夫皱眉上前，"娘，让她问一问又有何妨？"

林二太太看都不看他，似对他失望之极，只侧脸望向林大帅，"大帅，您仔细想想，如果我真的派了什么杀手去杀人，怎么会派身边之人？还让人当庭认出？"

林大帅语调恳切，"阿婉，事已至此，如果不查下去，你的嫌疑怎么洗脱？以后更会有人拿此事挑事，不如今日一次弄清楚。"

林二太太无可奈何地说："好吧。"

林大帅向安雅瑜说："安小姐，你问吧，可得小心言辞！"

安雅瑜点头，“多谢大帅。”

她走至柳妈跟前，站立不动，上下打量了她半晌，拿起她的手腕看了看，用手丈量了那红印一下，又将她的手放下。

柳妈只是微微冷笑，眼神睥睨。

安雅瑜问：“柳妈，你出身武馆，自然会一身武艺，我且问你，你擅长使刀还是使剑，又或是使拳？”

柳妈答：“十八般武艺，我样样都能使得。”

安雅瑜再问：“你勒住吕大通脖子时，是用什么东西勒的？”

“一根挑担用的麻绳，随手在厨房箩筐里拿的。”柳妈说。

“那么，你用哪一只手勒住了那绳子，怎么套在吕大通的脖子上，吕大通又是用哪只手握住了你的手腕？”

柳妈说：“当然是两只手同时用力了，他用哪只手握住我的手腕，我怎么知道？”

安雅瑜说：“请三爷派两名士兵过来，演练一下柳妈说的情形。”

两名士兵过来了，林泽夫还特意选了身高体形都差不多的，又让人拿来了麻绳。

安雅瑜说：“请吕师傅拿出些油彩来，普通的就行了。”

吕大通还真从衣袋里拿出了一小盒油彩。

安雅瑜打开油彩，问：“吕师傅，当时你是把油彩涂在掌心之处的吗？”

吕大通点了点头，指着自己的右掌，“就是这里。”

安雅瑜示意那矮一点的士兵伸出手来，在他掌中涂了油彩，说：“好了，请两位按照柳妈说的演练一下杀人情形。”

一名士兵拿起绳子，套上了另一名士兵的脖子，那名士兵作势挣扎，涂满油彩的手握住了他的手腕。

“行了。”安雅瑜抬起了那扮作杀人凶手的士兵的腕子，举高了让大家看，“你们看，如果是柳妈杀人，她手腕上的指印应该是这样的，四指在前，拇指在后。”她让士兵抬起柳妈的手腕，“而柳妈手腕上的指印，却刚刚好相反，哪一种情况造成这种情形？请三爷派多一人来。”

林副官自告奋勇，“我来，我来！”

安雅瑜点头，“这一次，你来当柳妈。”

林副官跃跃欲试，“要我怎么做？”

“你把他的胳膊扭在身后，另一名士兵开始勒脖子……”安雅瑜指示。

杀人情形再次展开，却是林副官将那名手上涂满油彩的士兵的胳膊扭在了身后，另一名士兵去勒他的脖子，士兵拼命挣扎，反手去抓林副官的手腕，在他腕上留下了深深的红色指印。

不等安雅瑜说明，林副官自己抬高了胳膊，走到柳妈面前对比，高声说："没错，这一次对了，她手腕上指印和我的一模一样！她不是一个人杀的人，而是另有同伙协助！吕师傅说的才是真的，说，你的同伙是谁？"

吕大通连连点头，"我没有说谎，就是那样的，我被人把胳膊扭在身后，我抓住了那人的手腕！"

柳妈脸色呆滞，眼眸转动，似看向堂上某处，又收回视线，冷冷地说："安小姐，算你厉害，几个手指印而已，就让你看出端倪来，可那又怎么样？人就是我杀的，要杀要剐随你！"

"你既有同伙，说为了姐姐断了双腿而杀人，想必也不尽然吧？"安雅瑜说，"可这却正好说明，你与同伙对吕大通和梅家班知之甚深，当年将梅落雪囚禁之时，一定仔细调查过他身边的人，发生过的事，才能在这种情况之下，仍然能找到说辞，将吕师傅倒打一耙。"

堂上之人这次倒是没有人出言反对，只互相望了望，暗暗点头。

柳妈却是连声冷笑，微闭了双眼，脸上桀骜不改。

林二太太只拿起身边杯子，喝了一口茶。

安雅瑜目光闪动，朝堂上之人一一望去，"那名同伙，是柳妈你的搭档，也是你最亲近的人，难怪你要拼了命的保护他了，只是他么，怕是得了主子的命令，要杀你灭口呢。"

安雅瑜忽高声说："左边，第二个窗口，吊灯下穿青色衣服那位！"

忽地，白光一闪，一柄小刀忽然而至，直往柳妈处射了去。林副官迅速拔枪，几个点射，枪声之中，那人捂着腰腹瘫倒在了地上。

那人被提至堂前，却是一个脸孔陌生下人打扮的中年人。

柳妈虽没被刺中，却惊魂未定。

林大帅大怒，"怎么会有这么多人混进来？老三，你怎么办事的？"

林泽夫回答，"父帅，今天您六十大寿，未免有闲杂人等想趁此机会拿些好处，父帅放心，不会有事的。"

林大帅怀疑地看着他，"老三，你以往哪会这么疏忽，老实说，你是不是又有什么计划？故意放了某些人进来？"

林泽夫只答，"父帅，您多虑了。"

林二太太拿着杯盖的手一颤，叮的一声，那杯盖盖在了茶杯上，她把茶杯放下，厌恶地看着那中年人，“一场大寿，搞得又是枪又是血的，真是晦气，这个人，又是谁？顾探长，你还不去问问？”

顾波应了声是，走到那中年人前边，“说，你是谁，为何要杀柳妈？”

中年人鲜血自指缝处涌出，咬着牙一声不出。

堂上忽地传出一声惊呼，众人往发声处望去，却见林幽兰满脸慌色，见众人望她，只勉强地说：“我，我，我可能认错了……”

安雅瑜说：“不，你没有认错。”她招手让林副官过来，低声吩咐了他几声。

林副官意外抬头，惊讶地说：“真的？”

安雅瑜点了点头。

林副官就走到中年人跟前，叫两名士兵压住他的胳膊，他伸手过去，在那中年人眉毛之上几扯几拉，中年人脸上眉毛脱落下来，再把他下巴几揉几搓，扯下一层黄土色之物，赫然露出了下巴上的一颗痦子。

如此一番，那中年人仿佛变了一个样子，再没那忠厚老实模样，却是表情冰冷，脸色阴郁。

林幽兰声音拔尖，“是，是李叔，是李叔！”

林大帅看了他半晌，似乎也想起来了，“没错，是李贵祥，但样子仿佛有点儿不像了，你不是死了吗？怎么会出现在这里？”

顾波对当年的案件也有印象，“没错，是他，当年那些人被绑票之后，还死了两个人，其中一个姓李的，就是他，我一位同事办的这案子，查过他的尸体，确实呼吸全无，心脏停止了跳动……我还记得笔录上的这两句话。”

林大帅却想起了刚才的怀疑，对林泽夫说：“老三，他们怎么会一个两个的就这么暴露于人前？别说没有你安排，你说我信不信？说，你用什么东西引得他们全冒了出来？”

林泽夫说：“爹，在您大寿之上，我哪敢？您继续听下去就明白了。”

林大帅虽然不信，但对林泽夫也无可奈何，指着他说：“你呀，你，对谁都留上一手！”想了想，视线落在安雅瑜身上，心想了解他的人怕只有这安大小姐了，于是脸色和蔼了些，“安小姐，你是怎么知道有人要杀柳妈，还事先提醒？”

安雅瑜对他突如其来的和气有些不适，脸上腾起朵红云，说：“大帅，说穿了其实也没什么，柳妈被揭穿说谎之后，脸色紧张，好几次眼神扫向大厅中央，而大厅里的人全都被咱们的述说吸引，只有这穿青衣的人脚步后退，似乎随时准备逃走，左手却握住袖中某物，我仔细观察柳妈表情，这才能够看出。”

林大帅感慨：“安小姐对周围之事的感知力真是不同凡响，一般人怎么会注意到这些，又能从那么多人当中发现出不妥来。”

他当面称赞，却仿佛打了林二太太的脸，堂下几位太太脸色就古怪起来，林二太太却只哼了一声，没有说什么。

林大帅转头看着李贵祥，“我记得你是阿婉什么远房亲戚？当年受了连累去世，我还让人给了你家人不少银两度日，你怎么会没死？真像安小姐说的，你一直躲在那楼上？”

李贵祥手捂胸腹，阴阴地答：“大帅，你怕早就忘了一起和你打江山的那些老兄弟了吧？”

林大帅一滞，转而发怒，“你胡说！”

林二太太慢吞吞地说：“大帅，李贵祥是我的远亲不假，但大帅似乎忘了，可是您把他留下来的，当年我反复阻止，您欣赏他的机灵，硬要留下，我那么多远亲，出了事都算在我头上，可就真成了安小姐嘴里说的妖怪了。”

林大帅语调温和，“阿婉，这不还没查清楚吗？总得弄清死去的人怎么能复活才行。”他似乎应付不了二太太的恼怒，转头对安雅瑜说，“安小姐见多识广，你来说说，李贵祥怎么会死而复活？”

安雅瑜仰头说：“大帅，这种事情，我没有经过调查，只能猜测而已。”

“好，你就猜猜。”

安雅瑜走至李贵祥身边三步之远处，看着他，“死人复活，无非是里应外合，众人拾柴而已，当日李贵祥与另外一位姓王的先生死亡，我想，那位王先生是真死，为了掩饰李先生的假死，在人的惯性思维当中，那位王先生既然死了，那么，和他一模一样躺在地上的李先生，一无心跳，二来全身冰凉，一定也死了，加上有人买通法医巡捕，当时法医勘探尸体的技术并不发达，只要检查到这两个相关信息，就可以确认死亡了，所以李贵祥的死而复活，并不出奇。”

顾波说：“安小姐，你这说法我可不同意，照你所说，因为咱们巡捕房管得混乱，有人收了钱把活人当成了死人，可当时这案子闹得这么大，他们死的时候，来来往往那么多人，就没有一个人看得出？再者，李贵祥一个大活人，怎么可能忽然间就没了心跳，全身冰凉？”

安雅瑜说：“顾探长，突发性疾病和适当的药物都可以造成短暂的假死现象，但我猜测，李贵祥的假死一定没有这么简单，有人在帮助他，用的是我们所不知道的方法……”她脸上带了犹豫之色，仿佛在思索该不该说出来，却停了停，始终没有再说。

林泽夫提醒林大帅，“爹，这李贵祥怕是不行了，先请个医生给他看看，可不能让他死在这里。”

林大帅点头，“快叫医生来！”

林副官叫人抬了担架过来，将李贵祥抬下去。

林大帅说：“行了，既是猜测，没有实证，就不必再说了，柳妈，如今物证人证皆在，你还有何狡辩？老实交代，是什么人指使你杀人灭口？”

柳妈抬起头来，眼眸在林泽夫和安雅瑜身上滑过，冷笑起来，“两人真是搭档得好，一个引我们入蛊，另一个当众揭穿，真是配合得天衣无缝。”她视线停在了林泽夫身上，“我倒想问问，三爷，你到底想干什么？”

林泽夫慢吞吞地答：“没错，从我们救下了吕师傅，他说出手腕上有红印的人之时开始，我们就展开了调查，早已经知道了你手腕上的红印，也知道，父帅这寿宴，你们不会不来，因为，林府之中隐藏的人不多了，像你们这样的高手，正要用在刀刃之上，放你们进来，不过为了一网打尽而已。”

林大帅脸色复杂，“老三，果然都是你一手策划的？他们还有些什么人？”

林泽夫说：“该来的都来了，他们知道今天这瓷瓶会出现，更有消息发出，我已布置好了，六姨太会当庭指证幕后之人，他们怎么会不出现？”

林大帅侧头看了一眼林二太太，“原来如此。”

柳妈震惊地看着他，“都是假的？那消息都是假的？怎么可能，不会这样的！”

林泽夫说：“亦真亦假，文明戏引出了六姨娘，是真，放纵六姨娘的所谓父母当庭作假口供，当然是假了，小楼发生的命案是真，藏着的人也是真，我将消息散出去，就是告诉你们，今日寿宴之上，我将想尽办法揪出幕后之人，你们舍不得多年以来的成果，果然集结，想尽办法抵抗，而我做的这一切，就是想让二娘当庭暴露而已。”

众人都听到了他的称呼，已经由“娘”变成了二娘，脸上皆有震惊之色。

林二太太却是一失手，手里的杯盏跌落到地，颤抖手指指着他，“你，你叫我什么？”

林大帅脸上却现出了丝乍喜乍悲的表情。

林泽夫迎着她的视线，毫不退却，“二娘，你说六姨娘的证词，全都是假的，是她患有妄想狂躁之症幻想出来的？”

林二太太尖声说："你连娘都不认了？"

林泽夫脸色平静，眼底却现了丝痛苦。

她眼睛转到了安雅瑜身上，"是你，都是你，如果不是你搅风搅雨，我们母子怎么会这样？"

她双目涨红，嘴唇哆嗦。

安雅瑜心底涌过一阵悲伤，"二太太，你何不说了出来，这一切到底是怎么回事？是不是你在林府连杀两人，又是不是你指使李贵祥囚禁了梅落雪，五姨太和六姨太是不是一直听你吩咐做事？而你，到底是谁，是不是多年前的东洋艺伎福山惠子，多年前的那桩失踪案又是怎么回事？谷兰是否因此而死？"

林二太太连声冷笑，"安雅瑜，除了推测之外，你有什么证据？就凭她？一个精神有毛病的女人？"

她手指向六姨太。

六姨太哈哈笑了两声，"二姐，我有没有精神病，你自己心底清楚。"

林二太太转脸望向林大帅，"大帅，你瞧瞧你教的好儿子，到了这种地步，还伙同外人来欺负我！"

她身子微微颤抖，眼眸却是盈若有水，如弱柳扶风。

林大帅却叹了口气，没有望她，只问林泽夫："老三，你提及那对父母的证词，又是怎么回事？"

林泽夫说："二娘心思缜密，所有谋划皆一丝不漏，即使安雅瑜推论正确，也不能找到丝毫证据证明，正如二娘自己所说，安雅瑜所有推测，只是她自己的推断而已，但是，二娘，六姨娘的那对假父母，您却是找错人了。"

众人皆把视线往缩在角落里的那对老夫妇看去，顾波显然也在怔忡之中，隔了好半晌才找回自己的声音，"三爷，你说什么？"

林泽夫向林副官示意，林副官拿出一个牛皮纸封，抽出里面的纸给众人看，"这是清代后宫的放宦文书，最后的皇帝迁出宫之后，一批太监跟着被赶了出来，其中就有这黄承贵，黄承贵出宫之后，娶了一位农妇为妻，就是这对夫妇，请问他既是一位太监，又怎么能生儿育女？所谓的六姨娘是他所生更是无稽之谈。"他停了停说，"黄承贵年纪虽大，但是不是太监，大家看他的模样就知道了，再不然，脱下衣服检查一下？"

有贵太太就呸了一声，"看他的脸，一点须都没有，肯定是太监。"

还没说完，两夫妇已经瘫倒在地，那妇人胆子倒大，强撑着说："她是我们收养的，对，收养的！"

林副官说：“这可和你先前的话自相矛盾，你曾经说过，六姨娘是你生的，你娘有疯癫之症，因此，六姨娘也有疯症，还送进了西人隔离院？”

妇人额头冒出汗来，“不，不是，我，我……”

“你在撒谎，六姨娘根本没病是不是？”林副官逼问。

林泽夫冷冷一笑，“在这么多人面前作假口供，你们不想活了？”

妇人求饶地往堂上望去，又收回视线，扑通一声跪下，“大帅，大帅饶命啊，是我们不好，有人找到了我们，让我们编出这番话来，大帅，她，她的确不是我们生的，所谓她掐死弟弟之说，也是编出来的……”她既然承认了，索性全都说了出来，“秀萍的确是我们收养的，可收养之时，她已经十三岁了，那人告诉我们，我们是从外乡逃乱而来，没有人知道我们的过去，而他们会想办法编好这一切，隔了两年，她就嫁给了大帅，她之前发生何事，父母是谁，我们全不知晓啊。”

六姨太哈哈笑出声来，“二姐，文明戏里演的是真的吧？你不能否认了是吗？你就是福山惠子！所有一切，都是你一手筹划！连你自己的儿子都指证你，你还有什么话说！”

林二太太却仿若没听她的话，眼底露出悲哀之极的神色来，只把视线望向了林泽夫，“泽夫，你从什么时候开始算计你娘了？儿子，我是你的亲生母亲，你忘了吗？”

林泽夫双目泛红，神情却坚定之极，“对不起，娘，我不能任由你们这样下去了。”

林二太太眼里泛了水光，“多年来的悉心照顾，天冷了怕你受冻，天热了怕你中暑，好不容易将你养大了，却没有想到，养出了一只白眼狼！”说到最后，她声线陡然拔高，“居然千方百计伙同外人来栽赃陷害自己的亲娘。”

她踉跄站起，来到林泽夫跟前，伸出手去，似要抚摸他的面颊，却一巴掌打到了他的脸上，“如果知道今天是这样的结果，我就不应该生你出来。”

这一巴掌打得极重，他脸上瞬间出现红色指印，他却面如刀削，一动不动地站着，灯光之下，从安雅瑜这边，她只看得见他左手拳头捏得极紧，后背似在微微发抖。

她心底涌起股难以言喻的心酸，往前走了两步，却终于停住。

堂上一片寂静，却有人在低声抽泣，“这是怎么回事？为什么会这样？我都糊涂了，三哥，娘，你们告诉我，这不是真的？你们为什么吵架？咱们一家人不是好好儿的吗？”

是林幽兰，她站在角落里一声不出良久，此时，却终于忍不住痛哭失声。

见没有人理她，她张皇四顾，走到安雅瑜面前，“雅瑜姐，你最聪明了，你告诉我，娘和三哥并没有在吵架，娘不像三哥说的那样的，六姨太的话还是假的，是吗？娘不是什么福山惠子，那些人不是她杀的，她没有那么大的本事！”

安雅瑜只轻声答：“六小姐，这一切都是真的。”

她眼底闪过一丝茫然，“我平日里做的那些怪梦也是真的了？娘在梦里变了一个人，眼神那么凶恶，一直不停问我问题，问我去了哪儿，干了些什么？三哥干了什么，雅瑜姐又干了些什么？是我，是我把你们的行踪告诉了娘的，所以，雅瑜姐的爹才会被人追杀致死，三哥才会一再遇险，那些人才会一再被灭口？雅瑜姐上次被人劫走，也是因为我？”她看着自己的双手，嘴唇颤抖着，“可我只以为在梦中啊，在梦里，什么都可以说的，不是吗？”

安雅瑜伸出手去，握住了她的手腕，“六小姐，这不是你的错。”

林幽兰大大的眼睛蓄满了泪水，“我不想这样的，不想害你们每一个人，我谁都不想害啊。”她转过头去，神态可怜，“娘，您告诉我，这不是真的，我什么都没做过。”

林二太太却直直看着林泽夫，压低了声音：“老三，我知道你聪明，从小就有自己的主意，可我没想到，你会这么聪明，但即使你再聪明，今日之事，也不能如你所愿！”

林大帅往前走了两步，却又停住，只叹了口气。

林泽夫抬起头来，“娘，算了吧，你身边的人已经不剩下几个了。”

林二太太大笑，却笑出泪来，“你又喊我娘了，不叫我二娘？”她倏地止住了笑，声音颤抖扬高，却清晰无比，说：“林泽夫，你处心积虑，伙同你六娘陷害自己的亲娘，不过为了从你父帅手里得到兵权，想要代替你父帅执掌天下，我知道了你的计划，劝你别不忠不孝，可你不听，反而想要谋害你的父亲！我辛苦了一辈子，与人争与人抢，把你养大，可你为了一己私利，居然伙同外人陷害自己的亲娘，林泽夫，你想逼死娘吗？好，今日我就以死自证清白！”

她往后退了去，直退到了窗户边，仿佛愤怒得不能自已，忽然间，手里拿出一把小巧的手枪，对准了自己左太阳穴。

林大帅急叫：“阿婉，你干什么？事情还没查清楚……”

他跟着上前，众人也随之紧跟，有的叫着大帅，有的叫着二太太。

枪没离太阳穴，她却忽然瞪着林大帅，“大帅，小心背后！林副官，你干什么？”

奔跑着的众人皆往林大帅处望了去，却见林大帅呆呆站住，尖刀自后往前凸出，他的身后，正站着林副官，手却保持着往前伸的动作。

刀尖之上，鲜血一滴滴地滴落。

尖叫声忽然响起，满场嘈杂，有人大声呼喊："林副官杀人了，大帅遇刺。"

枪声忽起，噼噼啪啪的，纵横交错的子弹在大厅里来回穿梭，众人奔跑闪避，有人大叫："林三爷夺权了，他杀死了大帅！快跑啊！"

拥挤当中，众人往门口拥去，安雅瑜被人猛撞了一下，一下子跌倒在地，在她站起身之时，哪里还看得见二太太的身影。

……

远处，大帅躺在临时搭好的担架上，林幽兰等几名子女和姨太太们围绕拥着他哭泣。

周围人影纷繁嘈乱，林泽录在大声吩咐仆佣叫医生来。

而林副官，却是跪押在一角，手上戴了镣铐。

见他们出来，林泽录一挥手，几名士兵包围过来，与林泽夫的护卫对峙，在外等候的几名高官却也纷纷掏出枪来，指住了他。

子弹上膛，眼看一触即发。

在嘈杂吵闹之中，林泽夫一动不动地站着，远处消防车呼啸而至，大火自他背后燃烧，如地狱之火，他转过头去，看着斜躺在地上的紧闭双目的林大帅，似乎有万千的尖针刺进了他的背脊。

安雅瑜紧紧跟在他身侧，清楚地看到了他那一瞬间的失了血色的脸。

她上前几步，走过去，轻轻握紧了他的左手。

钱学鑫枪指林泽夫，怒声说："林泽夫，二太太是你亲娘，你逼死了她，又派手下刺杀大帅，你还有何话可说？"

林副官伸直了脖子大叫："不，我没有杀大帅！"

林泽录冷笑，"众目睽睽之下，你还在说谎！"

另一名官员也说："三爷，林副官是你的手下，他趁乱下手，这都是大家看到的，您一开始指责二太太的那些事，无论真假，二太太却已死了，她是你的亲娘，你何必逼她如此？"

林幽兰踉跄走上前来，双目红肿，"三哥，你杀了娘，又想杀爹？三哥，你怎么会变成这样？"

林泽夫手一紧，却把安雅瑜的手握得生疼，他却不觉，只缓缓松开，直视于她，“我没有。”

林幽兰眼睛蓄满了水光，顷刻间泪流满面，“三哥，我不明白你了，为什么会这样？怎么能这样？”她视线落在安雅瑜身上，落到两人刚刚松开的双手上，像是找到了发泄口，“都是你，是你挑拨的是不是？你的那些推论猜测害死了我娘，害得三哥糊涂了！我真后悔，后悔认识了你！”

安雅瑜后退一步，顷刻间只觉一股凉气自脑门处灌下，让她全身僵冷。

她看清了她眼底的憎恨，只觉胸口正有千万把尖刀刺进，一滴滴地滴出血来。

李素婉等几位姑娘过来，将林幽兰扶住，说：“六小姐，你别着急，有这么多人看着，此事一定会查个清楚。”

林泽录说：“三弟，事已至此，我建议你还是暂且交出枪械，解下职务，等一切查明了再说。”

林泽夫没有说话，只抬起眼眸，冷冷而视，他的侍卫们拉响了枪栓，对准了他们。

安雅瑜略略松了口气，还好，一切依旧在他掌握之中。

林泽录指着他说：“三弟，你想干什么？父帅生死未明，你还想杀死我们所有人不成？”

钱学鑫抬枪不动，说：“三少，大少说得对，如今弄成这样，咱们谁都不想的，为堵悠悠众口，我劝你还是听大少的，先解下军职，等一切查明再说，你也不想咱们豫军分崩离析吧？”

林泽夫缓缓地说：“大哥，钱总长，今日之事尚未查清，您说这话，未免太早了。”

林泽录冷笑一声，“三弟，这一桩桩一件件都是大家看到的，你逼死二娘，派林副官暗杀父帅，如今形势，整个豫军谁不以你为大，你何必来这一出？心急如此？”

几位原本脸色犹豫的官员听了这话，又把手里枪抬起，对准了他。

林泽夫说：“大哥说得没错，整个豫军，父帅已交给了我十之八九，我何必如此？”

他缓缓挥手，护卫收回了枪。

那几位官员也左右看了看，收回了枪。

林泽录见他依旧影响颇深，心底暗恨，眼眸阴沉，“三弟，为免林家分崩离析，为避嫌疑，你理应解下职务，等待一切调查清楚。”

钱学鑫随声附和，“大少说得没错！三爷，请你即刻解任！”

其他几人却是脸色犹豫，沉默不语。

安雅瑜心中担忧，不由自主向前一步，却听他语气平静冷凝，“大哥，钱总长，你说这可能吗？我解任，任由那些暗中搞鬼之人控制整个林家，整个豫军，任由你，林泽录与东洋人勾结，掏空整个豫军财政？”

林泽录脸色一白，“你胡说什么？”

钱学鑫唇齿欲动，却最终什么也没说。

林泽夫说：“我不会解任，也不会听凭你们说什么就是什么！如今是非黑白，混乱不清，事情真相未查明之前，我劝诸位心底还是多权衡的好。”他慢吞吞地抬头，看着围绕在周围的人，“大哥说得没错，整个豫军父帅已经交给我十之八九。”

那几名官员各自垂头思量了起来。

林泽录脸色铁青冷哼一声，指挥士兵，“把林副官押下去，好好看管！”

有士兵向前，一脚踢在林副官的膝弯之上，使他跪下，拿出手铐来，铐住了他。

他却只怔怔垂头，看着自己的双手，满脸迷惑不解，“我没有，我没有！”

林泽录哼了一声说：“你刺杀大帅，罪该万死！”

“不，不会的，我怎么会这样，怎么会这样？”林副官浑身发抖。

林泽录意有所指地看了林泽夫一眼，“林副官，别假装了，无论是谁指使，你众目睽睽之下犯下大罪，都难逃罪责！”

林泽夫冷冷地说：“林副官是我的副官，他如果真犯下大罪，我自不会包庇纵容。”

几位官员互相看了看，军务处齐寿富向他拱手：“三爷，今日之事闹成这种地步，我们只期望三爷能给我们一个合理解释，给民众一个交代，如果不然，整个豫军真的要分崩离析了。”

林泽夫点了点头，“你们放心，我一定会给你们一个交代。”

齐寿富就叹了口气说：“三爷，大帅虽然把军权交到你的手上，但现今既出现这种情况，在大帅伤情未稳之时，我们只能给你十天时间，十天之内查出真相，如若不然，我们这些人就要另做考虑了。”

说完，向他拱手，各自散去。

林泽录只冷冷笑了一声，吩咐将林副官押走。

夜幕降下，林府各处灯光亮了起来，小车一一离开了林府。

侍卫们沉默地将大厅封了起来。

安雅瑜陪着林泽夫站在屋前，低声问：“三爷，大帅那边……”

林泽夫说：“他没事，那刀没刺中要害，彼得赶过去了。”

安雅瑜放下心来，知道今日之事虽然事发突然，但一切并未混乱，依旧掌握在他的手里。

“林副官呢？大少带他走了。”尽管放心，她还是没话找话，仿佛只有这样，才能稍微缓解心底的压抑。

林泽夫说：“不要紧。”

两人沉默了下来，夜幕之下，安雅瑜站在他身后望着他，只觉寒意侵身，却不知道用什么话来劝慰才好。

不知道过了多久，他微微转身说：“以为一切尽在掌握之中，却没有想到，她到底不同凡响，给我来了这么致命一击，我始终不是她的对手。”

安雅瑜说：“三爷，如今形势，还是要尽早找到她才好，当时场上混乱，大家都急着往外跑，侍卫再也控制不住，我想，这一切皆通过设计，是最能浑水摸鱼之时。”

林泽夫点头，轻声说：“虽然如此，但如此一来，她这一手漂亮反击，影响已然扩散，报纸上会众说纷纭，再充足的证据，都抵不上她这一出，试问有谁会相信她逃跑了？一切都要从头来过，所有证据都会被推翻，咱们前边所做的一切努力都会让人质疑，众人的视线只会落在父帅被刺与她的死亡之上。”

安雅瑜说：“三爷，话虽如此，但您依旧掌握大局，林府没有乱，只要查清一切，找到她，所以疑惑将被解除。”

林泽夫摇头，“刚才你也看见了，人心已然浮动，如果再这么下去，这种影响会像水波一样扩散开来，到了最后，将会形成一股巨浪，到时候，不知道会将多少人卷入其中？”

安雅瑜说：“不会的，三爷，您以往的努力大家都看在眼里，民众不会糊涂，即使波浪再大，有他们的支持，也会安然无恙。”

“期望如此了。”林泽夫轻声说。

树影婆娑，灯光投影，银白的月光跟着徐徐升起，安雅瑜低声转移话题，“今日之事，三爷让她措手不及，使她不得不隐遁，也不知道是谁帮忙？”

“当时场面混乱，脱身有多种方法，也许那扇窗有机关，她混入了外逃的人群，再一换装，有谁能查得到？”

安雅瑜迎着他的视线，“三爷一定也会洗清罪名，将一切大白于天下。”

林泽夫脸上现过一丝茫然，“她要的就是这个时机，只要林府乱了，豫军乱了，士兵开始哗变，民众开始怀疑，查清了一切也无济于事。”

安雅瑜说：“三爷，所以，我们动手要快，幸好，大帅性命无忧。”

“我想，她也有所顾忌吧，怕父帅死了之后，一切都落在我的手上，反倒弄巧成拙。”林泽夫徐徐吐了一口气说。

“三爷您看，今日事情虽然如此混乱，但三爷的部署依旧井井有条，护着大厅之内的人有序退走，没有紊乱，所以，才没有造成更大的祸患，使人没办法有机可乘，所以那些人才这么容易退走，并没有强逼着让您解下军职，解除您的枪械，三爷，这也是咱们有利之处，一切都尚在您的掌握之中。”安雅瑜不停说着，她从未见过他如此颓废，那么无助，这让她心底升起了无来由的恐慌，只有不停分析劝慰，才能稍解心中不安。

“可时间不多了。”林泽夫说，“我只能压得住一时，十日之后，如果还不能找到她，推翻这一切，林家就乱了。”

“还有一点，今日之事您瞧，您用文明戏引出了六姨太，再利她来指证二太太，再到那对老夫妇出现，直至梅落雪等一系列事件皆证实与二太太有关，这原本是天衣无缝的安排，但大帅的态度却奇怪得很，仿佛总在反复，左右权衡摇摆……”安雅瑜慢慢分析。

“你是说，父帅另有内情没有告诉我？”林泽夫说。

“您在行此计划之前，想必曾与大帅沟通过，听取过他的意见，不知道他可给您任何暗示？”安雅瑜说。

林泽夫深深思索了起来，却摇头，“没有，我只告诉了他小楼藏人之事，说寿宴之时会揭穿真相，鉴于最近林府发生的事多，父帅就同意了。”

“小楼十多人失踪之时，大帅那时还没起兵，正在外地经商，所以没能回家？”安雅瑜说。

“是的，我记得生日会，是娘一手操办的，爹并未现身。”

“我想，是不是有什么我们不知道的情况？”安雅瑜说。

两人互望一眼，又同时转过头去，却是都看清了对方眼里的震惊。

他一心想要查清当年小楼失踪之谜，只以为大帅毫不知情，可如果这一切林大帅心知肚明，却依旧包庇纵容呢？

那么，他想要揭穿的真相，岂不成了一场笑话？

安雅瑜的心扑通扑通狂跳，她不由自主地想，小楼藏人那么多年，林大帅真的不知道？还是视若不见？林府接二连三发生命案，是他纵容还是默许？他准许自己的儿子查林二太太，是不是因为事情已经发展到了他不能控制的地步？

林泽夫成了他们夫妇博弈的工具？

她吸了一口气，将狂乱的心平静下来，抬头看他，“我想，当务之急，是要找到那位真正刺杀林大帅的凶手，枪声响起之时，有些什么人经过了大帅身边，林副官为何恰巧在他身后？”

“这不难查，为了今日，我将部下散落在了各个角落，原以为会将那些隐藏之人一网打尽，谁知道……”林泽夫停了停说，“一定有人看见了。”

安雅瑜点头，略皱了皱眉，似乎想起了什么，“我记得五姑奶奶和林大辅也出席了今天的寿宴？”

“父帅寿宴，他们当然会参加，只是自上次事后，林大辅倒没有什么异动，只一心一意和五姐过日子。”林泽夫说，“你有何发现？”

安雅瑜摇头，“暂且没有，我记得他们坐在大厅南边窗子之处，枪响之时，也许我没多大注意，之后仿佛就再也没见两人了。”

林泽夫想了想，“你说得对，林大辅这段时间似乎太过安静了。”

“三爷对五姑奶奶到底顾着一份姐弟之情，所以才留有一线余地，没有将林大辅处置了。”安雅瑜垂头说，“今天参加寿宴的人极多，林大帅到底是何人刺杀，怕是难得很。”

有人接话：“依我说，要说难也并不难，说容易么，也没那么容易。”

两人回头，就见宫池鸫一身白装盛雪，手持文明棍，自小径深处翩翩而来。

安雅瑜惊讶地说：“宫先生还没走？”

又打量他全身上下，灯光之下，他那身白色西装一点污秽都没有，不由暗暗惊讶。

宫池鸫任凭她打量，自己解释：“安小姐，有什么疑问吗？”

安雅瑜慢吞吞地说：“宫先生倒爱干净得很。”

她暗自思索起来，宫池鸫在证实了那风水先生为骗子之后，就刻意低调起来，让人几乎感觉不到他的存在，而自己也忙于分析案情，就没有过多注意于他，如今一想，似乎自那以后，他也没在座位之上？

事发之后，他又在哪里？此时忽然出现，又为了什么？

“安小姐是不是在推测事发之时，我不在现场？”宫池鸫停了停说，“我的确不在现场。”

林泽夫一警，“宫先生去干什么了？”

宫池鸫却是笑了，“安小姐，三爷，实不相瞒……”

林泽夫上下打量了他一眼，冷冷一笑，“宫先生是去找那瓷瓶了吧？”

安雅瑜恍然大悟。

宫池鸫笑得忠厚腼腆，“没错，你是知道的，我这个人么，最能抓住机会了，三爷把那修补好的瓷瓶一亮，我未免心如猫抓地痒，有这好机会，当然想拿来瞧瞧，可想不到三爷这等焦头烂额时候也没有疏忽了守卫，我无机可乘啊……”

安雅瑜悄悄看了眼林泽夫的脸色，咳了一声说：“宫先生还真是坦白得很。”

宫池鸫一本正经，“在安小姐面前，我向来不说假话，再说了，三爷把那拼成大半的瓷瓶拿了出来，不就为了引得人哄抢吗？我当然得凑个热闹。”

安雅瑜瞪了他一眼，“说吧，你遇到了谁？”

宫池鸫哈哈了两声，“安小姐真是目光如炬，没错，确实有人半途离开了大厅，和我遇上了，这样吧，安小姐，我提供些线索，你来猜猜，我到底遇到了谁？”

安雅瑜说：“好，你说。”

宫池鸫说：“在你们开始询问那吕大通的时候，我就走出了大厅，见几名侍卫护着那装瓷瓶的木箱往西厢房走，我在后面跟着，原想动手的，可却感觉有些不对，三爷您一向小心谨慎，瓷瓶已聚齐大半，在堂上亮相，怎么会派这么少的人护送？我周围查看，果然让我发现在西厢各处，埋伏不少便衣，我只好打消了不良企图……”

安雅瑜不由嘴角有点抽搐，“你不是自己把手里的瓷片送给三爷的吗？还做什么贼？”

宫池鸫笑了，“咱们虽然有利益分成的口头协议，但自己的东西，还是拿到自己手里的好。”

“原来宫池先生是抛砖引玉啊？”安雅瑜说。

宫池鸫认真点头，“那当然了，就为了看看三爷手里的东西加上我的，能凑成个什么东西。”

对这么个把一切不正常行为当成正常，脸皮厚比城墙的人，安雅瑜只能无言以对。

第四十九章　古怪铁盒

她扫了一眼林泽夫，见他只沉眸而立，收拾心情问：“宫先生不会一个人去的吧？”

宫池鸫说：“我办事么，哪会像三爷那样前呼后拥恨不得宣告天下？就我一个人，没有其他。”

安雅瑜全不相信，但这个人向来狡猾之极，他的话更是难辨真假，她只好问：“宫先生是在哪里遇到了熟人？”

宫池鸫拿文明棍一指左侧边树梢冒出来的那亭子尖，说：“就在那里，那个人，举止有些奇怪，手里拿了件什么东西藏在了亭子下边一块松动的砖头下，对他那东西我可没兴趣，所以，只瞧了瞧，这个时候，枪声忽起，有人尖叫喧哗，这可是个大热闹，我往那边走，当然，没进去，就看见大家往外跑……”

安雅瑜心中一动，“您还记得是谁最先出来吗？”

宫池鸫说：“我到的时候，已经跑出来好几个了，无非是坐得离门近的，腿长跑得快的，胆子小的……”

安雅瑜冷冷看着他。

他抿嘴一笑，嘴边现出两个酒窝，“好吧，是几个女人跑得最快，就是六小姐那几位闺密，钱学鑫的女儿也在里面，还有你们的五姑奶奶，就是死了儿子那位，被她那夫婿扶着，头发都散了，鞋子也跑丢了一只，哎……”

安雅瑜侧过头去，和林泽夫对望了一眼，各自看清了眼底的了然，转过头对他说：“你看得倒仔细。”

宫池鸫说：“女子么，理当娴静温雅，枪战一起，就成了那模样，可真失礼于人，哪像安小姐您，无论什么时候都仪容不改，从容不迫。”

说未说完，安雅瑜和林泽夫已经往亭子去了，宫池鸫自感说的那些恭维话跟空气差不多，倍感失败，跟在后边叹气，“这么急干什么？藏在那地方，会有什么好东西？”

来到亭子，宫池鸫就把那地方指给他们看，“你瞧，就是这里。”

青苔铺掩的青砖之下，有些许残泥露了出来，林泽夫上前，揭开了那砖，打开看了看，略皱了皱眉，“果然不是什么好东西。”

宫池鸫点头，“我说了，哪有什么好东西，安小姐，你瞧……”

安雅瑜跟着上前，手里拿了根棍子拨了拨那扁扁的圆形之物，见没有异状，拿在手里查看，“真奇怪，这是装什么的？像盒子又做成了一体，并没有盖子。”

宫池鸫摊开了双手，“我也不知道，好了，安小姐，你可以猜猜看了，是什么人放了这么个东西在亭子里？”

安雅瑜果断摇头，“这我可猜不出来，宫先生可什么线索都没有提供。”

宫池鸫怔了怔，只好说：“好，我再给你一个线索，那个人，是个男人，还是你们熟悉的男人。”

“猜不出。”安雅瑜再摇头，“再说多一个。”

宫池鸫说：“和你们审案有关的男人。”

安雅瑜看他一脸得色，脑子里急速运转，忽地一惊，“不会是顾探长吧？”

林泽夫正端详那扁盒，闻言也倏地抬起了眼眸。

宫池鸫却把文明棍钩在手腕上，拍起掌来，“安小姐不愧为女中神探，没错，正是他。”

安雅瑜说：“在堂上分析案情之时，顾探长一直都在，只有在最后那一瞬间，我再没有看到过他。”

宫池鸫惊讶地问：“当时场面那么混乱，安小姐还记得？”

安雅瑜说：“附近的几个人还是知道的，他应该是大帅遇刺之后消失了一小会儿，然后再出现和三爷的护卫一起维持局面。”

林泽夫把那扁盒递回给她，点了点头，“确实如此。”

宫池鸫就说：“顾波一个老实人，看来也不老实啊！”他好奇盯着安雅瑜，“安小姐，你怎么猜出来的？”

“宫先生脸上写着‘我绝对想不到他是谁’几个大字，此人又与审案有关，请注意，宫先生说的是‘审案’，请问参与审案的，有几个人？”安雅瑜问。

宫池鸫就叹气，轻拍了自己的嘴唇一下，“揭穿了一文不值，还是我口疏啊！”

安雅瑜仔细收好那扁盒，仰头望林泽夫，“三爷，我们先去探望大帅？”

他垂下头去，隔了一会儿才抬起头来，“先去问问林副官发生什么事！”

安雅瑜明白了，他也在怀疑大帅，只怕是不知道暂时如何面对大帅，却没有说什么。

宫池鸫拄着文明棍往前走，十分热心，“在那里，林副官被林泽录押到那幢楼里去了，我带路！”

安雅瑜心说这是林府好吗，要他带什么路？

林泽夫扫了他一眼，“宫先生，天晚了，你就没事可做？”

宫池鸫兴致勃勃，“反正也睡不着，我陪陪你们……我这才给了你们一条线索，你们可不许过河拆桥。”

安雅瑜静静地说：“宫先生还是别妄想寻着机会行那鸡鸣狗盗之事了，无论府里发生什么，三爷的防范充足得很。”

宫池鸫呆了一呆，苦笑，“安小姐总把我想得那么坏，当然，我大部分时间是那么坏的，但这一次，我是真想帮忙的，林副官刺杀大帅，厅里可有上百人看着的，安小姐怎么把这案子翻过来，这可比偷东西有意思太多了，再者，三爷，我们现在是合作关系，共同承担瓷瓶带来的利益，说到底，所有发生的一切，皆与那瓷瓶有关，林副官这热闹我可不能不凑。”

安雅瑜和林泽夫对望一眼，皆看清了对方眼中的无奈，想及如此非常时期，这个人不放在身边看着，他就会弄些别的事来，安雅瑜说：“好，不过你可不准乱说话。”

宫池鸫一声轻叹，“安小姐，怎么我在你眼里成了个孩子？乱说话？开玩笑吗？”

安雅瑜也觉自己语气不妥，不由看了一眼林泽夫，见他嘴角微抽，心底懊恼起来，沉声说：“走吧。”

走到那栋小楼，就见两列人马各自站在小楼两边，虎视眈眈对望，林泽录沉着脸站在台阶之上，挥舞着手不知道在说些什么，走得近了，才听清他正训斥：“你们还把我这个大少放在眼里吗？你们这是什么意思……”

一名护卫队长模样的人面无表情，只是说：“大少，三爷吩咐，无论是谁，都不可带走林副官，属下不得不从。”

林泽录青筋乱跳，挥着手狂叫：“林福宝是我捉拿的，凭什么你们说抢人就抢人……”

护卫队长眼角都没抬一下，“大少，属下并没有阻止您一同监看。”

安雅瑜看了面目平静的林泽夫一眼，暗暗感佩，出了这么大的乱子，他布置下去的人并没有混乱，依旧井井有条，事无巨细地行动起来，使人无隙可乘，相比之下，林泽录就差了不止十万八千里。

护卫队长一眼看见几人过来，上前汇报，“三爷，林副官在里面，没受什么苦。”他意有所指扫了一眼林泽录。

看来林泽录刚想动手，就被他们赶到拦住。

林泽夫只点了点头说：“带路。”

他眼角都没扫林泽录一下。

林泽录大怒，拦在了几人身前，“三弟，你这是什么意思？林副官是你的手下，你理当避嫌……”

林泽夫揭起眼皮子看了他一眼，“如果我不愿意呢？”

安雅瑜差点失笑，这可真是先生遇上了强盗，谁的枪杆子硬才是真理。

林泽录显然也一怔，不知道怎么回答质问他了，“你，你……”

你了两声，就被林泽夫拨开，踉跄后退两步才站稳，“林泽夫，你不顾伦常，谋杀父亲，还想……”

林泽夫忽地转头，眼若寒星望定了他，却让林泽录一滞，把剩下的话咽了下去，他这才慢慢地说：“大哥，别让我再听到这些话，要不然……”他哼了一声，缓步上了台阶。

枪栓声起，林泽夫的卫队身手合一，面无表情，几乎是一声栓响就抬枪对准了对面林泽录的卫队。

林泽录的卫队却是脸色慌张，更有一位手指颤抖，拉了半天也没把枪栓拉响。

安雅瑜再次明白，为何林泽录只站在台阶上与卫队长理论，而不敢趁着林泽夫不在动手了，想必他自己也知道他那卫队是什么货色。

林泽录脸色铁青看着他们走入，却一句话也不敢多说。

狭小的监禁房内，林副官坐在床边发呆，见林泽夫走进，一怔，站起身来条件反射般的行礼，却脸露痛苦之色，林泽夫回头望了一眼卫队长。

卫队长脸露难色，“三爷，我们来迟了一步。”

林副官说：“三爷，不怪他们，不过挨了几拳而已，三爷，我，我是冤枉的……”

宫池鸫就插言：“咦，在三爷统治下，林副官还是受了委屈，看来您那位大哥急不可耐了啊！哈哈……”

几人同时望向了他，他咽了口口水，把那后面的哈哈收了回去。

林泽夫挥手，卫队长退了出去，合上房门，站在门边警戒，另外两名林泽录的卫兵则缩到了一边，只装作没有看见。

“你先坐下吧。”安雅瑜见林副官额角出了冷汗，上前扶他坐下。

“说吧，到底怎么回事，出事之时，你为何刚好在父帅身后？”林泽夫问。

林副官原本惴惴的脸现了丝喜色，“三爷，您信我没有刺杀大帅？”

“就凭你的心机和本事，想刺杀大帅，事先还让人无所察觉，你当我是白痴吗？”林泽夫说。

林副官脸上喜色变成了尴尬，“三爷，属下还是有些本事的，没您说的那么不堪吧？”他转而望向安雅瑜，“安小姐，您以前和我是同事，您说呢？”

安雅瑜自不敢和林泽夫唱对台戏，只含糊说：“林副官么，确实有些本事的，但的确不是那种心机深沉之人。”

林副官尴尬变成苦笑，“安小姐，你和白副官时一样，还是那么左右逢源。”

安雅瑜低咳了两声。

宫池鸫咳了一声提醒：“林副官，三爷问你话呢！”

林副官神色一端，仔细回忆起来，“我记得当时，二太太拿枪指着她自己的太阳穴，大帅跟着走上前去，我看见有人撞了上来，想拦住那人，就在这个时候，二太太直指我刺杀了大帅。”

“是什么人撞向大帅？”安雅瑜问。

林副官摇头，“二太太想要自杀，人人都朝她望，那个人并没有挨到大帅的身体，就避开了，而林二太太的指责让我都呆了，大帅这时倒了下去，我被人用枪指住，哪还顾得上看他是谁……”

宫池鸫说：“这就奇怪得很，你没刺大帅，当时场上那么多人，就没有一个人看得清楚？”

“那倒未必。”林泽夫拿起桌上一个空玻璃杯子，又拿起了一支毛笔，掉转过来，把笔头敲击着那杯子，又把笔头捅向杯底。

三人被他吸引，皆凝神看着。

却见他动作渐渐加快，突然之间，笔头自杯底突出，杯底让笔头捅穿，他收回笔头，将杯底呈现给几人看，那杯底却是完好无损。

林副官惊讶莫名，接过那杯子对着杯底看，“没穿啊，没穿啊？”

宫池鸫却有几分佩服，“三爷，你以前做过什么？手快得很啊？比我下边那些老千技术高多了！您用这技术参加赌局，十赌十赢啊！”

林泽夫静静地说：“一点小技艺，平时没事时玩玩。”

林副官还在挠头研究杯底，安雅瑜把杯子从他手里拿过，又把毛笔从林泽夫手里取了来，把杯子拿好，慢悠悠地演示了一遍，告诉他："知道了吧？"

林副官这才恍然大悟，"原来最后那两下是从虎口捅出去的？可我看起来怎么像把杯子捅破了？"

"这就是角度和速度的问题了，只要速度够快，一只手掩住了杯子一边，棍子自虎口捅出去，就会让人眼产生错觉，让人以为杯子被捅穿了。"

宫池鸫说："三爷认为，那场所谓的刺杀也是如此？"

"就像杯子被捅穿一样，只要适当转移视线，用了合适的工具，即使在众目睽睽之下，人眼也会被欺骗。"林泽夫说。

"更何况当时情况复杂，林二太太枪指太阳穴，正怒斥三爷，由她亲口指证，大帅左右无人，只有林副官站在身边，就让人不得不信了。"安雅瑜说。

"难道另外有人刺杀了大帅？"宫池鸫问。

林副官摇头，"不，我当时就在大帅身边，除了那位差点撞上来的人，我根本没看见其他人。"

宫池鸫脑洞大开，"你们说，是不是有人在极远的地方投掷过来的匕首？就像咱们古时候的什么蝴蝶镖一样？"

"当时林副官就站在林大帅身后，我记得他左右都有人……"安雅瑜示意宫池鸫站在前面，林副官站在他身面，示意说，"匕首如果投掷过来，大帅的背部要露了出来……"

宫池鸫说："那匕首会打转弯？是特制的，能弧形飞进？"

安雅瑜看了他一眼，"宫先生真有想象力。"

宫池鸫说："我可卖了不少稀奇古怪的武器，上次那飞爪你忘了？那可是特制的，能承担一个人的体重！"

安雅瑜说："即使那匕首会打旋，也不可能没有人看见就刺进了大帅后背，当时光线明亮，匕首划过，会有明显的光痕，大厅大部分人都被二太太吸引，但三爷布下的人不会，他们随时随地看着场内动静，三爷，他们是不是也没发现异样？"

林泽夫点了点头。

宫池鸫说："如果不是这样，那就难猜得很了，难不成有个鬼影上前，刺了大帅一刀退走？"

安雅瑜看了他一会儿，他倒是读懂了里面的意思，笑出两个酒窝来，"安小姐，别嘲笑我了，难不成你已经知道了其中关键？"

安雅瑜说："略知道了一点，但现在还不能说。"

宫池鸫真的心如猫抓，首次低声下气问林泽夫："三爷，您也知道了吗？"

林泽夫说："略微知道了些，但……"他拉长了声音慢慢地，"我也不能说。"

宫池鸫看向林副官，林副官摊手，"问我什么用都没有，我什么都不知道。"

宫池鸫就说："林副官，你在他们二人身边，就没被憋死？"

林副官呆头呆脑，"憋什么？我又不像您这么沉不住气？三爷和安小姐现在不说，以后总有一日会说的，不说有不说的理由，我只要等着听就行了。"

"林副官，这可关系到你的杀人嫌疑能否被洗清，你一点好奇心都没有？"宫池鸫问。

"有也没用……所以，憋着憋着，就憋习惯了，再者，我没有做过，有三爷和安小姐在，一定会还我清白！宫先生，您还年轻，得沉得住气啊！"林副官老气横秋地劝他。

宫池鸫一个黑道枭雄，被差不多年纪的林副官教导做人道理，却什么火气也没有，只摊手，"我明白了，林副官这种信任让人敬佩，但心如止水的本事更让我望尘莫及。"

一顿插科打诨，倒让几人轻松了许多，把沉重压抑的气氛也驱散了不少。

宫池鸫说："我们现在去哪儿？"

林泽夫瞧了安雅瑜一眼，"现在么，先回去睡觉。"

宫池鸫急了，"别啊，现在这种情况，就好比那吃饭吃了一半，肚子还饿着，拉屎拉到了一半，肚子还痛着，你让我怎么睡得着？"

安雅瑜嘴角直抽。

林副官就劝说："宫先生，您以前在学校肯定是个好学生，比喻真恰当，可咱们三爷说了睡觉，我看您即使憋得肚子又饿又痛，还是去睡吧。"

林泽夫拉开门就走了出去，安雅瑜跟着问他："林副官怎么办？"

"他还是得待在这里。"林泽夫说。

宫池鸫走在最后，把门合上了。

林泽录派的那两名守卫正战战兢兢生怕林泽夫把人带走，见此情形，两人表情明显放松。

林泽夫和安雅瑜在前边走，准备去睡觉，宫池鸫跟着走了两步，对着两人背影问："我怎么办啊？"

林泽夫这才唤了个护卫过来，吩咐："给他在侍卫营随便安排个房间。"

护卫敬礼称是。

宫池鸫呆了呆，“你们林府没客房？”

林泽夫说：“把你放在客房不放心。”

安雅瑜就劝：“宫先生，我看您还是先回去吧，您哪里没有住处？”

宫池鸫直接摇头，“不行不行，这案件我可得全程参与，再说了，我也要看着那瓷瓶，守着我那几分分成！”

安雅瑜就说：“那行，您住护卫营去吧。”说完，和林泽夫往前走。

远远听见宫池鸫问那护卫：“以前白副官住哪间？她那屋还空着吧？走，我就住她那间……”

安雅瑜不由默默看了林泽夫一眼，见他沉默无声，无来由心虚，解释：“我那屋里面的东西都搬光了，连被子都没有，他哪住得惯？”

林泽夫走了几步，垂头看她，“是吗？”

安雅瑜连连点头，“是，是。”

两人这才往小楼而去。

进到小楼，几名便衣拥了上来，等着和林泽夫说话，几人走进了书房，涉及军事，安雅瑜一向都不参与，于是，走上楼梯，守夜丫环小青迎了上来，问她：“安小姐，您晚上没吃什么东西吧，我给你端碗莲子粥来当夜宵？”

安雅瑜摇了摇头，“不用了。”

她缓缓走上二楼客房，一进屋子，就合衣躺在了床上，却瞪大了眼睛躺在床上，看着慢慢亮起的窗棂，脑子一遍遍地闪过今日发生的情形。

大帅遇刺，二太太失踪，让林泽夫背上了不忠不孝之名，使他的名望达到最低点，原以为天衣无缝的计划，被她这么一闹，一切皆反转，打了林泽夫个措手不及。

安雅瑜疲惫到了极点，却又清醒到了极致。

她想，在所有证据都一一得以证实，并且林二太太不得不认罪的情况下，除了像林二太太那样一走了之，还有什么办法？

死，能让众人怀疑所有证据的真实性，只会把指责堆在林泽夫身上，认定是他设计了一切。

安雅瑜闭上了双眼，脑子如过电影一般闪过刚才在大厅出现的所有人等，林二太太身边的人，林大帅身边的人，窗口处坐着人的，那些表情不一的面孔在她眼底一一呈现，可她依旧没有丝毫的头绪。

她披衣坐起，走到窗边，林府依旧灯火暗暗，各处路灯寂寂地亮着，不远处失火的小楼隐在了一片黑暗当中，远处天边，黎明到来，一道白色亮光撕破黑暗，阳光自云层中突破而出，她干脆起身，穿好了衣服，自后门走了出去。

不知不觉间，她又来到了那栋小楼之处，巨大的梧桐树并没有受到大火的波及，依旧青翠浓绿，护着整栋楼宇，两三个护卫来往巡逻，地上残留着黑色的水迹。

她一眼就看到了在屋前站着的林泽夫，容颜如冰，发如漆染，黄色哔叽呢军装合体而贴身，使得他整个人长身玉立。

她默默走了过去，轻声问：“三爷也没睡？”

他回过头来，凝视着她，“安雅瑜，几年前，你从家里逃婚出来的时候，心底在想些什么？”

安雅瑜这一刻却是洞夕了他的想法，只说：“什么也没想，只顾着爬上车，远远地逃出那里，一路上找吃的，找喝的，找住处，就这么一天天地过来了。”

他转过身去，视线落在小楼大厅处，嘴角涌现出一丝苦笑，“而我，却连逃都不能逃。”

晨曦透过树叶，将金色阳光打在他的脸上，他脸上依旧没现一丝疲色，身形依然挺拔，可她却看出了他眼底那薄冰般的脆弱，她走了过去，伸手过去，握住了他的手，“不，您还有这些拥护您的部下，那些信任您的民众。”

他垂下头看她，眼眸幽黑，只答：“是吗？”

她点了点头，肯定地回答：“您还有我，我会一直在您身边，直至找出真相。”

林泽夫握着她柔软温暖的手，手掌那么的娇小，脆弱得仿佛一捏就碎了，可那股暖意自掌心而上，传至他的心底，他反握住了她的手，他回答：“没错，我还有你。”

他深深地凝视着她，眼底那薄冰般的脆弱消失不见，变得温暖而坚定，“走吧，我们去医院。”

安雅瑜跟着他往前走，周围早起的佣人不敢抬头，只暗暗打量他们交握的双手。

……

仁济医院。

宫池鸫顶着两个黑眼圈跟在两人身后，紧走几步，凑到了安雅瑜身边，“安小姐，您以前就住那间四面通风的屋子？这条件可太差了吧？那窗户响得咣当咣当的，还有，我只翻了一个身而已，那床忽然间就塌了，你那床是白蚁蛀过的？那被子怎么会一股那么大的味儿？让我半夜想吃臭豆腐……”

安雅瑜瞧了一眼林泽夫嘴角微微上弯，知道是他派人搞鬼，很是无语，又想及刚才情形，严重怀疑他刚才的脆弱是不是自己看错了？

几人走进医院，彼得医生迎了上来，低声说：“三爷，他们不准我上前替大帅治病，将我拦在了病房外边，病房外顾探长派人守着，谁都不准进。”

“爹怎么样了？”林泽夫微微皱眉。

“大帅神志清醒，就是他下令不准我进去的。”彼得医生说，“看来，他对您极度不满，连您派的人都不愿意见了。”

林泽夫沉着脸点了点头，三人上了三楼病房，林幽兰一脸疲色在外边长椅上坐着，见他们来到，站起身就指着他们说：“你们还敢来？”

顾波从病房出来，忙紧走几步来到几人身前，对林泽夫说：“三爷，您来了？”

林幽兰就冷笑，“猫哭耗子吧？来看看爹是不是死了。”她望都没望安雅瑜一眼。

林泽夫直接走到门边，欲推门，顾波忙拦住，脸色勉强，“大帅心情不好，不想见您。”

几名巡捕围了上前，蠢蠢欲动。

林泽夫松了门把手，“是吗？”

林幽兰哼了一声说：“林泽夫，你还想怎么样？逼死了娘，又派人暗杀爹，你想要的东西，都已经在你手里了，你还想怎么样？”她说着说着，泪流满面，“你让爹安安静静养伤好不好？”

廊上灯光倾落，照在了她的脸上，使她眼底恨意如浓墨般地弥漫，仿佛经过空气蔓延到了他身上，使他浑身僵冷。

安雅瑜自他背后看着，看清他握得发白的手背，心底微微叹气。

顾波也劝道：“三爷，大帅身体还没恢复，才刚刚睡着，依我看，您还是隔几天来看大帅吧。”

场上静了下来，不知过了多久，才听他轻声说：“不成。”

林幽兰拔尖了声音，“你想要干什么？你想逼死爹吗？”

他恍若未闻，却已上前推门，顾波无法，朝几位围上来的巡捕使了个眼色，巡捕停了下来。

走进病房，两名护卫正站在病床边喂林大帅喝水吃药，他抬头看向拥进来的人群，语气虚弱，“老三，你还想干什么？”

林泽夫说：“来看看爹。”

林大帅脸上现了疲惫之色，“已经到了这个地步，你娘已经死了，你还想怎么样？”

安雅瑜却是悄悄走到床头，拿起医生的诊断看了起来，趁着护卫拿药的工夫，扫了几眼她们手里的药丸。

林幽兰也跟了进来，一眼看见安雅瑜的行为，一把抢过她手里的纸页，“不用你关心！”

安雅瑜只轻轻叹了口气，任由她夺了回去。

房门合上，顾波走到他身边，弯下腰说：“大帅，我劝不住三爷……”

林大帅气息微弱地摆手，“行了，你去外边守着吧。”

顾波不放心地看了几人一眼，往门外走去。

林泽夫走到床边，弯下了腰，替林大帅理了理被子，灯光之下，他漆黑鬓发衬映着冰雪般的容颜，沉静温和，“爹，您认定是林副官刺杀了您？还是您自导自演了这出戏，想把你儿子逼得无路可走？”

林大帅浑身一抖，剧烈咳嗽起来，指着他，“你，你说什么？”

林泽夫伸手从安雅瑜手里接过了那扁盒，递到他的眼前，“爹，这个盒子，我们找到了。”

林大帅忽然间瞪圆了眼睛，挺直了腰杆，眼底闪过一丝迷惑，又缓缓躺倒，“这，这是什么？”

宫池鸫站在屋角，也愕然瞪圆双眼，望了望安雅瑜，又望望林泽夫，后一脸恍然大悟，嘴里喃喃，后悔莫及，“这东西有这用处，我为什么没看出来？”

林幽兰却是怔了，看着那盒子半张着嘴。

林泽夫看着大帅，说：“爹，您真不知道？”

林大帅皱眉，“你想说什么快点说，这盒子到底是干什么的。”

林泽夫直起腰来，与安雅瑜对望一眼，各自看清了眼底的震惊，看他的样子，仿佛记起了什么来，却又实在不知道这是什么东西？

他摸着那盒子，在盒子底一按，那盒子忽然间开口，露出了一个裂缝，他将那盒子倒转，盒子朝下，鲜红的液体从盒子缝隙间流了出来，滴在洁白的被单之上。

“我想，这盒子上原来还有一个匕首的尖端吧，只要一按底部，它就弹了出来，刺破您的前胸衣服，类似鲜血的液体就流了出来。我想，还有一个类似的盒子在背后，同时划破后背衣服弹出了匕首鞘。两个制作精密的盒子安在您的前胸后背之上，趁着烟雾掩饰，忽然弹出，离你最近的林副官就理所当然地成了凶手，而我，也成了幕后主使之人，爹，您为何这么对我？”林泽夫直视于他。

第五十章　伤口有异

林大帅一下子坐起身来，却似牵动了伤口，捂着胸口，眼神迷乱，“我为何要这么做？”

林泽夫脸上露过一丝痛苦，“爹，我也不知道您为何如此，咱们不是说好的吗？”

宫池鸫听得目瞪口呆，实在忍不住了，“三爷，您说大帅遇刺，是假的？是这盒子弄出来的，可我看大帅的确是受伤了啊？而且伤得极重。”

林幽兰此时才反应过来，“林泽夫，爹受伤之后，一直昏迷不醒，我整夜守在身边，看着医生给爹包扎的伤口，怎么就成了假的了？你失心疯了吧？”

林泽夫却没有理她，只把视线下移，移到林大帅捂住伤口的手，“刺杀开始之后，众人拥上，把您抬上了担架，这时，一切先是大哥主持，然后顾探长接手，您身上的东西这个时候被人拿走了，爹，您真的一无所知？”

林大帅吸着气，剧烈咳着，鲜血却又渗透出了衣衫，“你，你从哪里弄了这么个盒子过来？就跑来质疑指责？真是被这个女人迷惑了？”他扫向安雅瑜。

林泽夫不动，只皱眉抿紧了嘴，看着他渗血的伤口。

宫池鸫说：“三爷，三爷，您瞧，大帅的伤口真的在流血。”

林幽兰似忽然醒悟，“就是，林泽夫，爹的伤口在流血，你没看见？”

安雅瑜脸色略有些发白，咬了咬嘴唇，上前一步说：“大帅的确受伤了，可伤口却不是那时形成，如果真是匕首自后胸到前胸的贯穿伤，用药怎么会这么少？我刚才查看了药单，只是普通的伤药而已。”

林大帅倏地转头，死死盯住了她，指住了她，“出去！”

安雅瑜后退一步，欲转身离去，却被林泽夫一把拉住胳膊，他只直视于他，“爹，这都是真的？是不是？你告诉我，我要怎么做？我还能怎么做？”

林大帅脸上现了丝疲惫，缓缓往后靠了去，“我亲眼看见阿婉拿枪指着自己，阿婉是不是真的犯下那么多罪，我不知道，我真的不知道，老三，连你，我也看不透了……我自己身上有什么东西我会不清楚？”

安雅瑜心底涌起股战栗，林大帅脸上的悲切是真的，他难道真不知道自己身上被弄的鬼？他真认为自己被人刺伤了？

可这怎么可能？

她想起了莫名复活的那位李叔，想起了自己被齐沛鼎劫走之后，那真实的仿佛身处画中的感觉。

难道这世上真有人能控制人的感觉？

她的视线投在了林大帅的胸口，恨不得撕开他缠着胸口的那白色绷带，看清他胸口的伤，看看她的猜测是否为真。

林泽夫似乎也怔了，他上前一步，握住了林大帅的手，“爹，您真不知道？”

林大帅抬起头来望他，“老三，你到底想知道什么？编出这些鬼话来，想要证明什么？你娘做的那些事儿，全都是经你证实的，找来的证人也经过你的手，我也相信了，可现在她都生死不明，你还想怎么样？”

林泽夫闭了闭眼，脸上闪过一丝痛苦，却倏地睁开眼，眼眸坚定，“爹，我只想问您，您真不知道小楼里藏着的人吗？”

林大帅拿起了手边的杯子，一下子摔在地上，“滚，给我滚出去！”

热水泼在了他身上，水迹渐渐润开，使得他身上浅色的衣服浸成深色，他却没有避开，只缓缓蹲下，捡起了地上的瓷杯，重放回桌上，轻声说：“爹，您好好歇着。”

他转身往门口走，安雅瑜便也紧跟着。

宫池鸫左右看看，只好也跟了出来。

林幽兰却呆呆站在大帅床前，似想着什么，想得呆了。

来到病房之外，安雅瑜默默拿出块手帕，递给了他，他拿过，抹干衣襟上的水迹。

顾波自楼梯口走了来，“三爷，您这就走了？”

林泽夫点了点头，“多谢顾探长照看着父帅。”

顾波说：“这是应该的，林府事儿多，由我们巡捕房照看，大帅还可能会放心些。”他停了停问：“三爷，大帅被刺杀这单案子，您看怎么办才好？”

林泽夫说：“别急，找到了一些线索，会查清的。”

顾波脸上闪过丝疑色，“三爷，不知您找到了什么线索？”

林泽夫直视于他，直把他看得避开了眼神，“顾探长，到时你就会知道了。”

顾波勉强笑了笑，“好，我等三爷好消息。”

几人沉默往前走，走至僻静之处，他才停了下来，把手帕递回给她，问：“你怎么看？”

安雅瑜看清了他脸上少有的疲惫与茫然，轻声说：“三爷，大帅身上有伤，这一定是真的，可这个盒子的来处成谜……”

她扫了一眼宫池鸫。

林泽夫马上明白了，点了点头，“盒子若有机关，但机关已经破坏，只剩下了空盒，光凭这个，确实证据不足。”

“但三爷刚才已然证实，大帅伤得并不重了，如果是匕首从后背到前胸的贯穿之伤，三爷刚才的质问，已经让大帅情绪不稳，可却依旧精力充沛，说话中气十足，哪里像受重伤的老人？”安雅瑜说。

宫池鸫凑了上来，“你们两人私下里嘀咕些什么呢？不能告诉我？”

安雅瑜与林泽夫对望一眼，他暗暗点头。

安雅瑜就慢吞吞地问：“宫池先生，这盒子是您带我们找到的，你说是顾探长放在那亭子里，埋在了亭子石砖之下，您是亲眼所见？”

宫池鸫说：“安小姐不信我？”

“信，当然信，只是除了这盒子之外，宫先生还发现了什么，还是拿出来瞧瞧的好。”安雅瑜扫向了他侧边衣袋。

宫池鸫愕然说：“哪里还有什么东西？安小姐真会说笑。”

安雅瑜说：“宫先生自亭子回来之后，竭尽全力地想证实自己并不知道这盒子是干什么的，我们揭示这盒子功用，你脸露愕然之色，表现得比林副官还不如，但宫先生可知道过犹不及的道理？三爷按下那盒子的机关时，你左手不由自主按住了侧边衣袋，这一路上，您已经有十多次按住那衣袋了，每次都是我们提及盒子时，请问先生，衣袋里装的是什么？是不是在亭子里时被你事先藏起来的东西？”

两人直视于他，宫池鸫无法，只好伸手进去，拿出一个手帕包住的包裹，递给她，“就这东西，还能有什么？”

安雅瑜打开了看，赫然是另外一个盒子，更有两截刀尖和刀鞘。

“这就对得上了，果然是这东西制造了这起刺杀之案。”安雅瑜把那刀尖和刀鞘装在两个盒子的夹缝里，仔细看着刀鞘顶端那微露出一截寒芒的刃口，“刀鞘顶端，装了这刃口，机关打开，刃口划破了后背衣服突出，速度一定极快，就像三爷演示过的那桶破玻璃杯的笔一样！”

她把那两个盒子递到林泽夫前边，林泽夫并不接过，只略看了一眼，“精工细作，不是普通的铁匠能打造得出来的。”

宫池鸫就哈哈了两声，“三爷眼光真利，我也是这么想的，这东西制得太精巧了，你看这刀鞘上的刃口，简直是削铁如泥，这好东西，我当然得保留下来，好好研究研究。”

安雅瑜静静看他，“宫池先生是想考考我和三爷，看把其余的东西拿走，只留一个盒子，我们能否猜出这东西是干什么的吧？”

宫池鸫脸上一丝尴尬都没有，满脸真诚认错，“看来是我错了。”

“那么，宫先生也知道这东西从何而来的了？”安雅瑜直视于他。

在她那双明亮的大眼睛注视之下，宫池鸫有点吃不消，只好老老实实点头，“好吧，好吧，我都告诉你们，这东西，是个电影道具，三鑫电影公司出品，可制得这么好的东西，我还真从没见过。”

“所以你才把大部分藏了起来？”安雅瑜说。

宫池鸫嬉皮笑脸，“说真的，三爷说出这东西怎么用之时，我还真吓了一跳，真好像他自己用过一样，三爷，您以前见过这东西？”

林泽夫淡淡地答：“没见过，看过那部《奇侠传》！”

“对对对，就是《奇侠传》里面的道具，那匕首一挥出去，前边跑着的那位中刀，捂着胸口还跑了十几步才倒！”宫池鸫说，“三爷，您光看电影就看出来了？”

林泽夫说：“镜头穿帮得厉害。”

安雅瑜呵呵了两声。

宫池鸫也呵呵了两声。

两人同时叹气，都在想，这是什么人啊？

宫池鸫兴致高涨，“走，趁今儿天早，去影视公司看看。”

安雅瑜说：“宫先生不会也凑巧认识影视公司那位道具师吧？”

宫池鸫笑得两个酒窝盛满了美酒，“还真凑巧，我还真认识。”

安雅瑜静静地说：“宫先生认识的人可真多，上次那刘医生你也认识，这次的这道具师你都认识，可别又凑巧了，这位道具师真做了这东西？”

宫池鸫摊开双手，“我有什么办法，家大业大的，三教九流来往得多。”

他转头向林泽夫，“就像三爷，下边部属无数，那些人从何而来，以前做过些什么，他也不一定全都知道。”

林泽夫表情平静，“不好意思，我还真全知道。”

说完，两人往车子走了去。

宫池鸫一滞，见两人上车，忙跟着上了副驾，见没有司机，从后视镜里望去，见两人眼睁睁直盯着自己，指了指自己的胸口，“我就是你们的司机？”

两人同时点头。

林泽夫还慢条斯理答了一句，“我出车，你出司机，公平得很。”

宫池鸫只好从副驾驶座下来，认命坐上了司机位，“三爷还真会使唤人。”

安雅瑜安慰，“有宫先生亲自当司机，这车子都贵气了不少，我坐在里边，倍感荣幸！”

林泽夫侧脸看她，眼角抽了抽。

宫池鸫就呵呵笑了两声，“难怪林副官老夸您，您如果真把白副官做到底，前途不可限量啊。”

安雅瑜顶着林泽夫的视线点头，“我也这么认为，只可惜时势弄人，我也无可奈何。”

林泽夫默默转过头去，什么都没说。

宫池鸫车子开得飞快，一会儿工夫就来到三鑫影视公司，下了车来，低声对安雅瑜介绍：“谷兰以前就在这家公司拍电影。”

安雅瑜问他：“谷兰是你的人，你事后和电影公司老板打劫了不少分红吧？”

宫池鸫纯洁地看着她，“那哪能呢？最多也就是二八分成，他二我八而已，我培养一个人容易吗？谷兰可是万里挑一的人物，可惜就这么死了。”

对这种把强取豪夺当家常便饭的人，安雅瑜竟然无言以对，只得跟上了林泽夫的脚步，走进了影视公司。

三鑫影视公司是钱守成钱守望两兄弟开的，他们一进大门，早有人急急跑进门去，通知了两兄弟之中的老大钱守成。

钱守成从大门之处急步走出，视线落在宫池鸫身上，如见恶魔，两股有些战战，“宫，宫先生，您，您有何见教？”

安雅瑜回头看了一眼脸上已无一丝笑意的宫池鸫，心说这无论何时都是一脸笑的人，真有这么大威力，竟把一个电影公司老板吓成这样？

或许她从没见过他对其他人狠厉的样子。

话说，他沉下脸时那副模样，和林泽夫也相差不了多少。

她把视线投在林泽夫身上。

"没什么事，来看看，听说你们在拍《奇侠传》第二部？"宫池鸫说。

钱守成拿出块手帕抹额头冷汗，"宫池先生，谷兰小姐去世，实在是我们一大损失，原来定了女主角是她的，现在只好另外找人了，不过，宫先生的分成我还是一样给您。"

宫池鸫说："你那两个钱我还不缺，走，去拍摄现场看看。"

钱守成吁了一口气，把手帕收进了袋子，殷勤起来，"宫先生想看什么？"

林泽夫头一次这么被人忽视，安雅瑜不由感觉好笑，咳了一声提醒。

宫先生拍着额头介绍："这两位，是我的朋友。"

钱守成这才回头看了两人一眼，随便打了声招呼，全副心神又集中在了宫池鸫身上，生怕怠慢了他，"宫先生，您往这边走。"

来到摄影棚，里面正拍得热火朝天，可宫池鸫一进去，声音顿时小了许多，无论演员与工作人员，视线皆落在了宫池鸫身上，眼光异样。

安雅瑜实忍不住，低声问林泽夫："三爷，宫池鸫到底做了什么？这些人这么怕他？"

林泽夫不以为然，"怕他吗？我倒不觉得。"

安雅瑜只好垂头，你这是眼瞎了吗？

当然，话又说回来了，宫池鸫再怎么厉害，也比不上你在军中的一言九鼎。

想想自己已经不是白副官了，这拍马屁的话到底没说出口。

那女主角被请了过来，漂亮的脸上全是惊慌，向宫池鸫行礼，又拿眼角看着安雅瑜，结结巴巴地说："宫先生，这出戏我深感不能胜任，您如果有好的演员推荐，我愿意荣居女二号……"

钱守成在旁附和，"是啊，宫先生，您的眼光是一流的，您说是谁就是谁。"

安雅瑜不由失笑，原来他们把她当成了宫池鸫带过来抢女主角饭碗之人？

宫池鸫回过头看了安雅瑜一眼，表情平静，"她的确很好，但没空演你这破戏，去，把你们的道具师带过来，我有事问他。"

钱守义忙吩咐助理去带人，又朝女主角使了个眼色。

安雅瑜早和林泽夫避到一边去了，两人倚在窗边往摄影棚里看，安雅瑜见那女主角褪了脸上的惊慌，娉娉婷婷扭着腰往宫池鸫身上靠，不由感慨："宫池鸫也受欢迎得很啊。"

林泽夫看了一眼，“破船配烂钉，他也就能吸引这些女人。”

安雅瑜冲口而出：“三爷还吸引了谷兰自请下嫁呢。”

说出这话，又觉不妥，心里忐忑。

林泽夫垂头看她，目光莫测，“可我心里只有一人。”

安雅瑜顿时只觉心开始狂跳，血往脸部涌了去，不敢和他对视，只把目光移向了摄影场，见宫池鸫一把推开了那女主角，又不知对她说了句什么，那女主角一脸惨白捂脸离开，安雅瑜只好又收回视线，却正映进了他那黑得惊人的眼中。

“是吗？”她没话找话，喃喃地问。

“是的。”他伸出手去，握住了她的手。

“哎呀，你们怎么躲在这儿？”宫池鸫的声音响起。

安雅珍急忙一抽，把手从他掌中夺了过来，抬起头来，就见宫池鸫身后，钱守义带了个满脸慌色的中年人走了过来。

宫池鸫视线自安雅瑜手上滑过，目光暗沉，说：“这位杜富宁师傅，就是三鑫公司的道具师，所有的电影道具差不多都由他设计，更有一些由他亲自制作的。”

见他们要问话，钱守义将他们带到一个安静的休息间，这才离开。

杜富宁显然知道宫池鸫是什么人，搓着双手紧张不安地哈腰问：“宫先生，是道具出了什么问题吗？我，我都是按照剧情来做的。”

宫池鸫心情忽然间不好起来，“问你什么就答什么！”

杜富宁扑通一声就跪下了，“是，是，是……”

安雅瑜看不下去了，拿了那两个盒子和两截匕首出来摊开在桌上，“杜师傅你看看，这东西是不是你做的？”

杜富宁膝行上前，颤着双手小心拿起那两个盒子，仔细看着刀鞘底部，又看了看那截刀尖，点了点头，又摇了摇头，见宫池鸫脸一沉，忙说：“这东西和我替电影里制作的那道具差不了多少，但这个钢口可好得多了，电影里的东西只要过得去就行了，哪会用这么好的？”他观察着宫池鸫的脸色，咽了口口水说，“宫先生，还有一截连着两个盒子的过肩桥，不知道在哪儿？”

宫池鸫说：“什么过肩桥？”

杜富宁积极地说：“就是连着两个盒子的铁制机关，要不，我让人把咱们电影里用到的那样东西拿来给你看看？”

宫池鸫点了点头。

杜富宁一拉开门，钱守成亲自在门口守着，听了杜富宁的话，屁颠屁颠地走过去拿那道具，积极得很。

隔不了一会儿，那道具拿来，原来和是一个U形的铁弧两端连着两个铁盒。

杜富宁把那道具架上了自己的肩膀，热心地解说："宫先生您看，这么装上去，再穿上衣服，外边一点也看不出来，前面的盒子正好在前胸，后面盒子在后背，按下腰间按钮，过肩桥连通盒子中央的机关，这样才能将刀鞘刀尖同时弹出，所以，如果没有过肩桥，这两个盒子可没多大用处。"

见安雅瑜望他，宫池鸫忙摇手，"我可没藏这东西！"

安雅瑜回头，上前仔细看着那道具，点头，"看这东西的尺寸，可不太好藏。"

杜富宁把两个盒子从过肩桥上卸下，哈着腰讨好，"宫先生，我这里还有不少新奇道具，您要不要看看？"

宫池鸫心情依旧没变好，表情冷淡，"不用，你说说，谁还知道制作这东西？"

杜富宁顿时紧张了起来，"这东西都要请铁匠打造的，为免对头电影公司拿了去仿制，我都是分了许多张图纸，找了几个铁匠分别打造，最后才拼装合成，绝没有任何人知道。"

"你们老板呢？"宫池鸫说。

杜富宁一怔，"你说大钱老板？他一向不管这些事，只是二老板倒有些兴趣，经常来看看。"

"钱守望？"宫池鸫拍着桌子说，"还不把他叫来！"

杜富宁连滚带爬往门边退走，去叫人了。

安雅瑜不知道宫池鸫忽然之间抽什么疯，对于这种喜怒无常的人，她觉得还是躲着一些的好，一眼瞧见林泽夫倚在窗口，眼睛居然微微眯起，心情很好的样子，悄悄走至他身边问："三爷，你觉得那么长的铁架子，会藏在哪里？"

林泽夫说："这只要查过才知道了。"

"咣当……"

两人望去，却见宫池鸫一挥手，把手里的茶杯揭翻在了桌子上，茶水纵横，门口小厮战战兢兢进来收拾，点头哈腰，"宫先生，这茶不好喝？"

"什么鬼茶？帽檐渣子？换！"宫池鸫说。

安雅瑜心惊肉跳，见林泽夫垂头理着袖子，脸上了然得很的神态，心想他们都是男人，也许知道宫池鸫抽什么筋？轻声问："三爷，宫池鸫怎么了？难道他这种混黑帮的都是这副喜怒无常的德行？"

林泽夫瞧了她一眼，见她半仰着头，满脸懵懂的求知模样，心中暗暗好笑，一脸的高深莫测，说：“也许是那女主角不合他的心意，让他担心票房不好，所以心情不好。”

安雅瑜想及刚才情况，深以为然，点头，叹了口气，“那女主角的确比谷兰差了很多，宫池鸫又少赚了一份，确实心情好不起来。”

林泽夫掩嘴咳了两声，心有戚戚焉地点头。

宫池鸫见两人倚在窗口，低声谈，轻声笑，心情哪会好得起来，咬着牙想了一遍自己发下的把墙脚挖到底的誓言，心说他还从没有办不成的事！打气鼓舞了自己一番，站起身来，走到两人身边，故作不以为意，“两位在谈些什么呢？是不是在想那铁架子怎么藏得无影无踪了？”

安雅瑜点了点头，“没错，如果这东西一定要那铁架子才能触发，那么大帅身上背了这么个东西还无知无觉，就匪夷所思了，真让人猜不透。”

宫池鸫状若无意地挤进两人中间，迎着安雅瑜问：“你猜猜看，这架子被藏在了何处？”

安雅瑜看了一眼两人之间只剩下一个巴掌宽的距离，只好后退两步，离远些，认真思索，“从现场到医院，一路上都有无数人护送，那件东西如果要取出来，一定要除下外衣才行，如此一来，就只剩下在医院被医生检查的时候了。”

“你是说那铁架子还在医院里边？”宫池鸫说。

“这只是一种可能，也许在，也许不在。”安雅瑜脸上现过一丝犹豫说。

宫池鸫说：“还有另外一种可能，也许这有人用别的材料采用另外的方法制出了同样功能的机关，如此一来，就不用穿脱衣服这么麻烦了。”

安雅瑜双眼发光，像是第一次认识他一样，“我也是这么想，可我猜不出来，什么材料能代替铁？”

宫池鸫在她目视之下，浑身血液顿时流快了几分，“可得好好儿查查了。”

安雅瑜点了点头，把拍电影的那道具又拿起来看，指着那铁架子说：“这过肩桥用铁制才能保证硬度，使得前后机关很快打开，但这是拍电影用的，为保证拍戏的时候跑动不至于移动掉落才装在肩上，如果改装成从前胸绕至后胸，是不是更方便除脱一些？”

宫池鸫积极地拦在林泽夫身前，挤到她身边查看，“嗯，确实可以做成这样。”

安雅瑜拿起那东西仔细看了又看，忽觉得好半天没听到林泽夫说话了，回头一望，宫池鸫挡住了他的身影，就绕过了他，举起那道具问：“三爷，您说呢？”

林泽夫扫了宫池鸫一眼，收回视线，接过那道具看了看，“可以。”

宫池鸫被他那一眼扫得气闷心口痛，见林泽夫半垂头端详道具，目光似有若无地短暂停留在她的脸上，平日里冷淡之极的面容少见地带着些温和，安雅瑜仰着脸看他，黑发如漆，目光盈若秋水，嘴唇半启如涂了一层胭脂，即使没有打上背影光，两个人也如被柔和灯光包裹，身上蒙了一层光润，和谐美好之极，他忽觉一股淡淡的心凉涌上了心头，想了半晌该不该挤进去，最后决定还是挤进去之时，就听摄影棚之处有人大声尖叫，“死人了，死人了，二先生……”

三人同时怔住，互相看了看，才走出屋子，钱守成急匆匆走来，满脸伤痛，抹着眼泪走到宫池鸫面前拱手，“宫先生，对不住，二弟他，他……”

宫池鸫皱眉问：“是他死了？”

钱守成点了点头，举起袖子抹了把眼泪，“在他自己的休息室，我两三天没见他了，以为他又出去胡混，谁知道他已经，已经……”

摄影棚停止了摄录，演员和工作人员惴惴不安地聚在一个小房间前边，指点着里边，窃窃私语。

见几人来到，杜富宁迎了上来，哈着腰说：“我到处让人寻找二先生，问了许多人，没一个人见到，这才发现，已经有两三天没见到二先生了，他平日里常用的休息室也关着门，让人拿了钥匙打开门进去，却见他伏案不起，已经死了。”

休息室的门大开，自门口看去，就见一位男子背对众人趴伏在桌上，双手下垂，侧脸青紫，嘴角流出些许涎液，已经干涸，已经死去多时了。

桌边上，放了一个酒杯，杯子里的酒还没喝完，一碟花生米剩下了大半。

杜富宁说：“我没让人进去，先叫了大先生来，就我们俩人进去过。”

摄影棚等级森严，见老板在，即使最红的演员也不敢上前，只站在远处朝这边指点。

安雅瑜先没走进屋内，只周围看了看。

宫池鸫被杜富宁领着，原想进去看看，见安雅瑜没动，他也站定了，问：“安小姐，有什么发现？”

安雅瑜走至门边，从门框自上而下地摸了一遍，这才问：“休息室有几把钥匙？”

杜富宁见宫池鸫对一名女子这般模样，不由朝她看了又看，钱守成更闻到了其中的风向，一改前边的冷淡，殷勤向前，拨开杜富宁，“有两把，一把在二弟手里，一把由我拿着。”

“休息室平日里只有他一个人用？”安雅瑜问。

“这间小休息室就他一个人霸着的，平时谁也不准进。”钱守成叹着气说，“二弟有些不好的毛病，喜欢抽上两口，这一抽起来，有时候一天两也不出门，就在里边待着，谁也不理。”

安雅瑜这才往屋里走，宫池鸫也跟着，林泽夫自是不进去的，只在门口站定。

宫池鸫捂着鼻子看了几眼趴伏在桌上的尸体，下结论：“脸色青紫，口有白沫，是毒死的。”

没听到安雅瑜的应答，回头看她，却见她蹲下身子，拿手指头沾了地上灰尘来看，不知道在看些什么。

赶紧凑了过去，不顾一身白衣胜雪，也蹲下了，“这是什么？”

安雅瑜手指上粘了些不明残渣放在鼻子端闻了闻，“是干鱼渣子。”

安雅瑜站起来，这才绕着那具尸体看了看，望见窗户开着，指着窗户问：“这窗户以前常开吗？”

钱守义摇了摇头，“记不大清楚了，这屋子气闷，二弟抽上两口的时候可能会开着通风吧？”

果然，书架二层架子上，放了一杆烟枪。

宫池鸫就说：“那么小的窗口，凶手不会从那里爬进来的吧？”

安雅瑜却把视线落到了尸体上，见有一本册子放在那尸体的胳膊底下，停了停。

宫池鸫马上明白了，亲自动手，把那册子抽了出来，捧到她面前，“是个剧本。”

如此殷勤作态，连沉浸于悲伤中的钱守成也怔住了，视线来回在宫池鸫脸上偷瞄，好像不认识他一般。

安雅瑜没戴手套，取了块手帕出来，包裹住手指翻了几页，说：“是《奇侠传》的剧本，这剧本是二先生写的？”

钱守成赶紧上前，“是的，我们拍的电影全是二弟写的，二弟别的不行，在这方面是个天才。”像是替自己解释，“他经常把自己关在一个房间里研究剧本，因此，这出事了几天，我们才找他。”

“改动了几处，这里还加了红线，这剧本不是他的吧？”安雅瑜指着那剧本边缘有手指红印之处。

钱守成一怔，看了一眼，“这，我也不知道，这剧本印了五本，几个主角都有。”

“剧本上并没有写名字，看不出来是谁，但极有可能，是个女人的。”安雅瑜说。

钱守成一脸恍然，眼神不由自主扫向了几名演员站立处。

宫池鸫就皱眉说：“老实说，你怀疑这剧本是谁的？”

钱守成浑身一哆嗦，口齿不利索起来，“是，是，是，二弟这个身份特殊，宫先生您是知道的啦，他身边总有些女人为争戏份绕来绕去的，谷兰小姐不在了，为争这个女主角，她们就打破了头去！”他颤颤地说，“她们三个都有可能。”

安雅瑜望向对面站着三位女子，女主角正惊慌不安地朝这边望着，另外两个女人，一个穿了身丫环装，另一个却是中年妇人装容，衣饰装容不同，除了女主角之外，其他两人都化了妆，尤其那中年女人装扮，化得老了几岁，但依稀可以看得出来，三人都皆面容姣好，并不差上多少。

钱守成说：“她们三人为争女主角，这些日子可没少争争吵吵的，几日前她们在化妆间争吵，打了起来，那两个脸都给挠伤了，我一气之下，定了容秋水为女主角。”

安雅瑜朝女主角望去，她也惴惴望来，手拘束地捏紧了衣角。

安雅瑜放下剧本，瞧了一眼宫池鸫的手，告诉他，“宫先生最好还是洗洗手，二先生中毒而死，现在尚未查出那毒从何处下的，有些毒物是能从皮肤渗入，扩散至五脏六腑的。”

宫池鸫吓了一跳，周围找水找不到，怒斥钱守成，“还不给我拿水来。”

钱守成忙跑到外边，“快，快给宫先生拿水。”

场上顿时热闹了起来，演员和帮工四周围找水，最后还是个小帮工从道具室找一桶水来，钱守成亲自提来，送到宫池鸫手边，“宫先生，请您洗手。”

宫池鸫把手放进桶里搓了又搓，搓得水背都红肿了起来，钱守成忙拿了手帕来亲自给他擦手，擦干净了，一眼瞧见安雅瑜嘴角上扬，几步上前，虚心求教，“安小姐，这毒不会真的下在了纸张上吧？”

安雅瑜说：“忘了告诉你了，从尸体症状上看，他中的毒显然是从五官而入，这毒看来不会通过皮肤渗入了，恭喜您，您躲过一场浩劫。”

宫池鸫看了她一眼，再看一眼，又看一眼，哈哈了两声，摊手，“你捉弄我？”又凑过去低声说：“安大小姐，我倍感荣幸啊，你这是把我当成自己人呢，知道跟我开玩笑，我觉得我们又亲近了许多。”

安雅瑜偏过头，无语。

她一眼看见林泽夫走到屋子中央，抬头似看着屋顶，于是走了过去问：“怎么了？”

林泽夫指着屋顶，“那里有个篮子？”

安雅瑜也跟着往上看，“像是放什么东西的？”

宫池鸫也走过来，“篮子有什么稀奇的，那边也挂了两个。”

林泽夫让人把钱守成叫来，问他：“篮子是做什么用的？”

钱守成说：“这里小得很，二弟有时会自己设计些电影道具让师傅做，做好了的就放在篮子里挂在梁上不占地方。”

林泽夫让他把几个篮子取了下来，往里一看，果然都是些零碎的东西。

安雅瑜把其中一个篮子拿起，对准光亮反复察看，轻声说：“这篮子的底部孔洞疏很多，像有人抽了几片篾去。”

钱守成不以为意，“这东西挂了好长时间了，有些坏了的，二弟也来不及换。”

林泽夫从安雅瑜手里接过篮子，看了看，指着提篮部分说：“这里有一条丝线。”

果然见一根细细的丝线垂落，自窗棂照进的光线使它莹莹有光，如果不是有风吹过，让它缓缓在空中飘拂，几乎让人看不清楚。

宫池鸫着那根细线问：“那是干什么的？”

钱守成看了一眼，摇摇头，“我也不知道。”

安雅瑜说：“倒是在篮子提手把上再挂上什么东西，但线那么细，能挂什么？”

篮子的事先放在了一边，宫池鸫吩咐钱守成把几名有资格拿剧本的主演都叫了过来，一一询问。

这原本是巡捕房的事，但宫池鸫这一吩咐，钱守成半点也没质疑，马上使人去唤主演。

秋容水是一号女主角，当然被安排在了第一个。

她娉娉婷婷走了过来，拿眼角扫向宫池鸫，说不出的风情万种，脸上露了怯怯可怜之色，“宫先生，我和二先生可没什么关系，平日里也就是演戏的时候有点交流，他原本不喜欢我当女主角的，可大先生选了我，他也没办法，所以，平日里他总不给我好脸色看，我见了他，能躲就躲，他这屋里，我更是一次也没来过，他前几天要删我的戏，我说，你删就删罢，我是女一号，他再怎么删，大先生也不会同意……”

她一边说着，含情带俏望向钱守成，钱守成神色尴尬。

安雅瑜咳了一声，“你知道谁和二先生来往较多？”

秋容水哼了一声，“当然是那两位了，整天围着二先生转，让他给她们加戏，哼，再怎么加，戏也多不过主角去。”

安雅瑜倒是同意，“确实如此。”

又问了她两句，却没什么有用的线索，于是叫了二号女主角过来，却是那位演丫环的杜玉香，她紧张地捏着大辫子，未语泪先流，“我什么都不知道啊，二先生对我很好的，说我的气质适合演女主角，可哪里想到，临到头了被那容秋水换了去，他觉得对不起我，这才给我加戏的，也就加了几句台词而已。”

第五十一章　明星之争

安雅瑜指着桌上剧本，“那是你的剧本吗？”

杜玉香点头，“是的，是的，二先生拿去了，说我的台词有些不顺，他替我改改。”

“你经常去他的房间？”安雅瑜问。

杜玉香脸一红，点了点头，“二先生人很好的，我才演戏，很多地方都不懂，他常常教我。”

“你最近一次被他叫进房，是什么时间？”

杜玉香扭捏了起来，想了想说：“三天前的晚上吧，我和二先生对了一会儿台词，他教我改了台词中的不足之处，大约待了一个时辰，我就出来了。”她似乎想起了什么，轻声说：“对了，二先生还叫了李玲玉呢，我出来之后，在门口正巧遇上她。”

“李玲玉？”

“就是那位！”杜玉香手一指，指向了那位扮中年女人的女子，幸灾乐祸，“她啊，比我更惨，争女主角没争赢，二先生指派她演了一个群众演员，只有几句台词。”

见安雅瑜不明白，宫池鸫插言：“这出戏女演员并不多，也就那么几个，当上主演当然好，当不上，当然就只能安排别的戏了。”

安雅瑜点了点头，“成王败寇，竞争倒极为激烈。”

宫池鸫不以为然说：“如果谷兰还在，就是当仁不让的女主角，她们么，想要上位，就得打破脑袋挤上去。”又看了她一眼，“安小姐，这是不是就是杀人动机？”

“很有可能。”

宫池鸫就扫了一眼正喝茶的林泽夫，“你瞧，我也有推理能力吧，比某些人不差。”

安雅瑜想顺着赞他两句，又觉两道视线如寒冰一般自侧边扫来，咽了口水含糊地说：“还可以，还可以。”

宫池鸫打蛇随棍上，“安小姐，以后有什么案子要破，您找我搭档，一定会无往不利，一破一个准儿。”

安雅瑜只好说：“宫先生，您事儿多着呢，哪有空闲工夫？”

宫池鸫说：“再多的事，也没有安小姐的事重要，以后……”

话未说完，侧边传来林泽夫的声音，“雅瑜，过来。”

安雅瑜如释重负，忙走了过去，见他手指上似乎粘了什么东西，凑过去看，看了半晌说：“白色的毛？是狗毛？”

一根白色的毛发粘在林泽夫修长的手指上，微微发着毫光。

林泽夫就叫了钱守成过来，问他：“你们这里养狗吗？”

钱守成摇头，“没有养，二弟以前倒是喜欢动物的，可后来又不知道怎么不喜欢了，以前李玲玉不是养过一只猫吗？让他赶了出去，是好久以前的事了。”

安雅瑜看了一眼在屋外惊惶不安站着的那中年仆佣打扮的女子，说：“请她过来吧。”

钱守成出去对她说了两句，李玲玉捏着衣角走了过来，满脸紧张，“宫先生，安小姐……”

她脸上化了浓妆，皮肤化成暗沉黄色，扮成中年女人的样子，可额角有一块粉质脱落了，露出了里面白皙细腻的皮肤，她能和那两位争夺女主角，容貌不会差到哪里去。

安雅瑜暗暗思索，“听说李小姐以前养过一只猫？”

李玲玉点头，“是，是的，可二先生不喜欢，我只好把猫送走了。”

“送走？你让它在自己住处待着不就行了？为何送走？”安雅瑜问。

钱守成说：“您是不知道，她们都住在公司公寓里，离这里不远，二弟在那里也有间房，那猫老跑出来，四周围乱窜，有时还跑进摄影棚捣乱，有一次窜进二弟的房里，搞得乱七八糟的，二弟大怒，要把她和猫都赶走，没办法，她这才把猫送走了。”

钱守成虽然不明白她为何问起了猫，但还是尽心尽职解释。

“你也曾争过女主角？”安雅瑜直接问。

李玲玉点头，抬头看了大先生一眼，又垂下头去，“我哪能和她们相比，我只会演戏，其他什么都不会。”

钱守成脸色略有些尴尬。

安雅瑜带着好奇之色问：“你年龄不大吧？让你演这么大年纪的女人，你能演吗？”

李玲玉苦笑着说：“都是为了混口饭吃，演员么，让演什么就得演什么。”

钱守成附和，“是啊，安小姐只怕不知道，李小姐的演技可好了，这个人物戏份虽然不多，但很是出彩……”

安雅瑜扫了一眼她的脖子，问：“你脖子上的伤还没有好吗？”

李玲玉脸露尴尬，抚着脖子恨恨地说：“她们为了争女主角，下狠手想让我破相，幸亏我命好，只伤了脖子，可女主角却没有我的份了。”

钱守成打圆场，“哪能呢，李小姐的演技这么好，迟早会出头的，下一场戏我一定让你当女主角。”

李玲玉嘴角牵出丝讥讽来，垂下头去，沉默不语。

安雅瑜再问几句，没有更多发现，于是让她离开。

宫池鸫凑了上来摩拳擦掌，“安小姐，咱们接下来该捉拿凶手了吧？”

安雅瑜很意外地侧脸看他，“咦，你知道凶手是谁了？”

宫池鸫说：“我不知道，但你知道啊？”

安雅瑜默默看了他半晌，“我也不知道。”

宫池鸫说：“安小姐，你别骗我了，你心里已经有了凶手人选。”

安雅瑜心中一惊，心说这个人眼光倒是极利，脸色却平静得很，“不，暂且没有。”

宫池鸫眼眸落在她脸上一笑，“安小姐，破案我虽然不如你，但论到看人，我却从来没有失手过。”他又压低声音说：“安小姐，虽然证据还不充分，但这证据么，不就是找出来的？你先悄悄告诉我，你怀疑谁？”

“哪会这么简单？问几个证人就能问出凶手来？要巡捕房的人过来，法医检验过尸体之后，证实了他的死亡原因，证据充分，这才能找出凶手！”安雅瑜说。

“不对，你们一定已经知道凶手是谁了！”宫池鸫怀疑地看着她，又看了一眼林泽夫。

安雅瑜被他缠得没法，一眼看见林泽夫往门口走，赶紧跟上，“三爷，是不是叫巡捕房的人来？”

林泽夫点了点头，“该让他们过来了。”

宫池鸫沉着脸看了两人背影一眼，唤了钱守成来，让他去通知巡捕房的人。

顾波带着几名巡捕、法医急匆匆地赶到，见到三人，苦笑拱手，“三爷，宫先生，安小姐，还真是巧啊。”

林泽夫指着屋内，“先查验尸体吧。”

顾波让法医带人进去检验，自己却不进屋，只站在林泽夫身边，低声问：“三爷，这死的人是谁啊？”

林泽夫简单地答：“电影公司二老板。”

“哦？”顾波瞧了他一眼，到底不敢问他，于是又走到安雅瑜身边低声打听，“安小姐，这是怎么回事？怎么就发现了死人呢？”

安雅瑜说：“倒不是偶然，我和三爷来查点事，正巧遇上了。”

“查事？查案子？”顾波眼底闪过丝兴奋，“是不是和那件案子有关？有什么线索您可得告诉我们，我们也可以帮忙的。”

安雅瑜含糊地说：“没什么重要的，顾探长还是先查查这单案吧。”

顾波这才走进了屋子，查看现场。

林泽夫望了安雅瑜一眼，微微点头。

宫池鸫看见了，怀疑地扫着两人，忍了半晌没忍住，还是走了过来，压低声音问：“安小姐，你们又在搞什么鬼？”

安雅瑜没答他，跟着林泽夫往外走，走到休息室，宫池鸫紧跟着，把门合上了，在屋子里踱来踱去好几个来回，这才回头看两人，说：“顾波和那亭子间发现的东西有关，咱们来查，就是想查那道具的，三爷却故意让他来处理这案子，这不是秃子头顶长虱子，明摆着吗？三爷这是要打草惊蛇？”

林泽夫扫了他一眼，没说话，只理了理袖子。

宫池鸫就哼了一声，“故弄玄虚！”

安雅瑜却笑了笑，也没说话。

他想及刚才的情形，林泽夫只一个眼神，她就明白了他的意思，无来由的一阵心烦，说：“安小姐到底当过三爷一段日子的副官，难怪这么懂得三爷心思。”

安雅瑜听他说话拿腔作调怪不舒服的，心说宫池鸫怎么了？初相识的时候还有几分神秘与大佬气势，这一接触多了，慢慢儿像变了一个人，居然幼稚得很。

果然是人如果被了解之后，什么神秘感都没有，幻想破灭！

她说：“宫先生，这也是不得已而为之，我们只知道那道具与凶杀案有关，如果顾探长真牵涉其中，我们只能等他下一步动作了。”

宫池鸫提起劲儿说："行，有什么要我做的，安小姐尽管吩咐。"

安雅瑜摇头，"不用了，三爷都安排好了。"

宫池鸫身上的劲儿泄了几分，但他一向是个越战越勇的，在心底替自己打了半天气，微笑，"我在巡捕房也有人的，要不，让他替你们注意一下？"

安雅瑜盛情难却，"这，这个……那好……"

"吧"还没出口，林泽夫拿眼角扫他，说："你那几个人，能成事吗？在巡捕房职位不高吧？也就几个打下手的巡捕，在顾波跟前连话都说不上，还是算了吧，知道的人越多，越容易走漏风声。"

宫池鸫被噎得说不出话来，安雅瑜一见不好，忙插嘴："宫先生这里帮不上忙，在别处总能帮得上的，黑道上的一些事，我们还得倚仗您呢。"

宫池鸫脸色缓和了一些，哼了一声，没再说话。

屋子里沉默下来，安雅瑜看看这个，又看看那个，在两股高气压之下，她也有点不适应，老老实实选了一个离两人远的椅子坐下了，正等得如坐针毡，就听见了门外顾波的声音，忙几步走到门边，拉开房门，问："顾探长，您有什么事吗？"

边说边从门里走了出去。

顾波被她热情积极的语气吓了一跳，点头说："想问问这案子，安小姐有什么看法没有？"

安雅瑜就问："法医初步验尸结果出来了吗？"

顾波点了点头，"酒杯里有毒，那碟花生也加了毒物，是乌头，掺在酒里，毒性更强了，差不多是马上致命，死亡时间么，根据尸斑和身体僵硬程度来看，不超过两天，暂时就只能查出这么多了，我叫了那几名演员过来问了，那位女主角容秋水是钱守成的情妇，女二号杜玉香是死去钱守望的情妇，真是乱得很，女三号好些，倒不是任何人的情妇，这些，安小姐已经知道了吧？她们都有不在场证据，钱守望死时，摄影组拍外影，重要的演员都跟着出去了。"

安雅瑜点了点头，"知道。"

顾波双眼放光，"安小姐有头绪是什么人做的？"

安雅瑜说："顾探长是否能叫人找一下周围，看有没有一只死猫？"

顾波惊讶地问："死猫？安小姐让人找它干什么？"

安雅瑜说："找到了它，凶手也就浮出水面了，它应该死得不远。"

她的话被后面赶过来的宫池鸫听到，插了句嘴："安小姐，不可能吧？凶手是只猫？"

“一切要等到找到那只猫才能知道。”安雅瑜说。

宫池鸫心急得很，不由自主转头看林泽夫，见他一派淡定，显然早知道了结果，气馁得很，思前想后，想猜出些蛛丝马迹，来证实自己一样的厉害，却什么也想不出来，只好安慰自己，术业有专攻么，他这方面不行，其他方面可厉害得很。

被自己这么一鼓舞，勇气又鼓足了几分，很积极地指使钱守成也派人出去找猫。

所有演员和巡捕都派了出去了，隔不了一会儿，一名巡捕果真从外面排水的坑渠找了只白色死猫过来。

顾波让人把那死猫用木桶装了，提到几人跟前，问：“安小姐，是否就是这只死猫？”

安雅瑜点了点头，戴上手套翻了翻：“是只名种波斯猫。”

法医过来验尸，再次肯定，“这猫也中了毒，毒性和死者所中之毒相同。”

李玲玉被唤了来，看见那只死猫，眼泪就流了下来，“阿玉，阿玉，你怎么死了？是谁害了你？”

她有一副极好的嗓门，即使在哭，也仿佛在吟唱。

钱守义说：“李玲玉，这只猫你还留着？二弟不是让你丢了吗？”

李玲玉抹着眼泪说：“大老板，这猫就好像我的儿女一样，陪了我这么多年，我怎么舍得丢？”

安雅瑜走至她的跟前，看了她半晌，看得她慢慢收了眼泪，才静静地说：“李玲玉，说吧，你为何下毒害死二老板？”

此言一出，除了林泽夫之外，满场皆惊，顾波满腹疑问，想开口询问，但想及安雅瑜以往的成绩，决定还是静静听着的好。

宫池鸫则瞪大了双眼，嘴里边喃喃：“为什么是她？怎么会是她？”

李玲玉吸着气，仿佛极为震惊，捂着胸口，颤颤地问：“您，您说什么？你，你为何这么冤枉人？二老板死的时候，我和她们一样，都在外边拍戏，你凭什么说我下毒杀了他？”

安雅瑜说：“李小姐，若想人不知，除非己莫为，你设计的谋杀虽然精密，但人若有心察看，却处处破绽，你熟知钱守望的脾性，又从杜玉香嘴里知道她要和钱守望对剧本，改剧本的时候，会喝酒吃花生，而酒和花生正好摆在窗前的桌面上，窗子虽小，没有人能进入，可那只猫却能钻入。”

顾波再也忍不住了，“安小姐，你是说猫投毒杀人？猫可是最难训练的动物！”

安雅瑜说：“不，顾探长，猫并没投毒，而是进屋寻找食物，动物也有记忆，喜欢去原来常去之处寻找吃的，更何况是一只饿了好几天的猫？我猜，李小姐外出拍戏之时，一定把那只猫放了出去，猫儿饥饿之极，想起了原来它常去之处，从窗口钻进，看到了合它胃口的美食……”

宫池鸫问：“那间屋子里？猫也喜欢吃花生？”

安雅瑜说：“宫池先生还记得屋顶悬挂下来的竹篮，把手上挂着一根极细的细线吗，那猫食就吊在那根细线之上，篮子被人抽出几根篾条，我查看过，桌腿之处有掺了鱼的饼干碎屑，这就是那猫吃剩下的吧？想必李小姐把饼干掺了鱼晒干了，做成凹形，里面放了毒药，猫扑上去，翻转那饼干，凹槽里的毒粉从被抽出篾条的空处飘下，跌落花生和酒当中，钱守望喝下有毒的酒，不得不死！而饿极了的猫把鱼饼叼走，吃得一干二净，如此一来，杀人证据也消失无踪了。”安雅瑜停了停说，“而李小姐只需要在没人的时候把那鱼饼放进竹篮里，再把竹篮底部篾条抽出几根就行了，那间屋子杂物众多，挂在屋顶的竹篮，连二先生恐怕都记不起它来了，就别提其他人了。”

众人鸦雀无声，喘不过气来，顾波忙跑到屋子里查看，一会儿又跑了回来，“对，对，对，不止酒里和碟子里，桌面上也散落了许多毒粉。”

李玲玉哭泣起来，“没错，这猫是我的，可你凭什么说这一切都是我做的？猫儿已经丢了很久了，它以前生活在剧组里，和所有的人都亲！”

安雅瑜说：“几天之前，你们三位女演员是否打过一架，你的颈上还被人挠了几道伤痕？”

李玲玉点了点头，指着容秋水，“是她们，是她们抓伤了我，可这又有什么关系？凭什么说是我下了毒？”

安雅瑜说：“你颈上的伤，可不只是人的指甲挠的，据我推测，那猫被你关了多日，饿到极点，想必也不太听话了，很有可能中间它想逃走，你去抓那猫时，它抓伤了你的脖子，脖子上极为明显的抓伤让你惊慌失措，生怕有人联想到这猫还在你这里，特别是二先生，你害怕他知道，于是，找借口和容秋水两人打了一架，脖子上的伤才掩盖了下去，但是，脖子上的伤能掩饰，手腕上却不能，你精密策划谋杀，可不自觉的身体动作却骗不了别人，你走进房间之时，总有意无意用左手拉着右手衣袖，我想，右手手腕上，一定有猫抓的伤吧？”

李玲玉后退两步，脸色震惊，左手紧张地捂紧了右手衣袖，顾波早已几步上前，将她手腕上举，衣袖往下一拉，三道深深的伤痕出现在众人眼前。

那伤痕直达手肘，又细又长，任何人的手指都不可能挠出这么深的伤口来。

容秋水和杜玉香同时发出惊叫，两人恍然大悟，“我想起来了，当初就是她先故意挑事，我们才打了起来的！”

顾波松开了她，她慢慢瘫倒下去，跪坐在了地上，目光发直，“我为何要杀他，他该死！我什么都给了他了，他对你好的时候，什么都是好的，我喜欢猫，他专门到洋人手里买了猫给我，他告诉我，一定会娶我的，要捧我当明星，可这两个贱人来了之后，什么都不一样了，他要我把猫丢了，告诉我不能告诉任何人我们俩以前的关系，他甚至连女二号都不帮我争取，让我演一个扫地的大妈！”她胡乱地抹着脸，把脸上的妆容擦掉了，“你们看，我才二十五岁，他就说我老了，不能演主角了，只能演配角，为了演戏，我跟着他来到这里，婚都不结了，家里人也不要了，他是怎么对我的？用完之后像丢抹布一样丢掉！”

她声嘶力竭地叫喊，双目赤红，像要滴出血来！

众人无一不垂目叹息，那两位女演员似感同身受，脸上也露出丝茫然来。

安雅瑜说：“你可以不演戏的，这世上还有许多其他的事可以做的。”

“不演戏？不演戏我还能做什么？我什么都抛弃了，一心一意跟着他，可他，身边的女人一个接着一个，我小心翼翼地讨好他，只期望他能稍微兑现一下以前的承诺，可他忘了，全都忘了！我要提醒他，用他以前喜欢的这只猫提醒他，他喜欢过我，欣赏过我，让猫陪他一起死！到了黄泉都要提醒他，他说过的话如果不算数，会有什么后果！可没有想到，我多日的精心策划，安小姐半个时辰不到就看了出来，报应，这都是报应，我不该出来的，不该听了他的哄骗来演什么戏！”

李玲玉哈哈笑了起来，脸扭曲疯狂。

她被押了下去，收尾的事就由顾波来做了。

三人走出电影公司大门，宫池鸩才喘了口气，见安雅瑜和林泽夫两人在前边半步之距慢慢走，林泽夫半垂着头就着安雅瑜，安雅瑜则半仰着头，两人低声述说，身上如浮着一层柔光，顿时感觉刺眼之极，但凡让他感觉不舒服的东西，他当然得破坏了，于是唤了一声：“安小姐……”

安雅瑜侧身，询问地看他，他身子一挤，从两人缝隙间钻进，笑问安雅瑜：“今儿跟着安小姐查案，算是长见识了，这么短的时间，光凭一点猫粮，一根细丝线，就能推断出杀人凶手。”

安雅瑜被他夸得不好意思，见两人站得太近，只好后退一步，“宫先生，您夸大了，只要善于观察，就能发现常人不能发现的异常，而谋杀，往往是由许多异常组成。”

宫池鸫虚心求教：“还有一个问题我不大明白，那猫扑上了悬挂于屋顶竹篮里的饼干，那距离可远得很，不会扑空吗？”

安雅瑜说：“宫先生怕是没有注意到屋子里堆的道具，倚墙堆了几幅画，墙上还挂了一个铁制的灯罩……”安雅瑜如数家珍一般把屋内陈设一一说了出来，末了说，“竹篮从屋顶悬下，悬挂于半空之中，距离虽远，可这些东西堆叠，却能成为猫儿的踏脚，使它能顺利咬到那饼干。”

宫池鸫就唏嘘起来，“安小姐的记性真好，屋子里放了什么东西都记得……我手里产业极多，光登记册子就要两大册，如果安小姐能帮忙……”

林泽夫清冷的嗓音响起，“安小姐没空。”

宫池鸫充耳不闻，“我可以高薪聘请安小姐替我查账。”

安雅瑜不得不端正面容说：“宫先生，一个记不了，你可以多请几个人！”

宫池鸫叹息，“到底是外人啊，我想请个靠得住的。”

这话安雅瑜可不好往下接了，看了一眼脸色沉得如冰的林泽夫，转移话题，“那道具线索，到了二先生这里，又掐断了。”

林泽夫点了点头，“冥冥之中似乎有股力量在阻止我们查下去。”

宫池鸫想了想，“不对，那李玲玉一个普通女人，怎么能想出这么复杂的杀人方法？你们就不觉得有疑？”

安雅瑜和林泽夫只互望了一眼，沉默不语。

宫池鸫忽然明白了，“你们是在放长线钓大鱼？”

两人还是没答话。

林泽夫问安雅瑜，“饿了吗？去吃点东西？”

安雅瑜问：“去哪儿？西餐还是中餐？”

两人直接忽视他，往前走了去。

宫池鸫心底有点难受，但他这人一向把难受当成了享受，望了两人背影半晌，一跺脚，又跟了上去，“我给你们介绍个好餐馆，前边不远，新开的，味道好极了。”

两人同时站定，转头看他。

“我请客，我请客还不成吗？以后两位吃什么，只要我在，我都请！”宫池鸫一咬牙，许下承诺。

林泽夫这才说：“走吧。”

宫池鸫还真在前边带路，走了两步醒悟过来，心说我不是成了他们两人的小断了吗？

又一咬牙，小断就小断，总有一天，这墙脚挖成了，小断也会重振雄风！

宫池鸫狰狞笑了两声，未免幻想了一小会儿成功后的良辰美景，两人却已走得远了，而且相隔极近，他目测了一下两人之间距离，没办法插进去，要插进去只怕得挨林泽夫的重拳。

只好走到安雅瑜左手边，往餐馆走了去。

边走边介绍："那餐馆虽然是新开的，但糖醋樱桃肉做得不错，配着他们自家秘制千层饼来吃，简直是一道绝世美味。"

安雅瑜被他说得口水都流出来了，隐隐闻到了股微微酸甜之味，不由加快了脚步跟着他往前走，"是那家餐馆？"

宫池鸫点了点头，也跟着加快脚步，见把她的心神全部吸引，扫了眼沉脸跟着的林泽夫，兴致高涨，热心介绍起这道菜的做法来了，"他们请的厨师是扬州人，曾经在御膳房做过菜的，用带皮五花肉，将猪肉切成两个大拇指并列大小，所有肉丁都要一样大，大火热油，旺火速成，对厨师的功夫极为考究，听说啊，御膳房的学徒出师，都是要炒这一道菜的，有的学徒天分不足，炒了十多年都没炒好，就不能出师了！"

安雅瑜哈哈笑了，"不可能吧？真这么厉害？"

宫池鸫说："厉不厉害，你试过就知道了。"

安雅瑜更加向往，跟着他往餐馆走，走了两步，忽感不对，林泽夫呢？正想回头，宫池鸫就和迎出来的小二说上了话，"今儿杨师傅数量足吗？"

安雅瑜马上好奇心起，把刚才想招呼林泽夫一声的念头抛之脑后，急问："什么数量？"

小二一脸与有荣焉，挺起胸膛说："这位姑娘，你还不知道吧，咱们杨师傅每天做的樱桃肉都有限额，每天只做二十盘，无论多少客人，都只有这么多，天王老子来了也得排队等着。"

安雅瑜心情顿时紧张，"今天还有得吃吗？"

小二立刻满脸堆笑，哈腰向向宫池鸫说："宫先生十天前就下了订金的，当然有得吃了。"

安雅瑜眨着眼睛看宫池鸫，"宫先生对吃，还真挺执着的。"

这一瞬间，她一双眼眸如盛满了天上星辰，闪闪发光，让宫池鸫产生错觉，心情大好，说："好说了，美味和美人一样，经过长时间的等待才会滋味无穷。"

安雅瑜听了这话，再被他那双狭长凤眼望着，浑身起了身鸡皮，扯着嘴角说：“宫先生，您也不怕把自己的牙给酸掉了？”

宫池鸫怔了，升起一汪春水错付沟渠的复杂之感。

林泽夫自他背后走来，轻轻地拍了拍他的肩膀，轻声说：“节哀。”

说完，跟着安雅瑜走进餐厅。

宫池鸫怔了半晌，才哈了一声，喃喃地说：“节哀，哈，他居然叫我节哀！”见小二在一边等着，沉着脸说：“还不带路！”

小二知道此人身份神秘，更听了些关于此人的小道消息，连自家老板都被摆了一道去，被他一脸阴险吓得浑身哆嗦，忙弯着腰领他往餐厅走去。

三人坐进包厢，宫池鸫当然很容易就从刚才的打击中恢复了过来，抢着坐在安雅瑜的左手边，拿了菜单给她看，“除了糖醋樱桃肉之外，这里其他的菜也不错的，比如说这道锅肉萝卜、腰丁腐皮、炸丸子，当然，千层饼是最有特色的。”

安雅瑜就问：“三爷，您想吃什么？”

林泽夫只腰靠在椅背上，双手双腿摊开，舒适坐着，淡淡地说：“你们点就行了。”

宫池鸫恨不得一拳打破他脸上的淡定，吸了口气说：“三爷不喜欢吃就由得他了，咱们来点。”

安雅瑜指着菜单，“三爷喜欢东坡肘子、春饼、卤牛肉，再加上樱桃肉和千层饼，差不多了。”

她如数家珍下去，宫池鸫脸色发绿，勉强说：“你记得可真清楚。”

安雅瑜说：“我当过三爷那么长时间副官，当然记得了。”她仰头对点菜小二说：“行了，就这些吧。”

小二接过菜单没走，迟疑看向宫池鸫。

安雅瑜恍然大悟，“不好意思，宫先生，我点的菜，您还满意吗？”

宫池鸫点头，笑了笑，“满意。”

小二这才拿了菜单离开，走过几个桌子才敢抹额头冷汗，想了想跑到厨房告诉杨厨师：“那位阎罗王又来了，今儿他心情不好，杨师傅，你小心些。”

杨师傅急了，“他怎么了？前几次来不都好好的吗？”

小二嘴碎得很，轻声说：“和女人有关，追人家追不到，单相思呢！”

“不会吧？他有追不到的人？”

小二把自己观察所得告诉厨房众人，“死乞白赖地跟着人家小两口来餐馆，想拆散人家，可那姑娘不上当啊！”

宫池鸫的传说有很多，大多数是他怎么心狠手辣强取豪夺的，乍一听到这爆炸性的消息，众厨师都炸开了，杨师傅到底有几分理智，劝说：“你们别乱说，宫先生到底是这餐馆的大股东，给他听见不好。”

有知道内情的人就哼了一声，“什么股东，还不是他见咱们生意好，强行入的股！”

众厨师商量着轮流出去，观看宫池鸫吃瘪的模样，杨师傅见劝不住众人，只得罢了，默默去准备樱桃肉。

上了几道菜之后，安雅瑜就觉不对了，低声说：“怎么这餐馆这么奇怪，上菜的人全不相同？餐馆这么多服务生吗？”

林泽夫瞧了一眼一脸阴沉的宫池鸫，身子后仰，“宫先生介绍的这餐馆可能与别处不同吧？是吧，宫先生？”

宫池鸫哼了一声。

说话间，又来了一位上菜员，等他把菜在桌上摆好，安雅瑜实在忍不住了，问：“喂，服务生，你老看我干什么？”

那服务生忙哈腰赔笑，“没，没有，我没朝您看啊。”

安雅瑜皱眉，“你们今天遇到什么高兴事吗？看见宫先生就这么高兴？”

服务生一怔，解释：“宫先生是我们餐馆的大股东，看见他来吃饭，我们当然要尽心尽力招待，他不常来，他一来，我们倍感荣幸啊？”

安雅瑜抽了抽鼻子，“来的几个上菜的人身上全都有股极浓的油烟味，来的时候尽管竭尽全力保持表情不动，可老把视线往我身上望，再望一眼宫先生，那表情很明显，并不是你说的荣幸，反倒有些像看戏兼幸灾乐祸，你们在幸灾乐祸什么呢？”

服务生一脸尴尬。

林泽夫哈了一声，引得几人都往他看，他一脸严肃，“没事，没事，这道菜味道浓郁，有点呛到了。”

安雅瑜心说你还没吃你就呛到了？

服务生趁着这机会拔脚溜了，安雅瑜左看看右望望，总感觉这餐厅气氛古怪，可她也想不出为什么，只得罢了，把心思放到吃上，赞不绝口：“好吃，好吃，宫先生，您的介绍真不错，对了，这餐厅你也有投资？”

宫池鸫收拾心情点了点头，“是啊。”

林泽夫就说：“凡是能赚大钱的生意，宫先生总喜欢插上一脚的。”

宫池鸫哼了一声，“你调查过我？”

“和我做生意的人，我怎么能不调查呢？我知道不多，但你投资了些什么还是知道的。”林泽夫说。

安雅瑜咬着筷子头侧脸问：“三爷，那你知道那些服务生为什么幸灾乐祸了？”

她还没忘了这岔儿？

宫池鸫埋头吃饭。

林泽夫高深莫测，“这很好理解的，也许是宫先生投资这家饭店用了些不正当的手段，让人记恨了，这种时候，宫先生如果在某事上吃瘪不顺心，那些人岂不会幸灾乐祸，来看个热闹。”

安雅瑜呆呆想了半天，想不出来，只好偏头虚心问宫池鸫：“宫先生，您什么事不顺心了？”

宫池鸫快速扒饭，塞得满嘴都是菜肉，表示没空。

安雅瑜就说：“不说就不说……三爷吃菜，这是您最喜欢的酱肘子。”

林泽夫嘴角微弯，把那块酱肘子慢条思理放进嘴里，细嚼慢咬。

宫池鸫嘴里的没咽完，自己夹了块酱肘子强塞进去，总算引起安雅瑜注意，她扫了一眼，惊奇，“宫先生，您真的是饿了？饿归饿，这么个吃法，您肚子可就没空装等会儿上的樱桃肉了。”

又回过头去，叮嘱林泽夫：“三爷，您慢点儿吃。”

宫池鸫只觉一股酸味自胃里涌起，直冲向喉咙，满嘴的佳肴又酸又苦，勉强咽下，见杨师傅居然换了身服务生衣服亲自端了糖醋樱桃肉来，牙肉都咬痛了。

杨师傅把糖醋樱桃肉放在安雅瑜面前，笑容和蔼，“这位小姐，请您尝尝？”

安雅瑜打量了他一眼，合手说：“我明白了，你是这道菜的主厨？那位以前当过御膳房厨师的？”

杨师傅点了点头，“这家餐馆是我和另外一个老板开的，宫先生也投资了不少。”

安雅瑜垂头望去，只见那樱桃肉粒粒一般大小，上面一层暗红的焦糖色，让人一见就不禁胃口大开，夹了一筷子入嘴，一吃下去，顿时眯起了眼，“真是太好吃了。”

杨师傅说：“小姐，只要您喜欢，不用排队，您和您先生随时可以来。”

杨师傅含笑望向林泽夫，林泽夫欠了欠身子面无表情。

安雅瑜怕林泽夫生气，忙解释：“他不是我先生……”又有些不甘心，低声说:“我们只是定亲。”

杨师傅一脸恍然大悟，看了一眼宫池鸫，拉长了声音，“哦……你们一定会顺利成婚的。”

无端端谈起这个话题，安雅瑜未免尴尬，只好应声说：“是吗？”

“当然了，我做了差不多大半辈子的饭，不知道看了多少人世间悲欢离合，但你们不同，一看就有夫妻相，无论多少艰难险阻，一定会心想事成，成双成对，你们成亲之后，再来我的餐厅吃饭，不用排队，跟门口小二说一声就行了。”

第五十二章　原来如此

安雅瑜就看向宫池鸫，“宫先生是您的大股东，他也要排队吗？”

杨师傅脸上有笑，嘴里一点也不含糊，“大股东又怎么样？来我这儿吃饭，一切都得按我的规矩来，宫先生，您说是不是？”

宫池鸫把汤匙都差点扳弯了，笑着说：“当然，没有规矩，哪成方圆？”

安雅瑜怔了怔，摸不着头脑，“那您为何偏偏对我网开一面？”

杨师傅含笑看着安雅瑜，说：“小姐，我一看您和您的未婚夫就特别有眼缘，今天这樱桃肉，就不收你们钱了，尽管吃。”

杨师傅走后，安雅瑜夹了几筷子入嘴，吃得差不多了，见林泽夫和宫池鸫相对而望，也不动筷子，你看看我，我看看你，两人视线刀光剑影得很，奇怪起来，“你们俩怎么了？不好吃吗？”

两人这才收回视线，各自吃了起来。

安雅瑜吃饱喝足，越想越不对，光凭一个眼缘这家餐厅大厨对她这么好？

她是个凡事不寻根究底查个清楚就寝食不安的，想想林泽夫说的话，心底思量起来，心说宫池鸫到底什么地方让这帮厨师幸灾乐祸如此？此事一定和自己有关！

于是一抹嘴，说了声：“我去趟洗手间。”

避开两人视线，悄悄走到厨房边，侧耳倾听，就听见里面笑语连天，有人在说：“……看到了吧，那阎王是不是气得脸都绿了，又不好发火，人家小两口感情好得很，他偏偏要横插一脚。”

杨师傅说：“小声些，小声些，他们还没成亲呢，可别真让他给搅和了！”

“他能搅和得了吗？那一位未婚夫仪表堂堂，身上穿戴价值不菲！肯定也是贵人一个，要不然，那阎王不会使龌龊手段？”

有人同意，“确实如此。”

“哼，咱们做得好好儿的，他偏要入什么股，每年还要给他红利，他出了几个钱而已，他倒拿大头，咱们累死累活……”

安雅瑜总算恍然大悟，默默离开那道厨房大门，正准备回去，就听杨师傅说：“你做的这是千层饼吗？是铁饼吧，我告诉你了，这配料不能多也不能少，要刚好才行，时间也不能放得太长，要不然，这饼子硬得会把人的牙都硌掉！还不快扔掉！”

小学徒拿了块饼子跑了出来，差点撞上了安雅瑜，他一抬头，看见屋内主角就在这里，失声叫了起来，结结巴巴，“小姐，您，您，您在这儿干什么？”

他这么一说，杨师傅也出来了，脸色都变了，解释：“小姐，我，我们刚才就是随便说说的……”

安雅瑜只好安慰：“我才来，什么都没听见。”见他们满脸不相信，诚恳地说，“我就想知道这千层饼是怎么做的，所以过来看看，想偷师一两招去。”

她拿过小学徒手里的千层饼，一副深有同感的样子，“哎，我烙的饼也是这样，怎么烙都不成，老是硬邦邦的。”为表示自己说的是真话，她掰了块饼子想放进嘴里咬咬，可一使劲，什么也掰不下来，心说这饼子还真坚硬如铁。

杨师傅脸上紧张这才缓和了一些，也热情起来，“小姐，这可不是一天两天的功夫，我这千层饼么，和外边的不同，加了自己独特的配料，一分火候掌握不好，就成了这样子了，所以，想偷师的人即使知道怎么做的，也偷师不去。”

安雅瑜就笑着说：“看来我学不会了，以后还是在您这儿来吃的好。”

杨师傅热情不改，“好，我们随时恭候您。”

安雅瑜告辞他们，在洗手间打了个转，这才回到了座位上，想及刚才在厨房听到的，看宫池鸫就浑身不带劲起来，恨不得把他一脚踢到月亮上去。

“宫先生人忙事多，又要照管各处生意，又要协调江湖恩怨，依我看……”

宫池鸫何等敏感，把头从饭碗里抬起，“安小姐，这可不成，这单案也是一项投资，而且是我最大的投资，那些碎瓷你知道我花了多少人力物力才弄到手的？我不看着点，这项投资打水漂了找谁拿去？”

安雅瑜无法，只好求助于林泽夫，“三爷，您看呢？”

林泽夫慢吞吞地夹了块樱桃肉入嘴，嚼了两嚼，吞入腹中，又拿手帕慢条斯理抹嘴，这才说：“宫先生说得也有道理，他既然如此热心，那就随他吧，以后出来吃饭，宫先生一定有不少好介绍了，再者，林副官暂且羁押，我也缺个司机……”

安雅瑜瞧了一眼宫池鸫惨淡的脸色：呵呵呵。

三人吃完饭后，宫池鸫自动自觉去开了车来，让两人上了车，回到住处。

安雅瑜心说，难怪此人能成功，还真是有股百折不挠、死缠烂打的劲。

她再次提醒，得防着他一点儿。又侧脸看了一眼林泽夫，他怎么就这么淡定？一点也不怕宫池鸫使手段？

一时间心底又酸又涩，脑子各种念头都出来了，一会儿想，是不是压根不在意两人之间的婚约？也是，他们两人原就是假婚约，一切只为了查案，他怎么会放在心上？

越想心情越发的低落。

车驶进了林府，宫池鸫停车之后去了自己住处。

她跟着林泽夫走进小楼，又有几个便衣等着汇报，她无精打采说了句：“我累了，先去睡一会儿。”

说完，就往二楼而去。

没听到后面的声音，心情落到了谷底，推门走进，就躺到了床上，瞪大眼睛望着床顶，把注意力集中到了那案子之上，可以往能让她心情平静的方法这一次却怎么也不奏效了，她脑子里老是闪过林泽夫平静无波的面孔，仿佛这世上再没有什么事能挑动他的心，她心情越发烦躁，坐起身来，走到书桌前倒了杯冷茶入肚，隔不了一会儿，肚痛如绞，忙捧着肚子往长廊尽头的洗手间冲了去，这才舒服了些，走回卧室，见门半掩着，推门进去，却见书桌前有人在捧着本书慢慢地翻，桌面一角的竹篮子里，放了几个黄澄澄的橘子。

见她进门，他抬起眼眸，眉如刀裁，“怎么？吃得太多了？”

安雅瑜有点结巴，“三爷，您，您不是有事吗？那些人走了？”

林泽夫放下手里的书，眉毛挑起，“有事，但哪有你的事重要？”

安雅瑜心底紧张得很，“我，我，我有什么事？”

林泽夫招手，“过来。”

安雅瑜后退一步，“干，干，干什么？”

林泽夫一伸，把她拉到身边，手指伸出，挑起她额角头发，“头发长长了，也应该嫁了。”

安雅瑜吃惊地抬起头来，就对进了一双黑幽幽的眼眸之中，如有魔力，将她心神全都吸引，她垂下头，“三，三爷，你，你说什么？我不明白。”

林泽夫轻声说：“瞧你小心眼的样子，留下宫池鸫，当然比放他在外面好得多，而且，就凭他，又怎么能将你从我身边夺走？”

想不到他洞若观火，一语道出她心中所想，她不由羞惭得很，犟着嘴说：

"哪，哪有，我怎么会那么想？"

林泽夫只拿了个橘子，剥开之后，递给她半边，"安雅瑜，你又结巴了。"

安雅瑜老羞成怒，转过身去，"没有！"

身后椅子移动身响起，他身上的热力缓缓靠近，环抱住了她，"别嘴硬了，傻瓜。"

安雅瑜全身都僵硬了，不知道如何回应。

他却一触既松，松开了她，"好好休息吧。"

说完，往门口走了去。

房门合上，外面他吩咐着兰香："好好看着安小姐，不准任何人打扰。"

不由自主的，她抚着刚才被他握紧的双腕，笑了起来，不经意看向书桌，镜子里却映出一张痴笑的脸，马上收了笑容，提醒，"安雅瑜，你怎么了？冷静，冷静，不过抱了一一下而已！可不能再想了。"

话虽如此，她却彻夜辗转，略睡熟一会儿，就在笑声中惊醒。

……

安雅瑜拉开房门，就见林幽兰站在门边，不由怔了怔，"六小姐，你……"

两日没见，林幽兰憔悴了许多，两个大大的黑眼圈挂在眼眶之上，整个人人销形瘦。

小丫环兰香紧张地盯着她，向安雅瑜解释："六小姐非要上来，我拦也拦不住，三爷又出去了。"

几名丫环呈环形围着站在走廊里，防备地望着这边，一副如临大敌模样。

安雅瑜不由失笑，知道这是林泽夫事先叮嘱了的，也暗暗感激，挥手说："不要紧的，你们先退下吧。"

小丫环却不放心，告诉她，"安小姐，我们就在楼下，有什么您就叫我们。"

安雅瑜点了点头，她们这才退走。

林幽兰却已走进屋内，像极为疲惫一般，几步走进内室，往床上一倒，就睡了下去，"雅瑜姐，我先睡会儿，睡醒了咱们再聊。"

说完，闭上眼睛，呼声骤起。

安雅瑜听她重唤回了姐，舒了一口气，走过去把她双腿放到床上，又替她盖上了被子，坐回到椅子上，边看书边等她醒来。

她却睡得极不安稳，短短时间之内，不停哭泣流泪，轻声唤着娘。

安雅瑜也坐不住了，拉开门准备出去，她却从床上坐起，睁大了眼睛四周围望着，一眼看到门边的安雅瑜，"雅瑜姐，你别走。"

安雅瑜只好停了下来，转身问：“六小姐，你这几天睡得不好吗？”

她从床上下来，走到安雅瑜身边，轻声说：“雅瑜姐，我是不是很傻？”

安雅瑜摇了摇头，“为什么这么问？”

林幽兰眼底闪过丝茫然，“这几天我想来想去，脑子里反复浮现当时的情形，总感觉一切都不太对，可我又说不上为什么。那天你们走后，我找医生问了爹的伤情，他们说爹伤得重，爹的精神也不好，可我老感觉不对，既然是这样，为什么你上次查看了的那药物单子第二天就没有了？为什么那两个主治医生和爹说话时不让我在场？”

安雅瑜叹了口气，“真是这样？”

“雅瑜姐，那两个盒子真有那种功能？你能让我再瞧瞧吗？”林幽兰说。

“盒子在你三哥那里，等他回来再拿给你吧。”安雅瑜说。

“爹为什么要这么做？为什么要把三哥逼成这样？”林幽兰急问。

“这个，我也不知道，要等查过才知道了。”安雅瑜说。

“还有，我娘，是真的逃走了吗？”林幽兰迟疑半晌，终于问出了这句话。

安雅瑜沉吟起来，隔了许久才答：“是真是假，六小姐想必心底已经有了自己的判断。”

“这几天我不停地想着娘那时的情形，那个时候，一切证据都对娘不利，三哥花大力气收集了所有的证据来指证她，娘已经无路可走了，可就在这个时候，她枪指自己，父帅遇刺，让三哥处于这样的境地，你说，这可能吗？这两天爹的情况好了些，我重回到了现场，一遍遍查看现场，娘什么都没留下，顾探长也没发现她的尸体，雅瑜姐，你和三哥是不是都知道了？”

安雅瑜抬头直视于她，缓缓点了点头。

林幽兰跌坐于椅子上，脸上神情似喜似悲，“原来真是如此，娘失踪了，是我错了，我错了，三哥怎么办呢？娘和爹如此做，他应该怎么办呢？为什么我家会成这副模样？别人家教好好儿的，没有父母逼迫欺骗儿女……”她怔怔地坐着，眼睛里流出泪来，“为什么我们家会弄成这样？爹和娘为何要这么做？他们疯了吗？”

安雅瑜无言以对，只得说：“也许你们家牵涉了太多的利益吧？至于大帅为何会这样，我也不知道。”

林幽兰却似没听见她的话，自言自语，“爹不会这样的，一定有不得已的原因，他最喜欢三哥了，把什么都交给了三哥，如果他要对付三哥，只需要收回一切就行了，一定有原因，一定有原因的。”

安雅瑜点头，“没错，我们只需要查清原因就行了，只有查清了，才能洗清你三哥身上的罪名，使一切重回正轨。”

“可娘到底去了哪里？她是怎么消失的？如果不查清这些，三哥永远会背上弑母之罪，三哥完了，咱们林家也会完了的，小报上不知道会怎么乱写。”

安雅瑜心情沉重，却只得提起精神安慰，“六小姐，不会的，三爷以前做的一切大家都看在眼底，民众不会那么容易被蒙蔽。”

可这样的安慰却丝毫缓解不了林幽兰的心情，她紧张地握住安雅瑜的手，“雅瑜姐，只要能查明真相，你要我做什么都成。”

安雅瑜反握住了她的手，“六小姐，事情还没到那种地步，你放宽心，咱们一定能查个清楚的。”

林幽兰轻声说：“雅瑜姐，你不明白的，我不知道娘是谁了，也不知道我周围的人和事是真还是假？她以往对我那么好，都是假的？”她茫然地看着窗外，“我甚至怀疑，我和他们是一家人吗？”

安雅瑜默默无言搂着她的肩膀，轻声说：“一切都会过去的。”

正在此时，外边传来敲门之声，两人互相望了望，安雅瑜站起身来，拉开了房门，就见林泽夫和兰香站在门边，兰香紧张地扫了屋内一眼，见无异状，明显松了一口气。

林幽兰往桌子前的椅子走了去，说：“三哥，你怕什么？怕我吃了雅瑜姐不成？”

林泽夫挥手让兰香离开，走进屋里，“老六，你不在医院陪着爹，来这里干什么？”

林幽兰垂了头去，良久抬起头来，说：“三哥，我要跟你们一起，查清这些事。”

安雅瑜略皱了皱眉，林泽夫却直接摇头，“不行。”

“为什么？”林幽兰说，“我骂了雅瑜姐是我不对，我一定能将功补过的！”

林泽夫抬起头来，直视于她，“我不相信你！”

林幽兰脸色一下子白了，视线转到安雅瑜脸上，缓缓站起身来，往门边走了去，在门口停住，转过身来，“三哥，雅瑜姐，我会证明给你们看的。”

安雅瑜张嘴欲唤，却被林泽夫拦住，朝她摇了摇头，安雅瑜只好眼睁睁地看她离开了。

“三爷，您这么做，不太好吧？”安雅瑜问。

林泽夫没有回答，只对她说：“睡好了吗？睡好了就走吧。”

安雅瑜怔了，“去哪儿？”

“顾波那儿，有了些突破。”林泽夫说。

安雅瑜想不到他动作这么快，急忙跟了上去问：“查出些什么？”

“顾波有个小儿子，前些日子得了重病，怎么查都查不出病因来，有人找上门去，给他那儿子开了几服特效药，缓解了病情，我想，问题就出在那里。”

“我们这是去哪儿？”安雅瑜问。

“去他家。”

几名便衣纷纷坐上了车，安雅瑜就明白了，恐怕顾波家早已被控制住了，上了车，一眼看清宫池鸫一本正经坐在驾驶位上，想笑，到底忍住，向他打了声招呼，“宫先生，睡得可好？”

宫池鸫微笑，“好得很，多谢安小姐关心。”

他还真把自己当司机了？

安雅瑜默默坐上后排。

两辆车往西城驶了去，不一会儿，来到了顾波住处，是一幢旧式法兰西风格的楼房，虽然楼房外表陈旧，可地处市中心繁华地带，又是富人区，价值不菲。

走进大厅，几名便衣分站在大厅各处，一个女人抱着个孩子坐在椅子上抹着眼泪，顾波却是一脸油汗坐在沙发上，见几人来到，站起身来，满脸恼怒，“三爷，您这是干什么？”

便衣搬了把椅子来，林泽夫坐了，这才问：“顾探长做了什么，自己心底应该清楚。”

顾波拿出块手帕擦着额头油汗，苦笑摇头，“三爷，我有什么地方得罪了您，那也是为了公事，您又何必如此？我们都为了查清案件，为何要把我的家人扯进去？”

安雅瑜偏头看向那对母子，见那小孩子不过五岁，却是嘴唇发紫，脸色青白，她收回目光，一眼望见宫池鸫自己搬了张椅子坐了，不由默默垂头，这人还真是一点亏都不愿意吃。

林泽夫向便衣抬了抬下巴。

一个便衣上前，冷冷地说：“顾探长，我们已经调查清楚了，你儿子身患重症，常年卧病在床，一个月前，有人找上门来，给你带来了特效药，你儿子的病逐渐有了起色，而你，对那人的要求却也无所不应，你把巡捕房查案细节几次三番透露了出去，每给出一条消息，就换取特效药一剂，在大帅寿宴之上，甚至应人所求，把一些东西藏在了亭子里面。”

顾波抹汗的手停住了，脸上肥肉直抖，结结巴巴地说：“三，三爷，巡捕房做事的规矩您恐怕也有所闻，哪有全身清白的人？没错，我是卖了些消息给别人，但，但，大帅遇刺，可不关我什么事。”

林泽夫说：“说清楚了，当然不关你什么事，但如果说不清楚，你就是同案犯之一！”

他再向便衣点头。

一名便衣托了盘子过来，揭开盖在盘子上的红绸，赫然是那两个盒子以及刀尖刀鞘。

“你早就知道父帅遇刺是怎么回事了，却一言不发，一路打点，将父帅送到医院里，说吧，什么人找的你，你们达成了什么协议？”

顾波脸色煞白，望向坐在一边的母子，扑通一声跪下，“三爷，求您放过他们母子，这不关他们的事。”

那小孩子就大声哭了起来，“你们是坏人，不准欺负我爹！”

边哭边想冲了出来。

那妇人忙紧紧抱住了他，向安雅瑜跪下，“安小姐，您替我们求求情，没错，是老顾不对，但他是为了孩子的病而已，安小姐，老顾在家里常常提起您的，说您慈悲和气，却聪明之极，巡捕房没有一个比得上的。”

那孩子眼底全是泪水，瞪大了眼睛可怜兮兮地望着她。

安雅瑜后退一步，此等情形，她理当怜悯的，可不知为何，一股不适之感却从心底涌起，冲向脑门，她只说：“顾嫂子别担心，只要顾探长说清楚来龙去脉，三爷是明理人，不会将你们怎么样的。”

妇人就冲着顾波说：“老顾，你倒是说啊，你到底做了什么？”

顾波犹疑半晌，似下定了决心，“好，我都告诉你们。”

忽地，那小孩惊天动地地哭了起来，哭得满脸紫胀，似乎喘不过气来，“爹，娘，我痛，我痛，我骨头痛……”

顾嫂惊慌失措，搂住了他，“怎么了，孩子，你怎么了？”

顾波自地上爬起，一位便衣欲拦，他怒声说：“你们想害死孩子吗？”

林泽夫摆了摆手，便衣往一边避开。

顾波急步走至母子身边，拿了水端给小孩喝，手指颤颤，水杯都拿不稳，“阿贵，阿贵，你可别吓爹，今儿早上不是好好的吗？”

顾婶泪流不止，“一定是他们吓着他了。”

阿贵却似痛得受不了了，上气不接下气地喘着，“药，我要药！”

顾波忙跑到茶几边，从底下抽屉拿出一个盒子，取出了一管针剂，往孩子手腕上打了去，隔不了一会儿，阿贵渐渐平静了下来，对顾波说："爹，我要喝水。"

顾波喜极而泣，"来，给你。"

阿贵嘟起嘴说："爹，您还没试水温呢！"

顾波百依百顺，端起杯子往自己嘴边送了去。

堂上一片混乱，安雅瑜插不上手，只与宫池鸫在一边看着，顾波手里的杯子升起了缓缓水雾，遮得他面孔朦胧不清，却慈祥和蔼，孩子苍白的脸浮起层红润，妇人却也是一脸失而复得的惊喜，这样全家祥和的场景，却让安雅瑜无端端生起层寒意，倏地大声叫道："别喝！"

顾波愕然转头，便衣已把他手里的杯子取下。

"怎么了？安小姐？"他问。

林泽夫示意便衣去查验杯子。

安雅瑜却直视那孩子的眼睛，轻柔地问："阿贵，你告诉姐姐，为什么要你爹喝水？"

阿贵呆呆地抬起头来，双目有些茫然，望向客厅一处，细声细气地说："婆婆，我让爹喝水了，您不会让我再痛了是吗？"

众人顺着他的视线往那处望，却见哪里有人。

顾婶也怔了，"阿贵，你在说什么呢？哪有人？"

阿贵抬高手指，指着那里，"娘，婆婆就站在那里在朝我笑呢，她告诉我，我要听话，要我干什么就得干什么，她教我让爹喝水，喝了水后，我身上就不会痛了，娘，您瞧，我是不是好了？"

他声音细弱，是软软的童音，但听在众人耳里，却无端端地生了寒意。

便衣走回来禀报："三爷，我们把那水抹了饼干给只野狗吃了，野狗立刻死了。"

顾波和顾婶面面相觑，顾婶更是哭了起来，"这是怎么回事？为什么会这样？阿贵，你做了什么？"

阿贵把头埋进了她的怀里，"娘，我要听婆婆的话，如果不听，我身上会痛的。"

顾波踉跄站起，一瞬间的工夫，好像老了十岁不止，他摇摇晃晃走至林泽夫跟前，向他拱手，"三爷，请您让安小姐出手，查清此事，以后若有吩咐，顾某来事做牛做马结草衔环。"

说完，老泪纵横。

林泽夫却毫不动容，嗓门清冷，“你不说，我们也会查的。”

宫池鸫却拿了那装药的盒子查看，拿起那玻璃小瓶，对着光看上面的蚯蚓字，看了半晌说：“什么特效药，德国一种止痛剂而已，打了这种针剂，倒是一时能止住疼痛，但长此以往，是会上瘾的。”

顾波怔怔站着，脸上却连震惊神色都没了，看着阿贵，神色颓然。顾婶搂着阿贵哭泣不已，“不会的，他们不会这么对阿贵的，阿贵，阿贵，你告诉娘，你不会下毒害你爹的。”

宫池鸫把玻璃小瓶放下，又踱到安雅瑜身边，虚心求教，“安小姐，你怎么看出阿贵不妥来了？”

安雅瑜却走至阿贵的身边，想拿起他的手腕，顾婶紧紧抱着他，避开了她，说：“安小姐，他还只是个孩子，只是个孩子。”

顾波怒声说：“闭嘴！”

顾婶这才松了阿贵。

阿贵神色天真，依旧不知道发生了什么，从顾婶怀里抬起头来，望着安雅瑜，“姐姐，婆婆走了。”

安雅瑜拿起他的手腕，看着他掌心捏紧的拳头，轻声说：“你手掌里藏着什么？是那位婆婆让你把它放进杯子里的吗？”

阿贵缓缓地松开了掌心，一个小小的白色圆形物躺在他手掌中央，圆形物一边却有一个突出来尖端。

安雅瑜拿起来一挤，那尖端之处就缓缓流出了一滴透明液体，她忙把手指一松，那透明液体又收了回去。

“看来就是它了。”安雅瑜轻声说，把那物交给便衣检验。

顾波见了，面如死灰，颤着胳膊指着阿贵，“你，你……”

顾婶此时也不敢相信，看了看自己的老公，又看了看儿子，一巴掌打到他脸上，“他是你爹啊，你瞧你都干了些什么？”

阿贵脸上瞬间出了红色指印，他痛哭起来，“娘，我没有，是婆婆让我做的，她说了，爹不听话，我身上会痛，把这个滴进他茶里，爹就听话了。”

顾婶气得浑身哆嗦，又扬起巴掌，安雅瑜忙上前拦住，“顾婶，他不过被人控制了而已，不能怪他。”

顾婶仿佛抽出了全身力气，瘫倒在了椅子上，顾波却也佝偻着腰，两人脸上俱是绝望之色。

顾婶和阿贵被带了下去，林泽夫让人退下，屋子里独留了宫池鸫与安雅瑜。

不等林泽夫开口，顾波知无不尽地说了出来，“阿贵这病已经有好几年了，前些时候还只是腿稍微有些疼痛，近一年来，全身都开始痛了，一痛起来就在床上打滚，给他请了许多医生诊治都没有看出什么来，一个月前，有人找上了我婆娘，说从西洋带回一种特效药，能治他的病，只要我能稍微透露一些巡捕房的事就行了，咱们这巡捕房，个个身上都不干净，以往也有人拿钱来买消息的，我按照那人的要求做了几次，换来了针剂，果然，阿贵的病好了很多，也不痛了，直到十多天前，大帅寿宴的前两天，那人又找到了我，说到时寿宴之上，他有东西让我带出来藏好，我隐隐觉得不妥，可阿贵那两天却似乎痛得厉害了很多，人都瘦了一圈去，我硬着头皮答应了他，却想不到寿宴那日，居然发生了那样一连串的事件，我正配合三爷维持秩序，有人把一个包袱递给我，低声说：别忘了你答应的事！我只好拿着那包袱趁人不注意出去了，走到亭子里打开包袱一看，吓得魂都没了，我那时才知道，原来大帅遇刺是假的！我匆匆把那两个盒子埋在亭子里……”他满脸愁苦望着门外，“却想不到他们早在阿贵身上下了手。”

安雅瑜刚想问，宫池鸩插嘴：“这么说，你一定也不知道幕后人事先的安排？”

顾波摇了摇头，拿手抹了一把脸，“我真的什么都不知道，后来，大帅吩咐我在医院守着，其他安保工作是大帅身边的安保主任宁文泰负责，大帅生气，不让三爷和安小姐进门，我渐渐发觉不对，这件事，恐怕事先早有安排了，可那是大帅，我又能怎么办？只好他叫我干什么我就干什么。”

安雅瑜想了想，刚想问，宫池鸩又截住了，“大帅治伤期间让你干了些什么？”

顾波说：“让我特地找了两位主治医生过来，关起房间在屋里说了好半天，其他的，倒没有什么特别的了。”

安雅瑜加快语速，果断拦在宫池鸩前边开口问：“你看到过大帅身上的伤吗？”

宫池鸩还是插嘴：“我也是想问这个的……”

安雅瑜只作没有听到。

顾波说：“有一次医生替大帅换药，我不经意闯了进去，医生把大帅胸腹部全都包裹上了，换下的绷带上有血迹，我想，大帅身上的确有伤，可严重程度我就不知道了，事后我也曾问过那两名大夫，他们嘴巴严得很，什么也不说。”

安雅瑜想了想，看了宫池鸩一眼，“宫先生，您还有要问的吗？”

宫池鸩眨了一会儿眼睛，“安小姐，还是您问吧。”

安雅瑜这才转过头去，问：“大帅受伤之后，除了让你带那两个盒子出来，还带了其他东西没有？”

顾波摇头，“没有了。”

“那两个小盒子，还要有一个前后相连的架子才能运作，大帅入院时，您真没有看见？”安雅瑜问。

顾波说：“如果真的有，我一定会注意到的，但我一直跟着大帅，看着医生给他验伤诊治，并没有发什么相连的架子。”

安雅瑜想回头问问林泽夫的意见，一转身，宫池鸫一张巨脸打横拦住，她只好斜迈一步，绕过了他问坐于一侧很是悠闲的林泽夫，“三爷，您怎么看？”

林泽夫手指在椅上轻敲，沉吟说：“在这场刺杀案中，除了顾探长之外，看来还有人帮父帅收拾首尾，也许找到了他，就能弄明白父帅为何这么做了。”

安雅瑜点了点头，“没错，我也是这么想的。”

除了她的声音之外，还有一个声音也同时响起，“没错，就是如此。”

她抬头一看，又是宫池鸫，无来由感觉他杵在屋子中央碍事得很，只好又绕了他走到顾波面前，“顾探长，事已至此，只能期望你能协助我们找出事情真相了。”

顾波点头，“三爷放心，安小姐放心，那些人如此对待阿贵，我饶不了他们！那个找上门给药的人我可以画出形貌，让巡捕房协助查出下落。”

安雅瑜却不起劲，说：“那人知道打交道的是巡捕房探长，一定精心化装，以改换容貌，怕是画了出来也没什么用。”

顾波想了想，一脸恍然，“难怪和那人见面，我总感觉他走路有些异常，现在想起，他应当是垫高了脚，以掩饰身高。”

安雅瑜问他，“他有多高？”

“和我差不多。”

“和你差不多？顾探长原就不高，比你还要矮？”安雅瑜说，“这倒是一个线索，聊胜于无了。”

宫池鸫又热心发表言论，“顾探长，你只有一米六几吧，比安小姐还要矮，那人脚底垫东西让你看了出来，垫得一定很厚，男人，比你还矮的少见得很，难不成是女人？”

顾波摇头，“不是，我在巡捕房多年，这一点还是能看出来的，怎么改头换面，男女性别不可能改得了，他喉咙上的喉结可不是假的。”

宫池鸫哼了一声，“顾探长忘了上次小霍香之事了？”

顾波说：“小霍香喉结不大，还能掩饰，可他脖子粗，喉结大，绝对是个男的！再者，声音也不像！”

安雅瑜说："现在猜测也没什么用，不如顾探长先回忆一下当时医院的情形，大帅身边除了您之外，一直都有些什么人？"

"大帅身边？六小姐一直跟着，再有几个医护人员，三姨太四姨太不让她们跟，她们送上救护车就回去了，救护车直到医院都是六小姐陪着大帅的，这中间发生了什么要问了六小姐才知道，到了医院之后，我和几名巡捕赶到，隔离了医院一层看护起来，不让人随便进入，此时看管更严了，只有医生和护士才能进入，三爷派彼得医生替大帅诊伤，大帅也不让。"

安雅瑜慢慢地说："顾探长，您仔细回忆一下，是大帅阻止彼得医生进入，还是其他人提了什么建议？"

顾波说："现在想起来大帅的态度也有些奇怪，仿佛时而清醒，时而糊涂，我记得当时，彼得医生自报家门，想要进去诊治，正巧有两名医生在，就劝大帅，'大帅，您的伤口不适于再移动了……'对了……"

顾波脸上闪过一丝迟疑。

"您有什么就说吧。"安雅瑜说。

"我当时站在床边，另一名医生不停地把一个铁制药盒对着大帅合起又盖上，盖上又合起……"顾波说。

"这是什么意思？"宫池鸫好不容易插言。

"也许没什么意思，不自觉的行为吧？"安雅瑜也弄不清楚了，"大帅听了这话，就没让彼得医生进去了？"

顾波点了点头，"不让还不止，简直还想要把彼得医生赶出医院大门，后来我劝了他，这才罢了。"

"那两位医生，是知道大帅受伤情况的。"安雅瑜说。

宫池鸫兴致勃勃，"这简单了，把他们抓了来，一审，不就什么都清楚了吗？"

林泽夫嗤了一声。

宫池鸫脸色一变，"三爷有何高见？"

林泽夫理着袖子慢吞吞说："也不知宫先生是怎么能管理你那一大家子家业的？"

宫池鸫呆了半晌才反应过来林泽夫的潜台词，怒了，"三爷，你倒是说说，我这么说有何不对？"

林泽夫垂目，表示懒得开口，只对安雅瑜说："你来。"

第五十三章　各负其责

安雅瑜瞬间只觉自己又变成了宫婢丫环，无法，只好说：“宫先生，幕后之人精心策划，各自分工合作，摆在明面上的人全只负责一件事，就好比顾探长，只让他负责丢了那道具，即使这样，还是险遭灭口，那么，那两名医生已然露面，幕后之人并不怕他们暴露，说明他们也只是负责掩饰大帅伤情而已，我们要找到那隐藏在他们身后的那位联络人，案情才有可能有突破性进展。”

“就是那矮子？”宫池鸫说。

安雅瑜点了点头，“没露面的人，才是真正知道一些重要消息的，但那两位医生，也不得不审，至少可以知道，大帅到底是怎么个情况。”

宫池鸫点了点头，“三爷如今这么个情况，大帅完全不信任他了，动他的医生，那些旧人还不把他给撕了？”

安雅瑜双目闪动，一脸敬佩，“宫先生分析得没错，确实如此，可怎么办才好呢？”

宫池鸫只觉身上血流得快了许多，“他没办法动手，我倒是可以用些方法。”

安雅瑜敬佩转成敬仰，叹息，“宫先生不愧纵横黑白两道，手下众多，有的是办法。”

宫池鸫说：“放心吧，保证没人猜得出是谁做的！”

顾波看了看一脸平静的林泽夫，满脸敬佩的安雅瑜，再看了看踌躇满志的宫池鸫，心底嘀咕起来，安小姐不是在给宫先生下套吧?

想及自己的儿子，没心情顾着这些，问：“三爷，阿贵的病……”

林泽夫说：“我让彼得医生来给他瞧瞧。”

顾波喜出望外，“多谢三爷，多谢三爷。”

从顾家出来，宫池鸫兴致勃勃召集手下去绑两名医生，林泽夫让便衣把车慢慢开着跟着两人，和安雅瑜走到街道上，问：“阿贵的症状，看来和老六差不多了。”

安雅瑜点了点头，“他身上有病痛折磨，极易受到暗示，幕后之人只需略加引导，就能让他受到催眠，按照幕后人的指示办事，我想，顾波当时说了某个特定了词，引发了他接下来的动作，我记得他当时说了‘都告诉你们’这几个字？是不是这几个字呢？就像六小姐，也曾经陷入了那种被人操控的状态？”

林泽夫摇头，“也许不是，也许那幕后之人就在不远处控制着阿贵的行为，这种控制人心之法，简直是匪夷所思了。”

安雅瑜说：“三爷，对方虽然手段层出不穷，但总在医学能解释的范围之内，一切不过是人精心策划！”

“彼得医生曾经帮助齐沛鼎回忆起过往之事，让彼得医生替阿贵看看，或许能弄清到底是怎么回事。”林泽夫说。

安雅瑜看了他一眼，“三爷，六小姐那边怎么办？”

林泽夫停了停，脸上现出丝少有的茫然，转瞬即逝，“等些日子吧。”

安雅瑜见他如此，不好再问，只说：“也好。”

他也沉默下来，只缓缓踱步向前，安雅瑜陪着他默默往前走，夜幕渐渐降临，一盏盏路灯亮起，行人渐渐变少，他的身影在街道上拉得老长，无端地露出些萧瑟来。

……

医院。

安雅瑜推门走进医务室，就见办公桌前坐了位满头白发的老年医生，两名中年医生毕恭毕敬地站着，向他汇报些什么。

安雅瑜以为走错了房间，忙告了声罪，退了出来，走到外面一看，确实是这里啊？宫池鸫带了消息，让她来这间医务室相见？

她仔细一想，刚才那两位年轻些的医生，不就是大帅的主治医生？

她正在门口犹豫，却听屋里说：“那位外边站着的客人，进来吧。”

安雅瑜好推门走了进去。

两名医生认出了她，却并不出声招呼，只瞧了她一眼，又满脸晦气，如丧考妣。

安雅瑜暗暗奇怪，就听那老年医生说：“说吧，你们都干了些什么，一五一十向安小姐说清楚。”

安雅瑜愕然，就这么简单？

那黄医生偏过头来，向她拱了拱手，说："安小姐，大帅并非伤在了胸口，是伤在腰腹之间，虽然不重，但伤口狭长，因此，我们替他全身包裹了绷带。"

安雅瑜想了想，问他，"那伤口是什么模样的？"

黄医生从桌上拿来一个牛皮纸袋，递到安雅瑜手里，"这是拍片，您看看。"

安雅瑜拿出来一看，果然，胶片拍得极为清楚，病人后背腰腹之处一条狭长的伤痕几乎贯穿了整个后腰，翻转的伤口皮肉都现了出来，极来可怕。

黄医生介绍，"大帅的伤看起来严重，但实际上并不十分重，并没有伤及内脏，只是伤到了真皮层而已，所以，略加调养，很快就会好的。"

安雅瑜把胶片放下，"大帅遇刺那日，你们是怎么处理他身上的伤的？"

黄医生看了那位白发老人一眼，惴惴地说："大帅受伤，说是伤到了胸口，可胸口一点伤痕也没有，反而伤到了腰腹，我们也感觉奇怪，但他们这些大人物，想要怎么说都可以啦，我们也不便多问，就重新帮大帅处理了伤口……"

安雅瑜忽觉不对，打断了他的话："重帮大帅处理？你是说，大帅腰上的伤，并不是遇刺当日留下的？"

"当然，大帅那伤口早就包好了，经过这么一挣扎，伤口崩裂，又流出血来，我们也就帮他重新包扎了一下，换了新药。"黄医生说。

安雅瑜皱了皱眉。

那白发老人忽然一拍桌子，提高声音，"别东拉西扯，告诉安小姐，是谁指使你这么做的？你们收了什么好处？"

黄医生和那位一直未出声的李医生对望一眼，脸色青白，齐声说："古老，是我们不对，我们辜负了医生这个行业，求古老别……"

安雅瑜看得目瞪口呆，心说宫池鸫从哪里找来这么个老人，把这两位吓成这样？

"说！"白发老人双眉倒竖，一瞬间脸上慈和消退干净，竟显出些阴冷来，看得安雅瑜都不由心生寒意。

黄医生咽了口口水，"我们也不知道他是谁，在大帅遇刺前两天，他找上门来，让我们想办法掩盖大帅伤情，对外宣称大帅伤在胸口，他对我们知根知底，更知道李医生除了外科之外，还略懂催眠，教李医生让大帅听话。"

安雅瑜恍然大悟，"李医生用铁制药盒不停开关，只是为了催眠大帅？"

李医生点了点头，“是的，大帅显然受了极严重的打击，对声音敏感，药盒开关的声音产生了共鸣音催眠效果，在一定时间之内，我们说什么，大帅都会听的，但大帅意志坚定，时效也只是那一两句话而已。”

“在那种情形之下，一两句话就够了。”安雅瑜说。

那老人又一拍桌子，“你们还做了什么？”

“没，其他的就没有了，也就是不让三爷派的医生接近大帅，以免穿帮，再说了，大帅身边侍卫众多，又有巡捕房的人在，我们能做的东西少之又少。”李医生赶紧辩解。

安雅瑜就说：“凡请两位把让你们做事的那人画出图样来。”

黄医生满脸为难，“我，我们不太会画画……”

老人怒喝，两道浓眉竖起：“剁脚光留手会画了吧？”

两位医生腿都在发颤，李医生忙说：“我们请人画，请人画，口述让人画，一定让古老满意。”

安雅瑜一怔，忽想起了一个江湖传说，传说在医生大夫界也有一个家族暗中控制，阎王叫人五更死，没人胆敢留三更，说的就是这家人了，身份特殊的病人被医治之时，医生治病，治好还是治死，并不是由医生来决定，最终却是由这家的当家人来决定。

至于何为身份特殊，却有他们自己的一套界定，杀人越货者为特殊之人，行贿受贿者也为特殊之人，外边法律情理治不了的人，由他们来治，治死或治活，由他们规定。

医生，也自有一套能替天行道之法。

像黑帮一样，他们自有一套规矩，违反了这套规矩，医生会被处以断手断脚之刑。

这不会是真的吧？

安雅瑜暗暗思索。

正想着，老人挥手让两位医生滚，那两位医生连滚带爬地跑走。

安雅瑜咽了口唾沫，也向老人告辞，“这位老先生，既是如此，就多谢您了，三爷那儿还等着……”

老人又一拍桌子，“三爷，三爷，三爷就那么好？”

安雅瑜看着桌子上弹跳的笔纸，心惊胆战，再这么拍下去，这桌子会不会断成两截？

“这和好不好没什么关系……”安雅瑜都没法儿回答了，只好说，“实在是大帅那边有事。”

老人收了手，眼眉忽然下弯，嘴也向上咧开了，呵呵笑了两声，“你这女娃儿，我喜欢，就是你了。”

安雅瑜被他瞬间变脸吓得不轻，喃喃问他：“就是我？您老有什么要我帮忙的？”

老人在桌上撑起身子，脸上笑得褶子层层叠叠，“安小姐，您还没成婚吧？”

安雅瑜被这急转的话题弄得怔了，眨着眼问：“这妨碍了您老吗？”

老人哈哈又笑了两声，“安小姐，直爽，我喜欢……你这话应当这么说更有气势：我成没成亲，关你鸟事！”

安雅瑜心说她就想这么说的！

这不是遗憾她身为女子，不能口出粗言吗？

老人站起身来，安雅瑜这才发现，他身量极高，比自己高了一个头不止，身上穿的虽是医生白袍，却不怒自威。

他居高临下看着她，“安小姐，年轻的时候么，要给自己多一点选择，别在一棵树上吊死，更何况你那定亲还不知道能不能做得了数！”

说完，又哈哈笑了两声，往屋外走了去。

安雅瑜丈二和尚摸不着头脑，半张着嘴看他往外走，直在门边消失了才反应过来，跟了出去，“老先生，您到底是谁啊？”

他回过头来，“我么，我姓古。”

“您是宫池鸫请来的？”安雅瑜再问。

“他哪请得动我！”古老呵呵了两声说。

“那，那……”安雅瑜不知道怎么问下去了。

“别担心，小女娃，我不是坏人，就想来看看未来甥媳妇长什么样？”

安雅瑜左右望了望，见有女护士经过，心说这古老伯的未来甥媳妇是这医院护士啊还是医生？

古老见她这模样，仿佛极为有趣，又呵呵笑了两声，摇了摇头，“死小子，真没出息，闹腾了这么久，什么进展都没有！”

说完，又摇了摇头，大步往前走了去。

安雅瑜呆站了半晌，慢慢往回走，没走几步，宫池鸫打横里窜了出来，朝他身后瞄，“走了没有？老头儿走了没有？”

安雅瑜皱眉看他，“你说古老？”

宫池鸫点头，“不是他还会有谁？什么事都想凑个热闹，这种小事我自己不会处理么，他偏偏来插上一脚！”

安雅瑜说：“你姓宫，他姓古，他是你什么人？”

宫池鸫说：“我娘也姓古的！”

安雅瑜默然，“原来他是你外公？”

宫池鸫愁眉苦脸地说：“整天倚老卖老，没事找事……”他闪动眼眸看了她一眼，“安小姐，他没对您说什么吧？”

迎着他若有若无的期盼目光，安雅瑜当然得装傻充愣了，摇头，“什么都没说，不过在你外公的帮助之下，那黄医生和李医生倒是什么都说了，和我们猜测的一样，他们只负责隐瞒大帅病情，让大帅阻止其他医生看病。”

宫池鸫长长地“哦”了一声，跟着安雅瑜往前走，说：“安小姐，接下来咱们是不是该去找那失踪的过肩桥了？”

安雅瑜说：“只怕早已经被人拿走，没法找了。”

宫池鸫摇头，“不会，不会，大帅病房没断人，医院又有人守着，没有人能把那样东西毫无动静地拿了出去。”

“那可难说得很，医生穿件长袍就可以夹带了出去了。”

安雅瑜正想找个借口把他甩开，林幽兰迎面而来，拦在两人跟前，“雅瑜姐，我找你有事。”

拉着她走到一边去，宫池鸫亦步亦趋跟着。

林幽兰怒了，“喂，老鸟，你跟着我们干什么？”

宫池鸫说：“我还想知道你想干什么呢！我现在协助三爷和安小姐查案，一切相关人等的谈话，我都有权参与。”

安雅瑜无语，倒不好赶他了。

林幽兰大怒，“老鸟，你这是在暗示我是犯罪嫌疑人了？”

宫池鸫不答话，站得定定的，目光坚定得很，表示跟随到底，谁也不能把他甩了。

安雅瑜无法，只得说：“咱们找个僻静地方详谈吧。”

来到医院亭子里，宫池鸫还周围打量了一番，见四处无人，又回到两人身边，“说吧，有什么想告诉我们的？”

林幽兰双眉倒竖，简直想破口大骂。

安雅瑜一见不好，忙说：“六小姐，你一定查到了什么？不如说了出来，让我们大家参详参详？说不定日后破案，您说的才是关键。”

林幽兰一双眉毛这才放平，瞪了宫池鸫一眼，说：“老鸟，你起开点，别站在这里挡阳光，我有什么，也只告诉雅瑜姐。”

安雅瑜无可奈何看向宫池鸫，宫池鸫摊了摊手，走到亭子一角去了。

林幽兰压低声音说：“雅瑜姐，这几日，我老想着当日之事，那一天，爹受伤之后，我和两位姨娘一直围在他身边，直到救护车来，两位姨娘没有陪同，我陪着爹上了救护车的，救护车里一共两名护士，一名医生，医生是男的，当时就给爹处理伤口，见爹受伤，我慌乱之极，有些呼吸不畅，护士姑娘发现不妥，递给一条湿毛巾，让我在额头上搭搭，我这才感觉好了些。”

“一切很正常啊。”安雅瑜问。

“可我老觉得在救护车里之时，时间仿佛过得特别快，我把毛巾搭在额头上，一睁开眼，那医生就帮爹处理好了伤口，还拿着陶瓷缸在喝水。”

安雅瑜皱眉问：“医生长得什么模样？”

“个子不高，长得平平常常的，可自爹住院之后，我曾经到处找那医生，那医生却不见了。”

“又是一个个子矮矮的男人？”安雅瑜轻声说。

“雅瑜姐，你说，我是不是又记忆出了问题？像上次一样，有段时间不记得了？”

“搭在你额头的那条毛巾，你是否闻过，有什么味道没有？”

“一股消毒水味，可那不是正常的吗？”林幽兰说。

“不好说，当时情况混乱，你陪着大帅进院，极易被人做手脚……”安雅瑜沉吟着说，“你说那医生在拿着个陶瓷缸喝水？”

林幽兰说：“陶瓷缸不就是装水的吗？”她想了想说，“哦，对了，一定掺了东西，他喝到最后，似乎发现缸里还有残余物，看了看，把陶瓷缸往嘴里倒。”

“他的行为倒是有些奇怪，在这种重要救人场合，居然还有这种闲情。”安雅瑜说，“莫非他渴得很了？”

林幽兰肯定地点头，“我也觉得这医生可疑得很。”

安雅瑜就问：“事后大帅由两名医生医治，你一直在他身边，有没有发现有人从他身上取下什么东西运了出去？”

她拿手比了个大小，“大约这么大，也许是铁制，坚硬得很。”

林幽兰摇头说：“我瞪大眼睛看着呢，绝对没有。”她好奇地问，“雅瑜姐，这东西重要吗？”

安雅瑜说："也许是解开大帅遇刺的关键证据。"

"可爹现在不相信三哥了，刚才还训斥三哥呢，虽然没有提及要把军权从三哥手里收回的话，可爹那几个老部下这几天天天来，每天都给三哥上眼药，再不查清，爹只怕会改变主意。"

安雅瑜也忧心了起来，想及林大帅也能让人用催眠术短暂控制，林二太太不见踪影，可两天已经过去了，他们除了知道一个个子矮矮的联络人之外，全无头绪。

她不由深深地叹了口气。

宫池鸫不知道什么时候自亭子角走了过来，"安小姐，你忘了么，形势对我们虽然不利，但你忘了个人了，有他帮忙，这单案子一定会查个清楚的。"

林幽兰就夸张地瞪圆了双眼，"什么人？在哪儿，在哪儿？"

宫池鸫哼了一声，说："我说的不是我，你不用这么明显地表示鄙夷！"

林幽兰满脸认真，说："鄙夷？我哪敢？在宫先生面前，我连出气都不敢大一分。"

宫池鸫懒得理她，说："我想，只要大帅还在医院，那位不断出现的矮个子男人一定还会出现，外公是这家医院的大股东，不如找他帮忙，也许能查出他的行踪也说不定。"

林幽兰就笑了，"三哥手下便衣多得很，需要你外公帮忙？"

宫池鸫说："六小姐你这就不知道了，猫有猫道，狗有狗道，三爷那些手下在军务上我们家自然不能比，但其他方面，我们这些捞偏门的可就方便得多。"

安雅瑜想了想说："说得也是，医院范围极广，如果不是熟悉的人来查，那人如果躲在医院里，查一年都怕查不到了。"

宫池鸫脸上带出几分得意来，"就是说么，你瞧，这不是峰回路转了吗？"

林幽兰再哼一声，"八字还没一撇呢，哪门子的峰回路转？你怎么知道那人就躲在医院里？"

安雅瑜说："这个猜测，倒是百分之八九十确定性，大帅的言行举止，这时候才是幕后之人最紧张的，一定会派人紧盯住，可经过前些时候三爷一顿梳理，他们的人损失得七七八八了，这个人特征明显，却冒着被发现的危险一再出现，对方并没有换其他人来轮流代替，说明此人身份重要，能力极强，试问大帅之事，幕后之人怎么会放心让其他人来插手呢？"

林幽兰听得云里雾里，忍不住问："可雅瑜姐，你还是没说清楚为何确定他会躲在医院？"又见宫池鸫一脸得意扬扬，指着他说，"你知道，你来说！"

宫池鸫咳了一声，这才说："安小姐不是说了吗，大帅此时此刻的一言一行都会影响大局，他当然得就近看着，以防超出他的掌控！"

林幽兰说："说了跟没说一样！雅瑜姐，真是这样？"

安雅瑜说："还有一点，医院人流来往复杂，进进出出没有人特别注意，这个人或扮成病人，扮成医生，都极为方便，他忽高忽矮，光这一点，如果租住房屋，再怎么小心，也会被人察觉，我想，医院里一定有一处让能让他方便化装而不受人注目之处。"

林幽兰好久没和安雅瑜说话了，仿佛今日要说个痛快，马上反驳，"茶楼、酒馆也人流复杂，他在那儿租个房子不就行了？租个后窗靠街的，一化好装，从后窗翻出去！"

安雅瑜无可奈何，只好说："我这是依常理来推断，六小姐想象力丰富，当然也有可能了，所以那百分之二十的不确定性就是六小姐说的了。"

林幽兰见自己的言论得了肯定，又得意起来，拿眼角斜看宫池鸫，"我是经过了自己有大脑想出来的，哪像某些人，雅瑜姐说什么，他就跟着说什么！马屁精！"

宫池鸫就撇着嘴说："从后窗翻出去，一个大活人，也不怕被摔死，亏你想得出来！你以为他是猴子？"

林幽兰哼了一声，"怎么就不成了，雅瑜姐都说了，他是杀手，有些本事，怎么他就不会翻了？"

安雅瑜见两人争论下去没完没了，默默离开，来到病房，却见林泽夫一脸阴沉推门出来，身后跟了几名叔伯。

其中一位向他拱手："三爷，您都听见了，这也是大帅的意思，十日之后，烦请您解下军职，向民众解释清楚这一切。"

其他几名叔伯皆沉默不语。

安雅瑜的心都缩紧了，转过墙角躲着，就听林泽夫说："你们放心，十天之内，我一定会给你们一个交代。"

几位叔伯们这才纷纷离去。

他站在走廊之上，长久没有出声，医院灯光清冷冰凉，打在他身上，如披一层银雪，黑色鬓发却如吸取了这世上所有的浓墨，衬着他冰雪般的容颜，浑身萧瑟。

安雅瑜从墙角转出，慢慢走至他的身边，轻声说："三爷，大帅不相信你？"

林泽夫点了点头，“走吧。”

安雅瑜跟着他往前走，却不知道如何劝解他才好，只好默默地跟随着他。

银杏树跌落的树叶缓缓飘落，落叶未扫，铺了厚厚的一层，树叶随风缓缓而落，

在医院前的银杏树停下了，银杏叶纷纷飘落，落在他的肩头衣襟，他只屹立不动，眼眸望向望处，疏淡清冷。

远处来往人流穿梭来往不休，可这里，却是寂静得几乎能听见树叶飘落之声。

安雅瑜走至他的身边，只默默地伸出手去，握住了他的手。

隔了良久，他才反握于她，轻声说：“安雅瑜，也许这一次，我真的一败涂地了。”

安雅瑜摇头，“不会的，三爷。”

他苦笑，松了她的手，伸出手掌，接着自树端飘落的树叶，“人有悲欢离合，月有阴晴圆缺，就像这树叶，有青翠葱绿之时，也有生命耗尽、老死枯黄之时，非人力能挽回。”

“但三爷不是树叶，所发生之事，只不过是人精心策划，并非人力不能挽回。”安雅瑜轻声说。

“你说，我们还有时间挽回吗？”林泽夫说。

“怎么会没有？如果真的没有，三爷也有东山再起的机会。”安雅瑜说。

“可被人称为不忠不孝、不仁不义之人的滋味不好受。”林泽夫说。

安雅瑜轻声说：“只要无愧于心，对得起自己的良心，又何须旁人的评判？”

林泽夫转过头望她，忽然间伸出手去，揽过了她，弯下腰，把头靠在她的脖颈。

他的鼻息似有若无地喷在她颈上，让她脖子痒痒的，温热的气息包裹于她，使她像披了一件极厚的大衣，隔了良久，她才伸出手去，环抱着他，轻声说：“三爷如果什么都没有了，还有我呢。”

他没有说话，只是把她搂得更紧了一些。

不远的二层小楼上，宫池鸫阴沉着脸把望远镜放下，一巴掌拍在了窗台上，古老扫了窗外一眼，雪白的眉毛一挑，“出息。”

“外公，你别老在一边说风凉话了，你有什么办法就说！”宫池鸫说。

“林三爷现在处于何种境况，你又不是不知道？你一向不是擅长做交易吗？

和他做个交易，咱们帮他解决此事，让他把婚退了！”古老说。

宫池鸩沉吟了一下，又拿起望远镜看了半晌，见两人分开了，吁了口气，“外公，你说得轻巧，先别说咱们有没那能耐了，你这是强取豪夺，别以为现在还像你那时候抢外婆一样，抢了再慢慢培养感情！”

古老脸上露出丝得意，“当初我不抢你外婆，现在能有你？你怎么一点也不像我，做事总是畏手畏脚？”

宫池鸩说：“外婆能被你骗，安小姐却不是寻常女子。”

古老慢吞吞地说：“林泽夫这小子好是好，可这种人，一向把家国大业摆在心底的多，女人排在其次，顾忌也多，他现在孤立无缘，古家和宫家若能联手帮他，正巧，你表姐也没定亲。”

宫池鸩脸上现出丝动容来，沉吟半晌，“如果这样，还真是各得其所，可这方法是不是卑鄙了一些？”

古老站起身来，走到房门边才说：“方法虽然卑鄙，咱们不就是这么卑鄙起家的吗？好用就行，你管什么卑鄙不被卑鄙？”

宫池鸩抬起头来，“外公，林三爷的事麻烦可不小，咱们能帮得了他吗？”

古老侧头看他，“饵就摆在这里，他吃不吃下去看他自己，咱们么，至少能帮他压制那帮老家伙，那他们别趁乱捣乱浑水摸鱼，这些人谁屁股上会没屎？”

宫池鸩说：“就怕安小姐知道后不原谅我。”

“这就要看你会不会说话办事了，女人啊，奇怪得很，心思捉摸不定，只要你运用得好，转爱成恨，转恨成爱，那要看你的手段高不高明了！”古老叹气，“我怎么就生了你这么个不通窍的外孙？连个墙脚都挖不好？”

宫池鸩深吸一口气，下定决心，“好，外公，您就瞧我的！”

他不自觉把望远镜拿起，一看外边，却已空无一人，急了，越过古老往外跑了去，古老一只手握着门把手，正想开门，却被他抢了先，见他一溜烟跑走，叹气，“这么沉不住气怎么行？哎，还是嫩点啊，情场之上，下手一定得快准狠！还得我出手！”

他想了想，走出门，背着手往长廊另一头走，迎面走来两名身着白色大袍人员，微弯腰恭敬地说：“古老，照您的吩咐，医院内外都查了个遍，其他倒没什么，就是骨科住院部有点奇怪，您看……”

中年医生递了张片子过去，介绍说：“骨科住院部病人不多，两位脊柱受伤的躺在床上不能动弹，其他有腿受伤坐轮椅的，还有几位因打架聚众闹事胳膊受伤的，可这一位……”

古老看了一两眼胶片，笑了笑，“还真是有趣。”

“是啊，陈年旧疾，久治不愈，我还真没看到过这么奇怪的病症。”

年轻些医生迟疑，“古老，我还听到个流言，不知道是真是假……”

“什么流言？说吧！”古老问。

“这流言是从病患中传出来的，前几日内科来了个方士，吃错了东西来医院看病，住了几天院，和病人胡扯，说我们医院风水不好，易聚阴魂，医院时常死人，说起来算是至阴之地，特别是停尸房，布置得不好，是什么虎困龙囚之相，所以，如果属龙或属虎的人停在那里，魂魄容易被困其中，不能升天……”年轻医生咽了口唾沫，偷偷打量古老的神色，见他并没有什么不高兴，这才敢继续往下说，“可巧了，这几日，停尸房就传出些动静，护工看到穿了尸衣的尸体僵直走路，不光他看到了，很多半夜没睡着的病人也看到了，正应了那方士的话，所以，那幢楼现在都传开了。”

“虎困龙囚？停尸房里的死人有属龙属虎的？”古老停了脚步问。

“还真有，前些日子两个小帮派抢地盘斗殴，其中一位伤重不治的虎头帮帮主就属虎！”

中年医生瞧了一眼古老的神色，低声呵斥年轻医生，说：“这种鬼怪之说咱们医院哪一年不会传出一件两件？也当得了真？”

年轻医生不服气，“这也算是医院里发生的异常之事吧？最奇的是，停尸房开始少尸体了，每当有人看到有死人走出去，第二天，停尸房就少了一具尸体，都是新鲜死的，于是，又有流言传出，那困在停尸房的魂魄钻进了新死的尸体里面，想借尸还魂，走出被困之地！而且啊，那几具少了的尸体有的在围墙边被发现，有的在池塘边，还有在花园里被发现的，可见那停尸房风水确实不好，那被困亡魂即使借尸也走不出去！”

古老停了下来，摸了摸花白的短须，“这倒是有趣得很。”

年轻医生得了赞扬，兴致高昂，“就是么，古老，这事我事后调查过了，并非空穴来风，那几具尸体的确无故地到了停尸房外边。”

“走，这事可得让我未来外孙媳妇参详参详。”古老说。

年轻医生一怔，“您的外孙媳妇？宫先生定亲了？”

能在古老身边办事的全是古家精英，当然知道他家里的情况。

古老瞪了他一眼，“我看上的人还跑得了吗？”

年轻医生只好默默垂头，心想是谁家姑娘这么了得？

……

医院西住院部。

安雅瑜与林泽夫一推门走进，不由暗自嘀咕，古老叫他们来干什么？

又看清他身边站着的两位面色各异使着眼色的医生，心底打起了十二分的精神。

宫池鸫已经坐在了书桌边的沙发上，含笑打了声招呼。

古老指了指办公桌，示意两人坐下，让那年轻医生上前，把刚才说的情况再述说了一次，末了笑问安雅瑜："安姑娘，依你推测，这停尸间是否真的出现了什么借尸还魂？"

安雅瑜摇头，"古老这么问可真难倒我了，这种事，总得查探了现场才能知道。"

古老收了脸上的笑，转头问林泽夫："林三儿，你看呢？"

安雅瑜默默为"林三儿"这三个词汗了汗，又暗自纳罕古老对林泽夫脸色变换之快。

林泽夫神色不动，"空穴来风，并非无因，去现场看看就知道了。"

古老兴致高涨，"走，咱们现在就去现场看看。"

林泽夫说："现在是下午时间，医院来往人最多的时候，您不是说异常之事半夜开始吗？不如我们晚上11点再去，先检查停尸间，守到午夜，看看到底怎么回事。"

古老脸色一沉，没有说话。

两名医生神色各异，互相看了看，敢驳古老提议的，这林三爷算是头一份了。

宫池鸫忙打圆场，"停尸间不比其他的地方，那里人本来就少，白天和晚上没什么不同。"

林泽夫一口截住了他的话，"我和安小姐现在还有事，暂且没空陪你们查什么鬼怪。"

安雅瑜怔住了，心说他们有事？有什么事，她怎么不知道？

再者，这么对古老说话不太妥当吧？

她没问出口，古老直接说："有事？林三儿，你爹还躺在医院里，最要紧之事，不就是查出那不断出现的联络人吗？安小姐推论那矮个子联络人藏身于医院，停尸间出现怪事，就不值得查一查？"

林泽夫说："我事儿多，此事即是晚上出现，晚上去查，一举两得，古老，请恕我们告辞了。"

说完，拉了安雅瑜站起身就走。

一屋子人面面相觑，都不敢端详古老的脸色。

宫池鸫见势不妙，拔脚想溜以避其锋芒，古老一拍桌子，他只好停下了。

“外公……”他缓缓转头叫了一声。

古老看了两名医生一眼，两人舒了一口长气，打开门出去了。

古老沉着脸看他，“事情到了这个地步，林三儿还这么嚣张，真不知道他是年轻不懂事还是愚蠢之极！”

宫池鸫悄悄看了他一眼，老实说：“外公，依我看，他没把咱们家和您老放在眼里，看来，咱们商量的那件事，难办得很。”

古老哼了一声，“那群老家伙只给了林三儿十天时间，如今过去了一半，他没有咱们帮忙，要想翻盘，可难得很，可笑他依旧看不清形势。”

第五十四章　古老驾到

宫池鸫知道林泽夫这一举动把古老着实气着了，林泽夫这么一来，别提什么胁迫要挟提亲退亲了，可以想象，如果真提这要求，林老三会直接从鼻孔里哼出些声音来，把老人家给气死！

虽然心有不甘，但宫池鸫想及自家说一不二的外公被气得鼻孔冒烟的模样，还是小乐了一下。

他收拾复杂心情劝说："外公，林老三这人就是这脾气，十天未到，他以为还有机会翻盘，等他无路可走，咱们再提那事，就能成了，当务之急，咱们多帮着他些，让他逐渐离不开咱们家，这才好挟恩图报啊！"

至于施恩不图报这种大恩大义思想在他们这里当然是压根没有的。

古老这才脸色转晴，叹了口气说："这年轻人，倒有几分我年轻时的样子，只可惜运气不好。"

宫池鸫听了出他语气中的遗憾，心情越发复杂。

安雅瑜被林泽夫一直拉到小花园，这才松了手，她把汗津津的手在裤子上擦了两擦，看他面沉若水，不由问："三爷，那古老爷子听说是个了不得的人物，您这么对他，不太好吧？"

林泽夫哼了一声，"我当然知道他是谁，要他古家出面办事，哪能不拿点好处，我现在可没什么好处给他！"

安雅瑜不由想起古老爷子那若有若无的暗示，咽了口口水，打斜里拿眼瞟他，心说他不是知道了些什么吧？

林泽夫一抬头，正巧迎上她鬼祟的视线，冷冷地说："他们在想什么，我当然知道。"

安雅瑜再咽一下口水，"他，他们在想什么？"

林泽夫却没有答她的话，往医院门口走了去，走了两步，见她没跟上，冷声说：“还不过来！”

安雅瑜心怀鬼胎，瞬间变成了白副官，条件反射答道：“是，三爷。”

两人沉默往前走，走了几十步的样子，安雅瑜抵挡不住他的沉默，自动自觉解释：“三爷，古老爷子确实说过些不三不四的话，可我也没理他，这医院是古家开的，如果有古家之助……”

林泽夫脚步一停，“什么话？”

“什么话？”安雅瑜一怔。

林泽夫站定了眼眸晶亮，打侧里看她，“古老说过什么不三不四的话？”

安雅瑜不由双手合拢，开始食指绕圈，吞吞吐吐，“也，也没什么话，就是随便叫人外孙媳妇什么的。”

林泽夫哼了一声，再跨步上前。

安雅瑜瞬间白副官附体，紧跟着表忠心，“三爷，我只当没听见，什么也没表示。”

两人越走越快，直坐进了车子里，安雅瑜才听见他轻声答：“好，相信你。”

安雅瑜舒了一口气，见车子往前驶去，好奇地问：“三爷，咱们真有事？这是去干什么？”

林泽夫说：“请你吃好东西。”

他这么一说，安雅瑜倒真觉得有些饥肠辘辘了，兴致顿时高涨，“去吃酱肘子还是小鸡炖蘑菇？”

“到了你就知道了。”林泽夫说完，微闭上眼睛养神，表示在此期间别打扰他。

安雅瑜到底不像林幽兰有那么厚的脸皮，踌躇半晌，老实缩在了一角。

他倒是真闭上了双眼假寐起来，想及刚才自己提及的古老的种种言行，也不知道他心底怎么想的？有没有略微心里不舒服？安雅瑜不停连眼角瞄他，只看见他平静无波的一张脸，心底煎熬得很。

正想着，车子猛然一停，林幽兰拦在了车前。

司机探出头问：“六小姐，您有事？”

林幽兰几步冲到车窗之前，拉了拉车门，司机当然不能给她开门，她就敲着车窗门说：“三哥，三哥，雅瑜姐，你们带我去吧，我一定不会捣乱的！”

林泽夫闭着双眼不说话，安雅瑜正在心虚，哪敢替她说话，司机也沉默着任她敲。

又不知敲了多少下，估计手都拍红了，林泽夫才说：“开门，让她进来。”

林幽兰拉开副驾驶门坐在前边，边吹着手边说：“三哥，你可够狠心的，故意的是吧？”

林泽夫唔了一声。

就这一声唔又把林幽兰气得暴跳如雷，“三哥，你吃错药了？把火发在我头上？不是你让我周围打听医院里出了什么怪事吗？打听到了停尸房有事……”

她把打听到的事一五一十说了出来，和古老那两位属下说得八九不离十，末了得意地说：“要我说啊，停尸房肯定有鬼，住院部闹得人心惶惶的。”

说了半晌，见林泽夫半点表示都没有，就问：“三哥，你什么意思，我这没有功劳也有苦劳吧？先把我关在车外手掌都拍红了，现在又不理不睬的？”

林泽夫微启双唇，慢吞吞地说：“消息贵在迅速，你这已经是旧闻了，还想领功？”

“旧闻？有谁比我还知道得早？难道是那只鸟？”林幽兰吃惊地问。

安雅瑜默默点了点头。

林幽兰转过头去，看了看这个，又看看那个，“就当是那只鸟早一步得到消息吧，不也传到了你这里？不过三哥，你把气撒在我身上干什么？”

林泽夫合上双眼，微微启唇，“迟之瞬间，差之千里，被人抢得先机，你这些消息还有什么用？”

林幽兰觉得她三哥今天有些无理取闹，转过头问安雅瑜：“雅瑜姐，今儿到底发生了什么？”

安雅瑜眨巴着眼睛直摇头，“没什么，就是古老一片赤诚，想约三爷查清楚停尸房之事，被三爷一口拒绝了。”

林幽兰和林泽夫到底是兄妹，想了想说：“古老？古家的家长？宫池鸫的外公？”她看了林泽夫一眼，阴阳怪气地拉长了声音说：“难怪了……三哥害怕了吧？”

林泽夫嘴角下撇，没理她。

安雅瑜忙打岔，“你也知道古老？”

林幽兰说：“知道，这家医院就是他家开的，保密做得最好了，要不然爹怎么会住到这里。那老爷子平常哪会理医院的事？”她拿眼斜着她三哥，“看来啊，是替外孙出头来了，有人麻烦大了。”

安雅瑜没想到几句话下来，她就推测出这些东西来，暗暗纳罕，“他很厉害吗？”

“厉害不厉害我不知道，反正啊，那老爷子是出了名的护短，又只有宫池鸫一个外孙，那只鸟要天上的月亮，他也恨不得替他摘了下来，我估计啊……”她转过头来上下打量了安雅瑜一眼，嘿嘿嘿笑了三声，“雅瑜姐，有好戏看了。”

安雅瑜只作不知，说："六小姐，饿了吧？三爷请我们吃东西。"

林幽兰倒是知趣得很，也知道玩笑要适可而止，虽然一脸的"这种情况下还有心情请吃饭"的古怪，嘴里也不敢再说了，只问："去哪儿吃啊？"

林泽夫不答。

安雅瑜只好做足了以前白副官常做的事，"三爷说到了就知道了。"

林幽兰撇嘴，"故弄玄虚。"

车子穿过几条小巷，来到一条幽长的小巷深处，两边行人渐渐变少，店铺也越来越少，再驶了几百米，在了张店铺前停下。

三人下了车，林幽兰大失所望，指着那家店问："三哥，你就请我们吃面疙瘩？"

安雅瑜抬头一看，却是一家面馍店，店铺门口，立了两个一米多高的面人，黑面绿须，手持长刀，神态逼真。

林泽夫此时才开了尊口解释："这条小巷在租界的后门，你们别看这家店规模小，生意却不错，老板姓张，他们家手艺传承百年，做的各种花馍曾经上贡给清宫太后，深得后宫喜爱，近几年开始和洋人做生意，听说他们的东西进了大不列颠呢！"

林幽兰嘟着嘴说："怎么说也是你小气，请我们吃面馍？这能吃吗？"

有店小二迎了上来，接过林幽兰的话头："当然能吃，我们的东西，可不光是摆的，您瞧这种花式简单的，又漂亮又好吃，还能摆好几天，是专门做给孩子们边玩边吃的。"

店小二把几人引到了靠墙的柜子前，指着里面的面馍介绍。

食品柜里，摆了做好的各种花馍，有母子猴、小羊、小猪、童子等等，变化万千，神态各异，憨态可掬，颜色却是水彩般的粉红，蒸成圆鼓鼓的模样，食物的香味扑鼻而来。

东西虽然好看得很，但他们又不是小孩子。

林幽兰兴趣缺缺，转头一看，却见安雅瑜走到了门口，看着门口那两个面人沉默，她也走了过去，"雅瑜姐，怎么？你喜欢这面人？"

安雅瑜伸手过去，摸到了那关公面人的大刀之上，轻声说："这真是面粉做的？"

店小二满脸荣光，"当然了，这两个面人，是我们面人张祖上传下来的，有几十年光景了，隔了这么多年，依旧不霉不裂，连颜色都没变，完好无损！也只有我们老张家的面人才做得到。"

阳光照射之下，关公面人绿须飞扬，一柄大刀斜斜挥出，连刀刃似乎都发着微微寒光。

安雅瑜手指拭向那刀刃，“如果是面粉制成，还真是与众不同。”

得了赞扬，店小二更是红光满脸，“这可是我们老张家的独门秘方，别人家怎么也仿制不来的！”

安雅瑜怔怔地看着那关公，轻声说：“我明白了。”

林幽兰好奇地问：“雅瑜姐，你明白了什么？”

安雅瑜却没有答她的话，回过头望着站在一旁端详另一个面人的林泽夫，“三爷，难怪您请我们来这里吃？”

林泽夫淡淡地说：“已得到证实，有人在事发前两日指定店里老师傅做了那东西，而且，我已经让他们照原样重做了一个。”

安雅瑜脸露喜色，“只要抓到了那个人，有那两名医生的证供，大帅不会再怀疑了。”

说完，两个人往店门外走去。

林幽兰挠着自己的后脑勺半晌，绕到两人面前拦住了他们，“你们在说什么呢？不是要吃东西的吗？什么都没买就回去了？”

停住了脚，林泽夫仿佛此时才记起此事，对林幽兰说：“你想买什么就买什么吧。”

林幽兰怀疑的眼神滚来滚去，此时此刻，一种被排斥在外，此两人之间正用普通人听不懂的神仙语言交流之感在她心中油然而生，使得她胸肺充满了无力，“三哥，雅瑜姐，你们来这儿到底是干什么的？”

林泽夫当然不会答她，还用惯常的居高临下的看蠢人的视线扫了她一眼，那一眼扫得她差点控制不住脾气。

安雅瑜忠厚些，还做不到这个，低声解释：“刺杀案已经全部解开了。”

林幽兰望了望“面人张”那几个大字，再望望店里的面馍，决定还是买多几个面馍，吃饱了，才能承受这种智力上的打击。

说干就干，等她双手提了大包小包回来，吃下整只小羊面馍，坐上车子，问：“雅瑜姐，你就解释解释，刺杀案到底怎么解开的？我爹那人固执得很，说什么都不相信，上次三哥拿了那两个道具盒子去，他也没信，莫非有了新证据，能使他改变想法？”

安雅瑜想开口，林泽夫朝她微微摇头，自己开口，“不明白就别问，到时候你会知道。”

安雅瑜就不再继续，只点头说：“没错，物证已在，现在只需要人证了，那只鬼，也应当捉拿归案了。”

林幽兰不像以前肆无忌惮，有些怕她三哥，停了停还真不敢问，气呼呼地从袋子里拿出只小猪面馍来，放进嘴里咬，边咬边嘟哝：“不问就不问！有什么了不起！我跟你们说，晚上我可一定得跟着！”

想想晚上可以捉鬼，又高兴了起来，几口把那小猪面馍咬完，再拿出了个童子面馍，瞧了瞧不舍得吃，翻翻拣拣起来。

安雅瑜默默把视线移向转窗外，看着向后移动的街景，轻轻叹了一口气。

……

医院。

晚上十一时，一轮明月高高挂在半空。

入秋的天气有些凉，安雅瑜紧了紧衣衫，回头看了一眼背靠着树拿了纸牌就着月光无声地出牌的两人，实忍不住，“六小姐，宫先生，这里有我和三爷守着就行了，你们如果实在困，先回去吧。”

林幽兰出了一张牌，宫池鸫紧跟着出一张，林幽兰把面前的银票递了一张到他面前，宫池鸫仔细看了看，伸出两根手指，林幽兰只好又拿了一张纸币给他，宫池鸫这才满意收好，手法娴熟地洗起牌来，只见那牌在月光之下拉扯成长串又速度收好，却是静默无声，只见牌张在他指尖舞动，顺服无比，安雅瑜不由也看得怔住，忘了劝他，轻声说：“宫先生可真是真人不露相。”

宫池鸫娴熟发牌，表情不动，“安小姐不知道的事还多着呢。”

林幽兰越输越要玩，拿起地上的牌说：“一个赌棍，玩得多了当然什么都会了，有何奇怪的？”

宫池鸫对她的讥讽根本不予理睬，转头对倚在树边养神的林泽夫说：“三爷，时间还早，来玩两局？”

林泽夫冷冷地说：“正事办完再说。”

宫池鸫表情平静，“这纸牌么，说起来是个小游戏，可自从我会之后，从来没有输过，要想赢，也需要脑子的。”

林泽夫移了两步，来到林幽兰身后，自她手里拿过纸牌，她这次牌并不好，正在发愁又要输，见林泽夫接手，如释重负，避走到安雅瑜身边，“雅瑜姐，发现了什么？”

停尸房外的长廊之上，空无一人，只有清冷月色洒下，几棵梧桐树在把树枝的阴影投到了长廊之上，婆娑摇动，树影重重。

安雅瑜摇了摇头，回头见两个大男人斗起了纸牌，默默无语。

林幽兰再看手表，“已经十一点半了，还没有什么动静？今天怕是不会出现了吧？”

安雅瑜也失望得很，回头一望，正瞧见宫池鸫从怀里掏出钱包来，抽出一大沓纸币放进了林泽夫伸出的手里，不由奇怪，“宫先生，您输了？”

宫池鸫没答她。

林幽兰难掩脸上喜色，“三哥，那种烂牌你都赢了？你是怎么赢的？”

林泽夫很淡定地答，“出老千。”

宫池鸫脸都绿了，他家是出老千的祖宗，被人当面出老千还看不出来，这可比输牌更让人丢脸。

“再来一局！”宫池鸫咬着牙说。

安雅瑜正想劝住，却见长廊那头，无声无息地走出一个身披白袍的人，只见那人僵直着身子缓缓前行，双臂前伸，身上长袍拖地，月光半洒在那人脸上，照出了他半边苍白面孔，眼珠灰白一动不动，衬着黑色长廊，说不出的诡异可怕。

林幽兰已经吓得牙齿打战，“死，死人，死人会走路……”

她一把抓住了安雅瑜，缩在她背后，动弹不得。

林泽夫和宫池鸫已经一前一后冲了出去，直往那人奔去，那人却似一无所觉，依旧伸长了胳膊往前拖行。

林泽夫跑在前边，一伸手，拦住了那人，那人却并不理睬，步步逼近，他抬起右脚，一脚踹落，忽地，白袍人直往地上倒了去，却倏地，如分身一般，从他身子底下钻出个矮个子来，忽腾空而起，脚在空中连踢，直踢向林泽夫面门，他步步后退，宫池鸫赶上，三人拳来脚往打了起来。

矮个子眼见不敌，却一拳向宫池鸫攻了过去，趁他怔神，一弯腰，自他胳膊穿过，跳过长廊栏杆，往前直奔，两人急追过去。

安雅瑜想往前走查看那倒在地上的白袍人，却被林幽兰拉得死紧，“雅瑜姐别去，鬼，是鬼……”

白袍人躺于地板之上，僵直无声。

安雅瑜说：“六小姐，你看清楚些，一具尸体被人背了出来而已，哪里是鬼，你以前那解剖验尸的勇气去了哪里？”

林幽兰这才松了她，为自己刚才的胆怯辩护，“雅瑜姐，我解剖的是死透了的死人，哪里是会走会动的死人？”

安雅瑜懒得理她，早走到长廊边，翻过栏杆过去查看，就着月光查看了良久，又拉起尸体的裤子看了看脚踝处，见上面确实系有麻绳吊牌，点头说：“果然是停尸房刚死去没多久的尸体。”

林幽兰终于醒过神来，跟着蹲下查看，一副老练的法医样，“嗯，死了两三天左右了，腹部有缝线痕迹，是动过手术后死的。”

安雅瑜取笑她，“六小姐，你不怕了？”

“一具死尸，怕什么，想当初，我不知验过多少具尸。”为挽回些面子，林幽兰滔滔不绝。

安雅瑜脸上忽露惊恐之色，指着那尸体手腕，“他，他动了一下。”

林幽兰惊叫一声，直扑进了安雅瑜的怀里。

安雅瑜哈哈笑了。

林幽兰直起身来，“雅瑜姐，你，你吓我！”

“你不是不怕吗？”

林幽兰气得拧她的胳膊。

古老和两名医生站在不远处的大树边，看着长廊下谈笑风生的两个女孩子，三人同时叹了口气。

中年医生问：“古老，咱们还过去安抚您未来外孙媳妇吗？”

年轻医生说：“还用得着咱们过去英雄救美？她们压根不怕。”

古老脸上倒没什么遗憾，相反的，还高兴得不得了，“我古家的外孙媳妇就应该天不怕地不怕！好，好得很！林家这六妹子我是知道的，天不怕地不怕，就是脑子里装满了草，做不了我家外孙媳妇，原以来脑子装草的胆子才大，想不到安家小姐也是这么个胆子大的，脑子也好使，真是两全其美！”

中年医生小心翼翼，“可这么一来，您可就没法趁此机会联络感情了。”

古老说：“走，不能安抚，也可以提供些意见，让外孙媳妇对我刮目相看！”

说完，龙腾虎步跨过草坪往长廊走。

安雅瑜听到了脚步声，见几人来到，忙站起身招呼，“古老，您也来了？”

古老点头，“自家医院的事，当然得查个一清二楚了，这个人你们俩看看，查清是谁！”

那两医生忙蹲下查看。

安雅瑜说：“也是刚死去的病人，被人背了出来，因为盗尸之人生得矮小，长袍挡住了下面，就好像这人在直立行走一样。”

古老说：“所谓的借尸还魂，原来是这么一回事。”想起自己要提出些新颖别致想法让外孙媳妇注目，以表明古家并不比林家差，说：“这人三番五次偷盗新鲜尸体出来，扔的地方各不相同，一定有其深意。”

对着安雅瑜瞪得圆圆的求知眼眸，却想了半晌也没想出来其深意具体内容是什么。

正苦恼间，年轻医生检查完毕，前来汇报，“古老，这死人做过胃部手术，胃部缝合。”

古老一拍脑门，脑洞大开，“死人胃里是不是藏了什么东西？所以那盗尸贼这才盗尸？记得以前有人偷珠宝，没地方藏，不就吞进肚子里带出去，到了外边才动手术取出？”

安雅瑜没出声，林幽兰可忍不住了，“胃里有东西直接拿把手术刀切出来不就行了，何必背一具这么重的尸体到处走？”

古老眼睛一瞪，“开膛破肚总要时间，找东西也麻烦，如果不在胃里，在肠子里呢？停尸间人来人往的，当然得背出去再动刀子。”

林幽兰说：“都偷了好几具尸体了，其他的都是肚子上被缝了的？不见得吧！几具尸体的肚子里同时藏了东西，那得是什么啊！”

古老感觉很没面子，强词夺理，“怎么没有了，我就记得有这么一件事，几个人偷一件皇冠，被人阻住运不出去了，结果就把那皇冠拆成几部分，一人吞一件，搜身走出来之后再开膛取出！”

这么牵强的推论当然说服不了林幽兰，她眨着眼想反驳，还没想出来怎么反驳，古老看见那年轻医生欲言又止，怒声说：“说，什么事！”

年轻医生怯怯举手，“古老，花园里的弃尸和池塘边弃尸，死于脑部病变，并没有腹部缝合伤口。”

林幽兰哈哈笑了两声，安雅瑜忙拉她，恭敬地说：“古老真是见识广博，这种闻所未闻的盗物之法我头一次听说，虽然和这案子没什么关系，倒长了见识了，宫先生和三爷去追那盗尸之人了，等找到了，一切就明白了。”

古老脸上神情缓和，“安女娃说的话就是好听，林家的，家教可真差！”

林幽兰大怒，“家教差怎么了，我又不嫁进你家！你们古家家教就好吗？宫老鸟到处惹是生非你怎么就不说他？”

安雅瑜抹汗，心说这一老一小可真是的。

见两名医生又重蹲在地上研究尸体，也跟着走了过去，就听两人在嘀咕，“老华，这尸体是哪一科运来的？”

中年医生见安雅瑜也过来，朝她了然地点了点头，回答年轻医生，“小曹，是内科的。”又压低声音对安雅瑜说：“安小姐，那盗尸人盗了好几具尸体，虽然死亡原因各不相同，但身高体形都差不多，盗尸人仿佛专门对这种身高的人情有独钟。”

小曹医生也点头，“对的，对的，安小姐，不知道这一点对你破案有没有帮助？”

两人殷切地望着她。

安雅瑜很明白两人的想法：让那一老一少去吵吧，只要别殃及池鱼，惹到他们身上就行，他们还是讨论案情要紧。

安雅瑜顺势点头，问：“被盗取的尸体年龄多大？”

小曹医生说：“年龄也相近，都是四五十岁的中年人，不超过六十。”

见安雅瑜不以为意，老华医生忙解释，“从外形上看，根本看不出年龄差别来，都是头发略有些花白，体形微胖的人。”

安雅瑜朝地上躺着的尸体看，果然，地上这具也是差不多形貌的，不由奇怪，“那盗尸人既不为财，也不为利，无缘无故盗这几具尸体干什么？”

老华医生说：“原因确实难以解释，他背着具尸体，也没办法出去啊，而且抛尸地点各不相同。”

安雅瑜也实在想不出来为了什么，站起来活动了一下手脚，古老和林幽兰此时才吵完了架，同时迎上来，林幽兰便问：“雅瑜姐，发现了什么没有？”

安雅瑜摇头，“一具普通的中年男人尸体，倒没有什么特别的。”

古老宽慰她，“那两小子去追那盗尸贼了，抓住之后，就知道怎么回事了。”

林幽兰就伸长脖子往远处望，“能抓得住吗？”

正在这时，一名男护工急匆匆地赶了来，走到几人身边，对古老说：“古老爷，宫少爷让您过去一趟，说事情有点儿麻烦。”

古老皱眉问：“他没抓到什么人？”

那护工一脸茫然，“宫少爷没有提，只让您过去，他现在在骨外科住院部。”

古老吩咐小曹与老华医生留下来处理盗尸，和安雅瑜两人跟着那护工往骨外科走去。

骨外科的住院部并不大，时局动荡，打架斗殴捞偏门的人却增多了，所以，住院疗伤的人却不少，整个住院部都住满了受伤人员，有几个实在没有床位的还在走廊上搭了床铺，更有几名伤员模样的士兵混在其中。

见几人来到，宫池鸫从门口迎上，脸色却不好看，压低声音说：“外公，那人逃到这里，不见了踪影，我们把院内院外都搜遍了，也没看见他。”他停了停说：“我估计他很可能化装混进了病人中间，如果要彻底检查，还得您同意才行。”

古老脸一沉，“古氏医院从没有这个先例，不行！”

宫池鸫嘴唇动了动，到底不敢说什么。

安雅瑜左右望了望，却不见林泽夫，于是问："三爷呢？"

宫池鸫哼了一声，"林三爷？说累了，要休息一会儿。"他手一指，指着长廊尽头的阳台，"在那儿呢。"

林幽兰对林泽夫了解甚深，见宫池鸫一脸愤愤不平，劝慰他，"宫老鸟，我三哥就是那么个人，能动脑时绝不动手，能使唤别人动手时也绝不亲自动手，所以，您多包涵，谁叫您能者多劳呢。"

这安慰还不如不安慰。

宫池鸫脸色又绿了。

古老就叹了口气，"老林家的家教啊。"

安雅瑜深以为然，想及初见面时林泽夫正拿着大刀砍人头，想必那一定是积攒了好长时间的人品才让他亲自动手的。

她转头往长廊尽头望，就见忙碌来往的人影后边，那道深色修长的背影斜斜地倚在窗台上，晨曦微露，一道金色阳光自云层之中破空而出，把丝般金线织在他的肩头。

她慢吞吞往他那边走，穿过了病痛呻吟的伤病员，他却似乎一无所觉，只倚着窗头朝外望着，让她有一时的恍惚，仿佛这里并非伤痛病死的医院，却是建在某处风景佳地的别墅。

她只好叹着气招呼，"三爷？"

林泽夫只嗯了一声，"你来了？"

"那盗尸贼身手倒是极好。"安雅瑜说，"三爷和宫池鸫两人合围，都没能把他捉拿？"

"算不上好，却极擅长钻营。"他左手伸出，两指夹了个东西给她瞧。

晨曦从玻璃窗撒进，他手指上拿的却是个式样古旧的扳指，微微发红的暗沉颜色，看起来有些年头了。

安雅瑜接过，不明所以，问他："三爷，这东西？"

"打斗之中从那人手上摸来的。"林泽夫毫不隐瞒。

安雅瑜说："不可能吧？这东西常年被他戴在手上，他一定想方设法牢牢固定于指上不易脱落，怎么会这么容易被取下？"

林泽夫说："所以他的左手手指才会被折断。"

安雅瑜一惊："他手指受伤？"她恍然大悟，"难怪三爷一点都不着急，那人混入病人之中，病人虽多，但伤在食指的却没有几个，有这么明显的特征，只要把几个出入口守住，等同瓮中捉鳖了。”

林泽夫点头。

安雅瑜一回头，见宫池鸫还在那里上蹿下跳地召了好几名手下来，一脸紧张地叮嘱着他们，隐隐听见对话声传来，“仔细搜着，别漏了，那人擅长变装。”

她很不忍心，不由说：“三爷为何不把这事告诉宫先生？”

林泽夫淡淡地说：“看他不顺眼。”

安雅瑜默默垂头，这人如果小气起来可够小肚鸡肠的。

她咽了口唾沫，“三爷，看来要找出那人，其实简单得很。”

林泽夫点了点头，“你去安排吧。”

安雅瑜征得他同意，“我去找古老，让他安排？”

林泽夫不置可否，安雅瑜只当他同意了，于是又慢腾腾穿过长廊，往古老和宫池鸫站处走了去，一老一少正商量怎么查找，宫池鸫想尽方法劝说古老：“外公，就这一次，您就开例一次，让他们搜查，一床一床的查！一定能查了出来的。”

古老板着脸摇头：“不行，咱们古家有规矩，进了医院，就受古家保护，这一搜查，传了出去，有谁还敢进我们古家医院看病？”

宫池鸫说：“外公，在咱们自家地盘，再怎么着也不能让人家占了上风。”

古老嘘了一声，让他闭嘴，朝安雅瑜笑，“女娃子，怎么了？”

安雅瑜说：“要找出那盗尸人，说简单也简单得很，不用搜身。”

古老满脸堆笑，“安小姐，你想出办法来了？”

安雅瑜说：“骨科住院部的病人病情有重有轻，古老只要让病房里的人无论病人还是医护全部露出双手，我就能查出那人是谁。”

古老说：“这倒容易得很。”

正巧小曹医生办完事过来，他招手让他过来，低声吩咐两声，小曹医生愕然瞪圆了眼，只点了点头，“好吧。”

林幽兰走过来轻声说：“雅瑜姐，刚才你和三哥说话去了，这一老一少在这儿商量着怎么查出那藏起来的人，商量了半天也没结果，可急死我了，你说，还这么商量来商量去，那人跑了可怎么办？”

安雅瑜摇头，“不，他不会跑的，别看住院部看起来一切正常，但你瞧……”

安雅瑜指着那几个忽然增加的护工。

林幽兰问：“他们是谁？”

“一定是不普通的护工，是古老安排的人，不只这里，院子里、后门都有，这时候只怕他不出来，他一出来，马上就会被捉住，他也明白，最好的办法不过是躲在病人、护工中间，等到防守疏忽了，这才悄悄离开，只要医院不大规模的搜身，医生总会出人，病人也要去诊室检查伤情，他擅长变装，只要混入其中，就能极方便地离开。”

林幽兰就问：“雅瑜姐，你和三哥说了什么？他是不是有什么线索？”

安雅瑜说：“到时你就知道了。”

林幽兰气鼓鼓地说：“又是这句话。”

说话间，小曹医生领了两名护士抬了两个大箱子来，护士把箱子打开，却是满满一箱子银元，这边的情形吸引了病人、护工们的注意，说话的，看病的，全都停了下来，朝这边望着。

小曹医生自己搬了张椅子，站在上边，拿起护士卷起的纸喇叭说：“各位骨科住院部的病人、护士、医生们，大家过来过来，往这边瞧瞧。”

能走动的病人和医生、护士们往他那里聚了过来，其他不能走动的，忙上了轮椅，匆匆推过去，有人轻声问：“怎么了，怎么回事？”

一个病人兴奋地说：“古老来了，你不知道吗？银元都摆出来了，今儿真幸运，要发大财了。”

“怎么发财？说清楚点！”

“这家医院是古家的，你不知道？古宗明是最大方不过的一个人，往年过年过节的时候不能回家的病人、医生都会发红包，我表弟去年在这儿住院，就得了好大一个红包。”

“可今儿个也不是节日啊？”

“今儿不是重阳节吗？”那人鄙视。

众人渐渐聚拢，护工则一个房间一个房间地拍门通知。

小曹医生已经开始说了：“今天是重阳节，虽不是什么大节日，但咱们古老爷子高兴，与病人同乐，所以，住院部的所有人员，都可领一个银元，大家排好队，医护一队，病人一队，一个一个来！领一个，签字画押一个，别想浑水摸鱼，领了又领！”

众人哄笑，连那伤重被人用轮椅推过来的病人脸上都露出些微笑来。

还真的老老实实排成两排。

宫池鸫一脸懵懂，低声问古老：“外公，您这是干什么？”

第五十五章　尸行之案

古宗明说："到时候你就知道了，你呀，还是棋差一着！"

宫池鸫气不过，"我怎么就棋差一着了？林老三发现了什么？"

古宗明负手站定，"你想知道？想知道去问他啊？两人一起捉贼，人家明白的你不知道，丢人！"

宫池鸫牙帮都咬紧了。

正等的工夫，安雅瑜侧头一看，见林泽夫离开了阳台窗户，似乎往侧门而去，忙悄悄走过去跟上，林幽兰见了，哪有不跟上的，也尾随而至。

自侧门而入，却见林泽夫看着一个空空的轮椅，托着下巴，似乎在思索什么，安雅瑜则围着那轮椅转了一个圈，点头，"确实有些奇怪。"

林幽兰看看那轮椅，又看看两人，惯常地无可奈何，"三哥，雅瑜姐，你们在我面前，就别打哑谜了好吗？这轮椅到底有什么奇怪的？"

安雅瑜说："你看这轮椅，座椅部分是藤制的，有两三处藤已经断掉了，还是新断口，轮椅刹车损坏，这种轮椅由英国进口，质量极好，能承重一个两百斤的人，可却忽然间损坏，表示椅子承重忽然成倍增加，三爷，你瞧清这轮椅是谁坐的吗？"

林泽夫指了指厅内，"在里面领钱呢。"

安雅瑜奇道："三爷因为什么而注意到了此人？"

"左腿上有绷带，摇着轮椅出了房间，嫌轮椅慢，拿起拐杖自己站立起身，却用左腿支撑身体，还不奇怪？"林泽夫说。

"这么多人进进出出，三爷一眼看了出来？"安雅瑜略为惊奇。

林泽夫说："我的属下，何止这几百人？"

安雅瑜再次被惊到了，只这么小小的破绽，他就一眼瞧出？难怪无论她推理出什么，他总能跟得上她的思绪。

“轮椅损坏，依你的判断，是什么原因？”林泽夫说。

“此人恐怕是用轮椅运载过其他的东西。”安雅瑜想了想说，“比如说，尸体。”

林幽兰惊讶，“尸体？你是说他也盗过尸？刚才咱们都看见过了，那小矮子不是背着那具尸体出现的吗？”

“我也只是猜测，具体情况怎样还得等他们里面。”安雅瑜说。

正说着，厅里传来阵阵嘈杂吵闹，三人对望一眼，往门里冲了去，就见几名护卫拦住了一个长脸中年人，那人左手拄着拐杖指着他们骂着：“你们干什么？这钱是你们给的，又不是我强要的，为什么拦住不让走？”

宫池鸫早一个箭步向前，一把抓住了他的胳膊，当胸一掌，就往他胸前打了去，那人踉跄几步，拐杖笃笃后退，捂着胸口，“你，你为何打我？我是医院病人，交了钱治病的，你为何打我？”

宫池鸫也有些迟疑了，问古宗明，“外公，这人有什么问题？”

古宗明说：“你的左手因何受伤？”

那人一怔，“在家里切菜伤了手指不行吗？”

说话间，安雅瑜等已经来到了几人跟前，却只是站定，上下打量着他，宫池鸫说：“安小姐，这些人当中只有他左手手指受伤，可他与咱们见到的人外貌身形全不相同。”

安雅瑜视线落到了他的一双长腿之上，皱了皱眉。

林泽夫轻声说：“腿也不是假的？”他吩咐：“拆开他伤口看看。”

宫池鸫应了一声，一步上前，扭了那人手腕，一翻，再一伸手，把他缠在手指上的纱布拆下，却正是食指折断。

安雅瑜倒是用异样视线看了宫池鸫一眼，不明白他为何这么听话。

宫池鸫当然懊恼不已，他也不明白自己怎么就这么听话了？林老三随口吩咐一句，马上照办，简直当自己是他的副官，难道真是这些日子跟进跟出，跟上瘾被他同化了？

古宗明说：“安小姐，这里的人全领了银元，看了手，只有这一位先生左手手指受伤，是你要找的人吗？”

那人捂着左手，恨恨地叫嚷：“说什么发给大家银元，原来都是假的，你们到底想干什么？”

厅内众人也低声议论起来，“这家医院不是最保护病人隐私的吗？怎么会这样？”

“出了什么事？他们在查什么？”

“查什么也不能查到这里来，他们又不是巡捕房的人！”

安雅瑜则上下打量了他半晌，视线落在他的病服之上，收回目光，只冷冷地问：“先生是因为左腿受伤进医院治疗的吧？想必家庭环境不错，药资丰富，因此才独住了一间病房，平日不坐轮椅的时候，就用拐杖支撑走路，可我瞧你的左腿，却好得很。”

那人怒声说：“我的腿在这儿治了一个月了，差不多都好了，难道你们对自己的医术不放心？”

安雅瑜说：“一个左腿受伤要坐轮椅的人，一个月时间之内就能行走如常，这当然是医院的功劳，可如果腿没有病也进医院来坐轮椅拄拐杖，那还不是别有所图？先生自称左腿受伤住院，可打斗时却由左腿支撑身体，更奇怪的是，您左腿包着绷带，绷带里包的却不是药物。”

那人一怔，伸着脖子喊：“不是药是什么？这是医生替我包的！”

古宗明就问：“这个病人是哪位医生谁负责的？”

他这么一问，医护人员互相看了看，却没有一个人出来回答。

林泽夫平时寡言少语，此时不失时机地开口：“古老，您这医院管得可不怎么样啊！”

安雅瑜心说这人还真是寻着机会就精准狠回击！

古宗明老脸一红，狠狠扫了小曹医生一眼，怒问：“你的医生呢？谁替你包的？”

那人哼了一声，“我怎么知道？一会儿这个医生来，一会儿那个护士来！”

安雅瑜明白了，古家医院声名远扬，最讲的规矩是保护病人利益，即使是犯案罪人，也要走出医院后才能被差人捉拿，可正因为如此，对病人隐私过于保护，病人有钱就能进，医生护士不敢对病人多加怀疑，却让这没病之人混了进来。

她冷冷扫着那人左腿包扎之处，“是治伤药物也就罢了，可哪一位医生会把一柄小刀藏在绷带里？”

众人大哗，皆往他腿上看了去。

那人手不由自主捂住左腿，强自辩说：“你胡说什么？什么小刀？”

古宗明使了个眼色，两名护工上前，一左一右按住了他，另一名医生则拿起剪子，剪开他的裤腿，又把绷带剪开，层层绷带跌落，一柄小刀叮的一声跌落在地，刀刃上还有鲜血。

众人面面相觑。

古宗明冷冷地说："本医院虽然以保护病人隐私著称，但如果有人混进医院，想要浑水摸鱼，败坏医院名声，本医院也绝不姑息！"他上下打量他的双腿。

那人脸都变了，挣扎着想从护工手里挣脱，"古老先生，我虽然没受伤，但医药费照付，只是借贵医院暂住，并没有做什么损害医院利益之事，请古老先生明察。"

古宗明哪会理他，只对安雅瑜说："安小姐，这是那人的同伙？"

那人听见，又大叫，"什么同伙？就我一个人来医院看病！"

安雅瑜说："你的手指是新伤不久，并非折断的，是用这柄小刀割断的吧？你要掩护的人算聪明的了，古老先生拿出银元来他就知道了原因，让你割断手指缠上纱布吸引住大厅内人的注意，你大吵大闹，而他最方便的做法，却是化装成医院护工模样混进古老先生派过来的护工队伍里逃走，想必这个时候，人已经到了大门口了。"

那人脸色有些微的吃惊，却更多是得意，他一改刚才的吵闹，脸上神色阴沉，冷冷看着她，"可惜，安小姐推测出来得太迟了。"

安雅瑜说："那倒未必，你吸引众人注意之时，我们何尝不是在让那人放松警惕，使他自动自觉出现。"

那人此时脸色才微微变了。

古宗明这才发现，林泽夫不知道什么时候已经不在现场，不由问："安小姐，林老三呢，刚才还在的？"

话音刚落，门口传来了一阵骚动，人群自动分开，却是林泽夫押了个护工模样的矮个子男人走了进来，只见那人双手被捆，缚在身后，低垂着头，嘴上一边的胡须撕开了少许，一双裤腿拖在地上，打扮得古怪之极。

另一名护工手里却拿了一双靴子，递过来给古宗明看，说："古老，这人穿了这种鞋底垫高的鞋子，化装成我们一名护工，差点让他走出大门，还好林三爷即时喝止，才把他留下！"

古宗明接过那靴子看了一眼，递给了宫池鸪，"看见没有，看见没有！像踩了高跷一样！这些天，就是这人在停尸房装神弄鬼，把我们医院的名声都给搞坏了，说，你为何每天偷盗尸体丢弃各处？"

那人只低垂着头，连声冷笑！

一名护工一把揪住他的头发，把他的头拉起，另一名护工却手指一挑，撕下了他半边胡须，灯光照射之下，却是一名年轻人，面容还有几分清秀。

平常这个时候，林幽兰或多或少都要说上两句高论的，今儿却没听到她的声音，安雅瑜不由有些奇怪，朝她望去，却见她盯着那人，眼睛发直。

她不由低声问：“怎么了，六小姐？”

林幽兰说：“这个人，我好像在哪里见过？”她眉头紧紧锁着，似乎在仔细回想，想了半天却想不出来，嘴里边喃喃：“在哪儿呢？到底在哪儿呢？”

安雅瑜就说：“或许他在林府四周围打探情况，你偶尔见到过，却忘了？”

林幽兰却是心神不定，“或许吧？”

那人却似有所感一般，朝她望了过来，瞬间又把头垂下。

宫池鸫向围观众人说：“各位，并非我古家医院随意扣押病患，而是此人实在可恶，在停尸房装神弄鬼，我古家医院虽有保护病人隐私的传统，但如若有人作恶，惹到我们头上，我们也绝不姑息！”

有了那块银元打底，哪有人不好的？众人纷纷说：“正是这个理儿。”

医生、护工等把病人领到各自房间去，古宗明让人押了那两人到大办公室，端端正正地坐好，这才冷冷质问：“说，你们合谋盗尸，到底为何？”

高个子男人冷哼一声，满脸桀骜不驯，“什么盗尸，不过是把尸体移了个位置，又没什么损失，说吧，你们要多少钱赔偿？”

矮个子男人却只垂头站定，眼眸阴冷不发一言。

古宗明冷笑了一声，看着那高个子，“古家医院是什么地方，想必你明白得很，你既然喜欢替人顶罪，何不来个彻底？小曹，给他动个手术，让他那两条腿以后不用装也像！”

高个子脸一白，兀自嘴硬，“你们古家就不讲道理了吗？我是这里的病人，并没有做什么其他事，你们为何要对我动用私刑？”

古宗明笑了，“你外出打听打听，古家是讲理的地方吗？”

令安雅瑜瞠目结舌的是，满脸斯文的小曹不知道从哪里拿出了把手术刀来，极熟练地在手指尖打着转盘旋，往高个子走了去，原以为只是吓吓他的，可小曹走近，手一挥，只见白光一闪，高个子的左腿膝盖流出血来，他这时仿佛才忽然惊觉，惊天动地的惨叫声响起，他手捂膝盖，鲜血自指缝尖涌出，脸上露出惊恐之极的神色来，步步后退。

小曹却仿佛见惯了，安慰他，“我动作很快，一会儿就好了，保证你的腿自膝盖切下，一点不多，一点不少，装上假肢，一点也不影响以后的行动！假肢装短些，和他一样高！”

屋内灯光明亮，安雅瑜只觉凉飕飕的，望向屋子其他人，林泽夫见怪不怪，表情都没动一下，林幽兰正发怔，宫池鸫兴致勃勃，视线落到那刀上，显示出想要把这刀拿起看一下研究下这刀为何这么锋利的愿望，至于古老，看着手指甲，仿佛他手上那指甲上面有花一样，都是些什么人啊？

那矮个子男人却只是抬头看了一眼，复又垂下头去。

那高个子脸上现了极度恐惧之色，高声大叫起来：“我说，我说，我都听从他的指示，你问他，你问他！”

他指向了矮个子男人，“他才是我的上司，他告诉我，如果他晚上出去搬运尸体，就让我去找他，找到之后，替他把尸体处理掉，我不知道怎么回事！”

众人莫名所以，古宗明怒了，一拍桌子问：“找借口是吧，小曹，给我把他双腿切了！”

小曹染了鲜血的手术刀在指尖盘旋出一个圆盘样的白光，响亮地答一声，“好咧！”双眼兴奋发光，嘴里边说，“你不说是吧，尽管不说，好不容易有个活人身上练手的机会！”

高个子显然被吓得不轻，竟然痛哭起来，鼻涕眼泪一大把，“我说的都是真的，小人名叫赵威富，他叫司马贵，两年之前，他们家要招随从，小人没事做，就去了，从此之后，小人一直跟着他，替他打下手，他说什么我都得听，要不然，我婆娘孩子就会没命了。”

那矮个子男人此时忽然抬起头来，看了他一眼，只一眼而已，却把他吓得瑟瑟发抖。

小曹上前，一巴掌打在了司马贵脸上，这才回头问赵威富，“这两年你一直跟着他？在外边，他也偷尸体？”

赵威富摇头，“没有，没有，只是有时候半夜会起来周围乱走，我只要跟着他，让他不做出什么危险之事就行了，这一次，这一次也不知道怎么了，他晚晚出去搬运尸体，搬了之后拿绳子反吊住尸体双脚，倒挂在那棵梧桐树上，又一个人走了回去，我只好每晚把那尸体解下来，用轮椅运到别处随意丢弃。”

小曹医生怒喝，“为何把尸体丢到别处？”

赵威富说：“他让我这么做的，我也不知道原因。”

古宗明说：“前边那几具尸体脚脖子上有勒痕？”

小曹点了点头，“确实有。”

宫池鸫唤了名护工来，让他去查看楼下那梧桐树，隔不了一会儿，他上楼禀报，“那梧桐树桠上的确有很深的新勒痕。”

宫池鸫凑到安雅瑜身边问：“安小姐，看来他说的有几分可信，你说说，这到底是怎么回事？为什么这人偷了尸体倒挂于树上？想他倒吊着，从喉咙里呕出些东西来？稀奇事儿见多了，这一桩还真奇怪到了极点！”

安雅瑜顿时不知道怎么回答为好，只好说：“确实奇怪。”

林泽夫站在两人身后，嗤笑了一声。

宫池鸫回头问：“林三爷有什么高见？”

林泽夫垂头理袖子，“高见不敢当，但有些人的蠢言蠢语还真让人想把隔夜饭都呕出来。”

宫池鸫顿时脸皮紫胀。

安雅瑜眼角扫处，见林幽兰垂着头不知道在想些什么，走了过去，“六小姐，怎么了？”

林幽兰神色恍惚，看了那矮个子一眼，“没事。”

小曹医生继续问：“赵威富，平时在外边你们还做过什么事？”

赵威富胆怯地看了司马贵一眼，他只抬起头来，眼眸阴冷看着他，清秀的面颊之上，红色的巴掌印慢慢浮现。

赵威富闪躲着他的视线，“没，没有，我真的只是随从而已，要做了什么，我也不知道，都是他独自一个人出去的，他平常都不带我，这一次不知道怎么了，让我进医院来扮病人，司马家只有他一个主人，经常有人半夜找他，有一次还称他为八将军，那些人一来，他就出去了，经常很晚才回来，有时满身都是血，可我真的什么都没有做过啊，都是他自己动手的，我只管半夜跟着他就行了。”

小曹走到了被两名护卫押着的矮个子身边，弯下腰直视于他，手里的手术刀伸了去，在他脸上轻轻划过，他鬓角头发黑发纷落，他却只眼眸阴郁，一动不动，眼底没有半丝感情。

安雅瑜看着他的神情，心中忽然一动，林泽夫就发现了，轻声说：“是不是和姓肖的有点像？”

安雅瑜点了点头，“确实很像。”

两人都是穷凶极恶，不把人命当一回事。

“八将军？三爷还记得那十二将军的传言吗？”安雅瑜沉吟着问。

林泽夫点头，“看来他地位还挺高的。”

宫池鸫见两人在一边窃窃私语，凑上前来：“两位在说什么呢？说出来给大家听听？”

林泽夫就摇头，“未经证实之事，还是不说的好，说了怕您见笑，这吊倒树上让人呕出些东西来的推论，还是您这样足智多谋又有权威的人才能随便说说而不让人笑话的！”

安雅瑜咳了一声，差点笑了出来，看着宫池鸫才恢复的脸色又紫得发青，只侧过头去默默听着小曹审问那两人。

小曹继续问：“说，你们除了在医院偷盗尸体，还做过什么？”

赵威富摇头，“我不知道啊，我什么都听他的，昨儿晚上他又出去了，我照样跟着，就看见有人追着他跟了过来，我忙躲进了病房里，一会儿工夫，他来病房找我，手指断了，手上戴的那扳指也丢了，他让我自己割断手指用纱布缠上，教我大吵大闹引你们的注意，正在这时，你们开始发银元，他知道你们想引他出现，让我去领银元，这下边的事，你们都知道了。”

古宗明说：“林老三，你把那扳指拿出来给大家瞧瞧。”

安雅瑜忙把那扳指取出，递给古老。

古宗明很不满意，“安小姐，什么事还是群策群力的好，可不能搞什么小团伙！”

林泽夫只当没听见，安雅瑜只好说：“古老，您瞧瞧，这扳指仿佛极为贵重。”

古宗明取过那扳指，摆在桌上，只见灯光照射之下，暗绿色的扳指似乎变得透明了一些，里面隐隐有光华流动。

“汉代的古东西，值不少钱，司马贵，这东西你从哪里得来的？”古宗明问。

矮个子此时脸上才现了丝凶狠，死死盯住他，“把它还给我！”

古宗明冷笑，拿了桌上镇纸，对准那扳指作势欲砸。

“慢着！”

众人回过头来，却是林幽兰，她怔怔地看着那扳指，缓步走到桌前，轻声说，“古老，您能给我看看吗？”

司马贵阴晴不定直视着她。

古宗明把那扳指递到了她手上，“你见过这东西？”

林幽兰却怔怔地看着掌心扳指，似在思索，脸上现了痛苦之色，轻声说：“我见过这东西的，可为什么却一点儿也想不起来了？”

安雅瑜心中一动，回头看了林泽夫一眼，同时想到了什么，眼底同时现了丝惊异。

安雅瑜说："想不出来就算了，这种东西，或许你以前在珠宝店看见过，又不记得了呢？"

林幽兰脸色放松，把那扳指还给了古宗明，抱歉地说："对不起，我帮不上什么忙。"

古宗明倒没有注意到什么，宫池鸫却将视线在安雅瑜和林泽夫身上转了个来回，狐疑不已，忍不住又凑到安雅瑜跟前，虚心求教，"安小姐，你也听见了，他刚才提起了八将军，看来这两人来历不简单啊！"

安雅瑜点了点头，感觉到背后两道寒光，站得离他远了一步，说："宫先生有什么高见？"

宫池鸫正想开口，想及刚才林泽夫的讥讽，往后扫了一眼，谨慎地说："暂且倒没想出什么来，安小姐，您有何高见？"

背后又传来嗤的一声笑。

宫池鸫这次学乖了，只当没有听到。

安雅瑜说："高见倒称不上，这件案子，有两个让人不解之处，第一，司马贵为何半夜起身，专盗取体形外貌甚至于年龄都差不多的尸体挂在梧桐树上？第二，司马贵为何不自己藏身于医院，而是让赵威富扮成病人藏于其中？"

古宗明点了点头，"确实让人奇怪。"他看了小曹医生一眼，"你有什么话就说！"

小曹医生低声说："古老，依我看，这司马贵倒像得了一种病。"

他话音虽小，却把屋内每个人的注意力都吸引了过去，古宗明便问："病？你说他得了病？"

小曹医生紧张地咽了口口水，点头，"古老您瞧，司马贵专门找了个随从晚上不做其他，只看着他，这说明他自己也不知道自己深夜干了什么，这种病状，倒有点像梦游之症。"

古宗明惊讶得双眉倒竖，"你说他偷盗尸体，是梦游之中的不自觉行为？"

宫池鸫首先说："这怎么可能？梦游我是知道的，一般人也是走一圈回来了，再不济也就去厨房偷点东西吃，哪会知道挑选身形高矮差不多的尸体到处背着跑？"

小曹医生看了司马贵一眼，"这位司马先生身形矮小，骨骼却粗大，手腕脚踝关节有些变形，倒不像是先天的，有些像后天所为，梦游之症是潜意识里压抑的情绪在适当时机发作所见，梦游者少年时基本都有痛苦的经历，我想，他的梦游症这么严重，也可能与他年少时的经历有关。”

安雅瑜注意听着，望向了司马贵，他只冷笑连连。

她就走近了几步，直视他的眼睛，轻声问：“你真不知道自己干了什么？”

司马贵并不答话，把头偏向一边。

安雅瑜却见他将视线似有若无扫向林幽兰，心中不由又是一动。

小曹医生说：“梦游症的病人在梦游之时，生活在自己的创造的世界里，有一些更是记忆深处事件的重演，梦游病人醒了之后，根本不记得自己干了什么，我想，司马贵就是这样！”

宫池鸫插嘴：“搞了半天的盗尸事件，不过是个疯子发病？”

司马贵听到疯子二字，忽然抬起头来，恶狠狠地瞪着他。

宫池鸫表情不动，冷冷地说：“望什么望，你难道不是个疯子吗？”

古宗明看了安雅瑜一眼，问她：“安小姐，你说的那两处疑点如果是个有病的疯子做的，那就不足为奇了。”

安雅瑜摇头，“梦游症也有它形成的原因，他为何挑选体形外貌年龄如此相似之人。”她似乎忽然间想起了什么，脸上露出丝恍然大悟神情来，轻声说，“原来如此！”

宫池鸫就问：“怎么了？”

“原因其实再简单不过了。”安雅瑜脸上露出些怜悯来。

宫池鸫和古宗明同时问：“什么原因？”

安雅瑜却回头看林泽夫，“三爷，这件事……能说吗？”

林泽夫点了点头。

一老一少同时一阵郁闷，两人对视一眼，说好的不搞小团体呢？怎么他们不知道的，林老三又提前知道了？不兴这么打暗号的！

安雅瑜这才回头轻声说：“古老先生，前段日子，我和三爷破获过一桩杀人案，杀人者是个古董修复商人，那个人，天生穷凶极恶，把人命当成草芥，这个案子，宫先生想必也听说过了？”

宫池鸫点头，“就是上次你们去教堂查的那件事？有人把水泥封成的人头砌在天使圣像之上？”

安雅瑜说：“没错，就是那单杀人案，那凶手极喜欢残杀美女，把女子最美的部分切了下来，封在石膏里，再做成水泥物件砌在石像上，性格扭曲变态之极。”

她一边说着，一边仔细观察司马贵的表情，见他鼻翼增大，呼呼直喘气，心底不由涌起股悲凉。

宫池鸫问："可那单案和这案子又有什么关系？"

安雅瑜说："案发之后，三爷查过那凶徒的底细，原来那凶徒十几年前就曾经犯过一单灭门惨案，杀的却是自己的妻子和岳丈一家，独留下了他一双儿女，后来那他一双儿女被他送给了人养大，那凶徒的岳丈是做古董生意的，当时杀其妻子、岳丈之时，用的是刀，可杀死之后，却用绳索倒吊住其妻子岳丈全家，使他们鲜血流尽，当时的案发现场，简直是血流成河，听说其堂屋里的泥地都变成了红色。"

众人想及当时情景，连古宗明这种老江湖，也不由胆寒，"天底下居然有这种恶徒。"

安雅瑜见司马贵双目赤红，肌肉绷得极紧，仿佛随时都会扑出来一般，却不停止，继续说："那凶手却没有受到制裁，被人保护潜逃，平平安安地度过了十几年舒舒服服的日子，继续杀人取乐，直至一个月前，才被三爷捉拿。"

司马贵喉咙里发出一声尖啸，像困兽冲破牢笼，"他被捉了？哈哈，我终于找到他了。"他在两名护工手里剧烈挣扎，直冲到了安雅瑜跟前，"他在哪里？我要杀了他，杀了他！"

他表情曲扭，眼眸满是恶毒，安雅瑜也不由后退一步，只觉前边人影一闪，林泽夫拦到了前边，将她护到身后，他语气淡漠，"在我手里，想杀他，可得问我同不同意！"

司马贵声音如厉鬼哀号，眼睑处肌肉颤抖，"好，好，我要见他！"

屋内众人皆感愕然。

宫池鸫总算插了一句嘴："想见他，拿什么来换？"

林泽夫淡淡看了他一眼，他勉强地说："三爷，我替您问的。"

安雅瑜担心地看了一眼沉默不语的林幽兰，回过头来，轻轻说："你可知道，那保护着他潜逃的人是什么人？"

司马贵鼻孔呼呼出气，"不知道！"

安雅瑜声音更轻，"案发之后，那凶手直接承认了多年前杀害其岳父一家的案子，却毫无悔改之心，只说他的岳父招他入赘，对他呼呼喝喝，所以他才动手杀了他们，而他入赘岳父家门，不过受人指使，为了岳父家钱财而已，杀死岳父全家之后，我们曾问过他那双儿女的出向，他轻描淡写地说，那一对儿女被他送人收养。"

说到这里，司马贵已然控制不住了，几次三番想挣脱两人掌握，鼻孔呼呼出气，“不，不可能，怎么是他送的？他将我们丢弃，是那些人找到了我！妹妹却失踪了。”

林幽兰全身一震，抬起头来，“你还有个妹妹？”

司马贵冷冷扫向她，眼底闪过一丝迷惑，只偏过头去，却没有回答。

安雅瑜说：“是真是假，看来只有让你们相见才知道了？”

司马贵脸上现过一丝激动，眼眸红丝更甚。

古宗明兴趣高涨，“走。”离开桌子走了两步醒悟过来，转身问林泽夫：“你把他关在哪儿的？带路！”

林泽夫说：“不劳烦古老先生了，剩下的事，我们来做就行了，古老操劳了整晚，想必也累了，不如休息一下。”

古宗明此时情形，就像一个肉包子只吃了个皮儿，都看得见里面的汤汁饱满的肉了，肉包子却被人拿走，不给吃了，哪肯罢休，沉声说：“林老三，人可是在我家医院捉到的！”

林泽夫说：“此事过后，我定封一个大红包给您，以酬谢您相助之恩。”转头对安雅瑜说，“走吧。”

宫池鸫怕也被林泽夫甩下，殷勤地说：“三爷，我去开车。”

小曹医生同感此理，忙对护工说：“你，去开车，你们，把两人给我押牢了，走。”又回头劝慰古宗明，“古老，您放心，我们回来一定一五一十向您汇报，一个字都不漏。”

安雅瑜不敢看古宗明惨黑的脸色，跟着林泽夫往门口走，忍不住低声问：“三爷，这不太合适吧？把老人家就这么留下了。”

林泽夫说：“年纪大的人操心太多可不好，这种场合，还是我们这些年轻人多做事替您分担一下的好。”

他一口一个“老”字，宫池鸫与小曹哪敢插言，顶着古宗明的视线两人弯了腰加快速度往门口挤了出去。

一群人开了几辆车往外驶去。

安雅瑜偶一回头，就见古宗明站在二楼窗口，须发皆白往窗外看，忽然间让她有了种风萧萧兮易水寒的苍凉之感，拿眼角扫了林泽夫一下，再次提醒自己千万别得罪这人。

……

肖盛古脚上缠了镣铐由士兵带了上来。

听到镣铐哗啦啦作响，司马贵伸直了身子，直视于他，喉咙嗬嗬作响，在押解他的那两个护工掌里挣扎，眼眸凶狠，“你，是你！”

肖盛古怔了一下，却笑了，“小马驹儿，是你啊？”他上下打量了司马贵一眼，“长这么大了，怎么还这么矮？”

司马贵眼底红意陡涨，嘶嘶地叫：“我要杀了你，杀了你！”

肖盛古反而有些莫名其妙，“杀我？为什么要杀我？我不是你爹吗？看你这样子，被他们抓起来了吧？现在不也走了我的老路？咱们这是子承父业啊，可惜了，长得有点儿矮啊，娶媳妇了吗？”

司马贵终于忍不住了，双腿一蹬，自那护工掌中挣脱，身如闪电，一下子扑在了肖盛古的身上，双手死死地掐住了他的脖子，一口咬在他耳朵上。

几名士兵猝不及防，怔了半晌才一哄而上上前把想把两人分开，司马贵却死不松嘴，一口将他耳朵咬下，士兵拳打脚踢，这才将两人分开。

司马贵却在肖盛古的惨叫声中咀嚼了起来，恶狠狠地看着他，满嘴鲜血地把那半边耳朵慢慢地咬着吞了下去。

肖盛古惨叫地捂住了耳朵，半边脸全是鲜血，眼底也露出了丝害怕，在地上缩成一团，“你这个孽子！当初就不该留下你！”

司马贵阴着眼冷笑了两声，舔着嘴角残余血迹，“爹，我是你生下来的，跟你一模一样的性格，你忘了吗？”

他双手虽被扭在后面，却拼命挣扎，几乎脱出了那两名护工的掌握。

肖盛古后退两步，尖叫着说：“别让他过来，别让他过来！”

司马贵只阴阴冷笑。

屋里众人皆面面相觑，宫池鸫轻声对安雅瑜说：“这两人还真是父子？我看像前世仇人差不多。”

安雅瑜无言以对。

眼角余光到处，却见林幽兰眼眸发直，怔怔上前，忙一把拉住了她，“你干什么？”

林幽兰却是眼眸在肖盛古和司马贵身上来回往复，嘴里边喃喃，“肖盛古，你认识我吗？”

肖盛古左手捂住耳朵，看了她一眼，“你谁不认识，林家六小姐！”

“不对，不对……”她偏头去想，“不应该是这样的。”

司马贵却是眼眸闪烁，不发一言。

安雅瑜才想说话，林泽夫却几步上前，揽住了她的肩膀，“老六，走吧，你累了，休息一下再说。”

林幽兰顺从地跟着他往门口走了去，临近房门，却捧着头尖叫出声，缓缓蹲到了地上，“血，到处都是血，哥，哥，你要去哪儿，哥，别离开我。”

小曹医生上前，“六小姐这是怎么了？是不是发病了？”

他想上前替她诊治，却被林泽夫拦住，“不用你。”

小曹略有些诧异，只好停住。

司马贵被人压着跪在地上，侧脸朝她看了去，脸上有丝惊讶，收回了视线，若有所思。

安雅瑜打量着他的神色，只暗暗叹息，回头一看，却见林幽兰被林泽夫半抱半扶而起，挟着她往隔壁走了去，她忙跟上，走到走廊之上，林幽兰却忽然间站定了，不肯再走，“三哥，我认识他们的，我一定认识他们。”

林泽夫轻声说：“六妹，你记错了。”

林幽兰忽然抓紧了他的手背，把他的手背抓得发青，“三哥，我记起来了，我在什么地方看见过他们，是那一晚。”她瑟瑟发抖，用胳膊怀抱住了自己，“为什么我会记得那晚？我为什么会在那儿？我不会在那儿的！”

她忽然间一把推开了他，掉转头冲进了屋子，直冲到肖盛古面前，“你到底是谁？你认不认识我？”

她手指颤颤，指向了自己的鼻子。

肖盛古极不耐烦地看了她一眼，“林六小姐，你想干什么？”

林幽兰又快步走到了司马贵身边，声线拔高，“你呢，你认识我吗？”

第五十六章　似曾相识

司马贵抬头看她，缓缓垂下头去，冷冷地说：“林家六小姐，谁不认识？”

林幽兰后退两步，脚步踉跄，“不是的，不是的，我以前见过你们的。”

她捧着头步步后退，身子抵在了门框之上，腿脚发软，沿门框缓缓滑下，安雅瑜几步走上前去，扶住了她，“六小姐，您太累了，先去休息一下，等睡醒之后，就什么都弄明白了。”

林幽兰直视她的眼睛，轻声说：“雅瑜姐，是这样的吗？会这样吗？”

安雅瑜肯定地点头，她仿佛找到了支撑，扶着安雅瑜颤颤起身，倚靠在她的身上，缓缓移出了门。

林泽夫沉默上前，自左边揽住她，将她扶到隔壁房间。

宫池鸫悄悄过来，问安雅瑜：“安小姐，六小姐怎么了？她怎么会这样？真认识那两个人吗？”

安雅瑜摇头，“我也不知道，也许这两人所犯案子太过让人匪夷所思了，所以，六小姐心生惊恐，才会如此。”

宫池鸫当然不会相信这番说辞，眼角视线到处，看清她玉般洁白的脸上涌上莫名的忧伤，如浮云蔽日，使得她精巧的脸庞添了丝阴影，无来由心痛起来，看着她纤细的肩头，手指动了动，虚抬了起来。

安雅瑜却上前一步，往屋里走了去，回头看见他抬起的手，问：“怎么了？”

宫池鸫抬高手，抚了抚自己的鬓角，“走，进去好好儿审审那两人。”

屋子里，肖盛古与司马贵相隔老远被护卫押跪着，司马贵阴冷眼眸盯着肖盛古，不时冷笑，肖盛古却只垂头看着地板。

小曹医生上前低声说：“宫少爷，你们这才刚出去一会儿，司马贵差点把肖盛古另一只耳朵也给咬了。”

宫池鸫见安雅瑜走至司马贵跟前，哪顾得上听他的汇报，忙紧走几步，站过去听着。

林泽夫送林幽兰回来，看了一眼屋内，慢慢走了过去，安雅瑜回头问：“六小姐还好吧？”

林泽夫点了点头，只看着跪地的两人，声音淡漠，“先把肖盛古押下去！”

肖盛古如释重负，站起身来，跟着两名士兵出去。

司马贵却是眼眸动也不动，直视于他，如野兽般想要择人而嗜。

安雅瑜走至司马贵面前，声音清冷：“司马先生，不用我替你们介绍，你们也已认出了对方来了，司马贵，说吧，你潜进医院，所为何事，大帅被刺是不是由你一手主持，你的幕后之人是谁？”

司马贵却像没有听到她的问话，只死死盯着门口，盯着肖盛古消失的方向。

安雅瑜斜跨一步，挡住了他的视线，“司马贵，肖盛古是你爹，是他杀死了你娘和你的外公外婆是吗？可你是否想知道，当年是谁保他不死，又是谁让他入赘到你外公外婆家，命他杀死岳父全家，夺取钱财？”

司马贵此时眼珠子才微微转动，凝在了安雅瑜身上，阴沉沉地问：“是谁？”

安雅瑜只静静看着他，“司马贵，你这么聪明，难道猜不出来是谁吗？当年他犯下那样重的杀人之罪，却能被平安保出，而你，却恰恰好被人收养了，被训练成了杀手，和你爹走上了同样的道路，试问还有谁能有这么大的本事？”

司马贵冷冷地答：“安小姐，你就别打哑谜了。”

安雅瑜说：“司马贵，不知道你听说过前些时候报纸上报道过的教堂天使人头案没有？这件案子，就是由肖盛古所犯，他原本就是个穷凶极恶之人，当年和你娘成亲，后痛下杀手杀了你外公全家，却早有迹有寻，可疑的是，在他和你娘成亲的那段日子，他却能完完全全是一个好人，如若不然，又怎么会被你外公看中，招赘入门？据我猜测，他像你一样经过训练，有人暗中命令指使，才使得那桩杀人夺产之案那么成功，司马贵，你聪明得很，你自己想想，为何你爹会说你走上了和他一样的老路？”

司马贵眼睛定在一处，良久，才略略转动，“安小姐，你不用挑拨离间了，我并非他那种忘恩负义之人，这个世界公平得很，你想得到什么，就要付出什么，他们养我长大，我替他们做事，合情合理。”

安雅瑜轻声叹息，“确实公平，你外公外婆辛苦几辈子的财富被人拿走，还招致了杀身之祸，你娘因为不良之人而死于非命，独子被仇人养大重新变成杀手，女儿不知下落，试问他们规规矩矩做生意的老百姓，又得罪了谁，谁能给他们公平？”

司马贵面颊上的肌肉烈剧地跳动，双拳紧握，死死盯于一点，却不发一言。

宫池鸫说：“司马贵，你怎么那么蠢？这都想不明白。”

林泽夫一扬手，打断了他，“先把他押下去！”

两名士兵上前，押着他离开。

宫池鸫摊手表示不明白，“这才问得好好的，为何又让他下去了？”见安雅瑜和林泽夫互相对了个心照不宣的眼神，心酸得很，“三爷，这其中又有什么深意？”

林泽夫瞧了他一眼，走回到桌子前的椅子边坐下，翻起宗卷来。

宫池鸫脸皮再厚，也被他那明显的鄙视激得眼冒青光，简直一秒钟都不想在这儿待了，往门口走了两步，转过身来，脸色转而舒缓，朝安雅瑜虚心求教，说：“安小姐，烦请你指正。”

安雅瑜满腹忧虑，也被他的表情弄得哭笑不得，说：“三爷让人把司马贵押下去，一定和肖盛古关在隔邻之处，司马贵虽然嘴紧，但已心中存疑，两人关在一起，我想，明天早上，所有一切都应该有了解答了。”

林泽夫此时才自宗卷中抬起头来，再看宫池鸫一眼，嘴角含笑，“宫先生，听说你们古家和宫家以后都会把家业传给你？”

宫池鸫左边眉毛挑得老高，提高了警惕，“三爷消息可真灵通，怎么了？”

林泽夫伸出左手快速掐指，“让我算算看，你要花多长时间才把两家家业败光？”

宫池鸫脸色乌青。

安雅瑜默默垂头，脚往门口移，决定去瞧瞧林幽兰怎么样了，不在两人中间杵着，以免被殃及池鱼。

……

回林府之后，来到林泽夫所住小楼，林幽兰就不肯走了，安雅瑜只得由着她，让人拿多一床被子来，让她睡在身边，她整个晚上噩梦连连，不停地喊着血。

安雅瑜也一个晚上没有睡好，临近天亮，林幽兰才睡得安稳了些，她披着衣服走了出来，来到楼下找水喝，却见客厅之中，黄色小灯掩映之下，林泽夫靠在沙发上睡着了，手里的宗卷散落，有几张跌到地上。

昏黄的灯光掩映，让他的脸剪出峻冷的侧面，他微微皱着眉头，修长的手指夹了宗卷封面，薄薄的嘴唇轻抿着，军装领口扣子松开，露出了里面白色的衬衫，却是退却了白天的冷漠，显出几分脆弱来。

她悄悄走了过去，拾起地上的纸张，放在茶几上，又拿了毛毯过来，替他盖上，毛毯边缘触及他的脖领，他一下子惊醒，直直坐立，那一瞬间，眼眸冷似寒冰，看清是她，脸上神情这才缓和，“是你？”

安雅瑜被他凌厉的眼神吓着了，一颗心扑通扑通乱跳，好一会儿才平静了下来，“三爷，您一晚上没睡？”

他点了点头，看了一眼身上披着的军毯，说：“多谢。”把身上的军毯揭开，又从茶几上拿了那宗卷上的纸张递给了她，“你看看。”

安雅瑜接过那张纸，不由自主念出声来：“兹查，五号傍晚，林莫兰亲自外出买了五盒酥饼，去时手里提的包袱回来不见。”

“林大辅匆匆结束店铺，大量钱财不知去向。”

“六日，林莫兰派丫环外出，在原茶铺购买茶点。”

她一一翻下去，却是他们两夫妇这几日的行踪，她指着间中一行，问：“林大辅买了去闵镇的火车票？”

林泽夫点了点头，“我派人跟着他，今日有电报传来，闵镇那几日有大量陌生男女进入，而今日凌晨五时，司马贵终于把一切都说了出来，他被收养之后，在环山包围的一个小镇上受训，最近才被派出来执行任务，而那个小镇，闵镇是唯一途径之处。”他手指在那白纸上的闽镇两字上轻敲。

安雅瑜微皱眉头看着那两个字，轻声说：“我记得大帅有一场关键性的战役，就是在闽镇得胜的，报纸上也曾经大肆宣扬，而且那镇子仿佛是钱家祖居之地？”

林泽夫赞赏地点了点头，“你记得还真清楚，没错，钱学鑫的祖居，就在那里。”

安雅瑜斟酌着说：“钱学理的女儿失踪，我们怀疑她被肖盛古杀死，三爷曾经说过，您说或许他女儿之死，才是这一切的转机，不知道三爷为何这么说？”

林泽夫眼底闪过丝茫然，“我也不知道，只是觉得那死去的女子世间少有的美丽。”

安雅瑜心中一突，脑中忽然一亮，明白了他说的意思，心底却涌起股凄然，只重复了他的话，“是啊，世间少有的美丽，有的时候，美丽才是罪恶之源，三爷准备怎么做？”

林泽夫说："爹今日从医院回来了。"

安雅瑜轻声说："这一次，人证物证俱在，如果能争取到大帅的支持，咱们寻找真相会容易得多。"

林泽夫声音沉了下来，只答："期望如此吧。"

……

安雅瑜随着林泽夫走进大厅，刚刚还嘈杂的大堂顿时安静了下来，林泽录正弯着腰和林大帅说着什么，此时抬起头来看他们两人，笑着说："三弟，安小姐，你们过来了？"

几位叔伯正围着林大帅议事，互相看了看，向林泽夫拱手："三爷。"

林大帅则语气冷淡，"你来干什么？"

堂上顿时寂静得可怕，三姨太忙打圆场，"大帅，老三也担心您。"

林大帅瞧都没瞧他，"不用了，你先回去吧。"

林泽夫垂眸站定，双手微微颤抖，安雅瑜站在他后面，看着他僵直的后背，涌起股心酸，上前说："大帅，您遇刺之事，我们已经查清楚了，今日既是大家都在这里，请准许我向您陈清整件事情真相。"

林泽录首先表情惊讶夸张："这么快就查清了？老三，你动作真快。"

几位叔伯脸色各异，钱学鑫便说："十天没到，三爷就查清了一切？可二太太失踪，你又怎么解释？"

安雅瑜正想辩解，林泽夫却阻止了她，冷冷望定钱学鑫，"两件案子，互相关联，钱总长听完陈述，就明白了一切。"

钱学鑫讪讪地拱手："三爷请说。"

林大帅表情冷淡，说："老三，你要查有实据才好，别又弄些莫名其妙的东西来搪塞。"

林泽夫抬起眼眸，直视于他，"爹，您请放心。"

林大帅这才看了安雅瑜一眼，"安小姐，这案子看来又是你查清的了，说吧，都查出了些什么来？林副官行刺杀之事，到底是何人指使？"

安雅瑜像当白副官的时候一样，向他拱了拱手，"林大帅，请您准许我让林副官上堂做证。"

林大帅点了点头，侍卫得了命令，便去押了林副官上来。

林副官被关押几日，容颜消瘦，胡子拉碴的，但精神还好，进门先向林泽夫微微点头行礼。

林大帅看清他们之间的互动，冷冷淡淡地说："安小姐，林副官已经押来了，你既已查清，就开始陈述吧。”

安雅瑜抬起头来，直视于他，“大帅，当日情形纷繁复杂，纠缠不清，其后案情更是延伸到了大帅住院之处，请容许我重新还原一下当日现场，将每个细节都推演清楚，如此，才有可能将整件事情一一弄清楚，让您自己判断案件真伪。”

林大帅神情依旧冰冷，“你说吧。”

安雅瑜点了点头，走至林副官跟前，把左手举高，丈量了一下他的身高，又走到了林大帅跟前，对他说：“大帅，麻烦您站起来一下。”

林大帅皱眉，林泽录就冷笑，“安小姐，你想干什么？你不知道大帅伤体未愈吗？”

林泽夫声音平淡，“爹出生入死多年，横刀跨马什么风浪没有见过？在大哥眼里，成了连站都不能的废人？”

林泽录被噎得直翻白眼，指着他怒斥，“你，你……爹伤重未好。”

林泽夫说：“伤重未好？我跟爹外出打仗之时，爹左肺曾经受重创，流血不止，但第二日，爹就能领着我们冲锋陷阵，爹此次被刺，虽然伤口自前胸透入，但并未伤及心肺器官要害，这也是爹能这么快出院的原因之一，大哥，爹病情如何，你难道不清楚？却要故意说重爹的病情，难道想引得外界胡乱猜测，又起风波不成？”

堂上众人面面相觑，几名世伯就纷纷劝说：“好了，好了，你们两兄弟也别争了，这不是要搞清楚大帅被刺的幕后主使吗？”

林泽录愤愤不平，正想反驳，林大帅已不耐烦地站起，对安雅瑜说：“安小姐，你想干什么？”

安雅瑜走至林大帅跟前，又把左手举高，丈量了一下他的身高，这才点头，“大帅可以坐下了。”

林大帅怔了怔，三姨太和四姨太已过来搀着他坐下，愤愤不平，“安小姐这是干什么？大帅也是你能随便命令指使的？”

安雅瑜忙抱歉地说：“对不起，大帅，我只把你当成受害人了，倒忘了其他。”

林大帅挥手，“行了，你所做一切都是为了查清案件实情，说下去吧。”

安雅瑜声音清朗，“大帅，您当日被刺，正值二太太拿枪自指，斥责怒骂三爷，此时此地，众人视线全都被引至二太太身上，而您当时，离开了座位，想要劝阻二太太自杀，是吗？”

林大帅点了点头，“确实如此。”

安雅瑜转头向林副官，“而林副官您，当时正站在大帅身边不远，您得了三爷命令，随时保护大帅安全，因此，你看见大帅起身，也紧跟而至，来到了大帅身后，在他身后左侧边，是吗？”

林副官点了点头，“左手右手我不记得了，只记着三爷吩咐，一定要保障大帅安全，所以才紧跟着大帅。”

几位世伯皆暗暗点头。

林泽录冷笑起来，“爹自有护卫保护，何必三弟多此一举？”

安雅瑜说：“大少爷这就说错了，大帅虽有他自己的安排，但三爷也有他的一片孝心，并不能说大帅身边有护卫，子女就不闻不问了。”

这么一说，堂上众人皆纷纷点头，“三爷兼顾周到，做子女的正应该如此！”

林泽录哑口无言。

安雅瑜再走至林副官身边，问他：“当时场面一片混乱，人人皆被二太太的话吸引，你为何手似乎要拍上了大帅后背？”

林副官仔细回忆起来，“我记得当时，大帅离开了座位，直往二太太之处奔了去，可走没几步，身子摇晃了起来，我忙上前想要扶住他，这就在这时，二太太忽然发难，说我行刺大帅，我都怔了，反应过来之时，大帅已然跌倒在地，胸口中了一刀。”

安雅瑜说：“林副官比林大帅矮了大半个头，当时两人都是站立，若想要刺杀，匕首自后而前透入，想必是自下而上刺入，匕首斜斜往上，大帅，你还记得当时情形吗？”

林大帅思索着说：“我向阿婉跑了几步，想劝她回来，这个时候，却感觉身上一痛，往下一瞧，就看见刀尖突出，我的心忽然跳得很快，醒过来的时候，就到了医院。”

安雅瑜说：“大帅，您受伤之后，自己身上被刺感觉一定极为强烈，不像没有被刺？”

林大帅冷冷地说：“当然，伤在了哪里，我自己怎么会不知道？医生每日给我清洗伤口换纱布，我又不是没有知觉。”

安雅瑜说：“确实如此，一个人自身受了重伤，伤口疼痛无比，如果有人告诉他，他那里没有受伤，任何人都不会相信。”

众人纷纷说：“那是当然，哪有一个人连自己身上有没有受伤都不知道的，那这人也太糊涂了，安小姐，你在暗指大帅不清楚自己身上的伤？”

安雅瑜却没有回答，只说：“我记得前几年有一则报纸，报道了一桩奇事，说的是一位士兵被俘虏，敌对方为了让那士兵说出情报，假称要放光他血管里的鲜血，将他押进一个全黑的屋子，用冰冷的管子刺进了他的手腕，然后，滴答，滴答的水流声响起，连续响了一夜，第二天清晨，有人打开房门一看，那位士兵却已经死了。”

她停了停，目光扫向堂上，在众人聚精会神的视线当中，轻声说：“那名士兵，却不是流血过多而死，却是被吓死的，他的手腕并没有被管子刺进，而滴答声，只不过是一个大木桶底部刺穿了一个小洞，水便一滴滴的滴下！而所谓的刺进手腕的管子，也不过是个竹管贴在他手腕处放置。”

众人愕然，“这怎么可能？”

“这件事，真实发生过，还登在了前几年的报纸上，诸位请看。”安雅瑜示意士兵把那张旧报纸传递给众人观看。

报纸传了一圈过来，林泽录草草扫了一眼，皱眉说：“这件是这件，和爹被刺有什么关系？”

安雅瑜说：“我告诉大家这件事的原因，只是想证明，在特定的环境之下，受到了特定的暗示，没有受伤的人以为自己受了伤，是可能发生的，当然，这也是此案可能发生的情况之一，我已经说了，没有证据证实之前，一切只是猜测。”

林泽录吃惊地说：“安小姐，你不是在天方奇谭吧？你在说爹以为自己受伤了？爹，您说可笑不可笑？”

林大帅却没有出声，视线凝聚于一点，似在想什么。

安雅瑜看了大帅一眼，说：“我们再说回林副官刺杀林大帅的情形，林副官比大帅矮了许多，如想刺中胸口，刀柄斜斜刺进，刀尖突出，一定会略为往上倾斜，又或半边刀刃隐在了皮肤下，大帅伤口虽然没有验伤，但大帅带兵打仗出身，您一定还记得当时刀尖突出的情况，请您仔细回忆，刀刃突出时，是平平直出，还是略为倾斜？”

林大帅此时才醒悟过来，随口答：“我只看见刀尖，倒没有注意到别的。”

安雅瑜说：“确实如此，在这种情形之下，哪有人不定会心慌意乱的？可我们找到了大帅被刺后换下来的衣服，大家请看。”

士兵拿来一个盘子，上面放了一件带血的军服。

“这件就是您被刺后换下来的衣服。”安雅瑜再示意士兵。

他们拿来两件白色衬衫，又取来两个草扎的人偶，她亲自动手，把两件白色衬衫套在了草扎的人偶身上。

又让比着身高让士兵举高人偶。

“这个高度，就是大帅的身高。”安雅瑜说。

众人看了看林大帅，再看那人偶，皆点头称是。

安雅瑜示意林副官上前，递了把匕首给他，他一刀刺进了那草扎人偶的后背。

她再让士兵将草人举低，高度和林副官相平，再让林副官刺进。

两件衬衣除了下来，她再把那件军装举高对比，示意众人观看，“诸位请看，大帅军装上的刺口是不是和第二件衫衣刺口一模一样，后背前胸刺口几乎重合，而另外一件……”她举起了那件，众人大哗，却见那刺口后背比前胸低了许多。

“如果是林副官拿匕首刺进大帅胸口，这才是匕首造成的真实效果，而大帅，却是由一个和他身高一样的人刺杀，才形成了军装上前后位置相差无几的刺口，可当时，除了林副官之外，大帅身边空无一人！”安雅瑜双目神采奕奕，“这就形成了一个谬论，如果大帅身边无人，又不是林副官刺杀，到底是谁刺杀了大帅？”

林泽录冷笑扬声，“也有可能林副官掂高脚刺杀！”

安雅瑜看了他一眼，点头，“没错，有可能林副官垫高了脚，又或是跳起来刺进大帅后背，当时场面混乱，每个人的注意力都被吸引到了二太太身上，因此，什么都有可能，可还有一种可能……大少爷想知道吗？”

林泽录警惕地回答：“与案件无关就不必说了。”

安雅瑜回答：“当然有关，就像大少爷提起的林副官各种杀人可能一样，我们找到了一件道具，虽然曾经拿起大帅看，被大帅一口否决，但这也是一种可能。”她看向林大帅，“大帅，我能让人呈上来吗？”

林大帅却没有像在医院时反应激烈，神色复杂地点了点头，说：“呈上来吧。”

安雅瑜轻轻舒了口气，知道那报纸上说的故事终于打动了他。

林泽夫挥手，士兵端了个木盘子上来，把木盘子上的绸布揭开，露出了一个圆弧形的架子连接着两个铁盒。

安雅瑜拿起那架子，举高了给众人看，指着那两个铁盒子转身对林泽录说：“大少，三爷几日前曾经拿过一个道具给林大帅看，就是这个东西。”

她视线落在林大帅身上，大帅点了点头，“没错。”

林泽录好奇，“这是什么东西？”

安雅瑜说：“这东西是在当时的案发现场不远处的亭子间找到的，找到之后，三爷急于取得大帅支持，于是当晚就把这东西拿到医院给大帅观看，大帅却一点不信，只怪三爷想糊弄于他，大帅这么想，也情有可原，试问有哪个伤重之人，会不清楚自己身上受的伤？又试问亲眼见到的事实，又有谁会怀疑那都是假的？眼睛会欺骗人，这却是真的。”

众人纷纷问：“这是怎么回事？这东西和大帅遇刺有什么关系？安小姐，你倒是说清楚啊？”

安雅瑜却转头对林泽录说：“大少爷，我能否请你帮个忙？”

林泽录看了看林大帅，又望望众人，勉强地问：“帮什么忙？”

“对了解大帅遇刺真相极有帮助的忙，大少，您愿意吗？”安雅瑜说。

她这么一说，林泽录不愿意也只得愿意了，只好说：“但凭安小姐吩咐。”

林泽夫示意一名士兵拿起了那道具，把圆弧支架卡在林泽录的腰上，又拿起了盘子里的另外几个零件组装起来，不一会儿，就把那两个铁盒子一前一后装在林泽录的前胸后背，再取来一件军装，让他穿上。

堂上之人不明所以，皆互相望着，议论纷纷。

安雅瑜打了个手势。

忽然，一声凄厉的哭叫响起。

众人皆往发声处望去，却是一个丫环双眼紧闭，大声叫着。

正不明所以，却听林泽录惊慌地问：“这是怎么回事？流血了，流血了！”

众人又回头，往林泽录处看去，却见他惊慌看着前胸，前胸之处，一截刀尖突出，刺破了军装衣襟，露出少许白色寒刃，而鲜血却是一滴滴地滴落于地。

安雅瑜偷偷望了林大帅一眼，只见他皱紧眉头低头沉思，不由松了一口气。

“诸位请看，刚才这一幕，就是还原的当时大帅遇刺的可能现场，如果当时的情形是这样呢？像大少爷一样，大帅站立于此，二太太怒斥三爷，众人目光被二太太吸引，忽然之间，二太太直指林副官刺杀大帅，把罪过推在了三爷身上，众人视线再望向大帅，他前胸刀尖突出，后背刀鞘冒出，却没有一个人看清他到底是怎么遇刺的！”

从人面面相觑，钱学鑫大声说：“安小姐，难道大帅遇刺，只是这机关的作用？”

“机关，加上了障眼法，就像变魔术一样，林副官就成了刺杀凶手。”安雅瑜说。

此时，士兵已经上前，替林泽录脱下了军装外套，只见前胸后背两个铁盒子各自突出一截刀尖与刀鞘，有红色液体自前边铁盒子里缓缓流出，把林泽录里面衣服染湿了一大片。

士兵取下两个盒子，再把他身上支架一一拆卸取下。

安雅瑜拿起那装有刀鞘的铁盒，指给众人看，“刀鞘顶端装有削铁如泥的刃口，能轻易地划破衣裳突出，只一眨眼工夫，前胸后背皆出现了刀鞘刀尖，再加上二太太的指责，林副官这刺杀大帅的罪名就成立了，而这个东西，不过是更精致的电影道具而已。”

林泽录气呼呼地脱下外套，接过丫环手里的干净外套换上，说：“安小姐，你这不是糊弄人吗？父帅身上背了这么个东西他会不知道？再者，你说这铁盒子还有人能趁乱取了下来，但这么大的架子医生替父帅检查时就没有人发现？爹，您说呢？”

林大帅却依旧沉默不语，只皱眉坐着，视线盯于一处，不知道在想什么。

安雅瑜说：“大少爷，我说的，只是可能发生的现状而已，我事先已经说了，没有证据论证，一切都是猜测，所以，您提出来的，也是本案的疑点，综合您所说，本案关键性的疑点有两点，第一，大帅身上受的刺杀之伤，据医生诊断，刚好避开了心肺，从心肺之间的狭小之处刺进，大帅这才避过一劫，对于自己身上的伤，大帅不会无知无觉，您说是吗，大帅？”

林大帅点了点头。

安雅瑜收回视线，“第二个疑点，就是大少爷提出的，大帅身上如果背了这么多东西，他怎么会没有察觉？”

她此话一出，堂上众人脸色各异，钱学鑫冷声说：“安小姐，你是在暗指大帅用刺杀来陷害三爷？”

安雅瑜目视于他，“钱总长说的，也是一种可能。”

堂上众人顿时大哗，林泽录勃然大怒，“安小姐，你别血口喷人！爹怎么会这样？”

安雅瑜却毫不退缩，“诸位，我只是在分析案情，提出各种可能而已，大帅用刺杀来陷害三爷，也是一种可能，但诸位，大帅为何要陷害三爷？所有的案件，一定有动机，诸位认为，大帅有动机吗？”

众人更是议论纷纷，林泽录怒声说：“安小姐，大堂之上，众人面前，岂容你胡乱猜测！三弟，这都是你指使的吧？”

林泽夫却只是手指在椅背上轻敲，嘴角带了丝冷笑，不发一言，可他这种神态，却让林泽录更加恼怒，眼眸沉沉盯着他。

林大帅看了他一眼，缓缓举起了手，堂上议论声渐渐平息下来，他直视安雅瑜，“安小姐，你说下去。”

安雅瑜说：“大帅对三爷寄予厚望，疼爱至深，爱护都来不及，他当然没有动机来陷害三爷了，所以，这也是疑点之一！”

林大帅脸色沉沉直视于她，“安小姐，看来你已经知道了其中关键？”

安雅瑜像白副官一样朝他拱手，“确实如此。”

林大帅只说：“说下去。”

安雅瑜说：“从大帅遇刺之时，或者说，自二太太拿枪指着自己开始，这桩案子所采用的匪夷所思的障眼之法就开始了，所谓的障眼之法，无非就是里应外合，合众人之力使人眼所见之物符合了人们的幻想，使他们理所当然地认为真相就是如此，但事实是否如此？有的时候，人眼所看到的，不过是有心人精心设计让人看到的表象而已。”她转身朝林泽夫说，“三爷，请证人上场吧？”

林泽夫点头，示意士兵押了那几个人进来。

众人往门口看去，证人却有好几位，垂头丧气的顾波，两名身着大白卦的医生，一名护士，还有一位身材矮小面目清秀的青年。

而宫池鸫也跟在众人身后，施施然地走进，还向众人团团拱手。

顿时堂内嗡嗡声起，钱学鑫皱眉，“怎么顾探长也成了证人？”

顾波抬头看了他一眼，又垂下头去，表情沮丧，“对不起，大帅。”

林大帅抬头，眼眸阴冷，“你做了什么？”

顾波唇齿欲动，却最终什么都没有说，只扑通一声跪倒，再次说：“对不起，大帅，我逼不得已。”

林大帅闭了闭眼，转头看向安雅瑜，仿佛极为疲累，“安小姐，您继续说下去吧。”

安雅瑜说：“当日二太太拿枪自指，大帅被刺，顾探长一直从旁协助处理现场，在那样吵闹纷繁的场所，顾探长借口协助医生处理伤口，在医生协助之下，将大帅身上两个铁盒取了下来，偷偷找地方藏了起来，螳螂捕蝉，黄雀在后，这一幕却被宫先生看到了。”

宫池鸫摊手弯腰向众人行礼，“没错，我见顾探长放下大帅不理，反而偷偷走到花园亭子藏东西，这才跟踪而至，正巧看见他把这装有盒子的小包袱压在了亭子石头底下。”

顾波却只沮丧承认，“是我做的，我都认了。”

林泽录说：“行，这两个关键铁盒容易拆卸，藏在身上随便就可以偷偷运走，那么挂在身上的支架呢？体积如此之大，怎么可能神不知鬼不觉地运走？”

安雅瑜视线停留在坐在角落里不发一言的林幽兰身上，问：“六小姐，当日大帅遇刺，送往救护车时，您一路陪护，请把您在救护车上发生的事一一说出。”

林幽兰早就来了，却只默默坐于一边，甚至于林泽夫和安雅瑜进门之时，也只想着自己的心事，一言不发，此时被安雅瑜点名，愕然起身，“雅瑜姐？”

安雅瑜朝她点了点头。

林幽兰想了想说：“那一日，我随着父帅上了救护车，原本三娘和四娘都要上去的，可医生说车子只准一个人陪护，我只好跟了上去。”

她把那日发生的事一一陈述。

安雅瑜说：“那一天在救护车上的医生，不是别人，却是这位先生假扮的。”

安雅瑜手指向了垂头站着的司马贵。

司马贵只垂头看地板，一言不发。

林泽录说：“不会吧，当时来的医生我见过的，怎么会这么矮？”

安雅瑜说：“这位司马先生擅长变装，穿上垫高的鞋子，脸上化装，就成了医生了，他已经招供承认，是他一路护着大帅进了医院。”

林泽夫拿起放在身边的宗卷，递给林大帅看。

林大帅抽出里面的纸张看了几眼，放下，朝安雅瑜说：“他做了什么？”

“大帅当时昏迷，六小姐跟着上车，在车子驶动之时，护士递给了她一杯水，她饮下了，六小姐说了一种感觉，说她在车子里时时间过得特别快，好像一饮完水，车子就到了医院，没看见医生动手替大帅诊伤，大帅身上伤口已经包好，还有，她看见那位医生用一个大瓷杯喝着水，或许不光是水，仿佛瓷缸缸底有物遗留，医生看了一眼瓷缸，把缸子里的东西往嘴里倒。”安雅瑜说。

林幽兰点了点头，“确实如此。”

林泽录哼了一声，“我看不出来有什么不妥的，六妹心急爹的病，盼着早到医院，当然感觉时间过得快些！”

安雅瑜说：“大少爷，您这观点我可不能赞同，一般人在忧急之时，反而感觉时间过得特别慢，只有在高兴欢乐时，时间才会过得特别快。”

堂上众人皆纷纷思索，暗暗点头。

钱学鑫站起身来，想说些什么，看了林大帅一眼，又坐了下去，被林大帅一眼望见，沉声问："老钱，你有什么就说！"

钱学鑫脸色尴尬，"还是让安小姐说吧，我听着就好。"

林大帅转头对安雅瑜说："看来那医生喝的瓷缸里东西有古怪了，安小姐是吗？"

安雅瑜点了点头，看了司马贵一眼，"司马贵虽然已把一切和盘托出，但为了说明一切，让大家看得清清楚楚，我们一样还原现场。"

众人听说又是还原现场，不由每个人都聚精会神。

林泽录这次可不上当了，见安雅瑜视线扫向他，淡淡地说："安小姐，我可不能再帮你的忙了，我可没几件换洗衣服！"

安雅瑜摇头，"大少爷放心，这次不用你。"

宫池鸫好不容易插上了嘴，"安小姐，我来帮你。"

安雅瑜说："好。"

侍卫拿来了一个大瓷缸，在里面放了清水，安雅瑜拿起木盘子里的小纸袋子，拆开了，倒了些粉末进瓷缸里，却把自那道具架子自木盘子里取了来，放进瓷缸沾水，却只见原本坚硬无比的架子沾水的部分开始软化，安雅瑜用手一拉，道具架子如面条一样跌落一截到缸里，她再浸了进去，不一会儿工夫，那道具架子全都溶解在了瓷缸里。

第五十七章　真相大白

她端起那瓷缸给大家看，却只见缸里清水变成了满缸混浊白色，如面粉入水一般。

在众人惊呼声中，她拿起瓷缸饮了一口，轻声说：“味道不怎么样。”

林幽兰一脸恍然大悟，“我明白了，就像面人馆做的面人一样，这东西是用面粉制成的，遇水就化，司马贵把爹身上的道具架子取下，放进瓷缸里，化掉喝下，当然不留痕迹了。”

安雅瑜点了点头，“正是如此。”

林泽录哈哈笑了两声，却无人应和，只得自己收了笑，冷哼一声，“真是天方夜谭，面粉做的东西怎么会坚硬媲美铁木？”

安雅瑜说：“一般人用面粉制的当然不成，但大少爷可见过专门制作的面人面塑？他们有不外传的祖传秘方，制出的面人干了之后坚硬无比，不裂不坏，祖上传下来的面塑更能保存百年。而这件东西，就是由那面粉制成的，大少不是才背在身上过么？韧性极好，确实可媲美铁木！”

林泽录哑口无言。

堂上有人发言：“我知道，不就是后胡同口的面人张么，我还给小孙女买了个兔子面塑，几年了都不坏。”

众人又嗡嗡讨论，“此种机关设计，还真是天衣无缝，匪夷所思了，又有谁能想得到这么大的东西遇水能化，化了之后喝进肚子里什么都没有了？”

安雅瑜说：“这件道具关键部件，就是前胸后背两个铁盒，但这两个铁盒体积不大，道具由几个部件组装而成，几个人分工合作，顾探长趁着混乱配合医生包扎伤口将铁盒取走藏好，而司马贵先生扮成的医生在救护车上取下大帅身上背着的架子，放进水里化开，喝进肚子里，如此一来，大帅遇刺，就成了真的，无迹可寻了。”

一穿中山装老者站了起来，“安小姐，面人张的面人可不是那么容易化开的，光有水可不成！”

安雅瑜认出是教育司司长陈阿兰，朝他点头，“陈司长，我在水里加了食物软化剂，这也是张家独门秘方，具体由何制成，我也不知道，只知道加上软化剂之后，面人如泥土遇水，快速化开。”

陈阿兰坐下了，喃喃地说：“面人张倒很有些不传之秘。”

另一人接口：“那是当然了，这些民间艺人几辈子的手艺，是有些真本事的，可谁能想到，却被人用在了凶杀上。”

林泽录哼了一声说：“行了，安小姐，就算你说的这电影道具造成了爹遇刺假象，但爹自己能不知道身上有这么个东西？”

堂上顿时静了下来，人人皆朝大帅望去。

林大帅却并不说话，只直视于安雅瑜。

“大帅不知道身上有这东西，却有一个原因。”安雅瑜迎上了林大帅的视线，“大帅，我想问您，您大寿之前，是不是曾经从马上跌下背部被利石划伤，几天之内伤口剧痛无比，因此，在出席寿宴之前，您吃了止痛药，为避免失态，并让人在伤口四周打上了麻药？”安雅瑜问。

此言一出，众人一片哗然，有人便问：“大帅，您受过伤为何不说出来？”

林泽录也说：“爹，这是真的吗？”

林大帅只望向林泽夫，“你们调查倒是很清楚！”

安雅瑜说：“大帅不说出来，当然是因为顾忌良多，一则是小伤，二则寿宴在即，大帅不想扫大家的兴，以为伤口没过多少日子就好了，所以只秘密让医生包扎好，打上麻药，正常参加了寿宴。”

众人互相望了望，倒没人再提出疑问。

林大帅点了点头，“确实如此。”

“大帅伤口虽然不深，但却极为狭长，打上麻药，整个后背至前胸都失去了知觉，再加上缠上了厚厚的纱布，这个时候，如有大帅深信之人在他身上动了手脚，大帅就不能察觉。”安雅瑜说。

“你是说二太太？”有人轻声问，却没人附和，声音却小了下去。

场上又鸦雀无声。

钱学鑫左右看了看，再次出声：“安小姐，你说的那方法虽然天衣无缝，但大帅遇刺昏倒又是怎么回事？麻药时效不长，难道大帅到医院之后还不知道自己身上伤在了哪里吗？”

“这就要说到本案最大的一个疑点了，请大帅准许我询问替您诊治的两名主治医生。”安雅瑜说。

林大帅点了点头。

两名医生被士兵推上前来，脸色惴惴。

安雅瑜拿了一个铁制药盒，转头朝林大帅说：“大帅，这两名医生，您一定还认识，他们就是您的主治医生，他姓黄。”安雅瑜指着中年医生说，“而另一位，是李明富医生，您每次有些小病小灾的，都是由他上门替您诊治。”

林大帅点了点头，扫了孙医生一眼，冷冷地说：“李医生，你胆子倒不小！”

李明富脸上现了丝惭愧，垂下头去，默然无语。

安雅瑜走至李明富面前，把铁制药盒递给了他，又转头对林大帅说：“大帅，我能否请宁主任和李医生做个实验？”

宁文泰是林大帅身边的治保主任，常年跟在大帅，负责他的保安以及内部事务。

林大帅转过头去，看了一眼站在角落里的宁文泰，微微点头。宁文泰怔了怔，走上前来，向安雅瑜说：“安小姐，你要我怎么帮你？”

安雅瑜说：“请您站在林大帅的身边。”

宁文泰回头看了林大帅一眼，林大帅微微点头示意，他走至大帅左侧手边站定。

安雅瑜慢慢地说：“大帅被抬进救护车时，是六小姐一路陪护，而宁主任则带领两辆军车前后护送，一路之上，宁主任并没有发现什么不对，一路护送大帅到了病房，由于李医生是林大帅日常的主治医生，因此，宁主任并没有怀疑，大帅进入病房，李医生和他的助手小黄医生一起替大帅诊治，宁主任一直在病房四周围巡视，调查安保情况。”

宁文泰聚精会神听着，听到安雅瑜所说正确之处，便点了点头，林大帅身上到底有伤，坐的时间久长，却有些疲惫了，身子微微后靠，四姨太体贴地替他调整后腰软垫。

李医生却无意识一般，把手里的药盒打开又揭开，揭开又打开。

安雅瑜不紧不慢地询宁文泰，声音舒缓和悦。

在这种情况之下，林大帅只觉自己意识有些模糊，忽听到有声音传来，似在他耳边响起：“大帅，您胸口伤口是不是痛得受不了，像尖刺刺入胸口……”

一股钻心的疼痛忽然间直刺胸肺，他捂住了胸口，“痛……”

众人愕然望去，却见林大帅在宝椅上缩成了一团，面露痛苦之色，双眼睁得极大。

四姨太失声惊呼，“这是怎么啦？这才好好儿的，怎么伤就发了？”

林泽录急步上前，满脸焦急，怒喝安雅瑜，“安小姐，你不是说大帅的伤没那么重，只是假伤……老三，你怎么说！”

林泽夫却只站定不动，看了李医生一眼。

李医生便把盒子猛地一盖，砰的一声空声响起，“大帅，您的伤好了！”

林大帅神色一惊，缓缓转动眼珠望向四周，手抚胸口慢慢坐了起来，问众人，“我这是怎么了？忽然间觉得胸口痛，可一阵工夫，却又没事了。”又看着林泽录，“老大，哭丧着脸干什么？”

四姨太哭了起来，“大帅，大帅，刚才可吓死我了，您怎么一会儿好，一会儿歹的？”

林泽录脸色惊疑不定，“爹，您没事吧？”

“没事。”林大帅自知情况不对，狠狠瞪了李医生一眼，转头望向安雅瑜，“安小姐，怎么回事？”

安雅瑜首先向林大帅拱手道歉，“大帅，对不住，我骗了您。”

林大帅也隐隐感觉不妥，说：“安小姐，你所做一切，都是为了查案，说下去吧。”

安雅瑜说：“我假意让宁主任站在您的身边，像是让宁主任回忆当时情景，对您说想让宁主任还原现场，搞清楚当时情形，实际却在使您紧绷的神经放松下来，不对李医生起戒心，李医生拿空药盒一开一合之时开始，就已经开始对您施加催眠暗示，由于他对您已经多次催眠，让您深信自己胸口受伤，虽然我向您演示了那件道具，使您起了疑心，但潜意识里，您却只相信自己身体平常的感觉，因此，很容易的，您便被李医生催眠，身体又感到疼痛，就像曾经真的被刀刺伤一样。”

林大帅沉着脸看向李医生，“这么说，我身上的伤全是假的？拿剪刀来！”

四姨太一怔，“大帅，您要做什么？”

林大帅一声冷哼，阴阴地盯着李医生，“老子今天就亲眼看看，那所谓的伤口是真还是假！”

李医生腿直哆嗦，居然扑通一声跪下了，“大、大、大帅，我也迫不得已，我妻子女儿都在他们手里，我不得不听他们的吩咐。”

林大帅不再理他，自己动手解开衣服，从士兵手里接过剪子，剪起胸口的纱布来，几剪刀下去，不用再动手，众人皆已看到，他胸口光洁无瑕，哪有什么伤口，倒是胸腹以下，有几道长长的擦伤。

众人大哗，嗡嗡声起，更有两位姨太太惊讶地责怪了起来，“大帅，如果您让我们贴身伺候，早就看出来了，哪会被人骗了这么多日。”

林大帅恼怒得眉毛倒竖，一脚踢向了李医生，“龟儿子的，把老子当猴子耍呢！”

李医生抱着头被踢得几个翻滚，伏在地上痛哭流涕，“大帅，是我对不起您，我也没办法啊。”

安雅瑜说：“所有这一切案件，都有幕后主使，是几个人共同合谋的结果，而联络人，就是这位司马贵先生。”

司马贵被士兵押着，站在角落里，闻言却只微微冷笑，桀骜不驯的目光扫向堂上，“没错，都是我做的，谁让你们这么好骗的？什么大帅，呸……”

林大帅气得胸口起伏，左右看了看，一把抢过身边侍卫腰间挎枪就指向司马贵。

却听一声尖叫：“爹，慢着。”

林大帅回头，却见林幽兰满脸惊惶冲上前来，拉住了他的胳膊，“爹，三哥留着他还有用的，他知道的东西多着呢。”

林泽夫上前说：“爹，的确如此。”

林大帅气呼呼地把手垂下，将枪丢给林泽夫，“老三，仔细查，一定要他们连根拔起！”他目光阴沉，扫着司马贵等，恨不得将他们碎尸万段，可他心里明白，他们不过是在前面跳动的小鬼，而那幕后指使，他脑子浮起了那人的相貌，似站在灯火阑珊之处，着一身合体旗袍，朝他微微而笑。

他忽感觉心口一痛，却不是刚才那刀刺入骨的痛，那种痛钝钝的，像重锤一般锤落胸口蔓延，直蔓延至五肢四髓，让他面前一片模糊，他视线上扬，落到了林泽夫的身上，他心口的痛才轻了些，轻轻吐了一口气，勉力睁大了眼。

林泽夫挥手，士兵将几名证人押了下去，司马贵被两名士兵押走，临出门前，却似有所感，回过头来看向林幽兰，停了半晌，这才慢吞吞地随士兵走了出去。

他上前扶住了林大帅，这一次，林大帅紧紧握回他的手，抬头望定他，“老三，一切拜托你了。”

见此，安雅瑜浑身紧绷的身体才彻底放松了下来。

林大帅朝堂上众人看了一眼，疲惫挥手，“让你们看笑话了，好在都是一起打天下的老兄弟。”

钱学鑫与几名官员纷纷说：“大帅，哪里的话，倒是三爷，受了不少委屈，日后我们都听您和三爷的。”

林大帅点了点头，再吩咐：“今日之事，还望大家伙儿严守秘密，等待查清一切。”

众人点头称是，这才纷纷告辞，宫池鸫自也识趣离开。

林泽录想要留下来，林大帅不耐烦地说：“你先回去，我和老三有话说。”

林泽录额头现了青筋，只缓缓吁气，望了林泽夫一眼，拱手说：“老三，父帅就麻烦你了。”

林幽兰却只默默看了安雅瑜一眼，随着两名姨太太走出大堂。

林大帅看着满地的绷带，神情说不出的疲倦，掩了胸口衣襟，看着站在他面前的两人，身子后仰，靠到了软枕上，对林泽夫说：“老三，安小姐，你们还有没说出来的吧？”

林泽夫上前，把软枕替他调正，坐在他身边的椅子上，“爹，基本上，我们已经查得差不多了。”

林大帅直视于他，“你娘是不是有了下落？”

林泽夫点了点头。

林大帅脸上现了丝苦笑，摊开手坐着，“我就知道，她不会这么轻易死的，她怎么舍得死呢？老三，我并不傻，只是以为，这么多年了，是块石头也该焐得热了，她在我身上做手脚，如果是无关紧要的，我也由得她去，可这一次，她可真太过分了。”

安雅瑜悚然一惊，不由自主望向林大帅。

林大帅似感觉到了她的视线，瞧了她一眼说：“安小姐，你聪明多智，想必早已看出不妥？”

安雅瑜犹豫着说：“大帅是不是早就知道二太太身上怀有奇术？”

林大帅轻轻吸了口气，身子往后仰去，脸上露出了回忆之色，“当年我还只是一个贩卖布匹的商人，经常往来东洋经营布匹生意，赚了不少钱，未免意气风发，已经娶了好几房姨太太了，老三老四都是那时候娶的，可我总是感觉缺了点什么，她们都很美，却不懂我的心思。”

安雅瑜略皱眉头，“大帅，这么说，您当时的二姨太另有其人？”

林大帅点了点头，“赵如婉是正房的远房表妹，她算盘打得好，很会算账，因此，我到哪儿都带着她，那次去东洋进货，时间长了些，一去就是大半年，哪想到她就怀了身孕，等坐船回国之时，她胎位有些不正，一位朋友介绍了私家医生替她看病，如此就认识了阮清婉，也就是你娘，也许她们名字后面都有一个婉字，所以，才有后面的渊源。”

他视线落到了林泽夫脸上。

灯光照射之下，他眼底现了丝奇异之色，可等安雅瑜再望过去，他却眼色正常。

她隐隐感觉到了不妥，却说不出那丝不妥由何而来。

林泽夫垂下头去，像是下定决心般问：“爹，我娘当时也怀孕了吗？”

林大帅却像没有听到他的问话，“你娘当时身边只有一个私家医生，几名女佣护着，她头上戴着一朵白花，袖子上戴了黑纱，她是新寡，刚死了丈夫，她和丈夫在东洋从商多年，因为丈夫死了，这才不得已回国，她说一口流利的中国话，又是自己的同胞，她懂得极多，比我懂得还要多，我从没见过那么见识广博的女子，几次接触下来，我竟然感觉娶的那几房太太都不如她，而且，不过几日工夫，她和赵如婉相处得情同姐妹。”

林泽夫直视于他，再问：“爹，我是您的儿子吗？”

林大帅只偏过头去，看着窗棂之处，“老三，你是我最喜欢的儿子，那段海上的日子，是我一生中最高兴的日子，而这个时候，海上起了大风浪，想不到的是，你娘和赵如婉因此同时胎动，等风浪停了下来，如婉早产，孩子和大人都没能保住，你娘却顺利生下了你，她带着大量财产，虽然回国却亲朋皆无，我早对她有了想法，因此，一切都顺理成章了，只要她肯嫁给我，我什么都答应了她，她说不想让她以前丈夫的家人找到她，夺取她手里的财产，只有隐姓埋名，她如果嫁给我，只能代替赵如婉成为我的二太太，我何乐而不为？我把她带回林府，从此之后，她就成了你的二娘了，赵如婉常年跟着我在外经商，国内的人知道她面貌的不多，我明知这其中必有蹊跷，但我当时想，我已经娶了好几个夫人了，她都愿意跟着我，而且如今乱世，哪一位身上没有一点秘密，更想着她倾尽了全力帮我，拿出所有的财产助我起事，我也就睁一只眼闭一只眼了，甚至于，把你当成亲生一般，而你，确实比我自己的儿子有出息很多。”

他垂下眼眸，似不愿意望向林泽夫。

林泽夫后退一步，脸色渐渐变得灰白，“爹，我真的不是，真的不是……”

林大帅缓缓抬起头来，“老三，这么多年，我可有亏待过你？”

林泽夫双目似有水光滑过，一瞬间却表情平静，“没有。”

林大帅茫然望向窗外，“老三，我是真心想对你娘好，想对你好的，我如果没有遇到你娘，可能还只是个普通的布匹商人，和几个妻妾平静无波地过着自己的小日子，遇到了你娘，可不知道怎么的，就想让她另眼相看。”

林泽夫垂头，“是吗？”

安雅瑜看清了他眼底的茫然与无措，担心已久的事如今变成了现实，她心底涌起股酸意，眼泪几乎夺眶而出，只好侧过身子，掩饰一般地拿袖子拂去了湿意。

以后，他要怎么办？还能怎么办？

最亲的人变成了陌生人。

而最应该痛恨的，却是他血脉相连的亲人。

林大帅沉默地看着他，站起身来，似想拍拍他的肩膀，他却身子一侧，避开了。

他缓缓收回了手，“老三，我只想让你知道，你已经是我的儿子了，你做得很好，你娘太过分了，如果你能查清一切，那再好不过了，老三，你心底自有一杆秤，能评判是非黑白，你娘影响不了你，我不能强求，但我信你！以后，你还是我的儿子，我的一切，也是你的！”

林泽夫却是一言不发，转身往门口走，手放上了门把手，停住了，只轻声说：“爹，我是您养大的，我不会像他们一样。”

他拉开门走了出去，安雅瑜瞧了怔怔站着的林大帅，他脸上神情奇特，却是似喜似悲，她心底那股奇异之感又升了起来，见林泽夫走了，忙跟了出去。

长廊之中，树影流动，将一层层的翠色投在他的脸上肩头，在萧瑟清冷之中莫名感伤，安雅瑜紧紧跟着他，他却越走越快，离她越来越远。

安雅瑜穿了一双略高跟的鞋子，旗袍下摆紧绷，怎么也跟不上，眼见他转过屋角消失不见，她一咬牙，把鞋子除下，急跑过去，拉住了他的左手，“三爷。”

他缓缓回过头来，见她一双手提了鞋子，雪白的袜子踩在了青石板上，双目关切，直视于他，他心中略动，却垂下眼眸，“你跟着干什么？”

安雅瑜咬了咬下唇，“想请三爷去吃东西。”

林泽夫定定看着她，看了不知道多久，才说：“吃东西？安雅瑜，这种时候，你请我吃东西？”

安雅瑜摇了摇头，眼眸动也不动地望定了他，“三爷，您瞧，这天没变，地也没变，人一样也没变，肚子还是会饿，三爷的口味也没变，还是喜欢吃酱肘子，喜欢喝普洱茶，不喜欢的，依旧不会喜欢，就比如您不喜欢长毛的动物，如果有这东西扑了上来，您依然会一脚把它踹开！”

林泽夫垂眸：“你安慰人的方法还真让人哭笑不得。”

安雅瑜说：“三爷，我们还去吃东西吗？”

林泽夫扯了扯嘴角，“吃，怎么不吃？带了钱了吗？”

安雅瑜手捂了钱袋，手指在其上按了按，“带了。”

林泽夫示意她把鞋穿上，“走吧。”

林副官远远站着，他手脚倒挺快的，这才被放了出来，马上刮了胡子，换了一身新衣服，朝林泽夫啪的一声行了一个军礼，“三爷。”

三人往小车走去，却看见宫池鸫百无聊赖地在亭子东南角坐着，林幽兰则坐在另外一角，两人同时站了起来，争先恐后挤到安雅瑜身边，“三哥，雅瑜姐，去哪儿？”

安雅瑜愕然，“宫先生，您还在啊？”

宫池鸫说：“当然，走。”走了两步回头，“去哪儿？”

安雅瑜表情平静，“去吃饭。”

宫池鸫一怔，“去吃饭？”

“对了，东街头一家拔丝菜馆，新出了不少好菜牌，走，走，走，我请客。”安雅瑜说。

宫池鸫先是一怔，后又一喜，“安小姐请客？这可是千载难逢之事，好，走，走。”

安雅瑜慢吞吞地说：“既然有宫先生在，您一定会兑现承诺的，有您在的一天，吃饭一律由您来埋单，宫先生，拿钱来，我请客。”

宫池鸫怔了，喃喃地说：“安小姐，您这慷他人之慨做得还真熟练。”

林幽兰一脸幸与荣焉，“谁叫你是外人，咱们都是自己人呢？你一个外人挤到咱们这里面，当然得交点入场费。”

宫池鸫无可奈何，只好说：“行，行，我买，我买，谁叫我们宫家别的不多，就是钱多呢？”

安雅瑜回头悄悄看了林泽夫一眼，见他眼角阴郁尽褪，悄悄松了一口气，转过头对几人说：“吃完这顿，明天咱们要去个好地方，你们都有空吧？”

宫池鸫大喜，摩拳擦掌，“有空，当然有空，安小姐，要我准备些什么？”

安雅瑜抬起头来，夜幕降临，点点星光镶嵌在黑幕之上，她只轻声说：“人越多越好。”

宫池鸫严肃了起来，脸上笑意消失，却没有问要去什么地方。

林幽兰上前挽住了安雅瑜的手，轻声说：“好冷。”

林副官却已开了车来，拉开车门，让几人上车。

……

闵镇。

赶了十多天路，这一日傍晚，安雅瑜等一行人才到达这座小镇，镇上多是两层木结构小楼，错落有致地排列在一条长长的街道两旁，镇上从商的人极多，因而民居都是前铺后宅结构。

钱姓是这个镇子的大族，几乎百分之四十的人全都姓钱，连他们住的客栈，店老板也是姓钱的。

几人走进，坐在窗户前的两名便衣就站了起来，走到林泽夫旁低声禀报：“三爷，都安排好了。”

安雅瑜知道他们是接应的人，在她还是白副官时，还曾经和他们打过交道，倒见怪不怪，和林幽兰一起往楼上客房走了去，来到二楼，从窗外望去，才发现这间客栈隔了几个屋顶就是钱家祖居那极高的石雕牌坊，牌坊上“荫庇群生”四个大字在阳光下熠熠闪光。

牌坟不远处，一棵巨大槐树浓荫密布，树冠遮日，树干粗得要十个人合围才能抱住，而树梢之上，挂了十来只孔明灯，随风飘荡。

林幽兰见她看得入神，跟着走了过来问：“雅瑜姐，你在看那道牌坊？”她兴致挺高地说，“我知道这牌坊是做什么用的，你看见那棵大槐树了吗？那大槐树有几百年的树龄，据传说，大槐树有灵气，能庇佑钱家人，钱家子孙都是槐树下的子孙，看见大槐树下的那些供果没有，都是钱家人供的，那牌坊，也是钱家人修的，说大槐树是钱家的树神，能护佑一方平安，那孔明灯是用来祈福的，还有啊，关于这棵大槐树，传得可神奇了，有不少稀奇古怪的传说……”

林幽兰一脸“你快点问我啊”的表情，神神秘秘地看着她，安雅瑜却只把桌上的杯子拿起，晃了两晃热水壶，说：“水壶没水了？”

林幽兰哪里忍得住，只好自己说了起来，“听说啊，二十多年前，这里不是闹马匪么，钱姓祖宅被马匪围住，要他们出粮出钱还要出女人，如果不然，杀无赦，镇子唯一的出口被守住，整个镇的人谁都跑不出去，这个时候……”她故意压低了声音问：“雅瑜姐，你猜猜，发生了什么？”

安雅瑜漫不经心地说：“大槐树下开始死人，第二天一早，那匪首就吊死在树下，马匪什么银钱都没抢到，灰溜溜地退走。”

林幽兰惊讶地说："雅瑜姐，你知道啊？"复又沮丧，"你怎么什么都知道？"

"来之前看过这里的县志。"安雅瑜抬头望向窗外，大槐树浓荫蔽日，三两个老人在树下乘凉，"关于这大槐树的传说可不只这些。"

林幽兰又提起了谈兴，"没错，没错，听说这棵大槐树有几百年树龄了，在明朝时就有了，那个时候啊，就有大槐树能护佑钱姓之人的传说，大槐树底下住的全是姓钱的人，明洪武之时，皇帝要迁城移民，一家五口迁两个，六口迁三个，你想啊，哪有人想和家人故土离别的，但皇帝下了令，又有什么办法？可奇的是，就是大槐树周围方圆三里之地被官府免了此祸，而且全是姓钱的，自那以后，大槐树是钱姓家族神树的传说就流传下来！"

安雅瑜不想打击她谈话的积极性，只笑了笑。

林幽兰倒读懂了她笑容之中的意思，"我知道，雅瑜姐，这些传说都当不得真的，只不过有人假借槐树行事，传来传去，就成了传说。"

安雅瑜见她跟着出来的这几日，又成了那爱说爱笑的妹子，心底暗暗感慨，只点头附和："是啊。"

林幽兰半边身子探出窗外，忽然说："咦，她怎么回来了？"

"谁？"

林幽兰指着青石板街道尽头，"钱月荣啊，她怎么回来了，不是和他爹在省城吗？怎会回了老家？"

果然，钱月荣一身青花旗袍和两个小丫环走进了点心铺。

"也许回来想散散心吧。"安雅瑜随口答。

"说得也是，她爹不是好东西，想把她嫁给二哥，可二哥却死了，听说后来，他爹想尽了办法想拿她钓到好女婿，什么几十岁的老头只要没老婆的都肯，钱月荣她娘倒真心疼女儿的，和她爹大干了好几架，她爹这才消停。"林幽兰说。

安雅瑜忽然侧过身子往窗外望去，林幽兰也顺着她的视线外望，却没看见什么，不由问："雅瑜姐，怎么了？"

"我好像看见另外一个人，也许看错了吧？"安雅瑜说。

门外传来敲门声，两人回头，就见林泽夫推门走进，说："等会儿有客要来。"

林幽兰就问："是谁？咱们不是秘密行动吗？"

安雅瑜却说："既来到了钱家祖居，哪会有什么秘密？"

林幽兰恍然大悟，“说得也是，三哥就像一颗大灯泡，白天黑夜的到哪哪儿都亮，我们来这里，哪里会不惊动姓钱的？谁会来？”

林泽夫扯了扯嘴角没答。

安雅瑜就问：“是钱小姐吗？”

林泽夫这才点了点头。

林幽兰说：“故作神秘。”

安雅瑜想了想说：“原来钱小姐去买点心，却是送给我们的？”

林幽兰对钱月荣没什么好感，撇嘴刻薄地说：“我就说呢，临时抱佛脚的才想着买点心来，哪有这样请客的。”

林泽夫哪会理会她这些，向安雅瑜一点头，两人走了出去，来到隔壁，他才说：“钱家发了帖子，请了我们晚上吃饭，恐怕是钱总长向家里打了招呼，宫池鸫已住进了钱府，暂时倒没发现什么不妥。”

安雅瑜思索着说：“刚才在街上，我看见一个人，在街角一晃就不见了。”

林泽夫知道她对周遭之物极为敏感，兼之过目不忘，警觉起来，“是谁？”

“也许看错了吧，那男人戴了一顶礼帽，好像是钱学理？”安雅瑜迟疑着说。

“钱学理？他怎么会回来，他不是返回西南了吗？”林泽夫皱眉说，“居然没有人发现他的行踪？”

安雅瑜知道他手下的情报系统神通广大，不由也不确定起来，“我只看到了那人的侧面，也许真看错了。”

林泽夫沉吟不语。

安雅瑜咬了咬嘴唇，看了他一眼问：“三爷，可有二太太的消息传来？”

“还是几天前的消息，他们行踪诡秘，只有到了闵镇的消息，其他却一概没有了。”林泽夫说。

屋里灯光昏暗，他面孔隐在暗影之中，润玉一般，刀裁的眉头微微锁着，使得安雅瑜心底一动，居然想伸手抚平他眉间轻愁，她轻声说：“司马贵所说那地方，可有查到？”

林泽夫摇头，“训练成功之后，他就让人蒙住双眼带出山谷，他只知道那地方的大概方位，我让人四处查访，始终查不到。”

“不要紧的，现在这形势，那幕后之人已经到了图穷匕见的时候了，我们一步步逼近，他们却不得不一步步退守，而且根据以往发生案件，我总感觉，那些人的死，并非偶然，也有人为。”安雅瑜轻声说。

林泽夫抬头看她，“你是说，有人在暗中设计清除那些人？”

安雅瑜说：“也只是我的感觉而已，有些案子，证据来得太过明显，对方明明能做得隐秘一些的。”

林泽夫神色严肃，“我也有这种感觉，仿佛他们分成了两派，有人召集人马准备大的行动，有人却趁机清除一切。”

“五姑奶奶那边有什么动静？”

“暂且没有，他们这些天安分得很。”林泽夫边说着边抬头望向远处，安雅瑜顺着他的视线往外望，却见小镇四面环山，远处青山葱翠，夕阳铺下点点金光在屋顶树梢，三三两两的游人或挑着担子，或提着竹篮回家，有的笑容满脸，有的却垂头丧气，却如此平静和谐，全无忧扰。

什么时候也能像他们一样，只需手担肩挑，担心一日的收成钱粮？安雅瑜不由轻轻叹气，回头，却见他视线正停留在自己身上，不由摸着自己面颊，问：“怎么了，三爷？”

“一切都会过去的。”林泽夫垂了眼眸轻声说。

安雅瑜一怔，掌心一暖，往下看去，却发现他的手轻覆上来，盖住了自己的，修长的手掌慢慢合拢，将自己的手轻轻握住，还没等她反应过来，他却已松开。

掌心仍留着余温，她只低声说：“是吗？”

他没有回答，只将视线投向门外，“进来！”

林幽兰笑嘻嘻地走进，“三哥，雅瑜姐，我没打扰你们吧？”

安雅瑜脸孔发热，瞧了林泽夫一眼，却见他脸一如既往的没什么表情，只皱眉看着她，“什么事？”

林幽兰举高双手，“这可不怪我，林副官让我来请雅瑜姐的，钱家小姐来了。”

林泽夫站起身来，只说：“走吧。”

安雅瑜这才和林幽兰一起出去，林幽兰香烘烘地凑过来挽住了她的胳膊。

来到楼下，钱月荣和两个丫环果然站在堂中，两丫环一人提了好大一个盒子，见他们下来，含笑说：“安小姐，六小姐，三爷，知道你们来了，我正巧在，怎么能不请你们去家里坐坐呢？”

她有些不敢看林泽夫，只对林幽兰和安雅瑜笑。

林副官接过了丫环递过来的点心盒子，林泽夫只点了点头，到一边与便衣说话。

林幽兰撇嘴，“钱小姐，别理我三哥，他这人就是这样，到哪儿都带来一股冷气，能把人冻离三尺。”

钱月荣腼腆地笑，手脚仿佛都没地方放了。

安雅瑜问：“钱小姐怎么回乡下了，省城住得不好吗？”

“前些日子得了病，娘叫我回祖屋来养养，乡下空气新鲜，这才好了呢。”钱月荣说。

林幽兰心照不宣地朝安雅瑜使了个眼色，“住在乡下确实好，不想见的人就不见。”

钱月荣笑得勉强，只说：“爷爷知道三爷不想被人打扰，就不便正式相请了，就让我请你们今晚夜宴。”仿佛怕两人不答应一般，“宫先生前两天就到了，住在钱府呢。”

林幽兰哼了一声，“那只鸟手脚倒快。”

钱月荣是个拘谨之极的大家闺秀，那里会像林幽兰一样如此肆无忌惮，只温婉地微微地笑着，“三爷和六小姐、安小姐可真赶得巧了，恰巧赶上了先祖祭日，钱家各房的人都要回来，还请了戏班子唱戏，晚上啊，大槐树底下更会放萤火虫，放孔明灯，到时候，树上天空都是星星，可好看了。”

“放孔明灯好理解，放萤火虫？这是什么习俗？”林幽兰好奇地问。

“你不知道吧，咱们先祖是个状元，也是清贫出生，考上状元之前家里没钱买灯烛，夏天只好捉萤火虫来点亮读书，后来才考上了状元的。”

林幽兰哈哈笑了两声，“捉萤火虫点亮读书，你们先祖可真有情趣，这捉一袋子的萤火虫得多长时间啊？还有时间读书吗？”

第五十八章　槐树之下

她说话声音大了些，林泽夫便转过头来皱眉看她。

钱月荣忽地紧张了起来，手指互握，“这我就不知道了，反正咱们钱家多少年传下来的风俗就是这样。”

安雅瑜看了看钱月荣微红的脸颊，心说这三爷的魅力还真是无穷，又俘获了一颗芳心。

林幽兰说：“去，我们一定去，雅瑜姐，是吧？”

安雅瑜只点了点头。

……

钱府家宴之上，倒真如钱月荣所说，钱家各房都回来了，就连钱学鑫也在宴席开了不久匆匆赶来，一来就凑到了林泽夫身边说话，一看就在拍马屁表忠心。

想及前些时候钱学鑫摇摆不定，他这等作为倒有情有可原了。

钱家祖居之地，人口当然众多，单从着装上来看，钱家人全都过得不错。

安雅瑜把一小块酥点放进嘴里嚼着，钱月荣和林幽兰低声窃窃私语不知道在说什么，见安雅瑜望过来，钱月荣脸一红，慢慢儿走了过来在她身边坐下，“安小姐，这点心还好吃吧？”

安雅瑜看她脸色微红，不忍她老是憋着，于是直接问：“钱小姐有话对我说吗？”

一缕红色自她面颊下方慢慢升起，蔓延至了整个脸部，她搅着手帕，“是，是的……”

她这么容易害羞？以前倒没瞧出来。

安雅瑜说：“钱小姐请说。”

“安小姐，以前的事，对不起了，都是娘不好，以为您是白副官，存了妄想，再加上那时，爹胡乱指亲，娘急得不成，才打扰了您。”钱月荣说话声如蚊子般越来越低。

安雅瑜怔了怔，说真的，这件事她早忘得一干二净，此时钱月荣提起，才让她有些意外，“不要紧，我女扮男装，还真闹了些误会。”

钱月荣有些怅惘地抬起头来，却不敢看她，“安小姐，我真羡慕你，你怎么什么都不怕？什么都可以按照自己的心意随心所欲？”

安雅瑜内心苦笑，只说：“我这也是逼出来的。”

钱月荣仿佛大胆了些，颤颤地抬起眼眸看她，“你不知道，我们这些女子是多么羡慕你，你那么聪明，那么复杂的案子都能解开，让人不得不尊敬，也没有人胆欺负你，都说你巾帼不让须眉呢，哪像我们，就算想走出家门口一步，都要左思右想，瞻前顾后的。”

安雅瑜不知道怎么回答了，“钱小姐有父母家人的疼爱，这也是一种幸运。”

钱月荣胆子更大了一些，直视于她，一双眼眸似发着光一般，让安雅瑜心底发毛，就看见她轻咬了一下嘴唇，下定决心般地说：“安小姐，以前您是白副官的时候，我不知多少次做梦嫁给了您，想及您有可能娶妻生子，但身边的妻子不会是我，我不知道多么难过，直至您身份揭穿，我才终于释然，安小姐，您不会笑话我吧？”

安雅瑜半张着嘴，隔了半晌才吞了一下口水，摇头，“不会，不会。”

顿时感觉钱月荣看着她的目光别有深意，她不由自主看向林泽夫，却见他和钱学鑫几位谈兴正浓，并没注意到这边，又望向林幽兰，她和钱家几位堂姐妹说得兴高采趣，她不好走开，如坐针毡，正尴尬间，堂中忽然响起了锣鼓，却原来戏已开锣了。

演的正是状元郎捉萤读书，后面得以高中状元的故事，堂上唱得热闹非凡，锣鼓震天。

在钱月荣在身边，安雅瑜只好聚精会神地盯着舞台之上。

钱月荣却一点不觉，仿佛有了机会能和安雅瑜亲近，她极为珍惜，见她看得入神，解说起来，“安小姐您瞧，等会儿戏演至高潮，状元高中，衣锦还乡，就会响起锣鼓三次，大槐树下会齐放萤火虫，等会儿从窗外观看，像天上的星星一样，美丽无比呢。”

她越坐越近，安雅瑜闻到了她身上清雅香味，又不好避开，脖子都僵硬了，只好说：“是吗？还有这习俗？”

钱月荣谈兴更浓，也不局促了，连连点头，“是的，是的，安小姐，每年这个时候，钱家家人都会聚集起来，用这种方式来吊唁那位钱家状元郎呢。”

说话间，锣鼓一阵急响，屋里众人却全都往屋外走了去，钱月荣一把抓了安雅瑜的手，也拖着她往外走，边走边说：“快放灯了，走吧走吧。”

走至屋外，来到了牌坊处，大槐树下聚满了人，每个人手里都拿了透明纱袋，纱袋里面却是莹绿闪耀，明暗不定，大槐树下面的空地上，却是十对身穿旗服的年轻男女分别拿了十盏孔明灯一一站定。

安雅瑜注意到，那拿着孔明灯的是一对对的情侣，莹绿的灯光映在每个人的脸上，却是人人含笑，眼底含情，她不由自主朝站在侧边的林泽夫望了去，却见他被钱学鑫缠着，板着脸漫不经心地点着头，莹绿之光映在他脸上，却使他的侧脸前所未有的俊朗。

他恐怕从不会有这等普通人的心情情怀吧？

她默默收回视线，钱月荣却挽上了她的胳膊，“安小姐，您瞧，放灯的人都是成双成对的呢，这也是咱们钱家的传统，由他们放出的孔明灯，才能让钱家子孙昌盛，延绵不息。”

安雅瑜被她揽住胳膊，略有不适，却不好抽出来，只能任她挽住，正尴尬间，紧跟着锣鼓又响了起来。

众人皆往场子中央看了去，却十盏孔明灯之处，男的点燃了火把，女人却拿起孔明灯，裙裾飘扬，腰肢款摆，吟唱了起来，女声清脆，男声相和，在清冷的夜空之下，安雅瑜虽不懂那歌词，却只觉说不出的悦耳动听。

歌声悠扬起伏，却是缱绻缠绵之极，场上十对男女边歌边舞，眼眸互对之中，说不出的情意绵绵。

众人似也沉浸在了那无边情意之中，年长者想起了自己年轻之时，而年轻的，却不由自主地佣视线寻找着身边动心之人。

安雅瑜也不能免俗，视线又悄悄往林泽夫处移了去，林泽夫却已不见踪影，正对上一双微微上翘的凤眼，宫池鸫？她顿时只觉一桶冷水从头顶浇下，慌不失措地转过头来。

正在这时，歌舞声歇，第三阵锣鼓急响，众人发出阵阵欢呼，拿着纱袋的打开了装满了萤火虫的纱袋，随着十盏孔明灯的上升，无数绿点自众人掌心升起。

安雅瑜只觉手掌一暖，却是钱月荣悄悄抓住了她的手。

她被那美到奇致的奇景吸引，却也没有缩回。

点点星光自大槐树下升起，莹莹绿光在树梢间闪动，衬着如墨一般的黑幕，如辗碎了的翠绿向上飘飞，美得让人窒息。

安雅瑜不由自主地说：“真美。”

“美吧？今年却是我最高兴的时候呢。”钱月荣说，声音却越来越低，在喧闹之间，几不可闻，“能和安小姐一起看萤火飞扬。”

安雅瑜一怔，只能听而不闻，正无措间，却感觉她身子缓缓依偎过来，靠在了她的身侧，“安小姐，让我靠一会儿，我这辈子，都不可能嫁给喜欢的人了，就让我靠一会儿，日后想起来，我的人生还有些念想，等我老了，会想起这一幕，我也曾经有喜欢的人，虽然她却是个女人，其实，您是女人也好，如果真的是白副官，我只怕永远也不能这样。”

她声音低沉，话语之中似有泪意。

安雅瑜只好站立不动，身子僵硬无比，任她靠着，萤火虫四散开来，漫天遍野往远处飞了去，有些投入夜幕之中，有些却停驻在了大槐树上，将大槐树装饰得星星点点。

钱月荣却把手伸了过来，揽住了她的腰，贴得更紧。

安雅瑜无法，不知道怎么打破这个境况，忽然之间，有尖厉声音自夜空处传来，“瞧，那，那是什么？”

人群往大槐树背面人少之处拥了去，安雅瑜挣开了她，也跟着往前，背面已聚满了人，却见暗夜之中，许多的萤火虫聚集于树叶间没有飞走，渐渐地，却形成了一个隐约的人形轮廓，绿光点点，似有人用带光的笔随意画成，美则美矣，却透出几分阴森诡异来。

有年长者合十跪下，“大槐树显灵了，这是树神啊！”

几名老者跟着颤颤跪倒。

却有年轻人偏不信邪，竟走至树边，往上攀爬，想爬上树去触摸那绿色荧光。

老者大骂：“快下来，你这是大不敬！”

那年轻人却身手灵活，早已爬上了树去，伸长了手臂去够那萤火汇聚之处，忽然之间，萤虫四散开来，他似乎摸到了什么，大叫一声从树上跌了下来，从地上爬起，大声喊着：“人，是个死人！”

众人大哗，有人上前察看，有人却退避三舍。

却有便衣过来，把大槐树团团围住了。

钱学鑫惊慌不安地和林泽夫走至树边察看，安雅瑜也想跟着走近，却被一人拦住，她一看，原来是宫池鸫自侧边闪了出来，不由皱眉。

他指了指亦步亦趋跟着的钱月荣，鬼祟地压低声音说：“安小姐，美人在怀，暖香温玉啊！”

安雅瑜一心只想看看树上有什么，哪有空理他，瞪了他一眼，绕了他往林泽夫身边走，宫池鸫却不放过，低声说：“有什么好看的，不过是个死人！”

安雅瑜停住了脚，睁大眼睛上下打量他：“这死人，不会和你有什么关系吧？”

宫池鸫举高双手说：“安小姐，我要杀人，何必这么大张旗鼓？您不知道动口不动手是我的原则么？”又指着那几位颤巍巍站起来的老者，“这些钱家人，最喜欢就是装神弄鬼了，什么都要扯到大槐树上边，这命案一发，大槐树名声又高一层啊！”

安雅瑜收回了视线，急步走至大槐树下，就见大槐树已被十几名便衣围了起来，不准人靠近，钱家人神色不安地聚在周围，林泽夫站在前边，钱学鑫紧张不安地说着什么。

见安雅瑜等走近，林泽夫朝他们点了点头，指着树干，“你看。”

两个便衣爬上了槐树，挥手赶走了飞满聚集的萤虫，不知道动了哪里，一具人形自树干跌下，摇晃着垂吊了下来，却仍有一些萤火虫滞留不去，在人体慢慢摇晃之中，这才缓缓飞走。

有便衣打亮了手电筒，照在了吊着的人脸上，便引起了阵阵惊呼，“是钱老二？钱学理？”

钱学鑫走到了尸体前，哆嗦着嘴唇证实：“堂弟，真是堂弟？”

在这种场合，却出了这样的事，钱学鑫满脸悲伤，想让人把尸体放下，可有林泽夫在，他到底不敢做主，双目含湿回头向林泽夫请示：“三爷，您瞧这，这……”

林泽夫看了安雅瑜一眼，她早已上前，查看起了挂着的尸体，林幽兰当然也凑了过去，跟着查看，见光线昏暗，从便衣手里拿过一个手电筒，递给了安雅瑜。

安雅瑜却不接，只走到近旁，手指上伸，在衣服上搓了搓，放到鼻端闻了闻，“原来如此。”

林幽兰仰着脖子跟着看，也拿手指摸了摸尸体衣服，说：“原来如此。”

宫池鸫不知道什么时候挤到了两人中间，“六小姐，你知道什么原来如此？”

林幽兰说：“我这原来如此的意思就是雅瑜姐原来如此的意思，雅瑜姐，你发现了什么？”

宫池鸫拉长了声音：“哦……”

安雅瑜拿出块手帕擦干净手指，“此人身上涂满了蜗牛肉碎，萤火虫最喜欢吃的食物是蜗牛肉了，放生的萤火虫一定是前天晚上捕捉，到了经过了一天一夜，萤火虫饥饿无比，闻到蜗牛肉的味道自然而然飞到尸体之上，因此才形成了一整个荧光绿人。”

正说着，众人忽然间嘈动了起来，人群自两边分开，一顶竹制小轿抬了一个老者缓缓而来，却只见老者两边簇拥着七八位护卫模样的人，个个腰挎短枪，身穿黑色短打，表情冰冷，神情肃穆。

“族长，族长来了。”有人低声说。

钱学鑫早迎了上去，弯着腰说：“二叔公，您来了？钱弟他，他……”

钱族长下了轿子，被两名护卫扶着，颤巍巍来到树下，望着树上倒挂之人，老泪纵横，一声哀号，“学理啊，我可怜的儿子。”

钱学鑫忙说：“二叔公，您老珍惜自己的身子，我们一定能查出真凶。”

钱族长混浊的眼睛怒瞪着他，“怎么会发生这样的事？你说，为什么？”

钱学鑫嗫嚅无法回答。

忽然，有老者拄着拐杖大声狂呼：“钱任良，怎么会发生这样的事！你心知肚明，你们二房作恶多端，这是树神在惩恶扬善，钱家老二来历不明！不知道是哪里的恶鬼投身，一定是树神知道了他所犯罪恶，这才处死了他！钱任良，别以为你是族长，就能一手遮天，老天爷有眼啊，善恶终有报。”

一对中年夫妇冲出人群，扶住了那老者，“八叔公，八叔公，你胡说什么呢？”

围观众人却个个脸色各异。

钱任良气得脸色发静，他身边的护卫却拔出了腰间的枪，对准那老人。

钱学鑫瞧了林泽夫一下，忙上前低声在族长耳边说了几句，钱任良摆手，护卫收回了枪，他冷冷地说：“老八神志不清，你们做晚辈的就应当多照看些，怎么能让他在大庭广众失礼，让人看了笑话！”

那对中年夫妇惶恐跪倒，“族长，都是我们照看不周，请恕罪。”

八叔公却脸上肌肉颤动，挥起了拐杖就打那两夫妇，“不肖子孙，忘了咱们大槐树子孙的骨气，数典忘祖啊，你们忘记勇儿是怎么死的了，是他们害死的！”

那对中年夫妇一左一右扶住了八叔公，“爹，您糊涂了，阿勇是采药跌死的，怪不了别人，走，咱们回去吧，别惊扰树神了。”

边说着，边把八叔公往人群外面拖。

钱学鑫赔着小心将钱任良引见给了林泽夫，“三爷，这是我们钱家现任族长，钱学理的父亲。”

钱任良却是泪流不止，颤巍巍就想跪下，林泽夫皱眉，钱学鑫忙扶住了，低声说：“二叔公，咱们三爷不喜欢这一套。”

钱任良这才站定，拱手说：“请三爷做主，一定要查出凶手，缉拿凶犯，将他碎尸万段，替我儿报仇！”

林泽夫淡淡地说：“我既在此，当然会查清一切，钱老不必担心。”

钱任良还想纠缠，钱学鑫看清林泽夫眼底的不耐烦，忙上前扶住了他，“族长，咱们先回去吧，一切有三爷呢，您放心，有他在，没有破不了的案子。”又转头往安雅瑜处扫了过来，冷声说：“还不过来扶二叔公回去？”

安雅瑜一怔，半晌才醒悟他说的不是自己，往身后望去，却见钱月荣紧紧贴近自己，身子似在微微发抖，却慢慢松开了她，从她身后走了出来，来到钱仁良身边扶住了他，垂着头说：“二叔公，我扶您回去。”

钱任良一声冷哼，“你虽然没过门，但也算是学理的妻子了，从今以后，可得守节！”

钱月荣心里满是绝望，回过头看了安雅瑜一眼，轻轻吸气，只默默扶住了钱任良。

她脸上的红润已然褪尽，只余灰烬一般的惨淡，刚才那含情带俏的表情恍如是另外一个人。

安雅瑜有些懵懂了，才二八年华的青春年少女子居然被要求守节？钱月荣居然和钱学理定了亲？他们不是同宗吗？

身边已有人窃窃私语起来，声音虽小，可安雅瑜耳朵却极灵。

“可怜月荣这孩子了，嫁给年纪那么大的，还死了，这可是望门寡，族长一定会让她守节的，日后好给钱家再挣个贞节牌坊。”

“现在还时兴那东西？皇帝都没了，他爹也不干啊！”

“他那爹哪是个把女儿放在心上的，要不然也不会让月荣嫁给钱学理了！还不是为了二房的财产？钱学理是收养的，到底血统不正，名不正言不顺的，月荣嫁给了他，生的孩子妥妥的钱家人，只可惜啊，人算不如天算。”

“嘘，小声点，没听八叔公说么，二房一手遮天，什么事做不出来？”

“哎，钱家早已不是从前的光景啰，咱们啊，还是少操那些闲心的好！”

“只可怜了月荣那孩子，听说为了这事，她娘疯了一般跟钱学鑫闹，差点被休了。”

“难怪钱夫人都回来了，都没见出来露面，连祭祖都没有参加？”

“听说被打断了腿，在屋里休养呢！”更有人一惊一乍。

“不会吧，钱学鑫这么胆大妄为？听说钱夫人娘家也是富甲一方的。”

“怎么不会，和二房那无人继承的财产相比，钱夫人娘家那几个钱算什么？再说了，新政府上台，听说钱夫人娘家也败落了，钱学鑫在省城娶了好几房姨太太。”

说话的人声音越来越低，“你说，钱学理死在大槐树下，是不是真如八叔公说的，造孽太多，受了天谴？”

“此事不宜谈论，想惹祸上身吗？咱们钱家这几年出的事还少？走，走，都散了吧。”

众人慢慢散去。

钱家之中，原来也不太平，风云暗涌，矛盾诸多？安雅瑜正想着，却见林副官走了过来，忙迎上前去，“怎么？”

“你发什么呆呢，三爷看了你好几次了，也不知道过来！”林副官像以往对着同僚一般的提醒。

安雅瑜忙跟着走了过去，走至几人跟前，钱学鑫正赔着小心哄着钱任良，钱月荣却双目含泪脸色煞白地扶着钱任良，见安雅瑜走近，抬起眼眸看了她一眼，又瞬间垂眸，样子可怜之极。

钱学鑫便说：“二叔公，您瞧，这位安小姐可了不得了，是巾帼英雄，破了不少奇案，有她在，一定能查清一切的。”

钱任良哼了一声，“女人就应当相夫教子，抛头露面破案像什么话？”

钱学鑫见林泽夫眉头皱紧，隐隐有恼怒迹象，急得直扯钱任良的衣袖，低声说：“族长，现在不同往日了，现在讲求男女平等，她是三爷的未婚妻。”

钱任良老眼扫了林泽夫一下，嘴唇微动，这才不说了，由钱月荣扶到一边去歇着。

钱学鑫走至林泽夫跟前，再赔小心，“三爷，对不住，族长脾气就是这样。”

林泽夫淡淡地说：“不必多说，查案要紧。”他不再理他，视线落到了安雅瑜身上，她忙走了过去。

“这不是杀人现场吧？”林泽夫早拿出了白色手套，掩在鼻子之上。

安雅瑜点头，“应当不是，有很明显的移尸痕迹，死者上半身衣服和裤子有很明显的新旧区别，据我推断，裤子很可能是死后换上的，他死后身上经过清洗，但依旧有股隐约的屎尿之味。”

林泽夫神色一怔，掩着鼻孔的手顿了顿，安雅瑜只作不知，想把他引到尸体前，“三爷请看，绳索吊在脖颈之上，却不是正常上吊死亡时头往下垂，舌头伸出的情形，脖子依旧僵直，再加上死者曾经大小便失禁，因此可以推断，他是先中毒之后，再被人用绳索挂在脖子上安置在大槐树上的。”

林泽夫哪会走上前去，只沉着脸问：“依你所见，此人死亡多长时间了？”

“这要验过尸体才知道了。”安雅瑜暗暗好笑。

宫池鸫眼眸在林泽夫身上滑过，马上知道了他的习性，哪有不趁机反攻的，“三爷，您猜，他中了什么毒？”

林泽夫把白手套自鼻端取下，冷淡地说：“宫先生知道？”

宫池鸫说：“不是我吹，对枪械弹药的了解我不如你，但对这毒物的了解么，你可不如我，三爷，来来来，咱们走近点瞧瞧，打个赌，看谁先猜出来？”

走了两步见林泽夫没跟上，斜眼瞧他，“三爷，人家安小姐都查看尸体几个来回了，您不跟着瞧瞧？”又回头对安雅瑜说：“安小姐，他不来，我来帮您，以后啊，无论什么事，我都能帮您，我啊，没什么怪毛病，安小姐放心。”

安雅瑜默默看了林泽夫一眼，又默默收回视线，心中懊恼，这宫池鸫可真是无缝不钻！

林副官早走上前去，插话：“宫先生，你跟着安小姐转来转去地看了这么久尸体了，我倒想问问，你看出些什么来没有？比如说凶手为何要在死者身上涂满了蜗牛肉引来那么多的萤火虫？死者案发现场在何处等，你可别说一些安小姐已经说过了的东西！咱们三爷手下众多，用得着像你那样光着胳膊亲自上阵？”

见有林副官出头，安雅瑜默默退至一边，心说林副官护起主来战斗力非同小可，她只在一边看看热闹就行了。

林幽兰有热闹当然得凑了，附和，“说啊，老鸟，你看出些什么来了？”

宫池鸫咳了一声，一把从便衣手里抢过只手电筒来，仰头看尸体，“此人中毒而死，移尸至此处，嘴唇发黑……”

林幽兰打断他，讥讽地说：“老鸟，你眼神真好，手电筒照射之下，连嘴唇什么颜色也看出来了？咦，这些推论怎么这么熟悉，好像刚刚才听人说过……”她阴阳怪气拉长了声音，“哦，原来雅瑜姐刚才说过啊！”

宫池鸫恼火地说：“六小姐，这只是开头，后面还有好大段呢，你还让不让说了？”

林幽兰摆手，“说吧，说吧，别老照搬别人的话胡诌就行！”

宫池鸫哼了一声，“裤子换过了，下身被人清洗过，据我所知，大槐树白天人来人往，要把一具尸体神不知鬼不觉地移至树上，只有晚上才行，可如果是昨儿晚上移过来的，在树上放了整整一天，就没人发现？这可真奇怪。”

他这么一说，几人都思索了起来，安雅瑜点头说：“这也是此案疑点之一。”

林幽兰开始天马行空的想象，“刚刚那八叔公不是说树神显灵吗？雅瑜姐，你说是不是这钱学理真做了什么伤天害理之事，有神仙帮忙，藏个人在树上算什么？你们瞧瞧这棵树，叶茂干粗的，钱学理就是做了亏心事，所以树神在钱家祭祖的关键场合弄出这么一出来，以警示钱家人？”

宫池鸫首先呲了一声，以表示对此说法的不屑。

林幽兰怒了，“老鸟，你呲什么呲？你能说出什么好东西来？结论呢，结论呢？怀疑东西谁不会？”

宫池鸫被她指得步步后退。

安雅瑜想劝阻，林泽夫朝她轻轻摇头，她一怔，不明所以，他用手指向了坐在一边宝椅上休息的钱任良身上，却见那老头儿阴沉着眼眸往这边望着，显然已经愤怒到了极点。

安雅瑜看了状似打闹的宫池鸫与林幽兰一眼，只好闭口不言。

正在此时，钱月荣却不知道做了什么，钱任良挥着拐杖就往她身上打了去，“死妮子，当老朽眼瞎啊！你丈夫才死，就对别的男人眉来眼去！”

只听砰的一声，拐杖挥在钱月荣的肩头，打得她身子一歪，嘴里痛呼：“二叔公，我没有！”

“生是学理的人，死是学理的鬼！他死了，你也要守寡到底！这一世就别想勾三搭四了！”钱任良冷冷地说。

钱月荣满脸涨得通红，身子微微颤抖，求救似的望向自己的父亲，“爹，爹，我没有，没有！”

众人见此，皆往钱学鑫那边望了去。

钱学鑫却几步上前，赔着小心说：“二叔公，您说得没错，她有什么错，您尽管教训。”又板着脸对钱月荣说：“你乱看什么了？还不给二叔公赔礼？”

钱月荣眼泪花儿在眼睛中打转，咬着嘴唇上前，弯腰行礼，“二叔公，对不起！”

安雅瑜见到这幕，只觉如吞了只苍蝇般的不适，她宁愿去看树上吊着的尸体也不愿再看这腐朽不化的老家伙一眼。

钱学鑫哄好了钱任良之后，却朝林泽夫这边走来，低声问："三爷，尸体可以放下来了吧？您瞧，老吊在上边也不像话，族长他老人家……"

林泽夫就转身看了眼安雅瑜，"你去问安小姐。"

钱学鑫忙又走到安雅瑜处哈腰，"安小姐，您说呢。"

安雅瑜知道林泽夫是故意的，为了在钱家人面前给她撑面子而已，她却无心刁难，只点头说："可以了。"

钱学鑫忙招护卫把尸体放下解下来。

钱家护卫有两个便爬上了树去，开始解开缠绕在钱学理脖子上的绳子，正解着，有物从树上飘了下来，安雅瑜走上前拿起，却是一小片似帛似纸的东西，仿佛被什么腐蚀了，边缘全是焦黑之色。

她拿过手电筒，对着那小块东西照射。

宫池鸫凑上前来也跟着看，问："这是什么东西？"

她想了想，把那小片东西递给宫池鸫，"您见闻广博，您看看？"

宫池鸫拿在手里翻来覆去地看了半晌，摇头："像布又不是布，像纸却不是纸，被什么烧煳了吧？"

安雅瑜拿了个牛皮纸袋来，小心地把那片东西放进纸袋里，"也许是关键证据之一。"

尸体取下，放在了担架上，安雅瑜只走近看了两眼就不再看了，见林泽夫仰头端详那棵树，跟着走过去问："三爷，树有什么不妥？"

林泽夫拿手电筒打出光线照射着发现尸体之处，"你瞧，藏尸体的树干极为粗大，一个人平躺于上完全没有问题。"

安雅瑜看了一眼点头，只见那藏尸之处树枝四周合围，形成了一个天然的凹形，"的确如此。"她看了他一眼，忽然有感，"三爷是说……"

林泽夫点了点头，"那树干位置独特，看似能一眼望见，实则站在我们这个地方才能一眼看得透，稍微外偏少许，就只能看见树叶和树枝了。"

安雅瑜思索着说："我记得白天之时，有几盏孔明灯正好挂在这里，也许起了些遮挡作用？"

林泽夫赞赏地看了她一眼，"没错，但大槐树到底人来人往，要让人完全不能察觉，光是孔明灯遮挡可不够，而且尸体被发现时，全身外露，衣衫上涂的蜗牛肉才能吸引萤火虫聚集而来。"

“今天是钱家祭祖之日，钱家祖居离大槐树不远，一整天这里都客来客往的，想要做什么手脚可不容易。”安雅瑜说。

“但反过来说，正因为人来人往的，来到此处的人也多，查起来也就困难了。”

这一点安雅瑜倒是同意，钱学理的死，和以往的案子不同，简直是完全无迹可寻。

她想了想说：“凶手杀人，一定有其动机，钱学理在别处被人谋杀，再移尸此处，更用萤火虫幻出个光人来，一定有其深意，我想，行凶者借助的是大槐树的传说力量，只要我们弄清楚凶手为什么这么做，也许就能弄清钱学理因何而死，从而查出行凶之人了。”

林泽夫点了点头。

林幽兰和宫池鸫斗了半天嘴不得要领，见两人于一边窃窃私语，当然也得来凑个热闹，“三哥，雅瑜姐，你们说说，这凶手会是谁？”

林泽夫当然懒得理她。

安雅瑜就问：“怎么，六小姐心底有了答案？”

林幽兰视线落到搀扶钱任良的钱月荣身上，低声说：“依我看啊，钱月荣，还有她爹，任何一个钱家人都有可能，我可打听清楚了，钱学理在钱家可不怎么受欢迎，钱任良儿子媳妇孙子翻船死了，他是被钱任良收养的，收养时已经十几二十岁了，可不知道怎么哄得了那老家伙开心，放着族里的年纪小的钱家人不收，收了个外姓人，年纪还这么大，这可引起钱家整个家族不满，可钱学理本事大啊，几年不到，将钱家生意扩展到全国，还让钱任良当上了族长，连钱学鑫都要靠边站，只是如果想继承钱任良的全部财产，因为钱任良大部分财产和钱家其他几房压根分不开，比如那座山，是整个族里的，总不能把山劈成了几部分再分吧？族里的人不答应，所以这才要娶钱月荣的，生出的来孙子到底有钱家血脉！才可承继钱家二房！”

安雅瑜一皱眉头，“山？什么山？”

林幽兰一指远处，“就是那座山，可不光是地皮上种的树难分，听说里面有铁矿！”

安雅瑜顺着她的手指望去，倒是明白了，“说得是，光是地皮的话倒好分了，如果是地底下的东西可就难说得很。”

林幽兰神秘兮兮地说：“雅瑜姐，你说，钱家几房是不是都值得怀疑？听说连那八叔公都有股份在山上呢！还有钱月荣，她怎么高兴嫁给年纪和她爹一样大的堂叔？我说啊，这钱家人还真是什么都做得出，让侄女儿嫁给叔辈，这不是乱伦吗？虽说钱学理和钱家没血缘关系，但入了钱家族谱，就是钱月荣的堂叔！”

安雅瑜倒不好评论了，见钱任良视线扫了过来，提醒她声音小点，“你说的这些，的确是杀人动机之一！”

得到安雅瑜的赞扬，林幽兰如以往一样高兴，“雅瑜姐，我还帮得上你吧，不像那老鸟，只会提问题不会解决问题。”

宫池鸫当然听见了，马上冷笑，“你说的这些随便哪个人打听一下就知道了，有什么出奇的！”

林幽兰哼了一声说：“是啊，随便问哪个人都能打听得到，可你怎么就没打听到？”

宫池鸫一噎，只朝她翻了个白眼。

安雅瑜再次在心底默默地想，时光荏苒，宫池鸫乍一开始遇见时的那股子神秘大佬气怎么就消失得这么干净？

知道这两人又要开始嘴仗了，忙走到一边避战，左右寻找着林泽夫，却见他正和钱学鑫说话，这下子她不好过去了，转过身来，却见钱月荣盈然欲滴地看着她，想要走过来，却又不敢。

安雅瑜见钱任良已不在其身边了，他的护卫也已少了一半，想必这老头儿有其他事做？于是慢慢走至钱月荣处，问她：“族长呢，去了哪里？”

钱月荣眼底闪过一丝鄙夷，尖刻地说：“上茅房了，这我可没办法扶他去。”

如此一位温婉的姑娘也被那老家伙逼到如此地步，可以想象到她日后的生活了，安雅瑜想及此，不由一阵怜悯，轻声问：“你以后什么打算？”

钱月荣眼底闪过一丝亮光，咬着牙说：“什么打算，总之不能让我爹如有意！我给他挣回来的钱，他也不会用在我娘和我身上！”

安雅瑜想起周围人的议论，“你娘也回了祖居吗？怎么不见她？”

钱月荣吸了一下鼻子，强忍了眼泪，“娘病了，爹怕她传染给人，不让她出来。”

安雅瑜明白了，看来那些人的议论倒有几分真的了，心中更加怜悯，“钱小姐，你遇到什么困难记得来找三爷和我，只要我们能帮得到的，一定尽力帮你，如今不同以往，没有人再信守寡守贞那一套了。”

钱月荣垂下头去，嘴唇在微微发抖，隔了良久才抬起头来，“我知道的，安小姐，你放心，我不会让任何人欺负了去的。”

正说着，一声苍老的怒斥响起，“你们干什么？不守妇道的东西！”

呼的一声，安雅瑜头一偏，就见黑影一闪，那拐杖越过了她打到钱月荣的肩头。

钱月荣痛呼大叫：“叔公，难道我和女人说两句话也不成吗？”

钱任良混浊的老眼盯在安雅瑜身上，“抛头露面不守妇道的女人，你想学她的样！”

安雅瑜气得胸膛起伏，冷冷看着他，“钱任良，你以为钱学理死了，你这个族长还能当多久？你还是快点自己准备棺材板子，别弄得以后连收尸都没有人！”

钱任良喉咙里发出一声狂吼，拐杖一挥，向安雅瑜打了来，“打死你这种不守妇道的女人！”

安雅瑜想不到他如此疯狂，这下子猝不及防，眼睁睁地看着那拐杖自上而下地挥落，眼看要落到自己头上了，只在心底狂叫，这下完了。

却见面前人影一闪，便有人一把抓住了那拐杖，用手一推，钱任良步步后退，坐到了地上，拍打着地面发出嘶吼：“学理才死，你们就要目无尊长了，老天爷会收拾了你们的……”又指着护卫说：“你们都瞎了！”

钱学鑫见势不妙，终于走了过来，抹着汗挥手让护卫退下，去扶钱任良，“族长，您这是干什么？何必和一位晚辈过不去？三爷可不是别人！”

他语气之中隐隐含了丝威胁，钱任良被扶起，嘴里边却依旧嘟哝不休：“老天爷会收拾你的。”

钱月荣被欺负之时，钱学鑫躲在一边一声不吭，这种时候倒是出来了。

安雅瑜气得牙根直咬，倒把自己处于何种状况全抛在脑后，只听得林泽夫声音温和，“你怎么样了？”

安雅瑜一怔，却见他怀抱着自己，手指微触，放在她的腰上，她忙推开他站定，“没事。”

林泽夫皱眉看了她一眼，没有说话。

第五十九章　钱家之争

钱学鑫拉着钱月荣上前，赔笑对林泽夫说："三爷，对不住了，族长他老人家年纪大了，神志不清，冒犯了安小姐。"

林泽夫声音极淡，"既然神志不清，还当什么族长？"

钱学鑫一怔，林三爷从来不管别人家族内部事务，这次却没有顾忌开口，看来是怒极，三爷开口，从不说虚言，若没有表示，钱家前景堪忧，他心里一边抱怨钱任良老朽固执，连累族人，一边抹了把额头冷汗慎重地说："三爷，您放心，我会和族人商量着办的。"

钱任良听了这话，翻着白眼往后倒去，颤着双手指着钱学鑫，"你，你，学理才死，你就想逼死我不成。"

活人和死人的区别，钱学鑫想得很清楚，沉着脸说："族长累了，快把族长请回屋休息！"

护卫们左右看了看，想及钱学理去世，这族里最有权势的可不是老族长了，最终，两名护卫走上前来，半拖半扶地扶走了钱任良。

安雅瑜见钱月荣在一边默默站着，走了过去，低声说："没事了。"

钱月荣抬起头来，迎着她视线苦笑，"没事？哪里会没事？安小姐，哪里都没有我的立足之地。"

却听见钱学鑫在唤她："月荣，走吧，别打扰人家办案。"

钱月荣依依不舍看了安雅瑜一眼，垂了头，慢慢朝钱学鑫走了去，背影萧索寂然，却像被抽出了所有的精气神。

安雅瑜看着她，心中升起股无奈，也不知道她日后命运如何？

……

验尸报告摆在了林泽夫的案头，他翻了翻，手指轻点，"你瞧瞧。"

安雅瑜拿起了宗卷，看了几行，略有些吃惊，“手腕脚腕脖子处都有勒痕，他身前曾被人捆绑过？嘴里有苦杏仁味，是氰化氢中毒？”

“勒痕极细极深，用的不是普通的绳索，却是钢丝一类的东西，脖子那一处勒痕极深，以至于喉骨碎裂，我想，如果杀人，这一道伤痕足以致命，却同时向他下毒，下的也是剧毒之物，何必多此一举？”

安雅瑜想了想说：“也许这两种杀人方法不是同一个人做的？是两个人同时想要杀他？这也说不通啊，氰化氢中毒毒发极快，毒气入体，马上就会抽搐痉挛，2至3分钟之内呼吸就会停止，死状明显，何必又再勒其喉咙？”

“这也是疑点之一，最大的疑点，为何在其死后还有人将他遗尸在大槐树上？大槐树是钱家家族的树神，难道说真的要借助树神的力量？”

“大槐树的传说倒能愚弄乡民，”安雅瑜沉思起来，在屋子里踱步，踱了几步之后停下，“三爷，最近发生的几件案子都有一个共同点，那就是幕后操纵之人或多或少都利用了一些预言传说，您瞧，从一开始的小蔡被狗杀死之案，胡一岳死于铁丸灌喉，再到小楼藏人，梅落雪死在血池地狱之说，所有杀人者仿佛都在有意无意地按照那些传说来构陷杀人，这一单案，却利用上了大槐树惩恶扬善之说，这一定不是偶然！”

“就像是冥冥之中有股力量，使得杀人者找到了一个合情合理的处置杀人方法，像是在给自己一个交代，又或是一种信仰？”林泽夫说。

安雅瑜点头，“确实如此，行凶者虽然穷凶极恶，但似乎隐隐把自己当成了行刑者，按照深植于民众头脑之中的迷信来惩罚杀人，仿佛这样，行凶者就能逃脱于惩处？他们把自己当成了类似于地狱阎罗之类的判官角色，再联想那十二守护神的传说，难道他们真把自己当成了神？可以超越于法律伦理，随意判人生死？”

“大槐树的传说很多，最著名的却是马匪围庄，匪首却被人吊死在槐树之上……你瞧。”他抽出宗卷，拿出一张照片。

只见灯光之上，照片上黑白光影之中，大槐树上吊着一个长辫子男人，周围手握刀枪围观人群俱都脸露震惊骇然。

“这张照片是哪儿来的？”安雅瑜有些吃惊，“在那么危险的场合，怎么会有人照这种相片？”

“事后有人寄给了县长，这也成了大槐树为神树的证据之一。”

“事在人为，反过来说，这照片也成了马匪之死人为的证据了。”安雅瑜说。

“马匪被吊死的那树丫，你看看。”林泽夫说。

安雅瑜凝神一瞧，略有些吃惊，“真是那个树丫？”

“虽然事隔多年，老槐树枝叶树干长得茂盛了不少，但那树干形状依旧，仍然可以看得出就是多年前吊死那马匪之处。”

安雅瑜轻声说：“钱家人对大槐树奉若神明，只稍微一查，就能查出马匪死亡之处了，如此前后联系，只怕又要流言四起了。”

林泽夫点头，沉思着说：“这流言的指向，说不定能让我们弄清凶手为何把钱学理弃尸树上。”

“三爷可曾听说过矿山之事？钱月荣嫁给钱学理，原因之一就是钱学理并非钱家血脉，本宗的女子嫁给他，生出的孩子有钱家血脉，可以堵住宗亲之嘴，顺利接手矿山，钱学理恰恰在这时死亡，矿山之争也许是线索之一。”

“明天去查查钱任良。”林泽夫看了她一眼，见她满脸疲惫，却竭力睁大了双眼不露疲相，尖尖的下巴却在灯光下精致如玉琢一般，声音不由放软，“你，好好休息吧。”

他突忽其来的温柔倒如一剂清凉剂让安雅瑜瞬间清醒，条件反射般地拱手，“属下不累。”

等省起自己已不是白副官了，不由尴尬地笑了起来。

她一笑，林泽夫便也嘴角出现了丝笑意，“怎么，还把自己当白副官？”

他嘴角微扬，冰冷俊俏的脸被那一丝笑意化开，如雪原之上忽然乍开了一朵梅花。

安雅瑜心中微动，不敢直视，垂下头去：“已经习惯了，改变不了。”

林泽夫说：“那可得早点改过来才好，要不然成婚之后，我可不想要一个一口一个属下的妻子。”

安雅瑜差点被口水噎死，手指互绞，头垂得更低，“三爷不是说咱们是假定婚吗？一切都是为了查案方便。”

林泽夫淡淡地说：“我说的假话，你也相信？”

安雅瑜心底一阵悸动，脸慢慢烧了起来，语气却很认真，“三爷，我怎么知道您哪句话是真，哪句是假？您，您……您不是在戏弄我吧？”

皮靴踏地声起，他身上的阴影笼罩了她，她忽地被一股冷冽青草味道包裹，等想起，却是他拥住了她，他低低的声音在她头顶响起，“安雅瑜，你这么聪明，分不清我什么时候说的是假话，什么时候才是真话吗？”

安雅瑜迟疑了一下，脸靠在他挺括的军服上，“三爷的心可比那些案件难猜多了。”

他自喉咙里发出了低低的轻笑，揽住她的肩头，轻声叹息，“三爷的心思不难猜，无论以后如何，你我都只能同舟共济，一直向前。”

安雅瑜只觉天下间最美的情话也不过这一句“同舟共济”，更知道要想他再说出更好听的语言也不可能，只低声说：“是吗？”

房门一下子被撞开，林幽兰站在门口，瞬间捂住了双眼，转过背去，“我什么都没看见，什么都没看见，我去睡了，去睡了啊，你们继续。”

安雅瑜迅速挣开了林泽夫，定了定神问：“六小姐来干什么？”

林幽兰依旧紧闭双眼，也不转身，背对着他们，“忽然想起件事，想和三哥说说，三哥没空，明天说也是一样的。”

林泽夫哼了一声，“有话就说！”

林幽兰缓缓转过身来，眯着眼睁开一条缝，鬼鬼祟祟地说：“三哥，雅瑜姐，我真没想故意来打扰的，可门一下子推开了……”

林泽夫冷冷睢着她，“没话说就滚！”

安雅瑜悄悄扫了他一眼，却见他耳朵后根处略有红色，和他板得冰雪般的脸形成了鲜明对比，不由垂下头咬着唇角笑了。

林幽兰赶紧睁开了眼，“有，有话说！”她走向桌子，一眼看到桌上摆放着的照片，拿起来看，“原来你们也知道了当年马匪匪首被吊死的地方？”

安雅瑜点了点头，问她：“你又打听了些什么小道消息？”

林幽兰指着照片神神秘秘地说：“你们知道当年马匪匪首死了之后发生了什么？为什么那些马匪那么容易就退走了？”

安雅瑜和林泽夫互望了一眼，问：“什么原因？”

林幽兰说：“后来我又向那些老人打听，听说啊，当时马匪匪首共有三个，马匪老大被吊死在了树上，与此同时，另外两名马匪匪首晚上开始噩梦连连，说他们冒犯树神，三天之内如果不退走，就会十世受到株连，子子孙孙永世为奴为畜，紧跟着，那被吊死的匪首的儿子就失踪了，隔了一天才有消息传到匪帮，说他儿子被人卖到南洋去了！这不是为奴是什么？所以，马匪三天之内退得干干净净，对大槐树下的钱家子孙从此秋毫无犯。”

“用迷信流言恐吓一劳永逸地解决匪帮祸患，的确是个好办法。”安雅瑜说。

林幽兰瞪圆了眼，“雅瑜姐，你是说这所有一切都是人为？不可能吧，有人这么神通广大？能让人晚上做噩梦？还有，那匪首儿子在山上住得好好的，莫名其妙被卖到南洋，正应了噩梦中的预言，这还不奇怪？”

林泽夫看了她一眼，“钱家是大家族，家丁无数，马匪想要攻入钱家，一定倾巢而出，山上防卫空虚，这个时候只需要几个身手好的，盗一个几岁的孩子出来容易得很。”

林幽兰说：“那晚上噩梦呢？其他两个匪首同时噩梦，梦中情景一模一样，这又怎么解释？”

林泽夫看了她一眼，懒得解释，从她手里夺过那照片，“自己想！”

林幽兰只好转头看安雅瑜，“雅瑜姐，你告诉我吧。”

安雅瑜斟酌着说：“你还记得齐沛鼎么，他后来神志不清，脑子被扰乱了，还有那一次屏风事件，明明不可能的，我却感觉自己仿佛就在那屏风之中，成为一幅图画。”

“你是说有人使用催眠术扰乱了他们的脑子？”

安雅瑜点了点头，“或许配合药物，输灌了一种思想，让他们认为自己处于梦中，梦见自己的子子孙孙会沦为牲口奴隶，利用迷信形成的恐吓效果可比明刀明枪地和马匪作战争斗强多了，只需杀一个人，牺牲一个小孩子！造成的伤亡极少！”

林泽夫轻声说：“用极少的资源获得极大的利益，这大槐树传说的创制者确实是个厉害人物，但还有一种可能，就是双方势力相差极远，马匪人数众多，幕后之人无法和他们抗衡，所以，只有用诡计让马匪退走。”

安雅瑜说：“马匪事件已经过去了三十年之久，也不知道这幕后之人是否还在？”

林幽兰兴奋地说：“三哥，雅瑜姐，不如咱们把这件事也查一查吧？”见林泽夫冷冷瞧她，辩解起来，“三哥你瞧，马匪多年前被吊死在那树丫之上，钱学理又死在了那里，一模一样的吊在那里，虽然死法不同，但您不觉得凶手起码是知道当年之事的人吗？这张照片拍下来的情景可没有几个人知道的！”

林泽夫这才说：“还算有点头脑。”

他很少夸人，特别对林幽兰一向是除了骂还是骂，首次听到他的赞扬，林幽兰顿时激动了，“三哥，我本来就有头脑啊，当然和雅瑜姐不能比，但也超过了这世上大多数人！”

林幽兰还想自吹自擂自夸一番，林泽夫直接打断了她，“还不去睡？”

安雅瑜拉了拉林幽兰，两人一起告辞出来，各自回房休息。

……

早上十点。

安雅瑜一看钟，惊得从床上跳起，匆匆洗了把脸，换上衣服推门走出，来到楼下，就见林泽夫已经坐在桌上品茶了，而林幽兰背对着她，叨念个不休，“三哥，雅瑜姐什么时候醒啊？我去叫她好不好？”

林泽夫慢条斯理饮了一口茶，“你叫试试！”

林幽兰嘟嘟哝哝地说：“我说没这么早吧，你一大早把我挖起来，雅瑜姐睡到这个时候你又不说？三哥，你这亲疏区别也太过了吧？”

林泽夫说：“她日后是你嫂子，当然比你高出一头不止，怎么，你有意见？”

林幽兰忙举手，“没，我没意见，一点意见也没有，等，咱们继续等，等到天荒地老也要等，让雅瑜姐睡好睡足睡饱，睡得白白嫩嫩美丽滋润！”

林泽夫扯了一下嘴角，又喝一口茶。

安雅瑜默默地汗，走至两人侧边，略尴尬地说：“对不起，我来晚了，你们久等了吧？”

林泽夫眼眸扫至林幽兰脸上，她忙笑，“没，没久等，雅瑜姐，只有你睡得好了，头脑才会清醒，分析案情才能无往不利啊！雅瑜姐，咱们可以走了吧？”

安雅瑜刚想答好，林泽夫手指敲了敲桌子，“吃过早饭再走。”

林幽兰抽搐着嘴角强笑着点头说：“是啊，雅瑜姐，我这就让人把牛奶热了，再让他们烤新面包，您就着牛奶吃面包，美味又养颜。”

林泽夫说：“还不去？”

林幽兰只得站起身来，去叫小二热牛奶烤面包。

安雅瑜默默坐了下来，实在忍不住了说：“三爷，您何必欺负六小姐？我没那么娇气的。”

林泽夫说：“别理她，不治着她些，她就蹬鼻子上脸缠了上来，”他停了停，慢慢饮了一口茶才说，“我可不想以后她还赖在你房间不走！”

安雅瑜一失手差点跌了才拿在手里的杯子，耳根子发热，“三爷胡说什么？”

一两缕阳光自门帘处透进，使她侧边发丝如染上了金漆般，更使得她面颊隐隐透了红润，她自己也不知道，刚才她的声音多么的娇柔，像是要把人心融化。

林泽夫忽然间心情大畅，低声问：“昨晚睡得好吗？”

安雅瑜也察觉到了自己刚才似乎在向他撒娇，忙清了清嗓子公事公办地说：“还好。”

林泽夫低低笑了起来，没有说话，只是把一杯清水放在了她的面前，“喝点水吧，一位老中医说了，每天早上一杯水，能清理肠胃。”

安雅瑜把那杯水捧在掌心之中，低头饮了一口，低声说：“三爷别老看着我行不？”

林泽夫轻咳一声笑了，咳了一声清清冷冷地说：“我自己的未婚妻为什么不能看？”

他把这种话说得这么一本正经，安雅瑜简直无语，只好又垂头喝了一口清水。

还好林幽兰亲自领了小二来，拿了牛奶面包摆在桌上，她垂头吃着面包牛奶。

林幽兰看着林泽夫殷勤地替安雅瑜在面包上涂了果酱，酸溜溜地说：“三哥，想不到你还涂得一手好面包？瞧瞧这厚薄均匀的，我也没吃饱，能给我也涂片吗？”

林泽夫抬起眼眸看了她一眼，她一缩脖子赔笑，“三哥，开玩笑的，我哪敢让您亲自动手，我自己来，自己来。”

林幽兰愤愤地拿起面包放进嘴里咬，见到林泽夫更是细心地把面包切成小块摆在了安雅瑜面前的碟子里，不想再看，转过头去，就见宫池鸫一身白西装翩翩自店门口走了进来，转动眼珠子招呼：“宫池鸫，宫池鸫，这边，这边！”

听她唤自己的本名，宫池鸫意外地扬起了眉，走至近旁说：“六小姐，一大早的，吃错药了？”回头见到安雅瑜吃的东西，“你这吃的什么啊？也太不讲究了。”

安雅瑜一怔，“早上不吃这个吃什么？”

宫池鸫手在身后一掏，魔术一般地变出个陶罐子，放到她面前，“安小姐，昨晚熬夜了吧？这是我专门让人煲的石斛灵芝乌鸡汤，补气极好的，你尝尝。”

说着，拿了碗碟过来，舀出了清汤，递到安雅瑜手里，她只觉汤食香味扑鼻而来，正感吃那面包吃得口干舌燥，饮了一口落喉，顿时感觉口舌清香，却只有淡淡的中药之味，不由眯着眼说：“很好喝啊！”

宫池鸫眉飞色舞，“那当然了，咱们宫家祖上有做了御厨的，传承下来的饮食汤料那可都是秘方，一般人喝不到呢！”

林幽兰眼角处见林泽夫微皱了眉头，心怀大畅，附和，“宫先生家里还有什么好东西适合我们女人的，尽管送来，雅瑜姐这两日出门在外，皮肤气色都差了许多呢！”

宫池鸫更意外了，盯了她半晌说："六小姐，你这么对我说话，我有点不适应，你别又憋着使什么坏水吧？"

林幽兰腾一下站起，柳眉倒竖，"老鸟，给脸不要脸！好心当驴肝，真不知道你怎么管好你的生意的！"

宫池鸫拍着胸口说："我一颗心终于落了肚子里，六小姐还是这样让人放心啊！"

这次倒是林幽兰张口结舌半天说不出话来了。

安雅瑜喝了两口汤，真觉鲜美无比，不知不觉之间，把整罐子汤喝完了，见林泽夫半天没出声，抬头看了他一眼，略感有愧，见桌边那杯牛奶还剩下大半，想了想，伸手过去拿，却被他拦住，"不喜欢就别喝了。"

安雅瑜讪讪放下，"三爷，我，我……"

"不用解释，东西是东西，人是人，人不能代替东西，御厨做的饭菜再好，皇后再爱吃，皇后喜欢的也仅仅是饭菜不是？"

安雅瑜舒了一口气，心说他这比喻可真把人气死！

宫池鸫脸色发绿，哼了一声，不理他，只对安雅瑜说："安小姐，你这两天确实气色差了些，等晚上我再带些补气的汤过来。"

安雅瑜不好答，只含糊应了。

林泽夫笑着替她应了："多谢宫先生，我也瞧她气色不是太好，正无计可施呢，宫先生便雪中送炭，你放心，回头我会让人打赏你的。"

这活脱脱像皇帝把宫池鸫当御医来使啊！

安雅瑜默默垂头，此人真是不毒则已，一毒吓人，毒舌本质一点都没改。

林幽兰眼珠子在三人身上转来转去，一脸"戏演得挺好，宫池老鸟还是弱了点，斗不过自己三哥"的遗憾与荣幸交织。

安雅瑜见势不妙加快速度把剩下的面包吃完，抹了嘴说："走吧。"

林副官开了车来，几人往钱家东宅而去。

钱家东宅是族长钱任良的住处，庭院极大，也是四进的宅子，与主宅相比，却是高大华美许多，庭院森森之间，只见仆佣垂头丧气自廊间小径匆匆走过，整座宅子几乎静默无声。

见几人来访，仆佣把他们领到了堂屋坐下，摆上茶和点心，逃避般地走得一干二净，让安雅瑜暗暗惊奇。

几人等了半晌，也没人前来招呼，宫池鸫不耐烦了，"走，咱们自己去找那老头儿！"

林幽兰唯恐天下不乱，拍手附和，“走走走。”

正说着，咳嗽声起，钱任良由两名丫环扶着，出现在门口，仿佛是知道了自己处境不妙，一个晚上工夫，他又老了不少，原本花白的头发全都白了，走起路来都有点儿颤颤悠悠的。

倒没有了昨天的嚣张，只朝林泽夫几个拱手，“三爷，您来了，请坐，请坐，请恕老朽精神不济，来迟了。”

林泽夫说：“您也请坐。”

钱任良在宝椅上坐下，咳了一声说：“三爷，您今日来，是想……”

“想看看钱学理的旧居，还想问您，钱学理是什么时候从西南回了旧宅，他秘密回来，所为何事？”林泽夫语气轻淡，“下面的人也查到一些他的行踪，但向您证实一下才好。”

这明打明的威吓，钱任良胡子直哆嗦，却不知道为何没了昨天的脾气，叹着气说：“学理死于非命，还得依仗三爷调查清楚，老夫一定言无不尽。”他咳了两声说：“学理前天才到的家，老朽也感意外，特意过去问他，他只说有些私事要办，倒没有说过其他，我让他把自己的亲事安排一下，他也不上心，哎，自从怡琳失踪之后，学理精神差了很多，前两个月在西南大病了一场，身体还不如我这个老头子。”

安雅瑜问：“怡琳是钱学理的女儿？”

钱任良冷冷扫了她一眼，不想答她的话，但想及林泽夫在此，只好不耐烦回答：“是的，学理以前年少轻狂，和别的女人生了个私生女，为免有人搬弄口舌是非，后来当养女收养了，三个月前失踪，学理为了找她头发都急白了，哼，一个赔钱货也不知有什么好找的！”

安雅瑜简直不知道怎么问下去的好，强忍着反胃问：“钱学理先生一生未娶吗？”

钱任良顿了一下拐杖说：“娶什么娶？谁都看不上，光顾着养他那私生女，要不是这样，我们钱家怎么会后继无人？”

安雅瑜倒是明白了，钱任良这个族长不过是傀儡而已，他完全管不了钱学理的行动，不由暗暗惊奇，钱学理是钱任良收养的，照常理来说，钱学理理当对钱任良百依百顺，讨好钱任良以顺利接收钱家财产，可为何情形却反了过来？

安雅瑜问：“钱学理回来之后，一直都住在家里？中间有没有出去拜访过什么人？”

钱任良哼了一声说：“他回来后，我当然得派人去请他未婚妻钱月荣来了，两人见了一面，对，一定是钱月荣惹了他，两人见面没多久，钱月荣就哭哭啼啼跑了出来。”

安雅瑜沉吟着问：“你是说他们发生了争执？”

钱任良呸了一声，“那贱女人一直不肯嫁给学理，求了他好几次让他退婚，她爹不答应，学理当然也不会答应，还有她那娘，不知道脑子是不是有病，我们家学理这么好，她居然不满意，居然上门来闹！”

“她也曾来拜访钱学理？”

“钱月荣走了没多久，她就来了，指着我们家学理大骂，什么脏话烂话都骂了，学鑫过来，甩了她两巴掌，这才把她拉走。”

安雅瑜问：“钱夫人骂了些什么？”

钱任良睁开混浊的老眼冷冷地说：“安小姐，你老问这些干什么？真是头发长见识短，破案就是这么破的吗？”

安雅瑜一噎，对这么个腐朽顽固的老人，她还真是无计可施。

林泽夫就说：“钱老，我们自己去钱学理住处瞧瞧，您没有意见吧？”

钱任良扫了他一眼，神情倒有几分畏缩，只说：“三爷请自便，有什么找李管家就行，学理去世，我也没心情陪客。”

林泽夫点头，“钱老，您去休息吧。”

钱任良扶了两名小丫环的手颤巍巍地走了。

李管家是个长脸的中年人，不停拿眼角扫着几人，把他们带到一个二进的独立院子，哈腰介绍说：“三爷，这就是我们家二老爷的住处，他不在家里常住，一般一年也就回来个十来天的，但二老爷的屋子，向来没人敢进的。”

说到这里，他看向那屋子，脖子缩了一下，虽然钱学理死了，却仿佛他依旧还在，在门边站定了，却犹豫着不敢进去了。

直至几人走进，他这才跟着走进，进去之后，却左顾右盼，脸色惊慌。

宫池鸫拍了他一下，“怎么了？李管家，屋子里有鬼啊？你忘了你家二老爷已经死了？”

李管家咽了一口口水，赔笑，“没，没有，这院子我们这些下人从不敢来，有时还真以为二老爷还活着呢。”

安雅瑜说：“还活着？”

李管家点头，“是啊，安小姐，二老爷在家的时候，从不准我们进他屋子，连打扫，都是他自己动手的。”

“连钱怡琳小姐都不准进吗？”安雅瑜略带好奇地问。

李管家咽了口唾沫说：“怡琳小姐不住在这里。”

“那她住在哪儿？”

“她要上学呢，学校在城里，二老爷给她在城里建了栋西洋式的房子，还请了好几个老师教她，平时她都不回来的，只在城里住着，都是二老爷去看她，您知道的，老太爷不喜欢她，她也不愿意回来，只在她被抱回来的时候，老太爷才见了她一面。”李管家说。

“你们二老爷对她挺好的。”

“那当然了，我从没见二老爷对谁好，可对她就不同，说起她，连脸上都有笑呢。”李管家说。

“听说怡琳小姐失踪了？”

李管家叹气，“是啊，怡琳小姐失踪了，二老爷发疯一样地找，找了许久都没找到，从那以后，二老爷脾气就不好了。”

“怎么个不好法？”林幽兰凑过来问，“随便打你们不成？”

李管家眼神闪躲垂头，“要只是那样就好了……”

“还敢杀人？”林幽兰吃惊地说。

“没，没有，我，我什么都没说！”李管家身子后退，往门边避去，“三爷，你们尽管看吧，有什么再遣人叫我。”

说完，往门口逃走般离开，越过门槛之时，被门槛绊了一下，差点跌倒。

安雅瑜看他踉跄而去，不由皱眉。

林幽兰吃惊地说：“干什么？吓成这个样子？这屋子有什么吃人的吗？”

几人回头望屋子里面，也不过是普通的摆设，一个大书桌摆在窗前，一张罗汉床放在堂前，矮几上摆了几个茶碟茶杯，安雅瑜走过去在矮几上一拭，却是干干净净。

走进内室，里面也只是一个普通的架子床，被子叠得极为整齐。

林幽兰早把衣柜打开了查看，翻了半晌说：“一些旧衣服而已，没什么特别的。”

宫池鸫则把手伸进大衣柜的内壁敲了敲，“实心的，不像有暗门的样子。”

“钱宅是百年老屋，不是新修的，如果要在居所动手脚修暗道，怕是不容易。”安雅瑜说。

她看林泽夫站在罗汉床前，把罗汉床的床垫揭起，不知道在看什么，便走了过去，他把垫子递给了她，说：“你瞧。”

安雅瑜看去，却见那垫子背面有好几道长长的裂口，像是被什么东西撕烂了。

“钱学理屋子干净整洁，却能容忍这种烂了的垫子存在？却是为什么？”安雅瑜说。

“要想知道，得让人把李管家再叫来问问才行，他到底在害怕什么？”林泽夫视线落到了在屋子里东摸摸西探探的宫池鸫身上。

安雅瑜就点头说：“没错，让他去审问李管家再好不过了，不过他愿意吗？”

正巧林幽兰走了过来，林泽夫就皱眉，“难办，此事有些难办。”

林幽兰意外地问：“三哥，什么难办？”

宫池鸫听到这边动静，也转身往这边看。

林泽夫不理她，只对安雅瑜露出很为难的样子，说：“咱们人少，钱家一个管家而已，怕是没什么好问的，别节外生枝。”

安雅瑜配合着说：“话虽如此，但是三爷，有疑问总得问个清楚。”

话未说完，宫池鸫往门口走去，鄙视地说：“三爷，你这瞻前顾后的毛病可得改改，我去，一个管家而已，我倒要看看，他到底隐瞒了什么？”

林幽兰看一眼林泽夫面无表情的脸，十分之肯定，“三哥，你这表情我从小看到大的，平静之中隐隐带着丝阴险，你以往找人背黑锅时经常这种样子，说，三哥，你是不是激将着宫老鸟替你办事？”

林泽夫扫了她一眼，“看了这么久，说吧，屋里看出什么来了？”

林幽兰马上被转移视线，垂头丧气地说：“说实在的，屋子里干干净净的，我能看出什么来？”

林泽夫嘴角向下撇了撇。

“好了，好了，三哥，有时你不说话比说话还让人难以忍受，我知道，我不是当探长的料，当不成探长，我当探长助理行吗？”她挽住安雅瑜的胳膊，“我以后就当雅瑜姐的助理！”

林泽夫干脆地转过身去，表示懒得理她。

林幽兰就悄声问安雅瑜：“雅瑜姐，那位李管家有什么瞒着我们不成？”

“李管家根本没说什么重要的东西，进了院子之后很快离开，仿佛也极怕我们问他什么，钱学理是他的主子，即使死了，对他仍有震慑之力，那种惊惧极不自然，就像这屋子能吞噬了他一般。”

林幽兰想了想李管家走出屋子时的样子，点了点头，“确实如此。”她想着想着，惊惧了起来，抬头看着黑洞洞的屋子，嗖地缩在了安雅瑜身后，“雅瑜姐，听你这么一说，这屋子还真有点不同。”

安雅瑜哭笑不得，“我这只是个比喻而已，只是说有什么东西延续了钱学理对钱家下人的恐吓。”

林泽夫直接伸手，把林幽兰自安雅瑜身后提了出来，“站直点，丢不丢人？”

林幽兰这才发现自己缩头弯腰站着，忙站直了，讨好地说：“我都忘了，这里有神鬼不禁的三哥在呢，我怕什么？三哥当年血战沙场，曾经赢得血衣阎罗的名号，虽然这名号不太好听，但一个死人无论留下了什么总斗不过三哥这活阎王吧？”

林泽夫嘴角直抽，一巴掌在她头顶扫过，直接把她的辫子拉散了，“胡说什么？”

正说着，宫池鸫沉着脸背了个人走进屋子，一下子把那人丢下，众人看去，却正是李管家，鼻青脸肿的，已经昏了。

而宫池鸫脸上也有两道青痕，显才是刚留下的。

林幽兰吃惊瞪大了眼，“老鸟，被人打了？”

宫池鸫抚了抚面颊，冷声说：“怎么了？我就不能被打？”

林幽兰故作遗憾，高举双手，唱做俱佳，“您在我心底是高山仰止的存在，是纵横黑白两道的大佬，是身手可堪比古代大侠的精英，更是我的偶像，您怎么能受伤呢？让您光辉的形象在我心目中轰然倒塌，从此之后，我的精神没有了依托，人生受到质疑，走上怀疑一切，否定一切的道路，老鸟，您怎么忍心啊？”

宫池鸫气得嘴角直抽，忍气吞声地说：“六小姐，你这损人的功夫越来越高了啊！”

林幽兰哈哈笑了两声：“好说好说。”

林泽夫走至李管家跟前，把手里的冷水泼了上去，他缓缓醒来，抬眼看到木制屋梁，竟是赫然大叫，“不，不，二老爷，我不会背叛您的，求您了。”

他双手在脸前挥着，紧闭了双眼，脚在地上撑着，直往后退。

宫池鸫气不打一处来，一脚踢到他身上，“胡说什么？”

李管家这才醒悟过来，看清面前站着的人，停了后退，抹了把脸上的冷水说：“宫，宫先生，是您？”

“你以为是谁？”宫池鸫紧盯着问。

“没，没以为是谁。”李总管躲闪着他的视线。

安雅瑜沉吟着说：“你不是没来过这屋子，二老爷生前，一定将你带来过这屋，你老实告诉我，这屋子发生过什么让你这么害怕？”

李管家定了定神，眼睛四顾，瞬间收回，却摇头：“没，没发生什么，二老爷都去世了，这屋子没人居住，不会发生什么。”

他说完这话，便垂头一声不吭。

对这种顽固分子，安雅瑜倒有点无计可施。

林泽夫清冷的声音响起，“这屋子既然没有什么，那么李管家今日就在屋子里替钱学理守灵，守上十天八天的，李管家不会有意见吧？”

李管家浑身震动了一下，脸带祈求之色抬头，“三爷，我还有其他事呢。”

林泽夫漫不经心地说：“其他事先放着，我会让族长另行安排的，钱家这么多下人，少你一个不少！”

说完，站起身来往外走，其他人自也跟随。

林幽兰边走边提议：“三哥，院子前后门都让人给看牢了，可不能让李管家半夜跑了！”

宫池鸫就凑趣，“跑什么跑？还不知道能不能活着跑出去呢！眼看要到晚上了，夜黑风高，鬼魅横行啊！”

安雅瑜只与林泽夫对望了一眼，心说这两人此时此刻配合还挺默契的。

第六十章　爱恨化尘

几人才走至门口，李管家就已瘫倒在地，“三爷，三爷，您别留下我一个人在这里，我说，我都告诉您。”

他膝行了几步往几人身边凑去，却是身子颤抖，涕泪交加，眼眸却不停地转动。

林泽夫冷冷地说：“说吧，这屋子到底发生过什么？二老爷留下了什么东西？”

李管家双手撑地，上身颤抖，“二老爷养了一只大花猫，那只大花猫可凶了，上一次我和邵贵事情没办好，被二老爷叫到了这里，邵贵年轻气盛，辩解了几句，二老爷抱了那只大花猫出来，那大花猫一跳，就咬到了邵贵的喉咙上，好大一个窟窿，那一次，我可真是死里逃生，二老爷去世之后，就昨天天擦亮，还有人看见那只大花猫在二老爷屋里徘徊，天大亮时才不见了踪影，我们哪敢随便进这屋子？”

听完，宫池鸫奇怪地说：“一只猫能把人的喉咙咬断？你没搞错吧？”

“没搞错，没搞错，那猫是二老爷从小抱回来养的，也不让外人经手，除了怡琳小姐外，二老爷最心疼的就是它了。”李管家连连点头。

安雅瑜想了想说：“钱学理死了，那猫却依旧在外游荡，想必钱家的下人对那猫的凶残已经私下传言甚广，所以，这院子才冷清之极，钱家下人连经过此处，想必都绕道而行。”

李管家咽着唾沫看了一眼窗外，见天色渐暗，满脸惊慌，“那猫一般夜晚出来，但有时日头落得早了，它找不到食物，傍晚也会出现，这次二老爷回来，有次忘了喂它了，它把端菜的丫环小翠手都差点咬断，诸位老爷小姐，咱们快出去吧！它，它几天没吃东西，一定饿急了！”

安雅瑜示意林泽夫走到一边去，低声问："三爷，你说那只是一只猫？"

林泽夫说："在夜里出现，喜欢鲜血，凶狠残忍，怕不是一只猫那么简单，但具体是什么，得想办法捉住了才知道。"

"三爷有办法？"安雅瑜问。

"捉动物总比捉人简单容易得多，就像李管家说的，那只动物几天没吃东西了，它会回来的，只要有饵，捉它也不是太难。"林泽夫视线落到宫池鸫身上。

安雅瑜一瞬间就明白了林泽夫的想法，实在忍不住了，"三爷，您想拿宫池鸫当诱饵？他会同意么吗？"

林泽夫垂眸，"你不让他当，他还会着急呢。"

安雅瑜只默默垂头，心说你不挖陷阱给他，他会主动上钩？这男人把让人被骗还替他数钱说得如此理所当然，也是一大奇观。

她不由同情地朝宫池鸫望。

宫池鸫往这边望来，正对上了安雅瑜的视线，立即走了过来，兴致勃勃地问："安小姐，发现了什么？"

安雅瑜摇头，"没，没有什么。"

林泽夫接嘴，"我们正商量怎么捕捉这动物呢，只是这次出来，我带的人少，林副官身手一般般，其他的人只怕对付不了它，所以……"他长叹一口气，眼眸落到了安雅瑜身上，"还是我亲自来的好，可雅瑜有些担心。"

安雅瑜被他那眼神盯得浑身陡然起了层鸡皮疙瘩。

宫池鸫则警意忽起，姓林的这摆明了是要在安雅瑜面前展现他的雄风啊，这功劳如果是他抢了去，岂不是自己更加无望？

他忙笑着说："三爷，这怎么行呢？这等小事，还是我来吧，一个小动物而已，有什么难捉的？"

林泽夫坚定摇头，"不行，不行，宫先生出身富贵，娇生惯养，此物凶猛异常，如果伤到了宫先生，我不好向古老交代。"

宫池鸫脸一沉，"三爷，您这可就说错了，我也是经了大风大浪过来的，什么场面没见过？"

林泽夫慢悠悠地说："还是别了，宫先生刚才也听了李管家的陈述，这可不是一般的动物，能撕破别人喉咙的，乡下人见识少，哪里知道猫和其他猛兽的区别？还是我来吧，杀人见血的场面，我见得多些，再者，我可是准备拿自己当饵，引那动物出来的，听说那动物几天没吃东西了。"他上下打量了宫池鸫一眼，"宫先生破了相就不好了。"

安雅瑜觉得自己读懂了他眼神中的意思：原本长是不怎么样，破了相，还怎么找媳妇啊？

她只好眼望屋顶，拉伸脸皮，以免露出笑容来。

宫池鸫一股邪火直往上冒，哼了一声，“这点三爷不用担心，发生什么事，自然由我自己来承担责任。”

林泽夫勉为其难地说：“那行吧，宫先生，您可一定得注意些，我也让钱家多派些人来以防不测。”

林幽兰眼珠子在两人身上转来转去，只微微叹了口气，走过去附在安雅瑜耳边说：“雅瑜姐，你现在知道我从小到大过的是什么样的水深火热的生活了吧？有些事，等我长大了才明白的，为什么我们几兄妹从小到大被爹打得多？为什么三哥从来没有被人用皮鞭伺候？三哥这祸水东引的本领是天生的！”

安雅瑜默默点头。

李管家几次唤求几人赶快离开，却没有得到回应，听来听去，却听说他们准备捉拿那只猫，不由吓得腿软，忙劝说：“三爷，这可使不得的，那猫身手极为灵敏，咱们原来的看家护院丁二还有些功夫的，有天晚上被它咬了，一怒之下准备捕捉它，那段日子正好二老爷不在，可最后却被撕裂了喉咙，可怜他孤儿寡母的。”

林泽夫就向脸有犹豫之色的宫池鸫好心建议：“宫先生，听到没有，您还是别参加了，在院子外面看着就行了，毕竟你们古家宫家只你一根独苗，还是我来吧。”

宫池鸫脸色一下子变得坚毅无比，“不用了，三爷，您在外看着些她们两人就成，我们宫家别的不如你，可光是我这特制的文明棍，对付一只动物不在话下。”

林幽兰凑上来好奇地问：“喂，老鸟，你这文明棍有什么出奇的？”

安雅瑜也不由自主视线转向了他手持的文明棍。

宫池鸫却故作神秘，“到时你就知道了。”

此时，却听惊慌的脚步声起，几人转头一看，那了管家却连奔带逃头也不回地往门外跑去。

屋子渐渐暗了下来，窗外一盏两盏的油灯逐次闪烁亮起，院子寂静，远远的光亮却丝毫也照不进这个院子。

安雅瑜三人躲在树后，看着那漆黑一团的院子，略有些担心，“今夜那东西会来吗？”

“钱学理常年不在家，可这东西依旧偶然出现，说明钱学理不在之时，有人暗地里养着它，也说明钱家老宅只是钱学理一处落脚之处。”

“也许捉拿了它，就能想办法顺藤摸瓜找出饲养它的人。”

林泽夫点了点头，只把视线投向了院子，“不知道这东西究竟是只猫呢？还是其他什么东西？”

林幽兰忽然间拉了拉两人衣袖，脸有惊惧之色，“我好像看到有什么东西从树上跳过去了。”

两人顺着她的视线望去，树上却是黑糊糊的一片，什么都看不见。

忽地，一种声音低低传来，似有人在喉咙里低吼，又像有人在拉锯，声音瘆人之极。

院子里传来了宫池鸫一声大叫，林泽夫倏地站起身来，往院子跑了去。

等安雅瑜两人赶到，他们却一人拉了一头，一张银色丝网若影若现，有东西在网里面左突右冲，凶狠咆哮着，想要破网而出。

安雅瑜忙拿出打火机点亮油灯，却见银网之上，一只猫状物瞪着绿油油的眼睛，向几人露出獠牙。

油灯照射之下，那物身上布满了金黄色斑点，肚皮下一圈白色轮廓夺目之极，却是头小而圆，双耳尖立，双目闪着粼光。

林幽兰首先叫了起来，“这哪里是猫？猫怎么会这样子？”

它仿佛被惊动了，在网里冲着，龇牙去咬那网，可网却坚韧之极，将它一颗獠牙卡住，转眼间，它牙缝流血，痛得嗷嗷直叫。

宫池鸫得意地说：“我这网可不是一般的东西，特制钢丝制成，坚韧无比。”

林幽兰见那东西逃不出来，拍着胸口放下心来，看不惯他嘚瑟的模样，指着他左脸满脸同情，“宫池老鸟，差点被毁容啊？老实说，是不是三哥及时赶来，才让你免遭毒手？”

灯光之下，宫池鸫左脸却有三道血痕，还好伤口不深，却也皮肉外翻，很有被毁容迹象。

安雅瑜走到近旁，拿出手电筒仔细看那被网围着的动物，惊讶之极，“这不是一只猫，是只豹子！”

电筒照射之下，那只动物低吼着发出声音，眼露凶光，嘴边獠牙外露，却正是一只金钱豹。

林幽兰抚着胸口说：“真是只豹子？钱学理把豹子当猫来养，这牲畜那么喜欢攻击人，把钱府那些下人吓成那样。”

宫池鸫走了过来，跟着仔细看那动物，抚着脸说：“难怪那么凶猛，在黑暗中跳跃速度快如闪电，一不小心就被它挠了一下！”

似在它脖子上看到了某物，伸出手去欲拨它的脖子一下，它扭头一咬，差点被它咬着了，他缩回手吸了口气，“你们瞧，它脖子上挂了块牌子。”

林幽兰拾起了地上丢弃的文明棍，掉转过来用弯拐处去够那豹子的脖子上的吊牌，众人看得清楚，那是一块金属制样的吊牌，用皮扣系紧，挂在那豹子的脖子上，上面仿佛刻着一些数字。

安雅瑜接过文明棍拨那吊牌看了良久，说：“好像是铁制的，上面有铁锈，年代一定久远，皮扣却是新的，三爷，能想办法把皮带扣解下来给我看一下吗？”

那花豹却是龇牙咧嘴，喉咙发出低低吼叫，眼眸凶狠。

林泽夫略有迟疑，“要把它麻醉了才行。”

宫池鸫说：“让我来！”

他取过了那文明棍，旋着棍子底端，轻轻一抽，文明棍露出了一截尖端，他又从棍子中部切开，取出一个小盒子，拿出些粉末状物涂在了棍子顶尖，说：“虽然没有麻醉药那么好，但也能让它短暂昏迷了。”

林幽兰吃惊地说：“老鸟，你别私底下做采花大盗的吧？文明棍里有网又有针刺，还有麻药？这是打劫良家妇女的全套工具啊！”

宫池鸫扫了安雅瑜一眼，脸色端肃，“胡说什么？我怎么可能做这种事？”

林幽兰撇嘴，“难说得很。”

安雅瑜怕两人争论起来没完没了，只说：“宫先生，您请。”

宫池鸫快如闪电地把那文明棍尖头一伸，刺进了那花豹的身子，花豹凄厉叫了两声，在网中挣扎，慢慢地软倒下来，他这才把手伸进网内，解开了花豹脖子上的皮套。

拿在手上看了半晌，摸了摸项圈内层，却是点头称赞，“这东西做得精巧，牵引的皮绳却断了，不知道什么原因？”

安雅瑜拿过那皮套看去，却见那皮套内层有几个细孔，似有尖细之物突出，环扣在项圈之上的绳子断了一截，她摸了摸断裂之处，沉思不语。

宫池鸫指着皮扣说：“这种特制的皮扣是专门用来训练猛兽的，如果它不听话，勒紧皮扣，尖刺突出，直刺进了脖子，可以让它驯服下来！”

说着说着，却无人应答，回头一看，安雅瑜等却走到了那头豹子面前，弯下腰，扒开它颈间的皮毛查看。

他只好也跟着走近。

却只见那豹子的脖部有深深的被勒的红印，更有几块皮毛被烧焦了一般。

安雅瑜拨了拨那项圈断裂之处，站起身来，皱着眉头思考。

“雅瑜姐，这豹子看来也受了不少苦？也不知道是什么人做的？”林幽兰说，又向宫池鸫转头，“喂，老鸟，你懂得多，你来说说？”

宫池鸫对她的称呼充耳不闻，“从伤口上看，这豹子很可能与人发生了冲突，那人用绳子勒紧了它的脖子，让它受伤，它拼命挣扎，居然挣断了脖子上的绳子，逃了出来，安小姐，我分析得没错吧？”

安雅瑜点头说：“大部分是对的，只有一点错了，并不是它挣脱了绳子，而是有人割断了它脖子上的绳子，你看这绳子的断处，先是平滑而后粗糙，割断它绳子的人当时缺了力气，只割了少半就没了力气，它拼命挣脱，致使绳子断裂，让它逃脱，几天以来，它四处游荡，想必没有吃东西，只好又回到原来住往找吃的。”

宫池鸫一怔，拿了手电筒照着，仔细察看，点了点头，“没错，确实如此，果然是先平滑后粗糙，割个绳子而已，那人也没了力气？除非那个人……”

“在死亡的边缘！”安雅瑜说。

“没错，这花豹是钱学理养的，你说，会不会是他临死之前放了这豹子？”

“很有可能，豹子生性凶残，你看这绳子，是在临近它脖子极近之处割断，如果不是主人，有谁能招它近身，割断绳子。”

“这么说，这豹子很可能在凶案现场出现过？”林幽兰略为兴奋。

“可惜豹子不是人，即使在凶案现场出现过又能怎么样？”宫池鸫神情冷淡，“它又不能指出谁是杀人凶手，它的主人当时发生了什么？”

林幽兰冷哼一声，“宫老鸟，你当然不知道了，可雅瑜姐知道啊！”

宫池鸫哼了一声，转脸朝安雅瑜望去，却见她抚着豹颈上那块烧焦之处不语，林泽夫在她近旁，不知道在说些什么，于是深深后悔自己被林幽兰这个莫名其妙的人打扰，把主要的事忘得一干二净了，忙凑了过去问：“安小姐，发现了什么？”

安雅瑜手指那豹皮上烧焦处，“从伤口上看，它受伤时间不长，新毛没有长出，旧毛还未褪去，豹子行动迅速，照理不应该皮毛烧得这么严重，除非它当时处于火场之中，而且猝不及防。”

林泽夫略皱眉头，“起火？有情报显示，钱家东边群宅几天前起了一场大火，可火迅速被扑灭，事后钱家人说，那场大火是厨房里的人烧菜没有灭火所至，难道另有隐情？”

宫池鸫不甘示弱，“这场火我知道，不就是我们来的前几天吗？听说还烧死了一个下人。”

林幽兰拿眼斜他，“宫老鸟，你有点创造性，别老说别人已经说过的东西好不好？”

宫池鸫哼了一声说：“烧的是八叔公的住处，够具体了吧？”

“八叔公？钱家那位专和族长钱任良作对的老人？怎么这么巧？”安雅瑜轻声说。

“是啊，那位钱仁富，就是八叔公，一年前独孙去思落崖采药，跌了下去，再也没回来，不知道怎么的，就把此事怪在钱仁良头上，说他破坏了钱家风水，又说此事和钱学理有关，闹了好几场，却没有查出什么来，此事就不了了之了。”林泽夫说。

宫池鸫瞧了他一眼，“三爷查得还挺仔细的。”

林幽兰说：“那当然，三哥做事，一向滴水不漏，宫池鸫，你老说你怎么怎么厉害，说吧，查出什么来了没有？”

宫池鸫脸色略尴尬，咳了一声说：“这种小事，查来何用？”

林幽兰拉长了声音说：“这种小事？如果不是三哥，咱们可真不知道这只豹去了钱仁富那儿了，指不定钱学理就在那里被人害死的，啧啧啧，要你帮忙，能帮得到点子上吗？”

宫池鸫只好仰头看着屋梁，心说君子不与小人女人相争！

安雅瑜说：“看来钱仁富家里的那场大火，要仔细查一查才行。”

林泽夫点了点头。

林幽兰走至那花豹根前，拿脚尖踢了踢那豹，弯下身子小心翼翼地摸了摸它的脖子，吃惊地说：“这只豹子怎么身子越来越凉了？”

宫池鸫跟着走了过去，忽地惊悚大叫，“快走，它醒了！”

林幽兰后退一步，吓得尖叫起来，回头一看，花豹纹丝不动，宫池鸫却哈哈大笑起来，她这才知道，这人正在吓她，气得一脚踢了过去，宫池鸫闪开，“六小姐，旗袍下摆破了！”

安雅瑜无语地走近，蹲下身子查看那豹子，伸手摸了摸，又伸手探了探它的鼻息，皱眉说：“它真的已经死了。”

“怎么会？刚才还活蹦乱跳的。”林幽兰凑了过来。

“死亡原因还不得可知，除了毛皮烧焦之后，没什么外伤，宫先生的那张丝网，也没有对它造成影响，真是奇怪。”安雅瑜说。

林幽兰摩拳擦掌，“我来，我来，这验尸工作就交给我吧，明儿一早，一准给你们准确的验尸结果！”

林泽夫就问：“你？”

“三哥，这次你可不许拦我，不准我给人验尸，连只动物都不行了吗？再说了，这种时候这个地方，你到哪儿找人去？”

林泽夫沉吟不语。

林幽兰早叫了宫池鸫过来，“宫老鸟，来，帮我把豹尸搬到车上去。”

几人闹出这么大的动静，钱家却无人出来查看，只有先前的李管家探头看了几眼那花豹，又缩了回去，几人搬了花豹尸体上车，钱家宅院却是寂静无声，钱任良再也没有出现过。

……

第二天一大早，安雅瑜被一股血腥味儿熏醒，睁开眼来，却见林幽兰满手是血站在床前，一只手还拿了团血呼呼的东西，其脸上也沾满血污，咧开了嘴，不知道是在笑还是别的，仿佛牙床肉都带了点红色，吓得她一声大叫，从床上蹦起，“六，六小姐，你干什么？受伤了？”

林幽兰指着她前仰后合地笑，“雅瑜姐，哈哈哈，瞧你吓成这副样子！你也怕血？”

安雅瑜这才看清，她手上戴了薄膜手套，身上也穿了件白大褂，手上的东西却仿佛是某种内脏。

想及昨晚上她说的要验尸之话，吃惊地问：“六小姐，你一晚上没睡？”

林幽兰点头，还把那动物内脏从左手翻到右手，那血滴一滴滴地滴到地板上，“雅瑜姐，你猜猜，我在那花豹的胃里找到了什么？”

安雅瑜连连挥手，“离我远点！”

林幽兰站得离床远了些，看着安雅瑜起床洗漱，在她身边转来转去，转到哪，手上的鲜血就滴到哪，偏偏忍住不说，直到安雅瑜匆匆洗漱完毕，这才走至她身前，满脸神秘，“雅瑜姐，你猜猜么，花豹胃里到里有什么？”

安雅瑜看了她一眼手上的东西，显然是个切开的胃的一部分，再扫了一点她白袍上的血迹，看了一眼她脸上的血，漫不经心地说：“莫非是人的手指？”

林幽兰悚然，怔了半晌问：“雅瑜姐，你怎么猜到的？难道在不知不觉中我说了出来了？”

安雅瑜说："你没有说，但你把那截手指放进了牛皮纸袋里，放在左侧衣袋里了。"

"这你都猜出来了？"林幽兰说，"你不是偷看我放的吧？"

安雅瑜拿起梳子耙了两把头发，"你衣袋口明显鼓起，从外面就可看得出是个装药的牛皮纸袋，衣服袋口有指印，从指印的大小和新鲜程度来看，是你自己的，再推测你的性格，你把花豹的半个胃都拿到我房间来了，那么重要的证据怎么会不随身携带？"

"可你怎么知道那是截手指？"

"花豹能下嘴咬下来而又没被消化的形状完整的，还能被你用这么小一个袋子装着的，人身体上的部分，除了手指，还有哪里？"安雅瑜问。

"耳朵，脚趾……"林幽兰想了半天也没想出多少来，急了，"舌头？乳头？"

安雅瑜把手上的梳子放下，"耳朵和舌头用牛皮纸袋装着，因创口极大，液体一定会浸湿牛皮袋出来，除非你把它们烤干了，你自己身上都没弄干净，可以排除这种可能，乳头和脚趾么，的确有可能，但这两样东西没有手指的概率大，豹子咬了上来，人一般情况下都会用手去抵挡，脚上有鞋可挡住，乳头概率更小了。"

林幽兰喃喃地问："雅瑜姐，你有解不开的谜吗？"

她默默从衣袋里拿出了那牛皮纸袋，想递给安雅瑜，安雅瑜当然不接，从抽屉里拿了双医用手套出来，戴上了，这才接过，将牛皮袋倒出，果然，一截洗得干干净净的手指滚落桌面，手指之上，仍有染红的豆蔻指甲油。

她把手指拿起，对着光看，却见那截手指修得整整齐齐，虽然被胃液腐蚀不少，却依然可看得出那手指修长秀美，手指头却是浑圆洁白，手根之处的伤口，却是皮肉外翻，生生破坏了美感。

安雅瑜看了半晌，再瞧林幽兰一眼，"花豹中的是什么毒？"

林幽兰说："和钱学理一样的中了氰化氢之毒，不知道为何到现在才死？"

"很可能它中毒之时，毒物浓度已经减少，更也许因为畜类的抗药性比人体相对强些。"

"但如果中毒轻些，花豹体内的毒有可能自行缓解，可能咱们捕捉它让它血液流动加速，所以，到头来它还是死了。"林幽兰说。

安雅瑜看她把那胃在手里把玩，忍无可忍地说："你能先把这东西放下吗？"

林幽兰呵呵笑了两声，往门口走了去，“雅瑜姐，我收拾好了再来找你。”

安雅瑜走至桌前，窗外光线照进，那截断指放在桌面之上，指节上有淡淡的压痕，是手上戴的戒指造成，她咦了一声，拿起那截断指仔细察看，对着光亮，看清那压痕中间浅浅的印子，怔了，手指跌落，滚在了桌面上。

“怎么了？”林泽夫自她身后走近。

她没有回头，只凝视那截手指不语，脑子却急速地运转：可能吗？自己会不会看错了？

林泽夫把视线投在那截断指之上，却是闭了闭眼，轻声说：“钱仁富家中失火之事查清了，据钱家人说，当时的大火烧死了一位厨娘。”

安雅瑜这才回头，“据钱家人说？”

林泽夫垂眸，“那位据说被烧死的厨娘找到了，她回了老家，活得好好儿的。”

安雅瑜明白了，只静默无声，视线落到了那截断指之上，太阳升起，那断指上的压痕更为清楚，她眼中发酸，抬头望他，他清冷面容仿佛蒙上了层薄雾，却越发面如刀削，俊冷异常。

她垂下头去，隔了良久才轻声问：“三爷一晚上没睡？”

林泽夫点了点头，“钱学理的养女居处在县城女子大学旁边，她的照片，我已派人取了来了。”

他递给她一个牛皮纸袋，她抽出纸袋里的照片，扫了一眼，却是一失手，照片跌落地面，灯光照射，照片上的女子垂眸浅笑，却是美艳不可方物。

她缓缓弯腰，拾起了那照片，无端端只觉凄然，“想不到一切自有命中注定。”

“这也许是老天爷给她的惩罚吧？”林泽夫说。

两人同时沉默了下来。

……

钱家宅院，白墙黑瓦，庭院深深。

钱学鑫与钱月荣和几名仆佣自屋中迎面走出，看清这阵势，不由吃惊，“三爷，您这是干什么？一大清早的又是枪又是兵的？”

他将林泽夫等迎进院子，向钱月荣示意。

钱月荣惊慌不安地走至安雅瑜身边：“安小姐，这到底是怎么了？”

安雅瑜只轻轻叹气，“钱小姐，不用着急，一切自有分晓。”

钱月荣无法，只得向林幽兰求助，林幽兰却似没有看见，只垂头想着自己的心事。

林泽夫已随钱学鑫走至堂内，坐在了堂中宝椅上，而侍卫军服笔挺，驻守客堂两边，他只抬头，看了一眼站在身边的钱学鑫，“钱总长，请您把您的夫人请出来吧。”

室内灯光昏暗，钱学鑫脸色一下子变得灰白，却勉强笑着说：“三爷，夫人病体未愈，不知您找她有何贵干？”

林泽夫把白手套慢慢除下，放至桌上，“您的夫人，多日之前就已魂归天国，又何来的病体未愈之说？”

此言一出，钱月荣首先吸着气尖声叫了出来，“什么？三爷，您是不是搞错了？爹，娘怎么了？”

安雅瑜脸上俱是怜悯，“月荣小姐，你有多长时间没见到你娘了？”

钱月荣身子踉跄，脸上褪了颜色，死死地盯着钱学鑫，“爹，你不是说娘不想见人，需要静养吗？”

钱学鑫额头冒出密密麻麻的冷汗来，扶着门框站定，“三爷，三爷，不，不是的……”

却听温婉的女声自侧门响起，“钱总长，麻烦你了，他既来了，我倒是避无可避了。”

帘子打开，一个小丫头扶了位病体纤弱、满脸憔悴的女子出现在门口。

几人发出倒吸气的声音，林幽兰更是惊呼出声，“娘？你怎么在这里？你，你真的没死？”

阮清婉轻轻地笑了，“你们都猜到了不是吗？”她的视线先是在林泽夫身上停驻半晌，缓缓走近，由丫环扶着坐在了他左边，抚平身上的旗袍，再望向安雅瑜，“有安小姐在，我只怕躲到哪里也藏不住的。”

安雅瑜视线在她掩藏在衣袖中的左手上一扫而过，只淡淡回应：“林二太太，您夸奖了。”

阮清婉感觉到了她的视线，用右手托腮，屋里灯光昏暗，却掩不了她眼角的细纹和灰败，像是极为疲惫般，“老三，说吧，你们是怎么找到我的？”

林泽夫说：“娘的手还好吧？”

阮清婉这才把左手自袖子微微伸出，却见中指缠了白色纱布，隐隐有血迹透出。

林幽兰忽然明白，“那根手指，是，是您的？”

阮清婉语气平静，“我已经被你们逼得走投无路了，老三，你真的想对你自己的娘赶尽杀绝吗？”

林泽夫抬起眼眸直视于她，“走投无路？走投无路还有时间杀人？钱学理死在娘的手里，娘到底想干什么，您自己心知肚明，如果今日我找不到您，您换一种身份，与钱总长一起去了西南，手里掌握财富无数，只怕又是另一番光景吧？”

阮清婉迎上了他的目光，眼眸瞬间聚满水光，“三儿，这是他逼的，以前的事，是我对不起你们，但我这样的身份，若不替他们办事，就会危及你，危及大帅，我的身份已经暴露，只好隐姓埋名来到这里，原想着这一辈子就这么过去算了，可没有想到，这个人依旧不依不饶，拿以前的事来威胁我，想要告发我。”

林泽夫闭了闭眼，却像是不想再和她说话，只对安雅瑜说：“你来说吧。”

阮清婉一怔，美丽的眼睛闪出丝异光，莫名凶狠，嘴角却现了丝苦意，“三儿，你真的，真的一点都不信你娘了吗？只信这个女人？”

她十指尖尖指向安雅瑜。

安雅瑜却神色不动，迎上了她的视线，“林二太太，您说的话，要依凭事实根据才行，您说，钱学理拿以前的事来威胁您，您这才不得已杀了他，可所有证据表明，这不过是一桩精心策划、预谋已久的谋杀而已。”

阮清婉声线拔高，“你胡说！”

“钱总长的夫人到二叔公宅子前吵闹，这一步，就是钱总长安排的第一步，我想，钱总长夫人性情暴烈，钱总长只需要挑拨几句，您的夫人一定会去二叔公的宅前吵闹，如此，您夫人便露了面，钱家个个都知道她回来了，你和她当场闹翻，此时，也到了她的死期，我想，那时，钱总长就杀了您的夫人。”

她视线往钱学鑫望去。

钱学鑫额头冷汗直冒，却不发一言，只阴沉着脸站定。

钱月荣扯着他的袖子尖叫：“爹，是不是真的？”

钱学鑫一扬手，便甩了她一个巴掌，“别人说什么你就信什么，不懂事的东西！”

钱月荣捂着脸，眼底流出泪来，“娘一心一意为您，为这个家，你为何要杀她？”

安雅瑜轻声叹息，“钱总长和夫人在族长门前闹翻，就有了理由将夫人软禁，让她神不知鬼不觉地消失，再让二太太代替其住进院子，我想，钱总长一定对仆佣下了命令，任何人不准接近夫人，也不许人去瞧她，如此，二太太藏身后院，何人能察？”

阮清婉轻轻地笑，“推测得不错。”

安雅瑜说：“二太太再和钱学理取得了联系，约他相见，我想，钱学理之死，钱总长也帮了不少的忙。”

阮清婉朝面色铁青的钱总长看去，扑哧一笑，“杀个人而已，瞧把你吓成那样！”

安雅瑜说：“我们先说这钱学理之死，他并非简单死亡，而且死于双重谋杀，先有人用细细的铁线瞬间勒住了他的脖子与手腕脚腕，将他固定在椅子上动弹不得，然后，才打开毒气，致其死亡，随后，他的尸体被放在了大槐树上，刚刚好就是马匪被吊死之处，却应了槐树护佑钱家家族的传说，结合钱学理以往所做之事，使得钱家人在心底同意钱学理就是那祸害钱家的罪魁祸首，更替以往被钱学理谋害过孙子的钱仁富报仇雪恨，我想，二太太已经与钱总长一起，把其他几家的矿山地契全都拿到手了吧？”

钱学鑫一言不发，只捏紧双手站立。

钱月荣却双目含泪，泣不成声。

“请问二太太，如果这种有动机，有目的，事先周密安排的杀人，不是谋杀，又是什么？”安雅瑜说。

阮清婉表情却已平静下来，眼里的水光已然收了，一双黑眸深得吓人，“安小姐说什么便是什么吧，我的话，反正都没人信了，泽夫，看来你这一次，真是一点亲情都不顾了？”

林泽夫垂下头去，双掌在身侧捏得微微颤抖。

林幽兰看看这个，又瞧瞧那个，眼底满是哀求，“三哥，娘，你们别这样。”

安雅瑜忍无可忍，声音拔高，“二太太自大帅府逃走，栽赃嫁祸三爷弑父杀母，可有半点想过与三爷的母子之情？”

阮清婉冷冷直视于她，眼眸幽冷之极，“如果不是你，我和他依旧是一对好母子，他会顺利接手林家事业，我们林家会一飞冲天，都是因为你，把不该揭穿的事揭穿，都是你！你害了自己家的人还不够，还来祸害我们家！二妹对你爹难道不好吗？她拿出钱让你爹功成名就，送你出国留学，你们父女是怎么报答她的！”

说到后面，却是声嘶力竭，眼眸充血。

“你终于承认自己的身份了？”安雅瑜冷冷地说，心底却涌起一股难言的愤怒，“你们拿出钱财，就想控制掌握所有的人？让每个人都听从顺从你们，任你们为所欲为。”

阮清婉说：“安雅瑜，你错了，我们并没有逼他们，这都是他们自己的选择！你爹如果不贪求权势，他怎么会收留二妹？林昌平如果不想权倾天下，又怎么会接受我们的帮助？这都是他们自己选择的路而已！”她转眼看向林泽夫，“老三啊老三，你知道揭穿了这一切，你自己会落得什么下场吗？原本可以太太平平的，你却偏要戳穿它！”

林泽夫抬起头来，目光清冷，“我知道，但我更知道，如果不揭穿一切，我们就会家不成家，国不成国！”

阮清婉笑了，笑容讽刺而尖锐，“民众只会从众跟风，哪会管领导统率他们的人到底是什么人？以前的朝代，胡人入主中原，也曾歌舞升平，我们做得比他们还会好！”

林泽夫摇头，“不，不会的，娘，你还不明白么，无论你怎么隐藏谋划，杀过的人做过的事，永远都抹之不去，你和你们那些人的行事方式，永远不能放在阳光底下，因此，你们是赢不了的！”

阮清婉收了笑意，深深地看着他，“老三啊老三，都怪我疏于教养，倒把你养成了这副性子了，连成王败寇这句话的意思都不知道了吗？”

林泽夫眼眸暗沉，“娘，事有可为不可为，您连这都不知道？”

林幽兰眼眶蓄满了泪水，“三哥，娘，你们别这样，大家都是一家人，有什么不好解决的？”

阮清婉转过头去看她，眼眸多了几分柔和，“幽兰啊，事已至此，只有你还顾着些亲情。”

林幽兰垂下头，泪水一滴滴滴落地面，“娘，您既然都准备隐退了，为何还要杀人，为什么要杀了钱学理？难道就为了他手里的矿山？娘，如果您不做这些事，我想，三哥会放过您的。”她转过头去，看着林泽夫，“三哥，你说是吗？你会放过娘吗？”

林泽夫端立不动，良久，头微微一点。

阮清婉笑了，“放过？不，老三，你不会的，而我们，一步退，步步退，我们还能退去哪里？”

她眼底有尖锐的冰意。

“确实如此，”宫池鸫原本站在角落一声不出，此时却开言，“林二太太处心积虑筹谋多年，眼看已成气候，又怎么可能把到手的肥肉放弃？我想，西南有钱学理，这里有林大帅，你们差不多已将大半江山囊括其中，如果三爷听话，一切便已水到渠成，可谁想到三爷会不听话？二太太，我倒想知道，那些所谓的瓶中字画，当真是一幅图？那幅图是干什么的？”

阮清婉看了他一眼，“宫先生还真是个生意人，最紧张的是你这盘生意，可却要让宫先生失望了，那所谓的瓶中字画所藏的秘密，早已解开。”

宫池鸫满脸失望，“死了那么多人，都为了这幅字画，他们都白死了？”

阮清婉轻轻一笑，“凭借一幅所谓的瓶中字画，就能藏住所有的秘密？还真是好笑。”

安雅瑜轻声说：“不，是您太聪明，在一开始，就已经谋划好了一切而已。”

阮清婉侧头看她，“好，安小姐，你来说说，这到底是怎么回事？”

“我想，从您上了那艘东洋船之后，你和钱学理先生的分工合作就开始了，您找到了新的合伙人，就是林大帅，利用他的身份，顺利隐藏起来，而钱学理先生，也顺利到了西南与齐家合作，但这个时候，我想，你们之间可能发生了些争吵分歧，关于一个巨大的矿产。”她视线落到了窗外那座青山上。

阮清婉顺着她的视线往外瞧，轻轻笑了，“说下去。”

“我想，当时形势对你们不利，只宜守不宜攻，你们商量着各处潜伏，积蓄钱财，再图东山再起，但需要隐藏多少时间，日后怎么召集汇聚，却是一个大问题，您是一个极为聪明的女人，甚至于比包养您的旦那还要聪明得多，您建议把那张矿产方位图隐藏在《金刚经》里让梅落雪刻写在瓷瓶内胆之上，把瓷瓶摔碎，分成了许多块分给在场之人，当钱学理家族的图案出现之日，就是瓷片重聚起事之时，十多年前小楼那些人的失踪之日，就是你们隐藏潜伏之时，死去的两个人，我想，一个是因为他不听从安排，另一个，却是您故意让他以死人的身份留了下来吧？”

阮清婉笑了，“猜得还真准。”

“可钱学理却不知道，你却早已经另有打算了，原本梅落雪写下那瓶中字画之时，就是他丧命之日，可您却将他藏了起来，这么多年，一年年地逼供，逼问出了那瓶内所写之字，再加上我无心说出的那日冕方位算法，您已经解开了那矿产的方位，而钱学理，也就是您的旦那，却命令他手下十二个部属潜伏各地，收罗天生有犯罪血脉的人培养，用暗示催眠之法将他们培养成冷血杀手，因为那些人，不同于常人，是天生的罪犯，对催眠之法尤为敏感，更容易被控制犯罪杀人，但你们没有想到，正是因为他们人性之中的缺陷，才使得他们的罪案一件件大白于天下。”

阮清婉叹息，“不，不是我们思虑不周，而是因为我们信错了人，原以为自己的儿子，总和自己站在同一条船上，可没有想到，天意弄人！”

她看向了林泽夫，眼底俱是后悔哀痛。

“你们需要一个能在阳光底下行走的人领袖代言，做的却是黑暗污秽之事，这原本就不相融，你们难道从来没有想过其中的矛盾？”安雅瑜说。

“说得真好。”忽有人自门外走进，轻轻地拍着巴掌。

却是林大帅和几位随从走了进来。

阮清婉缓缓站起身来，像以往一样轻轻弯腰行礼，“老爷，您也来了？”

林大帅目光复杂地看着她，“清婉，我们到底到了这一步了。”

“是啊，其实我想了很多次了，我们是不是到头来会图穷匕见，却还是成真。”阮清婉说。

林泽夫上前扶了林大帅上座，他只对安雅瑜说：“安小姐，你继续说吧。”

安雅瑜轻轻点头，“二太太私下想脱离钱学理，就要除去他的手下，包括效忠他的那些人，所以，您依旧向钱学理建议，按照前计，收回瓷片，召集回那些人，于是，谋杀案就一件件地发生了，我想，到了最后，钱学理一定有些醒悟过来了，向您质问，所以，才有这最后的谋杀，您已经通过三爷的手，通过我的手，把钱学理带出来的十二个人或除或杀，再也没有人能阻挡您了，可事情却并不完美，首先是您连环杀人被我识破，不得不在大帅寿宴反戈一击，使得您的亲生儿子受千夫所指，但只要矿产还在您手中，有钱学鑫帮忙，您一样可以东山再起，是吗？”

“没错，我可以培养一个林家，又何尝不能再培养一个钱家？钱学鑫可比林昌平识时务多了。”

林大帅脸色灰败，“这都怪我，怪我太贪心了。”

阮清婉柔声说：“大帅，我们原本能做一辈子夫妻的，如果像以前一样，您能睁一只眼，闭一只眼多好？”

林大帅颓然地说：“清婉，是你贪心不知足啊，你何必再弄出这么多事来？”

阮清婉冷笑了两声，“是我识人不清，扶持了一块扶不上墙的烂泥。”

林大帅只温声对安雅瑜说：“安小姐，你说下去。”

“你引了钱学理回祖宅，先用铁线捆绑住了他，再施放毒气毒杀，却没有想到那只花豹就绑在不远处，它或许感觉到了主人的危险，溜进了那杀人现场，而钱学理用最后的力气割断了它身上的绳子，也许畜生也通人性，它找到了你，想要咬断你的喉咙，你一只手拿手去挡，另一只手向它泼了煤油灯，点燃它的皮毛，这才使它退走，却咬断了你的一只手指，却引起了一场大火，是吗？”安雅瑜说。

“安小姐说得真像是亲临现场一般。”阮清婉说。

“我倒是想知道，您是怎么把钱学理藏在了树上，在众目睽睽之下也能隐藏无踪？”宫池鸩说。

“不如让安小姐再猜猜？”阮清婉说。

“那棵槐树树荫茂盛，放置尸体之处却形状奇特，刚好是个凹形，行人来往，只有站在特定的角度才能看得清树干上的东西，而钱家放灯祭祖，事先把十几盏孔明灯都挂在树上，遮挡了部分视线，二太太自东洋而来，手下有不少忍术高手吧，把其中隐身术也用到了那具尸体之上。”

阮清婉眼神之中露出些许失望，“还以为安小姐想出了什么来，原来还是这些莫须有的东西，所谓的忍术，不过以讹传讹而已，隐身术更是无稽之谈。”

“没错，所以钱学理先生的尸身上才会留下了这块东西。”安雅瑜从士兵手里拿过一个牛皮纸袋，倒出了里面的那小块布片。

阮清婉好笑地看着她，“这又是什么？”

“这个，就是铺盖在钱学理身上的伪装物，想必是擅长绘画的人在其上绘制了那树干与树叶，据我所知，西洋油画的写实画法，能让光线暗影最大程度还原，使画布上的静物像真的一样，呈现出立体的效果，就像变色龙一样，使得尸身与树干和周围环境成为一体，加上光线昏暗，大槐树有钱家树神之说，民众对槐树恭敬，没有人走近攀折，因此尸体在那儿藏了一整天，也无人知道，到了晚上，只要趁着点燃孔明灯时使人点燃了他身上那层伪装，伪装燃尽，尸身露出，他身上涂的蜗牛碎肉吸引已饿了一天的萤火虫聚集上前，于是，他成了一个光人，也成了众人嘴里钱家的罪人，震慑拥护钱学理的钱家人撕毁前约，把矿山股份收罗，神不知鬼不觉的，矿山落到了钱总长的手里，当然，也就落到二太太的手里。”

阮清婉轻轻拍手，“好推理，可这其中却有一个漏洞，你说尸身身上的覆盖的那层伪装被人用火点燃烧毁，这才露出了下面的尸身，火焰在黑夜当中，难道就没有人发现？”

安雅瑜说：“二太太想要使人招募我的时候，应该知道，我喜欢读书，父亲更是四处搜罗各种异书让我阅读，可巧了，这种使纸烧毁而不生火焰之法，正好有本汉代古籍之中有写，在画上颜料之中掺上寒水石、甘松、红花等等作画，等其干后，用甘油滴落，那画布就会无火自燃，且不生烟雾，等同暗火，这种方法，说是燃火，不过是化学作用腐蚀而已，我只是奇怪，是什么人会用这种办法？”

阮清婉轻声说：“安小姐，此人你也应当能猜出来啊？她可是视你为超级偶像，一直默默地关注着你，你读过的书，她千方百计找来读，还曾经一度想要嫁给你呢。”她掩嘴笑着，“月荣，事已至此，不如你都说了吧？”

钱月荣缩头站在钱学鑫的后面，闻言愕然抬头，却是满脸惊慌，“不，安小姐，我，我没有，二太太，您，您说什么？”

阮清婉慢悠悠地说：“你是女子大学艺术系的高才生，学的是西洋油画，你爹让你忍耐，不是告诉了你，只有钱学理死了，你的婚事才会罢休吗？所以，钱学理身上那层伪装是你画的，是你想出了这种绝妙之法，事已至此，还有什么不好认的？”

钱月荣咬了咬嘴唇，脸上现了丝坚定，颤颤抬头望着安雅瑜，“安小姐，对不起，是我，是我做的，爹说他能解决我的婚事，但钱学理势力太大，他惹不起，他说，他说，他会杀了他，让我绘画，想办法在大槐树上遮盖尸体，你知道吗，咱们虽只见了几次面，但你说的每一句话我都记在心里，我记得你说过那本汉代异闻录，我去找来看了，知道了这办法，对不起，对不起，安小姐，我不想嫁给他！可我不知道啊，娘，娘已经死了。”

安雅瑜心底涌起股悲哀，“你娘不死，二太太怎么能代替她隐藏在钱家养病？钱家反对钱学理的人她都网罗了过来，八叔公也是如此，我想，二太太杀死钱学理的地方，就是在八叔公的宅院吧？您被花豹咬断手指时，打翻煤油灯，引起一场大火，还烧死了一个人？我想，那个人也许是钱学理的随从吧！你们不得已，只好假称失火，烧死了一个下人。”

阮清婉叹气，“安小姐真像亲临现场一样。”

“还有，八叔公的孙儿因采药坠落悬崖而死，只是对外的托词，他是不是发现了什么秘密，被钱学理杀人灭口了？”

阮清婉点头，“他做事总是那么不顾后果，还以为在自己的地方呢，在钱家树了这么多敌人，全忘记了自己不过是钱家养子而已，钱仁富在钱家辈分极高，他对他的孙子却说杀就杀，钱仁富助我把他引到他家里，钱学鑫助我杀死了他，大槐树是护佑钱家的神树，我这么做，不过应了大槐树的传说，求仁得仁而已。”

安雅瑜摇头，“不对，一定还有别的原因。”她转头朝林泽夫望去，他却只是抬头看向远处，军衣如墨，衬得他容颜如雪，却不知道他在想什么。

林幽兰站在他身边，走得近了些，“三哥，您说呢？”

他这才回头，“是因为钱怡琳之死吧？肖盛古杀死了钱怡琳，你们互相责怪，成了合作破灭最后的导火线。”

阮清婉脸色剧变，那温婉笑意消失不见，急促地喘息，“没错，就是怡琳，她也是我的女儿，我怎么会下手杀她？可这个男人就是怪我，说是我向肖盛古下了密令，要取钱怡琳的性命，我这时才知道，原来他早就想把我抛开了，他心里只有那个丫头！那个空长了一副美丽面孔的我们的女儿，他说我太聪明了，聪明的女人不可爱，想要插手男人事业的聪明女人更不可爱，怡琳什么都是好的，他要把一切留给怡琳，这么多年我对他的付出全都置之脑后！这种人，该不该死？”

说到最后，她竟是声嘶力竭，目光凶狠。

林二太太是在第二天清晨被人发现死在床上的，她吞下了两种不同的药物，一种可以让人产生幻觉，另一种却是她惯常使用过毒蛙之毒。

她躺在床上，脸上现了奇异的红色，肤色却嫣红如少女。

她的身侧，放着一个牛皮纸袋，袋子里正是那矿山的契约。

到了最后，她还是把所有的东西都留给了林泽夫。

她这一生，到底有没有爱过人？安雅瑜看着床上她沉睡的容颜，不由轻声问自己。

不，她一定爱过林泽夫，她的儿子的，虽然短暂，比不了对她自己的爱。

她轻轻替她盖上了白色被单，走了出去。

林大帅正被林泽夫扶着，坐到了宝椅之上，他接过林泽夫递过来的茶，饮了一口，咳了一声说：“好好儿安葬了她吧，至于其他，就不必再说了。”

林泽夫点了点头。

安雅瑜见他眼眶泛红，知道是为了什么，只默默站至一旁。

林大帅坐好了，喘了两声，看了她一眼，“安小姐既是自己人了，这件事，还是告诉她比较好。”

林泽夫苦笑一声，“爹，我既然已经猜出来了，你以为她会不知道吗？”

林大帅意外地看了她一眼，“安小姐，你也知道了？”

安雅瑜只好上前，“大帅，三爷怕不是二太太亲生的吧？轮船之上，您当时的太太和二太太同时分娩，当时一定发生了什么，使得您调换了她们两人的孩子？”

林大帅有些茫然，“你还真的猜出来了？没错，倒不是我故意为之，当晚她们分娩之时，海上起了大风，船体摇晃得厉害，不知道为什么那么凑巧，赵如婉生下了孩子，自己却不行了，而阮清婉大人没事，孩子一生下来就没了气，我看得出来，她对那个孩子抱了极大的希望，那孩子是延续她死去的老公的一切，如今看来，那孩子只是她和伊达昌平东山再起的纽带而已，我当时实在是太喜欢清婉了，舍不得看她有一点儿的伤心，于是，我把如婉的孩子抱给了她，幸亏，如婉生的是一个男孩。”他抬头看安雅瑜，“安小姐，你是怎么看出来的？”

“大帅，人的面貌或多或少有父母的痕迹，二太太和三爷没有一点相似之处，相反的，大帅和三爷倒有几处相似，再者，我看过赵如婉以前的相片，她和三爷相似之处就更多了。”

林大帅有些茫然，“你们说，清婉这么聪明，她有没有发现？”

这个男人，直至她死，却还是牵挂着她。

“也许有所察觉，却不愿意深想。”安雅瑜说。

“她拿枪指着自己，让众人以为老三逼母杀父，使得老三受千夫所指之时，想必心中的疑问就非常大了吧？”林大帅轻声说，“我想，她到最后一定在怪我，怪我还是骗了她。”

两人却不知道怎么回答，只是缓缓伸出手去，双手相握在了一起。

两人却不知道怎么回答，只是缓缓伸出手去，双手相握在了一起。

林大帅视线落到了两人相握的双手之上，又瞬间移开，“那座矿产，我也叫人调查过，早在多年之前，清婉就在这边谋划购买矿山股份了，钱家八叔公就是她的代言人，暗中购买了百分之三十的股份，可钱家的其他股份却落到了钱学理手里。”

三人同时抬头，望向远处青山，安雅瑜轻声说：“这矿山之中，到底藏了什么？让他们百般算计，最后还反目成仇？”

“矿山极大，即使上千人仔细搜寻，也要花上数十年的时间，所以，瓷瓶内壁暗藏的信息，就极为重要了。”林泽夫从那几张契约底下抽出了那一张白纸，纸上密密麻麻的，写满了小字。

安雅瑜接过一看，微微点头，“这就是那篇改了字词的《金刚经》。”她仔细看去，拿了桌面上的一本《金刚经》来对比察看，“你看，把所有被改的字句挑出来连起，有这几句话，话里面就包含了，九紫水，七赤金，四绿木……”

林泽夫皱眉，“这是什么意思？”

“三爷可能不知道，在风水学中，九紫水代表西北方向，七赤金是东南，四绿木指北方。”

林泽夫再看那张纸，“这是一张方向指示图？”

安雅瑜点头，指着那张纸下半部分，“三爷您瞧，梅落雪极为接近地还原了那幅瓶中字画，下面的一部分《金刚经》，却是标点符号增加了许多，特别是逗号，您瞧……”她拿起一支笔，掉转笔头比画，“所有逗号相连，却是一个图案，这个大的圆形，就是太阳，略小些的那个，是地球，另一个是月亮，让我想想……”她闭上眼想了想，“太阳月亮地球按照这个方位排列，这是秋季，如果转化成日晷，所指的方向，就是这座矿山所藏秘密之处了。”

林泽夫脑子转得快，马上明白了她的说法，“如此说来，一定有一个参照物来指着那个方位。”

安雅瑜说：“《金刚经》的上半部指明了进入矿山之后的方位路途，而隐藏的日晷却指出了矿山所藏秘密的具体方向，死了这么多人，最后的答案就呼之欲出了。”

林大帅满脸疲惫，只说：“安小姐，老三，剩下的事你们去办吧，找得到也好，找不到也罢，总之，无论什么，对我们来说，不过是锦上添花而已。”

林泽夫点了点头，和安雅瑜相携走出了房门。

十日之后，按照那张图所指方位，林泽夫派人找到了藏在深山之中的金矿入口，也找到了那深藏于山谷中的民寨，那里依旧藏有十多个孩子，却是个个遍体鳞伤，目光凶狠，林副官领着人攻入那里的时候，他们拿起武器反抗，有的人武器打光了，就扑上来撕咬，竟然把有些士兵的喉咙都咬破了。

林副官损失惨重才把他们全部捉拿，经医生检查，他们有的人已经疯了，有的人却是心理变态对周围的人充满了仇恨，而山寨里的设施更让人毛骨悚然，有个施刑场关的全是附近的村民，有的被剥皮，有的被砍头，有的全身插满了箭，这些村民成了这些孩子虐杀的对象。

林泽夫让人把这个地方永久封闭起来，这里发生的一切，也成了一份封在历史尘埃之中的秘密档案。